# 世界文学史 上卷

[英] 约翰·德林瓦特 主编

陈永国 尹晶 译

图书在版编目（CIP）数据

世界文学史：插图本（上、下卷）/（英）约翰·德林瓦特主编；陈永国，尹晶译 .—北京：北京大学出版社，2011.1

（插图本系列）

ISBN 978-7-301-16275-0

I. 世… II. ①德…②陈…③尹… III. ①文学史－世界 IV. ① I109

中国版本图书馆 CIP 数据核字（2009）第 223392 号

| | |
|---|---|
| 书　　　　名： | 世界文学史：插图本（上、下卷） |
| 著作责任者： | [英]约翰·德林瓦特　主编　陈永国　尹　晶　译 |
| 责 任 编 辑： | 于海冰 |
| 封 面 设 计： | 后声工作室 |
| 标 准 书 号： | ISBN 978-7-301-16275-0/I·2177 |
| 出 版 发 行： | 北京大学出版社 |
| 地　　　　址： | 北京市海淀区成府路 205 号　100871 |
| 网　　　　址： | http://www.pup.cn　电子信箱：pw@pup.pku.edu.cn |
| 电　　　　话： | 邮购部 62752015　发行部 62750672　编辑部 62750112　出版部 62754962 |
| 印 　刷 　者： | 北京宏伟双华印刷有限公司 |
| 经 　销 　者： | 新华书店 |
| | 787 毫米 ×1092 毫米　16 开本　63.25 印张　1250 千字 |
| | 2011 年 1 月第 1 版　2011 年 1 月第 1 次印刷 |
| 定　　　　价： | 128.00 元（上下卷） |

未经许可，不得以任何方式复制或抄袭本书之部分或全部内容。
版权所有，侵权必究。举报电话：010-62752024　电子信箱：fd@pup.pku.edu.cn

# 序

　　一位大艺术家曾经说过，在他看来，宗教思想的核心是连续感，实际上，这种感觉就是宗教。说这话的时候，我正和这位艺术家站在一起，英国大地在眼前伸展着。对面山坡上有一条老路，多少世代之前，马儿曾在那条路上往返，把每日用的面包送到山顶的小村庄里。岁月改变了这一切。现代运输方法取代了马儿，但山坡上的小路却仍然依稀可辨，提醒人们岁月蹉跎，而生活却从未间断过。我感到这位艺术家的话铿锵有力。也许，当你在伦敦街头漫步，想起了莎士比亚时代的伦敦时，你仿佛来到了一个三百多年前的城市，离你有一千多英里远，然后，你突然意识到，这就是那个伦敦，几乎没有发生过什么根本的变化，不过有一点循序渐进的改变、发展和重新规划罢了。而这种思想里却孕育着宗教思想之根。如果有人问起文学史除了直接研究文学外还有别的什么用途的话，下面就是答案。这部书有两个用途：首先，它代表性地总结了世界大文豪的成就；其次它还用历史的视角看待这些成就，表明从开始到现在，从早期经典的无名诗人到罗伯特·勃朗宁。创造性的文学语言所表达的最深切精神始终要经过无数亘古不变的表征。本书的目的不仅要让读者了解荷马、莎士比亚、歌德和托马斯·哈代的特殊性，而且要表明这些人及其同行，他们那些色彩斑斓的声音和姿态，也依然是一个绵延不断的连续体的承继。

　　诗歌的现代读者，如拉尔夫·霍奇森先生、W.H.戴维斯先生或拉塞尔斯·阿培克朗比先生的读者，都能独立从事纯粹的阅读。但如果在阅读的时候，他能隐约记得霍奇森先生欣喜若狂的情绪如何潮水般地贯穿17世纪的神秘诗歌，戴维斯先生隽永傲慢的抒情如何在罗伯特·赫里克的乡村人物身上得以体现，阿培克朗比先生又如何把自己天才的印记打在多少世纪以前就闻名遐迩的卢克莱修身上，又是如何通过哲理诗人的一脉传给了瓦尔特·萨维奇·兰多的，那么，本书读者也完全可能与他们有过交流呢。我们或可根据今天的鉴赏力再举一个更广为人知的例子。如果如饥似渴的现代小说读者在欣赏以现代形式创作的杰作时，即使他的眼前晃动着一些模糊的身影——从狄更斯和萨克雷，经过瓦尔特·司各特和简·奥斯丁，到菲尔丁和塞缪尔·理查逊，在他们之前有托马斯·洛奇和伊丽莎白时代的传奇作家，再之前还有中世纪在夜晚的篝火旁讲故事的吟游诗人，他也仍然能欣赏现代小说。

把一个时代的文学拿来与另一个时代的文学做比较，就像把一个个别作家与另一个个别作家做比较一样，难以比出个高下来。对待艺术就像对待其他任何事物一样，最好的态度就是对好的东西和美的东西始终心存感激，没有任何抱怨，不加任何教条限制。要说18世纪的英国诗歌不如17世纪的英国诗歌，或者说作为小说家的菲尔丁比梅瑞狄斯好，这都没什么益处。所有这些都是一个民族的荣耀，都同样是作为荣誉而保存在记忆里的。但这的确有助于理解18世纪诗歌和17世纪诗歌之间的关系，或梅瑞狄斯对菲尔丁的继承。这样的知识总能让我们记得，不管我们崇拜的英雄有多伟大，他都属于一个比他大得多的有机整体。我们可以公正地说莎士比亚是最好的作家，但我们要记住，他获得如此殊荣的秘密就是他骄傲地站在了一个如此美妙的故事的开端。

要深入了解一种语言的整个文学并不是一个人在有限的生命中可以完成的事。本书是操多种语言的许多人潜心研究各个艺术分支的结果。他们希望用一种权威的方式把最生动的人类灵魂的记录呈现给世人。这是一项必定得到人们祝福的事业，对我们许多人来说，生活方式已经不可避免地使阅读杂乱破碎，但我们还是能够敏锐地发现每一本真书的美。

本书部分章节特邀有关专题的专家撰写。这些专家和各自负责的章节是：

E.W.巴恩斯（理学博士，英国皇家学会会员，西敏寺修士），第三章；A.奎勒库奇爵士，第二十九章第二节；G.K.切斯特顿，第三十章；亨利·詹姆斯·福尔曼，第三十五章；吉尔伯特·托马斯，第三十八章。其余章节均为约翰·德林瓦特著。

约翰·德林瓦特

# 简明目录

（上卷）

| | | |
|---|---|---|
| 第 一 章 | 世界的古籍 | 3 |
| 第 二 章 | 荷 马 | 24 |
| 第 三 章 | 《圣经》的故事 | 54 |
| 第 四 章 | 作为文学的英文版《圣经》 | 93 |
| 第 五 章 | 东方的圣书 | 117 |
| 第 六 章 | 希腊神话和希腊诗人 | 136 |
| 第 七 章 | 希腊与罗马 | 162 |
| 第 八 章 | 中世纪 | 207 |
| 第 九 章 | 文艺复兴 | 243 |
| 第 十 章 | 威廉·莎士比亚 | 260 |
| 第十一章 | 从莎士比亚到弥尔顿 | 302 |
| 第十二章 | 约翰·弥尔顿 | 325 |
| 第十三章 | 马韦尔与沃尔顿 | 341 |
| 第十四章 | 约翰·班扬 | 346 |
| 第十五章 | 佩皮斯、德莱顿和王政复辟时期的剧作家 | 355 |
| 第十六章 | 路易十四时代的法国文学 | 369 |
| 第十七章 | 蒲柏、艾迪生、斯梯尔、斯威夫特 | 382 |
| 第十八章 | 小说的兴起 | 407 |
| 第十九章 | 18世纪的诗人 | 427 |
| 第二十章 | 约翰逊博士和他的圈子 | 438 |
| 第二十一章 | 爱德华·吉本和18世纪其他散文作家 | 457 |
| 第二十二章 | 罗伯特·彭斯 | 470 |

(下卷)

| 第二十三章 | 酿成大革命的文学 | 493 |
| 第二十四章 | 歌德、席勒和莱辛 | 507 |
| 第二十五章 | 华兹华斯、柯勒律治、骚塞和布莱克 | 522 |
| 第二十六章 | 拜伦、雪莱和济慈 | 558 |
| 第二十七章 | 司各特、大仲马和雨果 | 606 |
| 第二十八章 | 19世纪初期的散文作家 | 637 |
| 第二十九章 | 维多利亚诗人 | 652 |
| 第三十章 | 狄更斯和萨克雷 | 729 |
| 第三十一章 | 维多利亚时代的小说家 | 751 |
| 第三十二章 | 新英格兰作家 | 766 |
| 第三十三章 | 19世纪的法国作家 | 816 |
| 第三十四章 | 伟大的维多利亚人：卡莱尔、麦考利、拉斯金 | 843 |
| 第三十五章 | 美国和欧洲的现代作家 | 878 |
| 第三十六章 | 维多利亚晚期的一些作家 | 923 |
| 第三十七章 | 戏剧文学 | 954 |
| 第三十八章 | 史文朋之后的诗歌 | 962 |
| 第三十九章 | 后期作家 | 973 |

# 目　录

1　序

（上卷）

3　第一章　世界的古籍

抄写员和教士——孔子的著作——亚历山大图书馆——拉丁文学——形式的变化——激励写作——神话和传奇——丘比特和普赛克——合作的端倪

24　第二章　荷　马

英雄阿喀琉斯——特洛伊的海伦——普通士兵——《伊利亚特》——阿喀琉斯的愤怒——伍尔坎的锻造——尤利西斯的流浪——《奥德赛》的写作——尤利西斯的冒险——英文译本——蒲柏的译文——德比伯爵的译文——布切尔与朗格——荷马式明喻——庄严的明喻——荷马世界

54　第三章　《圣经》的故事

书中之书——以色列人——《旧约》中的民族——摩西——《圣经》的开端：律法——《旧约全书》——神甫作者——《旧约》的发展——先知——早期文献的遗失——以西结的计划和传道——作品——犹太民族文学——一部伟大的戏剧——《次经》——犹太人的智慧文学——《新约全书》——《新约》的作者们——拿撒勒的耶稣——四部福音书——圣保罗——《圣经》的翻译——第一部印刷的英文《圣经》

93　第四章　作为文学的英文版《圣经》

《圣经》与我们的民族风格——对钦定本的贡献——英文版——四个版本的比较——一个形式错误——希伯来诗歌中的平行结构——"思想的平衡"——希伯来精神——其他希伯来诗歌——两首高尚的颂词

117　第五章　东方的圣书

婆罗门的《吠陀》——三万三千个神——种姓——记忆的功业——佛教经典——早年的乔达摩——佛陀的福音——孔子的书——中国的文学和宗教理想——琐罗亚斯德的书——琐罗亚斯德的教导——《古兰经》——穆罕默德的传教——穆罕默德从麦加逃往麦地那——《古兰经》的教导——《塔木德经》

136　第六章　希腊神话和希腊诗人

词与句——大神潘——墨丘利的儿子——丘比特和普赛克——毁灭之路——太阳战车——星宿的故事——珀耳修斯和安德洛墨达——厄科和那喀索斯——起初——朱庇特出生的故事——奥林匹斯神——大神——被劫的普洛塞庇娜

162　第七章　希腊与罗马

希腊精神——正义、自由和真理之爱——希腊戏剧——演员的服装——埃斯库罗斯——《被缚的普罗米修斯》——索福克勒斯——《安提戈涅》——欧里庇得斯——阿里斯托芬——萨福与希腊选本——希腊讲演家和历史学家——柏拉图——罗马精神——维吉尔——一个民族的故事——贺拉斯——卢克莱修、奥维德和尤维纳利斯——卡图卢斯——西塞罗——恺撒与历史学家——末期

207　第八章　中世纪

最黑暗的欧洲——民族性的诞生——圣哲罗姆——圣奥古斯丁——多产的作家——《尼伯龙根之歌》——英雄西格弗里特——行吟诗人——荒诞传奇——但丁——但丁与贝雅特丽奇——但丁生平——《神曲》——傅华萨编年史——14世纪的历史——乔叟和他的同代人——英国诗歌之父——马洛礼的《亚瑟王之死》——译自法国传奇的《亚瑟王之死》——弗朗索瓦·维永：诗人和小偷——一个反常的人

243　第九章　文艺复兴

新知识——觉醒的原因——阿里奥斯托和马基雅维利——意大利文学复兴的影响——拉伯雷与蒙田——文艺复兴时期的巨人——蒙田——塞万提斯——堂吉诃德——伊拉斯谟和托马斯·莫尔——多产的作家——斯宾塞及其同代人——《仙后》

260　第十章　威廉·莎士比亚

伊丽莎白时代戏剧的局限——戏剧怎样表演——莎士比亚对优秀戏剧的看法——

舞台——莎士比亚戏剧和英国戏剧——莎士比亚的教育价值——怎样阅读戏剧——《仲夏夜之梦》——《罗密欧与朱丽叶》——戏剧的结构平衡——《第十二夜》——《尤利乌斯·恺撒》——《麦克白》——麦克白夫人——班珂被害

302 **第十一章　从莎士比亚到弥尔顿**

克里斯托弗·马洛——本·琼生——弗朗西斯·培根——伟大的学者——培根名誉上的污点——培根哲学——赫里克与洛夫莱斯——一位世俗牧师——理查德·洛夫莱斯——同时代的其他作家——罗伯特·伯顿——《忧郁的解剖》——托马斯·布朗爵士——一位艰深的作家

325 **第十二章　约翰·弥尔顿**

一位伟大的诗人——弥尔顿生平——弥尔顿的魅力——怎样阅读弥尔顿

341 **第十三章　马韦尔与沃尔顿**

安德鲁·马韦尔——《钓客清谈》——安宁与静谧

346 **第十四章　约翰·班扬**

班扬生平——狱中生活——各种著述——《天路历程》

355 **第十五章　佩皮斯、德莱顿和王政复辟时期的剧作家**

佩皮斯——著名的《日记》——戏迷——《日记》几则——伊夫林的《日记》——塞缪尔·巴特勒——《休迪布拉斯》——约翰·德莱顿——伟大的诗人——王政复辟时期的剧作家——康格里夫和威彻利

369 **第十六章　路易十四时代的法国文学**

帕斯卡——法兰西学院——皮埃尔·高乃依——笛卡尔——莫里哀——作家的优秀品质——《贵人迷》——让·拉辛——顶级法国作家——让·德·拉封丹与查尔斯·佩罗——佩罗的童话故事——拉罗什福科的《道德箴言录》

382 **第十七章　蒲柏、艾迪生、斯梯尔、斯威夫特**

亚历山大·蒲柏——蒲柏的性格——《卷发遇劫记》——《笨伯记》——《论人》——艾迪生和斯梯尔——现代散文的兴起——安妮女王治下的英国——艾迪生生平——《闲谈者报》——《旁观者报》——《闲谈者报》和《旁观者报》之比较——葬于西敏寺墓地——江奈生·斯威夫特——生平和性格——同斯特拉的关系——散文大师——《一个木桶的故事》——《格列佛游记》

407　第十八章　小说的兴起

　　笛福——笛福生平——《鲁滨逊漂流记》——塞缪尔·理查逊——《克拉丽莎》——亨利·菲尔丁——一位伟大的作家——《汤姆·琼斯》——劳伦斯·斯特恩——《商第传》——悲惨的死亡——托拜厄斯·斯摩莱特——《兰登传》——《亨佛利·克林克历险记》——拉德克利夫夫人和埃奇沃思小姐——安·拉德克利夫——玛利亚·埃奇沃思——简·奥斯丁——完美的现实主义作家——小说主题

427　第十九章　18世纪的诗人

　　查特顿——托马斯·格雷——詹姆斯·汤姆森——威廉·柯珀

438　第二十章　约翰逊博士和他的圈子

　　"邪恶的忧郁"——约翰逊的《词典》——《漫谈者报》——《拉塞勒斯传》——《诗人传》——约翰逊的演讲——奥利弗·哥尔德斯密斯——《旅行者》——《世界公民》——《威克菲牧师传》——埃德蒙·柏克——伟大散文表达的伟大思想

457　第二十一章　爱德华·吉本和18世纪其他散文作家

　　吉本——早年岁月——伟大的历史——霍勒斯·沃尔浦尔——著名的散文作家——詹姆斯·鲍斯威尔——吉尔伯特·怀特——《朱尼厄斯信笺》

470　第二十二章　罗伯特·彭斯

　　罗伯特·彭斯——一个国家圣地——早年奋斗——基尔马诺克诗集——爱丁堡诗人——迟来的欣赏——民族诗人——詹姆斯·霍格——埃特里克的牧羊人

# 上卷

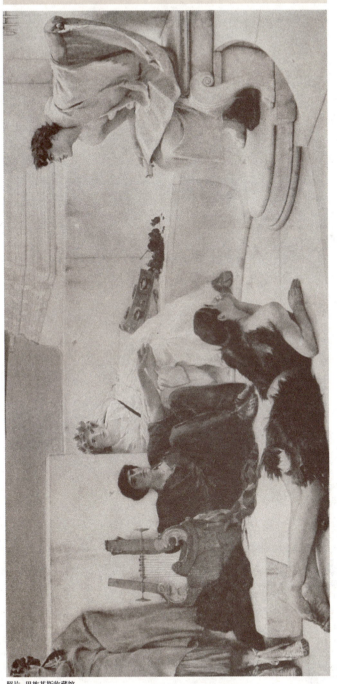

**《读荷马》**（劳伦斯·阿尔玛－塔德玛爵士）

希腊文明是建立在荷马传说的基础之上的，每个希腊人都把这些传说熟记在心，它们给伟大的希腊戏剧家提供了诸多情节。

照片：里施基斯收藏馆

# 第一章　世界的古籍

## 第一节

　　文学史实际上在人们学会书写很久之前就开始了。舞蹈是最早的艺术，在打败和杀死敌人之后，人们聚集在篝火旁欢快地舞蹈。在舞蹈的时候，他们喊叫着，逐渐地，这种喊叫有了连贯性，配上了舞蹈的节奏，于是，第一首战争歌曲唱了出来。随着上帝理念的发展，祈祷开始了。歌曲和祈祷成了传统，一代代传承下去，而每一代都为其添加点自己的东西。

　　随着人的缓慢进化，三种需要迫使他们不得不发明书写的方法：有些事物若忘记了就很危险，因此需要记录下来；与远处人们的交流往往是必要的；以某种独特方式给工具、牛等打上印记对保护财产来说是必要的。所以，人学会了书写，而由于学会书写是纯粹出于功利的原因，他们便用这种新方法把战争歌曲和祈祷保留了起来。当然，在古代人中，只有极少数人学会了书写，只有很少的人能够阅读写下来的东西。

　　最早的文字只是岩石上粗糙的刻痕，人们一开始认为岩石上的这些刻痕是一个抄写员刻出来的，后来认为这实际上是石匠凿出来的，他根本不知道那些文字的意义。不久，人们开始用尖笔在泥匾上写字。人们在迦勒底找到了这些泥匾的样本。其中一个存在大英博物馆里，记录的是大洪水的故事。乔治·史密斯于1872年在柯云基发现了这块泥匾，这或许是现存最古老的文字样本了。它记录的是发生在公元前4000年的事，有理由相信，希伯来人以在《圣经》出现几千年前就写好的迦勒底故事为基础写出了《创世记》中大洪水的故事。迦勒底人用的是人们所说的楔形文字。"楔形文字"这个词源于拉丁文cuneus，意思是"楔子"。每一个字由一个或几个楔子构成，是用方形的尖头笔从左向右刻出来的。

### 抄写员和教士

　　迦勒底的抄写员是领取皇家俸禄的。当国王参战时，抄写员是随行的一个重要成员。他的任务是记下攻克了多少城市，杀死了多少敌军，战利品的多寡，附带还要赞扬

照片:W.A.曼塞尔公司

**大洪水故事的一部分,出自可能属于尼尼微宫殿图书馆的匾额**

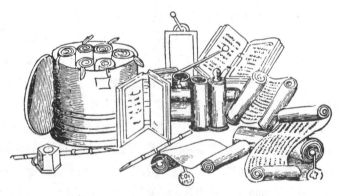

**这一版画取自盖尔的《庞贝城》中的一幅,包括所有写作工具,从庞贝和赫库兰尼姆的许多古老画作中收集而来**

左边是一个圆形的木盒或金属盒,有盖,里面装有六部或六卷书,每部或每卷书都按照内容卷起并做有标记,以便容易区分。下面是一支尖笔和一个五边形的墨水瓶。中间是一只由芦苇杆做成的笔,叫芦管笔。书盒旁边是斜板,由合页连在一起,有时,也许总是会以蜡覆盖其上。悬挂在上面的是另一种尖笔,作为钉子让它悬在墙上。旁边是一种厚厚的简册书,敞开着摆在那里。中间是装在盒子里的单卷书。右边是四卷书,它们就这样摆放着,不需要解释,其中两卷是有名字的,一个就在纸卷轴上,另一个来自其中心的木圆柱体。

一下国王的英勇。写出迦勒底宗教文学的教士也领取皇家俸禄。除了战争记录和祷文外，迦勒底泥匾上还有关于农业、天文和政治的记载。有人认为史密斯和其他考古学家发现的泥匾原来藏于尼尼微的赛纳克里布图书馆。赛纳克里布其人卒于公元前681年。

埃及文学是仅次于迦勒底文学的古老文学。埃及的书是写在纸卷轴上的，纸卷轴是用生长于尼罗河谷的芦苇的髓制作的，芦苇笔则是用草梗或甘蔗、竹子的杆做的。我们知道的最早的埃及古籍《死者之书》（The Book of the Dead）写于大金字塔建造的时期。有一本《死者之书》藏于大英博物馆。G.H.帕特南先生说该书"含有对神的祈求、赞美诗、祷文，还描写了死者的灵魂在来世所要经历的一切，包括对他过去的生活的详尽分析，以及对他来世生活的最终判断"。

《死者之书》就像一种仪式，人们总要把该书的副本放在墓里，以引导死者的灵魂安全抵达来世。按帕特南所说，由于这个习惯，古埃及承办丧事的人成了历史上所知的最早的书商。在埃及，文学的概念滥觞于庙宇，埃及神中有许多都是透特－赫尔墨斯，长着鹮鸟头的"书神"。但是，虽然留传下来的仅有的一点古埃及文学大多是宗教文学，但还存在着宫廷文学和由民间故事构成的通俗文学。在后来的世纪里，埃及人创造了大量文学，其中包括关于宗教、道德、法律、修辞、代数、测量、几何、医学、旅游的书籍，而最重要的还有小说。这些文献中只有少部分保存了下来，所以，甚至在亚历山大图

照片：W.A.曼塞尔公司

**象形文字版本的《死者之书》的纸卷轴摹本**
世界上最古老的书籍的一部分。本书的一个摹本总是放在坟墓中，在通向未来世界的旅途上作为灵魂的安全向导。

书馆的书架上也看不到古埃及文献，那纯然是一个希腊图书馆。

除了《死者之书》，还有一本埃及书《卜塔－霍特普的箴言》，这也许是世界上最古老的书。卜塔－霍特普生于孟斐斯，大约生活于公元前2550年左右。①

如果人们想到这部倒数第二古老的书写于摩西诞生的两千年前，比印度汇编的《吠陀经》还早两千年，就能认识到它有多么古老了。它比荷马和所罗门的《箴言》早两千五百年。就时间而言，所罗门与我们时代之间的距离并没有所罗门与卜塔－霍特普之间的距离大。

这些箴言是写在纸卷轴上的，卷轴有23英尺7英寸长，5英尺零7/8英寸宽，现藏于巴黎国家图书馆。下面是甘恩先生的一段译文：

> 人没有恐惧，神也同样惩罚。一个人说"那里有生命"，于是他被剥夺了粮食。一个人说"（那里有）力量"，他说："我为自己抓住我看到的东西了。"说完，他就被打倒了。另一个人给了他不拥有的东西。不要拥有人们准备给你的东西。因为神是那样说的，甚至不要拥有已经给予的东西。生活在仁慈当中，人们会来赠送礼物的。

> 如果你到一个大人物家做客，接受他给你的食物，把它放在唇边。如果你看着站在面前的主人，不要死盯着他。死盯着他会给他的灵魂带来恐惧。在他向你打招呼之前不要说话；你不知道他是否在打什么鬼主意。他问话时你要回答；这样他会认为你说的是好话。高贵的人吃饭时听从灵魂的指引；灵魂给他愿意吃的东西——这是晚餐的习惯。他的灵魂引导他的手。高贵的人给予，下贱的人获得。所以，吃面包是神的恩赐；无知的人才不信神。

> 如果高贵的人派你去见另一个高贵的人，你要完全和派你去的人一样，准确地把信送到。注意不要言语伤人，由于曲解事实而引起争端。不要越权，不要重复任何人的心里话，不管是王子还是农夫的话；那是灵魂所惧怕的。

# 第二节

## 孔子的著作

早在欧洲文学发端的几百年前，中国就有了书。而在基督诞生的500年前，中国的大哲学家孔子就已成名，为中国文学和伦理学奠定了基础。这些书是写在竹简上的。有时候，中国的竹简是用尖笔刻的，有时候，是用印度墨水涂的。中国人还用丝绸写书。

---

① 关于卜塔－霍特普的生卒年见《考古学杂志》(*Revue Archael*)，1857。

# 第一章 世界的古籍

照片:W.A.曼塞尔公司

用僧侣使用的简化文字所写的纸卷轴,讲述的是一段埃及浪漫史,上面有第十一王朝的安特夫(约公元前2600年)和第十八王朝的图特摩斯三世(约公元前1600年)的名字

照片:里施基斯收藏馆

中世纪著名学者和书法家让·米埃罗

公元前100年左右，中国人开始生产纸张。在基督刚刚出生后中国人就用坚硬的印版印刷，他们用活版印刷比欧洲发明印刷术早300年。

早期的中国文学是伦理的——即关于行为准则的传统智慧的汇集，目的是要让人们在今世幸福，并为来世更好的、更令人满意的生活做准备。中国古代文人一般都是受尊敬的公民，他们被看作是重要的民族财富，但在公元前2世纪开始时，始皇帝下令烧掉所有的书，只留下了医学和农业典籍。帕特南先生说这也许是"世界上最彻底的、规模最大的压制文学的政策"。幸运的是，人们已将许多古代歌曲烂熟于胸，而且公共诵诗人反复吟诵它们。这个破坏文物的皇帝死后，那些文本又被形诸文字。虽然中国的作者不指望从书的发行中获得收入，但他可以靠国家发给的俸禄维持生计，任何国家都没有像中国那样尊敬作家和学者。在这方面，值得提及的是，文学史上最早的成功女作家之一是中国的班昭，她在基督时代开始时撰写历史。中国古代文学如此普及、如此杰出，以至于中国现代文学只能算对古典作家的一系列评论。古代作家对民族生活的影响是巨大的，它使中国在各个方面都成了世界上最保守的民族。中国人非常尊重传统，创作与古代文学相媲美的现代文学被视为是傲慢无礼的、完全不必要的、完全不可取的。此外，对古典作家的忠诚自有史以来就妨碍着中国语言的变化。读乔叟于500年前写的一首诗，看看乔叟的英语与今日英语之间的巨大差别，很容易意识到中国语言非凡的不变性。

印度的《吠陀经》，梵语民族的神圣经典，至少是在基督诞生一千年前写的。佛陀活到了公元前6世纪末，他的教诲促成了大量印度神学文学的创作，这些文字都是写在加工过的兽皮或加工过的棕榈叶上的。最早的希伯来文典籍写于公元前1300年左右。就目前所知，日本在一千年前才有文学，在日本如在中国和希腊一样，在书出现许多世纪之前就有公共诵诗人。

腓尼基人，住在非洲北部从事繁忙贸易活动的闪米特人，他们的首都迦太基，是世界上第一个商业首都，他们最先教会希腊人写字，希腊人又从埃及人那里获得了造书的想法。希腊字母无疑是早在公元前8世纪时发展起来的。杰文斯在他的《希腊文学》中说，希腊的读写教育早在公元前500年就开始了。是年，开俄斯岛建立了男子学校，而且，不会读写在当时就普遍被看作令人羞耻的事了。但是，杰文斯认为，这个时期的希腊教育只够让人们记账和给朋友写信，没有理由认为早在这时希腊人就已经养成了读书的习惯。希腊的公共诵诗人是在书写普及之前兴起的，人称"职业诵诗人"，他们习惯上在露天场合吟诵完整的荷马史诗来娱乐观众。这些职业诵诗人与现代的巡回剧团一样周游各个城镇，他们把诗歌和传奇熟记在心，成为保留剧目，也成为他们生活的保障。

亚历山大在雅典之后成为希腊文化的中心，而热心于藏书的托勒密家族则尽一切努力收集每一部可得到的希腊经典杰作。亚历山大图书馆藏书70万册[①]，但有一部分

---

[①] 不是70万册不同的书，而是藏书的总数。这个图书馆也是一个出版机构，所以各种各样的书都有。

于公元前48年被朱利厄斯·恺撒烧毁。大约2000年后的今天，大英博物馆图书馆只藏书400万册。在亚历山大图书馆的书架上，读者可以看到《伊利亚特》和《奥德赛》，柏拉图的《理想国》，色诺芬和希罗多德的著作，欧里庇得斯、索福克勒斯、埃斯库罗斯和阿里斯托芬的戏剧，欧几里得的几何学，还有许多后来完全丢失了的数学和科学著作。一个惊人的事实是，古代人，尤其是罗马人，都擅长筑路，他们严格地遵守科学的规划，但却没有留下古代筑路技术的文献，也没有关于古代工程学任何其他分科的著作。这种书一定存在过，但却完全遗失了。

## 亚历山大图书馆

亚历山大图书馆的书与大英博物馆里的书截然不同。它们大多数都写在纸卷轴上，这是一种用埃及芦苇的髓做的材料，少数书是用羊皮纸写的。羊皮纸的使用是在亚历山大图书馆失火100年前发现的。纸卷轴的书看上去非常像现代的地图。内容只写在一侧，卷轴固定在一个木头轴上，纸就绕着这个轴卷动。有些卷轴很长，但习惯上要将它们做得相对短些。纸卷轴一般大约一英尺宽。文字写在占满整个卷轴的狭窄的竖行里，每行两到三寸半宽，中间用红线隔开。荷马的《伊利亚特》可能至少写了24个不同的卷轴，亚历山大图书馆里有同一部书的许多不同抄本，所以，书的数量实际上要比卷轴总数少得多。抄写员把文字写在纸卷轴上后，由艺人对其加工装饰，这些艺人后来变成了现代插图作者。然后，手稿传到装订者手里，他们的工作是切去边缘，把皮纸或纸卷轴弄平整。然后，纸卷被固定在木轴上，木轴两端的结往往装有金属饰物。手稿都是用芦苇笔蘸墨水写的，墨水由灯黑和树胶搅拌而成。书的封底被染成金黄色，卷轴通常放在染成紫色或黄色的羊皮纸盒里。

抄写员也是最早的售书者。他们会借一个手稿，可能会付点费，然后辛勤地把手稿抄写在纸卷轴上，最后将其卖出。基督诞生的50年前就有许多抄写员—售书者住在雅典。他们在市场上摆书摊，到了亚历山大大帝的时代，售书已经成了一个稳定的行业。古代卖书的人不怎么诚实，他们常常把新书埋在一袋粮食里，直到纸页变色，卷轴有虫蠹的痕迹，这样它看起来就像稀有的古董一样了。

## 第三节

公元前3世纪的时候，在托勒密·费拉德尔弗斯、伟大的图书馆馆长和出版商卡利马舒斯的激励下，亚历山大城成为希腊文学活动的中心。大约在同一个时候，罗马作家开始以雅典人的方式创作原创性作品。亚历山大文学史开始的时候，最著名的文学成就也许是把旧约全书翻译成希腊文,这就是著名的《七十子希腊文本圣经》。据传,《圣经》的翻译是由 70 位有学问的犹太拉比完成的。卷轴是在埃及生产的,这一事实有助于增强亚历山大作为出版中心的重要性,而其地理位置则在很大程度上使它远离已把大部分古代世界夷为废墟的连年战争。在巨大的亚历山大图书馆里,权威学者监督熟练的抄写员工作,他们抄写的文本则由亚历山大的书商发行到世界各地。亚历山大突出的文学地位在它被罗马人攻克之后很久始终持续着,直到希腊文不再是古代世界的时髦文字时方止。晚至公元 5 世纪的时候,亚历山大仍然是文化和学问的中心,查尔斯·金斯利曾在他的小说《希帕蒂亚》中戏剧性地描写了这个史实。

## 拉丁文学

开始时,罗马文学是外来文学。当罗马成为世界之都时,抱负远大的作家从世界各地蜂拥而至,正如 18 世纪作家云集巴黎一样。但是,在很长时间内,希腊文仍然是文学语言。在罗马军队占领了整个希腊半岛之后,有文化的罗马人开始阅读从亚历山大抄写员那里买来的希腊书籍。希腊文被认为是唯一有价值的文学语言,唯一可以与此相媲美的是 18 世纪时法语在欧洲大陆具有相同地位,当时的普鲁士大帝弗雷德里克曾经写法语诗自娱。拉丁文学开始被创作时,完全是以希腊作品为蓝本的。希腊戏剧被翻译成拉丁文,荷马史诗被翻译成拉丁文,最初的拉丁作品必然是模仿性的。在这方面,有趣的是许多在公元前 1 世纪前,即在拉丁文学的黄金时代开始之前就出了名的杰出拉丁文作者都是外国人,而不是土生土长的罗马人。拉丁文学的古典时期持续了不到 100 年。西塞罗、卢克莱修、恺撒、贺拉斯、维吉尔、奥维德和李维的生活,写作和逝世都发生于从公元前 100 年到基督诞生的这段时间。

在颇有趣味的《书的迷恋》中,约瑟夫·谢勒尔先生说道:

> 罗马的图书馆和书店是这一时期时髦阶层和博学阶层经常光顾的地方。在书店里,文友和批评家见面,讨论抄写员抄写的每一本新书。这些店都坐落在人们常去的地方。标准新书的书名作为广告展示在店外。同样展示的还有准备出版的书。店外装着可能收集到的廉价书的箱子也是这个行当的一个特点。今天的出版界和售书业中可以看到很多跟这些古老的习惯相似的做法。我们读到,西塞罗想要把他的一本书的抄本送给朋友,以便不让它被列入补充抄本的名单,还下令把一本拥有相当多抄本的书的"剩余"抄本廉价卖出。

> 我们得知,失败的诗集经常被用来包装鱼和其他物品,书商们常常把库存剩余的大量抄本拿到公共浴池付之一炬,这是处理它们的正确方法,现代书商也常常有效地采用这个方法。其他的古代习惯仍然具有现代意义,如买断手稿的全部版权。预付版税的制度也存在,作者也常常接受书的抄本作为部分稿酬,

尽管许多人认为创作文学作品收取报酬是件丢脸的事,这种清高在今天已经不常见了。由于当时还不存在版权法,书一经出版就被抄写和反复抄写。①

古罗马的职业作家依靠热爱文学的富人的赞助过活,值得注意的是,公元前罗马的真实情况在整个欧洲一直持续到18世纪末。贺拉斯和维吉尔依靠梅塞纳的慷慨,梅塞纳是一位开明的百万富翁,认为诗人是国家最有用的公仆。数个世纪之后,莫里哀和拉封丹依靠路易十六的慷慨,而18世纪的英国文人也必须找到赞助,否则就得饿死。

# 第四节

## 形式的变化

公元3世纪,书开始改变形式。那种连续展开的卷轴没有了,取而代之的是被折叠、缝合和装订在一起的木片,这些木片通常都带有装帧。在黑暗时期,几乎没有人写出新书来,修道院成了书的唯一安全的储藏所,道士们也愿意从事抄写的工作。大多数修道院都有一个被称作抄写室的房间,抄写就在那里进行。② 偶尔有些相对比较开明的俗人赏识这些文人修道士的工作。比如,查理曼大帝就赐给某些修道院狩猎的权利,这样,道士们就能用鹿皮做书的封面封底了。虽然在这十个世纪里几乎没有什么新作,但手稿的装帧却达到了卓越的艺术性。道士们装饰过的页边和字母至今仍然具有赏心悦目之美。

最古老的插图手稿也许是维吉尔的手稿,在76页的精制犊皮纸上有50幅彩饰,该手稿藏于梵蒂冈。装帧和插图在基督诞生后的最初几个世纪里就在亚历山大有所实践,拜占庭的插图也许就是在那里开始的。中世纪的装帧种类有很多。这种艺术得到了阿尔弗雷德大帝的赞助,在英国的温切斯特和其他地方都有实践。在14和15世纪的勃艮第,装帧得到长足发展。幸运的是,这些装帧漂亮的道士手稿中有许多都得以保存下来,连同其装饰精致的页缘和隽美的首字母。修道院的抄写员用的是羽毛笔。在有趣的《插图》一书中,锡德尼·法恩斯华斯说最早提到羽毛笔的是"塞维尔的圣伊斯多尔的作品,他生活在17世纪初"。但羽毛笔在此很久之前就使用了,而罗马人用的是青铜笔。

修道院里的艺术活动绝没有得到普遍的赞同。在提到这些漂亮的手稿时,中世纪的一个清教徒说:

---

① 谢勒尔说这段话出自普特南的《古代作者及其公众》。
② 大约在公元487年,卡西奥多鲁斯在卡西诺山的本笃会修道院建立了抄写室。

《由天使照料的圣母玛利亚和孩子》,来自"圣母殿"的一幅摹本

这是带插图的手稿的一个极好范例,是中世纪晚期的僧侣作品。至今,边上的美丽插图装饰和字母都美艳绝伦,令人喜爱。

>有些道士拥有圣书就像没有一样,他们把书藏在书箱里。他们只注意薄薄的鹿皮和字母的典雅。与其说是为了阅读,毋宁说是为了展示。

中世纪抄写这些手稿的道士一般都被免去了田间的体力劳动。

修道院藏书书写得准确和工整就仿佛是印刷出来的一样。在格拉斯哥的亨特里安博物馆里,有一卷书始终被认为是印刷的书,后来一个好奇的旁观者发现某一页的皮纸上有个洞,而且是故意跳过的。这当然可以证明是一个抄写员写的书,而不是印刷的书。在描写修道士手稿时,安德鲁·朗格说:

>修道士手稿的一个迷人之处就在于他们以细密的方式展示了全部的艺术,甚至包括这些手稿生产时期的社会状况。使徒、圣人和先知都穿着现时代的服装,约拿在被抛给饥饿的鲸鱼的时候穿着紧身上衣和宽松短裤。插图还展示了现在的建筑品味。背景从花纹图案变成大地风景,表明修道院已经以新的视角看待自然了。

在查尔斯·里德的小说《修道院与壁炉》中有对中世纪的艺术家修道士的生动描写。一个修道士说:

>卷轴如果没有框缘上的水果和树叶,以及围绕好看的字体周围既使感官愉悦又有益于灵魂和理解的阿拉伯花饰,那就毫无吸引力,更不用说那些描绘往昔的神圣男女的图画了,这种图画会出现在几个章节里,不仅目光由于华丽鲜艳的色彩而柔和起来,心灵也由于笼罩在光晕中的圣人肖像而欣悦。

修道院的文学创作到谷登堡发明印刷术的时候才结束,本书后面的一个章节将讨论这个问题。

# 第五节

## 激励写作

迄今为止,我们已经讨论了书的生产和装帧,但在详尽检验文学的伟大成就之前,有必要发现驱使初民写书的理由。如我们已经看到的,很久以前,在基督诞生的时候,世界拥有一种精致的文学,包含着每一种最高级的文学形式,我们还看到了这种文学在书写发明之后是如何发展起来的。我们且来考察一下史前人的精神状态,他们在一个人烟稀少、令人迷惑的世界上艰难度日。他不断地遇到无法理解的现象和问题,他那逐渐增进的智力要求他去回答那些问题。安德鲁·朗格把这些问题总结如下:

什么是世界、人和野兽的起源？星星为何如此排列和运动？如何解释太阳和月亮的运动？为什么这棵树开红花，那只鸟的尾巴上有黑点？这种部落舞蹈源于何处？那种风俗礼仪又源于何处？

## 神话和传奇

在寻找这些问题的答案的时候，史前人深受这样一个事实的影响：他们并不感到比其余的造物优越。他们相信所有动物都有灵魂，甚至无生命的东西也有个性。因此，希罗多德说埃及人认为火是活的野兽，而人们普遍认为风是一个人，是孩子的父亲。如安德鲁·朗格所说："对野蛮人来说，天空、太阳、大海、风，不仅是人，而且是野人。"带着这些信念，史前人开始寻找宇宙问题的答案，而这些答案自然地采取了故事的形式，即人们所说的神话。神话给我们提供了人类早期的精神史。当文学得以发明、人开始书写的时候，他当然要先写下那些著名的故事，它们代代相传，而新的一代总要把自己的东西加进关于生与死的秘密之中，加进人与其所生活的世界的关系之中。这些神话构成了文学的基础，覆盖了广袤的思想田野。它们包括关于世界和人的起源的神话，关于生活的艺术的神话，就是说，讲述人怎样学会使用弓箭和犁杖，如何学会了彩陶技术等等；还有关于太阳、月亮、星星的神话；关于死亡的神话；最后，也许是最有趣的，是浪漫的神话，涉及性爱和男女关系的神话。所有这些神话的一个共性是把动物和无生命的物体人格化，这一普遍做法产生了这样一个理念，即世界上居住着无数的神，他们对人类事务心怀敌意地感兴趣——他们是需要膜拜的神，需要安抚的神。神话与宗教思想的发展密切相关。文学的端倪主要是为了记录这些神的行为，如我们所看到的，随着宗教思想的发展，人建造庙宇，建立崇拜仪式，在世界的许多地方，庙宇都是书的第一个家园。

人类历史上最有趣、最重要的事实莫过于普遍流传的民歌和传奇。东方民歌与西方民歌之间在主题上具有惊人的相似性，这些故事也是世界各族人民所共有的。人们提出了许多理论来解释神话的广泛传播。有人提出这种相似性纯粹是偶然的，但这种说法很荒唐。有人认为，印度人、波斯人、希腊人、罗马人、日耳曼人、斯堪的纳维亚人、俄罗斯人和凯尔特人所共享的那些故事是他们的祖先雅利安人所熟悉的，他们在西移之前都住在东亚高地，经过几次西移的浪潮，才建立了欧洲各国。这似乎是再合理不过的解释了，但却忽视了这样一个事实，即所有雅利安人所熟悉的这些故事也是非雅利安人所熟悉的，如中国人和美洲印第安人。关于神话之普遍性的最令人满意的解释也许是，它们是普遍经验和情感的结果。如安德鲁·朗格所说：

> 它们是早期人类精神的产物，还没有打上种族和文化差异的印记。这些神话可能产生于那些没受过教育的人们，并在文明人的文学中存留下来。

第一章 世界的古籍

照片：伦敦，弗雷德·霍里耶

《潘与普赛克》(爱德华·伯恩·琼斯爵士)

丘比特离开了普赛克之后，普赛克向潘求助和寻求意见，如下页所讲的。

## 丘比特和普赛克

不管如何解释,古代世界这些故事的广泛流传都是最有趣和最有意义的一个事实。仅举两个例子。丘比特和普赛克的故事是希腊神话中最著名的例子之一。普赛克是国王的小女儿,她长得美丽绝伦,因此激起了维纳斯的嫉妒,于是,这位女神就派儿子丘比特去杀死这个凡间的对手。丘比特溜进普赛克的闺房,普赛克的美貌惊得他倒退了几步,自己的一支箭射入自己体内。他发誓永不伤害这位美丽和无辜的人。此后不久,他成了普赛克的情人,夜里与她幽会,并让她答应永远不想知道他的名字,不看他的脸,警告她如果不守诺言,他就不得不永远离开她。长时间以来,她始终抑制着自己的好奇心,后来有一天晚上,她点燃了灯,仰慕地注视着已经熟睡的情人。她不慎把一滴灯油滴在了丘比特的肩上,他马上从床上跳起来,从敞开的窗子逃走了,此后普赛克历经磨难才终于与情人团聚。

新娘不听丈夫的嘱咐这类故事也发生在斯堪的纳维亚关于弗雷加和奥都尔的传奇

照片:伦敦,弗雷德·霍里耶

**《俄耳甫斯与欧律狄刻》(W. F. 沃茨)**

他的笛声造就了树木
他唱歌时,冻结的山顶
低头向他致敬。

俄耳甫斯娶了欧律狄刻,后者被毒蛇咬死。俄耳甫斯得到朱庇特的允许去冥府找她,在那里,他的音乐驯服了凶猛的刻耳柏洛斯,给被判永恒折磨的灵魂以安慰。他找到了妻子,但是,他违背了冥王普路托的不出冥府就不看她的命令,因此再次失去了她,剩下他自己孤独地悲伤而死。欧律狄刻这个名字来自梵文,意思是"黎明广阔奔涌而出的亮光穿越天空",这表明古典神话的普遍性。

中，以及关于普鲁拉瓦和乌尔瓦西的印度吠陀故事中。在威尔士和祖鲁也流传着完全相同的故事。甚至比较熟悉的关于狄安娜和恩底弥翁的希腊故事在其他语言中也有不同版本。月亮女神狄安娜（阿耳忒弥斯）骑着乳白色的战驹横跨天空时看到了恩底弥翁，就是正在山坡上熟睡的小牧羊倌。她俯下身来吻他。夜复一夜，她总在那里停下车来，度过那匆忙的极乐时刻。拜伦这样写道：

> 纯洁的阿耳忒弥斯，驾着月亮战车，
> 　在无数朦胧的不眠之夜，
> 穿越沉默的星空，面带羞涩
> 　俯身亲吻熟睡的恩底弥翁。

不久，狄安娜再也不能容忍让恩底弥翁的英俊遭受损失或污染，所以让他陷入永久的沉睡，把他藏在一个人迹未至的洞穴里。这个故事属于太阳神话。一般认为，恩底弥翁是落日，月亮在开始夜间旅行的时候注视着他。澳大利亚的土著也讲述与此完

照片：伦敦，弗雷德·霍里耶

《恩底弥翁》（W. F. 沃茨）

照片：安德森

《阿波罗与达芙妮》(贝尼尼)

阿波罗与达芙妮的故事是罗马诗人奥维德讲述的,普赖尔、雪莱和其他现代人也曾谈到。太阳神阿波罗爱上了河神的女儿露水之神达芙妮。太阳神追求她,她逃到父亲那里避难。她的脚碰到水边时,发现自己像生了根一样一动也不能动,父亲听到她的祈求,将她变成一棵月桂树。所以,当太阳亲吻露水时,露水就会消失,在它原来所在之处除了一片青草什么都不会长。

照片：伦敦，弗雷德·霍里耶

《皮格马利翁的故事，"心之所欲"》(爱德华·伯恩·琼斯爵士)

  皮格马利翁是最著名的希腊神话之一中的主人公。他是位雕刻家，完成了一尊美艳绝伦的女人——他命名为加拉泰亚——的雕像之后，向维纳斯祈祷赋予他的作品以生命，女神回应了他的祈祷。与众多其他的古典神话一样，皮格马利翁和加拉泰亚的故事赋予现代诗人以灵感，其中有席勒和安德鲁·朗格。W.S.吉尔伯特以这个神话为中心写了一部戏剧。

全相同的故事，他们也许是世界上最落后的种族了。僧伽罗人和非洲的一些部族也讲这个故事，当然要有一些变化了。

  这些神话是文学出现之前人类的艺术财富，它们激发了各个时代诗人的灵感，荷马和奥维德，还有现代作家，如勃朗宁、霍桑、赫里克、朗费罗、梅瑞狄斯、威廉·莫里斯、蒲柏、史文朋、丁尼生，尤其是拜伦、雪莱、济慈和罗塞蒂。文艺复兴时期的伟大画家把这些神话作为绘画的主题，才使希腊学术和希腊文化在西欧得以复兴，此后数个世纪以来，这些故事仍在激励高贵的拉斐尔前派，那是维多利亚时期的英格兰取得的辉煌成就之一。

**合作的端倪**

最重要的是要注意到，文学有一个合作的而不是个体的开端。早期关于星星的故事，母亲对婴儿哼唱的第一支歌曲，都是代代相传的，经过了改造、加工、润色，最后才潦草地写在了树皮上或精细地刻在了卷轴上。人们在发明和加工神话的同时也在积累历史记录。当家庭演变成部落，当部落争夺最好的草原和最好的垂钓场所时，个人有无数机会去表现无畏和勇敢。一代人的英雄壮举在后续各代中成了家庭和部落的珍宝。人们骄傲地重讲那些故事，随着时间的推移，勇士的实际行动被惟妙惟肖地夸大了，最后他要么把自己看作一个神，要么看作神选中的保护对象。个人的成就与部落的历史密切相关，英雄们属于自己的部落，所以，当人们开始书写的时候，世界就已经有了大量的传记和历史，成千上万的人早已烂熟于胸，为抄写员的永久保存做好了准备。

但是，甚至与其覆盖的土地一样广袤的神话和英雄传奇也无法让学会书写的第一个人接触到全部素材。交往的生活必然导致公认的风俗和习惯。一个家庭或一个部落如果不遵守一定的规则就不可能生活在一起。这些规则越来越严格，同时，当与反复发生的事件相关联时也越来越有趣。每个人生活中的大事是生、死和婚姻，所以，生、死和婚姻的传统仪式很快就得以普遍遵守。变化的季节也促成了一些仪式，最初是为了安抚神的播种和秋季收获，在原始人的一年里都是喜庆的日子。这些习俗和仪式也为最初的抄写员提供了沃土。此外，他们已经有了无数口传的儿童故事，当然与比较恐怖的神话、谚语和离奇的格言密切相关，它们大多都是评论生活中人皆熟悉的事件的。

# 第六节

诗歌要比文字古老得多。现已成为定论的是，欧洲各民族的民歌，边远的村民仍在不断演唱的民歌，都成了"远古的遗产"。安德鲁·朗格说：

> 当然，它们现在的形式是相对近代的：在数个世纪的口头传诵中，语言自行发生了变化，但是，许多浪漫歌谣中常见的情景和观念却是没有日期的，并在全世界广泛流传。

歌谣这个名称本身就意味着人们最初是通过节奏来安排词语的。"歌谣"派生于

照片：W.A.曼塞尔公司

**罗塞塔之石**

　　这块石头是一块长 3.9 英尺、宽 2.25 英尺的巨大黑色玄武岩石柱的一部分，上面刻有十四行象形文字、三十二行通俗文字和五十四行希腊文字。它是在 1798 年被一位名叫布夏尔的法国炮兵军官在圣朱利安堡垒的废墟中发现的，该堡垒毗邻尼罗河罗塞塔河口。该石 1799 年被运到开罗的国家研究所，由博学之士进行研究；拿破仑命令对这些铭文进行翻版印刷，并将它的摹本交给欧洲的学者和学术团体。1801 年它为英国人所有，1802 年 2 月被送往英格兰。它在伦敦古物学会的房间里展览了几个月，最后放置在大英博物馆。

　　解释象形文字和埃及古老语言的关键首先是从这一铭文中得到的；国王的名字在象形文字中被椭圆圆圈或漩涡花饰圈起来，它们为辨认象形文字字母表中的字母提供了线索。

古法语动词 baller，意思是舞蹈，而歌谣原本是舞蹈者唱的歌，词语必然伴随着动作。即席用词语给舞蹈伴奏的习惯在俄罗斯和比利牛斯山脉仍很流行。16世纪的英国作家帕特纳姆在《英诗的艺术》中说：

> 诗歌比希腊和拉丁艺术古老，描写的是科学和文明出现之前的古代人和未开化的人。

这些早期歌舞是情感的最早的艺术表达。原始人用歌舞（再次引用安德鲁·朗格的话）找到了"在极度紧张或庄严的时刻表达情感的适当方式"。因此，除了故事、传奇和神话，传统的英雄传记以及家族和部落的记录外，第一个职业文人还有大量的通俗歌曲要写入他的卷轴。显然，这些歌曲是一切诗歌的端倪，瓦茨－邓顿先生曾把诗歌定义为"用情感的和节奏的语言具体地艺术地表达人类精神"。重要的是，诗歌以及散文中的最初冲动绝对是通俗的。普通的梦想和向往是无名诗人描写的主题，因而充满了新的更伟大的美。在这种早期的通俗艺术之后是描写人的规范诗歌，用来表达特殊的而非一般的情感，贵族的而非民众的情感。民歌在进步和文明的世纪里仍然流行的事实证明了民歌属于民众这种说法。在希腊和罗马的黄金时代，会读书的人很少，会写字的人就更寥寥无几了。但大多数人都会唱，能即兴唱歌的人有很多。在罗马帝国衰落之后的黑暗时代，几乎没有人读书，但仍有人唱歌。随文艺复兴而来的新知识对普通人几乎没有什么影响，读书和写字的影响只在近几百年内才显示出来。但数个世纪以来，没文化的人拥有自己的口说文学——故事和歌曲，其内容也像故事一样是重复的，而原始部落人唱的歌比历史记录要久远得多。

人类历史上最有趣的、最重要的莫过于民歌与传奇的相似性。世界上各个民族共享相同的故事，东方的歌与西方的歌在主题上具有惊人的相似性。近代人围绕这个主题写出了大量的消遣文学。我们有充足的理由认为这是浪漫主义文学的起源，也有充分的理由指出如此丰硕的素材正等待着第一个文学艺术家去发掘。因此，早期文学是传统艺术财富的汇集，是早期作家们对各时代祖先都熟悉的故事的选择、安排和美化。读者在开始思考古代文学丰碑、荷马史诗和较早的《圣经》时应该牢记这个事实。

## 参考书目

关于书的最初形式——手抄本，用铁笔写字等，见 Sir E. Maude Thompson 的 *Handbook of Greek and Latin Palaeography*。

F. A. Mumby 的 *The Romance of Bookselling* 讲的是自古以来卖书和出版书的历史，包括古希腊、亚历山大和古罗马时期书的生产。

*The Printed Book* by H. G. Aldis.

*Books in Manuscript* by Falconer Madan.

*The Binding of Books* by H. P. Horne.

*Early Illustrated Books* by A. W. Pollard.

G. H. Putnam 的 *Books and Their Makers During the Middle Ages: a Study of the Conditions of the Production and Distribution of Literature from the Fall of the Roman Empire to the Close of the Seventeenth Century*, 2 vols.. 还有出自同一个作者之手的 *Authors and Their Public in Ancient Times*。

*Illuminated Manuscripts* by J. A. Herbert.

*English Colored Books* by M. Hardie.

关于图书馆的早期历史，见 Edward Edwards 的 *Libraries and the Founders of Libraries*。其中描写了埃及、希腊、罗马帝国等古代图书馆以及修道院图书馆。

另一本书是 E. C. Richardson 的 *The Beginnings of Libraries* 以及他的 *Biblical Libraries: A Sketch of Library History from 3400 B.C. to A.D. 150*。

神话入门的一本非常有用的小书是 Bulfinch 的 *The Age of Fable*；Andrew Lang 的 *Book of Myths* 是写给年轻读者的。

在其他论神话的书中，值得提及的还有 Sir G. L. Gomme 的 *Folk-Lore as an Historical Science*。

*The Science of Fairy Tales* by Hartland.

*The Fairy Faith in Celtic Countries* by W. Y. Evans Wentz.

*Greek and Roman Mythology* by Dr. H. Steuding.

*Northern Hero Legends* by Dr. O. L. Jiriczeks.

*Northern Mythology* by D. E. Kaufmann.

*An Introduction to Mythology* by L. Spence.

*The Myths of Greece and Rome* by H. A. Guerber.

*Myths of the Norsemen* by H. A. Guerber.

*Myths and Legends of the Middle Ages* by H. A. Guerber.

*Hero-Myths and Legends of the British Race* by M. I. Ebbutt.

*Myths and Legends of the Celtic Race* by T. W. Rolleston.

*Myths of the Hindus and Buddhists* by Sister Nivedita and Dr. A. Coomaraswamy.

*Myth and Legend in Literature and Art* 论述了各种主要神话。

安德鲁·朗格被收入《不列颠百科全书》中的文章都是神话研究的杰作。

Jacobs 的系列 *Celtic Fairy Tales, More Celtic Fairy Tales, English Fairy Tales, More English Fairy Tales, Indian Fairy Tales, Europa's Fairy Tales* 中有许多以童话形式讲述的神话。同样的还有 *Legends and Stories of Italy* by A. S. Steedman, *East O' the Sun and West O' the Moon* by Dasent, and *Chinese Fairy Tales* by Fields。

Sir J. G. Frazer 的经典著作 *The Golden Bough: A Study in Magic and Religion*，共 12 卷。此书还有一卷本的简写本。

# 第二章 荷 马

## 第一节

　　荷马是最伟大的史诗诗人，给我们留下了关于欧洲文明的最早画卷。作为诗歌和历史，《伊利亚特》和《奥德赛》在世界文学中占据一个独特的位置，如果它们不曾保存下来，其后果是令人难以想象的。它们在历史的紧要关头成为希腊的《圣经》；因此，包括柏拉图在内的哲学家们都常常引用书中的诗句来说明某个道德观点，或最终解决某个信仰问题，正如基督徒习惯上使用《圣经》一样。对希腊人来说，荷马是一位特别的诗人，正如对我们来说，《圣经》是一部特别的书。而希腊人和我们一样，常常会在原文的朴素词语中发现更深刻的意义或更贴心的慰藉，在漫长的时间长河中，人们会再次发现一个迷人的联想或新的难以忘怀的美。此外，这些着实伟大的诗篇，被阳光沐浴着、被海风吹拂着的神殿，由卓越高贵的人造就，在西方每一个熟悉他们或他们的作品——其模式已成永恒的——的时代都成了史诗的楷模（如维吉尔的《埃涅阿斯纪》）。如果荷马的诗歌全部丢失的话，或许我们不会拥有所说的这些"模仿性史诗"，维吉尔的、卢坎的、但丁的、弥尔顿的，等等。这种丢失甚至可能妨碍诗歌的"宏大风格"的有意培养。但是，那些幸运地保留了人类想象之伟大杰作及其巨大影响的东西也许是这样一个事实：甚至在今天，普通人都懂得"荷马"一词的含义，尽管他们可能没有读过荷马的一行诗或译文。当说话者或作家谈到"荷马的壮丽"或"荷马的笑声"，或观察到"甚至荷马有时也疏忽"时，我们都知道这是什么意思。此外，荷马的主要人物都由于突出的性格而家喻户晓：阿喀琉斯的英勇、海伦的美、尤利西斯的足智多谋、珀涅罗珀的忠贞。任何一个演说者，即便他只站在街角的一个临时演讲台上，也可以用其中任何一个名字来喻指一个寓意；我们对这些名字就像对哈姆雷特或佩克斯涅夫、奥赛罗或米考伯一样熟悉。

　　我已经谈到、而且还要谈到作为诗人和人的荷马，他是不可分的，我在谈他时就像律师们所说的一样"没有任何偏见"，就是说，在谈到荷马史诗问世的方式时，我没有表达任何现在的观点，而是想要造访那"无边的浩瀚"：

眉宇间焕发智慧的荷马统治的领土

照片:布朗

《荷马自吟》(保罗·什纳瓦尔)

在发明书写艺术之前,四处流浪的吟游诗人——荷马可能就是其中的一位——从一个村子走到另一个村子,吟诵他们的诗歌。

"呼吸纯洁的静谧"的人(天才的济慈用词太恰当了!)不需要知道那个有争议的迷宫,即荷马问题。实际上,幼稚地忽视沃尔夫的《绪论》(1795)开始的整个讨论的确是件好事,因为这把新的爱好者摆在了听众席上,让他们在古希腊的春潮中聆听那些诗篇,那时,他们甚至没有想到《伊利亚特》和《奥德赛》竟然是一个大师的创造,同一个盲人歌手也唱出了后来同样隽美的传奇,使得许多城市都为了荣誉而争做他的出生地。读者可以快活地读这些译诗中的故事,接触那些高贵的男人和女人们、不那么高贵的神和女神们,他们都在动荡的沉浮中去爱、恨、战斗、言说、生和死。

## 英雄阿喀琉斯

书中再没有比这更好的故事了,没有比他更值得了解的人了。在阿喀琉斯身上,我们看到的是一个真正的英雄;的确,他身上没有基督徒的温顺,那是环绕兰斯洛特那颗低下的头的晕光;虽然他那愤怒的暴躁和无休止的悲伤显示出一点野性来,但他却是一个光荣的战士,对早来的厄运无所畏惧的绅士(甚至那匹栗色的战马也熟知这

照片:阿里纳瑞

《尊崇荷马》(安格尔)
(藏于巴黎的卢浮宫中)
一幅表现所有时代的诗人向"伟大的失明的诗歌之父"致敬的图画。

一切），对屈膝求饶的敌人施以最温柔的怜悯和高尚的礼节。在尤利西斯身上，我们看到了一个勇敢的冒险者，在仍然是一个奇境的世界上勇敢地面对一切艰辛和恐怖；他对妻子忠贞不渝，甚至当在仙岛花园的院子里躺在一位不死女神的怀抱中时，他也无法抚平那份思乡之情——即便他没有说出相当于我们所说的"家"这个词，但那个词的所指物却深藏在他的心中。

接下来是荷马笔下的女人们，美丽、聪慧、神圣——在从索福克勒斯到莎士比亚的女主人公的长廊中几乎没有什么女性可以与之媲美。首先是安德洛玛刻，年轻的贤妻良母，一旦失去了侠义勇武的赫克托耳，她便失去了生活的全部意义。接着是珀涅罗珀，她不缺少大家闺秀的温柔和庄重，即便是家庭受到了追求者的侵扰，他们挥霍她的钱财，引诱她的侍女，完全破坏了这个家的规矩；但她接受了对美貌和荣耀的严峻考验，始终爱着儿子忒勒玛克斯，忠实于长期在外的丈夫。然后是新婚前夜的少女瑙西卡——完美的家庭责任感，纯真优雅，通情达理，仁慈，慷慨，勇敢。最伟大的是海伦，无辜地引发了希腊人和特洛伊人的战争，由于我们对她几乎一无所知，由于荷马不像中世纪的传奇作家那样，去逐一罗列她的美貌，所以就越发迷人——这最早地体现了许多希腊艺术制胜的秘诀："不多言。"正是由于这一缄默，海伦的美才流芳百世，成为无数诗人心中的长明灯。

## 特洛伊的海伦

我们所了解的海伦的美几乎都来自《伊利亚特》第三部中的几行诗，诗中，她登上特洛伊的城墙，观看帕里斯与梅内莱厄斯之间的战斗。"于是，这位女神便开始想念她昔日的丈夫，她的城市，她的父母。她径直戴上白面纱，走出闺房，痛哭流泪。"当坐在城墙上的特洛伊长老们看到她走来时，他们轻声耳语说："难怪特洛伊人和穿铠甲的希腊人多年来为这样一个女人受尽折磨。同样奇怪的是她竟然一直不能忘记一个不朽的灵魂。"特洛伊陷落后，特洛伊的其他女人都成了战利品、奴隶和情妇。后来的故事说卡珊德拉死了，安德洛玛刻失去了小儿子。但海伦却回到了丈夫身边，回到了斯巴达金碧辉煌的宫殿，后来，当忒勒玛克斯去那里时，她再度出现，希望听到他父亲的消息。她再次成为最美丽的人间女王，与狄安娜一样美；她也是一个完美的女主人，坐在铺着金毯的椅子上，女仆菲罗推着奇妙的带轮子的银篮，这是埃及忒拜国王的妻子阿尔堪德拉送她的礼物。她认出了忒勒玛克斯，因为他和父亲很像，在爱情女神支配她的时候，她曾属于帕里斯，在那些日子里，她是那样了解他的父亲。她是经过深思熟虑才提及那段暴风雨般的往事的，那么多人为她流血流泪，可那并不是她所希望的。

荷马笔下的人物都栩栩如生地活在人们的记忆里，对他们性格的刻画没有浪费一滴笔墨，因为读者所牢记的是他们的言行，而不是诗人的评论。然而，民众，那些为权势卖命的无名的士兵们，几乎算不上什么戏剧性人物，而这部史诗竟然是在那些民

照片：里施基斯收藏馆

**《特洛伊的海伦》（莱顿勋爵）**

……那张脸令千艘军舰齐发，
烧毁了伊利亚高耸入云的城塔！

主的岁月里写成的。在所有描写战斗的诗篇里，我们所能看到的那些无名士兵们只是他们身上铠甲射出的青铜色的光，他们嘈杂的喊叫和他们投出的暴雨般的石头——他们都变成了拥挤的、无关紧要的人群，甚至在舞台被"杀人狂"占领时，被不太重要的英雄之间的一系列个人斗争占据时。的确，希腊人聚会讨论军事问题的时候，甚至最凶猛、最专横的国王阿伽门农也要听取群众的意见。希腊民主的开端，也是我们自己的民主的开端，在这里已经显而易见了。

## 普通士兵

然而，英雄和神的确很少为老百姓烦恼。忒耳西忒斯是唯一以尖刻讽刺的言语发表自己见解的煽动家——非常奇怪的是，他出身名门，甚至在荷马的人物中也有很好的社会关系，但却遭到尤利西斯的痛打，尤利西斯特别不喜欢他。神和女神实际上都是人，只不过他们是不死的（但也同样遭受痛苦，比如受伤），并拥有超人的能力和美貌。英雄与人、神和女神萌发爱情，生出了海伦或阿喀琉斯，所以他们才下凡参加人间的战斗，在决斗中帮助这个或那个斗士，甚至亲自参战。在像凡人一样战斗之前，他们也吹嘘，也相互辱骂。玛尔斯骂密涅瓦是"狗蝇"，然后用矛刺中了她的肺，而当他被一颗尖齿的黑石打中脖颈倒地时，他"一下子射出七个弗隆远"，女神折磨他的方式一点也没有女人味儿。朱诺骂狄安娜是一条"无耻的母狗"，抢过她的弓和箭囊，痛打了她，那位女神猎手"满含泪水"像一只旅鸽一样逃跑了。对现代人来说，更加滑稽的是朱诺利用自己的美貌，穿上神的衣服，戴着镶有三块宝石的耳环，从维纳斯那里借来可以产生爱的刺绣腰带，试图调和俄刻阿诺斯与忒提斯，以防止朱庇特实行让特洛伊人胜利的计划。她还在拥抱着丈夫的时候贿赂睡神，让丈夫陷入昏睡。她还成功地唤起他的激情，因此当他把她与另外七个与他有染的女人相比较时更偏爱她，然后他从一块云中制造了一个遮盖，这样，在拥抱她的时候就不会被别人看见。荷马如此清晰地刻画了这些神的性格，使他们与凡间的男女英雄毫无二致。朱庇特傲慢、亲切、急躁，情绪波动很大，但有点怕老婆；朱诺一心要让希腊人胜利，是一个出色的女外交家，她知道她的任性什么时候会使主人失去耐性，什么时候该采取必要的安抚；阿波罗是先知和死亡使者，积极地执行他的命运法规；密涅瓦是满腹经纶的战争女神，掌管艺术和工业，我们还可以称她为优秀的女商人。

奥林匹斯山的居民们在我们现代人眼里似乎有些荒唐，但荷马对他们的生活如此熟悉，这惊人地证明了荷马暗自相信他们参与了人间事务的管理。也正是这个幼稚的信仰给中世纪的传奇以灵感，在那些传奇中，我们看到圣人们离开乐园参加下层人的劳动和娱乐，甚至圣母玛利亚也帮助一个虔诚的崇拜者与爱人会面。

## 第二节 《伊利亚特》

荷马的《伊利亚特》讲的是特洛伊战争的故事。这开始于众神的一场争吵。在一次婚宴上，厄里斯把一个苹果抛到客人当中，上面刻着"送给最美丽的人"。朱诺、维纳斯和密涅瓦都说那颗苹果是自己的，而众神之神朱庇特则决定让特洛伊国王普里阿摩斯的小儿子帕里斯来决定。帕里斯说苹果是给维纳斯的，因此激起了另两位女神的刻骨仇恨。做出决定之后不久，帕里斯就乘船去了希腊。他受到斯巴达国王梅内莱厄斯的款待，却以与他妻子即美艳绝伦的海伦做爱作为回报，并说服她与他私奔到了特洛伊。梅内莱厄斯号召其他希腊部落首领帮助他夺回妻子，在一阵犹豫之后，最著名的首领、满腹韬略的尤利西斯，英雄阿喀琉斯，巨人埃阿斯，狄俄墨得斯，最老的首领内斯特和梅内莱厄斯的兄弟阿伽门农都响应号召来帮助他。阿伽门农被任命为希腊军

照片：布朗

**《特洛伊墙外的希腊人和特洛伊人》(保罗·什纳瓦尔)**

梅内莱尼斯的妻子海伦与国王普里阿摩斯的儿子帕里斯一同逃往希腊，一支希腊军队向该城进发，要将海伦从她的情人那里夺回来。

队的总指挥。特洛伊军队的领袖是普里阿摩斯的长子赫克托耳，他是安德洛玛刻的丈夫和著名的赫卡柏的儿子。众神都明确采取了立场。朱诺和密涅瓦自然站在希腊人的一边对付特洛伊人，而维纳斯和玛耳斯则站在另一边。尼普顿喜欢希腊人，朱庇特和阿波罗则采取中立。这场战争持续了九年，然后，阿喀琉斯和阿伽门农发生了争执——《伊利亚特》的故事就是从这里开始的。

## 阿喀琉斯的愤怒

贯穿《伊利亚特》始终的主题是阿喀琉斯的愤怒，而不是他的勇敢。英雄之间的愤怒或夙仇是希腊传奇中的常见主题，正如在斯堪的那维亚人的传奇中一样。在开头的几行诗中我们就读到，由于阿喀琉斯和本地军队的首领阿伽门农发生了争吵，神要把无数种疾病降给在特洛伊城前扎寨的希腊军队。军营里开始流行致命的瘟疫，于是

照片：里施基斯收藏馆

**"帕里斯的评判"（鲁本斯）**

帕里斯要决定哪个女神最漂亮——朱诺、密涅瓦或维纳斯。他将金苹果给了维纳斯，自然另外两位女神成了他的死敌。

先知卡尔卡斯被请来寻找病因，他告诉阿伽门农，阿波罗射出了带毒的箭，因为国王接到赎金后拒绝释放阿波罗的司铎克律塞斯的女儿，这发生在希腊人占领和掠夺的一座城市里，他们在那里分享着女人和其他战利品。阿伽门农让出了那个少女，暴戾地从阿喀琉斯身边夺走了布里塞伊斯，即阿喀琉斯应得到的女俘。阿喀琉斯忿忿不平地回到了军营和战船上，恳请母亲女神忒提斯让上天报复那位暴君。朱庇特不想惹站在希腊人一边的妻子不高兴，便派一个梦使到阿伽门农那里，献计攻打特洛伊人，准备攻下已经围攻十年的特洛伊城。

在希腊军营和上天宫殿里，一场激烈的争论开始了。前两卷书的第二卷是以双方军队的点将结束的。在这么早的时候，我们就注意到战争从尘世到天堂、又从天堂到尘世的转换。人物的言语也体现出鲜明的特性，忠实地表达了说话者的个性，无论是人还是神，但没有现代作家采用的用以揭示个性的细腻笔触。这是希腊演讲术的永恒特点，有许多证据表明这位希腊天才有意克制个人细节，因为在各种艺术问题上个人细节会阻碍整体效果。

由于阿喀琉斯撤了出来，尽管有许多斗士英勇善战，但在这场漫长的战斗中希腊人还是失利了。奥林匹斯山上的众神焦急地追踪战况，每一个神都尽自己所能帮助一方或另一方，营救他们特别喜欢的战士。有许多描写面对面搏斗的完整场面，故事的背景点缀着杀戮的血腥色彩。帕里斯向希腊王子挑战，被梅内莱厄斯打败，但又被维纳斯救了出来，她还威胁海伦说，如果她坚持拒绝拥抱胆小的情人，那么双方军队都会向她报复。双方商定休战，但却被潘达瑞俄斯破坏了，他用箭伤了梅内莱厄斯。狄俄墨得斯杀死了拥护特洛伊的一些小英雄，包括阴险的潘达瑞俄斯，他首先打伤了维纳斯，然后又伤了玛尔斯——如后来的传奇所证明的，他为这些徒劳的胜利献出了自己的生命。在赫克托耳拿起武器参加争端之前，希腊人还能坚持不败。据说赫克托耳与大埃阿斯打了个平手（在传奇中小埃阿斯像影子一样跟在大埃阿斯的后面），分手时还相互赠送礼品，像骑士一样告别。然后情节转向"山峦叠起的奥林匹斯山"，朱庇特禁止众神介入尘世的争斗，预言了将降落在希腊人身上的灾难。赫克托耳即刻准备让他的军队次日清晨攻打希腊军营。而就在那天晚上，围攻的军队一片"慌乱，伴随着令人战栗的恐惧"，尤利西斯、福尼克斯和埃阿斯去找阿喀琉斯讲和，代表阿伽门农归还未破身的布里塞伊斯（可怜的"布里萨少女"被扔来扔去，没有自己的名分！），并把国王的三个女儿之一嫁给他，但不要求他赠予她财产，除了这些礼物外还有七座美丽的城市。阿喀琉斯在一段讲话中拒绝了这份厚礼，这次讲话也成了荷马史诗的顶峰。下面是德比伯爵的译文：

> 噢，战斗的灵魂，人民的向导！
> （希腊人给埃阿斯的第一个回应）
> 你讲得好听，但却以暴君为名
> 我的怒火重燃，我的灵魂燃烧；
> 恰恰是不满，变成了勇敢；
> 丢脸和羞耻，就像奴隶一样下贱！
> 回去吧，英雄！带着我们的回答
> 光荣的战斗，我不再为之挂虑；
> 直到砍断你下沉的战船
> 希腊人的鲜血染红我的主桅杆；
> 直到赫克托耳点燃的烈火
> 吞噬你的战船，烧到我的船边；
> 狂暴的屠杀就在那里发生
> 停止他的战斗，我们才言和握手。

　　那是一个多事之夜。狄俄墨得斯和尤利西斯在黑暗中进入了特洛伊营地，杀死了

《为围攻特洛伊做准备》(保罗·什纳瓦尔)
希腊军队里有阿喀琉斯,伟大的好战英雄。

照片:布朗

瑞索斯,抢走了他那些雪白的马匹。这是一个振奋人心的胜利,故事讲得惟妙惟肖。但是,在赫克托耳的率领下,特洛伊人英勇不屈,要不是朱诺的美人计,就连尼普顿也只能眼睁睁地看着希腊军营失陷。也许《伊利亚特》的真正"寓意"就体现在下面这两行诗中:

> 比所有事情都重要的两件事:
> 一个是爱,另一个是战争。

这部伟大戏剧的转折点,既搅动了上天又震撼了尘世,这就是帕特洛克罗斯身穿阿喀琉斯的盔甲,率领密耳弥多涅人参战的时候。赫克托耳杀了帕特洛克罗斯,一种崇高的"愤怒"把这部史诗提高到更加高尚的情感维度。就连在希腊悲剧更加高尚热切的生活中熏陶的希腊批评家们,也看到由于失去一个女奴而激起的愤怒不足以成为"在军营里发怒"的动机;只有荷马崇高的天才才能将其刻画得如此美妙。

## 伍尔坎的锻造

知心朋友的死使阿喀琉斯暴怒了，失去盔甲（相当于现代士兵丢了枪支）损害了他作为武士的名誉。在忒提斯的恳求下，伍尔坎为这位英雄锻造了一套新的行头；关于盾牌的描写是荷马史诗中最著名的段落，那就是我们现在所知的迈锡尼艺术，一个无价的历史印证。

下面是欧内斯特·迈尔斯的译文：

> 他首先锻造了一面巨大坚硬的盾牌，在布满装饰的盾面镶上了三道闪亮刺眼的金边，一条银色挎带系在上面。盾牌共有五个折面，由此见出他的匠心独运。
>
> 然后他在盾面上刻上了大地、天空和大海，那不知疲倦的太阳和那渐渐满盈的月亮。还有覆盖天空顶端的星座。昴星团、毕宿星团和巨大的猎户星座，还有人称北斗七星的大熊星座，她在自己的轨道上运转，遥望猎户，独处而不在大洋的沐浴之中。
>
> 他还在盾面上刻上了两座美丽的人间城市。一座城市里正大摆婚宴，火炬照耀，当街通明，人们带着新娘走出闺房，穿过城市，婚歌嘹亮。年轻男子旋转着舞蹈，长笛竖琴曲调悠扬；女人们则站在门口惊奇地观赏。可人们还是聚集在广场中央，围观一场争端；两个人在争论一个命案，一个人向观众细诉详情，要求全部赔偿，另一个人则竭力否认，分文不还；二人同意诉诸仲裁公断。于是，人们呐喊着分成两派，各助一方；传令官维持秩序，长老们则端坐秀石，围成圣圆，手中握着传令官递过的权杖。然后他们起身，依次向人们做出决断。而在人群中央摆着两泰伦金子，那是给最公正之人的奖赏。

这仅仅是这面著名盾牌上的一部分装饰。难怪当伍尔坎锻造完毕，把它交给阿喀琉斯的母亲、女神忒提斯的时候，"她像一只猎鹰从伍尔坎手里夺过闪光的武器，当即从雪白的奥林匹斯山飞将下来"。

阿喀琉斯与阿伽门农讲和，穿上新的铠甲，带着密耳弥多涅人去参战，杀死了许多特洛伊人，但只是为了要赫克托耳的命。

叙述是那么紧凑，因此不可能在此详述每一个重要事件①，这不像萨克雷笔下的人物和职业，只需一个简短的摘要就能概括出来。姑且给你一个最悲惨的"特写"，看看赫克托耳是如何死于阿喀琉斯的残忍之手的。

"被死神束缚了手脚"的赫克托耳站在特洛伊的斯开埃城门的大墙前，他的老父亲普里阿摩斯站在城墙上，看到阿喀琉斯"像丰收季节里升起的星星一样"向他们冲

---

① 《伊利亚特》有 15673 行，《奥德赛》有 12889 行。其中 90% 的诗行都是讲述非常重要的事件的。

照片：里施基斯收藏馆

**《伍尔坎的熔炉》**（贝拉斯克斯）

伍尔坎是铁匠之神。荷马说朱庇特因他反叛而将他逐出天堂。

来——就像给人们带来狂躁病的俄里翁的猎狗。普里阿摩斯和赫卡柏都恳求儿子回到墙内来，但他不听他们的恳求。

　　阿喀琉斯越来越近了，赫克托耳在等着他，就像躲在窝里的山蛇，满口毒液，满胸愤怒。但当阿喀琉斯逼近时，阿喀琉斯的黄铜铠甲闪闪发光，一种不祥之感威慑着他，他逃跑了。阿喀琉斯绕着特洛伊城墙紧追其后，就像猎鹰追捕一只鸽子。奥林匹斯诸神都望着这一对儿英雄在厮杀；朱庇特问：我们是救赫克托耳还是让阿喀琉斯杀死他？密涅瓦不同意去救一个早就注定该死的人。在城墙的第三条环路上，当朱庇特"挂上金秤盘，在上面放上两个悲惨的死砣"时，赫克托耳的一端下倾了，从那时起就没有人能够救他了，甚至阿波罗也没有办法。密涅瓦飞快地来到战场，变成赫克托耳的兄弟得伊福玻斯的模样，假装来帮他。赫克托耳于是精神抖擞，决定与阿喀琉斯决一死战。在战斗之前，他提议签订一项君子协议：不论谁败，对方都不能再伤害败者的身体，要将其送回以便接受朋友们为他举行的葬礼。阿喀琉斯断然拒绝；他们之间不会有什

《俘虏安德洛玛刻》(莱顿勋爵)

摘自曼彻斯特艺术馆的图画

特洛伊陷落之后,特洛伊英雄赫克托耳的妻子安德洛玛刻,成为希腊人的囚徒。安德洛玛刻是忠贞妻子的典型,她对丈夫的爱在《伊利亚特》最美妙的一段有所描写。

照片:里施基斯收藏馆

么协议,就好像在人与狮子、狼与羊之间。

阿喀琉斯投出长枪,赫克托耳蜷伏下来,长枪从头顶飞过;密涅瓦乘赫克托耳不备,又把长枪还给了那位希腊英雄。赫克托耳投出他的长枪,但没击中;他叫得伊福玻斯再给他一支枪,但得伊福玻斯不见了,赫克托耳立刻明白了这是密涅瓦在愚弄他。他知道末日降临,但还是拔出长剑,攻击敌人,希望临死前做出一番壮举来。阿喀琉斯一枪击中了赫克托耳的脖颈,临死前,他乞求胜利者不要让希腊战船上的狗来吞食他的尸体。阿喀琉斯余恨未消,想都没想让他赎回尸体:"如果按我的意愿,"他回答说,"那就割下你的肉,把它吞下,只为了你对我犯下的罪行。"

> 戴着闪亮头盔的赫克托耳临死前回答说:
> "我看清了你的本性,也不希望
> 能改变你的目的和那铁石的心肠
> 但要当心你那颗我没有摘下的脑袋
> 当神明迁怒于你,像你一样的勇士
> 帕里斯的手,阿波罗的帮助
> 将把你的头挂上斯开埃门的城楼。"

他说着就咽了气,魂灵来到了漆黑的冥府。阿喀琉斯恣意凌辱他的尸体,刺透他的双脚,用皮带把它们绑在战车上,他驾车飞速赶回希腊营地,那颗高贵的头在灰尘中拖曳着。

这不是故事的结局。人们为帕特洛克罗斯举行了葬礼,为纪念他举行了比赛。不久,阿喀琉斯的悲伤和愤怒得以抚平,开始忏悔他对那高尚的敌人的尸体的亵渎。他对普里阿摩斯报以善意和尊敬,在为赫克托耳举行葬礼的时候准予十一天的休战。然而,后来的希腊人极端蔑视对死者尸体的任何凌辱(赫西奥德把它列为五大致命罪孽之一),他们从未原谅阿喀琉斯残忍野蛮的行径。他的命运固然悲惨,年轻时就笼罩着死亡的阴影,但他从来就不是希腊悲剧中的主人公。

《伊利亚特》以"驯马者赫克托耳"的葬礼结束。他那罹难的妻子安德洛玛刻是故事的真正主人公。特洛伊被希腊人毁灭了,但在战争的喧嚣声中,读者听到了"远处传来的一个女人的叹息声"。《伊利亚特》中没有提到阿喀琉斯和帕里斯的死。但两人都在围攻时阵亡了。在《奥德赛》中,据说阿喀琉斯的骨灰被装在一个金瓮里,而索福克勒斯告诉我们,帕里斯在特洛伊失陷前就被菲罗克忒忒斯刺伤了。

## 第三节　尤利西斯的流浪

《奥德赛》讲的是特洛伊失陷、希腊人胜利后尤利西斯流浪的故事。梅内莱厄斯夺回了妻子，海伦跟他回到了斯巴达。其他希腊英雄也都回归故里，但只有尤利西斯没有回去，他的妻子珀涅罗珀和儿子忒勒玛克斯在伊塔刻王国焦急地等待着他。

### 《奥德赛》的写作

《奥德赛》没有《伊利亚特》中那种以闪电般的速度感染读者的惊心动魄的悲剧氛围。本特莱说前者是为妇女写的，后者是为男人写的，这明确地说明了所有认真研究荷马的学者都会产生的一种不太容易界定的感觉。除了一个复仇和折磨的残酷情节外，在尤利西斯流浪的故事中，人物都很温和，更多的是家庭琐事。实际上，读者不能不感到《奥德赛》写于一个较晚的时期，一个比较开化的时代，无论如何，是在一场伟大战争的残酷影响已经过去了的一个时期，而且，仍然相信这两部史诗出自同一个诗人之手的古老说法的人，都相信《伊利亚特》写于他年轻气盛的时候，而《奥德赛》则写于他心平气和的晚年。这两部史诗之间气质的差异比《失乐园》与《复乐园》之间的差异要大得多。

《奥德赛》自然地分成六大情节，每个情节分四部书来讲述，这看起来是作者有意为之。第一部分主要讲那位流浪英雄的独生子忒勒玛克斯遇到的麻烦，即在处理母亲珀涅罗珀的追求者和漂亮的庄园方面遇到的麻烦，以及他去皮罗斯和斯巴达寻父的经历。

洗劫特洛伊已经十年过去了，但尤利西斯仍然杳无音信。他没有把人马带回崎岖多石的伊塔刻，因为他们愚蠢地杀死了太阳公牛，还吃了它的肉，所以都死了；他本人流落到一个孤岛上，也就是神女阿吕普索的住所。她想让他忘记凡间的妻子，和自己结婚，为了这个目的而把他留在了这个奇异的岛上。尼普顿从来没有原谅尤利西斯，不想让他回家，因为他杀死了他的一个妖儿波吕斐摩斯。碰巧有个机会，尼普顿去看"人类之顶级"的埃塞俄比亚人，趁他不在的时候，奥林匹斯山神聚众商议，安排让尤利西斯回家。他们派墨丘利去通知阿吕普索，与此同时，密涅瓦则乔装去见忒勒玛克斯，告诉他去找父亲的朋友内斯特和梅内莱厄斯。

第二天，忒勒玛克斯命令传令兵遍告全城，召开大会，申诉母亲的求婚者们已经把自己吃穷了。为求婚者拉皮条的安提诺俄斯则说是珀涅罗珀造成了所有这些麻烦；是她捎口信儿把他们骗到家里，几乎用四年的时间为莱耳忒斯（尤利西斯的父亲，一个年迈体衰的老人）织一件棺衣，白天织上，夜里再拆开。其他的求婚者都傲慢无礼，只有密涅瓦乔扮成门托耳，为忒勒玛克斯弄到了他航海要用的船。于是，忒勒玛克斯

《尤利西斯在淮阿喀亚》(鲁本斯)

尤利西斯在淮阿喀亚海岸遭遇海难,得到国王的女儿、美丽的瑙西卡的救助。

拜访了在皮罗斯的内斯特，听他讲了克吕泰墨斯特拉杀死阿伽门农的故事，但没有父亲的消息。内斯特建议他去斯巴达，看梅内莱厄斯是否知道些什么。他和这位聪明的老主人的儿子、还有皮西斯特拉忒斯乘一辆双轮战车出发去往斯巴达。在斯巴达，海伦认出了他，他们为过去那美好的时光痛哭流涕。对这些年轻人来说（而且对每一个读者来说），看到美艳绝伦的海伦，听到她和丈夫要说的话，都是一件快事。后者讲述了当著名的木马被运到特洛伊时，海伦如何绕着它行走，用拳头击打木马里的伏兵，模仿每一个希腊王子的妻子的声音——如此逼真，要不是有尤利西斯显示出的克制为榜样，有些王子就会回答她，甚至跳出了木马。而与此行的目的更加切近的是，梅内莱厄斯告诉忒勒玛克斯，他的父亲就在阿吕普索的孤岛上；这个消息，以及关于那些希腊英雄的不幸经历的故事，都是梅内莱厄斯收集到的；他伪装成海豹，抓住了大海的先知普罗透斯，并通过多次伪装（狮子、龙、豹、熊、清澈的小溪和遮荫的树），把"海洋老人"弄得疲乏不堪，因此才不得不回答了他提出的所有问题。

以下两节讲述了尤利西斯的奇异经历。美丽的阿吕普索服从奥林匹斯神的命令，放走了尤利西斯；她不明白尤利西斯为什么要离开一个比他妻子好看得多的女神，而去面对海上的狂风暴雨。但她还是借给他工具，造了一只船，并给他提供了装备。尤利西斯就这样启程向淮阿喀亚进发，按照仙女的指点顺着大熊星座的右边行驶。然而，尼普顿从埃塞俄比亚回来的路上看到了他，估计是众神抢了他的先，于是用三叉戟搅动大海，掀起了一场可怕的风暴。尤利西斯的船沉了，但装扮成海鸥的伊诺把魔纱借给了他，魔纱托着他游向了岸边，然后，他把它抛向大海还给伊诺。就这样，尤利西斯来到了淮阿喀亚，在国王阿尔喀诺俄斯的女儿瑙西卡的帮助下，受到王宫的热情款待。这座雄伟的王宫就坐落在一个一年四季果树青葱、鲜花盛开的花园里。

尤利西斯被冲到岸边时头发蓬乱，赤身露体。瑙西卡看见他时，女仆紧随其后。但这位公主心地善良，通情达理，给他衣服和食物，告诉他去往父亲宫殿的路。下段引文出自布切尔和朗格的译文：

> 你一到王宫的大厅，就快步穿过那个大套间，你会看到我母亲坐在通明的火炉旁，正纺着带紫色斑点的纱布，那是一个奇迹。她的椅子靠着一个廊柱，后面坐着她的使女。紧挨着母亲的椅子的就是父亲的宝座，他就坐在那里像神一样喝着葡萄酒。你走到她前面，把双手放在母亲的膝前，你很快就会高兴地看到你回归的日子，即便你来自一个遥远的国家。如果她对你有好感，你就有希望见到你的朋友们，回到你美好的家园和你自己的国家。

## 尤利西斯的冒险

淮阿喀亚人为这位客人举行了狩猎仪式和盛大宴会，还送给他礼物——衣服和一

由阿伯丁艺术馆馆长特别惠允复印

《珀涅罗珀和她的追求者》(J. W. 沃特豪斯)

围攻特洛伊之后，尤利西斯流浪了很多年。他的冒险经历提供了《奥德赛》的情节。他的妻子珀涅罗珀留在伊塔刻的家中，被许多追求者烦扰。

泰伦金子——于是，他高高兴兴地吃了一顿晚饭。在宴会上，得摩多科斯歌颂特洛伊失陷，希腊人从木马的突围，尤利西斯感动得落了泪，但只有国王阿尔喀诺俄斯看到了，他讲了几句话，并要求陌生人说出他的名字。他报上名字和家乡，讲了离开特洛伊之后的奇异经历。他洗劫了西克尼斯城，来到了忘忧果的故乡，而手下人都在那里流连忘返。"无论是谁，只要吃了蜜一样甜的忘忧果，就不会再有消息，也不想回归家乡，而在那里，他选择与吃忘忧果、忘记归路的人居住。"他遇到了凶狠的独眼巨人波吕斐摩斯，趁这个妖魔熟睡之际，他和手下人从他的肚子底下逃了出来。他拜访了住在"漂浮岛上"的埃俄罗斯，埃俄罗斯送他一阵顺风作为礼物，世界上的所有其他风向都被一起装在一个袋子里。不幸的是，手下的人解开了那个袋子，他们又被风吹回到埃俄罗斯的岛上，这次，埃俄罗斯拒绝接待他们。他还去过埃埃亚岛，在那里，他的人都被喀耳刻变成了猪。幸运的是，当尤利西斯急忙穿过神圣的沼泽地想要去救手下人时，遇到了"装扮成一个青年人、嘴唇上挂着第一滴露珠"的墨丘利神，这位神送给他一棵草，"其根发黑而花如乳汁"，把他从喀耳刻的魔法中拯救出来。和喀耳刻在一起住了一年后，他再次踏上流浪的征途，手下人又都恢复了人形。但在所有这些离奇的冒

《喀耳刻和尤利西斯的同伴》(布里顿·里维埃)

女神喀耳刻,"长着金色的头发,是个聪明的女神,懂得人类的语言"。她将尤利西斯的二十二个同伴变成了猪。

照片:里驰基斯收藏馆

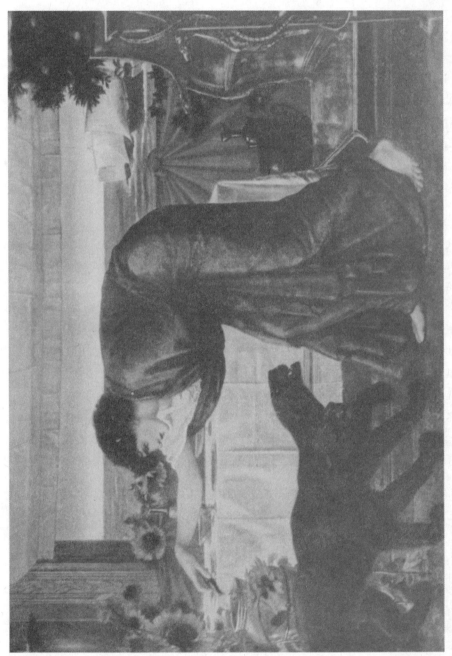

《喀耳刻之酒》

伦敦,经弗雷德·霍里耶惠允复印

险中,高潮是他们的地狱之旅。在地狱里,尤利西斯与先知忒瑞西阿斯谈了话,先知向他讲述了他死时的情况:"死亡将从大海温柔地向你走来,在你年事已高、心境平和之时把你带走。"他还和母亲的魂灵交谈,听到了在伊塔刻的妻儿和老父的消息。然后,普洛塞庇娜唤来古代王公英雄的妻女的鬼魂,他让每个人都讲述了自己的故事。然后,他又和阿伽门农的魂灵谈了话,阿伽门农警告他不要对妻子太坦白;他和阿喀琉斯的魂灵谈了话,他听到了儿子涅俄普托勒摩斯在木马中的壮举,因此大步流星地跨过一片长春花草地,为这个年轻人的英勇得意非凡。他看到弥诺斯手拿金杖审判死者;他看到提提俄斯、坦塔罗斯和西西弗斯在忍受着他们那永久的惩罚。他凝视着力大无比的赫拉克勒斯,手中拿着弓,箭搭在弦上,胸口挂着绣图的金绶带。

离开冥府之后,尤利西斯和手下人来到了那个狭长的海峡,"一边是斯库拉,另一边是巨人卡律布狄斯,以可怕的方式吸干了盐海之水"。尤利西斯是这样描述他的最后一次冒险的:

> 我在船上不停地走着,直到龙骨两侧的波涛舒缓,海浪卷走了索具,桅杆脱离了龙骨。牛皮制作的后牵索已经奔拉下来;我用这根牵索把龙骨和桅杆系在一起,坐在那里承受着毁灭性的飓风。
>
> 接着,西风停止,暴风雨急骤而降,南风迅速刮来,给我的灵魂带来悲伤,我将再次丈量大海的空间,那通往卡律布狄斯的死亡之路。我彻夜被风吹来吹去,太阳升起时我看到了斯库拉岩石,和可怕的卡律布狄斯。现在她已吸干了盐海之水,而我则被抛向那棵高高的无花果树,像蝙蝠一样抱住了它,双脚却无着落,亦无立锥之地,因为树根远在下面四处蔓延,长大的树枝高不可攀,笼罩着卡律布狄斯。我紧紧地抱着它,直到它把桅杆和龙骨吐出,后来我如愿以偿。……我垂下手脚,扑通一声跳入那长长的木头那边的海水中,坐在上面用手用力划。……我就这样坚持了九天,到第十夜,神把我带到了俄古葵亚岛。

他讲完故事后,国王阿尔喀诺俄斯把他的所有礼物装在淮阿喀亚人的船上,这些船那么的机巧,能自行找到他回家的路,于是他回到了伊塔刻。我们也因此随他一起回到了凡俗的世界里,在那里,他和儿子时时要小心翼翼,防备妻子的那些追求者。接下来的故事是荷马史诗中最引人入胜的部分。尤利西斯回家时只有他那条老狗认出他来,但却不能跟着他摇尾乞怜了,因为它一认出他来便死去了。尤利西斯装作乞丐走进家门,受尽了侮辱;不忠诚的仆人侮辱他,求婚者们对这位乞讨的客人也不屑一顾,这意味着殷勤好客是博爱的重要组成部分,是荷马时代生活中最美和最素朴的东西。当命定的复仇者、无情而不可抗拒的勇士暗中谋划消灭那些败坏他家产的人们——那些对上天的警告充耳不闻、对神示的殷勤好客熟视无睹的人们时,他却被当成了流浪汉,其讽刺意义便鲜明地表现了出来。当复仇之日来临时,那不是战斗,而是大屠杀;

尤利西斯和忒勒玛克斯对那些不忠诚的仆人的惩罚如此令人"作呕",以至于希腊戏剧家们视其为非人性、非艺术、非希腊而憎恶之。然而,那些求婚者却根据不同状况而给以不同程度的惩罚,因为虐待乞讨者是赫西俄德所说的五种重罪之一。尤利西斯和珀涅罗珀最终热烈相拥,而密涅瓦则神奇地延长了经历了多年的艰难困苦和痛苦思念之后悲喜交集地团聚的第一个夜晚。

这就是《奥德赛》的故事。而当三千年后,人们在读这个故事的时候,

> 他们聆听拍在西海岸上的海浪
> 那是奥德修斯的咆哮和雷鸣。

# 第四节 英文译本

荷马的英译本没有一个是完全成功的;这是必然的也是肯定的,因为荷马史诗的独特性在于把一个原始种族的新奇和素朴,把世界童年的新奇和素朴,与完美的表现技巧结合起来,使思想完全控制了用以表达思想的媒介。如马修·阿诺德在《论荷马的翻译》一书中指出的,这种结合涉及荷马风格的四大特色:迅捷、思想的直接性、措辞的素朴性和高尚。任何翻译,无论是诗歌还是散文,迄今都没有完全成功地表现出这四种特色。

散文翻译,不管多么忠实和典雅,都不能公正地表现出荷马史诗诗意的美和辉煌。著名英国诗人的翻译都优缺参半,都没能保持荷马史诗的某一或更多的特性。查普曼的翻译具有一些这样的特性;他那14音节的诗行表现了荷马史诗中六韵步的力量和动感;其风格素朴、新颖、鲜活;在某种程度上也是迅捷的。总起来说,他的翻译似乎值得济慈用崇高的十四行诗加以赞美。但他的翻译中也充满了伊丽莎白时代的奢华和奇异的幽默。《圣经》的译者们由于那种敬仰而痛苦地抑制想象力,而查普曼也同样深受荷马素朴和简洁思想的"折磨"。在赫克托耳告别安德洛玛刻的著名演说辞中,荷马让他说道:"我自己的心也不允许我这样(在墙后面苟且偷生),因为我已经学会了勇敢,去特洛伊的前线战斗,为父亲的伟大荣誉也为我自己。"在查普曼的译文中,这些简朴直接的思想变成了:

> **我有生以来呼吸的精神**
>
> 从未教我这样做;更何况蔑视死亡
> 已经深扎我心底,我的心懂得价值何在,
> 它的职能就是冲锋陷阵,不让任何危险
> 不加克服地溜走。大火中闪耀着赫克托耳的考验:

国土、父亲和朋友都在他身上神奇般地显现。

看所有这一切是如何幽默地融入了伊丽莎白时代微妙的想象之中的！赫克托耳接着说："因为我的头脑和心灵熟知，神圣的特洛伊毁灭的时日。"查普曼的译文是：

> 我内心里深知这样的暴风雨终将来临，
> 神圣的特洛伊将流淌失败的泪水。

## 蒲柏的译文

蒲柏是尝试这一艰巨任务的另一位著名诗人，但他的文学风格与其说适于描写一个点燃军营篝火的军人，毋宁说更适合于一位智者的哲学思考，因此没有传达出荷马史诗的素朴性。然而，在重要时刻的描写上，蒲柏是唯一成功的译者，他部分地表现了原文的迅捷、高尚和常常采用的素朴而非浪漫的语言。下面这段话是表现蒲柏天才的一个非常普通的例子，即萨耳珀登的演说，一位英国政治家在七年战争结束时签订《巴黎条约》的时候曾引用过这段话。这位政治家就是格兰威尔勋爵，1762年签订条约的时候他用荷马的话表达了他由于帮助自己的国家获得和平而感到的满足。

> 以全部的谨慎能否避开阴郁的坟墓
> 胆小鬼和勇士都无法逃脱它的桎梏
> 我不会徒劳地追求名誉
> 也不会在战场上敦促你的灵魂：
> 可是啊，那卑鄙的年代必将到来，
> 疾病和死亡都毫不留情；
> 其他人付出的生命我们给予
> 把给予名誉的东西归还给自然。

蒲柏太"文"以至于不能传达荷马的素朴思想和简捷的言辞，但他的译文优点很多，现代的趋势是认为其地位比马修·阿诺德赋予它的地位要高得多。威廉·柯珀，那个温顺和彷徨的人，缺乏蒲柏的力度和迅捷，因此不能像希腊英雄驾驭战车那样驾驭他的英雄对句，他的译文充其量是"静物"描写。

## 德比伯爵的译文

德比伯爵一点也不具备柯珀的诗歌才能，但他忠实的《伊利亚特》译本却是一次诚实和不懈的努力，如他自己所说，是要"把原文的精神和素朴性融入一种几乎直译的英文本"，这一译本比其他任何译本都更接近于成功。一个典型的例子就是安德洛玛刻在特洛伊城墙上眼睁睁地看着胜者阿喀琉斯亵渎丈夫的尸体那个令人心痛的场面——一个给我们留下极深印象的恐怖场面，因为它讲述了这位可怜的夫人如何为赫克托耳从战场安全归来时准备一件新的刺绣战袍和洗澡的热水：

> 接着，她狂也似的从房中冲将出来，
> 心怦怦乱跳；后面女仆成帮。
> 一到塔顶，她看到人群鼎沸；
> 登上城墙，她举目四望，
> 看到一群战马拖曳着尸体，
> 战船边溅起尘土飞扬；
> 刹那间她眼前昏黑一片；
> 顿时昏厥，倒向后方。
> 头上花环被抛得远远，
> 网罩、发带和刺绣的头饰，
> 还有维纳斯赠给她的婚裳，
> 就在那一天，舵手赫克托耳
> 从伊申家带走了富有的新娘。
> 周围丈夫的姐妹急来抢救
> 就好像她已经气绝身亡。
> 可她喘过一口气恢复知觉，
> 牙关里迸出痛苦的声响：
> "赫克托耳，噢，我的忧伤，
> 我们生来受苦；你在特洛伊的宫殿
> 我在底比的斯普拉克林旁，
> 在哺育我的伊申的家，他不幸
> 我更不幸！但愿我从未来到世上！"

只有像史文朋那样的无韵诗大师才能写出比德比伯爵的译文更崇高的诗句来，才能更接近于（但仍然差得很远！）创造奇迹，把荷马诗歌的旧酒装入韵律诗的新瓶。

　　荷马史诗译文中的一个非常有趣的尝试是威廉·莫里斯未完成的《奥德赛》。在这些译文中，那位神奇的诗人展示了迅捷而令人心动的叙述才华——他那创造新颖奇异氛围的天才，以及他与英雄传奇精神的共感。他确实用介于童话和北欧传奇之间迷雾般的诱惑力向我们展示了荷马史诗的场面。但是，荷马史诗中的英雄毕竟在人格上比任何文学中的冒险人物都更接近北欧海盗——完全可以把他们定义为介于北方人与诺曼人之间的类型，因为由精英而非笔杆子揭示的历史表明他们已经进入了别人的物质文明以便占有它，去享受一种先于其精神发展的奢侈和浪费。当珀涅罗珀的追求者突然感到逼近的厄运时，只有忒俄克吕墨诺斯明白，《尘世乐园》的作者是这样描写的：

> 于是他说，可帕拉斯·雅典娜的追求者云集
> 唤起了不灭的笑声，令他们神情恍惚；
> 现在他们都大笑着成为其他男人的口食，
> 吃着血迹斑斑的肉，他们的双眼
> 充满了泪水，思想的灵魂已经误入歧途。
> 这时神人忒俄克吕墨诺斯来对他们说：
> "为什么如此痛苦，这般悲伤？
> 因为你们坦然，夜里包裹着双膝
> 失声痛哭，面颊泪水淋漓，
> 大厅墙上斑斑血迹，漂亮窗格鲜血滴滴；
> 门廊里人形拥挤，院子中替班不息，
> 他们在昏暗中行走，天堂之光已息；
> 噢，邪恶的迷雾已经笼罩全城！"

当然，我们有一个奇怪的不祥之兆，感到这只能是正直之人的警告，这是荷马用切实的语言表达的。莫里森译文中那些开放的段落在力度和启示上是无与伦比的。有些批评家认为偶尔对一些常用形容词的直译有失尊严，把一个诡计多端的人说成是"变化无常"则有些刺耳。但是，这个译文似乎具有查普曼译文中的全部优点，同时又避开了后者无处不有的错误——即幽默地表达原文中素朴的思想，把素朴的词语雕琢成伊丽莎白时代的细密和奢华。

想要尽可能清楚地了解荷马史诗崇高的清晰（却又像一颗钻石无法看透）的人，如果没有希腊文的知识也就只能达到德比伯爵和威廉·莫里斯译文的水平，人们可以买到这些译本的便宜版本。

## 布切尔与朗格

至于散文翻译，那就汗牛充栋了，虽然达不到直译的准确性，但却能帮助学生抓住荷马史诗中的细节。布切尔和朗格的译文有时达到了散文诗的水平。而塞缪尔·巴特勒，那位伟大的讽刺家和《埃瑞洪》的作者，则以奇异的求实性散文翻译给因循守旧的"译手"打了一针强心剂，后者给荷马诗中真实而容易认识的生活增添了一丝非现实的气息。巴特勒试图证明《奥德赛》是一个女人写的，这个女人无非就是聪明美

丽的瑙西卡。他最初是在独具讽刺特点的一篇文章里提出的，但最终他确信自己的这一理论纯属异想天开。

## 第五节　荷马式明喻

　　荷马史诗中明喻的使用是一个显著特点，从维吉尔到弥尔顿的所有这些"模仿性史诗"的创造者都予以模仿。荷马式明喻不仅仅是修饰，比如启示弥撒书中的画面。它们是戏剧性的；也就是说，它们产生于情节，给将要发生的事情增强印象，引导读者的思绪从某一相似但又不太熟悉的画面走向对某一场面或某一事件的惊诧或恐惧或怜悯的更加敏锐的认识。它们就仿佛一本书的插图，其内在意义是插图画家所掌握的，但却允许他的想象力戏耍画面的细节。蒲柏评论说："由于保证了主要的相似性，荷马没有任何顾虑地玩弄各种环境于股掌之间。"因此，他的明喻与《旧约》中的明喻构成了对比（如约伯把朋友的无常性比作荒漠里的水，当商队前来取水时却发现它已干涸），因为荷马式明喻描写的不是主要细节。《伊利亚特》中有180个完整的明喻，即完整的画面，而《奥德赛》中只有40个。这一差别是必然的，因为《奥德赛》虽然充满了惊奇和奇异的冒险，但却没有那么多紧张激动的时刻——戏剧性的惊险情节，如《伊利亚特》中的战争行动和身穿铠甲的斗士在有限的角逐场上的争斗。

　　荷马式明喻中包括从最低俗的到最高尚的形象。与《旧约》的作者们一样，荷马也喜欢用家居形象；因此，像这些作者们一样，他在沸腾的洪水和簸谷的风扇之间看到了相似性。希伯来编年史家写道（《列王纪下》：xxi.13）："我必擦净耶路撒冷，如人擦盘，将盘倒扣。"荷马也看到了同样素朴的相似性，把被敌人包围的顽强的埃阿斯比作跑进玉米地里的一头驴，孩子们无论怎样棒打它都无济于事。有时，荷马使用系列明喻，比如当希腊人离开营地，乘船去往聚集地时，荷马成功地把这个场面描写为像大火吞噬森林一样（由于希腊人闪亮的铠甲），就像一群叽叽喳喳的鸟（因为他们匆忙喧闹），就像无数的树叶（因为他们被组织成一个起伏的方队），就像嗡嗡叫的苍蝇（从聚集地那里传来嘈杂的嗡嗡声），就像被牧羊人分开的羊群（当被头领分成分队的时候）。

　　此外，为了突出战争情节的恐怖而将其与简单的小事加以对比，荷马告诉我们阿波罗捣毁希腊城堡就像孩子捣毁沙滩上用沙堆成的城堡一样容易，或让阿喀琉斯斥责同伴帕特洛克罗斯，说他像拉着母亲的衣角、含泪望着母亲哭叫、等着母亲抱起的小女孩。

### 庄严的明喻

比较庄严的形象是用火来暗示的——尤其是森林大火——湍流、暴风雪、闪电和飓风交织在一起,就好像在内陆的爱琴海经常发生的一样。庄严明喻的一个很好的例子是密涅瓦给阿喀琉斯施加魔法的时候,让他头上环绕着一团金色的云,火可以从那里喷射出来。W. C. 格林牧师翻译的《荷马〈伊利亚特〉中的明喻》包含着这一最惊人的明喻:

> 仿佛从远处看岛上城堡,
> 被围时硝烟直上云霄:
> 整日里激战频频
> 城里人在这城墙结盟:
> 太阳一落便硝烟四起,
> 堆堆烽火,强光高照
> 周围居民有目可观,
> 可能乘船前来解难:
> 阿喀琉斯的光环照亮穹天。

顺便提及,《伊利亚特》中狮子的比喻就有 30 多个,其中最引人注目的是保护帕特洛克罗斯尸体的埃阿斯,他就像一头母狮保护狮崽一样,横眉怒目。这些明喻往往是历史的明珠。被困的岛屿城市燃起了呼救的篝火,向邻国求助,这使我们想到在那个时代这种袭击是常见的,仿佛一波一波的移民从中欧大陆席卷而来,建造或抢夺船只,通过海上袭击而在南海占有一席之地。而狮子明喻的频繁出现暗示狮子是当时大陆上的常见动物——希罗多德和色诺芬都证明了这个事实,他们说在公元前 5 五世纪的马其顿、帖撒雷和忒拉斯仍然能看见狮子。荷马的确叙述了历史,也讲了故事,由于有了自谢里曼划时代的发现以来的考古硕果,我们现在能够把历史与传奇和想象联系起来,准确地勾勒出真实的荷马世界。荷马其人其书都不是艺术神话;不管受到多大的曲解、遮掩和"恢复",它都记录了与我们相像而非不像的那些人所实际经历过的一种生活。

## 第六节 荷马世界

至于沃尔夫在(1795 年与哈尔发表的)《序言》就《伊利亚特》和《奥德赛》的问世及其现存形式所引起的争议,还应该再说上几句。沃尔夫的理论表达了一种怀疑

照片：里施基斯收藏馆

**乔治·查普曼**

照片：W.A.曼塞尔公司

**荷马，"伟大的失明的诗歌之父"(哈里·贝茨)**

一切的态度,这种态度在政治领域导致了法国大革命的爆发,而在历史批评领域则促使伊讷和尼赫鲁证明了罗马早期年鉴的传奇性质。他的理论证明了四个要点。作者提出:(1)荷马史诗是在没有文字的佐助下于公元前950年写成的,诗中并没有提及文字,所以古希腊人或没有文字,或没有用文字创作这些文学的记录,构成这两部史诗的那些诗歌是口口相传留下来的,而口传的过程也经历了极大的变动;(2)当在公元前550年形诸文字时,"修订者"和文学批评家们对这些诗歌加以润色,按照自己的艺术鉴赏力修改了它们;(3)这两部史诗的艺术统一是后来不同时代艺术处理的结果;(4)使史诗得以建构的原文出自几个作者之手,尽管绝不可能表明这些组成因素从哪儿开始、在哪儿结束。

沃尔夫的名著(用拉丁文写成)中没有戏剧性的描写,也没有否认一个叫荷马的人——一个"开始编织蛛网的"天才诗人——的存在。此外,他承认那个论点令他信服,但并不心服。从理论再度回到诗歌的阅读上来,再次沉浸于故事清晰的发展线索,故事的和谐和统一,所有这一切又使他坚信这部作品出自另一个人之手,理性的怀疑主义破坏了他对这样一位诗歌大师的信任,这使他愤怒。这里不可能深入探讨他的书引起的争论谜团。古代的作者权概念必须放弃;这就好比一个普通百姓的信仰,他相信现在的《圣经》是从天堂传下来的。"荷马"这个名字意思是"组装者",这就足以证明两部史诗由单个作者完成的说法是站不住脚的。史诗的每一部分都带有修改的记号;比如,有充分的证据表明野蛮的部分被低调处理了,以适应后来较温和时代的审美力,希腊人对"令人作呕的事"如此恐惧,以至于坚持不把谋杀搬上舞台。

在漫长和仍然悬而未决的关于起源和作者权的争论中,诗人——以及在其身上诗人的某些气质得以存留的职业学者们——始终倾向于单一作者的观点。在英国,有种印象始终占上风,今天,其力量在逐渐增加,即席勒和歌德这样的天才诗人所持的赞同观点比学者—批评家主要关注的那些差别更受重视,席勒称沃尔夫的理论"是未开化的";歌德虽然一开始倾向于接受沃尔夫的观点,但一转念又写信给席勒说:"我比以往更加相信该诗(《伊利亚特》)的统一和个性。"作为充满希腊精神的成熟学者和诗人,马修·阿诺德的意见的确重要:

> 相信《伊利亚特》是几个诗人的合作结晶的不可逾越的障碍是:大师的作品都是独一无二的;而《伊利亚特》具有大师的真实印记,那个印记就是宏大的风格。

## 参考书目

刚开始研究荷马的读者可以读下列这些书：W. E. Gladstone's *Homer*，Sir R. C. Jebb's *Homer: an Introduction to the Iliad and Odyssey*；Rev. W. Lucas Collins 也发表过论《伊利亚特》和《奥德赛》的卓著。

**其他著作有：**

Dr. Walter Leaf's *A Companion to the Iliad for English Readers*；*Homer and History*；and *Troy, a Study in Homeric Geography*.

Andrew Lang's *Homer and his Age; Homer and the Epic*；and *The World of Homer*.

Matthew Arnold's essay *On Translating Homer*.

W. E. Gladstone's *Studies on Homer and the Homeric Age; Landmarks of Homeric Study*；and *Homeric Synchronism: an Enquiry into the Time and Place of Homer*.

最近论荷马的书还有：J. A. K. Thompson's *Studies in the Odyssey*；F. M. Stawell's *Homer and the Iliad: an Essay to Determine the Scope and Character of the Original Poem*。

还要提到的两本书是：Samuel Butler's *The Authoress of the Odyssey*，在这本书中，巴特勒提出《奥德赛》出自一个女人之手的观点，和他的 *The Humour of Homer*。

**荷马的重要现代译本有：**

*The Iliad done into English Prose*, by Andrew Lang, Walter Leaf, and Ernest Myers.

*The Odyssey done into English Prose*, by S. H. Butcher and Andrew Lang.

*The Iliad in English Verse*, by A. S. Way (2 vols).

*The Odyssey in English Verse*, by A. S. Way.

其他现代译本有：*The Odyssey translated into English Verse*, by J. W. Mackail；*The Odyssey translated into English in the Original Meter*, by Francis Caufeild；*The Odyssey, a line for line translation, in the Meter of the Original*, by H. B. Cotterill. 著名的《尘世乐园》的作者 William Morris 也把《奥德赛》译成英文，而塞缪尔·巴特勒，《埃瑞洪》和《众生之路》的作者，也把《奥德赛》译成了散文诗。

当然，还有许多过去的译本，主要有亚历山大·蒲柏的译本；伊丽莎白时代的诗人和戏剧家乔治·查普曼的译本；诗人威廉·柯珀用英文无韵诗译的《伊利亚特》，该译文显然没有现代版本。美国诗人威廉·库伦·布莱恩特用无韵诗翻译了《伊利亚特》，约翰·F. W. 赫舍尔用英文六韵步翻译了《伊利亚特》。

德比伯爵也用英文无韵诗的形式翻译了《奥德赛》两卷本，藏于劳埃布古典图书馆。

# 第三章 《圣经》的故事

我们称作《圣经》的那部古书具有无与伦比的价值和重要性。它比任何其他文学都更有力地促进了人类道德和宗教的进步。作为人类文明中最有意义的进程的记录，即关于一千年中清晰思想和正确感觉的发展的记录，《圣经》是独一无二的。其中有些书卷达到了迄今尚未逾越的艺术水平。此外，我们现在所知的英文《圣经》的权威版本是英语语言中最早的经典。

如果我们要问为什么把《圣经》看作独一无二的伟大著作，那么答案一定是：《圣经》具有统一性，也具有真诚、美和力量。它实际上只有一个主题——人寻找上帝。在历史和诗歌、预言和戏剧、福音书和书信的背后，有一种要理解上帝之道的强烈渴望，要理解他的本性、感觉他的存在的强烈渴望。然而，幸运的是，《圣经》不是神学论文集。它就像人生一样多彩，是人类的强大和软弱、胜利和失败的一面镜子。最重要的，它是一部记录精神进步的活历史。由于这个原因，《圣经》从头到尾都充满了卓越非凡的书卷和篇章。它们是真诚而富有激情的人的手笔，受一种纯洁和高尚信仰的激励，人们相信它们能给人类带来福音。因此，书中的语言清晰简明，思想直接鲜活。和所有艺术家一样，这些书的作者也不擅冗赘，用词简洁。他们的著作具有一种"发现"我们的性质，我们称此为灵感。热爱《圣经》、并对其魅力极有感受的柯勒律治曾说："在每一代人中，启示之光所到之处，各种人、各种状况和心境都能在《圣经》中找到与他们各自心中感受到的每一致力于更好的运动相对应的东西。"

## 书中之书

我们必须永远记住《圣经》不是一本书：它是许多书。在《旧约》中，有希伯来人在大约一千年间生产的最好的文学。另一方面，《新约》所包含的不是一个民族的而是一次运动的文学。它是一部在不到一百年的时间里写出的希腊著作集，描写了拿撒勒人耶稣的生活和基督教信仰的早期发展。但是，《旧约》和《新约》之间的关系却是密切的。它们都是希伯来宗教天才的产物。《新约》的作者似乎都是犹太人，唯一的例外可能是圣路加，而他的种族根源仍然不得而知。此外，对历史学家来说，基督也属于希伯来先知的谱系。圣保罗虽然是向异教徒传教的使者，但却是犹太人而不是希腊人。圣约翰传播希腊思想，但在精神上却是以西结的后裔。事实上，基督教是犹太教的自然产物。

对于研究历史和宗教思想的人来说，《新约》是《圣经》中最重要的组成部分；然而，作为文学，它总起来比不上《旧约》中的作品。到了基督时代，黎凡特的犹太人所讲的希腊语已经失去了纯洁性。甚至《新约》作者们的真诚和热情也不能使其成为文学艺术的完美媒介。此外，在词语和思想之间，只有当一个民族的思想用自己的语言表达出来时才存在一种自然的和谐。当犹太人的宗教理解被灌进希腊的模子里时，这种和谐便被破坏了。《新约》贯穿一些美妙的篇章；但是，一般说来，我们还是怀念《旧约》各篇由始至终的卓越。华兹华斯真诚地说："热烈和沉思之想象的巨大宝库……就是《圣经》中预言和抒情的部分。"由于我们要描写这些宝库，表明它们是如何被建成、如何被填充内容的，所以不必对《新约》多加考虑，尽管其内在重要性值得我们这样做。就本书的目的而言，讨论基督教信仰就有些外道了。我们试图表明《圣经》为什么是永远为人们所乐读、永远对人们有益的文学经典；为什么像赫胥黎这样著名的不可知论者都称它是"穷人和受压迫者的大宪章"。

# 第一节　以色列人

### 《旧约》中的民族

谁是创造了《旧约》的人？他们的宗教天才从哪里来？就我们目前所知，埃及历史的开端可以说是在公元前5000年。两千年后，巴比伦和埃及这两个帝国已经高度文明，组织严密，日益强大。有那么一段时间，一个叫苏美尔的种族统治着幼发拉底大地。他们失去统治权后，取而代之的是闪米特人。阿拉伯沙漠上的游牧民都属于闪米特族。也许埃及人中也有一些人属于闪米特血统。但是，巴比伦和埃及艺术、文学和思想之间的差异实际上就是种族起源之间的根本差异。在幼发拉底帝国和尼罗河帝国之间是阿拉伯沙漠，只在地中海附近才有一小块狭长的沃土，古人称之为迦南，现在我们叫它巴勒斯坦。住在这里的迦南人也是闪米特族；而在远古时代，迦南主要接受来自巴比伦的影响。后来，埃及扩大疆土，征服了迦南。1887年在特勒-埃尔-阿尔马纳(Tell-el-Amarna)出土的一些著名信件大约就属于公元前1400—公元前1370年这个时期。[①]从这些信件中，我们了解到当时的迦南是一个组织严密的省，它向埃

---

① 这些信件大多数是用亚述语写的，而且是楔形文字。它们是写给埃及国王阿孟霍特普三世和四世的，就存放在这两位君主的文书的墓中。这座墓在尼罗河边，在孟斐斯南180英里处。

照片：W.A.曼塞尔公司

《替罪羔羊》（W. 霍尔曼·亨特）

在这幅画中，艺术家描画了希伯来人最初所来自的沙漠，刻画了"摩押的紫色峭壁和蛾摩拉的惨白灰烬"。

及进贡；但是，由于埃及权力式微，所以，那种严密的管理也陷入了一团混乱。到了公元前1230年左右，"希伯来游牧种族中的一些氏族，由于法老强迫他们劳动，在摩西的带领下逃离埃及，在巴勒斯坦南部沙漠的一片绿洲上重新开始了游牧生活"。我们还知道这些氏族是以色列的后代，是闪米特人，在语言和习惯上与迦南人非常接近，与阿拉伯沙漠中的许多部落也很接近。他们的人数可能很少，甚至不超过几千人。①他们在荒漠里生活了整整一代人的时间，然后出发去征服迦南肥沃的土地。埃及对迦南的统治结束了，于是他们顺利地征服了那片土地。但是，虽然他们在山区扎下根来，迦南人仍然继续占领着平原。在以色列国王大卫把迦南人和以色列人融合为一个民族的时候，漫长的战乱才告结束。公元前1000年后，希伯来文化，尤其是希伯来宗教，在名义上取得了统治地位。

大约在希伯来人进入迦南的同一个时期，非利士人似乎占领了加沙附近的海域。这些非利士人不是闪米特族，而是雅利安航海者。他们可能来自克里特附近的小亚细亚海岸，亚瑟·埃文斯伯爵的发现证明那是早期一个奇异文明的中心。《旧约》的历

---

① 引用古代文献中的数字时必须时时小心。由于抄写员的粗心和其他原因，错误可能比所发现的还多。弗林德·彼特里（Flinders Petrie）教授查证了《民数记》第1章和第26章中以色列部落的普查表。他提出了一个聪明的见解，即 alāf 一词有两个意思，"一千"和"一群"；因此，当我们看到32200这个数字时，它原来指32个住处，每个住处里有200人。他于是得出结论说两张表上的以色列数量分别是5500和5730。

摩西:先知,立法者,政治家,如米开朗基罗所想的那样

史清楚地表明大卫利用非利士人建立了他的王朝；考古学家认为由于非利士人的影响，"克里特残余的辉光"便都贡献给了进步的希伯来文化。

## 摩西

希伯来人建立宗教之时，其原始性质如何？相关问题是很难回答的。勒南断言沙漠的闪米特人"住在与自然浑然一体的地方，一定是一神教"。但没有证据证明这一说法；而其他闪米特人，当到达浓郁葱茏的叙利亚和幼发拉底峡谷的时候，很快就发展了一种复杂的并且有时粗糙的多神教。我们必须相信《圣经》的传统，即希伯来人在沙漠上从摩西那里接受了道德一神教的瑰宝，这对人类的价值是无法估量的。摩西可能是至高无上的，天生就是凡人的领袖而且是宗教天才。他有创造性的头脑，严肃的性格，深邃的宗教思想。从9世纪的以利亚开始，希伯来先知就一直在发展希伯来

照片：布朗、克莱承蒙公司

《摩西打破刻有法的石碑》（伦勃朗·凡·里恩）

摩西，像先知、立法者和政治家，为希伯来统一和希伯来一神教铺平了道路。

一神教，他们认为自己是摩西传统的真正传人。他们的力量在于相信他们是为了保护希伯来文学最精华的要素不会因接触源自迦南的观念和习惯而变得不纯而战。

不能说摩西从埃及发展了他的宗教。埃及人施行割礼；但摩西及其追随者生于荒野，他们都未行割礼。此外，先知们在宣称耶和华是整个世界的上帝时，他们相信自己忠于摩西的教义；极为肯定的是，在《十诫》中看不到埃及多神教的众神。就关于来世的教义而言，埃及宗教与希伯来宗教之间的区别最为明显。摩西的教义，公元前600年之前任何一位伟大的希伯来先知的教义，都没有提及死后的生命或未来的审判；但在埃及宗教中，这些信仰占显著地位。事实上，摩西的独创性，其宗教洞见的独立性，其直接的神启，看来都是无可争议的。当后世的犹太人诉诸摩西的权威时，他们宣称摩西是形成犹太民族的信仰之源，这话没错。

肯尼特教授相信一夫一妻制是摩西伦理体系中的一个组成部分。"没有任何迹象表明任何先知赞同多配偶制，反而有几段暗示了一夫一妻制。在这里，很可能那些先知们关于婚姻的观念属于摩西教义的一般传统。"

《圣经》较早的文本产生于不同时期进行的那么多次合并和修改，因此很难就这一问题和许多其他问题形成确定的看法。比如，我们发现很难确凿地表明摩西是一神论者。第一诫，"我是耶和华你们的神；除了我以外，你不可有别的神"，这说明希伯来人将只崇敬耶和华神。但他仅是希伯来人的上帝，正如其他民族也有自己的部落之神。抑或他是整个地球上唯一的神？或许和后续各个世纪中的伟大先知一样，摩西持后一种观点；但是，在以色列人和迦南人融合之后，普通民众自然以为不同的民族应该有不同的神。所以，显然在不违背公众观点的情况下，所罗门"不顾摩押的憎恨在耶路撒冷前面的一座山上为基抹（Chemosh）建了一个丘坛"，与许多异教神坛相并列。在这个行动和所罗门建立的一夫多妻制中，我们看到迦南的民俗成功地战胜了以色列的更高理想。所以，我们决不为这次起义感到惊奇，而仍然为它没有取得永久的成功而诧异。大卫和罗波安的人口普查数字表明以色列王国早期的人口是130万人。《出埃及记》中的几千以色列人不可能在一两个世纪内增长到这个数字。大卫统治的人民可能大部分是非以色列血统，《圣经》的记载清楚地告诉我们，他的军队中有许多外国人。事实上，"以色列人的数量是通过自然增长而增加的"。巴勒斯坦的希伯来宗教没有像雅利安侵略者带到印度的那种宗教那样腐败，我们能不认为这是"天意"吗？

要理解希伯来先知们以及他们对迦南崇拜的激烈反对，我们必须牢记这种崇拜与宗教的道德败坏相关，后者让今天南部的印度宗庙蒙羞。人们由于在道德上对残酷和贪欲愤愤不平而将它们付之一炬。迦南人和腓尼基人实际上和希伯来人讲同一种语言；他们都是闪米特人。"食人魔不过是'主神的恩赐'。把耶和华当主神，你就有了希伯来的主神；或把这句话颠倒过来，你就有了约翰嫩，希腊的约阿尼（Ioannes）和我们的约翰。"但是，腓尼基人和迦太基人并没给人类带来什么道德或宗教启示。用人做祭祀

经特别惠允复制

《埃及响起了一声伟大的呼喊》(亚瑟·哈克)

在逾越节中,犹太人仍然纪念他们出埃及之前头生子的死亡。

的习俗在早期这些人或迦南人中并非陌生。在他们的宗庙里,猥亵性偶像和宗教淫荡携手并进。如果迦太基征服了罗马,那将是对人类文明的诅咒。基督教战胜了罗马帝国是对人类的祝福。祝福与诅咒之间的区别标志着希伯来先知的工作的重要性。如果正确理解的话,《旧约》就是讲述他们的工作和成果的故事的。

# 第二节 《圣经》的开端:律法

## 《旧约全书》

要正确地阅读《旧约》,我们必须知道是谁在什么时候写的这些书。《旧约》中被认为特别神圣和给人以灵感的第一部分是"律法",《圣经》的前五部书。这就是我们都知道的《创世记》、《出埃及记》、《利未记》、《民数记》和《申命记》。在我们的《圣经》里,就题目来说这些书都出自摩西之手。我们从"摩西称作《创世记》的第一本书"开始。在基督时代,犹太人也认为这些书为摩西所作,但那时的题目和现在的不一样。《创世记》仅仅用"起初"这两个字表示。直到一个世纪之前,人们仍然认为摩西确实写了《五经》。现在,学者们几乎一致认为,在犹太人被流放之后、以斯拉回归之前,即在公元前600年和公元前450年间,《五经》就有现在的形式。律法或许是在以斯拉从巴比伦来到耶路撒冷之后不久由他传播的,很快就被认为是权威的和神圣的。此外,现代学者们都相信,在《五经》中,几乎没有可以追溯到摩西时代的东西。就现在的形式而言,《五经》是一系列宗教改革的结果,它的整个结构是由被流放到巴比伦的一派牧师作者建构的。

这些观点与以前公认的观点那么不同,因此没有看到证据的人大多视其为非非之想。全部证据只能在一篇详尽的论文中列举,但举一个重要的例子也许能表明其力度。根据《利未记》中描写的最后一个制度,所有宗教崇拜都集中在耶路撒冷。地方上不能设置祭拜神的神坛或神龛。"如果摩西留下了这样一个制度作为公共法典,特别委托给这个民族的牧师和领袖,那么,那个典章一定至少影响了以色列的中坚分子。"但在"巴比伦囚房"之前的先知们对此一无所知。甚至当所罗门在耶路撒冷建立宗庙之前,他也没有遵守《利未记》的律法。门廊前的两根黄铜柱子遭到律法的禁止,因为那是迦南和腓尼基宗教中普遍流行的象征。多少世纪以来,圣殿的守护者都是未行割礼的外族人,而不是律法所规定的"利未的儿子们"。简言之,有无数证据表明,在犹太人被掳入巴比伦之前,《利未记》中的律法不仅仅受忽视,而且未为人知。

一旦得出这样的结果,正确理解《五经》的途径便打开了。通过对不同作者和作者群幸存作品的文学风格的详尽研究,通过关注关键词语——如关于"神"的关键词语,通过研究宗教仪式和思想的发展,以及精确的文物研究,已经达到了对《五经》的正确理解。随着时代的变迁,语言也发生了变化:我们不能再像斯威夫特和艾迪生那样创作了;他们也不像莎士比亚那样创作,而莎士比亚也不像乔叟那样创作。当然,文学分析中始终存在着不确定的因素。但下面勾勒的轮廓在很大程度上还是可信的。

《旧约》中与摩西关系最密切的那部分也许是《出埃及记》第20—23章中保留的《契约书》(Book of the Covenant)。除了《十诫》之外,它还包括"一些简单的礼拜规则,允许在许多神坛上随便与上帝相遇,也没有具体指示由谁来主持礼拜仪式"。还有一些简单的民法,把正义和善良令人欣慰地结合了起来。

## 神甫作者

《创世记》中大部分比较有趣的资料都来自两个作者,学者们称他们为J和E。这两个字母分别代表Judoean和Ephraimite,意思是说他们属于南以色列和北以色列。J可能在公元前9世纪中叶获得成功,而E则要等到差不多一个世纪之后。"在所有希伯来历史学家中,J是最有才华和最卓越的。他具有非凡的描写生活和性格的才能。他的叙述舒缓优美,这是无与伦比的。他笔调轻松,尽是神来之笔。"多亏了他,我们才有了伊甸园和堕落的故事,亚伯拉罕企求所多玛的故事,他向利百加求婚的故事。E

不如 J 那样才华横溢。他不具备那种得体的表达和鲜活的诗意。他给我们讲了约瑟在埃及的故事。但是，把约瑟卖到埃及的故事却有许多矛盾之处，可能是把 J 和 E 的叙述毫无艺术加工地结合的结果，他们的叙述的不同，都把这笔交易的账算在对方祖先的头上。洪水的故事也同样有许多矛盾之处。其目前的形式是把 J 的故事与学者们称作 P 的一群作者提供的资料相结合的产物。这些人为《五经》提供了全部框架，形诸于最后的样子。他们是牧师，在犹太人被掳入巴比伦期间生活在巴比伦，是有良心的和平凡的编年史作者。他们对希伯来人的不同仪式制度津津乐道，对年代史和统计数字具有经久不衰的兴趣。每当有以"这些就是……的后代"这样句式开头的篇章，那一定是 P 的手笔。

有一个神甫作家是《圣经》开篇的作者，这是根据风格断定的。《创世记》第二章中还有另一种与创世不完全一致的说法。这是 J 的叙述，所以比 P 的叙述大约早 300 年。第一个创世故事也许反映了巴比伦科学推测的影响。尽管现代科学的进步发展已经使这种推测过时，但仍值得我们致以敬意，而其崇高的一神论背景则具有永久价值。

这样描述 P 的作品实际上忽略了一个比他还早一些时候的作者，多亏了他才有《五经》中最有价值的部分。这就是 D，写成构成《申命记》的被认为是摩西创作的布道的作者。J 和 E 可以看作是第一代先知阿摩斯、何西阿和弥迦的先驱。在语言和思想上 D 与耶利米相近；他大约生活在公元前 650 年。他的作品无疑就是"公元前 621 年在希尔基亚（Hilkiah）旁的圣屋"中发现的那本书，成了国王约西亚领导下进行犹太教改革的基础。它完全可能写于国王玛拿西时期，当时的异教反叛似乎最终破坏了自摩西以来的优秀宗教传统。《申命记》表现出了丰富而真正的精神洞见。实际上，自《契约书》以来，仪式已经发展起来，但形式主义未能泯灭精神之火。我们不要以为 D 在写这本书的时候创造了前所未有的法律。他可能把他认为是过去的最佳发展的东西收集起来，与自己热衷的一些宗教告诫结合在一起，逝世后便把该书作为遗产传给了一个更加幸福的时代。基督徒都不会忘记"金律"的前半部分就源自这本书。"以色列啊，你要听，耶和华我们　神是独一的主。你要尽心、尽性、尽力爱耶和华你的神。"

我们把《利未记》中的一篇古老文献（第 17—26 章）拿来与《申命记》一起讨论。学者们称此为《圣法》（Law of Holiness）。《五经》的神甫编辑们对其进行过修改，但有许多迹象表明了它受先知以西结的影响。它与《契约书》的相似之处在于其中的律法都是给人民而不是给牧师规定的。其宗教灵感是极其动人的。我们还在这个文献中发现了"金律"的后半部分，"你们要爱邻居就像爱你们自己"。不同时代的神秘主义者都感到了其词语的感染力，"我要在你们中间行走，我要作你们的神，你们要作我的子民"；以色列承担的人类使命在下面的句子中得到了最淋漓尽致的表达："你们要归我为圣，因为我是耶和华是圣的；并叫你们与万民有别，使你们作我的民。"

由艺术家惠允复制

**《约瑟夫解释法老之梦》(哈罗德·斯皮德)**

在埃及强大的十八王朝时期,犹太人影响巨大。约瑟夫的故事保留了对希伯来传统中这一时期的回忆。

**西奈抄本中的一页**

由大英圣书公会惠允复制

这一抄本是希腊《圣经》最古老的手稿之一,大约写于公元180年。

为方便读者,我们编制了一个简表,表示《五经》的主要来源。

| | | |
|---|---|---|
| 契约书 | 远古时代的简单民法和宗教法 | 出自约公元前1200年左右的摩西 |
| J | 南犹大王国的一个历史学家 | 约公元前850年 |
| E | 北犹大王国的一个历史学家 | 约公元前780年 |
| D | 激发国王约西亚进行改革的作家,《申命记》的作者 | 约公元前650年 |
| 圣法 | 具有极大宗教价值的仪式和民事典章,可能是以西结的朋友或追随者编撰的 | 约公元前570年 |
| P | 巴比伦的一派作家,使《五经》最终成书的人们 | 约公元前550年和公元前450年 |

# 第三节 《旧约》的发展

希伯来《圣经》以"律法"开始。要理解其后来的发展，我们必须认识到《圣经》中《旧约全书》的次序并不是基督时代严格的犹太人所满意的。以后我们还要提到希伯来经典向其他文字的大量翻译。现在说明翻译成希腊文的标准犹太经典叫《七十子希腊文圣经》，而翻译成拉丁文的标准基督教经典叫《拉丁文圣经》这就足够了。大体上说，英文《圣经》中《旧约》各卷的次序就是"拉丁文圣经"的次序。这个次序又是从"希腊文圣经"派生而来的，作者们显然是试图根据各卷的题材来编序的。也正因如此，他们把两组书混淆起来了，这在基督的时代确实很重要。他们把人称"先知"的一组书与叫"作品"的一组书混合起来了。

"先知"是犹太人所说的下列各卷：

| | |
|---|---|
| 约书亚记 | 耶利米书 |
| 士师记 | 以西结书 |
| 撒母耳记（上、下） | 以赛亚书 |
| 列王纪（上、下） | 十二小先知书 |

因此，根据犹太人的计算，它共有八卷书。我们必须记住，这些"书"是写在羊皮纸或纸卷轴上的；五部这样的卷轴构成了"律法"，八部这样的卷轴构成了"先知"。

"作品"指的是英文本《旧约》中的其余各卷，它们是：

| | | |
|---|---|---|
| 路得记 | 约伯记 | 传道书 |
| 诗篇 | 箴言 | 雅歌 |
| 耶利米哀歌 | 以斯帖记 | 历代志（上、下） |
| 但以理书 | 以斯拉记和尼希米记 | |

这组"书"包括11卷；这样算起来希伯来《圣经》总共就有24卷。

乍看起来，把"先知"与"作品"区别开来纯粹是迂腐的做法。但是，在基督时代，"作品"并没有赢得"律法"和"先知"的那种认可。它们不可能被当作犹太教堂礼拜仪式上的神圣经典来阅读。它们仿佛是实验品，后来才慢慢地被看作同样神圣、同样具有启示意义的经典。基督说："不管人们对你做什么，你也要对他们一如既往，因为这就是律法和预言。"他暗示说这一指示总结了《圣经》的全部教导，因为这样的教导不必放到"作品"里面去。

## 第四节　先　知

有八卷书，而根据我们的计算是二十一卷书构成了"先知"组。它们是什么时候开始被看作经典的呢？这个过程无疑是循序渐进的。遵守律法的虔诚的犹太人在"先知"中获得精神灵感，深化了律法确定的神殿仪式的宗教意义。律法基本上是传道的，但宗教人士很少仅仅满足于传道制度。他们要求目睹上帝的历史、个人信仰的记录和热切的预言之火。宗教每逢紧急关头，先知都要站在牧师的一边。于是，逐渐地而且不可抗拒地，"先知"就取代了"律法"。大约在公元前3世纪，犹太教堂的礼拜开始交替使用这两组书卷的内容，正如基督教礼拜交替使用《新约》和《旧约》一样。到公元前250年，预言似乎成了经典。此后，仍然坚定不移地信奉摩西信仰的人开始传道，他们经过几个世纪的斗争，发展出世界上最好的一神教，他们的历史和教义也就成为神圣的了。

### 早期文献的遗失

构成"先知"的不同文献叙述混乱。《约书亚记》、《士师记》、《撒母耳记》和《列王纪》记录了以色列人从出埃及到被掳入巴比伦的历史，而这部历史在早期无疑具有价值。这一事实并没有什么令人惊奇的。在犹太人被掳入巴比伦期间，宝贵的文献丢失了。卷轴破旧了。不同时代的历史和先知的残篇被收集起来，集成了新的卷轴。集成、修改和多少像"编辑"的过程导致了《五经》的面世，也影响到历史和先知的书籍。我们遗憾地看到《圣经》中那么多以色列的早期历史都是"理想的"历史，都是根据后来相距很远的年代的观点写成的。然而，所遗失的都是相对不重要的文献，因为幸运的是，先知们艰苦卓绝的斗争和最终胜利的故事的主线都是清晰的。

希伯来历史黎明时分的薄雾几乎完全把摩西从我们的视野中遮蔽起来。这层薄雾在后来的三百年中越来越浓浊，当以利亚在公元前9世纪初登上历史舞台之时，迦南迷信和以色列宗教之间的斗争达到白热化。迦南人的主神崇拜得到了腓尼基名门望族的支持，但最终还是以利亚获胜了。他制定了原则，确立耶和华是以色列的上帝，耶和华是正义的，因此也要求他的子民是正义的。关于以利亚和以利沙的故事从一个非常早期的源出融入了《列王纪》。这些故事来自北以色列，"展示了舒缓、优美和鲜活的特点，属于希伯来历史文献的最佳风格"。但它们是戏剧性历史，保留了冒险传奇的精神；直到阿摩斯时代，我们才有了先知用自己的话进行的传教。

公元前760年，《阿摩斯》盛行，希伯来民族生活的中心已经不再是犹大小国，而是转移到了强大的北方王国。对阿摩斯，正如对许多其他人来说，显然，这个王国和

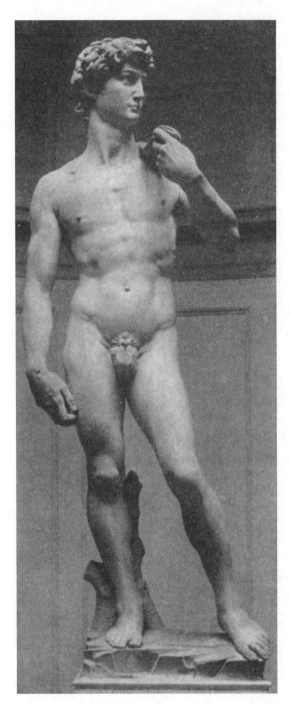

《大卫》

米开朗基罗在这里刻画了正处于青壮年时期的犹太英雄。

照片：安德森

摄自米开朗基罗在梵蒂冈西斯廷教堂所作的壁画

以赛亚：政治家与先知，犹太教最优美的宗教文学就是以这个名字为中心收集起来的。

它周围的民族，都有被亚述征服的危险。如果耶和华是造物主，那么当他掂量眼前的局势时，历史的每次运动都是耶和华的工作。亚述人将是神惩罚违背宇宙道德法则之人的工具。特别是由于以色列知道耶和华，那么，如果她要活着，就必须寻找耶和华。然而，她并不是通过仪式和献祭来寻找的。"我恨，我鄙视你举行盛宴的那些日子；从你那庄严的集会中我得不到快感。""让义像水一样流淌，义就像不停的溪水。"现在，先知传达的信息就像它当初被写下时那样新颖，那样急需。宽恕非正义、肉欲和残酷压迫穷人的牧师和富人们的宗教毫无价值。从这种宗教中获得慰藉的人"将与最早的俘虏关押在一起"。耶和华将根据正义来审判，对自己的子民的审判尤其严格。

以色列的处女膜已经失去，她不能再站起。

她被抛弃在她的土地上，没有人再把她扶起。

在如此被预言的失败发生之前，何西阿出现了。他是北以色列王国的最后一位先知，在他预见到必然毁灭的堕落社会里被悲剧般地孤立了起来。他具有诗人的气质、感性，还有满腔的宗教热忱。他坚持说耶和华爱子民，就像丈夫始终不渝地爱忠贞的妻子。神必须惩罚，但惩罚不是目的。爱，虽说无比愤慨，但总是渴望宽恕。撒玛利亚的贵族不听这位先知的告诫，遭到了报应。公元前722年，北部王国灭亡了。此后，在犹大这个小王国里——连同附属的乡村在内也不过是耶路撒冷的一个城堡而已，希伯来一神教的精神却保存了下来。

首先是弥迦，"穷人的先知"，他站出来痛斥掌权者的非正义，严厉抗议腐败的牧师和冒牌的先知所纵容的陋习。由于这些罪孽，"锡安将被辟作田野，神殿将成为森林高地"。然后，以赛亚出场了。他在《以赛亚书》的第六章以非常婉约的词语描写的那声"呼喊"，可能发生在公元前740年，当时何西阿和弥迦还很活跃。在以后的四十年里，他试图引导他的国人。他就像先知和政治家，是理想主义者、改革者和审理政治问题的精明法官。他影响的范围和性质可以通过以他的名义收集的文献来衡量。《以赛亚书》中最后27章涉及这位先知过世后一百五十年的历史，甚至在前39章中也有许多资料不是关于他自己的。但是，以赛亚发动了一场伟大运动，深刻地影响了犹大的民族生活。我们可以将其与卫斯理及其朋友们在18世纪英国发动的福音传道运动加以比较。正如他们的传教给英国人民以顽强的精神，使整个国家安全度过了拿破仑战争一样，以赛亚树立的宗教信心也持续到了犹太人流放归来的时候。在以赛亚福音传道主义的基础上，宗教制度发展起来。但是，正如如果没有福音传道运动的复兴就不会有牛津运动一样，申命改良和后来的利未典章之所以可能，是因为以赛亚教导人们聆听神的声音，那声音问道："我可以差遣谁呢？"回答是："我在这里，请差遣我。"

以赛亚过世后，玛拿西领导了一场异教徒起义，统治亚述达半个世纪之久，直到公元前641年。他去世十五年后，耶利米听到了他的呼唤。他的牧师祖先无疑使他比以前的先知更加倾向于民众的祭祀崇拜。他也许懂得如果先知的传统要保持下去的话，有必要接受和改良这种崇拜。无论如何，他投身到申命改良运动之中了，在这场运动中，牧师和先知结成了让二者都不丢脸的联盟。然而，他显然对这次改良不完全满意。非常清楚的是，他否认仪式本身具有价值的观点。他是神秘主义者，在自己周围看到了上帝的显灵和威力。在他的作品中，我们第一次在《旧约》中看到了"频繁亲密的祈祷"。他教导人们与上帝的这种灵交使宗教摆脱了民族自豪。不可避免的是，那个峥嵘岁月里炽烈的爱国主义者把他贬为叛徒。在作品中，耶利米给我们提供了也许是《旧约》中刻画最好的一个人物，通过痛苦的磨炼而坚强起来的一个人。他和他的人民需要这种毅力，需要宗教的全部慰藉，他所获得的这样一种理解能够给他的人民以慰藉。耶路撒冷于公元前586年失陷，耶利米成了囚徒。人们听到的关于他的最后消息说他不情愿地被犹太避难者带到了埃及。

照片：安德森

摄自米开朗基罗在梵蒂冈西斯廷教堂所作的壁画

耶利米：也许他是《旧约》中经过痛苦的磨炼而坚强起来的最佳代表。

## 以西结的计划和传道

大约在耶路撒冷失陷的七年前，以西结被带到巴比伦；此后四分之一世纪的时光里他一直在那里梦想、计划和传道。申命改良失败了：以西结为一个更加严格的神职制度奠定了基础。耶路撒冷已是一片废墟；以西结相信流放者终将归来，因此计划一个神权国家的兴起以证实他的远见。他，而不是别人，制造了律法，即利未典章，无论当时还是现在都给犹太人以惊人的统一性。他著作的持久性证明了他的伟大。他具有伟大的文学天才：他对雄伟的蒂尔城的描写则是一篇卓越的文学作品。他丰富的想象力不断地表现出来，尤其是对上帝的荣光的幻想，这是《以西结书》的开头，也表现在"干尸谷"复活的画面上。他正确地强调了个人宗教的重要性，以及现代牧师所说的牧师关怀的价值。但是，当耶利米还是个寻求与上帝神交的神秘主义者时，以西结

照片:安德森

摄自米开朗基罗在梵蒂冈西斯廷教堂所作的壁画

以西结:神秘主义者和先知,是他而不是什么别人创造了犹太人被掳入巴比伦之后时期的犹太教。

就开始传布至高无上的神圣律法了。当阿摩斯和何西阿还是清教徒时,以西结就已经是仪式主义者了。而他的仪式是旧迦南动物祭祀的习俗,对于今天的我们来说奇怪而可憎。当然,他把这些仪式的意义精神化了,发展了一种劝解的神学,后来在基督教教义中占有一席之地。但是,他提出的井然有序的教会组织改变世界的观念固然伟大,而荒野中人们的呼喊,以及在冲突和废墟中发现的神的平和,这对人类都做出了更大贡献。以西结一定具有罕见的预言才能,否则不可能成为如此著名的牧师。或许他是历史上最伟大的牧师。

从以西结转到一代人之后的另一个流放者,在巴比伦岸边有一个不具名的作家,学者们称他为第二个以赛亚。在《以赛亚书》中间的第40章,我们第一次听到他的声音:"你们的神说,你们要安慰、安慰我的百姓。"之后便是宗教文学中无与伦比的一段抒情文字,给以色列以慰藉的启示。其语言之美几乎掩盖了作家那几乎令人感到痛苦的

来自利物浦的沃克艺术馆。由利物浦公司惠允复印

《路得与拿俄米》（P. H. 考尔德伦）
路得的故事是《旧约》中最美的叙事诗。

强烈思想。但在任何一个《旧约》作者身上，我们都看不到一个更加威严的上帝的面孔。对第二个以赛亚来说，上帝既是造物主又是世界的统治者。民族及其国王都是实现上帝意旨的工具。然而，上帝也有耐心和爱心，不仅对以色列，而且对地球上的所有民族。以色列将是上帝的仆人，为可能得到救赎的世界而忍受痛苦。在整个希伯来文学中再也没有比这更深刻的理解了。第二个以赛亚发现了无辜受难者的救赎力量：在受难像面世的五百年前，他就认识到了十字架的意义。"他诚然担当我们的忧患，背负我们的痛苦；我们却以为他受责罚，被神击打苦待了。哪知他为我们的过犯受害，为我们的罪孽压伤；因他受的刑罚，我们得平安；因他受的鞭伤，我们得医治。我们都如羊走迷，各人偏行己路，耶和华使我们众人的罪孽都归在他身上。"这里有深刻至极的宗教洞见，也有无法与之媲美的语言。关于作家其人我们一无所知，只知道他生活在波斯人居鲁士打败巴比伦帝国的时代。

《旧约》中一共有十二个小先知（minor prophets）。最早的三个先知的作品我们已经描述过了。说在其余的小先知文献中，我们发现了亚历山大大帝死后（公元前323年）的大量资料，这就足够了。但是，《约拿书》值得格外提及。它不是历史，而是先知的寓言。我们完全可以把作者的生卒年月追溯到公元前300年左右，他讲述了一个古老的寓言传奇，使其成为《旧约》中进行最佳道德教育的工具。第二个以赛亚曾提出以色列通过忍受痛苦而受戒，这样她就可以把对上帝的了解传播给全世界。但后来的犹太教往往表明了自身的狭隘和极端的爱国主义。《约拿书》脍炙人口地针砭了民族的狭隘。代表以色列的先知是上帝派来传教忏悔的，甚至在敌国的首都尼尼微传教。他试图摆脱这个痛苦的职责，但徒劳无益。最后，他服从神的旨意，尼尼微悔过了，上帝宽恕它了。约拿闷闷不悦，责备上帝的仁慈。上帝回答说："这尼尼微大城，其中不能分辨左手右手的有十二万多人，并有许多牲畜；我岂能不爱惜呢？"坚信约拿在鱼腹中创造奇迹的人和嘲笑其可信度的人，都往往忽视了这个美丽寓言的教育意义。现代交战的国家都像古代狂热的犹太人一样痛恨这样的教导。但是《约拿书》真可谓《旧约》中的圣书之圣。

## 第五节 作 品

### 犹太民族文学

希伯来《旧约》的第三个分支，如我们已经看到的，包括十一卷或根据我们的计算是十三卷书。尽管它含有一些早期文献，但大部分都写于犹太人历史的后期，或许在结束于公元前140年的二百年内。在此期间，在马加比王族的领导下，犹太人刚刚获得了独立。我们可以想象人民的那种欢呼雀跃。他们又一次成了自由的民族。他们醒来后就看到了这样一个事实，除了律法和先知外，他们还拥有一种民族文学，无法估价地记录了这个民族在被征服的岁月里表现出来的顽强精神。于是他们产生了一股不可抵抗的冲动，把这种文学的最佳作品收集起来，包括诗歌、戏剧、哲学和晚期历史，以增补早期经典。于是，"作品"便被逐渐收集起来，并逐渐被看作是神授之作。我们所掌握的罕见证据也能说明这样一个事实，大约在基督诞生一百年前，这个过程已经结束了。但甚至在基督时代，犹太教师并没有把这些作品摆在与律法和预言相同的高度。要特别指出的是，就《雅歌》、《传道书》、《以斯帖记》和《历代志》这四部书的神圣性质，人们争论了很久。但是，大约在公元100年时，在加姆尼亚（Jamnia）大会上，犹太拉比似乎达成了共识。从此以后，如学者们所说，希伯来《旧约》经典已经完成。犹太教领袖准许一次公裁；但有些人用来证明自己行为合理的奇谈怪论也可以说明他们的犹豫不决。这四部有争议的书中有三部在《新约》中没有提及。《历代志》只有一个索引，在关于耶稣传教的书中，它被看作是神授之书的最后一本。

显然，"作品"中最伟大的一部就是《诗篇》。实际上，它有时是给全集的命名。它是一部圣歌集，而且是有史以来最好的圣歌集。其中有些圣歌很古老；有几首甚至可以追溯到大卫王的时代。但大部分都写于犹太人被掳入巴比伦之后，有些可能属于马加比时代。圣歌集的编撰是为了耶路撒冷神殿之用。然而，它自然也会用于犹太教堂的礼拜之中，因此在基督时代对犹太人的信仰发生了深刻影响。只要检验一下圣马可记录的耶稣教义，也就是最早的福音书，就会注意到他频繁地引用《诗篇》。各个时代的基督徒都和他一样喜欢这些光彩照人的圣歌。少数几首是报复性的，所以与他的气质不符。还有几首我们认为太普通。但绝大多数在思想和表达上都超凡的美。它们是纯诗，而太多的现代圣歌充其量是宗教韵文。尤其灿烂的是朝圣歌（《诗篇》第120—134篇），那是犹太人上锡安山参加盛大节日时唱的。在《诗篇》中，我们没有看到、也不指望看到大先知的宗教教义。比如，在《歌集》(*Psalter*)中就没有关于永生的教义。兴旺发达是行使正义的回报，这是常见的观点。关于这部伟大圣歌集的神学理论事实上是约定俗成的。但信仰和希望却无处不有。宗教快乐和精神信念，信任上帝和感激他的仁慈，不断通过纯粹愉悦的语言表达出来。任何发表过的宗教诗歌都比不过这些犹太圣歌。

"作品"中还有两部诗歌作品。《哀歌》包括五首挽歌，在结构上极具艺术性。第二和第四首的作者可能亲眼目睹了公元前586年耶路撒冷失陷的恐怖场面，其余几首都写于较晚的年代。甚至在英文本中，我们也似乎看到了那种精雕细琢，而不是悲剧导致的情感宣泄，它们几乎不能驳倒下面的定论：《哀歌》无论在宗教思想还是在艺术性上都不能算作伟大的作品。如我们已经看到的，《雅歌》只有经过一段时间的斟酌之后才成为经典。它之所以在《圣经》中占有一席之地，是因为它的作者是所罗门，而且在象征意义上，它再现了耶和华对子民的爱。这两个观点都得不到证实。从现存的形式看，其语言表明它不可能早于公元前3世纪。它没有提到耶和华，也绝不是宗教作品。有人认为它是一首无序的戏剧性田园诗；但更可能的是，它是一些毫不相关的犹太人婚宴上唱的情歌。其隽美和肉欲的激情是不可否认的。难怪歌德给它们以很高的评价。它们肉欲而不粗俗。此外，歌中还渗透着对自然的感性欣赏，这在希伯来文学中是罕见的。《雅歌》被收入《圣经》是件好事，至少可以提醒我们无论对《旧约》的作者们还是对我们自己，人的爱和春天都是上帝赠予人类的礼物。

从诗歌我们自然地过渡到田园叙事和戏剧上来。这两种艺术形式我们都可以在"作品"中找到例子。《路得记》在素朴和优美方面可谓精致：歌德说它是传统留给我们的最可爱的田园诗。故事发展舒缓自然，充满了仁慈和友善。它写于什么时候我们不得而知：一些优秀学者认为它是早期希伯来文学艺术的典范。早也好，晚也好，它的确是不朽的。与以斯帖疯狂的自然主义相对照，路得对以色列的寡妇说："你往哪里去，我也往那里去；你在哪里住宿，我也在那里住宿；你的国就是我的国，你的神就是我的神。"摩押的女儿带着这种情感来到了伯利恒。现在，半个世界都把爱给了那个犹大村庄。

## 一部伟大的戏剧

《约伯记》是一部伟大的戏剧，其主题是人类痛苦的问题。它给评论家提出了很多难题，而评论家之间也意见纷纭。但明显的一点是，这部伟大戏剧是以早期的一个流行故事为基础的，当第一稿完成时，其他作家做了大量的增补和修改。结果造成了一种不平衡，如描写的感染力和思想的贴切性等。该书反映了犹太思想家在希腊统治时期的困惑。它属于所谓的犹太智慧文学。大体上说，这种文学是犹太人的思辨哲学：试图通过理性地探讨人生的问题来理解上帝的本性。约伯没有给出令人满意的理由来解释正义之人遭受的痛苦。当上帝在旋风中回答他的问题时，他只让约伯考虑上帝本人不可思议的无处不显的创造力。圣保罗在写"上帝的审判无从探讨，上帝之道难以发现"时，无疑想起了这种虔诚的不可知论。

尽管《约伯记》中对不可知论怀有深切的敬意，但《旧约》中有两部智慧之书显然描写了信仰的堕落。在《箴言》中，一种精明的世俗道德与高雅的素材混合在一起；《传道书》的大部分充斥着怀疑的悲观主义。这两部书的现存形式可能比公元前250年要早许多。《箴言》无疑在性质上是高度合成的，包含三个主要方面，其中最好的和最晚的内容都在前九章。这部"智慧赞"的高潮极其生动地描写了上帝从一开始就拥有智慧。"上帝准备天的时候我在那里。他立定大地根基的时候我在他身旁。"

《传道书》经过漫长的犹豫之后才被纳入《旧约》，我们对此并不感到奇怪。它的成功见证了后期犹太思想的宽广胸怀。如果把它看作学院派神学家的自由讨论的话，我们就能深刻地理解其明显的矛盾性。它往往是相当阴暗的，翻译成英文的最后一章华美异常。"银链折断，金罐破裂，瓶子在泉旁损坏，水轮在井口破烂；尘土仍归于地，灵仍归于赐灵的神。"——这些句子的纯音乐性是无与伦比的。

还有五部作品值得考虑：《历代志》、《以斯拉记》和《尼希米记》、《但以理书》和《以斯帖记》。《历代志》、《以斯拉记》和《尼希米记》实际上构成了单一的连续叙事，一般认为是由同一个人编撰的。编者大约生活在公元前3世纪。他把《列王纪》作为主要来源，比较之下他作为历史学家并不称职。也许正是由于这个原因，难懂的《历代志》在"作品"中占有一席之地。《以斯拉记》和《尼希米记》很快就被接受，因为在"先知"的历史部分没有涉及同一历史时期的著作。然而，可以肯定的是，作为流放归来时期的历史记录，这些书虽然有趣，但不真实。简单地说，《历代志》是一个苛刻的犹太教士重写的《列王纪》；可能是为了教诲而虚构的历史。它为了虔诚而牺牲了真理。其他时代也出现过一些更糟糕的教会历史学家，他们认为可以为了上帝的更大荣光而曲解真理。

《但以理书》写于公元前165—前163年间，在安条克显灵（Antiochus Epiphanes）受迫害期间为鼓舞犹太人士气而作。该书无疑大力促成了马加比反叛，因此反叛的成功也使它广为流传。尽管它可能是《旧约》的最后一部，但很快就被收入了"作品"之中。而在基督时代，人们对它非常熟悉，就如我们熟悉《天路历程》一样，它是《旧约》中唯一被称作启示文学的作品。《新约》中启示录属于同类，许多类似的其他作品也是学者们所熟知的。在所有这些作品中，我们看到了被遮掩的预见，通常与作家所处时代的事件的结果相关，并伴有异想天开和有时壮美的形象。借助一种骗不了人的文学虚构，这些作品往往分管过去的某一重要人物，如但以理、摩西和以诺。它们的作家试图从宗教角度阐释历史，以正义的最终胜利表达信仰。只有通过极端的想象力我们才能正确地理解它们，因为它们属于一种已死的艺术形式和思维方式。《但以理书》是一部伟大的著作，书中的故事仍然激励着我们，它的辉煌仍然吸引着人们，尽管读者常常误解其真正性质。

《以斯帖记》是一部细腻、写法娴熟的故事书，成为犹太民族的骄傲。它在《旧约》中的用处就是表明这种叙述形式在基督时代是非常流行的。它与基督精神格格不入；而所有基督徒都赞同拉比，不愿意把它归入圣书之列。

# 第六节 《次经》

在一些英文《圣经》中，在《旧约》和《新约》之间，有十四部书卷或残篇，人称《次经》。大体上说，亚历山大的犹太人把这些书当作《圣经》的组成部分，但巴勒斯坦的犹太人却拒不接受。其中三部被认为乞灵于罗马教会。改良后的教会未给它们庄重的地位；英国国教只把《次经》中的片断作为"生活的例子和行为修养的教诲"来读；它们不被用于"建立任何教义"。

这些书卷和残篇有些不该收入《圣经》。《苏撒拿传》和《彼勒与大龙》都是劣品。《犹大传》是一个恐怖故事，讲一个女人利用自己的美貌谋杀了入侵军队的将军。《马加比记（下）》是伴有幻想传奇的历史。《以斯德拉上》甚至比《历代志》、《以斯拉记》和《尼希米记》具有更少的历史价值。其中最著名的篇章是三个卫兵的故事，他们就什么是世界上最强大的东西展开了争论。"第一个写道，葡萄酒最强大。第二个写道，国王最强大。第三个写道，女人最强大；但是，在所有事物中，真理是胜者。"最终，"所有人喊了起来，说，所有事物中最伟大的、最强大的是真理。"这一断言披着拉丁语的外衣进入了流行言语，读作：Magna est veritas et proevalet。《多比记》叙述了一个浪漫故事，在中世纪后期特别流行；虽然它含有几篇优秀的道德故事，但颇有《天方夜谭》的味道。

然而，《次经》中也有些货真价实的作品。《马加比记（上）》是一流的史书，记录了犹太人受"安条克显灵"迫害之后反叛的成功。它写于公元前100年，即在它所记

《多比和大天使》（波提切利）

许多出自《次经》的故事在文艺复兴时期广受欢迎，这是表明这一事实的著名画作之一。

录的事件刚刚过去半个世纪的时候。在研究这段历史的时候，我们认识到激发写作《但以理书》的那种痛苦和决心。我们明白了为什么《次经》在基督时代仍然广为流传，而且是应该的。

《次经》中最重要和最吸引人的作品是《便西拉智训》，其正名是《耶数智慧书》（*The Wisdom of Jesus-ben-Sirach*）。书中含有对生活的敏锐反思，是一种关于独特美和渗透行为的宗教哲学。在以前的基督教时代，它拥有广大的读者，并受到好评；其题目，至少在公元3世纪的时候，就表明它被特别用作教会用书。其作者耶数（或约书亚）是西拉（Sirach）的儿子或孙子，巴勒斯坦的一个犹太人，大约在公元前180年写了这部书，也就是《但以理书》写作的前十五年。这位耶数的孙子后来在埃及时对它进行了修改并将其译成希腊语。

## 犹太人的智慧文学

越是研究《便西拉智训》，就越喜欢它。它与《约伯记》一起成为犹太智慧文学的两个典范。对作者来说："智慧的源泉就是最高神的话。""有一个智者，非常令人敬畏，就是坐在王座上的神。""所有智慧都源于神，智慧与神永在。"以这种极端虔诚的精神，耶数—便西拉探讨了人生。他以同样的热情和深刻的认识研究书和人性。他摆脱了幻觉，但这种摆脱并没有硬化成犬儒主义。他的反省并不是原创的：有谁能够对箴言哲学提出原创的总结呢？然而他是了不起的短语制造者。"一个潜心用词的傻瓜就好比一个分娩的女人。"而下面的句子就不仅仅是生造短语了："一个罪人做了恶也有善处，成功也可能转变成失败。"

便西拉的一个最吸引人的地方就是他那强烈而具有真正宗教性的常识。对于没有正义的崇拜，他就像他的种族中那些伟大先知一样表示蔑视。"义人的牺牲是可以接受的。"他意味深长地说。他蔑视我们似乎无法摆脱的迷信。"占卜、预言和梦想都是徒劳的：一颗幻想的心就好比一个临产的女人的心。"至于祈祷的价值，他比作治病医生的医术。"我的儿子啊，你生病的时候不可玩忽职守；而要向上帝祈祷，他将令你康复。远离邪恶，清除你心中的全部邪念。然后让位给医生，因为神创造了他：别让他离你而去，因为你需要他。有时候成功就在他们手中。"时间流逝，但这种清醒的教导却没有失去其价值。

### 《便西拉智训》的庄重之美

《便西拉智训》所有篇章中最著名的当然是以"让我们现在赞美名人"这句话开头的断片。在英国，每当人们纪念学校或大学的捐赠者时，人们都要用这句话。而且，不管多么频繁地听人们朗读这段话，其庄重之美不减。"他们的身体已经安息，但他们的名字永生。"素朴中包含着奢华。至于崇高的伤感，在英语语言中几乎没有哪句话可以与下面这句显然未经雕琢的话相媲美的："有些活着的人没有丰碑；有些死去的人仿佛根本没有死去。"

《次经》中还有另一部智慧之书，叫《所罗门智训》。其作者是一个巴勒斯坦犹太人，可能是圣保罗的同代人。他甚至比那位使徒更多地接受了他所处时代的希腊宗教思想的影响。初读时，基督徒往往把这部书列在《便西拉智训》之上。他们必然为圣灵的无处不在和威力所吸引。"你的劝诫已经知道，除非你给予智慧，从上天送来你的圣灵。"这句话完全可能来自《新约》。基督徒还感到这部书包含着他们关于永生的教义。"神创造人为了让他不朽，让人成为神永恒的形象"——这就是基督教的永恒信仰。但是，该书并非完全是一流的。也许作者立志要把它写得超凡的美，所以才没有生产出我们在圣保罗伟大的爱的颂歌中看到的那种未经雕琢的完美。但是，我们常常忘记了挑剔。"义人的灵魂掌握在神手中，不受任何折磨。在愚人眼中，他们似乎死去：而他们的离去被当作痛苦，他们离开我们走向彻底的毁灭：但他们在安息。"写出这些信仰和希望的人给人类带来了真正的福音。

在我们对《次经》的简要叙述中还有一部书值得提及。这就是《以斯德拉（下）》，

安东尼奥·齐塞利的画

由一个犹太人写于公元 70 年耶路撒冷陷落之后。有个基督徒作家修改了它，加了个序；经过编辑之后，该书可能于公元 120 年后出版。许多犹太人认为耶路撒冷和神殿的破坏是那个时代终结的开始：那场灾难将为上帝的千年王国铺垫道路。这些观点影响了福音书，更明显地见于启示录；而且，正由于该书与《新约》有许多平行之处，学者们才对其进行了详尽的研究。事实上，该书有助于我们理解早期基督教传教士的宗教背景。作者写作的时候，犹太教与基督教的分裂还没有完全结束。书中，仍然有"更多、更广、更亲切的犹太教精神"，这种精神随着一代人之后犹太教立法主义的胜利而消失了。无论何时，只要基督教忠实于其创建者的气质，这种精神就得以保留。由于这种精神，圣保罗和圣约翰等早期领袖都摆脱了犹太教的枷锁，通过使用希腊世界的语言和观念，把福音传给了异教徒。

《以斯德拉(下)》是艰难地幸存下来、对基督教的发展产生宗教影响的许多书之一。这些文献把《旧约》与《新约》连接起来。其研究是圣经研究的引人入胜的一个分支，但也仅仅证明了这样一个事实，如果人们没有感到是耶稣的生活和教导以无与伦比的方式把上帝显现给人类，那么基督教就不会存在。

## 第七节 《新约全书》

《新约》中各卷都是用希腊文写的，而作者，可能除了圣路加外，都是犹太人。但他们的希腊文却不是荷马的语言，甚至不是修昔底德(Thucydides)或柏拉图的语言；而是模仿古风的希腊文，是公元 1 世纪男人与朋友交谈、给妻子写信用的通俗语言。这个时期的希腊文学语言矫揉造作，是所谓的"美文"，试图模仿古典风格。《新约》的希腊文似乎是一个例外，直到最近才在埃及沙漠中发现了同一时期的家庭和商业信件，其真正的性质才得以揭示出来。

《新约》作者聪明地使用这种流行语言，因为他们不仅要在有文化的少数人中，而且要尽可能广泛地传播基督教。就大部分来说，皈依者都来自我们现在所说的下中产阶级。基督大多数亲密的弟子都属于这个阶级。有些弟子，如西庇太的儿子们，也许属于富裕阶级；但所有弟子都高于奴隶地位。早期传教士欢迎来自各个阶级的男人和女人们。尽管他们都讲通俗希腊语，但我们还是不能认为他们没有受过教育。圣保罗接受过全面的神学教育，父亲在他出生的城市里似乎地位很高。福音传道者圣路加和圣约翰都是有能力、有文化的人；而其他《新约》作者们都能用希腊文表达思想，尽管那绝不可能是他们的母语。

## 《新约》的作者们

尽管《新约》的作者们使用一种非文学语言，但是，如我们的钦定本所表明的，他们却常常达到一种卓越的高贵。他们自信胸怀上帝的福音，于是就自然而直接地书写。圣马可的希腊文粗糙，但却简洁地给我们留下了一份特别鲜活和实用的备忘录。圣保罗把他的那些书信口授给文书，其中有不完整的句子、复杂的论点和思想的迅速变化。阅读这些书信的时候，教士保罗会活生生地出现在我们眼前。研究这些书信的时候，我们为他思想的丰富、细腻、灵活和创造力而震撼。有时他的流利程度在文学中达到了无法逾越的水平。一位现代学者把圣约翰的文字描述为"语法极其准确，但简单得没有任何修饰，不懂成语"。他尽全力使用一种不是母语的语言，在第四福音书和第一封书信中创造了两篇宗教文学的杰作。词语重复出现，简单的独立句一个接着一个：没有修饰，看上去都那么"浅薄和抽象"。我们所期待的应该是失败，然而得到的却是最纯粹的精神美。这个神秘主义哲学家仿佛在讲儿童的语言，然而却再没有另一个人能如此丰富人的精神沟通。圣路加是《新约》中最卓越的作家。他文风的舒缓和优美，他兴趣的广泛，他的感性，使他对现代读者独具吸引力。如我们在他讲述的圣保罗沉船的故事中所看到的，他具有非凡的描述才能。你只要试着重写一下"浪子回头"的寓言就不会怀疑他的文学才能了。当然，这个寓言出自耶稣，也许没有什么改写，所以，我们不能忽视耶稣教义的文学性。

## 拿撒勒的耶稣

甚至在对《新约》的文学讨论中，也不可能忽视拿撒勒的耶稣。他的人格主导《新约》各卷，给全书以连贯的统一。他关于上帝和人的教义，他的死，他的人格完善，他对人类的意义——所有这些就是《新约》所有作者几乎全心关注的主题。我们认识到这些作家中大部分都与耶稣没有个人交往，他们的证明也都是二手的，这时，我们才意识到基督在其短暂的传教生涯中给一同传教的人留下了多么深刻和扎实的印象。在我们给他勾勒的主要画面上没有模糊的线条。我们了解他的思想、他的气质、他的性格——总之，他的属性——我们很少能够如此透彻地了解历史上的人。

福音书中记载的他的传教史也许比我们所期待的还要准确。诚然，在福音书撰写之前他至少已逝世三十多年了。但犹太人养成了口传的习惯，而我们则相信书面记载；所以，甚至半个世纪以后，他传教的准确过程也能保存下来。耶稣大约出生于公元前6年，公元29年被钉十字架而死。他通常使用巴勒斯坦的阿拉姆方言，但他懂希伯来语，可能会讲希腊语。在他出生前的一个世纪里，加利利（Galilee）的人口主要由非犹太人构成：那是"异教徒的加利利"；而在基督的时代，迦百农（Capernaum）及其附近城市中希腊—亚述人和犹太人各半。拿撒勒是一个有10000人左右的小镇，附近的公

**列奥纳多·达·芬奇想象的基督**

路把黎凡特的几个大城市连接了起来。因此,虽然耶稣出生于木匠之家,但他年轻时与外面的大世界相隔并不十分遥远。当然,最重要的还在于耶稣就是耶稣。如皮克教授所说,"历史上的任何人物都没有像他那样自信和保持着精神平衡,没有人比他更真诚,在道德判断上比他更具洞察力,在揭露非现实方面比他更无情"。他传教的质量最生动地表现在伟大的寓言以及他的语录集中,我们称其为《山顶布道文》。他的语录打上了不可置疑的绝对宗教天才的印记。在这些语录中,最优秀的道德理想通过警句和悖论而得以强调。要求是直接的、果断的、真诚的。一种精明的素朴与一个崇高的世纪携手并进。对说话者来说,天堂就和大地一样真实。他更多地与上帝而不是与人同在。他无疑看透了人的内心,也同样无疑地理解上帝的本质和目的。他从不犹豫,永不迷失。他的思想丰富得令人难以置信,很快就能把明显的矛盾统一起来。如果可以用一个隐喻的话,他拥有伟大的道德艺术家和宗教艺术家的创造性天才。他身上体现了伟大智慧所给予的尊严。他沉着的权威激起人们的敬畏和崇拜。其他方面,我们只能说人类历史上没有任何人能像他那样受到尊敬和爱戴。所以,那四部福音书比写出的任何书都更频繁地再版,得到更频繁、更认真、更具激情的阅读。

布朗、克莱承公司

《耶稣立于城市上哀悼》(保罗·H. 佛兰德朗)

"……你常杀害先知,又用石头打死那奉差遣到你这里来的人。我多次愿意聚集你的儿女,好像母鸡把小鸡聚集在翅膀底下,只是你们不愿意。"

## 四部福音书

最早的一部是根据圣马可总结的福音书，显然写于公元70年耶路撒冷陷落时期，尽管也可能再早十年。它可能基于圣彼得和早期传教士"粗糙的民众传教"。其作者是圣马可，巴拿巴的侄子，他时常与圣保罗在一起。当认识耶稣的人都去世后，圣马可写下了真实、感人、经常传诵的故事，也就是他们的"好消息"，即福音。他还把施洗者约翰的晚年生活也包括进来，可能是从那位先知的某个追随者手里获得的资料。故事中插入了《小次经》（第13章），其中，某个犹太基督徒把基督关于耶路撒冷末日的预言与他自己关于时代终结的看法结合了起来。

《圣路加福音书》和《使徒行传》出自一个作者之手，在行传的后半部分，他加进了一个人的日记，在圣保罗作为囚犯被押往罗马时，这个人和他同行。记日记的人完全可能是圣路加，他以自己的名写了福音书和行传。行传没有讲述圣保罗的殉身，因为那是在他殉身之前写的。这样的话，福音书的写作时间就是公元60年左右。另一方面，许多学者认为它写于一代人之后；有些人还推测一个不知名的编辑用了圣路加的日记。现在，通过巧妙和具有结论性的论证，已经确定圣路加和《圣马太福音书》的作者都使用了马可和另一个现已失传的文献。学者们称这个文献为Q。这是一份非常重要的关于基督传教的记录，为使徒马太所写。其大部分都被原封不动地作为《山顶布道文》而加入了第一福音书。由于这个事实，第一福音书是以圣马太命名的，但实际上是出自巴勒斯坦的一个犹太基督徒之手，时间大约是公元80年。除了马可和Q，他还用了一套证据文本，表明基督实现了犹太教的预言。对《旧约》的这种用法符合当时在犹太教拉比中流行的寓言式阐释方法——我们却不认为这是一种令人满意的方法。在《马太福音》中，我们还发现，基督死后半个世纪内成长起来的教堂礼拜实践都以他为权威。该书适合在公共场所礼拜时朗读；而被称作第一福音书是因为它长期以来一直受到最高评价。现代人把马可福音书捧得更高是因为它更原始。然而，和Q一样，《马可福音》曾一度有失传的危险。它的结尾被毁坏了。如布尔吉特教授所说，我们的所有手稿都来自同一个破碎的版本。圣路加绝不是第一福音书的作者，而是现代意义上的历史学家。除了马可和Q，他还设法搞到了非常有价值的其他资料。其中有一些是妇女特别可能记得的：包括善人和浪子回头等了不起的寓言，这些都是他自己保存下来的。

第四福音书仍然是个谜：其作者权和历史价值仍然是激烈争论的话题。它与其说是传记，毋宁说是对基督一生的精神阐释。它与其他福音书的关系就仿佛柏拉图的申辩与苏格拉底的生活的关系。毫无疑问，这位作者也写了圣约翰的三封信；他还无疑保存了关于耶稣传教生涯的准确记录，它独立于其他福音书，有时甚至是对其他福音书的矫正。但他的神学思想却是对圣保罗思想的发展；他是"圣保罗的最佳评论者"。也许最受爱戴的使徒圣约翰，西庇太的儿子，最早把他对基督的亲密了解当作演讲和

照片：W.A.曼塞尔公司

《基督为彼得洗脚》（福特·马多克斯·布朗）

第四部福音书记载的不是最后的晚餐，而是洗脚，基督以此尊崇人的劳动。

思考的基础。一些追随者把这些演讲和思考保存起来；他们也深受圣保罗传教和当时流行的希腊哲学的影响。最后，这些人中的某个天才在公元100—115年间根据这些资料写成了《圣约翰福音书》。不管源出何处，他都是亚历山大的克利门特在公元2世纪末所说的"精神福音"。在全书的结尾、即最后一章作为附录加上去之前，作者清楚地说明了编撰此书的目的，"但记这些事，要叫你们信耶稣是基督，是神的儿子，并且叫你们信了他，就可以因他的名字得生命"。

## 圣保罗

在《新约》中，大约有十封真正的圣保罗书。首先给帖撒罗尼迦的两封书信约写于公元50年；它们也许是《新约》中最早的作品。在这两封信相隔的一或两年间，他写了《哥林多书》、《罗马书》和《加拉太书》。其余的是《歌罗西书》、《腓利门书》、《以

《圣保罗探监圣彼得》(马萨乔)

弗所书》、《腓利比书》,大约都写于公元60年。然而,《以弗所书》完全可能不是真正的圣保罗书:其词汇不同于那些未受怀疑的书信中的词汇。圣保罗可能与基督同时出生,在基督受难后皈依基督教,公元64年尼禄迫害基督徒时被处死。因此,他的书信只涉及他生命的最后十年。这些是真正的信,不是以伪装形式出现的神学论文。信中几乎没有系统的统一性,这表明其思想在以令人惊奇的速度发展。晚期的书信含有浓重的异教神秘宗教的色彩。在"神秘信仰"中,吉尔伯特·穆雷教授说,人寻求"某种救赎的魔法,其中,纯化和真诚的忏悔不应该仅仅是为了一种正义的生活"。为了这个目的,人才加入设有圣餐和戒斋等仪式的神秘组织:他们相信通过这些仪式就能获得与神的灵交,通过救赎而获得永生。这些信仰皈依基督教后自然会保留许多原来的神秘思想。使我们惊奇的是圣保罗,以他犹太教的背景,却心甘情愿地使用异教崇拜的语言。他对异教的魔法不感兴趣:他依然是犹太人,对他来说,信仰产生正义才是最重要的。但是,如因格博士所说,虽然"他准备拼死反对基督教的犹太化,但他愿意采取把基督教异教化的第一步,这也是漫长的一步"。

圣保罗对基督教贡献如此巨大,我们不需试图对此妄加评判。人们把他而不是耶稣看作基督教信仰的创始人,这种危险的确是有的。我们必须防止这种夸张的做法。在某种意义上,这位使徒创造了基督教神学;但是,在这个过程中，他只给基督自己主张的救赎赋予了形式。身体是圣保罗的：他的老师则付出了精神和生命。

《提摩太书》和《提多书》也是以圣保罗之名写的，这两封书信无疑是这位使徒"经过多次编撰的残篇"。它们强调教会组织的细节问题，因此，在圣保罗结束传教生涯后的一代人中越来越重要。其语言不像是他的，尤其是我们忽视了其狂热信仰具有的那种振聋发聩的特性。如果假定它们写于公元100年左右，我们不会犯大错误。

《希伯来书》也是以圣保罗之名写的：但人们很早就认为这不可能是他的手笔。它写于公元80年，可能是罗马的犹太人写的，在公元1世纪末就传遍了罗马。它是《新约》中最具文学性的作品，是一篇短文而非书信。由于其完美精确，我们今天仍然发现它通俗易懂，尽管其犹太教祭祀的背景、圣餐和对圣经的寓言式使用都是我们所陌生的。文中有一些相当意味深长的段落。

《彼得前书》以及《雅各书》和《犹大书》都是短作，学者们就其作者和写作日期没有一致的见解。《雅各书》是《新约》中最具犹太性的：其温和的权威性和友善的氛围使其独具魅力。如果它由"神的兄弟"所写，那一定是幸存的最早的基督教文献。《彼得前书》具有创新性和某种独特性：有趣的是，它似乎介于圣保罗的希腊崇拜与圣詹姆斯的犹太基督教之间。《犹大书》非常优秀，因为作者提到了《以诺书》和《摩西的假设》中的犹太传奇。所谓的《彼得后书》是《圣经》中的最后一篇，写于公元130—150年间，不具有任何历史和文学价值。

预言家圣约翰的启示录具有非凡的感染力和重要意义。其作者是犹太人，虽然它是用希腊文写的，表达的却是希伯来思想，经常使用希伯来成语。其风格完全证明了它不是出自第四福音书的圣约翰之手。其大部分是诗歌而非散文，而其诗歌又具有罕见的美和崇高的素朴性。

查尔斯博士举一例来证明其性质：

> 我又看见一个新天新地，
> 因为先前的天地已经过去了，
> 海也不再有了。
> 我又看见圣城新耶路撒冷
> 由神那里从天而降，预备好了
> 就如新妇妆饰整齐，等候丈夫。

这位预言家的视野中拥有如此丰富的形象和精神洞察力，显然是从加利利移民到以弗所的基督徒，约在公元95年图密善迫害期间完成此书的。与《但以理书》的作者一样，他使用了晚期犹太教的预言形式，我们称之为《次经》。他的目的是要宣布神的王国降临大地，以此安慰被迫害的基督徒相信善的最终胜利。"现世的王国变成神和基督的王国"之时也就是基督徒胜利之日。虔诚者要跟随被杀的羔羊的引领:对他们来说,不管生还是死,那都不是失败。以如此灿烂的乐观主义,《圣经》结束了。

# 第八节 《圣经》的翻译

在以斯拉时代(公元前450年)过后,希伯来语逐渐成为一门死的语言。基督传教的时候,虽然希伯来语仍然用于礼拜,但巴勒斯坦的犹太人却讲一种叫阿拉姆语的方言。当时流行的国际语言是希腊语。事实上,在亚历山大大帝(公元前330年)征服波斯帝国之后,希腊语迅速成为犹太人的共同语言,犹太人将其传遍从事贸易的东地中海。亚历山大从其建立起就有一大片犹太领土。出于犹太人的需要,把《旧约》从希伯来文译成希腊文于公元前240年就开始了。翻译工作可能在以后二百年中宣告完成,翻译的成果就是众所周知的《七十子希腊文本圣经》。它包括现在收入《次经》的一些作品,它们当时并不属于希伯来文的《旧约》。这个希腊文本尤其重要,因为《新约》的作家们在提到《圣经》的较早部分时经常提到它。《新约》原本是用希腊文写成的;直到公元200年左右,基督教会才正式使用希腊文经典。大约在那个时候,这些希腊文经典都被译成了拉丁文。大约两个世纪以后,大学者哲罗姆比较准确地把《圣经》全本译成拉丁文。翻译时,他没有用《七十子希腊文本圣经》,而用的是《旧约》的希伯来文本。于是就有了拉丁文《圣经》,时至今日,它仍然是全本《圣经》的拉丁文译本。

《旧约》和《新约》的第一部全英文本出自威克里夫在英格兰进行福音传教的努力。在14世纪,英国教会既有财又有权,正式礼拜庄严肃穆;但是,如乔叟的作品所清楚地表明的,宗教复兴已势在必行。威克里夫看到了这种需要;如一个半世纪后的改良者一样,他还意识到必须把《圣经》作为基督教教义的基础。于是,为了让"穷苦的传教士"能够"忠实地传播上帝的教导",他和他的追随者们在公元1382年把拉丁文本的《圣经》译成了英文。未改良教会的僧侣试图阻止这个译本的流通。但它却流传广远,虽然当时还没有印刷术,只有手抄本。威克里夫具有精神领袖的洞察力。我们完全可以认为他了解国人的宗教气质,预言如果把《圣经》翻译成本族语,他们一定会热爱的。

## 第一部印刷的英文《圣经》

到15世纪末,印刷术得以发明,荷兰学者伊拉斯谟于公元1516年出版了第一部希腊文《旧约》。伊拉斯谟在剑桥生活和讲学,同时准备他的出版工作;剑桥大学也由此而获得"新知识之家"的声誉,成为英国改良运动的知识中心。一个叫威廉·廷德尔的牛津学者于1515年来到剑桥,此后他倾其一生把《圣经》从希腊文本和希伯来文

伊拉斯谟,文艺复兴时期最伟大的学者,他制作了第一部印刷的希腊圣约书。

照片:W.A.曼塞尔公司

**廷德尔翻译《圣经》**

"他为后来所有的译者提供了一种简洁、高贵英语的杰出典型。"

照片:里施基斯收藏馆

本译成英文。廷德尔的《新约》于公元 1526 年出版；当他十年后在国外殉身时，他已经完成了半部《旧约》。同时，在公元 1535 年，弥尔斯·柯佛达尔将第一部印刷的英文《圣经》献给世界。然后，修订版本接踵而至，学者和神甫们热情高涨，在英语文学的黄金时代，翻译技巧逐渐娴熟起来。最后，英文的钦定本于 1611 年发表；尽管 1885 年发表了更加准确的修订版，钦定本仍然是英语国家人民的《圣经》。

钦定本极高的文学性使其成为最伟大的英语经典。由于语言的精湛之美，《圣经》在我们的文学中具有不可比拟的重要性。人们常说《圣经》的英语"像音乐一样在耳边回响，难以忘怀"。我们应该把其极端精湛的性质归功于 16 世纪，当时我们的英语正处于发展的全盛期。然而，如果有人应为此而得到赞美的话，那就是廷德尔。《新约》的五分之四和《五经》都是他的功劳；而他那华丽的散文则贯穿整个文本。他以真诚的谦卑说自己"少言粗鲁，迟钝无智"；但是，如果他不是天才作家，那就是风格具有魔法。作为学者，他勤奋、求精、诚实。对他来说，"《圣经》的每一部分都有一个意思，而且只有一个意思，即作者心中的意思"。他把自己的作品看作是神圣的工作，是神意要他做的。他庄严地抗议说他从来没有违背意愿而改动一个音节。此外，他完全意识到英语语言非常适合翻译《圣经》。"希腊文比拉丁文接近英文。而希伯来语与英语的适合度要比与拉丁语的适合度高 1000 倍。"最重要的是，他力图为普通人服务。青

由大英圣书公会惠允复印。来自大英图书馆中的一部样本

廷德尔的《新约》，第一部印刷版的英语译本
复印的样本页表明了实际的印刷面积。

照片:埃利奥特&弗赖伊有限公司

**韦斯科特主教**        **霍特教授**

上一代人中最伟大的两位英国学者,《新约》的标准希腊本要归功于他们。

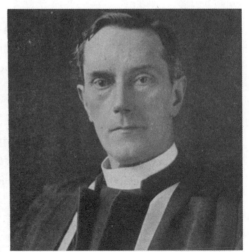

照片:J.拉塞尔父子公司        照片:拉塞尔,伦敦

**R. H. 查尔斯,威斯敏斯特的会吏总**        **W. R. 英奇,圣保罗大教堂的教长**

在世的最伟大的犹太教和基督教启示文学的权威。        学者、哲学家和神学家。

年时期,他对剑桥的一个朋友说:"如果上帝恕我不死,我要许多年勤奋耕耘,比你多了解神圣的经典。"正是这种精神鼓舞着廷德尔,给了我们钦定本《圣经》。

  这个钦定本对英语语言和英国思想的影响几乎大到不能再大了。这本《圣经》造就了英国清教主义;而清教传统又哺育了英国和美国人民最优秀和独特的品质。弥尔顿和班扬都从《圣经》中获得灵感,写出了他们的诗歌和寓言。克伦威尔和清教徒前辈移民都在《圣经》中找到了荣耀、自治和坚毅。依靠《圣经》,卫斯理和怀特菲尔德改造了他们的国家。英国维多利亚时期的大人物和美国的爱默生和惠特曼等性格迥异的人,都直接受到钦定本《圣经》的影响。它铸造了勃朗宁、乔治·艾略特、罗斯金和瓦茨的艺术。约翰·布莱特是19世纪最杰出的英语讲演家,他实际上只读过一本书,那就是《圣经》。具有同样的政治和讲演天才的亚伯拉罕·林肯也只读这本书。

  《圣经》仍然是盎格鲁—撒克逊人最宝贵的共同遗产。我们共有遗产的表面已经到处散布着转瞬即逝的热情、庸俗的情感和道德的败坏。但表面之下的深层仍然是汹涌的湍流。这股湍流大多来自《圣经》,四百多年来它一直是盎格鲁—撒克逊理想的终极源泉。《圣经》铸造了英语语言;但也是大英帝国和美国共同体文明的顶级精神创造力。

## 参考书目

  F. C. Burkitt: *The Gospel History and its Transmission* (1911).

  R. H. Charles: *Religious Development between the Old and New Testaments* (1914).

  J. G. Frazer: *Folk-lore in the Old Testament* (3 vols.) (1919).

  J. Hastings: *Dictionary of the Bible* (5 vols.) (1900–1904).

  W. R. Inge: *Essay on St. Paul in Outspoken Essays*, First Series (1919).

  R. A. S. Macalister: *The Philistines* (1913).

  A. Nairne: *The Faith of the Old Testament* (1914) and *The Faith of the New Testament* (1920).

  A. S. Peake: *Commentary on the Bible* (1920).

  H. E. Ryle: *The Canon of the Old Testament* (1892).

  G. Adam Smith: *Historical Geography of the Holy Land* (1896).

  W. Robertson Smith: *The Religion of the Semites* (1889).

  R. C. Trench: *Notes on the Parables*.

# 第四章　作为文学的英文版《圣经》

关于把《圣经》当作文学的几点思考可以写入加农·巴恩斯关于《圣经》史的学术描述。

有人对把《圣经》作为文学表示异议，理由是上帝之言不应该接受这种检查。尽管很难认真对待这一说法，但还是有必要做出回答。把《圣经》作为文学来研究的最好理由就是《圣经》的确是文学。《圣经》中的每一部书都具有文学的特点，而随着时间的流逝，它们也经受了困扰文学文献的那些风险和灾难。

把《圣经》当作文学不是忽视、更不是否定它的神圣性质。实际上，仍然接受神启教义的人应该第一个看到神的表达方式本身就是神圣的，它包括使用人类所知的最美和最动人的语言把神的启示传达给人类。这样的话，把《圣经》作为文学的审美研究就比把《圣经》作为神之言的研究重要得多了。

## 第一节

### 《圣经》与我们的民族风格

把《圣经》作为文学来研究的最大优势在于它能使我们以某种真正的方法来理解《圣经》的真谛。《圣经》原本用希伯来文和希腊文写成，经过艰苦的和不准确的抄写和令人怀疑的翻译，最后通过无数教条和偏见的迷雾传达给我们，但它仍然充满了诗歌、幻想、隐喻、东方的民间故事，所有这些都是我们所陌生的。因此，《圣经》是所有书中最需要评论的，而直到相对晚近的时候，人们才明白最明显缺乏的那种评论只有文学才能提供。"明白了《圣经》的语言是流动的、现时的和文学的，而不是僵化的、固定的和科学的，就是正确理解《圣经》的第一步，"马修·阿诺德说。从直义上理解《圣经》是走向怀疑主义；把它读作文学是走向本质的、合理的信仰。彭斯懂得这一点，所以才写了《佃农的星期六之夜》。在那首漂亮的叙事诗中，有两节描写了英语《圣经》的两个重要方面：传达给灵魂和道德心的启示；和坚不可摧的文学性。它们是这样描写的：

> 他们认真地结束了欢乐的晚餐,
> 　排着长队围坐在篝火旁;
> 长者打开厚厚的《圣经》,
> 　父辈的尊严挂在了脸庞:
> 灰白的双鬓毛发稀疏,
> 　无边的呢帽歪戴在旁;
> 曾经响彻锡安的乳香的诗歌,
> 　他明智谨慎地做出了选择;
> "让我们崇拜神,"他庄严地说。
>
> 牧师般的父亲读着经文,
> 　亚伯拉罕如何结交天神;
> 摩西与蒙羞的亚玛力人,
> 　宣布开始永久的交战;
> 皇室歌手呻吟着谎言,
> 　复仇的怒火来自上天;
> 约伯哀惋的哭嚎和抱怨;
> 　以赛亚沸腾的天使火焰;
> 圣先知用神圣的里拉伴演。

广义上说,在第一节中《圣经》是上帝之言,在第二节中《圣经》便成了文学。二者相得益彰,使《圣经》进入到人们的生活和言语中来,得到升华。

在剑桥教"《圣经》阅读课"的亚瑟·奎勒·库奇曾在他的学生面前写下这样几句话:

> 你的眼睛将看到潇洒的国王:它们将看到那遥远的国土。
> 一个男人就像一个避风港,好比躲避暴风雨的庇护所;就像沙漠里的河水,好比荒地上一块岩石的影子。
> 所以当这腐朽披上不腐的时候,当这必死披上不朽的时候……

然后他说:

> 当一个民族用这种修辞方式和这些节奏来形容其最宝贵的信仰时,一种文学就无疑建立起来了。……钦定本确定了我们的民族风格。……它具有朴素和崇高的节奏,然而又那么的和谐,因此所发出的声音只有一个。朴素的人们——像艾萨克·沃尔顿和班扬一样心地善良的圣人——都和着那更加朴素的调子说话。

班扬的思想和风格都取自《圣经》。他的《罪人受恩记》和《天路历程》把我们带回到这口未被玷污的宗教和英语的甘泉。班扬也许比任何其他人都熟悉钦定本《圣经》。其语言成为他生命的气息。在阅读《天路历程》的时候，我们就好像在读他自己写的《圣经》。听听影子谷里格里哈特先生这段话吧：

> 这就像在洪水中交易，或下地狱；这就像在大海的心脏，或走下山谷：仿佛大地永远把我们包围起来。可是让他们在黑暗中行走吧，不给他们光明，信上帝的名，坚守他们的上帝。对我来说，正如我已经对你说过的，我经常穿过这条山谷，走过了比现在还要艰难的路程，可我还活着。我不会夸口，因为我不是自己的救世主。但我相信我们都将得到拯救。让我们祈祷光明吧，让主驱逐我们的黑暗，不仅谴责这些人，而且谴责地狱里所有的撒旦。

《圣经》的语言造就了英国的言语，而班扬比其他人更熟练地使用那种言语。在《天路历程》中，没有一个词一句话是普通人所不懂的。

## 对钦定本的贡献

剑桥大学的这位英语教授继续说：

> 有傲气的人、学者——弥尔顿、托马斯·布朗爵士——经常写音韵悠扬的拉丁句子，但他们也会借助于《圣经》的节奏。……讲究词义准确的艾迪生无法超过一个寓言的简洁和清晰；约翰逊对句的两部分不外乎是"我们的主升天去追寻唢呐声，循着唢呐声我们的主升天"。《圣经》控制着它的敌人吉本，也同样无疑地萦绕着萨克雷轻盈句中的奇妙音乐。它就是我们看到、听到和感觉到的一切，因为它就在我们心中，在我们的血液中。

柯勒律治说：它"使人摆脱庸俗的风格"。它的确使这位贝特福德的修补匠摆脱了庸俗，还有丹尼尔·笛福。《圣经》深刻地影响了罗斯金的风格；他的传记作家说："他写的每一篇作品都几乎浸透着《圣经》的风格。"麦考利把《圣经》说成是"如果我们语言中的其他一切都要灭亡的话，那么有一本书就足以显示其全部的美和力量"。弥尔顿宣称："任何歌都比不上锡安之歌，任何讲演都比不上先知的讲演。"兰多写信给朋友说："看到你对一本书的虔敬我由衷感到高兴，且不说它的神圣或权威，它包含的天才和鉴赏力比现存的任何书卷都多。"霍布斯在撰写《利维坦》时就想着对《圣经》的文学研究：

> 要让人对任何文本进行阐释的是真正的知识，而真正的知识不是单纯的词语，而是作家涉及的范围；只坚持单个文本而不考虑主要构思的人都不可能从中清楚地得到什么；而只能把《圣经》的原子像尘埃一样撒在人们眼前，使一切都模糊不清。

**《宗教改革的发端》**
依据英国皇家艺术院院士 W. T. 杰姆斯的画作

威克里夫在拉特沃斯派出他的"穷神甫们",他们都带着《圣经》译本(大约1378年)。

**在圣保罗大教堂的地下室读《圣经》**
依据乔治·哈维爵士的画作

英国宗教改革结出的第一颗果实就是英国普通大众阅读各种版本的《圣经》。这些《圣经》稀有、昂贵,为安全起见,教堂里的《圣经》都用链条固定住。

曾有人问如果没有文人甚或诗人的帮助，1604—1611年的钦定本是否能够面世。《诗篇》的节奏，《约伯记》崇高的问答，以赛亚的狂文，保罗在雅典的雄辩，经过了47位学者的翻译却为什么丝毫没有留下他们的文学痕迹呢？有人卓尔不群地提出1604年处于创作巅峰的莎士比亚可能应召给我们的《圣经》增添诗意和崇高。这些猜测并不必要。英语语言在当时正处于发展的顶峰，仍葆其纯洁性。莎士比亚已经写出了他的大部分剧本；两年前就写出了《哈姆雷特》。伊丽莎白时代的抒情诗人已教会国人掌握语言的音乐性。斯宾塞的诗歌就是那种音乐的河流。诸如马辛杰、马洛、博蒙特和弗莱彻、马斯顿和韦伯斯特等剧作家也都培养了遣词造句的后继者。文学已经形成。而产生伟大结果的有益时机则是前无古人、后无来者的。

# 第二节

## 英文版

这仅仅是问题的一部分。如一般所认为的，那47个译者并未生产出创造性的《圣经》译本。如加农·巴恩斯所指出的，他们生产了一个新的更好的版本。钦定本的文学性是发现的而不是努力达到的。新的译者在他们使用的所有英文版本、尤其是在廷德尔和柯佛达尔的版本中发现了文学性。威克里夫从拉丁文圣经翻译过来的译本早在1388年就由其他人完成了，但给他们的帮助甚微。译本的源泉是威廉·廷德尔，除了学术研究外他还掌握了高雅的英语。他基本上依据伊拉斯谟的希腊文本和拉丁文本、钦定拉丁文本和路德的德文译本。在舰队街（Fleet Street）圣丹斯坦教堂大门一侧的石头上刻着廷德尔的头像。日日夜夜告诫或欺骗百姓的新闻记者们都记得这个曾经发誓让《圣经》家喻户晓的人。而且他做到了。当查理大帝在现在的布鲁塞尔郊区将他处以绞刑的时候，就连牧童都开始读用父辈的语言所写的《圣经》了，读书的习惯已经在英格兰形成。

米尔斯·柯佛达尔1535年出版的《圣经》是从拉丁文和德文翻译过来的，引用了不少廷德尔的译文，在音乐性上往往高于廷德尔的译文。殉道者约翰·罗杰斯编辑的马太《圣经》1537年面世，包括廷德尔版未发表的部分，即从《约书亚记》到《历代志（下）》的结尾。这本《圣经》似乎是一部拼贴之作，继之而来的是大体上由柯佛达尔编辑的《大圣经》，是第一本官方认定的纸质《圣经》。

后来的一个版本很有趣，因为它是为逃避玛丽女王的迫害而从英格兰逃到日内瓦的英国人翻译的。他们在阿尔卑斯山的皑皑白雪下努力工作，在史密斯菲尔德点燃的篝火冒出缕缕青烟。他们专心工作了两年，当伊丽莎白继位、他们可以自由回国的时候，

《圣保罗在雅典布道》(拉斐尔)

"我们生活、动作、存留都在乎他,就如你们作诗的,有人说:'我们也是他所生的。'"

——《使徒行传》第17章

翻译工作还没有完成。1560年,这部"日内瓦"《圣经》题献给了伊丽莎白女王。它比廷德尔和柯佛达尔的版本都拘泥于原义,其《旧约》基于希伯来文本,《新约》则基于希腊文本。这就是现在人们所知的"马裤版圣经"("Breeches Bible"),名字来自《创世记》第三章第七节:"他们便拿无花果树的叶子,为自己编作裙子。"

稍晚些时候,1568年比肖普圣经在大主教帕克监督下开始翻译,这实际上是钦定本的前身。这就是人们所知的"乳香圣经",名字源自《耶利米书》第八章第22节:"在基列岂没有乳香呢?"

## 四个版本的比较

因此,当詹姆斯国王的翻译家们在西敏寺和剑桥相遇,给我们译出今天这本《圣经》的时候,他们已经有了相当多的原始的和阐释的文献。他们被告知尽可能贴近

照片：W.A.曼塞尔公司

《以撒为雅各祝福》（牟利罗）

"愿神赐你天上的甘露、地上的肥土，并许多五谷新酒。愿多民侍奉你，多国跪拜你；愿你作你弟兄的主，你母亲的儿子向你跪拜。凡咒诅你的，愿他受咒诅；为你祝福的，愿他蒙福。" ——《创世记》第二十七章

比肖普的版本。实际上，其最美的段落来自廷德尔。要想知道英语《圣经》的语言和文学性的发展，只要用弗雷德里克·G.肯雍的《圣经与古代手稿》的附录来比较一段话的四种译文就可见一斑了，这就是《希伯来书》第一章第7—9节。如他所说，从这个比较可以看出廷德尔的译本在多大程度上影响了其他译本，而不仅仅影响了钦定本：

### 廷德尔，1525

对天使们他说：他把天使变成精灵，把牧师变成火焰。但对儿子他说：神，你的王位将永存。王国的权杖是正义的权杖。你爱正义，仇恨邪恶：于是，神，你的神把香油涂在你同胞的身上。

### 比肖普圣经，1568

7. 对天使们他说：他把天使变成精灵，把牧师变成火焰。

8. 但对儿子（他说），你的位置，噢，神将永存：你的王国的权杖是正义的权杖。

9. 你爱正义,恨邪恶:因此,神,甚至你的神,都用香油涂你的身,你同胞的身。

钦定本,1611

7. 说到天使他说:他把天使变成精灵,把牧师变成火焰。

8. 但对儿子,他说,你的王位,噢神,是永存的:一个正义的权杖是你的王国的权杖。

9. 你爱正义,恨邪恶,因此,神,甚至你的神,给你和你的同胞涂上了香油。

修订本,1881

7. 关于天使他说,
  他把天使变成风,
  把牧师变成火焰:

8. 但关于儿子他说,
  你的王位,噢神,是永存的:
  正义的权杖是你的王国的权杖。
  你爱正义,恨邪恶;
  因此,神,你的神,
  给你和同胞涂了香油。

# 第三节

## 一个形式错误

在最后一个版本中,这段话是按诗歌的形式写成的。在钦定本中,散文被切割成"韵文"(在日内瓦翻译家们采用这个形式之前尚不为人知),但所有华丽动听的诗句都被印成了散文。由于这些原因,穆尔顿教授在其卓著《圣经的文学研究》中直率地宣称《圣经》是世界上印得最糟的书。他们不让眼睛帮助精神识别《圣经》的文学结构。那就仿佛把雪莱和华兹华斯的诗歌变成了散文。因此,甚至《山顶布道文》最后几句话的美也被其形式掩盖了。而这几句话却充分地说明了当希伯来诗歌变成《圣经》散文时那情感的抒发和想象力的发挥:

  所以你们听到我的话的人
    要按着做,
   就像一个智者,

照片:纽尔登(Neurdein)

**《遭受痛苦的雅各》(莱昂·勃纳)**

"求你记念,制造我如抟泥一般;你还要使我归于尘土吗?……我的日子不是甚少吗?求你停手宽容我,叫我在往而不返之先……可以稍得畅快。"

——《约伯记》第十章

把房子建在岩石上:
 大雨降下,
 洪水冲来,
 风刮来,
 吹打着房子;
它没倒;
因为它建在岩石上。

经惠允复印自利物浦公司所有的原画

《参孙与大利拉》(所罗门·J.所罗门)

而你们听到我的话的人，
若不按着做，
就像一个傻瓜，
把房子建在沙滩上：
大雨降下，
洪水冲来，
风刮来，
吹打着房子；
它塌倒了：
此后一切都塌倒了！

这两节诗摘自1881年的修订版，其中几处已经修改过了。我们看到的是用希伯来自由韵文写的一首漂亮的诗。请注意其完美的平行结构。

## 希伯来诗歌中的平行结构

思想与表达的平行——一种铺张的头韵法——是所有希伯来诗歌、其箴言式文学和大多数叙事的特点。穆尔顿教授精彩地描写了这种平行的动感:"好比钟摆来回摇摆,好比军队行军沉重的脚步,《圣经》的韵律是按平行线的节奏运动的。"他利落地向学生展示了这一运动,如《诗篇》第105首中的第8—15节:

其散文是:

他永远记得那契约:他与亚伯拉罕所立的契约,又将这约向雅各定为律例,说,"我将把迦南地赐给你,"当时他们人丁有限,便从这国行到那国。他不容什么人欺负他们,说,"不可难我受膏的人。"

现在再来读这段话的完整文字,它保留了全部的平行结构。原来的散文一下子变成了具有宏伟律动的诗歌:

　　　　他记念他的约,直到永远,
　　　　　　他所吩咐的话,直到千代,
　　　　就是与亚伯拉罕所立的约,
　　　　　　向以撒所起的誓。
　　　　他又将这约向雅各定为律例,
　　　　　　向以色列定为永远的约,
　　　　说:"我必将迦南地赐给你,
　　　　　　作你产业的份。"
　　　　当时他们人丁有限,数目稀少,
　　　　　　并且在那地为寄居的。
　　　　他们从这邦游到那邦,
　　　　　　从这国行到那国。
　　　　他不容什么人欺负他们,
　　　　　　为他们的缘故责备君王,
　　　　说:"不可难为我受膏的人,
　　　　　　也不可恶待我的先知。"

除了前两章和最后一部分,《约伯记》通篇是诗歌,永远不应该印成其他任何形式。只有这样,我们才能欣赏这样一段文字的壮美:

　　　　马的大力是你所赐的吗?
　　　　它颈项上挓挲的鬃是你给它披上的吗?

是你叫它跳跃像蝗虫吗？
它喷气之威使人惊惶。
它在谷中刨地自喜其力；
它出去迎接佩带兵器的人。
它嗤笑可怕的事并不惊惶，
也不因刀剑退回。
箭袋和发亮的枪，
并短枪，在它身上铮铮有声。
它发猛烈的怒气将地吞下，
一听角声就不耐站立。
角每发声，它说呵哈；
它从远处闻着战气，
又听见军长大发雷声和兵丁呐喊。

或下面这段：

我立大地根基的时候，你在哪里呢？
你若有聪明，只管说吧！
你若晓得就说，是谁定地的尺度？
是谁把准绳拉在其上？
地的根基安置在何处？
地的角石是谁安放的？
那时，晨星一同歌唱，
神的众子也都欢呼。

海水冲出，如出胎胞。
那时谁将它关闭呢？
是我用云彩当海的衣服，
用幽暗当包裹它的布，
为它定界限，
又安门和闩，
说："你只可到这里，不可越过；
你狂傲的浪要到此止住。"

这种平行结构是通过希伯来诗歌的各种语气获得的，尽管有各种难以展示的变体。有人发现它神奇地适合于各不相关的文学形式。它是对世俗智慧的尖刻讽刺，如《箴

照片:W.A.曼塞尔公司

**夏甲与以实玛利**

"夏甲就走了,在别是巴的旷野走迷了路。皮袋的水用尽了……"

——《创世记》第二十一章

言》第六章第六节：

> 懒惰人哪，
> 你去察看蚂蚁的动作，就可得智慧。
> 蚂蚁没有元帅，
> 没有官长，没有君王，
> 尚且在夏天预备食物，
> 在收割时聚敛粮食。
> 懒惰人哪，你要睡到几时呢？
> 你何时睡醒呢？
> 再睡片时，打盹片时，
> 抱着手躺卧片时，
> 你的贫穷就必如强盗速来，
> 你的缺乏仿佛拿兵器的人来到。

顺便提及，这里真实得奇妙和令人窒息的明喻"就必如强盗速来"——也许相离甚远，但却来得越来越近，最后必然像脚痛一样发生。

现在来看看底波拉的野蛮之歌中重复原则取得的不同效果：

> 君王都来争战，
> 那时迦南诸王
> 在米吉多水旁的他纳争战，
> 却未得掳掠银钱。
> 星宿从天上争战，
> 从其轨道攻击西西拉。
> 基顺古河把敌人冲没，
> 我的灵啊，应当努力前行。
> 那时壮马驰驱、踢跳、奔腾。
>
> 愿基尼人希百的妻雅亿，
> 比众妇人多得福气，
> 比住帐篷的妇人更蒙福祉。
> 西西拉求水，雅亿给他奶子，
> 用宝贵的盘子，给他奶油。
> 雅亿左手拿着帐篷的橛子，
> 右手拿着匠人的锤子，

击打西西拉，打伤他的头，
把他鬓角打破穿通。
西西拉在她脚前曲身仆倒：
在她脚前曲身倒卧。
在那里曲身，就在那里死亡。

## "思想的平衡"

在希伯来文学中，这个重复的原则——在所有其他文学中也不同程度地出现——如此重要以至于简化了整个翻译的问题。马修·阿诺德指出，由于比较的无处不在，希伯来诗歌的效果"能够得到保留，并能翻译成外文，这是其他伟大的诗歌所无法取得的效果。"荷马、维吉尔和但丁永远不能被成功地翻译成外文，因为这些诗人的文学建筑必然被分解成碎片，无法重新构成异国音乐。"而以赛亚的诗歌是著名的平行诗歌；它不取决于韵律和韵脚，但取决于思想的平衡，由相应的句子平衡所传达的思想；这个效果可以转换到另一种语言中。"人们可以打开《以赛亚书》，不经意就可以发现

照片：布洛吉

《雅各与拉结的会面》（帕赛克·德·罗萨）

"雅各正和他们说话的时候，拉结领着她父亲的羊来了，因为那些羊是她牧放的。"

——《创世记》第二十九章

照片：纽尔登

《大卫的胜利》（马提奥·罗塞利）

"大卫将那非利士人的头拿到耶路撒冷，却将他军装放在自己的帐棚里。"

——《撒母耳记上》第十七章

这个原则。如下面这段话：

> 有人声喊着说："在旷野预备耶和华的路，在沙漠地修平我们神的道。一切山洼都要填满，大小山冈都要削平。高高低低的要改为平坦，崎崎岖岖的必成为平原。耶和华的荣耀必然显现，凡有血气的必一同看见，因为这是耶和华亲口说的。"
>
> 有人声说："你喊叫吧！"有一个说："我喊叫什么呢？"说："凡有血气的，尽都如草；他的美容都像野地的花。草必枯干，花必凋残，因为耶和华的气吹在其上；百姓诚然是草。草必枯干，花必凋残；惟有我们神的话，必永远立定！"

这段话就像数百段这样的话一样，还展示了希伯来诗歌的另一习惯，即其中的一切都与永恒相关。隐喻是诗歌的灵魂，而这里一切隐喻都是素朴自然的。它所唤起的遐想是所有时代的人都可以理解的：无路的荒漠，紧锁眉头的山川，田里的野草。

## 第四节

### 希伯来精神

希伯来精神是素朴的，希伯来的目光集中在生活中的普通物体上。太阳、月亮和星辰，风和雨，深不可测的大海，黎巴嫩的雪松，巴山的公牛，水井或池塘，制酒机，磨房，收割前的玉米，绿色的草原和平静的湖水，沙仑的玫瑰花，荒原上的巨石，陶轮，牧人的劳苦，麻雀与老鹰，野山羊与下犊的雌马鹿，率领鸡崽的母鸡，金与银，矛与盾，肉与骨——这就是生活中常见的物体，各个时代都熟悉的物体，古代诗人都从这些物体中汲取形象。《雅歌》描写一见钟情的那首狂诗通过日常生活中的物体表达了爱的狂喜和痴迷：

> 我的佳偶啊，你美丽如得撒，
> 秀美如耶路撒冷，
> 威武如展开旌旗的军队。
> 求你掉转眼目不看我，
> 因你的眼目使我惊乱。
> 你的头发如同山羊群，
> 卧在基列山旁。
> 你的牙齿如一群母羊，
> 洗净上来，个个都有双生，
> 没有一只丧掉子的。
> 你的两太阳在帕子内
> 如同一块石榴。
> ……
> 那向外观看如晨光发现，
> 美丽如月亮，皎洁如日头，
> 威武如展开旌旗军队的是谁呢？
> 我下入核桃园，
> 要看谷中青绿的植物，
> 要看葡萄发芽没有，
> 石榴开花没有。
> 不知不觉，
> 我的心将我安置在我尊长的车中。

希伯来诗歌从未超出这种现实主义。抽象的东西是它所陌生的。

然而，作为文学的《圣经》之所以永远既伟大又素朴还有一个秘诀。人性及其产生的奖惩结果，生活的智慧和对无知和玩忽职守的惩罚，自亚伯拉罕正当午时在帐篷门口坐定时就没有改变过。自从他清晨起床、看到所多玛和蛾摩拉"像炉中的烟"一样升起的时候，它们就没有改变过。自从撒拉嫉妒夏甲、亚伯拉罕由于儿子以实玛利而逐出婢女的时候它们就没有改变过。自从他套上驴子把以撒带到摩利亚献给耶和华时它们就没有改变过。自从以撒黄昏时到野地里冥想、期待他的新娘、看到骆驼来到时它们就没有改变过。自从以扫既诚实又愚蠢、雅各既奸邪又聪明的时候它们就没有改变过。自从拉结在井边给父亲羊群饮水时它们就没有改变过。自从约瑟的兄弟们说"看这梦者来了，"把他扔到坑里去、后来才知道这个梦者就是埃及的主人和他们的保护人的时候，它们就没有改变过。自从摩西接受自己的命运对以色列说下面这段话时，它们就没有变过：

> 永恒的神是你们的避难所、地下是永久的武器

自从路得对婆婆说的时候，它们就没有改变过：

> 不要催我回去不跟随你。你往哪里去，我也往那里去；你在哪里住宿，我也在那里住宿；你的国就是我的国，你的神就是我的神；你在哪里死，我也在那里死，也葬在那里。除非死能使你我相离。

自从大卫战胜了歌利亚或参孙被大利拉陷害的时候起，它们就没有改变过。

如果转到《新约》上来，在所有民族的所有文学中我们还能看到比这更感人的文学吗？

> 耶稣对他们说："你们走路彼此谈论的是什么事呢？"他们就站住，脸上带着愁容。二人中有一个叫革流巴的回答说："你在耶路撒冷作客，还不知道这几天在那里所出的事吗？"耶稣说："什么事呢？"他们说："就是拿撒勒人耶稣的事。他是个先知，在神和众百姓面前，说话行事都有大能。祭司长和我们的官府竟把他解去，定了死罪，钉在十字架上。但我们素来所盼望要赎以色列民的，就是他。不但如此，而且这事成就，现在已经三天了。再者，我们中间有几个妇女使我们惊奇，她们清早到了坟墓那里，不见他的身体，就回来告诉我们说：'看见了天使显现，说他活了。'又有我们的几个人往坟墓那里去，所遇见的，正如妇女们所说的，只是没有看见他。"耶稣对他们说："无知的人哪，先知所说的一切话，你们的心信得太迟钝了。基督这样受害，又进入他的荣耀，岂不是应当的吗？"于是从摩西和众先知起，凡经上所指着自己的话，都给他们讲解明白了。将近他们所去的村子，耶稣好像还要往前行，他们却强留他说："时候晚了，

照片：阿里纳瑞

《以马忤斯的晚餐》（伦勃朗·凡·里恩）

"他们的眼睛明亮了，这才认出他来。"

——《路加福音》第二十四章

日头已经平西了，请你同我们住下吧！"耶稣就进去，要同他们住下。到了坐席的时候，耶稣拿起饼来，祝谢了，擘开，递给他们。他们的眼睛明亮了，这才认出他来。忽然耶稣不见了。他们彼此说："在路上，他和我们说话、给我们讲解圣经的时候，我们的心岂不是火热的吗？"

叙述的简洁与美已经达到极致了。

## 其他希伯来诗歌

《新约》的神圣关联使人难以将其最崇高的段落看作文学。在稍低一点的程度上，《旧约》也与此相同。然而，希伯来文学中有一部分既脱离整体但又属于整体，可以优先研究，甚至是进入这个主题的最好路径。我们这里当然指的是《次经》。塞缪尔·约

照片：汉夫施丹格尔

**《亚伯拉罕的献祭》(伦勃朗)**

"耶和华的使者从天上呼叫他说：'亚伯拉罕！亚伯拉罕！'他说：'我在这里。'天使说：'你不可在这童子身上下手，一点不可害他。现在我知道你是敬畏神的了。因为你没有将你的儿子，就是你独生的儿子，留下不给我。'"
——《创世记》第二十二章

翰逊，当时的最渊博之人，也是所有时代最渊博的人之一，63岁时在日记中写下了下面这句话："我还没有读过《次经》。"仅就《次经》包含着超凡之美的文学以及几乎与《旧约》不相上下的生活智慧而言，这实在是一番奇怪的自白，甚至有点不符合事实，因为约翰逊接着又说，"我有时翻开《马可比书》，其中一章提出这样一个问题：什么是最强大的？——我想是在《以斯德拉篇》。"这是《次经》中最美的故事之一。故事说大流士国王的三个卫兵提议为赢得国王的大宠而写文章竞争。这个大宠就能坐在国王身边，被当作表亲；胜者就是能最明智地回答这个问题的人："世界上最强大的是什么？"

第一个写道："葡萄酒最强大，"并陈述了理由。第二个写道："国王最强大，"并陈述了理由。第三个写道："女人最强大，但在所有事物中惟真理为胜者。"他们在国王和一大群人面前宣读了他们的文章。第三个竞争者表明，历代国王和统治者乃至所有人都是女人生的；她们通过爱、美和魅力征服了所有男人。但他结论说：

> 最伟大的是真理，比任何事物都强大。整个大地呼唤真理，上天祝福真理，所有工作都在真理面前动摇和颤抖，有了真理就没有非正义了。
>
> 酒是有害的，国王是有害的，女人是有害的，人的所有孩子都是有害的，他们的全部工作也是有害的，因为他们当中没有真理。他们也会在非正义当中死去。
>
> 至于真理，它持存，强大，永生，征服一切。
>
> 真理不接受任何人或报偿，而只做正义之事，制止非正义和邪恶之事，所有人都喜欢真理。真理的判断中没有非正义，真理就是各个时代的力量、王国、权力和威严。真理之神有福了。

在场的人欢呼起来，大流士对那年轻人说他想要什么就有什么，"不仅是作文竞赛所许诺的奖赏"，并让他坐在身边，称他为表亲。

所以，虽然约翰逊博士没有读过《次经》，但读过的这一章一定对他产生了深刻的影响，因为他曾经谦恭地说："先生，我认为自己天生就拥有真理的一部分。"在另一场合，他又说："没有真理，社会必将解体。"

所罗门的智慧之书中有一些绝笔之句。请看作者对智慧的赞美：

> 智慧矫健地从一个走向另一个，
> 甜蜜地使万物井然有序。
> 我热爱智慧，我寻求智慧，
> 从青年时起就欲择其为偶，
> 成了智慧之美的情侣。
> 因为她与神熟识，显示神的高贵：

> 是的，万物之神本身也爱智慧。
> ……
> 如果人欲想丰富的经验：
> 她就能熟悉过去，正确预见未来：
> 她熟悉微妙的言语，能够解释深奥的语句：
> 她预见符号和奇迹，各季节和时代的事件。
> 所以我要把她带来和我一起生活，
> 在烦恼和悲伤时给我慰藉。

智慧受到如此赞誉，但还是听听《便西拉智训》的作者即西拉之子耶数通过希伯来诗歌中奔放高傲的音乐表达的智慧对自身的赞美吧：

> 我就好比黎巴嫩的一棵雪松挺拔，
> 也像赫蒙山上的一棵冷杉。
> 我像英加迪的一棵棕榈树挺拔，
> 也像耶利哥的一朵玫瑰花，
> 也像快活田里的一棵美丽的橄榄树，
> 像悬铃木在河边长大。
> 我像肉桂和石刁柏放出甜蜜的芳香，
> 像最好的没药树给人愉快的芬芳，
> 像波斯树脂和缟玛瑙，也像美妙的安息香，
> 发放出帐幕中沁人心脾的乳香。
> ……
> 我也是从河间支出的一条小溪，
> 像一条河渠流进花园。
> 我说，我要浇灌最好的花朵，
> 用河水灌满我的花畦：
> 啊，我的小溪变成了河流，
> 我的河流变成了大海。
> 然而我要让教义像清晨一样闪亮，
> 把它的光线射向远方：
> 我还要把教义变成预言，
> 倾倒出去以百世流芳。

这就是在《次经》中发现的崇高的诗歌和详尽的语言。

## 两首高尚的颂词

此外,《次经》中还充满了世俗智慧,常识,关于婚姻和友谊的劝诫,还有借进和借出,讨价还价,乖巧的手腕和日常的老谋深算。可以看到我们的一些最著名的谚语都出自这些书。但是,我们仍然可以引用刚才这位作家的一段话作为结论,他以一种超越《旧约》经典中一切的宽容把目光转向了普通人。在描写了农民、牧人、木匠、刻印者、铁匠和穷陶工后,他惊呼道:

> 没有这些人城市就无人居住。
> 他们将不随意居住,也不上下走动:
> 人们不会找他们寻求忠告,
> 也不会高居于会众之上:
> 他们不会坐在法官席上,
> 也不理解最后的判刑:
> 他们不能宣布正义和判决,
> 在讲述寓言的地方没有他们的身影,
> 但他们将维护世界的状态
> 他们的全部愿望都在他们的手艺之中。

这也许是今天全部的平民智慧或全部的社会视野。但是,即使不是的话,也是人类写出的最崇高的颂词之一。它应该与同一部书中对天才和领袖的赞扬相提并论:

> 我们现在来赞美名人吧,
> 和生养我们的父辈。
> 神从一开始就有伟大的神力
> 铸造了他们伟大的荣光,
> 让他们统治他们的王国,
> 拥有权力的名人
> 通过理解给予忠告,
> 宣布预言……
> 这就仿佛发现的乐谱,
> 背诵的韵文,
> 富人能力非凡,
> 生活和平美满。
> 这都是那几代人的荣耀,
> 也是他们时代的荣光。

……
他们的种子将永存，
他们的荣光永不蒙羞。
他们的身体将安息，
他们的名字流传百世。

## 参考书目

*The Literary Study of the Bible: An Account of the Leading Forms of Literature Represented in the Sacred Writings.* By Richard G. Moulton, M. A. (Sir Issac Pitman & Sons).

*Lectures on the Sacred Poetry of the Hebrews.* Translated from the Latin of Robert T. Lowth, D.D., 1787.

*The Bible in English Literature.* By J. H. Gardiner (T. Fisher Unwin).

*The English Bible: An External and Critical History of the Various English Translations of Scripture.* By John Eadie, D. D. (Macmillan).

*An Introduction to the Literature of the Old Testament.* By S. R. Driver, D.D. T. and T. Clark, Edinburgh (International Theological Library).

*The Psalms in Human Life.* By Rowland E. Prothero, M. V. O. (Lord Ernle) (John Murray).

*Passages of the Bible chosen for their Literary Beauty and Interest.* By Sir J. G. Frazer (A. & C. Black).

*The Literary Man's Bible: A Selection of Passages from the Old Testament, Historic, Poetic and Philosophic, illustrating Hebrew Literature, with Introductory Essays and Annotations.* Edited by W. L. Courtney (Chapman & Hall).

*The Literary Man's New Testament; the Books arranged in Chronological Order, with Introductory Essays and Annotations.* By W. L. Courtney (Chapman & Hall).

*The History of the English Bible.* By W. F. Moulton (Epworth Press).

*English Versions of the Bible: A Handbook with copious examples illustrating the Ancestry and Relationship of the several Versions.* By Rev. J. I. Mombert (Samuel Bagster & Sons).

*Our Bible and the Ancient Manuscripts, being a History of the Text and its Translations.* By Sir Fredric G. Kenyon (Eyre & Spottiswoode).

*The Building of the Bible*, 根据最新的《圣经》批评表明新旧约全书出现的年代顺序。By F. J. Gould (Watts & Co.).

*On the Art of Reading.* Pages 141–182. Quiller-Couch.

*The English Bible.* J. Eadie. Macmillan.

# 第五章　东方的圣书

每一门宗教都有自己的圣书——一般是赞歌、传奇、神学思考和仪式指导的汇编。基督教的《圣经》与世界上任何其他圣书之间存有一个奇异的差别。基督教主要是西方世界的宗教——欧洲和美洲的宗教，但其《圣经》却是从东方传来的。本章所涉及的圣书都是仍然崇拜它们的那些国家的创造，而即便不是这种情况的话，如佛陀乔达摩和琐罗亚斯德的作品，也都是临近国家的产物。智慧来自东方，但停留在东方的智慧却远不如向西旅行的智慧那样充满活力。除了《古兰经》和锡克教的《圣典》之外，东方的圣书都缘自远古，有时甚至是生活在许多不同时代的许多人的作品集。

## 第一节　婆罗门的《吠陀》

### 三万三千个神

按年代顺序出现的第一部古代圣书是婆罗门的《吠陀》。印度教民信奉社会习俗和复杂的多神教，即人们所知的印度教，他们构成了印度半岛人口的百分之七十。在种族上，他们部分派生于雅利安人，在世界历史的初期，这些雅利安人从作为民族摇篮的一座高原跨过喜马拉雅山来到这里。当然，如人们所熟知的，欧洲的所有伟大种族——拉丁人、条顿人、凯尔特人和斯堪的纳维亚人——和波斯人一样，都是雅利安人的后裔。雅利安人南下的时候，带来了他们的宗教和文化。当时印度人口已经很多了。结果是种族的混杂，雅利安人在种姓制度中保留了贵族的地位，并发展了一种奇怪的几乎不可理解的宗教。印度教，是用于称呼包括崇拜三万三千个不同的神的制度的一般名称，几乎每一个村落都有自己的神，从而降低了雅利安人于四千年前从北方带来的纯婆罗门教的地位。

大多数宗教都将其建立归功于一个伟大人物——基督教的耶稣基督，佛教的佛陀，儒教的孔子，等等。印度教和婆罗门教却不可能追溯到任何一个大师。正宗婆罗门教信奉一种包容一切的精神的存在，叫婆罗门，它是一切生物的原始因和终极目标。

因此，开始时，婆罗门教也和伊斯兰教一样是绝对的一神教。但是，由于出现了一个抽象的包容一切的神，便产生了第二个信仰，即相信三个主神的存在，它们每个都代表着绝对权威的一个方面。这三位主神就是造物主婆罗门、守护神毗瑟拏（又译毗湿奴）和破坏神湿婆。根据印度传奇，第一个婆罗门创造了原始洪水，在洪水中撒了一颗种子，这颗种子变成了一个金蛋。造物主婆罗门从这个蛋中诞生，他出生后用蛋壳的两部分创造了天和地。另一个神话说婆罗门生于莲花，而莲花又是从毗瑟拏神的身体上长出来的。造物主婆罗门通常被描画为长着四颗头、四只手、留着络腮胡子的人。他一手拿着节杖，即权力的象征；另一只手拿着书页，代表着《吠陀》，即我们稍后要描述的圣书；第三只手里是取自印度神河恒河的一瓶水；而第四只手则拿着一串念珠，当然是在祈祷。应该说，婆罗门虽然是婆罗门教和印度教的三大主神之一，但绝不是广受欢迎的神。在全印度只有四座庙宇是为婆罗门崇拜而修建的，比起地方上供奉的神，他的信男信女也非常少。

## 种姓

印度社会制度的最重要特征是种姓制度——这是一个宗教发明。原来只有四个种姓——婆罗门，即僧侣和教士；刹帝利，即武士；吠舍，即农民、商人和地主；最后是首陀罗，即伐木工和抽水者。随着世代更替，原来的四个种姓分化成数百个小种姓，但都发生了变化：以婆罗贺摩神命名的婆罗门保住了卓越地位。与大多数牧师不同，婆罗门可以结婚，而且一般在种姓内部通婚，他们无疑比现代印度人具有更纯粹的雅利安血统。

在今日印度村庄的宗教信仰中，有许多动物形状的神，数十种护身符——狗牙，鳄鱼牙、野猪牙和象牙；精心设计的祭祀仪式和无数种祈祷，除了信仰灵魂转世和羯磨教义外，原始婆罗门教的信仰所剩无几。羯磨教义教导说，灵魂要经过在不同身体中的体验，其体验的数量是根据肉身行善或作恶的行为而定的，经过这些体验之后，灵魂最终将从个体中释放出来，再次融入婆罗贺摩，即无所不包的精神。换句话说，这个教义认为，每个个体的灵魂都像婆罗贺摩一样，没有开始也没有终结；每一个人的生存状况都是他前世行为的结果。它认为灵魂可以通过不同的生命形式更新个人的生存，最后"摆脱个体的全部污染，从全部的活动或痛苦中解脱出来"，在无所不包的婆罗贺摩精神中找到永恒的幸福。

## 记忆的功业

人们一定注意到，尽管有佛陀乔达摩的理想主义教育，尽管有穆斯林征服者合理而成功的改宗，尽管有基督教的传教工作付出的种种努力，婆罗门教和印度教仍然顽

毗瑟挐：守护之神

湿婆：毁灭之神

婆罗贺摩：创造之神

这些画表现的是古代婆罗门教的三大主神，每个神代表神的一种性质。

强地存活下来。婆罗门依然是印度人民的教师和传统的卫道士,婆罗门教徒仍然把《吠陀》诗篇烂熟于胸,那是这些婆罗门教士的祖先在数千年前南下的时候就背诵的圣书。当《吠陀》最终成书时,它们是用现已是一种死语言的梵文写成的,它与印度各种语言的关系就如同拉丁语之于意大利语,它在《吠陀》中保存下来,恰如拉丁语在罗马天主教教堂仪式上保存下来。尽管《吠陀》现存的只有手稿,但如我们所说的,自其形诸文字以来,虔诚的婆罗门教徒仍然靠记忆朗诵:"贩卖《吠陀》的人,书写《吠陀》的人,亵渎《吠陀》的人,都将下地狱。"

"吠陀"的意思是知识。《吠陀》包括四部赞歌和祈祷文,四部解释这些赞歌和祈祷文的出处和意义的散文集,以及基于诗歌文本的两部神学论文集。

《梨俱吠陀》中的赞歌至少有三千年的历史了,就是说,也许比《圣经》中最早的书还早三百年,但它记录的宗教信仰却属于离我们较近的一个年代,即雅利安人仍然生活在喜马拉雅山北部台地的时代,在他们向西迁徙成为现代欧洲人的祖先之前。所以,在《吠陀》中,我们看到的是一代人所说的话,他们是我们的祖先,在希腊人和罗马人之前很久就存在了。

下面是摘自《奥义书》的几段惊人之语,这是《吠陀》中的哲学部分。引语出自L.D.巴奈特博士的《婆罗贺摩智识》:

> 用心智构成,以气为体,以光为形,目的真实,灵魂飘渺,全部功业,全部欲望,全部气味,全部品味,掌握这一切,无言,无意——这就是我心中的我,比稻米还小,比麦粒还小,比芥子还小,比草芦子还小,比草芦子核还小——这就是我心中的我,比地还大,比苍穹还大,比天还大,比所有这些世界还大。全部功业,全部欲望,全部气味,全部品味,掌握这一切,无言,无意——这就是我心中的我,这就是婆罗贺摩;我将从他而去。与他一起必无疑虑。

"什么是我?"

> 这是气的领悟造成的精神,心中的内向之光,在外行走,遵循同一路线,穿过两个世界。他仿佛冥想;他仿佛翱翔。转身睡去,他超越这个世界,死的各种形状。

> 这个初生的精神进入身体,与邪恶混淆:死时他消亡,离开了邪恶。

## 第二节 佛教经典

与婆罗门教不同,佛教可以追溯到一个人的教导,那就是乔达摩。佛教的创始人是个印度人,而尽管佛教是婆罗门教的一种理想化的发展,但在今日印度信奉佛教者却为数甚少。佛教与婆罗门教的关系就好比基督教与犹太教的关系，或新教与罗马天主教的关系。现代佛教信徒中五分之四是中国人，还有很多是日本人、韩国人、暹罗人和锡兰人。

## 早年的乔达摩

乔达摩在公元前600和公元前500年之间生于孟加拉北部，属于那个国家的统治阶级家庭。他富有，一表人才，有一个漂亮的妻子和一个孩子。但是，舒适富有的生活使他难以忍受。

29岁时，他带着一个仆人离家出走。一段路程之后，他让仆人带着马和剑回家，自己换上了褴褛的乞丐服装，如同数年前的圣弗兰西斯一样。他在一个洞穴里与一些有学问的人共住了一段日子，然后经历了漫长孤独的挣扎，这个"历史上为生存而斗争的最孤独的人"便开始在贝拿勒斯城招收学生，给他们讲经。乔达摩是世界史上的卓越人物之一——孤独，具有奉献精神，有悟性。乔达摩的最后几句话是："腐朽固

**佛陀在传教**
**1904年在鹿野苑发现的雕像**
伟大的印度哲学家佛陀乔达摩，生活在约公元500年。他宣扬"压抑欲望才能脱离苦海"。

照片：里施基斯收藏馆

存于所有构成的事物之中。所以要勤奋地获得解脱。"他死后,弟子们重复他的话,就像圣彼得和同仁重复在骷髅地受难后的耶稣的话。在乔达摩去世多年之后,他的教导才被写在了《藏经》(*Pitakas or Baskets*)里。《藏经》是用巴利语写成的,即普通印度人的日常语言,其与梵语的关系就如同意大利语与拉丁语的关系。

H.G.威尔斯在《历史论纲》中简要地提过乔达摩的教义。下面这段话总结了佛陀的福音:

> 乔达摩的基本教导,如现在通过对其缘起的研究而表明的,是清楚和简明的,与现代思想极为合拍。它毫无疑问是人类有史以来最有渗透力的智慧结晶之一。

## 佛陀的福音

我们现在拥有的可能是他给五位门徒的真实教导,代表了他教义的本质。生活中所有的痛苦和不满他都归咎于贪得无厌的自私。他教导说,痛苦是由于渴求的个性,由于贪婪欲望的折磨。在克服个人的每一种渴望之前,生活都不是一帆风顺的,结局也是悲惨的。生活的渴望有三种形式,都是恶的。第一种是满足感官的欲望,即肉欲。第二种是追求不死的欲望。第三种是追求富裕,即世俗的欲望。所有这些都必须克服——就是说,一个人必须不再为自己活着——否则生活就不会平静。但是,当所有这些邪念都被克服,不再控制一个人的生活时,当第一人称"我"从个人的思想中消失的时候,他就获得了较高的智慧,达到了涅槃,即灵魂的安宁。涅槃并不是像有些人所错误地理解的那样是灭绝,而是生命中低贱、卑鄙或恐怖的无意义的个人目的的灭绝。

当然,正是在这里,我们有了对灵魂安宁问题的最完整的分析。每一种名副其实的宗教,每一种哲学,都告诫我们要投身于比我们自身更伟大的事业之中。"拯救自己生命的人必将失去生命。"这种说法与佛教教诲是完全相同的。

在其他某些方面,原始佛教不同于我们迄今讨论的其他宗教。佛教基本上是行为宗教,而不是恪守规矩和祭祀仪式的宗教。它没有宗庙,而由于没有祭献,因此也没有牧师圣会。它也没有什么神学。对当时印度崇拜的无数而往往荒诞的众神它既不肯定也不否定,而只越过它们。

《藏经》是对佛教经典的解释,其中有鬼怪故事、散文箴言、对佛教徒戒律的不同解释和规定,还有圣歌和赞歌。

从下面的引文可以窥见《藏经》之一斑。在第二部《藏经》中,有一组韵文叫"正路"。下面是引自里斯·戴维的《佛教》的引文:

> 世上仇恨永远不能消除仇恨;

仇恨用爱来消除；此其本性。

当真诚地消除了虚荣，
便到达了智慧的高峰，
智者俯瞰愚人；
宁静地看着挣扎的众生，
仿佛站在山上俯视
站在平地上的生灵。

善者驯化精神，
精神无常难控，
任凭欲望驱使。
驯化的精神给人幸福。

像蜜蜂——不去伤害
花朵、色彩和香气——
飞离时带走花蜜；
故智者居于大地。

只要罪孽无果，
愚者便以为甜蜜；
一旦犯下罪行，
他便痛苦悲凄。

战场上可以打败千军万马，
而真正的胜利是征服自己。
人不可轻言罪孽，在心里说
"它不会征服我。"
而满壶之水点滴汇集，
故愚人之罪起于点滴。

乔达摩的民主，对阶级差别和盛行的种姓制度的反叛，在下面引文中可见一斑：

不为出生而低贱，
不为出生而高贵；
只为行为而低贱，
只为行为而高贵。

这与约翰·巴尔的话何其相似:

> 男耕女织之时，
> 何人才为绅士？

研究乔达摩的生活和教义并非有助于理解现代佛教。现代佛教已经成了不同原理和实践的大杂烩，被移植到物质主义的多神教上去了。而对备受赞扬的现代佛教，拉迪亚德·吉卜林在《吉姆》中发表了一些看法。

## 第三节　孔子的书

另一个极其卓越的名字属于大约与乔达摩同一个时代，就是孔子。他"是中国文学、道德体系和宗教理想或标准的实际创造者"。他的一个门徒说，他完全摆脱了四样东西：意、必、固和我。乔治·黑文·普特南简捷地总结了孔子的著作：

孔子墓前的牌坊（"荣誉之门"）

孔子葬于出生地山东，为纪念他而修建的享殿现在是展现令人惊叹的中国艺术的博物馆。

照片：里施基斯收藏馆

**著名的中国哲学家孔子（公元前551年）**

孔子是中国伟大的先知。他是政治家、诗人和哲学家。孔子宣扬的哲学相当于基督教的"金律"，并且坚持认为知识是通向美德的途径。

经开庭出版社惠允复印

**老子**

中国道教的创始人老子，生于公元前604年，即孔子出生前53年。他宣扬谦卑、友善和节俭这"三大宝"；还宣扬灵魂轮回的教义。

人们所熟知的儒教实际上是把古代的民族和民众信仰重新用后世的思想和语言加以解释，形成了一个可行的道德体系，作为国家和个体公民日常生活的行为指南。

有趣的是把古代不同民族最早的文学传统所采纳的不同形式加以比较。希腊人给我们树立了文学和信仰的里程碑，即《伊利亚特》和《奥德赛》这两部史诗。史诗中歌颂了祖先勇敢的行为和英雄业绩，描写了人的英雄时代，这些英雄既是神的朋友又是与之相配的对手。

东印度人的想象力编织出一系列绚丽荒诞的梦想，其中，各种时空条件都被抹去了，宇宙的图景就好比印度大麻所引起的幻觉。很难从这些早期印度诗人（最早的作家实际上都是诗人）狂野的幻觉中获取任何可靠的历史证据，或可以用来指导当下生活的实用教益。当下是一个微小的点，是过去的千秋万古与未来的涅槃之间的一点，似乎很难被认为是值得思考的东西。

埃及的文学观念显然是在庙宇里表达的思想，仿佛文学就是王室抄写员的作品，在国王的直接监督下写成的。它们描写神，以及神与下界的各种关系。但叙事的重点似乎是诸如萨尔贡（Sargon）和亚述巴尼拔（Asshurbanipal）等伟大君主的荣耀和成就，在直接征得国王同意的情况下，世世代代的抄写传统就从一个君主到另一个君主地传承下来了。

## 中国的文学和宗教理想

中国早期的文学和宗教理想则采取了一种完全不同的形式。我们发现在中国没有僧侣体制，因此没有人控制各种思想活动，揭示宇宙的性质、神的要求和人的义务，这些义务中总是包括这么一条，就是严格服从作为神之代表的僧侣的命令。那里没有在王室监督下撰写的编年史，不是按照人民的需要而是歌颂君主成就的编年史。那里也没有什么史诗，纪念英雄和半人半神的史诗。取而代之的是一种应用伦理学的实用体系。孔子显然既不是空想家也不是诗人，他也没有立志为他的教导确立僧侣或神学权威。他给人的印象是一个头脑格外清晰、能力非常强的思想家，像一个世纪之后的苏格拉底一样潜心于解决影响国家和个人生活的问题。然而，苏格拉底的主要任务似乎在于这些问题的认识方面，而孔子的主要目的则显然是同胞的福利。如他自己所表白的，他的目标是重写祖先留给我们的智识，将其用于对当下这代人的理解，指导人们过上理智和健康的生活，为美好的未来做准备。孔子的著作是中国文学、道德和治国的基石。

仅就中国人都追随孔子这一点而言，也可以说他们没有宗教，因为宗教就是对人类事务进行超人类的控制，而这位于公元前550年出生的中国哲学家却没有给人灌输这方面的思想,他出生的时候,中国的封建制度正在动荡的冲突中分崩离析。孔子倡导秩序,坚信能够开创一个强有力的中央集权。他的理想是做一个亚里士多德所理想的人——卡莱尔将称之为英雄,尼采将称之为超人——他将通过人格的伟大来证明他有掌权的能力。他曾经作过鲁国的司寇,努力通过礼仪推行道德,就好像现在的改革家坚持认为走向正当生活的第一步是晚餐穿正装。一段时间后,鲁国公贪图酒色,不理这位哲学家—大臣,孔子便被逐出鲁国。他的最好年华是在流浪中度过的,到处讲学,晚年回到家中把他那些至理名言编辑成书。

孔子的智慧散见于五本书中:《诗经》、《尚书》、《礼记》、《周易》、《春秋》。孔子只给《尚书》写了一个序;给《周易》写了几个附录;《诗经》是他从古诗中编撰的;而《礼记》在他之前很久就有了,他只把自己的一些箴言加了进去。孔子申辩说由于《春秋》人们才"了解了他,也因此谴责他"。

直到近代,想要走仕途之路的中国人都必须通过考试,考试的内容就是孔子的著作和其他中国经典——没有别的。孔子的教导和优美的文风可从下面吉尔斯先生翻译的《论语》的几段话中见其一般:

> 子曰:"君子义以为质,礼以行之,孙以出之,信以成之。君子哉!"
> 子曰:"君子求诸己,小人求诸人。"
> 子曰:"君子矜而不争,群而不党。"
> 子曰:"君子不以言举人,不以人废言。"

《诗经》的魅力可以通过克雷默·拜英先生的译文展示出来:

### 考槃

> 考槃在涧,硕人之宽。
> 独寐寤言,永矢弗谖。
>
> 考槃在阿,硕人之薖。
> 独寐寤歌,永矢弗过。
>
> 考槃在陆,硕人之轴。
> 独寐寤宿,永矢弗告。

今天的中国有无数人能把孔子的书烂熟于胸,甚至文盲也喜欢孔子在几千年前教授的至理名言。

## 第四节　琐罗亚斯德的书

### 琐罗亚斯德的教导

琐罗亚斯德是东方的又一位宗教大师。不可能准确确定他的生卒年月。有些权威人士说他生于公元前 1000 年，另一些人则认为他与佛陀和孔子是同代人。他教导说，万物之初有两个精神，一个代表光和生命，是律法、秩序和真理的缔造者；另一个代表黑暗和死亡，是万恶的缔造者。这两个精神为争夺人的灵魂进行永久的斗争，琐罗亚斯德预言最终的胜利属于善的一方。据说琐罗亚斯德在两千张牛皮上写了 20 本书。他的大部分教导都收入《阿维斯陀古经》，即帕西人的圣经。不可能确定现存该书确切的编撰日期，尽管可能属于公元 250 年到公元 600 年之间的时期。

在孟买城外的马拉巴山顶有一些 25 英尺高的塔，帕西人把死者的尸体放在塔上让鹰吃掉，这样就不至于污染大地。帕西人的宗教禁止火葬或土葬。今天，帕西人已成为一个小民族，琐罗亚斯德教的教徒在一千二百年前就被阿拉伯人逐出波斯，在印度定居下来。数百年前，琐罗亚斯德教有数万信众住在底格里斯河以西的大平原上，东临印度，北面是里海，南靠波斯湾和印度洋。

照片：H.J.谢普斯通

**孟买的无声塔**

印度袄教徒是一小群来自波斯的人，他们追随琐罗亚斯德。现在，很难在孟买城外找到他们。无声塔的存在原因可在琐罗亚斯德的教义中找到。他关于尸身的训诫指示说因为它们是不纯洁的，所以不能埋葬，不然它们就会污染大地；它们不能被焚烧，不然它们会污染火；它们也不能被扔到水中。它们必须被运到高塔或高山之上，放在石头或铁板上，暴露给狗和秃鹰。

《阿维斯陀古经》吸引人的一点是：它是唯一一本用这种语言写成的书。《阿维斯陀古经》共分五部分。第一部分由祈祷的礼拜仪式和赞歌构成，第二部分也是礼拜仪式，第三部分包括传奇和戒律，第四部分包括歌和咒语，第五部分是祈祷。《阿维斯陀古经》的风格可在下面 S.A. 卡帕迪亚翻译的《琐罗亚斯德的教义》中窥见一斑：

与敌人，要公平作战。与朋友，给予其他朋友的赞许。与心怀恶意的人，不再发生冲突，不再以任何方式妨碍他。与贪婪的人，不要合作，不要委以重任。与名声不好的人，不要来往。与无知的人，不应该结盟。与愚蠢的人，不发生任何争论。与醉汉，不要同路。不向本性恶劣的人借债。……要积德行善，应该勤奋，这样就可以帮助你选择善恶。

不要由于世俗的快乐而傲慢；因为世俗的快乐就像雨天的一块云，依傍山边也无法避开。……

不要由于财宝而傲慢，因为最终你将两手空空而去。……

不要由于重要的关系和亲族而傲慢，因为最终你得靠自己的行为赢得信任。

不要由于生而傲慢，因为死最终还得降在你身上，必死的部分落入尘埃。

## 第五节 《古兰经》

### 穆罕默德的传教

穆罕默德是世界史上最了不起的人之一，他生于公元 570 年。起初他是个牧童，后来成为一个富有寡妇的仆人，25 岁时与这个寡妇结了婚。与约翰·班扬和其他宗教神秘主义者一样，穆罕默德是带着痛苦的精神困惑和斗争开始宗教体验的。在那个时候，叙利亚已经建起基督教教堂和许多犹太教区，穆罕默德一定是把他们的宗教与自己民族的愚昧迷信进行了对比。

G.M. 格兰特博士戏剧性地描写了穆罕默德开始传教的情景：

他常常在山边独自徘徊，思考这些事情；他不愿与社会上的人为伍，而热衷于独处。危机终于来了。他在希拉山上度过了神圣的日月。"那是一块巨大光秃的岩石，面对一道陡峭空旷的沟壑，在沙漠白灼刺眼的阳光下，独身挺立，没有影子，没有花朵，没有水井或溪流。"在这里，在一个洞穴里，穆罕默德沉浸于祈祷和戒斋。漫长的充满疑虑的岁月加重了他神经质般的激动。据说他孩提时曾患有强直性昏厥症，显然比他周围的人纤弱单薄。就是在这种情况下，根据洞穴传奇，穆罕默德听到了一个声音在说："喊哪！"

"喊什么？"他回答说。
"喊哪，以你的造物主的名义，
从血创造了人，
喊哪！神是最慷慨的，
他教人写字，
教人所不知的东西。"

穆罕默德颤抖地站立起来，向赫蒂彻（Khadijeh）走去，并告诉她所听到的一切。她相信他的话，消除了他的恐惧，让他对未来充满希望。但他无法相信自己。他是不是疯了？还是被魔鬼占了身？这些声音是来自上帝的真理吗？

怀疑，惊诧，希望，他愿意结束这种生活，在从希望的天堂到绝望的地狱的万般变化中变得不可忍受的一种生活。正在这时，他又一次——我们不知道有多久——听到了那个声音，"你是神的使者，而我是加百利。"不久，他终于相信了；他的确给阿拉伯人带来了好消息，通过天使加百利带来了神的信息。他回到赫蒂彻身边，身心疲惫。"包上我，包上我，"他说；就在那个时候，那个声音又对他说：

"噢，你被遮盖了，起来告诫吧！
赞美你的神！
洗净你的衣服！
躲避讨厌的事情！
不要给予恩惠以获得更多！
侍候你的神。"

这就是穆罕默德接受的第一次显灵。

## 穆罕默德从麦加逃往麦地那

穆罕默德40岁时开始传布对一个真正的神的信仰，坚持来世报偿和惩罚的教义。如大多数宗教改良者一样，他命中注定要受迫害，而要拯救性命，他必须在深更半夜从麦加逃往麦地那。这次逃亡被穆罕默德的信徒看作是这位先知一生中的大事之一。麦加派来了万众之军对付他，但穆罕默德挖了一条壕沟，筑起了一面墙，使敌人束手无策。这次失败意味着一系列的胜利，当62岁去世时，穆罕默德已经成了全阿拉伯的大师。

《古兰经》，也就是《穆罕默德圣经》的内容，最初是在公元635年左右收集的，即这位先知死后三年的时候。华盛顿·欧文说：

就在哈立德（Khaled）战胜莫塞尔玛不久，阿布贝卡开始从书面和其他来源收集《古兰经》中的戒律和启示，此前它们只部分存在于零散的文献中，部

照片:H.J.谢普斯通

**伊斯兰教的宗教首都麦加的鸟瞰景色**

麦加是穆罕默德的出生地,他的追随者来自这个城市。它位于一个狭窄的山谷,那巨大的清真寺能容纳3万名崇拜者。

分见于这位先知的门徒和朋友的记忆中。这种信仰的狂热信徒奥玛敦促他开始这项事业。这位信徒警觉地发现了与先知一起参加阿克勒巴(Akreba)战役的老朋友。他说:"过一阵子,这种信仰的活见证,仍把显灵留在记忆中的人,都将死去,随之而去的将是伊斯兰教的许多教义。"因此,他敦促阿布贝卡从活着的门徒中收集他们仍然记得的事实,从各个方面汇集现存《古兰经》的各个部分。

可以见出《古兰经》的编撰在方式上与《新约》完全相同,更有甚者,它仅仅灌输一个信仰,但却是一部民法课本。

一神论是穆罕默德信仰的基础,先知和他的后继者所传布的也正是这个教义。他们把这个教义传给"崇拜星辰的阿拉伯人、承认霍尔木兹(Ormuz)和恶之神(Ahriman)的波斯人、崇拜偶像的印度人和没有特别崇拜物的土耳其人"。现在,世界上把《古兰经》当作圣书的人,把穆罕默德当作至高教师的人,在数量上远远超过了罗马天主教的会众。6250万穆罕默德的信徒生活在印度帝国。

## 《古兰经》的教导

《古兰经》教导人们信仰神——"神就是安拉"——信仰神的天使，信仰神的经典也就是《古兰经》，信仰神的先知、命定论、复活和来世审判。对穆斯林来说，穆罕默德"是用来揭示世界造物主的意志"的工具。穆斯林绝对相信《古兰经》的语言启示。对他们来说，它是绝对正确的行为导引，对书中描写的事实和规定的戒律没有任何疑问。《古兰经》中关于地狱的描写非常细腻。地狱共七界。一个是犯罪的穆斯林界，他们在经过一段时间的惩罚后被释放出来。另一个是犹太人界，第三个是基督徒界，最糟糕的是伪君子界。亚瑟·沃拉斯通是这样总结《古兰经》中描写的天堂的：

> 天堂之美超越了梦幻般的想象，那里的一切都赏心悦目，令人神往——精巧的珠宝，幸福树，人类从未品尝过的水果，流动的河，有些流着水，有些流的是牛奶，有些流着葡萄酒（这是在今生所禁止的，而在来世却允许），尽管这不具有麻醉性质，还有些流着蜂蜜。但所有这些光耀在天国美艳绝伦的女神面前都将黯然失色；她们不是像女人那样造于泥土，而是用纯麝香制成，绚丽的服装和永久的青春使其更加魅力四射。在天使伊斯拉菲勒（Israfil）令人销魂的歌

"未注明出版日期"，照片

**西迪·奥尔巴清真寺：非洲最古老的伊斯兰教建筑**

它包括阿拉伯征服者的神殿，该神殿显示了他的名字。公元670年，奥尔巴领导撒拉逊军队向西穿过北非，来到大西洋海岸，摧毁了非洲最后的古希腊和古罗马文明遗迹。

声中，天国的所有居民都尽享人类所想象不到的快乐。然而，不要以为天国的快乐完全是肉体的；绝非如此，比起在早晨和晚上看到全能之神赏心悦目的面容来，天国各种各样的快乐就都微不足道了。女人不允许进天国的观念是对伊斯兰教的诽谤，尽管就她们是否进入另一个乐园众口不一。也没有人解释是否要给她们分配男性同伴。然而，对女性来说，一个持久的慰藉就是一旦进入天国，她们就都变得年轻了。

《古兰经》教导人们要相信天使和妖怪都是存在的。这些妖怪在个性上都与《天方夜谭》里的妖怪差不多。它要求信教者每天要在固定的时间祈祷五次。它要求施舍、戒斋（"戒斋之人口里的味道比麝香的味道好"）和去麦加朝圣。《古兰经》禁止喝酒、赌博、放高利贷和食用某些种类的鱼。它通过劝解等方式要求虔诚者改变原来的宗教信仰。

"古兰"一词的意思是"应该读的书"。它共分1014章，每章又分成不同的韵文。《古兰经》有七个古代版本。两部在麦地那出版，一部在麦加，一部在库发（Cufa），一部在巴士拉，还有一部在叙利亚。第七版人称普通或大众版。每一个版本都有77639个词，323015个字母。除了第九章外，每章都以"以最仁慈的神的名义"开头。《古兰经》是以最纯正的阿拉伯语写成的散文，尽管萨尔说那些句子通常都带有连续的韵脚，由于这个缘故它的意思才往往连接不上。几乎无疑的是，穆罕默德本人就是它的实际作者。但是，他的门徒们相信它的第一稿来自神的宝座，是写在一个巨大的石碑上的，叫作保留石碑，上面记载着神关于过去和将来的训喻。天使加百利用纸抄写下来，送到最低天，在二十三年的时间里在麦加和麦地那一点一点地传授给了穆罕默德。

在17和18世纪，《古兰经》被译成拉丁文和法文，其中一个法文本在1649年被译成了英文。乔治·萨尔著名的英译本于1734年第一次面世。

下面的引文表明《古兰经》关于神性的解释：

> 信仰的人们啊！你们要在坚忍和祈祷中寻求安拉的帮助。安拉确实是跟坚忍的人在一起的。（2：154）
>
> 安拉是无限施恩的，全知的。他把智慧赐予自己意欲的人。凡具有智慧的人，才会接受劝告。不论你们施舍什么东西，或发什么誓愿，安拉确都知道。不义的人将不会获得任何帮助。要是你们公开施舍，那当然很好；但如果秘密地把施舍物交给穷人，那么这是对你更好的，为了这个原因，他将消除你们的许多罪过。安拉晓得你们的一切行为。（2：269—272）

《古兰经》的大部分都可以在《圣经》中找到出处，尽管穆罕默德的信徒极力反对基督徒，但《古兰经》承认耶稣基督、亚伯拉罕和摩西一样，都是最高的神启先知。

# 第六节 《塔木德经》

其他神圣经典包括锡克教的《圣典》(Granth of the Sikhs)、早在基督出生六百年前就在山上传道的中国哲学家老子的《道德经》，以及《塔木德经》。

《塔木德经》的重要性在于这样一个事实，它是今天生活在西方世界的犹太大众的最权威的导引。波拉诺教授说："《塔木德经》是早期探讨《圣经》的文集，含有终生潜心研究《圣经》的几代教士的评论。它是一部法律百科全书，包括民法和刑法，人的法律和神的律法。然而，它又不仅仅是一部法律文献。它记载了犹太民族生活中一千多年的事件；他们全部的口传传统都被精心收集起来，以信任、简明的语言和无限的爱保存了起来。"

对虔诚的犹太人来说，宗教的伦理和仪式关系非常密切，这个事实赋予《塔木德经》以意义和重要性。

《塔木德经》的编撰用了三百年的时间。它开始于公元4世纪初，到6世纪末才告完成。《塔木德经》分为两部分。第一部分叫《密西拿》，是基于《旧约》律法之上的法律文集。第二部分叫《革马拉》。《密西拿》是用斯坦雷·库克先生所说的"希伯来晚期的文学形式"写成的。《革马拉》则用安拉姆语写成，《新约》的大部分就是用这种语言写成的。

下面是《塔木德经》中典型的寓言：

> 一个城市的市长刚好派一个仆人去市场上买鱼。到了卖鱼的地方时，他发现只剩下一条鱼了，而这条鱼也将要被一个犹太裁缝买走了。市长的仆人说："我花一个金币买这条鱼。"裁缝说："我花两金币。"接着，市长的仆人表示愿意花三金币，但裁缝说那鱼是他的，即使花掉十金币也不舍得失去它。市长的仆人于是回家去了，愤怒地向主人讲了事情的经过。市长便派人把这个属民叫来。裁缝到来后，他问：
> 
> "你是干什么的？"
> 
> "裁缝，先生，"那人答道。
> 
> "裁缝怎么能花这么多钱买一条鱼呢？你怎么敢花大价钱超过我的仆人来损害我的尊严呢？"
> 
> "我明天戒斋，"裁缝答道。"我想今天吃这条鱼，明天才能有力气。所以即使花十金币我也要买。"
> 
> "为什么明天就那么重要呢？"市长问。
> 
> "那么你为什么就比别人重要呢？"裁缝回答道。
> 
> "因为国王任命我到这里当官。"

"噢，"裁缝回答说。"王中之王说这天比哪一天都神圣，因为在这天我们希望神能赦免我们的过错。"

"如果这是你的理由的话，那你做对了。"市长回答说。以色列人平安地回家了。

所以，如果一个人按照神的意愿行事，什么障碍都能克服。在这天，神让他的子民戒斋，但他们必须在前一天吃好才能在第二天有强壮的身体。为这伟大的一天的到来证明自己的身心健康是一个人的职责。他应该和同胞一样准备在任何时候进入令人恐惧的悔过和善行的显灵（Fearful Presence）。

## 参考书目

Prof. D. S. Margoliouth：*Mohammedanism.*
Mrs. Rhys Davis：*Buddhism.*
Sir R. K. Douglas：*Confucianism and Taoism.*
Dr. L. D. Barnett：*Hinduism.*

有一部非常有价值的丛书，叫"东方的智慧"，值得特别提出的是：Buddha's *The Way of Virtue*, a translattion of the Ohammapada, by W. D. C.Wagiswara and K. J. Saunders；*Brahm-Knowledge: an Outline of the Philosophy of the Vedanta*, by L. D. Barnett；*The Sayings of Confucius*, Lionel Giles 注释；*Taoist Teachings*, from the Book of Lieh Tzu, Lionel Giles 译自中文；*The Teachings of Zoroaster and The Philosophy of the Parsi Religion*, by S. A. Kapadia。

Prof. A. V. William Jackson；*Zoroaster, the Prophet of Ancient Iram.*

"The Sacred Books of the East"，由许多学者译出，由已故 Max Müller 编辑，是很重要的丛书。《古兰经》和《塔木德经》也有英译本。

# 第六章　希腊神话和希腊诗人

在先前的一章中，我们提到了神话在古代文学中的地位。我们解释了神话的性质。（可能会有人问）为什么还要重提这个话题？我们有必要重提这个话题，因为神话就像父母的血液，已经流进文学的血管之中，而神话仍然是文学最重要、最持久的一个支流。就仿佛字母之与词、词之与思想的声音或书面表达——神话与诗歌也是这种关系。

## 第一节

### 词与句

我们其实不知道我们具有比实际多得多的希腊性。我们使用的最巧妙和最美丽的词汇中有数千个是希腊词。今天常常听到的使用频率最高的词是"心理学的"（psychological）；然而，在心灵深处，如果不记得该词是希腊词 psyche（灵魂）和 logikos（与说话或推理有关）的合成词，对该词的真正理解就是不可能的，而真正的理解有助于我们掌握其所有用法和形式，同样，如果不知道 philosophy（哲学）是希腊词 philo（爱）和 sophia（智慧）的合成词，也不能完全懂得它的意思：其本质意思是热爱智慧。甚至 telephone（电话）一词如果不想到 tele（远处）和 phone（声音）这两个意思的话，也不是那么完美。这不是责备普通人不懂希腊语；如果他不了解这些知识，那是因为学校的教学大纲没有包括希腊语词根的简要学习。

你读到一篇讨论某一制度改良的文章，它要求"清理奥吉厄斯的牛舍"。这句话在相关的情况下如此熟悉，以至于你几乎不明白它指的是彻底清理糟糕的方法还是腐败官员；但如果不知道现在的一个普通短语指的是赫拉克勒斯的第五次苦役，那么其完整的意思就会丢失。在朱诺的怂恿下，赫拉克勒斯不得不完成十二项功绩，其中第五项就是清理埃利斯国王奥吉厄斯的牛舍，那里有 3000 头公牛三十年来无人照料。

文化黎明时分的这些名字和故事如此深刻地融入了我们的言语之中，以至于最没有文化的人也会不知不觉地提到它们。当两个疲倦的巴思轿夫在凌晨三点把道勒夫人带出宴会时，他们没有办法让道勒家和匹克威克家的仆人们听到他们那长长的敲门声。

矮个子轿夫用传令兵的火把边烤着手边说:"我想仆人们还都在波普斯的怀抱里吧。"①这是真实生活。没文化的老轿夫不知道他用一个被滥用的典故来表达不耐烦的心情。摩耳甫斯是索姆纳的儿子和仆人,也是主梦的睡神。然而老轿夫如此直接地(而且非常正确地)用了摩耳甫斯的典故,就仿佛《沉思颂》(*Il Penseroso*)中的弥尔顿,在诗中他把生活中"徒劳骗人的快乐"比作

> ……光线中欢快的尘埃
> 仿佛彷徨的梦,
> 摩耳甫斯手下无常的囚徒。

## 第二节 大神潘

### 墨丘利的儿子

近年来,人们最常挂在嘴边儿上的希腊之神就是潘。肯兴顿花园里彼得·潘美丽的雕像不仅是对詹姆斯·巴里创作的精美艺术作品的赞扬,而且是对赋予他创作灵感的森林和农牧之神的纪念。潘是墨丘利的儿子和森林之神,在诗歌中占有重要的位置。他的名字(Pan)的意思是"一切";所以,给所有神修建的一座庙宇叫"万神殿"(Pantheon),还有为纪念死去的名人而修建的教堂,如西敏寺教堂,也叫这个名字。潘本身是在山林里到处游荡的野生动物。

他长着羊蹄子和羊角,一副弯钩鼻子和一条尾巴,但他能用芦笛演奏甜蜜的曲子;所以,他被看作是怀着非神圣的爱而追求仙女和树神的萨梯,也代表着自然生活的欢乐精神。弥尔顿写道:

> 宇宙的潘,
> 编织着美德和舞蹈翩翩,
> 引导着永恒的春天。

但是,潘也给在无人迹的森林里或附近阴暗的洞穴里徘徊的生物带来恐惧。一想到潘的出现,它们就突然而毫无理由地产生一种恐惧感。于是便有了 panic(恐慌)一词。纽约股票市场上的恐慌使人想起阿卡迪亚的农民在历史未曾记载的年代里所感到的对黑暗的奇怪恐惧。

---

① "波普斯"原文为 Porpus,指希腊神话中的睡神摩耳甫斯(Morpheus)。因说话是没受过教育的底层人,所以把摩耳甫斯说成了波普斯。"在摩耳甫斯的怀抱中"一语是"酣睡"的意思。——译注

**《赫拉克勒斯与死神争夺阿尔刻提斯的尸体》(莱顿勋爵)**

忒萨利亚国的国王阿德墨托斯爱上了珀利阿斯的女儿阿尔刻提斯。婚后他病倒了,但是判决他死亡的命运三女神被阿波罗说服饶恕他的生命,条件是有人愿意替他死。只有他的妻子阿尔刻提斯愿意牺牲。阿德墨托斯康复时她秘密地病了。但是赫拉克勒斯在决定性的时刻赶到,抓住了死神,迫使他放开猎物。尔顿《梦亡妻》中的诗句即由此而来:

> 我仿佛看见我最近死去的爱妻,
> 被送回人间,像赫拉克勒斯当初
> 从死亡手里抢救的阿尔刻提斯,
> 苍白无力,又还给她的丈夫。(殷宝书译,译文有所改动)

**《许拉斯与水泽仙女》(J. W. 沃特豪斯)**

许多与水泽仙女有关的优美故事之一。一位英俊的青年许拉斯为赫拉克勒斯所爱,他和赫拉克勒斯、伊阿宋和阿尔戈英雄一起寻找金羊毛。他被派去从密细亚的大山中填满水罐,结果他迷住了水泽仙女。她不愿与他分离,然后他沉入她们在水中的家。赫拉克勒斯为失去他感到如此悲伤,结果离弃了阿尔戈英雄们去寻找许拉斯,而阿尔戈号缺了他后继续航行。但是许拉斯再也没有出现。

第六章 希腊神话和希腊诗人

缪斯欧忒耳佩
(梵蒂冈)
司抒情诗的缪斯

克利俄
(梵蒂冈)
司历史的缪斯

波利海妮娅
(梵蒂冈)
司颂歌的缪斯

照片：里施基斯收藏馆

墨尔波墨涅
(梵蒂冈)
司悲剧的缪斯

特耳西科瑞
(梵蒂冈)
司歌舞的缪斯

塔利亚
(梵蒂冈)
司喜剧和田园诗的缪斯

九位缪斯——这里展现了其中六位——是主管文理七艺的女神。她们是朱庇特和记忆女神的女儿，住在帕尔纳索斯山、品都斯山或赫利孔山上，山上的溪流和泉水是她们专用的，棕榈树和月桂树也是。阿波罗是她们的守护神和首领。所有时代的诗人都恳求缪斯女神的帮助。这里没有展现的三位是司史诗的缪斯卡利俄铂、埃拉托(爱情诗)，还有埃拉托(天文)。

## 第三节　丘比特和普赛克

　　普通人讲的希腊神话典故无尽无休。丘比特的名字在今天家喻户晓，就像所有人都知道婴儿时期的爱神是朱庇特和维纳斯所生的带翅膀的儿子，尽管其他父亲的名字——玛尔斯和墨丘利——也被提到过。丘比特也叫厄洛斯；从丘比特（Cupid），我们有了"贪色"（cupidity）一词，而从厄洛斯（Eros），我们有了"性爱"（erotic）一词。丘比特和普赛克疏远然后又和好的故事，也是神话中最美丽的故事，在以前的一章中已经讲过了，可以将其看作凡人能获得不朽所需条件的原始隐喻。

　　普赛克这个名字的意思是"蝴蝶"——象征着打破死亡束缚的灵魂存在。不难想到济慈的《普赛克颂》（又译《赛吉颂》）。它是这样结尾的：

> 是的，我要做你的祭司，在我心中
> 　未经践踏的地方为你建庙堂，
> 有沉思如树枝长出，既快乐，又痛苦，
> 　代替了松树在风中沙沙作响：
> 还有绿荫浓深的杂树大片
> 　覆盖着悬崖峭壁，野岭荒山。
> 安卧苍苔的林仙在轻风、溪涧、
> 　小鸟、蜜蜂的歌声里安然入眠；
> 在这片寂静的广阔领域的中央，
> 我要修整出一座玫瑰色的圣堂，
> 它将有花环形构架如思索的人脑，
> 点缀着花蕾、铃铛、无名的星斗
> 和"幻想"这园丁构思的一切奇妙，
> 雷同的花朵决不会出自他手：
> 将为你准备冥想能赢得的一切
> 　温馨柔和的愉悦欢快，
> 一支火炬，一扇窗敞开在深夜，
> 　好让热情的爱伸进来！①

　　丘比特的文学是爱的文学。莎士比亚在戏剧中至少有52次提到他，但最漂亮的莫过

---

① 济慈：《济慈诗选》，屠岸译，北京，人民文学出版社，1977年，第9—10页。（全书中文翻译出处说明均为译注，其他注释除特别标明外均为原书注。）

于《仲夏夜之梦》。奥伯龙对泰坦尼娅说：

> 就在那个时候，你看不见，可是我看见了，
> 在那清凉的月亮和地球之间，
> 丘比特全副武装地飞着，
> 他向着西方宝座上的一位美丽的处女瞄准，
> 用劲地射出了他的爱箭，
> 好像要射穿千万颗心似的；
> 但我看见这小丘比特的烈火般的箭
> 在水似的皎洁的月光里被浇熄了，
> 那位尊严的信女行若无事：
> 仍作处女的沉思，无所动于衷。
> 但是我看见了丘比特的箭落在什么地方：
> 它落在西方一朵小花上，
> 原是乳一样的白；
> 现在的爱的创伤使它变成紫红，
> 女郎们唤它做"三堇草"。①

几千年前，那个故事只是大众在清晨的琐碎谈资，几千年后，它却被融入了美妙的诗歌，这就是最好的例子。

这些和无数其他神话之所以存留至今，帮助并美化我们的表达方式，不仅仅因为诗人、画家和学者们热爱它们，而主要是因为它们本身就是永恒的。它们代表着本身不会改变也不可能改变本质的人类经验；没有必要去发明新的象征，因为新的象征几乎不具有这些童年想象的美，不具有它们那种亘古不变的意味。神话把各个时代捆束在一起。可以将其形容为文学艺术的新鲜空气。

当新生事物需要命名或新的话题需要讨论的时候，我们都本能地诉诸寓言。近年来，人获得了机械飞翔的能力。但人类解决飞翔问题的努力却酿成了死亡和悲剧。所以，我们现在常常听到伊卡洛斯的故事，正如在我们的记忆中，类似的法厄同的典故也常常出现在书籍和报纸上一样。

---

① ［英］莎士比亚著，梁实秋译：《莎士比亚全集》（上卷），内蒙古文化出版社，1995年，第353页。原译文中"鸠彼德"改成"丘比特"。

**《普罗克里斯之死》(皮耶罗·迪·科西莫)**
伦敦国家艺术馆

  伟大的猎人刻法罗斯习惯在一天之中最炎热的时候躺在树荫里,并请"甜蜜的微风女神"奥拉清凉他的四肢。他年轻的妻子普罗克里斯误认为他召唤了一位情敌少女,因此偷偷地到那个地方去听。他以为听到了附近的灌木丛中有一声响动,并认为这是动物发出的,就投出了标枪,这标枪本是普罗克里斯的礼物。待他发现杀死了自己的爱人,已经太迟了。《仲夏夜之梦》中提到了这个故事:

  皮拉摩斯:"刻法罗斯对待普罗克勒斯不过如此。"
  提斯柏:"我对你就如普罗克勒斯对刻法罗斯。"

**《阿塔兰特的比赛》**

  西罗斯国王伊阿索斯的女儿阿塔兰特生于阿卡迪亚,她有如此众多的追求者,因此为了解决他们的要求,她建议进行一场比赛,比她先到终点的情人要娶她为妻,但是所有进行尝试并失败的人都会被处死。许多人遭受了惩罚,但是维纳斯给了一位年轻人希波墨涅斯三个金苹果,他边跑边丢。阿塔兰特停下来捡苹果,没有跑过他,就成了他的奖品。但是,一道神谕已经预言如果阿塔兰特成亲,厄运就会降临在她身上,不久之后,维纳斯不再偏爱他们,将这对夫妻变成了一对凶暴的男女。

## 第四节　毁灭之路

### 太阳战车

法厄同的故事具有悲剧的辉煌，因为它的背景就是宇宙自身。他是阿波罗（或福玻斯）的儿子，是太阳神和克吕墨涅所生。他代表了各个时代鲁莽的车夫或驭马者。所以，当莎士比亚想要表达朱丽叶等待黄昏、希望罗密欧尽快到来的急躁时，他让朱丽叶大喊道：

> 你们这些火脚的骏马，
> 快些奔到太阳的安息之处；
> 像法厄同那样的一个驭者
> 会鞭策你们到西方去，
> 把昏暗的夜立刻带过来。①

但在那个故事中，法厄同给大地带来的却不仅是黑暗。他乞求阿波罗证明他父亲般的信任，阿波罗凭斯提克斯起誓，他不会拒绝法厄同提出的任何要求。但当法厄同提出驾驶太阳战车出去走一日的要求时，他后悔了。他说："只有我自己才能驾驶着如火的白昼之车；就连朱庇特也不能，他那可怕的右臂会扔出闪电来。"他警告儿子这种旅行会毁灭宇宙。

> 第一段路是陡峭的……中间高入云天，到那儿的时候，甚至连我自己在没有警告的情况下，都不敢往下看，看下面无垠的大地。……除此之外，天始终都携带着星星一同旋转。我必须时刻警惕着，惟恐那横扫一切的运动把我也卷进去。假如我借给你战车，你要干什么呢？……途中你会遇到许多怪物。你要躲过公牛角，路过人马座，走近狮子座，在那里，蝎子守卫着一方，而蟹子则守卫着另一方。你还会发现很难控制这些马，它们的胸膛燃烧着从口鼻喷出的火焰。

莽撞的法厄同向父亲立下了誓言，很快就坐上了战车，那是伍尔坎做的，用金子做的轴和轮，用银子做的辐条，座位上镶嵌着钻石和橄榄石。他拉起缰绳，开始了他俯瞰大地的旅行。他马上就陷入了困境。那几匹战马感觉到驾车者身手较轻，便顺着大路猛跑起来。灾难接踵而至。大熊和小熊星座都被烧焦了。其他星座也枯萎了。当靠近地球时，天上地下一片惶恐。法厄同放下缰绳，跪在父亲面前乞求帮助。但他的乞求

---

① [英]莎士比亚著，梁实秋译：《莎士比亚全集》（下卷），内蒙古文化出版社，1995年，第375页。原译文中的"费哀顿"改为"法厄同"。

照片：布朗

《伊卡洛斯》（莱顿勋爵）

伊卡洛斯是雅典雕刻家和发明家代罗斯的小儿子，他的父亲教他飞翔之法，即用蜡将翅膀固定在胳膊上。这一神话讲的是他怎样飞得离太阳太近了，蜡融化之后，他掉进海里淹死了。

被淹没在民众惊愕的哭喊声中。森林燃烧,山脉融化,大海干涸,海中山峦变成了岛屿。大地在崩裂;城市都在一片灰飞烟灭之中。尼罗河逃往沙漠,它的大部分直到今天仍然在沙漠里。埃塞俄比亚的人民都变成了黑色。尼普顿本人也无法把头抬到他控制的海浪之上。大地在极度痛苦之中乞求朱庇特阻止这场大火,否则它将变成灰烬。

朱庇特一听到消息,就召集诸神目睹他要进行的拯救行动。他向疯狂的驾车手发出一道闪电。法厄同被打下座位,一头栽进了厄里达诺司斯河,河里众仙女用洪水把他掩埋起来,为这个半神建起了一座墓穴。他的妹妹们悲痛欲绝,她们长时间的痛苦思念令朱庇特大发慈悲,把她们变成了杨树,让树叶把琥珀色的泪珠滴在那致命的溪水之上。他的朋友西格奴斯憔悴而死,诸神把他变成了一只天鹅,永远在法厄同消失的地方徘徊。人的原始精神无力进行解释,想象非常迅捷,它就这样解释了世界上的沙漠、干旱和干枯的地方。

简短但更适合在此讲述的是伊卡洛斯的故事。伊卡洛斯是雅典发明家代达罗斯的儿子。代达罗斯因为得罪了克里特弥诺斯国王而为自己和儿子制造了翅膀,这样他们就能安全地飞离克里特。代达罗斯凭着技巧落在库玛,并在那里建了一座阿波罗神殿。但伊卡洛斯飞翔时离太阳太近,本来用以固定翅膀的蜡融化了,因此他坠入了爱琴海,那个地方便取名伊卡洛斯海。于是,在20世纪,人们用法厄同的结局来警告司机,用伊卡洛斯的结局来警告飞行者,它们都谴责一种宏大的抱负,任何人都可能太沉溺于此而伤害到自己。

## 第五节　星宿的故事

希腊神话之所以获得永恒,不仅是因为它们在日常话语和文学之中占有一席之地,还因为下面这一事实,即许多神话都记录在悬于我们之上的天空中,就是说,都采纳了一些行星、星宿和星座的亘古不变的名字。神在旋风中问约伯:

> 你能系住昴星的结吗?
> 能解开参星的带吗?

在任何一个星光皎洁的夜晚,你都能看到这些星座,一个好比"一群萤火虫编织的银辫",而另一个则威严如帝王之相,到了春天便"慢慢西下"。这些都与一个神话密切相关。普勒阿得斯七姐妹(昴星团)是阿特拉斯的女儿。阿特拉斯是赫西俄德命名的十三个提坦神之一,在围攻奥林匹斯山时,朱庇特把这些提坦神关进了最深的地狱——塔耳塔罗斯。普勒阿得斯受到巨人俄里翁的追捕,就仿佛在英国的夜空里她们仍被追捕。为了回应她们的求救祈祷,朱庇特先把她们变成鸽子,然后又变成星星。在这七

**阿特拉斯**
那不勒斯国家博物馆

珀耳修斯让提坦阿特拉斯看了美杜莎的头,结果阿特拉斯遭受了变成石山的命运。因此,以他命名的阿特拉斯山被认为是支撑苍天之重的,但是人们还可以想象提坦用自己的双肩支撑苍天。

照片:里施基斯收藏馆

颗星中只有六颗是肉眼看得见的,于是就有了这样一个故事,即第七颗星,伊莱克特,离开了那个地方以免看见特洛伊的失陷,那是她和朱庇特所生的儿子建立的。于是,拜伦写道:"就像消失的普勒阿得斯,人间无法看到。"在回忆约伯的故事时,弥尔顿描写了苍穹和所有天体的创造,他说——

灰色的

黎明之星,在他面前舞蹈的

普勒阿得斯,放射出温和悦目之光。

系着腰带的猎人俄里翁是尼普顿的儿子,他仍然威胁着阿特拉斯的女儿们。伟大的女神狄安娜(或阿耳忒弥斯)在和俄里翁一起追逐普勒阿得斯七姐妹的时候逐渐爱上了他。据说她用箭射中了他,当时他的头刚好露出水面,是阿波罗故意指给狄安娜当箭靶的,以试试她的箭法。狄安娜知道了自己所做的一切后,她很后悔,便把他放到了天上。

照片：里施基斯收藏馆

**《卡斯托尔和波吕丢刻斯抢走菲比和塔莱拉》(鲁本斯)**

卡斯托尔和波吕丢刻斯是朱庇特和勒达的双胞儿子，他们将自己的名字给了最著名的星座之一。他们曾陪同伊阿宋寻找金羊毛。这幅图讲的故事是他们凶暴地抢走留西帕斯的两个女儿，他们应邀来参加她们的婚礼。在麦考利的优美叙事诗《瑞吉鲁斯湖之战》中，卡斯托尔和波吕丢刻斯是为罗马而战的"伟大的双生兄弟"。

## 珀耳修斯和安德洛墨达

人们往往根据天上的临近星宿讲述一连串的故事。每个人都能讲几句卡西俄珀亚的故事,尽管故事的形式参差不齐。卡西俄珀亚是埃塞俄比亚国王刻甫斯的妻子。她鲁莽地宣称自己比海上的五十个神女都美,因此,愤怒之下,这五十个神女请求尼普顿给她们报仇。海神派了一个可怕的怪物去扫荡埃塞俄比亚海岸。埃塞俄比亚人便到利比亚沙漠请求朱庇特·阿蒙的神谕,神谕说如果刻甫斯把自己的女儿安德洛墨达献给那个怪物,众神的愤怒就会平息。刻甫斯心如刀绞,但最后还是把心爱的女儿系在一块岩石上,任凭风浪吹打。在这里,珀耳修斯碰到了她。他刚刚在飞行途中杀死了美杜莎或戈尔戈,即长着满头蛇发、人一看见就变成石头的女妖。他来的时候,那怪物正清出一条水路准备吞噬美丽的猎物,他便飞到怪物背上,把剑刺入怪物的鳞中,杀死了怪物。另一个说法是他让怪物看了戈尔戈的头,怪物便逐渐地变成了一块石头,成了那个地方的标记。珀耳修斯和安德洛墨达结了婚,而以他们的名字命名的星座至今仍然重复着这个故事——就如同刻甫斯和卡西俄珀亚一样。许多小神或小英雄或被迫害的神女也都从地上搬到了天上。

**《珀耳修斯》(卡诺瓦雕刻)**
梵蒂冈宫

可以看到珀耳修斯拿着蛇发女怪美杜莎的头,她的头发被密涅瓦变成了嘶嘶作响的蛇,她也变成了怪物的模样,那骇人的容貌将所有看到她的人变成了石头。密涅瓦给了他一面盾牌,他可以在盾牌中,就像在镜子中一样,看到美杜莎的影像而不受伤害。

照片:里施基斯收藏馆

阿里阿德涅的故事则完全不同。忒修斯把她丢在了一个巴克斯经常出没的地方，酒神在打猎归来时发现了她。卡特露斯的诗歌和提香的杰作最精彩地讲了这个故事。提香的《巴克斯和阿里阿德涅》现藏于国家艺术馆。

> 巴克斯看到了一束盛开的花，
> 他把内心全部爱的火焰倾注于她，
> 阿里阿德涅，在他的背后，你看哪
> 萨梯和赛利纳斯卷起了旋涡，
> 海面燃烧着疯狂暴乱之火。

卡特露斯的这几行诗（由西奥多·马丁伯爵译成英文）可能给提香以灵感，并以画作出完美的回应。阿里阿德涅感激巴克斯，作了他的妻子，巴克斯给她戴上了七星皇冠，阿里阿德涅死后，他把皇冠扔上天，变成了一个星座。

## 第六节　厄科和那喀索斯

　　神话的这些花朵当中有许多是通过花名而永存下来的，其中最美的是厄科和那喀索斯的神话。厄科，美丽的俄瑞阿得山岳女神，由于喋喋不休而烦透了狄安娜。

　　狄安娜便作出如下判决："我要废除你那曾经欺骗过我的舌头，而只允许你用它做一件事，那就是你喜欢做的——回话。你仍然可以说最后一句话，但没有权力说第一句话。"对说话的限制给她带来了很大麻烦。她想要赢得年轻漂亮的那喀索斯的爱，因为她知道他确实是个单身汉，但因为有许多其他女神在身边，所以他拒绝了她的挑逗。厄科在羞愧和懊恼之中企求岩石和山岳，她的身体逐渐耗尽，最后只剩下了声音。我们对她的了解仅此而已。但她不久就复仇了。由于拒绝爱任何少女，那喀索斯爱上了池塘里自己的影像。又由于不能拥抱自己，他悲痛地憔悴死去。悔悟的女神要给他举行葬礼，但当寻找他年轻的身体时，她们只看到了水仙花。许多诗人都用这个故事做诗——如弥尔顿、乔叟、斯宾塞和哥尔德斯密斯；且看柯珀的讽刺短诗"一个丑汉"：

> 我的朋友当心晶莹的溪水
> 或泉水，当心那河湾阴险，
> 　你有机会望一望你的钩鼻；
> 那喀索斯的命运等待着你
> 厌恶自己你就不会枯萎，
> 　像他那样自恋。

经利物浦公司惠允复制

《厄科与那喀索斯》(J. W. 沃特豪斯)
利物浦沃克艺术馆

厄科是山岳女神,她迷上了水神刻菲索斯的儿子、英俊的青年那喀索斯。她只能重复他的话,而他不愿放弃单身生活,这导致了两人的悲剧。

照片:里施基斯收藏馆

《亚克托安被他的狗吞掉》
大英博物馆

与贞洁的狄安娜有关的神话之一。她在沐浴时被著名的猎人亚克托安看见。因为被窥见,她非常生气,就将他变成了一只牡鹿(角正从他的头上长出),随之他被自己的狗撕成了碎片。

因此，古希腊神话显然不是什么玄秘的研究。它们既然不是什么"高级趣味"（一个贬义词！），那就是我们语言和文学中的基本因素。出身名门的人往往要显示自己的身份，而不应忘记的是，一个词或一句话也同样由于其悠久的历史和丰富的含义而高贵。你可以举出数百个包含希腊神话的表达方式：如"斯库拉和卡律布狄斯（大旋涡）"；"像克罗伊斯那样富有"；"刻耳柏洛斯（凶猛的看守）"；"伍尔坎（烈性的男人）"；"亚马孙（彪悍的女人）"；"阿喀琉斯之踵（致命的弱点）"；"阿耳戈斯（机警的人）"；"无痛屠宰场"；"西比尔（女预言家）"；"涅墨西斯（复仇者）"；"欧罗巴（被劫持的人）"；"提坦神（巨人）"；"门特（贤明的顾问，指导者）"；"大功率扩音器（斯藤托尔，声音洪亮的人）"；"内斯特（贤明的老前辈）"；"潘多拉的盒子（灾祸之源）"；"爱丽舍宫（福地）"；"伊奥利亚厅（四处透风的房子）"；"戈尔迪之结（难解决的问题）"；等等，限于篇幅，不能赘述。要宽泛地理解希腊神话，读者必须读一读本章后面列出的参考书。其中几本书可以戳穿这块神奇土地的谎言。

# 第七节　起　初

我们的《圣经》以简单崇高的一句话开始："起初，神创造天地。"希腊神话则要混乱得多，但它同样关注万物的缘起，试图回答人提出的永恒问题："从哪儿来？"流传最广的就是赫西俄德的故事，他认为有一股巨大的力征服了卡俄斯（混沌），从无中生出万有来。这股力的首批执行者中有最古老的神乌拉诺斯和盖亚，从后者的名字也即大地的名字（Gaea 或 Ge），我们有了地质学（geology）、地理学（geography）和几何学（geometry）等词。天与地的结合生出了异常的后代提坦神，代表了最巨大的自然力，还有三个独眼巨人，据说他们成了伍尔坎的仆人，后来又成了宙斯雷电的制造者。乌拉诺斯的儿子中最可怕的是克罗诺斯（时间），或叫萨杜恩，他和姊妹瑞亚生了宙斯（朱庇特）、哈得斯（普路托）、波塞冬（尼普顿）和三个女儿维斯太、得墨忒耳（刻瑞斯）和赫拉（朱诺）。

乌拉诺斯害怕自己的孩子，并把最害怕的扔进了塔耳塔罗斯。但萨杜恩反抗了，用一把铁镰刀杀死了父亲，继而统治天地。萨杜恩也害怕自己的孩子，因此在他们刚出生时就把他们吞掉。这象征着时间能够吞噬一切，或许有更深刻的含义。

## 朱庇特出生的故事

故事说当瑞亚生了第六个也就是最后一个孩子朱庇特或宙斯时，她用一块婴儿布把一块酷似婴儿身体的石头包了起来，萨杜恩不假思索地将其吞了下去。

《朱庇特》
梵蒂冈宫

对朱庇特的理想表现,希腊和罗马雕刻家给了他一副极为高贵威严的面容。

朱庇特说着挑了挑他那影子般的眉毛;
不朽的头上波动着美味芳香的秀发,——
整个奥林匹斯山都随他的眉毛颤抖。

——荷马(英译,德比伯爵)

照片:里施基斯收藏馆

与此同时,朱庇特被藏在了伊得山的一个洞穴里,由山羊阿玛尔忒亚哺乳,由温柔的仙女守候。长大后,他了解到母亲和自己所受的冤枉,便用与生理学毫无关系的方法,迫使父亲吐出了哥哥和姐姐们。他们联手打败了萨杜恩,朱庇特夺得了王位。他与两个哥哥平分天下,尼普顿掌管海洋,普路托成了死者的君主。朱庇特仍然是天地的至尊。他娶美丽的姐姐朱诺为妻(希腊人称之为赫拉),并与朱诺和其他女神生了许多大神和女神。

但是,朱庇特得先保住他在奥林匹斯山现已受到提坦神大肆攻击的王位。为达到目的,提坦神把皮利翁山压在了奥萨山上。在华丽但却未完成的《许珀里翁》中,济慈把这位提坦神当作了这次攻击的领袖:

萨杜恩已败,难道我也要败吗?
难道我也要离开这避风的港湾,
离开这温柔的气候,育我的摇篮,
这寂静豪华的极乐之光,
这些晶莹的凉亭,纯洁的神殿,
它们都属于我那帝国的光环?
……

> 失败！——不！凭特勒斯
> 和她那海水浸泡的长袍！
> 我要伸出可怕的右臂，
> 把那雷电小童吓跑，
> 反抗朱庇特，让老萨杜恩再登王位。

赫西俄德对这场争夺王位的鏖战的描写令人头脑晕眩——虽然在毁灭性的科学出现之前，这是否需要更长的时间还是一个严肃的问题。

> 硕大的奥林匹斯地动山摇，
> 诸神的奔跑撼动了山脚：
> 地狱震颤着张开大口……
> 　朱庇特不再把力量阻挡
> 灵魂的力量突发扩张
> 全部力量冲破万能之身
> 神性喷涌而出……
> 紧握的手中一道闪射电光
> 迅疾，重现，打起了涡旋
> 脑袋射出雷电的神圣之光。

提坦神倒下了。他们被押解到塔耳塔罗斯，"在地球之下的远方，如地球远离天庭"。

## 第八节　奥林匹斯神

宙斯现在安坐王位，庞大的奥林匹斯家族形成了。其主要成员包括：

### 大神

朱庇特或宙斯：雷电之神，至尊之神，他在地上的神殿超过了其他神。他高居王位，手里拿着雷电，穿着胸铠，用当代的英语说就是"羊皮盾"。他的塑像上总是刻有一只鹰，那是他的象征物。于是，在《辛白林》中，预言者说：

> 昨夜众神向我显灵：
> ……
> 我看到宙斯的鸟，那只罗马鹰

**《贝尔维迪宫的阿波罗》**
梵蒂冈宫

在由一位无名的希腊雕刻家雕刻的这一著名雕像中,太阳神正在放开弓箭,据说他是用这张弓箭杀死了怪物皮同。

**《米洛的维纳斯》**
巴黎卢浮宫

现在列陈于卢浮宫中的这一对维纳斯的构想,被认为是公元前3世纪的一位雕刻家的作品。这位女神的全部优美、快乐和高贵都表现在这一精美的雕像中。关于如何利用失去的胳膊,更多的是讨论而非一致的意见。

> 从湿软的南方飞到西部,
> 在这里消失于阳光之中:
> 如果我的罪孽不滥用我的先见,
> 这将预示着走向罗马的成功。

**朱诺（或赫拉）**：宙斯的妻子，玛尔斯（或阿瑞斯）、伍尔坎（或赫菲斯托斯）和赫柏的母亲。她是天后。她的象征物中有孔雀和杜鹃。她不信任丈夫，热爱希腊。

**玛尔斯**：战神。

**伍尔坎（或赫菲斯托斯）**：火神，给诸神锻造铠甲。

**赫柏**：朱庇特和朱诺的花儿一样的女儿，在奥林匹斯山上端茶送水，她如此美丽，被看作是青春女神。所以，她的名字今天常用来指酒吧侍女，但诗人们也常用来点缀最美丽的诗句。看看济慈在说什么吧。

> 那就让想象的翅膀
> 把你作她精神的情侣……
> 仿佛赫柏雪白的腰间
> 紧裹着一条金带，
> 外裙脱落到脚下，
> 手中还拿着甜蜜的酒
> 而宙斯却无力倦怠。

**阿波罗（或福玻斯）**：太阳神、音乐和诗歌的保护神，雪莱赞道：

> 我是宇宙观看自身的眼睛
> 用来了解宇宙自身的神性；
> 所有音乐或诗歌的和谐，
> 我的所有预言和医学，
> 艺术和自然的万有之光；我的歌
> 属于它们自己的胜利和赞扬。

梵蒂冈贝尔维迪宫的阿波罗塑像再现了他箭射巨蟒皮同的景象。拜伦在《恰尔德·哈洛尔德》中描写了他射箭的姿势：

> 百发百中的箭手，
> 生命、诗歌和光明之神，
> 太阳照射着人的肢体，
> 到处闪耀着胜利的光辉，

> 箭杆刚刚射出；箭头
> 闪射出复仇的不朽；
> 眼与鼻那美丽的鄙视，力的威严
> 就在神的一瞥中闪现。

**狄安娜**（或阿耳忒弥斯）：狩猎女神，朱庇特和拉托那生的女儿，是阿波罗的同胞妹妹——因此与月亮有关。她常常被看作是锡伦。尽管她是贞洁女神，但却下凡向拉特莫斯山的年轻羊倌儿恩底弥翁求婚。济慈最早的一首长诗和迪斯累里的最后一部小说都是以"恩底弥翁"命名的。狄安娜和恩底弥翁是诗歌中最常见的名字。

**维纳斯**（或阿芙洛狄特）：爱情和美丽女神，朱庇特和狄俄涅的女儿，但更加美丽的神话说她生于大海的泡沫。她的名字和特性早就为所有文学所用。

**墨丘利**（或赫尔墨斯）：年轻漂亮的信使，朱庇特和迈亚的儿子。迈亚是普勒阿得斯七姊妹中最美丽的。赫尔墨斯的名字常常被解释为"催促者"。墨丘利的主要任务之一是把死者的灵魂带到可怕的冥河，这条河绕冥府流九圈。作为迅速的信使，他戴着佩塔索斯帽，即带翅膀的帽子，手里拿着节杖，即带着翅膀和缠绕着蛇的一根魔棍。他是口才之神，商业的保护神，甚至是赌博和偷盗以及一切要求技艺或狡猾伎俩的职业的保护神。据说他用龟壳制作了第一把里拉琴，将其献给阿波罗并换来节杖。哈姆雷特要求母亲看父亲的肖像时在充满激情的讲话中提到了墨丘利的男性美：

> 仿佛信使墨丘利的一个驿站，
> 给高耸入云的山峰带来曙光。

**维斯太**（或赫斯提）：克罗诺斯和瑞亚的女儿，司公共和私下所有壁炉的女神。她没有结婚。罗马人尤其崇拜她。在她的神殿里，她的香火由六个处女神甫照料，如果香火熄灭，她们将受到严厉的惩罚；而且，香火要从太阳之火直接点燃。

**密涅瓦**（雅典娜或帕拉斯·雅典娜）：智慧女神，在某些方面是女神中最伟大的。她是朱庇特和墨提斯的女儿。墨提斯向朱庇特预言他的一个孩子将取代他，所以，按神话所讲，他就吞掉妻子以阻止这种事情的发生。然后，他头痛难忍，便唤来伍尔坎用斧子劈开他的头。密涅瓦就从他暴露的大脑中跳了出来，她已经是个成人了，披戴着长矛和盾牌。这件事震撼了奥林匹斯山，连阿波罗都停下战车注视这一奇观。这位女神很快就在众神中找到了自己的位置。她始终是处女，由于是直接生于朱庇特的身体，所以是朱庇特最宠爱的孩子。她有许多法力和职责，但在雅典则是人们崇拜的智慧之神。菲底亚斯给她塑造的高大的象牙和黄金塑像超过了帕提农神庙，俯瞰着她所保护的那座城市。在关于谁能给男人最宝贵的礼物的问题上，她和尼普顿举行了一次比赛，作为奖赏，她赢得了雅典城。尼普顿用戟击打大地，一匹马便从地下跑将出来；

照片：里施基斯收藏馆

**著名的墨丘利神铜像**
佛罗伦萨的国家博物馆

在这张优美雕像的照片中，注意墨丘利神帽（有翼帽）——这是他父亲朱庇特送给他的——头上的翼和脚上的翼（脚翼）。节杖是阿波罗送给他的，据说具有将自然的恨变成爱的力量；因此两条蛇缠绕在一起。

而密涅瓦却生出一棵橄榄树,众神认为这是最有用的,便把雅典奖给了这位"希腊的眼睛,艺术和口才之母"。橄榄树被认为是她的圣树。

朱庇特给密涅瓦一块盾牌,盾牌的中心是美杜莎,凡是敢看她的脸的人都将变成石头。弥尔顿借《科摩斯》中长兄之口提出了这样一个问题:

> 那挂满蛇头的蛇发盾牌是什么?
> 聪明的密涅瓦,不败的玉女,
> 用它把敌人僵化成冰冷的石头,
> 严厉的目光中闪出纯真的素朴,
> 高尚的恩惠中显露残暴的粗鲁
> 还有突发的爱意和茫然的敬慕!

这些都是主要的天神。

尼普顿(或波塞冬)统治大海和地上的一切水域。他挥舞着叉戟,那是今天海军的象征。他统治水域里的所有小神——包括他和安菲特律特生的儿子特赖登、普罗透斯、海妖塞壬和海上神女——大洋神女和海中神女。莎士比亚曾多次提到尼普顿。

## 第九节　被劫的普洛塞庇娜

普路托统治着冥府,那个炼狱的世界,斯提克斯、阿刻戎、勒忒、科库托斯和佛勒革同等可怕的河流在这片黑暗的王国里纵横交错,而普路托就端坐在中央的硫磺王位上。没有人给死亡之神修建神殿。没有女神愿意做他的配偶。于是就有了所有希腊神话中最美、最有意义的一个故事。得墨忒耳(或刻瑞斯),谷物和丰收女神,从她的罗马名字中我们有了"谷物"(cereal)这个词。一日,她和女儿珀耳塞福涅,也叫普洛塞庇娜,在西西里恩纳平原的花草地里闲逛。这位母亲,即大地女神,是萨杜恩和瑞亚的女儿;这个婚姻把天和地结合了起来。她和宙斯生的孩子将把大地与冥府结合起来。

普洛塞庇娜是罗马人的称呼。她正在和同伴在恩纳附近采花的时候,普路托突然驾着战车出现,他第一眼看见普洛塞庇娜时就爱上了她,即刻把她抓到沉默的地府作他的配偶。普洛塞庇娜丢掉围裙里的花朵,向陪伴的仙女们求救,但这位劫色之神赶着战马飞奔,最后被赛安河(Cyane)挡住了去路。在一阵狂怒之下,普路托用节杖击打大地;地裂开了,他便顺利进入了埃里伯斯。被迫离开阳光和幸福大地的年轻女神就这样成了死亡之神的新娘。

刻瑞斯在极度悲痛之中寻找自己的孩子。她在埃特纳山的大火上点燃了两个火炬,希望整夜照亮这个世界。无论是神还是人都不敢告诉她普洛塞庇娜的命运。她流浪了九天,最后回到西西里,从阿瑞图莎那里得知真相,因为阿瑞图莎刚刚从阿尔斐俄斯驾车回来,路过地府。她说:"我在那里见到了你的普洛塞庇娜。她很痛苦,但眼睛里已经没有了恐惧。她看上去已经成了死者王国的女王了。"

刻瑞斯驾着两条龙拉着的战车来到诸神的住所,她那暴风雨般的祈祷甚至连宙斯也感到畏惧——

> 母亲失去孩子的痛苦呼喊,
> 响彻冥府、大地和天空。

宙斯屈服了,派墨丘利去从普路托手里讨回普洛塞庇娜,但有一个条件,她不能吃下界的食物。当墨丘利来到地府、普路托也将要屈服的时候,普洛塞庇娜信步来到极乐界,吮吸了一口石榴汁。这使她不能回归,但作为妥协,宙斯让她从此半年在地上与母亲团聚,半年在地下陪伴丈夫。

刻瑞斯瞪大眼睛等待女儿的归来,母女相见的场面成为自奥维德到丁尼生等许多诗人的主题。我们的诗人是这样描写这对儿母女的相见的:

### 突然飞来一只夜莺

> 看见了你,便飞进一片欢乐的歌
> 欢迎你;仿佛月亮的一丝亮光,
> 她第一次偷窥那地狱的震荡,
> 你面带彷徨,驱走了
> 冥王的影子,你那黑暗中的伴侣。
> 普洛塞庇娜!不再是死者的女王——
> 我的儿!你的眼里再次充满神圣的人性,
> 冬日里漂流的羊毛喷射出日光,
> 在他的日子里给你从头到脚着装——
> "母亲!"我依偎在你的怀里。

这是没有死亡的故事。它只有一个意思。普洛塞庇娜象征着谷物的种子,冬天的时候它藏在土壤里,而她每年的归来则是春天的象征。

> 于是我们再次快乐地站在山谷里,
> 恩纳的田野,再次变成一片火海
> 让花的光明照亮你落下的脚步。

《珀耳塞福涅归来》(莱顿勋爵)

根据古代人的观点,自然年中最大的事件就是珀耳塞福涅(普洛塞庇娜)每年从地狱回到母亲刻瑞斯那里。冥王普路托将她从刻瑞斯那里抢走,在死神王国成为他的王后。引导她从下界到上界的是明亮、英勇的墨丘利神。

人所知的一切都没有如此有趣，如此充满神秘感，神秘感不断增长，但并未压垮他，就像四季的变换一样。在人类的诗歌和想象之中，刻瑞斯和普洛塞庇娜手挽着手散步，她们再次引导我们通过春天的光明，走向玫瑰的华丽，谷物的丰登，以及蜂蜜的甜美。

上面简略概述的就是在"希腊的荣光和罗马的辉煌"背后永远熠熠闪光的神话世界。其中大部分是粗糙的，甚至令人反感。但是，美的和令人生厌的东西都属于人类的童年。罗斯金说："对于吝啬之人，神话几乎没有意义；对于高尚之人，神话含义无穷。"诗人、艺术家和梦想家只要感觉到生活的重压和神秘就会重读这些故事，而当"大海和陆地没有光明"的时候则不得不丢掉它们。

## 参考书目

Ovid：*Metamorphores*.

Lemprière：*A Classical Dictionary*.

George Grobe's *History of Greece* 的前几章对希腊神话进行了精彩的总结。

Thomas Bulfinth：*The Age of Fable, or Beauties of Mythology*.

Charles Mills Gayley：*The Classic Myths in English Literature*. 本书是以 Bunfilth 的 *The Age of Fable* 为基础的，但提供了许多学者关于神话的解释和宝贵的注释，以及诗人、画家和雕塑家的应用。

E. M. Berens：*The Myths and Legends of Ancient Greece and Rome*，是对希腊和罗马神话的通俗演义。

Grace H. Kupfer：*Legends of Greece and Rome*. 这是儿童喜欢的一部书。

Lillian Stoughton Hyde：*Favourite Greek Myths*. 也是儿童读物。

T. G. Tucker, Litt. D.：*The Foreign Debt of English Literature*.

H. A. Guerber：*The Myths of Greece and Rome: their Stories, Signification, and Origin*.

H. Steuding：*Greek and Roman Mythology*.

有一些不太昂贵的版本：如 William Smith's *Classical Dictionary* 的简写本；W. M. L. Hutchinson 重讲的 *The Muses' Pageant Myths and Legends of Ancient Greece*. Vol. I, *Myths of the Gods*；Vol. II, *Myths of the Heroes*；Vol. III, *The Legends of Thebes*.

# 第七章　希腊与罗马

## 第一节

**希腊精神**

在讨论希腊大诗人的成就之前,有必要说一说希腊精神,那种特殊的民族天才使得一个小民族在公元前5世纪就生产出了无比辉煌和高贵的文学、卓越绝伦的建筑和雕塑,还为数学、物理学和哲学奠定了牢固的基础。人们常说:"除了基督教外,希腊人几乎是现代世界上一切事物的开端。"

希腊人有很大的局限性。他们对过去一无所知。他们只能猜测。他们不懂地理,也几乎不了解其他民族。另一方面,他们也拥有一笔宝贵的财富,即一种美丽的语言,在表现力和准确性上特别适合那些美丽思想的永恒表达。希腊人本身是高度文明的,但距离野蛮时代也仅仅一步之遥。他们是我们的黎明,但是,就我们所知,这个黎明是在没有任何准备和预告的情况下到来的。希腊人是生活在清晨清新凉爽的空气中的一个年轻民族。希腊人与希伯来人之间的对比是鲜明的。对希伯来人来说,世界上的苦难是由于不服从一个全能上帝的律法造成的。希腊人全然没有出于善意、指导众生之路的单一神的概念。他们有许多神,这些神还经常发动战争,只是偶尔才关怀人类事务。他们都像人类一样富有激情,主要忙于自己的冒险事业。

但在这些神的背后是命运之神,他决定人和神的命运,而与命运抗争是毫无益处的。这就是希腊悲剧的主要特点。它给希腊悲剧带来了极大的尊严。自尊要求人们应该毫无抗拒地接受命运之神的法规,只接受事物的现存状况,不渴望不可企及的东西。自尊也迫使人们远离邪恶,坚守善行,而不乞求他们的欲望之神。

希腊人决不是神秘主义者,而是现实主义者。人们常说,对荷马来说,海浪"不过是盐水"。对希腊人来说死亡就是死亡。以后发生的事他不知道,也不愿烦心去猜测。对希腊人来说,人在世界上孤立无助,而由于人常常战胜困难,以无比的尊严接受命运的最艰难的考验,所以对人的崇拜是希腊生活和希腊宗教的最重要特点。这种崇拜导致了对改善人生的一切事物的热爱。这些事物中首要的是美。印度和埃及的偶像是可怕而令人生厌的，象征着恐怖和力量。但希腊人只崇拜美的神。他们的塑像中隐藏着崇拜者的梦想和理想。除了美，希腊人还热爱正义、自由和真理——所有这些都是人类幸福所必需的。

### 正义、自由和真理之爱

也许由于缺乏传统和既定习俗，希腊人才从不伤感。而由于是现实主义者，他们才热爱素朴和无华。希腊诗歌中绝没有《失乐园》中那种精雕细琢的修饰。它是朴素的。在文学中与在雕塑中一样，希腊人达到了素朴直白的美——纯真之美。

有三个事实是需要特别牢记在心的。希腊人是一个生活在许多小城邦里的小民族，每个城邦人口不过几千，而他们又都生活在海上。雅典是这些城邦中最繁华、最有意思的一个，而迄今为止，流传到我们手上的大部分希腊文学都出自这样一个小小的城邦，其面积和人口都大大小于伦敦的一个郊区。第二个事实是，希腊文学中有百分之八十失传了。现存的文学都藏于亚历山大。第三个事实是希腊人与波斯人的战争导致欧洲爱国主义的诞生。对野蛮人的恐惧不仅激发了他们对祖国的热爱，而且使他们把自己看成是阻止蛮夷破坏、保卫自己文学的战士。

希腊精神指的就是热爱无华的美、素朴性、真理、自由和正义，反对夸张、伤感和雕琢。

前面各章总结的旧世界的故事是希腊浪漫文学的内容。这种文学滥觞于欧洲生活的黎明，经过流浪的吟游诗人的口传歌唱，以及一代又一代人的重复和加工而流传至今，而其最早的作家，前面已经说过，则是赫西俄德和荷马。在这些故事中，希腊大剧作家们找到了戏剧的题材。

在短短几年内伟大的雅典戏剧就诞生了，这是非常了不起的。埃斯库罗斯在公元前484年第一次获奖，而欧里庇得斯的《美狄亚》，作为其戏剧生涯的巅峰之作，于公元前431年上演。53年的时间足以构成"世界所目睹的最伟大艺术作品"的全部发展历程。同样了不起的一次发展是伊丽莎白时代英国的戏剧。马洛、莎士比亚、本·琼生、博蒙特以及弗莱彻、马辛杰、韦伯斯特和海伍德等人的剧作都是在38年内写成的。

# 第二节

### 希腊戏剧

与英国中世纪戏剧的开端一样，希腊早期戏剧也是宗教性质的。它们派生于仪式舞蹈，即春天在罗马酒神狄俄尼索斯神殿前举行的仪式，在埃斯库罗斯、索福克勒斯和欧里庇得斯的时代，人与掌管葡萄园和丰收的神仍然保持着亲密的关系。雅典剧院的前几排座位是留给神甫的，酒神神甫坐在中间一张特殊雕刻的扶手椅上。所有公民都要参加，而在伯里克利时代，也就是希腊势力和成就的巅峰时期，他们的座位是国家购买的。雅典剧院可容纳三万人。每个人都去剧院看戏。那是民族的责任。

上演的所有剧目都是在政府安排的竞赛中产生的。当时的政府也就是我们现在所说的教会组织，上演这些剧目的剧团都由富人支付薪水。如果你想要参加竞赛——每年只有三个参赛者——你必须首先有一个唱诗班，也就是说，某个富人愿意支付一个剧团来演出你要写的剧本。由于失败的概念在宗教仪式中意味着不祥之兆，所以每个参赛者都将得到奖品。

上面提到的三位作家代表着戏剧发展进入正轨的伟大的悲剧时代。起初，所有情节都发生在乐队周围的一个环形空间里，当时所说的"场子"并不是舞台，而仅仅是一个帐篷，演员在帐篷里换服装，也可以当作门或出口或不让观众看到演员的任何东西，这在伊丽莎白时代的剧院里往往是类似布帘的东西。与现代戏剧不同的是，在希腊戏剧中，我们应称之为插曲的一切都发生在"舞台之外"。在埃斯库罗斯的剧中，唱诗班里的人物占据了乐队的位置，正因如此，再加上唱诗班是悲剧作为整体得以产生的源出，唱诗班才在剧情中占有突出的位置。随着戏剧技术的发展，场子变成了在乐队后面稍稍高出地面的一个平台，演员在平台上讲话，乐队里的唱诗班仍然在下面发表议论，因此，唱诗班逐渐成为对剧情进行评论的手段，而不是剧情的组成部分，如欧里庇得斯的戏所示。

在莎士比亚的剧作中，从悲剧张力中松弛下来大部分是通过喜剧场面获得的；在希腊悲剧中，这是通过合唱的颂歌和舞蹈做到的。试比较《麦克白》与欧里庇得斯的《希波吕托斯》(Hippolytus)。在《麦克白》中，邓肯是以希腊方式在场"外"被杀的，莎士比亚很少这样做。事实上，就前几场戏和情感氛围而言，《麦克白》最能代表莎士比亚以希腊方式处理主题的戏剧。观众在谋杀发生时由于听到麦克白和麦克白夫人的对话而感到的张力是通过敲门声和脚夫的滑稽场面而松弛下来的。另一方面，在《希波吕托斯》中，当菲德拉走下舞台去悬梁自尽时，张力的解除不是通过滑稽场面，这是整个希腊戏剧的思维方式所陌生的，而是通过仪式舞蹈和唱诗班的歌声，舞蹈和歌声直接把观众的心情从悲剧现实带到了浪漫的王国。

## 演员的服装

与今日的日本演员一样，演员都戴着大面具，这种面具可能具有扩音的作用，能使他们的声音清楚地传到巨大的露天剧场的最后一排观众。他们穿着高筒靴，其靴跟

经伯明翰公司惠允复印

**《演出〈阿伽门农〉时雅典的观众》(W. B. 里士满爵士)**

剧场前两排座位是为神甫留的,酒神神甫坐在中间一把特别雕刻的扶手椅上。希腊剧场可容纳三万人。

照片:布洛吉

**西西里锡拉库萨的圆形露天剧场,现存最完美的希腊剧场遗迹之一**

这幅照片表明剧场的恢弘。西西里是希腊最早的殖民地之一,埃斯库罗斯于公元前456年在那里逝世。

**喜剧演员（罗马古代文物）**

古典演员就像今天的日本演员一样，带着大面具，穿着大靴子，鞋底几乎像高跷一样，这让人显得比实际上要高。

照片：里施基斯收藏馆

几乎就是现在的高跷，使他们看起来比真人高得多。由于这种服装，又由于故事情节是通过对话来讲述的，而不是通过行动表演出来的，所以演员几乎不用跨过舞台。下面的乐队中，围着中央的狄俄尼索斯祭坛的是唱诗班，演员说话时，唱诗班静立不动，轮到他们表演时，他们合着舞蹈的节奏唱歌，身体的每一部分都随之运动，他们并不是全都一起合唱的，而是分成两组，所以，一组的唱诗将由另一组来回答。故事的讲述必须遵守一些惯例。通常要有一首序诗解释情节开始之前的具体情况。我们所说的"危机"几乎总是发生在舞台之"外"，而且，总是由一个信使当众宣布。信使的讲话通常是戏的高潮。一部戏通常以某个神的出现结束，他用几句话总结一下剧情，安抚或调解观众心中的悲剧激情，让他们带着平和的心情离开剧院。虽然在前两位戏剧家那里这并不常见，但至少在欧里庇得斯发展了的技巧中是这样。

# 第三节

## 埃斯库罗斯

在创作的新颖和生活环境两方面，希腊的神奇世纪——公元前5世纪——的作家与伊丽莎白时代的作家之间存在着惊人的相似性，如埃斯库罗斯与斯宾塞和罗利。希腊三大戏剧家中年纪最长者埃斯库罗斯出身行伍。他于公元前525年出生，后在雅典军队服役，参加过著名的打败波斯人的马拉松战役。这次战役是一个小民族战胜一个强大帝国的决定性胜利，对埃斯库罗斯及其作品产生了巨大影响。他的剧作都写于一个英雄时代，那时的人们都受到意想不到的、几乎从未奢望过的民族成功的激发，正如伊丽莎白时代的人受到西班牙舰队的失败的激发一样。

埃斯库罗斯26岁时写出第一部戏，那是神奇世纪即公元前5世纪的第一年。与莎士比亚一样，他在自己写的戏中扮演角色。据说他写了七十部戏，尽管只有七部流传至今。有一个传奇说他是被一只落在自己秃头上的鹰啄死的，因为鹰错把他的头当成了石头，或当成了鸟无法啄透的乌龟壳。

照片：里施基斯收藏馆

**埃斯库罗斯**

希腊第一位戏剧家。

在埃斯库罗斯的戏中，宗教热情与民族和种族骄傲结合在一起，这是马拉松战役取得胜利的结果。他出生在依洛西斯（公元前525年），现代世界对他家乡的那些神秘宗教几乎一无所知。小时候，他一定见过无数朝圣者，由于精神上的问题而来寻找生活问题的答案，随着年龄的增长，他越来越相信命运是无法逃避的，人无法逃避命运女神的追逐。

他在人民的神话中汲取素材。他亲口说他的悲剧是"荷马盛宴上的几小口食物"。

埃斯库罗斯的哪些特性使他的戏剧永垂不朽、在它们问世之后的两千四百多年来一直为读者所飨读和喜爱？或许可以通过把埃斯库罗斯与伊丽莎白时代的剧作家马洛和现代剧作家维克多·雨果做一比较而最充分地显示出他戏剧的独特性。用史文朋的话说，埃斯库罗斯和马洛一样，是"一个大胆而有灵感的先驱"。他的音乐是前人所没有的。读一读马洛的《浮士德的历史》，你就能感觉到埃斯库罗斯戏剧的各种特性——恐惧，不可抗拒的力，热烈的激情。雅典的喜剧作家阿里斯托芬谴责埃斯库罗斯"夸张"，有意思的是，批评家们往往用这个形容词谈论维克多·雨果，他也具有那位希腊诗人的一些特性，尽管比马洛稍逊一筹。

埃斯库罗斯对爱情不感兴趣。他的兴趣点在于自然力，像班扬在《天路历程》中一样给命运、恐惧、正义和非正义赋予个别的人格。如J.A.西蒙兹所说，他的戏中"山也要说话"。埃斯库罗斯的魅力如此之大，以至于希腊人相信他一定是在神的直接授意之下写戏的。一个故事说,孩提时,他被带到葡萄园看一串串的葡萄,他睡着了。在梦中,狄俄尼索斯来到面前,让他写悲剧。醒来时,他尝试着写了一出戏,并马上获得了成功。索福克勒斯在谈到这位对手时说:"他做了应该做的事,但却是在不知情的情况下做的。"他的一些同代人肯定地说他在喝葡萄酒时写戏。事实似乎是这样的,他的创造力和天才如此惊人,以至于同胞们不得不去寻找一些超凡的解释。

在埃斯库罗斯留下的七部戏中,《被缚的普罗米修斯》也许是我们最感兴趣的,这是因为雪莱写了《解放了的普罗米修斯》。这是一个三部曲的第二部,第一部《带火者普罗米修斯》和第三部《解放了的普罗米修斯》都失传了,尽管第三部有一些片段经西塞罗翻译成拉丁文而传到了我们手上。简述一下该剧的剧情将有助于我们了解那些剧作家的思想和方法。

## 《被缚的普罗米修斯》剧情

开场时,普罗米修斯惹恼了宙斯,被相当于罗马神伍尔坎的赫菲斯托斯绑在了一块石头上。宙斯刚刚建立起天庭的王朝,他决心消灭人类,让更好的物种居住大地。普罗米修斯是人类的大恩人。他把最古老的技艺"火"赠给人类,阻止了神要毁灭人类的计划。他还教人类从事木工、畜牧业、医学和航海。由于这次叛逆,宙斯下令严惩他。即便在被缚的时候,普罗米修斯也仍然自豪地沉默,但当赫菲斯托斯走的时候,他向大地和太阳呼喊,让它们明白他作为一个神是如何受到其他神的冤枉的:

> 你看看我,一个倒霉的神,
> 由于对人类的无比之爱
> 触犯了万能之神的天庭
> 成为宙斯的敌人,遭众神的愤恨
> 在这里被囚禁。

海洋众女神来看他,他向她们讲述了他都为人类做了哪些事:

> 是我第一个把畜生驯服
> 让人类摆脱多重的劳动
> 让驯服的马拉起设备完好的车
> 富人用以自豪地显示自尊。
> 只有我为航海者找到了
> 漂洋过海带翼的战车。
> 我为人类做出如此荣耀的工具
> 自己却不能摆脱灵魂的苦痛!

**《被缚的普罗米修斯，被一只秃鹰吞食》**
**（小亚当）**

一种对埃斯库罗斯戏剧高潮的杰出想象。普罗米修斯冒犯了朱庇特。他先是被拴在一块大石头上，然后，作为进一步的惩罚，一只鹰被派来啄他的肉，然后，大地裂开，拴着普罗米修斯的那块石头落入了深渊之中。

照片：里施基斯收藏馆

普罗米修斯只有一个慰藉。他知道，也只有他才知道，一个厄运在等待着宙斯——"他将被拉下宝座而一无所有"。他的预言传到了宙斯耳中，他派赫尔墨斯去找普罗米修斯了解这一危险的细节。普罗米修斯拒绝回答。赫尔墨斯提醒他叛逆之后所遭到的惩罚，普罗米修斯回答说：

> 我不会为你的奴役而改变
> 宁愿悲痛而不奴颜婢膝。

于是他招来了进一步的惩罚。宙斯派一只鹰来啄他的血肉；大地裂开了，绑缚普罗米修斯的那块石头陷入了深渊。关于埃斯库罗斯赋予这个故事的宗教意义有过相当多的讨论，并有人说在失传的第三部剧中宙斯和普罗米修斯和好了。这个三部曲的寓

经 S.G. 利克先生特别惠允复制

**《克吕泰墨斯特拉》**(霍·约翰·科立叶)

　　《阿伽门农》中的主要人物。克吕泰墨斯特拉经常被比作麦克白夫人。她是希腊人中典型的悍妇,她"敢于在神或凡人的审判面前追问真相"。

　　作为彩色版出现的这幅克吕泰墨斯特拉的图画是科立叶于1881年所作,该图尝试将荷马故事置于迈锡尼文明时期,但是由于信息不足,服装和重要的建筑细节并不准确。在上面出现的这幅后来之作(1914年作)中,艺术家使用了更新的研究,就所有细节而言具有足够的权威性。

**《克吕泰墨斯特拉》**
摄自霍·约翰·科立叶的一幅画

阿伽门农无情的妻子,她是埃斯库罗斯悲剧中的重要人物之一。

意在于神"学会了律法的严格精神，但却锻造了他们天生对人类的同情心。于是便出现了新的秩序，即合理的法律统治"。

除了普罗米修斯，埃斯库罗斯创造的最有趣的人物是《阿伽门农》这出伟大戏剧中的克吕泰墨斯特拉。有人把克吕泰墨斯特拉与麦克白夫人加以比较，但是，如 J. A. 西蒙兹所说，她的确比麦克白夫人坚强，"敢于在神或凡人的审判面前追问真相。"她杀死阿伽门农后没有软弱，没有遗憾。她是命运女神的使者，是正义之神的使者，是希腊人眼中典型的悍妇。阿伽门农是一个没有魅力的人，他妻子恨他并非没有理由。然而，克吕泰墨斯特拉没有理由开脱罪责或逃避惩罚。她的儿子俄瑞斯忒斯成了为父报仇的使者，在《阿伽门农》序集《奠酒人》中，俄瑞斯忒斯杀死了母亲。他受到复仇女神的追杀，这些复仇女神是黑夜的女儿们，也是惩罚的执行者。在第三部戏《复仇女神》中，俄瑞斯忒斯在经历了一次苦难之后受到众神的宽恕。在这里以及在别处，埃斯库罗斯都始终坚持认为罪孽必须得到报应之后才能被宽恕。

埃斯库罗斯于公元前 456 年死于西西里，据说他死于愤恨，因为比他年轻的对手索福克勒斯夺得了雅典戏剧比赛的第一名。

# 第四节

## 索福克勒斯

索福克勒斯是文学史上最阳光的作家之一。他生于公元前 495 年，比埃斯库罗斯小 30 岁，比欧里庇得斯大 15 岁。孩提时，他由于面容俊秀、音乐和体操过人而闻名。16 岁时，他当选青年唱诗班的领班，该唱诗班要庆祝萨拉米海战大捷。他赤身裸体参加了节日庆祝，头上戴着花环，手里拿着里拉琴。与埃斯库罗斯一样，他也卷入了爱国主义的热潮之中，但他的青春不久就过渡到了稳定的年龄。

热爱艺术的雅典人以索福克勒斯为骄傲，他们非常钟爱他。他被誉为"雅典的蜜蜂"。他死后，阿里斯托芬这样总结他的一生：他"安详地躺在地下却如同在地上"。索福克勒斯的声誉可以用这样一个事实来证明：他 57 岁时在公众的呼吁之下被任命为萨摩斯战争的将军。仅仅由于一个人的诗歌才能就可以任命他为将军，这在我们看来似乎很奇怪，但中世纪根据出身选择军队或海军将领也属于相同的选择方法。因而伯里克利更加喜欢诗人索福克勒斯而不是军人索福克勒斯的说法也就不值得大惊小怪了。

一个热爱美和快乐的诗人，生活在一个热爱美和快乐的年代，我们几乎不能指望他遵守清教徒的清规戒律。适度，而非完全戒除，乃是典型的希腊美德。柏拉图在生命之末回忆说，索福克勒斯为摆脱激情的奴役而高兴。"最高兴的是我能摆脱那奴役，仿佛逃离一个疯狂愤怒的主人。"

索福克勒斯写了一百多部戏，但只有七部流传至今——《俄狄浦斯王》、《克洛努斯的俄狄浦斯》、《埃阿斯》、《安提戈涅》、《伊莱克特》、《特拉客斯少女》和《菲罗克忒忒斯》。他对埃斯库罗斯使用的传统戏剧形式进行了一些改革。他让演员穿上更加漂亮的服装，增加了唱诗班的人数，有时还允许三个演员同时登台，而埃斯库罗斯只允许两个。这样，对话就成了戏剧中比较重要的因素了。歌德在谈到索福克勒斯的戏剧时说："他的人物都有口才，都知道如何令人信服地解释行为的动机，以至于听者几乎总是站在最后一个说话者的立场上。"

照片：里施基斯收藏馆

**索福克勒斯**

希腊第二位戏剧家。

虽然索福克勒斯的戏剧都是悲剧情节，虽然他从来没有摆脱希腊盛行的复仇主题，即弥漫整个世界的命运，但比之埃斯库罗斯，他的戏剧中含有更大的安宁——在这个安宁的时代里，雅典社会比以往任何其他社会都更全面地实现了它的理想和渴望。

《安提戈涅》也许最能代表索福克勒斯的艺术。①

## 《安提戈涅》

忒拜国王克瑞翁下令不准安葬攻打此城时阵亡的波吕涅克斯的尸体。"告示全城不得有人埋葬或哀悼他，不得为他哭泣，让他暴尸荒野，让窥视尸体的鸟儿尽情地享受他。"安提戈涅，波吕涅克斯的妹妹，不顾国王的命令决定要安葬哥哥："我要安葬他，即使死也无妨。我将与我所爱的人一起由于犯罪而在无罪中安息；因为我对死者的忠诚比对生者的长。"

她由于违抗命令而被捕，被带到克瑞翁面前，安提戈涅丝毫没有否认她的叛逆。她知道国王的命令，也知道自己的所作所为带来的后果。"这样的下场不值得悲痛，但如果母亲的儿子暴尸荒野，那才真正令我悲痛欲绝。"安提戈涅被判活埋在"乱石冈"上。

剧中有爱的情怀。安提戈涅已经与克瑞翁的儿子海蒙订了婚。海蒙请求父亲宽恕她，但没有成功。父子对话的场面尤其栩栩如生，也特别现代。克瑞翁对一个盲人先知忒瑞西阿斯的话也同样听不进去。这位盲人先知警告国王说他的严酷将马上得

---

① 引文均出自理查·耶布伯爵（Sir Richard Jebb）。

照片:布拉克斯兰·斯塔布斯

《安提戈涅往她的哥哥波吕涅克斯身上撒土》(维克多·J. 罗伯逊)

波吕涅克斯在率领军队攻打忒拜城时被杀,忒拜国王克瑞翁命令不准埋葬他的尸身。波吕涅克斯的妹妹违抗了王命,体体面面地埋葬了她的哥哥,因此被判活埋于乱石冈上。

到报应：

> 你不会活过太阳战车许多迅疾的飞行，然后，你自己生的孩子就将断送在你手里，一命抵多命；因为你把阳光的孩子投入黑暗，无情地把一个活人葬入墓中。

预言实现了。海蒙在安提戈涅的墓旁自缢而死，母亲欧律狄刻也在悲悼儿子时自杀身亡。只落得克瑞翁这个"莽撞愚蠢的老人"独自悲伤。唱诗班是这样总结该剧的寓意的：

> 智慧是幸福的最重要部分；对神的崇敬不能违背。傲慢之人的夸张言辞迟早受到严厉打击，而在古代，将使受惩罚者聪明起来。

我们将看到，索福克勒斯的悲剧比埃斯库罗斯的悲剧含有更多的人性，但在索福克勒斯的全部剧作中，人仍然是"神的玩物"。仅举吉尔伯特·默里翻译的《俄狄浦斯王》的唱诗为例：

> 忐拜的公民啊，看哪；从这里经过的是俄狄浦斯，
> 他破解了死亡之谜，凡人中最坚强的硬汉，
> 命运之神看上了他，看到他的人都回头再看。
> 噢，他倒下了，在巨大的暴风雨和无边的海上！
> 人啊，切要警惕，要看到事物的结局，
> 最后的视野，最后的时日；勿把人生当作算盘
> 黑暗终将降临，没有痛苦，整个故事已讲完。

索福克勒斯的晚年是安静的。他的墓碑上写着下面几行著名诗句：

> 非常幸福的索福克勒斯！在美好的晚年
> 人们颂扬他的为人，也为其技艺而受到颂扬，
> 他走了：他的许多悲剧纯洁美丽，
> 他的结局美丽，他不曾感受任何悲伤。

# 第五节

## 欧里庇得斯

埃斯库罗斯是个军人；索福克勒斯是雅典爱国主义者，对这个城邦的公共事业不仅仅是业余爱好。欧里庇得斯，希腊三大戏剧家中最年轻的一个，则是个隐士，与时

照片:里施基斯收藏馆

**欧里庇得斯**
罗马梵蒂冈宫

第三位、也是最伟大的希腊悲剧作家。

代不合拍,厌恶雅典民众波动的情绪,公开声明喜欢乡村的简朴生活而放弃城市。作为艺术家,他是创新者,而他的创新,对传统的突破,却成了阿里斯托芬的笑柄,这个顽固的保守派仇恨一切变化。欧里庇得斯脾气乖张,不喜欢别人嘲笑他:

*我的精神鄙视*
*嘲笑者那些放荡不羁的嘲弄*
*侵犯严肃的主题。*

这位诗人的两个老婆都有外遇,这可能让他的脾气更加乖张。在生命接近尾声的时候,他愤慨地离开雅典,到马其顿定居,在那里写出最后一部戏《巴克刻》(*Bacchae*)。国王对他的喜爱引起了一些幕僚的嫉妒,他们阴谋攻击他,策划让野狗咬死他。

欧里庇得斯开始写作的时候,雅典人已经不再信神了,神的存在及其万能的力量是埃斯库罗斯戏剧的基础。信仰的年代已经过去。欧里庇得斯不得不采用希腊戏剧的细腻手法,但他选择了男人和女人而不是神作为剧中人。他也因此被视为浪漫主义戏剧之父。

虽然在许多方面这位诗人与时代格格不入,但他却分享了这个时代的怀疑主义。他的无信仰是有道德基础的。在他看来,那些传奇是不道德的。如果它们讲的是真事,那么,神就既不值得崇拜,也不值得尊敬。如果讲的不是真事,那么,古希腊宗教的整个架构就塌倒了。他容忍古希腊和中国流行的祖先崇拜。他似乎对不朽性似信非信,也不能接受"不是我们自己而是永恒正义"的存在。阿里斯托芬说他是无神论者,这个攻击并非没有道理。但他坚持认为不相信上帝或神并不影响道德。要记住欧里庇得斯是希腊人。对他来说,德是有吸引力的,因为德是美的。除了对赏罚和幸福或不幸福的任何考虑之外,德由于美而令人追求和赞赏。

在欧里庇得斯的戏剧中,有对人物、尤其是对女性人物的犀利分析,这种对女性人物的透彻理解使得吉尔伯特·默里称这位诗人为"古典的易卜生"。

## 欧里庇得斯的戏剧

欧里庇得斯至少写了七十五部戏剧,其中十八部流传至今。最佳的一部也许是《美狄亚》，吉尔伯特·默里称之为人物和情节的悲剧。这是欧里庇得斯早期的剧作之一，它表现了这位年轻作家的"怀疑主义和对真理的追求"。剧情部分是伊阿宋和美狄亚的故事。该剧开场时，伊阿宋已经厌倦了他的巫师老婆，与科林斯国王的独生女结了婚。伊阿宋已经是个中年人了，不再喜欢炽烈的恋爱而热衷于事业。美狄亚现在是"忧郁烦闷、满腔仇恨"的女人。为了女儿的缘故，科林斯国王把美狄亚驱逐出城，允许她在离开前过一天好日子。在一个痛苦的场面中，她谴责伊阿宋的不仁。是她帮助他获得了金羊毛，是她救了他的命，是她杀死了他篡权的叔叔珀利阿斯，在谴责结束的时候，唱诗班唱道：

> 悲惨和无法愈合的是仇恨
> 两颗相爱的心变成了仇敌。

伊阿宋像遭到女人痛斥的所有男人一样，满腔愤恨。

> 愿上帝
> 用别样的种子结出我们凡人的果实
> 别让瞎眼的女人挡住我们的去路！

美狄亚并不是被侮辱而不思报复的女人，她策划了一整套可怕的复仇计划。她将送给对手一件可怕的礼物：

> 精工细作的长袍，一件金子做的内衣，
> 她只要穿上，用这衣服裹住全身
> 她就将腐烂发臭，在污秽中死去，
> 所有触碰她的人也将忍受剧痛。

但甚至这也不能平复美狄亚的愤恨。伊阿宋必须落得个无妻儿的下场。为了伤害不忠诚的丈夫，她杀死了自己的孩子：

> 伊阿宋永远别见我的孩子
> 也不要再与新的新娘生产。

在第二次与伊阿宋见面时，她假装准备屈服于自己的命运，而且，在看到自己的孩子时，她突然热泪盈眶，在短短的时间内人性浮现。

> 啊！我这可怜的心对你们尚存一线希望，
> 在我年迈时怎样把我照顾，当我冷若冰霜
> 用你们可爱的小手把我的尸体裹放。

**美狄亚思索杀害孩子**

美狄亚帮助伊阿宋重获金羊毛,并同他一起回到希腊。在欧里庇得斯的悲剧中,他讲述了伊阿宋怎样厌倦了她,她是怎样先杀害了伊阿宋打算娶的科林斯国王的女儿,后来杀害了她自己的孩子,得到了"必然罪孽的桂冠"。

照片:布洛吉

但是,这种缓和的情绪很快就消失了。当听到国王的女儿已死时,她高兴万分,并决定自己的孩子也必须死去。她也许还没有等到获得"必然罪孽的桂冠",孩子们就一命呜呼了。伊阿宋得知美狄亚的意图后,疯狂地把孩子救出来。他打破美狄亚的门,但孩子们已经死了,尸体就放在美狄亚戴翅膀的龙车的顶棚上。她还预言伊阿宋本人的下场:

> 至于你,等着瞧吧,死亡已经迫近,
> 邪恶和孤独,就像你的心:你那破旧的
> 阿耳戈船,无论走到哪里都将腐烂,
> 她将把你的头劈成两半,痛苦
> 将是你对我最后的思念。

该剧的寓意在于,作恶就是谋划痛苦。伊阿宋对美狄亚的所作所为是不仁不义的。他的恶行不仅给自己带来恶果,而且还殃及别人,而美狄亚则悲痛地称自己是自己铁石心肠的牺牲品。这种惩罚似乎荒诞过分,但这在生活中经常发生。欧里庇得斯坚持认为,无论过分与否,罪孽必然招致惩罚,报应迟早会来的。道德的生活就是美的生活。不道德的生活就是危险的生活,不道德的行为必然导致灾难。

亚里士多德赞扬欧里庇得斯是天才。他死时,全体公民哀悼他,包括再也无法嫉妒他的艺术家索福克勒斯。他的去世标志着伟大的希腊戏剧时代的结束。

# 第六节

阿里斯托芬是这三位悲剧诗人的同代人,他是希腊喜剧的杰出大师。在他笔下,喜剧是浪漫主义与时事诙谐的结合,表现了詹姆斯·巴里爵士所说的一种暂且逃离现实压力的欲望,以及一种高尚但却兴致勃勃的滑稽表演,也就是我们在今天的音乐厅里所看到的那种严肃与通俗的结合。可以将阿里斯托芬比作现代法国的时尚讽刺剧作家。他的剧作是对他所处时代的愚蠢和陋习的机智评论。

照片:安德森

**阿里斯托芬**
罗马朱庇特神殿。

## 阿里斯托芬

阿里斯托芬生于公元前448年。有关他的生活细节无从得知,他写的五十四部喜剧中保存下来的只有十一部。阿里斯托芬是保守派,痛恨战争、民主和"知识分子"。他嘲弄战争贩子、煽动家、哲学家和律师。他以快乐的性情写出魅力充溢的剧作,如人们常说的,他真的具备莎士比亚的才气,如喜剧《跳蛙》中的唱诗所示。

译文仍出自吉尔伯特·默里之手笔:

> 然后在深深的草丛中间
> 玫瑰树丛到处蔓延
> 　那串串珍珠似的露珠:
> 以矫健的步伐迈进
> 我们自己永恒的舞步,
> 直到快乐的命运之神
> 　最早串成快活的露珠。
>
> 因为我们的阳光明媚
> 因为那是我们的快乐之光,
> 　清纯而毫无威胁:
> 因为我们承蒙你的选择,

> 我们亲眼看到你的奥秘，
> 我们一直保卫的纯净之心
> 无论对同胞还是陌生人！

# 第七节

## 萨福与希腊选本

　　流传至今的古希腊抒情诗中最有意义和最重要的残篇都出自萨福之手。这位女诗人在希腊戏剧时代之前大约150年的时候生活在一个叫莱斯博斯的小岛上。希腊人把她捧得很高，与荷马相比肩，到处称她为"第十缪斯"和"美惠之花"。她所存完整的抒情诗只有一首《献给阿芙洛狄特》，但近年来发现了写在埃及纸草上的一些残篇。J.A.西蒙兹说世界所遭受的最大损失莫过于萨福的诗歌。曾有幸读过这些诗的希腊批评家们声称每一行都是完美的，而留给我们的那些残篇证明了这种说法：萨福的作品充满了绝对无与伦比的优美。希腊选本中收入了她的两首讽刺短诗。

　　下面这首是为一个渔夫的墓碑所写：

> 在珀拉工·墨尼斯库斯的墓边
> 放上这根船桨和这只鱼篮，
> 让过往行人统统看见
> 渔夫的家产少得多么可怜。

　　希腊选本有一段奇异而有趣的历史。它原本是公元前200年左右编撰的一本讽刺诗集。希腊人习惯在庙宇、墓碑和公共建筑上铭刻诗文，第一部选本就是从这些诗文中选取的。其他的抒情诗和后来的讽刺诗取自不同时代，从公元前60年到公元6世纪，此期间共发表了七部诗集，到公元10世纪，君士坦丁堡的一个学者对其进行了修订和重新排序。这最后一个版本是1606年在海德堡的帕拉丁图书馆偶然发现的，1623年呈给格里高利十五世教皇。现存于梵蒂冈图书馆。

　　如J.A.西蒙兹所说，这些诗文让我们了解到从早期古典时期到东部帝国衰亡时期希腊私人生活中最微小的事实。许多英国诗人都翻译过这些精巧的诗文。也许最著名的是雪莱翻译的柏拉图给朋友阿斯托尔写的墓志铭：

> 在你美丽的光逃逸之前
> 你是生者的一颗晨星；
> 现在你走了，好比赫斯珀洛斯
> 给死者带去新的光明。

**萨福**
那不勒斯国家博物馆

伟大的希腊女诗人。

**《萨福》(劳伦斯·阿尔玛-塔德玛爵士)**

希腊群岛啊,希腊群岛啊!
热情的萨福曾在这里爱过、唱过。
————拜伦
萨福跟她的学生一起住在莱斯博斯岛上。

# 第八节

## 希腊讲演家和历史学家

仅就散文写作而言,古代人所关注的就是讲演、历史和哲学。雅典人狄摩西尼是希腊讲演家中最著名的。他渴望建立一个与雅典联合的希腊,他不是作为暴君,而是专一的领导者和激励者。他反对一切冒险。他抨击腐败。他在许多方面证明自己是一个胸怀远大而小心谨慎的政治家。他总是站在马其顿的菲利普的对立面,在一系列以"菲利普讲演"著称的演说中谴责他阴谋破坏希腊时代的自由。

我们最熟悉的希腊历史学家是色诺芬,一个变成战地记者的将军,以及希罗多德和修昔底德。"历史学之父"希罗多德在雅典文明刚刚从波斯恐怖中解放出来后不久开始写作。他不满足于描写使希腊赢得马拉松和萨拉米战役的那些直接力量,而是进一步追溯到埃及历史,对此他只能猜测。

修昔底德是在导致雅典帝国衰亡的希腊内讧之后开始写作的,而随着雅典帝国的衰亡,希腊古典文学也告结束。他讲述的伯罗奔尼撒战争史不仅仅是作为一件艺术品的历史记录。我们看到了雅典人胜利的画面,集团岛国领导的诞生,伯里克利的崛起及其毫无争议的领袖地位,以及在伯里克利的城邦政策中潜藏的导致未来灾难的全部因素。

伟大的希腊传记家普卢塔克虽然使用希腊文,但却是在罗马帝国和基督教时代写作的。当文艺复兴时期再度重读古代经典时,他的《希腊罗马名人比较列传》(《名人

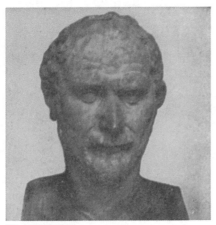

照片:里施基斯收藏馆

**狄摩西尼**

*希腊演说家。*

照片:里施基斯收藏馆

**希罗多德**

*希腊历史学家。*

传》),也许对现代思想产生了最大的影响。通过托马斯·诺思伯爵的翻译,它们成了莎士比亚罗马戏剧的资源。它们推动了英国传记文学的实践,也就是从我们刚刚提到的那些书开始,它们时常激励着道德家和政治家。除了《圣经》之外,英国伊丽莎白时代产生最大影响的莫过于此书。

## 第九节

### 柏拉图

公元前5世纪末雅典的主要人物是哲学家苏格拉底,一个石匠的儿子,他本人则是"一个笨拙邋遢的家伙"。公元前4世纪初的主要人物有苏格拉底的学生柏拉图和亚里士多德。苏格拉底从来没动过笔,他的教导都保存在柏拉图的"对话"中,虽然很难断定这个对话有多少属于老师的哲学、有多少属于学生的。柏拉图活到80岁。除了两次去西西里外,他漫长的生涯都是在雅典度过的;在西西里他曾努力把自己的政治理论付诸实践,但都悲惨地失败了。在雅典,他在自家学园阴暗的走廊里教授哲学,他的学园就在一座距离城门一英里处的景色宜人的花园里。他的学生中有亚里士多德,后者后来成为亚历山大大帝的老师。他也在雅典建立了自己的吕克昂学园。亚里士多德是现代科学之父。

柏拉图也是一位伟大的文学艺术家,具有希腊人典型的对美和生活的热爱。他的

照片:里施基斯收藏馆

**苏格拉底**

古典哲学的创始人。

照片:里施基斯收藏馆

**柏拉图**

希腊哲学家。

著作包括早期的《对话录》，第一部描写乌托邦的《理想国》和在其中提出其政治思想的《法律篇》。

柏拉图的最著名著作《理想国》的基本思想是，好人只能生存在好的国家。在柏拉图时代，古希腊人对自己国家的忠诚和对公共福利事业的贡献都已经堕落为追求私利。统治者腐败。政客只想着图利。而随腐败到来的是无知。人民的领袖都盲目自私。第一个原则是统治者应该受过教育，胜任各自的岗位。儿童应该学会爱美恨丑，"认识和欢迎理性"。而由于美和知识是上帝的本质，柏拉图教育思想的目的就是认识上帝和服务人类。

但甚至受教育者也可能腐化。一个青年人接受训练也许仅仅是为了成为追求私利的奴隶。所以，柏拉图建议统治阶级要废除家庭和私有财产。他认为，家庭和私有财产都纵容排外和自私。柏拉图是人种改良主义者。国家要调节两性之间的联系，照顾刚出生的婴儿。母亲和父亲甚至不允许认识自己的孩子，惟恐造成溺爱和不公平的待遇，每一代的儿童都要像兄弟姐妹一样一起长大。必须牢记的是，柏拉图想到的只是创造一个理想的统治阶层。他没有想到人民百姓，这些人要照顾自己的利益、自己的家庭而没有受过理想的教育。他在梦想一个民族的贵族。还应该指出的是，《理想国》中提出的那些理论都受到亚里士多德的严厉批评。它们与现代社会主义的宣传大相径庭，在某种程度上与尼采哲学相近。

柏拉图作为作家的性格最佳地体现在《斐多篇》中对苏格拉底之死的描述。人们还记得，那位老哲学家在公元前399年由于被控腐化了雅典青年而被判喝毒药而死。柏拉图写道：

"苏格拉底，"狱卒说道，"不管怎么样，如果你也像别人一样在我执行政府命令让他们喝下毒药时对我发怒或诅咒我，我都不认为你有什么错。我已经知道你在所有到这里来的人中间是最高尚、最勇敢、最体面的一位。我特别感到，我敢保证你不会对我发怒，因为你知道，罪因是别人，而不是我。所以现在，你知道我会说什么，再见了，怎样容易忍受就怎样做吧。"

那个狱卒说着话流下了眼泪，转过身走开了。

苏格拉底看着他说："再见了。我会照你说的去做。"

然后，苏格拉底对我们说："他真是个好人！我待在这里时他一直来看我，有时候还和我讨论问题，对我表示出极大的关心。他是多么善良，而现在竟为我的离去而流泪！来吧，克里托，让我们按他说的去做。如果毒药已经准备好，找个人去把毒药拿进来；如果药还没准备好，告诉那个人快点准备。"

克里托说："苏格拉底，太阳现在肯定还高高地挂在山顶上，时候还早。另外，在别的案子中，我知道人们会在这种时候一起吃晚饭，享用美酒，陪伴他们

照片：里施基斯收藏馆

**《雅典学园》(拉斐尔)**

在雅典城外阿卡德穆学园树林的荫凉庭院中，柏拉图曾有过一所学园。

喜爱的人，在接到警告以后很晚才喝下毒药。所以我们不需要匆忙。我们还有很充裕的时间。"

"你说的这些人这样做很自然的，克里托，因为他们认为这样做能获得些什么。我不愿意这样做也是很自然的，因为我相信迟一些喝下毒药对我来说什么也得不到。如果我想借此拖延时间，那么我会抓住这个机会拼命要酒喝，眼中露出想要活命的样子，把自己弄得十分可笑。来吧，照我说的去做，别再发难了。"

这个时候，克里托向站在一旁的他的一名仆人示意。那个仆人走了出去，过了很长时间，他与监刑官一起走了进来。监刑官手里拿着已经准备好的一杯毒药。

苏格拉底看见他走进来，就说："噢，我的好同胞，你懂这些事。我该怎么做？"

"只要喝下去就行，"他说道，"然后站起来行走，直到你感到两腿发沉，这个时候就躺下。毒药自己就会起作用。"

厄刻克拉底，那个监刑官说着话，把杯子递给苏格拉底。苏格拉底极轻松、极客气地接过杯子，他面不改色，注视着监刑官说："把这玩意儿作奠酒，你看

照片:布朗

《苏格拉底之死》(大卫)

关于这一重大情节的故事是柏拉图讲述的。

怎么样?这样做允许的,还是不允许的?"

"我们只准备了通常的剂量,苏格拉底。"他答道。

"我明白了,"苏格拉底说,"但是我想应当允许我向诸神谢恩,我必须这样做,因为我将从这个世界移往另一个可能是昌盛的世界。这就是我的祈祷,我希望这一点能够得到保证。"

说完这些话,苏格拉底镇静地毫无畏惧地一口气喝下了那杯毒药。

在此之前,我们中的大多数人都一直在克制着自己的眼泪,但当我们看到他喝下毒药的时候,当他真的喝了的时候,我们再也控制不住自己了。我的眼泪也哗哗地流了下来,扭过头去掩面悲泣,但不是为了他,而是为我自己失去这样一位朋友而哭泣。克里托甚至在我之前就控制不住了,由于止不住泪水而走了出去。阿波罗多洛的哭泣一直没有停止,而此刻他禁不住嚎啕大哭起来,这使屋子里的每个人更加悲伤欲绝,只有苏格拉底本人除外。他说道:"说真的,我的朋友们,这是在干什么!我为什么要把那个女人送走,怕的就是这种骚扰。有人说一个人临终时应当保持心灵的平和。勇敢些,安静下来。"

这些话让我们有了羞耻感,使我们止住了眼泪。苏格拉底起身在屋子里踱步,过了一会儿他说腿发沉,于是躺了下来,这是那个监刑官的吩咐。那个人,也就是那个监刑官,把手放在苏格拉底身上,过了一会儿又检查他的脚和腿。他起先用力掐苏格拉底的脚,问他是否有感觉。苏格拉底说没感觉。然后他又用同样的方法掐他的腿,并逐渐向上移,这种方法使我们知道苏格拉底的身子正在变冷和僵硬。监刑官又摸了一下苏格拉底,说等药力抵达心脏,苏格拉底就完了。

苏格拉底的脸上被盖了起来,但当他的腰部以下都已冷却时他揭开了盖头,说出了他最后的话:"克里托,我还欠阿斯克勒庇俄斯一只公鸡。你能记得帮我还了吗?"

"不会忘,我们一定会这样做的,"克里托说,"你肯定没有别的事了吗?"

苏格拉底没有回答,过了一会儿,他微微地动了一下。当那个监刑官揭开他的盖头来看时,他的眼睛已经无光了。克里托说话的时候,苏格拉底已经合上了嘴和双眼。

厄刻克拉底,这就是我们这位同伴的结局,我们可以公正地说,在这个时代我们所知道的所有人中间,他是最勇敢、最聪明、最正直的。[①]

# 第十节

任何两个民族都没有像希腊人和罗马人这样相去甚远。希腊人基本上是艺术家,爱美,关心使个人生活庄重幸福的一切因素。他们在知识上敢于冒险,在思辨上刨根问底,在信仰上大胆坦白。另一方面,罗马人讲究实际,没有想象力;他们具有战争和政治天才,他们主要关心的是秩序和商业繁荣。不管走到哪里,罗马军队都建立法规、修筑道路。

在把同胞拿来与希腊人比较时,维吉尔在《埃涅阿斯纪》中总结了罗马人的工作:

> 其他民族,从青铜到石器,
> 都更乐于外观之美,
> 求证不明原因,测绘天地,
> 知晓行星何时落地与升起。
> 而罗马人,你——你统治
>     远近不同的民族
> 把和平统治强加于被征服的敌人
> 对卑贱之人施以怜悯

---

[①] 柏拉图著:《柏拉图全集》(第一卷),王晓朝译,北京,人民出版社,2002年,第130—133页,译文有所改动。

> 制服骄傲的子孙,
> 　这就是你的才能。

罗马人具有治理和占领的天才,用正义的治理和辉煌的计划赢得被征服民族的好感,使出生在被罗马军队征服的地区的每一个人都成为罗马公民。

## 罗马精神

就我们所知,希腊历史开始于伟大的文学成就。荷马是第一个希腊人。尽管我们知道早在公元前8世纪在罗马所发生的一切,但直到六百年之后才出现罗马文学,实际上,这是在罗马人亲密接触希腊文明之后。在公元前3世纪,在第一场迦太基战役之后,罗马人征服了数个世纪之前就是希腊殖民地的西西里岛。西西里岛以及陶米拿(Taormina)和锡拉库扎(Syracuse)甚至今天仍然存在的希腊文化古籍比在希腊发现的还多。西西里被征服之后,希腊学者和艺术家定居罗马,当时的罗马人很粗鲁,没有艺术,没有文学,其宗教也是最露骨和最没有想象力的,于是,他们深深迷上了他们第一次接触到的文化。拉丁文学开始于公元前3世纪翻译的《奥德赛》,以及后来由为罗马主人做工的希腊奴隶翻译的希腊悲剧。在希腊人的影响下,罗马人开始建造剧院,效仿雅典的样式,但却是用木头而不是石头建造的,希腊人的唱诗班也被罗马人的乐队所取代,因为唱诗班的位置留给了元老院议员和其他重要人物。早期罗马剧院上演的戏剧是基于希腊戏剧改编的喜剧,往往是把雅典追随阿里斯托芬的喜剧家的喜剧翻译过来。

第一个重要的罗马喜剧家是普劳图斯,他的作品属于公元前3世纪末和公元前2世纪初。他总共写了一百三十部戏,现存的有二十部。奇怪的是,它们很像现代法国的闹剧,其乐趣衍生于愚蠢的父亲、节俭的儿子、嫉妒的丈夫、狡猾的奴隶和进行各种罪恶交易的罪犯。普劳图斯之后是泰伦斯。他生于迦太基,作为奴隶被带到罗马。泰伦斯的全部剧作几乎都是从希腊戏剧改编的,他本能地接受了希腊思想,即行为应该以理性为基础,思考应该参照权威。泰伦斯死于公元前149年。后继的罗马作家都一致赞扬他那纯洁的拉丁风格。

罗马人从来没有写出可以与埃斯库罗斯、索福克勒斯和欧里庇得斯的作品相媲美的悲剧。泰伦斯的同代人恩尼乌斯,有时被称作罗马诗歌之父,他夸口说荷马的灵魂通过一只孔雀移入他脑中。但在他的史诗或悲剧中找不到这方面的证据。

大体上可以说,到公元前1世纪之前才出现辉煌的拉丁文学。就文学而言,就像公元前5世纪是雅典的黄金时期,公元前1世纪则是罗马的黄金时期。这是西塞罗和恺撒的世纪,是贺拉斯、维吉尔、李维、奥维德、卡图卢斯和卢克莱修的世纪,现存的拉丁文学有十分之九都是在这个时代生产出来的。这个世纪目睹了共和国的末日和帝

照片：安德森

**《命运三女神》（米开朗基罗）**
佛罗伦萨皮蒂美术馆

  命运三女神的名字是克洛索、拉基西斯和阿特洛波斯。第一位纺织命运之线，第二位分配它们，第三位剪断它们。她们掌管生死，神与人都屈从于她们。希腊悲剧的基本特点是人被命运女神控制，不由自主、无能为力。罗马人在某种程度上借鉴了这一观点，对他们来说，命运女神也是"主之上的主，神背后的神"。

国的兴起。这是罗马物质最大丰富和辉煌的时期。罗马军队征服了东南西北,把罗马鹰带到了亚洲、非洲沙漠,通过西班牙、意大利和英国而到达多瑙河畔。罗马是第一个世界性帝国,正是在罗马帝国处于巅峰时期,她的文学开始繁荣起来。如已经表明的,希腊戏剧也同样是在雅典人打败波斯人之后发达的。

# 第十一节

## 维吉尔

维吉尔生于公元前 70 年,卒于公元前 19 年,是所有罗马作家中最忠实的爱国者。他热爱意大利就像莎士比亚热爱英格兰。他父亲是小农场主,所以他在乡村长大,一生都对乡村生活和斯巴达农民的美德怀有深厚的感情。他的田园诗《牧歌》(*Ecloques*)就是在乡村的家里开始写的,33 岁时在罗马完成。七年后,他写完了《农事诗》(*Georgics*),在喜欢赞助诗人的罗马大富翁马塞纳斯的建议下,他在这部作品中描写了意大利农民一年的劳动。

照片:里施基斯收藏馆

**维吉尔**
陈列于罗马朱庇特神殿的半身像
《埃涅阿斯纪》的作者,最伟大的拉丁文史诗诗人。

《农事诗》是一首精美绝伦的诗。它赞美田间的劳动,但不止如此。农民的儿子维吉尔以知识和同情把畜牧工作理想化了,热爱自然的维吉尔沉浸在大千世界的缤纷色彩中。阳光和风暴,夏日的星辰和冬天的洪水,彗星和月食,所有这些都令诗人心旷神怡,他的缪斯也为庄稼地里和草原上的宁静而高兴。野生动物对他具有强烈的吸引力,人们常说对于贴近自然界生活的人们,尤其是对南方人而言,任何其他书都不具有《农事诗》的魅力。

维吉尔的伟大诗篇《埃涅阿斯纪》于公元前 19 年完成。他留下指令要销毁该诗的手稿——他还要花三年时间润色——但奥古斯都大帝的命令使他的愿望未能实现。在《埃涅阿斯纪》中,维吉尔打算向人民解释他所处时代的起源和他们存在的理由。《伊利亚特》和《奥德赛》给地中海周边的希腊人讲述了他们起源的故事，令他们满意甚至激动不已。而逐渐在希腊传奇中流行的这些地方赢得了政治统治权的罗马人却没有可以讲述起源的历史，只有微不足道的关于罗穆卢斯（Romulus）和瑞摩斯（Remus）的故事，即在首都矗立的青铜制作的狼雕像所象征的历史。

## 一个民族的故事

维吉尔在《埃涅阿斯纪》中为罗马提供了他的荷马史诗，一个民族故事，其技巧的完美充分显示了作家的文化优势，他使用的语言已经达到了当时最高的文学表达，与当时流行的希腊传奇同日而语，赢得了读者即便不是真诚的但也是礼貌的接受。

史诗的主人公埃涅阿斯是特洛伊战争的英雄。希腊人攻陷特洛伊后，他进行了一次长达七年的航海旅行，最后到达非洲北海岸的迦太基。德莱顿翻译的《埃涅阿斯纪》的头几行诗表明了该诗描写的英雄气概：

> 我歌颂武器和被命运驱使的人，
> 朱诺傲慢的毫不留情的仇恨，
> 被驱逐和流放，被抛弃在特洛伊的岸边。

迦太基的女王狄多爱上了埃涅阿斯，从他口中得知了特洛伊失陷的故事。在故事中，维吉尔第一次讲述了木马传奇，希腊人听从圣贤内斯特的劝告，藏身于木马之中，暗中进入了特洛伊城。

众神警告埃涅阿斯不要住在迦太基，于是他决定秘密离开。狄多发现了他的意图，当她发现她的所有劝诱和哄骗都无济于事时，就用英雄的剑自刎了。

在第六部书中，维吉尔把特洛伊与诗人所热爱的城市联系起来。埃涅阿斯在意大利西海岸登陆后，便匆忙来到西比尔的山洞。他告诉这位女预言家他要去冥府见他的父亲安喀塞斯，有西比尔做向导，他下到阴暗的死者之家。"那么，人啊，埃涅阿斯，随我来吧。"

卡戎带他们渡过了斯提克斯河。然后，这位郁闷的摆渡者带他们来到萦绕着鬼魂和怪物的绝望之地，在那里，埃涅阿斯见到了特洛伊战争中的许多英雄，遇到了狄多女王，她眼中燃烧着扑不灭的仇恨之火。最后，他们终于到达福地，在那里，埃涅阿斯的父亲向他指明了他的民族的光明未来，让儿子注意后代的精神，也就是未来的罗马人，注定要返回大地的"英雄的种族"将给全世界带来荣光。离开精灵界之后，埃涅阿斯来到台伯河河口。他受到劳伦提尼斯国王拉丁努斯的款待，埃涅阿斯娶了国王的女儿，建立了一座寓言中的城市——就这样，诗人杜撰了罗马的神秘起源。

《埃涅阿斯纪》的魅力在于它对罗马的古神、古代精神和古代荣光的深切敬仰。

照片:W.A.曼塞尔公司

《得洛斯岛的埃涅阿斯》(克劳德)
伦敦国家美术馆

人物本身几乎不具有荷马创造的英雄的魅力,因为维吉尔一般缺乏赋予人物以鲜活人性的才能。狄多是他的绝笔。在《埃涅阿斯纪》的第四部,她成为诗歌中最鲜活、最热血的女性,她的故事是全世界浪漫主义作品中的第一篇也是最伟大的篇章之一。她带着尊严和美丽出现在埃涅阿斯面前:

> 美丽的狄多,带着无数的侍从
> 壮观的警卫,登上圣殿。
> 在欧罗塔斯的岸边,在库尼图斯之巅,
> 仿佛狄安娜,魅力四射光华耀眼,
> 美丽的女神跳起轻盈的舞步
> 仙女的歌声在她们头上飞扬:
> 她那闻名的颤抖,她那崇高的风范,
> 她步履矫健,一派女王的威严;
> 拉托娜看见她超凡脱俗

用秘密的欢乐馈送沉默之乳。
这就是狄多；以如此相称的仪态
在群氓之中，她安详地姗姗走来。
她催促他们为未来而劳作
带着仁慈的目光走过他们身边；
她登上王位，在神龛前高高耸立
周围的人群，潮水般涌进。
她提出请求，她发布律令，
把每一个私下原因听取和决定；
他们的任务她平均分配，
不公平的地方则由命定。

维吉尔被葬在那不勒斯。这位诗人是一个高个子、黝黑、帅气的男人，性情温和谦虚，沉默寡言，不善交际，笃信宗教，过着一种安静的生活。他爱朋友，也爱他的国家。没有任何一个作家能像他那样赢得同代人的爱戴，他的名声在自己的国家和自己的时代从来没有黯淡过。中世纪的学者们熟悉他的作品就像他们熟悉《圣经》和卷帙浩繁的教会牧师的作品一样。文艺复兴给了他更广泛地被欣赏的机会。莎士比亚就曾借杰西卡之口说：

在这样一个夜晚
狄多手里拿着柳枝
站在咆哮的海边，带着她的爱
再次来到迦太基。

足见莎士比亚也深受维吉尔的影响。维吉尔的持久影响（尽管这不会妨碍莎士比亚）部分是由于对他的一首诗的误解造成的。在《农事诗》的第四节中有一段话被早期基督徒奉为诗人对基督诞生的预言：

来吧，西比尔歌唱的那些最后的日子：
岁月再次昂首挺进。
来吧圣女，萨特恩又掌王权：
一个奇异的种族从高天下凡。
你新生的婴儿——第一次终结
铁器的时代，把金色的黎明
唤到广袤的世界——微笑吧，纯洁的鲁西娜：
……

> 噢，孩子，你将走遍蛮荒的田野，
> 用婴儿的祭品喷洒漂泊的枝干
> 常青藤，毛地黄，野蔷薇和蚕豆；
> 山羊带着饱满的乳房归转家门
> 凶猛的狮子不再恐吓成群的母牛。
> 你的摇篮将盛满美丽的鲜花：
> 毒蛇必将死去，毒植物必将枯萎
> 叙利亚的玫瑰将像野草一样蔓延。

在某种意义上，维吉尔是基督教的先驱之一，而在这方面，人们给他的荣誉是永久的，但丁就在《神曲》中把维吉尔用做通往地狱、炼狱和天堂的向导。

# 第十二节

昆图斯·贺拉修斯·弗拉库斯——人们普遍称他为贺拉斯，是所有罗马经典作家中最受爱戴和被引用最多的作家。他平易近人。当伏尔泰说他是最好的教士时，他不是说他在布道坛上布道，而是以最友好的方式与你耳语。据说，他"用如此温柔的手医治每一个伤口致使病人在医治时还在微笑"。

## 贺拉斯

他是散步时的最佳伴侣，在你无人陪伴或感到不适时，他总是随叫随到，而且总能给你说上一句喜庆的话或让你忘掉烦恼的俏皮话。和维吉尔一样，他不愿意歌颂英雄行为，也不愿意像卢克莱修那样揭示宇宙的秘密，或像希腊悲剧家那样"描写命运、偶然和生命的变化"。他是满腹经纶、亲密无间的顾问，在他认为必要的时候总会进谏几言。如蒲柏所说：

> 贺拉斯仍然具有得体的疏忽，
> 不用妙计就能让我们明白道理，
> 就仿佛朋友之间谈天说地，
> 以最简单的方法传达最真的意义。

当有人写信问起如何读《圣经》的时候，罗斯金大胆地回答道：

> 对于真正想要读懂《圣经》的年轻人来说，最好的启示就是每天早上起来

**贺拉斯（拉斐尔）**

对现代思想家们最有影响的罗马拉丁诗人。

最先读到的东西。但是，这里有一段异教徒写的话，无论他们在新年想要说什么话，这都是最和谐的音乐。

他所说的就是贺拉斯写给阿尔庇乌斯·提布卢斯（Albius Tibullus）的信中所说的一段话。科宁顿的译文是：

> 希望和悲伤、恐惧和愤怒，由他去，
> 把破晓的每一天当作你最后的一日；
> 因为这样你所未曾预见的时光
> 就将给你带来双倍的欢畅。

贺拉斯逝世八年后，基督教时代刚刚开始。他是一个普通人。父亲曾经是个奴隶，而成为自由人后也不过是拍卖场上的雇佣代理人。然而，贺拉斯的一切都多亏了父亲。他离开罗马的学校，在雅典完成了教育，也正是在雅典接受教育时他听到了恺撒被杀的消息。当布鲁图（Brutus）和卡西乌（Cassius）来执掌东部各省的统治权时，贺拉斯和同学们都踊跃参加了在菲利皮（Philippi）失败的那场战斗。当时他刚过22岁，给布鲁图留下了很好的印象，因此布鲁图让他负责一个军团的指挥。但是，这段插曲与他的性格和职业格格不入。但这完全可能锻炼了他的社交能力，当奥克塔维厄斯（Octavius）宣布大赦的时候他回到了罗马，成了一名公务员。他开始结交名人，当维吉尔把他介绍给富裕有文化的马塞纳斯的时候，他确定了职业。这位朋友是奥古斯都的朋友和重要顾问，也是文学艺术的慷慨赞助人。他陪同马塞纳斯去了布伦都西姆（Brundusium），也就是现代的布林迪西（Brindisi），他对这次旅行的描写是我们所能看到的对罗马生活和习惯的最自然生动的叙述。游记中还提到了他与朋友和同行诗人维吉尔的一次愉快的会面：

> 何等紧密的握手！感情万世永留，
> 纵然整个世界，也抵不住一个朋友。

虽然他曾为共和党战斗过，但却赢得了新朋友的全部信任。当马塞纳斯把乌斯提卡（Ustica）山谷的一个小庄园送给他时，他体面而心存感激地接受了。文学史上再没有比这更著名的礼物了。

在隐居萨宾——离罗马30英里供他自己消遣的一个小农庄——的时候，贺拉斯实现了他要隐居写诗的愿望。他在这里过着简朴的生活，静观罗马世界的变化，唤引缪斯的灵感，耕作他的田地，邀朋友过来小住，并时常劝说他们远离罗马的烟尘、噪音和罪恶。这些朋友中有军官、廷臣、外交家和许多普通百姓，他们都喜欢贺拉斯就他们现在的生活提出的坦诚意见，他说他们不惜牺牲健康和宁静的心情去实现自己的雄心壮志。

在劝告他们时贺拉斯是在劝告我们所有人。他传布的福音是自制、合理的事业心、满足和保持每日生活快乐。他的年轻朋友利西尼乌斯·穆莱纳不是被成功冲昏了头脑、急于发动暴力的政治行动吗？在最著名的一篇颂诗中，贺拉斯劝告他说：

> 风险别冒太大，利西尼乌斯，
> 你顶着风暴怎能飞远
> 有多少人都触礁在岸边；
> 牢牢抓住，要心存满足，
> 和平的方法是黄金之路：
> 介于肮脏的棚屋和辉煌的宫殿
> 就是那有限的空间。
>
> （斯蒂芬·E. 德·威尔伯爵译）

他总是努力减缓朋友们的"生的意志"，因为他看到这种意志在控制着他们，而不是相反。他恳求他的赞助人马塞纳斯离开罗马那些无欢乐可言的盛宴和灼人的热浪，来欣赏乡下的宁静和凉爽：

> 自控的人，也只有自控的人
> 　才能说他是幸福的人，

> 至少今天是我自己的
>   因为我显然度过了今天：
> 那就让明天的乌云漫卷
> 或更清醇的阳光充满快乐的蓝天。
>
> （菲利普·弗朗西斯译）

贺拉斯的笔触如此轻盈，他的言谈如此亲密，甚至可以在朋友事业的巅峰时期对他说，他迟早要离开人世，迟早要放弃一切。他不断地对他们说，如在给波斯图摩斯（Postumus）的不朽颂歌中所说：

> 徒劳地我们进行那些血腥的战争，
> 还有亚德里亚海
> 那怒号的疾飞的狂风，
> 或南方和煦的微风
> 在秋日里吹走惆怅和害虫。
>
> 谁没见过科赛特斯河高涨的潮水
> 蜿蜒流缓，谁没见过
> 达那伊得斯的辛劳，
> 和那可怕巨石的反复坠落，
> 可怜的西西弗斯永不停息。
>
> 土地，家园，迷人的爱妻
> 终将离去，在所有的树中
> 现在你唯一欢喜
> 那令人讨厌的松柏
> 你一度是它们的主人
> 现在它将把你遮蔽。
>
> （西奥多·马丁伯爵译）

对比之下，这些劝告不过是雕虫小技；他真正的杰作是即便毫无信仰但却欢快地对爱情、酒和玫瑰的歌颂，以及让那些卖弄风情的女人重新振作，如利迪亚、皮拉、克洛、格利塞拉、赖德等等。在这方面，最考究的莫过于他给过分焦虑的卢科诺埃的劝告，后者曾涉猎玄妙之术——他试图从巴比伦神示了解自己的命运。正如他给予每一个年轻女士的劝告一样，他劝她不要听信那些胡言乱语：

> 更聪明的做法是忍耐

>我们生活中不能治愈的疾病。
>冬天也能把第勒尼安巨浪
>耗费在破碎的岸边
>却成为你和我最后的财产。
>那无足轻重,卢科诺埃!
>斟满酒杯吧!嫉妒的时间
>偷走我们青春的瞬间。
>没有了希望!没有了悲伤!
>你今天抓住机会,不必信任明天。
>
>（斯蒂芬·E. 德·威尔伯爵译）

无数现代诗人绞尽脑汁想在英语诗歌中书写这种情感,但大多没有抓住本质。弥尔顿在《皮拉颂》中创造了奇迹,他是这样开头的:

>哪个苗条的青年发出露珠的气息
>在快乐的洞穴中把玫瑰献给你
>皮拉?谁用花环
>绑住你整洁
>素朴的金丝?

据说贺拉斯表现的是平凡的事物。此话不假;但平凡事物是每一代人都需要的,他的抒情诗如此完美,以至于经过两千多年的风云变幻也没有失传。他的诗可能暗示了一种遁世的哲学。但可以完全公正地说,这种哲学教导我们不要让生命浪费我们的最佳自我,也不要浪费我们享受和改善生活的能力。他的告诫不缺少任何严肃的刺激,如对罗利乌斯的赞美:

>除非你早早地点燃油灯,去读
>道德的书;除非下定决心
>从事高尚的研究,否则你将把机遇丢失
>爱和嫉妒将分散你的心怀。
>你会看到受伤的眼睛瞬间可以治愈:
>为何还要长期忽略那颗病态的心?
>聪明起来吧,从现在开始,因为一旦开始
>事情就变得简单,工作就已完成一半。
>而聪明的人当然能够
>践行操守,延长时日,

像庄稼汉等待河流干涸:
而河仍在流逝,将永远流逝。

(菲利普·弗朗西斯译)

贺拉斯不是罗马最伟大的诗人,但却是最不朽的诗人。他和其他诗人一样,但他具有更真实的预见,坚信他的歌会流传下去,知道这一点令人愉快。在献给马塞纳斯的一首颂歌中,他抛去自疑,快活地宣称(西奥多·马丁伯爵的译文):

虽然蜷缩在穷人的炉边
他的后代,我却不能
降格跻身于凡俗之间
忘却和被忘却。

# 第十三节

## 卢克莱修、奥维德和尤维纳利斯

除了维吉尔的英雄诗和贺拉斯的抒情诗,还有三种形式的罗马诗歌。卢克莱修伟大的哲理诗《物性论》写于公元前1世纪初。其次有奥维德的社会诗。奥维德与维吉尔是同代人,是一位贪图享乐的艺术家。他置时代的政治动荡于不顾,但还是被放逐到黑海岸边的一个小镇,离开了色彩缤纷、灯红酒绿的罗马。在《变形记》中,奥维德重讲了许多古希腊神话。

最后,还有一批讽刺诗人,其中最突出的是尤维纳利斯。他在时间上较晚,但给我们描绘了皇帝统治下罗马社会令人心酸的画面。当时,旧的爱国主义精神已经消失,财富代替了所有官职的价值,暴发户遍地兴起,罪恶和庸俗蔓延无际。

德莱顿翻译和被约翰逊博士模仿的尤维纳利斯则不吝词句抨击时局:

照片:里施基斯收藏馆

**奥维德**

在他的《变形记》中重新讲述了古典神话的拉丁诗人。

来了，像软弱的马塞纳斯懒散地走过，
厚颜无耻地冒犯公众的眼睛！
还有富有的太太，用慷慨的葡萄酒
给丈夫止渴，却先把毒药投入其中！
现在她比罗卡斯塔还要熟练，
把镇定的饮品带给乡下的亲朋，
冒着愤怒的咒骂，在明晃晃的白天
扛走了带斑点的尸体。

## 第十四节

### 卡图卢斯

　　卡图卢斯大约于公元前87年生于维罗纳。他父亲瓦勒里乌斯是个财主，也是恺撒的朋友。卡图卢斯不依靠赞助，写诗是为了自己和朋友们的愉悦——尤其是女性朋友，其中最重要的是莱斯比亚，他描写莱斯比亚的宠物麻雀的诗令自他以后的娱乐性诗人嫉妒和绝望。任何诗人都不像他那样多样化。他是最富有机智的人之一；他的悲怆力，如在纪念哥哥的挽歌中展示的，深沉而真实；他的情歌是古代情歌中最隽秀的；他的风格就像济慈最好的诗歌那样富于色彩。完全可以说卡图卢斯就像哥尔德斯密斯一样，他绝不写他不喜欢的东西。

## 第十五节

### 西塞罗

　　西塞罗生于公元前106年，是所有拉丁文散文作家中最著名的。他是繁忙的律师和政治家，当共和国垮台、帝国开始建立时，他的生活中充满了罗马的政治阴谋。他性情随和，很难与人结仇，并轻易地宽恕敌人，往往与以往的仇敌相处甚善。这样一个人显然不是始终如一的政治家。他虽然羡慕恺撒，却是一个诚实的共和党人。他虽然有些胆怯，却在生命的尽头，在马克·安东尼伙同奥克塔维尼斯打败布鲁图和卡西乌之后进入罗马时，有足够的勇气谴责他。安东尼发誓报仇，几天后，西塞罗就被拉奴斯（Popilius Laenus）杀害了，凶手还把这位演说家的头和手送给了安东尼，安东尼把它们钉在了西塞罗做过许多精彩演讲的演讲厅门口。

照片：里施基斯收藏馆

**西塞罗**

*罗马伟大的演说家。*

在有生期间，西塞罗担任过许多官职，但他的贡献与其说是政治演讲，毋宁说是他在法庭上的讲话。这些讲话中有许多充满激情和情趣，今天读来就仿佛刚刚在老贝利法庭讲给陪审团的演说一样。

与伯克和其他现代演说家一样，西塞罗有时甚至为声称要进行而并未进行的演讲写讲稿。一个叫米洛的人在阿皮安路的一家酒馆杀死了一个名声很臭的罗马名人克劳狄乌斯。米洛被捕后接受审判。正如今天一个富人在里士满杀了人，要拿钱辩护一样，他聘请西塞罗作当时的首席辩护律师。西塞罗有许多优点，惟独缺少勇气。当来到法庭为委托人辩护时，他发现法庭里都是军人，便害怕起来，只是支支吾吾说了几句话。犯人被判流放。几个星期之后，犯人在马赛监狱里接到他的辩护律师的一封信，信里夹着一篇演讲稿，那就是每一个学龄儿童都熟悉的《支持米洛》(*Pro Milone*)。演讲中的主角就是那个囚犯，他回信给律师说："我很高兴你没有在法庭上宣讲这篇讲稿，因为你要是讲了，我就不会坐牢，也就不会在这里吃如此美味的鲱鱼做午餐了。"

除了演讲，西塞罗还写哲学论文和书信。与亚历山大·蒲柏一样，他显然期待着这些信件能够发表。这些信件惊人地揭示了共和国末期的罗马生活；我们对基督教初期这座帝国城市的深入了解大部分来自这些书信。西塞罗演讲时的激情可从人们常常引用的他对马克·安东尼慷慨陈词的抨击中窥见一斑：

《西塞罗谴责喀提林》(马卡尼)

西塞罗在罗马元老院前指控喀提林,这一著名的指控让他达到了演说家生涯的巅峰。由于缺乏证据,叛国罪指控不成立。喀提林发誓要报复指控他的人,西塞罗后来的岁月因为害怕暗杀而阴云密布。最后他被安东尼——他也指控了安东尼——的走狗杀害。

你在哪一方面能与恺撒相比呢?他有能力、感觉、记忆、学问、先见、反思和精神。他的军事成就虽然对他的国家是毁灭性的,但却是他个人的光荣。通过难以言表的辛苦,经历过无数的危险,他制定了长期掌权的计划。他所计划的,都完美地实现了。他用礼品,用外观,用慷慨的馈赠,用娱乐,安抚了没有思想的民众;他由于心胸宽广而赢得了友谊;他由于同样宽厚的仁慈而征服了敌人。简言之,他用恐怖和耐心使一个自由国家接受了奴隶制。

我承认,贪图权力的确是你们两个所共有的;虽然在其他方面你无法与他相比。但是,就他给他的国家带来的所有不幸而言,他的优势就明显了:罗马人民懂得了应该在多大程度上信任一个人;他们知道了该信任谁,该提防谁。但这与你无关;你也不会想到勇敢的人们怎么会懂得杀死一个暴君本身是多么亲切,其结果是多么惬意,而有关方面的报道则是多么荣耀。如果他们容不下一个恺撒,他们还能容忍一个安东尼吗?

相信我,从今以后,这个世界将热切地进行这样一项事业;他们也不会花很长时间等待机会的来临。马克·安东尼,你最后仔细地看一眼你的国家吧。不要想那些和你一起生活的人们,而去想一想你的祖先。不管你怎样对待我,都要和你的国家妥协。关于这一点你是最好的法官。有一件事我要在此公开宣布：年轻的时候我曾保卫过我的国家；年老的时候我要抛弃它。我鄙视喀提林的剑，也绝不会害怕你的。如果我的鲜血能够马上换来罗马的自由，把罗马人民从他们长期遭受的痛苦压迫下解放出来，我将高兴地为之献身。几乎20年前，就在这座神殿里，我在做执政官的时候曾宣誓随时可以献出自己的生命，现在，我老了，但却更真诚地宣布同一个誓言。对我来说，元老院众议事官们，死亡甚至是我所渴求的。我已经履行了我的职位和人格所要求的职责。我现在所求的只有两件事：首先（这是神对我的最大恩赐了），我可以享受罗马的自由，离开罗马；其次，每个人都将根据他对国家的贡献而得到应有的报酬。

可想而知，在听到他这番精彩的讲话之后，克娄巴特拉那无情的情人就决心让西塞罗死，不再让他大放厥词了。

# 第十六节

## 恺撒与历史学家

在所有拉丁文书中，恺撒的《高卢战记》在现代世界广为人知。任何学龄儿童都躲不过这本书。这是他在高卢作战期间写给罗马内阁的信件，可以比作现代具有文学才能的将军所写的信件，如伊安·汉密尔顿。恺撒的一个显著特点就是经常关注普通士兵的福利。

两位最著名的罗马历史学家是李维和塔西佗。李维生于公元前57年，卒于公元17年；而塔西佗则生活在基督教初年。李维给我们留下了早期罗马国王的故事，罗马共和国的基础，以及罗马这个命运多舛的群体及其周围乡镇如何经过艰苦卓绝的斗争而成为地中海的统治者的。普通英语教育所用的李维读物基本涉及地中海对岸的迦太基罗马与闪米特人之间的冲突。由于被征服而散居各地的迦太基人没有留下什么文学，尽管他们作为犹太种族的大多数而幸存于今天的世界。李维所讲的故事虽然是片面的，但却是有意义的，因为我们在古典文学中第一次追溯出一个作家的作品的源出。他的素材大多数取自一个叫波利比奥斯的历史学家，他用希腊文写作，与李维相比，更接近迦太基战争的年代，具有比李维本人的叙述更重要的细节。

塔西佗的著作主要包括这位历史学家自己的回忆或从他周围足够可信的资源获得的资料。它们表明了作者具备性格研究的能力，具有凝缩和观点叙述的才能，以及用历史作教育工具、警醒未来的政治家和人民的愿望。塔西佗作品的力度在于对他所接触的皇帝和政治家的惊人讽刺。他天生就具有一种咄咄逼人的精神气质，开创了一种完全不同于其他罗马散文作家的、专为自己所用的拉丁文体。他的文章中充满了警句和一种没有幽默的机智。

对于学文学的学生来说，塔西佗的意义不仅在于那些年鉴和历史。他是第一位罗马作家，或至少是拥有现存作品的第一人。他写传记，写他叔叔罗马将军阿格里科拉的生平。他的军事生涯主要在英国。这是我们所有的最早的一部传记。文学史上最奇怪的事情莫过于这样一个事实，在每个国家人们总是很晚才对人物传记产生兴趣——在犹太人中除外。然而，这种传记很快在罗马流行起来。与塔西佗清晰的故事相比，苏埃托尼乌斯的《名人传》充满了悲剧性的伤感细节。而最重要的是普卢塔克的作品，他虽然用希腊文写作，但却是在罗马帝国的统治下写作。

# 第十七节

## 末期

拉丁文学的黄金时代经历了从奥古斯都到公元17年，其前半期与共和国的最后岁月相偶合。白银时代随着公元120年尤维纳利斯的逝世而结束。除了塔西佗和尤维纳利斯之外，白银时代的作家还有前面顺便提过的苏埃托尼乌斯；尼禄的老师、哲学家塞内加；以及警句作者马提雅尔，一个同代人说他"有才气，目光敏锐，精力充沛，有智慧和胆识，机智而真诚"。

随着罗马帝国的衰落，拉丁文学也接近尾声。诗歌创作停止了，古典文学史随着卢西乌斯·阿普列乌斯的《金驴记》的问世而告终。阿普列乌斯生于非洲，在环游罗马之后和一个有钱的寡妇结了婚，于是从事文学创作。《金驴记》是最早的小说之一，这是一本虚构的自传，书中作者讲述了他如何由于刺破三个皮袋子而被判有罪。一个女巫师救了他。他希望变成一只鸟跟随她，但由于某个地方出了错，他被变成了一头驴。只有一种玫瑰的叶子能使他变回人形。在寻找玫瑰叶子的过程中，他经历了一系列离奇的冒险。他自己的马欺负他，他自己的马倌打他。他听到了朋友们对他的议论，以及其他神奇的经历。整个过程非常离奇，往往放荡不羁。薄迦丘、塞万提斯和勒萨日都从《金驴记》中借用了许多情节，威廉·阿德林顿于1566年将其译成了英文。

马可·奥勒留的《沉思录》几乎是罗马帝国最后一个文学成就。马可·奥勒留是罗马的一个皇帝，公元161年登基，但有趣的是他用希腊文写作。他性格高尚，专心过平静的生活，履行他对人民的义务。他执政期间有过三次迫害基督徒的行动，但必须记住的是，在公元2世纪的罗马帝国，基督徒就像沙皇俄国的犹太人一样不受民众欢迎。皇帝的权力是有限的；他总是担心引起广大民众的不满，此外，完全可以肯定的是，马可·奥勒留一点也不了解基督教伦理和教义。对他来说，基督徒就是人民的敌人。

**马可·奥勒留**

皇帝和斯多葛学派哲学家:几乎算是最后的异教哲学家。

《沉思录》是皇帝对生活和人性的反思,完美地表达了斯多葛派哲学。这种哲学类似于伊壁鸠鲁派哲学。伊壁鸠鲁是属于尼禄一个廷臣的希腊奴隶,他腿瘸,体弱多病,一生都在贫穷和默默无闻中度过。奴隶和皇帝一致认为美德自会有回报,人在上帝面前是无助的,上帝所做的一切都是正确的。《沉思录》中的教义可以用引自伊壁鸠鲁的下段文字加以总结:

要记住你是剧中的一个演员,而且是作者乐于扮演的那种演员。如果他说矮,那就是矮的;如果他说高,那就是高的。如果他想让你演一个穷人、瘸子、总督或士兵,那你就自然地演好这个角色。因为这就是你的职责,演好分配给你的角色;而选择角色则是另一个人的职责。

## 参考书目

**下面这些书将是学习古希腊、罗马文学和文化的学生的无价之宝：**

F. B. Jevons, *A History of Greek Literature*.

Sir Richard Jebb, *Primer of Greek Literature*.

Gilbert Murray, *Ancient Greek Literature, Euripides and His Age*, and *The Plays of Euripides*.

W. Warde-Fowler, *Rome*.

J. C. Stobart, *The Glory that was Greece* and *The Grandeur that was Rome*.

Prof. A. S. Wilkins's *Roman Literature*.

大多数重要的希腊和拉丁作品的译文都包括在下列丛书中：the Loeb Classical Library, the Everyman's Library, the World's Classics, and Bohn's Library。

The Loeb Classics Library 最终将包括所有重要作品。这个系列中每一卷都包括希腊文和拉丁文与英文的对开本。

Sir R. C. Jebb 的散文英译本：*Plays of Sophocles*。

Plato's *Republic* and *The Trial and Death of Socrates*.

*The Pocket Horace*（拉丁文与柯宁顿译文的对开本），有一卷本，也有两卷本：*The Odes* and *The Satires, Epistles* 等。

*Translations from Horace*, by Sir Stephen E. De Vere, Bart. (Bell).

*The Works of Horace*, 2 vols., 英译本, Sir Theodore Martin 介绍生平和进行注释。

Prof. W. Y. Sellar's *Virgil*, and his *Horace* and the *Elegiac Poets*.

# 第八章 中世纪

## 第一节 最黑暗的欧洲

中世纪通常指欧洲历史上从公元 410 年西哥特人在阿拉里克率领下攻占罗马,到 1453 年土耳其人占领君士坦丁堡这段时期。甚至在西罗马帝国消亡之前,已经有两百多年的萧条时期,这期间几乎没有文学生产。罗马多年来一直忙于和蛮夷作战,他们已经跨过莱茵河和多瑙河,其中最凶猛的是阿提拉率领的匈奴。罗马文明的整个结构就这样逐渐被无知的军队所淹没,而且在表面上、但也只是在表面上永久消失了。

### 民族性的诞生

西方的新主人不关心文化,他们中大多数人不懂读写。在后续的几个世纪里,经过种族混合以及国王和族长之间长期的争斗,欧洲目睹了民族性和独特民族生活的逐渐形成。英格兰先后受到盎格鲁和撒克逊人、丹麦人和诺曼人的侵略,后者虽说来自法国,但却是斯堪的纳维亚海盗的后代。法国也先后被法兰克人、条顿人和诺曼人所征服;诺曼骑士团的统治一直蔓延到南部的西西里岛。

在这一千年中,欧洲成了连绵战争、瘟疫、饥荒的场所,普通人只能依靠逐渐增强的教会的权力来抵抗贵族和封建领主的残酷暴政。在这样一个前所未有的混乱时代,文学是不可能产生的。诞生于希腊、成长于罗马的学问受到了粗野好战的族长们的忽视和蔑视,但古代世界生产的伟大书籍却没有完全丢失。本笃会修道院的修士们把许多书精心保存和抄写下来,只有他们才珍惜罗马文明的遗产。圣本尼迪克特生于 480 年,是黑暗时代最璀璨的一颗亮星。他手下的修士们必须读书学习。朗费罗在《卡西诺山》一诗中这样描写圣本尼迪克特:

> 他在这里建立了修道院和规则
> 祈祷和工作,工作和祈祷;
> 笔是他的号角和学校
> 仿佛火炬在午夜的星空燃烧。

在爱尔兰和英格兰的一些地方，在没有像欧洲大陆那样遭受中世纪蹂躏的乡村，古代学问存留了下来，而在其他地方——比如说除西班牙以外的欧洲，这种古老学问都丢失了。阿拉伯人于709年入侵西班牙，此后近八百年里，西班牙整个或部分地落在穆斯林的统治之下。阿拉伯人在征服埃及时曾接触过希腊文化，当基督教的欧洲陷入一片无知状态的时候，阿拉伯人在大马士革、巴格达、开罗和西班牙的科尔多瓦开办学校和学园，在这些学园里，学生们把亚里士多德、柏拉图和欧几里得的书拿来和《古兰经》一起学习。在中世纪后半叶，渴望获得真才实学的法国和英国学者都来到科尔多瓦、托莱多或塞维利亚学习，师从犹太或摩尔教授，据说在13世纪时，圣托马斯·阿奎那就在一所西班牙大学里学习希腊文，一个摩尔族教授教他读亚里士多德。在生命的最后三年里，人称"天使医生"的阿奎那写出了《神学大全》，现在仍然被认为是对罗马教义的最权威的解释。它代表了人类心智伟大和持久的成就，对于基督教哲学就仿佛但丁的诗篇之于基督教诗歌一样。

甚至在最黑暗的时期也会有指路的灯塔：诺森伯兰的修士圣比德在8世纪写下了盎格鲁－撒克逊的历史和关于十字军东征等民众运动的书。当隐士彼得在法国和德国传布第一次圣战的福音时，"普通人高兴地听他讲道"，欧洲的灵魂开始苏醒。实际上，黑暗时代早在中世纪结束之前就结束了。在13世纪，牛津的圣方济各修士罗杰·培根敦促人们不要不加怀疑地接受教条和权威，而要自己实验，他在许多方面预示了现代的许多发现。也是在13世纪，但丁出生了。整个中世纪末期都沐浴在这位伟大的意大利诗人的崇高形象之中，而圣奥古斯丁恰好站在这个世纪的出口。

## 圣哲罗姆

圣哲罗姆是圣奥古斯丁的同代人，是罗马帝国后期最伟大的基督教学者。实际上，在成为基督徒之前，哲罗姆就已经是学者了。他熟悉古典作家，《圣经》的风格在他看来粗糙艰涩。基督在梦中责怪他喜欢西塞罗的风格而不是基督教的风格，所以他决心把余生献给《圣经》研究。结果便是他那著名的拉丁本《圣经》。在犹太学者的帮助下，他翻译了希伯来文的《旧约全书》，还翻译了迦勒底语的《次经》和希腊语的《新约全书》。以拉丁文本著称的圣哲罗姆译本现在仍然是罗马天主教的权威版本，尽管以后各个时期都进行了大量修改。圣哲罗姆420年逝世。他著作等身，最难相处，"总是为坚持一个观点而失去一个朋友"。

# 第二节　圣奥古斯丁

圣奥古斯丁生于354年。410年阿拉里克占领罗马给他以灵感，写出了《上帝之城》。

《圣奥古斯丁看到的幻象》(加罗法洛)

圣奥古斯丁354年生于非洲。年轻时他精通异教哲学,成为最有权威的教会神甫。这幅图展现的是关于天国陌生人幻象,这比地球上的所有美景都要美妙得多。

在书中他宣称:"世界上最伟大的城市已经夷为平地,但上帝之城永远矗立。"圣奥古斯丁主要作为《忏悔录》的作者而被列入文学史,该书的人文意义不亚于班扬和卢梭的自省。圣奥古斯丁生于北非的一个村庄。他在迦太基接受教育,后来成为文学和讲演术教授。他是当时受过完好教育、过着小康生活的普通青年,后来曾以班扬在《罪人受恩记》中苛刻的夸张手法回忆了青年时期的罪孽。他多年来一直要在不同的古代哲学体系中寻找安宁和解释,最后在米兰皈依基督教,并被任命为修辞学教授。他母亲从非洲来和他一起生活,在他洗礼之后又一同返回非洲。圣奥古斯丁此时打算过一种苦行虔诚的生活。他们在罗马港口奥斯蒂亚住了一两夜,在这里,莫妮卡[①]病倒并去世了。

他们母子间的关系此后一直是教会的一笔宝贵财富。奥古斯丁描写了母亲对他的

---

① 莫妮卡:圣奥古斯丁的母亲。——译注

"服侍",说她"两次当我的母亲:在肉体上我得以生于尘世的光明,在心灵上我得以生于光明的永恒"。母亲死后,圣奥古斯丁又在罗马住了一年,然后回家,不久就被任命为希波的主教。

## 多产的作家

圣奥古斯丁既是圣人也是艺术家。他爱美,喜欢音乐,实际上还常常自责太多地受审美愉悦的影响。他的《忏悔录》显然是真诚的。其人文价值在于这样一个事实:它永不褪色地描写了每个非常真实的人的内心生活。圣奥古斯丁始终是教会最有权威的神甫。虽然他是个苦行主义者,但也是兴趣广泛的普通人。他说:

> 还有其他事情占据了我的心灵;一起说话和开玩笑,轮流做事;一起读甜蜜的书;一起做傻瓜或真诚的人;时常发表不同见解但不表示不满,就像对待自己的自我一样;甚至用这些罕见的不同见解来点缀常常一致的见解;有时教导别人,有时向别人学习;渴望消除烦躁;欢迎快乐的到来。这些以及其他类似的表达,出自那些爱和被爱之人心灵的表达,用面目表情、口、眼和上千种愉快的姿势表现出来的表达,把我们的灵魂融化在一起,把多变成了一。
> 
> 这就是朋友之间的爱;这种爱,如果他不爱再爱他的人,或者不再爱爱他的人,只在他身上寻找爱的表示,他的良心就会自责。因此,如果一个人死了,那种哀悼,那种忧郁的悲伤,那颗被泪水浸泡的心,就把一切甜蜜变成了苦涩;在气息奄奄的人失去生命的时候,生者也感受到了死亡。

《忏悔录》中充满了栩栩如生的形象,诸如"骗人者反受人骗"(the biter bit)和"生命之魂"(the life of my life)等句子都已经进入了各种欧洲语言。

圣哲罗姆和圣奥古斯丁建立的教会文学传统从来没有完全失传。我们已经提到了圣奥古斯丁逝世一百多年后出现的圣本尼迪克特,他教修士们学习、保存和抄写古代手稿。喀里多尼亚的使徒圣科伦巴(St. Columba)是中世纪初期的另一位文学修士。在《中世纪的书及其作者》一书中,乔治·黑文·普特南先生说:

> 根据其中一个故事,科伦巴到西南部的奥所瑞看望一个非常有学问的隐居圣贤,一个法学和哲学博士,叫龙迦拉德。科伦巴想要看看博士的书,遭到老头拒绝时,这位修士便开始诅咒起来:"愿你的书不再对你有什么好处,也不对你以后的人有什么好处,因为你利用它们表示你的冷淡。"这番诅咒应验了,龙迦拉德死后,他那些书变得不可卒读。6世纪的一个作者说那些书还在,但没有人能读懂它们。
> 
> 另一个故事说科伦巴在拜访古代大师芬尼安的时候偷偷而匆忙地抄写了这

**带插图的手稿。教会法庭中的教皇**
(14世纪早期)

中世纪僧侣手稿的一个优美范例。在艺术和文学几乎消失了的那些世纪中,书籍在修道院的缮写室中被誊写,并添加上精美的装饰。

位住持的《诗篇》。他整夜躲在搁放《诗篇》的教堂里,当夜里在右边抄写时,一束光从左面射进来。一个散步的人从教堂走过,看到了那束光,便好奇地走过来,从钥匙孔向里张望,他张望时脸紧贴着门,眼珠突然被教堂养的一只鹤啄了出来。这位散步者向住持告了密,芬尼安对此非常愤怒,认为这是偷窃,向科伦巴索要抄写本,指出在没有经过允许的情况下抄写的本子应该归原书的所有者,因为这个抄本是原书的产物。仅就我所调查的情况,这是欧洲文学史上第一个涉及版权的例子。科伦巴拒绝给出手抄本,于是,就闹到塔拉王宫狄阿米德或德莫特国王那里。国王说了一句土话,后来成了爱尔兰的一个谚语:"牛犊属于母牛,因此,抄本属于原书。"

尽管这些学者修士热情高涨,但在圣奥古斯丁死后,在七百年的时间里没有发生重大的文学事件。

## 第三节 《尼伯龙根之歌》

德国的《伊利亚特》——《尼伯龙根之歌》——是瓦格纳为配音乐剧而于中寻找故事的宝库。

12世纪一个不知名的德国诗人把北部各民族的英雄故事收集起来,这些故事是在书写艺术出现之前人们围着篝火唱的歌,比荷马收集古希腊人的神话和传奇还要早好几百年。这位不知名的诗人称这些故事为《尼伯龙根之歌》,意思是黑暗时代的人民的歌,德国人仍然像希腊人景仰《伊利亚特》和《奥德赛》那样看待这些民间故事。正如荷马的故事成了希腊悲剧的主题一样,《尼伯龙根之歌》也在瓦格纳的音乐剧所代表的现代艺术中找到了永久的用武之地。

《尼伯龙根之歌》讲的是39次冒险经历。故事从主人公西格弗里特、荷兰国王西格蒙德的儿子到来开始,以沃尔姆斯向白玉无瑕的克里姆希尔特、勃艮第国王恭特尔的妹妹求婚结束。

### 英雄西格弗里特

年轻时,西格弗里特在剑铺当学徒,这时就经历了一系列离奇的冒险。他杀死了一条龙,在龙血中洗澡,落得个金刚不坏之身,只是在沐浴时一片椴树叶子卡进了肩膀里。这是致命弱点。他还获得了巴尔芒剑和一种奇异的能力,一件隐身斗篷,这使他具有12个强壮男人的力量,一根能使他战胜任何其他人的神杖和尼伯龙宝藏(神秘的金子和宝石),有了这笔宝藏,他还能支使矮人阿尔贝里奇和他的忠实追随者。

于是,当国王恭特尔决定航海到爱森兰,如果可能的话就迎娶美丽任性的女王勃吕恩希尔特时,西格弗里特也打扮成随从一同前往,条件是如果他帮助国王完成这次危险的旅行,他就娶克里姆希尔特为妻。如我们从瓦格纳歌剧中所用的比较原始的西格弗里特故事中所知,这位勃吕恩希尔特实际上是一位瓦尔基里或女武士,她的职业是带领异教英雄从最后一个战场进入瓦尔哈拉神殿,而且她只能以牺牲自己的永生为代价才能爱上一个凡人。在后来"俗界"修订的版本中,她是具有某些超自然才能的有血有肉的少女,只有在标枪、跳远和投石比赛中胜过她的人才能和她结婚。

在穿着隐身衣的西格弗里特及其穿上隐身衣后所增加的力量的帮助下,恭特尔——"仅仅做一些假的动作"——打赢了那位奇异少女,她便随恭特尔来到沃尔姆斯。他们同时举行了两个盛大的婚礼。但在新婚之夜,可怕的勃吕恩希尔特由于仍具有少女的魔力(原始神的最后残余!),她用腰带紧紧绑住了恭特尔的手脚,把他挂在墙上的一颗钉子上。西格弗里特再次帮助了恭特尔。勃吕恩希尔特一失去贞操,她的力量就全部消失了。西格弗里特拿走了凶狠的处女的指环和腰带,送给了自己钟爱的妻子。

经该艺术家惠允复制

《瓦尔基里的骑行》(J. C. 多尔曼)

勃吕恩希尔特女王是瓦尔基里之一,她们要做的是引领死去的英雄们从最后的战场前往瓦尔哈拉殿堂。如果一个瓦尔基里沉湎于爱情之中,她就不再长生不老。

多年的冒险和快乐生活(由于有了尼伯龙宝藏)过去了,只有一点小麻烦没有解决——女王勃吕恩希尔特一直以为西格弗里特是恭特尔的随从,而她则是克利姆希尔特的上司。在第 14 次冒险——"两个女王如何相互争斗"——中,这个致命的秘密泄露了。西格弗里特带着妻子和父王以及大批尼伯龙根随从和荷兰人,到沃尔姆斯参加一次盛宴。一切都很顺利。不料勃吕恩希尔特和克里姆希尔特就各自丈夫的美德发生了争执,最后,勃吕恩希尔特带着更加宏伟壮观的随从队伍,来在这位大臣的门口,她断言说:"随从的妻子绝不能走在国王的妻子前面。"然后,秘密就像一道闪电泄露出来:

> 然后美丽的克里姆希尔特说话了。她愤怒地说道:
> "你能安静一点吗?那对你确实有好处;
> 你已经用耻辱污染了你那美丽的身体。
> 一个小妾怎能够冒充国王的妻子?"

为了证明她的话,她拿出了指环和腰带,勃吕恩希尔特顿时大哭起来,然后就陷入沉思,琢磨着怎么为如此深受伤害的尊严报仇。

她说服了冷酷的武士哈根为她报仇。他从克里姆希尔特那里得知西格弗里特的两臂之间是致命处,不久,这位英雄就在狩猎时被暗算了。然后,为了全面侮辱她,他

《勃吕恩希尔特与西格弗里特》(J. 瓦格莱茨)

挪威的一个传说这样说,勃吕恩希尔特是奥丁神派去召唤西格蒙德离开他所爱的美丽的齐格琳德的身边。

照片:布朗

又说服克里姆希尔特去取尼伯龙根宝藏,宝藏也随即被哈根偷走,至此,西格弗里特的遗孀已经分文无有,在悲苦中度过了十三年。后来,一个叫埃兹尔的国王从遥远的国度向她求婚,她同意了,希望新的婚姻能给她力量回击对手勃吕恩希尔特。

又有许多年过去了,克里姆希尔特向恭特尔和他的武士们发出邀请,来参观丈夫的王宫。哈根即刻明白了这次邀请的原因,试图说服国王不做这次旅行,但没有成功。他们在路上遇到了许多不祥之兆,对此,现已年迈和粗心的哈根只是报以绝望的蔑视——"他已经满头灰发,四肢肥大,面目可怕"——但他没有恐惧:有忠诚的同伴沃尔克在身边,有他那把"钢制的提琴弓",他有信心能够战胜来自敌船的奇怪音乐。

国王埃兹尔对克里姆希尔特的复仇计划一无所知,他殷勤接待了远方的客人,但当他们一出现在皇家盛宴上时,麻烦就来了。哈根对克里姆希尔特的挑衅做出的迅速回应就是砍掉她和埃兹尔的儿子的头,让它跳到了母亲的怀里。克里姆希尔特发疯了,一场恶战开始了。卡莱尔以自己的风格生动地描写了这场战斗:

> 一群接着一群,他们进入了巨大的拱形大厅,要与被诅咒的尼伯龙根进行一场生死之战。在一阵恐怖的咆哮之后,是更加恐怖的沉默。战斗持续了一整夜和一个上午。他们把尸体从窗口扔出;血流成河;大厅起了火,他们用血扑灭它,也用血来止住他们燃烧的干渴。那就像世界末日的霹雳,喧嚣,嘈杂,骚动;

《尼伯龙根的指环·埋葬死者》

为了报丧夫之仇，西格弗里特的寡妻克里姆希尔特安排好残杀勃吕恩希尔特的追随者。

卡莱尔写道："一群接着一群，他们进入了巨大的拱形大厅，要与被诅咒的尼伯龙根进行一场生死之战。在一阵恐怖的咆哮之后，是更加恐怖的沉默。战斗持续了一整夜和一个上午。他们把尸体从窗口扔出；血流成河；大厅起了火，他们用血扑灭它，也用血来止住他们燃烧的干渴。"

那就像世界审判日的号声一样可怕，沃尔克拿着剑守在门旁，为那死亡舞蹈伴奏。这里也不缺少英雄主义，撕裂肺腑的怜悯和爱的音调；埃兹尔和克里姆希尔特的朋友鲁迪格曾发誓"把灵魂交给上帝"，走进那片墓地与朋友们交战；然而他先和哈根换了盾牌，哈根自己的盾牌也是早些时候鲁迪格送给他的，已经在战斗中被打破。"当他为给他的盾牌而表示感谢时，他们都热泪盈眶；那是贝查伦达到鲁迪格给莱克人的最后一件礼物。他和哈根一样面色铁青，一样意志坚定，他为这位大英雄在最后时刻送他礼物而哭泣；许多高贵的瑞特儿也开始哭了。"

最后，沃尔克被砍死了，他们都被砍死了，只剩下哈根和恭特尔，昏昏沉沉，遍体鳞伤，然而仍然坚强地站在死者当中。谨慎者迪特里奇虽然强壮，战无不胜，现在也发现除了老希尔德布兰德外，其余的都已经战死了，他曾严厉地告诉他们不要参与争斗，可现在也只好武装起来去结束这场战斗。他打败了两个疲惫不堪的尼伯龙根，把他们绑上交给了克里姆希尔特；"海尔·迪特里奇含泪走开了，庄重地离开了那些英雄们。"他们再也没有机会见面了。克里姆希尔特问哈根：尼伯龙根宝藏在哪里？但他回答说，他曾发誓如果她的兄弟们有任何一个活着,他就决不说出藏宝的地点。"我来结束这一切吧,"那位发疯的女人说;随后她命令砍掉一个兄弟的头,送到哈根面前。"你现在可以知道了,"哈根说;"关于那宝藏,除了上帝和我没人知道;你这个女恶魔永远也不会知道。"她用自己的剑杀死了哈根,那曾经是她丈夫的剑。希尔德布兰德对她造成的不幸无比气愤,因此杀了她。国王埃兹尔也在场,但他没有阻止。幕落,那狂暴的场面也随之消失了。"那些高尚的人们横尸疆场;遍地的哀伤和悲悼;国王的盛宴在悲痛中结束了,就像所有的爱情一样。"

《尼伯龙根之歌》中一切都不是清晰或连贯的。它是被风摇动的一片古代挂毯。但是,那些赤胆英雄,那些凶狠的王后,却是最真实的人性。如卡莱尔所说:"如果我们想象正确的话,沃尔姆斯之城对我们现代人应该像忒拜或特洛伊对古代人一样令人敬重。"

# 第四节 行吟诗人

在摩尔人占领时期,西班牙出现了一种快乐的和为礼貌而礼貌的生活方式,其快乐的伴奏,诗琴和曼陀林音乐,跨过比利牛斯山,首先到达普罗旺斯和法国南部,随后是西西里和意大利,最后,这些行吟诗人和抒情歌手就在整个西欧随处可见了。这些漫游的诗人歌手使用方言,请求人们听他们唱"比夜莺还好听的"故事。他们是现代欧洲所有浪漫和伤感文学的先驱。

有些行吟诗人是贵族和王子,其中就有我们的狮心王理查,他用奥克语和奥依语写诗,这是中世纪法语的两种方言;他还留下了一首美诗,是在十字军东征回家的路上被奥地利公爵扣押时写的。

## 荒诞传奇

行吟诗人的文学活动整整持续了两个世纪,大约是在 11 和 12 世纪。大量的荒诞传奇都出自这些行吟诗人之手;他们的激情感动了南方的上层社会,高贵的公主们都接受他们的心作为对美的贡品。他们当中有些是骁勇善战的十字军战士,许多在爱的时光永远结束时出家当了修士。最浪漫的人物也许是乔弗雷·鲁岱尔,他的心永远献给了特里波利夫人梅丽桑德,用他的灵魂赞美她的美、她的礼貌、她的爱。勃朗宁和史文朋都从他的故事中汲取了灵感;史文朋的诗中经常充满着行吟诗人的精神,他还讲了鲁岱尔的灵魂如何兴高采烈地死去的故事:

死了,赞美上帝的礼物和恩惠:

> 她向他叩首，哭泣着说
> "活下去"；泪水便滴在他脸上
> 抑或是洒在他脸上的生命。
> 她犀利的泪水穿过头发，针刺般痛
> 她合拢的嘴唇亲吻着他，紧紧相拥
> 与他的嘴唇相合构成一个空间；
> 抽身回来时，见他已身亡。

不能忘记的是，行吟诗人即便出身寒微，但仍是高贵的人——他的诗歌才能高过了每一个没有才能的贵族。现代的浪漫文学作家们都把行吟诗人与吟游乐师混为一谈，后者是用诗琴或曼陀林伴奏的朗诵者。他们属于低级艺人，仅仅是江湖艺人的后代，他们从一个城堡到另一个城堡，跳舞奏乐，表演杂技，甚至扮演动物。

与行吟诗人相比，12 和 13 世纪兴起于法国北部和中部的吟游诗人或宫廷诗人则影响较小。他们不是赞美正当韶华的女情人的歌手，也没有人收集关于他们的传奇，他们在一个对政治和战争而非诗歌更感兴趣的国度里就像幽灵一样在历史上昙花一现。与南方充满激情的歌手相比，他们是伤感的空谈家，似乎远离生活。然而，北方这一派却以微小的影响纯化了侠义行为，推广了侠义理想。他们也和行吟诗人一样是文学的先驱。

中世纪行吟诗人朗诵的最著名的诗体浪漫传奇是《罗兰之歌》，这是 11 世纪一位不具名的诗人讲的故事，充满了精彩朴素的戏剧性情节，讲述查理大帝的军队在路过比利牛斯山时与萨拉戈萨国的萨拉戈萨人的一场大战。查理大帝和他的主力军上了萨拉戈萨人的当，越过山脉回法国，派罗兰率领后卫部队把守关口。由于基督教骑士的背叛，罗兰中了萨拉戈萨军队的埋伏，一场激战后他和他的军队全体阵亡了。

在此后一个时期的法国故事中，最有趣的是《奥卡辛与尼克莱特》，作于 13 世纪，是部分用韵文、部分用散文写成的爱情浪漫传奇。

## 第五节 但 丁

在整个文学领域再也没有比但丁更伟岸的人物了——高个头、身穿灰色长袍，红色头饰上插着桂树叶子，一副悲伤的鹰脸，他的形象就像莎士比亚的形象一样为我们所熟悉。我们对莎士比亚的生活知之甚少，而所知的那一点点几乎谈不上浪漫，但我们却熟知但丁的生活细节，他还是世界上最奇异、最美丽的爱情故事中的主角。

**但丁**
**那不勒斯国家博物馆**

所有意大利诗人中最伟大的一位，《神曲》——"一个关于永恒的喜与悲的故事"——的作者，生于1265年，1321年在流放中去世。

照片：安德森

## 但丁与贝雅特丽奇

  但丁1265年生于佛罗伦萨。9岁时与同龄的贝雅特丽奇相遇。两个孩子当时没有说话，但这位诗人宣布"从那天起爱情就占据了我的心"。贝雅特丽奇永远是"我心中光彩照人的女士"。多年以后，他回忆说，在他生命中最美妙的那一天，她穿"一件色彩最高贵的"衣服，"柔和漂亮的绯红色衣服，扎着腰带，饰物也非常适合她那娇嫩的年龄"。九年后，诗人再次与贝雅特丽奇相遇，这次她身穿白色衣服，在佛罗伦萨大街上陪着两名老夫人散步。他们还是没有说话，但"她把目光转向了我，我红着脸痛苦地站在那里，她以无以言表的礼貌向我示意，那姿势如此之美以至于我在当时当地感到了幸福的极限"。他们仅再见过一次面。贝雅特丽奇从不知道她曾在意大利最伟大的心灵里激起了如此大的浪花，这是一种在至高的文学杰作中变为不朽的激情，这多么令人伤感，多么具有讽刺意味呀。

  贝雅特丽奇结婚了，但35岁时就逝世了。她死后但丁写道："当我失去灵魂的第一次愉悦（也就是贝雅特丽奇）时，悲伤深深地刺痛了我，以至于我再也找不到慰藉了。"他在他的第一部意大利文著作《新生》——一部穿插着十四行诗的哲学论著——中描写了他的这份激情。下面是罗塞蒂翻译的这些十四行诗中最美的一首，诗中，但丁解释了这位女士早逝的原因：

> 那超凡的荣光进入天国
>  唤起永恒天父为之惊叹，
>  直到一种甜蜜的欲望
> 带着绝伦之美进入心田，

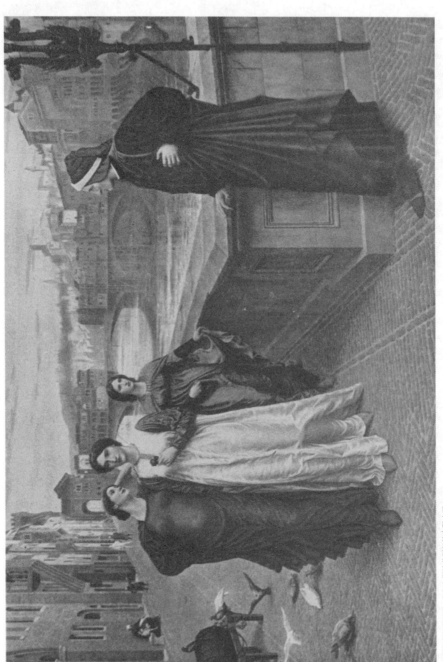

《但丁与贝雅特丽奇邂逅》(亨利·霍利迪)

照片：里施基斯收藏馆

《但丁的梦》（罗塞蒂）
由利物浦公司惠允翻拍
贝雅特丽奇不论是生是死，总是在诗人的脑海中。

所以只许自己把她欣赏；
看看这个萎靡邪恶的尘世
怎值得惊动如此的美轮美奂。

（罗塞蒂译）

《新生》之后，除了一系列抒情诗外，但丁在开始《神曲》之前没有用本族语写作。在此期间的拉丁文作品不是我们所关心的。他一生中的伟大作品都献给了他钟爱的女人。但丁的《神曲》也是写给已故的贝雅特丽奇的。在《新生》的最后一章，他写道：

　　如果乐意给万物以生命的上帝再让我的生命持续几年，我希望能用以前从未用过的方式描写她。此后愿上帝保佑我的灵魂进入天国去欣赏她的美，去写贝雅特丽奇。

贝雅特丽奇去世两年后，诗人和一个贵族出身的女人结了婚，她那忠诚和刚烈的性格在动乱年代里反倒变成了暴躁的脾气，导致了一种悲剧般的、令人失望的生活。据说在"地狱篇"第16首诗章中，诗人写的就是他妻子格玛：

> 我，我的妻子
> 不仅仅由于那野性的脾气，
> 把我带到这罪恶之地。

## 但丁生平

不了解但丁的生活背景就不可能理解但丁的作品。他是中世纪和文艺复兴时期的桥梁。他生于中世纪的黄金时期，与罗杰·培根、圣托马斯·阿奎那和法国的圣路易是同代人。中世纪的大画家乔托是他的好友。但丁是第一个用本族语言写作的意大利作家，这使他成为文艺复兴的先驱。《神曲》是中世纪天主教中所有最美好事物的化身。在书中，读者可以看到中世纪哲学、神学和骑士文化的精华。该诗的规模甚至比《伊利亚特》的规模还要宏大；其构思的高尚和人物惊人的多样化在文学中无与伦比。其丰富的意象也许能在英译本中体现出来，但却自然而然地丢掉了韵诗的美。正如后来的英国作家无一能与莎士比亚相媲美，但丁也在意大利文学中独占鳌头。但他不仅仅是意大利作家；他属于欧洲，他和他的作品是中世纪文学发展的高潮和顶峰。

照片：里施基斯收藏馆

《流放中的但丁》（D. 彼德林）
佛罗伦萨现代艺术馆

但丁生命中的最后十九年是在流放中度过的，他就是在这段时期写的《神曲》。

不幸的是，但丁在年轻时就卷入了佛罗伦萨的政治，卷入归尔甫派（Guelphs）和吉伯林派（Ghibellines）之间的争斗。前者支持教皇，后者支持皇帝。当时统治意大利的皇帝是住在维也纳的日耳曼王子。足够清楚的是，在二者之间骑墙几年之后，但丁站在了皇帝的一边，而当教皇的势力占上风时，他于1302年被逐出佛罗伦萨，此后始终被流放，从一个城市到另一个城市，甚至远至巴黎，按传统所说，还到过牛津，最后于1321年逝世。他在意大利的不同城市里度过了悲惨的大半生，而《神曲》可能写于维罗纳和拉维那。

在散见于《神曲》的超自然事件中，有一些事件常常指诗人自己的生活——不仅有他那引人入胜和令人鼓舞的激情，而且有他卷入的政治冲突和争斗。

《神曲》描写的是天堂、地狱和炼狱。在字面意义上，它描写的是死后灵魂的状态；从寓意上说，它表明了人所需要的精神启明和导引。

## 炼狱

在我们随同但丁进入地狱的各个地带之前，要记住两件事。首先，除了其他品质之外，《炼狱》是世界上最伟大的冒险故事；其次，书中生动、如画般的细节鲜活、真实，可与《鲁滨逊漂流记》或《天路历程》相提并论。为了说明我们所指的意义，姑且举一个简单的例子，也就是该诗的读者每走一步都会遇到的例子——罗斯金用这样的例子说明强烈的想象力给未知事物构型的构成力："但丁笔下半人半马的怪物卡戎在说话前用箭分开胡须，这是凡人从来想象不到的一个怪物。但真的活着的半人半马实际上却跳过了但丁的大脑，他看见它跳了。"

这些东西当然在一个缩影中都不尽详细。但是，即便如此，"炼狱"的宏大场面就像图画一样清晰地显现出来，一系列令人叹为观止的场面留在读者的心眼之中。

地狱的形状是一个巨大的坑，像一个倒置的锥形，它的顶尖就是地球的中心，而四面则是台阶或岩层，一个比一个低，当然，由于一点一点地下降，也一个比一个小，罪孽最深的人将被带到最底层。

由于在阴暗的森林里迷了路，但丁遇到了维吉尔，后者答应带他去看地狱里的各种惩罚。他跟着维吉尔来到炼狱的门口，读了门上写的几个可怕的大字——"放弃一切希望方可入内"——后，他们走了进去。他们刚进门就看见一片漆黑的平原，那是地狱的前院，那里住满了自私和无所事事的精灵，毫无目的地忙碌的人，他们被大小黄蜂蛰咬，紧跟着一杆旋卷的大旗后面不停地奔跑。

跨过这片平原，他们来到了阿刻戎河，也即悲伤之河。卡戎的渡轮上挤满了人，"等待输送"，一个双眼像火轮一样的凶恶老头把他们送到了对岸。但丁陷入了恐惧的恍惚状态，当一声霹雳把他震醒时，他发现已经过了河，已经到了地狱的边境，即地狱

照片:W.A.曼塞尔公司

《但丁与维吉尔》(德拉克洛瓦)
巴黎卢浮宫

这里表现的是但丁与维吉尔渡过冥河——"在可怕的沼泽中,那些邪恶之人像鳗鱼一样扭曲翻腾,在黑水中与暴怒的幽灵搏斗。"

的第一层。在那里,他看见了异教徒的灵魂,虽然他们曾经过着崇高的生活,但没有洗礼。荷马、贺拉斯和奥维德都欢迎但丁成为他们当中的一员。

到了地狱第二层,但丁在入口处看见了弥诺斯,炼狱的判官,一只长着巨大人脸的狗。这里,他目睹了偷情的情人们所受到的惩罚,就好像被飓风吹走的鹤。

> 时而听到那悲哀的哭叫。
> 时而听到那无数诉怨的哀号
> 击打我的耳帘。我来到
> 一片黑暗之地。一声咆哮
> 仿佛海上狂风暴雨的呼号
> 两股飓风,地狱里的风暴
> 暴怒的狂风追赶着灵魂,

> 带着剧痛旋转着,跌撞着。
> 在那摧枯拉朽的扫荡之前
> 他们听到了尖叫,呻吟,哀悼,
> 和亵渎上天神力的悲号。

他们看到了塞米勒米斯和克娄巴特拉,而且:

> 那里我看到了海伦,由于她的原因
> 罪恶长期降临人间;伟大的阿喀琉斯
> 为爱而战斗到底。我看见了帕里斯
> 和特里斯特拉姆;他指给我看
> 成千上万的人为爱而丢了性命。

最重要的是里米尼的弗朗西斯卡和她的情人保罗,他们的故事由于但丁而流芳百世。她给但丁讲了这个故事——他们在偷情的时候如何被她丈夫、里米尼的领主瘸子约翰发现,把他们双双砍了头。但丁由于怜悯而昏厥过去。

照片:弗雷德里克·霍里耶

**《保罗与弗朗西斯卡》(罗塞蒂)**
但丁在地狱的第二层遇见保罗与弗朗西斯卡,还有其他有罪的恋人。

醒来时，他发现已经来到了第三层，贪吃者躺在泥浆里，不停地被冰雹、雨雪、脏水浇打着，而刻耳柏洛斯，那条巨大的狗，一直在嗥叫、狂吠，把他们撕得粉碎。在第四层开始时，他看到了财神普路托斯，他守卫着勤俭和吝啬之人，这些人靠滚着巨大的肚子相互冲撞度日；再往前走就是斯提克斯，那片可怕的沼泽地，愠怒者像鳗鱼一样翻滚着，易怒之人的灵魂也在那片黑水里挣扎着。

> 你看，孩子！
> 那些被怒火征服的人们的灵魂。
> 这也一定要知道，这片水下
> 居住着一大群人，他们的叹息
> 鼓起的气泡成了翻滚的波涛，
> 正如你的目光随处可以看到。
> 他们被粘在粘泥里，说道：
> "我们曾经悲伤，那清新的空气
> 明媚的阳光，悠闲地在薄雾中荡漾：
> 如今在这阴暗的住所里我们也悲伤。"
> 他们喉咙里咯咯发出这忧伤的声音，
> 却听不出一个清晰的字词。

他们最后来到一座高塔下面，塔上燃烧着两堆烈火；他们看到了佛勒古阿斯，湖上的摆渡者，怒气冲冲地把他们送到对岸。透过清澈的蒸气可以看见闪光的红火和撒旦的狄斯之城的尖塔。大门由许多恶魔把守着；在城垛上，浑身是血的复仇女神在撕裂她头上的蛇发，尖叫着要美杜莎把朝拜者变成石头。一个狂喜而桀骜不驯的天使跨过湖面，脚不粘湿，驱散挡在路上的恶魔，两位诗人走进城内，发现一个大平原上尽是无盖的墓穴，每个墓穴里都火光通明，在滚烫的床上，异教徒的灵魂在遭受痛苦的折磨。法瑞拿塔（Farinata）傲慢的灵魂从一个墓穴中抬起头来，"看上去仿佛在欣赏地狱的蔑视"。

下到第七层时，他们通过一道巨大的岩石缝，来到了血河，这是暴君聚集的场所，由卡戎领导的马人军队沿着河畔往返驰骋，用箭射那些罪孽深重的人。还是在第七层，他们进入了一片自杀者之林，那里的精灵都变成了粗糙的、生长不良的矮树，哈比们就吃这些树上的毒果，它们是长着女人脸的肮脏的巨鸟；其他精灵被地狱猎狗追逐着，在这片可怕的森林里奔跑。走出树林，是一片光秃秃的滚烫的沙地，那是暴力的地区，不停地飘落着火花。

穿过火沙地的血河，他们来到了一个地方，洪水瀑布般流进一道深渊。维吉尔把

**《保罗与弗朗西斯卡》(罗塞蒂)**

当弗朗西斯卡告诉但丁她爱保罗的故事,以及他们如何被她的丈夫——里米尼的领主瘸子约翰——突然抓住并杀死时,诗人差点因怜悯而昏厥过去。

照片:弗雷德里克·霍里耶

但丁的腰带扔进了深渊,接着一个可怕的怪物便从黑洞洞的深渊里游上来——那是吉里昂。

"看哪!那下落的怪物带着致命的毒刺
　　它越过山川,打破围墙
城墙上坚硬的矛,用它的赃物
把整个世界污染。"我的向导招呼他
又对我说,它该来到岸边,
靠近石路的边缘。
　　一个骗子的身影从那里出现,
头和上半身暴露在地面,
但却不是在野兽聚集的岸边。
它长一副正义之人的面孔,
外表仁慈,宽厚令人愉快;
其余部位都是蛇身:毛茸茸的爪

直通到腋窝；后背和胸膛，
身体的两侧，都涂着带色的结
和轨道。鲜艳缤纷的色彩
土耳其和鞑靼都没有这样的印染
交织在一起的刺绣，甚至
阿拉克尼奇异的织机都不曾织过。
不时地有一叶轻舟在岸边停泊，
一半在水里，一半在岸上；
在贪婪的日耳曼粗人居住的地方
水獭定居下来，警惕地等待着猎物；
还在水边筑起了砂岩，
凶狠的恶魔就坐在上面。
它从深渊里望去，毒叉的尾巴翘起，
带着蝎子一样的毒刺。

两位诗人在怪物的后背上下落，来到分成十道深渊的第八层，这是惩罚各种骗子的地方。第一道深渊中是诱奸者，长着角的精灵在鞭打他们。然后是谄媚者的深渊，他们都被淹没在污水中。再后是残酷的工头们，他们头朝下待在又深又窄的洞里，脚在岩石上方烤得像油灯一样。接着是一大群伪先知，他们的脖子都被扭了过去，脸都是朝后的。

接下来是一道沸腾的沟渠，贪污犯的灵魂都在沟渠里上蹿下跳，带着齿耙、长着黑翅膀的精灵看守着他们。这是炼狱里最生动的场面。这些妖精的头儿叫巴巴里西亚，他下面还有格拉斐亚卡涅、德拉西格拿左、法法雷罗等肮脏的妖怪。

好比给水手信号的海豚
把它们拱起的后背鼓得高高，
从那儿向前他们能想办法拯救
遇难的船；所以就不时停下
把疼痛减缓，他背上的罪人
像闪电一样出现，转眼不见。
甚至护城河里的青蛙
也来到河沿，只露出下颌
身体和四肢都藏在水下，
到处都是罪人；一看到巴巴里西亚
他们顷刻间回到海浪之下。

> 我在蹒跚中看到一只青蛙
> 它像往常一样留守等待
> 而另一只跳将起来：最近的妖怪
> 格拉斐亚卡涅伸手抓住
> 它那粘在一块儿的长发，
> 把它仰面拖回，活像个水獭。

　　观察一下那简短、清晰的手法，它将被从沟渠中拖出来的黑黝黝的、滑溜溜的、闪着亮光的身体——"活像个水獭"——展现在我们眼前。两个像秃鹰一样的精灵为争夺食物而厮打起来，扭到了一起，掉进了沸腾的污水沟里，其他小妖们拿着齿耙纷纷前来打捞，乱作一团。

　　两位诗人没有理会它们，继续前行，他们看到伪君子的身上压着铅制的镀金斗篷——那些小偷极度痛苦地变成了蛇，又从蛇变成罪人——那些邪恶的法律顾问，每一个都是一团火，像奇怪的萤火虫一样在阴沟里跳来跳去——叛徒和分裂教会者遍体鳞伤，其中一个叫博鲁的布赖恩，曾经背叛英王亨利二世，手里捧着被砍下的头与但丁说话。

　　从那里，诗人们来到了第九层。一声号角像炸雷一样振聋发聩，接着他们看见三个巨人站在地狱最底层的深渊边缘。其中一个巨人安泰把他们放到深渊的大底部，那是永不化解的冰海，在那里受折磨的人看上去像是透明的苍蝇。两个精灵被冻在同一个洞里，一个像狗一样啃另一个的头骨。他呲着牙讲述了他那可怕的故事。他叫尤戈利诺，和儿子们一起被丢进饥荒塔，等着饿死。他讲到两个气息奄奄的孩子，那是世界上最悲怆的故事。冰洞里的同伴是大主教拉吉埃尔，是他把自己和儿子们送到饥荒塔的。

> 他话音刚落，
> 就再去啃那可怜的头骨
> 像獒一样死不放弃。

　　于是我们来到了最后一个场面，地狱的最底层，犹大坑，由犹大而得名，是大叛徒待的地方。最大的叛徒撒旦永远占据这里的中央位置，他的三张巨口在咀嚼三个罪人，同时用他硕大的蝙蝠翅膀扇起冰冷的风，大海都结了冰。然后，朝圣者们通过一道陡峭的通道爬了上来：

> ……我和向导进入
> 那秘密通道，轻松地
> 回返那美丽的世界；

**但丁的"地狱"**

> 但是他轻轻地把我们放下,
> 在那把撒旦和犹大一起吞没的深渊里。
>
> 第三十一歌,第 133—135 行 *

犹大被吞没在地狱的最底层,撒旦永远占据其中心位置。

---

\* 朱维基译,译文略有改动。

> 我们一前一后轻松地攀登
> 终于看到了美丽光明的天空
> 黎明从洞穴之口显现
> 从那里我们再次看到明媚的星空。

离开黑暗和黑暗背后的极度痛苦,他们终于来到了炼狱之山,群星在头顶静悄悄地闪耀着。

与其他中世纪作家不同,但丁把炼狱想象成露天的。在陡峭的山边环绕着七层阶地,每一层都与中世纪基督教教会的七种重罪一一对应。在较低的几个阶地上是受惩罚的罪恶灵魂;在第四层阶地上是邋遢,这是同时属于灵魂和肉体的一种罪孽,而在最高的三个阶地上只有肉体的罪孽。每一个阶地开始的时候都介绍了与这种罪孽相反的美德,结束的时候可以看到模拟这种美德的一个天使。最后,当但丁和向导走过最后几个阶地后,他们进入尘世乐园,但丁在那里看到了代表基督教教会胜利的仪仗队,在队伍末尾的一辆战车上,在挥舞着鲜花歌唱的一百个天使中,他看到了贝雅特丽奇,她身穿神秘的红、白和绿色衣服,蒙着雪白的面罩,头上戴着橄榄花环,象征着智慧与和平。她一出现,维吉尔就消失了,回到了他在地狱边境的悲惨之所。

于是,读者跟随她来到"天堂",这是《神曲》中最辉煌的篇章。诗人跟着贝雅特丽奇穿过九重天,它们是围绕地球旋转的活动区域,最后到达固定不动的最高天。最低的七重天是以月亮、太阳和行星命名的。它们都是在地球上可见的星球。在它们上面是第九重天或水晶天,它以自己的运动决定其他重天每日的旋转。自然就是从这里开始的;时间、运动以及控制世界的各种天体影响都是从这里开始的。它是

> 带着豪华褶子的长袍
> 包裹着世界,用上帝最近的气息
> 燃烧和颤抖。

水晶天的上面是这个画面的高潮,一片无限静止的神圣之爱的海洋,上帝在这里以本体祝福圣人和天使。

但丁的一些老评论家都讨论他的神学、形而上学和寓言的使用等。中世纪维吉尔的评论家们也不是把他当作伟大的诗人,而是当作身怀绝技的魔术师,评论家们从他的诗中获取神谕。早期清教徒也就《天历路程》中的基督徒是否宣传信仰的问题展开争论。有一位智者曾认为贝雅特丽奇代表基督教教会,另一位则认为她体现了上帝之爱。诗歌的爱好者只能对此听而不闻。所有这些垃圾应该统统丢掉。只有这样,但丁的巨作才能被当作巨作来欣赏,即一首庄重崇高的诗,讲述永恒快乐和悲伤的故事,这在凡人的著作中是无与伦比的。

# 第六节　傅华萨编年史

## 14 世纪的历史

傅华萨(Froissart)的《英国、法国、西班牙编年史》是中世纪历史编纂的杰出范例，它是一部历史传奇。傅华萨生于1338年，他的大半生都辗转于欧洲皇宫之间，收集闲言碎语。他的主要赞助者是爱德华三世的妻子菲莉帕王后。他主要撰写14世纪的历史和英法之间的战争。用作者的话说，该书不完全是传达事实，而是"鼓舞所有勇敢之人，让他们看到那些崇高的榜样"。其次，它还是一个肖像画廊，用约翰·傅华萨伯爵所认识的那些勇敢的王子和贵族的行为来描写他们自己。

傅华萨几乎不关心普通百姓。数以千计的百姓献出生命他不予理睬，而某个勇敢骑士的死却令他痛哭流涕。瓦尔特·司各特说，他的历史

> 与其说是叙述，毋宁说是戏剧性再现。那些人物在我们面前生活和活动；我们不仅知道他们都做了哪些事，而且还了解他们做事的方式和过程，以及他们在做事时所说的话。……在傅华萨的著作中，我们听到了他所描写的勇敢骑士布置战斗条件以及进攻的方式。他描写他们，写他们的战斗和攻击；我们听到了士兵们在战场上的呼喊；我们看到他们用马刺踢着战马；其叙述的鲜活使我们不由分说便随他们进入战斗的旋涡。

德·福华克斯伯爵和他的儿子加斯顿的事迹也许是描写中世纪野蛮状态的最可怕的故事。纳瓦拉国王给了加斯顿一小包药粉，说如果撒在他父亲身上就能调解父亲与母亲的关系。这个故事讲的是人们在骑侠社会光彩夺目的外表之下无情地追寻其结局。那小包药粉实际上是致命的毒药；儿子试图绝食而死，当这被偶然发现时，他由于另一个事故而死于父亲之手，未得到父亲原谅。

傅华萨的著作在1532年由著名传奇翻译家伯纳斯伯爵译成英文，他那熠熠闪光的文笔"反映了那个时代无限多样化的精神和气质，在那个社会里，游侠骑士与打家劫舍的冒险家共存，而民众起义则奏响了令封建压迫者警觉的第一个音符"。

法国精明的君主路易十六有位大臣叫菲利普·德·科明尼斯，他是另一种类型的历史学家。他的著作冷静审慎地记录了那个时代的王政统治，记录了君主如何以耐心和狡猾的权术奠定了现代法国的基石。

# 第七节 乔叟和他的同代人

## 英国诗歌之父

英国诗歌之父杰弗里·乔叟生于 1340 年。我们已经看到马拉松和萨拉米战役胜利之后伟大的希腊文学的诞生,也看到了罗马军事强盛时期文学的繁荣。同样,第一部伟大的英国诗歌也写于爱德华三世和黑王子①的军事鼎盛时期,也即克雷西战役(Crecy)和普瓦蒂埃战役(Poitier)的时代。

乔叟的父亲是伦敦一位富裕的酒商。年轻时,乔叟在驻法国的英国军队里服役,后来在王宫里谋到一个小官职。他是个多才多艺的人,先被提升为海关高级官员,后来多次被派往法国和意大利处理外交事务。在意大利,他遇到了彼特拉克,完全可能读了薄伽丘的《十日谈》。

彼特拉克和薄伽丘是但丁死后和文艺复兴之前意大利最重要的作家。彼特拉克用拉丁文和意大利文写作。但他在文学史上的地位却是通过他的爱情诗得以确立的,在诗中,他让劳拉名垂千古。薄伽丘于 1344 年到 1350 年之间写出了《十日谈》。他是意大利散文之父,他写的故事真实地反映了意大利人民的本质,文雅、隽秀和天真,还有北方人那令人反感的粗犷。

乔叟在开始写作《坎特伯雷故事集》时显然没有忘记薄伽丘的那些故事,尽管他比意大利的同代人体现了更大规模的现实主义和人文主义。《坎特伯雷故事集》的"总序"描写了中世纪典型的男人们和女人们,他们从萨瑟克的塔巴德酒馆出发到坎特伯雷的圣彼得神殿朝拜,这些朝圣者中有骑士、女隐修院院长、磨房主、律师、牧师、巴斯妇人等。每个人物都描写得惟妙惟肖,英国读者都感到他亲眼见到了这些男女同胞,正如莎士比亚和狄更斯的作品给人的感受一样。所描写的快乐的英格兰没有阶级差别,作为侠义之菁华的骑士与磨房主和睦相处,牧师与船员亲密无间。14 世纪的英语与 20 世纪的英语之间存有天壤之别,正因如此,如今才几乎没有人读乔叟。所以有必要在此引用他对女修士的一段描写,她是一位到坎特伯雷圣托马斯教堂朝拜的朝圣者。其中有些词的拼写看上去很奇怪,但理解还是不成问题的,如果大声朗读的话,也不会听不到其中和谐的乐音。

> 还有一位女修道院院长嬷嬷,
> 她浅浅的笑容谦和而又纯真,
> 她的痛骂是说声"圣罗伊作证";
> 大家对她的称呼是玫瑰女士。

---
① 即爱德华三世的长子。——译注

照片：里施基斯收藏馆

《爱德华三世宫廷中的乔叟》(福特·马多克斯·布朗)
伦敦泰特美术馆

　　刚满 20 岁不久，乔叟就开始为皇室服务，从那时起直到国王去世，他的一生是在国外的外交使命和侍候王室中度过的。

听她唱歌要趁她做礼拜之时,
她唱的圣歌带鼻音最是动人;
她讲的法语既流利又很标准——
是从斯特拉特福学来的腔调,
因为巴黎的法语她从未听到。
她餐桌上的礼仪学得很到家;
没一点食物会从她唇间掉下,
她手指不会蘸到调味汁里面。
她小心翼翼地把食物送到嘴边,
绝不让一点一滴往她胸前掉——
讲究礼节与礼仪是她的爱好。
她的上嘴唇总是擦得很干净,
所以杯沿没一点油腻的唇印,
尽管已就着杯子喝了好几次;
进食时她好一派得体的举止。
可以看出,她性格开朗兴致高,
既使人舒服,对人又亲切友好;
她尽力让举动显示高贵气度,
表明她是懂宫廷礼仪的人物——
这一切表现使得她颇受尊敬。
要说到那种仁厚温柔的感情,
她是满腔慈悲,一肚子好心肠;
看到一只老鼠夹在捕机上
死去或流血,她就禁不住要流泪。
她养着几条小狗,她给它们喂
烤肉,或者喂牛奶和精白面包;
只要这中间有一只竟然死掉
或挨了棍子抽打,她准会哭泣——
她有满腔的柔肠、仁爱的心地。
她修女的头巾折得恰到好处;
鼻子匀称,亮如玻璃的灰眼珠;
她的嘴很小,长得又红又娇柔;
说真的,她还有个白皙的额头——
我看这几乎是一个手掌宽度,

> 因为她完全是个常人高度。
> 我还注意到她的斗篷做得好。
> 她臂上有一串珊瑚念珠环绕，
> 中间隔着绿色的饰珠一颗颗，
> 这串念珠上有个金胸针闪烁；
> 这个胸针上有个 A 字的大写，
> 下面是句拉丁语：**爱战胜一切**。
>
> （黄果欣译）

普通英国人在"斯特拉特福学校"（"scole of Stratford-atte-Bowe"）建立之后都能说法语，这已经成为一句英国谚语，这也许是现代英语表达中唯一可以溯至 14 世纪的一句话。哥尔德斯密斯可能采纳了乔叟在《镇里的穷牧师》中描写的乡村牧师的形象，他"每年薪俸 40 镑"。

> 他不等待奢华和敬仰，
> 也不感到良心的责备，
> 可是基督啊，他有十二个使徒，
> 他教诲，却身先士卒。

"总序"之后，乔叟安排了每一个朝圣者讲的故事：骑士的古老传奇，女修士的贵夫人传奇，牧师的鬼怪故事，巴斯妇人讲的一个女人的故事，她有和撒马利亚女人一样多的丈夫，还有高文伯爵和新娘的浪漫故事。这些故事表现了各种情感——荒诞与伤感，严肃与快乐，体现了巨大的精神性和娴熟的技巧。

乔叟死于 1400 年。在他有生之年，英国受过教育之人仍然讲法语和英语，而作为一个成功的英国诗人，乔叟对英国文学的伟大贡献在于他使后来的英国不可能再用其他民族的语言写作了。

乔叟的同代人中有威廉·朗格兰，《耕者皮尔斯》的作者。他于 1332 年生于牛津郡；另一位是约翰·高尔，卒于 1408 年，埋在萨瑟克的圣萨威乌尔教堂，他的《皮剌摩斯与提斯柏》就是尼克·博顿在《仲夏夜之梦》中上演的那出戏。《耕者皮尔斯》描写了乔叟时代连年不断的愚蠢战争给西欧普通人民带来的痛苦，以及爱德华三世给人民带来的幸福。

# 第八节 马洛礼的《亚瑟王之死》

## 译自法国传奇的《亚瑟王之死》

在迎接文艺复兴的中世纪后期,欧洲正处于快乐的觉醒时期。这种觉醒的直接结果是传奇文学的泛滥,而幸运的是,我们有一本用民族语言写的书,它总结和代表了这一值得赞扬的活动。托马斯·马洛礼的《亚瑟王之死》严格说来不是原创,而主要是法国传奇的编撰。但这些传奇反过来又是以古代凯尔特传奇为基础的,所以在圆桌骑士中可以看到可与古代神话和德国的《尼伯龙根之歌》中的英雄相媲美的英国英雄。

托马斯·马洛礼爵士不仅是翻译家,他的书在英国文学中的地位要比法国原著在法国文学中的地位高得多。据说他曾经是沃里克郡的一位绅士,1445年成为骑士,后来成为国会议员,在玫瑰战争中被俘。《亚瑟王之死》部分是在狱中完成的。该书成稿于1470年。这是在印刷术引进之前出版的最后一部重要著作,也是卡克斯顿在西敏寺用印刷机印刷的第一批书之一。

《亚瑟王之死》是一本故事集,讲述的是亚瑟、兰斯洛特、加勒哈德、帕西瓦尔、特里斯特拉姆等大人物的爱情和冒险经历。全书共分21部,分成无数短小的章节。第一部讲亚瑟的出生和童年。一天,一个英国墓地突然飞来一块巨石,其中一把剑插在一块砧上。大理石上写的金色文字宣布:"谁从这块石头和砧上拔出这把剑,谁就是全英国的国王。"亚瑟恰好从一次新年比赛会上回家取哥哥的剑,他寻思到墓地把石头里的剑拔出来,就不用回家了,于是他不费吹灰之力就把剑拔了出来,便成了英国国王。他的登基引来各种各样的冒险,包括与十一位国王的艰苦战斗,以及和大批人的搏斗,"他如此出奇制胜致使所有人都赞叹不已"。

他和美丽的格韦纳维亚结了婚,住在威尔士省卡龙市一座漂亮的庄园里,身边有数百名骑士和漂亮女人,在勇敢、教养和贤德等方面都堪称全世界的典范。最勇敢的骑士构成了一个亲密的圈子,与亚瑟一起共坐一个圆桌,他们"比财富更令他欢心"。亚瑟王宫里的这些骑士走遍天涯海角从事冒险活动——保护妇女,惩罚压迫者,解放被妖术所困之人,逮捕巨人和邪恶的侏儒。读他们的辉煌业绩就等于和世界上最著名的恋人在一起,进入神奇幻境中高塔林立的城市,"在那里,骑士和更名换姓的美丽女人在大街上欢唱"。书中讲述了高文和格西雷斯的感人肺腑的故事,讲述了四个骑士如何与他们打斗并战胜了他们,他们如何在最后一刻由于四个女人的求情而保住了性命;佩雷诺尔的故事,讲一个女人希望得到他的帮助,他如何和两个骑士争斗,第一剑就杀死了其中一个;湖夫人的故事,她如何从一个斗篷里把应该被烧死的亚瑟救了出来,另一个女人如何帮助拉·科特·马伊尔·泰尔密谋逃跑而打败了一百个骑士;兰斯洛特如何杀死了"经常骚扰女士的骑士和守桥的恶棍"。在无数的故事中,爱情和

照片：里施基斯收藏馆

《允许特里斯特拉姆爵士成为圆桌骑士》（威廉·戴斯）
西敏寺宫

勇敢同样重要。

特里斯特拉姆子爵的生活和战绩是该书的中间部分，描写得非常细腻。特里斯特拉姆在法国学会了弹竖琴、养鹰和狩猎。他一直嘲弄两个圆桌骑士，直到他们"像雷鸣一样"来找他，他就这样幸运地进入了英国的骑士行列：

> 这时多狄纳斯的矛突然折为两半，但特里斯特拉姆再次攻击他，力量更大了。他被打下了马，几乎折断了脖子。萨格拉莫尔看见同伴落马，惊诧不已，不知道他是一个什么样的骑士，便用全力使出长矛。特里斯特拉姆抵住他，两人吼声如雷，扭作一团。特里斯特拉姆狠击了一下萨格拉莫尔，把他打下马，他落地时竟然折断了臀骨。接着，特里斯特拉姆问道："勇敢的骑士们，还有人吗？亚瑟王的王宫里还有更勇敢的骑士吗？"

此后，这位特里斯特拉姆爵士在亚瑟王朝里名声大振，因为他时刻都可以"比武"或私下决斗。比如他刚刚救了帕洛米德斯的命，两个人便又比起武来。特里斯特拉姆爵士说："记住你许下的诺言，今晚要和我一决雌雄。""我不会让你失望，"帕洛米德斯说。话音一落，两人"就骑上马跑走了"。

读过特里斯特拉姆和伊索尔特的故事，爱的药物和马克王的复仇等故事，我们就读到了寻找圣杯的故事，那是基督在规定圣餐时所用过的杯子。据说阿里玛提亚的约瑟把这只圣杯带到了格拉斯通伯里。一天夜里，当亚瑟王和骑士们一起用餐时，突然听到一声响雷，"一道比白天看到的要亮七倍的阳光"射进来，所有骑士都变得更加潇

由美第奇协会有限公司惠允复印,来自美第奇印刷出版公司

### 加勒哈德爵士

  加勒哈德被看作圣洁骑士。他的主要英勇行为是寻找圣杯,在这一冒险中陪伴他的是帕西瓦尔爵士和鲍斯爵士。加勒哈德爵士被允许看到耶稣在最后的晚餐上喝东西用的杯子。然后加勒哈德要求让他死去,死时圣杯被带到了天上,人再也看不到圣杯了。

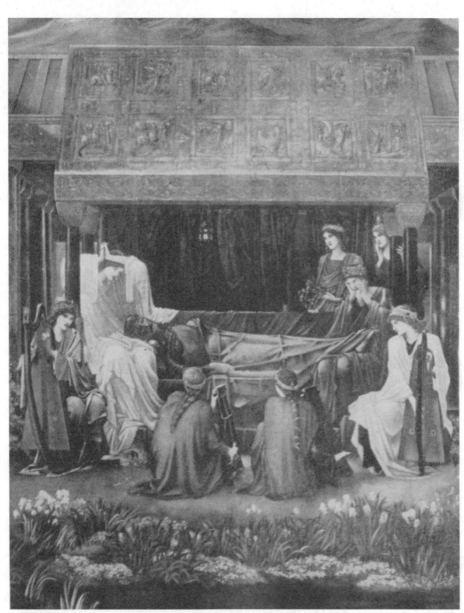

《阿瓦隆的亚瑟》(E. 伯恩·琼斯爵士)

完美的骑士亚瑟王,死于背叛,是背叛的牺牲品。

酒，整个大厅"香气扑鼻，每个骑士的面前都摆着他们最喜欢的酒肉"。圣杯在白色锦缎的覆盖之下来到他们中间。没有人看见它，也没有看见谁拿着它。它顷刻间又消失了，"他们不知道它到哪儿去了"；于是，高文爵士和众骑士发誓把它找回来。以后发生的一切都神奇得不可思议，这个故事给前此故事中的伤感力和荒诞性又增添了新的高贵色彩。

讲过了加勒哈德爵士、鲍斯爵士和莱昂内尔爵士的崇高故事后，叙述接近了悲剧的尾声，兰斯洛特和格韦纳维亚的通奸终于暴露，包括被骗的亚瑟王的死，因为对他来说已经不再"有什么信任可信了。因为我要到阿维利翁谷去医治我的悲怆。如果你们再也听不到我的音讯，那就为我的灵魂祈祷吧"。

虽然有罪并受到了惩罚，但兰斯洛特仍然是骑士的理想人物，可爱的伊莱恩为他殉了情，使他的骑士形象更加高尚。埃克托尔爵士在他葬礼上的讲演也许是故事中最精彩的片段：

"啊，兰斯洛特，"他说，"我敢说，你是所有基督骑士的头领，"埃克托尔爵士说，"你，兰斯洛特爵士，你躺在这里，世上的任何一个骑士都比不上你。你

照片：弗雷德里克·霍里耶

《兰斯洛特爵士的梦》(E.伯恩·琼斯爵士)

兰斯洛特是坐在圆桌旁的所有浪漫人物中最有吸引力、最有人性的一个。

是从不掩饰真情的最谦恭的骑士。对于你那从不背叛的情人,你是最真挚的朋友。你是由于爱女人而犯下罪过的最真挚的情人。你是从不用剑击打的最仁慈的人。你是骑士群中最心善的人。你是在女士面前用餐时最温和、最绅士的人。对于永不休战的敌人你是最严厉的骑士。"

我们已经看到希腊神话如何为雅典悲剧提供了情节,罗马诗人又是如何重复这些情节的。我们已经看到日耳曼神话如何为最伟大的日耳曼艺术家所用。同样,马洛礼讲的故事也为许多英国作家提供了灵感。斯宾塞的《仙后》就取材于它,虽然我们没有证据表明莎士比亚读过这个传奇,但我们知道弥尔顿在1639年曾经考虑写一部亚瑟王史诗。丁尼生的《国王的叙事诗》,史文朋的《莱昂尼斯的特里斯特拉姆》,莫里斯的《为格韦纳维亚一辩》和其他几首诗,以及马修·阿诺德的《特里斯特拉姆和伊索尔德》,都是取材于《亚瑟王之死》的杰作,而莫里斯·休莱特也依靠这部传奇撰写了他的当代浪漫传奇。

## 第九节 弗朗索瓦·维永:诗人和小偷

### 一个反常的人

中世纪的文学史以弗朗索瓦·维永结束。这个倒霉的法国诗人和小偷生于1431年。他是一个强盗和杀人犯,整个一生都在巴黎的阿尔萨斯区度过。他常遭监禁,仿佛只有奇迹才能帮助他逃脱法网,最后,他消失了,没有人知道他究竟去了哪里。他逝世的日期不详,葬在哪里更无从知晓。

维永使用古老的法国诗歌形式,即小回旋诗体和歌谣,并赋予它们新的生命和新的美感。他的诗充满了忧郁。他嘲笑生活,夸耀自己的罪孽,但他却是在绞刑架的影子下进行写作的,对死亡的恐惧从来也没有离开过他。仿佛像但丁影缩了但丁时代的辉煌和理想,像乔叟影缩了欢乐的大笑,他也影缩了中世纪的痛苦和恐惧。

维永在史文朋美丽的诗中得以永生:

照片:里施基斯收藏馆

**弗朗索瓦·维永**
15世纪的窃贼,通过写诗维持生活。

甜蜜的歌产生于泪和火

妓女是你的仆人,上帝是你的长者;

　　羞愧玷污了你的歌,歌赎回了你的罪

可是啊,死亡洗去了你脚下的污浊

爱是我们最先唱的歌,

　　维永,悲惨、快乐、疯狂、做尽坏事的老兄。

## 参考书目

W. P. Ker, *The Dark Ages*, and F. J. Snell, *The Fourteenth Century*.

St. Augustine's *Confessions*（Pusey's translation）.

*The Lay of the Nibelungs*, metrically translated by Alice Horton and edited by Edward Bell. 附有托马斯·卡莱尔的前言 *The Essay on the Nibelungen Lied*.

H. J. Chaytor's *The Troubadours*.

Paget Toynbee's *Dante Alighieri*.

Froissart's *Chronicles*.

Petrarch's Sonnets, Triumphs, and other Poems.

*Forty Novels from Decameron*, with Introduction by Henry Morley.

Malory's *Morte d'Arthur*.

H. de Vere Stacpoole's *Francois Villon, his Life and Times*.

*Political Theory of the Middle Ages* by Dr. Otto Gierke, trans. with introduction by F. W. Maitland.

Adamnani, *Vita S. Columbae*, edited by J. T. Fowler with Translation.

Adamnan, *Life of St. Columba*, translated by Wentworth Huyshe.

F. Warre Cornish, *Chivalry*.

# 第九章　文艺复兴

## 第一节　新知识

### 觉醒的原因

文艺复兴意味着新生。欧洲被誉为文艺复兴的这一历史时期指的是15和16世纪学术的复兴，以及学术复兴对文学艺术的推动。在圣奥古斯丁死后的六百年里，欧洲被包围在黑暗的知识迷雾之中，古代的经典学问只在几家修道院里得以保存下来。随着但丁作品中出现的对生命奇迹的崇高想象，随着乔叟作品中显然可见的生活之乐，黎明姗姗而来。随着文艺复兴的到来，太阳放射出新的光辉，在新思想和关于美的新的表达中放射出夺目的光彩。觉醒的原因只能在这里加以总结。1453年土耳其人占领君士坦丁堡之后，希腊学者流放意大利，随之而去的是欧洲西部几乎全部遗失的希腊文学。一个世纪之前，意大利人曾从摩尔人那里学会造纸，而最重要的是，就在君士坦丁堡失陷十年前，德国的门茨制造了第一架印刷机。1492年，哥伦布发现了美洲，人们对这个世界开始有了全新的看法。社会、政治和宗教等思想都已更新，探讨精神和知识活动预示着改良运动的到来。在世界历史上再也没有比新知识和印刷术的偶合更令人兴奋的了，新知识和宣传新知识的新技术几乎同时来到欧洲。

由于意大利靠近希腊，由于其对罗马传统的继承，文艺复兴开始于意大利，正是在意大利，"人们开始厌恶中世纪对死亡的专注，抬起长期凝视坟墓的目光，享受尘世宝贵的生活和美好的现世世界的荣耀"。用西蒙兹的话说，"佛罗伦萨从雅典借来了光明，就好比月亮因太阳反射的光芒而闪亮"。意大利学者开始了从晦气的死亡中拯救古典手稿的工作。长期沉寂在修道院里的希腊和罗马作家的经典著作被翻译了过来。

意大利文艺复兴正值诗歌和艺术的赞助者美第奇家族（the Medicis）和慷慨的博尔吉亚家族（the Borgias）的辉煌时期。这个时期也是奥尔西尼家族（the Orsinis），科隆纳斯家族（the Colonnas）和德·埃斯特家族（the D'Estes）等的鼎盛时期。这些家族的名字使人想起华丽的服装，一种既精美又非道德的文化，既黑暗又神秘的阴谋。这也是米开朗基罗、拉斐尔和达·芬奇的时代，是阿里奥斯托和马基雅维利的时代。

# 第二节　阿里奥斯托和马基雅维利

## 意大利文学复兴的影响

在对意大利文艺复兴时期文学的简要回顾中，我们特别要讨论的首先是马基雅维利和阿里奥斯托。尽管在此期间，意大利有许许多多其他作家都忙于写作，而他们的作品也具有真正的趣味和重要性。意大利文艺复兴时期的文学影响了英国作家，如斯宾塞、莎士比亚、马洛和弥尔顿。莎士比亚把马泰奥·班戴洛（Matteo Bandello）所写故事的情节用在了《罗密欧与朱丽叶》和《第十二夜》中。

阿里奥斯托的《疯狂的奥兰多》在西蒙兹看来是"现存文艺复兴诗歌中最纯洁最完美的诗歌"。它表现了时代特点，即只对人感兴趣，丝毫没有对神和来世生活的关怀。中世纪感兴趣于彼岸世界。文艺复兴则感兴趣于现世世界。

照片:W.A.曼塞尔公司

**阿里奥斯托**
意大利文艺复兴时期的诗人中最伟大的一位
摄自陈列于伦敦国家美术馆的提香的画作。

卢多维科·阿里奥斯托生于1474年。19岁时，他开始为红衣主教埃斯特效力。他于1505年开始写《疯狂的奥兰多》，十年后完成。该诗确立了他在意大利的声誉，教皇利奥十世成了这位诗人的赞助者之一。完成该诗之后，他写了拉丁风格的喜剧，即普劳图斯和泰伦斯的风格。晚年，他被任命为亚平宁山区偏远高地的行政长官。与大多数诗人一样，阿里奥斯托总是身无分文，做行政长官可以得到一笔薪水，也正因如此他才接受了这样一个想必与自己的性格极不相符的工作。他所管理的地区盗匪四起，甚至连这位诗人一行政长官也有一次落入了强盗之手。当强盗头领发现这位俘虏就是《疯狂的奥兰多》的作者时，出于对文学的喜爱，他当场道歉，并释放了他。

《疯狂的奥兰多》是一首浪漫诗，描写了基督教和异教骑士之间的疯狂斗争，触目惊心的冒险和骑士的爱情生活。其主题与亚瑟王故事的主题相同。该诗分成一系列诗章，每个诗章前都有一个序，承上启下，给诗人提供了进行道德和爱国主义述评的机会。《疯狂的奥兰多》最初由伊丽莎白时代的诗人约翰·哈林顿爵士译成英文。其最精彩的段落也许是阿里奥斯托描写奥兰多发现他所爱的安吉莉卡对他不忠而与梅多罗结婚时感到的绝望和继之而来的疯狂。

> 我不是我，不是以前的我，
> 那个奥兰多已命葬黄泉。
> 他那最丢脸的爱人（愚蠢的姑娘！）
> 砍下了我的头，杀死了奥兰多。
> 我是他的鬼魂在这里上下行走
> 在这折磨人的山谷间
> 给那些信任爱情的傻瓜
> 树立一个可怕的样板。

在另一处，阿里奥斯托以迷人的劲笔描写了一个英勇年轻的国王的死。

> 看一朵紫花如何枯萎凋零
> 在割草人的手里卑微听令；
> 花园里一棵罂粟的头下落
> 被暴风雨压垮夭折。
> 她那苍白的脸紧贴地面
> 达狄奈尔从此命赴黄泉。
> 他命赴黄泉，随之而去的
> 还有他军队的精神和勇敢。

在诗的开头，阿里奥斯托宣布：

> 我歌唱女人和骑士，武器和爱情
> 我歌唱谦恭，还有无畏的勇敢。

该诗的精神在这两行诗中表达了出来：

> 可他的爱依然忠实牢靠
> 献出生命和一切仍不动摇。

虽然阿里奥斯托生活于相对贫困之中，但他的天才却得到同胞的承认，他们称他为"神圣的阿里奥斯托"，据说他那位伟大的同代人伽利略能把《疯狂的奥兰多》倒背如流。也许从上面简短的引文中就可以看出阿里奥斯托与莎士比亚和其他伊丽莎白时期诗人之间的联系。

尼克洛·马基雅维利是文艺复兴初期欧洲最重要的政治家。在《历史论纲》中，H.G.威尔斯先生精彩地描写了马基雅维利的名著《君主论》如何影响了人的思想和人类文明的进程。

**马基雅维利**
《君主论》的作者,恺撒·博尔吉亚的外交使节。

照片:里施基斯收藏馆

　　马基雅维利1469年生于佛罗伦萨。30岁之前,他曾任佛罗伦萨共和国政府的书记官。这个官职使他连续出任意大利及其他城市的使节,曾经去法国路易十二的宫廷处理外交事务。他在1502年进行了最重要的一次出使,是代表佛罗伦萨去见恺撒·博尔吉亚(Cesare Borgia),当时,博尔吉亚正骄奢淫逸,处于权力的顶峰。马基雅维利在一系列信件中讲述了他这次出使的故事,信中他把博尔吉亚说成是"为自己掌权的君主"。在另一处,他说他是"没有同情心的人,背叛基督,一个蛇怪,一条九头蛇,应该落得最悲惨的下场"。然而,对这个活生生的怪物,马基雅维利却非常赞赏,在《君主论》中,博尔吉亚成了其他统治者效仿的对象。1512年,美第奇恢复了在佛罗伦萨的统治,马基雅维利失去了官职。他受到监禁和折磨,后来隐居在一个小庄园里,并在那里写出了《君主论》。他死于佛罗伦萨,享年58岁。

　　"马基雅维利式"这个形容词意思是无耻的阴谋。但对马基雅维利的普通看法却不是完全合理的。他是个现实主义者,对上帝和人都不十分信任。他在《君主论》中制定的原则在现代德语中通常指"现实政治"(Realpolitik),也就是伊丽莎白女王、拿破仑和俾斯麦的政治原则。马基雅维利不是理想主义者。他不关心人们该做什么,而关心他们的现状。弗朗西斯·培根非常欣赏《君主论》,他说:"我们非常感激马基雅维利和其他人,他们只写人们做什么,而不写应该做什么。"霍布斯、博林布鲁克、休谟和孟德斯鸠在某种程度上都是他的学生。

　　文艺复兴末期最显著的意大利作家是诗人托夸多·塔索,《被解放了的耶路撒冷》的作者。他生于1544年,卒于1595年。塔索是位伤感诗人,通过伤感表达对女人和音乐的逐渐深厚的情感。塔索31岁时完成了那篇杰作。他生命的最后20年是在痛苦中度过的,在半疯狂半理智的状态中"像被世界拒绝了的客人一样到处流浪"。

## 第三节　拉伯雷与蒙田

### 文艺复兴时期的巨人

继意大利之后是法国的文学复兴。弗朗索瓦·拉伯雷，法国文艺复兴时期最伟大的作家，生于1490年，卒于1553年。法国的拉伯雷、西班牙的塞万提斯和英国的莎士比亚，毫无疑问是文艺复兴的三大巨人。文艺复兴是继一段停滞时期之后的热烈生活的时期，一个讲究学问、乐观向上和勇敢的时代。这个时代的精神在拉伯雷的两部巨著《卡冈都亚》和《庞大固埃》①中得到显著的表达。

弗朗索瓦·拉伯雷出生于法国南部都兰省的希农镇。关于他小时候的生活几乎无从得知，有人说他父亲是药剂师，也有人说是小店主。他1511年成为牧师，此前一两年到1524年他一直是方济各会丰特奈·勒孔特修道院的修士。后来，他转为本笃会派，1530年他放弃修士生活

照片：里施基斯收藏馆

**拉伯雷**

僧侣，智者，大笑的哲学家。文艺复兴时期的三大巨人之一。

而成为世俗牧师。他于1553年4月9日逝世。关于拉伯雷临终时的情况有许多传说。据说他当时尖叫道："闹剧结束了，""我要去寻找伟大的闹剧了。"但也许所有这些传说都是假的。

在某种意义上，文艺复兴是对狭隘的、无知的僧侣暴政的反抗。拉伯雷曾经当过三十多年的修士。他非常了解那种被滥用了的隐修生活；他以发自内心的大笑嘲弄修士，也嘲弄那个时代的其他人和物。圣茨伯里教授坚持认为"拉伯雷既不讥讽也不发怒"。他是16世纪的查尔斯·狄更斯，"纯粹朴素的幽默家，往往感情真挚，几乎总是以戏谑的方式思考"。《卡冈都亚》和《庞大固埃》是很难读的书，极其淫秽，尽管与当时的其他文学相比还不够味儿。圣茨伯里教授正确地指出，其粗俗是公开和自然的，比起"蒲柏、伏尔泰和斯特恩等令人窃笑的有失检点"来，还不是那么令人反感。

---

① 即《巨人传》。——译注

他的书是以接连不断的句子堆积的词的海洋。他预示了威尔斯先生笔下的波利先生对词的音调的喜爱。《卡冈都亚》和《庞大固埃》这两部书的用意是宣传庞大固埃主义，它教导人们只有通过幽默和大笑，这个世界才能干净起来，才能得到拯救。自法国这位伟大的大笑的哲学家以来，庞大固埃主义成了一个其他大人物所传布的真正福音。为了证明他的朴素和自然，为了证明他不是人们所诽谤的一个"又脏又老的恶棍"，我们可以引用托马斯·厄克特爵士翻译的下列几段话来加以证明，这是描写德廉美修道院里修士和女修士的生活的。

他们的生活不是根据法律、条文或规则来安排的，而是根据他们自己的自由意志和快乐。他们愿意起床就起床；他们在有心情而且愿意的时候，他们才吃、喝、劳动、睡觉。没有人去叫醒他们，没有人限制他们吃喝，或别的事情，因为卡冈都亚就是这样要求的。在所有的规则和最严格的秩序中，只有这一条是要遵守的：——

随心所欲

由于自由、出身高贵、受过良好教育和诚实的人们天生就有一种本能和冲动，促使他们从事道德事业，远离邪恶，这种本能和冲动叫做荣耀。同样，当这些人由于卑劣的服从和束缚而背离以前的美德，背离高贵的气质，在受到暴政奴役的时候就会打破和冲破奴役的枷锁；因为人的本性就是渴望得到禁止的东西，渴望我们得不到的东西。

在这幅乌托邦图画里，典型的拉伯雷式美学也标志着文艺复兴时期启蒙人文主义的特点。上面的引文足以证明拉伯雷的作品"似乎属于世界的黎明，属于一个快乐时代，一个充满期待的时代"。

## 蒙田

蒙田属于拉伯雷之后的一代人。他不具有那位同胞的粗俗、幽默及其对生活的极大享受。当天主教迫害新教、新教迫害天主教的时候，蒙田哪一方都不赞成，而是尽力保护双方。他在文章中喋喋不休，口气温和，往往闲言碎语——一个非常和蔼的哲学家。

忍耐、仁慈、谦和、教养，这些是蒙田文章的基本特点。他始终谈论自己，但字里行间又没有利顿·斯特雷奇先生所说的卢梭的"惊人内省"。蒙田是个怀疑论者，文艺复兴时期的不可知论者。他不断地问："我懂什么？"而且，他从来没有找到令自己满意的答案。他从不以卵击石，但他试图把顺从与自尊结合起来。在一篇文章中，他引一个老水手的话说："噢上帝呀，你将拯救我，如果你愿意，如果你做出了选择，你也可以毁掉我；但是，不管怎样，我都始终把握自己的方向。"这就是蒙田。

文如其人。当亨利三世对他说"我喜欢你的书"时，他回答说"我就是我的书"。他的书几乎涵盖了人的全部经验，表达了一个仁慈和蔼的世俗之人的全部思想。"人们在他的书中看到了人们所想过的一切。"

蒙田是天主教徒。然而，"一个人认为自己根基牢固、说服自己不去相信相反的东西，这是一个顽症。"他痛恨愚昧，痛恨残忍，反感他所处时代的恐怖惩罚。他的人道主义在今天也是高层次的。

> 至于我，我不能不感到良心的责备和悲伤而容忍一个可怜、愚蠢、无知的动物被追杀，它不加害于人，毫无戒备，根本没有冒犯我们。正如通常所发生的，当一匹公马要被杀死的时候，它发现没有力量反抗，又没有别的救命方法，于是就屈服于我们，眼里含着泪水请求饶命，
>
> 喉咙喷出鲜血，眼里含着泪水，
>
> 它似乎乞求怜悯，
>
> 这个场面对我来说真是惨不忍睹。我很少要活的动物，而是给它自由。毕达哥拉斯经常从渔翁那里买鱼、从鸟场买鸟，然后就把它们放生。

我们从他的智慧之作中选出下列几段为例：

**恐惧**。比如总是担心被剥夺财产、被流放或被镇压；生活在不停的痛苦和倦怠之中，因此没有机会吃喝休息。而穷人、被流放者和仆人却往往和其他人一样无忧无虑、快乐地生活。

**常性**。一个人的名誉和价值都在他的心和意志之中：那才是真正的荣誉；常性就是勇敢，不是胳膊和腿的勇敢，而是精神和勇气：它不是我们的马的精神和勇气，不是我们的武器，而就是我们的精神和勇气。

**荣耀**。世界上所有的愚蠢中最普遍的、大多数人都接受的就是名誉和荣耀，我们如此紧密关注名誉和荣耀以至于忽视了财富、朋友、休息、生活和健康（这些都是实际的和本质的财富），而去追求既不实际又不牢靠的虚名和无聊的声望。

对蒙田来说，整个法律和全部先知都可以用一句话来概括："对人来说，世界上最重要的事就是知道如何做自己的主人。"

# 第四节　塞万提斯

## 堂吉诃德

在西班牙，文艺复兴时期的文学成就是属于塞万提斯的。如在意大利、法国和英国一样，觉醒的"黄金时代"目睹了一种从本质上说是民族生活的复苏，它在民族艺术和文学中确定无疑地表现了出来。16 世纪是西班牙的世纪。摩尔人最终被赶回了老家非洲，犹太人也被迫流浪他乡，西班牙半岛形成了一个统一的民族，探险家的冒险精神和军队的骁勇善战使这个民族富强起来，声闻遐迩。正是在民族的这个繁盛时代，贝拉斯克斯开始绘画，塞万提斯开始写作。除了莎士比亚的戏剧外，《堂吉诃德》是文艺复兴送给世界文学的最美好、最奇妙的礼物。尽管塞万提斯开始写作时可能完全是为了嘲弄整个的骑士精神理念——那是 12 和 13 世纪时真正的人类行为动机，但到了 16 世纪就已经显得荒诞不经了，因此，这部杰作在这位大师手里就不仅仅是一系列嘲弄了。赫兹利特是这样评论《堂吉诃德》的：

> 堂吉诃德这个人物本身是无利害关系的最完美体现。他是最和蔼的热心者；具有同样开朗、温和、慷慨的性格；热爱真理和正义；他曾有过关于骑士精神和浪漫故事的美妙梦想，最后这些梦想剥夺了他自己的全部个性，哄骗他相信它们都是真实的。

只把《堂吉诃德》看作一部讽刺作品，或者对"久已为人们忘却的骑士精神"的庸俗尝试，那就大错特错了。没有必要去戳穿不再存在的东西。此外，塞万提斯本人也是一个最乐观最热情的人；尽管他描写了支离破碎的骑士形象，但骑士精神之光却依然灿烂夺目，仿佛作者部分地是要重现过去时代的典范，再次"用卓越的骑术迷住这个世界"。

米盖尔·塞万提斯于 1616 年与莎士比亚同一天逝世。他生于 1547 年，经历了那个世纪典型西班牙人的冒险生活。他参加过著名的勒班陀海战，在这次战役中，奥地利的唐·约翰和 24 艘西班牙战舰打败了土耳其军队。在战斗中，塞万提斯三处受伤，其中一处使他左手终身残废，用他的话说，那是"为了右手的更大光荣"。四年后，他被巴巴里海盗抓了俘虏，被带到阿尔及尔当奴隶，1580 年才获释。从那时起，塞万提斯就开始了一种作为作家和政府小职员的勉强糊口的生活。他始终生活贫困，不止一次被监禁。《堂吉诃德》的第一部分可能就是在监狱里完成的。这部分发表于 1605 年，并立即获得了成功。几年后有几种法文和英文盗版问世，当然，作者从中一无所得。该书的第二部分发表于 1615 年。如人们常说的那样，《堂吉诃德》给读者描画了一幅

**塞万提斯**

《堂吉诃德》的作者。

照片：里施基斯收藏馆

多彩的 16 世纪西班牙社会的全景图。费茨莫里斯·凯利说：

> 贵族、骑士、诗人、宫廷绅士、牧师、商人、农民、理发师、赶骡人、下等厨师和罪犯；才艺双全的贵夫人，激情满怀的姑娘，摩尔族的美女，朴素的乡村女孩，道德上有问题但心地善良的厨房女佣人——所有这些人物都栩栩如生地表现出来，感人肺腑而不乏真知灼见。《堂吉诃德》一经问世便广泛流传，这主要是由于故事的多样，丰富的近似闹剧的喜剧情节，也许还有对当代名人的针砭；沉默的伤感力，充溢的人性，以及对生活的透彻批评。

《堂吉诃德》和《坎特伯雷故事集》以各色人物放射出同样迷人的魅力。作为杰作，该书渗透着人文主义，这不仅是文艺复兴的最显著标志，而且是所有伟大文学的特点。在讲述《堂吉诃德》的故事过程中，塞万提斯开怀大笑，却也始终在祈祷。堂吉诃德"年近 50，面色红润健康，细高的身材，清癯的脸庞。他很早就起床，喜欢打猎"。他骑的那匹马叫"驽骍难得"（罗兹南提），瘦得连骨头都"像西班牙织机的边角一样支了出来"，也是一个搞笑的形象。他对杜尔西内娅的喜欢也很荒诞。他的仆人桑丘·潘沙是个贪吃者和骗子。然而，在《堂吉诃德》结尾很久之前，这位骑士就成了真实的人类传奇中的一位英雄，而且，就像狄更斯在塑造图茨先生和卡特尔船长这两个人物时所发现的，塞万提斯发现弱智者往往心胸宽广，愚者往往比智者值得尊敬。这位骑士从未放弃骑士精神，他的信仰从未动摇过。故事中最著名的一个情节是堂吉诃德举矛刺向风车的插曲。他刚一看到风车，便极度兴奋起来。

"命运，"他喊道，"能比我们自己所希望的更好地指导我们做事：看那边，

照片：W.A.曼塞尔公司

《桑丘·潘沙在公爵夫人的房间》（C. R. 莱斯利）
伦敦泰特美术馆

桑丘·潘沙是堂吉诃德的仆人——愚蠢，不诚实，但是忠于骑士堂吉诃德。

我的朋友桑丘，那里至少有三十个愤怒的巨人，我要去和他们搏斗；在杀死他们之后，我们就有了战利品，也就富有了，因为那是合法的奖品；而消灭那该死的种族也是为上天做事。"

当这位骑士的矛在颤抖中断裂了的时候，他带着马猛地冲了出来，他的意志没有动摇。"那个该死的巫术师弗莱顿，"他说，"把这些巨人变成了风车，以剥夺我胜利的荣耀。"那能够搬山填海的信念也一定是能把不可否认的事实变成脍炙人口的传奇的信念。只有胸怀远大的人才有胆量与风车较量。

桑丘·潘沙尽管贪吃和自私，但却是一个好脾气、忠实的仆人，而当狄更斯让萨姆·韦勒给匹克威克先生当仆人时，他完全可能想到了桑丘。桑丘·潘沙非常精明，精明得足以看透主人的心思，但由于他能看透主人的心思，他就知道他心里想什么，主人的远大胸怀感动了他的仆人。

塞万提斯给这个世界塑造了最伟大、最崇高的人物之一——他乐观、热情，他的

《堂吉诃德与玛丽托内斯在客店中》(罗兰·惠尔赖特)

幻想使他高尚，他的真诚使他仁德，即使在最有失尊严的时候，他也是完全可爱的一个人物。

# 第五节　伊拉斯谟和托马斯·莫尔

文艺复兴目睹了两场甚至比法国大革命还重要的伟大运动，它们规定了欧洲历史的进程，这就是宗教改良运动和反改良运动。宗教改良运动几乎在印刷术刚刚发明之后就发生了，所以，改良者与守旧派之间的激烈争论自然会导致大量论战文学的发表。前几代人讨论宗教和神学问题的书籍并不是什么激动人心的读物，所以不能说具有重要的文学性。然而，16世纪神学家中有一位大学者和大作家，他就是荷兰人伊拉斯谟，他既是《乌托邦》的作者托马斯·莫尔爵士的朋友，也是红衣主教沃尔西和教长柯利特的朋友。他热衷于教育和新知识，在伦敦建立了圣保罗学院。文艺复兴初期对学问的热情比欧洲历史上任何时期都高涨，而在欧洲文艺复兴时期的博学者中，伊拉斯谟是最有学问的。教皇、皇帝和国王都想方设法给他荣誉。

## 多产的作家

伊拉斯谟是最后一位用拉丁文写作的欧洲作家。他非常多产，现代读者最感兴趣的是他的《愚人颂》，几个月内就重印了七次。在《愚人颂》中，伊拉斯谟讽刺了"学者的病相，语法学家的自满，哲学家的诡辩，爱好冒险者的酷爱残杀，信教者对偶像和神龛的崇拜"。

照片：里施基斯收藏馆

**《托马斯·莫尔爵士》（霍尔拜因）**

他是（英国上议院的）大法官，是伊拉斯谟的朋友，《乌托邦》的作者。莫尔因拒绝承认亨利八世为教会首脑而被砍头。

托马斯·莫尔爵士的著作是英国文艺复兴的肇始。他比莎士比亚几乎早一百年出生，是阿里奥斯托、马基雅维利和拉伯雷的同代人。莫尔是个大律师（亨利八世王朝的大法官），学者和具有鉴赏力的博学之士。他是教长柯利特、伊拉斯谟和荷兰画家霍尔拜因的亲密朋友，后者曾在他的切尔西庄园里小住过一段时期。他有智慧，有良知，有个性，宁愿牺牲高官乃至生命也不同意最高治权法案，因为这个法案将把亨利八世推上英国教会的最高位置，它宣称"有些事情是国会所不能做的——任何国会都不能制定上帝将不是上帝的法令"。一个有趣的事实是,这个伟大的文艺复兴学者 1886 年竟由教皇利奥十三为他行宣福礼,现在作为圣托马斯·莫尔而写入了教会史。

托马斯·莫尔年轻时就为新知识所迷,也是第一个学希腊语的英国人。他的名著《乌托邦》给培根以灵感,让他写出了《新大西岛》,并激发了许多其他关于未来的梦想,给英语语言增添了一个形容词。该书显然是以柏拉图的《理想国》为蓝本的。如果不记得这是一个不断发现新国家的时代,不断发现古代书籍之快乐的时代,大航海家和大诗人的时代,那就不会理解文艺复兴的精神。新的美洲大陆被发现之后,文艺复兴时期的思想家自然会厌倦旧世道,渴望一个更理性、更祥和的社会,因而去想象一个遥远的岛屿的存在,一个乌托邦的存在,在那里,人们幸福美满地生活在一起。莫尔追随伊拉斯谟也用拉丁文写《乌托邦》。该书于 1516 年在卢万面世,1517 年在巴黎出版第二版,1618 年在巴塞尔出版第三版。由拉尔夫·鲁滨逊翻译的英文版 1551 年发表。马克·帕蒂森说在《乌托邦》中,莫尔"不仅谴责权力的普遍罪恶,而且表现出情感的教化,不仅提倡宽容,而且对宗教信条的冷漠进行了哲学的探讨,这远远超过了同代人中最具政治性的思想"。

在《乌托邦》中,莫尔描写了一个想象的共和岛国,一个过着理想生活的民族家园。

英国文艺复兴时期其他重要的散文作品还有理查·哈克卢特的《航海游记》,这是德雷克及其海上冒险结出的文学硕果;以及约翰·黎里的《尤弗依斯》,这是过分雕琢和矫揉造作的典型作品,在人们开始认识到自己语言的真美时,这是一种非常流行的文体。

## 第六节  斯宾塞及其同代人

冒险精神,美的欣赏,对古希腊的新认识,以及文艺复兴时期的意大利诗歌,所有这些都影响到伊丽莎白时代诗歌的本质。伊丽莎白时代的诗人是廷臣。未婚的女王本身也不是个平庸的学者;她赞助文学,几乎把埃德蒙·斯宾塞和菲利普·锡德尼等诗人奉为偶像,查尔斯·金斯利的《向西去啊!》(*Westward Ho!*)清楚地表明了这一点。现代英国诗歌在伊丽莎白登基之前很久就开始了,最初的两位诗人是在亨利八世的绞刑架上丧命的托马斯·怀亚特爵士和萨里伯爵。怀亚特是第一个用英语写十四行诗的诗人。除了十四行诗,怀亚特还写歌词、抒情短诗和挽歌,在下面这首《情人的魅力》中可以见出他的那点诗才:

> 你这样离我而去,
> 让我的心伴随着你

永不分离
没有痛苦,没有懊悔
你还会与我分离?
　　说不!说不!

你这样离我而去,
对曾经给你的爱
不再有任何惋惜?
天哪,你真残酷!
你还会与我分离?
　　说不!说不!

怀亚特和同代人萨里是锡德尼和斯宾塞的先驱。菲利普·锡德尼是英国文学史上最引人入胜的人物之一——诗人、学者、旅行家和军人。他的《阿卡迪亚》是以威廉·莫里斯的风格写成的一篇散文传奇。他的《诗辩》是一位诗人为诗艺所做的有趣辩解。他的《爱星者与星星》是一系列十四行诗,讲述诗人自己悲惨的、当时是过度渲染的、但始终是真诚的爱情故事。下面是这个系列中的第一首:

真挚的爱,诗歌难以表达我的爱,
所以她,我的她,会以我的痛苦为快,
快乐伴她读书,读书会使她明白,
明白会赢来怜悯,怜悯会得到爱。
我寻找适当的词描写最痛苦的悲哀,
发明美丽的辞藻让她欣慰开怀;
常常翻动别人的簇叶,看那下面
能否有鲜艳的花朵洒在我焦灼的胸怀。
可是啊,词语停住了脚步……
吞掉那支懒散的笔,痛打令我愤恨的身体
"傻瓜,"缪斯说,"用你的心灵去写吧。"

## 《仙后》

埃德蒙·斯宾塞,《仙后》的作者,1552年生于伦敦。

快乐的伦敦,我最好心的保姆,
给我生命中第一片沃土。

斯宾塞在麦钱特泰勒斯学校和剑桥大学彭布鲁克学院接受教育,还在孩提时,他就把彼特拉克的诗翻译成英文。他的第一部诗集《牧人月历》发表于1579年,是题献给菲利普·锡德尼的。1580年,斯宾塞被任命为爱尔兰总督的文书官,此后他的大半生都是在那里度过的。他担心伊丽莎白政府的压制政策,在《爱尔兰国纵览》一文中,他详细提出了一个可行的政策,让爱尔兰人自行托付给克伦威尔。斯宾塞并没有从女王那里享受丰厚的薪俸,他于1599年去世,本·琼生说他死于贫困。他被葬在西敏寺教堂,紧挨着乔叟。他的杰作《仙后》是在爱尔兰写成的。诗中的一系列寓言极其难懂,他用这些寓言描写英国人的性格和教育。该诗主要以阿里奥斯托的风格描写勇敢的骑士和可怕的巨龙。其文学价值取决于韵律的魅力、意象的多样和丰富的美感。查尔斯·兰姆说斯宾塞是"诗人中的诗人",弥尔顿、德莱顿、蒲柏和济慈都称他为大师。

照片:里施基斯收藏馆

**埃德蒙·斯宾塞**
战士和诗人。

尽管斯宾塞的手法有时犹豫不决,但《仙后》中却不乏栩栩如生的画面——如骑士借自己铠甲的光亮偷窥怪物的洞穴;用铁链锁着的复仇者眼里闪着火花咬着自己的胡子;身穿锈铁和蚀金盔甲的玛门在数那堆金币;以及在福乐之亭的小喷泉下几个金发姑娘洗澡的场面。最引人入胜的场面可见于"新婚颂诗"(*Epithalamion*):

> 醒来吧,我的爱人,醒来吧!现在是时候了;
> 玫瑰色的黎明早已离开了提索尼斯的床,
> 准备乘坐银车飞翔;
> 福玻斯已经闪射出灿烂的霞光。
> 听啊!鸟儿唱着欢快的歌儿,
> 快乐地把爱情颂扬。
> 欢乐的云雀把晨歌高唱;
> 歌鸫回答,榭鸫相伴;
> 乌鹈嘹亮,歌鸠婉鸣;
> 异口同声,百鸟同庆
> 把愉快的白昼欢迎。

啊！亲爱的爱人，你为何还在酣睡，
为何还不醒来，等待你的欢乐，
听啊，鸟儿唱着情歌，
给你带来欢乐与愉悦，
百鸟欢唱，万木回声。
……
听啊！歌手已经开始高歌
远方传来他们愉快的音乐；
笛声，鼓声，振荡的人声，
器乐奏起和谐的共鸣。
当鼓手敲响手鼓，
少女们轻歌曼舞，
唱起甜蜜的赞歌，
把这婚礼的景象赞颂。
街上男孩子们你追我赶，
呼声喊声混作一团，

照片：里施基斯收藏馆

《斯宾塞向沃尔特·罗利爵士读〈仙后〉》(约翰·克莱尔顿)

斯宾塞和罗利是伊丽莎白宫廷中最杰出、最有骑士风度的两个人。他们是廷臣、战士，最重要的是文学爱好者。

> 齐声高叫:婚礼,婚礼;
> 整个天空回荡喜庆的气息。
> 人们三三两两到处站立,
> 鼓起手掌表示赞许;
> 高声唱着婚礼的赞歌
> 百鸟合鸣,万木同喜。

由于篇幅有限,我们不能一一提及伊丽莎白时代的其他著名作家。斯宾塞的朋友沃尔特·罗利爵士既是活动家又是文人,也许是骑士时代最具骑士风度的人。伊丽莎白死后,苏格兰的詹姆斯王即位,这个"高大、英俊、勇敢的人"在伦敦塔中被监禁了十三年,在此期间,他写了《世界史》。迈克尔·德雷顿——"金嘴德雷顿"——是莎士比亚和本·琼生的朋友,他生于1563年,卒于1631年,他写的十四行诗可以与莎士比亚的诗相媲美。德雷顿是个多产作家,其中有些杰作可见于《牧人的花环》。下面是一首题为《致牧人的女王》的回旋诗的最后几行:

> 何时起来了这些放牧的情郎
> 　还有可爱的仙女穿着绿装?
> 从平原上拣拾美丽的花环,
> 　给漂亮的牧童女王戴上王冠。
> 太阳照亮下面的世界,
> 　羊群、花朵、溪流全来见证;
> 仙女和牧童无不知晓,
> 　她才是她们中唯一的仙后。

## 参考书目

关于文艺复兴时期的总体研究,见 Edith Schel's *The Renaissance*。
John Addington Symonds's *The Renaissance in Italy*, 7 vols.
*The Life of Gargantua*, Urquhart's translation.
W. F. Smith's *Rabelais in his Writings*.
*The Epistles of Erasmus*, 其书信的英译由 F. M. Nicholls 编辑, 3 vols.。
Erasmus's *In Praise of Folly*, 包括伊拉斯谟的生平和给托马斯·莫尔的信。
Sir Thomas More's *Utopia*, with the *Dialogue of Comfort against Tribulation*.
*Don Quixote*, 2 vols., in Everyman's Library.
G. Saintsbury's *A History of Elizabethan Literature*.

# 第十章 威廉·莎士比亚

莎士比亚是伊丽莎白时代的剧作家。我们且先来强调一下明显的、但却往往几乎被忘掉的事实。他写戏剧,活泼的、有趣的戏剧,震撼人心的、意义深刻的戏剧,这些戏剧都是要在他熟悉的剧院里上演的。

我们先来考虑一下剧作家最狭义的任务是什么。他为剧院写结构简单的戏。据说只要有四块板和某种激情,就可以创作一出伟大的戏剧,当然,莎士比亚还得学会一些别的东西。我们可以描绘一下他的早期剧作在没有任何舞台布景的大白天里上演,可能后面要挂上一些东西,涂上颜色使它看上去像挂毯似的;在一个开口处,演员进进出出。就观众的气质和脾性而言,如果我们不是往时髦的剧院里看,而是看一场热

照片:F. 弗里思有限公司

王朝复辟前莎士比亚在艾冯河畔斯特拉特福的出生地

闹的拳击比赛，那么他们就最像今天的观众了。我们还不得不谈几个更低俗的话题，如伊丽莎白时代的捣乱者，动辄打架、动刀子的捣乱者。但那时人们都认为戏剧是一种非常好的娱乐。戏剧可能还是一种最粗野的娱乐；剧院里常常臭气熏天，充满了血腥味和震耳的噪音——今天的传奇剧作家会为之脸红的！——而小丑表演之多足以和今天的马戏相媲美。

但是，除此之外，观众中还有些戏剧爱好者、王宫大臣、平民、轻佻女人和暴徒。他们可能被诗歌的声音所感动。而伟大的戏剧就是建立在这个基础之上的。莎士比亚对时事非常感兴趣，只要他知道的就不会放过。他表明了王室传令旗官毕斯托尔性格中的毛病的极度可笑和不协调性——暴徒和胆小鬼，与其说是军人不如说是劫匪，但他显然是一个大戏迷，因为他那些吓人的言语将被变成无韵诗。

因此，要迷住这样的观众还不止有一种方法。而你大可不必重视这些观众。同样，尽管不那么容易确信无疑，你可以鼓动起他们反常的热情，因为人们最容易受诗歌影响。莎士比亚首先是民众的戏剧家，而且显然，他由始至终都是民众的戏剧家（尽管可以肯定他也有失败的时候，而且不能指望《特洛勒罗斯与克瑞西达》会比《皆大欢喜》更流行，或科里奥纳努斯（Coriolanus）像福斯塔夫（Falstaff）一样多地被引用）。然而，有趣的是想想他怎样在不与观众失去联系的情况下发展了自己的艺术，使其进入了情感与表达的陌生领域。《错误的喜剧》和《维罗纳二绅士》中朴素的双关语和更朴素的传奇与《李尔王》的精神世界和《辛白林》中的一些谈话是截然不同的两码事。也许，在晚期的戏剧中，他的确有一点与观众"失去联系"，有迹象表明这一点。

莎士比亚的剧作生涯始于1591年，终于1611年，此期间，剧院和舞台的物质特征发生了变化。这个过程也许是自然和平常的。戏剧要求新的手段，而这些新手段反过来又意味着其他戏剧的新设备。关于伊丽莎白时代舞台的最终结构以及构成这个结构的技术应用这一整个问题仍然涉及很多争论，而本文所要说的也只是大致准确。数据有许多，也就是说，每一部保存下来的剧作，就其舞台上演的可能性而言，都可以用作数据。但变化在某种程度上是迅速的，而每个剧院可能会在结构上依据让自己便利的想法发展，这些更令人困惑。从已经消失或正在消失的"神秘剧"和道德剧中继承的舞台技术传统其实很少。[①] 但它们对刚刚职业化的戏剧的最直接影响就是用酒店的院子做剧院。

一般说来，这些院子四面都有阳台。其中三面的阳台和地面都留给了观众。第四面是舞台——20英尺左右突出来的地方，如果可以空出那么大面积的话——而上面的阳台还可以用作上层舞台，如一栋房子的窗口或城堡的垛墙，必要的话也可以把乐队放在那里。那里容易挂幕布，从底檐挂上阿拉斯挂毯，就有了主舞台的背景。伊丽莎

---

[①] 这方面的全面研究见 G. K. Chambers's *The Medieval Stage*。

**萨瑟克区河畔的全球剧院**

莎士比亚的大多数戏剧首先在这里上演。

白时期初期的戏剧势必适合这种背景。而经济繁荣不久后就有了剧院建筑,先是伦敦剧院(只这个小剧院就够辉煌的了,无需提到更著名的剧院),后来是全球剧院,莎士比亚的最佳剧作都是在这里上演的;此外还有财富剧院、玫瑰剧院和天鹅剧院——它们为自己起了多么好听的名字啊!——都只是为了更好地利用剧院。穿着华丽服装的演员在遮篷之下不再受风吹雨淋了。后面的阿拉斯挂毯要分开挂起来,把里面的舞台露出来。这里最初很可能是用来放桌子、国王的宝座以及当时流行的带帘布的大床的地方,后来,剧情的某一部分可能在这里上演;再后来,就有了类似于图绘的布景,帷幕一拉开这些布景就显露出来了。最后这种可能性一直在被激烈地争论。但是,在某个时候,这种舞台内景确实开始使用了。我们的现代舞台就是对这种舞台的发展;但是,伊丽莎白时代的其他遗产都逐渐地消失了——只剩下某些剧院仍然使用的舞台前部的幕布。这种扩展——如果画一张规划图的话就很容易看得出来——必然导致要提供其他进入方式,而不仅仅是酒馆院内的台子所允许的进入方式,于是,主要舞台增加了侧门和后门。两边的阳台也派上了用场,这样,阳台上的演员既可以看到舞台里面发生的一切,又可以更加方便地与下面的演员对话。然而——除了利用几扇活板门和从屋顶降落幻想出来的神的装置外——莎士比亚舞台的结构发展也就仅此而已了。

德罗埃西奥特莎士比亚,摄自其作品 1623 年的版本的扉页,第一张最真实的肖像。

照片:里施基斯收藏馆

钱多斯莎士比亚
伦敦国家肖像馆
被认为是理查·博比奇或约翰·泰勒的作品。

照片:里施基斯收藏馆

**莎士比亚的五个真实的亲笔签名**

第一个出自莎士比亚的抵押单据，1612—1613年。
第二个出自马隆先生的 Plate II, No. X。
第三个出自莎士比亚遗嘱的第一份大纲。
第四个出自遗嘱的第二份大纲。
第五个出自遗嘱的第三份大纲。

照片：里施基斯收藏馆

摄自 C. 贝克尔的画作

**奥赛罗与苔丝狄蒙娜在元老院前**

苔丝狄蒙娜：严父在上，
我看出我现在是有两方面的义务。*

——《奥赛罗》，第一幕第三场

* [英]莎士比亚著，梁实秋译：《莎士比亚全集——奥赛罗》，中国广播电视出版社，2002年，第45页，译文有改动。

要记住关于舞台的这番描述，因为剧中许多看起来奇怪的地方一旦放在这个背景中就显得简单和令人满意了。掌握任何一种艺术于中盛行的直接条件，的确能帮助我们理解这种艺术。掌握莎士比亚舞台技术的要素，明白这些技术如何对他发挥作用，对于全面理解莎士比亚的戏剧至关重要。

比如，就常规而言，他的剧都是在白天上演的。这本身就排除了制造神秘感的任何伎俩。于是，《哈姆雷特》和《麦克白》中的鬼魂或《仲夏夜之梦》中的仙女不管给人什么超自然的印象，都必然取决于演员的技艺和观众的想象力。

而且，主要舞台是直接插入到观众当中的。实际上，有些观众就坐在舞台上。这对我们来说实在不能容忍，但这个习惯却持续了一个多世纪。但我们必须记住，当时几乎或根本没有使用图像幻觉，而在这方面，任何一种戏剧创作的惯用技巧都可以随时拿来用一下，也可以随时抛弃掉。意大利演员现在仍然会在剧中停止表演，在观众雷鸣般的掌声中退场后再回来向观众鞠躬致谢。英国的戏剧和歌剧几年前还亮着礼堂所有的灯上演，而包厢里的谈话几乎不会因为幕布已经拉开而停止。在最佳情况下，伊丽莎白时代的表演要考虑到三面面对观众，而在最糟的情况下，舞台上的演员要时不时地被一个勇敢的绅士击败，他更专注的是自己恰当表现出的态度而非戏剧。

这种半岛状舞台引出了几个问题。舞台布景的制作是不可能的，而可以说图像效果必须得到全面考虑。这就要精心设计华丽的服装和庄重的动作。为了经得起这么近距离的审视，服装确实需要精美。大量费用都用在服装上了。一件国王服装可能比有国王出场的剧的稿费还高，尽管当时的稿费的确很低。然而，有钱的年轻贵族虽然还不能享受我们现在比较完美的文明所提供的奢侈，却用难以置信的大量金钱购买服装，时而也把剩余的服装捐给了剧院。于是服装的华丽展示越来越受欢迎。但是，莎士比亚剧中似乎并非满目都是华丽的服装，直到他在《亨利八世》中做了精心设计（这是他与人合写的），但由于在演出时开了真枪，于是，整个全球剧院和那些漂亮服装——很可能还有莎士比亚自己的手稿——便全都付之一炬了。

但是，当我们在《安东尼与克娄巴特拉》中看到坎尼地阿斯率领大军从舞台一边走过时，我们必须描画一个象征性的仪仗队；几个全副武装的士兵和一个旗手。如果士兵走得雄赳赳气昂昂，旗手也打着旗——就像现实中一样——仿佛他们就是武装力量和荣誉的象征，这就足够了。其余的要靠伊丽莎白时代观众的想象力了。

# 第一节

如果一个聪明的外国人对莎士比亚一无所知，在只有"词典"的情况下问什么是全面欣赏莎士比亚的最好途径，我们该给他制定什么样的计划呢？或者，一个学生在摆脱了某种英语教育所要求的关于莎士比亚的全部肤浅或特殊的知识之后，想要重新开始学习莎士比亚，我们该推荐哪些必读书？当然不是随意地翻阅排版拥挤、字迹密集、标有"莎士比亚"字样的普通的书，甚至不是选择一两部杰作。我们就先来为这个特殊目的列个书单吧：

《仲夏夜之梦》
《罗密欧与朱丽叶》
《亨利四世》，第一和第二部
《第十二夜》
《尤利乌斯·恺撒》
《麦克白》

这几乎是按年代顺序排列的。由于下面所要涉及的原因，《罗密欧与朱丽叶》不在这个顺序里。除了最后一个"时期"之外，这个书单包括了莎士比亚创作的全部"时期"。这些剧目虽然不能全面展示莎士比亚，但也清楚地标明了他在戏剧艺术中步步攀升的轨迹。省略《哈姆雷特》是值得注意的。但《哈姆雷特》——作为一部剧作，一部莎士比亚的剧作——在许多方面都是独特的，最好单独予以考虑。《李尔王》和《安东尼与克娄巴特拉》是巨作，那就把它们当巨作来单独阅读吧。《奥赛罗》可以取代《麦克白》；从较小的意义上说，它比《麦克白》好一些，但从更大的意义上说，它不如《麦克白》。

但是，这个书单是为了让我们这样认识莎士比亚，以便我们之后不管在哪里接触到他的作品和思想都会立刻感到熟悉。如果我们想来一点消遣，再多读几部他的剧作，我们还可以加上《威尼斯商人》、《皆大欢喜》或《无事生非》。如果我们想要了解历史，还有《理查二世》、《理查三世》或《亨利五世》。在非常熟悉了莎士比亚之后，我们可以尝试一下比较乖戾的《恶有恶报》和《特洛勒罗斯与克瑞西达》，欣赏《爱的徒劳》和《错误的喜剧》的美，注意它们的鲜活生动，然后静下心来——正如他也静下心来写作这几部戏一样——读一读《辛白林》、《冬天的童话》和《暴风雨》。甚至在这时，还是有某一部杰作或半部杰作没有提到。

在介绍完了读什么之后，我们该出于这个有限的目的说说该怎样读的问题。这里给出的建议会使学生——尤其是对莎士比亚一无所知而且聪明的外国人——感到有点难。第一次阅读每一部戏时要大声朗读，权把它们当作音乐来听。这个计划需要有耐心的听众或隔音的房间，但结果却是值得的，能够克服可能起到阻碍作用的自我意识。这不是说《仲夏夜之梦》的声音和意义同样重要，或声音应该或能够与意义分离开来。这种说法是有悖常理的。但是，把意义与声音分离开来无非等于把像雪莱的《云雀》这样的抒情诗改写成散文。

亚瑟·鲍彻先生饰演"亨利八世"

国王：读一读这个吧；
　　　然后再读这个；然后你有胃口
　　　就去吃早餐吧。*
　　　　　　——《亨利八世》，第三幕第二场

* [英]莎士比亚著，梁实秋译：《莎士比亚全集——亨利八世》，中国广播电视出版公司，2002年，第157页，格式有改动。

照片：F.W. 伯福德　　承蒙伦敦服装商 B.J. 西蒙斯有限公司提供

```
GOOD FREND FOR IESVS SAKE FORBEARE,
TO DIGG HE DVST ENCLOASED HEARE:
BLESE BE Y MAN Y SPARES HES STONES,
AND CVRST BE HE Y MOVES MY BONES.
```

照片：里施基斯收藏馆

莎士比亚墓石上的碑文，艾冯河畔斯特拉特福教堂

照片：W.A.曼塞尔公司　　　　　　　　　　　　　　　由伯明翰公司惠允复制

**《驯悍记》（约翰·吉尔伯特爵士）**

彼特鲁乔：你们这些木头人一样的不懂规矩的奴才！

——《驯悍记》，第四幕第一场（梁实秋译）

照片：里施基斯收藏馆

**摄自《哈姆雷特》的戏剧场景（马克利斯）**

哈姆雷特：他在花园里把他毒杀了，好谋夺他的财产。*

——《哈姆雷特》，第三幕第二场

---

\* ［英］莎士比亚著，梁实秋译：《莎士比亚全集——哈姆雷特》，中国广播电视出版社，2002年，第163页。

对学习莎士比亚戏剧的学生来说，只在理论上承认这一点是不够的。在小说和报纸盛行的当今时代，阅读对我们大部分人来说已经成为一种半自动的营生。也就是说，眼睛已经习惯于在瞬间把整个句子的意义传递到大脑。词语被简缩成短语，而词语的声音却被忽视了。这对所有诗歌来说真是太难了，而对于戏剧诗而言简直是死亡。因为剧作家所写的是要被说的，他的艺术是用言语的音调和节奏来表明人物，就像其意义必然会的那样。戏剧家有时用一句话的声音表达出的意义比从戏剧角度正常传达的内容多得多的内容。散文的细节也同样如此。在诗剧中所涉及的东西要多得多。剧的整体倾向一定会受到所用的那种韵文的影响——或易于被这种韵文决定。人物与人物、场景与场景之间的对比（对内容和形式都十分重要）主要取决于对声音和意义的调动。莎士比亚有时明显地通过从韵文转到散文，或用押韵的对句来结束一场戏来这样做。①在成熟时期，他对韵文的使用更加出神入化，用它来表示戏剧气氛的变化，刻画人物的性格。而忽视这些效果就不仅忽视了它们的美，而且当剧的意义取决于它们的意义时，这甚至导致对剧情的误解。所以，由于我们现在的阅读习惯喜欢忽略这些，我们才必须注意到它们，不管这个过程显得多么不合理。

但是，至少在《仲夏夜之梦》中，这个过程是令人愉快的。让一个孩子用清楚、高昂的声音阅读，如果可以的话，别去领会其意义，而只听那声音，你几乎不能不说你所听到的是纯粹的音乐，就像莫扎特交响乐中的音乐。但是，其意义竟是如此简单、如此清楚、如此内在地与词语结合在一起，以至于你不可能忽略它。为此，我们举几个例子首先掀动你的耳帘；如果让它从其他路径进入的话，你所欣赏到的美绝对不会是相同的。

> ……啊幸运的美貌！
> 你的眼睛是引路的北斗！你唱的歌调，
> 比牧童听的百灵鸟还要和谐，
> 在那麦子绿了山楂吐蕾的时节。②

声音和意义完美地结合起来，意思简单。但是，闭上眼睛大声朗读——在伦敦11月的一次大雾中，在炽烈的热带，在新英格兰的雪地上——通过声音和意义的结合，难道你没有感觉到英国的春天吗？

看看下面二重唱开始前的几行诗吧：

> 唉，我所曾读到的听到的一切故事与史实里面，
> 真正的爱情的道路从来没有平坦过；③

---

① 这个押韵的标记也是表示一幕戏结束的习惯用法。莎士比亚在这方面并不始终如一。但当需要让一场戏圆满结束时他常常采用这个方法。
② [英]莎士比亚著，梁实秋译：《莎士比亚全集》（上卷），内蒙古文化出版社，1995年，第346页。
③ 同上，第345页。

很美。但你必须把它读作二重唱,想象两个声音的混合,否则它的魅力就消失了。

听听第一个仙女的歌声:

> 翻山冈,渡原野,
> 披丛林,斩荆棘,
> 过游苑,越栅界,
> 涉水来,投火去,
> 我是到处云游,
> 迅速赛过地球。①

诗中的旅行一定轻松愉快;再听那柔和的第三重音调

> 迅速赛过地球

那一定是鸟的歌唱。

再听听奥伯龙那奇异的愤怒之声吧:

> 你且慢,泼妇!难道我不是你的丈夫?

以及泰坦尼娅那荒诞的嫉妒之言:

> ……你那雄壮的亚马逊女王,
> 你那穿靴的情妇,英武的爱人。②

多么精巧的东西都唾在他身上了呀!

听听赖桑德温和倦怠的声音吧:

> 爱,你在树林里走得很疲惫,
> 说实话,我已经迷失了路途:
> 休息一下,荷米亚,如果你愿意,
> 等待着白昼带来的舒服。③

品品扑克的恶作剧:

> 跑上跑下,跑上跑下:
> 我引他们跑上跑下:

---

① [英]莎士比亚著,梁实秋译:《莎士比亚全集》(上卷),内蒙古文化出版社,1995年,第351页。
② 同上,第352页。
③ 同上,第356页。

照片:W.A.曼塞尔公司

《埃伦·泰莉夫人饰演麦克白夫人》(约翰·S.萨金特)
伦敦国家肖像馆

>　　田间城里谁见我都怕；
>　　小鬼，引他们跑上跑下。①

人们会说这种短诗里没有什么特别的东西，除了它碰巧达到了诗歌和戏剧的目的。再听听那欢快的狩猎号角打破了"寂静的"仙女音乐，把梦的迷雾驱散——那是希波吕忒英勇的声音：

>　　有一次我和赫拉克勒斯与卡德摩斯在一起，在克利特岛上的森林里，他们用斯巴达的猎犬围攻一只狗熊：我从没有听过那英勇的吠声；因为除了林谷之外，天空泉水以及附近每块地方都好像响成一片和谐的吼声。我从没有听过那样悦耳的嘈杂，那样美妙的雷鸣。②

然后，听听忒修斯那更加浑厚的声音：

>　　我的猎犬正是斯巴达种，有那样的下颚，有那样沙黄的颜色；头上悬着两扇耳朵可以扫除朝露；膝是弯的，像塞萨利的公牛一般下巴垂着肉；跑得慢，但是声音配合得像一排铃铛，一个比一个低。③

而最重要的，不要错过了线团④那不朽的语言的朴素和美丽——仅仅因为他被叫做喜剧人物：

>　　让我也演那头狮子吧。我会吼，我能使听的人心里舒服；我会吼，我会使得公爵说，"叫他再吼一声，叫他再吼一声。"⑤

在教会我们聆听这些音调和和谐之音之后，言语与言语、场景与场景之间节奏和调子的转换（尽管不必过分强调一幕戏与另一幕戏之间的这些相似之处），我们便可以没有障碍地去轻松愉快地欣赏这部戏了。剧本中几乎没有古文，尽管乡间插曲的风趣对于我们不像对伊丽莎白时代人那样直接（这是不惬意的地方），但如果我们不去寻找更多，摆脱把乡村小丑与马戏团小丑混为一谈的现代城市培养出来的灾难性习惯，我们就不会不懂它的精神。

---

① [英]莎士比亚著，梁实秋译：《莎士比亚全集》(上卷)，内蒙古文化出版社，1995年，第371页。
② 同上，第376页。译文略有改动。
③ 同上，第376页。译文略有改动。
④ 线团(Bottom)：《仲夏夜之梦》中的织工。——译注
⑤ [英]莎士比亚著，梁实秋译：《莎士比亚全集》(上卷)，内蒙古文化出版社，1995年，第349页。译文略有改动。

# 第二节

　　莎士比亚所写的这类剧作中再没有比《仲夏夜之梦》更完美的了。实际上还可以说——并为这一立场辩护——他写的任何剧作都没有如此完美。此后他再也没有写出这种剧本,因为其真正同类的剧本《爱的徒劳》是早期的一部作品。这部剧作的完美在于这样一个事实,其主题、内容和方法完全吻合。其灵感是抒情诗式的,主要故事情节和故事中的人物都完全是抒情诗所能承担的。忒修斯,这个古代英雄,是个虚构人物,但却是有意虚构的。希波吕忒只是这个名字所暗示之物的影子。他们的出场只是加强林中情人的浪漫性,给结婚增添了庄重的色彩——而这不仅仅是该剧的结尾,就是说,该剧确实是为庆祝一次盛大的结婚庆典而写的。难道真的有这样一场结婚庆典嘛?而就性格来说,四个情人并不比仙王和仙后更实际或复杂;正确地说,这完全是一出童话剧。

　　现在转到《罗密欧与朱丽叶》上来。这是一部早期作品,尽管是一部很美的作品,但是比较粗糙。情感的表达手法也往往是我们所陌生的;对此我们不应该挑肥拣瘦。

　　请看开场戏的效果,从仆人们吵嘴的荒诞散文缓缓过渡到王子的洪亮诗句。莎士比亚只用了几百个字就完整地描述了家族夙仇,卷入夙仇的那些人们,男人们和他们的妻子们,以及维罗纳在这场夙仇中的责任。注意,甚至在此之前,合唱队的那几个单词怎样为我们奏响了这出戏的基调:

> 繁华的维罗纳,
> 有两个大家族,

莎士比亚以前学到的、后来从未丢掉的一个技巧就是毫不耽搁地让观众步入正轨,了解场景和人物。但是,借助于诗歌的形式,整个故事似乎进展顺利和迅速,第一幕以优美的舞蹈情节为高潮,以罗密欧被认出来之后那段完美的对话为结尾——我们在读剧本的时候必须想象当戴面具的人拿着火炬离开时的场面,[①] 只有两个人物留在了舞台上!

> 朱:我竟为了我唯一嫉恨的人而倾倒!
> 　　当初不该遇到他,现在又嫌太晚了!
> 　　我这一段爱情,结果怕不吉利,
> 　　我爱的是一个可恨的仇敌。
> 乳娘:你说什么?你说什么?

---

[①] 现代版本不具有对开本的权威性,比对开本早十行左右就标出了"下",破坏了应有的效果。但现代导演通常表现出更多的理性。

照片:W.A.曼塞尔公司　　　　经曼彻斯特公司惠允翻拍

**《王子亚瑟与休伯》**(W. F. 伊默斯)

亚瑟:啊! 留下我的眼睛吧,
纵然除了经常看你之外不作其他用途! *

——《约翰王》,第四幕第一场

---

\* [英]莎士比亚著,梁实秋译:《莎士比亚全集——约翰王》,中国广播电视出版社,2002年,第123页。格式略有改动。

照片:W. & D. 唐尼公司

**福布斯·罗伯逊饰演"奥赛罗"**

奥赛罗:可是她非死不可,否则她要骗害别的男人。*

——《奥赛罗》,第五幕第二场

---

\* [英]莎士比亚著,梁实秋译:《莎士比亚全集——奥赛罗》,中国广播电视出版社,2002年,第229页。格式略有改动。

照片:L. 卡斯沃尔·史密斯　　依据乔普林·罗夫人的画作

**埃伦·泰莉饰演鲍西娅**

鲍西娅:慢一点:还有话说。

这借约上没有说给你一滴血。*

——《威尼斯商人》,第四幕第一场

---

\* [英]莎士比亚著,梁实秋译:《莎士比亚全集——威尼斯商人》,中国广播电视出版社,2002年,第159页。格式略有改动。

照片:《每日镜报》工作室

承蒙伦敦服装商 B. J. 西蒙斯有限公司提供

**H. 比尔博姆·泰里爵士饰演"麦克白"**

麦克白:说,假如你们能:你们是什么东西? *

——《麦克白》,第一幕第三场

---

\* [英]莎士比亚著,梁实秋译:《莎士比亚全集——麦克白》,中国广播电视出版社,2002年,第25页。

> **朱**：刚刚从陪我跳舞的人学来的几句歌词。
>
> ［内呼"朱丽叶"！］
>
> **乳娘**：就来，就来！……我们走吧；客人都已经散了。①

第一幕戏中没有什么令最"现代"的人感到奇怪的，除了罗密欧、班孚留和墨枯修之间谈话的梦幻场面和他们对双关语的极端执迷。但我们必须记住，这些谈话除了在戏剧表演上特别适合罗密欧自觉的幽默外，都是当时流行的文绉绉的、即便不是实际的谈话方式（因为当时的人们很快就会沉浸于这样的谈话）。而且，双关语当时并未遭到置疑。人们不认为双关语是糟糕的笑话，甚至根本不是什么笑话。对有文化的伊丽莎白时代的人来说，英语语言就像一笔刚确定的、绝妙的遗产一样。他们陶醉于这种语言，以每一种可想到的方式拿这种语言消遣。但他们没有想到——直到游戏快要结束的时候才意识到——他们这样做贬低了英语语言的价值。他们浪漫地、充满感情地利用了词语。莎士比亚似乎不久就厌腻了这种用法；他发现语言的戏剧性效果对他来说太肤浅了。但是，即使在他比较成熟的、最严肃的作品中，也仍然使用双关语。②

然而，正是在该剧的后部分，这些传统手法影响了我们对文学适当性的现代理解。我们可以使一部关于思想的戏与真挚的情感表达一致起来。朱丽叶说：

> 请你教导我如何在胜利的比赛中失败

这句话并不令人不安。但几行之后，她又说：

> 罗密欧自杀了吗？你只要说声"是"，这一声"是"就比鸡头蛇杀人的眼睛还要歹毒：如果有这样的一声"是"，或是他的两眼已闭使你不能不说"是"，那么我也不久于人世了。如果他被杀，就说"是"；否则说"不"：短短的一声就可决定我的祸或福。③

也许很难让我们表示出我们所愿意表示的同情。罗密欧也受着同一种情感的煎熬，但不愿意玩这种文字游戏。然而，甚至他在说完

> 腐尸上的苍蝇都比罗密欧有权享受更多的……
> 殷勤取媚的机会：他们可以抓住朱丽叶的玉手

---

① ［英］莎士比亚著，梁实秋译：《莎士比亚全集》(下卷)，内蒙古文化出版社，1995年，第358页。
② 《尤利乌斯·恺撒》第一幕中的一句台词：Now is it Rome indeed and room enough. 句中的 room 是双关语，暗指前面的 Rome；梁实秋译：现在的罗马可是真宽绰的了。《莎士比亚全集》(下卷)，内蒙古文化出版社，1995年，第452页。以及——尽管现代的审美力会提出异议——麦克白夫人的话：
  I'll gild the faces of the grooms withal,
  For it must seem their guilt.
③ ［英］莎士比亚著，梁实秋译：《莎士比亚全集》(下卷)，内蒙古文化出版社，1995年，第375—376页。

紧接着一定要加上一句：

> 苍蝇可以做这些，而我必须远走高飞。①

然而，可以看到的是，随着悲剧的展开，莎士比亚的掌握是怎样越来越牢固的。且看分手的场面，从下一句开始：

> 你要走了吗？还不到天亮。

与阳台上的一场戏比较，在那里莎士比亚的天才的特征（恰巧也是恋人之真爱的特征）并不在于其经常被引用的修辞的美，而是——对于现代作家来说——在于最后25行的朴素：

> 朱：罗密欧！
> 罗：我的爱！
> 朱：我明天几点钟派人到你那里去？
> 罗：九点钟吧。
> 朱：我一定准时不误；要到20年才能挨到那个时间。我忘记为什么叫你回来了？
> 罗：让我站在此地让你慢慢地想。
> 朱：我只是爱和你在一起，为了使你永久站在那里，我将永远想不起。
> 罗：那么我就永久的等着，好让你永久的想不起，因为除了这个地方我也不记得还有什么家。②

而且到最后都如此完美。接着当他们分手时，他们的幸福结束了，但抒情的曲调仍在回响，主题也没有改变——太阳、月亮和鸟的歌唱——但现在他们发生了变化。诗的格调深沉了，韵律坚实而缓慢了，而对话则总是转向现实的：

> 我一定要去逃生，否则留着等死。

她无意中说：

> 所以再停留一会儿吧：不必急于要走。

他回答说：

> 怎么，我的灵魂？我们谈谈，天未亮起来。

---

① [英]莎士比亚著，梁实秋译：《莎士比亚全集》（下卷），内蒙古文化出版社，1995年，第377页。
② 同上，第363页。

但是，她又说：

> 啊！现在走吧：天越来越亮。①

从这时起，莎士比亚不再为词语而使用双关意义了。在一段关于朱丽叶和巴利斯的伤感文字中，她试图用往常的含混游戏来掩盖她的痛苦；但那是出于戏剧的目的。而当乳娘告诉朱丽叶要嫁给巴利斯时，朱丽叶问：

> 朱：你说的是心里的话么？
> 乳娘：而且是灵魂里的话；否则让我的心和灵魂一齐受诅咒。
> 朱：阿门！
> 乳娘：怎么？
> 朱：你已经给了我很大的安慰，……②

莎士比亚找到了真正的"方法"。

　　从艺术发展的角度来看，更加了不起的是最后一幕戏中的罗密欧，他的悲剧形象也是通过这幕戏确立起来的。莎士比亚第一次得心应手地使用反讽手法，这在较成熟的作品中对其天才颇有助益。这幕一开始就进入了反讽。墓地那场戏中，罗密欧痛苦地抱着仍然活着的朱丽叶，以为她死了，他自己死在了朱丽叶的怀里，这是具有悲剧反讽意义的。譬如这样的描写：

> 好，朱丽叶，今晚我就要和你睡在一起了，

甚至给药剂师的教导：

> 这是你的金子，这是害人心灵的更厉害的毒药，

都是杰出的戏剧描写。最重要的是，从莎士比亚艺术的角度看，我们应该看到罗密欧在得知朱丽叶的死讯时的态度：

> 果真如此？那么命运，我再也不信仰你！

这是剧中最成熟的地方。这里，莎士比亚掌握了让未言说之物与被言说之物同样有意义的秘诀。没有必要告诉演员去做什么。他只要通过合理的方式准确地表达那些优美的台词，在这个过程中，他将沉默地传达出用言语表达的情感——任何遣词造句都不能传达这种情感。多年后，他又在《麦克白》中取得了同样的效果

---

① [英]莎士比亚著，梁实秋译：《莎士比亚全集》(下卷)，内蒙古文化出版社，1995年，第380页。
② 同上，第383页。

> 从此以后她应该死去，
> 应该有时间说这句话。

除了美和魅力，这对我们和该剧的首场观众来说都具有同样的吸引力（该剧首场演出就获得了巨大成功），对学习《罗密欧与朱丽叶》的学生它还具有很多别的饶有趣味的东西。比如，莎士比亚在描写墨枯修的过程中有了新的发现。著名的"麦布女王"（"Queen Mab"）的对白是引人入胜的华丽韵文，但它可以出自任何人物之口。但是，墨枯修死的场面却完全是另一回事。剧中那些愚蠢的言行是有意义的。但无论是精美的笔触还是愚蠢的言行，最有意义的还是我们自己去发现它们。

## 第三节

我们必须简单谈谈书单上的两部历史剧，因为这个话题很容易会扩展到我们的范围之外。这两部戏是莎士比亚对当时非常流行的这一剧种的最具个性的贡献。《亨利五世》的三个部分中只有一个部分——可能是非常小的部分——出自莎士比亚之手。在《理查三世》中，合作者对他的影响仍然很大。《理查二世》和《约翰王》是他自己的作品，他写了其他作家或许不可能写的东西，但他做的是其他作者或许能够尽最大努力去写、并且相当好地完成的东西。但就《亨利四世》和《亨利五世》的两部分来说，尽管他确实采纳了这种剧目的公认形式，他仍使其如此鲜活，因此赋予其以全新的意义。这些剧目伟大的戏剧优点就在于它们不仅讲述了重大历史事件的历史，而且描画了与这些事件相关的普通人的生活和思想。这一成就的核心当然是福斯塔夫这个人物。

与大多数虚构的大人物一样，福斯塔夫也是个惊人的创造。[①] 从盖兹希尔[②]的福斯塔夫到第二部分中关于荣誉之语言、场景和独白的哲学家，这是一个天才的旅行。开始时，把福斯塔夫的场景通读一遍，这决不是糟糕的计划。这样，在那些事件的历史场面中，我们必须想象这样一个伟大人物訇然来到舞台之上，以一个好演员所能体现的友好亲昵更加迅速地给我们留下了深刻印象。这也有助于我们抵制那种必然的诱惑——在曾经屈从于那种诱惑之后，即跳过第二部冗长的对白而热衷于福斯塔夫的下一次出场。值得一提的是莎士比亚如何把他掌握在股掌之间。他被置放到该剧严肃事务的边缘，他并未卷入其中，但除了一个情节外。这就是他虐待霹雳火死尸的情节——这个艺术性亵渎一直是令该剧的许多导演头痛的事。

---

[①] 堂吉诃德和福斯塔夫。在五年内，英格兰和西班牙竟然出了莎士比亚和塞万提斯用这样两个相对立的人物颂扬骑士精神。毫无疑问，这是人们经常谈论的话题，但本文作者还不知道有谁把这种比较研究扩展到将西班牙和英格兰对这些气息奄奄的理想的一般对抗以及各国家为自己创造出的新思想包容在内。一个有价值的话题。

[②] 盖兹希尔（Gadshill），也就是英文 good as he is 的口语形式。——译注

赞扬福斯塔夫是肤浅的。他说他不但自己聪明,而且还能使别人聪明。我们可以深化这句话的意思。他就是幽默这一观念的化身。他就是一种自然力的显现。我们当中最缺乏福斯塔夫性格的人也与他有共同之处;或者说,如果没有的话对我的人性而言就更糟了。也许正是在这一点上哈尔王子才与他有关系,这也是这个人物的纯戏剧性目的。

有很多人讨论过哈尔王子的悖论;对于莎士比亚的批评家就像对于哈尔的父亲一样,他始终都是个大难题。他身边怎么会有像清教徒那样的人!那些道德家!在和福斯塔夫开心地玩过之后,他竟然那样卑鄙地对待他!答案其实很简单。虽然我们对此满有把握,但也不必认为莎士比亚曾经考虑过有关这些方面的这些问题或答案,也就是说把它们作为抽象的概念来考虑。对于"他怎么会那样做?"这个问题,戏剧家都会回答说:"他做了。"但是,作为批评家并出于我们自己的目的,我们且来描述一下该剧(所谓)的"同情"结构及其调整。

我们看到亨利四世为"间接和邪恶的念头"而烦恼,他也因此而戴上了王冠,与霹雳火和诺森伯兰发生了冲突,他们以令亨利四世烦恼的那些念头为由为他们的叛逆开脱。亨利哀叹他的儿子不是霹雳火。

> 是幸运女神的情郎与夸耀。

而他的儿子却充满了

> 这样放纵和低级的欲望,……
> 这样无聊的娱乐,粗俗的伴侣。①

他会有什么样的未来呢?

霹雳火是个卓越人物,描写得最出色。他是该剧第一部中的驱策力。他与父亲、叔叔、妻子以及格伦道尔的戏都惟妙惟肖。(用后来的一部剧中的一句话说)"这曲调的确像大丈夫。"但莎士比亚不能对他倾注更多的爱,不允许他有一点点不令人同情的性格特点。他

> 宁愿是一只咪咪叫的小猫
> 也不愿意是那种做歌曲的诗人。②

然后,紧急关头到来了,父亲却又"病得很厉害"。

> 糟!在这匆忙的时候,他怎么有闲暇生病?③

---

① [英] 莎士比亚著,梁实秋译:《莎士比亚全集》(上卷),内蒙古文化出版社,1995年,第810页。
② 同上,第808页。
③ 同上,第816页。

尽管他骁勇、仗义，但他蔑视哈里王子。他不相信哈里王子改过自新的故事，也为之愤懑。他嫉妒哈里，问他是否"轻蔑地"提出进行单挑的挑战。决斗前他说的最后一句话是：

  我不能再忍受你的空话。①

但是，看看哈里王子面对他的死尸时是怎么说的：

  ……再会吧，好汉！
  没织好的野心，你如今缩成这样了！
  这身体还有生气的时候
  给他一片国土，他还嫌小；
  但是现在，两步平凡的泥土就够了：
  你现在长眠着的这块土地，
  从来没有载过这样勇敢的一个活人。②

接着——紧接着！——当他看见老福斯塔夫——那个食客、酒徒和胆小鬼——被当成真的死尸的时候，他说：

  ……可怜的杰克，再会了！
  丢掉一个比他高贵的人，我都不会这样难过。③

当然，这一切都非常清楚。莎士比亚意在让博爱取胜，让我们所说的共同的人性取胜。④

最后——我们且来结束这方面的讨论——亨利戴上了王冠，那个场面很凄惨；他面对气息奄奄的老国王时真诚得可怕。

  我指控它，把它放在自己的头上，
  和它较量一番，好像一个敌人
  当我的面把我的父亲杀死了，
  一个好儿子不能不和他夺斗到底。
  但是如果它使我感到些微的快乐，
  或是在我心里激起任何的虚骄之念；
  如果我有背叛的意思，虚荣的念头，
  再加上一点点高兴的心情

---

① ［英］莎士比亚著，梁实秋译：《莎士比亚全集》（上卷），内蒙古文化出版社，1995 年，第 826 页。
② 同上，第 810 页。
③ 同上。
④ 这并不是历史问题。莎士比亚没有抛弃历史，而是让人物适应历史。

照片:亨利·迪克逊-儿子公司　　　　　　　　　　　　　　摄自霍·约翰·科立叶的画作

比尔博姆·泰里爵士饰演福斯塔夫,埃伦·泰莉小姐和肯德尔夫人饰演"温莎的风流妇人"

福斯塔夫:我爱你,除了你我谁也不爱;帮助我离开此地让我爬进去。*

——《温莎的风流妇人》,第三幕第三场

---

* [英]莎士比亚著,梁实秋译:《莎士比亚全集——温莎的风流妇人》,中国广播电视出版社,2002年,第115页。译文略有改动。

摄自蔡斯·A.布赫尔的画作　　　　　　　　　　　　　　经A.比尔博姆先生惠允使用

A.比尔博姆先生饰演《威尼斯商人》中的夏洛克

摄自英国皇家艺术院院士埃德温·朗的画作

**亨利·欧文爵士饰演哈姆雷特**

死,——长眠;
长眠么!也许做梦哩!哎,阻碍就在此了。*

——《哈姆雷特》,第三幕第一场

---

\* [英]莎士比亚著,梁实秋译:《莎士比亚全集——哈姆雷特》,中国广播电视出版社,2002年,第135页。

>　　来接受这权威的象征
>　　让上帝令我的头永远不得戴上它，
>　　令我成为一个最穷苦的奴才
>　　见了它就惶悚下跪。①

　　由于心中没有伪善，亨利五世必定进入了一个更加严酷、毫无善意的世界，一个几乎不讲友谊的世界。但他必须扮演分配给他的角色。莎士比亚所谓"世界就是一个舞台"这句话并不是随便说的，他常常把现实生活与戏剧里的模仿生活加以比较。

　　当然，关于这两部孪生剧还有很多话要说。总起来说，它们是在不断的成功和自信的基础上写成的（不是世俗的成功——尽管它们带来了世俗的成功——而是艺术的成功）。剧中的诗文流畅。夸张的手法（在莎士比亚这么敏感的作家身上看到的紧张和焦虑的迹象）已经悄然不见了。事实上，夸张的格伦道尔是个笑料。毕斯托尔则天生滑稽。甚至（第二部第一幕的）诺森伯兰也因很小的缘由被谴责为沉浸于"激情的滥用"。

　　莎士比亚此时已经非常注意戏剧结构的平衡，而且，如我们已经看到的，也注意同情的平衡。他没让亨利四世死在舞台上，那样会赋予他过于悲剧的意义。他小心翼翼地不让亨利王子卷入兰开斯特和威斯特摩兰解决主教造反的骇人所闻的阴谋中。在那场戏中（第二部第五幕第二场），让我们注意莎士比亚非常自然地采纳了时间习惯。一支军队在三分钟内就疏散开了，正如凯普莱特的舞会只有一只舞曲一样。

　　许多细节都值得一提。人们可以说，福斯塔夫总是濒于逃脱其创造者之手，这是创造者让他过的那种生活。在第一部的结尾，莎士比亚似乎想要改造他：

>　　如果我变伟大了，我要变瘦；因为我要改邪归正，戒掉酒，过干净的生活，
>　　像一个贵族该有的那样。②

而第二部的尾声给我们留下的关于他的更多期待是《亨利五世》所没能完成的。

　　毕斯托尔不仅天生滑稽，他不还是对霹雳火的极好的滑稽模仿吗（这是有意的吗？）？

　　需要注意的非常重要的一点就是《理查二世》的故事是如何在这两部戏中得以存活的，每部戏的结尾——尤其是第二部的非传统结尾——是如何被构思以唤起我们对未来戏剧的兴趣的。

　　喜剧的部分充满了时事典故，其中有些很容易掌握，而另一些则必定是我们所不知道的。我们不可希望像伊丽莎白时代的观众那样为福斯塔夫的戏而捧腹大笑。但是，

---

① [英]莎士比亚著，梁实秋译：《莎士比亚全集》(上卷)，内蒙古文化出版社，1995年，第875页。
② 同上，第827页。

对于下面的对话我们也许不需要什么帮助:

> 孚:巴多夫哪儿去了?
> 童:他到平原给您买马去了。
> 孚:我在圣保罗买到他,他又到平原给我买马;如果我在娼家再弄到一个婆子,我可以说是仆马妻俱备了。①

而且,就这些场戏的精华而言——就莎士比亚戏剧中所有类似的戏的精华而言——有什么比得上福斯塔夫的被捕,对新兵的伤害,以及在沙娄家就餐呢?又有什么能与坐在酒店卧室里的魁格莱夫人对福斯塔夫的描述或道尔·蒂尔席特对他的称呼相媲美呢?

> 你这婊子养的巴托罗缪猪儿②

沙娄对老德布尔的哀悼,大维为坏蛋魏泽所做的辩护,

> 我不认为赛伦斯先生是有这种气质的人

或

> 沙娄先生,我欠你一千英镑吗?

天哪,这些都是多么栩栩如生啊!

# 第四节

《第十二夜》和《尤利乌斯·恺撒》可能或可以肯定地说是在一年内写成的(1599—1600)。《第十二夜》是三部成熟喜剧中的最后一部。从题目和创作中的粗心来看,这部戏是"逢场之作"——大概和《仲夏夜之梦》一样——据猜测,在《无事生非》和《皆大欢喜》获得成功之后,莎士比亚受命写这部戏,按照传统,要在"第十二天的夜里"给伊丽莎白女王上演。

用现代的话来说,可以说《第十二夜》是所有戏中最有魅力的。它表明了写作的直接性。莎士比亚发现了一个好故事,便以老练的清晰性把它写了出来。但最初的几场戏脱节空泛。直到维奥拉和奥莉维亚相遇时,他才真正应付他的主题。我们甚至可以拣出让戏鲜活起来的那句台词:

---

① [英]莎士比亚著,梁实秋译:《莎士比亚全集》(上卷),内蒙古文化出版社,1995年,第837页。
② 同上,第852页。

> 维：我知道你是什么样的人；你是太骄傲。①

　　这至少把维奥拉抬高到女主角的显赫位置。莎士比亚发现了每一个戏剧家在剧中、在场景中都想要的东西，即环境的对比和气质的冲突。奥莉维亚是个娇媚倨傲的人，享尽世间万般快乐，但却不谙世事，轻率鲁莽。而维奥拉则一切都破灭了，除了各种烦恼之外还有令人心碎的无望之爱，但能勇敢乐观地面对广袤的世界。在明显的戏剧环境中，那姑娘被派去为她自己所爱的男人追求别人，这再好不过了，但这些人物竟然在表演中超越了这个环境！维奥拉从未让她的造物主失望过，他也没让她失望过。至于奥莉维亚，故事使她陷入重重困境；或者说，是她的粗心导致了这段困难重重的情节。人物和环境都有理由让她冲动地追求乔装改扮的塞萨里奥。这开始时很顺利，但后来变成了效果的单调重复，最后则极为机械地以匆忙与塞巴斯蒂安结婚结束。敖新诺在剧的发展中遭受了更多。在最好的两幕戏中，莎士比亚让他成为、并努力让他成为一个杰出的人物。他的确像人们所说的是个有点刻板、无味的人，一个过分自觉的影子，但却被放在了一个错误的位置上，可怜的人。但莎士比亚完全可以多写他几笔；他完全可能有这个打算。最后一幕戏中关于"要死的埃及小偷"的几句台词原本是为他写的，而后来却令人震惊地聚拢为该剧及时的结尾。

　　因为事实是，莎士比亚发现他创造的喜剧人物比他开始时讲的故事更有价值。陶贝爵士、安得鲁爵士、马孚利奥、费斯蒂、费宾和玛利亚，奥莉维亚家奇异的郁闷氛围成了喜剧的背景，这给了该剧最典型的色彩和活力。它无需任何分析，评论显得多余。幽默把我们带入了汹涌的笑浪，如此汹涌甚至连敖新诺也被撇在一边，如我们所看到的，奥莉维亚也时常被卷到不被人注意的角落，也可能甚至吞没维奥拉，如果莎士比亚不在戏谑中抓住她的话。②

　　马孚利奥这个人物体现了反讽和戏谑，但莎士比亚在有生之年并未认识到这种反讽。玛利亚说马孚利奥有时像是一个清教徒。安得鲁爵士也啧啧地说：

> 我若想到这一点，我要把他当狗似的打一顿。③

陶贝爵士说：

> 你以为，因为你是规矩的，便不许别人饮酒作乐吗？④

这是对阴着脸的船员进行的极好的戏剧性嘲弄。但50年后这个笑话居然成真了。英格兰真的几乎没有饮酒作乐了，剧院全都消失了。清教徒向许许多多马孚利奥复了仇。

---

① ［英］莎士比亚著，梁实秋译：《莎士比亚全集》（上卷），内蒙古文化出版社，1995年，第591页。译文略有改动。
② 在许多现代戏中，对喜剧场面过分和不必要的雕琢使剧情更加失衡，比莎士比亚自己的计算错误还要糟糕。
③ ［英］莎士比亚著，梁实秋译：《莎士比亚全集》（上卷），内蒙古文化出版社，1995年，第597页。
④ 同上。

莎士比亚创造的许多人物表现出了良心,马孚利奥是其中之一。他嘲弄这个不愉快的人,让他进了疯人院。可那疯人院的戏却不全是一场笑话。

  我对于灵魂的看法是很高尚的。①

这是马孚利奥在这场戏的中间突然说出的一句话。我们可以冒昧地说,这句话就像其灵感拨动莎士比亚的心弦一样拨动了我们良心的心弦。从那以后马孚利奥就不是一个滑稽人物了。他不是让我们喜欢他,而是让我们自惭形秽。

  剧中充满了或多或少的时事典故。其中有些我们肯定不知其所以然。在这样晦涩难懂的话中隐含着什么呢:

  斯特拉齐家的小姐也下嫁她的管家。②

有谁会说这种话呢?也许,对伊丽莎白时代的观众来说,陶贝爵士的

  不,你若是个爱管闲事的人,我就来斗你。③

这句话的刺痛力对于我们来说却无关痛痒。而事实上安德鲁爵士是个骑士这一事实,

  一个蠢笨的爵士还向她求婚④

这不能逃过我们的眼睛。当我们听到他说

  我的向后一跳可以说不比伊里利亚任何人差。⑤

如果像他所说的那样,他跳了,我们不必先在心里把它译成狐步舞然后再放声大笑。

  这是多么快乐的一群人啊!那个老恶棍陶贝爵士有一天上午真的醉了。我们愿意相信如果不是中暑的话,他的头脑会更清醒些。因为他根本不是酒徒。他勇敢地面对安东尼欧,一个可怕的顾客。我们的确希望安德鲁爵士不那么爱他,更希望他最后不用下面的话攻击那个可怜无辜的人

  驴头,笨蛋,蠢汉,瘦脸的蠢汉,糊涂虫!

但我们可以预见他在自己的婚姻协议上是轻率的,那个玛利亚,白尔赤女士,会带着他兜个大圈子,他将来必须在晚上"早一点回来"。⑥

---

① [英]莎士比亚著,梁实秋译:《莎士比亚全集》(上卷),内蒙古文化出版社,1995年,第620页。
② 同上,第601页。
③ 同上,第615页。
④ 同上,第584页。
⑤ 同上,第586页。
⑥ 同上,第584页。

©沙乐尼

玛丽·安德森饰演"海伦"

©怀特工作室

简·考尔饰演"朱丽叶"

埃德温·布思饰演"哈姆雷特"

© 弗朗西斯·布律吉埃

约翰·巴里莫尔饰演"哈姆雷特"

萨利维尼先生饰演"奥赛罗"

谁会对安德鲁爵士发怒呢？他是个完美的傻瓜，十足的胆小鬼、糊涂虫。当他钟爱和信任的陶贝爵士讲了实话的时候，想想他的面目表情吧。他是多么的可爱呀！多么守规矩呀！他的"好玛利寒暄姑娘"以及——向这个仁慈的老恶棍鞠一躬——他的那句

    和一个老手我是不愿比的。①

当陶贝爵士——他那乖巧的、调皮的玛利亚让他吻了她的手就走开了——用下面这句话鼓起他年老的胸脯、吹开他的胡子时

    她是条小猎犬，纯种，还很爱慕我，不过那算什么呢？②

谁能抵得住下面这句话里的哀婉呢？

    我也曾经被人爱慕过一次！③

安德鲁爵士是个傻瓜，但安德鲁爵士是个绅士。

  没有什么必要去谈论诗歌。随意打开剧本，任何部分都几乎在自行对你歌唱。这是莎士比亚最动人的旋律。它从头到尾都具有一种伤感力，赋予这出戏——我斗胆提出——一种魅力，这是更粗俗的《皆大欢喜》和《无事生非》所没有的。无论是敖新诺的开头

    音乐若即是爱情的食粮，那么就演奏下去吧；④

或维奥拉的

    我要在你门口造起一间柳条屋，⑤

或奥莉维亚的

    啊人世！穷人应该是多么骄傲。⑥

或可以找到的其他50段话中的任何一段，它们都具有这种独特的美，这是莎士比亚此后再未达到的，尽管他取得了更伟大的成就。以及那不朽的诗篇：

    一片空白，大人。她从没有宣示她的爱，

---

① [英]莎士比亚著，梁实秋译：《莎士比亚全集》（上卷），内蒙古文化出版社，1995年，第586页。
② 同上，第598页。
③ 同上，第601页。
④ 同上，第583页。
⑤ 同上，第591页。
⑥ 同上，第605页。

让隐秘消耗了她的粉红的腮,
像蓓蕾里的虫一般;她在沉思中憔悴了,
她忧郁得脸色绿黄
像是坐在墓碑上的"忍耐"一般,
对着愁苦微笑。①

这其中有一种魔力:还有什么样的词更适合呢?因为分析和总结思想和语言的美,你仍未解释其吸引我们的特殊魅力。甚至最伟大的诗人也不过偶尔才编织出如此的魅力。

# 第五节

《尤利乌斯·恺撒》是一部描写力量的戏。它是一部优秀的戏剧。如果莎士比亚仅仅写出这部戏,而没有写出别的,他仍然可以称作他所处时代的一流剧作家。但我们对它的兴趣还不止如此:它是一部序曲,后续的剧作使我们称他为世界上前所未有的最伟大的戏剧家(尽管夸张是糟糕的欣赏)。在这一变化中他的性情进行了什么样的秘密活动只是无聊的猜测。但在《尤利乌斯·恺撒》中,学生除了得到看戏的快感之外,还可以看到使它成为跳板的东西,一跃而进入《哈姆雷特》、《奥赛罗》、《李尔王》和《安东尼与克娄巴特拉》。

该剧在某些方面对我们来说比大多数同类剧更"现代"。我们不具备伊丽莎白时代的心理去完全领会那些喜剧,而历史剧的内容对我们来说是陌生的,尽管对莎士比亚来说并不陌生——他与博斯沃斯战役和阿金库尔战役之间并不存在我们与它们之间的理解距离。但是,他以所处时代的小小英格兰为立足点,与两百多年后的我们几乎以同样的方式看到罗马人教给我们帝国过去与现在的意义是什么,其更大的力量和更大的自由。在这方面,我们看到了他的天才,看到了让其伟大的作品始终激励人们的心智的那种力量在这个人身上产生。普卢塔克为他敞开了更加广阔的世界的大门,他的想象便从那大门里飞将出来。这正是使《尤利乌斯·恺撒》在他的整个作品结构中具有重要性的原因。其主题给了他一个他从未缩小的视野;从这部剧作起,他笔下英雄的精神便开始在更大的空间里活动了。似乎奇怪的是,集每个人的思想于一身的莎士比亚(若是现在他会被谴责为剽窃者),只能从自己身上和在他自己的时代中掌握了那种本质的东西。如果我们没有看到所有真正的学问都是如此的话,也似乎很奇怪。

这些经典对他总是敞开的,而罗马历史是他那些同行剧作家共有的丰富源泉。他

---

① [英]莎士比亚著,梁实秋译:《莎士比亚全集》(上卷),内蒙古文化出版社,1995年,第600页。

也曾一度试探地涉足那个领域。直到那主题让他全身心地感动时,他才让自己行动起来。可他又是何等轻松地行进的!该剧一下子就达到了史诗的高度——恺撒的谋杀——而且他就此止步了。他仍然坚持后期历史剧中的明确、直接。卡西乌可以与霹雳火相媲美,但他决不是霹雳火。

> 你和别人对于人生如何看法我不知道;
> 至于我自己,我觉得活着而畏惧一个
> 与我一般无二的东西,真不如不活。
> 我生来和恺撒一样地自由;你也是一样。①

这是一个新的声音,来自一个非常不同的世界。也许,莎士比亚只不过给了它具体的形态,但让它听起来很真实。还有恺撒的:

> 我愿我左右的人都是肥胖的:
> 头发梳得光光的,夜里睡得着觉的。
> 那边的卡西乌面容消瘦;
> 他想得太多了:这样的人是危险的。②

把这段话读完,再读喀西客那场戏。里边有一种语气——一种被嘲笑所驱逐的幻灭感、但也有在精神重压之下的勇气所具有的老年人的语气,那与亨利四世和亨利五世生活和活动于其中的希望和恐惧有多么的不同?

这贯穿该剧始终。其基调是如波西亚和布鲁图的那场戏的东西:

> 我承认我是一个女人,但是同时
> 是布鲁图娶去为妻的女人。
> 我承认我是一个女人,但是同时
> 也是一个名门的女人,卡图的女儿。
> 我有这样的丈夫,这样的父亲,
> 你还以为我不比一般女性要坚强些么?③

以及恺撒的:

> 懦夫在死以前早已死过好多次:
> 勇敢的人只当试一次死亡。
> 我所听到的这一切怪事,

---

① [英]莎士比亚著,梁实秋译:《莎士比亚全集》(下卷),内蒙古文化出版社,1995年,第451页。译文略有改动。
② 同上,第452页。译文略有改动。
③ 同上,第460页。译文略有改动。

照片：埃利斯＆瓦列里

《威尼斯商人》中的审判场景

夏洛克：我找不到：借约上没有这一点。*

——《威尼斯商人》，第四幕第一场

---

\* ［英］莎士比亚著，梁实秋译：《莎士比亚全集——威尼斯商人》，中国广播电视出版社，2002年，第157页。

> 我觉得最可惊异的乃是大家害怕；
> 因为死是必然的结局，
> 要来的时候就一定要会来。①

以及安东尼的：

> 啊伟大的恺撒！你这样低贱的倒卧着？
> 你所有的征讨，光荣，凯旋，胜利品
> 都缩成这样小小的一堆了？②

以及布鲁图对粗心的卡西乌的责备：

> ……什么？我们打倒了全世界首屈一指的人物，
> 只是因为他拥护一般强盗，
> 难道我们现在可以染指贿赂，

---

① ［英］莎士比亚著，梁实秋译：《莎士比亚全集》(下卷)，内蒙古文化出版社，1995年，第461页。
② 同上，第466页。

照片：里施基斯收藏馆

《对亨利八世的王后——王后凯瑟琳——的审判》（哈洛）
肯布尔家族与西登斯夫人

> 皇后：你的朋友中有哪一个
> 我没有勉强的去喜欢他，
> 虽然我可能知道他是我的敌人？*
>
> ——《亨利八世》，第二幕第四场

---

\* ［英］莎士比亚著，梁实秋译：《莎士比亚全集——亨利八世》，中国广播电视出版社，2002年，第111页。格式略有改动。

> 只为了这样一把金钱就出卖
> 我们的广大无边的荣誉么？[①]

以及结尾：

> 这真是最高贵的罗马人。[②]

故事中有一些情节——如结尾的自杀——似乎是莎士比亚无法予以同情的；而且注意到这些内容马上会变得相对无效也是很有教益的。把它们与剧中其他段落——那些具有最佳效果的段落——相比较，它们就显得敷衍了事。该剧虎头蛇尾。当开始写《安东尼与克娄巴特拉》的时候，莎士比亚已经是这个领域里的大师了。

---

① ［英］莎士比亚著，梁实秋译：《莎士比亚全集》（下卷），内蒙古文化出版社，1995年，第475页。译文略有改动。
② 同上，第486页。

但是，作为他仍然在逐渐掌握戏剧的标志，我们应该注意到整部剧作是如何达到统一效果的；他如何利用可利用的语言资源描写屠杀发生前漆黑可怕的黑夜氛围；他如何巧妙地利用诗歌和散文、民众和议员来构成鲜明的对比；以及他如何利用一系列的"敲门声"和音乐，"内心低沉的进行曲"，当恺撒的鬼魂来临之前卢西乌斯睡着的同时那逐渐远去的歌声，以及嘹亮的战斗号角——让所有这些都在剧中充分发挥了作用。

这是一出波澜壮阔的戏。

# 第六节

最后，我们来看看《麦克白》。关于该剧已经说得够多了——它被说成是最伟大的悲剧，尽管并非定论——而就有限的篇幅而言，我们在此也不能说得更多。如果该剧不是最伟大的，那也毫无疑问是最严酷的；在表现邪恶方面是最无情的。

为了领略其和谐的乐音——如我们就之前的戏剧计划一样——首先通读一遍是值得的。这一方面是因为我们可以充分认识到下面两段引文之间纯粹的音乐性差别：

> 天黑下来了，乌鸦归林了。①

和富有青春活力的：

> 你们这些火脚的骏马，
> 快些奔到太阳的安息之处；
> 像法厄同那样的一个驭者会鞭策你们到西方去，
> 把昏暗的夜立刻带过来。②

另一方面还因为我们可以发现——在如此熟练地掌握了词语的运用之后——莎士比亚现在将怎样有时用用它们，但只作为已经完全超越了词语的无辅助意思的意义的传声结构。这堪称对词语的魔幻用法！甚至可以说，在这些后期剧作中，他对语言越来越不耐烦。他有时想让演员用词语做武器——如果必要可以放弃理性——来冲击观众的情感。如果句法介入并削弱了词语的效果，那就让它不合句法吧。

当麦克白嘟囔着说：

> 我干下的事总在我心上，最好还是恍惚忘形吧。③

---

① [英] 莎士比亚著，梁实秋译：《莎士比亚全集》（下卷），内蒙古文化出版社，1995年，第509页。
② 同上，第375页。译文略有改动。
③ 同上，第502页。

演员和观众都不必费心地分析那个句子的语法；其效果意义达到了。当麦克白夫人的头脑像盘起尾巴嘶嘶作响的蛇一样准备攻击时，她说：

> ……伟大的格拉密斯啊，
> 那东西是在喊着
> "你若想要，便必须这样做，"
> 而那件事你不过是自己怕做，
> 并非是不愿做出来。①

（甚至在确定了真正的文本之后，而这是一件有争议的事）听众也很难发现确切的意义。但是，任何一个麦克白夫人都可以清楚地——尽管如此她可能希望表达的意思更加清楚，这是正常的——向观众传达她对麦克白的恐惧。再说一句，他在晚期的剧作中越来越喜欢这种写作习惯，甚至不需要以情感压力为借口便不知不觉地采纳了这种写法，其结果是有时虽然具有音乐性但却是令人讨厌的、不连贯的句子。

《麦克白》剧本本身就是一个难题。唯一的权威版本是第一部对开本，而其印刷比大多数其他剧本都差。除此之外，实际上可以确定所有的场景都不是莎士比亚的。有责任心的意见都不认为他写了赫卡忒。完全可能在麦克白说下面这句台词上场时莎士比亚自己的剧作才真正开始：

> 这样清朗又浑浊的天气我真没有见过。②

剧中持续的阴暗似乎使该剧不那么流行，所以，可能把米德尔顿——他本身也是一位非常优秀的剧作家——请来加上几首歌、几支舞蹈，活跃一下郁闷的氛围。我们必须记住，在那个时代，剧本与演出时穿的服装一样都是演出该剧的剧院的财产。米德尔顿不仅仅做了让他做的事，这是毋庸置疑的。他可能给一两段台词加上了一两个比较振奋的对句。但是，莎士比亚绝不可能以麦克白的出现开场；他出现之前的场景的素材可能是莎士比亚的，尽管已被大刀阔斧地修改得面目全非。

同样可以确定的是，该剧的写作是为了得到詹姆斯一世的特别青睐。苏格兰的故事和三个女巫、尤其是提到班珂的皇室后裔以及有关通过国王御触治愈淋巴结结核的讲话都表明这一点。这除了对学生重要之外，还有另一种重要性。詹姆斯来到英格兰时，似乎英国大臣最骄傲地向他展示的东西之一就是英国戏剧。他很快就开始赞助戏剧。那时候，国王和王后并不去剧院看戏。但在1604—1605年的冬天，莎士比亚至少有七部戏在怀特豪尔宫上演。《奥赛罗》、《麦克白》和《李尔王》以及一些喜剧成了

---

① [英]莎士比亚著，梁实秋译：《莎士比亚全集》（下卷），内蒙古文化出版社，1995年，第497页。
② 同上，第494页。

国王及其大臣们期待享受的消遣。

虽然《麦克白》可能不是莎士比亚最伟大的戏剧,但他的剧作中最骇人的——确切意义上的骇人——莫过于谋杀邓肯和班珂这两场戏。阅读、感觉、描画、沉思,然后再沉思、描画、感觉和阅读从"麦克白夫人读信上"到下面这一段文字之间的戏

> 眼看临头事不祥,
> 偷偷逃走又何妨?①

(注意在那老人与洛斯和麦克德夫之间给人以喘息之机的那场戏),以及从

> 你现在已经得到了:王位,考道,格拉密斯,一切②

到

> 干这事我们不过是初试罢了。③

看看你是否能穷尽这些场景的悲剧效果。你很快就会筋疲力尽了。《麦克白》的确是描写狂妄不羁的意志毁灭自身的悲剧,正如《哈姆雷特》是草率从事的意志浪费自身的悲剧一样。

这两节中的第一节比较容易描画。它更为清晰。麦克白夫人是整个事件的动力,她最显著的特征甚至不是她那坚定的意志,而是她那极其清晰的目光。她不仅知道事情可以如何去做,而且还如此简明地看到了事情的每一方面。显然,她对自己的性别是否不会让她在身体上不适合做这种事还有一点怀疑:

> 你们司杀的天使们哦
> 请到我的怀里来吸取我的变了胆汁的乳吧!④

这是她的呼唤。但是,当她发现使男人们头昏脑胀的红酒反倒使她更加清醒,发现当麦克白杀人时,她能够非常冷静地站在那里听,而她也未出任何差错地完成了自己的任务时,她带着一种可怕的、几乎是幼稚的莽撞说:

> ……若非他睡时很像我的父亲,
> 我自己就下手了。⑤

而当麦克白由于谋杀的恐惧而在精神和肉体上都垮掉了之后,她沉着冷静地对他说:

---

① [英]莎士比亚著,梁实秋译:《莎士比亚全集》(下卷),内蒙古文化出版社,1995年,第505页。
② 同上,第506页。
③ 同上,第512页。
④ 同上,第497页。
⑤ 同上,第501页。

>     ……意志薄弱！
>     把刀给我。睡着的和死了的人
>     不过如图书一般；只有儿童的眼睛
>     才怕看书中的魔鬼。如其他流血，
>     我就用血涂在仆从们的脸上；
>     因为一定要做是他们的罪。①

她接着毫不畏惧地去做了。麦克白内心充满了负罪感，但他回过神来，心中——就像被难以预测的风吹动的船帆——充满了疑虑和悔恨。她只是说

>     那么，就是这么简单。

在胜利——麦克白为邓肯赢得的胜利——后的安宁快乐之中，邓肯来到了城堡。宁谧的落日之美象征着他来时的那种快乐的自信。"尊荣的女主人"来迎接他，他吻了她，这是习俗（人们想要知道她的面颊是否是冰冷的），便带着几个随从走了进去。我们必须想象院中遍布的火炬，我们所能见到的通亮的房间，国王喝酒时奏起的音乐。后来是对忧心忡忡的班珂说的几句告别的话，接着是城堡里死一般的寂静，以及召唤麦克白去完成黑夜里的任务的叮叮的铃声。两个邪恶的影子在院子里进进出出，短暂的夜晚就这样过去了。外面响起了敲门声，声音越来越大，直到吵醒了快活的看门人，他穿衣服时还开了句玩笑，接着黎明到来了。

注意莎士比亚是如何为发现谋杀而刻画了一个新人物、奏响一首新曲的。麦克德夫随邓肯一起来到城堡，但在此前没有说话。是他的声音——一个毫无顾忌的勇士的声音——报告了这个消息，这引发了一段惊恐的合唱。还要注意当听说两个双手沾满血迹的男仆已经被杀时他直接向麦克白提出的问题。此后，他几乎沉默了，不时地吐出几个字敲打敲打或瞥一眼晕倒或假装晕倒的麦克白夫人。我们一定会看到他的眼睛紧盯着麦克白，半信半疑地听着他那冗长的辩解。可他是个精明人。和邓肯的两个儿子一样，他看到麦克白握有实权。他们都在他的城堡里，在他的控制之下。国王已经孤立无助。他在揣度时日。班珂、洛斯和兰诺克斯不再良心不安。玛尔孔和唐拿班逃跑了。麦克白夺得了王冠。

所有这些都是再清楚不过的了。但在下一节中我们就必须仔细琢磨词语背后的意义了。我们听到了班珂朴素的讲话：

>     你现在已经得到了：王位，考道，格拉密斯，一切②

---

① ［英］莎士比亚著，梁实秋译：《莎士比亚全集》（下卷），内蒙古文化出版社，1995年，第502页。
② 同上，第506页。

这个善良的好心人说话的语调是由另一个人的邪恶行径引起的。我们必须把麦克白看作国王,声名显赫,而说话却苍白无力、空洞冷酷。在让班珂送死的时候,你听他对班珂说的那几句奇怪而空洞的台词:"今天下午你出去骑马吗?""别耽误了宴会。""弗里安斯也和你一起去吗?"①其中充满了不祥的预兆。再看看麦克白夫人,除了正式的欢迎之外,她默不作声地站着,和别人一样退下了。她恐惧地走了;她显然活在恐惧中,因为她能够看透丈夫的心思——谁还能呢?——但他独自沉思,不对她说都做了哪些事。她非常清楚他在盘算一些不轨的行为,但仅此而已。当这场戏的最后一部分过去后,我们必须想象她在某个地方等待着他的到来。在第二场戏中,我们看到她再也忍不住了。她派人去请国王;她在想着班珂。

但丈夫来时,他还是和以往一样远离她;她没有办法帮助他,而迄今为止她一直是他的精神支柱。她只能说一两句平庸的话——让他别一个人藏着那么多心事,让他显得高兴点。当提到班珂的名字时,她再也不想回避这种邪恶的暗示,于是鼓起勇气提出了一个问题。(麦克白把她当孩子看待。他爱她,但他知道她现在是一个颓丧的女人。)

所有这些几乎都没用文字表达;但是,不用文字而用画面描画出来,从戏剧角度看该是多么正确的呀!

接下来看看班珂被杀的情景,不露蛛丝马迹。那两个杀手,加上第三个——令我们惊奇,也令他们惊奇——派去监视他们的人。一处神来之笔,比十次对白更能说明麦克白的本性。这个场面只用20个字就描写出来了:

> 西方还闪着几缕白昼的光明;
> 迟误了的旅客此刻正该马上加鞭去赶奔旅店。②

接着班珂说了声"今晚要下雨",然后凶手说"让它下罢",他们就动手了。弗里安斯逃跑了。火灭了,他们站在黑暗中,说了几句冷漠的话,死人就躺在他们脚下。

我们来到宴会上。那应该是一个辉煌的场面,因为麦克白想要尽可能使王宫成为一个人们喜欢的地方。他在客人中间寒暄,强作欢颜。班珂已死的消息随时可能传来。如果消息传开,那就更好,他们可以相安无事地享用盛宴。王后超然地坐在华丽的宝座上。他不相信她会在人群中保持镇静,或者她自己也无法把握。她如此疲倦几乎不能抬起戴着沉重王冠的头来。但她看见他向门口走去,在那里和人谈了很久,他的脸开始耍弄他了。她懂得那危险;站起身来去提醒他,别让人注意到他的面目表情。他回应了,但太迅速;他谈到缺席的同僚,接着——班珂及时赶来参加他受命参加的这次宴会了。他很快就进来了,浑身是血坐在麦克白的王座上。想想这个效果吧。别人看不到他。麦克白也只是当他坐在了自己的位置上时才看到他,这时,鬼魂转过血迹

---

① [英] 莎士比亚著,梁实秋译:《莎士比亚全集》(下卷),内蒙古文化出版社,1995年,第506—507页。
② 同上,第509页。英文原文为20个字。

斑斑的脸来——就在咫尺之内——用一双无视力的眼睛盯着他。这样的场景独一无二。把我们的神经绷得紧紧的不是物质的东西而是看到的麦克白,他惊恐万分,然而又不让寸步,他仿佛没有能力让步或逃跑,因为鬼魂就在他脑中——他怎么能逃得了呢?他那可怜的老婆虽然已经虚弱不堪,还是挣扎着来拯救他,别让他露出马脚,别暴露自己——一种令人毛骨悚然的英雄壮举。他们终于独处了,在那些摇曳的火把当中,在杯盘狼藉的餐桌旁。

<blockquote>流血的事总要惹出流血的事。①</blockquote>

他听着自己说出的话,琢磨这话的意思。

<blockquote>我踏在血里已到了这个地步。②</blockquote>

他现在在心灵和理智上都是谋杀者,仅仅是个谋杀者。他看到自己走过的路。她已筋疲力尽,已经无法控制他了。她只能悻悻地说:

<blockquote>你缺乏精神的将息。睡觉去。③</blockquote>

但他回答说——仿佛没有任何悔悟之意,他现在能够控制自己——坚强地、充满信心地、毫无畏惧地回答说:

<blockquote>
来,我们睡去。<br>
初遭杀人未曾惯,<br>
吓得竟被自己骗:<br>
干这事我们不过是初试罢了。④
</blockquote>

  剧结束了,麦克白夫人变成的影子也一点一点地逐渐消失了。她自杀了;这几乎不需要再说什么了。对她那清晰的目光、如实看待事物的态度——一滴血就是一滴血,没有别的——的惩罚就是每晚在应该对她是某种救助的睡眠中,她徘徊着,徒劳地、令人同情地擦着手上沾着的邓肯的血。麦克白自知无救,甚至在听到她的死讯时没流半滴眼泪,仅仅耸了耸了肩,然后离开了。我们第一次看见他时是什么样子?凯旋归来,受到邓肯的款待。结局又如何呢?一头被绑在桩子上的野兽,等待着死亡。

---

① [英]莎士比亚著,梁实秋译:《莎士比亚全集》(下卷),内蒙古文化出版社,1995年,第511页。
② 同上,第512页。
③ 同上。
④ 同上。

## 第七节

我不想总结莎士比亚的优点,也不想对他做任何审美的评价。这种评价有恰到好处的,也有不近人意的,总之是太多了。他是一位伟大的戏剧家,一位伟大的诗人,如此伟大以至于我们每个人都从他的剧作中找到我们所需要的东西。而这种寻找——如果像前面提到的那样努力学习他的语言和艺术方法的话——未必是很难的。打开书,准备好,他的戏剧便会活生生地跃然纸上。

## 参考书目

要对这些剧作进行深入细致的研究,下面这些书将很有用处:

Sir Sidney Lee 的 *The Life of Shakespeare*;包括了一切已知的内容,但也有新的见解。同时还纠正了对莎士比亚的一些误解。

Georg Brandes 的 *William Shakespeare* 是一部更具想象力、更具同情心的传记,应该读这本书以与 Sidney Lee 的事实观点达到平衡。

Brander Matthews 的 *William Shakespeare as Dramatist* 是对作为技巧高超的剧作家进行的最好的研究。

关于作为文学的戏剧,最好的辅助读物是 Edward Dowden 的 *Shakespeare, a Critical Study of His Mind and Art* 和 A.C. Bradley 的 *Shakespearean Tragedy*。

*Shakespeare's England*. 2 vols.: edited by Sir Walter Raleigh. 这本书描绘了莎士比亚生活的时代,他为之写作的人们,实际上是关于他使用的词语的一部词典。

Ashley W. Thorndike 的 *Shakespear's Theatre*,精彩地描写了莎士比亚的戏剧表演技术。

至于现代版本,而且带有相当多注释的,推荐 R.H. Case 编辑的阿尔登版(Arden Edition),每一部戏都是单册发行,或者 W.A. Neilson 和 A.H. Thorndike 编辑的 *Tudor Shakespeare*。

至于详尽的文本分析,可用 Horace Howard Furness's *Variorum*。这个版本包括莎士比亚剧本编辑以来最大量的注释和评论。

# 第十一章　从莎士比亚到弥尔顿

当约翰逊博士和他的文学俱乐部在索霍区杰拉尔德街的土耳其人区（Turk's Head）会面的二百年前，就已经有更多的文人在齐普赛区面包街的美人鱼酒馆里聚首了。人们可以在这里看见莎士比亚和克里斯托弗·马洛、本·琼生、博蒙特、弗莱彻和伊丽莎白时代的其他大人物，在这里饮酒闲聊。酒真是好酒。本·琼生写道：

> 一杯香醇的金雀酒
> 现在是美人鱼的，一会儿就入我的口。

比酒更好的是闲聊。博蒙特见证说：

> 我们在美人鱼看到
> 和做过的事！每个字
> 都如此精巧，闪耀着微弱的火苗；
> 仿佛它们出自每个人之口
> 宁可愚蠢地度过余生，不管多么无聊
> 也要倾注毕生智慧于一语。

所以济慈才说：

> 天堂迄今所知的
> 作古诗人的灵魂，
> 无论快活的田野
> 满目苔藓的洞穴
> 都比不上美人鱼酒馆！

# 第一节　克里斯托弗·马洛

　　克里斯托弗·马洛与莎士比亚生于同年,史文朋把他说成是"英国悲剧之父、英语无韵诗的缔造者。"他的父亲是坎特伯雷的一个鞋匠。马洛于1584年在剑桥的圣体学院获得学位。他的第一部悲剧《帖木儿大帝》在他24岁时就公演了。这部戏被作者的想象高度渲染,讲述了在14世纪末征服印度、打败土耳其人的蒙古皇帝的故事。马洛笔下的帖木儿是一个热情奔放的诗人,寻求无法获得的无瑕之美。如乔治·圣茨伯利所说,"这里没有主要情节,只有一系列逐渐消失的恐怖和血腥场面;没有人物,只有一个模糊的巨人帖木儿。"剧中,马洛几乎第一次使用了纯属英国文学艺术之独创的"强力诗行"(mighty line),我们在莎士比亚的剧作中已经熟悉了这种诗行。"强力诗行"的一个典型例子可见于浮士德对特洛伊的海伦所讲的一句话:

> 这就是令上千只战舰齐发
> 烧毁了伊利亚高耸入云之塔的那张脸吗?

　　西蒙斯先生说得极好,马洛的想象中"充满了火、火苗、烟和地狱的浊烟;有浓郁的香气,也有未流出的眼泪的苦涩。"

　　伊丽莎白时代的世界都因马洛用现代英语取得的巨大文学成就而陶醉。我们必须记住,斯宾塞甚至在自己的有生之年就已经过时,而莎士比亚当时还默默无闻。同时代的一位剧作家纳什蔑视马洛的"无韵诗膨胀的铺张"。下面的几句诗足见马洛作品的美及其想象的尊严:

> 如果诗人写过的所有作品
> 哺育了他们思想的感情;
> 每一种甜美激励了他们的心灵,
> 他们的心智沉思着向往的主题;
> 如果他们把所有神圣的精华净化
> 让不朽的诗歌之花盛开,
> 我们从诗歌中就仿佛从镜中
> 看到人类智慧的最高峰;
> 如果这就是诗歌的最高境界,
> 与美的价值达到完美的结合,
> 你就应该在他们躁动的头脑中翱翔,
> 欣赏每一个思想,美德,奇迹
> 任何德性都无法将其融入语言。

继《帖木儿大帝》之后不久,马洛发表了《浮士德博士的悲剧》。该剧以中世纪德国的一个传奇为基础,当时有一个版本已经译成英语,马洛显然读过这个故事。马洛笔下的浮士德既不像传奇中的浮士德那样为追求快感,也不像歌德笔下的浮士德那样因为渴求知识,而与魔鬼订立契约。他的浮士德所欲望的是无限权力,为此他愿意出卖灵魂。在读了马洛的《浮士德》后,歌德惊呼道:"多么完美的计划呀!"史文朋宣称在"恐惧和荣耀等方面"几乎没有哪个时代的哪部杰作能与之相媲美。该剧结尾是一个可怕的悲剧场面,魔鬼们前来要求完成交易。史文朋说在"悲剧范围内这是无与伦比的"。

如果你不怜悯我的灵魂,
基督却用自己的血把我赎,
那你赶快结束我的痛苦,
让浮士德在地狱永住——
一千年,一万年,最后——直到救赎!
噢,灵魂那没有边际的诅咒!
为什么你却没有灵魂?
为什么你却又不朽?
啊,毕达哥拉斯的灵魂转世说若是真的,
那么这颗灵魂就该逃走,
我将变成残酷的野兽!所有野兽都幸福
因为他们死时,
灵魂迅速变成了元素;
而我的灵魂必须活着,受尽地狱的凌辱。
诅咒生我养我的父母!
不,浮士德,诅咒你自己,诅咒魔鬼
是他夺走了你天堂的乐土。

[时钟敲响12点。

噢,打点了!打点了!身体,随风去吧!
让魔鬼带着你快快去地狱。

[雷鸣电闪。

噢,灵魂,赶快变成小小的水滴,
落入大海——永不回还。

[众魔鬼上。

上帝啊!上帝啊!不要如此凶狠地盯着我!
蝰蛇与毒蛇,让我喘口气吧!

丑陋的地狱别张着大嘴！魔鬼你不要来！
我要烧掉这些书！——啊，靡菲斯特！

[魔鬼带浮士德下。

继《浮士德博士的悲剧》之后是《马耳他的犹太人》——史文朋说只有弥尔顿的作品才能与该剧开头巴巴拉斯独白中的"光荣和音乐"相媲美。在《爱德华二世》中，马洛的创造才华发挥到了极致。此后，他又发表了两部不完整的短剧。普遍认为马洛承担了莎士比亚的《亨利六世》的大部分写作。

伟大的剧作家也是位抒情诗人，也能够表达"热情的羊倌儿"中那颗快乐的灵魂。

做我的爱人过来与我同住，
田野与沟壑，山川与河谷，
陡峭的悬崖，高耸的树木，
将见证我们全部的幸福。

我们将坐在岩石上，
看着羊倌儿牧羊，
在流淌瀑布的小河旁，
鸟儿在放声歌唱。

我将用玫瑰给你铺床，
发出上千种扑鼻的芳香；
一顶花冠，一条长裙
用爱神木的叶子嵌镶。

1593年春天，伦敦瘟疫蔓延，马洛去戴普特堡避难，当时那里还是一个小村子。其他伦敦人也随之前往。一天夜里，在一个乡村酒馆里，诗人在与"下流的酒保"争夺一个分文不值的妓女时被杀了。这就是英国最伟大的悲剧诗人之一的悲惨结局！

在莎士比亚之后，马洛是在"美人鱼"聚首的那群无与伦比的诗人中最光彩照人的诗人。他死后，一位年轻诗人宣称他的戏剧

给人如此的欢乐
人们在寂静的黑夜省却睡眠
去沉思他那些闪光的诗行。

## 第二节 本·琼生

　　本·琼生比莎士比亚和马洛小八岁。他父亲是新教传教士,而他则在西敏寺学校接受教育。经过一段军旅生涯之后,他20岁出头就跟生活放荡的伦敦演员和剧作家们混在一起,并在一场决斗中由于杀死了一名演员而声名狼藉。

　　他的第一部剧作《人人高兴》1598年由莎士比亚剧团公演,莎士比亚本人也可能扮演了剧中的一个角色。剧中人物都是伦敦市民——鼎鼎有名的戏子——其中一个是马斯特·斯蒂芬,显然,鲍勃·阿克莱这个人物就是根据他刻画的。在《人人高兴》之后,他又写出了《人人扫兴》,这是他的败笔。这位剧作家完全自行其是,不与剧团合作,写出了许多讽刺剧来讽刺各类演员以及比他更有成就的剧作家。

　　琼生死于1637年,被安葬在西敏寺教堂,一位崇拜者把"啊,真是少见的本·琼生"刻在他的墓碑上。在他的众多剧作中,《沉默的女人》、《炼金术士》、《巴塞洛缪市场》和《一个木桶的故事》也许是最有名的。他讽刺了那个时代的人和风俗,就像阿里斯托芬曾经讽刺过雅典人一样。他还写过一篇评论亚里士多德的文章,发表了一卷散文格言集,都没有什么太大的价值,不太重要。当詹姆斯一世继伊丽莎白登上英国王位后,琼生受雇创作由宫廷贵妇们表演的假面剧,伊尼戈·琼斯负责舞台布景及装饰设计;当然,琼生也跟这位设计师发生过争执。1632年之前,他一直专门负责假面剧演出。他后来发表的三部剧作无一成功。在一首颂诗中他说他

　　　　离开了令人厌恶的舞台,
　　还有更令人讨厌的时代。

　　琼生写出了许多优美的抒情诗,也因此而为世人铭记。他的抒情诗具有一种吸引力,而这通常是他的戏剧所不具备的,至少是在读他的剧本时感受不到的。最欢快的一首诗是《狄安娜赞》:

　　　　贞洁而美丽的皇后兼猎手,
　　　　　如今太阳已沉沉入梦,
　　　　你在银光闪烁的宝座内,
　　　　　保持着往昔的端庄仪容:
　　　　　无比光明的女神哟,
　　　　　金星祈求你撒下清辉重重!

　　　　地球呵,别让你的嫉妒的阴影,
　　　　　遮蔽那皎洁的真容;

> 当白昼的运行终于完结,
> 　　赛西娅的闪光球体①
> 　　照耀着清澈明朗的苍穹:
> 　　　　无比光明的女神哟,
> 　　　　请赏赐我们如意的姿容。
>
> 扔掉你那晶莹透明的箭囊,
> 　　放下你那珠光宝气的神弓;
> 给疾驰飞奔的牡鹿
> 　　留下喘息的间隙,
> 　　不管这瞬间多么短促:
> 　　　　无比光明的女神哟,
> 　　　　你把黑夜变成通明的白昼!②

另外一首诗出自《灌木丛》。

> 噢,不要随意浪费你的目光,
> 　　免得我厌烦了观望;
> 也不要眼睛朝下,而要向上,
> 　　免得羞辱把眼睛戳伤。
>
> 噢,不要愤怒地看着那些火光,
> 　　因为那样会威胁到我的生命;
> 也不要太仁慈地对待我的欲望,
> 　　因为那样会使我的希望荡漾。
>
> 噢,不要让你的眼睛饱含泪水,
> 　　因为那样我将死于悲伤;
> 也不要让恐惧充斥你的双眼,
> 　　我自己的双眼已经充满了恐慌。

　　长期以来,人们始终认为《彭布鲁克女伯爵的墓志铭》出自琼生之手。这首诗虽然是由《不列颠田园诗》的作者威廉·布朗(1591—1643)所作,但与琼生的风格非常相似,不妨在此引用:

---

① 赛西娅(Cynthia):狄安娜的别名。——弗·特·帕尔格雷夫注
② [英]本·琼生作,黄新渠译:《狄安娜赞》,[英]弗·特·帕尔格雷夫原编,罗义蕴、曹明伦、陈朴编注:《英诗金库》(上卷),四川人民出版社,1987年,第397—399页。

照片:W.A.曼塞尔公司

《本·琼生》(洪特霍斯特)
伦敦国家肖像馆

照片:W.A.曼塞尔公司

戴维·加里克饰演本·琼生的《炼金术士》中的艾贝尔·德鲁格

在这黑色的灵柩之下
躺着所有诗歌的主人，——
锡德尼的姐姐，彭布鲁克的母亲。
死神啊，在你杀死另一个人之前，
要学会像她一样美丽善良，
否则时间将把标枪刺向你的胸膛。

对我们而言，琼生凭《致西丽雅》这首不朽的诗歌而获得了永生：

你只用你的眼睛来给我干杯，
　我就用我的眼睛来相酬；
或者留下一个亲吻在杯边上，
　我就不会向杯里找酒。
从灵魂深处张开起来的渴嘴，
　着实想喝到美妙的一口；
可是哪怕由我品尝天帝的琼浆，
　要我换也不甘把你放手。

我新近给你送上了一束玫瑰花，
　与其说诚心拿来孝敬你，
不如说让它们有希望得到熏陶，
　不会枯槁以至于委地；
可是你只在花上呼吸了一下，
　把它们送回我的手里；
从此它们就开得叫我闻得到
　（不是它们自己而是）你！①

也曾有人提及琼生与莎士比亚的友情。1619年1月，他到霍桑登去拜访苏格兰诗人威廉·德拉蒙德，在谈话中，他谈到"莎士比亚欠缺的是艺术"，说"在一部戏中，莎士比亚写了很多人。他们都说曾在波希米亚遭遇海难，而那里方圆几百里都没有海。"幸运的是，主人威廉·德拉蒙德把这些话都记了下来。他这些不经意的评论可能被引用得太多了；单就这些话而言，它们并不代表琼生对莎士比亚的看法。在那个时代，他是莎士比亚最强大的竞争对手。在《发现》(1641年首次出版)中，他非常恰当地描述这位朋友说：

---

① 卞之琳编译：《英国诗选》，北京，商务印书馆，1996年，第43页。

我记得那些演员们经常提到一点，就是（不管写什么）他从不删掉一行字，他们认为这是对莎士比亚的赞誉。而我的回答则是："但愿他删掉了一千行。"他们认为我说这些话心存恶意。他们出于无知选择这个事实来赞扬他们的这位朋友，而这恰恰是他犯错最多的地方，要不是这样我是不会把这件事告诉后人的；也不会证明我自己的坦率是正确的，因为我爱这个人，像任何人一样非常怀念他，对他怀有无比的崇敬。他的确为人正直，性格坦率、真诚；有非凡的想象力，心怀伟大的信念，措辞也很优雅，他在那方面如此轻车熟路以至于有时候有必要让他停下笔来。

然而，琼生对莎士比亚最著名的赞誉是一首题为《纪念我最爱的大师威廉·莎士比亚》，其中下面这几行最为重要：

> 我的莎士比亚，起来吧；我不想安置你
> 在乔叟、斯宾塞的身边，卜蒙也不必
> 躺开一点儿，给你腾出个铺位：
> 你是不需要陵墓的一个纪念碑，
> 你还是活着的，只要你的书还在，
> 只要我们会读书，会说出好歹。
> 我还有头脑，不把你如此相混——
> 同那些伟大而不相称的诗才并论：
> 因为我如果认为要按年代评判，
> 那当然就必须扯上你同辈的伙伴，
> 指出你怎样盖过了我们的黎里①
> 淘气的基德②、马洛③的雄伟的笔力。
> 尽管你不大懂拉丁，更不通希腊文，
> 我不到别处去找名字来把你推尊；
> 我要唤起雷鸣的埃斯库罗斯，
> 还有欧里庇得斯、索福克勒斯、
>
> 巴古维乌斯④、阿修斯⑤、科多巴诗才⑥

---

① 黎里（Lily,1544？—1606），基德（Kid,1557？—1595），马洛（Marlow,1546—1593）都是莎士比亚同时代而稍早的戏剧家，对莎士比亚有过影响。
② 见上注。
③ 见上注。
④ 巴古维乌斯（Paccuvius,公元前220？—前132），阿修斯（Accius,公元前170？—前90？）都是罗马悲剧家。"科多巴诗才"即罗马悲剧家塞内加（Seneca,公元前4？—公元65），生于西班牙科多巴城。注释略有改动。
⑤ 见上注。
⑥ 见上注。

> 也唤回人世来，听你的半统靴①登台，
> 震动剧坛：要是你穿上了轻履②，
> 就让你独自去和他们全体来比一比——
> 不管是骄希腊、傲罗马送来的先辈
> 或者是他们的灰烬里出来的后代。
> 得意吧，我的不列颠，你拿得出一个人，
> 他可以折服欧罗巴全部的戏文。
> 他并不囿于一代而临照百世！③

至于伊丽莎白时代的其他剧作家，我们只能提一提下面这些名字，博蒙特和弗莱彻，他们共同创作了剧本《火烧豚蹄的骑士》以及许多优美的抒情诗；写出了令人毛骨悚然的《玛尔菲公爵夫人》的约翰·韦伯斯特；被兰姆誉为散文家的莎士比亚式的海伍德；创作出《偿还旧债的新方法》的马辛杰；第一位翻译荷马史诗的英国翻译家查普曼；还有德克，我们因下面这几行优美的诗句而记着他：

> 人中豪杰
> 经历了尘世的痛苦和磨难，
> 具有温顺、和蔼、忍耐、谦恭、安静的性格；
> 自有生息以来真正绅士中的第一个。

## 第三节　弗朗西斯·培根

### 伟大的学者

弗朗西斯·培根是政治家、律师、智者、哲学家和作家；他在所有这些方面都取得了卓越的成就。用他自己措辞的、但稍有些夸张的话说，培根掌握了他所涉领域内的全部学问。他生活在专业化时代刚刚开始的时候。那时，一个有天分的、刻苦勤奋的人仍然可以掌握现有的全部知识。许多人只是在获取知识方面可以与他匹敌；但是，自亚里士多德以来，没有人像他那样如此成功地将全部知识铭刻在自己的脑海中，如此成功地发起了一场新的反抗愚昧无知和无秩序的运动。

培根有幸生活在世界史上一个伟大的时代里，即伊丽莎白女王统治的"全盛时

---

① 当时悲剧角色穿半统靴，习惯以"半统靴"代表悲剧。
② 喜剧角色穿轻履，习惯以"轻履"代表喜剧。
③ 卞之琳编译：《英国诗选》，北京，商务印书馆，1996年，第45—47页。

《弗朗西斯·培根》(保罗·范·萨默)
伦敦国家肖像馆
照片：里施基斯收藏馆

代"。他生于1560年，即那位女王登基两年之后；卒于1626年。小时候，他继承了文艺复兴时代留下的丰富灿烂的文化遗产。中年时，他亲眼目睹了斯宾塞、蒙田、塞万提斯以及莎士比亚等人的伟大作品的面世。他临死前，法国文学的黄金时代已见端倪。一场新的科学运动正在发生。中世纪对神秘和魔术的信仰已经让位于经验的、合理的归纳。哥白尼于1543年去世，但他开始的工作却由开普勒和伽利略继续进行着。自苏格拉底时代以来，人类还没有对精神表现出如此巨大的兴趣；而培根却对此倾注了全部身心。

他一生的经历展现了16世纪的严重缺点和各种优点。在追求知识方面，他孜孜不倦；但是在追求名誉或权力方面，他也同样不遗余力。为了科学，他欣然放弃了自己的生活；而当恩人和朋友成为自己取得世俗成就的羁绊时，他也同样愿意牺牲他人的生活。事实上，培根是一个奇怪的、非常令人讨厌的混合体。他既伟大又渺小，既崇高又卑鄙。他发表的那些作品出自智者之手，而私人信件通常只不过是趋炎附势的卑鄙小人之作。

## 培根名誉上的污点

蒲柏有一句名言：培根是"人类最聪明、最杰出、最卑鄙的一个"。这虽说只是诗人的特权，但却是以无可置疑的事实为依据的。同时，人们也夸大了对他严重贪污的指控。培根并没有否认自己接受了原告的礼物，在当时这是一种非常普遍的做法，他也为此接受了审判；但在向国王和同僚们提出上诉时，他却非常骄傲地、斩钉截铁地否认这是罪行，拒绝接受人们关于圣洁正义之源泉已经被他的行为所玷污的说法。

埃塞克斯的案子需要在此赘言几句。由于埃塞克斯固执愚蠢，有可能被治叛国罪；而多年结下的凤敌又决意要置他于死地。有确凿的证据表明他确实有罪；但由于著名的律师科克对这个案件处理不当，结果反倒使原告的起诉无法证明。依靠埃塞克斯的无私友谊，培根拥有了一切；然而为了赢得女王的好感，他也任凭女王差遣去毁掉埃塞克斯。这改变了局势；不幸的伯爵被判处死刑，即时处死。培根后来曾努力淡化他的这一行为，但都徒劳无益。这是培根名誉上的一个污点，任何辩解都不会把它抹掉。

迪安·丘奇公正地、意味深长地说——"人们确信问题出在他自己的前程和朋友之间；为了自己的利益，他牺牲了自己的友谊和名誉"。

## 第四节　培根哲学

要想令人满意地解释培根的地位并非易事，许多重要的科学家和哲学家都不认为他有多么优秀。毫无疑问，他是一位伟大的作家和讲演家；但是，除此之外，他还有什么别的成就呢？人们有时说他是现代科学之父，但这一说法站不住脚；事实上，就方法和成果而言，跟同代人开普勒、伽利略和哈维的著作比起来，他在这一领域的工作相差太远了。我们也不能把他看作归纳法的发明者，虽然他无疑付出很大努力使之成为普遍应用的方法。而且，必须要承认的是，他对亚里士多德、中世纪的经院哲学以及演绎法的蔑视远非合情合理。比之培根的著作，一位现代哲学家也许会在托马斯·阿奎那的著作中发现更多的有真正价值的东西。哈维非常尖酸刻薄地说培根"像个大法官一样"写哲学。尽管如此，培根还是取得了很多成就。他强调知识的重要性、知识的统一性及其实用目的。姑且用麦考利的总结就足以说明这一点："柏拉图哲学的目的是要让我们高居于庸俗的需求之上；而培根哲学的目的则是满足我们的庸俗需求。"

不幸的是，培根太过保守，不愿意放弃用拉丁语来撰写重要作品这一陈规旧俗。在莎士比亚时代，他仍对英语文字的未来毫无信心，这的确不值得称赞。对于英国读者来说，他的重要著作是《随笔》、《学术的推进》、《亨利七世本纪》和《新大西岛》。所有这些作品都或多或少显示了他的独特风格。这些作品中富有幻想——有时达到了真正想象的高度，还有敏锐的观察，考究的措辞，名副其实的雄辩。在文体上最少雕琢的是《随笔》，所集文章都是由非常朴素的想法和格言警句构成的。下面这段话可以说明这一点：

培根《随笔》第一版的扉页

　　有一技之长者鄙读书，无知者羡读书，唯明智之士用读书，然书并不以用处告人，用书之智不在书中，而在书外，全凭观察得之。读书时不可存心诘难作者，不可尽信书上所言，亦不可只为寻章摘句，而应推敲细思。书有可浅尝者，有可吞食者，少数则须咀嚼消化。换言之，有只须读其部分者，有只须大体涉猎者，少数则须全读，读时须全神贯注，孜孜不倦。书亦可请人代读，取其所摘要，但只限题材较次或价值不高者，否则书经提炼犹如水经蒸馏，淡而无味矣。读书使人充实，讨论使人机智，笔记使人准确。因此不常作笔记者须记忆特强，不常讨论者须天生聪颖，不常读书者须欺世有术，始能无知而显有知。①

培根的作品包括神学随笔、哲学随笔和政治随笔，一部《亨利七世本纪》，一卷数量庞大的书信集，一卷格言集，包括被麦考利形容为"世界上最优秀的笑话集"的幽默故事，还有哲学传奇《新大西岛》，这是根据柏拉图所讲的在大西洋中消失的那个小岛的故事写成的。培根根本没有完成《新大西岛》。同柏拉图、托马斯·莫尔爵士以及许多现代作家一样，他想要勾画出一个理想的共和国。《新大西岛》上所罗门的房子预示了英国皇家学会。除了所举各类文学作品之外，培根还将《圣经·诗篇》中的一些赞歌译成了英文。

下面这些引自培根作品的文字说明了他的观点，表明了他独具魅力的文学表达。在读这些文字的时候，读者会心怀这一推测——是培根写出了被认为是莎士比亚创作的那些戏剧——这是非常有意思的。毫无疑问，这些引文中有许多都包含着通常可以在莎士比亚作品中看到的思想。无疑读者们会认为，虽然无法相信是培根写出了莎士比亚的作品，但莎士比亚却很有可能写出了培根的许多作品。

> 确言之，凡吹嘘自己富强者，意志最弱，经不起一点点逆境的打击。
> 
> 自然界无可怀疑者莫过于此：任何物体都不可能被灭绝。正如上帝的万能使无生有，所以也要求同样的万能把有变成无。
> 
> 至于滔滔不绝而一事无成者，通常徒劳而轻易上当。因为大谈其所知者，也必谈他所不知。
> 
> 增强信念有三条途径：一是经验；二是理性；三是权威。而这三条途径中最有力者是权威；因为基于理性或经验的信念终将动摇。
> 
> 完全可以肯定，大胆一向是盲目的，因为它无视困难和危险；因此是谋划不当而执行大胆：如此匹夫之勇不可为帅，只可当副将，受人指挥。所以谋划时要善于看到不测之险，实行时则无视危难，除非危险极大。
> 
> 有妻儿之累者无论为善都为恶都难成大业，因为妻儿必将成为他事业的羁绊。
> 
> 正路上的瘸子能战胜歧路上的赛跑者。事实上，一旦误入歧途，赛跑者跑得越快，就被落得越远。

---

① 王佐良：《英国文学史》，北京，商务印书馆，1996年，第64页。

曾经有这样一种看法，说法国人比看上去聪明，西班牙人不如看上去那么聪明。

万能的上帝先造花园，这是人类最纯之乐。这高雅无比，陶冶性情，若无园林，纵有高墙华屋，也显得粗俗功利。人们将看到，文明日进，性情愈高，人大兴土木，建造园林，仿佛园艺才能显出雅致优美。

谨小的胸怀虽说从没有美德，却也有一点德性。

富人出卖的人比买进的东西还多。

流行的法官是畸形的：民众的喝彩是给演员的，而非给官员的。

世上聪明人多有怕死者，皆苦于变化，而肉体拒不证明这一点：期待带来的恐惧，甚于邪恶。但我不相信有人怕死，怕的是死的念头。美德的力量和血液就是鄙视欲望，忽视恐惧。

## 第五节　赫里克与洛夫莱斯

17世纪的英国正处于清教时代，但记住下面这一点非常重要，即在伊丽莎白时代早期的诗人中，比较著名的诗人一定是清教徒。像锡德尼、斯宾塞这样的人根本就不赞同文艺复兴时期的普遍异教思想。他们关注的是道德价值和美学价值。诗歌与清教思想之间的联合只是一时的现象。在莎士比亚那里就已经不见痕迹了，因为诗人厌弃清教，因此，清教徒乃至并非信奉清教但具有宗教思想的人都开始把诗歌看成是魔鬼的伎俩。乔治·赫伯特虽不是清教徒，却在接受圣职时将自己创作的爱情诗付之一炬，而邓恩多亏朋友的劝阻才没有做出同样的傻事来。但是，就在英国大部分地区关注宿命论和无代议就不纳税的问题时，文学界那种真正英国式的对自然和生活无忧无虑的热爱也并非没有完全表达出来。在本·琼生的"诗歌之子"罗伯特·赫里克的诗中，这种表达找到了欢快而永恒的形式。

## 第六节

### 一位世俗牧师

赫里克是德文郡教区的牧师。在将近20年的时间里，他一直住在一个偏远的村庄，对周围的生活极感兴趣——莫里斯舞，圣诞节狂欢，朴素的乡村生活。赫里克其人行为古怪。据说他最喜欢的是一头猪，还教这头猪从大酒杯里饮酒。有一次，因为会众没有专心听布道，他就把布道手稿撒向他们。他是个平易近人的世俗牧师，痛恨清教，坚定不移地效忠国王。在共和政体期间，这种忠诚使他被逐出自己的教区，直到王政复辟之后，他才又回到了这个教区，此后一直生活在那里，享年84岁。

赫里克对自然的热爱给英国文学奏出一首新曲。他算是第一位英国田园诗人。他的诗，正如安德鲁·朗格所说，"像一片笑意盈盈的广阔草原，在六月的初旬，点缀着花朵，飘荡着群鸟悦耳的歌声。有些只不过是欢快乐曲中的一两个音符，有些则是长时间震颤的各种乐音，虽然比不上夜莺的怨诉那样强烈。"

照片：W.A.曼塞尔公司

**罗伯特·赫里克**

他最优美的一首抒情诗是《写给花》：

果树上绽出的美丽的花，
　为何凋谢得如此匆促？
　　你们的期限尚未结束，
　你们可以再多流连一刻，
　　红着脸，微微地笑着，
　　　最后再去。

怎么你们生来就注定
　只有一时半刻的欢娱，
　随后就要告别而去？
可惜"自然"生出了你们，
　只显示一下你们的身份，
　　就把你们抛弃。

但你们是可爱的书篇，
　我们读了就可以明白
　一切事物纵不这样美，也结束得快：
他们只能短暂的风光一阵，
　然后就和你同一命运，
　　溜进坟墓里来。①

---

① 梁实秋译注：《英国文学选》(第2卷)，台北，协志工业出版社，1985年，第1283—1284页。

赫里克那"甜美的、自然的、愉快的、音乐般的"沉思在下面这几首诗中欢快地表现出来:

### 熟樱桃①

熟樱桃,熟了,熟了,我叫喊,
丰满美好的樱桃,来买尝;
倘若你问我它们在何处生长?
我回答,在那边,
我的朱丽亚口唇微笑的地方;
在那片土地或樱桃小岛上,
它的种植物充分显示,
樱桃全年都生长。②

### 咏黄水仙花

美的黄水仙,凋谢得太快,
　我们感觉着悲哀;
连早晨出来的太阳
　都还没有上升到天盖。
　　停下来,停下来,
　等匆忙的日脚
　　跑进
　黄昏的暮霭;
在那时共同祈祷着,
　在回家的路上徘徊。

我们也只有短暂的停留,
　青春的易逝堪忧;
我们方生也就方死,
　和你们一样,
　一切都要罢休。
　你们谢了,
　我们也要去了,
　如同夏之雨骤,

---

① 这首小诗也体现了浪漫主义文学的特点。
② 秦希廉:《英美抒情诗选译》,北京,商务印书馆,2003年,第129页。

或如早晨的露珠，
　　永无痕迹可求。①

### 晚诗，致朱丽亚

萤火虫借给你她的双眼，
天上的流星把你照看；
　　还有那些小精灵们
　　他们的小眼睛晶亮忽闪，
像闪亮的火花，给你温暖。

没有纤弱的意志误导你；
没有毒蛇和害虫撕咬你；
　　可是啊，你要赶路
　　不要停步，
因为没有鬼魂恐吓你。

别让黑暗遮住你的前程；
可月亮偏要瞌睡那怎行？
　　夜空里的群星
　　照亮你的路径，
就像细小的蜡烛给你照明。

啊，朱丽亚，我求求你，
求你，求你赶快来我这里：
　　我将把你
　　拥在怀里，
让我们的灵魂相融默契。

赫里克深爱着孩子们，就像他深爱玫瑰花一样，而且，在舒适悠闲的一生中，他始终深怀一种虔诚的宗教感。事实上，他的世俗化也许只是从他自己模仿和译述的古典诗人那里捕捉到的一种文学风格。

---

① [英]赫里克作，郭沫若译：《咏黄水仙》，弗·特·帕尔格雷夫原编，罗义蕴、曹明伦、陈朴编注：《英诗金库》，成都，四川人民出版社，1987年，第533—535页。

# 第七节

## 理查德·洛夫莱斯

　　赫里克因为忠于保皇事业，因此只有几年光景就失去了牧师职位。而同样的忠诚使理查德·洛夫莱斯这位才华横溢、英俊潇洒的骑士派诗人丧失了全部幸福，痛恨他的清教徒们判处他死刑，他在40岁时就悲惨地死去了。他下面的这几句诗让我们牢牢地记住了他：

>　　爱人，别说我无情无义，
>　　　　把你圣洁的酥胸
>　　和宁静的心灵一起抛弃，
>　　　　毅然投奔战争。
>
>　　的确，我追求新的相好，
>　　　　战场上首先遭遇的敌人；
>　　以更热烈的爱去拥抱
>　　　　一支剑，一匹马，一面盾。
>
>　　但是此种移情别恋
>　　　　你也必定赞许；
>　　爱，我不能和你如此缱绻，
>　　　　如果我不爱荣耀。①

　　1642年，由于洛夫莱斯提出应该恢复国王的权利，结果被囚禁在西敏寺，在那儿的时候，他写出了《自狱中致阿尔兹亚》，诗中包含下面这一著名诗节：

>　　石墙不能成为监狱，
>　　　　铁栏也不能成为牢笼；
>　　清白而宁静的心地，
>　　　　正好在这种地方修行；
>　　如果我爱情上不受限制，
>　　　　心灵上没有忧愁，
>　　这时节，只有天上飞的天使，
>　　　　才能享有这样的自由。②

---

① [英]理查德·洛夫莱斯：《从军行——致绿卡斯塔》，梁实秋译注：《英国文学选》(第2卷)，台北，协志工业出版社，1985年，第1313—1314页。
② 同上，第1312页。

## 同时代的其他作家

如赫里克和洛夫莱斯一样,爱德蒙·沃勒也是一位保皇党人,但却是个俗人,是个趋炎附势的势利小人。即使他的抒情诗《去,可爱的玫瑰》也无法令他曾经辉煌的名声不朽。现在,他主要被当作一位作诗的能工巧匠,德莱顿的一些诗歌技巧还是从他那里学来的呢!

查理一世的党羽被清教徒们斥责为愤怒的孩子和上帝的敌人,他们包括著名的宗教诗诗人,如邓恩、赫伯特、克拉肖、沃恩、考利,以及富勒和杰里米·泰勒这样的传教士,没有什么比这一事实更清楚地表明了17世纪前半叶的极度虔诚。在英王与议会斗争的那些岁月里,大部分虔敬上帝的文学都出自保皇派传教士之手,而非出自清教徒之手,这是非常奇怪的事情。

杰里米·泰勒

著名的《圣洁生活的规则和习尚》一书的作者,他的《预言的自由》被形容为"在英国——也许是在基督教世界——为宽容大胆进行的第一次非同寻常的、公开的辩护"。

## 第八节　罗伯特·伯顿

### 伯顿的《忧郁的解剖》

罗伯特·伯顿的《忧郁的解剖》是英国内战之前出版的一部非常优秀的作品。伯顿也是一位牧师作家,他那部非常独特的英语散文作品中包含着对忧郁的定义,对引起忧郁的诸多原因的讨论,以及他提出的救治忧郁症的方法。其中有一部分专门写因爱情而引起的"忧郁",在这一部分中,伯顿奇妙的幽默感发挥到了极致。书的结尾非常严肃,对宗教忧郁进行了分析,并且提出了治疗绝望的建议。按伯顿所说,忧郁意味着所有可能的疾病,就连最现代的科学家都对他明智和敏锐的诊断钦佩不已。他引用了许多古今作家的名言来说明自己的观点,但许多人猜测,其中大部分都是伯顿自己杜撰出来的。约翰逊博士和劳伦斯·斯特恩都是《忧郁的解剖》的狂热崇拜者,这也是查尔斯·兰姆最喜欢读的书之一。对他来说,罗伯特·伯顿是一位"了不起的老人",兰姆在1821年的一封信中写道:"我正在品读老伯顿书中的一段文字,这已经是第一千次了。"

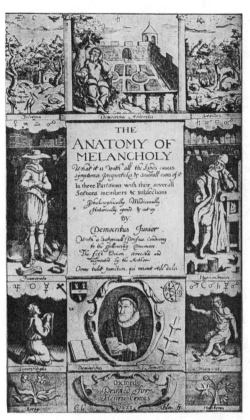

伯顿《忧郁的解剖》的扉页

也许我们可以从下面这几段文字中领略到伯顿的幽默与智慧。这些文字中有许多已经进入了现代英国人的日常语言：

> 甜蜜者莫过于忧郁。
> 矮人踩着巨人的肩膀，
> 比巨人自己还高瞻远瞩。
> 造鞋的人打着赤脚走路。
> 拆去东墙补西墙。
> 小事聪明，大事糊涂。
> 女人穿着男人的马裤。
> 在空中把楼阁建筑。
> 丑小鸭也和天鹅一样翘秀。
> 乞丐骑马也能驰骋勇武。

> 天有不测风云，人有旦夕祸福。
>
> 物以类聚，人以群分。
>
> 任何绳索都比不上爱情牢固。
>
> 婚姻命中注定，连理天堂铸就。
>
> 需做之事，必有诚意。
>
> 神有祭祀的殿堂，鬼也有礼拜的小庙。

## 第九节  托马斯·布朗爵士

### 托马斯·布朗爵士

托马斯·布朗爵士是有名的《医生的宗教》一书的作者，父亲是个绸布商。他于1605年生于齐普赛大街，在温切斯特和牛津接受教育，在欧洲大陆学医几年后来到诺里奇行医，一住就是40多年。在布朗有生之年，《医生的宗教》就被翻译成了法语、荷兰语、德语和意大利语。托马斯·布朗还写出了《基督教伦理》，《致友人书》和《瓮葬》。布朗是个谨慎的文体家，也就是说，与亨利·詹姆斯一样，他关心风格甚于内容。他酷爱雕饰，而且雕饰得异常精美。他更像是过分讲究的文学艺术家，而不是科学家或哲学家。

《医生的宗教》开篇就是对基督教信仰的表白——"但我仍敢把基督徒的荣号冠诸自己，却无僭妄之愧。"① 这是就生与死的神秘而悉心创作的哲学论文，下面节选的文字表明了托马斯·布朗爵士的思路：

> 谈及我的身世，则我有生以来的30年，也真是一场奇迹，说起来不像是历史，倒像一首诗，在俗常人听来，像是一则寓言。我不把人间看成作乐的酒肆，而是一处医院，②不是生活的地方，而是养老送终之所。我关心的世界是我自己，我留意的，是自己所构

托马斯·布朗爵士

---

① T. 布朗著，缪哲译：《瓮葬》，北京，光明日报出版社，2000年，第35页。
② 也有"慈善院"的意思。

成的微型宇宙。<sup>①</sup> 至于另一个世界，我则当成地球仪，时加转动，聊且自娱。人们看我的外表，只观察我的生活状况，我的命运，就会看错我的高度，因为我是站在阿特拉斯的肩上。<sup>②</sup> 不仅相对于我头顶的天空，即便我们身上的那部分天国，地球都只是一粒微芥。囚禁着我身体的肉身之庐，并不能限制我的思想；地球的表面对天来说它有尽头，<sup>③</sup> 我却不相信自由有尽头。……在我探究自己是怎样一个微缩宇宙或小小的天地时，我却发现自己比那个大宇宙还大。我们的身上肯定有一丝神性，它先于物质，并不臣服于太阳。自然和《圣经》都对我说：我是上帝的影像，<sup>④</sup> 不明白这点，人就是没有开蒙，没上第一课，还有待学习人生的字母表呢。<sup>⑤</sup>

## 一位艰深的作家

托马斯·布朗是位艰深的作家。埃德蒙·戈斯先生曾这样评论他："布朗非常感兴趣的是词语的美及其声音、形式和唤起的想象。但他使用词语非常严谨，并不能让人们轻易地完全理解。布朗的思维中存有反常的成分，这在他相当疯狂而随意玩弄词语游戏的方式中表现了出来。"

他曾为用英语而非拉丁语写作辩护，而他所说的高雅英语是一种富有拉丁化词语的语言，这些词语只有掌握了拉丁语的读者才能读懂。这种矫揉造作以及他对生活所持的一般态度惹怒了赫兹利特，关于布朗他写道："他极为冷淡，酷爱深奥虚幻的事物。为寻开心，他将世界倒转过来，就好像它是一块纸板一样。他轻蔑尘世俗事，就好像站在行星上俯瞰一般。"然而，查尔斯·兰姆却说托马斯·布朗是伟人之一，如果能在他的房间里见到这些伟人穿着睡衣和拖鞋，并同他们友好地打招呼，他会感到非常高兴的。

考利说："《瓮葬》这篇散文的结尾绝对是完美的：一种平静、悲痛的语气，如此温柔，如此深沉，如此忧郁、柔和，就像一位已经过世圣徒的歌声在永恒的夜幕下轻微地飘来荡去——这是来自逝者的强国的回声，意义深奥。"乔治·圣茨伯利谈到这一篇文章时说：

> 接下来的一章谈的是葬礼仪式，对永恒或毁灭以及类似事物的信仰，最后就到了令人永远难以忘怀的结尾，它是这样开始的，"这些死人的骸骨"，这句话就像那篇无法超越的"英语散文的哀乐"在大约八代人的耳中回响。这一章

---

① 参看《医生的宗教》第一部第十三节。
② 阿特拉斯是希腊神话中的一个巨人，因为触怒了宙斯，被罚用肩扛着天空。
③ 地球表面之有尽头，仅可由地球之外的天空中方可看得出来。
④ 见《圣经·创世记》1.26—27。
⑤ T. 布朗著，缪哲译：《瓮葬》，北京，光明日报出版社，2000年，第135—136页。

中的每个词都令人难忘。布朗使用冷冰冰的词语，但崇高、庄严的意义以及文字美妙铿锵的乐声和复奏，几乎把每个词都留在了人们的记忆中。"时间可以使古物变古"，要想毁灭它却有些困难。在整章中，他的风格，如同主题一样，始终上扬，直到神秘主义奇妙地迸发出来。我们看到了这样一个结尾，以前我们在英语中从来没有听到过："人有准备，就可此可彼，六尺黄土也好，哈德良的陵墓[①]也罢，都要感到满足。"[②]

《医生的宗教》第一版1642年面世。布朗明显影响了为他写传记的约翰逊博士的风格。现代批评家对他那敏锐、美好的心灵产生了新的兴趣。

这里所涉及的几位作家都经历了共和政体时期，活到王政复辟之后，但可以认为他们基本上都属于他们所处世纪的前半叶。1649年查理一世被斩首。1653年宣布克伦威尔任护国公，克伦威尔时期以及整个17世纪迎来了文学的辉煌。

## 参考书目

T. Secombe and J. W. Allen's *The Age of Shakespeare*, vol.ii, *Drama*, in Handbooks of English Literature.

Christopher Marlowe's *Complete Works*, edited by C. F. Tucker-Brooke.

The "Mermaid" Series of Old Dramatists.

Ben Jonson's Plays, 2 vols., in Everyman's Library.

Jonson's *Conversations with Wm. Drummond*, 转载于 Spingarn's *Critical Essays of the 17th Century*.

Jonson's *Discoveries*, The Temple Classics.

Bacon's *Essays*, 2 vols., edited by Abbott.

Bacon's *Essays* in Everyman's Library.

Bacon's *Advancement of Learning* and the *New Atlantis* in one vol. in the World's Classics.

Herrick's *Poems* in the World's Classics.

Herbert, Vaughan, Donne, The Muses' Library.

Poems by George Herbert, ed. by George Herbert Palmer.

Sir Thomas Browne's Works, 3 vols., in Bohn's Library.

还有单独的 *Religio Medici*, in Everyman's Library.

Robert Burton's *Anatomy of Melancholy* 分3卷出版，在 Bohn's Library.

---

[①] "一座壮丽的陵寝，或葬堆，哈德良建于罗马，现在位于圣安吉洛城堡"。
[②] T. 布朗著，缪哲译：《瓮葬》，北京，光明日报出版社，2000年，第195页。

# 第十二章 约翰·弥尔顿

## 一位伟大的诗人

批评界一致认为约翰·弥尔顿是最早出现的三大英语诗人之一。这并不是说在连续出现的英语诗歌中，没有十几位、甚或二十几位作家能在个人素质方达到弥尔顿的高度。"伟大"这个词被过于轻易地、普遍地用来形容诗人，我想，它表达的意思不同。在此，它的意思是说弥尔顿突出地代表了诗歌的一种非常重要的成就，并且，就我们迄今所客观看到的而言，我们不可能对两位以上的其他诗人给以同样的肯定。在伊丽莎白时代的诗人中，有许多在巅峰时期都无疑具备与莎士比亚相同的诗歌才能，但是，在表演题材的宽度和连贯性方面，莎士比亚胜过了所有其他人。可以说他们所做的他都做了，而且通常做得比他们还好。他是主要的、最令人引以为豪地进行广泛诗歌创作的诗人，有许多才华横溢的人进行广泛的诗歌创作，他从这些诗人取得的成就以及树立的典范中受益良多，完美地表现了诗歌的整体。因此，鉴于他自己的个人素质以及作品的实际数量，我们本能地认为莎士比亚是那个时代的伟大诗人，因为那个时代恰巧是以一种特殊的美德作为诗歌灵感的时代，在那个时代，英国在冒险活动和文化中初次欣喜地意识到自己的辉煌与活力，满足于欣赏生活的奇景，分享生活的激情，纯粹是因为它们能让人充满活力，却并不将它们归结为道德或社会问题，也许，我们每每想到他的时候，总是把他看作最伟大的诗人。在他之后，英国史话中还有两个诗人可以让我们给出同样的评价，即约翰·弥尔顿和威廉·华兹华斯。[①] 历史的客观条件不可能使这两位诗人在作品中表现出莎士比亚悲剧中的那种精神活力，那种轻松愉快，但他们都以自己的方式卓越地代表了英语诗歌中的伟大运动。在华兹华斯之后，没有人可以让我们给予如此肯定的评价。许多诗人的作品当然永远享有个人的声望，但我们可以说，这些诗人中没有一位比其他人更明显地体现了那种向着一个方向发展的奇异冲动，而这个方向则是一个时代的多重发展的基础。

按照这一标准，之所以说约翰·弥尔顿伟大，非常简单地说，原因就在于他所有作品中隐含的那一坚持不懈的渴望，有一次他非常清楚地表白说他就是要"向世人昭示天道的公正"。英国的整个清教革命运动不仅仅是抗议查理一世的恶行。那是导致

---

① 批评界的观点通常把乔叟放在莎士比亚和弥尔顿之后。——J. K.

随之而来的武装起义的原因,而隐藏在背后的是比这种愤慨更具建设性的东西,虽然这种愤慨是灿烂无比的。伊丽莎白时代——这一广为接受的界定和另一个界定一样恰当——无疑是极为活跃的一个时代。亲历险境,乘小船横跨大洋,孩子般快乐地欢迎从意大利涌入英国人头脑中的文艺复兴文化的多彩和傲慢,这本来就是热情洋溢的、强健有力的年轻人的节日。但我们知道,那并不是故事的全部,或更确切地说,那是没有必要进行限定的一个故事。卑劣、迂腐、装腔作势的逻辑当时还不为人知,它虽然不是这个时代的本质特征,但已经随着这个时代而到来,从本质上说,这仍然是一个生活中充满强烈渴望的、绝对欢乐的时代,几乎可以说,这是一种相当不负责任的快乐。在这种冲动消耗殆尽之后,在青春的华美逝去之后,在后续的一个时代里,民族良知变得审慎起来,自行去评价一个现已经逝去的时代所具有的激情。这种备受争议的评价不同于简单的、开心的赞同,这才是英国整个清教革命的根本原因。这大可不必是愤怒的判断,也不是自以为是的,甚至不是不情愿的判断,但却是一个十足的评价,而它的主要代表人物就是约翰·弥尔顿。

## 第一节　弥尔顿生平

几句话就可以概括弥尔顿的一生。他出生于中产阶级家庭,1608 年生于伦敦,后在圣保罗学校和剑桥大学基督学院学习,1629 年从剑桥毕业。30 岁之前,他就写出了大部分短诗,包括《欢乐的人》、《沉思的人》、《科马斯》和《黎西达斯》。他出游了欧洲大陆,32 岁时,他给侄子们当家庭教师,似乎为了写政治和社会小册子而放弃了诗歌创作。1643 年他写出了题为《离婚的原则和戒律》的小册子,这使他与玛丽·鲍威尔的婚姻成了令人瞩目的焦点——可以说,这并非没有重要的启示意义[①]——1644 年,他又发表了《论出版自由》。1649 年,在国王查理一世被处决后,他被任命为新政府议会的拉丁文秘书,继续创作他那备受争议的《偶像破坏者》和其他散文。《偶像破坏者》是为回应《圣王的肖像》而写的。这些散文中有些是英语中最优美的、感情最

---

[①] 研究弥尔顿的学者们开始怀疑这种说法,即弥尔顿是因为自己婚姻不幸才写出了论离婚的小册子。他们指出一个事实,那就是在弥尔顿参加论战之前,家庭关系就已经是人们普遍热烈谈论的一个话题,他自己在《再为英国人民声辩》中的非常著名但却不太肯定的一段文字中谈到了这些小册子,这很可能表明他在结婚之前就已经构思好、甚至已经写好了这些小册子,表明他所提及的家庭问题并不是关于他自己的,而只是那个时代普遍存在的不幸的问题:"因此,我认为幸福的社会生活的本质取决于三种自由——宗教的、家庭的和公民的自由,由于我已经开始写关于第一种自由的文章了,而地方长官则在努力争取第三种,所以我决定把注意力转向第二种,即家庭自由。由于这涉及三个具体问题,婚姻状况、儿童教育和思想的自由表达,所以,我要特别思考这些问题。我解释了我的感受,这不仅关系到体面的结合,还关系到体面的解体,如果环境允许的话;我的论点来自基督教没有废除的圣法,或不比摩西法更难以忍受的法律。……关于这个话题,我发表了当时非常需要的一些小册子,那时,男人和妻子是最顽固的敌人,男人常常待在家里照顾孩子,而母亲则出没在敌人的阵营,扬言要丈夫的命或毁掉他。"——J. E.

照片：里施基斯收藏馆

《约翰·弥尔顿》（皮科特·范·德尔·普拉斯）

伦敦国家肖像馆

照片：里施基斯收藏馆

弥尔顿在白金汉郡查尔芬特－圣贾尔斯的村舍

《马韦尔与弥尔顿的最后会面》(G. H. 鲍顿)

弥尔顿为他的诗人朋友安德鲁·马韦尔在共和政府谋到一个职位。

热烈的散文,即便算不上是最为精致的散文。1651年,他双目失明,他的秘书助手中有诗人安德鲁·马韦尔。在王政复辟时期,他失去了政府官职,并躲藏了一段时间。1656年他再次结婚。1662年第三次结婚。晚年,他有时住在查尔芬特-圣贾尔斯,有时住在伦敦;1674年,弥尔顿去世,享年66岁,葬于圣贾尔斯的克里波门。

1645年,他把一些不太重要的诗歌收集起来发表,1673年这部诗集的第二版问世,里面又加进了一些诗歌。在他那些伟大作品中,《失乐园》1667年发表,《复乐园》和《斗士参孙》1671年发表。可能早在1650年时,他就开始创作《失乐园》了,众所周知,这三部杰作都是他口述给女儿们,然后由她们抄写下来的。在中年时,诗人弥尔顿沉寂了很长时间,原因不得而知。虽然他可能全身心地投入到了政治生活当中,然而,可以确定的是,在这些年里,他虽然没有活跃地创作诗歌,却在酝酿即将创作的伟大诗篇,他在为一部作品做准备,对这部作品所负的责任他自己既审慎又清楚。他将要致力于思考"在散文和诗歌中还没有尝试过的东西"。正如他在《为斯麦克提姆努斯一辩》(1641)中所说,他相信"此后不必为描写可歌可泣的事物而沮丧的人本身就是一首真正的诗"。

在开始创作后期那些伟大的作品时,他已经是一位优秀的学者了,是英国捍卫政治和宗教自由的知识分子中的领军人物,并用诗歌深切地表达了生活中的痛苦和失望。希腊人在创作时会选择读者熟悉的故事,弥尔顿学习他们,把撒旦的堕落、人之子拯救世界以及参孙遭受的苦难作为自己的主题。纯粹杜撰出一个寓言故事以实践自己的天才对弥尔顿来说就像对莎士比亚一样没有什么吸引力,他更喜欢将自己充沛的精力完全用来揭示公认的寓言所富有的精神和想象意义。围绕这些诗歌汇集的文献资料本身就构成了一个关于神学、诗学和哲学的书库。

## 第二节　弥尔顿的魅力

想要在此分析弥尔顿题材广泛的作品显然是不可能的。就诗歌本身而言，我们马上可以说，以任何轻松的心态来研究它都不可能取得丰硕的成果。一旦迷上弥尔顿那从容不迫、游刃有余的创造力，就要永远地充分欣赏它。你一旦喜欢上弥尔顿的诗歌，就不可能再厌烦它。但有时候，习惯于笔调轻快或朴素沉思的读者可能会觉得这位伟大清教徒的繁文缛节有点难懂，虽然《欢乐的人》、《沉思的人》，还有《科马斯》和《黎西达斯》中的某些段落不可能不给人带来愉快。而对于我们其余的人来说，弥尔顿晚年享有的全部荣耀，其威望就像大自然的美一样已经成为生活中的必要因素。马修·阿诺德说"别人要容忍我们提出的问题，而你却解脱了"，这不仅适用于莎士比亚，也适用于其他的顶尖诗人。如果我们的血液中确实流淌着对英语诗歌的热爱，我们就不会再为下面的诗句争论不休了：

> 关于人类最初违反天神的命令
> 偷尝禁书的果子，把死亡和其他①
> 各种各色的灾祸带到人间，并失去
> 伊甸乐园，直到一个更伟大的人来，②
> 才为我们恢复乐土的事，请歌咏吧，
> 天庭的诗神缪斯呀！您当年曾在那③
> 神秘的何烈山头，或西奈的峰巅，④
> 点化过那个牧羊人，最初向您的选民⑤
> 宣讲太初天和地怎样从混沌中生出；
> 那郇山似乎更加蒙您的喜悦，⑥
> 下有西罗亚溪水在神殿近旁奔流；⑦
> 因此我向那儿求您助我吟成这篇
> 大胆冒险的诗歌，追踪一段事迹——⑧
> 从未有人尝试摛彩成文，吟咏成诗的

---

① 《旧约·创世记》：上帝造了一男一女，住在伊甸园中，禁止他们吃知识树的果子；他们违反了禁令，被逐出乐园。
② 更伟大的人指耶稣，按基督教教义所说：人类始祖亚当犯了原罪，失去乐园，后来耶稣下凡为人，死在十字架上，为人类赎罪，恢复乐园。
③ 缪斯（Muse）是希腊神话中的诗神，给诗人以灵感。西方史诗体例，开头必向缪斯呼吁灵感。弥尔顿在本诗里向"天庭的缪斯"（Heavenly Muse）呼吁，是指基督教的圣灵。
④ 何烈山（Oreb）在埃及和迦南之间，摩西在那山上受上帝的灵感。锡安山（Sion）是何烈山的别名。
⑤ 牧羊人，即摩西。选民是上帝所特选的民族，指以色列人。
⑥ 郇山（Sion）即锡安山，指耶路撒冷，圣殿在该山上，被尊为神山。
⑦ 西罗亚（Siloa）：溪名，流经圣殿近旁。
⑧ 冒险的诗歌指本诗《失乐园》，因为这样的题材没有先例，并且反映革命的精神，在反动复辟的王权统治下是危险的。

《弥尔顿在创作〈失乐园〉》(蒙卡奇)

诗人已经双目失明,在向女儿们口述。

题材,遐想凌云,飞越爱奥尼的高峰。①
特别请您,圣灵啊!您喜爱公正②
和清洁的心胸,胜过所有的神殿。
请您教导我,因为您无所不知;
您从太初便存在,张开巨大的翅膀,
像鸽子一样孵伏那洪荒,使它怀孕,③
愿您的光明照耀我心中的蒙昧,
提举而且撑持我的卑微;使我能够
适应这个伟大主题的崇高境界,
使我能够阐明永恒的天理,
向世人昭示天道的公正。④

弥尔顿的晚期作品仍然保持着这种对精神的赞美,在大约一万五千行的诗句中,

---

① 爱奥尼(Aonion)的高峰,是希腊神话中缪斯所在的圣山。这里是说要超越荷马的杰作。
② 圣灵即天庭的缪斯。这里是本史诗第一次呼吁灵感。
③ 《新约·哥林多前书》三.16;"岂不知你们是上帝的殿,上帝的灵住在你们里头吗?"
④ 弥尔顿著,朱维之译:《失乐园》,上海译文出版社,1984年,第3—4页。

这种赞美几乎没有中断过。他就这样创造出了一种华丽与严肃相结合的风格，在当时独一无二，迄今仍然如此。伟人总是认为诗歌胜于辩论。弥尔顿本人的确把辩论看作一种强烈的信念，也是构建诗文大厦的基础。然而，如果基调正确，诗歌本身就是抵制世界上种种丑行的利器，这是几乎任何其他英语诗歌所不及的。弥尔顿确实非常热切地想"向世人昭示天道的公正"，鞭挞暴政，赞美人类不朽的大无畏精神。然而，在这些方面，他只不过是这个世界上思想高尚的千万人中的一个，而且，他是根据神话和政治气质来证明的，而这对于今天的我们来说，都不是深切地激动人心的。但与其他那些人不同的是，弥尔顿是一位伟大的诗人，而作为诗人，他既永远超越了当时的境况，又通过表达个人激情时的极端笃定将之提高到了泰然自若的高度。泰然自若——那是对弥尔顿的所有批评分析中最后使用的一个字眼儿。不慌不忙、毫无疑问地阅读《失乐园》或《斗士参孙》，就是用一双冷静的眼睛看这个纷扰的世界。这种净化不同于描写悲惨的人类情感的伟大诗人所产生的净化，在后者那里，观众被感动，对受苦的或犯了错的人产生一种上帝般的怜悯之情，救赎就是这样完成的。阅读一部莎士比亚的伟大悲剧作品，我们深受感动而产生怜悯之情，因此我们不仅认为在伸张正义的过程中最终应对我们看到的灾难有所补偿，而且，我们被奇特地赋予了希望事情将会有所补偿的意志力。甚至在《斗士参孙》中，弥尔顿也不是以一种完全相同的方式来感动我们的。《斗士参孙》的真正寓言是关于人类灾难的。我们对《斗士参孙》的感受，与对莎士比亚悲剧的感受不尽相同。在莎士比亚的悲剧中，我们不认为在承受了一切之后，人类共有的本能会产生仁慈之情，而在弥尔顿的剧中，我们认为人的精神可以不可思议地摆脱自身的局限，人实际上要比自己在生活行为中的表现更伟大。莎士比亚的方式更加人性化，更加强烈，跟我们共同的心绪联系得更加紧密，而弥尔顿则会让我们达到完全属于他特有的那种安宁。

　　充斥于弥尔顿全部沉思的这种强烈精神之光并没有减弱他的仁慈之心，一想到他，我们就会忘记他的这一品质。他的早期诗歌虽然已经具有了繁文缛节这一特点，但这是他晚期那些伟大作品的宏伟风格。写出早期这些诗歌的是个年轻诗人，他自由地漫步在这个世界上，心地高尚，性情快乐。不管风格多么朴素，但可以写出下面这些诗句的那颗心都不会是冷漠的：

> 耕田的农夫在近处扶犁，
> 口哨声吹遍所耕的田地；
> 挤奶的女郎在歌唱心爱的歌谣，
> 割草的小伙子在磨长柄镰刀，
> 溪谷中的每个牧羊童子，
> 都在山楂树下讲述爱情故事。[①]

---

[①] 弥尔顿著，朱维之译：《弥尔顿抒情诗选》，上海译文出版社，1993年，第53页。

照片:弗雷德里克·霍里耶　　　　　　　　来摄自G.F.沃茨的画作

《斗士参孙》

照片：里施基斯收藏馆

《弥尔顿口述〈斗士参孙〉》（J. C. 霍斯利）

20多年后,在《失乐园》问世之际,这一特点仍未消失:

> 他们这样手牵着手地行走,
> 自从他们相遇作爱的拥抱以后,
> 便是最可爱的一对:那亚当,
> 他的子孙中没有比他更善良的,
> 那夏娃,比后代一切女人都美。
> 他们在青草地上,丛林荫下,
> 一道清澈的泉水旁边坐下来,
> 那丛林挺立着,温柔地私语;
> 在他们不很艰苦的,甜美的
> 园艺工作之后,正好可以欣赏
> 凉飕吹拂,田畴远风,通体舒坦,
> 而且促进饥、渴,更觉晚餐的甜美。①

这一节诗充满了柔情。在整首诗中,每当弥尔顿的思想暂且不再高谈阔论,而是详细描述乐园里的人间欢乐与痛苦时,这种柔情就会出现。然而,虽然他总能提醒我们他所熟练掌握的节日和感伤这类充满柔情的话题,但他最感兴趣的不是男人和女人的特定的、私密的生活,而是一种崇高的生活哲学观,是他最游刃有余的那种表达。

> 多么快呀,"时间",你这偷窃青春的巧贼大盗,
> 把我二十三年的岁月全放在翅膀上偷走了!
> 我匆促的时日都用全速度飞走了,
> 可是在我的暮春时节,还不见花开,不见含苞。
> 掩盖真情的恐怕是我的外表,②
> 其实,我已接近成人的边缘了,
> 并且我还有些及时行乐的精神法宝,
> 使我更显不出内心成熟的外貌。
> 每个人的年岁都有严格的定数,
> 不管是快是慢,是多是少,
> 大家都趋于同样的命运,不管地位的高度,
> 这是天意,必须依从"时间"的引导。

---

① 弥尔顿著,朱维之译:《失乐园》,上海译文出版社,1984年,第143页。
② 弥尔顿在青年时代品貌清秀,绰约若处子;在剑桥大学基督学院读书时绰号为"基督的淑女"。不但外貌看来年轻,心地也天真无邪。

照片：里施基斯收藏馆

《失乐园》原手稿的一部分


    如果我能好好地把它利用，
    在伟大的"工长"眼中，那便是永恒，无穷。①

弥尔顿 23 岁时，就已有迹象表明他前途远大。他将在自己完全成熟时学会怎样凭借纯粹精神的崇高与诗歌特有的魅力，甚至让人类赢得天使的同情，如在下面的诗句中：

    忠诚的撒拉弗天使亚必迭说罢，
    发现众背信者中间只有他忠信。
    在无数的虚伪者之间，只有他不移本心，
    不动摇，不受诱惑，不怕威胁，

---

① 伟大的"工长"，指"创造世界的神"。这两句的意思是说"人生虽短，学艺长存"；好好地利用有限的光阴，作创造性的劳动，对人类有了一点贡献，那便是永恒，不朽。
  本译诗不依原韵，改用 aaaa aaaa bcbc dd。
  弥尔顿著，朱维之译：《弥尔顿抒情诗选》，上海译文出版社，1993 年，第 47—48 页。

照片：里施基斯收藏馆

**弥尔顿《黎西达斯》的结尾诗行**
摄自剑桥大学三一学院图书馆的原手稿

> 保持他的忠贞，他的爱和热诚；
> 他虽然孤立，但不为多数，不为
> 坏榜样而改变初衷，违背真理。①

在运用这些才能描写一种仍然普遍、但更接近我们自己的生活体验时，如《斗士参孙》的结尾那样，弥尔顿可以创造出一种动人的美感，而这种美感在英语诗歌中是无出其右的。

> 我们没有理由流泪，或捶胸顿足，
> 不要怯懦，也不要蔑视、贬抑、
> 指摘他；一切都很美满，
> 死得这么光荣，使我们心平气和。②

弥尔顿的任何一首诗都能说明他那熟练的技巧。我们将用史文朋选取的一个例子，他觉得《黎西达斯》开篇的说明绝妙得无与伦比：

> 我再一次来，月桂树啊，③
> 棕色的番石榴和常青藤的绿条啊，④
> 在成熟之前，来强摘你们的果子，
> 我不得已伸出我这粗鲁的手指，
> 来震落你们这些嫩黄的叶子。⑤

---

① 弥尔顿著，朱维之译：《失乐园》，上海译文出版社，1984年，第211—212页。
② 弥尔顿著，朱维之译：《复乐园·斗士参孙》，上海译文出版社，1981年，第208页。
③ 月桂树象征诗歌的灵感，与诗歌女神缪斯相联系。月桂、番石榴和常青藤三者都象征诗歌；桂冠由此三者编成。
④ 古代希腊人宴会时，歌人手执番石榴枝，象征司美女神的美，常青藤象征永生。
⑤ 诗人以为自己的诗艺还未成熟。
  弥尔顿著，朱维之译：《弥尔顿抒情诗选》，上海译文出版社，1993年，第135页。

或者用济慈的例子，他说：

"在《失乐园》中，有两处表现了非凡的美感：就我读过的诗而言，没有堪与它们媲美的；它们完全不同于但丁那短暂的悲悯之情，甚至在莎士比亚的作品中也看不到。一处是在第四卷中的第 268 行：

> 古时候有个美丽的恩那原野，
> 比花更美丽的普洛塞庇娜在那里采花，①
> 自己却被幽暗的冥王狄斯
> 采摘而去，害得刻瑞斯历尽②
> 千辛万苦，为她找遍全世界；③

另一处是第八卷的第 32 行：

> 但要远远地驱逐野蛮的噪音，
> 驱逐巴克斯和他那些纵酒之徒，④
> 在罗多彼把赛雷斯的歌人撕碎的⑤
> 野蛮狂暴种族的噪音。
> 那时林木、岩石都闻歌起舞，
> 但野蛮的噪音淹没了歌声、琴音，
> 连那缪斯女神也不能救她的儿子。⑥

这些看起来完全是弥尔顿独有的，看不到别人的影子，不管是古代的还是现代的。"

德·昆西认为弥尔顿是有史以来最伟大的诗人——他曾在某处提到"弥尔顿的诗歌像行星一样庄严地运转"。他选择了下面这几行诗（第 10 卷中的 273 行）作为"他最为精彩的诗行——全面地考虑之后，也许是人类文学中最崇高的诗行"，在这几行

---

① 普洛塞庇娜(Proserpine) 的希腊原文是珀耳塞福涅(Persephone)，是个极美的处女，母亲是刻瑞斯(Ceres)。一天，她在野外采花，地突然裂开，从下面出来冥王狄斯(Dis) 把她抢走了，便做了冥后。她被抢的地方是小亚细亚尼萨附近的原野，罗马诸诗人把它移到恩那(Enna) 之野，在西西里。狄斯为冥王普路托(Pruto) 的别名。
② 刻瑞斯是司农业和水果的女神，宙斯背着她把她的女儿普罗塞尔皮娜许配给冥王。女儿失踪后，她怒极，寻遍大地，直到下界，受尽艰辛，她咒诅大地，五谷百果都枯萎了。后知真相，乃释怒，决定闺女一年一半时间住在冥府，一半时间住在地上。
③ 弥尔顿著，朱维之译：《失乐园》，上海译文出版社，1984 年，第 140 页，译文和注释均略有改动。
④ 巴克斯(Baccus)：罗马酒神，常饮酒行乐，唱歌，跳舞。
⑤ 罗多彼(Rhodope)：赛雷斯的一座山，名音乐家俄耳甫斯(Orpheus) 住在那山的洞穴里。
赛雷斯的歌人(Thracian Bard)，即乐圣俄耳甫斯，他的琴音能感动草木禽兽，后被巴克斯的徒众们所杀，被撕得粉碎。注释家牛顿说，这一段是讽刺复辟后的查理二世王朝。
⑥ 那位缪斯女神，指俄耳甫斯的母亲卡利俄珀(Calliope)，儿子被杀时，她欲救而不得。诗人希望自己的诗神能帮助他自己不致死于非命而完成所写的长诗。
弥尔顿著，朱维之译：《失乐园》，上海译文出版社，1984 年，第 255 页，注释略有改动。

诗中,死亡首次意识到自己将来对人类的绝对支配权:

> 他这样说着,满怀喜悦的心情,
> 嗅着地上死的气味,好像一群
> 贪婪的鸟,从百里外就能嗅到①
> 第二天战场上该在血战中战死的
> 活尸的气味,匆匆飞向驻军的阵地。
> 那个狰狞可怖的形体这么嗅着,
> 把他宽大的鼻孔转向阴沉的天空,
> 老远就敏锐地闻到猎物的气味。②

## 第三节 怎样阅读弥尔顿

虽然比起大多数诗人来,弥尔顿也许更多地让忙于公共事务的生活侵害了自己真正的诗歌创作,然而,我们可以最公正地说没有哪一位诗人能像他那样将自己的一生献给了诗歌。在早期诗歌中证明了自己的天赋之后,他决定等待,等待着自己觉得已经准备好创作一部构思深刻但在规模和形式上宏大的巨著的时刻。在1641年发表的《论教会机构必须反对主教制》一文中,他写道:"我也不认为与某一知识渊博的读者订立盟约是件耻辱的事,在未来的几年中,我可能会一如既往地依凭对他的信托准备偿付我现在所拖欠的债务,那将不是一部从年轻气盛和葡萄酒的蒸汽中提炼出来的作品,……而是通过对永恒圣灵的虔诚祈祷,他能以全部的表达和知识来丰富这部作品,……此外还要进行勤奋的、有选择的阅读,经常不断的观察,给一切适宜的和高洁的艺术和事务注入真知灼见……"在进行政治和宗教论战的那些岁月里,他时时刻刻都想着履行这一承诺。结果,当那些作品问世时,它们的规模如此宏大,以至于读者不可能轻松地理解,就像诗人的构思并不轻松一样。在谈论弥尔顿的伟大诗作的丰富意义之前,我们必须仔细地阅读它们,而且必须阅读他的全部作品。

为便于讨论,我们可以将诗人划分为不同的流派,古典主义、浪漫主义、现实主义,等等,这是完全可以的,但是,当我们碰到那些伟人时,我们发现他们都程度不同地具备了所有这些流派的最佳属性。在1853年发表的著名《序言》中,马修·阿诺德

---

① 贪婪的鸟,指兀鹫,这鸟在希腊神话中是嗜吃人肉的猛禽。它曾啄食盗天火给人而被绑在荒山岩尖的普罗米修斯的脏腑。罗马诗人鲁康描写过这种兀鹫在罗马军队后面盘旋嗅闻死尸的情状。有人说这种贪婪的鸟能闻几百英里外死尸的气味。有人说凡有死尸,它们三天前就闻到了。
② 弥尔顿著,朱维之译:《失乐园》,上海译文出版社,1984年,第373页。

再清楚不过地说明了所谓古典主义与浪漫主义相并行的方法。

"在目前的情况下，我们几乎不能理解米南德的意思，有一个人问他那部喜剧的进展如何，他说他一行都没有写，但已经完成了，因为他已经在头脑中构思好了情节。现代批评家会让他放心，因为这部喜剧的优点在于戏剧家创作时的妙笔生花。有些诗看起来只是为几句绝笔而存在，而不是为了塑造什么整体印象。有些批评家似乎只注意不连贯的表达，即表现情节的语言，而不关心情节本身。我确信他们中大多数人并不真的以为可以从一首诗或一个诗人那里获得什么整体印象。他们以为整体印象这个术语只是形而上学批评的一个平庸说法。他们允许诗人随意选择情节，让情节随意发展下去，只要他能偶尔写出几个妙句，冒出几个孤立的思想或形象来。也就是说，他们不必满足诗的感性，只要满足了其修辞感和新奇感。"

这是一段极好的美学理论说明，也是很有必要提出来的一个观点，而在这个问题上，就现代诗歌的普遍实践而言，现在仍有必要提出来。但是当我们谈到这些诗人创作自己的诗——甚至马修·阿诺德创作自己的诗——的时候，我们就发现这一论点需要界定。的确，有些诗人，尤其是抒情诗人，完全凭阿诺德所说的偶尔恰到好处的措辞而成功地留在了我们的记忆中，但他们并没有取得、甚或没有力求取得那种"总体印象"，而批评家们却对其赞赏不已。但这并不是说精于宏大诗歌的布局和形式的大师们不屑于恰到好处的措辞。比如，阿诺德该怎样解释济慈呢？济慈的颂歌虽然规模很小，却具有明显的恢宏气势，这种总体印象是显著而持久的。济慈竭尽全力"用矿石填满每个缝隙。"几乎每一行都有那种优美的笔触，这似乎是酷爱纯古典主义风格的阿诺德所严厉批判的。正如我所指出的，在这一方面，再也没有比阿诺德自己的诗更能说明问题的了。在阿诺德的诗中，整体效果始终是与严格地表达诗人的信念相一致的，而"孤立的思想和形象"总会常常迸发出来，打破诗人的构思，对我们裨益匪浅。

在弥尔顿的诗中，词语总是非常丰富的，甚至脱离了语境也同样很美。"红褐色的草地"，"发光的紫罗兰"，"像四月樱草花季节的蓓蕾一样生机勃勃"，"美是大自然的骄傲"，"只站着服务的人是侍者"，"清凉的空气"，"从甜果仁中榨出的美味软膏"，"心静愁自消"——翻开他的诗，这样的词语俯拾皆是。虽然整体构思非常重要，也必不可少，然而一些短小段落甚至短语也同样能表明弥尔顿的灵感。而构思仍然是重要的，只有那些耐心谦逊的读者才能发现。一旦领悟到其高贵优雅的构思，我们就可以为英国人和英语诗歌所取得的一项卓越成就而欢欣鼓舞了。

## 参考书目

Milton's *English Poems*，包括"Paradise Lost," "Paradise Regained," "Samson Agonistes," "Early Poems,"等，共2卷，由R.C.Browne主编。

David Masson's *Life of Milton*.

Mark Pattison's *Milton* in the English Men of Letters Series.

Milton's Prose, 5 vols., in Bohn's Library.

# 第十三章　马韦尔与沃尔顿

## 第一节　安德鲁·马韦尔

安德鲁·马韦尔是弥尔顿的朋友，他虽然很同情查理一世，但人们通常把他当作清教诗人，他曾写过讽刺长期国会的诗歌。他的一些最庄严的诗句都写于克伦威尔逝世之时：

> 我看着他死去，铅一般沉睡，
> 死的睡眠笼罩着醒着的双眼；
> 透过他那透心而甜蜜的目光，
> 缕缕柔光从他的眼睑下逃离；
> 那如此体面如此强壮的身躯，
> 松弛地躺在那里，毫无生气；
> 凋落了，褪色了，倦怠苍白，
> 完全换了，那个人已经永远离去！
> 噢，人的虚荣！噢，死亡！噢，翅膀！
> 噢，没有价值的世界！噢，转瞬即逝的物体！
> 而那颗伟大的灵魂仍然居于那腐烂的躯体，
> 身虽死，却比死神还要可歌可泣，
> 在那变了相的脸上你看到的不是真容，
> 威胁着死神，他将获得再生。

我们现在读的是他的抒情诗，但马韦尔还是一位讽刺大师，在讽刺文学领域里，他并不比德莱顿逊色多少。马韦尔是一个田园诗人，喜欢花园、森林、河流和禽鸟。事实上，没有哪一位英国诗人比他更热爱自然。对乡村的描绘，对其各种典型特征的观察，对其独特魅力和美景的赞赏，在整个英国文学中赫赫有名。斯宾塞、莎士比亚、赫里克，还有我们的同代人哈代与梅斯菲尔德，只不过是这类伟大诗人中的几位，他们在作品中传达了乡村生活的真情实感和对乡村生活的准确描绘。

照片：由全球公司惠允使用

《安德鲁·马韦尔》(阿德里安·汉纳曼，1658)
荷尔城市艺术馆

# 第二节

有一群作家专门致力于描绘和展现乡村的风景、声音和奇趣，以及土生土长的居民。

## 《钓客清谈》

从时间上看，第一位是艾萨克·沃尔顿。他生于1593年；他的《钓客清谈》1653年问世，那时候，沃尔顿已经60岁了。从年轻时开始，他所结交的人就都来自上流社会，他的第一任妻子是克兰麦的后代，第二任妻子是著名的巴恩和威尔斯主教托马斯·肯的同父异母妹妹。1618年，我们看到他的名字出现在五金产品公司的花名册上，虽然我们并不清楚他在伦敦做的究竟是什么生意。但不管是什么生意，他在1644年退休，不再为钱而劳心。退休后，他又活了40年；就是在这段时间里，他写出了《钓客清谈》，为朋友邓恩、沃顿和其他几乎同样杰出的人物撰写了《传记》。

显然，作者在写《钓客清谈》时已经到了心平气和的年龄。最后一页上的附言"习静"是整本书的要旨所在。表面上,实际上在很大程度上,这是一本垂钓实用手册;但是它的价值远不止于此。该书的副标题《做人与生活的境界》表明了沃尔顿对垂钓和生活的总体态度;如他在前言中所说:"这里描述的是,或曾经是,我自己性情的一幅图画,尤其是当我撇开生意,和忠诚的耐特和 R. 劳一起去钓鱼的时候。"① 这样,我们看到他就鱼饵和做鱼的烹饪法提出的实用性建议,并将其与对生活的思考奇妙地结合在一起,透露出一种对生活的感激和赞美之情。"呃,"他对同伴们说,"我现在已经教给你们如何给鱼竿上色,而我们离托特纳姆的高十字形界标还有一英里,我们还要穿过一片芳香阴凉的金银花树篱,途中,我会讲讲我们相遇以来就占据我心灵的一些想法和快乐"②。

沃尔顿特别感兴趣的乡村特征是那里的舒适安逸,甜蜜和静谧的美景,以及不受干扰的交往。虽然他不断谈及鸟和鱼,但他对鸟和鱼的态度是神人同形同性论的。他几乎不具备自然主义精神。他观察自然,但不研究自然。他赞许地引用以前那些自然史家的名句,而自己却几乎看不到事实远非如此。他对这一切如此欣赏和热爱,以至于只在偶尔才会注意到那些微不足道的细节。他的乡村是伦敦人的乡村,但却不是现代伦敦人的。他是那个时代的伦敦市民

照片:里施基斯收藏馆

《艾萨克·沃尔顿》(雅可布·胡斯曼)
伦敦国家肖像馆

照片:里施基斯收藏馆

艾萨克·沃尔顿所著《钓客清谈》第一版的扉页

---

① 艾萨克·沃尔顿著,张传军译:《钓客清谈》,海南出版社,2006 年,第 15—16 页。
② 同上,第 226 页,译文略有改动。

> 雪白洁净的小伦敦,
> 　清澈的泰晤士河在绿色的花园中流过,

你只需走出几步就可看见田野和森林;店主和商人们即便不再熟悉乡村生活的真实细节,却仍然对乡村的景色和声音了如指掌。垂钓者都能分辨出小鸟、动物和花朵的样子,识别出它们的叫声,叫得出它们的名字来。他喜欢看树木和小溪,这些事物的表象深深地吸引了他,打动了他。对他而言,乡村生活就是挤奶女工和母亲在鲜花丛中唱上一首以前的二重唱;是麦芽酒店里用薰衣草熏过的床单;是河边猎犬的狂吠,水獭在"荷花和布谷鸟星罗棋布"的河边被困的窘境。这是一份装饰得非常漂亮的手稿,是用金色和其他颜色把寓言、格言和道德规范绘成的一幅图画。如果能从中得到关于上帝的爱或智慧,那么对他而言,他的自然史究竟是真是假就根本不重要了。

## 安宁与静谧

当然,他对乡村的描绘可以让人的思绪安宁、沉静。但他没有提到另一面,即暴雨、饥饿和艰辛的劳作。他笔下的那些乞丐们坐在金银花树篱下轮番猜谜语、唱歌;阴雨天恰好成了借口,人们可以在一家信誉好的麦芽酒店里打圆盘游戏,而雨夜则给人们提供了阅读"下面的讲述"的机会。这是阿卡狄亚式的场面,却如此令人陶醉,描绘得如此优美,我们几乎都信以为真了。

在我们的文学中,没有什么其他简短的传记能与前面提到的沃尔顿《传记》相媲美。下面这段文字选自《桑德森传记》,能够说明沃尔顿那朴素、自然的风格:

> 我偶然在伦敦遇到了他,他当时穿一件灰暗色衣服,噢,天哪,那衣服很便宜。我们相遇的地方就在小不列颠地区附近。他去那里买书,我碰见他时他手里还拿着一本书。我们并不想马上分手,所以就来到棚屋下的一个角落里——天开始下雨了——风很快就刮了起来。雨越下越大。风雨交加,令人很不舒服。于是,我们不得不走进一处干净的房子,买了面包、奶酪、麦芽酒,还生了火。那天令我惬意的恰恰是这风雨,由于刮风下雨我们才在那里待了一个多小时。我心满意足,受益匪浅;因为他跟我谈起了许多有益的见解,明了、谨慎、直率。

接着沃尔顿叙述了桑德森的谈话。他为议会抨击圣餐仪式、抨击教会越来越多地使用即兴祷告而感到悲哀。

沃尔顿的《传记》不仅是传记中的瑰宝,还是教导人类之爱和细腻感情的教科书,这是约翰逊博士最喜欢的书之一;华兹华斯曾经这样评价过它们:

> 构成笔的形状的羽毛
> 追溯了这些好人的生活,
> 好比天使之翼滴下的露珠。

## 参考书目

Izaak Walton's *The Compleat Angler*, in the Everyman's Library.

Walton's *Lives*.

*Andrew Marvell*, by the Right Hon. Augustine Birrell, in the English Men of Letters Series.

*Marvell's Poems*, 2 vols., Muses's Library 中也有。

# 第十四章　约翰·班扬

## 第一节

如果说弥尔顿在文学中代表的是清教文化，那么班扬代表的就是清教徒的热忱。

《天路历程》是有关人类的一出戏。其中大多数寓言都是虚构的，有很多容易让人觉得冗长乏味。但班扬永远都具有戏剧性。他的寓言结构新颖，朴实的智慧中渗透着趣味，正如麦考利所说，"成千上万的人曾读之而流泪"。文学批评家为《天路历程》而狂热。约翰逊博士向来不喜欢把书从头读到尾，但却为《天路历程》破了例。实际上，他还嫌《天路历程》太短。

麦考利说，班扬"几乎是唯一一位曾将具体事物的趣味赋予抽象事物的作家"。他的头脑如此富有想象力，以至于"在拟人化描写时把拟人的物变成了人"。他的头脑如此富有戏剧性，以至于《天路历程》中两个品质之间的对话比"大多数戏剧中两个人之间的对话"还要逼真。这部伟大的作品居然是个白铁匠写出来的，而且他父亲也是个白铁匠，他亲口告诉我们说："我从来没有上过学，没有读过亚里士多德和柏拉图，而是在父亲破旧的房子里长大的，周围都是穷苦的村民。"这简直就是一个奇迹。

班扬不仅是一个具有全面表现力的伟大作家，而且曾是、现在仍然是在普遍拙于言辞的人中善于表达的表率，他属于普通人，热爱普通人，完全了解普通人的梦想、希望和恐惧，在英国，这样的作家只有两位，另一位是狄更斯。

### 班扬生平

约翰·班扬 1628 年生于贝德福德附近一个叫爱尔斯托的村庄，父亲是"一位正直贫穷的劳动者，就像被赶出伊甸园的亚当一样，他艰难地谋生，非常谨慎地维持家庭生活"。班扬在贝德福德语法学校上学，在那里，他和"其他穷人的孩子一样学习读书写字"。离开学校后，父亲就把铁匠手艺传给了他，他便留在爱尔斯托生活。班扬是个热情、想象力丰富的孩子，也是村子里许多恶作剧的罪魁。在皈依基督教后，他非常喜欢用可怕的词语谈论自己青少年时的顽皮，但毫无疑问这被荒谬地夸大了。现在，每每举行救世军集会，我们都可以听到真诚的皈依者讲述自己在过去罪孽深重的日子里犯下的罪孽，他们的叙述显然经过了过分渲染。但这其实没有什么，不过是完全无害的虚荣，表达了"上帝的仁慈和恩典具有拯救力量"的强烈愿望。班扬告诉我们，他骂过人，说过谎，偷过猎，抢过果园。但他从没有醉过酒，还不止一次地宣称他从不淫荡。不管他是个多大的罪人，班扬都为自己的罪孽承受了极大的痛苦。17世纪的英国人已经学会了怎样阅读《圣经》，把《圣经》当成真人真事，而孩提时的班扬相信他犯下的罪孽会让他受到可怕的、永久的惩罚。与贞德一样，他也产生过幻觉，而他的所有幻觉都预示着痛苦的折磨。

照片：W.A.曼塞尔公司

《五十六岁时的班扬》（托马斯·萨德勒）
伦敦国家肖像馆

内战开始时，班扬当了兵。但一年后就回到爱尔斯托结了婚。他说：

> 我交了好运，偶然得到一个妻子，她父亲是个虔诚的教徒。虽然我和妻子都一贫如洗，甚至连一只碟子，一支调羹也没有，但她父亲去世时给她留下了《凡人上天之路》和《虔诚的实践》，有时候我跟她一起读这两本书，在书中找到了一些多少能令我心情愉快的东西，但是我一直未能觉悟。她父亲是一个非常虔诚的人，在家里和街坊邻居中经常谴责和纠正不道德的行为，他在世时过的是一种非常严格圣洁的生活，而且言行一致。虽然这些书没能打动我的心，但确实引起了我追求宗教信仰的强烈愿望。①

就在这个时候，班扬开始有规律地参加教区的宗教生活，尽管"还是那么顽皮"。他读《圣经》，为自己的罪孽悲伤，非常痛苦难过，看不到任何希望，得不到任何满足。与圣保罗一样，他奇迹般地觉悟了。他写道：

> 一天，我在乡村漫步，思索着自己心灵的邪恶，想到了我心中对上帝怀有的恨意，这时想到了那句经文："藉着他在十字架上所流的血，成就了和平。"我

---

① 鲁宾斯坦著，陈安全等译：《从莎士比亚到奥斯丁》，上海译文出版社，1987年，第196页，译文略有改动。

明白了,上帝的公正和我有罪的灵魂可以彼此拥抱亲吻。我要昏厥了,不是因为悲伤和烦恼,而是因为极度的喜悦和平静。

班扬加入了贝德福德浸礼会,在乌斯河受洗。皈依宗教后不久,班扬就开始传道,短短时间内他就在众多教派中赢得了巨大声望,17 世纪中期,如弗劳德所说,这些教派"在英国各地如雨后春笋般出现了"。

王政复辟之后通过了《统一法案》,规定新教教派集会是非法的,不参加教区教堂的活动就是犯罪。礼拜堂被关闭了,不服从国教的新教徒在树林和户外集会祈祷,时刻担心会被逮捕。班扬本人则在 1660 年 12 月 12 日被捕。

## 狱中生活

贝德福德的地方行政官们不愿意把班扬送进监狱。他们尽力劝说班扬答应不公开传道,但他不肯妥协,不愿给出承诺。地方行政官们便极不情愿地把班扬送进了贝德福德监狱;他在那里一住就是 12 年。班扬的监狱生活是一个非常离奇的故事。不仅当地的地方行政官们,甚至连伦敦最高法庭的法官们都试图让他离开监狱而未果。只要给出一个简单的承诺,他随时都可以离开,但这有违他的良心。六年后,依照《信

照片:里施基斯收藏馆

《班扬的妻子为他说情,希望把他从监狱里放出来》(G. 杜瓦尔)

仰自由宣言》，他被释放了，之后又因为传道被立即逮捕。又过了六年，政府的政策有了变化，历史上最为著名的监禁之一也画上了句号。人们后来大大夸大了他所受惩罚的严厉性，这一点似乎是很清楚的。他的家人和朋友只要喜欢，随时都可以去看他；他可以在监狱里传道——因为那是私人场所——甚至每天都可能到监狱外面散步。如果不是在这些年里行动受到了限制，班扬可能永远都只是个有说服力的、成功的传道者。监禁给了他阅读、思考和写作的时间。在贝德福德监狱里，班扬阅读和重读了《圣经》，读了福克斯的《殉教者书》，乔治·赫伯特的虔诚诗，也许还读了《仙后》和《失乐园》。他在贝德福德监狱里写出了《罪人受恩记》，还有《天路历程》的第一部分。1672 年 5 月 8 日，班扬获释，时年 44 岁。

## 第二节　各种著述

　　获释出狱后，班扬写出了《反基督论》、《坏人先生传》、《天路历程》的第二部分、《圣战》，还有大量诗歌。这些诗歌，如果说没有什么价值的话，却往往别具一格、简洁、离奇，尤其是《天路历程》中那句著名的"跌倒的人不必害怕跌跤子"。

　　《罪人受恩记》是一部自传，详细讲述了我们已经描述过的那些精神抗争。它应该比实际上更广为人知；它不仅是那些被称为"忏悔录"的作品中的一部杰作，而且今天仍然可以把它看作一部一流的心理小说，书中充满了外向活动和精神洞见。《坏人先生传》由"智者先生"（Mr. Wiseman）和"专心先生"（Mr. Attentive）的对话构成，故事讲了一个无耻但却成功的坏蛋，一生作恶多端，死时没有丝毫悔过之意。虽然班扬根本就不懂艺术，但他天生就是一个细心的艺术家，不可能破坏故事的完整性，有趣而有价值的是闹剧式的临终忏悔，生动地展示了斯图亚特王朝后期英国人民生活的画卷：

> 他快死的时候，除了疾病使身体发生变化之外，他没有任何改变。他仍然是那个坏人先生，不仅在名义上，而且在性格上，直到死的当天和死的那一刻，他始终都是坏人先生。在旁观者看来，他死时并没有痛苦的挣扎，而是像羔羊一样，或像人们所说的刚出生的婴儿一样安详地、毫无恐惧地死去了。

　　《圣战》是比《天路历程》更加复杂的寓言故事，却远远不及后者精彩。它描写的是善恶的较量，魔鬼和基督争夺曼叟尔城的斗争，剧中的角色是美德和邪恶。故事叙述得太冗长。如果在伊曼纽尔夺回曼叟尔、迪亚波勒斯被打败并受到惩罚那一章结束的话，故事会更精彩些。但是，班扬显然想给读者留下一个深刻的印象，即基督徒在整个一生中都有被魔鬼骚扰的可能。《圣战》的难点在于很难确定班扬究竟想要表达

什么意思。弗劳德说:

> 这就是《圣战》真正的弱点。它既可以看作是每一个得救罪人的灵魂之战,也可以看作是拯救整个人类的战争。一方面,它忽视了绝大部分不会被拯救的人,而这些人当中的迪亚波勒斯也没有被驱逐。另一方面,斗争还没有结束;该剧的最后一幕还没上演,我们不知道结局会怎样。

## 第三节 《天路历程》

《天路历程》于1678年首次出版,诚如前面所说,第一部分,也是两部分中更好的一部分,是在贝德福德监狱中完成的。《天路历程》是除《圣经》之外最受欢迎的英文书,这里我们没有必要回忆基督徒前往"乐土"途中所经历的种种事件。《天路历程》被翻译成了各种文字,现在仍然是关于基督徒经历的最优美的描写。马克·拉瑟福德称班扬为清教诗人。他远不止如此,因为所有的基督徒,除了少数被逐出教会的教徒之外,都觉得《天路历程》不仅是文学佳作,而且是道德的、人神灵交的激励。故事开头是一段非常简洁明了的文字:"我在这世间的旷野上走着,来到一个洞口,就在这洞里躺下睡了;睡着以后,我做了一个梦。"[①]

将这段文字同但丁《神曲》的开篇对比一下很有意思:"就在我们人生旅程的中途,我在一座昏暗的森林之中醒悟过来,因为我在里面迷失了正确的道路。"[②]

在朝圣途中最具戏剧性的一幕发生在基督徒到达降卑谷的时候,在那里,他遇到了一个名叫亚玻伦的恶魔。开始时,这个朝圣者想回去。但他想到"自己后背没有铠甲",因此,继续前进要安全得多。在一段长长的对话之后,恶魔发誓"要"基督徒的命:

> 说着,他朝基督徒当胸投出一枚喷火的飞镖,基督徒手执盾牌一把挡住,这才免遭危险。
>
> 基督徒见时机已到,便拔出宝剑,奋起反攻。亚玻伦也猛扑上前,冰雹般密集的火镖朝基督徒接连飞去。虽然基督徒不断躲闪,他的头、手和脚还是被亚玻伦打伤了。基督徒被迫后退了几步,亚玻伦紧紧追赶。基督徒重整旗鼓,拼尽全力奋勇抵抗。这场激战持续了大半天,到后来基督徒几乎支持不住了。你要知道,由于身上多处负伤,基督徒的气力必然越来越弱了。
>
> 亚玻伦瞅准机会,朝基督徒步步紧逼,双方扭打起来。基督徒被重重地摔倒在地,手中的剑随之飞了出去。亚玻伦说:"这下你死定了。"说话间,他差点

---

[①] 约翰·班扬著,苏欲晓译:《天路历程》(第一部),南京,译林出版社,2001年,第1页。
[②] 但丁著,朱维基译:《神曲》,上海译文出版社,1984年,第1页。

由艺术学会有限公司惠允使用

《关在地牢里的基督徒和盼望》(威廉·斯特朗)

"巨人把他们押回城堡,投进一个黑洞洞的地牢里。那地牢又脏又臭,令人作呕。"*

---

\* 约翰·班扬著,苏欲晓译:《天路历程》(第一部),南京,译林出版社,2001年,第92页。

没把基督徒给压死,基督徒也不再抱生还的指望了(参见《哥多林后书》1:8)。然而,出于神的旨意,就在亚玻伦抡起拳头,要把这个好人彻底结果的时候,基督徒却敏捷地伸出手,把自己的宝剑又抓了起来,一边说道:"我的仇敌啊,不要向我夸耀!我虽跌倒,却要起来。"(《弥迦书》7:8;《哥多林后书》12:9)说着,一剑朝魔王狠狠刺去。魔王像受了致命伤似的往后一瘫,基督徒见状,再次猛扑上前,一边念道:"靠着爱我们的主,在这一切事情上已经得胜有余了。"(《罗马书》8:37)话音刚落,亚玻伦便张开龙翅,逃之夭夭,基督徒再没见到他了。①

班扬描述基督徒到达朝圣目的地时的那段文字富于自然的美感:

就这样,大伙儿一道往前走着。与此同时,那几位号角手一边奏着欢快的音乐,一边以各种表情、手势,配着乐声向基督徒和他的弟兄频频示意,表示他们是多么欢迎他俩加入他们的队伍,多么乐意前来迎接他俩。这两人虽未及天堂,却仿佛已身在其中;那天使云集的场面,那声声美妙的音乐已经把他们完

---

① 约翰·班扬著,苏欲晓译:《天路历程》(第一部),南京,译林出版社,2001年,第45页。译文略有改动。

《基督徒大战亚玻伦》(威廉·斯特朗)

"亚玻伦瞅准机会,朝基督徒步步紧逼,双方扭打起来。基督徒被重重地摔倒在地,手中的剑随之飞了出去。"

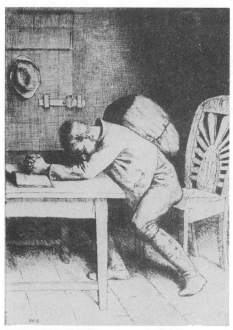

由艺术学会有限公司惠允使用

**《基督徒烦恼不已》(威廉·斯特朗)**

基督徒的家人不理解他。"对他时而奚落,时而责骂,时而不理不睬。他便悄悄退回自己的房间,为他们祷告,怜悯他们,也为自己的哀痛寻求安慰。"*

---

\* 约翰·班扬著,苏欲晓译:《天路历程》(第一部),南京:译林出版社,2001年,第2页。

由艺术学会有限公司惠允使用

**《死荫谷》(威廉·斯特朗)**

"基督徒继续走自己的路,手中仍握着那把出鞘的剑,以防再遭袭击。"*

---

\* 约翰·班扬,苏欲晓译:《天路历程》(第一部),南京:译林出版社,2001年,第47页。

全迷住了。他们在这里看到了天城的全貌,仿佛还听到城内钟声齐鸣,欢迎他们的到来。不过,最让他们感到温暖和喜悦的是,他们想到自己将跟这样一群人住在一起,直到永远永远。哦!这份荣耀的喜悦真是口舌难传、笔墨难述!就这样,他们到了天门。①

在《天路历程》的第二部分,班扬叙述了基督徒的妻子和家人是怎样进行同样的朝圣之旅,遇到了同样的困难,最后同样到达了乐土的。弗劳德指出,在这个续篇中,班扬简洁明了的表达被一种感伤情绪破坏了。然而,第二部分中仍有很多绝笔,而且让基督徒的家人走上了他曾经走过的路。从寓意上看,这非常高明;为了表明榜样的力量,班扬将先驱者经历过的困难与后来者类似的情形进行对照。在所有的英国文学作品中,班扬对好人去世时的描写:"过去以后,彼岸为他奏响了全部号角"是最好的,最振奋人心的。

班扬1688年去世。他从贝德福德骑马去雷丁调解一场家庭纠纷。调解成功了,但在回家途中,他遇到了暴风雨,结果他开始发烧,后来死在伦敦的朋友家中。他被葬在班黑尔野外墓地。他的最后一句话是:"收留我吧,因为我是来找你的。"

## 参考书目

John Bunyan: *His Life, Times, and Work*, by Dr. John Brown, 2 vols..
*The Pilgrim's Progress*, with *Grace Abounding*, etc.
*The Holy War* and *The Heavenly Footman*.
Macaulay's Essay on *Bunyan*.
G. E. Woodberry, Essay on Bunyan in *Collected Essays*.

---

① 约翰·班扬著,苏欲晓译:《天路历程》(第一部),南京,译林出版社,2001年,第135—136页。

# 第十五章 佩皮斯、德莱顿和王政复辟时期的剧作家

## 第一节 佩皮斯

塞缪尔·佩皮斯生于1633年。父亲懒惰无能，在伦敦当了几年裁缝，相当失败，后来回到亨廷登附近的小村子里，继承了一处小庄园，每年有800英镑的收入。塞缪尔在伦敦圣保罗学校和剑桥大学麦格达伦学院接受教育；23岁时，他一贫如洗，没什么前途，娶了一个流亡清教徒的女儿为妻。岳父也身无分文，跟自己父亲一样不负责任，事业失败。

就在佩皮斯婚后不久，他家族中的一个亲戚爱德华·蒙塔古爵士，也就是后来的桑威奇勋爵，雇用塞缪尔为机要秘书，他们夫妻便来伦敦住在蒙塔古家中。几年后，佩皮斯回忆起他们刚结婚的日子，妻子怎样"生炉火，亲手洗我的脏衣服"。

后来，佩皮斯担任"海军法案书记"一职，1673年，被任命为海军大臣，此后一直担任此职，1688年的革命结束了他的仕途生涯。1690年，因被指控参与英王詹姆斯二世拥护者的阴谋，他被关入伦敦塔囚禁了一段时间。1703年，他在克拉彭的家中去世。

### 著名的《日记》

他那非常有名的《日记》开始于1660年1月，最后一篇写于1669年5月31日，由于他的眼疾越来越厉害，所以不能再写下去了。这部日记是用谢尔顿1641年发明的一种速记法写成的。显然是为了不让别人知道他记下的隐秘内容，速写中还夹杂着外来语。《日记》写了满满六个笔记本，每本大约五百页左右，第一本是八开本的，其余的都是小四开本的。临终前，他把所有的文稿都留给了麦格达伦学院，1818年之前，这些文稿一直放在那里，没人阅读。1819年到1822年，这份手稿被人破译了，佩皮斯《日记》的第一版于1825年出版——这时他已去世120多年。

在文学上，佩皮斯的《日记》在许多方面都是独一无二的。它含有很多具有强烈

照片：里施基斯收藏馆

《三十四岁时的塞缪尔·佩皮斯》（约翰·黑斯）
伦敦国家肖像馆

佩皮斯在自己的《日记》中偶有提及这幅画。

佩皮斯用速记法写的《日记》中的一段文字的摹本

人情味和文学趣味的文字，在这些文字中，一个极为普通的人展现了自己内心的隐秘之处。像圣·奥古斯丁、卢梭和班扬一样，能够表露自己感情的人都不是常人。而佩皮斯的独特魅力在于他是一个普通人，非常勤快、非常愉快地记下了自己日常生活中的小事。《日记》坦率得惊人；如果他不是出于恶意说了什么，那也肯定没有轻描淡写什么。他并没有企图隐瞒他的自私卑劣、不忠、与妻子的争吵，也没有隐瞒他非常喜欢自己的这些小毛病这一事实。事实上，佩皮斯最突出的一点就是尽情享受自己的生活；他记下了给他带来极大乐趣的大事小情，从中得到了另一种乐趣。

他是一名公务员，却能经常见到查理二世。他在海军部工作了好几年，与后来成为詹姆斯二世的约克公爵交往甚密，但他从没有进入宫廷的小圈子。他过着勤勉、相当正直的中产阶级公务员的生活,外表干净整洁,工作努力,为自己的穷亲戚和妻子的目光短浅感到非常苦恼,既渴望攒钱,又想过得快乐。佩皮斯很喜欢丰盛的正餐,这与一个好公民的身份相称;最令他快乐的莫过于记下一份令人满意的菜谱。1663年4月,他写道:

> 吃饭之时、之前和之后,我心情都很好。而如果饭菜美味可口,是我们仅有的女仆精心烹制的,我就更高兴了。我们吃了白汁兔块和鸡块,煮羊腿,一盘鲤鱼,有三条;一大盘羊羔排,一盘烤鸽子,一盘龙虾,有四只;三个果馅饼,一个八日鳗馅饼(这是一种非常少见的馅饼),一盘凤尾鱼,几种上好的葡萄酒,所有这些都非常可口,令我极为满意。

这样的记录生动地展现了17世纪的风俗习惯和食欲;但必须要记住的是,佩皮斯每天只吃一顿饭。在他生活的那个时候,这顿饭通常是中午吃,之后吃的东西就像食物最少的晚餐一样。

佩皮斯跟妻子之间的关系非常有趣。他总会无缘无故地妒忌她,并非常喜欢制造一些状况,让她有充分理由妒忌他。说来也巧,她既不聪明也不猜疑,直到有一次,她发现他向她的女仆示爱。她指责他与"世界上所有那些虚伪的、道德败坏的流氓"没什么两样,他承认"整个下午,我确实蒙受了她那些威胁、誓言和诅咒所带来的痛苦"。

## 戏迷

在海军部任职之后,佩皮斯住在位于拐杖修士街与西星胡同之间的塔丘(Tower Hill)。伦敦发生大瘟疫和大火期间,他就住在那里,并在《日记》中详细描述了这两场灾难。调情、看戏和听音乐是佩皮斯的主要兴趣。他喝酒但不放纵;他很节俭,不愿赌博;他常去小酒馆,那是当时的主要交际场所。同王政复辟时期的人一样,他看不起莎士比亚。他认为《罗密欧与朱丽叶》是他看过的最糟糕的戏剧;他称《奥赛罗》是"一部劣作",还说《仲夏夜之梦》是"我所看过的最乏味、最荒谬的戏剧"。沉静、高尚的伊夫林也对莎士比亚持相同的看法,在看过《哈姆雷特》之后,他曾说,"在这个优雅的时代,以前的戏剧开始令人讨厌了"。根据《日记》所写,佩皮斯看过135出戏,其中很多还看了好几遍。在那个时代,戏院票价分别是一先令、一先令六便士和两先令六便士。上层包厢里的座位是四先令。在1667年前,佩皮斯从不为自己的这种奢侈感到内疚。1661年,他去看博蒙特和弗莱彻的一出喜剧,他说这是他"第一次看到妇女登台表演"。他完全赞同这种创新,对内尔·格温在德莱顿的《秘密爱情》中的表演大加赞赏,还称赞一个名叫尼普夫人的女演员是"绝顶的狂角儿"。顺便说一下,伊夫林持截然不同的观点,这与他那冷漠的、受人尊重的品格相称。1666年他在《日记》

中写道:"现在很少去公共剧场了,原因有许多。它们现在正被无神论者滥用;道德败坏的下流女人现在都可以出场表演了(以前从来没有过)。"

普遍认为查理二世统治时期是"好时光",这个观点可能是从佩皮斯 1666 年 8 月 14 日的一则日记中推测出来的:

> 饭后,我带着妻子和默瑟去熊园;我想我已经好多年没去过那里了。我们看公牛投狗的表演——把一只狗准确地投进一个盒子里。但这种表演很粗俗下流。我们的包厢里有几个起哄的家伙,有一个衣着华丽,竟然到斗狗场去拿他的狗做赌注;这对绅士来说是很奇怪的游戏;他们喝酒,还为默瑟的健康干杯;对此我脱帽致谢。我们在家吃的晚饭,非常惬意。大约 9 点钟,我们来到默瑟夫人家的大门口,男孩子们和烟火都在欢迎我们;默瑟夫人的儿子准备了许多金蛇烟火和火箭烟火;高兴极了,我的潘夫人和佩吉和我们一同去的,还有楠·怀特,投烟火,一个接一个地投,一直玩到 12 点左右,路上站满了人。
>
> 最后,烟火都放完了,我们都到默瑟夫人家里,快活地玩闹,用蜡油和煤灰相互涂抹,最后大家都成了魔鬼的模样。然后,大家都来到我家,我给他们酒喝,到楼上跳起舞来。W. 巴蒂里埃跳得很好;我们还穿衣服玩,他和我换穿,一个叫巴尼斯特的先生和我妻子换穿,像女人一样;默瑟穿上了汤姆的衣服,像个男孩;大家都非常高兴;默瑟跳起了吉格舞;楠·怀特、我妻子和佩吉·潘都戴上了假发。我们一直玩到三四点钟才分手回家睡觉。

佩皮斯是个和善的物质主义者,非常喜欢世上的好东西,但他也有自己真正的爱好;他虽然没受过什么教育,不怎么喜欢读书,但他对音乐的热爱是真挚的,他自己演奏过六孔竖笛。1667 年,他描写了音乐对他产生的影响:

> 带着妻子去王宫,去看《圣母》,这是该剧第一次上演;真是高兴极了;不是因为戏值得看,而是因为贝克·马歇尔演得好。但世上最令我高兴的是天使下凡时那段风管音乐,如此温柔,令我陶醉,一句话,它裹住了我的灵魂,令我无法自拔,就像和妻子相爱时那样;当时,以及当晚回家的路上和在家里时,我都无法冷静下来,整夜都陶醉在那段音乐之中。我想没有任何音乐像这音乐完全控制我一样控制一个人的灵魂,我居然练起风管音乐来,还让我妻子练。

## 《日记》几则

下面是几则典型的日记,展示了佩皮斯的脾性、爱好和生活方式。佩皮斯先生细心地记下了家里发生的事情。

"（星期日）去教堂，米尔斯先生做了精彩的布道；然后回家吃饭。我和妻子俩人准备了一只羊腿，羊腿酱弄甜了，我为此很生气，没吃，只吃了放在旁边的髓骨。"

"今天早上突然醒来，胳膊肘儿撞到了妻子的脸和脖子，把她疼醒了。我为此说声抱歉，接着又睡着了。"

"回到家中，觉得一切都不错，只是妻子把她的围巾、马甲、睡裙忘在了马车里，今天我们是乘马车从西敏寺回来的，我有点生气；虽然我承认她确实把这些东西交给我照管的。这差不多损失了25先令。"

"（星期日）我和妻子到小阁楼查看厨房账目，趁机跟她吵了一架，因为她未经我同意就买了一方带花边的手帕和一条带花边的头巾。我们两个都生气了，直到上床睡觉的时候才消气。"

"在妻子的卧室里吃饭，她牙疼，外科医生来之前我一直陪着她。他叫利森，以前曾给她拔过牙，他建议我妻子拔掉这颗牙；然后，我就到了办公室，过一会儿，消息传来，说她拔掉了那颗牙，我很高兴，一切顺利。然后回家安慰她。"

下面是他对书的看法：

"早上四点起来，读西塞罗的《反喀提林第二演说》，感到非常高兴；比起以前所读的东西来，觉得学到了更多的东西；但我意识到这是因为我的无知，意识到他是我一生中读过的一位优秀作家。"

"我上了小船，到了巴恩·埃尔姆斯，读着伊夫林先生描写孤独的新作，里面没有什么精彩的内容，虽然作为一篇告别之作还是不错的。"

"去斯特兰德大街，在书店买了一本无聊时髦的法语书，我买的是简装本，不想买收藏本，因为我决定读完就把它烧掉，这本书不该出现在书单里，不该与其他书摆在一起，如果让别人看见我会脸红的。"

佩皮斯定期去教堂，并严厉地批评布道。

"（星期日）一个爱尔兰博士做的一次最乏味、最不切实际、最离题的布道。他的题目是《噢，上帝，驱散那些以战争为乐的人》。巴腾爵士和我对这个牧师感到十分气愤。"

"去教堂，听了一次普通的布道。我们进去的时候，村民们都非常尊敬地站起身来；牧师开始布道的时候，他用'尊贵的、敬爱的'字眼儿称呼我们。"

佩皮斯生活在动乱的时代，明智地远离政治。然而，他还是记下了王政复辟之后发生的一些比较惊人的政治事件。

"去查林十字街看了哈里森少将的绞刑,他被剖尸裂肢;全都是在那里干的,他看起来挺快活的,任何一个处境相同的人都能那样。他顷刻间被砍了头,他们把他的头和心脏拿给人们看,人们欢呼起来。据说,他临刑前说过他坚信自己不久就会来行使耶稣的权利,审判那些现在审判他的人;他还说他的妻子的确期待他再回来。有幸看到国王在白厅被斩首,看到了在查林十字街为国王复仇而流的第一滴血。"

"我看见几个可怜的人因为参加非法秘密集会而被警察逮捕。他们顺从地跟着警察,没有任何反抗。我祈求上帝,希望他们循规蹈矩,或者谨慎一些,不要再被抓住了。"

剧院是佩皮斯最喜欢的地方。他在《日记》中多次提到剧院,下面是他谈及剧院的几则日记:

"去剧院看了《阿格鲁斯和帕西妮亚》,一个女人扮演了帕西妮亚这个角色,她后来穿着男人的衣服上了台,她的双腿是我见过的最漂亮的,这出戏让我非常满意。"

"去了公爵家,我发誓这是我六个月来看的第一场戏,在这里看了备受推崇的《亨利八世》,虽然我去的时候决心要喜欢这出戏,但它太简单了,由许多部分拼凑而成,除了华丽的服装和赞美歌外,没有任何精彩之处。"

"去公爵家看了《麦克白》,虽然我刚刚看了这出戏,但从各个方面来看都非常精彩,幕间歌舞尤为精彩,虽然这是一出大悲剧;在悲剧中,幕间歌舞显得奇怪而完美,在《麦克白》中尤其恰当。"

"去王宫看了《驯悍记》,剧中有一些非常精彩的片断,但就整体而言极其一般。"

"去国王剧院看了雪利的一出旧戏《海德公园》;这是第一天上演。"

佩皮斯的碑文是伊夫林撰写的,文字优美,评价公正:

"今天萨姆·佩皮斯先生去世了。他是一个令人敬佩、勤奋好学的人,在英国他对海军的了解首屈一指,他在海军所有最重要的部门都工作过,法案书记,海军大臣,任职期间非常廉洁正直。国王詹姆斯二世离开英国时,他放弃了官职,不再为政府效命,和妻子一起退出所有公共事务,他与合作者、以前的同僚休尔一起住在克拉彭一个非常温馨的地方,他在那里享受自己丰硕的劳动果实。大家都喜欢他,他殷勤好客、慷慨大方、博学多才、精通音乐,非常喜欢那些同他交谈的博学之人。"

## 第二节 伊夫林的《日记》

约翰·伊夫林则具有另一种才华。他生于1620年，卒于1706年。他出身于富裕家庭，祖籍多金。他生在保王党家庭，一系列非常幸运的事件使他没有同保王党人并肩作战，在清教革命的三年中，他度过了愉快的欧洲之旅，旅游期间的所见所闻都记入了《日记》的第一部分。

回到英国后，他住在位于德特福德的赛斯王宫。此后，伊夫林大部分时间都在"料理他的书和花园"。虽然伊夫林生活在17世纪，但却具有18世纪对人造制品的那份喜爱。他不喜欢枫丹白露的森林，因为那里有"阴险的岩石"。他不为阿尔卑斯山所动，而一个"整洁的花园"却让他无比开心。他酷爱乌龟、蜂房和迷宫——也就是霍勒斯·沃尔浦尔在他那个时代也酷爱的所有那些绝对的人造制品。顺便提一下，霍勒斯·沃尔浦尔对伊夫林怀有一种天生的、强烈的崇拜感。

伊夫林的生活平淡无奇，有意义，有尊严，他的《日记》的价值在于，他告诉我们那些敬畏上帝的乡村绅士是怎样生活的，他在想什么，他有什么爱好和缺点，正如佩皮斯告诉我们没受过什么教育的普通平民怎样生活一样。伊夫林有时会到宫廷去，也曾担任过一段时间公职；但他并不赞同查理二世的放荡和他哥哥詹姆斯的固执。

下面是一段选自《日记》中的文字，描述的是伦敦大火：

> 今天早上我徒步从白厅出发，穿过弗里特大街、卢德加特山，经过圣保罗大教堂、廉价市场、股票交易市场、主教门、阿尔德斯门，又去了围猎场，从那里穿过康尼山，艰难地走过一堆堆仍然冒着烟的垃圾，还常常迷路，好不容易才到了伦敦桥。脚下的泥土热得发烫，甚至鞋底都像着了火一样。也在同一个时候，陛下从水路到了伦敦塔，要拆掉伦敦塔附近建造的所有房屋，恐怕这些房屋着了火，殃及军火库坐落的白塔，那么毫无疑问不仅整个伦敦桥将被炸毁，就连过往船只都将沉没，波及附近几英里的乡村。
>
> 回来的路上，我万分感慨地发现好端端的圣保罗教堂现在已是一片惨不忍睹的废墟，那漂亮的廊柱（不久前由已故国王修整过的、可以与任何欧洲建筑相媲美的结构）现已成为碎片，块块巨石已经崩裂，除了建筑上的碑文，几乎没有任何完整的东西了，建筑者的名字丝毫没受到毁损。令人吃惊的是，这场大火把那些巨石都融化了，所以，所有的饰物、廊柱、凝固、柱头以及突出的波特兰巨石全都脱落了，甚至覆盖房顶的大块铅板（就面积来说也有六英亩那么大）也完全融化了；拱顶的废墟都落到了圣费斯教堂的院子里，文具商为安全起见而转移到那里的杂志和书籍也全都着火了，整整烧了一个星期。

《伦敦大火》(斯坦诺普·A.福布斯)
伊夫林在他的《日记》中对此进行了生动描写。

可以看到东端祭坛上的铅盖仍然毫发无损,而在众多的丰碑中,有一个主教的墓碑也未被破坏。一座最令人起敬的教堂,基督教世界上100多个最古老的早期虔诚的象征,就这样变成了灰烬。铅顶、铁器、时钟、圣盘等一切器物都融化了;精雕细琢的墨瑟小教堂、富丽堂皇的交易厅、庄严肃穆的基督教堂,公司会堂的其余部分,那些辉煌的建筑、拱门、入口,都变成了烟尘。自来水池由于废弃而干涸,但却仍然可以见到沸腾的水。地下室、水井和地牢,旧仓库,仍然散发着臭气和团团的黑烟,在五六英里范围内我看不到哪块木材未被燃烧,哪块石头未被融化得雪一样白。在废墟上漫步的人们仿佛走在令人沮丧的荒漠上,或在失陷的废城里;此外还有尸体、床和其他可燃物品发出的恶臭味。我无法从狭窄的街道穿过,而只好沿着宽阔的街道行走;土地与空气,烟尘与火焰,如此炙热几乎烧焦了我的头发。双脚也烫得无法忍受。狭窄的街道和胡同堆满了垃圾,你不可能知道自己身在何处,只知道在某个教堂或会堂的附近,还仍能看到醒目的塔或尖塔。然后,我来到伊斯林顿和高门,那里有20几万来自各个阶层的人,守护着他们从大火中抢救出来的物品,痛惜遭受的损失,虽然已经做好了死于饥饿和贫困的准备,但也不为生存而乞讨一分一文,这是我从来没见过的奇怪场面。

## 第三节 塞缪尔·巴特勒

### 《休迪布拉斯》

塞缪尔·巴特勒的《休迪布拉斯》是一首"讽刺史诗",讽刺的是清教徒的奢侈放纵,他们在共和政体期间获胜,在王政复辟时期令大众讨厌。巴特勒1612年生于伍斯特郡。他没有亲身参加内战。当时有许多文人满足于旁观议会与国王之间的斗争,他便是其中之一。塞缪尔·巴特勒曾被安德鲁·朗格说成是"一个遁世迂腐的讽刺幽默作家"。

佩皮斯告诉我们,《休迪布拉斯》是当时最受欢迎的一本书。虽然这本书大受欢迎,但其作者并没有从中得到任何好处。虽然他忠于保王党派,但也没有从英王那里获得任何利益。德莱顿曾经充满怨恨地说:"我们的时代忽视考利先生,让巴特勒先生忍饥挨饿,这让人难以忍受。"

巴特勒极受塞万提斯的影响;实际上,《休迪布拉斯》是对《堂吉诃德》的滑稽模仿。休迪布拉斯是长老会教派的堂吉诃德,他的侍从拉尔夫则是一个有主见的桑丘·潘沙。他用自己的幽默和学识嘲弄了清教徒的奢侈放纵。在谈到内战和清教徒对变革的热爱时,巴特勒写道:

> 称火炮、刀剑、蹂躏
> 为神圣、彻底的改良,
> 那必须继续永远,
> 仍在进行,永不完成,
> 仿佛宗教的用意
> 只是为了改良……

也许巴特勒最著名的诗句是谈到人民的那些诗句,他们

> 为有意共犯的罪孽联手
> 把不屑一顾的人们诅咒
> 仍然如此邪恶和敌对
> 仿佛崇拜上帝就是为了结仇。

## 第四节 约翰·德莱顿

### 伟大的诗人

  约翰·德莱顿不但是位伟大的诗人,还能写优美流畅的散文,而奇怪的是,我们对他的了解却是相当模糊的。1631 年,德莱顿生于诺桑普顿郡一个颇有名望的家族,在西敏寺学校和剑桥大学的三一学院接受教育,1654 年获得学位。至于其他,我们只能借助一些轶闻趣事来描述这个人,其中有些是三手或四手的材料。活泼的佩皮斯让我们第一次接触到活生生的德莱顿。佩皮斯告诉我们,1664 年 2 月 3 日,他在威尔家里逗留,见到了"我在剑桥认识的诗人德莱顿"和镇上所有机智诙谐的人。这些人让这位日记作家感到非常愉快,他认为"来这里会很有趣儿"。司各特生动地描绘了威尔家非常有名的"快乐的约翰",这或许是真实的。圣茨伯利教授说,设想在夏季里,德莱顿来到一个很大的咖啡馆,坐在阳台的椅子上,而冬天则坐在炉火旁,讨论文学问题,或予以善意的称赞,这都没什么坏处。我们还知道他喜欢钓鱼,吸大量的鼻烟,在艾迪生诱使他酗酒之前,他酒也不多喝,在食物方面他并不挑剔,比起熏肉脊肉来,他甚至更喜欢西葫芦布丁。

  德莱顿是他所处时代最多才多艺的诗人。《押沙龙与阿齐托菲尔》(1681) 是英国文学中第一篇优雅的讽刺诗。在他之前,讽刺作品只是粗俗泼辣的铁头木棒式的玩笑(如巴特勒的《休迪布拉斯》),或粗糙的诗歌(如马韦尔和邓恩的许多诗歌),在这些作品中,韵律从头到尾听起来都像大刀砍在胸甲上一样。下面就是德莱顿的一首非常美妙的诗中出了名的人物梓姆理(白金汉郡公爵乔治·维利尔斯):

# 第十五章
## 佩皮斯、德莱顿和王政复辟时期的剧作家

《约翰·德莱顿》(内勒)
伦敦国家肖像馆
德莱顿是从英国文学中从弥尔顿到蒲柏之间最伟大的名字。

照片：里施基斯收藏馆

一个这样的多面手，多到他似乎
不只是一个人，而是人类的缩图。
意见总是要坚持，可总是荒谬；
开头什么都要做，什么也不长久；
从月圆到月缺还不过转了一遭，
他做了药剂师、胡琴手、政治家和丑角；
回头就搞女人，涂鸦，凑韵，酗酒，
外加一万种想想就死掉的怪念头。
有福的疯子，他可以把每一刻时光
都用来想望或享受新鲜的花样！
经常的课题在他是谩骂和称赞；
两方面都显出他总是走极端；
那么样过分的激烈、过分的客气，
每个人他看来总不外是魔鬼或上帝。
什么酬劳他都给，就是不给功劳。
给小丑骗光了，他总是发觉得太晚：
他得到了开心，人家得到了他的田产。[①]

---

[①] 卞之琳编译：《英国诗选》，长沙，湖南人民出版社，1983年，第67页。

大量的反讽，每个偶句中的挖苦讽刺，萧伯纳式的傲慢的作弄——这些都是英国诗歌中的新鲜事物，就连蒲柏都没有超越德莱顿的这种诽谤技巧。《麦克弗莱克诺》(1682)使用了相同的手法，对那个愚钝、勤奋的沙德威尔的不朽鞭挞就像白金汉一样著名。麦克弗莱克诺对所有毫无意义的事情都坚决果断，现在他要决定众多儿子中哪一个将要继任：

> 沙德威尔完全继承了我的面容，
> 从幼年时起就把我的愚钝成就；
> 在我的儿子中就只有沙德威尔
> 确实把完全的愚钝发展到成熟。
> 其他儿子都装作无知
> 只有沙德威尔未入意义的歧途。

后来，在《押沙龙与阿齐托菲尔》的第二部分中，他再次用道格（塞特尔）攻击了奥格（沙德威尔）：

> 尽管他们那些蹩脚的韵脚
> 我的诗神仍将流传万古千秋。

司各特认为《俗人的宗教》是英语中最令人赞赏的诗歌之一，是对基督教信仰的可信性和英国国教作为中间道路所具有的优缺点进行的生动概括，英国国教不采用非常手段，已经成了一个永恒的机构，因为"共同和平是人类的普遍关怀"。

那么，对于今天的读者来说，德莱顿主要留下了什么遗产呢？他的许多戏剧现在已经几乎无人问津，但它们通常都很精彩，《一切为了爱情》可以与莎士比亚笔下安东尼与克娄巴特拉的爱情描写相媲美。他的批评论文，甚至对自己所处时代的普通读者来说，都过于深奥，现在的严肃艺术家仍在研究它们，而且颇有成果。他的《寓言集》都是用韵文写成的长篇故事，而作为故事，它们在任何语言中都是无与伦比的。拿起《西蒙与依菲琴尼亚》和《帕拉蒙与阿吉特》，读者通常都爱不释手，不一口气读完不会把书放下。它们都是短小的史诗，其最优美的段落比任何其他诗歌都更接近荷马的风格。他那高尚的《颂歌》也将在我们的记忆中长存。他认为《亚历山大的宴会》是其中最好的一首，实际上，这的确是他创作出的最完美的诗歌。但《圣塞西利亚之歌》也同样优美，就悦耳的、非凡的美感而言，那几行关于音乐诞生的著名诗句是他的绝笔：

> 当犹八演奏起七弦琴，
> 他的兄弟们站在周围听，
> 他们赞叹不已，俯伏在地，

>       显露出对天上的音乐的崇敬。
>       在那琴弦的音箱中,他们相信住着神一样的精灵
>       才能倾诉得这样甜美,动听。①

另一方面,约翰逊还称《安·基利格鲁太太颂》是英语中最不同凡响的诗,下面美妙的一段就选自这首诗。在弥尔顿和华兹华斯之间的漫长岁月里,这是人们所能听到的一首优美、庄严的文字音乐,以此来结束对一位最伟大的英语诗人的叙述,则是非常合适的:

>       你,天堂最年轻的纯真之女,
>         造就于最后的一次祝福;
>       你的棕榈叶,刚刚从乐园摘下,
>       就无比高尚地铺展开了枝了。
>         以丰饶不朽之绿超越其他:
>       无论是否过继到某一邻近之星,
>       你都在天堂行走,迈着悠闲的步伐,
>         或,以规整划一的序列
>         漫步在庄严的天庭;
>         或,应召到更高的极乐,
>       与撒拉弗一起跨过硕大的沟壑:
>       无论你身处多么幸福的地方,
>       你美妙的歌声都在那里回响;
>       你有足够的时间欢唱神圣的赞歌,
>         因为天堂的永恒就是你的岁月。
>       听啊,你用绝非低俗的诗句,
>           赞扬一位必死的缪斯;
>       可那仍然是你自己的歌喉,
>       结出了诗歌的第一批硕果,
>       使你的名字永垂不朽;
>         而你只不过是天堂的候选人
>         一位年轻的见习者。

---

① [英]德莱顿作,张君川译:《圣塞西利亚之歌》,[英]弗·特·帕尔格雷夫原编,罗义蕴、曹明伦、陈朴编注:《英诗金库》,成都,四川人民出版社,1987年,第301页。

## 第五节 王政复辟时期的剧作家

### 康格里夫和威彻利

在清教统治期间,英国的剧院被取缔了。查理二世复辟之后,剧院又盛行起来。17世纪后期人们不太看重莎士比亚,约翰逊、博蒙特和弗莱彻、雪利创作的比较陈旧的戏剧很快就被一种新的戏剧所取代,这些戏剧都是新的时代精神的产物。查理二世统治英国期间,正值法国的莫里哀创作之时,因此王政复辟时期的剧作家们受到这位伟大的法国喜剧大师的影响,就是自然而不可避免的了。而不是从法国借鉴过来的东西便都是查理二世的宫廷氛围直接激发的结果。查尔斯·兰姆坚持认为旧的喜剧"已经跟现在这个世界毫无关系了"。令人高兴的是,这是事实;但这与查理二世在白厅(英国政府)度虚度光阴的那个世界关系甚密。在王政复辟时期的剧作家中,威廉·康格里夫是最重要的一位。史文朋称他的《如此世道》是"英国喜剧中的杰作,无与伦比、无可匹敌;一部用我们的语言写出的堪与莫里哀最伟大的作品相比肩、或略逊一筹的剧作"。伏尔泰听说康格里夫才华横溢,便在英国逗留期间去拜访他。康格里夫表示他不愿被人们当作一名剧作家,而要成为人们眼中的一位绅士;这位法国讽刺哲学家随之为自己的拜访表示了歉意。威廉·威彻利比康格里夫大三十岁。他在巴黎长大,第一部剧作《林中恋》1672年上演。作为剧作家,他主要靠两部喜剧《乡下女人》和《光明磊落》赢得了声望。这两部喜剧都很粗俗,所以引起麦考利的反感是合情合理的,但是,它们在人物塑造和幽默风趣方面却都很出色。

这一时期另外一些不太重要的作家有设计布莱尼姆宫的建筑师约翰·范布勒、乔治·埃思里奇、奥特韦,还有跟德莱顿一起模仿高乃依创作的李(Lee)。德莱顿自己也是一位王政复辟时期的剧作家,但正如我们所看到的,他远远不只是剧作家。

### 参考书目

*The Diary of Samuel Pepys*, edited by H. B. Wheatley, 8 vols., Everyman's Library 只有2卷。
Percy Lubbock's *Pepys*.
*Hudibras*, edited by A. R. Waller.
Professor Saintsbury's *Dryden*.
Dryden's *Poetical Works*.
Dryden's *Dramatic Essays* in the Everyman's Library.
*The Best Plays of Dryden*, 2 vols., 收入"美人鱼系列丛书"。
Edmund Gosse 主编的一卷 Restoration Plays.
下面这些都在 "Mermaid" Series of the Old Dramatists 中:Dryden (2 vols.), Otway, Farquhar, Vanbrugh, Congreve, Wycherley.

# 第十六章　路易十四时代的法国文学

## 第一节

### 帕斯卡

帕斯卡是17世纪前半叶的法国天才作家之一,也是个非常坚定的清教徒。他生于1623年,是数学家、神学家,还是伟大的作家。在他的《致外省人书简》和《思想录》中,帕斯卡探讨了人生的重大问题,人类悲哀的渺小不足和上帝令人着迷的崇高伟大。没有哪一位作家能比他更坚定地强调同上帝相比人类是多么可怜,多么无能为力,没有哪一个宗教狂热分子能比他更激烈地谴责耻辱,没有哪一位哲学家能比他对宇宙的广阔无垠更充满敬畏,人在宇宙中则显得多么渺小。仰望天空,帕斯卡叫道:"广阔无垠的空间的永久沉默让我的心中充满了恐惧。"

他的许多"思想"都简洁动人,意义深远,几乎在全世界成了家喻户晓的日常熟语。下面就是一些典型的例子:

> 人不过是一根芦苇,自然界里最软弱的东西,但却是一根思想的芦苇。
>
> 心灵有它自己的理由,其中理性永不梦想。
>
> 如果克娄巴特拉的鼻子短一点,世界的全部历史就会改变了。

照片:W.A.曼塞尔公司
**帕斯卡**
法国的清教哲学家。

### 法兰西学院

要确保法语语言的准确性,确立一种公认的文学趣味标准,创立一种文学权威,这一想法在很大程度上要归功于黎塞留主教,他于 1629 年创立了法兰西学院。对于文学,他也像对其他一切一样要求权威与秩序。虽然法兰西学院在国民生活中给予了文学一种英国文学从未享有过的地位,但它总是保守地抵制任何一种新的文学发展,而且,一些伟大的法国作家,包括莫里哀和福楼拜,从来不曾被推选为那些"不朽者"中的一员。法兰西学院最初的行动之一便是贬低法国 17 世纪即将创作出的第一部天才作品——皮埃尔·高乃依的《熙德》。但我们不能指望一个学院或任何其他的作家委员会能发现新的东西——那是个人的敏锐洞察力才能做到的。法兰西学院圆满地实现了它的目的,对法国良好的文学趣味传统做出了官方的表达——不幸的是,除希腊文学外,这一传统没有被任何其他民族文学始终如一地保持。

## 皮埃尔·高乃依

皮埃尔·高乃依 1606 年生于鲁昂,他的第一部戏剧于 1636 年上演。高乃依一直活到 1684 年,他后期的戏剧属于路易十四时代。在文学史上,他与其说是这个时代的真实的人,毋宁说是法国文学这个伟大世纪的先驱者。高乃依天生是个浪漫主义者,他就像拉伯雷一样酷爱文字。他也像马洛一样喜欢修辞,像韦伯斯特或伊丽莎白一世时代的其他人一样喜欢激烈的情节剧。

高乃依是一位非常独特的作家。莫里哀曾经说过:"我的朋友高乃依有一个友好的小精灵,它能激发他写出世界上最美的韵文。有时候这个小精灵会离开他,让他照顾自己,这时他就会写得很糟糕。"他的天才在他自己所处的时代得到了公正的认可,但后来的批评家,包括伏尔泰,都认为他是个微不足道的作家。高乃依在巅峰时期表现了他这位法国天才英勇、雄辩的一面,并具有想以漂亮姿态作出牺牲的可爱性格。《大鼻子情圣》可以帮助现代的外国读者了解高乃依的心态。伏尔泰则是另一类法国人。

## 笛卡尔

伟大的法国哲学家勒奈·笛卡尔在《熙德》问世几个月后,发表了他的《方法论》。试图总结笛卡尔的声誉所系的数学和形而上学思考不在本书范围之内,但作为一位风格流畅简洁的大师,他在法国文学中占有相当重要的位置。他生于 1569 年,1650 年在斯德哥尔摩去世。他的第一部书与击剑术有关,是他 16 岁时写的,从那时开始一直到去世,他笔耕不辍、著作颇丰。

# 第二节　莫里哀

## 莫里哀生平

　　莫里哀是让-巴蒂斯特·波克兰的艺名，他 1622 年生于巴黎，父亲是皇家室内陈设商。莫里哀接受耶稣会学校的教育，翻译过卢克莱修的作品，读过亚里士多德的著作，他受的教育足以让他为笛卡尔辩护。就像许多年轻人一样，莫里哀可能会成为一位成功的室内陈设商，继任父亲的职位，当一名宫廷商人。但他想当一名演员。20 岁时，他组织了一个剧团，租用了巴黎的一个网球场，将它布置成舞台进行戏剧表演。然而，那时候恰逢戏剧式微，获得成功几乎是不可能的。巴黎处于政治动乱之中；街道不安全，居民们都没有心情去看戏。莫里哀和他的朋友们在各个网球场上进行表演，但无一处成功。1645 年，因为没能偿付剧场使用的烛费，他被捕下狱了。

　　在巴黎连续失败了四年之后，莫里哀决定到各省去寻出路；在接下来的 10 年中，他都过着流浪艺人的生活。那个时候，这种生活是艰苦的，充满了冒险——确实很像狄更斯在《老古玩店》中描写的 19 世纪的杂耍艺人过的那种生活。那时，临时舞台在网球场或谷场上搭起来，四面都要围上挂毯，演员上场下场都要与厚厚的挂毯相撞。大厅通常都用一个插有 4 支蜡烛的枝形吊灯照亮，挂在天花板上；他们要不时地用绳子和滑轮把吊灯拉下来，观众里会有好心人把上面的烛花剪去。

　　莫里哀身材高大、和蔼可亲、心地善良，他慷慨大方、忠厚老实、乐观向上。"他的鼻子很厚，大嘴上长着厚厚的嘴唇，面目棕色，眉毛浓黑。他抖动眉毛的方式使他

**莫里哀**
所有法国剧作家中最伟大的一位，所有法国作家中最受欢迎的一位。

照片：里施基斯收藏馆

《没病找病》(C. R. 莱斯利)
南肯辛顿博物馆

在舞台上的表演非常滑稽"。所有的同代人都承认他是位伟大的喜剧演员,而且是个天才剧作家。莫里哀的著名剧作有《可笑的女才子》、《贵人迷》、《达尔杜夫》、《愤世者》和《没病找病》,直到今天,所有这些剧作都牢牢占据了戏剧舞台,就像莎士比亚的喜剧和悲剧一样。

## 作家的优秀品质

　　作为被批评家们如此盛赞的一位作家,莫里哀具有哪些优秀品质呢?他的最大成就在于创造出了法国喜剧。他是一位现实主义作家,关注的是自己所处时代普通大众的生活。就像乔叟和莎士比亚一样,他喜欢普通日常生活中的幽默和戏剧性。因此,在《可笑的女才子》中,他嘲笑了一类假装喜欢文学的妇女。1650年法国的这种装腔作势的举动就跟后来英国和美国的毫无二致。在《达尔杜夫》中,他狠狠地嘲弄了伪善;在《没病找病》中,他奚落了医生。《愤世者》也许是他最伟大的剧作,在主人公阿尔赛斯特这个角色身上,他刻画的实际上是他自己——一个敏感、孤独、梦想破灭的人,在一个黑暗孤寂的小街角里仇视那个冷酷、浅薄、没有同情心的世界。
　　在莫里哀的戏剧中,事件很少,而且都经过精挑细选。他时时刻刻都在考虑人物性格的发展。每一个事件,每一种情景,如果不能让他的人物在观众面前清楚地表现出来,他就会将其舍弃。他关心的只是舞台上每个人的突出特点。他用粗笔勾勒出大体轮廓,而不是工笔细描。比如,达尔杜夫是个伪君子,他爱女人,也爱权力。这就是莫里哀告诉我们的关于他的一切;这就是为了看懂他的戏剧,我们需要了解的有关他的情况。

就像所有伟大的幽默作家一样,莫里哀是宽容的。他从不发怒,即便对他笔下的坏人也是如此,因为他们也是人,有个性的人。他并不维护他们,也不为他们辩解,而是准确、冷静地描写他们,承认所有的人无论有什么缺点,都自有其高贵之处。

# 《贵人迷》

莫里哀最著名的喜剧也许是《贵人迷》。茹尔丹最早是由莫里哀自己扮演的,法国现代著名演员科克兰就是因扮演这个角色而名声大振。茹尔丹是个有钱的店主,一心想进入上流社会。为了掌握适当的礼仪和恰当的语言,他雇用了一位音乐教师、一位舞蹈教师、一位剑术教师和一位哲学教师。从哲学教师那里他知道了"我们表达自己的方式除了散文和诗歌别无其他"。茹尔丹感到十分惊讶。"天啊,"他说,"我讲了

照片:W.A.曼塞尔公司

《贵人迷》中的一个场景(W.P.弗里思)

《贵人迷》可能是莫里哀最有名的一出喜剧。著名的法国演员科克兰经常在现代舞台上饰演茹尔丹这一角色。

《贵人迷》,莫里哀著名喜剧中的一个场景

茹尔丹的仆人尼科尔手里拿着扫帚,刺向她的主人,而她的主人笨拙地试图躲开,结果明晃晃地挨了一击。

四十多年散文，却一点也不晓得。"

音乐教师、舞蹈教师、剑术教师吵了起来，他们连同茹尔丹的新裁缝一起把他打扮得非常荒谬可笑。虽然茹尔丹太太会嘲笑他，但他的贵族朋友多朗托伯爵却赞同他的胡作非为——并借钱给他。茹尔丹的头脑完全不正常了；他拒绝让女儿嫁给一个来自自己阶层的年轻人，直到这个年轻人穿上了一套东方服装并自称为土耳其皇太子时，他才答应他的求婚。《贵人迷》是一个情节极为简单的笑剧，但其舞台布景非常灵活，人物刻画非常幽默，对话可爱机警。

当我们回忆起下面这个事实，莫里哀的经历就更加非同一般了：在整个一生中，莫里哀不仅是个忙碌的演员兼剧场经纪人，他还要不断揭穿敌人的阴谋诡计——心怀妒意的对手和愤怒的教士都是他的敌人，他们坚持抨击他是上帝的敌人，虽然个中缘由我们很难理解。甚至在他死后，教会对他仍抱有敌意。一位见证了莫里哀葬礼的人说：

> 除了三个神职人员外，没有送葬仪仗队；四个神父抬着装在木头棺材里的尸体，上面盖着棺罩，六个穿着蓝色衣服的孩子拿着插在银色烛台上的蜡烛，有几个侍从拿着燃烧的蜡制火炬。尸体……被送到圣约瑟墓地，葬在了十字架的脚下。那里人山人海，大约有1200里弗分发给了穷人。大主教已经下令安葬莫里哀时不能举行任何仪式，甚至不准主教教区的牧师给他举行任何宗教仪式。

从莫里哀首次表演开始直到去世之前，法王路易十四始终都眷顾、保护着他，即便是在法王不再关心世俗之事的时候，并且在曼特农夫人的影响下，凡尔赛开始有非国教徒非法秘密聚会的时候，他仍然受到王室的眷顾。但这也是不利之处，因为这意味着要用大量时间写假面剧，安排娱乐表演。

在某种程度上，我们可以根据他影响法国语言的方式来评价作为作家的莫里哀产生的影响。日常英语中混杂着从莎士比亚、弥尔顿和狄更斯那里引用的词句，同样，没有哪一位法国作家能像莫里哀那样给了法语口语那么多的词句。最起码有一句"在这样的困境中该如何是好呢？"这句话差不多成了英语句子。

利顿·斯特雷奇先生说："在法国文学史上，莫里哀的地位跟塞万提斯在西班牙文学、但丁在意大利文学和莎士比亚在英国文学中的地位同日而语。"安德鲁·朗格称："在法国文学中，他的名字是最伟大的，在现代戏剧文学中，他的名字是名列莎士比亚之后的最伟大的名字。"没有偏见的文学学生一定要注意现代戏剧模仿的是莫里哀的戏剧，而不是莎士比亚的。

**让·拉辛**

拉辛与莫里哀生活在同时代。他的悲剧是法国古典戏剧的典范。

照片:W.A.曼塞尔公司

# 第三节 让·拉辛

## 顶级法国作家

英国读者总是觉得拉辛是个平淡乏味的作家,但在法国,不仅他的戏剧仍在上演,而且还被大多数法国人看作是顶级法国作家。除了他的诗歌具有纯粹美感之外,他还成功地实现了法国的理想,即将事件压缩、将时间统一、避免一切与戏剧主题不相关的内容,在这方面,没有人可以望其项背。这主要应归因于他对人类心理的洞察力,对心灵的戏剧性事件发生于其中的最为隐秘的经验世界的洞察力。在这方面,自那些伟大的希腊悲剧作家以来,也许无人可与之比肩。

拉辛生于 1639 年。他的家人都是约翰逊教派信徒——即法国清教徒——他在著名的波尔罗亚尔修道院接受教育。他早年对文学的热爱深为那些虔诚的亲戚们所不齿,这是自然的。在一封信中,他抱怨说因为他写了一首关于马萨林主教的十四行诗,就被逐出了教会。他的第一部戏剧《忒巴伊德》1664 年由莫里哀剧团上演,很可能莫里哀还在其中扮演了一个角色。莫里哀还亲自演了拉辛的第二部剧作《亚历山大大帝》。两周后,这位剧作家就把他的剧作拿到了一个与莫里哀竞争的剧团,显然他跟莫里哀吵翻了。他的杰作有《安德洛玛刻》、《费德拉》和《雅塔丽亚》。

1673 年,他当选法兰西学院院士。《费德拉》1677 年上演,虽然拉辛又活了二十年,但实际上他的创作在这部剧中就结束了。他后悔自己以前的放荡生活，结了婚，过着一种平静的家庭生活，靠路易十四颁给他的一笔养老金度日。1699年4月12日，拉辛去世。

《费德拉》是拉辛最著名的剧作。每个有才华的法国女演员现在仍想饰演费德拉一角，至少一生中能演一次，就像每个有才华的英国男演员坚持要演《哈姆雷特》一样。这是一个取材于希腊故事的悲剧，其中做了很多改动；这也是一出动人的戏，描写了恐怖、神秘和嫉妒，表达出希腊人的一些信仰，即掌握在命运手中的人是无助的。拉辛较早的一部戏剧《安德洛玛刻》，表明他能以最少的人物和事件创造出动人的效果。这出剧中只有四个人物，两男两女。利顿·斯特雷奇先生非常巧妙地总结了这个故事：

  安德洛玛刻是赫克托耳的寡妇，年纪轻轻，在这个世界上只热切关注两件事：她年幼的儿子阿斯蒂阿纳克斯和对她丈夫的思念。她和儿子都成了特洛伊城的征服者皮若斯的俘虏，国王皮若斯坦诚直率、非常勇敢，但有些野蛮粗暴，虽然他同赫尔弥俄涅订了婚，但却疯狂地爱上了安德洛玛刻。赫尔弥俄涅是一个美丽的泼妇，全身心地爱着皮若斯；俄瑞斯忒斯忧郁，接近病态，他对赫尔弥俄涅强烈的爱是他人生的唯一意义。这些就是这一悲剧的元素，就像一堆火药一样，有一点火星落在上面便会爆炸。在皮若斯对安德洛玛刻说如果她不嫁给他，就要杀她儿子的时候，这个火星就被点燃了。

  安德洛玛刻答应了，但却暗自决定在结婚后立刻自杀，这样便可以保全她的儿子，也可以保全她作为赫克托耳的妻子的名誉。嫉妒得发狂的赫尔弥俄涅说如果俄瑞斯忒斯答应她一个条件，她便跟他远走高飞——那就是杀了皮若斯。俄瑞斯忒斯不顾名誉与友谊，答应了她；他杀了皮若斯，然后回到女主人那里要求得到他的奖赏。

  接下来就是拉辛写过的剧中最激烈的一幕了——在这一幕中，赫尔弥俄涅，由于悔恨和恐惧大发雷霆，冲着她那可怜的情人发起火来，数落他的罪行。她忘了自己对俄瑞斯忒斯的恩惠，她想知道是谁让他做出这么可怕的事情来的——"谁让你这么做的？"她尖叫道：这是那些令人惊骇的短句之一，一旦听到，就永远不会忘记。她冲出去自杀了，只剩下俄瑞斯忒斯站在舞台上，剧结束了。

拉辛的性格正好与莫里哀相反。他嫉妒、傲慢、易怒、说话恶毒刻薄；他还有一个习惯，喜欢伤人感情的讽刺短诗胜过朋友，这是很不幸的。由于宫廷里的一位贵妇要了阴谋，《费德拉》相当失败，这可以说明拉辛为什么在创作盛期放弃了戏剧。他缺乏乐于接受别人批评所不可缺少的幽默。

# 第四节　让·德·拉封丹与查尔斯·佩罗

照片：里施基斯收藏馆
让·德·拉封丹(德·特鲁瓦)
日内瓦图书馆

生活在路易十四统治时期的著名寓言作家。

让·德·拉封丹1621年生于香槟地区的蒂埃里古堡。父亲是一位富裕的皇家园林副管理员。让是长子。他在出生的小镇里接受教育，曾经想要接受圣职；但他发现自己选错了职业，于是及时地改了行。他后来学习法律。1647年，父亲为了儿子辞去了皇家园林副管理员的职位，给他安排了一门有利可图的婚事，让他娶了一个16岁的女孩，新娘带来了2万里弗的嫁妆。从精神方面来说，这门婚姻并不成功。我们猜想拉封丹夫人读了太多的小说，因而忽视了家务，10年后，他们就分手了。

拉封丹30岁之后才开始写作，那时他并没有马上发现自己是一个寓言作家，而是追随时代的风气，写一些讽刺短诗和歌谣，寻找几个赞助者，谄媚地把诗歌题献给他们，反过来从他们那里得到世俗的保护和经济利益。

拉封丹的寓言首先因它的从容优美而动人。他是诗人、哲学家，也是一位寓言作家。拉封丹笔下的动物从来都不是真的动物。与法布尔不同，他并不是要告诉我们这些没有说话能力的动物的内心生活的秘密。但他具有描写每个动物的基本外表的才能，就像人们所说的，拉封丹的动物是具有人类思想的真正动物，这很恰当。

从下面翻译过来的这个寓言故事中，我们可以看到拉封丹的文字所具有的魅力：

### 孔雀羽毛中的玉

一只八哥拣起孔雀脱下的羽毛，
就照他的模样打扮起来。
他骄傲地在孔雀中间昂首阔步，
认为自己真是个人物。
有只孔雀把他认出来了，他就被大家讽刺、

华莱士收藏馆

《恋爱中的狮子》(卡米耶·洛克普朗)
伦敦华莱士收藏馆

题材选自拉封丹的寓言故事,第四卷,第一部分。

挖苦、捉弄、嘘赶和侮辱,
　孔雀先生们把他的毛拔得一干二净,使他的
　样子非常可怕,
他想到他的同类那里去躲一下,
也被他们推出门外。

　像他那样的两脚八哥真不少,
　　他们常常打扮自己,
　用别人脱下来的皮和毛。

大家管这样的人叫抄袭家。
　　好，我不说了，我不想给他们添什么烦恼，
　　因为那并不是我该管的事情了。①

## 第五节　佩罗的童话故事

　　如果说拉封丹将质朴的寓言变成一个小小的人类故事，而不仅仅是关于动物的奇闻轶事的话，那么他的同代人查尔斯·佩罗却因为引入了神话的成分而使之更上一层楼。佩罗认识到有些人类的愿望是根本不可能实现的，只有魔法才能让它们真正发生。

　　据说在整个小说领域中只有六种故事情节；其中至少有一个讲的是一个穿着破烂的小姑娘坐在烟囱的角落里，希望能够去参加舞会，与王子共舞。是佩罗首先创造了灰姑娘。这些是大家熟知的他的故事的题目，它们都是民间的传说故事，是他收集起来再用自己那生动、迷人的风格重新讲述的：《小红帽》；《林中睡美人》；《蓝胡子》；《穿靴子的猫》；《仙女》；《灰姑娘》、《一簇发里盖》；《小拇指》；《美女与野兽》。

　　众所周知，这些都已经成了全世界的童话故事。很难认识到它们完全是一个 17 世纪的法国贵族在闲暇时间创作出来的，他认为这些童话远远比不上他自己的那些更为冗长的作品，然而那些作品早已被遗忘了。

## 第六节　拉罗什福科的《道德箴言录》

　　路易十四时代后期的作家还有布瓦洛，他为法国古典主义传统的创立作出了巨大贡献；塞维涅夫人，她写出了一系列反映路易十四时代的书简，就像伊夫林反映查理二世时代的《日记》一样；道德家和悲观主义者拉布吕耶尔，他预示了 18 世纪的社会批评，还给我们留下了一幅凡尔赛弥撒庆祝活动的讽刺图画，画中，侍臣们面对着国王而背对着上帝。

　　著名的《道德箴言录》的作者拉罗什福科是个贵族。在这方面，他跟许多路易十四时代的著名作家不同。他冷漠、清醒，他的人生哲学同切斯特菲尔德的一样实际。下面这些选自《道德箴言录》的文字表现了他的个性，以及他那个时代显赫辉煌的特点。所有这些都为大革命的悲惨结局做好了准备。

---

① ［法］拉封丹著，远方译：《拉封丹寓言诗》，北京，人民文学出版社，1982 年，第 126—127 页。

具有激情的最笨讷的人,也要比没有激情的最雄辩的人更能说服人。

我们每个人都有足够的力量来承担别人的不幸。

哲学轻易地战胜已经过去的和将要来临的痛苦,然而现在的痛苦却要战胜哲学。

老年人喜欢给人以善的教诲,因为他们为自己再也不能做出坏榜样而感到安慰。

伪善是邪恶向德性所致的敬意。

感激犹如商人的信誉,这种信誉维持着商业贸易。我们支付债务并不是因为偿清债务是正当的,而是为了更方便地找到再贷款给我们的人。

我们应该为自己最好的行为感到惭愧,如果世人能够看清这些行为的动机的话。

我们往往因为缺点而不是优点而更招人喜欢。

命运让我们改掉了许多缺点,而理性却不能。

人从来不像自己想象的那么幸福,也并非那么不幸。

头脑常常为心灵所骗。①

## 参考书目

Professor Saintsbury's *Short History of French Literature*.
Molière's *Dramatic Works*, translated by C. H. Wall, 3 vols..
Brander Matthew's *Molière*.
Racine's *Dramatic Works*, a Metrical English Version by R. Bruce Boswell, 2 vols..
参看 John Masefield 对 Racine's *Esther* 和 *Bérénice* 的精彩译述。
La Fontaine's *Fables*, translated by E. Wright.
Fénelon's *Spiritual Letters to Men* and *Spiritual Letters to Women*.
Pascal's *Thoughts*, translated and edited by C. S. Jerram.

---

① [法]拉罗什福科著,何怀宏译:《道德箴言录》,北京,生活·读书·新知三联书店,1987年。译文略有改动。

# 第十七章　蒲柏、艾迪生、斯梯尔、斯威夫特

## 第一节　亚历山大·蒲柏

### 蒲柏的性格

亚历山大·蒲柏生于 1688 年，是他所处时代的最伟大的诗人，也是所有时代最伟大的诗人之一。他树敌甚多，其中一个曾经这样形容他："你心肠冷酷，出身卑微。"但我们似乎没有理由怀疑他的父亲是个富裕的麻布商人。他的性格就像他那矮小的身材一样畸形，当考虑到他那令人讨厌的褊狭自私时，我们最好遵照奥古斯丁·比勒尔的宽容的意见，"记住，在整个成年时期，他不能自己穿衣脱衣，没有别人帮助他就不能上床或起床，起床时他必须要穿上硬挺的帆布紧身马甲，用系带绑紧，还要穿上毛皮紧身上衣和很多袜子来御寒，以撑起他那萎缩了的身体"。他的一生就是患病；我们必须宽容他，原谅他毕生的怨毒。对知识的"无比渴望"，探索人性的永不满足的好奇心使他那本来衰弱的身体更加衰弱，18 世纪的医学几乎没有办法使之好转。他极其敏感；痛恨任何一种追捕活物的运动。他的机智是他唯一的武器，他无情地运用这个武器——通常是带有欺骗性的，但从来都不虚张声势，也不直率，因为直率让德莱顿的某些话听起来就像是尖刻的侮辱。他的大脑是所有流言蜚语的交换所，而他自己就是精通这种不太光彩的争辩艺术的专家。他那颗有缺陷的心中没有骑士精神——他用来讽刺玛丽·沃特利·蒙塔古夫人的诗句，是男人对女人写过的最粗暴无礼的诗句，但他也曾向蒙塔古夫人疯狂示爱。他痛恨文学上的对手，不管是伟大的还是微不足道的；他将本特利和笛福列在《笨伯记》的傻子里面。《笨伯记》经常会夸张到耸人听闻的程度。作为一种惩罚，就连那些最微

照片：里施基斯收藏馆

《亚历山大·蒲柏》(威廉·霍尔)
伦敦国家肖像馆

照片：里施基斯收藏馆

《被拒绝的诗人。玛丽·沃特利·蒙塔古夫人和蒲柏》（W. P. 弗里思）
伍尔弗汉普顿艺术展览馆

蒲柏曾向玛丽·沃特利·蒙塔古夫人示爱，后来嘲讽她。

不足道的小文人的讽刺挖苦都让他极为痛苦。事实上，这位恶毒诗人的性格和咒骂有时候会超出我们宽容的限度。

蒲柏具有双重力量。他可以将普通人的思想具化为令人难忘的诗句，也可以表达最奇妙的思想。在英国诗人中，除了莎士比亚，他是最常被人引用（和误引）的诗人。他轻而易举地就成了那个时代最优雅的诗人。他有权被人们看作一位真正的诗人，这是不容置疑的。

蒲柏过着一种受庇护的生活，不用为生计而奋斗，很快他就出名了。一位批评家喜欢他的《田园诗集》（1709）甚于维吉尔的《牧歌》。这些田园诗证明了他对"准确性"的狂热和不遗余力的本事。1711年，他发表了《论批评》（1709），虽然不算公平，但就21岁的年轻人来说，这已经是了不起的成就了。下面是一段著名的文字：

> 学识浅薄是一件危险的事情;
> 派利亚泉水要深吸,否则别饮。
> 浅浅喝几口会使大脑不清,
> 大量畅饮反会使我们清醒。①

## 《卷发遇劫记》

《卷发遇劫记》以窈窕淑女和格言警句为"文学手段",写成于 1714 年,被称为机智的杰作。在形式上,这首诗是完美的,既有德累斯顿瓷器的光彩,也许还有某种类似瓷器一样坚硬的东西。下面是对这绺秀发的描述,偷走这绺秀发乃是灾难的起因:

> 那仙女,为了破坏人类的目的,
> 端庄地在脑后蓄两绺秀发,
> 两颗对称的卷儿配匹闪光的饰环,
> 在象牙般平展的颈上吻合地悬挂。
> 爱把他的奴隶扣留在这些迷宫,
> 纤细的项链缚住了博大的心胸。
> 鸟儿禁不住我们设下的融融套索,
> 鱼儿耐不住我们布下的条条细丝,
> 青丝绺绺让尊贵的男人落入陷阱,
> 一丝秀发便使我们大家落魄失魂。

他的下一部伟大作品是对荷马史诗的英译,其敏捷和庄重堪称是大胆冒险家的两个特征。《缅怀一位不幸的女士》和《埃洛莎致阿贝拉》可以看作是对这种严肃风格的插图说明。如果后者算不上不朽的爱情故事中的刻骨铭心的恋情,那么下面这几句诗却有对人心的深刻理解:

> 那祈祷缘何而来?帮帮我,苍天!
> 是缘自虔诚,还是绝望是其起源?
> 甚至在这里,冰冷的贞操退还,
> 爱也为遭禁的欲火找到了圣坛。
> 我欲悲不能,却又本应悲伤,
> 我哀悼爱人,又不痛惜过往;
> 我看到我的罪过,却把那欲火点燃,
> 我痛悔旧的快活,却引出新的欲念。

---

① 胡家峦编注,何功杰译:《英国名诗详注》,北京,外语教学与研究出版社,2003 年,第 179 页。

现在面朝苍天，我为过去的冒犯哭泣，
现在思念着你，诅咒我的无辜。
在恋人尚且经历的折磨中，
这当然最令人难以忘记！

## 《笨伯记》

在《笨伯记》中（第一个完整版完成于 1729 年）——是他在闲暇时创作的，尽管斯威夫特警告他说："注意不要让那些不入流的诗人在智慧上超过你。"尽管被他讽刺的那些笨蛋们纯粹由于愚蠢的执拗而一个个相继死去，最后一个不剩——我们有了英语中最为精雕细琢的讽刺诗，即便算不上是最精彩的讽刺诗。这首讽刺诗所具有的创新性和不朽的力量在于它普遍的感染力，因为它抨击的是愚蠢所具有的那种无法战胜的力量，愚蠢在每个时代都备受推崇，连诸神的反抗都是徒劳的。最后一段写得最好，在这一段中，蒲柏异想天开地预言了一切才智、所有的艺术和科学都将消亡——这是一段非常庄严的诗歌——

徒劳地，徒劳地——那创作的时日
毫无抗拒地降落：缪斯服从权力。
她来了！她来了！貂皮的王座看见
古老的混沌，和原初的夜晚！
她前面，幻想的乌云散去，
变化万端的彩虹全部消逝。
理智徒劳地射击金钱的欲火，
在瞬间的闪现中，流星陨落。
可怕的美狄亚竭尽全力，
群星一颗颗从太空退离；
迫于赫尔墨斯魔棒的驱使，
阿尔戈斯的眼睛一个个失明，
于是感知她的来临和神秘之力，
艺术接踵离去，黑夜覆盖大地，
但见躲闪的真理逃入旧的洞穴，
多如山峦的诡辩堆积到了顶巅！
哲学，昔日倚仗苍天，
如今退居次因，不再出现。
科学祈求玄学的保护，

蒲柏《笨伯记》(1728) 的扉页

> 玄学却又找寻感觉的帮助!
> 但见神秘朝向数学飞翔!
> 徒劳!注视、眩晕、咆哮和死亡。
> 羞涩的宗教遮住神圣的火光,
> 道德也不知不觉地归于沦丧。
> 公开的和私下的火焰都不敢燃亮;
> 人类火种没留存,瞥不见神圣之光!
> 看呀!可怕的"浑沌"的王国已复碎;
> 光明在你非创造的词语前灭熄,
> 伟大的无序,你亲手把夜幕降落,
> 让普遍的黑暗把宇宙包裹。

然而,或许《笨伯记》中最优美的是《讽刺诗》中用来嘲弄哈维勋爵的那一段文字,蒲柏在诗中给他起名叫"斯波卢斯":

> 让斯波卢斯颤抖吧——什么?那块丝绸,
> 斯波卢斯,那块驴奶做成的白色腐乳?
> 讽刺还是感觉,天哪!斯波卢斯能感觉?
> 　　他竟然用车轮碾碎了一只蝴蝶。
> 且让我用镀金的翅膀弹掉这个臭虫,
> 这个着色的脏孩,散发的臭气蜇人心痛;
> 两栖的东西!水陆均可行动,
> 微屑的头脑,腐败的心胸,
> 厕所里的纨绔子,甲板上阿谀奉承,
> 时而欺骗贵妇人,时而把伯爵捉弄
> 于是拉宾一家表达了夏娃的诱惑,
> 小天使的脸蛋,怎奈毒蛇对余者的蛊惑;
> 美令你惊叹,却无一值得信赖;
> 智慧慢慢产生,傲慢食尽灰尘。

## 《论人》

然而,在蒲柏的所有诗中,今天被人阅读最多的是《论人》。《论人》使他享誉欧洲,赢得了伏尔泰和文明世界上其他著名人士的赞赏。它并不是蒲柏所认为的真正的哲学著作。在评价它蕴含的道德价值时,现代批评避开了杜格尔德·斯图尔特的过分赞誉和德·昆西的过分谴责，而采取了二者之间的中间态度。斯图尔特称它为"我们的语言所能提供的哲理诗的典范"，而德·昆西则认为它是"对无序的实现"，不值一提。《论人》包含一些经常被人引用的诗句，比如：

> 诚实的人是上帝创造出来的最高尚的作品。

这些诗句用最少、最有力的词语表达了人类头脑中始终存在的可能有的想法，永远都为人们所喜爱，其令人信服的力量在于它们用令人难忘的词语和简单动人的比喻，说出了普通人对于此时或今后人生中重大问题的想法——或是他认为的普通人对这些问题的看法。人人都能欣赏下面这些诗句中的熟悉的意象。

> 上帝喜欢从整体到部分：但人的魂灵
> 必须从个体向整体上升。
> 自恋只能把道德的精神唤醒，
> 如小小卵石击破湖面的寂静；
> 中心移开，涟漪接踵而来，
> 一个接一个，向四面铺开；
> 朋友，父母，邻居，首先相拥；
> 接着是祖国，然后是整个人种。
> 精神的流溢越来越宽
> 把每一个、每一种动物包容；
> 大地微笑，播撒无边的祝福，
> 天堂慧眼，见自身形象于胸。

然而，将一种真实性重注于真理之中，从陈腔滥调创造出一种新的家喻户晓的谚语，这是蒲柏具有的多种才能之一。蒲柏的《道德论》中满是这种几乎成了流行谚语的诗句。它们教我们深刻反省"那主宰的激情"，欣赏甚至是濒临死亡的潜力的表现，就像纳西撒的那些滑稽事件一样：

> "恶臭！红肿！那将是一个圣人的启发"
> （也是可怜的纳西撒说的最后一番话）。
> "不，让一块漂亮的印花布，布鲁塞尔的花边
> 包裹我冰冷的四肢，遮盖住苍白的面孔：
> 当然，一个人死后便不会为死而惶恐——
> 而——贝蒂——快给这个面颊一点红。"

有时，蒲柏创作谚语的才能会更上一层楼，如他为艾萨克·牛顿爵士写的著名碑文：

照片:W.A.曼塞尔公司

**《乞丐歌剧》中的场景(霍格思)**
伦敦英国国家艺术馆

创作出《乞丐歌剧》的盖伊与蒲柏是同时代人。他的这出著名歌剧重新流行起来,这说明他具有吉尔伯特式的幽默。

> 自然和自然的法则隐藏于暗夜,
> 上帝叫牛顿降世,就照亮了一切。[①]

然而,蒲柏表现普通人的思想,这既是他的优点,也是他的缺点。普通人从实际的角度、根据他的同胞说的话和写的作品来评价他们,而不是根据他们的意图、根据他们对更好、更伟大的事情——这是伟大诗歌的精华所在——进行的绝妙动人的表达。

约翰·盖伊是《乞丐歌剧》的作者,在蒲柏的朋友中他是最可爱的人。蒲柏是这样形容他的:

> 态度温柔,性格和蔼;
> 才华老到,单纯如童骏。[②]

---

[①] 王佐良主编:《英国诗选》,上海译文出版社,1988年,第164页,吕千飞译。
[②] 梁实秋编著:《英国文学史》(第2卷),台北,协志工业出版社,1985年,第818页。

他写过喜剧和寓言,而《乞丐歌剧》——预示了吉尔伯特式的颠倒混乱——使他成名,其续集《波利》被张伯伦伯爵禁演,但它的出版却令盖伊处境稍好一点。盖伊被葬在西敏寺教堂,他的墓碑上刻着自己的诗句:

> 人生如笑话,从一切看得出来;
> 我曾这样想过,如今我已明白。①

## 第二节 艾迪生和斯梯尔

### 现代散文的兴起

我们就要谈到英国散文,即我们现在理解的英国文学中的散文的兴起。我们应该注意,英国18世纪、19世纪和20世纪早期都有利于这种期刊散文的发展。在18世纪早期,可以说是艾迪生和斯梯尔使这种散文流传于社会的;他们使之进入日常生活,深为民众熟悉和喜爱。在菲尔丁、约翰逊、哥尔德斯密斯、申斯通、鲍恩奈尔·桑顿(Bornnell Thornton)和其他模仿者的手中,散文在其诞生的这个世纪里一直都很流行。19世纪初期,在兰姆、赫兹利特和德·昆西的手中,它就更确切地变成了一种表达个人感情和思想的手段;后来它作为一种文学形式繁荣起来,这里就不必提及了。今天,散文似乎逐渐变得越来越流行。它现在是一种独立存在的文学表现形式。而艾迪生和斯梯尔的散文更像是一种新颖、高雅的新闻报道,目的是为了在一个报纸很少并且没有什么道德影响力的时代形成和统一舆论。

### 安妮女王治下的英国

机遇就在眼前,散文家们抓住了它。18世纪初,英国社会缺乏凝聚力和格调。之前的半个世纪留下了许多令人不快的分歧。清教和国教仍在满怀恐惧和怀疑地关注着对方。查理二世使宫廷道德败坏了,永恒和不朽完全变成了一种狂热的追风,其很多观点和陈词滥调都反映在王政复辟时期喜剧的矫揉造作、下流言词和动作上。将要给予议会权力和指导、精练治国之才的政党体制正处于形成阶段。伦敦和整个英国被自然的和精神的两道鸿沟隔绝开来,这是我们难以理解的。斯梯尔和艾迪生给这样一个社会提供了文雅的智慧、调和的风趣和关于体面、仁慈以及正确理性的信条。

毫无疑问,这种新文学的独创成分属于斯梯尔。是他策划了《闲谈者报》。1672年斯梯尔生于都柏林,在查特豪斯公学认识了同学艾迪生。他们年纪只相差两个月。

---

① 梁实秋编著:《英国文学史》(第2卷),台北,协志工业出版社,1985年,第818页。

照片：里施基斯收藏馆

《理查德·斯梯尔爵士》(理查森)
伦敦国家肖像馆

斯梯尔与艾迪生合作创办《旁观者报》。

后来他们又在牛津会面，但斯梯尔离开大学参军了。他曾当过士兵、掌旗官和上尉，熟悉奢侈浪费的生活习惯，这有助于他在《闲谈者报》中用同情却半带规劝的笔触来解释人性及其弱点。还是在做掌旗官的时候，他就写出了第一部作品《基督徒英雄》，目的是为了改正自己"喜欢不正当娱乐的习性"。那是在1701年；但他在军队中的朋友，城镇附近的居民，最后还有他自己，都没有被书中的那些宗教道德观所打动。他接着继续创作戏剧。

他的第四部戏剧《互相谅解的情人们》很受这个小镇欢迎，辉格党大臣哈利授予他政府公报发行人和宫廷礼仪官的职位。

## 艾迪生生平

在此期间，艾迪生受到的训练比起斯梯尔来更具世界性，他更像是一位四处游历的学者和受过训练的文化人。在牛津大学莫德林学院学习了10年之后，他决定不接受圣职，就像蒙田一样，以创作拉丁文诗歌开始了他的文学生涯。现在，他的画像仍然挂在莫德林学院的大厅里，而他最喜欢走的小道也在查维尔河岸被特别标示出来。

他很快就写出了第一首英文诗，并巧妙地用这首诗赢得了德莱顿的赏识，后者让他给维吉尔的《牧歌》写一篇评论序言——这是这位以前的文学大师给他的殊荣。德莱顿说他是"牛津最有天才的W.艾迪生"；得到了这一认可，他的未来就似乎有了保证。然而，政治在艾迪生的一生中占有重要位置，就像斯梯尔一样：艾迪生是个优秀的辉格党人，辉格党的朋友们为

照片：里施基斯收藏馆

《约瑟夫·艾迪生》(内勒)
伯德雷恩图书馆

1750年，艾迪生的女儿夏洛特·艾迪生捐赠给牛津大学。

# 第十七章
## 蒲柏、艾迪生、斯梯尔、斯威夫特

照片：里施基斯收藏馆

**艾迪生走过的小路，牛津**
18世纪著名散文家艾迪生曾在牛津大学的王后学院接受教育。

他谋到了一笔旅行津贴，每年300英镑，这样他就可以去国外学习法语和意大利语，从而胜任外交官的工作。于是，他前往法国和意大利，认识了布瓦洛，1702年经由德国和荷兰回到英国。同散文相比，他用押韵双行体写成的《从意大利致哈利法克斯爵士的信》，还有以同样方式写成的诗篇《远征》，读起来就像是优美的文学试作一样。但《远征》是艾迪生的成名作。辉格党大臣戈多尔芬有充分的理由利用马尔伯勒1704年8月在布伦海姆取得的巨大胜利。他找到了艾迪生，据说他那时正住在草市街一栋三层楼的顶楼，默默无闻。这首诗现在已经无人问津了，但他在诗中将马尔伯勒比作天使，这一明喻将永远有人引用：

> 于是当天使受命于神的指挥，
> 当怒号的暴风雨震撼罪孽的大地
> （如同已故苍白的不列颠），
> 他使狂风暴雨平静安谧；
> 遵照万能之主的行动号令，
> 在漩涡中指引暴风雨的航程。

这首诗给了戈多尔芬他想要的全部，作为奖励，艾迪生被任命为政务次官。他一生中体面地担任了许多俸禄优厚的职务——即便谈不上称职，这是第一个。他并没有参与《闲谈者报》的策划和首次出版，当时他正在爱尔兰任郡治长官沃顿伯爵的秘书，但他很快就认识到了斯梯尔的能力，因此提出要做一名投稿者，斯梯尔明智热情地接受了他的帮助。

## 《闲谈者报》

《闲谈者报》1709年4月21日首次面世。斯梯尔不想公开他的名字，因此就用了艾萨克·比克斯塔夫这个名字，这是从斯威夫特那里借用过来的。斯威夫特从朗·埃克（Long Acre）一个商店的门上看到了这个名字，假借它来抨击约翰·帕特里奇——当时一个臭名昭著的广告星象学家和年历制造商。虽然在艾迪生开始为之撰稿后，《闲谈者报》有了许多变化，但斯梯尔创报的方式是正确的。他将《闲谈者报》跟咖啡馆联系起来。伦敦的咖啡馆不下3000家。那里是各种新闻、闲谈和讨论的中心。他在第一期中就宣布：

> 所有那些关于殷勤、乐事和娱乐的闲谈都将归于怀特巧克力咖啡馆；诗歌归于威尔咖啡馆；学习归于希腊咖啡馆；至于国内外新闻，你将会从圣詹姆斯

照片：里施基斯收藏馆

**1720年左右经常光临巴顿咖啡馆的人**
依据霍格思的一幅画
巴顿咖啡馆是艾迪生和他的朋友聚会的地方。

咖啡馆那里听到；而其他任何话题涉及的其他内容都将来自我自己的公寓。

怀特咖啡馆也就是怀特俱乐部的前身。圣詹姆斯咖啡馆位于圣詹姆斯大街。威尔咖啡馆位于鲁塞尔大街，德莱顿曾在这里向他的崇拜者们规定批评法则和诗歌的趣味，他冬天坐在炉火旁，夏天坐在阳台上。希腊咖啡馆是所有这些咖啡馆中最古老的，位于埃塞克斯街的德弗罗巷（Devereux Court）。斯梯尔在这些地方搜集新闻和话题；《闲谈者报》也成了这些地方讨论的话题。它立刻取得了成功。一开始斯梯尔就声明报纸名称是出于对妇女的敬意而选的，借此向妇女发出呼声。该报每星期出版三次，即星期二、星期四和星期六这三个邮递日。前四期是免费赠送的，后来每份报纸卖一便士。《闲谈者报》以尤维纳利斯的"Quicquid agunt hominess"为座右铭，意译为：

不管人们做什么，说什么，想什么，或有什么梦想，
我们都会将其拿来作为报纸的主题。

艾迪生的一些最脍炙人口的散文都发表在《闲谈者报》上，但斯梯尔却把《闲谈者报》作为审查道德风尚、修正公众趣味、宣传伦敦日常话题的工具。他的目的，正如他自己所说的，是"要揭露生活中虚假的阴谋诡计，撕下狡诈、虚荣、矫情的伪装，在我们的衣着、谈话和行为中提倡一种质朴无华的作风"。

## 《旁观者报》

《闲谈者报》中所有这些因素结合起来为《旁观者报》更加完美却同样生动的艺术技巧铺平了道路，其中的《罗杰·德·考福来爵士》就像庚斯博罗绘制的全身肖像一样，是表现种种趣事和繁文缛节的典范。

如我们从斯威夫特和他的《致斯特拉的信》中了解到的，在刚开始出版《闲谈者报》时，艾萨克·比克斯塔夫不幸地干预了政治；由于这个原因，斯梯尔丢掉了公报记者的职位，而这也导致了杂志的突然停办；也许是听从了艾迪生更谨慎的建议，他才决定创办一种完全不涉及政治的新报刊。

1711 年 1 月 2 日，最后一期《闲谈者报》出版。接下来的 3 月初，《旁观者报》第一期问世。

起初《旁观者报》是一便士一份的报纸，每天出版；但在 1712 年，当印花税造成几份报纸停刊之后，价格就涨到了二便士。斯梯尔与艾迪生合办的报纸总共有 500 期；后面一直到 635 期的报纸，都是在没有斯梯尔的情况下，试图使之重新流行的尝试，但并不成功。艾迪生对创办报纸的目的做了生动说明，值得在此引用："有人说苏格拉底把哲学从天上带到了人间。我不自量力，愿意让人说我把哲学从私室、书库、课堂、

照片：里施基斯收藏馆

《罗杰·德·考福来爵士上教堂》(C. R. 莱斯利)

罗杰·德·考福来爵士是斯梯尔和艾迪生在《旁观者报》中创造出来的一个人物。

学府带进了俱乐部、会议厅、茶桌、咖啡馆之中。"①

毫不奇怪（麦考利说）《旁观者报》的成功竟然是类似的报纸所不曾获得的。每日发行的份数最初是三千。后来逐渐增加，当强制推行印花税时已涨到四千。《旁观者报》没有动摇，虽然发行量下降了，但仍然给国家和作者带来了大笔收入。人们对特殊报纸的需求是巨大的；据说达到了两万份。但这还不是全部。每天早上喝红茶、吃蛋卷时读读《旁观者报》是少数人的奢侈。大多数人都要等到把足够的文章汇集成册的时候。每卷一万册很快就会售罄，并预订新的版本。必须记住，英国的人口当时几乎不到现在（1845 年）的三分之一。毫无疑问，每个郡里藏书十册的爵士不超过一个，还包括税务和兽医方面的书。在这种情况下，《旁观者报》的销量就表明它与最成功的瓦尔特·司各特伯爵和我们时代的狄更斯先生同样广受欢迎。

由于他们的天才，斯梯尔和艾迪生使散文成为一种反应非常迅速的文学形式，直

---

① [英]约瑟夫·阿狄生等著,刘炳善译：《伦敦的叫卖声》,北京,生活·读书·新知三联书店,1997 年,第 20 页。

接接触到现实生活。在连载的《罗杰·德·考福来爵士》中，他们创造了人间喜剧中最丰富的风格；这篇散文具有的魅力之一，正如他们所写，就是能够涉及众多其他文学形式却不会丧失自己独有的特色。至于风格，在某种程度上已经达到了完美的口语体，但也可以将其说成是一种写作的"谈话方式"，在表面上几乎与谈话一样轻松自如。

## 《闲谈者报》和《旁观者报》之比较

为了说明两位散文家各自的才能和共同的才能，让我们用艾萨克·比克斯塔夫在《闲谈者报》上发表的论伦敦咖啡馆里"谈话的人和讲故事的人"的文章和《罗杰·德·考福来爵士》中的一篇文章作例子。《闲谈者报》上的文章发在第 264 期，上面的日期是按照比克斯塔夫的习惯签署的，"我的房间，12 月 15 日"（1710）：

> 据说两位古代作家在风格上非常不同，"如果从其中一个人那里撷取一个词，你只打断了言语的流利程度，但如果从另一个人那里撷取一个词，他的意义就被破坏了"。我常常把这一批评用于我现在想到的咖啡馆里的几个谈话者，尽管最后一个作者的特征就是我建议可爱的同胞们所要模仿的。但这不仅仅是公开的胜地，而是私人俱乐部和闲聊的酒肆，都是口若悬河的那种动物，尤其是我冠以讲故事者之名的人。我诚心希望这些绅士们考虑一下，故事结尾的机智或欢笑都不能补回他们沉浸其中的那半个小时。我同样恳请他们认真地考虑他们是否认为咖啡馆里的每一个人都像他们一样有权说话？当把应该平均分配给同伴的时间独自占有的时候，他们是否认为自己在侵犯别人的财产？

这说明伦敦咖啡馆里有闲谈的习惯，这同报刊文章的交谈艺术技巧是密切相关的。

至于罗杰·德·考福来爵士，他是他们两个共同创造出来的。斯梯尔首先在一篇绝妙的模仿文章中描写了这个人物；艾迪生接着写下去，详细描述了这位爵士的冒险经历和在伦敦的种种趣事。整篇文章都是值得效仿的个人试笔之作；这是一部叙事喜剧，一篇用散文讲述的故事，是世界文学的经典。下面是斯梯尔在介绍旁观者俱乐部时首先做的简要介绍：

> 在我们俱乐部里，头一个要介绍的是乌斯特郡①的一位绅士。他出身望族，封号从男爵，名叫罗杰·德·考福来爵士。他的曾祖父是一种著名土著舞的发明者——这组对舞就是拿他的名字做名称的。凡是熟悉那一带地方的人都十分了解罗杰爵士的才干和建树。这位绅士立身行事的态度跟别人大不相同。不过，他之所以与众不同只是因为他的真知灼见跟世俗格格不入，而在他看来错在世

---

① 英国西部的一个郡名。

俗方面。尽管如此，他这种脾气并没有给他招惹出怨敌来，因为他做事并不尖酸刻薄、也不刚愎自用。所以，他那不拘繁文缛节的性格倒让熟人觉得痛快、感到高兴。他每次进京，都住在索荷广场，①过着独身生活——据说这是因为他曾经追求过邻郡的一个长相漂亮、脾气乖张的寡妇，结果失败的缘故。

在这次挫折之前，罗杰爵士却是一个所谓风流倜傥之士，常常跟罗切斯特爵爷②、乔治·艾塞里奇爵士③共进晚餐。他第一次到京城来，就跟人决斗过，还在一个热闹的咖啡馆里把青皮陶三一脚踢翻，因为那个家伙竟敢叫他"小子！"然而，在受到上面所说的那个寡妇的折磨之后，有一年半的时间他的脸上失去了笑容。尽管他天性爱说爱笑，后来也恢复了常态，但是他从此就不修边幅、邋遢起来，身上一直穿着他恋爱失败时风行的那种外套和紧身上衣。他心情好的时候，还对我们说：这种衣服，自打他穿在身上，时兴了又不时兴，已经变了十二回了。……他今年五十六岁，乐乐呵呵，无忧无虑，热情豪爽，不管在京城、外乡都广交朋友，慷慨好客。只是他一高兴起来就不顾身份，因此别人对他也就亲近多于尊敬。他的佃客家家富裕，他的仆人个个满意，年轻妇女纷纷向他表示爱慕，青年男子高高兴兴和他来往。他每到别人家里做客，脚刚一进门，就喊着仆人的名字，边走边谈，说说笑笑上楼。我还得补充一句：罗杰爵士是郡里的一位特邀治安法官，每季开庭，他坐在席上问事，表现出干练才能。三个月前，他对于田猎法令④的一项条款进行阐述，赢得法庭上一致喝彩。⑤

接下来是艾迪生记述的罗杰爵士的修道院之行，开头生动地描述了伦敦，它们共同构成了也许是英国文学中最有名的一篇散文：

当我们登上教堂顶时，爵士指着一块碑上的奖品大喊道："一个勇敢的人，我保证！"过了一会儿，我们路过"克拉德斯累·肖威尔"时，他把头甩向那边，喊道："克拉德斯累·肖威尔伯爵！一个非常豪爽的人！"我们站在巴斯比墓边时，这位爵士还是那样自言自语道："巴斯比医生！一个伟人！他鞭打过我的祖父；一个了不起的人！如果我不是个傻瓜的话，我会去投奔他的；一个了不起的人！"

我们马上就被带到右边的一个小教堂里。罗杰爵士来到我们这位历史学家身边，认真听他所说的每一个字，尤其是关于那位爵爷如何砍掉了摩洛哥国王的脑袋的故事。在几个其他人物中，他非常乐意看到政治家塞西尔跪倒在地；并结论说他们都是了不起的人物，接着又被带到代表为守妇道而殉身的那个人

---

① 伦敦的一个繁华区。
② 约翰·威尔谟·罗切斯特伯爵(1648—1680)是英王查理二世的宠臣，宫廷浪子，能诗。
③ 乔治·艾塞里奇爵士(1634—1691)是查理二世的另一宠臣，英国王政复辟时期的戏剧家。
④ 鸟兽保护法令。
⑤ [英]约瑟夫·阿狄生等著，刘炳善译：《伦敦的叫卖声》，北京，生活·读书·新知三联书店，1997年，第11—12页。

物那里，她是用缝衣针自杀的。翻译告诉我们她是伊丽莎白女王的侍女，这位爵爷便刨根问底，想知道她姓字名谁；他端详了一阵子这位侍女的手指，然后说："难怪理查·贝克伯爵在他的历史中没有提到她。"

然后，我们被带到两把皇椅那里，我的老朋友听说下面那块最古老的石头是从苏格兰运来的，叫做雅各的支柱，他便一屁股坐了上去；看上去像一位古代哥特国王，他问我们的翻译："他们说雅各曾经到过苏格兰，这可靠吗？"翻译没有回答他的问题，反而对他说"他希望他的荣誉能抵偿他的造假"。可以看出罗杰为受到如此奚落而有点恼怒，但我们的翻译并没有坚持斗下去，过了一会儿，爵士就恢复了常态，对我耳语道："如果威尔·维姆博在这儿的话，看到这两把椅子，那就糟了，他会用其中一把椅子做烟斗塞子的。"

在下一个地方，罗杰子爵把手放在了爱德华三世的剑上，靠在了它的圆头上，向我们讲述了这位黑王子的全部历史；他结论说，在理查·贝克看来，爱德华三世是英国王位上最伟大的王子。

接着我们来到了忏悔者爱德华的墓地；罗杰子爵向我们介绍说："他是第一个接触邪恶的人。"接下来是亨利四世的墓地；对此，他摇摇头，说："关于亨利四世时期的伤亡人数有一些很好的读物。"

我们的向导然后指着一个墓碑说，英国国王中有一个没有头；他告诉我们说他的头是银箔制作的，几年前被盗了；罗杰说："我保证那是某个辉格党人干的；你们应该把你们的国王锁好；他们还会拿走身体的，如果不好好看管的话。"

亨利五世和伊丽莎白女王的光荣称号给这位爵爷亮相的机会，并公正地评论理查·贝克伯爵，带有几分惊奇地说他"写了许多国王，但却没有看到教堂里的墓碑"。

就我而言，我只能高兴地看到子爵对他的国家对荣耀如此忠诚热忱，对国王如此感激尊敬。

我还要说，我的这位好朋友有一颗仁慈的心，对每一个和他说话的人，对我们的翻译都很友善，他认为这位翻译是非凡之人；为此还在告别时与他握手，说他会非常高兴地在诺福克楼群的住处看到他，再和他聊聊这些事情。

## 葬于西敏寺墓地

关于斯梯尔和艾迪生的晚年无需赘述。《旁观者报》停刊后他们又出版了《卫报》，斯梯尔是其主要撰稿人，艾迪生大概写了50篇文章。在很大程度上，两位散文家都从文学转向了政治，艾迪生又当上了爱尔兰的主任秘书，斯梯尔则进了国会。不幸的是，在这些变动中，他们的友谊没有保持下去，1718年他们痛苦地决裂了，再也没能弥补过来。艾迪生 1719 年去世，同沃里克女伯爵莎拉度过了三年不幸的婚姻生活。他们的婚姻虽令人瞩目，却并不合适。1719 年 6 月 17 日，他在荷兰屋逝世，年仅 47 岁。据说他曾给年轻的沃里克伯爵捎过口信："来看看一个基督徒可以在怎样的平静中死去。"他曾经当过这位伯爵的私人教师。他的遗体被葬在西敏寺教堂。没有谁的颂词能比他的老朋友托马斯·蒂克尔的颂词更加非凡了，颂词中描述了他被安葬在西敏寺的情景。

> 我怎能忘记那个令人沮丧的夜晚
> 我灵魂中最好的部分已一去不还？
> 老朋友们都迈着那么轻轻的脚步，
> 在午夜的油灯旁，在死者的墓边，
> 走过呼吸的雕像，不被注意到的事物，
> 走过排排武士，通过国王的脚步！
> 那缓慢肃穆的钟声激起何等的崇敬，
> 那响亮的乐器，那停顿的歌声；
> 草坪上的教士履行了他的职责，
> 尘归尘、土归土是他最后的言说！
> 我们无言地面对你的墓穴关闭，
> 我亲爱的朋友请你接受我的泪水。
> 噢，永别了！接受这长长的告别；
> 愿你安详地睡在可爱的蒙塔古身边。

斯梯尔比他的朋友多活了 10 年——在这些年里，由于失去了妻子"亲爱的普鲁"，他很伤心难过，给她写了很多温柔殷勤的信。1729 年，他在远离伦敦的卡马森去世。

## 第三节　江奈生·斯威夫特

江奈生·斯威夫特是英国文学中最伟大的名字之一，他的《一个木桶的故事》和《格列佛游记》是英语中最伟大的讽刺文学作品。

### 生平和性格

斯威夫特被人们称为"伟大的爱尔兰爱国者"，因为他生于都柏林，也只是在这个意义上，他才算是爱尔兰人。他的父母都是英国人。他在爱尔兰最好的学校基尔肯尼和都柏林的三一学院接受教育，在基尔肯尼他和康格里夫是同学；在三一学院时，他"因为迟钝和能力不足没有获得学位",最后学校予以特殊照顾,他才拿到学位。后来他当上了母亲的一个亲戚、富有文雅的威廉·坦普尔爵士的抄写员,在摩尔园住了几年,经济上全仗着坦普尔爵士。在摩尔园,他看着埃斯特·约翰逊(斯特拉)从一个漂亮秀气的8岁小孩长成"伦敦最迷人、最优雅、最讨人喜欢的年轻女性之一——她的头发比乌鸦还要黑亮,脸上的各个部分都很完美。"在坦普尔快要去世时,他已经是一位著名作家了,写出了《一个木桶的故事》和《书之战》。最终,他被认为是伟大的小册子作家,作为回报,他得到了都柏林的圣帕特里克教长的职位。他把这次晋升看作是垫脚石,由此可以得到更高的职位。但在安妮女王去世后,他所效忠的那个党派被打败了,虽然并未被彻底打垮。回到都柏林后,他决定与爱尔兰人共

照片:里施基斯收藏馆

**江奈生·斯威夫特(马卡姆)**

这位著名的圣帕特里克大教堂教长是英国文学中的伏尔泰,是辛辣的讽刺大师。

命运,《布商的书信》就是他全心全意的爱国之情的明证。在斗争的巅峰时期,我们看到一个高大有力的人,长着一张不流露感情的大脸,眼睛闪耀着奇异的天蓝之光,有时看起来像闪电一样。正如他所预言的那样,他在"巅峰时"去世,整个一生都为错综复杂的问题所困扰,随着心智的衰退,他逐渐丧失了写作才能。他留下自己的财产在都柏林建立了一个精神病院:

> 还带着讥讪的意味说道,
> 这种医院咱们国家最需要。①

除了让他殷勤奉承的身居高位的大人物——有时殷勤中带有傲慢,因为他结交的是地位,而不是人——感觉轻松之外,他并不是一位让人感觉轻松的朋友。在最好的时候,在与他相当的人或不如他的人中,他非常苛求、专横;在最坏的时候,他简直就是个暴徒。斯威夫特去世很多年后,他在都柏林的出版商福克纳跟一些朋友一起吃饭,这些人取笑他吃芦笋的奇怪方法。他们嘲笑他,但他坦白说斯威夫特告诉他这是正确的吃法。接着福克纳带有一丝怒意地大声说:"我告诉你们原因吧,先生们;如果你们曾经跟斯威夫特一起吃过饭,你们会按照他告诉你的方法吃芦笋的。"他身上没有一丝

---

① 王佐良主编:《英国诗选》,上海译文出版社,1988年,第161页,吕千飞译。

发自内心的礼貌客气，而这还必须解释为表面的和善友好。他很喜欢羞辱那些因为某种原因不能还击或不敢还击的人。有一次在别人家吃饭，碰巧他身旁的桌布上有个洞，他就把这个洞撕得尽量大，从那个洞里喝汤；他这样做的原因，据他所说，是要让那家的女主人丢脸，教她适当地注意家务事。

一个令人讨厌——却又是可爱的人，而且深为整个文学史上最讨人喜欢的女性之一所爱——那个让萨克雷突然狂喜的斯特拉："美丽、温柔的女人！纯洁、深情的心灵。……优雅的小姐！如此孤独，如此可爱，如此不幸……你是英国故事中那些圣人之一。"他有没有娶这位小姐永远不得而知；或许他没有，因为他无情地拒绝了想强迫他结婚的瓦奈萨，这证明他并不是个想结婚的人。斯威夫特一生中有一些未解之谜和不幸，我们永远无法说清楚。这就是为什么他一直是英国文学史上最可怜、最令人迷惑的人物之一。他的身体痛苦——最后使他疯了五年——无疑跟他文学作品的风格是有某些联系的。

他对人类的憎恨似乎是非常真诚的；在怒斥同胞们心地狭窄、背叛和卑鄙不公的时候，他的心中充满了怒火，比尤维纳利斯的还要强烈。不仅伤害，还要侮辱，他瞄准人类用来保护自己的虚伪和自尊进行抨击。在《格列佛游记》最骇人的部分，他将所有的恶意、所有的愤怒和悲伤充塞其中。后世对这个怀有最大恶意的讽刺作家进行了多么奇怪的报复啊。他那憎恨的信条成了年轻人和心地单纯的人适合读的书，一代代的孩子们都如饥似渴地读。"毕竟这是个友善的地方，这个地球。"比勒尔先生对这种非同一般的报应这样评论道："我们的愤世嫉俗者的最好用途就是娱乐我们的年轻人。"

## 同斯特拉的关系

斯威夫特与斯特拉的关系是文学史上最引人入胜的。他写给她的那些信都是用一种令人愉悦的、闲谈的风格写成的，透露了一些新闻，或他的看法，或两者都有。有时他会写一点押韵的句子，就像是谚语一样，比如：

> 不管你是伯爵还是君王，
> 你都必须写信给调皮的姑娘。

斯威夫特的信似乎表明他把对迷人的孩子的喜爱变成了对一位漂亮、聪明、机智的女人的爱慕。至少这一点是确定的——他温柔真挚地爱着她，她是他世俗的快乐。我们永远不能理解他们之间有着怎样的亲密关系，总的看来，这是让我们高兴的一件事——因为这表明斯威夫特像月亮一样神秘，他有一张面对这个世界的面孔，还有另一张面对他所爱慕的女人的面孔，这副面孔只有她才能看到。

在分析他跟狂热地爱上他的瓦奈萨（艾丝特·范讷梅瑞）的恋爱关系时，人们难免要谴责他。他自己在一首题为《卡德努斯和瓦奈萨》的优美诗歌中讲述了这个故事

《斯威夫特与斯特拉》(玛格丽特·伊莎贝尔·迪克西)

大教堂教长斯威夫特住在威廉·坦普尔爵士家中时,第一次见到斯特拉,那时她还是个孩子。后来,她成为斯威夫特那富于戏剧性的生活中的一个重要的悲剧人物。

的前一部分,但这首诗并不是为了发表而写的。诗的结尾写女主人公答应教那位厌世的、上了年纪的老师爱的艺术,这一承诺在最后的偶句中有所预示:

> 而瓦奈萨的成功
> 对世人仍未挑明。

最后,他必须在斯特拉和瓦奈萨之间进行选择。他舍弃了瓦奈萨,虽然当时的情况我们并不清楚,但这一举动让我们觉得非常突然。

## 散文大师

他是一位颇有才华的诗人(虽然德莱顿预言说他写诗不会成功)。他能灵巧运用八音节诗句,就像一位演员灵活耍弄长棍一样。他是最早创作简练有力而非生动描写的英语散文的大师之一。他写的散文简洁朴素,有时会赋予词句以事件和情节的规模和势头。在风格方面，他的散文无可指摘；在内容方面，他的散文就是他自己，具有他所具有的那些令人讨厌的缺点，他杰出的天才，还有那瞬间的仁慈。乔治·圣茨伯利说："如果将智力天赋和文学艺术技巧加在一起，没有哪一位散文作家，以写散文为主的作家，可以胜得过斯威夫特，很难说这些使用简洁英语的散文作家中有谁可以同他比肩。"

要扼要地谈一下他的诗歌，用他所写的《咏斯威夫特教长之死》一诗中的几行诗开始是合适的，戈斯先生巧妙地将其定义为拉罗什福科的一个被扩展为500行诗的原理，充满了这位作家在情绪温和时使用的苦乐交织的反讽：

> 我的女性朋友们，她们那温柔的心
> 已经学会了如何温柔动情，
> 接受那个消息以悲哀的曲调：
> "教长已死：（祈祷用何号角？）
> 愿上帝让他的灵魂安息！
> （女士们，我将与田鼠共栖。）
> 据说六位教长将抬着亡灵：
> （我希望知道国王有何尊称。）
> 夫人，你的丈夫能否参加
> 如此要好的朋友的葬礼？
> 不，夫人，那场面邪恶污秽：
> 明晚他将与女友幽会：
> 夫人俱乐部将视其为不妥，
> 如果他未来参加方阵舞会。
> 他爱教长——（我牵着一颗心）
> 可他们说亲爱的朋友必须分离。
> 时间已到：生命到了尽头：
> 但愿他有个更好的归宿。"

他可以使短句带刺，用一行诗说明一个人物（就像他用"装满了城里最新的鬼话"来形容纨绔子一样），但他的诗歌不像德莱顿和蒲柏的诗歌那样令人难忘。他的诗歌不常被人引用，而用来讽刺目光短浅的批评家的、非常滑稽可笑的几行诗则是大家最为熟悉的：

> 害虫仅仅瘙痒和刺蛰
> 高出它们寸筹的天敌；

> 自然学家看到一只跳蚤
> 落入更小的跳蚤的窝巢,
> 而还有更小的跳蚤的窝巢,
> 而依次有无法穷尽的窝巢。

## 《一个木桶的故事》

然而,要不是因为斯威夫特的讽刺散文,那么,今天除了在教授和专业批评家那里之外,他就会被人遗忘了。从文学的角度看,他的《一个木桶的故事》写得最好;据说在生命即将结束的凄凉时刻,他曾大叫道:"尊敬的上帝啊,在写这本书的时候,我是个多么了不起的天才啊!"故事源于传闻中的一个习俗,即把木桶扔给那些鲸鱼,让它们玩,这样就可以阻止它们撞船了。在写给"后代王子殿下"的那篇古怪的献词之后,他谈了演说用的机械装置,还谈了格拉布街的种种趣事——此后,严肃的内容开始了,斯威夫特向我们介绍了一位已故的父亲,他将遗产留给了三个儿子,彼得(罗马教会)、马丁(英国国教)和杰克(不服从国教者)。

他那些不太重要的作品都显示了讽刺的火花——有时会爆发而成为一团暴怒的灼热的火焰——这在英国散文中极为鲜见。仿佛他运用德莱顿流畅从容的散文、以纯粹小说的形式继续发展了德莱顿的讽刺短诗。

## 《格列佛游记》

他的名气主要来自《格列佛游记》。这部小说是乌托邦思想的继续,其中有想象出来的旅行,是对前此旅行者故事的滑稽模仿。显而易见,这本书,甚至它的删节版,都是一部讽刺作品,而且还是无情的讽刺作品;他用 H.G. 威尔斯的才能,也就是威尔斯在科幻作品中显示出的才能,展开了格列佛故事的各个方面,利用各种技巧——比如说,格列佛一生经历的各个细节、地图等——在读者的头脑中创造出了一个虚幻的现实。那就是为什么孩子们虽然无法把握那种讽刺意图,却把它当成一个奇妙而可信的事件和亲历的故事而去高高兴兴地阅读。其每一部分都从一个不同的角度展现了人类的卑劣自私。

在《利立浦特之行》中,我们仿佛拿倒了望远镜,从另一端看过来自己变成了矮人。我们的事务被缩小了,看起来小得荒谬可笑——就好像普通人看小矮人那样。正如赫兹利特所指出的,格列佛成功地把布勒弗斯库的整个舰队描写为"一次抑制行动,针对的是国家荣耀"——因为海战的盛况被缩小到玩具店那样的规模,因此引人发笑。

> 我趴在一座小山后面,拿出袖珍望远镜来观察停泊在港内的、大约包括五十艘战舰和许多艘运输舰的敌人舰队。然后我回到家里,下令(国王颁发了

翻拍自艺术家威利·波加尼和出版商麦克米伦公司提供的《格列佛游记》的扉页插图

**《格列佛游记》中的一个场景（威利·波加尼）**

"我一路上还是非常留神，免得踩到在街上逛荡的人们。"*

---

\* [英]斯威夫特著，主万、张健译：《格列佛游记》，北京，人民文学出版社，2000年，第205页。

一份委任状给我,所以我可以下令)赶办大量最结实的缆绳和铁棍。缆绳大约有包扎货物用的绳子那么粗细,铁棍的长短、粗细跟毛线针一样。我把三根缆绳搓成一根,这样就更结实了。为了同样的理由,我又把三根铁棍扭成一根,把两端弯成钩形。我在五十只钩子上拴上了五十根缆绳,就向东北海岸走去。我脱了上衣、皮鞋和袜子,穿着牛皮背心走下海去。……

敌人见了我都吓坏了,就从舰上跳到海里去,向岸边泅水逃命,一时跳下水去的不下三万人。我赶紧拿出绳索、钩子,把钩子缚在每只船船头的一只孔里,接着又把所有绳子的另一头聚拢起来扎在一起。我正在这样做的时候,敌人就放了几千支箭,有许多支箭射中了我的手和脸。这时我不但感到箭创疼痛,工作也大大受到干扰。……我有了这种防御,就继续大胆地工作起来。虽然敌人的箭仍旧不绝地射来,许多支箭射中了眼镜玻璃片,可是这至多不过把玻璃片伤损一点罢了,并无大碍。现在我把所有的铁钩都拴好了,一手拿着绳结,用力一拉,可是一艘船也拉不动,原来那船都抛了锚。这还有待我鼓起勇气做出最大努力。所以我就放下绳索,铁钩仍旧搭在船上。我拿出小刀决意把船上的锚索割断,这样一来我脸上手上又中了二百多支箭。接着我又拾起搭着铁钩的绳结,很方便地把五十艘最大的敌舰拖走了。①

在布罗卜丁奈格我们从望远镜的另一端看过来。格列佛在那些巨人中间,他们都表现出一种非常崇高的品质,这同人类的卑劣自私形成了对比。

打开斯威夫特作品的每一页,我们几乎都可以看到已经广为人知的段落。比如下面这几段:

他还提出了这样的意见:谁要能在以前只长单穗玉米和单叶草的土地上种出双穗玉米和双叶草来,那么他就要比所有政客更有功于人类,对祖国的贡献就更大。②

八年以来他都在埋头设计从黄瓜里提出阳光来,密封在小瓶子里,在阴雨湿冷的夏天,就可以放出来使空气温暖。③

幸福的婚姻这么少的原因在于年轻太太们把时间都花在了织网上,而不是花在做笼子上。

斯威夫特既是世界文学的光荣也是它的耻辱。在他的书中,在他的一生中,他揭示了人类那善变的心灵所能抵达的最低处和最高处。在他身上,理性就像18世纪所理解的那样自杀了。

---

① [英]斯威夫特著,主万、张健译:《格列佛游记》,北京,人民文学出版社,2000年,第210—211页。译文略有改动。
② 同上,第291页。译文略有改动。
③ 同上,第336页。

## 参考书目

要对这一时期进行总体研究，可以参看 Cambridge History of English Literature, vol. ix, "From Steele and Addison to Pope and Swift."

**亚历山大·蒲柏：**

*Poetical Works.*

*Essay on Criticism*, edited by J. Churton Collins.

Sir Leslie Stephen's *Pope.*

**约翰·盖伊：**

*The Beggar's Opera.*

*Polly.*

**理查德·斯梯尔：**

*Selections from the Tatler, Spectator, and Gurdian*, edited by Austin Dobson.

*Essays*, edited by L. E. Steele.

*The Complete Plays of Richard Steele* in the "Mermaid" Series.

**约瑟夫·艾迪生：**

*The Works*, in 6 vols., with the Notes of Bishop Hurd.

*The Spectator*, in 4 vols., in Everyman's Library.

W. J. Courthope's *Addison.*

**江奈生·斯威夫特：**

*Gulliver's Travels*, in the Everyman's Library.

*The Tale of a Tub*, *The Battle of the Books*, etc. (1 vol.), in the Everyman's Library.

Sir Leslie Stephen's *Swift.*

# 第十八章 小说的兴起

## 第一节 笛福

**笛福生平**

丹尼尔·笛福,英国小说的真正创始人,1659年生于伦敦城的福尔街。父亲是个屠夫,丹尼尔小的时候,约翰·弥尔顿就住在他家附近。他的父亲是位虔诚的新教徒,想让儿子成为一名牧师。丹尼尔受过良好的教育,在决定不当牧师之后,他开始经商,成为康希尔的弗里曼场的袜子出口商。本章不可能总结出他充实的一生中的所有事件,一种丰富多彩、通常杂乱无章的经历中的全部起伏。笛福一生笔耕不辍。1730年去世时,他是个破产的老人,住在远离摩尔菲德斯的寓所里。他被葬在班扬和赞美诗作家艾萨克·瓦茨长眠的墓地里。

人们满怀感激地记得笛福创作了《鲁滨逊漂流记》,而忘记了他卷帙浩繁的作品中的大部分。其实,他写出了250本书!除了《鲁滨逊漂流记》外,他还创作了其他小说,其中最有趣的是《雅克上校传》,《摩尔·弗兰德斯》和《罗克萨娜》。这些书中满是对那个时代的伦敦普通生活的详尽描写。他还写过历史和传记,游记和诗歌,关于十足的绅士和地道的商人的论文,给父母和情人的行为手册,还有政治论文和讽刺作品。曾经有段时期,他自己手写过报纸,一星期三次。他赚到了很多钱,但又失去了,他一生的大部分时间都在烦恼的海洋中度过。

笛福有惊人的精力和独创性。他是辉格党人,支持苏格兰统一,赞成保留新教徒对王位的继承权和废除处罚新教徒的那些法律。当然,他并非过分谨慎。有一次为了拔掉抨击辉格党人的"一颗钉子",他到托利党的报纸谋职。但他并非生活在一个小心谨慎的时代。在他时乖命蹇的一生中,或许最具讽刺意味的就是他写了抨击汉诺威王室继承权的讽刺文章,那些蠢人当了真,将作者送入了监狱。记起这一点很有趣,即笛福的思想非常丰富,他的作品预示了许多现代事业,如水手的政府登记、农业信贷银行、国家贫困救济等。

## 第二节 《鲁滨逊漂流记》

　　《鲁滨逊漂流记》出版时，笛福差不多60岁了。这个想法当然取自下面这个故事：亚历山大·赛尔扣克1704年在胡安·费尔南德斯岛上度过了独孤的四个月。从某种程度上说，克鲁索这个人物的性格就是其创造者的性格——勤勉、不愿被打败、勇敢、信仰上帝。《鲁滨逊漂流记》是一部关于"人类能力和日常智慧"的小说。里面没有幽默，没有感伤，没有神秘。这是一位叙述和描写大师写给普通人的简单故事，对于世俗世界来说，这本书还有一样好处，因为他的作者像吉卜林一样熟知六种职业的细节。笛福在寻找出版商时遇到了很大困难，虽然这可能令人难以置信。他把《鲁滨逊漂流记》拿给伦巴第街、斯特兰德大道、西敏寺和小不列颠的书商看，但都没有什么结果。然而，石浦的佩特诺斯特街的威廉·泰勒却看到了机会并抓住了它。泰勒很年轻，都可以做他的儿子了。在它刚刚面世的4月到第四版面世的8月期间，就连一个充满敌意的批评家也不得不承认它"从塔托尔街到莱姆豪斯区妇孺皆知"，"每个老妇人都把它和《天路历程》、《敬虔的实践》和《上帝报复谋杀者》作为遗产而留给后人"。其实这个故事的魅力并不在于冒险历程，而在于它对这样一个人的生动描写：他被迫过着简单的生活，被迫盖房子、烤面包、做东西，被迫保持开心和虔诚的心态。狄更斯说在整部小说中没有什么让人感到好笑和为之哭泣的东西，这可以说是真的。然而，《鲁滨逊漂流记》无与伦比，被翻译成无数国语言，就连沙漠中的阿拉伯人都读过它。

　　《鲁滨逊漂流记》在文学史上的重要性在于它虽为虚构，却故意让人们当它是真事。查尔斯·兰姆谈到笛福的故事时说："在阅读时，你不可能不相信这是一个真人在给你讲述他真实的经历。"兰姆补充说，笛福的成功很大程度上在于"他的风格极为朴素"。他让笔下的人物像现实生活中的人们一样说话，在这个意义上说，他是一位现实主义者，而且他的人物属于未受教育的阶级，因此在笛福的作品中，就像柯勒律治和兰姆二人指出的，有"无限的重复和过分的准确性"，这些只不过增加了真实性。笛福在"创造真实"方面取得的最大成功是他的《大疫年日记》，这部作品完全是虚构的，出版时，它被看作真实的事件，而且自那以来就经常被一些轻信的历史学家们当作真实事件的记录加以引用。而在大瘟疫时，笛福才5岁。

　　也许可以把《鲁滨逊漂流记》看作现实主义小说的早期尝试，这是恰当的做法。在他的《骑士回忆录》中，笛福开创了历史小说的形式，介绍了真实的和想象的人物，瓦尔特·司各特和大仲马都是用这个方法来创作他们的历史小说的。笛福一共写了六部小说，其中三部是关于犯罪的生动故事——在每部小说中都有得到充分强调的寓意，而这些单调乏味的寓意并没有使这些故事丧失趣味性，它们都是对安妮女王治下的英国生活的生动写照。

**《鲁滨逊·克鲁索向星期五解释〈圣经〉》**(A. 弗雷泽)
利物浦沃克美术馆

**《上了颈手枷的笛福》**(艾尔·克罗)

笛福从事过许多职业,其中之一是政治新闻记者。他因撰写了《消灭不同教派的捷径》而上了颈手枷。

# 第三节　塞缪尔·理查逊

虽然18世纪初法国小说家获得了成功,我们可以提到《吉尔·布拉斯》的作者勒萨日,《曼侬·莱斯科》的作者普雷沃神父;虽然有笛福和英国在小说方面的早期实验,然而,直到塞缪尔·理查逊的《帕美勒》(又名《美德有报》)于1740年出版时,我们所理解的英语小说才真正出现。读小说经常受到道德家们的谴责,因此要注意到,《帕美勒》"在种种严格的意义上说"是写反复灌输道德观和保护那些没有经验的人的"最早的英语小说"。首先,理查逊是位道德家。约翰逊说他是指示"热情在道德的指令下活动。"

照片:W.A.曼塞尔公司

**塞缪尔·理查逊(约瑟夫·海默尔)**
伦敦国家肖像馆

塞缪尔·理查逊是书商兼小说家,可以看作是现代小说之父。

## 理查逊生平

塞缪尔·理查逊1689年生于德比郡。对于他的少年时代,我们所知甚少,虽然他自己告诉我们说,在11岁时,他主动要给一位诽谤别人的50岁寡妇写劝告信,里面全是《圣经》中的引文,还有在13岁时,他替很多熟识的年轻女性写情书。17岁时,他给阿得斯格街的一位印刷商当学徒;1719年他开始在舰队街的一条短街上经商。他当学徒时跟霍加斯一样勤奋,两年后他娶了以前的师父的女儿,结束了学徒生活。理查逊开始创作《帕美勒》时已经50岁了。小说中的女主人公是个天真、纯洁的农村姑娘,被生活放荡的主人勾引,但她最后取得了胜利,得到了回报,成了他的妻子。《帕美勒》之后是1748年发表的《克拉丽莎,又名一个少女的历史》,1753—1754年发表的《查尔斯·格兰迪森爵士的历史》。理查逊是18世纪伦敦的中产阶级,具有那个阶级的偏见和局限性。引用莱斯利·斯蒂芬的话就是:"他非常恐惧地看待那些自由思想家,因此即便是最坏的人,他也不把他们写成宗教怀疑论者;他同那些店主一样非常尊敬他们的客人,那些属于上层社会的人,他用六匹马拉的四轮马车来回报美德。然而,这个性情温和、心地狭隘的人,有着最为狭隘的思维局限,却写出了一部不仅在英国而且在欧洲都发生了深远影响的小说,卢梭在那部令一代又一代人为之落泪的书中模仿了这部小说；而且,《克拉丽莎》公认是那类小说的典范,她不仅让英国人,还让德国人和法国人感动地流下了同情的眼泪。"

理查逊采用书信的方式讲述他的故事,与《鲁滨逊漂流记》采用的自传方法相比,这种方式可以展现小说人物的更多思想。

## 《克拉丽莎》

从现代角度看,理查逊是个过分多愁善感的感伤主义者,令人厌烦。莱斯利·斯蒂芬抱怨说,理查逊不断地提醒读者注意女主人公遭受的痛苦,"从每个事件中挤出最后一滴辛酸的泪水"。但我们一定要记住理查逊是为他自己那个时代、尤其是为他自己那个时代的妇女们而写的,除了在文学史上的重要性之外,理查逊的小说在民主观念的发展方面也起到了相当重要的作用。在18世纪,让一个女仆成为一部浪漫小说的女主人公,单这一点就非常新奇了。从任何一个角度看,《克拉丽莎》都是理查逊最重要的小说。奥斯丁·多布森精确地总结了小说的故事情节:

> 从此之后就卷入了谎言、阴谋和欺骗纠缠在一起的网中,这个可怜的姑娘,远离了朋友,自己又善良单纯,不怀疑别人,被骗跟几个最卑鄙的女人交上了朋友,最后被药麻醉过去,被出卖了。在一家妓馆和不同的隐匿之所经历了各种事情之后,她最后安顿下来,结果却极度伤心地死去。她的亲戚们不要她;虽然洛夫莱斯时而会感到悔恨,有些时候还想到要娶她,但她的自尊心和性格中天生的高贵使这样几个解决办法不可能实现。意识到了自己的天真,她很平静,"她的意志(正如她所说的)没有受到侵犯",但却受了致命伤,克拉丽莎慢慢地衰弱下去,最后死去,这使她的亲戚们幡然醒悟,为她的结局悔恨不已,深感不安,而就算被处以绞刑也不过分的洛夫莱斯,在同她的表哥和监护人威廉·莫尔登上校的决斗中悲惨地死去了。

《帕美勒》和《克拉丽莎》都被普雷沃神父翻译成了法语,那时理查逊的小说在欧洲大陆很受欢迎;18世纪伟大的法国哲学家狄德罗认为他可以跻身摩西、荷马、欧里庇得斯和索福克勒斯之列。斯塔尔夫人和卢梭都很推崇他。卢梭的《新爱洛伊丝》就是模仿《克拉丽莎》写成的,而且几年后,法国诗人阿尔弗雷德·德·缪塞就称《克拉丽莎》是世界上最伟大的小说。关于斯塔尔夫人,还有一个有趣的故事,她是个非常多愁善感的人,特地从巴黎远道赶来伦敦到理查逊的墓前哀悼。她在金十字旅馆暂住,第二天早上人们却发现她在舰队街圣布赖德墓地的另一个理查逊的墓前悲切地哭着,而这个理查逊却是一位可敬的屠夫,与文学毫无关系。

## 第四节　亨利·菲尔丁

### 一位伟大的作家

　　如果说理查逊开创了英语小说，那么文学上的霍加斯——亨利·菲尔丁则首次给予小说以绝对的文学声望。菲尔丁开始创作时，已经对自己那个时代的生活有了全面了解。他亲自接触过各种各样、各种身份的人。菲尔丁不仅是一位伟大的作家，从本质上说，也是一位典型的英国绅士，正如莱斯利·斯蒂芬所说："这个英国人身材高大，精神饱满，精力旺盛，不会容忍任何胡言乱语，他对幻想的和主观的东西的蔑视近于粗俗和物质主义。"

　　亨利·菲尔丁 1707 年生于萨默塞特的格拉斯顿伯里。他在伊顿公学接受教育，1727 年前往伦敦，他所做的一件最重要的事情就是认识了那位著名的远房堂姐玛丽·沃特利·蒙塔古夫人。有几年他从事戏剧创作，藉此维持他那不太稳定的生活。母亲去世后，父亲又结了婚。他从家里得到的零用钱不多，而且时有时无，就像他自己所说的，他不得不在平庸的车夫和平庸的作家之间作出选择。他于 1734 年结婚，但并没有怎么改变自己放荡不羁的生活。31 岁时他成为诉讼律师，加入了"西部圈子"。他的第一部小说《约瑟·安德鲁斯传》1742 年出版，从出版商那里得到 83 镑 11 先令的报酬。这部小说本来是对理查逊的《帕美勒》的滑稽模仿。他想要嘲弄理查逊，就把帕美勒遇到的那些窘事转移到了她哥哥身上。其中，亚当斯牧师这个著名人物使这个故事大放异彩。亚当斯是个乡村牧师，因贫穷和有学问而闻名；他对这个世界的无知，他的热诚和天真善良，他的心不在焉，他的怪异和微不足道的困境，这些都会让《约瑟·安德鲁斯传》的每个读者发笑，赢得他们的喜爱和尊敬。哥尔德斯密斯在创作他的《威克菲牧师传》时就模仿了这个人物。

　　1743 年他发表了《大伟人江奈生·魏尔德传》。这是一部讽刺传记，写的是一个声名狼藉的窃贼，正如奥斯丁·多布森所说，它说明"一个普遍的观点，即不善良的伟大同邪恶没有什么两样"。《弃儿汤姆·琼斯的历史》1749 年出版，出版商付给他 700 镑。1742 年《阿米丽亚》出版，他得到了 1000 镑。1748 年他被任命为米德尔塞克斯和威斯敏斯特的治安法官，这个职位每年给他带来 300 镑的收入，还有坐落在弓街的一处房子。虽然经常生病，但是他非常勤勉地履行法律职责，写了颇有价值的小册子，努力对付 18 世纪伦敦不断出现的流氓行为，这些在他自己的《大伟人江奈生·魏尔德传》和他的朋友霍加斯的画中都有生动描绘。1754 年他病入膏肓，因此辞去了职务，离开伦敦前往里斯本，一路上很不舒服。这次旅行中的故事在《里斯本航海日记》中得以描述，这是他死后发表的作品。1754 年 8 月菲尔丁抵达里斯本。两个月后他就去世了,被葬在"英国人墓地"。

理查逊为妇女而写。菲尔丁为男人而写。理查逊是个非常多愁善感的人,菲尔丁是个现实主义者。这两位作者互不相容。在那篇著名的赞颂菲尔丁的"运动和粗鲁的天才"一文中,萨克雷写道:"他尽势嘲笑那位微不足道的书商伦敦佬理查逊——说他写出了大量充斥着感伤废话的作品,嘲笑他娇生惯养、没有骨气。他的天才是靠萨克葡萄酒和牛奶甜酒而非用茶点培养出来的。他的缪斯女神在小酒馆的合唱队里声音最响亮,天亮时喝光了上千碗酒,靠在看守的肩上步履蹒跚地走回家。理查逊的缪斯女神是由老女仆和老贵妇来伺候的,吃的是小松糕,喝的是武夷茶。"

## 《汤姆·琼斯》

批评家们都称赞菲尔丁具有的天才。赫兹利特说:"作为一位描绘真实生活的艺术家,他可与霍加斯比肩;仅仅作为人性的观察者,与莎士比亚相比他不遑多让。"伟大的历史学家吉本并不喜欢虚伪地赞美别人,他说:"查理五世的继承者可能会看不起他们的英格兰同胞;但对人类风俗进行细腻生动描写的《汤姆·琼斯》这部浪漫小说的生命,将会超过埃斯科里亚尔宫殿和奥地利的御鹰。"事实的确如此。埃斯科里亚尔在1872年半毁于大火。奥地利的御鹰也在1918年变成了尘土。而人们仍在读《汤姆·琼斯》。吉本是一个真正的预言家,正如萨克雷所说:"你的名字被吉本提到就如同将其写到圣彼得教堂的拱顶上一样。来自世界各地的朝圣者们都会仰慕它,凝视它。"

毫无疑问,《汤姆·琼斯》是菲尔丁最伟大的作品,它仍位居六部最伟大的英语小说之列。在这部小说中,并没有《约瑟·安德鲁斯传》中亚当斯牧师那么可爱的人物,但却有很多刻画得非常鲜明的人物,就像狄更斯亲笔创造出来的人物那样好,那样善良。奥尔沃西是冷漠和美德的混合体;较年轻的布莱菲尔是个伪君子;韦斯特恩庄园主是乔治王时代的一个乡村绅士,粗暴、野蛮、快乐地拥护斯图亚特王朝;思韦肯牧师顽固;不朽的帕特里奇非常无知,仰慕虚荣;贝勒斯顿夫人是当时非常时髦的肉欲主义者,正如奥斯丁·多布森所说,如巴尔扎克描绘的一样;索非亚·韦斯特恩是"第一个未用伤感的方式表现的栩栩如生的女主人公"。男主人公汤姆·琼斯行为放荡,喜欢饮酒作乐,玛丽·沃特利·蒙塔古夫人轻蔑地形容他是"一个令人惋惜的无赖"。但汤姆·琼斯勇敢,大方,谦恭有礼,他的那些缺点是那个时代的产物,而尽管有这些缺点,他仍是一个真正的人。

一位伟大的作家,一位伟大的智者,一个具有不可战胜的精神的人,这就是"英国男人,亨利·菲尔丁"。

# 第五节 劳伦斯·斯特恩

## 生平

劳伦斯·斯特恩,《商第传》的作者,1713年11月生于爱尔兰。父亲是在佛兰德斯效命的步兵团掌旗官,这个步兵团在劳伦斯出生后的第一天就被解散了。他和父母在约克郡的祖母家住了一年,接下来的九年过着颠沛流离的生活,就像18世纪的士兵一样,他们从来没有在一个地方住过几个月以上。斯特恩很爱父亲,从某种程度上说,他就是"我的托比叔叔"的原型。

18岁时,在亲戚的帮助下,斯特恩进入剑桥大学的耶稣学院。后来,他就任教职,1738年,借助一个叔叔的势力,他得到了约克郡附近林中萨顿(Sutton-in-the-Forest)教区的牧师职位。他1741年结婚,被介绍

照片:W.A.曼塞尔公司

**劳伦斯·斯特恩**
《商第传》的作者。

到邻近的教区斯蒂灵顿当牧师,同时在两个地方任职,而且还成了约克大教堂的受俸牧师。《商第传》的前两卷是1759年在约克郡出版的,它们让斯特恩声名鹊起。其他各卷分别于1761年、1762年和1765年出版。他被伦敦社会捧为名人,还被授予了考克斯沃尔德助理牧师的职位。

## 《商第传》

戈斯先生曾经将《商第传》形容为"那类松散地串联在一起的反思小说"的典型,"几乎算不上是叙述的文字"。从"小说"的严格意义上讲,《商第传》同《感伤的旅行》一样都算不上是小说。然而,它是由英国伟大的幽默作家之一创作出来的,其中有托比叔叔这个人物,他起码可以跻身于那些不朽人物之列。《商第传》的意图是要写商第的生平,但结果却并非如此。在这本书的开头,真正的主人公是商第的父亲,他代表的是荒唐的想法,而且第一部分顺带对约里克牧师进行了一番生动简短的、并非过分赞美的介绍,这个牧师就是斯特恩自己。写到后来,"我的叔叔托比",一个年老的、领半薪的士兵就成了书中的主人公。赫兹利特曾经说:"我的叔叔托比"是"上帝的造物中最不会惹人生气的",是"唱给人性的最美好的赞歌"。瓦尔特·西奇尔是这样

第十八章 小说的兴起

照片：W.A.曼塞尔公司

**《托比叔叔与寡妇瓦德曼》（查尔斯·罗伯特·莱斯利）**
伦敦泰特艺术馆

斯特恩《商第传》中的一个场面。"一个寡妇，也就是瓦德曼太太，最明显地攻破了托比叔叔的心灵堡垒。一个小小的计谋就使他就范了。事实上，这要了托比叔叔的命。"

总结"我的叔叔托比"这个人物的:"一个非常好的人,纯朴,严肃,有趣的成年孩子,长年的战争经历教会了他更爱人类而非荣誉或快乐,教会了他在战士的性情中发现对和平的最大保证;忠诚,勇敢,谦逊,深情,虔诚,'谈到上帝的存在和品质时总是犹豫的';体谅所有的人,渴望保护少数人的生命和财产不被多数人掠夺。"

卡莱尔曾将斯特恩比作塞万提斯。其他作家发现他与拉伯雷有相似之处。但拉伯雷是狂笑,而斯特恩则是窃笑。他的作品粗俗而下流,这并不能用生活在一个更加粗俗的时代这一事实来解释。这是一个身体有病、头脑狭隘之人固有的东西。他虽然具有幽默的天赋,却因精神品质而未达到真正的伟大。他让萨克雷近乎感到厌恶。"斯特恩的书中,"《名利场》的作者写道,"每一页都有这样的内容,如果去掉会更好一些,一种潜在的堕落——一丝不纯的东西。……令人厌恶的萨梯的眼睛时时会从书页中投出不怀好意的一瞥。"柯勒律治认为斯特恩"用最好的人类性格迎合最卑劣的性格,以做调味品",他应该接受审查。所有这一切都是真的——但"我的叔叔托比"却依然不变!

## 悲惨的死亡

1765年斯特恩到意大利和法国长途旅行,结果写出了著名的《感伤的旅行》。这本书于1768年出版三天后,斯特恩便死于他在老邦德街租住的寓所里。

1768年三月的一个下午,一群人在克利福德街约翰·克劳福德的公寓吃饭。罗克斯伯勒和格拉夫顿公爵都在,加里克和休谟也在。他们都知道在邦德街,距他们很近的地方,劳伦斯·斯特恩正躺在那里,身患疾病,他们都同意派一个男仆去问问他怎么样了。那个男仆是唯一亲眼看到《商第传》的作者死去的人。女房东送他到楼上,发现这位伟大的作家快要死了。不久之后,这个男仆写出了不同寻常的回忆录,描述了那一情景:"我走进屋里,他就要死了。我等了十分钟,五分钟后他说:'时候到了!'他抬起手,好像要停止呼吸,接着就咽气了。"现在的阿格纽

照片:W.A.曼塞尔公司

《约里克和年轻女人》(吉尔伯特·斯图尔特·牛顿)
伦敦泰特美术馆
斯特恩《感伤的旅行》中的一段插曲。

艺术馆就坐落在斯特恩去世的地方。

除了《商第传》和《感伤的旅行》之外,斯特恩还发表了几卷布道文,根据现代牧师的说法,这些布道文具有很多突出的优点。他去世七年后,斯特恩书信集发表。

## 第六节  托拜厄斯·斯摩莱特

托拜厄斯·斯摩莱特1721年生于邓巴顿郡。他在格拉斯哥大学获得医生资格,并在那里给一位外科医师当学徒。18岁时,他到南方旅行,那时每个有抱负的苏格兰年轻人都要去南方旅行,这是世代留下的传统。后来,他在《兰登传》前面的章节里描写了这次旅行。1741年他得到英国坎伯兰舰队军医助手的职位,为海军服务到1744年,后来,他娶了一位牙买加种植园主的女儿为妻,在唐宁街挂牌当外科医生,但他无法靠当医生或戏剧家来维持生计。《兰登传》1748年出版,《皮里格林·皮克尔历险记》1749年出版,《法森伯爵费迪南历险记》1753年出版,《兰斯洛特·格里夫斯爵士历险记》1762年出版,《亨佛利·克林克历险记》1771年出版。除了这些小说,斯摩莱特还写过戏剧、游记、诗歌、医学论文和一部英国历史。

照片:W.A.曼塞尔公司

**托拜厄斯·斯摩莱特**
伦敦国家肖像馆

创作出《皮里格林·皮克尔历险记》的苏格兰作家。

斯摩莱特创作了少量诗歌,其中最好的是《苏格兰的眼泪》。这是在让整个伦敦"狂欢庆祝"的卡洛登战役之后写的。这首诗共有七节,第一节和最后一节是:

> 悲悼,卡尔多尼亚的不幸,
> 你那被撕碎的桂冠,你那被破坏的和平!
> 你的儿子们,久负勇敢的盛名,
> 现已在自己的国土上丧生;
> 你那好客的家园
> 不再迎来满座宾朋;
> 在硝烟弥漫的废墟上

坐落着残酷的丰碑。

……

当温暖的血液把我的血管浸润，
当记忆仍然占据我那未受阻碍的心，
为国家的命运而郁积的愤懑
在儿孙的胸膛里激昂奋起；
对傲慢的敌人满腔仇恨，
笔端也流出同情的诗句：
"悲悼，卡尔多尼亚的不幸，
你那被撕碎的桂冠，你那被破坏的和平！"

## 《兰登传》

勒萨日是斯摩莱特的老师，在《兰登传》中，我们看到一系列差不多松松散散地联系在一起的历险，如同在《吉尔·布拉斯》中看到的，这些历险大部分都是作者自己的经历，结果就是"一个活泼的、多姿多彩的冒险故事"。

《皮里格林·皮克尔历险记》与《兰登传》有很多相似之处，甚至带有更多的自传性质。《皮里格林·皮克尔历险记》的一个显著特点是，斯摩莱特为了得到现金，在这本书中加进了对两个真人的叙述，他们跟书中的故事毫无关系，这样，如同汉内先生所说，斯摩莱特就将新闻和小说的写作结合了起来。

## 《亨佛利·克林克历险记》

沃尔特·司各特爵士认为《亨佛利·克林克历险记》是"斯摩莱特的小说中最能给人带来快乐的"，所有人都同意他的观点。萨克雷说："我真的以为《亨佛利·克林克历险记》是自优秀小说写作艺术创始以来出现的最有趣的故事。"

"《亨佛利·克林克历险记》，"乔治·圣茨伯利说，"是他所有作品中最优秀的。它用书信的形式写成，栩栩如生地描绘了英格兰和苏格兰许多地方的风景和趣闻，令人称许，同时该书有很多引人发笑的滑稽人物，几乎没有能超越它的书。马修·布兰布尔是位暴躁的、患有疑心症的乡绅，本质上是一个好人，就头脑而言也算不上最蠢；他那表情阴郁、性情贪婪的姐姐塔比萨，及其女仆威尼弗雷德·詹金斯甚至从斯威夫特笔下的哈里斯夫人那里学会了奇怪的误拼技巧，在学习之后有很大改善；那个幸运的苏格兰士兵利斯马哈戈——这些都是英语小说中的重要人物。"

与菲尔丁一样，斯摩莱特1771年在异国他乡的来亨去世，并被葬在那里。

## 第七节　拉德克利夫夫人和埃奇沃思小姐

### 安·拉德克利夫

拉德克利夫夫人是《尤道夫之谜》的作者,她还写过其他故事。她是一位非常有独创性的作家,司各特对她极为钦佩。她是一位优秀的编写故事的人,而且不受幽默感的限制,其风格在现代短篇小说中得到了非常忠实的模仿。她沉迷于描写生活的黑暗面、荒芜的山谷和挂着绣帷的走廊里的秘密,也沉迷于让读者不寒而栗的艺术技巧。如敬佩她天赋的沃尔特·司各特爵士所说,她要诉诸"强烈的恐惧感,不管是由天然的危险还是由迷信的暗示所引起的。……在讲到最扣人心弦的时候戛然而止——在读令人毛骨悚然的、秘密的羊皮纸时突然将灯熄灭,你会看到模糊的身影,听到不太真切的哭声——这些都是拉德克利夫夫人比其他作家更为有效地使用的手段"。她去世之后,一位同代人这样描写她:

> 噢,拉德克利夫!在整夜读书的姑娘中
> 　　你曾经是法师!
> 你的男主人公是穿盔甲的小伙,
> 　　你的女主人公是穿白衣的少女。

这样一个女孩就是简·奥斯丁的第一个女主人公凯瑟琳·莫兰,这个人物(在《诺桑觉寺》中)嘲弄了拉德克利夫传统。

### 玛利亚·埃奇沃思

1880年玛利亚·埃奇沃思出版了《拉克伦特堡》。埃奇沃思小姐从本质上说是一个道德说教者。她把自己的故事称为"道德故事"。她更感兴趣的是普通人的美德,而不是英雄的美德。她是爱尔兰人,司各特在创作《威弗利》时宣称,他的目标"在某种程度上说是要模仿并试图超越埃奇沃思小姐对爱尔兰的精彩描写"。换句话说,司各特认为她对爱尔兰的描写是一位艺术家对祖国的记录,虽然她的确是一位道德说教者,但她的作品却因为忠于事实、具有令人称赞的自然风格而拥有一席之地。埃奇沃思小姐的故事《拉克伦特堡》和《在外地主》生动描绘了爱尔兰的一些庄园,它们都是居住在英国的地主的产业,被交给了那些没有同情心的或没有能力的监管人管理。

埃奇沃思小姐写给孩子们的故事,其中最重要的是题为《父母的助手》的故事集,一个多世纪以来这一直都是文学经典,给全世界好几代讲英语的孩子们带来了快乐。与埃奇沃思小姐同时代的作家有苏格兰作家苏珊·费里尔,司各特称她是他的"影子姐妹",一位爱挖苦人的机智小说家,比起"道德说教的"玛利亚·埃奇沃思来,她更像简·奥斯丁。

## 第八节　简·奥斯丁

我们以简·奥斯丁来结束对现代小说的兴起进行的综述是再合适不过的了。

### 完美的现实主义作家

简·奥斯丁是如何出人头地的?答案就在眼前:她是一位现实主义作家。作为一位现实主义作家,她就身处自己用笔细腻描绘出来的圈子里。完美——这个词经常被随意滥用,但用来形容奥斯丁却极为恰当。她讲述了世界上最扣人心弦、最引人入胜的童话,即我们自己日常生活的童话。简·奥斯丁写下了关于我们自己和我们邻居的迷人的生活细节——她轻巧地跨越了一个世纪——走路、驾车和谈论给了我们极大的舒适和满足;她还写吃饭,随我们感情状态的不同而胃口大增或胃口全无。当然,简·奥斯丁小说中的人物和我们自己之间并无太大的区别。他们比我们现在更注重表面上遵从良好的教养。至于别的,他们讲闲话、恋爱、跳舞,还犯错误;他们有时候会坐着驿递马车或四轮马车短途旅行。如果他们感到痛苦,那通常是因为烦恼,而不是悲剧。

简·奥斯丁把这一切都写了下来,她从来都不觉得这毫无意义。她全心全意关注的不是小说的形式、小说的艺术或小说的局限,或其他那些风雅之士创造出来的妨碍自然发展的东西。奥斯丁具有恶作剧般的才能,她可以滑稽地模仿风行一时的狂热,这在《爱情和友谊》、《诺桑觉寺》中熠熠生辉,极具刺激性。她会怎样以损害一家英国旅馆朗布依埃而双眼愉快地闪烁着光芒,并刺痛别人啊!

然而,圣茨伯利说得恰到好处:

> 虽然情节很简单,但却是极为真实、极为完整地创造出来的。人物和对话都极为精彩,哪怕根本没有什么情节,也没有关系。奥斯丁小姐自始至终把握住了生活;她同样把握住了那发人深思的、半带讽刺的简单风格,表达了她要表达的意思。甚至司各特和萨克雷作品中的人物也没有像她笔下的人物那样牢牢地留在人们的脑海里:如《诺桑觉寺》中那个夸夸其谈、喋喋不休的本科生约翰·索普和他那愚蠢、无情的姐姐伊莎贝拉;《傲慢与偏见》中的班纳特一家——家中每个人都是一件杰作,还有那位傲慢的女恩主凯瑟琳·德·包尔夫人和心甘情愿奉承她的科林斯先生;《曼斯菲尔德庄园》中半奉承半暴君的诺里斯太太;还有《爱玛》中那个爱唠叨的贝茨小姐。

照片：里施基斯收藏馆

**简·奥斯丁**

生于1775年，卒于1817年。简·奥斯丁是英国第一位创作现实主义小说的女作家。

承蒙麦克米伦出版有限公司惠允复印

**举杯祝她情场如意**

出自简·奥斯丁的《理智与情感》

承蒙麦克米伦出版有限公司惠允复印

"达西先生,让我把这位年轻的小姐介绍给你,这是位最理想的舞伴。"
出自简·奥斯丁的《傲慢与偏见》

## 第九节 生　平

　　关于奥斯丁的生活和社交活动，传记作者们能够提供的确实很少，他们也以此为憾。奥斯丁1775年生于汉普郡的斯蒂文顿；父亲是一位教区牧师，收入一般；她有五个兄弟，四个哥哥和一个弟弟；有一个跟她关系密切的姐姐卡桑德拉，她很喜欢。哥哥中有两个当了水手。简受过较好的教育，在累丁上过学。她模样非常迷人，精通所有的巧活：绘画、音乐和刺绣；她的动作优雅完美，还是个活跃的通信者。至于文学生涯，那就像她的生活一样，没有出现极端的情况；她既没有被人遗弃在阁楼上日渐憔悴，也没有享受作为天才的乐趣。事实上，她几乎没去过伦敦；离开斯蒂文顿后，父亲就带着家人搬到了巴斯。父亲去世后，奥斯丁夫人就带着简和卡桑德拉搬到了南安普敦。

　　1817年，简·奥斯丁在温切斯特去世，享年42岁，那时候，她在文学界还默默无闻。她出版了四本书（《理智与情感》、《傲慢与偏见》、《曼斯菲尔德庄园》和《爱玛》），但都没有署自己的名字，虽然她告诉朋友们这些书是她写的。在一个文学交往频繁的时代，她不认识哪位名作家和编辑，也没有通讯往来。她跟图书市场没什么联系。小说在出版之前通常都要在她的书桌上放好长时间，而且这些小说也不是按创作顺序出版的。1803年她把最早的小说卖给了巴斯的一位出版商，价格是10英镑，出版商没有采取任何行动。几年后她花原价把这部小说又买了回来。这位出版商居然不知道她写出了四部颇受欢迎的小说。然而，她最早写的故事直到她去世一年后才问世，是同她的最后一部小说《劝导》一起印刷出版的。她去世时，她的小说总共给她赚得700英镑。她根本没想过赚钱，当《理智与情感》给她带来150英镑的报酬时，她觉得"她没费什么事儿就得到了这么一大笔钱"。

## 第十节

　　当然，我们对简·奥斯丁知之甚少这并不意味着我们不熟悉她。而知之甚少实际上也就是了解一切。她的书就在那里，说二加二的确等于五总是一种令人着迷的娱乐消遣。我们于是也猜测她是懒惰的，因为她很少费事去编造一些情景或情感，而是使用现成的，她很容易找到和观察到现成的情景。同样的情节，不管是讲什么的，她都反复使用。因此，我们经过类比得出结论，她也不喜欢编造小说人物，而是从所认识的人中选取。想想科林斯先生、艾伦太太和有辆活顶四轮四座大马车的塞利娜，他们都是活生生的人，我们觉得挺开心。她具有罕见的洞察力，能够看到已经存在的东西，施展魔力将它们有趣地固定在那里，以便我们将来可以读到。这是洞察力，而不是想象力。缺乏想象力或许可以解释对下层阶级的漠不关心,这是她自己觉察不到的;她会对生活拮据表示同情——但她的理解力就停留于此,对可能会有人没钱糊口而无动于衷、视而不见。

简·奥斯丁的小说还告诉我们关于她的一点事实:她短暂的一生始终是一个人生活,但她并不害怕。害怕会滋生困扰,在六部小说中她都没有发泄困扰,她那明智的观点和平静的人生观使这些小说弥足珍贵;但她害怕误会,害怕因误会而分手;事实上,她的男主人公和女主人公一次又一次分手。伊丽莎白和达西因为威克姆歪曲事实而分手;凯瑟琳·莫兰德和亨利·蒂尔尼由于亨利父亲莫名其妙的行为而分手;爱玛和奈特利先生分手,因为奈特利坚信爱玛已经爱上了弗兰克·邱吉尔;埃莉诺·达什伍德和爱德华……这个名单越开越长;也许最具感性的例子是安妮·埃利奥特与温特沃思上尉之间长期存在的误会,因为安妮屈从于世俗的劝导,认为他并不是一个合适的伴侣。《劝导》是简·奥斯丁最后也是最成熟的小说,读者定会从中看到安妮被毁掉的幸福,这是一种强烈的个人信念——因为在那个时代,女人到了27岁还没有结婚就再没有什么希望了。如果愿意,读者也许会在《劝导》最后描写安妮和温特沃思完全和解的那几章中读到一丝渴望:"这样一来……这是为了我吧?"这是作者在写作时心中隐秘的想法吗?她的传记作家们从各种各样的资料中发现了简·奥斯丁一生中曾谈过一次没有结果的恋爱。是自尊心,还是客观原因,还是死亡没让他们有一个幸福的结局,我们不得而知。她每部小说的最后一章都简要叙述了那种平静的喜悦,预示着未来完满的幸福婚姻,但不幸的爱情为其增添了几分心酸。

## 小说主题

在写给朋友的一封信中,简·奥斯丁将自己的小说比作"一小块象牙,有两寸厚"。她用"一支非常细的画笔"在上面描绘,"于是在大量劳动之后才产生一丁点儿效果"。从来没有这么精美的风俗描绘,但那些情节都是最微不足道的。比如,《理智与情感》的故事情节其实就是在研究代表"理智"的埃莉诺·达什伍德和她的妹妹、代表"情感"的玛丽安这两个相互对立的人物;而其故事情节就是叙述她们两个对待情人和朋友的完全不同的方式。在《傲慢与偏见》中,又有两个相互对立的人物,一个自负的情人达西,还有一个理智、活泼的女孩伊丽莎白·班纳特,而其故事情节,如果可以这么说的话,只是讲述了他们怎样争论、逐渐互相喜欢、结婚、最后幸福地生活在一起的。《曼斯菲尔德庄园》讲述的是一个年轻姑娘范妮·普莱斯的故事,她是一个身无分文的孤儿,被亲戚家收养,她的表兄妹中有两个表姐,还有一个表兄埃德蒙;故事情节只不过是讲埃德蒙怎样爱上范妮,后来又不爱她了,他们最后又是怎样结合的。但这些细腻的线索都被编织进这样的一个结构中,它完全因为生活的光明与黑暗而熠熠生辉。

她的重要主题是家庭生活——在今天的现实主义中,这比较少见,但在那个时候显然发挥了重要作用——邻里生活及其盛衰起伏，行为和反应，流言蜚语，做媒的机会，关于行为优雅的讨论。现代小说创造出来的那些复杂性格，在那个时候主要是阶级差别造成的。显而易见，简·奥斯丁总是想着阶级差别，她小说中的所有大小事件和她的思考均以此为基础，因此不能将其看作作者个人的势利而不去管它。上层阶级显然势利到了极点。看看科林斯先生、凯瑟琳·德·包尔夫人、蒂尔尼将军、沃尔特·埃利奥特爵士和埃尔顿先生那夸张的势利行为，简忍俊不禁；然而，她自己肯定也不能摆脱这一点；她反对存有门第差距的婚姻；她严肃认真地谈论收入、嫁妆、社会地位和职业等问题；她会揭露并且仔细描述人物在行为举止方面的过失。爱玛会向被保护人哈丽特说上连篇累牍的废话，告诉她如果嫁入像哈特菲尔德这样的家庭，她会跟哈特菲尔德家的年轻小姐地位平等；达西因为伊丽莎白家有经商的亲戚就嘲笑她，因此他也受到了谴责；还有爱玛不情愿地出席可敬的科尔家的晚宴，这证明了那时候商业还没有进入上流社会。此外，虽然法国大革命当时已经发生，但民主离英国还甚远。

显然，势利和偏见在这个时代是老一代所特有的，这好像亘古不变；不能忍受约束的年轻人刚要开始摆脱它们，开始为自己赢得比以前更多的思想自由和自主行为。

主题从不曾改变过！确实，此后一百多年的小说家都还会写这个主题。

但简·奥斯丁的名望主要来自于她那完美无缺的、无可比拟的戏剧天才。后世会对她感激不已，因为她创造出了科林斯先生、伍德豪斯先生、贝茨小姐、伯特伦夫人、拉什沃思先生、伊莎贝拉·索普小姐、詹宁斯太太和班纳特太太等人物。

对于想要靠读小说来"摆脱烦恼"的读者来说，简·奥斯丁的吸引力不大。但那是评判优秀小说的依据吗？难道真正的评价依据不是它所具有的让我们进入我们自身中的能力——也就是说，进入我们的人性中的能力吗？真实生动地展现人性不就是一切戏剧艺术的真正目的吗？但真理看起来微不足道，这是可能的。乍一看，简·奥斯丁描绘的世界地图没有什么意义，但其中的一切都是真理、机智、理智和平衡。故事情节对小说人物来说是必需的，而这些人物就是故事情节中的那些人。

## 参考书目

**英语小说的兴起**

G. Saintsbury's *The English Novel.*

**丹尼尔·笛福：**

*Robinson Crusoe, Captain Singleton, The Memoirs of a Cavalier*, and *Journal of the Plague Year* 在 Everyman's Library 中都可看到。

W. P. Trent, *How to Know Defoe.*

W. Minto's *Defoe* in "English Men of Letters" Series.

**亨利·菲尔丁：**

  *Tom Jones* (2 vols.), *Amelia* (2 vols.), and *Joseph Andrews* (1 vol.), all in Bohn's Popular Library.

  Austin Dobson's *Fielding*.

**塞缪尔·理查逊：**

  *Clarissa Harlowe, Pamela*, and *Sir Charles Grandison*.

**托拜厄斯·斯摩莱特：**

  *Peregrine Pickle* (2 vols.), *Sir Launcelot Greaves* and *The Adventures of an Atom* (1 vol.), *Humphry Clinker, Roderick Random*, and *Ferdinand, Count Fathom*.

**简·奥斯丁：**

  简·奥斯丁的作品有多种版本。

# 第十九章　18世纪的诗人

## 第一节　查特顿

在英国诗歌史上从蒲柏到彭斯之间的一段时间里，托马斯·查特顿是最悲惨、最富有戏剧性的人物。他1752年生于布里斯托尔。家族有好几代人在圣玛丽红崖教堂任职，到查特顿时，他的叔叔担任这一家族职位。他的父亲在他出生前就去世了，他是个音乐家，也算得上是个诗人，还研究神秘玄学。童年时，查特顿就在圣玛丽周围闲逛，听叔叔讲骑士和牧师的故事，这些骑士和牧师的墓都在圣玛丽教堂里。他还吃力地研读在档案室找到的古迹和文稿。

他是一个孤独早熟的男孩，12岁之前就已经会写机智的讽刺诗了，并在已经逝去的多姿多彩的骑士岁月里生活。上小学时，他就构想了15世纪的僧侣诗人托马斯·罗利的传奇故事，他的保护人是布里斯托尔一位知名人士威廉·坎宁先生。查特顿坚持不懈地研究古代文稿，他对中世纪英国的奇异见解使他写出了一种奇怪的古英语，其隽秀和美感可从引自《威廉·坎宁的故事》的诗句中见出：

> 让我径直回到过去的岁月，
> 当坎宁仍然尽享尘世的荣耀，
> 昔日的行动历历在目，
> 　尚未展开的还有命运之书；
> 当那命运之婴呱呱降临，
> 我看到他热切地追逐光明。
> 他嬉戏蹦跳尽情玩耍，
> 　公平、清醒、怒放心花，
> 我看到一束紫色的智慧之光；
> 　伴随他的松饼步入知识的殿堂：
> 他聪明过人犹如任何一位高官，
> 年仅十岁就可把市长当选。

这个孩子知道如果他承认他本人就是这些古语诗的作者，那就没人会读这些诗了。因此，他就上演了文学史上最为著名的造假案之一。他谎称这些诗的作者是托马斯·罗利，他是在圣玛丽红崖教堂的一个箱子里发现了这些诗的手稿的，为了发表这些手稿，他给刚刚发表了《奥特朗托堡》的霍勒斯·沃尔浦尔写信，后者对中世纪传奇故事的兴趣似乎能对这些诗给予一定的赞许和理解。起初沃尔浦尔很感兴趣，但当查特顿请他帮忙在伦敦找一份像样的工作时，这个一向谨慎的霍勒斯发现这个男孩的诗歌其实是现代的，因而冷淡地劝告这位诗人继续在律师事务所工作，等到他"赚了大钱之后"再去写诗。

他写出的最优美的诗作之一就是《阿拉》中的《吟游者之歌》，下面是其中的前四节：

> 唉，唱我的重叠曲呀；
> 唉，偕我落着泪呀；
> 不要再在放假日跳舞，
> 如一条流着的河水一样了；

《查特顿》（E. M. 沃德夫人）
18世纪成就斐然的诗人。

　　　　我的爱死了，
　　　　　到他的死床去，
　　　　　在那柳树之下。

　　他的发如冬之夜的黑，
　　　他的颈如夏之雪的白，
　　他的脸如晨光之红，
　　　他现在冷冷地躺在下面的墓中：
　　　　我的爱死了，
　　　　　到他的死床去，
　　　　　在那柳树之下。

　　他的口音如画眉的歌调，
　　　他跳舞之快捷可比得上思想；
　　他的手鼓整齐，手棒粗大；
　　　唉，他现在是躺在柳树之旁了。
　　　　我的爱死了，
　　　　　到他的死床去，
　　　　　在那柳树之下。

　　听呀！乌鸦在拍他的翼，
　　　在下面多荆棘的谷中；
　　听呀！死鸱高声的唱歌着呢，
　　　当他们到梦魇中之时。
　　　　我的爱死了，
　　　　　到他的死床去，
　　　　　在那柳树之下。[1]

　　1770年查特顿来到伦敦，靠写一些平庸乏味的新闻，仿照朱尼厄斯的风格写一些长篇的激烈政治演说设法养活自己。18世纪格拉布街的报酬的确很微薄：查特顿写一篇文章只能拿到一先令，一首诗还不到十八便士。查特顿极为绝望，自尊心又太强，不愿接受别人的施舍或回家，1770年8月24日，查特顿在霍尔本的布鲁克街服砒霜自杀。那时他才17岁零9个月。

　　查特顿被埋葬在霍尔本圣安德鲁教区属于鞋巷救济院的庭园中。他真正的成就可

---

[1] 郑振铎编：《文学大纲》(下)，上海书店，1986年，第118—119页。译文略有改动。

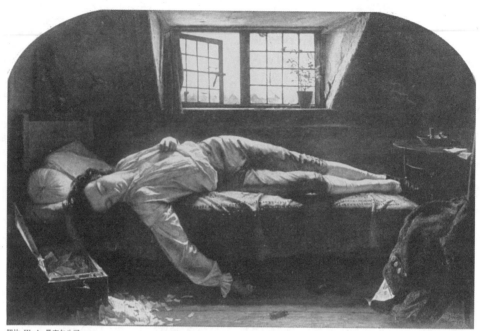

《查特顿之死》（H. 沃利斯）
伦敦泰特美术馆

这一惨剧发生在安杰尔夫人的家中。安杰尔夫人是袋子制造商，住在霍尔本的布鲁克街。

能价值不大，但他的天才却是无可置疑的，人们现在只能猜测如果他的生活环境更快乐一点，他会成为怎样的人呢。

## 第二节 托马斯·格雷

格雷生于1716年，母亲是康希尔的一位女帽制造商，但她有足够的钱送她的孩子去伊顿公学、然后到剑桥大学学习。后来他成了剑桥大学的现代史教授。格雷是一位顶尖学者，他的作品中确实都带有某种古典特征。他的作品如此之少，以至于有人这样说他，没有一个人手里拿着一本那么小的诗集还可以跻身诗人之列。用霍勒斯的话说，他不知疲倦、极有耐心地进行打磨。事实上，如果我们遵从公众的意见，那么这本小诗集里只有一首诗，再无其他：这就是《墓园挽歌》；然而，如果我们遵从约翰逊博士的意见，这么小的量还不够小。"先生，"约翰逊博士说，"格雷的诗中只有两节好的，这两节就在他的《墓园挽歌》中。"然后他就重复了这一节。

照片:W.A.曼塞尔公司

《〈墓园挽歌〉的作者托马斯·格雷》(J.G.艾卡德特)
伦敦国家肖像馆
1747年为霍勒斯·沃尔浦尔作

> 要知道谁甘愿舍身喂哑口的"遗忘",
> 　坦然撇下了忧喜交织的此生,
> 谁离开风和日暖的明媚现场,
> 　而能不依依回头来顾盼一阵?①

他补充说:"另一节我忘了。"
　他忘了的那一节是什么呢?肯定是

> 世界上有多少晶莹皎洁的珠宝
> 　埋在幽暗而深不可测的海底;
> 世界上多少花吐艳而无人知晓,
> 　把芳香白白的散发给荒凉的空气。②

要么就是

---

① [英]托马斯·格雷作,卡之琳译:《墓园挽歌》,弗·特·帕尔格雷夫原编,罗义蕴、曹明伦、陈朴编注:《英诗金库》,成都,四川人民出版社,1987年,第801页。
② 同上,第797页。

> 远离了纷纭人世的钩心斗角，
> 　他们有清醒的愿望，从不学糊涂，
> 顺着生活清凉僻静的山坳，
> 　他们坚持了不声不响的正路。①

　　人人都知道乌尔夫在魁北克战役之前是怎样吟诵《挽歌》的，又是怎样宣称他宁愿是这首诗的作者而不是魁北克的征服者的。事实上，在今天的我们看来，格雷诗中的大部分都过于华丽、不自然，但我们仍然愿意比约翰逊博士更进一步。只举两个例子就可以代表他的许多诗句，《行吟诗人》中有这些精彩的诗句：

> 毁灭吧，残暴的王！②
> 　快纷乱了，你的战旗！
> 尽管为你征服者的血翅所鼓荡，
> 　它们仍然在舞弄微风，悠然得意。③

再往下读这首诗，还可以发现同样精彩的诗节，比如下面这有名的一节：

> 拂拂和风，灿烂晨光，
> 　赫赫然在天际之上，
> 镀金的船英武地起航：
> 　"青春"屹立船首，"欢乐"把尾舵执掌。④

　　如果说他所有的诗句都经过雕琢，都经过艺术加工而非自然之作的话，这也不全是事实。到哪里可以找到比下面这两行诗更为自然、甜美和敏感的音调呢？

> 林中云雀在那里弹奏，歌鹉在那里
> 　把她松弛的音符传向远方。

　　如果我们不能说格雷的诗集是"一个小房间里的无尽财宝"，但其中也不乏具有优良水色的钻石和永恒价值的珍珠。
　　托马斯·格雷和威廉·柯林斯都反对乏味、整齐的雕饰，那是那些受蒲柏影响的三流英语诗人的特点。柯林斯生于1721年，他写了一首《薄暮颂》，还写了一首颂歌，献给牺牲在丰特奈和库洛登的士兵们，人们因为他创作了这两首诗而牢牢地记住了他：

---

① [英]托马斯·格雷作，卡之琳译：《墓园挽歌》，弗·特·帕尔格雷夫原编，罗义蕴、曹明伦、陈朴编注：《英诗金库》，成都，四川人民出版社，1987年，第801页。
② "残暴的王"指爱德华一世。
③ [英]托马斯·格雷作，谢耀文译：《行吟诗人》，弗·特·帕尔格雷夫原编，罗义蕴、曹明伦、陈朴编注：《英诗金库》，成都，四川人民出版社，1987年，第643页。
④ 同上，第651页。

> 勇士们睡着了,沉入了安眠,
> 带着全国人民的心愿!
> 春神以冰凉的手指粘着露,
> 回来装饰这神圣的泥土,
> 她就要布置起一片草地,
> 比幻想踏过的更加美丽。
>
> 仙子的手把丧钟敲响,
> 无形的精灵把他们的丧歌低唱;
> 荣誉来到了,白发的旅人,
> 来祝福这覆盖他们的草坪;
> 自由将立刻赶到此地,
> 做哀苦的隐士,住在这里!①

## 第三节　詹姆斯·汤姆森

詹姆斯·汤姆森的《四季》并不是写给所有时代的诗歌,但汤姆森在文学史上占有一个非常有趣的位置。在一个矫揉造作的时代,他反抗以霍勒斯·沃尔浦尔为首的那种矫饰的诗风,虽然他的反抗并不十分成功。汤姆森用无韵诗创作《四季》,回归到弥尔顿的风格——当然,他不具有弥尔顿的天才——这种诗体解救了18世纪那种时髦的双行押韵体。汤姆森了解并热爱这个国家。他的热爱并没有得到让赫里克得以永恒不朽的优美表达。虽然他有时会不可避免地陷入那种矫饰的诗风,但确实听到了"仙界和仙曲的音乐"。在某种意义上说,他是司各特和华兹华斯的先驱,尽管华兹华斯也曾嘲笑他那"虚假感伤的陈词滥调"。

他用了十五年时间创作出了《懒散的城堡》,这也许是他作品中最完美和最有诗意的。下面节选的这一段可以帮助人们很好地了解它具有的斯宾塞式的魅力和甜美的风格:

> 昏昏欲睡的土地令人心旷神怡,
> 半睁开的眼前波动着梦的涟漪;
> 快活的云中楼阁从眼前掠过,
> 绯红的面颊永远环绕夏日的天际:

---

① [英]威廉·科林斯作,屠岸译:《颂歌,作于一七四六年》,[英]弗·特·帕尔格雷夫原编,罗义蕴、曹明伦、陈朴编注:《英诗金库》,成都,四川人民出版社,1987年,第661页。

> 那魔幻般舒展的丝丝柔顺的快意
> 把一缕轻率的甜蜜沁入心脾,
> 可是不管你感到何种的烦恼或不安
> 都被这美味的巢穴抛得远远、远远。

汤姆森是苏格兰人。他 1700 年生于罗克斯堡郡,在爱丁堡大学接受教育。他本来打算去教会工作,但他父亲因试图在一个闹鬼的屋子中驱魔丧生,此后他就来到伦敦靠写诗维生。《四季》的第一部《冬天》1726 年发表,四年之后,全诗告成。汤姆森还写了其他一些诗歌和几部戏剧,但都已被遗忘了。承蒙威尔士王子的好意协助,他才得到了背风群岛测量总监的挂名职务,每年有 300 英镑的薪水,再加上当诗人所得的收入,他就可以在邱巷的住所过一种舒适愉快的、适度而相当懒散的生活了。他家的酒窖中储存了大量的麦芽酒。

> 世界冷静轻蔑地抛弃,
> 　而他大笑端坐安乐椅;
> 周围环绕欢乐的玉液琼浆,
> 　说教的圣贤:曲调甜蜜。
> 他憎恨写作,重复也不在意。

在《四季》中,汤姆森的思想,如柯勒律治所说,是素朴自然的——在 18 世纪,那是一件了不起的事——即使是在风格冗长无聊的时候。下面是汤姆森在巅峰时期描写的夏日的早晨:

> 　　　以加快的步伐,
> 昏夜消逝:年轻的白昼大步走来,
> 把草坪般的宽阔全景打开。
> 滴水的岩石,山顶的薄雾,
> 在视线中扩散,随着黎明变白。
> 幽暗中透蓝,缭绕的曦光闪闪;
> 从叶茂的田里跑来惊恐的兔儿
> 浑身颤抖:在林中空地的边沿
> 野鹿赛跑,常常停步回视
> 看着早来的行者。悠扬的乐曲
> 唤醒土人未掩饰的欢声笑语;
> 曲曲赞歌升起在茂密的林地。
> 雄鸡唱白,羊倌迅速穿衣离去

> 在长满苔藓的草屋，他与静谧同居；
> 他驱赶着拥挤的羊群，为的是
> 饱尝清晨的勃勃生机。

汤姆森于1748年逝世。

## 第四节　威廉·柯珀

　　威廉·柯珀生于1731年，被誉为汤姆森和华兹华斯之间的纽带，这种说法是非常恰当的——也就是说，他完全摒弃了蒲柏矫饰的风格和把自然看作整洁花园的观点。他过着一种最沉静的乡村生活，喜爱儿童、猫、兔与花草，然而，如果他同华兹华斯一样热爱湖、山、繁星密布的夜空的话，那么他爱的就是它们的外形美，而不是万物神秘的生命，不是那种可以感觉到而看不见的精神，华兹华斯在平静的感情交融中，把这种精神融入他的灵魂之中。但柯珀许多最有名的诗句却具有一种真朴之美，优美而生机勃勃。绝妙的赞美诗《上帝的神秘运动》和为失去"皇家乔治号"而做的挽歌都是如此：

> 丧钟为勇士而鸣！
> 　勇士不再生还！
> 迅速沉入大海，
> 　殉身祖国的岸边！
>
> 丧钟为勇士而鸣！
> 　勇士坎彭丧生；
> 他打赢了最后一次海战；
> 　他赢得了无上光荣。
>
> 战舰起锚挺进，
> 　曾令敌军丧胆！
> 而今遭际不幸
> 　泪洒英格兰。
>
> 而舰体仍然健康，
> 　依旧鏖战疆场，
> 满载英格兰的惊雷，
> 　破浪挺进远方。

《痴汉骑马歌》(T. 斯托瑟德)

"他身体笨重！他参加赛马！"

柯珀住在奥尔尼，这是他的住所毗邻的花园中的避暑屋

诗人就是在此创作出了《任务》和《痴汉骑马歌》。

> 可坎彭已经离去，
> 　告别以往的胜利；
> 他率领的八百将士，
> 　将不再破浪抗敌。

他用诗歌描画的母亲肖像也没有人可以轻易地超越。许多诗节都如此优美、悲伤、纯朴，一旦读过，就会终生铭记。

> 那嘴唇能说话有多么好！
> 自从失却您，我生活一直苦恼。
> 那嘴唇确是您的——微笑宛然，
> 在我幼时常常给我以慰安：……
> 您下葬那天我听见了钟声，
> 我看到载着您的柩车缓缓而行，
> 我从育婴室窗前，把头扭转过去，
> 抽了一口长气，为道永别而哭泣！①

柯珀患过癔病，有一段时间曾被关在私人精神病院里。康复之后，他笃信宗教，其影响伴随他的余生。有时宗教显然给他带来安慰，有时则又让他心中充满了绝望。

但我们切不可忘记的是，虽然柯珀是最忧郁的诗人之一，他也有快乐的时候。我们只要想起《痴汉骑马歌》，还有写给昂温夫人的信就足够了，其中充满了最令人愉快的风趣机智。

## 参考书目

关于这些诗人的全部书目，参看 Cambridge History of English Literature。

参看 Thomas Seccombe's *The Age of Johnson* 中的 Section on Poets，还有 Edmund Gosse's *Eighteenth Century Literature*。

在"English Men of Letters" Series 中，有关于下列诗人的书籍：哥尔德斯密斯、柯珀、克雷布、格雷和汤姆森。

在"Oxford Standard Authors"和"Oxford Poets"中有下列诗人作品的优秀版本：威廉·柯珀、乔治·克雷布、托马斯·格雷、威廉·柯林斯（1卷）和詹姆斯·汤姆森。

---

① 梁实秋译注：《英国文学选》（第3卷），台北，协志工业出版社，1985年，第2007—2009页。

# 第二十章　约翰逊博士和他的圈子

## 第一节

今天，我们如此自然而然地把文学史上18世纪中叶这段时期称为约翰逊时代，这是很奇怪的，而不是显而易见的。因为约翰逊博士除非在一种特殊的意义上，否则便不能或无需任何说明地被称为那个时代最伟大的英语作家。他既没有柏克那非凡的天才，也没有哥尔德斯密斯那轻松的笔触和"法定的"幽默；在学识和影响力方面，他比不上吉本；谢里丹的灵敏机智和轻松的创新远远超过了他；他的诗歌比不上格雷的，就英国性和明晰性而言，散文也比不上卫斯理的一半好。然而他的人格、他的影响，却使我们不知不觉地把他的名字赋予了这个时代。

塞缪尔·约翰逊1709年9月18日生于利奇菲尔德。他父亲叫迈克尔·约翰逊，是那个天主教小城里的书商。父亲要把他培养成一位书商；他可以亲手装订一本书。离开利奇菲尔德之后，他可能从来都没有尝试这种装订。后来，他喜欢冒险做化学实验，却没有认真想过这是否会给自己或别人带来危险。晚年，他回到利奇菲尔德，拜访了梅杰·摩根先生，在某种程度上说是接手了迈克尔·约翰逊的生意。约翰逊拿起了一本书，"想到装订曾是自己要亲手做的工作"。在其他方面,约翰逊一点都帮不上父亲：他读书而不卖书，后来，他坦白地说"用殷勤的交谈代替读书的乐趣，我从来都干不了这个行当"。

### "邪恶的忧郁"

他遗传了轻度淋巴结核，很小的时候，母亲就带着他去接受安妮女王的御触以治愈"国王的邪恶"。他父亲还遗传给他被称为"邪恶的忧郁"的东西。他在利奇菲尔德由一位老妇人主办的家庭私塾学习书本知识，后来在利奇菲尔德小学学会了拉丁语，之后他来到斯多布瑞治度过了一年时间，边学习边做剧院引领员，困苦到了极点。在两年无所事事后——即在父亲的书店里漫无目的地读书——他作为自费生进入牛津大学的彭布鲁克学院学习，费用由父亲的朋友支付。在牛津学习的几年里，他深受"一

# 第二十章　约翰逊博士和他的圈子

照片：里施基斯收藏馆

《塞缪尔·约翰逊》(雷诺兹爵士)
伦敦英国国家艺术馆

该画像是为约翰逊一位富有的朋友啤酒制造商亨利·施拉尔所作，他付给乔舒亚爵士35畿尼。

照片：里施基斯收藏馆

**约翰逊博士的大扶手椅**

保留在他父亲迈克尔·约翰逊在利奇菲尔德的住所里，现在这里成了收藏约翰逊纪念物的博物馆。

种可怕的疑病症"折磨，而年轻人很少会患这种病：他"不停地发火，焦躁，不耐烦"，而且以后再也没有摆脱这种疾病。1731年，他回到利奇菲尔德。父亲去世了，以后要靠自己去面对这个世界了，那时他还没有确定自己的目标，口袋里只有20英镑。

他在伯明翰开始了成人生活，当上了无所不写的记者，为一家地方报纸撰稿，同时还为一个书商翻译了《阿比西尼亚之行》，也因此而掌握了寓言故事《拉塞勒斯传》的背景资料。他收入微薄，前途渺茫，却又在这个时候结了婚。26岁的他娶了一个比他大20多岁、拥有1000英镑的寡妇伊丽莎白·波特。他们创办了一所乡村学校。但1737年约翰逊前往伦敦，在那里过着一种当时的作家生活。

他在伦敦的第一个雇主是爱德华·凯夫，即《绅士杂志》的业主，该杂志当时刚刚开办，却已经很有声望了。他的工作主要是根据传闻或通过自己的想象来报导《议会辩论录》中的重要发言。在对伦敦的沉思中，我们没有听到他那狂喜的声音。相反，在创作和发表讽刺诗《伦敦》时，他几乎没有浪费什么时间。这首诗模仿的是尤维纳利斯，诗中抨击了伦敦这座城市——在余下的岁月里，他将在这里生活，将热爱这里的一切——的罪恶和社会状况甚至到了令人惊叹的程度，而不只是做做样子而已：

> 谁会在不接受贿赂的情况下离开爱尔兰，
> 或用苏格兰的岩石换斯特兰德？

这首诗使他赚得10英镑，而更重要的是，他得到了蒲柏的赞许。他的文学生涯就这样开始了。

在接下来的几年里，除了为《绅士杂志》撰稿外，他主要在"格拉布街"做一些杂活。后来又写杂文，做翻译。1744年，他"在盛怒之下"写出了《理查德·萨维奇先生传》。萨维奇是一个流浪诗人，是约翰逊在伦敦最早认识的朋友，我们以后会提到这一点。该书帮助他确立了作家的声望。1749年，他发表了优美的诗歌《人生希望多空幻》。他已经不再藉藉无名或贫困潦倒了。而且，他听从书商罗伯特·德兹利的建议，准备开始他一生中最伟大的工作。这就是他的《英语词典》。我们最好马上就介绍这本词典。

## 约翰逊的《词典》

在伦敦市内和郊区租住了许多房子后,约翰逊和妻子最后在舰队街17号高夫广场安顿下来,这里是他在伦敦的"圣地",也是"约翰逊俱乐部"所在地。可以说,他就是在这里认真开始他的伟大工作的。

当然,词典的工作并不是由约翰逊自己一个人完成的。在长长的前阁楼上,他最少时雇用了六个抄写员。而约翰逊俱乐部就在这个阁楼上聚会。他的助手是两个马加比家族的人,有后来帮助整理了《诗人传》的希尔兹先生,爱丁堡一位书商的儿子斯图尔特先生,梅特兰先生和佩顿先生。约翰逊一周付给每个助手23先令,这样,书商同意的1575英镑的报酬也就所剩无几了,并且这项工作也需要付出大量的时间和气力。伯克贝克·希尔博士认为约翰逊在谈到蒲柏翻译《伊利亚特》时进展缓慢,这与他自己从事大的文学工程的经历是一致的:"懒散、干扰、事务和娱乐,所有这些都是影响翻译进度的原因;每一项大的工程都会由于上千个可以解释的理由,然后还有上万个不可解释的理由而拖延。"

但字典的编纂工作继续着。就像我们自己时代的《新英语词典》的编纂者一样,约翰逊是从收集引语开始的。针对每个引语,他会在空白处写下将出现的那个单词的第一个字母。他的书记员会把所有这些句子抄写在不同的卡片上。他会手里拿着这些句子口述定义,从所能得到的资料里提取词源意义。他原打算在三年内完成,但三年变成了十一年。这还有一个非常有名的故事,与安德鲁·米勒有关,米勒是真正的出版商,在收到最后一页手稿时,他说:"感谢上帝,我终于摆脱他了,"而约翰逊则微笑着评论说:"很高兴他事事都感谢上帝。"

出于猎奇或急躁,约翰逊给一些词的意思不太合理,对此我们可以列出一个很长的单子。但在《词典》中,有些幽默的释义并不属于这一类,这些是他没有意识到的。就这样,他把"趾骨"(pastern)定义为"马的膝盖"。一位夫人曾经问他为什么这样做,他令人钦佩地坦白回答说:"是无知,夫人,纯粹是因为无知。"在另一种情况下,同样的坦白就会使对话者深受伤害。就在《词典》问世后不久,约翰逊问加里克,人们如何评价《词典》,加里克回答说人们之所以反对它,有许多理由,但主要的理由是他引用了

约翰逊博士在舰队街高夫广场的住所

约翰逊就是在这里编纂他的《辞典》、创作他的《拉塞勒斯传》的。

照片：W.A.曼塞尔公司

**《约翰逊博士在米特》**（但丁·加布里埃尔·罗塞蒂）
伦敦泰特美术馆

这幅非常奇怪而有趣的图画——在罗塞蒂所画的画中是独一无二的——说明了下面这段出自鲍斯威尔所写的《约翰逊传》中的文字。

麦克斯韦博士讲述了下面这个故事："有一次我在的时候，有两位自斯塔福德郡的年轻女士，就基督教循道公会向他请教，她们对那个教派颇有好感。'听着，'他说，'你们两个可爱的小傻瓜，跟我和麦克斯韦同去米特吃饭，再详细地讨论这个问题。'"

虽然约翰逊的男同伴是麦克斯韦，罗塞蒂却换成了大家更为熟悉的鲍斯威尔。

与严肃的字典不相称的作家的例句，如塞缪尔·理查逊的。"不，"约翰逊说，"还有更糟的；我还引用了你的句子，戴维。"

《英语词典》1755年4月15日出版，两册对开本，价格是4英镑10先令，人们怀着惊讶和赞赏之情接受了它。"即使没有完美的称赞，"他写道，"我也的确会感到满足，如果我是在这种孤独的忧郁中受到这种称赞，那它对我又有什么用呢？我的工作耽搁了这么久，以至于我最希望令之满意的那些人中已有大部分离开了人世。"但这句话有点病态的夸张。

## 《漫谈者报》

1748年到1755年间，《词典》并没有耗尽约翰逊的全部精力。1750年3月20日，约翰逊的《漫谈者报》第一篇文章问世。正如鲍斯威尔所说，仿效艾迪生的《旁观者报》，约翰逊以"一位庄重、具有道德和宗教智慧的老师"的身份出现。值得一提的是，正如《旁观者报》和《闲谈者报》在很大程度上是受安妮女王时代的咖啡馆里的闲话所启发，约翰逊的散文在某种程度上反映了他在佩特诺斯特街常春藤巷创办的俱乐部喜欢的那种漫谈。仅两年中，约翰逊每周写两篇文章，分别于周二和周五发表。他总是在最后一刻交稿，而且从来都不读校样；但在结集出版时，他会仔细修改所有文章。他的作品没有取得多大成功。作为作者，约翰逊每周拿到四个畿尼，这算下来是一千字一个畿尼；而报纸售价两个便士，每天销售不到500份。但约翰逊得到了补偿，约翰逊夫人对他说："我以前认为你很棒，但我从没想到你可以写出这样好的东西来。"他也会肯定自己：他对一个朋友说："我的其他作品是掺水的酒，但是我的《漫谈者报》是纯酒。"

《漫谈者报》上的208篇文章中，除了四五篇外都是约翰逊亲笔写的。仅举几个典型的题目就可以对它们的主题有个大概的了解。比如：

《愤怒之愚蠢：一个暴躁的旧时代的不幸》
《自欺艺术种种》
《平凡的好处：一个东方寓言》
《建议无用之原因探讨》
《智者需要的听众》
《〈斗士参孙〉研考》
《父母专制的残酷》
《被抨击的作者必读》
《因诿谀而得遗产者的历史》
《暴富之于风俗的影响》

然而，光看文章的题目还看不出什么，他如何论述才是一切。作为一位随笔作家，约翰逊的风格笨拙、浮华，就像斯梯尔和艾迪生的风格轻巧、明晰、机敏一样。事实上，他用过一个词来批评自己的作品，鲍斯威尔说，在"读完《漫谈者报》的一篇文章后，兰顿先生问他觉得那篇文章怎么样，他摇了摇头，回答说：'太啰唆了。'"同样的评价可以用于他后来的《懒散者》中的散文，虽然在这些文章中，有时也可以看到比较活泼的想象和比较轻松的格调。

奥古斯丁·比勒尔先生曾经把约翰逊的排比句式比作一队训练有素的士兵正在进行整齐的操练。他的风格非常适合表达重要的判断和严肃的思考。如就莎士比亚的永恒所作的宣告：

> 一场洪水堆积起来的沙，又被另一场所冲垮，但岩石却岿然不动。时间的溪流继续冲刷其他诗人可消解的构架，但却无损于莎士比亚。

或以《懒散者》最后一篇文章中的一段著名文字为例：

> 有些事情不纯粹是邪恶的，可以说有一点令人不安的感觉，但却是不能再做的。从不能达成一致见解的人却在由于相互不满而决定分手时一起落泪；你经常光顾的一个地方从未给你一丝快感，但最后一眼却使你心情沉重；至于《懒散者》，尽管对一切都镇定自若，但一想到这是你放在他面前的最后一篇文章时，就不能完全不受到影响。
>
> 这些最后给人的种种内在恐惧是一个思维的人所不可或缺的，他的生活是有限的，死亡是可怕的。我们总是对部分和整体进行秘密比较；任何一段时期的生活的结束都会提醒我们生活本身也同样有其结束之日；当我们最后一次做完任何事时，我们不自觉地回想起分配给我们的时间中有一部分已经过去，逝去的越多剩下的就越少。

## 《拉塞勒斯传》

住在高夫广场的最后一年时，约翰逊90岁高龄的老母去世，这朵阴云笼罩着他。在《懒散者》（第41期）中，他提到了这件事，所用词语具有一种严肃之美："最后一年，最后一天，一定会到来。它已经来了，而且过去了。让我自己的生活美好愉快的生命结束了，就在我大展宏图之际死亡之门关闭了。"为了摆脱痛苦，为了支付母亲的葬礼费用，他坐下来写关于"虚荣"主题的寓言故事《拉塞勒斯传》。在1759年春天的一个星期里，他每晚奋笔疾书，完成了此书，为此他获得75英镑的报酬，外加25英镑的第二版报酬。人们总是说《拉塞勒斯传》是约翰逊在下一个住所霍尔本的斯坦普林写成的，但查一下鲍斯威尔《约翰逊传》中的相关日期就可以看出这是不可能的。《拉塞勒斯传》肯定是在高夫广场创作的。在那里，来自阿比西尼亚福谷的王室浪荡者们夜复一夜地游荡，徒劳地寻找着更美好的快乐；在那里，伊姆莱克变得越来越雄辩，佩库亚则越来越害羞，他们丈量了金字塔，将天文学家从精神错乱的想象迷雾中拯救出来；在那里，约翰逊写出了平静的"什么都没有结束的结局"，只是"宣布了下一步要做的事，并决定在洪水停止时返回阿比西尼亚"。《拉塞勒斯传》用一个勉强联系起来的故事对我们进行了《漫谈者报》和《懒散者》的道德说教。这在约翰逊的散文作品中现已是问津最多的作品，然而就心态和目的而言，《拉塞勒斯传》与他十年前写得最好的诗歌之一《人生希望多空幻》非常接近。他忧郁地思考了人类短暂的荣耀和时乖命蹇，在每一行诗中，都可以听到他那低低轰鸣的沉思。在那一段著名的诗句中，约翰逊谈到了作家和学者的不幸：

> 即使如此，也不要妄想没有忧愁危险，
> 也不要妄想人类厄运你能侥幸避免；
> 请你屈尊抬起眼睛，饱览现实世界，
> 暂且抛开书本，以求变得聪明起来；
> 到这时你才能看清学者的生平艰辛，
> 受累受妒受穷，赞助无人，入狱有门；
> 君不见四海邦国见识短浅、正义沦丧，
> 功臣业已入土，才迟迟竖起纪念雕像。
> 如果你仍然留恋梦想，那你可要提防，
> 听一听利底亚的生平和伽利略的下场。①

还有一段诗句同样令人难忘，写的是他从瑞典的查尔斯——从声名显赫沦落到被流放——的命运中得出的结论：

> 他注定要沦落到荒凉的海滩，
> 一座小堡垒，一个心怀疑虑的人；
> 他留下使世界苍白的名字，
> 指出一个寓意，或把故事粉饰。

约翰逊在高夫广场着手的另一项文学工作是莎士比亚全集注释本。早在1744年他就在筹划这项工程了。到1756年，《字典》编纂完成之后，他才开始这项工作，这又是一出延迟的喜剧。可以说他是卷起袖口宣布说这一版将在下一年的圣诞节之前完

---

① 托马斯·利底亚(1572—1646)：牛津学者，因为同情王党，贫困至死。伽利略(1564—1642)：著名天文学家，1633年被认为是异端，由天主教法庭判罪入狱，死时双目已盲。
王佐良主编：《英国诗选》，上海译文出版社，1988年，第170页，吕千飞译。

成,人们纷纷订阅,但九年后他才完成!他的勤勉需用畿尼来刺激,而这也许是出版商不讲求任何技巧的刺激。

# 《诗人传》

1777年,在舰队街波尔特巷的最后一栋房子里,约翰逊开始撰写杰出的系列批评传记《诗人传》,他起初是想给1779—1781年间一批书商出版的英国诗人的作品写序言。《诗人传》是他最杰出的、也是最不朽的作品,既展现了他关于诗歌和文学概念的褊狭,也表明了他的洞察力在其兴趣范围内的影响和敏锐。除了他所处时代的诗歌之外,他对任何诗歌都不加赞赏。但我们可以把奥古斯丁·比勒尔的评论跟这一事实加以比较:"约翰逊在写斯普拉特、史密斯或芬顿时,与他写弥尔顿或格雷时一样有趣。他也不太有启发性。我最喜欢的是理查德·布莱克莫尔的传记。诗人越可怜,就越受到他温和的对待。约翰逊把他所有粗暴的词语都留给了莎士比亚、弥尔顿和格雷。"

从传记的角度看,《诗人传》中最长的传记是最好的,那是给他早年的朋友萨维奇写的,我们在前面已经提到过他了;最好的批评文章是关于德莱顿、蒲柏和考利的。

照片:里施基斯收藏馆

《乔舒亚·雷诺兹家的文学聚会》(詹姆斯·E. 多伊尔)
从左到右依次为:詹姆斯·鲍斯威尔,约翰逊博士,乔舒亚·雷诺兹,大卫·加里克,埃德蒙·柏克,巴斯卡尔·保利,查尔斯·伯尼,沃尔顿和奥利弗·哥尔德斯密斯
乔舒亚·雷诺兹爵士的住所,这些人聚会的地方,现在仍在莱斯特广场西面。

虽然《诗人传》有很多缺点，但其中还是有很多段落具有敏锐的洞察力和鲜活的常识。《诗人传》的传记部分在收集事实资料方面给约翰逊带来了很多麻烦。他的信息来源包括许多不同的方面，"来自书籍，部分来自已经封存许久的资料；来自格拉布街的传统；来自长期躺在教区储藏室的那些蹩脚诗人和小册子作者。"幸运的是，他简化了自己的风格以同他的主题相一致。

## 约翰逊的演讲

如果要对约翰逊的作品做出这么多中庸的评价，人们会公平地提出这样的问题：他怎么会在那个时代的文学界声名鹊起？他的名字和名气何以会长盛不衰？可以保险而不会引起争论地说，我们的文学中有三个最重要的名字"进入了"最朴素、最没有文化的人们的心中，那就是莎士比亚、约翰逊博士和查尔斯·狄更斯。甚至还可以冒昧地说，在乡村旅馆和伦敦车夫住所里的争论中，约翰逊博士的名字比莎士比亚还容易被人接受。这种持久的力量首先有赖于约翰逊的《字典》。虽然这并非第一部英语字典，但在普通人的头脑中，它算是第一部，在某种意义上，也是最后一部。查询一个词的意思或对某词的意思没有把握的话，传统上仍然要求助于约翰逊博士，而且需要不断地为词和术语下定义，所以词典编纂者的名字就永远与这种查询不可分割了。其次，约翰逊在评价和论证方面具有非凡的才能，他诉诸普通人的思维。把拳头重重砸在小酒馆的桌子上，口中叫出约翰逊博士的名字，仍然是有分量的，仍然会使辩论暂停。这就是约翰逊博士在世时对他的朋友、对熟人和关系较疏远的崇拜者所产生的魔力。他被称为"文学独裁"和"文学泰斗"，这两个称号大大得益于他的演讲而非他的作品，"文学独裁"这个称号是切斯特菲尔德给他的，"文学泰斗"也许是托拜厄斯·斯摩莱特首先给他的。培根说过："读书使人充实，讨论使人机智，笔记使人准确。"约翰逊深入阅读，经常与人相聚讨论问题，写作时勤勉程度不一。但如果没有这些准备，他可能还成不了那样的演讲天才，可能永远都不能让那些男男女女被他的演讲打动，就像他在苏格兰的偏远地区时，人人都为他的魅力所折服。"他是一个智慧宝库，"洛赫柏夫人说。"听这个人演讲就像是听音乐一样。"这是约翰逊在解释制皮革的整个过程时，尤里尼什给他的评价！

构成他演讲的主要因素是机智、理智和知识；他的秘诀在于他具有相当充足的机智、理智和知识，而且从来不会迷惑。他经常出错，但从不会缺乏说服力。如果他不常常令人难忘的正确，也就不会成为他所处时代的文学独裁了。他并不是像柯勒律治那样一个人娓娓道来。他交谈是因为有人跟他攀谈，而目的则是将他认为是不恰当的内容纠正过来：在制伏了一个敌人、揭露了一个谬误之后，他已准备好对付下一个了。"难道没有，"有一天鲍斯威尔恳求他说，"难道没有非常愉快的不争上风的交谈吗？"

舰队街"老柴郡奶酪酒馆"的内部

虽然鲍斯威尔或当时有关约翰逊的记录并没有提到过位于舰队街葡萄酒法院办公室的著名柴郡奶酪酒馆,但是长久以来一直有一个令人信服的传说,说这是约翰逊经常光顾的地方之一;现在其摆设肯定是他熟悉的样子。约翰逊博士的座位就在右边的角落里,上面有铜牌标出。

约翰逊回答说:"没有欢快的交谈,先生。"只有活跃的交谈才能满足他。在前一天晚上,鲍斯威尔发现约翰逊对自己的非凡才华很满意。"嗯,我们谈得很愉快。""是的,先生,"鲍斯威尔说,"你狠狠修理了几个人。"

正如比勒尔先生所说:"他们是来被狠狠修理的。他们真的很需要同情吗?他们得到了我们的同情,而约翰逊博士赢得了赞许。"

人们确实同情皇家学院的负责人老莫泽,他喊道:"住口!住口!约翰逊博士要说话了!"这让哥尔德斯密斯非常恼火。这个插嘴的人仍然被大家嘲笑,他的行为却明确了约翰逊在交谈中非凡的支配地位。人们确实愿意听他说话。

## 第二节 奥利弗·哥尔德斯密斯

的确,现在是时候让奥利弗·哥尔德斯密斯出场了。他比约翰逊小19岁,关于他们的第一次会面,我们没有确切的记载。传记作家们使我们非常熟悉18世纪的这两

《奥利弗·哥尔德斯密斯博士》(雷诺兹)

照片：里施基斯收藏馆

这幅画像为萨克维尔伯爵所有。吉乌塞佩·马奇用网线铜板雕刻了一幅精彩的版画。

个人。哥尔德斯密斯的父亲是一位贫穷的爱尔兰牧师，叫雷维·查尔斯·哥尔德斯密斯，他就出生于父亲在朗福德县帕拉斯的牧师住宅里。两年后，他们家就搬到了西米斯郡的利索村，父亲在那里得到了一个赚钱更多的牧师职位。1770 年，哥尔德斯密斯创作他最优秀的诗作《荒村》时，时刻萦绕在心头的就是利索村平常的景色和那里的人。开始的几行充满了渴望的回忆：

> 亲爱的奥本①，境内最可爱的乡村，
> 健康与富庶鼓舞着辛勤的农人，
> 微笑的春天首先访问此地，
> 夏末剩余的花留连不肯去，
> 天真与安逸之舒适的住宅，
> 我青春的家乡，那时节事事皆可开怀，
> 多少次我在你的草地上逡巡，
> 朴素的幸福使每一景色倍觉可亲；②

在对那位年老的乡村牧师的描写中，他用了一个非常动人的明喻。

---

① 奥本 (Auburn) 是虚拟的地名，哥尔德斯密斯显然是想到他早年居住的家乡，爱尔兰的利索 (Lissoy)，但是诗中主要的背景是英格兰，不是爱尔兰。
② 梁实秋译注：《英国文学选》(第 3 卷)，台北，协志工业出版社，1985 年，第 1739 页。

>他的心，他的爱，他的悲哀全给了他们，
>但是他的严肃的思想都寄托在天和神。
>像山上一座高峰，形势陡峭，
>从谷中耸起，半途中脱离了风暴，
>虽然白云滚滚环绕着它的胸，
>永恒的阳光却照着它的头顶。①

但最富于感情的，是在暴风雨中飘摇的伦敦文人讲述的他那无法实现的梦想，那就是在生命伊始的景色中结束自己的生命。这里又有一个动人的明喻。

>在这个世界里我到处流浪潦倒，
>有过好多悲哀——上帝给我的一份不算少——
>我一直在希望，到了我的晚年，
>回到这朴素的住处来长眠；
>衰朽之年节省生命的蜡烛，
>以闲逸使烛火不致浪费无度。②
>……
>像是一只被猎人和猎狗追逐的野兔，
>急喘着奔回它当初走出来的洞窟，
>我仍怀着希望，等长期苦恼过去，
>回到此地——最后寿终在家里。③

## 《旅行者》

1745年哥尔德斯密斯来都柏林的三一学院学习。他是一个贫困的减费生，受到了很多羞辱。为了挣钱，他写过街头歌谣，每首可以拿五先令。1747年他获得了一笔奖学金，为了庆贺成功，他邀请了一些男女朋友在公寓里跳舞，这让他的指导教师怒火冲天，强行打断了这次舞会。他的大学生活始终不平静、不快乐，但他还是在1749年获得了学士学位。母亲住在巴利马洪，他在母亲的村舍中度过了两年时光。后来他考虑移民美国，但经过再三思量，他决定不这样做。1757年，在舅舅康泰利纳的资助下，他前往爱丁堡学医。1754年，他那无法安静下来的灵魂迫使他出国，在足足两年的时间里，沉浸在不可思议的流浪中，去过巴黎、斯特拉斯堡、帕多瓦和瑞士，还有法国各地，就这样积存了自己的印象和感受。十年后，在《旅行者》发表时，这些都帮助他

---

① 梁实秋译注：《英国文学选》（第3卷），台北，协志工业出版社，1985年，第1751页。
② 同上，第1744页。
③ 同上，第1745页。

确立了他作为诗人的声望。他将《旅行者》的第一篇文章寄给哥哥亨利，写了下面这些优美的诗句：

> 永恒的祝福给我最早的朋友戴上皇冠，
> 在他的住处周围守卫着无数圣贤；
> 那个地点被祝福，愉快的客人们回还，
> 放下手中的劳作，修剪篝火的夜晚；
> 有福了那个住所，渴望和痛苦得到了弥补，
> 每一个陌生人都找到了准备好的住处；
> 有福了那些盛宴，食物充足而素朴，
> 红润的脸庞走遍家家户户
> 笑话和嬉闹让人笑声朗朗，
> 凄惨的故事激起怜悯的感伤；
> 让羞涩的陌生人分享食物，
> 学会获得行善的财富。

从这所有这些——得到神秘资助的——流浪和思索中，哥尔德斯密斯回到了英国，既没有受到邀请，也没有受雇，实际上，他身无分文。1756年2月1日，他在多佛尔上岸，口袋中揣着一个他从来没有清楚交代的、也从来没有验证过的医学学位。不久，他就当上了一个名叫米尔纳博士的人在佩卡姆开办的学校的助理教员。正因如此，佩卡姆今天才会有"哥尔德斯密斯路"。米尔纳一家把他引荐给"书商"（18世纪的出版商）格里菲斯，他就这样进入了文学界。

## 《世界公民》

1757年，哥尔德斯密斯成为格里菲斯豢养的作家，住在佩特诺斯特街的一栋房子里，用格里菲斯给的薪水维持生计，听从格里菲斯夫人的摆布，后者修改了他的全部作品。对于一个无依无靠的作家来说，这是艰苦时期。正如约翰·福斯特所说："恩主已去，而公众尚未到来。"格里菲斯拥有并出版《每月评论》杂志，哥尔德斯密斯确曾"受雇"为其撰写评论文章。1757年，他说自己正靠着"很少量的医疗业务和小小的诗人名气"设法谋生。他的第一部成功之作并不是辛苦创作出来而现在已无人问津的《关于欧洲纯文学现状的探讨》（然而，文学编年史作者却不能忽略这部作品），而是1760年为约翰·纽伯瑞的《公簿报》创作的极具幽默讽刺意味的《中国人信札》，后来以书的形式发表，即《世界公民》。为仿效当时的文学风气，他将自己写成一位游历伦敦的中国学者，连续给北平的朋友写了许多信，信中讲的是他对伦敦和英国生活的大致印

象。这只不过是表面上的,实际上,哥尔德斯密斯是以自己的身份来写《世界公民》的,表达了或暗示了自己的观点。如果明智地略过一些内容的话,《世界公民》今天读来还会令人顿生快意,尤其是它对波·提博斯和"黑衣人"的描写。

## 《威克菲牧师传》

迄今为止,哥尔德斯密斯的生活方式还是跟住在阁楼上、替人家写各类文章的落魄文人没什么两样;但现在命运开始垂青于他,足以保证他可以换个住的地方。他不再是忍饥挨饿的穷作家了;他在舰队街的葡萄酒法院办公室租了一个体面的房间。以前就曾见过面的约翰逊博士现在会来拜访他,成了他亲密的朋友。在一个令人难忘的晚上,他热情款待了约翰逊博士和后来当上主教的珀西先生。约翰逊博士来哥尔德斯密斯家时,穿得比人们常见的样子还整洁、体面,当珀西注意到这一变化时,他说:"哎呀,先生,我听说哥尔德斯密斯是个非常不修边幅的人,经常以我的习惯为他自己不顾整洁体面开脱;今天晚上我很想向他展示一个更好的例子。"文学史上最美好的友谊之一就这样开始了。1746年,在约翰逊把哥尔德斯密斯从法警和坐牢的危险中拯救出来时,他们的友谊得到进一步巩固。事情的经过是约翰逊亲口告诉鲍斯威尔的:

一天早上,我收到可怜的哥尔德斯密斯派人送来的一封信,信上说他遇到了很大的麻烦,由于他本人不能来看我,所以请求我尽快去看他。我让人带给他一个畿尼,并且答应马上去他那里。我穿好衣服就去了,看见哥尔德斯密斯的房东太太正抓住他让他付房租。为此,哥尔德斯密斯情绪非常激动。我看到他已经把我给他的一畿尼兑换了,买了一瓶马德拉白葡萄酒,面前还摆了一只玻璃杯。我把瓶塞塞好,希望他冷静下来。我跟他商量怎样才能摆脱眼前的困境。哥尔德斯密斯告诉我说他已经写好了一部小说,准备发表。他拿给我看,我大概翻了一下,觉得这部小说相当不错;我跟房东太太说我出去一下,马上就回来;我找到一个书商,把小说卖了60英镑。我把钱拿给哥尔德斯密斯,他用这钱付了房租,并尖声责骂房东太太如何恶劣地对待他。

哥尔德斯密斯的雇主圣保罗教堂庭园的约翰·纽伯瑞买下了《威克菲牧师传》。但是,他只是听了约翰逊的建议才这么做的,两年后,他才出版了这部作品。

从《威克菲牧师传》的故事细节来看,这并不是一部优秀的小说。哥尔德斯密斯在这部书的"自序"中写道"这本书中有一百处毛病",这是真的。这本书的美妙之处在于故事中偶然发生的喜剧,还有对单纯人性的细腻刻画。这部小说打动了英国读者的心,也同样打动了德国和法国读者。那位趣味高雅的歌德先生非常喜欢这部小说,认为它讲述了那些"将人们从生活的所有错误中拯救出来"的故事。

照片：里施基斯收藏馆

《约翰逊、哥尔德斯密斯和鲍斯威尔在米特酒馆》（艾尔·克罗）

约翰逊最喜欢光顾的地方——米特酒馆——已经不复存在了。它位于舰队街的南面，差不多就在霍尔银行所在的地方。

照片：里施基斯收藏馆

《约翰逊博士从房东太太手中救出哥尔德斯密斯》（E. M. 沃德）

这一著名的会面究竟发生在舰队街的葡萄酒法院办公室还是伊斯灵顿，这不太确定。

在剧作《好脾气的人》和《委曲求全》中，哥尔德斯密斯创作轻松自然喜剧的才能均有所体现。在《委曲求全》中，有一场讲的是那位乡绅在男仆们服侍客人就餐之前训练他们如何举止得当，这是英国喜剧中最精彩的一幕。

在生命的最后五六年里，哥尔德斯密斯并不贫困，尽管也不富裕。他是约翰逊创立的"文学俱乐部"中很受人喜爱的一员。1774年，他在位于巴克院的坦普尔单人套间里去世。乔舒亚·雷诺兹爵士听到这个噩耗时，一整天没拿画笔。埃德蒙·柏克竟哭了起来。今天，在坦普尔，哥尔德斯密斯的墓碑只大致标出了埋葬的地方，喜欢他笔下的人物和他的天才的人们都会去那里参观。

# 第三节　埃德蒙·柏克

从学识上讲，柏克是约翰逊文学圈子中最伟大的一位。鲍斯威尔等人向我们生动地描绘了这个人物。本质上，埃德蒙·柏克是一位政治思想家，以文学来装饰他的演说与著作。他的早期著作《崇高和美的概念根源的哲学探索》现在很少有人问津，但是，莫利勋爵指出了它具有的不朽价值："这是对下面这一原则进行的非常详尽的阐述，即只要艺术批评家们将研究限制在诗歌、绘画、雕刻、雕塑和建筑等方面，而不是首先整理人类的感受和各种能力——而这是艺术吸引人的地方，他们就是在错误的地方寻找艺术原则，不久前艾迪生就曾怯生生地阐明过这一点。"

莫利勋爵也断言柏克的三部著作《美国征税演说》、《与美洲和解演说》和《给布里斯托尔郡长们的信》"对于着手进行公共事务研究的人来说"，已成为"我们文学中或任何文学中最理想的指南"。

## 伟大散文表达的伟大思想

柏克的作品拓展了读者的思维，正如谈论拓展了约翰逊的思维一样。他的散文是英语中最优美的文学作品之一，富于精彩的分析和令人难忘的意象。"将一流诗人的想象力用到事实和生活事件之中，这正是柏克的独特之处和令他引以为豪的。"比勒尔先生说，"阿诺德

照片：W.A.曼塞尔公司

**《下院议员埃德承蒙·柏克》(雷诺兹)**
政治家，演说家，作家

柏克和雷诺兹都是那个著名俱乐部中的成员，约翰逊是这个俱乐部中的首要人物。

谈到索福克勒斯时说:'他镇定地看待生活,而且全面看待它。'用'有组织的社会'来代替'生活'这个词,你就可以窥见柏克心灵的深处。他的凝视具有一种包容性。他知道整个世界是怎样生活的。……华兹华斯被称为'自然的高级牧师'。柏克也许可以被称为'秩序的高级牧师'——他热爱固定的方式,热爱正义、和平和安定。他的作品是一个智慧宝库,储存的不是纯粹老于世故的人具有的那种没什么价值的精明,而是一个既有诗人的心灵又有政治家头脑的人所拥有的高尚的、有启发性的智慧。"普通读者可以在他的作品中研究这些特点,当然让他们最有收获和读起来最快乐的作品应该是他的《法国革命论》,他强烈呼吁人类政府的秩序和连续性,强烈呼吁正义和国家之间、公民之间的相互同情。下面对玛丽·安托瓦尼特的想象表明了柏克的散文轻而易举地达到的华美。

我见到这位法国王后至今已有十六七年了,[①]当时她在凡尔赛宫中是太子的王妃,而且在这个宝球[②]上——她似乎没有触摸过这个宝球——她确实从来不曾焕发过更为光彩的仪表。我看见她正在远处点缀着并欢欣地招呼着她刚刚开始步入的那座高耸的圆顶建筑——她闪耀着像是启明星,充满了生气、光辉和欢愉。啊!是什么样的革命!我必须要有怎样的一颗心,才能不动感情地观照那场升起和那场没落!我简直没有梦想过,当她对那些地位悬殊的、充满着热诚而又尊崇爱戴之情的人们授予可敬的头衔时,她却竟然要不得尽力消除隐藏在他们胸中的那种羞耻;我简直没有梦想过,我竟然活着看到了在一个充满了豪侠之士的国度里、在一个充满了绅士和骑士的国度里,会有这样的灾难发生在她的身上。我以为哪怕是一个对她带有侮辱性的眼光,都必定会有一万支宝剑拔出鞘来为她复仇的。但是骑士的时代已经成为过去了。继之而来的是诡辩家、经济家和计算家的时代;令欧洲引以为傲的东西永远消失了。我们永远、永远也不会再看到那种对上级、对女性的慷慨的效忠、那种骄傲的驯服、那种庄严的顺从、那种衷心的服从——它们哪怕是在卑顺本身之中,也保持着一种崇高的自由精神。那种买不到的生命的优雅,那种不计代价的保卫国家,那种对英勇的情操和英雄事业的培育,都已经消逝了!那种原则感,那种荣誉的纯洁——它感到任何一种玷污都是一种创伤,它激励着人们的英勇,同时平息了残暴;它使它所触及的一切东西都变得高贵,而且由于它的邪恶本身也因为失去了其全部的粗暴而失去了其自身一半的罪过——这一切都成为过去了。[③]

许多其他人可以被看作是约翰逊文学圈子中的成员——塞缪尔·理查逊、谢里丹、

---

[①] 作者曾于 1774 年见过这位王后。
[②] 宝球(Orb),象征王权的宝球,球顶上有一个十字架。
[③] [英]柏克著,何兆武、许振洲、彭刚译:《法国革命论》,北京,商务印书馆,1999 年,第 100—101 页。译文略有改动。

吉本等,他们会在其他更为合适的章节中谈到。应该记住的是,约翰逊之所以与英国小说联系在一起,不仅是因为他对理查逊的赞赏,还因为他后来对英国第一位真正著名的女小说家范妮·伯尼(后来的达布莱夫人)给以父亲般的鼓励。他称赞理查逊"扩大了对人性的了解,指导热情在道德的指令下活动"。范妮·伯尼的《埃维莉娜》1778年出版,立刻就获得了成功。约翰逊博士称其中的篇章堪与理查逊的作品相媲美;柏克、吉本、雷诺兹和谢里丹都对她赞许有加。范妮·伯尼再也没有取得这样的成功,虽然今天的人们仍然可以开心地阅读她的小说《塞西里娅》(1782)。圣茨伯利教授这样描述她的四部小说:"《埃维莉娜》使人愉快;《塞西里娅》令人赞赏;《卡米拉》值得称道;《漫游者》难以忍受。"她的《日记与尺牍》是对乔治三世宫廷和她喜欢的文学会的精彩活泼的记录,为我们了解她所处的时代提供了大量资料,那个时代一直延续到维多利亚时代的前三年。

## 参考书目

**约翰逊博士:**

Boswell's *Life of Johnson*, G. Birkbeck Hills, 伟大而不朽的版本 (6 vols.)。当然也有许多廉价版本。

Johnson's *Lives of the English Poets* (2 vols.), in the World's Classics.

Sir Leslie Stephen's *Johnson*.

**奥利弗·哥尔德斯密斯:**

*The Vicar of Wakefield*, in Everyman's Library.

*Poems and Plays* (1 vol.), in Everyman's Library.

William Black's *Goldsmith*.

**埃德蒙·柏克:**

*Reflections on French Revolution,* in Everyman's Library.

Viscount Morley's *Burke*.

**范妮·伯尼:**

*Evelina* in Everyman's Library.

# 第二十一章　爱德华·吉本和18世纪其他散文作家

## 第一节　吉　本

追溯历史作品的发展并不是本书的范围。历史写作很早就出现了,在每个历史时期都在进行。对于英国读者来说,四位历史学家比其他历史学家更为重要——吉本、麦考利、卡莱尔和弗劳德,我们还要加上一位约翰·理查德·格林。

18世纪中叶,英国历史写作取得了第一个令人瞩目的进展。大卫·休谟既是哲学家也是历史学家,但是他的哲学和他的历史都无法在本书中讨论。考虑到所有情况,我们中有很多人都会愿意赞同弗雷德里克·哈里森的观点,即认为吉本是所有国家、所有时代成就最大的历史学家。但这也并不妨碍我们同意麦考利是所有历史作家中最伟大的一位。这一论断也不会阻止我们断言,纯粹看风格的优美和灵巧,弗劳德仍然是无与伦比的。最后,我们高兴地承认就历史直觉力而言,若用一个词组来刻画人物的能力,自塔西佗以来还没有人能比得上托马斯·卡莱尔。我们再来补充一句,有些读者仍然将希罗多德和修昔底德列在任何其他历史学家之上。

照片:里施基斯收藏馆　　依据 H.沃尔顿的画作

**爱德华·吉本**
伦敦国家肖像馆

历史学家 E.A. 弗里曼写道:"吉本被别人取代似乎是不可能的……"吉本为自己写了不下七次传记,或许是想把这些版本合而为一,但他没有做到。所有这些自传都于1896年出版。不过,谢菲尔德勋爵将它们融为了一体。

## 早年岁月

吉本于1737年生于帕特尼。他上中小学和大学时，几乎看不出将会取得什么杰出的成就。在威斯敏斯特学校，他用几年时间掌握了古希腊语和古罗马语的基础，后来，15岁时，他进入了牛津大学莫德林学院，在那个时代，15岁便到牛津来学习是非同寻常的。在牛津，他度过了自己在那部有趣的《自传》中所说的"毫无意义的十四个月"。那时是古老大学的黑暗时代；在学习方面，指导老师几乎没有给吉本什么帮助和鼓励。但他如饥似渴地阅读。很快他就放弃了英国国教的信条，后来有一段时间他在穆罕默德和罗马教皇之间犹豫不决，最终他选择了罗马天主教会。年轻的儿子在宗教上的这些奇想让老吉本非常惊恐，因此他决定让他离家，把他送到洛桑一位和蔼、文雅的瑞典牧师家里。

后来证明这是这位历史学家一生中的转折点；因为就在对他的性格形成最有影响的几年中，他到了法国那些有影响的人物中间，而这时他们的影响力是最强大的。那正是百科全书派的时代，是狄德罗、伏尔泰和卢梭的时代。卢梭生于日内瓦；那里崎岖的山顶俯视着安纳西湖湖面，吉本就在那山顶上眺望湖水，他那浪漫的天才开始显露。伏尔泰在费尔奈城堡隐居，那里离洛桑很近。这些事实酿成了两个结果——吉本从信仰天主教转而信仰怀疑主义，而不是英国国教，再就是他实际上变得更像法国人而不像英国人了。

在洛桑时，他开始恋爱，这也是他一生中唯一一次恋爱。他爱慕的对象是一个名叫苏珊娜·絮肖的姑娘。但命运女神并没有垂青于他。父亲再次为之大为惊慌，给儿子发去严令让他放弃求婚。

如果吉本坚持的话，或许我们会更尊重他，但他没有。用他自己的话说，他"作为情人叹了口气，作为儿子遵从了父命。"苏珊娜不久之后嫁给了内克——这位能干的金融家1789年曾将法国从破产中拯救出来——成了著名的斯塔尔夫人的母亲。

# 第二节

## 伟大的历史

《罗马帝国衰亡史》也许是所有时代最伟大的历史。1765年吉本坐在古罗马主神殿的废墟中，望着太阳在这座不灭之城的上空逐渐落下，就是在这个时候，吉本构想出了这项宏伟庞大的计划，那就是讲述强国罗马衰落的历史，从安敦尼王朝开始到君士坦丁堡被土耳其人占领结束。这幅巨大的画卷包括了十四个世纪，其中有一些是世

《战车比赛》(亚历山大·瓦格纳)
曼彻斯特美术馆

起初在狩猎和战争中使用的战车,后来被改造用来进行比赛和公众游行。

在罗马竞技场上,战车比赛极为流行。表演者都受人收表,一个成功的战车御者会因其立下的功劳得到丰厚的奖赏。

随着岁月的流逝,战车比赛变得声名狼藉,这是罗马人的盲目热忱造成的,他们经常为了支持他们最喜欢的党派而往往会导致发生暴力行为。

用吉本的话说:"这种血腥的骚乱性的竞赛直到罗马娱乐盛会的末期,一直视得公共节日不得安宁。"

照片：安德森

**古罗马广场的废墟**

在古罗马广场破碎的柱子、罗马市场和罗马民众聚会地点的另一边，矗立着巨大的古罗马主神殿。《罗马帝国衰亡史》也许是所有时代最伟大的历史。1765年吉本坐在古罗马主神殿的废墟中，望着太阳在这座不灭之城的上空逐渐落下，就是在这个时候，吉本构想了这项宏伟庞大的计划，那就是讲述强国罗马衰落的历史。

界历史上最辉煌的时代。他要依次讨论罗马的衰落，基督教的兴起和胜利，拜占庭帝国的建立，伊斯兰教的胜利，中世纪宗教和政治的差异和分裂，西方民族国家的兴起，拜占庭帝国与在东方不断侵占其他国家的土耳其人之间的斗争。这的确是赫拉克勒斯要完成的工作——查阅、消化所有现存的权威著作；之后从无关紧要的材料中把素材挑选出来；最后讲述整个漫长的历史，让每一个人物和每一个事实都各归各位，以便使其一致起来，具有整体感。吉本成功地完成了这项最艰巨的任务。自那以后，学术突飞猛进，但人们很少会发现他有什么大错，这是令人惊讶的。其产生的文学效果极好。这部作品就像一座肃穆的希腊神庙屹立在我们面前，坚固地建在一块石头上，牢固、对称、优美。

构成《罗马帝国衰亡史》的成分，正如奥古斯丁·比勒尔所说，是"崇高的构思，塑形的智力，熟练掌握的学识，庄严的措辞，以及每日的辛苦工作"。在同一篇文章中，比勒尔先生说道："赞扬吉本并不是完全多余；称赞他的历史就完全多余了。现在它已

**阿提拉**
罗马,梵蒂冈

阿提拉是最著名的毁灭罗马帝国的匈奴人,被称为"上帝之鞭"。他统治了意大利北部,只是因为教皇利奥一世求情才放过了罗马。

经进入第二个世纪了。时间还没有对它产生作用。它保持不变,其权威性也没有被削弱。它见证了许多出现后又消失了的历史,如果要把它们列举出来,会招致别人的不满。它的缺点已经被指出来了——这是很好的;它的不公正被揭露出来了——那是合理的;它的风格受到了批评——那是恰当的。但仍然有人读它。'不管还要读别的什么,'弗里曼教授说,'吉本是一定要读的。'"

吉本生活在一个批评的时代,冷静的、怀疑的、质询的时代。他完全具有当时普遍流行的观点。他那杰出的才智散发出了最耀眼的光芒,但却从来不使人感到温暖。他步履维艰地走过了几个时代,就像一个完全掌握了资料的人;但他却带有那种愤世嫉俗者的嘲讽,在愤世嫉俗者看来,最伟大的人都渺小得可笑,影响了民心的伟大运动似乎在很大程度上都建立在幻想之上。

吉本最常使用的武器是讽刺,而且使用得最成功。他生活在这样一个时代,那时要怀疑在前三个世纪的基督教传播中的奇迹要素仍然是危险的。但不能公开说的事情

照片：里施基斯收藏馆  承蒙利物浦公司惠允翻拍

**背教者尤里安主持宗派会议**
依据英国皇家艺术院院士阿米蒂奇的画作
利物浦沃克美术馆

公元361年到363年间，尤里安任罗马皇帝，他因摒弃基督教并下令废除"基督徒"这一名称而闻名于世；他在远征波斯时受了致命伤后吐出的最后几个字甚至让他更有名，即"哦，加利利人，你已经胜利了！"

却可以讽刺地影射。确实，不管吉本要怎样对待教会事务，他这种过分放纵的嘲弄口吻都破坏了作品的效果。

他尤其贬低基督教，"他所认为的适合对基督教使用的口吻，"比勒尔说，"除了所有特殊的考虑之外，是不对的。没有人重要到可以轻蔑地谈及他的同胞们时时会加诸在上帝身上的意义。在哲学家那里算是欠考虑的一种行为，在历史学家那里就是荒谬可笑的。吉本的讽刺不能改变这一事实，那就是他选的《罗马帝国衰亡史》同样可以被叫做'基督教的兴起和发展'，正如迪安·斯坦利所说。……吉本是用英语写作的唯一一位可以称得上是教会历史学家的人，这是红衣主教纽曼的断言。"

吉本的文风没有达到完善。他总是庄严的；但在最糟糕的时候，他也矫揉造作、华而不实。他的用词虽然比朋友约翰逊博士的用词较少遭到讽刺，但远远比不上哥尔德斯密斯或柏克的用词那么纯粹。他并不是那种可以很容易让人引用其较短文字的作家；下面这几句文字可以让人们对他那庄严轻松的叙述稍微有些了解：

  图拉真的充满野心的黩武精神和他的前一任皇帝的温和政策形成了奇特的对照。哈德良无休止的活动和安东尼·庇乌斯的温和、娴静的态度相比起来，自然也不会显得不那么突出了。前者的生活几乎是始终处在永无止境的旅途之中。由于他具有多方面的，包括军人、政治家和学者的才能，他通过完成自己的职责便可以完全满足了自己的好奇心。完全不顾季节和气候的变化，他始终光着头徒步在喀里多尼亚的雪地上和上埃及的酷热的平原上行军；在他统治期间，帝国所有的省份没有一处不曾受到这位专制帝王的光临。①

  下面对穆罕默德的描绘出自《罗马帝国衰亡史》：

  根据与他交往的人们的说法，穆罕默德生得非同一般的秀美，这一外表上的天赋，除了自己与他完全无缘的人，是不会有人感到厌恶的。他演说时，在他开口之前便已使在场的数目或多或少的听众在感情上和他站在一起了。他们对他的先声夺人的威仪、他的威严的神态、他的炯炯的目光、他的优美的笑、他的飘动的胡须、他的透露出内心深处的各种感受的面容和加强他的每一句话的表现能力的手势，都止不住连连喝彩。在日常生活的事务中，他一丝不苟地处处按照本国严肃认真的谦虚态度行事：他对有权有势的人的尊重，由于他对麦加最贫贱的市民的关心和和蔼而更显得高尚；他的坦率的态度掩盖了他的观点的深刻；他的礼貌周到的习惯被看作是个人友情或普遍的善愿的表现。他博闻强记，谈笑风生；他的想象力十分高超；判断力清楚明白、迅速而果断。他在思想和行动两方面都充满勇气；而尽管随着取得的成功他可能逐步扩大他的计划，他对他的神圣使命所抱的最初的想法，却仍然带有独创的非凡才能的印记。

  阿卜达拉的儿子是在高贵的人群的怀抱中接受的教育，始终使用着最纯正的阿拉伯半岛的方言；他的十分流畅的谈吐，因他及时采用审慎的沉默而得到纠正和更为加强。尽管有如此非同一般的口才，穆罕默德却仍是个一字不识的野蛮人；他年轻时从未学过读书、写字；普遍的无知使他免受人们的讥笑和责难，但他却因此生活在一个十分狭窄的圈子里，而且使他没有机会见到那些可以忠实地向我们的头脑中反映圣哲和英雄们的思想情况的镜子。不过自然和人这两本书却始终展示在他的眼前；那些被归之于这位阿拉伯旅游家的政治和哲学观点，也有许多出于人们的想象。他把全球的民族和宗教一一加以比较；发现了波斯和罗马王国的弱点；以怜悯和愤怒的感情观看着时代的堕落；决心在一个神灵和一个国王之下，把具有不可战胜精神的阿拉伯人全部统一起来。我

---

① [英]爱德华·吉本著，黄宜思、黄雨石译：《罗马帝国衰亡史》(上)，北京，商务印书馆，1997年，第25页。译文略有改动。

们今天通过更精细的研究初步发现，在穆罕默德前往叙利亚的两次旅行中，他并没有拜访东部的朝廷、军营和庙宇，而仅只局限于博斯特拉和大马士革的市场；在他随着他叔父的商队外出的时候，他才不过13岁；而在他把卡狄亚的商品作个交代之后，出于职务上的需要，他必须立即再往回赶。在这种来去匆匆、走马观花的旅行中，他的天才的眼睛可能会看到一些他的普通伙伴们所见不到的东西；某些知识的种子可能被抛在能够使它发育长大的土壤上；但他对叙利亚语的全然无知，必然会限制住他的好奇心；而且在穆罕默德的生活或作品中，我也看不出他的视野曾远及阿拉伯半岛以外的世界。每年，通过宗教虔诚和商业活动的召唤，大批去麦加的香客从那个荒凉地区的各个角落集中起来；在这群众性的自由交往中，一个普普通通只会本地语言的市民也可以从中研究各部落的政治状况和特性，犹太人和基督教徒的理论和实践。某些有用的陌生人也许会被诱或被迫争取受到殷勤款待的权利；穆罕默德的敌人曾提到犹太、波斯和叙利亚的僧侣，责怪他们暗中帮助制作了《古兰经》。与人交谈有助于增强理解，而独孤却能培育天才；做一件工作能够始终如一表明他具有少有的艺术家的才能。穆罕默德从幼年时候起便习惯于思索宗教问题；每年到了斋月，他一定离开人群，离开卡狄亚的怀抱，跑到离麦加三英里的希拉石窟去，向那并非居住在天上，而是居住在先知头脑中的欺骗或狂热的精灵讨教。在伊斯兰的名义下，他向他的家人和民族所宣讲的教义是，世上只有一个真主，而穆罕默德则是真主的使徒，这话中既有永恒的真理，也有必需的编造。①

吉本的风格令人印象深刻，正如圣茨伯利教授所描述的："主要在于句子的绵延起伏，自始至终都有波动，句子结尾的声音是为了在下一个句子完全展开之前在感觉和气息的间歇中回荡。"

从文学的角度看，吉本写的那部有趣的《自传》是他作品中最重要的，但同七大卷的《罗马帝国衰亡史》相比就完全黯然失色了。《罗马帝国衰亡史》的第一卷1776年出版，最后一卷1788年出版。1794年1月16日，他在伦敦突然逝世。

吉本是一个沉着冷静的人。他举止做作，但却非常健谈。"有人曾经机智地说他最后相信了他就是罗马帝国，不管怎样，他跟罗马帝国一样高贵、威严。"

---

① [英]爱德华·吉本著，黄宜思、黄雨石译：《罗马帝国衰亡史》(下)，北京，商务印书馆，1997年，第348—350页。

# 第三节

## 霍勒斯·沃尔浦尔

如同吉本代表了18世纪那种超然、高雅的怀疑主义,沃尔浦尔主要体现了18世纪的雕饰及其对无关紧要之物的喜欢。霍勒斯·沃尔浦尔写的信是这个世纪最有启发性的文献。切斯特菲尔德勋爵写给儿子的那些著名信件也展现了他那个时代的心理,如玛丽·沃特利·蒙塔古夫人写的信一样,不过程度较小。

## 著名的散文作家

这个时期的其他著名散文作家有历史学家大卫·休谟,经济学家和《国富论》的作者亚当·斯密,政治哲学家杰里米·边沁,他们在一个不同寻常的理性时代将起源于培根、霍布斯和洛克的英国哲学传统继续下去。

## 詹姆斯·鲍斯威尔

我们的文学也许是任何文学所拥有的最伟大、最有趣的传记,应该归功于詹姆斯·鲍斯威尔。他比他那位伟大的老师和传记对象约翰逊博士多活了十一年。鲍斯威尔生于艾尔郡的奥欣莱克,来自一个古老的苏格兰法律世家,他自己也是苏格兰法律界一个很有前途的律师。但对鲍斯威尔来说,这个世界"有很多事情",而且很难想象他会在司法界通过辛苦工作获得成功。他有对事物感兴趣的天才,非常喜爱公众感兴趣的新闻和活跃的人际交往。当约翰逊形容他为"世界上最好的旅行伴侣"时,他已经概括了关于鲍斯威尔的很多品质。因为他过得愉快所以才令人愉快,他对事物感兴趣所以才有趣。只有这才能合理地解释他作为一个传记作家取得的非凡成就。他的自我放纵,他的虚荣,他那经常显得愚蠢的直率,还有他对声誉的渴望,这些都不会让人小觑他那敏捷的观察、无限的快乐和令人羡慕的自满。

**约翰·洛克**

洛克生于1632年,现在仍是最不容忽视的英国哲学家之一。他1690年发表的《人类理智论》对英国和法国的思想产生了广泛影响。他用了18年时间撰写这部作品。在文中,他论述了观念与观念的联合,思想和言语的关系,知识的本质和用途,还有强加于人类理智的限制。伯克利、休谟和斯宾塞继续了他的探索,但康德将其发展得最远。

《詹姆斯·鲍斯威尔》(J. 雷诺兹爵士)
伦敦英国国家艺术馆

这幅画像是乔舒亚爵士于1785年应鲍斯威尔的恳请所作,并且乔舒亚有一个条件,那就是他(鲍斯威尔)在西敏厅收到第一笔律师费时要付钱给他。

照片:里施基斯收藏馆

甚至在20岁时,鲍斯威尔就非常向往伦敦,向往认识文学界的重要人物。就是在23岁第二次去伦敦时,他见到了自己渴望认识的独裁者约翰逊。向约翰逊引见他的人是书商汤姆·戴维斯,地点是在戴维斯店铺的后堂,位于柯文特花园鲁塞尔大街,日期——这是鲍斯威尔一生中最难忘的日子——是1763年5月16日,约翰逊那时已经54岁了。鲍斯威尔像平常那样率直地描述了发生的事情:

> 这一天终于来到了。5月16日,星期一,我和戴维斯先生和他的太太坐在他们房后的庭院里一起喝茶。约翰逊走进了书店,我们都没有料到。戴维斯先生从我们坐的那间屋子的门玻璃里看到他正朝我们走来。他可怕地向我通报说他走近了,他说这话的样子有些像扮演霍雷肖的演员告诉哈姆雷特他父亲的鬼魂出现了:"看,我的上帝,他来了。"

从那时起,这两个人就经常在一起,其间两个人有时会分开,因为鲍斯威尔要进行断断续续的法律研究、古怪的旅行,要结婚,要回苏格兰。约翰逊的密友很快就发现了他们的关系,而且有些恨他。"紧跟着约翰逊的那个没用的苏格兰佬是谁?"有人问道。"他不是个没用的家伙,"哥尔德斯密斯回答说,"他只是爱黏着别人。汤姆·戴维斯玩笑般地把他推给了约翰逊,而他就有粘人的本事。"是约翰逊硬让他进入文学俱乐部的。另一方面,正是鲍斯威尔通过纯粹的哄骗和很多秘密的策划迫使约翰逊到苏格兰和赫布里底群岛各地旅游观光。自始至终,他都清楚鲍斯威尔在给他写传记;事实上,他鼓励鲍斯威尔这样做。

鲍斯威尔的伟大作品真正令人称道和称奇之处在于他将同情、具有想象力的洞察力和勇气融合在一起,这是他的独特之处,自那之后再无出其右者了。

鲍斯威尔总是专注于他的传记对象,从来都不离题,也不会生厌,他的文风自然清晰。他公正地对待他的描写对象，决意要真实地表现他。对请求他温和地描写自己的汉纳·莫尔，他回答说："我不会把我的老虎写成猫来取悦任何人。"

在约翰逊 1784 年去世之后，鲍斯威尔开始撰写他的《与约翰逊同游赫布里底群岛记》。人们对这本书的接受各不相同；讽刺画家和批评家于其机智幽默中找到了丰富的素材，霍勒斯·沃尔浦尔称它是"一个江湖骗子和小丑的故事"。但是《与约翰逊同游赫布里底群岛记》正是《约翰逊传》的题材。《约翰逊传》1791 年 5 月问世，虽然遭到了很多批评，却很快就大受欢迎。第一版（1700 本）之后，1793 年又出了第二版。

1789 年鲍斯威尔的妻子去世，从那之后，他的生活就越来越不规律。他大病一场，不久之后就于 1795 年 5 月 19 日在伦敦去世。

## 第四节　吉尔伯特·怀特

没有什么比艾萨克·沃尔顿和下一位伟大的英国乡村作家吉尔伯特·怀特之间的对比更鲜明的了。怀特 1720 年生于汉普郡的塞耳彭，直到 1768 年之后，他才发表了那本让他的出生地声名大振的小书。无论在社交和文化方面，他都是 18 世纪受过教育的绅士的典型代表。他是他所上大学的校务委员会委员，并在家乡做乡村牧师的工作，一生未婚。1767 年，他开始写《塞耳彭自然史》，这是给他相识的一个自然学家的书信，那时他根本没有想过要付梓出版。毫无疑问，书中许多宁静的魅力都源于此；因为就自然简洁的风格而言，没有哪一本同样有名的书堪与之媲美。

这是第一部如此表现自然史事实的作品，它没有使用拉丁语，没有卖弄学问，没有提及传说中的传统，而以前所有那些关于这个主题的书中都有这些内容。它只字未提任何独角兽；它所谈的鸟和动物都像作者一样普通、熟悉。《塞耳彭自然史》没有充斥于理查德·杰弗里斯所有作品中的那种激情，或是标志着梭罗作品特点的那种哲学探讨。它也没有太多的沃尔顿的《钓客清谈》中的那种诗意和浪漫。平和、宁静、学者气、从容，这绝对是一部平淡的书，却是庄严的。如果人们得知这位作者可能经常在散步时从口袋里拿出一块布来拂去鞋上的灰尘，他们根本不会吃惊。这种一丝不苟的风格贯穿全书。观察和思考赋予了这部名著以趣味和魅力。

## 第五节　《朱尼厄斯信笺》

还有一位作家，或许因为他个人的神秘，同样还有他的文学成就，引起了人们相当大的注意。

从1769年1月21日到1772年1月21日,《大众广告》(Public Advertiser)上的专栏登出了一系列公开信,猛烈抨击英王和格拉夫顿公爵的政府,这些就是文学史上的《朱尼厄斯信笺》。许多年来,人们都在猜测这位作者的身份,除了其他人之外,人们认为这些信是柏克、查特曼、威尔克斯、切斯特菲尔德、霍恩·图克、霍勒斯·沃尔浦尔,还有吉本写的。然而,我们没有理由怀疑这些是菲利普·弗朗西斯爵士的作品。他是个反复无常的政客,曾在印度跟沃伦·黑斯廷斯决斗,卷入到一次臭名远扬的离婚诉讼之中,支持威尔伯福斯反对奴隶贸易的运动。朱尼厄斯是一个肤浅的政客,但他的谴责生动、激烈,堪与斯威夫特的讽刺比肩,在他之后,除了迪斯累里的《拉尼米德信笺》,英国文学史上再没有其他的政治作品具有同样的力度。

《朱尼厄斯信笺》的特征圣茨伯利教授已经总结过了。"假装出来的夸大的道德愤慨,哗众取宠的修辞疑问,对称平衡的对偶使用,如果不是用得太经常是非常机智的,对一些(但绝不是很多)节奏韵律非常敏感,修辞和隐喻具有独创性,巧妙地改用了专门使用专有名词的技巧,这种技巧麦考利勋爵在上半个世纪让他的读者们看得太多了——这些,虽然并不是全部,就是朱尼厄斯方法的主要特点。"

下面这一段文字节选自朱尼厄斯写给格拉夫顿公爵的一封信,该信含沙射影地抨击了乔治三世,表明了朱尼厄斯的方法和文风的典型特点:

> 对其他任何王子来说,令人羞愧地把他抛弃在那种痛苦之中,而那又是你独自造成的,让他遭受危险,在幻觉中看到他的王座周围站满了具有美德和能力之人,这可能会令他对你以前的效劳的记忆黯然失色。但陛下满怀正义,理解补偿的道理;他感激地记得你多么迅速地调整你的道德规范以适应为他服务的迫切需要,如何欣然放弃承诺的私下友谊,如何抛弃最庄严的公共职业。查塔姆伯爵的牺牲他看到了。甚至胆小和对他背信弃义也没有降低他对你的尊重。这个事实是痛心的,但原则会令人欣慰。

菲利普·弗朗西斯爵士于1818年逝世。

## 参考书目

**吉本**:
*The Decline and Fall of the Roman Empire*, edited by J. B. Bury, 7 vols..
*Life of Gibbon,* by J. Cotter Morison.
Essay by Augustine Birrell.

**切斯特菲尔德**:
*Letters to his Son*, 2 vols..

**大卫·休谟：**
　　*Treatise on Human Nature*, 2 vols..
　　*Essays*, 1741–1752（World's Classics）.
　　*History of England*, by J. S. Brewer.

**霍勒斯·沃尔浦尔：**
　　沃尔浦尔的 *Letters* 精选在 National Library 出版。

**亚当·斯密：**
　　*The Wealth of Nations*, 2 vols.（World's Classics）.

**托马斯·霍布斯：**
　　*The Leviathan*（Everyman's Library）.

**约翰·洛克：**
　　*The Philosophical Works*, 2 vols., in Bohn's Library.
　　*Essay on the Human Understanding*.

**塞耳彭的吉尔伯特·怀特：**
　　*Natural History of Selborn*（Everyman's Library）.

**詹姆斯·鲍斯威尔：**
　　*Journal of a Tour to the Hebrides with Samuel Johnson*（Everyman's Library）.
　　*Life of Samuel Johnson*, 1 vol.

**朱尼厄斯：**
　　*Letters*, 1 vol.

# 第二十二章　罗伯特·彭斯

## 第一节　罗伯特·彭斯

### 一个国家圣地

在距离艾尔郡大约两英里的小村子阿洛韦,有一幢两个房间的小屋,1759年1月25日罗伯特·彭斯就在这里出生了。当地始终怀疑真的有一种"乡土天才",但这位诗人的传记作家们从未认真看待过这种怀疑。这个简陋的小屋——毫无疑问巧妙地——保留了18世纪苏格兰农民家庭生活的每个特征。这是一个国家圣地,多少代人以来,它不仅吸引了那些热情的苏格兰人,还吸引了来自世界许多遥远地方的著名参观者。

这位诗人的父亲,威廉·彭斯或伯尼斯(因为他会这样交替拼写他的名字),是爱

照片:W.A.曼塞尔公司

**彭斯小屋。诗人出生的地方**

这个小屋坐落在艾尔郡附近的阿洛韦山谷。它被精心保存,成了诗人的无数仰慕者的朝圣之地。

# 第二十二章
## 罗伯特·彭斯

照片：里施基斯收藏馆

**《罗伯特·彭斯》**（史密斯，1787）
苏格兰民族肖像馆

丁堡附近一个勤劳的园丁，来到艾尔郡为一个在杜河堤岸边有一处小田产的绅士当园丁和监工。他从另一个土地所有者那里租了几亩土地，然后娶了阿格尼斯·布朗，虽然她没有受过传统意义上的教育，但却是一位非常聪明的女性，在故事、传统和诗歌等口头文化方面底蕴丰厚，这在那个时代的乡村妇女中是很普遍的。人们一般认为，罗伯特·彭斯，家里七个孩子中的长子，从母亲那里继承了他的性情、想象力和机智聪明。在外貌、人生观和性格方面，他跟父亲截然不同，但他父亲也有自己显著的、令人钦佩的个性。

罗伯特·彭斯受到的专业教育实际上是有限的，而且没有规律。有两年的时间，父亲和几个附近的住户一起雇了一位年轻的巡回教师教育他们的孩子，当这位优秀的牧师去了其他地方的时候，父亲就自己在家里教孩子。彭斯很早就喜欢阅读；蒲柏的作品和安妮女王时代最优秀的散文作家的书信集让12岁的彭斯开始坚持不懈地信手涂鸦。13岁时，他到达尔林普尔的一所学校去提高书法技巧；14岁时，他跟第一位家庭教师一起在艾尔度过了一段短暂的时光，学习英语、法语（一段时间之后，他就可以相当轻松地看法语了），还掌握了基础的拉丁语。17岁时，他进入柯科斯沃尔德的一所学校学习测量法，在那里度过的几个月里，他完成了他所接受过的全部传统教育。

照片：艾尔郡的斯蒂芬与波洛克

《老桥到新桥："你是乱堆的石冢，我将是桥。"》(J. 坎贝尔)

可以看到远处的老桥。彭斯所说的新桥1878年被拆掉，由第二座"新桥"取而代之。彭斯的诗歌对话《艾尔的桥》作于1786年，那时新桥正在修建。

这种断续的教育必然是彭斯贫困的家庭条件造成的。威廉·彭斯总是试图改善自己的社会地位，但每次都不顺利；离开阿洛韦的农舍和附近的小农田之后，他先后租了奥立凡山（Mount Oliphant）和洛荷利农场，但经营得都不成功，1784年，他因肺病去世。

## 早年奋斗

彭斯和弟弟吉尔伯特预料到了父亲经营洛荷利农场会失败，因此在父亲去世前三个月，他们就买下了莫斯吉尔农场，家中每个人的积蓄都用在了这个农场上，他们在这片冰冷、贫瘠的土地上耕作了四年。在这四年中，两兄弟每人每年只拿了七英镑的报酬。

如果说莫斯吉尔的农牧业产量很差，它在诗歌上却是多产的。彭斯现已25岁了。十年来，当不在父亲租来的土地上艰苦劳作时，他就广泛、明智地进行阅读。在青年人"共同进步"团体的辩论中，他出类拔萃；在共济会会员集会和乡村舞会上，他摆脱了天生的羞怯和不善交际的状态；他用自己天生的智慧和逻辑思维能力跟许多社会地位较高的人抱定的迂腐教条进行较量，并从各种各样的机会中获得了自信。从刚成年时开始，他就明显是个理想主义者，多愁善感，对女性的魅力反应敏感。他的第一首诗是15岁时写的，献给了一个在田里边收割边唱歌的姑娘，那歌声令他痴迷。17岁时，他生活中出现了第二个让他在精神上困扰的姑娘，"扰乱了他的三角学学习，让他突然不想再学了"。21 岁时，他真挚地爱上了附近农场上的一个女仆爱莉森·贝格比；彭斯给她写了三首诗，并向她求婚，结果遭到拒绝。

《甜蜜的亚顿河》中的女主人公应该是玛丽·坎贝尔①，诗人笔下的"高原的玛丽"。

> 轻轻地流，甜蜜的亚顿河，流过绿色的山坡，
> 轻轻地流，我给你唱一支赞歌，
> 我的玛丽躺在你潺潺的水边睡着了，
> 轻轻地流，甜蜜的亚顿河，请不要把她的梦打扰。
>
> 你，在山谷里曼声长啼的斑鸠，
> 你，在刺树里乱吹口哨的乌鹣，
> 还有你，田凫和你那爱叫的祖先，
> 都不要惊吵我的玛丽的睡眠。②

由于玛丽早夭，我们才有了《致天堂里的玛丽》，这首诗是彭斯在玛丽三周年忌日时所作。诗人的妻子注意到天快黑的时候，他越来越伤感，漫步走到谷仓周围的地方，"他的让娜发现他躺在稻草上，眼睛盯着一颗闪闪发亮的星星。他一进屋，就马上坐下来写出了这些诗句，《致天堂里的玛丽》，并题献给了妻子。"

> 你，徘徊不去的星，
> 　　以渐弱的光和爱迎来了清晨，
> 接着你又迎来了白昼
> 　　我的玛丽被撕离了我的灵魂。
> 噢，玛丽，亲爱的离去的阴影！
> 　　你在哪个极乐之地憩息？
> 你是否看到了地上你所爱的人？
> 　　你是否听到了他撕裂肺腑的叹息？
>
> 那神圣的时刻我怎能忘记，
> 　　我怎能忘记那片神圣的果林，
> 在那儿，在弯弯的艾尔河边我们相遇，
> 　　只过上一日爱的生活你便离去！
> 永恒无法抹去
> 　　过去那些亲密的记忆，

---

① 玛丽·坎贝尔是彭斯的恋人，彭斯打算与她结婚并移居牙买加，但不幸的是，玛丽在分娩时去世。——译注
② [英] 彭斯作，王佐良译：《亚顿河水》，《彭斯诗选》，北京，人民文学出版社，1985 年，第 30 页。

照片:W.A.曼塞尔公司

《彭斯的高原玛丽》(布维尔)

献给天堂的玛丽。

> 那最后一次拥抱你,
> 　啊! 却没想到是我们永久的分离!

那首颇为著名的抒情歌《杜河两岸》,是彭斯因一段不幸的恋爱有感而写,但这段爱情并不是诗人自己的。

> 美丽的杜河两岸开满花,
> 　如何竟开得这样鲜艳?
> 小鸟怎么这样尽情歌唱?
> 　唯独我充满了忧伤!
> 会唱的小鸟呀,你浪荡地出入花丛,
> 　只使我看了心碎!
> 因为你叫我想起逝去的欢乐——
> 　逝去了,永不再回!
>
> 我曾在杜河两岸徘徊,
> 　喜看藤萝攀住了蔷薇,

> 还听鸟儿都将爱情歌唱,
>   我也痴心歌唱我的情郎。
> 快乐里我摘下一朵玫瑰,
>   红艳艳,香甜甜,带着小刺——
> 不想负心郎偷走了玫瑰,
>   呵,只给我留下了小刺!①

然而,他开始在当地小有名气并不是因为他的爱情抒情诗——爱情诗自然是不适合大家传阅的,而是因为他讽刺地抨击了加尔文教的偏执,那个时候,加尔文教不仅在艾尔郡,还有整个苏格兰,都偏执地拒绝给予其信徒以文化和知识的自由要素,让整个国家因激烈的论战而处于半疯之中。

"我第一篇问世的诗歌作品,"彭斯几年后写道,"是对两位可敬的加尔文教徒之间的争吵发出的滑稽悲叹,他们都是我的《圣集》中的人物。"这指的是《圣图尔齐》或《两个牧群》,是对苏格兰教会的神圣区域的勇敢入侵,但因为纯粹是针对个人的,所以效果就不像接下来的一首讽刺诗——《威利长老的祷词》那样令人不快。在《威利长老的祷词》中,虽然只有一个现实中的人被大加揶揄,但通过描绘那完全虚伪的虔诚,他显然被描写成了一个经常控制苏格兰教会议会的阶层的典型代表。接下来的《圣集》就更让苏格兰教会的那些安定和睦的宗教团体生气了:这是对伴随着农村节日——在有些教区每年的圣餐庆典已经质变为一种农村节日了——的那些不合时宜的特色进行的特尼尔斯绘画式的描绘。

在那部非常优秀的《彭斯传》中,洛克哈特似乎指责彭斯在谈论周围那些正统教徒生活中的丑恶方面时太无情、太不敬了。但洛克哈特出生在牧师家庭,因此对牧师受到的批评抱有偏见,而且,他距离彭斯所写的那个时代还不够远,无法认识到——就像苏格兰今天普遍所做的那样——这位诗人实际上是在帮助基督教堂进行净化,虽然方式有些无礼。

基本上,彭斯是一个具有宗教气质的人,但这并不总是意味着要有完全的基督徒习惯。他似乎从未想过无神论,没有对宇宙进行唯物主义构想;谦逊和亲切,挺直腰杆,诚恳的交谈,神圣盟约派成员的殉教,或家庭敬拜的祈祷中表现出的虔诚,在他的诗中都有反映。"他应该差不多是在同时创作《佃农的星期六晚》和《圣集》,这将会继续激起人们的惊讶和惋惜。"洛克哈特说。然而今天看来,他在这一点上如此有把握似乎站不住脚。

毫无疑问,肯定是艾尔郡资产阶级中非正统的、生活相当无拘无束的那些人,包括他最亲密的朋友,都最为赞赏这位诗人早期创作的讽刺诗。也许正是因为他尖刻地

---

① [英]彭斯作,王佐良译:《杜河两岸》,《彭斯诗选》,北京,人民文学出版社,1985年,第36页。

批评了"怪异之人",他们才最理解他,并为他的名望奠定了基础;只有在出版了第一本诗集之后,即便是在他们认可后出版的,他们才看到了彭斯的其他方面。

# 第二节

## 基尔马诺克诗集

　　1786年,彭斯27岁时,他确信莫斯吉尔在产量最好时只能勉强维持这么大的一个家庭,因此决定放弃耕作,到西印度群岛去碰碰运气。他的很多同乡都在那里经营种植园。有人为他谋到了一个职位,但挣的钱还不够到牙买加的费用。为了挣路费,他开始在基尔马诺克的一位印刷商那里出版他的第一本诗集。诗集有300人定购,这一版印了600册,每册售价3先令。(而现在,基尔马诺克诗集售价很高;有一次至少卖到了每册1000英镑。)彭斯从卖出的全部诗集中获得20英镑,他肯定不会不满意这笔款项。

　　在基尔马诺克诗集中,这位诗人各个方面的文学才华差不多都展露出来了;即便没有别的诗集的话,这本诗集也足以让他作为真正民族传统中的真正吟游诗人而在苏格兰声名永驻。这显然是一部天才之作,技艺非凡,卓越得足以让它不愧于受到的称赞。在这本诗集中,不仅有比他之前的任何苏格兰诗人多得多的、重要的人情味的东西,还有一种让他那个时代尤其乐于接受的全新精神。

　　彭斯的创作中有很多新闻成分(事实上,他曾得到过伦敦新闻记者的职位!),他那轻松的诗歌,就像拜伦和蒲柏的许多诗歌一样,都是与那个时代有关的,因为其吸引力有赖于当时的心血来潮、当时发生的事件和当时人们热衷的东西。

　　在基尔马诺克诗集中,最受同胞们喜爱的,无疑是他的直言不讳,不放过任何社会上的虚伪和任何政治上的不公,嘲弄那种自命不凡的"当选者",赞扬最卑贱的劳动阶级具有的尊严,将狡猾谩骂和理想主义的炸雷扔在这样一片土地上,社会和教会的迷信使那里一片昏暗。

> 有没有人,为了正大光明的贫穷
> 　　而垂头丧气,挺不起腰——
> 这种怯懦的奴才,我们不齿他!
> 　　我们敢于贫穷,不管他们那一套,
> 管他们这一套那一套,
> 　　什么低贱的劳动那一套,
> 官衔只是金币上的花纹,
> 　　人才是真金,不管他们那一套!

> 我们吃粗粮，穿破烂，
> 　　但那又有什么不好？
> 让蠢人穿着缎，还饮酒作乐，
> 　　大丈夫是大丈夫，不管他们那一套！
> 管他们这一套那一套，
> 　　他们是绣花枕头
> 正大光明的人，尽管穷得要死，
> 　　才是人中之王，不管他们那一套。①

基尔马诺克诗集中只有几首抒情诗，而这些远远比不上他最好的抒情诗——这本诗集中的作品都是一些大无畏的、持异端观点的讽刺诗，关于苏格兰人威士忌的酒神诗，写给朋友的机智诙谐的韵文书信，其中，他那年轻、狂野、勇敢的全部人生哲学都以坦率、自然的词语风趣地表达了出来——就如一个好朋友在热情、开朗的时刻讲出了自己的隐秘；还有关于绵羊、小老鼠、老母马和雏菊的想法，都温情脉脉，富于同情心。

　　这本诗集立即给诗人带来了更广泛的声望，诗集中的大多数诗歌都是他冬天待在莫斯吉尔农场的几个月中写出来的；他不再是一位教区诗人，而成了一位苏格兰诗人。诗集中有些诗风格自然，具有活跃的想象力和纯粹自然的灵感，是他再也没有超越的巅峰——《两只狗》，《致戴尔》，《可怜梅利的挽歌》，《新年早晨老农向老马麦琪致词》，《苏格兰的威士忌》，《致鼹鼠》，《致山菊》。

> 凌晨，谦和、顶端紫红的花朵，
> 你在一个邪恶的时刻遇见了我；
> 因为我在暴风雨中的草地
> 　　　　看到你被压垮的细枝：
> 现在要饶了你非我力所能及，
> 　　　你这消瘦的宝石。
> ……
> 我们花园里长出招展的花朵，
> 高高的树荫和草坪的遮蔽；
> 可是啊，你，随意地躲避
> 　　　　噢，泥土或岩石，
> 装饰贫瘠不毛的田地，
> 　　　孤独而隐秘。

---

① ［英］彭斯作，王佐良译：《不管那一套》，《彭斯诗选》，北京，人民文学出版社，1985年，第57—58页。

《万圣节》是对古老的迷信狂欢庆典进行的最恰当、最敏锐、最幽默的描绘。

基尔马诺克诗集并未收入彭斯的全部诗稿。显然，这是从已经发表的诗歌中谨慎拣选的具有代表性的作品，没有收录的诗中就有大合唱《快活的乞丐》，马修·阿诺德称之为"气势恢宏的杰作"。在这首诗中，他把在毛诗琳酒馆里仔细观察的老流浪汉的生活和性格特征用一系列歌词表现出来，生动、幽默、活色生香，这些都是在热情奔放的抒情时刻创作出来的。

## 爱丁堡诗人

基尔马诺克诗集取得的成功让彭斯放弃了出国计划。为了准备新版诗集（他那位基尔马诺克的出版商不愿再担第二次风险），他听人劝说去了爱丁堡。他在爱丁堡已经颇有名气了。六个月来，他和一位艾尔郡的老朋友住在苏格兰首都最简陋的地方，发现自己在此时已经算是大城市名人圈子中从事社交活动的名流了，圈中人在出身和才智方面都是真正的贵族。彭斯身材结实粗壮，身高5英尺10英寸，有点驼背，显然是经年辛苦耕田所致；头发乌黑，黑黑的眼睛炯炯有神，如沃尔特·司各特所说，他从来没见过长一双这样的眼睛的人；他谈话坦率真诚，朴素直率，富于风趣；他的穿着"介于农民的节日服装和现在与他交往之人所穿的节日服装之间"——彭斯完全得到了爱丁堡的认可。

北方贵族阶层中最著名的一些人组成的协会——苏格兰猎人会——大量定购了他的第二版诗集，给他带来了400英镑的进账。

然而，可想而知的是，对于爱丁堡而言，不管他成就多么辉煌，他都是一个乡下天才，他们根本没有想到他的名字和声望将会比曾经赞助过他的那些人的还要长久。在文学和时尚圈子里，没有人曾真正试着把这位明显具有杰出天赋的年轻人从不适合他才能与成就的生活状况中解救出来。他回到莫斯吉尔，琼·阿穆尔几个月前给他生了一对双胞胎。第二年，他娶琼为妻——一直厮守到老，比起麦克尔霍斯夫人可能会给他的家庭幸福来，琼给他的肯定要多得多。麦克尔霍斯夫人是爱丁堡的一个离婚女人，在一次通信中，他在"克拉琳达"面前扮演了"希尔旺德尔"的角色。就风格和真诚而言，这封信表明安妮女王时期的书信艺术对他产生了很不利的影响。

蜜月期间，彭斯为了赞美妻子而写出了《天风来自四面八方》：

> 天风来自四面八方，
> 　其中我最爱西方，
> 西方有个好姑娘，
> 　她是我心所向往！

彭斯与司各特见面，1786年冬天，在爱丁堡的科学大厅亚当·弗格森教授的住所。基尔马诺克诗集已经发表那时司各特是个15岁的小男孩，几年之后他描写了在彭斯眼中看到的激情和美丽。

照片：里施基斯收藏馆

那儿树林深,水流长,
　　还有不断的山岗,
但是我日夜地狂想,
　　只想我的琼姑娘。

鲜花滴露开眼前——
　　我看见她美丽的甜脸;
小鸟婉啭在枝头——
　　我听见她迷人的歌喉;

照片:里施基斯收藏馆

**《汤姆·奥桑特》**(约翰·伯内特)
"汤姆又同那女店主谈得分外投机,
谁知有多少私情、多少甜蜜的默契!
鞋匠讲的故事一个比一个怪,
酒店老板边听边笑像发呆。"*

　　汤姆·奥桑特的原型是道格拉斯·格雷厄姆,卡里克地区桑特的一个农民。现实生活中的苏特·乔尼是约翰·戴维斯,柯科斯沃尔德的一个补鞋匠。

---

* [英]彭斯作,王佐良译:《汤姆·奥桑特》,《彭斯诗选》,北京,人民文学出版社,1985年,第165页,译文略有改动。

《汤姆·奥桑特》手稿的一部分

照片:里施基斯收藏馆

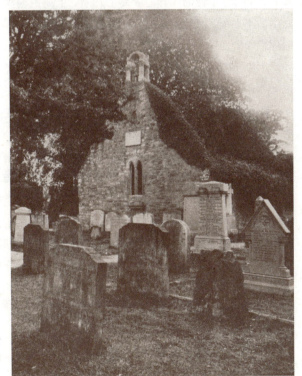

**阿洛韦教堂和彭斯父亲的埋葬地**

汤姆·奥桑特就是在阿洛韦教堂墓地看到了"一场天魔舞!男巫女妖跳得欢","尼克老妖魔,他今夜现形为凶恶的黑毛癞皮狗"。*

---

\* [英] 彭斯作,王佐良译:《汤姆·奥桑特》,《彭斯诗选》,北京,人民文学出版社,1985年,第167—168页,译文略有改动。

照片:W.A.曼塞尔公司

> 只要是天生的好花，
>   不管长在泉旁林间哪一家，
>   只要是小鸟会歌唱，
>     都叫我想到我的琼姑娘！①

他和琼在邓弗里斯郡的埃利斯岛买下了一片农场，位于尼思河畔，这地方风景宜人——但这是一位诗人而不是一个精明农场主的选择。就在这里，他写出了著名的《汤姆·奥桑特》，诗中汇集了他全部最好的自然特点，还写出了其他一些诗歌，这使他名气大增。《汤姆·奥桑特》最初于1791年发表在爱丁堡杂志上；第二期发表后，彭斯似乎开始主动传播他的诗歌，或让朋友首先通过商业上无利可图的渠道出版，或免费送给歌集的编者们。他认为《汤姆·奥桑特》是他最好的作品，就连最有判断力的批评家们也同意这一看法。这是在他还是农场主时写的，虽然当时他在乔治国王的政府部门当试用"收税官"以勉强维持生活。1791年他放弃农场，成为专职收税官，每年薪水70英镑，同时他在邓弗里斯定居。

邓弗里斯本身就是一个有很多小酒馆的小镇，午夜和昼夜酒馆随处可见。彭斯一下子就养成了无节制酗酒的习惯。然而，我们有各种理由相信他在这方面的坏名声是被大大夸张了；他的工作总是尽心尽责，上司们很满意；也没有丝毫迹象表明他的家庭生活不幸福，而且就连最后那些日子的通信也没有表明他的心思已经偏离了体面人的理想和责任。

彭斯1796年7月21日因患风湿热逝世。那时他马上就要升为国产税收员，可以过上"有一份相当不错的收入因此有闲暇时间进行文学创作的生活了"。他只活了37岁，只看到他创作的诗歌有一小部分出版成集。他在爱丁堡度过了那段忙得不可开交的"辉煌生活"，除了几个亲密的通信者给他鼓励外，再没有别的什么可以令他相信自己的作品具有永恒价值了。他的同胞们远远不能理解他所取得的巨大成就，虽然他的死也引起了真挚自然的哀痛，人们感到就像失去了亲人一样。临终时，他开玩笑说不让他的志愿队和那个"笨手笨脚的小队"在他的坟上射击；他的葬礼伴随着不适宜的军事盛况，而那个"笨手笨脚的小队"——他无法预见到他们所犯的错误——却首先出现在最早为他写的传记里，作者柯里和沃克几乎搜刮到了关于彭斯的全部恶毒的流言蜚语。

---

① [英]彭斯作，王佐良译：《天风来自四面八方》，《彭斯诗选》，北京，人民文学出版社，1985年，第25页。

## 第三节

### 迟来的欣赏

　　当彭斯的全部诗歌和民谣，以及相当数量的信件死后发表时，其出众的性情和他的全部诗才第一次展现在世人面前。他所处的那个世纪里没有哪一位诗人质疑他位居最伟大抒情诗人之列的权利。歌德称他是抒情诗第一人，凭借的是他创作的 250 首抒情诗，或他为了装饰和改造而从破衣、肮脏和下流中拯救出来的诗。

　　在这种情况下，理解和欣赏必然要受到苏格兰方言的阻碍，而彭斯所有最好的作品都是用苏格兰方言写成的，于是，他的才华远远超越自己国家的疆域而得到了慷慨认可就更加非比寻常了。他能够写出无可挑剔的、优美的英语诗歌和散文，这已经得到了充分证明，但在使用自己民族语言写作时他才是最开心的，而且处于最佳状态。他对苏格兰方言的使用证明这种语言具有唤起想象、激发情感的魔力，如以前（彭斯一点都不喜欢的）《边境歌谣集》一样，陈腐的、太过熟悉的英语不太容易能产生这种效果。

　　作为诗人，他真正传承了自巴伯、邓巴和以前的一般苏格兰诗人以来的传统；然而，他想要模仿并超越的却是比较现代的诗人——弗格森（Fergusson）、拉姆齐（Ramsay）和许多其他不太知名的诗人。他最喜欢使用的韵律是以前亚历山大·司各特（Alexander Scott）在《抱怨丘比特》（*Complain against Cupid*）中使用的"库埃韵"（rime couée），后来罗伯特·森普尔爵士（Sir Robert Sempill）在《哈比·辛普森》（*Habbie Simpson*）中使之重新流行起来。彭斯的许多诗中都有这样的诗节，包括那首预言式的《雏菊》：

> 即便你哀悼雏菊，
> 　它的命运也是你——绝非往昔；
> 废墟的铧头犁地，洋洋得意，
> 　刺破你盛开的花朵，
> 直到被重重的犁垡压得粉碎，
> 　厄运你无法逃避！

他喜欢使用叠句，这说明他同样喜欢古老的苏格兰韵律曲调：

> 没有宝藏，也没有欢乐
> 　能使我们永远快活；
> 心灵的赞美是永恒的部分
> 　决定我们的对与错——

这种韵律一般认为是 16 世纪亚历山大·蒙哥马利在写《赫利孔山边》（*The Bankis of Helicon*）和《樱桃与雪橇》（*The Cherry and the Slae*）时首创的。

但彭斯不是清教徒，正如拜伦所说，"他虽然粗俗但从不下流"。响应汤姆森写品位高雅的诗的号召，他去除了以前歌谣中的粗俗成分；有时就在一个句子或是一个偶句中发现"所有邪恶之物中都有善良的灵魂"，于是他便重新创作表现最纯洁的爱情、高尚极乐的抒情诗，然而，毫无疑问，他那些最好的诗歌与早期的借鉴并没什么关系。《玛丽·莫里逊》就是这样一首诗：

> 呵，玛丽，守候在窗口吧，
> 　这正是我们相会的良辰！
> 只消看一眼你的明眸和巧笑，
> 　守财奴的珍宝就不如灰尘！
> 我将快乐地忍受一切苦难，
> 　牛马般踏上征途，一程又一程，
> 只要能得着无价的奖赏——
> 　你可爱的玛丽·莫里逊！①

或者

> 呵，我的爱人像红红的玫瑰，
> 　六月里迎风初开；
> 呵，我的爱人像支甜甜的曲子，
> 　奏得合拍又和谐。
> 我的好姑娘，你有多么美，
> 　我的情也有多么深。
> 我将永远爱你，亲爱的，
> 　直到大海干枯水流尽。②

或者

> 一次亲吻，然后分手，
> 一朝离别，永不回头！
> 用绞心的眼泪我向你发誓，
> 用激动的呜咽我向你陈词。

---

① ［英］彭斯作，王佐良译：《玛丽·莫里逊》，《彭斯诗选》，北京，人民文学出版社，1985 年，第 8—9 页。
② ［英］彭斯作，王佐良译：《一朵红红的玫瑰》，《彭斯诗选》，北京，人民文学出版社，1985 年，第 56 页。

> 若是我俩根本不曾热爱,
> 若是我俩根本不曾盲目地爱,
> 根本没有相逢,也就不会有分手,
> 也就不会眼泪双双对流!①

在离彭斯最近的前辈诗人那里,古老歌谣具有的传奇情调微不足道或被完全忽视,尽管他们写的都是查尔斯王子和雅各宾党人。当他的情感向那一边倾斜时,他也是雅各宾党人,尽管很难找到比实际上的他们更不可能拥护斯图亚特家族的人。传奇并不是由对王朝或英雄人物的思考而激发出来的,而是由俭朴行为、俭朴话语和生活中最关键时刻的姿态激发的。彭斯的天才总能对这些作出反应,如下面这首诗:

> 为了我们正统的国王,
> 　我们离开魅力的苏格兰海港。
> 为了我们正统的国王,
> 　我们才见到爱尔兰地方,亲爱的,
> 　我们才见到爱尔兰地方。
>
> 如今一切人事都已尽了,
> 　一切都渺茫!
> 再见吧,我的爱人,我的故乡!
> 　我必须越过海洋,亲爱的,
> 　我必须越过海洋!
>
> 他朝右一转拐了弯,
> 　身在爱尔兰的海岸,
> 他用力抖一下马缰,
> 　从此他就永远他往,亲爱的,
> 　从此就永远他往。②

诗中充溢的情感呼唤超越了纯粹的历史事件,而且,在不诉诸任何与之相关的历史思想来展现意义的情况下触及人的心灵。人们可能会对一个偷羊人的命运无动于衷,但却会在《麦克佛森的告别》中感受到令人自豪的人类慰藉,如同《麦克佛森的告别》中亨利的"我灵魂的舵手"给人的体验一样:

> 别了,你黑暗牢固的地牢,

---

① [英]彭斯作,王佐良译:《一次亲吻》,《彭斯诗选》,北京,人民文学出版社,1985年,第37页。
② [英]彭斯作,王佐良译:《为了我们正统的国王》,《彭斯诗选》,北京,人民文学出版社,1985年,第63—64页。

>     穷人的归宿!
> 麦克佛森时日无多
>     就在那边绞刑的树。
>
> 如此愤怒,如此任性,
>     他过去竟如此蛮横;
> 在泉水边,在绞刑树下
>     他嬉闹玩耍,跳跳蹦蹦。
>
> 噢,死亡不就是断气?
>     在血腥的无垠大地
> 我看到他的面孔,在这里
>     再次把他唾弃。

## 民族诗人

热爱祖国;真挚地同情所有生物;深情地对大自然的每一次变化做出反应;反抗亘古至今的桎梏——宗教的、社会的和政治的桎梏;无所畏惧的独立精神;洞悉种族情绪中蕴含的一切;自然熟练地使用苏格兰方言;把最深刻的思考与真正的机智幽默相结合的能力——在苏格兰人民的心目中,彭斯身上体现的所有这些品质使他高居所有创造性艺术家之首。他是最严格意义上的民族诗人,前无古人,后无来者。当通俗的歌舞杂耍迅速传到最偏远的峡谷时,没有一个苏格兰人——就连彭斯从来没有为其写过诗的盖尔高地上的苏格兰人——不能不受他的影响,甚至今天也如此。这位艾尔郡的诗人并没有实现第一本基尔马诺克诗集所达到的辉煌成就,但在后期,作为歌词撰写者,他创作出了许多震撼人们心灵的不朽歌曲。

我们可以恰当地用卡莱尔那篇著名文章中的一段颂辞来结束这一简短的综述:

> 如果我们考虑到主题的多样性,从《酿酒者威利》喧嚣流动的喧闹,到《致天堂里的玛丽》中静谧狂迷的凄惨之情;从《往昔》中那种快乐的问候,或《邓肯·格雷》中荒诞的调皮,到《让华莱士流血的苏格兰人》眼中燃烧的愤怒,他发现了表达人类心灵之每一种情绪的格调和词语;如果把他列在歌词撰写者的榜首,那似乎只是微不足道的称赞;因为我们不知道到哪里去寻找可称作第二位的人……
>
> 他的歌词早已经成为母语的组成部分,不仅是苏格兰的,而且是不列颠的,是普天下数百万讲英语之人的。无论在大庭广众还是在草屋陋室,当心灵向多彩的欢乐和生存的悲哀敞开时,那欢乐和那悲哀的名字和声音就是彭斯所给定

的名字和声音。严格地说,没有哪个英国人像他这个孤独的、完全与世隔绝的人,而且显然是最谦卑的人那样,深深地影响了那么多人的思想和感情。

## 第四节　詹姆斯·霍格

### 埃特里克的牧羊人

詹姆斯·霍格,人称"埃特里克的牧羊人",主要凭借《女王的随从》而跻身自己国家的诗人之列。然而,他的作品中很大一部分都是二三流的。霍格起初是个牧羊人,后来在埃特里克和亚罗山区当上了牧羊的农场主。

霍格《自传》中有一段日记很有意思。他刚刚听到罗伯特·彭斯去世的消息:

> 每天我都在深深地思索彭斯的天才和命运。我哭了,总是想到我自己——什么会是我步彭斯后尘的障碍呢?我也生于1月25日,也有比一般农夫多得多的时间阅读和写作,比世界上任何农夫会唱更多的古代歌曲。接着,我又哭了,因为我不能写作。然而,我决意成为一位诗人,沿着彭斯的足迹前进……

霍格曾与沃尔特·司各特爵士一起搜集《苏格兰边区歌谣集》的素材,这激发起模仿古代作品的兴趣,而且他完全可能把自己的一些作品也加进了《歌谣集》中。

他几乎没有接受什么学校教育;事实上,霍格曾说虽然他可以轻松地写作,但他发现实际的创作是很艰巨的任务,因为他已经忘记了自己曾学过的那点写作技巧。然而,他在山坡上练习创作,在巨大的板岩上刻出一些字母。他的最优秀作品《吉尔米尼》("Kilmeny"),即《女王的随从》的第13首歌谣。

> 波尼·吉尔米尼放弃了山谷;
> 但那不是为了会见都内拉的从属,
> 也不是要见岛上快乐的僧侣,
> 因为吉尔米尼真是纯之又纯。
> 那只是为了听听约克人歌唱,
> 在泉水边把水田芥花摆放,
> 紫红的蔷薇和乡下的草莓,
> 榛子树上的鸟巢自由地悬垂;
> 因为吉尔米尼真是纯之又纯。
> 但愿她长久地遥望河的对面;
> 但愿她长久地徘徊在绿林边;

照片:里施基斯收藏馆

**詹姆斯·霍格,埃特里克的牧羊人**

也许霍格最令人难忘的歌谣是《当你回家之时》,开头几句是这样的:

　　来吧,快乐的牧羊人
　　　哨声穿过了山谷,
　　我将告诉你
　　　求婚者懂得的一个秘密。


都内拉的地主不停地抱怨,
长长的问候,吉尔米尼便回家园。

吉尔米尼体面动人地抬眼望去,
但吉尔米尼的脸上没有笑意,
她神情自若,就像她的身体,
静静地躺在碧绿的草地上,
好比薄雾把平静的海面遮蔽。
因为吉尔米尼不知到了什么地方,
吉尔米尼看到了她不能明说的东西,
吉尔米尼到了雄鸡从不唱晓的地方,

那里从来没有风吹，也从不曾降雨，
但那就仿佛天空的竖琴弹出的乐曲，
伴随她的歌声响彻天宇
她谈到她见过的美丽的形体，
从未有过罪过的一片土地。

  这个关于被仙女迷住的吉尔米尼的故事写得出神入化。霍格是一位感情细腻的抒情诗人。他的那首《云雀》家喻户晓。

荒野的鸟儿，
 愉快地嬉戏，
你清晨的甜蜜遍布沼泽和草地！
 那是幸福的体现，
  幸运，你的家园——
噢，愿同你共住荒原！

你在旷野高歌，
 歌声云端响彻，
爱给它力量，爱给它生命。
 扑着露珠的翅膀
  你飞向何方？
你的爱在大地，你的居所在天堂。

越过山岗，泉水喷涌，
 越过沼地，山峦青葱，
越过红色的溪流，迎来黎明，
 越过乌云昏暗，
  越过彩虹的边；
音乐天使高唱着耸入云端！

然后暮色降临，
 杜鹃芬芳沁脾
你的拥抱与爱床一样甜蜜！
 那是幸福的体现，
  幸运，你的家园——
噢，愿同你共住荒原！

而《致 1811 年的彗星》(*To the Comet of 1811*) 这首诗就不那么为人所知了：

> 噢，你的犁滑动迅速！
> 　与你驶向无边的天际，
> 把眨眼的星星翻到两边，
> 　仿佛平静海面上浪花卷起！
>
> 清扫太阳上的灰烬，
> 　消除椽头上的冰溜，
> 奔向遥远的其他天体，
> 　那里滚动着其他的月亮和星球！

霍格有几首抒情诗颇有民族特色，广受欢迎，比如《你从阿索尔来》(*Cam'ye by Athol*)，《麦克唐纳小姐的告别》(*Flora Macdonald's Farewell*) 和《到溪流这边来，查理》(*Come o'er the Stream, Charlie*)。霍格 1825 年逝世，与他的牧羊人祖先一起葬在埃特里克墓地。

## 参考书目

**罗伯特·彭斯：**
　彭斯的诗歌有无数很好的版本。
　要对罗伯特·彭斯进行批评研究，可能要提到 Carlyle's *Essay*。
　Auguste Angellier 的传记是现代最好的研究著作。

**詹姆斯·霍格：**
　*The Pomes of James Hogg*, edited by W. Wallace.

# 世界文学史 下卷

插图本

[英] 约翰·德林瓦特 主编

陈永国 尹晶 译

北京大学出版社
PEKING UNIVERSITY PRESS

# 简明目录

## （上卷）

| | | |
|---|---|---|
| 第 一 章 | 世界的古籍 | 3 |
| 第 二 章 | 荷 马 | 24 |
| 第 三 章 | 《圣经》的故事 | 54 |
| 第 四 章 | 作为文学的英文版《圣经》 | 93 |
| 第 五 章 | 东方的圣书 | 117 |
| 第 六 章 | 希腊神话和希腊诗人 | 136 |
| 第 七 章 | 希腊与罗马 | 162 |
| 第 八 章 | 中世纪 | 207 |
| 第 九 章 | 文艺复兴 | 243 |
| 第 十 章 | 威廉·莎士比亚 | 260 |
| 第十一章 | 从莎士比亚到弥尔顿 | 302 |
| 第十二章 | 约翰·弥尔顿 | 325 |
| 第十三章 | 马韦尔与沃尔顿 | 341 |
| 第十四章 | 约翰·班扬 | 346 |
| 第十五章 | 佩皮斯、德莱顿和王政复辟时期的剧作家 | 355 |
| 第十六章 | 路易十四时代的法国文学 | 369 |
| 第十七章 | 蒲柏、艾迪生、斯梯尔、斯威夫特 | 382 |
| 第十八章 | 小说的兴起 | 407 |
| 第十九章 | 18世纪的诗人 | 427 |
| 第二十章 | 约翰逊博士和他的圈子 | 438 |
| 第二十一章 | 爱德华·吉本和18世纪其他散文作家 | 457 |
| 第二十二章 | 罗伯特·彭斯 | 470 |

# （下卷）

| 第二十三章 | 酿成大革命的文学 | 493 |
| 第二十四章 | 歌德、席勒和莱辛 | 507 |
| 第二十五章 | 华兹华斯、柯勒律治、骚塞和布莱克 | 522 |
| 第二十六章 | 拜伦、雪莱和济慈 | 558 |
| 第二十七章 | 司各特、大仲马和雨果 | 606 |
| 第二十八章 | 19世纪初期的散文作家 | 637 |
| 第二十九章 | 维多利亚诗人 | 652 |
| 第 三 十 章 | 狄更斯和萨克雷 | 729 |
| 第三十一章 | 维多利亚时代的小说家 | 751 |
| 第三十二章 | 新英格兰作家 | 766 |
| 第三十三章 | 19世纪的法国作家 | 816 |
| 第三十四章 | 伟大的维多利亚人：卡莱尔、麦考利、拉斯金 | 843 |
| 第三十五章 | 美国和欧洲的现代作家 | 878 |
| 第三十六章 | 维多利亚晚期的一些作家 | 923 |
| 第三十七章 | 戏剧文学 | 954 |
| 第三十八章 | 史文朋之后的诗歌 | 962 |
| 第三十九章 | 后期作家 | 973 |

# 目　录

## （下　卷）

**493**　第二十三章　酿成大革命的文学

伏尔泰——伟大的讽刺作家——伏尔泰的风格——狄德罗和百科全书派——《百科全书》——博马舍——让-雅克·卢梭——生平和作品——大革命的《圣经》——卢梭的《忏悔录》

**507**　第二十四章　歌德、席勒和莱辛

歌德——一位伟大的作家——哥尔德斯密斯的影响——《浮士德》——席勒——亲密的友谊——莱辛——《拉奥孔》

**522**　第二十五章　华兹华斯、柯勒律治、骚塞和布莱克

威廉·华兹华斯——具有治疗作用的诗人——早年岁月——安妮特的故事——《丁登寺》——《快乐的勇士》——孤寂之歌——柯勒律治——梳马背的列兵——放任自流——骚塞——《纳尔逊传》——托马斯·胡德——莫尔——威廉·布莱克——优美简朴的诗歌——威廉·科贝特——《骑马乡行记》

**558**　第二十六章　拜伦、雪莱和济慈

拜伦——哈罗公学和剑桥——巡回旅行——叙事诗——拜伦的魅力——流亡——《唐·璜》——战士的墓——波西·比希·雪莱——《普罗米修斯的解放》——艾米莉亚·维维亚尼——散文作品——来航——约翰·济慈——早年岁月——《圣亚尼节的前夕》

**606**　第二十七章　司各特、大仲马和雨果

司各特——传奇故事的收集者——诗歌作品——"威弗利小说"——杰作——极大的决心——讲故事的大师——亚历山大·大仲马——一位文学冒险家——达尔大尼央——大仲马其人——维克多·雨果——"神童"——《历代传说集》——《巴黎圣母院》——《悲惨世界》

637　第二十八章　19世纪初期的散文作家

　　查尔斯·兰姆——在内殿——随笔作家兰姆——东印度公司——威廉·赫兹利特——男孩和书——散文家——托马斯·德·昆西——李·亨特

652　第二十九章　维多利亚诗人

　　阿尔弗雷德·丁尼生——《玛丽安娜》——《女郎夏洛特》——《国王叙事诗》——丁尼生的大众魅力——丁尼生和济慈——罗伯特·勃朗宁——失意的早年——伊丽莎白·巴雷特——一位有男子气概的诗人——阿尔杰农·查尔斯·史文朋——《罗莎蒙德》——《时间的胜利》——《诗歌与谣曲》——魅力衰退——但丁·加布里埃尔·罗塞蒂——西德尔小姐——《天上女郎》——《尼尼微叠歌》——《莉莉丝夫人》——克里斯蒂娜·罗塞蒂——《小妖精集市》——爱德华·菲茨杰拉德——莪默·伽亚谟——马修·阿诺德——清晰易懂的散文作家——威廉·莫里斯——亚瑟·休·克拉夫——考文垂·帕特莫尔

729　第三十章　狄更斯和萨克雷

　　维多利亚时代的小说——查尔斯·狄更斯——一位有创造力的天才——《匹克威克外传》——狄更斯笔下的不朽人物——威廉·梅克皮斯·萨克雷——《名利场》——萨克雷其人

751　第三十一章　维多利亚时代的小说家

　　安东尼·特罗洛普——爱德华·布尔沃·利顿——本杰明·迪斯累里——威尔基·科林斯——查尔斯·里德——查尔斯·金斯利——勃朗特姐妹——盖斯凯尔夫人——乔治·艾略特

766　第三十二章　新英格兰作家

　　清教精神——拉尔夫·瓦尔多·爱默生——《英国特色》——纳撒尼尔·霍桑——亨利·沃兹渥斯·朗费罗——《金色的传说》——埃德加·爱伦·坡——《一桶蒙特亚白葡萄酒》——瓦尔特·惠特曼——自我展示——约翰·格林里夫·惠蒂埃——哈丽特·比彻·斯托夫人——亨利·大卫·梭罗——华盛顿·欧文——奥立弗·温德尔·霍姆斯——马克·吐温——约翰·海依——乔尔·钱德勒·哈里斯

816　第三十三章　19世纪的法国作家

　　夏尔·奥古斯特·圣伯夫——乔治·桑——普罗斯佩·梅里美——巴尔扎克和《人间喜剧》——古斯塔夫·福楼拜——龚古尔兄弟——埃米尔·左拉——居伊·德·莫

泊桑——阿尔封斯·都德——伊波利特·泰纳——欧内斯特·勒南——阿尔弗雷德·德·缪塞——戴奥菲尔·戈蒂耶——勒孔特·德·李尔——夏尔·波德莱尔——保尔·魏尔伦

**843 第三十四章 伟大的维多利亚人：卡莱尔、麦考利、拉斯金**

托马斯·卡莱尔——《法国大革命》——《拼凑的裁缝》——托马斯·巴宾顿·麦考利——《随笔》——詹姆斯·安东尼·弗劳德——约翰·亨利·纽曼——乔治·博罗——文学作品——科学家和哲学家——约翰·拉斯金——作为艺术批评家的拉斯金——描写性散文的杰作——理查德·杰弗里斯

**878 第三十五章 美国和欧洲的现代作家**

亨利·詹姆斯——威廉·迪恩·豪威尔斯——欧·亨利和杰克·伦敦——辛克莱·刘易斯——伊迪丝·华顿夫人——西奥多·德莱塞——布斯·塔金顿——哈姆林·加兰——其他小说家——佐纳·盖尔——舍伍德·安德森——詹姆斯·布兰奇·卡贝尔——约瑟夫·赫格希默——"反叛乡村"——埃德加·李·马斯特斯——其他诗人——剧作家——散文家和批评家——现代法国作家——埃德蒙·罗斯丹——阿纳托尔·法朗士——皮埃尔·洛蒂——其他法国作家——天主教的反动——亨利·巴比塞——乔治·杜哈梅尔——马赛尔·普鲁斯特——梅特林克——现代德国作家——亨里希·海涅——弗里德里希·尼采——俄国作家——尼·瓦·果戈理——伊凡·屠格涅夫——费·米·陀思妥耶夫斯基——列夫·托尔斯泰伯爵——安·巴·契诃夫——马克西姆·高尔基——现代意大利作家——焦苏埃·卡尔杜齐和加布里埃尔·邓南遮——乔凡尼·巴比尼——斯堪的纳维亚作家——汉斯·安徒生——西班牙作家——维森特·布拉斯科·伊巴涅斯

**923 第三十六章 维多利亚晚期的一些作家**

乔治·梅瑞狄斯——《理查·弗维莱尔的苦难》——《利己主义者》——托马斯·哈代——早年岁月——小说——《统治者》——诗歌——罗伯特·刘易斯·史蒂文森——史蒂文森的作品——拉迪亚德·吉卜林——阶级性的描绘者——"丛林故事"——乔治·吉辛——亨利·奥斯丁·多布森——约翰·莫利——拉夫卡迪奥·赫恩

**954 第三十七章 戏剧文学**

里查得·布林斯里·巴特勒·谢里丹——《造谣学校》——亨利克·易卜生——奥古斯特·斯特林堡——阿瑟·皮内罗爵士和亨利·阿瑟·琼斯——萧伯纳——詹姆斯·巴里爵士

962 第三十八章 史文朋之后的诗歌

　　弗朗西斯·汤普森——W. E. 亨利——W. B. 叶芝——约翰·梅斯菲尔德——其他诗人

973 第三十九章 后期作家

　　吉尔伯特·凯斯·切斯特顿——希拉瑞·贝洛克——约翰·高尔斯华绥——H. G. 威尔斯——作为先知和教师的 H. G. 威尔斯——阿诺德·本涅特——约瑟夫·康拉德——乔治·穆尔——詹姆斯·马修·巴里——亨佛利·沃德夫人——三十年

993 译后记

下 卷

照片：布朗

**《赛维勒的快乐理发师》（F. 马索）**

　　1775年2月23日，博马舍创作的这部著名法国喜剧在巴黎首次上演。该剧用散文而非韵文写成，对人物的处理、对风俗的研究，及将兴趣集中在从资产阶级选取的人物上，这些都是重大革新。该剧让人想到了帕伊西埃洛、莫扎特和罗西尼的歌剧。

# 第二十三章　酿成大革命的文学

## 第一节　伏尔泰

可以说，在路易十五的长期统治期间，法国为苛政重税所苦；路易十五没有他曾祖父令人尊敬的品质和治国才能，却继承了他的所有恶习。对于穷人来说，没有什么公道可言，没有言论自由，政府工作又没有效率；贵族们已经失去了对文学的兴趣，教堂也在很大程度上放弃了神圣使命；军队忍饥挨饿，结果法国在 17 世纪赢得许多次胜利之后，紧接着就是在 18 世纪的连连溃败。就是在这种氛围中，反抗文学崛起。这种文学是从孟德斯鸠开始的，他的《波斯人信札》是一系列以在巴黎旅游的波斯人的名义写的，这些信轻松愉快，机智地描写了法国生活的腐败堕落，并提出建立更令人满意的政府的建议。

### 伟大的讽刺作家

伏尔泰比孟德斯鸠小五岁，他真名叫弗朗索瓦·阿鲁埃，1694 年生于巴黎。父亲是位有钱的法院公证人，供他在耶稣教会接受教育。在学校时他就不安分守己，曾做过一件胆大包天的事情，写了一首诗公然宣称摩西是个欺诈者。他跟父亲发生过争执，后来经教父介绍进入巴黎骄奢淫逸的上流社会，当时，奥尔良公爵是路易十五的摄政王。

伏尔泰以写讽刺诗开始了文学生涯，1716 年为此被关进了巴士底狱，为期一年。在接下来的六年中，他游历了半个欧洲，1725 年再次被关入巴士底狱，这次是因为他向一个跟他发生口角的公爵挑战，这位公爵虽不太有名但很有势力。在监狱里待了六个月后，伏尔泰被逐出巴黎。1726 年 5 月中旬，他抵达英国。这次英国之行对他后来的作品产生了很大影响。伏尔泰在此之前写的一些诗歌现在已无人问津，另一些只不过是与当时有关的情节剧。

18 世纪的法国认为伏尔泰的史诗《亨利亚德》堪与荷马和维吉尔的伟大成就相媲美，但是圣茨伯利教授却很恰当地描述了这部作品："情调夸饰，情节单调，人物平常。"

照片:W.A.曼塞尔公司

《伏尔泰》(阿利克斯)

照片:里施基斯收藏馆

《伏尔泰》(W. Q. 奥查森)

　　有一次,伏尔泰在跟罗昂爵士一起吃饭时,与一位客人展开了一场机智大战。伏尔泰获胜,但那个勉强认输的对手要弄诡计报复他。有人给伏尔泰报信说街上有人找他,在去那里的路上,对手的男仆痛打了他一顿。

　　这幅画描写的就是怒气冲冲的伏尔泰回来要求为他所受的侮辱讨个公道,结果那位文雅有礼的主人却告诉他自己不会为了他而拿棍子打一个地位比他高的人。

伏尔泰在英国遇到了沃尔浦尔、博林布鲁克、康格里夫和蒲柏。他仔细地考察了英国生活。在给法国的回信中，他描述了贵格会教徒的礼仪和新的种痘防疫法。他轻松地学会了读英语，不仅阅读莎士比亚、德莱顿和斯威夫特的作品，还研究牛顿和民主政治的哲学奠基人洛克。英国的思想自由以及人们对文人的尊敬给他留下了非常深刻的印象。

伏尔泰在英国住了三年。莫利勋爵曾说："他离开法国时是一位诗人，回来时却成了一位圣贤。"回到法国后不久，他发表了英国的书信。信中他顺带批评了法国的既定秩序，表示了对正统观念的蔑视，结果，政府又向他发出了逮捕令。这次他来到洛林避难，一直到1740年，他的大部分时间都是在洛林度过的，忙于创作戏剧和诗歌。是年，他跟普鲁士的腓特烈大帝第一次见面，尽管他们通信已经很久了。五年后，伏尔泰又开始来巴黎小住。蓬巴杜夫人成了他的朋友，借助她的影响力，他得到了皇家史官的职位，年薪2000里弗。但是，路易十五并不是傻子，他从未被伏尔泰假装的臣服所欺骗，所以伏尔泰获得的宫廷恩宠不久就结束了。

1751年，伏尔泰离开巴黎前往柏林同腓特烈大帝同住，这是历史上闻名的事件。腓特烈大帝是历史上最让人讨厌的君主之一，喜欢吸引一些文人到波茨坦，但他们的生活并不快乐。正如麦考利所说："伦敦最贫穷的作家睡在木板上，在地下室吃饭，带着纸制的领结，拿着串肉棒当餐叉，但他们比腓特烈大帝宫廷里的任何一个文人都要快乐得多。"

伏尔泰当时已经57岁。虽然在自己的国家声名显赫，但人们认为他的戏剧难与高乃依和拉辛的戏剧比肩，这让他很不高兴，甚至极为不满。他觉得在柏林可以得到更多人的赞赏。他受到的是帝王式的待遇，但欧洲最有权势的帝王和最伟大的智者之间的这种友谊并未持续多久。腓特烈大帝节俭朴素，伏尔泰却很贪婪；腓特烈大帝傲慢自大，伏尔泰也不逊色。有一次腓特烈大帝把自己的一些诗拿给伏尔泰看，让他修改批评。"看，"伏尔泰说，"国王给了我多少脏麻布衬衫洗啊。"

最后，伏尔泰逃出普鲁士，定居在日内瓦湖附近的费尔奈城堡，直到逝世，享年84岁。在后半生中，他创作出的最重要作品是著名小说《老实人》，在这部以旅行日记形式写成的小说中，他揭露了"各个时代的罪恶与野蛮"，其尖锐的讽刺在文学中无出其右者，颇有些A. B. 沃克利先生所说的"顽皮的快乐"。

利顿·斯特雷奇先生是这样评价伏尔泰的："他是凡人中最利己的，也是最无私的；他极度贪婪，却又非常慷慨大方；他不可靠，心怀恶意，轻率，自私，但又是坚定的朋友，能给予真正的帮助；他非常认真严肃，能激发出最高尚的热情。"

莫尔雷勋爵把伏尔泰看作一位作家，他说："伏尔泰是了不起的权威，不只是因为他的表达清晰无比，因为他眼光异常敏锐清楚，更是因为他看到了许多新东西，这些东西都是其他人无意识地摸索、无声地渴望着的。"

照片:W.A.曼塞尔公司

《伏尔泰》

巴黎卡纳瓦列博物馆

巧妙、独特的滑稽蜡像。

照片:W.A.曼塞尔公司　　　　　　　　　　　　　　　承蒙谢菲尔德公司惠允翻拍

《去凡尔赛!》(瓦尔·C.普林赛普)

在法国，伏尔泰被认为最具有法国特色的法国作家。他的风格是法国理想的写作风格，清晰而多彩，有力而简朴，常常会有一些最机智幽默、最飘逸的笔触，但又能用高尚的题材使之崇高。就这种风格而言，任何一种文学——历史、故事、书信、讽刺作品、警句——都是相同的。最重要的是，它使之具有了一种至高无上的力量——嘲弄，这为他赢得了"伟大的嘲弄者"的称号——嘲弄他所痛恨的那些人：教士、国王、暴君和压迫者；他为了上帝、爱、怜悯、思想和行动自由，以及每个人要求拥有自己灵魂的权利而奋斗，与这一切为敌的人都是他嘲弄的对象。可以说，经常称自己是无神论者的伏尔泰，一生都在与许多同时代人信奉的无神论信条作战；他甚至修建了一座教堂，上面刻着"伏尔泰献给上帝"。"其他教堂，"他说，"都不是献给上帝的，而是献给圣徒们的。我要为主人做事，而不是为仆人们做事。"

伏尔泰可以说是法国的斯威夫特，这种说法还是比较恰当的。像斯威夫特一样，他嘲笑怒骂；像斯威夫特一样，他的大部分主题只产生一时的影响，现在都已无人问津；像斯威夫特一样，他最为不朽的作品是用故事写成的讽刺文。《天真汉》和《查弟格》堪与《格列佛游记》媲美。只要这两种语言存在，很可能这些作品就会继续有人阅读，如果只作为讲故事的杰作来读的话。但是，同斯威夫特的比较忽略了一个事实，那就是伏尔泰永远都是理智的。在法国，他仍是将常识置于任何其他事物之上的思想家们的偶像——但这是法国的常识，不是英国的。

## 伏尔泰的风格

在伏尔泰描写的那些最微不足道的小事中，在写作或对话中，他的独特风格都会突然闪现。有人说圣皮埃尔神父的半身像是一座会说话的、栩栩如生的雕像。"不是会说话的，"伏尔泰说，"不然他就会说蠢话了。""我希望德国人，"另一次他说，"多一些智慧，少一些辅音。"他写出了最动听的溢美之词，在当时流行的"客厅诗"(drawing-room verses)中，他的作品是最优美的。如下面的例子所示：

> 昨夜梦中，我似为一个帝王，
> 　一顶金冠戴了我的，
> 而我还有一件更可喜的事——
> 　我爱上了一个圣洁的女郎；
> 一个女郎，我爱，正像你一样；
> 　呵，当睡神走了时，
> 他却留下最好的一件东西给我——
> 　我所失的只不过是我的皇位！①

---

① 郑振铎编译：《文学大纲》(下)，广西师范大学出版社，2003年，第135页。

他在描写微不足道的小事中表现出的轻松笔触同样见于更严肃的作品中。举一两个例子就足以让人们了解令伏尔泰在文学界占有独特地位的风格：

> 在从一伙强盗手中救他爱的那位小姐塞弥尔的时候，查第格眼旁中了一箭。伤口很深，而且长了疮，眼睛也有危险。他们派了人赶往孟斐斯请名医埃尔曼斯。埃尔曼斯带着大批随从及时赶来了，看过病人，他说他的眼睛必瞎无疑，还把瞎的日子和钟点都预言了。他道："要是伤在右眼，我就能医，但伤在左眼是无救的。"全巴比伦的人一边可怜查第格的命运，一边佩服埃尔曼斯医道高深。过了两天，疮自动就出了脓，查第格完全好了。埃尔曼斯写了一本书，证明他无权康复，他的眼睛应该瞎掉。①

下面这几段文字不仅展现了写故事的伏尔泰正处于巅峰时期，还表明他是生于福尔摩斯时代之前的福尔摩斯。

> 有一天，他在一个小树林附近散步，看见迎面来了王后的主要侍从，后面跟着好几位官员，神色仓皇，东奔西跑，好像一些糊涂虫丢了什么贵重的宝贝，在那里寻找。总管问查第格："喂，小伙子，可曾看见王后的狗？"
>
> 查第格很谦虚的回答："噢，那是只母狗，不是雄狗。"
>
> 总管说："不错，是只母狗。"
>
> 查第格又道："而且是很小的鬈毛狗，不久才生过小狗，左边的前脚是瘸的，耳朵很长。"
>
> 总管气喘吁吁地说道："那么你是看到的了。"
>
> 查第格回答："不，我从来没看见过，也从来不知道王后有什么母狗。"
>
> 正在那时候，出了一件天下非常巧的事情：王上御厩中一匹最好的马从马夫手里溜走，逃到巴比伦的旷野里去了。大司马和所有的官员一路追来，和追寻母狗的总管一样焦急。大司马招呼查第格，问他可曾御马跑过。查第格回答说："那马奔跑的步伐好极了；身高五英尺，蹄子极小；尾巴长三英尺半；金嚼子的成色是二十三克拉；银马掌的成色是十一钱。"
>
> 大司马问："它往哪儿跑的呢？在哪儿呢？"
>
> 查第格回答："我根本没看见，也从来没听人说过。"
>
> 大司马和总管认为王上的马和王后的狗毫无疑问是查第格偷的，便带他上总督衙门。会审的结果判他先吃鞭子，再送西伯利亚终身流放。才宣判，狗和马都找到了。诸位法官只得忍着委屈重判，罚查第格四百两黄金，因为他把看

---

① 傅雷：《傅雷全集》（第12卷），沈阳，辽宁教育出版社，2002年，第164页。译文有改动。

见的事说做没看见。查第格先得缴足罚金，然后获得准许在总督大堂上替自己辩护。他的话是这样说的：

"事情是这样的：有一天我正在散步，向树林走去，后来遇到年高德劭的内监和声名盖世的大司马，就在那地方。我看见沙地上有动物的足迹，一望而知是小狗的脚印。脚印中央的小沙滩上，轻轻地印着一些长的条纹；我知道那是一只乳房下垂的母狗，不多几天才生过小狗。还有些痕迹，好像有什么东西老是在两只前脚旁边掠过，这就提醒我那狗的耳朵很长。又注意到沙土上有一个脚印没有其余三个深，我明白我们庄严的王后的宝犬，恕我大胆说一句，是有点儿瘸的。"

"至于万王之王的御马，且请各位大人听禀：我在那林中散步，发觉路上有马蹄的痕迹，距离都相等；我就心上想：这匹马奔驰的步伐好极了。林中的路很窄，只有七英尺宽，两旁的树木离开中心三英尺半，树身上的尘土都给刷掉了一些。我就说：这匹马的尾巴长三英尺半，左右摆动的时候刷掉了树上的灰土。两边树木交接，成为一片环洞形的树荫，离地五英尺，树荫底下有些新掉下来的叶子；我懂得那是给马碰下来的，可知那马身高五英尺。至于马嚼子，一定是用二十三克拉的黄金打的，因为嚼子在一块石头上擦过，我认得是试金石，还把那石块做了试验。又因为马蹄在另外一类的小石子上留着痕迹，所以我断定马掌是成色十一钱的银子打造的。"①

也许随着时间的流逝，"了不起的嘲弄者"将会越来越被人们认为是"了不起的愉悦者"。

## 第二节　狄德罗和百科全书派

### 《百科全书》

新思想，新知识，还有反抗暴政和迷信的全部精神，都在著名的《百科全书》的字里行间表露出来，其第一卷1751年出版，最后一卷1772年出版。这项伟大的事业全仗着德尼·狄德罗的精力和勇气才得以完成。狄德罗1713年出生。与伏尔泰一样，他在耶稣教会接受教育，文学生活也丰富多样，既是剧作家、小说家，也是哲学家。但同伏尔泰和卢梭相比，他的文学生涯在趣味和重要性方面要稍逊一筹。

狄德罗的名字将永远与《百科全书》联系在一起。一位出版商提议让他编纂一部法文版的伊弗雷姆·钱伯斯的《百科全书》，他就编纂了这部巨著，但规模远远超出了

---

① 傅雷：《傅雷全集》（第12卷），沈阳，辽宁教育出版社，2002年，第168—170页。译文略有改动。

照片：里施基斯收藏馆

《鲁日·德·李尔唱〈马赛曲〉》(皮尔斯)

这一情景是伏尔泰、卢梭和狄德罗的著作直接引发的。法国国歌《马赛曲》写于1792年，作者是一个年轻的工兵军官C.J.鲁日·德·李尔。其情景描写的是德·李尔在向他的几个朋友演唱自己的作品。因为一群来自马赛的革命者在进入巴黎时曾高唱这首歌，因此它才有了现在这个大家熟知的名字。

原书的范围。它包括全部的人类思想和活动，强调了科学的胜利，而且，用莫尔雷勋爵的话说，坚持"民主信条，即一个国家的普通大众的命运才是其政府最应该关心的事情"。许多著名的合作者都帮助过狄德罗，其中最著名者堪称博物学家布丰，还有伏尔泰。至于这项伟大计划是怎样实施的，伏尔泰在给狄德罗的一封信中一语道破："你的工作就像建造巴别塔一样；好的、坏的、真的、假的、庄重的、愉悦的，所有这一切都混杂在一起。有的文章好像是客厅里的花花公子写的，有些像是厨房里干粗活的仆人写的。读者们从最有胆识的思想被带到令人讨厌的陈词滥调。"

《百科全书》自然让维护旧秩序的人感到不快，最后几卷只能秘密出版，而且还总要防范警察的干涉。最后，一个胆小的出版商未经狄德罗许可就毁掉了校样，这让狄德罗非常难堪。

《百科全书》获得了巨大成功，但二十年来，狄德罗从中得到的报酬平均每年只有120英镑。他是知识的使徒，根本不相信宗教的天启，在这方面他与伏尔泰一样彻

# 第二十三章
# 酿成大革命的文学

照片：里施基斯收藏馆

《路易十六和他的家人在坦普尔监狱中》(E. M. 沃德)

这幅画描写的是路易十六和玛丽·安托瓦尼特——他册封的皇后——在狱中度过了在世的最后日子。想到这件事还有大革命中的所有其他重大事件，在某种程度上，都是由这些段落中提到的那些作家的著作促成的，这令人惊讶不已。

底，而比卢梭更要彻底。他认为知识和道德可以拯救世界。他将《克拉丽莎》译成法文，18世纪后半期理查逊的小说在法国的流行主要归功于他。

除了《百科全书》之外，《拉摩的侄儿》是狄德罗最伟大的成就。这部书是对当时习俗的讽刺，以丰富的机智和令人痛苦的悲悯之情写就。1805年歌德将其译成德文。狄德罗既是戏剧批评家，又是绘画批评家。关于他的艺术批评，斯塔尔夫人的母亲内克夫人曾说："在狄德罗之前，除了单调乏味、毫无生气的色彩之外，我在画中看不到任何东西；是他的想象力让色彩凸显出来，赋予其生命；这几乎是一种全新的认识，为此我要感谢他的天才。"

他的文学活动很多，是一位写得很快、但不太细心的作家，他的见解独到，不落俗套。圣茨伯利教授说，还没有哪一位作家有比他更丰富的思想呢。"要指出哪一个是狄德罗没有论述过的问题，是不可能的，而要指出哪个问题他没有讲过重要的、令人难忘的内容，也几乎是不可能的。"

照片：里施基斯收藏馆

《德尼·狄德罗》

狄德罗在自己生活的那个时代的法国，是仅次于伏尔泰和卢梭的最有影响的知识分子。他的名字将永远与《百科全书》紧密联系在一起，正文中对此有提及，非常重要。

照片：里施基斯收藏馆

《博马舍》

《赛维勒的理发师》和《费加罗的婚礼》确保了博马舍的声望，而罗西尼和莫扎特的歌剧则使他的声誉更隆。

照片：里施基斯收藏馆

《卢梭》（阿尔伯里尔）

让－雅克·卢梭的父亲是个钟表匠。他的《社会契约论》被称为法国大革命的《圣经》。在那个时期的所有作家中，卢梭对文学和生活产生的影响可能是最大的。

狄德罗虽然几乎没有什么信仰，但有很多希望；虽然他深受现在的压迫，但却相信未来。他具有拉伯雷式的乐观精神和生活乐趣。

## 博马舍

1784 年，也就是大革命爆发之前五年，由皮埃尔·奥古斯丁·卡龙创作的《费加罗的婚礼》在法兰西剧院上演。而在人们中间流传广远的名字则是博马舍。他是位钟表匠的儿子；是一个无忧无虑的文学冒险家，经常去西班牙和英国游历，在激起法国人对美国独立运动的热情中发挥了重要作用，并设法将拉法耶特的军队运到美国而偶然挣了些钱。他死于 1799 年，晚年时，他因被怀疑对新的法兰西共和国不忠而流亡了一段时间。在《费加罗的婚礼》上演前几年，博马舍创作了《赛维勒的理发师》，一举成名，《费加罗的婚礼》是它的续集。《费加罗的婚礼》在酿成大革命的文学作品中占有一定地位——拿破仑说它是"戏剧中的革命"。

# 第三节　让－雅克·卢梭

让－雅克·卢梭的《社会契约论》被称为法国大革命的《圣经》。卢梭 1712 年生于日内瓦，父母都是新教徒。这里我们关注的是作家卢梭，而不是哲学家卢梭，就像伏尔泰和狄德罗一样，但是，既然文学的价值在于它与生活的关系，那么对人类历史产生了巨大影响的书籍就仍然具有很大的吸引力，尤其是当创作出这些作品的人的生活状况跟这些作品从中被创造出的社会氛围一样非比寻常、引人注目的时候。

## 生平和作品

卢梭是伏尔泰的一个对手。伏尔泰属于职业阶层，从青年时代开始就生活在礼仪教养的世界上。卢梭是钟表匠的儿子，年轻时四处游荡了几年，比起伏尔泰来，他亲身了解了更多的人类苦难和弱点，正是这些苦难和弱点最终导致了波旁王朝的倒台。如莫尔雷勋爵所说，伏尔泰代表了 18 世纪的"求知欲，不虔诚，坚定勇敢，生机勃勃和理性"。他是知识和艺术的高级牧师。伏尔泰是理性主义者，卢梭是感伤主义者，他害怕知识，相信人要想快乐，就不要奋力向前，而要回到原始的质朴中去。

从来没有哪一位伟大作家的生活像卢梭的生活那么奇怪——如卡莱尔所说："圣洁的卢梭，社会契约论的传道者。"他起初给一个公证人当学徒，然后又给一个雕刻师当学徒。16 岁时，他离家漫游，宣称皈依罗马天主教，在都灵当了一段时间男仆。三年后，他安顿下来，成了安纳西富有的华伦夫人的"闺中情人"。华伦夫人是"自然神论者,持一种受温和秉性支配的自由主义观点",她出钱让卢梭完成了教育,除此之外,还为他做了一些别的事情。卢梭是个不太安定、不太殷勤的情人,经常离开女恩主。有一次他去给一个修道院长当秘书,另一次是教一位年轻小姐自己也知之甚少的音乐。1741年,卢梭在巴黎努力劝说法兰西科学院采纳他发明的一种新的音乐符号系统。后来他到威尼斯当上了法国大使的秘书。1745年,他回到巴黎,开始与以狄德罗为中心的文学团体来往,并为《百科全书》撰稿。

1749年,卢梭37岁,他写了一篇随笔,文中阐明了他那个著名理论,即野蛮人比文明人更优越。之后他又创作了两部戏剧,它们的成功让他接到了法庭传票——但他拒绝出庭,这就是他的个性。1745年他回到日内瓦,一落脚就公开承认自己是新教徒。两年后,他又来到巴黎,创作《新爱洛伊丝》(一译《新爱洛漪丝》)——一部感伤小说,显然是受理查逊的《克拉丽莎》的启发——还偶然与狄德罗发生了争吵。卢梭有争吵的本事。就在与狄德罗决裂后不久,他发表了一本攻击伏尔泰的小册子。十年来卢梭一直住在巴黎附近,生活富足,其间除了写出《新爱洛伊丝》外,还发表了著名的《社会契约论》和第二部小说《爱弥儿》,这些作品引起了宫廷和教会的愤怒。他不得不仓促地离开法国,先去了瑞士,后来去了普鲁士,而这两个国家都不太欢迎他。1766年他应大卫·休谟之邀来到英国,鲍斯威尔护送他的妻子也从巴黎来到英国。他很快就厌倦了在伦敦被捧为名人的感觉,在德比郡的伍顿住了一段时间,写出了《忏悔录》的大部分手稿。1767年夏天到来之前,他跟休谟发生了争执,再次回到巴黎。晚年,他完成了《忏悔录》,又写出了《对话录》。在生命的最后十年中,卢梭似乎并非完全理智。他非常"暴躁",极易生气,这令人同情,如休谟所说,他天生就"容易发怒"。他于1778年逝世,与伏尔泰卒于同年。

我们对卢梭私生活的了解大部分来自他的《忏悔录》。在《忏悔录》中,他非常坦白,在这方面只有佩皮斯可与他比肩,但他不具备佩皮斯的率直幽默。他毫不勉强、毫不保留地展露自己。1743年,他开始同泰雷兹·勒瓦瑟交往,在去世前几年,跟她结了婚。她曾是在旅馆工作的女仆,长得并不美,也没受过什么教育,没有头脑,粗俗,放荡得不可救药。卢梭跟她生了五个孩子,据卢梭自己所说,他们一出生就被送进了育婴堂。

《新爱洛伊丝》和《爱弥儿》几乎没有任何文学价值。在《社会契约论》中,卢梭表明自己是洛克的信徒。他强调生活中最重要的两样东西就是自由和平等。

## 大革命的《圣经》

他那部划时代的著作《社会契约论》开头的那句话,如莫利所说,"震动了两个大陆上听到这些话的几代人",那就是"人生而自由,却无处不在桎梏之中"。卢梭几乎不了解任何历史,不然的话他就会认识到在这个世界上,几乎没有哪个时代的人是生而自由的。但他所知道的正好可以让他理想中的"生而自由"追溯到人类教化之前的远古，因此就理所当然地显得很自然了。《社会契约论》提出，每个政府都要以被统治者赞同为基础。人民是至高无上的统治者，人民的意愿必须由他们所选的执政官员来执行。18世纪的国家就是国王，而应该是人民才对，国家唯一的责任就是要照顾和教育它拥有的子民。《社会契约论》是詹姆斯二世党人的信仰，圣·朱斯特和罗伯斯庇尔的法令都是根据卢梭的教诲制定的。

## 卢梭的《忏悔录》

卢梭的文学才能在《忏悔录》中完整地表现出来。《忏悔录》是所有文学中最有名、最令人惊讶的自传。卢梭自认为是英雄。他声称："我一直这样认为，而且现在仍然认为，从各个方面来看我都是最优秀的。"他高高兴兴地承认自己的罪过，但他相信无人不"隐藏某种罪恶"；相比之下，他令人钦佩，他决意要完全暴露自己，认为通过暴露真面目，那些不太坦诚的人就会觉得他虽然坏，但他们更坏。在谈到给日内瓦的一个钟表匠当学徒的时候，他说：

> 我就这样学会了贪婪、隐瞒、作假、撒谎，最后，还学会了偷东西——以前，我从来没有过这种念头，可是现在一有了这念头，就再也改不掉了。欲望难遂，结果必然走上这条邪恶的道路。这就是为什么所有的奴仆都连偷带骗，各个学徒都是连骗带偷。不过，如果后者处在与人平等、无忧无虑的状态，而所希望的又可以得到满足的话，那么，在他们逐渐成长的过程中，一定会丢掉这种不光彩的癖好。①

虽然卢梭对自己完全满意，但是他并不习惯于虚荣地自吹自擂——比如说，他从来都没有夸大过自己作为音乐家的才能——自我表露是很吸引人的，因为它显然是真心实意的。

> 我的欲望是非常炽烈的，每当它激动起来的时候，我的那种狂热是无与伦比的。什么审慎、恭敬、危惧、礼节，我完全不管不顾，我变成一个厚脸皮的胆大包天的人，羞耻心阻挡不住我，危险也不能使我畏葸不前，除了我所迷恋的那件东西而外，我觉得天地虽大，却仿佛空无一物。然而这只是一瞬间的事，过了这一瞬间，我又陷入虚无缥缈之中了。②

《忏悔录》具有的魅力之一就在于它附带地对自然景色进行了描写，还经常表现出对自然美景的喜爱。以前的诗也曾表现过对自然的热爱，但不仅是在法国散文中，

---

① ［法］卢梭著，黎星、范希衡译：《忏悔录》，北京，人民文学出版社，1994年，第38页。译文略有改动。
② 同上，第42页。

就是在欧洲散文文学中，这都是一曲新调。

卢梭曾被圣茨伯利教授恰当地描述为"一个描写心中所爱和自然美景的人。……他直接影响了发动法国大革命的那些人，《社会契约论》的理论比任何其他理论都更接近雅各宾人的政治核心。他热诚宣告的平等友好，还有那感性的共和主义，都是非常适合播撒在这片土壤中的种子，就像孟德斯鸠合理的立宪政体不适合这片土壤一样。"

## 参考书目

**卢梭**：

*The Confessions*, 2 vols..

*Émile*, edited by W. N. Payne.

Everyman's Library 中 *Émile* 的另一版本。

*The Social Contract and Other Essays* in Everyman's Library.

Viscount Morley' *Rousseau*, 2 vols..

*Julie, ou la Nouvelle Héloïse*.

**狄德罗**：

Viscount Morley' *Diderot and the Encyclopoedists*, 2 vols..

*Early Philosophical Works*.

*Le Neveu de Rameau*.

**博马舍**：

*The Barber of Seville*, translated by A. B. Myrick, in Temple Dramatists.

*Mariage de Figaro*.

**伏尔泰**：

Viscount Morley' *Voltaire*.

*Life of Charles XII*, Everyman's Library.

*Zadig and Other Tales*, Bohn's Popular Library.

*Voltaire, Montesquieu, and Rousseau in England*, by J. Churton Collins.

# 第二十四章　歌德、席勒和莱辛

## 第一节　歌　德

**一位伟大的作家**

在歌德去世（1832年）八年后，卡莱尔发表了一篇题为《文人英雄》的文章，他称赞歌德是最伟大的作家，并说：

> 对于歌德，也以一种奇怪的方式存在着我们可以叫做世界神圣观念的生命的东西。这是关于内在神圣的神秘性的见解。奇怪的是，出自他的书，世界又一次被想象成神一般的，被想象成上帝的作品和神殿，他不像穆罕默德那样以火热的不纯洁的火光，而是以温暖的天上的光辉阐明这一切；他是这些最没有预言性的时代中一个真正的先知。在我看来，在这些时代中所有已产生的伟大的人物中间，尽管他是最平静的，但却是最伟大的。[①]

但是说了这些之后，他的话题突然一转，不再谈歌德，说现在还不是对有教养的英国听众详细谈论歌德的时候。"像我这样的谈论，会使你们大多数人感到歌德仍是成问题的、模糊不清的，因此所能得到的只是一种虚假的印象。"[②]

自从他说了这些话后，歌德对英国读者的吸引力就越来越大，这在马修·阿诺德的诗中有所体现，阿诺德的诗是在卡莱尔说了那句话很久之后才被接受的：

> 当歌德的死讯传来，我们说：
> 欧洲最聪明的头已安葬。
> 铁器时代的医生，
> 歌德完成了他的朝圣。
> 他了解痛苦的人类，

---

[①] [英]卡莱尔著，张峰、吕霞译：《英雄和英雄崇拜——卡莱尔讲演集》，上海三联书店，1988年，第258页。译文略有改动。
[②] 同上，第259页。译文略有改动。

照片：里施基斯收藏馆

**《歌德》(斯蒂勒)**

歌德是德国文学中最伟大的人物。因其创作的伟大戏剧《浮士德》闻名于世。

他懂得每一个弱点，每一个伤痛；
说：这是你的伤，你的伤！
他守望欧洲的末日
炽热的力量，阵阵的梦想；
他眼观狂飙的漩涡，
骚动终结的生活——
他说：终结无处不在；
艺术仍有真理，那是避难之所！
而若知道事物的成因，
看到脚下恐怖的流动
或失去理智的痛苦，
那轻率的命运，就是幸福。

歌德虽然不是莎士比亚，但他肯定是莎士比亚式的人物。他比不上莎士比亚，而且他不同于莎士比亚，可以说，莎士比亚以"第九重波浪"突然冲击了我们伊丽莎白时代的海岸，身后的滔天巨浪冲力十足，而歌德实际上是第一重波浪，没有传统或民族灵感的支持和激励。莎士比亚让英国文学达到了巅峰。歌德开创了德国文学。他身后没有乔叟，没有斯宾塞；没有关于自己民族的长篇巨制；没有莎士比亚拥有的伟大同伴；没有莎士比亚呼吸的那种诗歌和民族语言的氛围。歌德赤身裸体地进入了德国文学，走出来时却穿着自己编织的紫色、精美的衣服。

1914年，人们似乎倾向于贬低歌德，而且，恕我直言，要收回我们曾经给他的那些赞誉，或改变我们曾经赞扬他的那些想法，是可耻的。就好像真正的伟大经不住人们的愚蠢而在疯狂的斗争和混乱中幸存下来一样！埃德蒙·戈斯最近说出了下面这些警句：

> 我们必须留心看到最近发生的事件造成的那种自然偏见，我们反对德国的思想流派，但这不是要剥夺我们沐浴在歌德那灿烂光辉中的无与伦比的特权。

他明智地、满怀希望地看待英国文学。最早的时候，他以莎士比亚为典范来塑造自己，后来又回到这位伟大的典范那里。他羡慕司各特。他痴迷于拜伦。他明白为什么彭斯那么伟大，就像其他人也知道一样。

如果拿破仑战争爆发时歌德到了参军年龄的话，他就会参战。有人批评他没有写过战争诗歌，晚年谈到这件事时，他对爱克曼说：

> 本来没有仇恨，怎么能写表达仇恨的诗歌呢？……一般说来，民族仇恨有些奇怪。你会发现在文化水平最低的地方，民族仇恨最强烈。但是也有一种文化水平，其中民族仇恨会消失，人民在某种程度上站在超越民族的地位，把邻国人民的哀乐看成自己的哀乐。这种文化水平正适合我的性格。我在60岁之前，就早已坚定地站在这种文化水平上面了。①

这一段文字应该放在国际联盟的摘要中。

作为一个德国人，一个生活在很久之前的人，一个因他从来没有预见到的事件和情况——因为这些不属于他那个世界——而与我们分离的人，我们难道不该去重视他吗？他的"灿烂光辉"会被遮蔽吗？

## 哥尔德斯密斯的影响

对这位伟大的德国人最早产生影响而且影响最深远的是奥利弗·哥尔德斯密斯。他经常被说成是一个专注自我、超然卓立的人，他思考而不是分享同胞的生活，而其寓意太过深奥，不是"人性的日常食粮"。在读完《威克菲牧师传》差不多六十年之后，他说：

> 就在我心智发展的关键时刻，哥尔德斯密斯的《威克菲牧师传》对我产生了难以形容的影响。他那高尚、和蔼的讽刺，对一切弱点和错误具有的公正和宽容的见解，经历所有不幸时的温顺，经历各种变迁和机遇时的镇静，以及所

---

① [德] 爱克曼著，朱光潜译：《歌德谈话录》，北京，人民文学出版社，1978年，第214页。

有那些类似的美德,不管它们的名称是什么,都证明是我受到的最好的教育;最后还有把我们从生活错误中拯救出来的那些思想和感情。

因此,把歌德同我们联系在一起似乎是合适的,因为我们不能说许多英国或美国读者可以应付这个艰巨任务,即从德国的角度来阅读他的作品,或将其作为德国的一个伟大奇迹和新生事物来理解。他创作的很多作品都逐渐消失了。还有很多作品也将逐渐消失。

那么,要到哪里寻找歌德的"灿烂光辉"呢?我们怎样才能"沐浴"在那片光辉中呢?也许在这个匆忙的、有越来越多的东西吸引读者注意力的时代,可以给他们的最好建议就是阅读那部记录歌德思想和闲谈的精彩的《歌德谈话录》。这是世界上最具有启发性、最引人入胜的书之一。很久之前,这本书就由约翰·奥克森福德翻译过来,发表在列人朋氏丛书中。爱克曼在遇到这位老师时还是个年轻诗人,当时歌德已经74岁,有着丰富的阅历和一种先知式的口吻。他们的友谊一直持续到九年后歌德去世,《谈话录》记录的就是一个伟人的谈话和一个年轻人的为徒之道。

在这些"谈话"中,非常有趣的一点就是歌德给他这位年轻朋友提出的一般的文学建议;这些建议对于今天的年轻作家来说就像一百年前一样适用。他极力主张爱克曼写诗时要立足于真实经历,从现实中——而不是在广泛模糊的思考中——寻找灵感。"我一向瞧不起空中楼阁式的诗。"理解个别就是他给出的建议:

> 此外,作家如果满足于一般,任何人都可以照样摹仿;但是,如果写出个别特殊,旁人就无法摹仿,因为没有人亲身体验过。①

歌德的头脑是实际的,也是思辨的;是批判性的,也是有想象力的,因此,爱克曼的记录读起来就显得是一本非常平淡无奇的书。这里,你发现歌德在谈论一个古希腊和古罗马的勋章;那里,他在谈论制作弓和箭的技术,而且在这方面的知识极为精确;他会指出一位大师的绘画的优点,或阐发他的色彩理论,或详细阐述接种疫苗的重要性——他的话题多种多样、永无止境。例如,他谈论将古怪的旧家具摆放在现代室内的时尚,这种时尚在那时就开始了,现在仍然非常盛行。

歌德会频繁地从这些生活细节转而谈到人们思考的最高深的话题。下面这段评论同目前风靡一时的唯灵论有着紧密的联系:

> 只有那些出身高贵的人,特别是那些无事可做、游手好闲的妇女,才会去研究长生不老的问题。而一个有能力的人,在此生有事可做的人,每日都必须努力奋斗,勤奋工作,对未来世界置之不理,而只在自己生活的世界里积极地

---

① [德]爱克曼著,朱光潜译:《歌德谈话录》,北京,人民文学出版社,1978年,第10页。

从事有意义的工作。此外,永生的思想只适用于那些生活并不很幸福的人。我敢打赌:如果善良的蒂德格有更好的命运,他也会有更好的思想。①

下面是他的又一次更深刻的思考:

> 人们虐待他(指上帝),仿佛不可理解的、根本不可能想出的上帝不比他们有价值。否则他们就不会说:上帝我主,亲爱的上帝,慈善的上帝。对他们,特别是神职人员来说,上帝不过是一句空话和一种名称。神职人员每天都把他(上帝)挂在嘴上,但他们压根儿什么也不想。可是如果他们内心充满着他的伟大,他们就会默不作声,出于对他的尊敬而不提他的名字。②

这两段引语足以表明这本书所涉及的范围,书中的每一页都充满了歌德的"灿烂光辉"。

# 第二节

1749年歌德生于美茵河畔的法兰克福,他的父亲是一位皇家顾问。还在学生时代,他就和达·芬奇一样,兴趣非常广泛,因此在那表面上看来非常平静的一生中,他写出了数不清的短文,涉及自然历史的各个分支,还有关于许多主题的专著,涉及从法律到宗教的广泛题材。他为科学撰写的稿子使他跻身于那些提出进化学说的伟大思想家的先驱之列;他还画画,雕塑,经营剧院,翻译了几部名作,包括哥尔德斯密斯的《荒村》。作为一位评论家,他预见了司各特和卡莱尔的前途,还肯定了拜伦的杰出和优秀。长久以来,相信具备全面修养乃是艺术家必备条件的人始终把他的经历作为必备的依据。顺便说一句,他还谈了好多次恋爱,有过许多风流韵事,有记载的就达18次以上,每一次都在他的性格和作品中留下了印记。

《铁手骑士葛兹》是在莎士比亚的影响下写成的,在他24岁时发表。接下来,歌德全神贯注地描写了一个非常感性的人物,一年后发表的故事《少年维特之烦恼》,引起空前轰动。这个故事是根据一个新近感动了歌德的真实事件写成的——一个名叫耶路撒冷的年轻人由于不幸地爱上了一位已婚夫人而自杀。在维特那思绪纷乱的脑子里,一个同样的自杀想法逐渐从一个巧妙编写出的事件中展开,其时维特在跟一个朋友玩手枪,不慌不忙地把枪口对准了自己的额头。无数读者把他们自己那些夸大的渴望、没有得到满足的爱情和想象出的不幸都融入了这个故事;并且,据说从中国到秘鲁,

---

① [德]艾克曼著,洪天富译:《歌德谈话录》,南京,译林出版社,2002年,第62页。
② 同上,第43页。

自杀变得很流行,罪名全都加在了这位可怜的作者头上!

在接下来的十二年里,歌德完成了三部最佳剧作:《埃格蒙特》、《伊菲琴尼亚在陶里斯》和《塔索》——这里似乎没有必要详细谈论这些剧作。

# 《浮士德》

歌德的所有作品都有一个令人印象深刻的特点,那就是为了完成作品而花费的漫长时间和付出的大量劳动。为了撰写那两部名著,他花费了最多的时间,付出了最多的劳动,因为早在1773年他就开始创作《浮士德》,那时他年仅24岁。《浮士德》的第一部分1806年完成,第二部分直到1831年才完成。《威廉·迈斯特》是他的散文杰作,在动笔创作《浮士德》四年后开始,在他去世前三年才完成,因此,这部作品的创作用了52年的时间,《浮士德》则用了58年的时间!但在任何方面,这两部作品的第二部分都要比第一部分逊色。事实上,一般读者几乎不知道《浮士德》并不是在听到天使们兴高采烈地唱着宣布濒临死亡的玛甘泪"被赦了罪愆"的时候结束的,尽管靡菲斯

照片:W.A.曼塞尔公司

**《浮士德遇见玛甘泪》(J. 蒂索)**

浮士德:美貌的小姐,我可不可以,
　　　　挽着手儿把你送回府去?*
　　　　　　　　——《浮士德》(郭沫若译)

---

\* [德]歌德著,郭沫若译:《浮士德》(第一部),北京,人民文学出版社,1983年,第130页。

特耍弄了诡计,尽管她跟浮士德犯下的罪行毁掉了她自己、母亲、哥哥和孩子,但她还是得到拯救了:这一时刻是以魔鬼对浮士德的呼唤——"到我这儿来!"——结束的,这是所有超自然文学中最恐怖的呼唤。

  无数版本的传说和故事使读者们熟知导致这一高潮发生的那些事件,最早认识到浮士德博士及其最终毁灭将具有重大文学价值的是我们的克里斯托弗·马洛。关于浮士德的传说可以追溯到很久之前。其故事有如下述。浮士德是斯瓦比亚人,一个江湖术士,叔叔给他留下了一笔财产。他挥霍这笔钱,过着放纵的生活,追求快乐却没有找到。花完这笔钱后,他并不像一般败家子那样回到和平朴素的家乡,反而同魔鬼订立了一个契约,因此他可以过二十四年的放纵生活;在那之后,他就要把自己的身体和灵魂交给他那伟大的同伴。任何一位伟大的哲学诗人都可以根据这个主题进行创作。据说歌德首先从牵线木偶表演中获得创作这部剧作的灵感,在表演中,浮士德被魔鬼打死,这对观众中的好基督徒都具极大的教育意义。歌德的《浮士德》有三四十种英语译本,我们推荐贝亚德·泰勒的翻译,因为这个译本很容易找到,并且非常成功地表现出了德文原著的精神和主旨。我们可以引用玛甘泪第一次同浮士德见面之后在手纺车前唱的歌来例示泰勒的译文,而且还可以表现出歌德抒情诗的细腻和温柔:

> 我的心儿不宁,
> 我的心儿苦闷。
> 我再也不能安闲,
> 我再也不能!……①
> 我是专为寻他,
> 我才望出窗外。
> 我是专为寻他呀,
> 才偶尔出房。②

玛甘泪问浮士德关于他信仰上帝的问题,浮士德的回答可以作为歌德天才的例证:

> 谁个能称道他的名号?
> 谁个能够了解这句话,"我信仰他"?
> 谁个能够感觉着,
> 又敢于说出,"我不信仰他"?
> 这个无所不包者,
> 这个无所不有者,

---

① [德]歌德著,郭沫若译:《浮士德》(第一部),北京,人民文学出版社,1983年,第179页。
② 同上,第180页。

> 难道不包有你，我，和他自身？
> 苍天不是穹隆于上？
> 后土不是静凝于下？
> 悠久的星辰不是恺切地流盼而上升？
> 我的眼儿一看着你的眼儿，
> 一切的物象不是都来
> 逼迫你的头脑和胸心，
> 在永恒的神秘中
> 有形无形地在你周围飞腾？
> 不管你心量如何广大，都能充满，
> 在你这种感情之中会全然欣幸，
> 你可任意地命他一个名，
> 命他是幸福！是心！是爱！是神！①

关于《浮士德》，G. H. 刘易斯曾经说过：

> 它用一个永恒难题的令人难以抗拒的魅力和各种各样永无止境的变化所具有的魅力吸引了所有人。它具备各种要素：机智，悲悯，智慧，闹剧，神秘，音乐性，尊敬，怀疑，魔力和讽刺，没有一根琴弦是松弛的，没有一根心弦未被触动。同怀疑进行斗争、力求解答严肃的生命之谜的学生们，都感到他们的情感因这首诗而被奇怪地激发起来；不只是学生，如海涅略为夸张的说法所示，德国的每一个台球记分员都会苦苦思索这首诗。在《浮士德》中，就像在镜子中一样，我们看到了关于我们精神存在的永恒难题。

研究《浮士德》的学生将会找到很多评论家帮助他进行研究。但是，欣赏歌德的伟大作品具有的诗意之美——欣赏人物塑造的微妙，令众多段落绚烂多彩的热情想象，从天堂的序幕开始，直到最后毛骨悚然的囚禁场面，还有在悲剧中穿插的那些优美的抒情诗篇和歌曲，就不需要任何评论家了。

歌德最伟大的小说《威廉·迈斯特》1777年开始动笔。这是他写的仅次于《浮士德》的重要作品，其中包含了他的大部分人生哲理。这部小说很长，对有些读者来说非常乏味。直到1829年，歌德才完成这个故事的最后"一章"。《威廉·迈斯特》的重要性在于它是"目的性小说"的先锋之作，第一次用小说来进行道德和文化教育。它的主旨是说一个人正确选择职业的重要性。

《威廉·迈斯特》技巧高超地描写了德国生活和社会。只有《浮士德》的作者才

---

① [德]歌德著，郭沫若译：《浮士德》（第一部），北京，人民文学出版社，1983年，第183—184页。

**教堂中的玛甘泪**

玛甘泪：我愿能离开这儿呀！
这风琴的声音
好像要断我的呼吸，
这唱歌的声音
好像要解散我的灵魂。*

——《浮士德》（郭沫若译）

---

\* [德]歌德著，郭沫若译：《浮士德》（第一部），北京，人民文学出版社，1983年，第206页。

**《靡菲斯特与浮士德》（埃德蒙·J.沙利文）**

靡菲斯特：要制胜还需得运计出奇。*

——《浮士德》（郭沫若译）

---

\* [德]歌德著，郭沫若译：《浮士德》（第一部），北京，人民文学出版社，1983年，第133页。译文略有改动。

能写出这样的作品；因为《威廉·迈斯特》不仅表现了人从不成熟到智力和生命——文化完善的一般进程，而且，他的续篇（《威廉·迈斯特的漫游时代》）同《浮士德》的第二部分联系非常密切，在这部作品中，以前被靡菲斯特利用的那个人抛开了让他不愉快的环境，通过种种文化、政治才能、科学、艺术和战争，最后才知道要为同胞无私服务这一简单的常识。

要想了解歌德那纯朴的智慧，英语读者可以读贝利·桑德斯翻译的《歌德的格言和感想集》。它们分为四部分："生活与性格"，"文学与艺术"，"科学"和"自然"。这些并不是警句，也没有法国《沉思录》的那种优美、简洁的特点。如桑德斯先生所说，歌德的这些思想记录的特点在于其观察的细腻、真实和理性："对他来说重要的并不是用他那卓越的才智让人们称奇;他费力表达一些思想不是因为它们令人惊叹,而只是因为它们都是真理。"我们完全可以引用歌德的一些智慧结晶来向他告别。

一个人怎样才能认识自己呢?绝不是通过思考,而是通过实践。尽力去履行你的职责,那你就会立刻知道你的价值。

一个最微不足道的人,如果他只是在先天或后天获得的才能范围以内活动,也能做到无瑕可指;倘若缺少了这一必不可少的相应条件,甚至再大的才华也会被埋没、诋毁和消灭。这是现代世界司空见惯的一种灾难;对于如此丰富而火热的、同时又是如此快速地运动着的时代,有谁能够适应它的要求呢?

妄自尊大和妄自菲薄都是严重的错误。

品格唤来品格。

我对许多事情保持沉默,因为我不想叫人们难堪;如果他们对于使我烦恼的事情感到由衷的高兴,我也处之泰然。

虔诚不是目的,而是手段,是通过灵魂的最纯洁的宁静而达到最高修养的手段。

谁接受纯粹的经验并且按照它去行动,谁就有足够的真理。就这个意义上说,正在成长中的孩子是最聪明的。

对于某些人才,必须允许他们各有千秋。

各人都有各人的癖好,而且还无法克服;可是许多人却因之而被毁掉,尽管是些最无害的癖好。

如果每天都有新的烦恼,这种情况就不正常。①

歌德和席勒在1794年第一次见面后不久,就开始了一段时间的友好竞争,他们称其为"叙事谣曲之年",他们一首接一首地接连创作了很多叙事谣曲。席勒写的叙事谣曲比歌德写的大部分都要好。虽然席勒不可能被看作最好的抒情诗人,但在戏剧诗方面,他是首屈一指的。他不仅是现在德国人最爱戴、最喜欢的诗人,而且在全世界的戏剧诗作家中名列前茅。

## 第三节 席 勒

席勒1759年生于马尔巴赫,比他的朋友晚出生十年。他非常勇敢地承受了贫穷的、不健康的一生,先后做过外科医生、编辑、剧场经理和历史学教授。他自己的"狂飙突进"时期带来的主要后果就是他的被捕,为逃离暴虐的卡尔·欧根公爵而隐姓埋名;

---

① 译文均引自[德]歌德著,程代熙、张惠民译:《歌德的格言和感想集》,北京,中国社会科学出版社,1982年。

**约翰·克里斯托夫·弗里德里希·冯·席勒**

他创作的两部最著名的戏剧是《威廉·退尔》和《强盗》。德国人认为他是仅次于歌德的伟大诗人。

照片:汉夫史丹尔

因此,席勒35岁时开始拥有的歌德的友谊就如同上帝送给他的一份安慰礼物。

## 亲密的友谊

在新的友谊的激励下,席勒完成了将被卡莱尔称作"18世纪可以炫耀的最伟大的戏剧作品"的剧作。席勒的健康状况很差,他在书桌前写作一个小时就要忍受几个小时的痛苦。这部作品是三部曲,包括《华伦斯坦的阵营》《皮柯乐米尼父子》和《华伦斯坦之死》,最后一部由柯勒律治译成英文。

同歌德交往的一个直接结果就是创作《威廉·退尔》。这是席勒最著名的戏剧,也是他生前创作的最后一部剧作。他迅速创作了描写玛丽·斯图亚特和圣女贞德的戏剧,大约与此同时,歌德正计划创作一部史诗,讲的是瑞士革命中半为传说、半为真实的英雄威廉·退尔,专制暴虐的葛思勒命令他射中放在他小儿子头上的一个苹果,如果射不中的话,他就得死。但歌德的计划毫无结果,而席勒由于在他们多次对这个题材的谈论中获得灵感,决定接过这个题材,写成戏剧。其结果非同凡响。这部戏剧在德国极受欢迎,明确表达了民族对自由的渴望。歌德在魏玛导演了这出戏,韦伯为之谱曲。退尔顺利地通过了箭与苹果的可怕考验之后,剧中最令人毛骨悚然的一刻到来了,窘迫的葛思勒注意到退尔的腰带中还有一支箭,就问他这是什么意思:

        **退尔**(窘状) 主公,这是射手们的惯例。
        **葛思勒** 不,退尔,你这个答复我不满意;
            你一定是别有用心。
            赶快好好告诉我实话,退尔;
            不管怎样,我担保你的性命。

照片:慕尼黑的维尔利

**退尔的搏斗**
摄自退尔教堂的雕像

这一情景表现的是威廉·退尔在暴风雨中逃离葛思勒派人把他作为犯人押送的那艘小船。

      这第二支箭是干什么用的?
  退尔   好吧,主公,
      因为您已经保证我的性命,
      我就把真情彻底告诉您听。
      (他从衣领里抽出箭来,用一种凶狠的目光望着州官)
      用这第二支箭我要射穿——您,
      如果我射着了我亲爱的儿子,
      您——我相信!我不会射不准。①

  歌德和席勒养成了在新年第一天互相致贺的习惯。1805 年元旦,席勒无意中在信中写了"最后一年"。他又重新写过,但这个词语又出现了。他像预感到了什么似的,颤抖着说:"我感觉这对我们两个人中的一个来说,这是最后一年。"果然,不到半年,

---

① [德]席勒著,张威廉译:《威廉·退尔》,上海译文出版社,1981 年,第 120—121 页。

席勒就去世了。听到这个噩耗时,伟大而冷静的歌德完全崩溃了。"他双手捂着脸,像个妇人一样哭泣。好几天都没人敢当他的面提席勒的名字。"他从来不说席勒死了;他总是说"当我失去他的时候"。有一次在信中他写道:"我的一半生命已经离我而去了。"

歌德比他的朋友多活了二十七年。他在83岁去世时荣誉正盛,而去世时就像他的一生一样平静。我们知道,他是坐在自己的扶手椅上,手放在儿媳的手中去世的。就在半个小时前,他还让人把百叶窗打开,让阳光照进来。马修·阿诺德在一首极为不凡的诗中歌颂了这件事。自此之后,人们就经常说他所处时代的伟大的"光明使者"这样结束了漫长的生命之旅,口里讲着开始旅程时的祈祷——"光!更多的光!"——"光!更多的光!"这多像他的性格啊。

# 第四节 莱 辛

与歌德在德国创造性文学中具有至高无上的地位一样,莱辛在德国批评中也具有至高无上的地位。戈特霍尔德·埃夫莱姆·莱辛生于1729年,比歌德小二十岁。他早年在莱比锡和柏林学习。他本来要当牧师,但他的天才却不断培养自己的鉴赏力,用最高标准对其进行修正。早年他就深为戏剧表演和戏剧史所吸引。1750年,他发表了《戏剧史》,五年后发表了悲剧《萨拉·桑普森小姐》,该剧抛弃了法国那些老套的戏剧手法,赞同英国戏剧中更广泛的自由,这对德国发生了一定影响。他所写的各种批评性文学研究无需列出。他的《汉堡剧评》仍然具有重要价值。在逐渐阐明对法国悲剧的批评看法时,他推断说希腊戏剧和莎士比亚的戏剧是德国戏剧艺术应该效仿的典范。实际上,莱辛奠定了德国人欣赏莎士比亚的基础。

## 《拉奥孔》

《拉奥孔》1766年发表,是18世纪发表的最优秀的一部批评著作。这是对戏剧原理进行的一次新颖、高超的探讨,因为它们的基础是人类表达的历史。如果说是这部著作成就了歌德和席勒,那绝不为过。歌德自己就曾说过:"一个人必须是在年轻时就认识到莱辛的《拉奥孔》

照片:里施基斯收藏馆

**G.E. 莱辛**

德国现代希腊文学研究的先驱,莎士比亚的拥护者,可以说莱辛为培养德国人欣赏莎士比亚的戏剧作出了巨大贡献,现在欣赏莎剧仍是德国人的一个重要特点。

照片：安德森

《拉奥孔》

这一著名雕塑现在藏于罗马的梵蒂冈博物馆。莱辛将他的书命名为《拉奥孔》，是因为这个题目可以让他把那个著名雕像——表现拉奥孔和他的两个儿子被主神朱庇特派来的两条大蛇（在拉奥孔警告特洛伊人不要接受木马之后）绞死——当成一个检验标准，来检验诗人（维吉尔）是怎样恰当地用语言来描写这种痛苦的。

对我们产生的影响，它将我们从可怜的观察领域带到思想的自由天地。"

莱辛所做的是非常高明地规定一种区分，一种永远存在的区分，但是，这在他那个时代确实非常模糊，而所谓区分就是规定诗歌和造型艺术（雕塑和绘画）的不同功能。

莱辛将他的书命名为《拉奥孔》，是因为这个题目可以让他把那个著名的雕像——表现拉奥孔和两个儿子被主神朱庇特派来的两条大蛇（在拉奥孔警告特洛伊人不要接受木马之后）绞死——当成一个检验标准，来检验在雕塑中怎样用大理石恰当地表现痛苦，与之相对的是诗人（维吉尔）怎样恰当地用语言来描写这种痛苦。雕像只不过是一个文本，但因为这是他的文本，所以就以此为书名。他的重要观点就是雕塑和绘画不能做、而且也不要做诗人能做的事情，这个观点是对的。

在探讨这种原理的差异时，莱辛对所有批评都有阐释。读《拉奥孔》时，每一页中都不可能看不到、感觉不到他那真诚的思想。他从来都不会武断地表达自己的观点，他会公平地对待与其观点相左的任何意见，但想读有说服力的和结论一致的文章的读者认为他太公平了，以至于削弱了自己的论点。然而，这恰恰就是莱辛的特点，他曾这样想过也这样写过：

> 如果上帝的右手握着一切真理，左手握着一心一意、永远积极追寻真理的动力，即使还附带着这样一个条件，即我必须永远都是错的，对我说："选吧。"我将谦卑地跪在他的左手前，说："上帝，给我吧！因为纯粹的思想只属于您一个人！"

这些是高贵的词语，歌德在评论莱辛"只有一个同样伟大的人才能懂他；对那些平庸之人来说，他是危险的"时，他心里肯定想到了这几句话。

## 参考书目

**歌德：**
Works in English in 14 vols., Bohn's Library.
*Poetry and Truth from my own Life*, 2 vols., Bohn's Popular Library.
*Faust* in Bohn's Popular Library. 还有其他译本。
*Life of Goethe*, G. H. Duntzer, translated by T. W. Lyster.
Carlyle's *Essay on Goethe*.

**席勒：**
Translation of Works in 7 vols., Bohn's Library.
*Life of Schiller* by Thomas Carlyle.

**莱辛：**
英文版的全部戏剧作品，共2卷。
*Laocoon*, Bohn's Library.

# 第二十五章　华兹华斯、柯勒律治、骚塞和布莱克

## 第一节　威廉·华兹华斯

### 具有治疗作用的诗人

"我坚信在整个世界都认识了莎士比亚和弥尔顿诗歌成就的价值之后,从伊丽莎白时代至今,毫无疑问华兹华斯的诗歌成就就是我们语言中最重要的。"四十多年前,马修·阿诺德就这样写道,而我们可以确定,如果他现在还活着,他还会这样写。更加令人难忘的是他写在"纪念诗"中的颂词,这是1850年他因华兹华斯去世有感而作的:

> 他发现了我们,当时代把我们的魂灵
> 束缚在它那令人麻木的轮回;
> 他说话,用泪水解放我们的心灵。
> 他把我们像出生时置放
> 在大地凉爽芬芳的花床,
> 我们崭露出微笑,心神气爽;
> 周围群山环绕,微风拂面
> 再次吹过阳光明媚的田野;
> 我们的前额感到了风雨绵绵。
> ……
> 啊!黑暗的岁月仍然能展现
> 人的火热力量和人的老谋深算,
> 时间的进程将向我们归还
> 拜伦的力量和歌德的圣贤;
> 但欧洲以后的时日何时才能再显
> 华兹华斯妙手回春的才干?

三十年后，阿诺德选出华兹华斯的一些诗编成《华兹华斯诗歌精选》，并且写了一篇评论作序言。他说自1842年之后，丁尼生将诗歌大众从华兹华斯那里吸引过去，还说就连最差劲的批评家和编辑者都可以无知地、甚至傲慢地谈论华兹华斯。他注意到华兹华斯的诗作非常多，其中三分之二比不上他的最佳作品，因此降低了这位终将位居斯宾塞、德莱顿、柯珀、彭斯、雪莱和济慈之上的诗人的声望。但因为这一时刻还没有到来，因此在阿诺德看来，只让大众读《华兹华斯诗歌精选》中最好的诗是大有裨益的。于是他编写了这本诗集。

《华兹华斯诗歌精选》仍然是了解这样一位诗人最好的入门读物，许多人读起来都觉得吃力或无聊，因为这些诗不能按照创作的方式来读和思考。读者想要很快就看到结果，马上就感到愉悦，并记住容易的曲调，读华兹华斯的诗是做不到的。他的诗是六十年沉思的积累，是人与自然的交流和人性的显现。我们要沿着他自己走过的路，以他那样的心情和思维方式来读他的诗歌。很难以"看一眼"的方式去读他，而如果以某种洞见去读，就会发现他在诗歌领域是无与伦比的。约翰·莫利在1888年写到华兹华斯时说：

> 通过把无限带入普通生活中，就像从普通生活中唤起了无限一样，利用这个秘诀，只要我们接受他的影响，他就能让我们的心绪永远平静，让我们触及"灵魂的最深处，而不是纷乱的心绪"，给予我们平静、力量、坚毅和目标，无论是要行动还是要忍耐。

华兹华斯戴着维多利亚女王授予的"桂冠诗人"的冠冕于1850年逝世。这个事实使人们长期存有某种关于其真正生活时期的幻觉。他活到了80岁。他在约翰逊博士去世前十四年出生。当时格雷逝世仅一年；哥尔德斯密斯四年后才谢世。他比雪莱早二十二年出生，比拜伦早十八年，比济慈早二十五年。在英国失去美国殖民地时，他还是个孩子；但当法国大革命震撼欧洲时，他已经是个自觉的男子汉了；在英国工业时代开始时，他正值壮年。莫利在下面这段话中只寥寥数语就绘出了他个人生活的画卷：

> 在把欧洲置于多年水深火热之中的大战引起世界动荡的时候，在经历了所有那些动乱和骚动之后的和平迎来新时代的时候，华兹华斯半个世纪（1799—1850）以来一直隐居在家乡的山水之间，始终保持冷静和坚毅，懂得了自己作为诗人所应承担的崇高职责和理想。

他在身体和精神上都属于这个"选定的"家。父亲是科克茅斯的一位律师，先后为詹姆斯·劳瑟爵士和朗斯代尔伯爵代管房地产。母亲则属于老莱克兰血统。

照片:里施基斯收藏馆

**《威廉·华兹华斯》(R.B.海登)**

你有什么能够弥补
你的同侪们拥有而你没有的一切,
运动和火焰,达到光辉终点的迅捷手段?
而你具有让疲倦的双脚憩息的才干。

——威廉·沃森,《华兹华斯之墓》

照片:里施基斯收藏馆

**多萝西·华兹华斯(诗人的妹妹)**

我后来的福分,早在童年
便已经与我同在:
她给我一双耳朵,一双眼,
敏锐的忧惧,琐细的挂牵,
一颗心——甜蜜泪水的源泉,
思想,欢乐,还有爱。

(杨德豫译)

上面的诗句写于1801年,当时华兹华斯和妹妹已经在格拉斯米尔的汤恩德定居。

照片:R.A.莫尔比

**黄水仙花**

晚上枕上意悠然，
无虑无忧殊恍惚。
情景闪烁心眼中，
黄水仙花赋禅悦；
我心乃得溢欢愉，
同花共舞天上曲。

——华兹华斯(郭沫若译)

## 早年岁月

  他在科克茅斯和彭里斯度过了学生时代，虽然没有取得什么进步，但那些日子却是快乐的。他酷爱读书，贪婪地阅读了菲尔丁的所有作品、《堂吉诃德》、《吉尔·布拉斯》、《格列佛游记》和《天方夜谭》。"美妙的播种季节拥有我的灵魂，美和恐惧哺育我成长。"[①]少年时代就充满梦想、喜欢沉思的人只要读了华兹华斯在《序曲》中描写的早年情感，都不会无动于衷，不能不理解他。他祈求"宇宙的智慧与精神"：

    从我童年
  初始时起，你就不分白天黑夜，

---

[①] [英]威廉·华兹华斯著，丁宏为译：《序曲或一位诗人心灵的成长》，北京，中国对外翻译出版公司，1999年，第12页。

> 将那筑成人类灵魂的各种
> 情感为我织在一起，你没有白费心机。①

我们感觉到，他常常会重新捕捉少年时代吸入的空气，重新体验丰富了他生命遗产的思想；如下面描写冰湖或冰河上玩耍的几句诗：

> 就这样，我们在夜色和寒气中纵肆，
> 每人的喉咙都不甘闲置。喧声中，
> 悬崖峭壁高声响应，裸木
> 枯枝与每一块覆冰的岩石都如
> 生铁，锒铛作响；远方的山丘
> 则给这喧闹送回异样的声音，
> 不难觉察它的忧伤，而在此时，
> 东方的星光晶莹闪烁，西天
> 橘红的余辉却已完全消逝。②

请注意这份列出了时间和地点的完整记录所具有的精神实质。

华兹华斯17岁入剑桥学习。在《序曲》中，他给我们讲了很多学校放假时的故事，而不是学校生活。但他对公寓附近一棵梣树的描写却非常生动：

> 我常默默伫立，借朦胧的
> 月色仰观这可爱的梣树。另一半
> 神奇魔幻的世界，我的诗或许
> 永远迈不进你的疆域，但是，
> 孑身徜徉于星空下，伴着这件
> 泥土的杰作，我也看到了奇景，③
> 而斯宾塞年轻时也未必能看见如此
> 静谧的景象，所创造的神人仙体
> 也未必比我的所见更加美妙。④

关于华兹华斯离开剑桥后在伦敦的日常生活，除了《序曲》第七卷告诉我们的那些轶事，我们知之甚少。他似乎是伦敦大街上一个孤独而目光敏锐的流浪者，一时一

---

① [英]威廉·华兹华斯著，丁宏为译：《序曲或一位诗人心灵的成长》，北京，中国对外翻译出版公司，1999年，第16页。
② 同上，第17页。
③ 柯勒律治在《文学生涯》(Biographia Literaria)第十四卷中说道，在诗的宇宙中，属于华氏的一半是日常事物，另一半超自然的世界属于柯。华兹华斯在此暗示，自己所见的实景更具有魔幻色彩，才真正是奇景，胜过斯宾塞的虚构。注释略有改动。
④ [英]威廉·华兹华斯著，丁宏为译：《序曲或一位诗人心灵的成长》，北京，中国对外翻译出版公司，1999年，第133页。

刻都没有忘记城市与乡村的关系，或在大自然的宁静比照之下城市生活的紧张和流动。如 F.W.H.迈尔斯所说，他成了一位不把伦敦纯粹看作伦敦、而将其看作乡村一部分的伦敦诗人。因此，仅几年后，他就写出了我们文学中最伟大的十四行诗之一，他在诗中表达了对伦敦最崇高的敬意，他自己的精神也包含其中。这就是《在西敏寺桥上》①：

> 大地不会显出更美的气象：
> 只有灵魂迟钝的人才看不见
> 这么庄严动人的伟大场面：
> 这座城池如今把魅力的晨光
> 当衣服穿上了：宁静而又开敞，
> 教堂，剧场，船舶，穹楼和塔尖
> 全都袒卧在大地上，面对着苍天，
> 沐浴在无烟的清气中，灿烂辉煌。
> 初阳的光辉浸润着岩谷，峰顶，
> 也决不比这更美；我也从没
> 看见或感到过这么深沉的安宁！
> 河水顺着自由意志向前推：
> 亲爱的上帝！屋枢似都未醒；
> 这颗伟大的心脏呵，正在沉睡！

## 安妮特的故事

在这段早年岁月里，华兹华斯的生活中发生了一段插曲，在逝世后很长时间，他的传记作者们根本不知道，因此也没有怀疑过这件事。现在我们不能再置之不理了，因为我们已经知道或刚刚知道这件事对诗人的性格和一些最深奥的诗作产生了不容置疑的影响，即便我们还不能确定地描述这究竟是怎么回事。华兹华斯精力充沛，而且，诗人的梦想也时刻萦绕在心头。他不在乎自己的大学生涯。1792 年 11 月，他第二次来到法国，那时他大约 22 岁。他是个孤儿，现在要扬起头呼吸生活的气息。拜伦说："生命的精华不过是陶醉。"似乎不用怀疑华兹华斯有了自由于是就可以观察和研究这个世界，有了高尚的冲动就可以排除感官的冲动。他的经济状况只允许他在法国待几个月，但他每日都过得很充实。这个相当不安分的年轻人 1791 年底乘一辆四轮大马车或公共马车来到了奥尔良，找到了一个提供膳宿、每月需付 80 法郎的住所。显然，

---

① [英] 华兹华斯作，屠岸译:《在西敏寺桥上》，弗·特·帕尔格雷夫原编，罗义蕴、曹明伦、陈朴编注:《英诗金库》(下卷)，成都，四川人民出版社，1987年，第1313—1315页。这首诗据说是诗人1803年9月3日赴法国时"在车马顶上"写下的。西敏寺桥是伦敦的一座大桥。第四行"这城池"和第十四行"伟大的心脏"都是指伦敦。

照片：里施基斯收藏馆

**格拉斯米尔湖的鸽舍**

华兹华斯在这个小屋住了七年，后来是德·昆西居住。现在这个鸽舍成了国家财产，作为华兹华斯纪念馆保存。

照片：瓦伦丁

**从红岸（Red Bank）看格拉斯米尔湖**

将近半个世纪，华兹华斯就住在这个因他而极为有名的小湖旁边。

# 第二十五章
## 华兹华斯、柯勒律治、骚塞和布莱克

受版权保护的照片：凯西克的 G.P. 亚伯拉罕有限公司

**赖德尔山，华兹华斯的家**

赖德尔山俯瞰威斯特摩兰的赖德尔湖，华兹华斯在那里住了 37 年，最后在心爱湖区的宁静中去世。

他在寻找住处时遇到了瓦雍一家。他对安妮特几乎一见钟情。瓦雍家有四个女儿，都住在家里，她们的父亲去世后母亲改嫁，安妮特也就成了孤儿。事实证明，这对两个人来说都是一种险境。1792 年 12 月 5 日，华兹华斯的女儿出生。

他没能娶安妮特，主要原因在于这样一个事实，即至少在他脱离自己的监护人之前他根本没有能力养活妻女，对此他不能隐瞒。从那时起，客观形势就将华兹华斯和安妮特慢慢地、却毫无疑问地分开了。长期以来，战争一直在英法之间酝酿着，而且很快就爆发了。多萝西·华兹华斯向监护人提出了哥哥的状况，但他们冷淡地拒绝了。她温柔体贴地给安妮特写信，而安妮特的回信极其慷慨。她和家人在"恐怖时期"都有被砍头的危险，而华兹华斯也要冒生命危险才能去法国。安妮特渴望他回来结婚，这主要是为了争取合法的婚姻地位，为了完全拥有被带走的、不能由她直接照顾的小卡罗琳。这个故事中有些脱漏，但我们不是完全确定华兹华斯是否敢于冒这个险。

华兹华斯正在受到那些符合他的天才和刚刚开始的诗人生涯的影响。他跟妹妹安定下来，过着乡村生活。他与柯勒律治的诗人伙伴关系已经开始了。他们一起创作《抒情歌谣集》，这将为他的诗歌生涯奠定基础。他将悲痛转化为叙事诗，但在诗中他并未表露自己的思想感情，不过现在我们还是能看得出来。不仅如此，他还非常热爱英国景色和英国的一切。他思绪联翩，回想起年轻时代的爱情，那个已经死去的"露西"。

安妮特是个法国女人，不会说英语。他也很快就忘记了懂得的一点点法语，就连多萝西也可以拿安妮特在华兹华斯女儿的婚礼上表现出来的快乐开个小小的玩笑。华兹华斯和多萝西都没有参加这次婚礼。我们希望能有证据表明华兹华斯曾经供养过安妮特或卡罗琳。

我们讲的这个故事是不能被忽略的，因为现在它已是妇孺皆知。它常常会在华兹华斯诗歌的最深处闪现出来，它必然给予了他关于人类心灵的持久了解。

这是隐藏在华兹华斯作为诗人和预言家背后的一出"戏"，即便是在现代而且不太健康的意义上的"戏"。他在格拉斯米尔湖和赖德尔湖附近住了半个世纪，从大自然中汲取了最渊博的知识，并把这些知识传给了愿意静下心来阅读的人。

# 第二节

## 《丁登寺》

马修·阿诺德说华兹华斯所有最优秀的作品差不多都是1808年之前完成的，这是事实，那时拜伦刚刚发表了早期的《懒散时光》，除了《末代行吟诗人之歌》外，司各特还没有发表任何诗作，而丁尼生还没有出生。早在1789年合作发表的那部《抒情歌谣集》中，就能发现华兹华斯汲取了大自然传递给人的全部启示的精髓。《抒情歌谣集》的第一首歌是《古舟子咏》，最后一首是华兹华斯的《丁登寺》。迈尔斯称这首诗为"华兹华斯信念的神圣信条"。事实上，我们知道关于华兹华斯诗歌的特点和倾向的所有一切尽在这首诗中。他已经见过了怀河谷，而且从中获得了不朽的感想和感情。

> 五年过去了；五个夏天……
> 　　　　我终于又听见
> 这水声，这从高山滚流而下的泉水，
> 带着柔和的内河的潺潺。①

在这首诗中，我们懂得了纯粹说教的诗歌与描写生活行为的伟大诗歌之间的区别。在从大自然中直接汲取大量建议、抛弃直接教导和说教时，华兹华斯是最伟大的。莫利勋爵曾说"他是一位教师，否则他什么都不是"。这是正确的，也是不能改变的。只有在把大自然的宁静和秩序传给令人类窘迫和混乱的世界之时，他才教得最好。仔细看看下面这些出自《丁登寺》的诗句。他在回忆自己早年对这些相同情景的感想，在身体和精神的多次漫游中，始终都没有抛弃它们。

---

① [英]华兹华斯作，王佐良译：《丁登寺》，王佐良编著：《英国诗选》，上海译文出版社，1988年，第257页。

承蒙G.G.哈拉普有限公司惠允使用自其《古舟子咏》版本复印,依据威利·波加尼的画作

当我向西远眺,突然看见
有个东西在空中飘游。
……
起初只是个小小的斑点,
后来又仿佛是一团烟雾:
它不断向前移动,终于
像是个物体看得很清楚。[*]

——《古舟子咏》

---

[*] 郭沫若:《英诗译稿》,上海译文出版社,1981年,第174页。

承蒙盖伊和汉考克有限公司惠允使用,复印自其《古舟子咏》版本

**古舟子咏**

他是一个年迈的水手,
从三个行人中他拦住一人。
……
但他炯炯的目光将行人摄住——
使赴宴的客人停步不前,
像三岁的孩子听他讲述:
老水手实现了他的意愿。*

重要的是注意上面引用的诗句的最后四行,虽然它们出现在《古舟子咏》中,实际上却是华兹华斯写的。

---

* [英]华兹华斯等著,顾子欣译:《英国湖畔三诗人选》,长沙,湖南人民出版社,1986年,第166—167页。

照片:瓦伦丁

**丁登寺**

这是英国最美的修道院遗迹之一。与华兹华斯所作的伟大诗歌《丁登寺》有关系。

>……每当我孤居喧闹的城市，
> 寂寞而疲惫的时候，
> 它们带来了甜蜜的感觉，
> 让我从血液里心脏里感到，
> 甚至还进入我最纯洁的思想，
> 使我恢复了恬静：——还有许多感觉，
> 使我回味起已经忘却的愉快，
> 它们对一个善良的人的最宝贵的岁月
> 有过绝非细微、琐碎的影响，
> 一些早已忘却的无名小事，
> 但却包含着善意和爱。①

但这还不是全部：

> 　　　　不仅如此，
> 我还靠它们得到另一种能力，
> 更高的能力，一种幸福的心情，
> 忽然间人世的神秘感，
> 整个无法理解的世界的
> 沉重感疲惫感的压力
> 减轻了；一种恬静和幸福的心情，
> 听从温情引导我们前进，
> 直到我们这躯壳中止了呼吸，
> 甚至我们的血液也暂停流动，
> 我们的身体入睡了，
> 我们变成一个活的灵魂，
> 这时候我们的眼睛变得冷静，由于和谐的力量，
> 也由于欢乐的深入的力量，
> 我们看得清事物的内在生命。②

但甚至在这时，我们还没有达到华兹华斯从怀河河岸上升到永恒的、相同事物的那种精神高度。

> 　　　因为我学会了

---
① [英]华兹华斯作，王佐良译：《丁登寺》，王佐良编著：《英国诗选》，上海译文出版社，1988年，第258—259页。
② 同上，第259页。

> 怎样看待大自然，不再似青年时期
> 不用头脑，而是经常听得到
> 人生低柔而忧郁的乐声，
> 不粗厉，不刺耳，却有足够的力量
> 使人沉静而服帖。我感到
> 有物令我惊起，它带来了
> 崇高思想的欢乐，一种超脱之感，
> 像是有高度融合的东西，
> 来自落日的余晖，①
> 来自大洋和清新的空气，
> 来自蓝天和人的心灵，
> 一种动力，一种精神，推动
> 一切有思想的东西，一切思想的对象，
> 穿过一切东西而运行。②

华兹华斯自己根植于大自然，可以说，他从大地和天空中汲取灵液，根本不需要以伦理道德作为开场白。他认为他是

> 摩擦得平滑的灵魂，不去
> 　粘附形式和感情，无论伟大与渺小；
> 一个自足于理性的东西，
> 　一个地地道道的知识分子。

他向我们指出的不是道德家，而是另一种教师：

> 他像正午的露珠褪去
> 　或树荫下的喷泉；
> 你必须爱他，在你感到他
> 　值得你去爱他之前。
>
> 天地的外部轮廓，
> 　山川河谷他尽收眼底；
> 发自内在的冲动
> 　全部涌入他的孤独。
>
> 我们周围的普通事物

---

① 这一行极受后来诗人丁尼生的赞赏，成为英语中最雄伟的诗行，由于写出了消逝中有永恒。
② [英] 华兹华斯作，王佐良译：《丁登寺》，王佐良编著：《英国诗选》，上海译文出版社，1988 年，第 261—262 页。

他能赋予随意的真理；——
一个宁静眼光的收获
在自己的内心里沉睡和酝酿。

## 《快乐的勇士》

华兹华斯表达的寓意具有完美的一致性。除了我们刚刚谈论的作家之外，谁还能生动地描绘出这样"快乐的勇士"呢？——

以天生的本能识别
什么知识可用的人，勤于学习；
遵照这个方法，他不在那里停留，
但使道德的存在成为永久的专注；
他注定要与痛苦为伍，
还有恐惧、流血和无数苦难，
把他的必然变成荣耀的光环。
……
他周围普通的抗争显示力量无边，
或是普通生活中的温和关怀，
一种恒定的影响，一种特殊的恩惠；
可是如果召唤他去面对
天堂也参与的某一可怕的时刻
人类或善或恶的重大问题，
他就和情人一样幸福；穿着
像富于灵感的人一样华丽。
……
——尽管他这样打扮有某种意义
有抵御暴风和狂澜的能力，
而他的灵魂却倾向于
素朴的快乐和温和的场面；
而不管他是谁，那甜蜜的形象
他烂熟于胸；那种忠诚
也是他要证明的忠贞爱情；
为此他更加勇敢，更深的爱情。
……

照片：弗雷德里克·霍里耶

《快乐的勇士》(G. F. 沃茨)

  G. F. 沃茨在 1884 年创作这幅画时，有可能在某种程度上受到了华兹华斯所写的关于"快乐的勇士"的诗句启发。我们知道他想表现一位勇士为自己的祖国而死这个意思，当死亡来临时，他爱人的幻影出现了，亲吻了他的眉毛，不过可以说，华兹华斯的诗歌和沃茨画的这幅画表现了同样的理想，只不过庄严程度不同。

而当死亡的薄雾聚拢
他提起勇气聆听天堂的掌声:
这就是快乐的勇士;这就是
每一个战士都要效仿的典型。

还有谁能发出下面这些呼喊?——

当我看到天上的虹,
　我的心便要跳动;
我年幼时是曾这样,
成人的目前也是这样,
当我老去时也当这样,
　不然让我死亡!

幼儿是大人之父亲:
我真愿我的一生
自始至终怀着孝敬。
(永远不失赤子之心)①

谁还能有这样的沉思?——

我听到一千种交响的乐音,
　当我斜坐在早春的林中,
当我胸怀那美妙的情致,
　快乐带着忧郁潜入于心。
在绿荫间,穿过樱草花丛,
　长春花在编织它的花环;
我相信,呼吸着林中的空气,
　每一朵鲜花都怡然陶然。
……
如果这思想来自天启,
　如果这是大自然神圣的安排,
一想到人是怎样对待人的,
　我怎能不为之感到悲哀?②

---

① 郭沫若译:《英诗译稿》,上海译文出版社,1981年,第35页。
② [英]华兹华斯等著,顾子欣译:《英国湖畔三诗人选》,长沙,湖南人民出版社,1986年,第4—5页。

在谈到责任时，华兹华斯是从哪里获得灵感的呢？是从生长在温暖时刻的笑意盈盈的鲜花中，从在冰冷的永恒中旋转的繁星中：

> 你严峻的立法者呵！却有着
> 　　天神般慈祥宽厚的神情；
> 我们也从未、从未见到过
> 　　像你脸上这样美好的笑容；
> 花坛中的鲜花向着你欢笑，
> 吐出缕缕芬芳在你脚下轻飘；
> 你保佑群星不在迷误中彷徨；
> 你使最古老的天庭也充满生机和力量。①

没有人会诉诸这样的认可，因为它们是不容争辩的、超越宗派主义和各种定义之上的。

## 第三节　孤寂之歌

华兹华斯在讲朴素的故事时，如《迈克尔》（读这首诗时你不可能无动于衷，也不可能不对善良有所肯定）、《露丝》、《采集水蛭的人》、《西蒙·李》或《玛格丽特》等故事；或把关于高尚或卑贱的男男女女的反思融合在一起的时候，如《高原姑娘》、《孤独的割麦女》或《马修》，他经常、也许最经常的是位最伟大的教师。他的诗是孤独结出的硕果。在他所有的伟大作品中，你都会看到一个身在户外于摇曳的芦苇或在落日的余晖中寻找先知先觉的人：

> 然而谁会停步，或不敢向前，
> 尽管他既没有住所也没有家园，
> 只有这指引他向前的一线天？

事实上，在孤独中创作出来的这种诗歌，其读者也必须是孤独的。毫无疑问，在沿着这条道路或任何其他道路通向最高尚的事物时，人们需要智慧和谨慎；然而，几乎每个有道德的男人或女人都会说，他们一生中最宝贵、最难忘的时刻，就是他们跟大自然独处的时刻，是处于那种"聪悟的被动"的心境中，这是华兹华斯教我们培养的。

他到大自然中去，不是为了给他的思想增色，而是为了发现思想。他去那里不是为了创造文学模式，而是为了"洞察事物的真谛"。他那些最详细的描写中充满了沉

---

① ［英］华兹华斯等著，顾子欣译：《英国湖畔三诗人选》，长沙，湖南人民出版社，1986年，第87页。

思和渴望。我们可以举1818年所作的《作于一个出奇壮观而美丽的傍晚》中的美景作例子。

> 一切都毫无声响，只一片
> 深沉而庄严的和谐一致
> 散布于山崖之中的谷间，
> 弥漫在林间的空地。
> 遥远的景象移到了眼前，
> 这是因为那射来的光线
> 有着魔力，它把照到的
> 一切染上宝石般的色泽！
> 我看到的一切清晰明净，
> 牛群漫步在这边山坡上，
> 一架架鹿角在那里闪光
> 羊群就像是镀了金。
> 这是你紫色黄昏的静谧时分！
> 但是，像我们神圣的愿望一样，
> 我的灵魂告诉我，我永远不能
> 相信：这美景完全由你执掌！——
> 从不受太阳影响的天外，
> 我们把部分的礼物赢来；
> 类似天堂里的那种瑰丽壮观
> 在英国牧人的脚下铺展！[①]

这是人类向大自然致以的永恒不朽的敬意；语言虽然华美，却出自一颗普通的心，没有过分的雕饰，没有自尊自大的搅扰和破坏。这是伟大诗歌的语言——这种诗歌不断提醒我们，不知道怎样在伊甸园里生活的人类，还要学会怎样在伊甸园之外生活。它的主题就是我们每个人心中的和平与崇拜之情，我们所有的激情和奋斗都围绕着它们旋转。

很多年来，华兹华斯从他的诗中获益很少，或者根本就没有获得什么益处。人们喜爱拜伦和司各特，而对华兹华斯的喜爱则相形见绌。但在1830—1840年间，他声名鹊起。1837年，他的名字跨越了大西洋，他的美国版诗集面世。1843年，在骚塞去世之时，他接到了张伯伦勋爵的一封信，提议让他当桂冠诗人。一开始他拒绝了，但

---

[①] [英]华兹华斯著,黄杲炘译:《华兹华斯抒情诗选》,上海译文出版社,2000年,第308页。

是罗伯特·皮尔爵士坚持让他接受这个称号,告诉他说维多利亚女王完全赞同授予他这个称号,认为这是"在世诗人中最杰出的一位所应得的",他让步了。他每年领取王室付给他的三百英镑年俸,在心爱的赖德尔山中过着平静的生活,直到1850年4月23日,他因感冒引起胸膜炎去世。他被葬在格拉斯米尔墓地,长眠在他所爱的人和给他一生带来了快乐和灵感的山湖之间。

## 第四节 柯勒律治

### 梳马背的列兵

塞缪尔·泰勒·柯勒律治出生于1772年,父亲是奥特里圣玛丽的教区牧师,与兰姆一样,他是一个慈善学校的学生。他曾获得剑桥大学基督学院的奖学金,但两年后,由于某种至今不明的原因,他离开剑桥到了伦敦。在伦敦大街上漫无目的地游荡了一阵子之后,他最后加入了轻装龙骑兵团,当梳马背的列兵。有一天,两个军官热烈地讨论优西比乌斯的诗句,柯勒律治无意中听到了他们的讨论,并给出了正确的解释。这使两名军官非常吃惊,就好像他们的狗在用希腊语号叫一样。于是,他们设法让柯勒律治讲出自己的身世,并与他的朋友们取得了联系。从此,这位博学的士兵就离开了军队。

很快他就和朋友、住在布里斯托尔的骚塞走到了一起,还一起娶了两姐妹为妻。他发表了大量散文和诗歌;创办了各种各样的杂志,但都像气泡一样昙花一现。他与华兹华斯一起构思并发表了那本划时代的薄薄的《抒情歌谣集》,其中收录了他的《古舟子咏》和另外三首诗,这是他的贡献。这首伟大的浪漫诗歌写于1797年,当时他25岁,但他的名字却如雪莱、济慈或华兹华斯的名字一样伟大,虽然精确算来,这些精美的诗作加起来还不足20首。其中主要有《古舟子咏》、《克里斯德蓓》、《忽必烈汗》、《青春和老年》、《法兰西颂》和《沮丧之歌》。所有这些诗歌都有一个共同特点,那就是它们都具有一种独特完美的、完全属于它们自己的美妙乐音,如老水手在那艘恐怖的船上听到圣灵的歌声一样甜美:

> 有时乐声如万弦俱发,
> 　有时却又如一笛独奏;
> 有时如仙乐在海上回荡,
> 　使九天谛听这乐声悠悠。[①]

---

① [英]华兹华斯等著,顾子欣译:《英国湖畔三诗人选》,长沙,湖南人民出版社,1986年,第184页。

**《塞缪尔·泰勒·柯勒律治》(奥尔斯顿)**

柯勒律治具有一流的才智和敏锐、杰出的想象力。他吸鸦片上瘾,这严重损害了他的健康,因此说在他的大部分作品中,柯勒律治远远没有表现出自己的全部才智,这几乎没有异议。

这些诗歌具有的第二个特点就是它们新颖、深刻地表现了浪漫情调的魅力。让我们从《克里斯德蓓》中选几行诗——随便哪几行都能展示这种魅力:

> 俊俏的小姐,克里斯德蓓,
> 她是她父亲钟爱的宝贝,
> 这么晚,怎么还待在林子里?
> 离城堡大门有两百多米!
> 昨天一整夜,她做梦不止,
> 梦见那同她订了婚的骑士;
> 今天,她半夜来到荒郊,
> 是来为远方的情郎祈祷。
>
> 她悄悄走动,她一言不出,

叹气的声音又细又柔和；
除了苔藓和寄生灌木，
橡树上见不到什么绿色。
她在这棵橡树下跪倒，
她在一片寂静中祈祷。

陡然，这姑娘吓了一跳，
克里斯德蓓，俊俏的小姐！
近处，近极了，一片哭叫——
究竟是什么，她难以辨别；

照片：亨利·迪克逊－儿子公司

《克里斯德蓓和吉若丁》（A.C. 库克）

摆脱了恐惧，摆脱了危险，
她们俩喜滋滋穿过庭院。
满心虔诚的克里斯德蓓
热情呼唤身边的那一位：
"让我们赞美圣母玛利亚，
是她把你救出了苦海！"*
　　　——柯勒律治，《克里斯德蓓》

---

* [英]柯勒律治著，杨德豫译：《神秘诗！怪诞诗！：柯尔律治的三篇代表作》，北京，人民文学出版社，1992年，第42页。译文略有改动。

这声音就在老橡树那边,
又粗又大的老橡树那边。

　晚上冷飕飕,树木光秃秃,
莫不是凉风在飒飒低语?
这会儿没有凉风吹拂,
连这位少女腮边的鬈发
也不曾吹动一丝半缕;
这会儿没有凉风飒飒,
连树梢最后一片红叶
也不曾动弹,也不曾摇曳——
它轻轻悬在最高的枝头,
只要能晃悠,它便晃悠。

　少女的心呵,别跳得这么响!
耶稣!玛利亚!保护这姑娘!
她披着斗篷,抱着胳膊肘,
悄悄走到了橡树的另一头。
　那儿她瞧见了什么?

　瞧见了一位明艳的女郎,
白丝绸袍子披在她身上,
月光下,这白袍闪烁幽光,
而她的脖子使白袍更白更亮。
她光着脖子,光着胳膊,
没穿鞋,脚上有淡蓝的筋络;
头发里缠夹着宝石颗颗,
星光点点,华光四射。
真叫人骇然:在这儿竟会
瞧见这女郎——这么样娇媚,
一身穿戴得这么样华贵!①

或者我们可以选《忽必烈汗》的结尾——据说这首诗是在吸食鸦片后的梦幻中写成的:

---

① [英]柯勒律治著,杨德豫译:《神秘诗!怪诞诗!:柯尔律治的三篇代表作》,北京,人民文学出版社,1992年,第37—39页。译文略有改动。

　　　　那逍遥宫的倒影
　　　　似漂在河波中心；
　　　　在那里隐约可闻
　　　　泉水和岩洞的乐音。
　　这真是个奇迹，稀有的创造，
　　艳阳朗照的宫殿却有冰雪的洞窟！

　　　　有一次我在梦幻中看见
　　　　一个拿着德西马琴的姑娘；
　　　　她是一个阿比西尼亚少女，①
　　　　她在琴上弹奏着乐曲，
　　　　并把阿波拉山歌唱。
　　　　倘若我能在自己心里，
　　　　使她的音乐再生，
　　　　我将感到多么狂喜，
　　我将以悠扬的乐声，
　　使那宫殿在空中重现，
　　那阳光灿烂的宫殿！那冰雪的洞窟！
　　所有听到乐声的人都能看见；
　　他们将呼喊：当心！当心！
　　他长发飘飘，目光闪闪！②
　　你在他周围绕行三圈，③
　　你怀着神圣的恐惧闭上双眼，
　　因为他吃的是甘露蜜糖，④
　　还饮过天堂的仙乳琼浆。⑤

我们提到的这些诗构成了一簇光彩夺目的花束，从中隐约看到散发着同样芬芳的小蓓蕾和花冠。下面就是一首翻译过来的小诗。

　　　　在那愉快的一天我问我的爱人
　　　　在我的抒情诗中该称她为谁；

---

① 由此行起，诗中描写的是阿比西尼亚姑娘和一位充满灵感的诗人，与忽必烈均无关系，但却增添了全诗的浪漫情调。阿比西尼亚位于亚洲东部，现称埃塞俄比亚。注释略有改动。
② 诗人充满灵感似有神灵附体，故像狂女一样"长发飘飘，目光闪闪"。
③ 古代迷信，对神灵或妖魔附体的人，别人应闭上眼在他周围绕行三圈，以将他与众人隔离。
④ 柏拉图曾把诗人比作酒神的信徒，可以从诗神的河中汲取乳蜜。
⑤ [英] 华兹华斯等著，顾子欣译：《英国湖畔三诗人选》，长沙，湖南人民出版社，1986年，第164—165页。

> 　　哪个希腊或罗马的甜蜜名字；
> 　拉拉吉，尼拉，克罗里斯，
> 　萨福，赖斯比亚，或多丽丝，
> 　　阿勒图萨，或路克里斯。
>
> "啊！"温柔爱人回答，
> "亲爱的，什么名字能比得上空气？
> 　选择任何名称以适合你的诗句；
> 叫我萨福，叫我克罗里斯，
> 叫我拉拉吉或多丽丝，
> 　只叫我、只叫我你的。"

柯勒律治的批评的意义主要来自他的《文学生涯》，其中有对华兹华斯诗歌理论的讨论，而且迄今为止是最好的。他的大多数散文都没什么价值。不过就他创作的令他声名不朽的少量诗歌而言，史文朋的权威评论至关重要：

> 　　作为一位诗人，他的地位是无可争议的：他是所有时代优秀诗人中最优秀的一位。最好的抒情作品或充满激情，或具有想象力。要说激情，柯勒律治不具备；但就想象力的崇高和完美而言，他却是抒情诗人中最伟大的。这是他的独特才能，这是对他的特别称赞。

## 放任自流

　　他后来的生活是忧郁的。他借助鸦片减缓身体痛苦，到30岁时，他已沉迷其中无力自拔。他的婚姻给了他短暂的幸福，但他还是不由自主地慢慢远离了他的妻儿（那以后由骚塞供养），就仿佛早年他逐渐摆脱一神教牧师职业，后来又逐渐疏远了诗歌一样。在最后的几年中，他无休止地谈话，因此灵感在其源头就枯竭了。在一次见面后，济慈这样写道：

> 　　我跟他一起走了大约两英里，就像晚饭后散步的高级市政官。在这两英里中，他提出了很多事情来讨论。我看是否能给你一一列举出来——夜莺——诗歌——关于诗意的感觉——玄学——不同种类的梦——梦魇——伴随着触感的梦——一次触动和两次触动——一个相关的梦——第一意识和第二意识——解释过的意志与意愿之间的区别——想要吸烟的数学家也说第二意识——妖怪——北海巨妖——美人鱼——骚塞相信有美人鱼——骚塞的信仰减弱了太多——一个鬼故事——早上好——他向我走来时我听到了他的声音——他走开时我听到了他的声音——我听到了全部间歇——如果可以这样说的话。

查尔斯·兰姆非常有趣地虚构了有一次柯勒律治怎样挽留他——他闭着眼,开始"为了说话"而说话,兰姆想去办一件要紧事,却发现自己不能离开;因此,他就偷偷剪掉纽扣溜走了,五个小时之后他回来了,发现柯勒律治还在说,眼睛闭着,伸开的手指中还拿着那粒纽扣!1834 年 7 月 25 日,柯勒律治在高门去世。

## 第五节　骚　塞

罗伯特·骚塞生于 1774 年,是布里斯托尔一个布商的儿子,他在西敏寺学校和牛津大学贝利奥尔学院接受教育,在凯西克定居。在漫长的一生中,他创作了卷帙浩繁的文学作品,可以想到的种类应有尽有。然而,他的诗歌并没有达到需要进行长篇评论的水平。其中重要的一首是《布连海姆战役之后》,字里行间透露出令人震撼的讽刺:

> "人人都对公爵大加颂扬,
> 是他赢得了这场伟大的胜利。"
> "但这究竟有什么好处呢?"
> 小皮特金又打断他的话题:——
> "这我也说不清,"老人喃喃自语,
> "但那是一次著名的战役。"①

《罗多尔的瀑布》是独具匠心之作,《罗德里克,最后一个哥特人》虽然有些冗长,却是一首优秀的叙事诗,里面有这样一段优美的文字:

> 当她停下脚步
> 为寻找水喝而大汗淋漓,高兴地
> 看到自身明亮的弯月,和更明亮的脸庞
> 反射在水中央。

但他写在书斋里的诗句则是最好的:

> 我的岁月尽同死者盘桓;
> 　当我举目向四周观看,
> 无论把目光投向哪里,
> 　都会遇到已逝的先贤:

---

① [英]华兹华斯等著,顾子欣译:《英国湖畔三诗人选》,长沙,湖南人民出版社,1986 年,第 204 页。

# 第二十五章
## 华兹华斯、柯勒律治、骚塞和布莱克

《22岁时的罗伯特·骚塞》(罗伯特·汉考克)

现在,骚塞凭借他那气势磅礴的散文,尤其是他那杰出的《纳尔逊传》而享有盛名。

照片:里施基斯收藏馆

他们是我忠实的朋友,
我同他们天天倾心交谈。

我曾与他们同享喜悦,
　也曾与他们共遣忧愁;
每当我想起在我生活中
　他们给了我多少感受,
我常常为之感激涕零,
泪水在沉思中夺眶而流。

我的思想和死者在一起;
　一起生活在遥远的年代里,
我爱他们的品德也责其错误;
　和他们同怀希望和忧虑;
我在他们的遗训里孜孜以求,
把得来的启示在心中铭记。

我的希望也在这些死者身上;
　不久我也将去到他们的地方,
我们将一起结伴而行,
　向着无穷的未来奔波远航;

>我想我也会在此留下一个名字,
>这名字将永远不会随尘土消亡。①

## 《纳尔逊传》

骚塞最优秀的作品是他的《书信集》、杰作《纳尔逊传》,还有《医师》,许多读者都觉得比起他的其他作品来,这部冗长离题的杂记更重要。这部作品令人愉快,可以放在床头,主要讲的是丹尼尔·达夫和他的马诺布斯的故事,这个故事是他从柯勒律治那里听来的。有趣的是,他把这个故事写得尽可能地长。除了一个爱情故事,还有第一次得到完整讲述的不朽的儿童故事《三只熊》。此外,骚塞把自己知道的所有零零碎碎的知识都塞进了书中。司各特1813年拒绝桂冠诗人的头衔时,推荐骚塞做桂冠诗人,这一荣誉把一个善良诚恳的作家提高到了他并非完全应得的位置上。去世前不久,他的心智衰退了,但他的生活却是忙碌快乐的。

## 第六节 托马斯·胡德

骚塞之后是托马斯·胡德。他生于1798年,是伦敦一个书商的儿子,他的《衬衫之歌》和《叹息桥》都是用浪漫手法表现的现实主义,而《尤金·阿拉姆之梦》则是一部浪漫的恐怖杰作,运用现实主义手法获得了相当邪恶的魅力。他通过被一位批评家叫做"病怏怏的小丑心碎地玩笑"的方法来谋生,因为胡德在相当年轻的时候就死于肺病。他还是英语诗歌中的能工巧匠,精湛地使用双行、三行押韵体诗的技巧,无人能及。

>尽管有许多过错,
>　她仍是夏娃的一个后代。
>请将她可怜的嘴唇擦干,
>　黏液正在那里渗出来。②

他还写过一些完美的抒情诗,还有一些非常优美、高贵严肃的诗歌。下面《美丽的伊妮斯》中的几行诗就属于第一类:

>噢,没有看到你美丽的伊妮斯?

---

① [英]华兹华斯等著,顾子欣译:《英国湖畔三诗人选》,长沙,湖南人民出版社,1986年,第199—200页。
② [英]托马斯·胡德作,黄宏煦译:《叹息桥》,黄宏煦主编:《英国浪漫主义诗人抒情诗选》(下),江苏人民出版社,1988年,第206页。

>　　她已经奔向西方，
>　在太阳下山之前熠熠闪光
>　　把静谧的世界全部剥光。

还有下面这首谣曲也属于第一类：

>　　那不是在那年冬天
>　　　掷出我们爱的骰子；
>　　那是在玫瑰的时代
>　　　我们路过时把玫瑰采摘，
>
>　　那个无礼的季节从未对
>　　　年少的情人无礼；——
>　　噢，不——世界已经被重新装点
>　　　用我们初次相遇时的花朵！
>
>　　天已黎明，我请求你走，
>　　　可你仍然把我紧搂；
>　　那是在玫瑰的时代
>　　　我们路过时把玫瑰采摘。——
>
>　　还有什么能比得上
>　　　你那泪水装点的发光的面颊，
>　　当我问你什么与爱相似，
>　　　你就抓过一颗紫红色的花芽；
>
>　　让她在娇美的中心绽放，
>　　　仍然焕发最后的荣光，——
>　　那是在玫瑰的时代，
>　　　我们路过时把玫瑰采摘！

至于他那些严肃诗歌，我们可以举最后这些诗句为例：

>　　永别了，生命！我知觉恍惚头发晕，
>　　整个世界变得一片朦胧；
>　　麏集的阴影遮蔽了眼前光亮，
>　　跟黑夜降临一般模样。
>　　一阵迷濛的寒气朝我身上潜行——

冷啊，冷啊，愈来愈冷！
泥土的气味变得无比浓厚，
我闻到了玫瑰花上的粪土荒丘。

欢迎啊，生命！精神在争斗，在挣脱；
力气回到我身，希望又在复活。
云雾似的恐惧，孤独绝望的形体，
仿佛阴影在晨光中飞逝无迹。
绮丽的繁华返回了大地，
灿烂的阳光驱走了阴郁；
温馨的方向取代了冰冷的瘴疠，
我闻到一抔粪土上玫瑰的气息。[①]

胡德作为幽默作家的声望使他作为诗人的品质黯然失色——如一贯正确的鉴赏家罗塞蒂所认为的——这些品质非常伟大，名副其实。在名誉的殿堂里，他的纪念碑可能不会给粗心大意的眼睛留下深刻印象，但它永远不会倒塌。

## 第七节 莫 尔

托马斯·莫尔比胡德早出生20年，比他多活了七年。他在生前赢得了过高的声誉，取得了过大的成功，这些本身就带有传奇色彩。《拉拉露哈》让他暂时与拜伦和司各特齐名，这部作品使他从出版商那里赚到3000英镑。但是他的声望很快就消失了，他也同样迅速地将其带给他的财富挥霍一空，好在王室提供的养老金让他老年不用为钱担忧。《拉拉露哈》在浪漫诗歌中占有一席之地，他的抒情诗，如上个世纪一群作曲家为之谱曲的《爱尔兰乐曲》中的《常常在寂静的夜晚》、《夏天的最后一朵玫瑰》等，都将流传下来。他的《拜伦传》也将永存，这是世界上最好的传记之一。

## 第八节 威廉·布莱克

威廉·布莱克1757年生于伦敦，父亲在那里开布店。他是在柜台后面长大的，在那里，他并没有留心包扎领结和袜子，而是在发票背后画素描、涂鸦诗句。自青年时

---

① [英] 托马斯·胡德作，黄宏煦译，黄宏煦主编：《英国浪漫主义诗人抒情诗选》(下)，江苏人民出版社，1988年，第218—219页。

代他就开始产生幻觉——看见上帝从窗子探出头来,天使们坐在树上,预言家以西结坐在一个绿色的大树枝下。考虑到自己对艺术的爱好,他14岁时给一位木刻家当学徒,1782年娶了一个女仆,她甚至都不会写自己的名字,却成了男人可以拥有的最好的妻子之一。诗人威廉·海利雇他为柯珀写的传记画插图,布莱克在费尔珀姆家中住了三年。那时候,他经常会在傍晚漫步到海边,幻想见到了摩西和但丁,"那灰色、发亮、庄严、巨大的幽灵",见到了仙人们的葬礼。有一次他画出了罗德的画像;还有一次看见魔鬼从楼上走下来。他的幻觉一年比一年严重——半人半蛇的女怪,噩梦,许多鱼在吃死尸,海蛇,将装有瘟疫的小瓶倾倒而出的天使,还有阳光下满面怒容的复仇女神。

## 优美简朴的诗歌

我们谈到他的诗歌的时候,就会发现在他创作出来的许多粗犷、混乱、有时的确难以理解的诗歌中,有一丝温存和优美——它们让人们第一次窥见了那个具有传奇色彩的王国,后来的济慈和雪莱都将要漫步并沉浸其中。就连1783年出版的第一本诗集《诗的素描》中,都有像下面这些出自《给黄昏的星》的诗句:

> 对爱情微笑吧;而当你拉起
> 蔚蓝的天帷,请把你的银露
> 播给每朵阖眼欲睡的花。
> 让西风安歇在湖上,
> 以你闪烁的眼睛叙述寂静,
> 再用水银洗涤黑暗。①

后来许多伟大的浪漫派诗人都没有在温存优美方面超越这些音调整齐、风格柔和的诗句。

在接下来的《天真与经验之歌》中,他的曲调悦耳简朴,就像一滴露珠那样晶莹剔透,如《序诗》的风格所示:

> 一路吹笛下山谷,
> 　奏着一些欢乐的歌,
> 我在云端看见一个孩子,
> 　他笑嘻嘻地对我说:
>
> "奏一曲有关羔羊的歌!"
> 　我就欣然吹奏一回。

---

① 穆旦:《穆旦(查良铮)译文集》(第四卷),北京,人民文学出版社,2005年,第302页。

照片：里施基斯收藏馆

**威廉·布莱克(菲利普斯)**

威廉·布莱克，一个虔诚、心中充满爱的人，诗人兼画家，被世人冷落、误解，却过着快乐、满足的贫困生活，这种生活因幻觉和天启而灿烂。

**死亡之门：出自布莱尔的诗《坟墓》**
布莱克画的一幅插图，复印自 L. 施雅沃尼蒂的版画

第二十五章
华兹华斯、柯勒律治、骚塞和布莱克

承蒙乔治·A.麦克米伦先生惠允复印

《理查三世和被他杀害的人的鬼魂》(威廉·布莱克)

年仅14岁的布莱克给著名雕刻家詹姆斯·巴齐尔当学徒,后在皇家艺术院学习。布莱克在他的艺术中表现了作为神秘主义者、诗人和幻想家的自我,就像在他的作品中一样。

"吹笛人,请再奏一曲";
　　于是我再奏,他听着哭了起来。

"放下你的笛,你的快乐的笛;
　　唱那些欢乐的歌曲。"
于是我就唱了那些歌,
　　他听了喜极而泣。

"吹笛人,坐下来,写进
　　一本书,让大家都能念。"
于是他从我眼前消逝,
　　我拔一根空心的芦苇杆,

我制作了一枝笔,
　　清溪被我所污染,
我写了我的快乐的歌,
　　每个孩子听了都喜欢。[①]

下面是《虎》中一些优美的诗句,也许大家更为熟悉:

老虎!老虎!黑夜的森林中
燃烧着的煌煌的火光,
是怎样的神手或天眼
造出了你这样的威武堂堂?

你炯炯的两眼中的火
燃烧在多远的天空或深渊?
他乘着怎样的翅膀搏击?
用怎样的手来夺火焰?

又是怎样的膂力,怎样的技巧,
把你心脏的筋肉捏成?
当你的心脏开始搏动时,
是用怎样猛的手腕和脚胫?
……
群星投下了它们的投枪,

---

① 梁实秋译注:《英国文学选》(第3卷),台北,协志工业出版社,1985年,第1986—1987页。

> 用他们的眼泪湿润了穹苍,
> 他是否微笑着欣赏他的作品?
> 他创造了你,也创造了羔羊?①

诗集中几乎任何一页都能看到这样的诗句,我们可以称之为词乐的单独小节。下面这两行出自《摇篮曲》:

> 睡吧,睡吧,幸福地睡吧,
> 俯望着你,妈妈在哭泣。②

布莱克的生活就像他的诗歌一样简单,而且极认真。他愿意在贫困中生活,在贫困中死去,还幸福地娶了被史文朋称作"贤妻"的女人。他们大部分时间都住在伦敦城中或伦敦附近,在那里从事着雕刻工作,还有他喜欢的其他工作。在当时一位日记作家克雷布·罗宾逊的回忆中,我们窥见了他们的生活。

> 17号(1825年12月)我到斯特兰德大道喷泉巷他家中去拜访。这次会面时间不长,而我看到的比我听到的更不同寻常。他在一个很小而明亮的卧室里雕刻,卧室对面是一个简陋的小院子——除他之外,这个屋子里的一切都很脏,这说明他生活贫困。而他自然优雅,对这种表面上的贫穷安之若素,毫不在意,这就完全消除了贫困的印象。此外,他衣着整洁,双手白皙,而且,在请我坐下的时候,他没有感到丝毫局促不安,就好像住在豪宅中一样。除了他坐着的那把椅子外,屋里还有一把椅子。我伸手去搬的时候,觉得如果我把它搬起来,它就会散架。因此,就好像我是个骄奢淫逸的人一样,我笑着说:"我可以随便坐吗?"然后我就坐在床上,离他很近。……他的妻子(活得比他长)是根据弥尔顿的模型塑造出来的,活像人的第一位妻子夏娃,崇拜如上帝一般的丈夫,他对于她而言就像上帝对他一样。

他1828年去世,留下了一大堆画稿,据说还有100册诗稿,但这些都佚失了。

## 第九节 威廉·科贝特

威廉·科贝特1762年生于汉普郡法纳姆村。父亲是一个小酒店的老板和雇佣农民,他们祖祖辈辈都是农民。没有哪位作家能像这位活力四射、精力充沛、自学成才的作

---

① [英]威廉·布莱克作,郭汪若译:《虎》,王佐良编著:《英国诗选》,上海译文出版社,1988年,第200—201页。
② [英]威廉·布莱克著,张炽恒译:《布莱克诗集》,上海三联书店,1999年,第45页。

家那样完美地表现了正直的英国农民和乡下人具有的最美好的品德。如果说一个作家具备乡土特色的话，那他就是威廉·科贝特。从刚刚步入少年时代开始，他就表现出那充沛的精力和倔强的脾性。他11岁在温切斯特主教法纳姆城堡的花园里干活，听说了克佑区的富丽堂皇。他马上就步行前往伦敦，在里士满花掉了身上最后三个便士，买了斯威夫特的《一个木桶的故事》，后来他说这本书使他产生了新的才智。21岁时，在去吉尔福德市集途中，他也是同样突然决定爬上一辆驶向伦敦的四轮马车。他这一去就有十七年再也没有回到故乡。他在一家律师事务所待了很短时间，后来当了兵，学习英语和法语语法，开始练习写作，后来居然成了一名伟大的英语语言大师。他29岁时离开军队，不久就写出了一本语言犀利的小册子，这是一系列抨击政府弊端的小册子的第一本。

他的大部分作品和活动基本上都与政治有关，但这是一个乡下人在写、在说，因此人们说他的所有言论都有偏见，但这种有益的偏见并不是基于任何成规，而是基于性情和个人经历。他比卡莱尔更实际，厌恶任何伪善之言，在自己的生活中，在他所说、所写的所有东西中，他都充分表明了这一点。

## 《骑马乡行记》

他创作出的两部主要的、更严格意义上的乡村作品是《骑马乡行记》和《草屋经济》，虽然他还写过几本关于园艺和林地管理的著作，而且许多乡村描写都散见于他主要的政治著作中。《骑马乡行记》是一本日记，记述的是科贝特骑马到英国各地旅行时的见闻，尤其记述了他在58—70岁之间在萨里、苏塞克斯、汉普郡旅行时的见闻。里面有对典型乡村景色的精彩描写；对农业状况的高明评论，因所见有感而发并顺便提到的政治见解；对乡行路上见到的人所作的评价，有颂扬的、友好的、轻蔑的。这是英语中最充满活力、最生气勃勃的作品之一。

## 参考书目

**华兹华斯**：

*The Oxford Wordsworth.* Complete Poetical Works, edited in one volume by Thomas Hutchinson.

*Wordsworth's Shorter Poems.* Everyman's Library.

*Wordsworth's Longer Poems.* Everyman's Library.

*Wordsworth.* By F. W. H. Myers.

*Poems of Wordsworth.* Matthew Arnold 编选。

直到我们读到华兹华斯的妹妹多萝西精彩的 *Journals* 和 *Letters of the Wordsworth Family*，我们对华兹华斯的了解才完整起来。在得知他在法国的恋爱事件后，我们对诗人的个性以及他大部分作品的理解有了重大改变。他的法国之恋是最近 Harper 教授在他的 *Life* 中，尤其是 Émile Legonis 教授撰写的 *William Wordsworth and Annette Vallon* 中讲到的。

**柯勒律治：**

*Complete Poetical Works of Samuel Taylor Coleridge*. Edited by Ernest Hartley Coleridge.

*Poems*. Sir A. T. Quiller-Couch 导读。

*Aids to Reflection* and *the Confessions of an Inquiring Spirit*. Bohn's Library.

*Coleridge' Table Talk and Omniana*. Arranged and edited by T. Ashe, B. A..

*Biographia Literaria*. Bohn's Library.

也许对柯勒律治最可信的描绘在 *Winterslow* 的威廉·赫兹利特的 *My First Acquaintance with Poets* 中。

*Coleridge*. By H. D. Traill.

**骚塞：**

*Life of Nelson*. Oxford Standard Authors.

*Poems*. E. Dowden 教授编选。

*Southey*. Prof. E. Dowden.

**胡德：**

*Thomas Hood's Choice Works*.

**莫尔：**

*Poetical Works of Thomas Moore*. Edited by A. D. Godley.

*Irish Melodies*. Stephen Gwynn 导读。

*Moore*. By Stephen Gwynn.

**布莱克：**

*Songs of Innocence and Other Poems*. Oxford Moment Series.

*Selections from Symbolical Poems*. Edited by Frederick E. Pierce.

*Poetical Works*. 有 W. M. Rossetti 写的传记。

*Life of William Blake*, by Alexander Gilchrist.

**科贝特：**

*Advice to Young Men*.

*Rural Rides*. 2 vols., Everyman's Library.

*Selections from Cobbett*. 其中有赫兹利特和其他人写的文章，A. M. D. Hughes 导读注释。

# 第二十六章　拜伦、雪莱和济慈

## 第一节　拜　伦

> 拜伦从海浪中走来，奕奕神采。
> 
> ——歌德

拜伦的个性、家世和人品使他不同于他所处时代或其他任何时代的英语诗人。乔治·戈登·拜伦（1788—1824）是勋爵六世，出身于拜伦或布隆家族，其家族史可以追溯到诺曼征服时期。这是一个勇士家族，有七位拜伦曾在埃杰山为国王而战。第一位拜伦勋爵支持纽瓦克，并在皇族事业中失去了所有财产。我们可以直接跳到第五位勋爵威廉，拜伦是他的侄孙，继承的是他的爵位。他放荡不羁的性格为他赢得了"邪恶勋爵"的称号。1765 年，因在决斗中杀死表弟沃思先生，在英国国会上议院接受审判。他和表弟发生了争吵，争吵太无关紧要，说不出什么深层原因来，之后，他们就在帕尔摩街小酒店一个锁着的房间里借着烛光决斗。因为他是贵族，所以被免予惩罚，之后，他回到自己的庄园，即纽斯泰德修道院，在永远的阴影中度过了余生。他 1798 年去世，没有子女，对继承人也丝毫不感兴趣，那个被他称作"住在阿伯丁的小男孩"的继承人，就是他弟弟海军中将约翰·拜伦（"坏天气杰克"）的儿子，未来的诗人。

拜伦的父亲约翰·拜伦是陆军上尉，娶了盖特的凯瑟琳·戈登作第二任妻子。他就像

照片：里施基斯收藏馆

《拜伦勋爵》（W. E. 韦斯特，1822）

关于拜伦也许可以这样说，其他伟大作家没有哪一位生前被人如此误解，死后被人如此歪曲。拜伦勋爵为自己那全心全意的热情——对希腊的热爱——献出了生命。

那个"邪恶的"伯父一样难以驯服,赢得了"疯杰克"的称号。妻子那笔相当可观的财产落入他手中后,很快就被挥霍一空。1785 年婚后他带她到了法国,但他们很快就回来了,他们的独生子乔治·戈登 1788 年 1 月 22 日生于伦敦牛津街的霍尔斯街。凯瑟琳分娩时遇到了麻烦,拜伦的一只脚因此成为畸形的。名医约翰·亨特曾检查过他的脚,也开过处方,但没有完全治愈,所以,虽然诗人的头和五官都很漂亮,这只跛脚却给他带来了一生的痛苦。

## 哈罗公学和剑桥

扼要地说,这就是拜伦的家世和幼儿时期的境遇。他的曾伯父,五世勋爵 1798 年去世,那时拜伦 10 岁。他那被重金抵押、被忽视的庄园就到了受托人的手中,而小拜伦则由卡莱尔勋爵监护。他被送到格伦尼博士的学校,1801 年入哈罗公学。哈罗公学的校长约瑟夫·德鲁里发现他迟钝倔强,但他身上有某种东西让他感到不凡,他就对卡莱尔勋爵说:"他有才华,大人,这将为他的显贵增光添彩。"虽然拜伦游手好闲,学习迟钝,但已是个早熟的读者。他在哈罗公学建立的友谊,主要是跟克莱尔勋爵的友谊,他后来说是"强烈的"。甚至在离开哈罗公学之前,他就疯狂地爱上了那位年轻的女亲戚玛丽·查沃思,但她看不起他。她结婚后,拜伦去拜访她,发现她的婚姻并不幸福。拜伦在与她告别后的六年里写了《啊,记忆不再折磨我》,反映了他这一时期的情感。

1805 年夏天,他作为年轻贵族进入剑桥大学的三一学院。虽然他有点瘸,但他划船、打拳击,还是位玩枪能手。同时,他那反复无常、脾气野蛮的母亲做了很多让他性格错乱的事,却没有帮助塑造他的性格。一个接一个的感情危机扭曲了他的人生观。19 岁时,他已经创作出大量诗歌,后以《懒散时光》为题出版。对一个在这个年纪就可以写诗的年轻人来说,没有什么是有价值的,一切都预示着烦恼:

> 厌倦了爱情,心中充满怨气,
> 我,一个十足的泰门,在十九岁安息。

《爱丁堡评论》碾碎了这只蝴蝶,这可能是布鲁厄姆之所为,尽管拜伦起初认为评论出自杰弗里之手笔。由于受到了伤害,拜伦开始创作他那些著名诗歌中的第一首,肆意抨击的讽刺诗《英国诗人和苏格兰评论家》。他毫不畏惧或肆无忌惮地进行抨击。在这首诗中,他以与骚塞的宿怨开始——"上帝保佑你,骚塞,也保佑你的读者。"他影射华兹华斯

> 无论根据规律还是根据典范都证明
> 散文就是诗歌,诗歌不过就是散文。

照片：里施基斯收藏馆

**乌克兰王子玛捷帕**
依据 H. 沃耐特的画作

  这幅画描绘的事件取自拜伦的《玛捷帕》。玛捷帕是波兰国王约翰·卡西米尔的男侍，他爱上了一位波兰绅士的年轻妻子。他被那位愤怒的丈夫的仆人们抓住了，被剥光了衣服绑在了尚未被驯服的马的背上，而马被赶到了乌克兰的荒野中。最后，筋疲力尽的野马倒下死了，四周围着一群好奇的野马，它们

    都躲向一边，
  飞跑到森林里，
  本能地离开人的视线。

但是后来，这位年轻诗人见到了华兹华斯，拜伦夫人问他跟那位老诗人关系怎么样，他坦诚地说心中充满了尊敬。他没有让人再版这首讽刺诗。

## 巡回旅行

  1808年秋天，拜伦和朋友约翰·卡姆·霍布豪斯开始了"巡回旅行"。他们坐船到里斯本，随后去了塞维勒、加的斯、直布罗陀、萨丁尼亚、马耳他、阿尔巴尼亚和希腊。在希腊他参观了迈索隆吉翁，根本没想到十五年后他竟会死在那里。就是在希腊，他爱上了女房东美丽单纯的女儿，这份爱情激发他写出了他最好的抒情诗之一：《雅典的少女》。

> 雅典的少女呵，在我们分别前，
> 把我的心，把我的心交还！
> 或者，既然它已经和我脱离，
> 留着它吧，把其余的也拿去！
> 请听一句我临别前的誓语：
> 你是我的生命，我爱你。
>
> 我要凭那无拘无束的鬈发，
> 每阵爱琴海的风都追逐着它；
> 我要凭那墨玉镶边的眼睛，
> 睫毛直吻着你颊上的嫣红；
> 我要凭那野鹿似的眼睛誓语：
> 你是我的生命，我爱你。
>
> 还有我久欲一尝的红唇，
> 还有那轻盈紧束的腰身；
> 我要凭这些定情的鲜花，
> 它们胜过一切言语的表达；
> 我要说，凭爱情的一串悲喜：
> 你是我的生命，我爱你。
>
> 雅典的少女呵，我们分了手；
> 想着我吧，当你孤独的时候。
> 虽然我向着伊斯坦布尔飞奔，
> 雅典却抓住我的心和灵魂：
> 我能够不爱你吗？不会的！
> 你是我的生命，我爱你。①

　　1811年回英国时，他听到母亲生病的消息，就再也没有见到活着的她。他在圣詹姆斯大街住了下来，1923年春那栋房子被拆除了。他驾车跟朋友达拉斯从那栋房子的门前出发到英国国会上议院任职——他是极不情愿、心怀蔑视地去任职的。《恰尔德·哈洛尔德游记》前两个诗章让他一夜之间声名鹊起，当时他也住在这栋房子里。《恰尔德·哈洛尔德游记》是由舰队街32号的约翰·莫里二世出版的，出版后立即使伦敦因惊奇和赞赏而激动起来。莫尔说起拜伦的桌子上满是政治家、贵妇和不知名的敬慕者

---

① 穆旦：《穆旦(查良铮)译文集》(第三卷)，北京，人民文学出版社，2005年，第15—16页。

**《恰尔德·哈洛尔德游记》的手稿**
翻拍自拜伦的手稿,该手稿藏于大英博物馆

拜伦在英国国会上议院发表了首次演说,两天之后,他的《恰尔德·哈洛尔德游记》问世。正如拜伦自己所说,他"一觉醒来,发现自己出了名"。

照片:里施基斯收藏馆

写给他的信。

  人们从没有见过《恰尔德·哈洛尔德游记》这样的作品。莫尔曾对拜论说恐怕对于它那个时代而言这部诗作太过优秀了。但正如约翰·尼科尔博士所说(《拜伦,英国文人系列》):"它的成功在于恰恰相反的事实,它正好符合那个时代的水平。"那些认为没办法读华兹华斯、柯勒律治或骚塞的男男女女都匆匆欣赏《恰尔德·哈洛尔德游记》的激情洋溢。

# 第二节

## 叙事诗

  现在,拜伦已经完全起步了。在接下来的四年里,他创作了大量的东方叙事诗,不仅将自己炽热的、熔岩似的激情注入其中,还把自己所知的景色和人物用于其中。1813年他发表了《异教徒》和《阿比道斯的新娘》;1814年,《海盗》和《劳拉》;1816年,《科林斯的围攻》和《锡雍的囚徒》。这些都是他一气呵成的作品。他用十天时间完成了《海盗》,晚上还在阿尔伯马尔街走来走去。"《劳拉》是我在狂欢的1814年参加舞会和假面舞会回来后,脱衣服的时候写成的。"《阿比道斯的新娘》是在四天之内轻松完成的。在列举这些非凡成就时,拜伦说:"我认为这是令我感到耻辱的坦白,因为这证明我在

照片：勃朗

《阿比道斯的新娘》(德拉克洛瓦)

然后父亲拔出来短刀
你再也看不到不公正的战争!
别了,祖莱卡!

——第二诗章

发表诗歌和读者大众方面缺乏判断力,这些不可能长久。"虽然时间或多或少证实了这一点,但在很大程度上颠倒了他的这个自我判断。如马修·阿诺德所说:"这些诗歌的创作者只能发表它们,而大众只能读它们。拜伦也不可能以另一种方式创作他的作品。……正如他真诚地告诉我们的,他写作是为了让自己轻松一下,他继续写作是因为他觉得这种轻松必不可少。"这些叙事诗的情节缺乏统一性和连贯性——也许《海盗》的一部分可以除外。拜伦形容《异教徒》是"一连串事件",这是恰当的。但是,阿诺德又说:"他具有那种奇妙的能力,可以构想一个事件、一种情况;完全依赖它、利用它,就像它是真实的,他看见并感觉到了它,也让我们看见并感觉到了它。"这些作品中都吹动着一股强烈的自由之风,而且一直吹到了今天。如果读《海盗》开篇的那些诗句我们并不心潮澎湃、激动万分,那是因为我们太不受约束还是太受约束了呢?

> 在暗蓝色的海上,海水在欢快地泼溅,
> 我们的心是自由的,我们的思想不受限,
> 迢遥的,尽风能吹到、海波起沫的地方,
> 量一量我们的版图,看一看我们的家乡!
> 这全是我们的帝国,它的权力到处通行——
> 我们的旗帜就是王笏,谁碰到都得服从。
> 我们过着粗犷的生涯,在风暴动荡里
> 从劳作到休息,什么样的日子都有乐趣。
> 噢,谁能体会出?可不是你,娇养的奴仆!
> 你的灵魂对着起伏的波浪就会叫苦;
> 更不是你安乐和荒淫的虚荣的主人!
> 睡眠不能安慰你——欢乐也不使你开心。
> 谁知道那乐趣,除非他的心受过折磨。
> 而又在广阔的海洋上骄矜地舞蹈过?
> 那狂喜的感觉——那脉搏畅快的欢跳,
> 可不只有"无路之路"的游荡者才能知道?
> 是这个使我们去追寻那迎头的斗争,
> 是这个把别人看作危险的变为欢情;
> 凡是懦夫躲避的,我们反而热情地寻找,
> 那使脆弱的人昏厥的,我们反而感到——
> 感到在我们鼓胀的胸中最深的地方
> 它的希望在苏醒,它的精灵在翱翔。①

---

① 穆旦:《穆旦(查良铮)译文集》(第三卷),北京,人民文学出版社,2005年,第134页。

这些诗作也许结构单薄,带有虚假的感伤之情,但里面却有令人热血沸腾的段落,对解放和公正的呼唤,人性的影响,我们的心仍然对其有所反应。拜伦拨动了一根可以让心弦颤动的音弦,因此《海盗》一天之内售出了14000册,这也就不会让我们吃惊了。他教成千上万从未读过诗的人痴迷地阅读他创作的这种诗歌。毫无疑问,他的诗歌通常并不精美,很少是完美无缺的,但其涉及的情节范围,他的轻而易举,他不把自己作为作家而是作为一个人表现出来的态度,一次又一次让我们激动。阿诺德抱怨《异教徒》中那段著名的诗句——"他曾经俯伏在死者临终前身上"——不连贯,但在拜伦诗歌精选中,他并没有忘记将下面这些诗选给我们:

> 他曾经俯伏在死者临终前身上
> 他已经远走高飞仓惶奔他乡,
> 就在那昏天黑地、一切皆空的最初一日,
> 就在那危险威胁、痛苦折磨的最后一时,
> (就在那腐烂伸开指掌抚摸死者躯体脸庞,
> 抹掉国色天香寓身其间的轮廓线条以前。)
> 腐烂也会玷污那天使般的温柔神情,
> 也会玷污在那儿躺着的无限幸福的安静,
> 还会玷污那神采尽失的静谧脸颊上——
> 虽已纹丝不动却仍娇美温柔的貌相。
> 唯有那哀伤笼罩、已经溘然紧闭的眼睛——
>     如今不再迷人,不再哭泣,不再充满激情,
>     唯有那冰冷、毫无变化的脸上神采——
> 犹如阴寒囚牢的冷漠无情① 拒人于千里之外,
> 使活着的伤心人注视时不胜惊悸,
> 似乎这一切能把死亡噩运向自己传递,
> 虽说他对死心怀恐惧,却也在考虑不已;
> 不错,若非眼前这一切,就是这一切,
> 他在短瞬间,是的,在叛逆的某一个小时,
> 仍会不相信暴主的强大权势,
> 多美,多平静,又多么柔和而风韵未变,

---

① 据诗人原注:"阴寒囚牢的冷漠无情"出于莎士比亚的《一报还一报》:"是的,可是死了,到我们不知道的地方去,长眠在阴寒的囚牢里发霉腐烂……"(第三幕第一场)

> 死神才能将之显示的空前绝后的容颜！①
> 海岸边的风貌就是如此啊，
> 这就是希腊，可不再是生存着的希腊！②

## 拜伦的魅力

拜伦凭他的人格具有吸引力，凭他使用的修辞具有雄辩的力量，凭他选材的新颖多样而翘楚。如圣茨伯利教授所说（《英国文学简史》），他带给英语诗歌"大量重要的新意象、新特性、新景色和新的修饰方法。……他总能改变英语诗歌中的场景、人物和特点，至少能在表面上扩大诗歌的范围，能赋予些许大陆性和世界性来改变我们的褊狭性和特殊倾向性，这令人称道"。首先，他是一个反叛诗人，具有反叛的勇气。自从改变了摄政时期年轻人的头脑之后，他对年轻人的吸引力就减弱了，但他仍然是，甚至就在这个狭窄的范畴内，仍然可以说是唤醒诗歌意识的英语诗人的领袖。在他死后，出现了一次大倒退，而且，卡莱尔不明白他的声望竟然会如此经久不衰，因为"他从未向人类揭示过任何真正的、有益的思想"。这都是真的。但是，如果他并没有对人类的总体思想做出很大贡献，那他却也曾经教会无数人去思考和感觉。阿诺德的评价缩小了卡莱尔的评价范围：

> 当拜伦双眼紧闭命已归西，
> 　我们低头致意屏住呼吸。
> 　他教我们甚少；但我们的魂灵
> 　感到他就像滚动的雷鸣。

人们经常会这样感觉拜伦，在读那些最优秀的诗歌段落时，人们不可能不理解、不可能感受不到他对那一代英国人和欧洲人施展的魔力。后来作为批评家的史文朋有理由为拜伦没有精湛的技巧而不快，说他的主要特点就是"卓越的真诚和活力"。确实，年轻人在拜伦的作品中——在《恰尔德·哈洛尔德游记》中，在《海盗》中，在《科林斯的围攻》中，还有在像下面这样的诗句中，都能发现那卓越的真诚和活力：

> 起伏的山峦望着马拉松③——
> 　马拉松却望着茫茫的海波；
> 　我独自在那里冥想一刻钟，

---

① 诗人原注：我深信极少读者有机会眼见我在这儿试图描写的事实，不过如果谁见过一个"灵魂离去"几个小时或者刚只几小时的死人，他大都会对死人面容几无例外的独特的美保存着痛苦的记忆。值得注意的是，在枪击受伤而暴死的情况下，不管受害者原来的精力与体魄如何，其表情总是毫无精神；在被刀剑刺杀死亡时，面容则一直保留着自己特有的表情或凶猛的样子，而心里始终抱着原先的想法。注释略有改动。
② ［英］拜伦著，李锦绣译：《东方故事诗（上）异教徒·海盗》，长沙，湖南人民出版社，1988年，第11—12页。
③ 马拉松，雅典东部平原。公元前490年，希腊在此击败波斯国王大流士的入侵大军。

梦想希腊仍旧自由而欢乐；
因为，当我在波斯墓上站立，
我不能想象自己是个奴隶。

一个国王高高坐在石山顶，
　　瞭望着萨拉密①挺立于海外；
千万只船舶在山下靠停，
　　还有多少军队全由他统率！
他在天亮时把他们数了数，
但日落的时候他们都在何处？

呵，他们而今安在？还有你呢，
　　我的祖国？在这无声的土地上，
英雄的颂歌如今已沉寂——
　　那英雄的心也不再激荡！
难道你一向庄严的竖琴
竟至沦落到我的手里弹弄？

也好，置身在奴隶民族里，②
　　尽管荣誉都已在沦丧中，
至少，一个爱国志士的幽思，
　　还使我在作歌时感到脸红；
因为，诗人在这儿有什么能为？
为希腊人含羞，为希腊国落泪。

我们难道只对好时光悲哭
　　和惭愧？——我们的祖先却流血。
大地呵！把斯巴达人的遗骨
　　从你的怀抱里送回来一些！
哪怕给我们三百勇士的三个，
让德摩比利的决死战复活！③

---

① 萨拉密，希腊半岛附近的岛屿。公元前 480 年，波斯国王瑟克西斯(前 519—前 465)的强大海军在此处被希腊击败，从此希腊解除了波斯的压迫。当时瑟克西斯坐在山上俯视这场海战。
② 希腊在 1453—1829 年间，沦为土耳其的属地。拜伦为争取希腊的民族独立而最终献身于这一事业。他捐献家产组成一支希腊军队，并亲赴希腊参战，1824 年以患热病死于迈索隆吉翁(希腊西部)军中。
③ 穆旦：《穆旦(查良铮)译文集》(第三卷)，北京，人民文学出版社，2005 年，第 144—145 页。

# 第三节

## 流亡

　　虽然简短,我们也必须提一下拜伦生活经历中的重大转折点,这发生在早期的《恰尔德·哈洛尔德游记》发表之后,对他而言既是劫数,也是灵感之源。他同米尔班克小姐的不幸婚姻,作为一个已婚男人的失败,还有他们那仍未解开的分手之谜,伴随着拜伦社会名誉的被毁。接着,他离开了英国,再也没有回来,这些都太令人烦恼,太过复杂,这里不能详细说明。无法结束的讨论最好不要在这里开始。伦敦社会无情地敌视它的英雄和宠儿。拜伦自己告诉我们:"新闻界喋喋不休,而且恶言诽谤……我的姓氏——自从我的祖先帮助诺曼的威廉公爵征服这个国家以来,就是一个勇敢、高贵的姓氏——被玷污了。我感到如果那些低语、嘀咕、私议都是真的,那么我就不适合再住在英国了;如果都是假的,那么英国也不适合我。"1816年4月他抵达奥斯坦德,开始"在整个欧洲大陆展现他那多姿多彩的、流血的心"。

　　《恰尔德·哈洛尔德游记》的前两章1812年出版,因此它们属于拜伦早期的作品;第三章和第四章首次表现了他那激动的天才。阿瑟·奎勒-考奇爵士曾让剑桥学生对比这两部分。"谁会注意不到声音突然变得低沉、真挚,而且同样突然地上升到音乐和想象的高度呢?"在滑铁卢战场上他既找到了题材,也找到了适合这个题材的伟大词语,不到一年之前欧洲之主拿破仑在那里成了有名的笑柄。人人都知道那些精彩的诗句,但让人们高兴的是阿瑟爵士引用了文选和"朗诵集"中经常被删掉的诗节,即献给弗雷德里克·霍华德的优美颂词。在战斗打响的那天夜里,弗雷德里克·霍华德率领轻骑兵猛攻法国人时牺牲了:

> 人们已为你流泪,为你悲伤,
> 　要是我能如此,对你也无甚意义,
> 但我伫立在你丧身的绿荫旁,
> 　那树木依旧在迎风摇曳,
> 望着我周围的已经复苏的丘垅,
> 　果实遍野,预告着收获的无穷,
> 春已经来了,欲使万物欣欣向荣,
> 　**无忧无虑的鸟雀在高空飞行,**
> 我却舍复苏的一切而悼念不返的人们。①

---

① [英]拜伦著,杨熙龄译:《恰尔德·哈洛尔德游记》,上海,新文艺出版社,1956年,第122—123页。

黑体诗句巧妙地表现了大自然的精神、自由和活动。

有些人并不认为描写即将在竞技场上死去的角斗士的诗节是伟大的诗歌，跟这些人无法争辩。角斗士处于临终的痛苦中，耳朵已经半聋，他听到了向胜利者欢呼的"灭绝人性的喊声"。

> 他听到了，然而他并不理会，他的眼睛，
> 　　跟随着他的心，而他的心已飞到远方。
> 他不惋惜输掉的奖赏，也不在乎性命，
> 　　只惦念着多瑙河畔他的粗陋的草房，
> 他的小蛮子们这时都在那儿玩耍，①
> 　　他们的达西妈妈也在；而他正是他们的爸爸，②
> 今天在这儿为了供罗马人作乐而遭残杀，
> 　　这些情景随着他的血从他眼前涌过，
> 就含怨死去吗？起来吧！哥特人，宣泄你们的愤怒！③

## 第四节

### 《唐·璜》

但是真正的、强有力的拜伦是在《唐·璜》中。这部史诗里有多种多样的文学素材：机智风趣、讽刺、描写、人物塑造、自我忏悔、谴责和幻想。海盗兰勃洛回到老巢，发现遇上海难的唐·璜和自己的女儿海黛在跳舞的仆人中，为他们刚刚产生的爱情欢喜雀跃。这些诗句是欢快的描写。

> 他看见白墙在阳光下闪耀，
> 　　自己园中的树木已绿荫成片，
> 他听见溪水潺潺流泻的清音，
> 　　伴以远方的犬吠；还隐约瞧见
> 在大树荫下往返的人影憧憧，
> 　　而刀枪剑戟的寒光射过幽暗；

---

① 小蛮子即这个垂死的高卢人的儿女们，因为高卢在罗马人眼中是蛮夷。
② 他们的达西妈妈指这个高卢人之妻，达西为古代多瑙河下游的一个小邦，许多达西人被罗马人抓住后，被迫在可里西决斗。
③ [英] 拜伦著，杨熙龄译：《恰尔德·哈洛尔德游记》，上海，新文艺出版社，1956年，第248页。

阿里纳瑞

《唐·璜遭海难》(德拉克洛瓦)

德拉克洛瓦为这幅画选择的地点是这艘大艇——倒霉的纯尼达达号——不幸的人们正面临着饥饿。他们在抓阄,以便决定牺牲他们中的哪个人来给剩下的人当食物。

照片:W.A.曼塞尔公司

《在基克拉泽斯群岛遭遇了海难的唐·璜被海盗的女儿海黛发现》(福德·马多克斯·布朗)

> 东方人人带武器,并穿着华服,
> 好像翻飞的蝴蝶光彩夺目。①
> ……
>
> 接着是一队希腊少女,为首的
> 　个子最高,高举着白手帕摇动,
> 随后的少女接连像一串珍珠,
> 　手拉着手跳跃,每个人的白颈
> 都飘浮着长串的棕色的发卷,
> 　(一小卷就能叫十个诗人发疯!)
> 领队的高声歌唱,扣着这支歌,
> 　少女们以歌曲和舞步相应和。
>
> 另一处,客人正盘腿坐了一圈,
> 　围着许多杯盘佳肴开始用餐,
> 有许多瓶萨摩斯酒和开俄斯的酒,
> 　有各种肉和胡椒掺肉的米饭,
> 还有水晶瓶盛着的冰果子露,
> 　而甜食就在他们的头上高悬,
> 那橘子和石榴在枝上频频点头,
> 　不用摘,便有熟果子落进衣兜。②

将这些与开头那段描写海难的精彩诗节对比一下:

> 到黄昏了,这阴沉黯淡的白昼
> 　在茫茫的海上沉没;像个面幕,
> 揭开它就见虎视眈眈的凶颜
> 　正面对着你:黑夜就如此暴露
> 在他们绝望的眼前;一片漆黑
> 　把苍白的脸和荒凉的海遮住。
> 呵,他们和恐惧相处了十二天,
> 现在才看见死亡就站在眼前。③

---

① [英]拜伦著,朱维基译:《唐·璜》(上),上海译文出版社,1978年,第244页。译文略有改动。
② 同上,第245—246页。译文略有改动。
③ 同上,第147页。

或者还以那段突然进行的赞美为例：

> 福哉玛利亚！祝福那一个角落、
> 　那一刻和那地方吧，它使我常常
> 感到整个大地已深深浸沉于
> 　这如此优美、如此温柔的时光：
> 晚祷的歌正冉冉上升而消失，
> ……
> 福哉玛利亚！这是祈祷的时辰！
> 　福哉玛利亚！这是爱情的良宵！
> 福哉玛利亚！但愿我们的虔敬
> 　能探得你和圣子之灵的玄奥！
> 福哉玛利亚！在那白鸽的翼下，
> 　呵，你低垂着眼睛，多美的容貌！
> 虽然那不过是画像，但太逼真：
> 　来吧，请步下画框，挽救世人。①
> ……
> 黄昏的美妙时光呵！在拉瓦那②
> 　那为松林荫蔽的寂静的岸沿，
> 参天的古木常青，它扎根之处
> 　曾被亚得里亚海的波涛漫淹，
> 直抵恺撒的古堡；苍翠的森林！
> 　屈莱顿③的歌和薄伽丘的《十日谈》
> 把你变为我梦魂萦绕的地方，
> 　那里的黄昏多叫我依恋难忘！④

　　在对大自然的描绘中，拜伦在一般的视觉和感觉层面上是极好的；就是这让他成为这样的人——唤起年轻人，让疲惫的人感到快乐。在他那里，这种效果总是瞬间的，能够被理解的，是感觉上的。的确，他经常会为了获得更有权威的力量而放弃崇高的感情。在表面的、粗略的真实性方面，还有什么能比拜伦根据自己真正看到的特洛伊平原而进行的更好的描写（在《唐·璜》中）呢？

---

① ［英］拜伦著，朱维基译：《唐·璜》（上），上海译文出版社，1978 年，第 288—289 页。译文略有改动。
② 拉瓦那——意大利东北部一城名。
③ 屈莱顿，现译为德莱顿。——译注
④ ［英］拜伦著，朱维基译：《唐·璜》（上），上海译文出版社，1978 年，第 289—290 页。

## 战士的墓

在拜伦的私人生活中，没有什么事情比他的死更适合他了。在希腊独立战争中，他拿起武器为希腊而战。1824年4月19日，他在迈索隆吉翁献出了自己早就应该结束的生命。如果他不是在37岁时去世，那他将会变成什么样的人或怎样的诗人，这很难说。斯托福德·布鲁克认为他最后的伟大举动，为了希腊献出自己的时间、金钱和生命，标志着一个重大转变。"在这个世界上，拜伦没有成年，成年要为了高尚的目的学会自制。在死去时他步入了成年。"我们不如说在迈索隆吉翁写下最后这几行诗句的时候，他已经是成年人了。

> 醒来！（不，希腊已经觉醒！）
> 　　醒来，我的灵魂！想一想
> 你的心血所来的湖泊，①
> 还不刺进敌人的胸膛！
>
> 踏灭那复燃的情欲吧，
> 　　没出息的成年！对于你
> 美人的笑靥或者蹙眉
> 　　　　应该失去了吸引力。
>
> 若使你对青春抱恨，何必活着？
> 　　使你光荣而死的国土
> 就在这里——去到战场上，
> 　　　　把你的呼吸献出！
>
> 寻求一个战士的归宿吧，
> 　　这样的归宿对你最适宜；
> 看一看四周，选择一块地方，
> 　　　　然后静静地安息。②

恰尔德·哈洛尔德就这样结束了最后的朝圣。如果人们按照他的愿望埋葬他的话，他不会被送回家中，像郡上一个有财有势的地主一样被埋葬在英格兰的心脏。在爱琴海某个孤独的小岛上，或者在希腊的某个海角上，在海浪的低语之间，他的坟墓会让每个朝圣者想起他那庄严的诗句：

---

① 拜伦认为自己承继的是古希腊文化的光辉传统，故愿将希腊称为自己的祖国，以希腊的敌人为自己的敌人。
② ［英］拜伦作，查良铮译：《今天我度过了三十六年》，穆旦：《穆旦（查良铮）译文集》（第三卷），北京，人民文学出版社，2005年，第111—112页。

照片:W.A.曼塞尔公司

**《乔治·戈登·拜伦勋爵六世》(菲利普斯)**

现有的拜伦勋爵的肖像画有很多,其中有些比较逼真地画出了拜伦极为俊美的五官。但是,这幅肖像极令人瞩目。这是别国的拜伦,迈索隆吉翁的拜伦。

**纽斯泰德修道院的西线**

直到1818年,纽斯泰德修道院一直是拜伦的祖传宅第。1912年卖出之前,拜伦的遗物一直收藏在这里。

> 在两个世界之间,生命像孤星一样
> 　飘忽于晨昏两界,在天地的边沿。
> 关于我们自己我们能知道什么?
> 　关于未来知道得更少!时间的狂澜
> 永远向前奔流不息,远远地冲走
> 　我们的泡沫;旧的破灭了,新的出现,
> 无数世代的浮沫不断激起;而帝国
> 　排成起伏的坟墓,有如波浪滚滚而过。①

但是,拜伦的遗体被运回了英国——由于不允许把他葬在西敏寺教堂,因此他就被安葬在了自己的家族墓地里,在距纽斯泰德修道院一两英里处的哈克诺尔·托卡德,葬在了见证了他对玛丽·查沃思纯洁的、孩子气的热恋的风景中。

---

① [英]拜伦著,朱维基译:《唐·璜》(下),上海译文出版社,1978年,第947页。

## 第五节　波西·比希·雪莱

雪莱在所有时代的诗人中鹤立鸡群。他既没有老师，也没有门徒。从他那"横扫时代的野竖琴"里传来的音乐让世人听到了一种新的声音，而且没有别的抒情诗人能够再现它的曲调。

1792年，雪莱生于霍舍姆，是一个乡绅的长子。他出生于一个古老而显赫的家族，但对于这样一位超凡的诗人来说，他的祖先是奇特的。从一开始，这个男孩就像天使一样漂亮、善良，每一根神经都颤动着青春的活力，微风一吹就像风琴一样上了弦，就好像是来自另一个星球的生命。看到痛苦或悲伤，他就会因愤怒和怜悯而不快。在伊顿公学时——对他而言，那是一个充满"暴君和仇敌的世界"——他用一把小刀刺穿了一个坏蛋的手，因此得了"疯子雪莱"的绰号。这个绰号其实不假：

> 如果疯就是与众不同。①

最终，他进了牛津。在那里，他写了一篇两页纸的小短文，题目是《论无神论之必然性》。学校当局没怎么讨论就立刻把他开除了。但是，近几年，牛津已经树起了他的雕像，称他是牛津最珍视的儿子之一，这不无讽刺。

两年后，一个漂亮、愚蠢的女学生爱上了他，声称若没有他她就活不下去，然后他们就双双私奔。但这样的结合没能长久。他们分手了，雪莱又结了婚。他的第二任妻子就是玛丽·戈德温，也就是后来的《弗兰肯斯坦》的作者。他们在意大利定居，他全部重要的诗歌几乎都是在那里创作出来的；他再也没有离开那里回到英国。

在这段时间里，他一直都在创作。但是，说来奇怪，他早期的诗歌和狂热的传奇故事不仅没有任何非凡之处，也没显示出什么前途。《麦布女王》是比较好的作品；《阿拉斯特》更好些；在长诗《伊斯兰的反叛》中，最重要的是献给妻子的致词，其中我们听到了雪莱奏出的完美旋律：

> 我夏天的工作已经完成，玛丽，

照片：里施基斯收藏馆

《波西·比希·雪莱》(乔治·克林特)
雪莱30岁时在斯佩齐亚海湾溺水而亡。

---

① 江枫：《雪莱全集》译序，[英]雪莱著，江枫主编：《雪莱全集》（第二卷），石家庄，河北教育出版社，2000年，第2页。

> 现在就回到你身边，我心灵的家园；
> 一如从仙界凯旋而归的骑士，
> 　　以辉煌的战果走进他女后的宫殿；①

他在威尼斯认识了拜伦。在那首精彩的《朱利安与马达罗》(雪莱与拜伦)中，他生动地描写了兄弟般的诗人拜伦。

> 他深知自己高过侪辈，这一感触
> 却使他的雄鹰精神变得盲目，
> 　　由于长远注视自己过分的光芒。②

雪莱仰慕拜伦就像仰慕一个比他更有才华的人，这是事实。但在整个一生中，他都为幻想所苦。奇怪的是，他还喜欢骚塞的诗歌——就好像仙后将玫瑰花插在了波顿头上一样。③

## 《普罗米修斯的解放》（又译《解放了的普罗米修斯》）

　　1818年，在拜伦的埃斯特别墅做客的雪莱开始创作波澜壮阔的诗剧《普罗米修斯的解放》——单就其抒情力量和恢宏气势而言，这部作品无出其右者。埃斯库罗斯创作《被缚的普罗米修斯》之后，还留下了一部《普罗米修斯的解放》，但却佚失了。雪莱的剧作取代了它，虽然前者跟古希腊的戏剧只有些微相似。如在埃斯库罗斯的剧中一样，雪莱的普罗米修斯是人类的朋友，被宙斯用链条拴在高山峭壁上。但是现在，他遭受着比被鹰啄还要大的痛苦。一大群黑色的吸血恶魔无所事事地待在他身边，让他看到人类世世代代注定要承受的那些可怕灾难。但当复仇女神离开他的时候，众精灵合唱，海神的女儿们给他唱起了安慰之歌，她们那施了魔法的音乐或连绵不断的悦耳音节响彻天空，弥漫于整个剧中。下面是普罗米修斯的第一次独白，是他独自在山顶上时说的话：

> 我问地，山岳可曾感觉到？
> 我问天，无所不见的太阳
> 看见没有？时而汹涌时而平静的海洋，
> 变化无常的天空在下界的投影，那耳聋的波浪
> 是否听到了我极度痛苦的呼喊？
> 啊我啊！痛苦，啊永远的痛苦！

---

① [英]雪莱著，王佐良译:《伊斯兰的反叛》，江枫主编:《雪莱全集》(第二卷)，石家庄，河北教育出版社，2000年，第81页。
② 同上，第462页。
③ 仙后和波顿都是莎士比亚戏剧《仲夏夜之梦》中的人物。——译注

> 缓缓爬行的冰川以月光凝成的
> 冰晶长矛刺穿我,明亮的锁链
> 冰冷如烙,在侵蚀着我的骨骼。
> 天上会飞的猎犬,以它从你的
> 嘴唇沾染了毒液的利喙撕裂着
> 我的心;无定形的幻象那梦幻
> 王国狰狞的居民来到我的身旁
> 嘲笑我;地震恶魔也被派了来
> 趁着我背后崖壁的裂开和闭阖
> 从我痛得发抖的伤口拧紧铆钉;
> 而风暴的精怪在喧嚣的深渊中
> 鼓动旋风咆哮,向我投掷凶恶
> 猛烈的冰雹。然而我依旧欢迎
> 白昼和黑夜的来临而不论白昼
> 开启的是否苍白而严寒的黎明,
> 黑夜是否从铅灰的东方迟缓地
> 爬上有星或无星的天空;①

下面是一首精灵之歌,就仿佛天籁之音,"仿佛是银色露珠甘霖唱出的甜美音响"②。

> 我曾睡在一位诗人的唇上,
> 仿佛一名惯于情场的宿将
> 在他的鼻息中进入梦乡;
> 不寻求也未发现人间福祉,
> 他赖以为生的粮食仅仅是
> 出没在他思想原野的形体
> 虚幻的吻。从清晨到晚上
> 他观望湖水反射出的阳光
> 把常春藤花丛的黄蜂照亮,
> 不注意也不知道它们都是
> 什么,却能从它们创造出
> 比活着的人更真实的人物,

---

① [英]雪莱著,江枫译:《普罗米修斯的解放》,江枫主编:《雪莱全集》(第四卷),石家庄,河北教育出版社,2000年,第96—97页。
② 同上,第216页。

> 个个都是不朽神性所哺育！①

  在《普罗米修斯的解放》之后，雪莱创作了另一剧作《钱起》——这是一部关于真实生活的戏剧。在这里我们无法说明这部作品的力量和卓越，就像我们无法用一段文字来总结《哈姆雷特》一样。

  《阿特拉斯的巫女》是一个魔幻童话故事。那位可爱女巫的冒险经历是非同寻常的、疯狂的，她就像埃里厄尔②的女儿一样，住在山洞中的泉水旁边：

> 一个可爱的淑女，她的躯体
>  沐浴于美的光华——她目光深沉，
> 犹如透过庙宇屋顶的缝隙
>  看到的深邃夜空中两个幽洞——
> 她乌发披肩——看到她，一阵狂喜
>  令人晕眩；她的微笑多迷人，
> 她轻柔的声音似在诉说着爱情，
> 吸引着一切生命向她靠近。
>
> 浑身花斑的梅花鹿先走向前，
>  然后是那聪明无畏的大象；
> 还有狡猾的蛇闪着金色的光焰，
>  以它缠绕的肉体；她柔和的目光
> 能使嗜血的饥兽驯服变善。
>  它们喝着水，在她神圣的泉水旁；
> 为了能看到她的温柔和威力，
> 每一头野兽都因此提高了勇气。
>
> 棕色的母狮带领它的幼仔，
>  教导它们如何才能摒弃
> 爱好捕杀的天性；豹子蹲在
>  她脚前，也肌肉松弛，一心寻觅——
> 从其无言的眼神可以看出来——
>  如何才能像麋鹿般温文有礼。
> 她的声音和眼睛放射的磁性，

---

① [英]雪莱著，江枫译：《普罗米修斯的解放》，江枫主编：《雪莱全集》（第四卷），石家庄，河北教育出版社，2000年，第135页。
② 埃里厄尔是莎士比亚戏剧中一个淘气的精灵，出自《暴风雨》。——译注

《维纳斯与安喀塞斯》(W. B. 里士满爵士)
利物浦沃克美术馆

于是他把欲望倾注在
年轻的安喀塞斯的胸怀
用艾达山起伏跌宕的山里
长满苔藓的喷泉
喂养它的羊群;
维纳斯看到了他,爱上了他
感觉就像耗尽的野火。

——雪莱

能使野兽也懂得天堂的欢欣。

老赛利纳斯摇着绿色的魔杖,①
   上面缠着百合花;森林之神
也结队而来,他们多么欢畅,
   如蝉饮甘露醉卧茂密的橄榄林;
得律俄普和福纳斯也紧紧跟上,②
   缠着神给他们唱支新歌听;
直到发现巫女在洞中独坐,
   在一块翡翠石上,好不寂寞。③

---

① 赛利纳斯(Silenus),希腊神话中森林诸神的领袖。
② 福纳斯(Faunus),希腊神话中的畜牧农林神。
③ [英]雪莱著,顾子欣译:《阿特拉斯的巫女》,江枫主编:《雪莱全集》(第三卷),石家庄,河北教育出版社,2000年,第127—129页。

照片：里施基斯收藏馆

《献给波西·比希·雪莱的纪念像》（G. 斯托达特）
H. 威克斯的组画
汉普郡克赖斯特彻奇教堂

下面这些诗句描写的是她的魔船：

  她有一条船，据说原是一辆车，
   是伍尔坎为维纳斯所造，供她乘行；①
  但这船显得过于小巧、单薄，
   难以装下维纳斯的一身热情，
  于是她把它卖了，正巧阿波罗
   买下了它，作为给女儿的礼品；
  并把它改造成一条船漂在水面，
  那真是一条最漂亮最轻巧的船。②

  小舟顺流而下，穿过高山，
   绕过河中的小岛，穿越豹群
  出没的森林，林中一片昏暗，
   缕缕幽香飘荡在树木的浓阴，

---

① 伍尔坎（Vulcan），罗马神话中火与锻造之神。
② ［英］雪莱著，顾子欣译：《阿特拉斯的巫女》，江枫主编：《雪莱全集》（第三卷），石家庄，河北教育出版社，2000年，第136—137页。

在这忧郁中似有喜悦相伴；
　　小舟绕过群星环拱的山岭，
山顶上冰崖刺穿了绛紫的天穹，
周围张开着深不可测的岩洞。

此时一轮明月倦慵地落入
　　蜿蜒的峡谷，月光斜照着森林
之巅，如金色的黄昏迷离恍惚；
　　一道绿光闪过，宛如流萤
透过卷起的百合将幽光泄露，
　　当大地用夜幕遮上她的面容；
在水流上方，断裂的山峰之间，
有一条狭窄的天空隐隐闪现。①

## 第六节

### 艾米莉亚·维维亚尼

　　然后，我们该讲到雪莱对艾米莉亚·维维亚尼的热恋。她是个可爱的姑娘，体形像希腊雕像一样俊美，肤色像大理石一样苍白，黑发也是照古希腊时的样子盘起来的，一双大大的、懒散的眼睛，会为强烈的爱情而激动。她被父亲关在一个女修道院里，直到她同意嫁给为她选择的追求者为止。雪莱在那里见到她，同情她悲惨的命运，试图帮她获得自由，但未成功。一种狂热、刺激而完美的爱情在他们之间爆发了——一种在《心之灵》中——"一首心灵之诗"——那仿佛就是珍藏在不朽词句中的爱情。在诗的结尾——我们引用的部分——他梦想着，如他之前的好多情人一样，同他的爱人一起飞往一个远离人世的仙境：

　　　　　　　爱米丽呵，
　　现在一只船正泊靠在港口，
　　一阵风正在海的上空漂流；
　　在蔚蓝的海上有一条路径，
　　那条路还从来没有船只航行；

---

① ［英］雪莱著，顾子欣译：《阿特拉斯的巫女》，江枫主编：《雪莱全集》（第三卷），石家庄，河北教育出版社，2000年，第139页。

在平静的海岛边,翠鸟在孵卵,
莫测的海洋已经放弃了它的凶险,
快乐的舟子自由而无虑:
我心灵的姊妹,你可要和我驶去?
我们的船像一只海鸥,可以飞往
那遥远的伊甸,那紫色的东方;
我们将坐在她的双翼间,看日夜,
风雨,晴和,不断地更替交接,——
就让这一切,在寥廓的海上
引导我们吧,让我们悄然飞翔。
那是希腊天空下的一个海岛,
它优美得像是乐园的一角,①

不过这山野中最奇丽的一景
是一所孤立的房舍,连岛民
也不知道是谁所建、怎样建造的:
它不是堡寨,但却高于周围的
树林;想必是某个智慧的岛君
在世界初始,当人类还没有发明
罪恶以前,为了游乐而建立的;
它必是那个纯朴时代的珍奇。②
这个岛和房舍现在是我的,我宣布
你就是领有那山野的女郎。③
我们还将谈心,直到思想的乐音
优美得难以吐露,随语言而消隐,
却出现在神态上,把动人的情调
投入无言的心中,使寂静显得美妙。
我们的呼吸将交融,我们的心胸
互相靠紧,我们的脉搏一起跳动;
我们的嘴唇将以无言的激情
遮暗了燃烧在它们之间的灵魂;
在我们生命内部沸腾的源泉,

---

① 穆旦:《穆旦(查良铮)译文集》(第四卷),北京,人民文学出版社,2005 年,第 254—255 页。
② 同上,第 256—257 页。
③ 同上,第 257—258 页。

> 呵，那最隐秘的生命的源泉，
> 将为热情的灿烂的光所激起，
> 有如山溪遇到朝霞。我们将同一，
> 使两个躯体含有一种精神，——①
> ……它们是怀有同一希望的
> 两个意志，是一个意志在两颗心底，
> 一个生，一个死，一个地狱或天庭，
> 一个永恒，一个寂灭！
> 　　　　　　　　唉，不幸的人！
> 这诗呵，我的灵魂原想凭它而飞进
> 爱之宇宙的稀薄的高空，
> 谁知它的火翼反而被铅链缠绕——
> 哦，我喘息，我沉落，我颤抖，我完了！②

翌年，也就是 1821 年，济慈去世，雪莱以一首杰出的挽歌《阿童尼》悼念他：

> 噢，为阿童尼哭泣吧——他已经死了！
> 醒来，忧伤的母亲，快醒来哀恸！
> 但又有什么用？还是把你的热泪
> 在火热的眼窝烘干，让你嚎啕的心
> 像他的心一样，默默无怨地安息；
> 因为他死了，已去到一切美好事物
> 所去的地方；噢，别以为那贪恋的阴间
> 还会把他向人生的地界交出；
> 死亡正饕餮他的静默，讥笑我们的哀哭。③

雪莱跟拜伦一样，认为济慈是被批评家们害死的。这种想法是不对的，然而雪莱的复仇之作的确是一篇杰出的挞伐诗篇：

> 太阳出来，多少虫豸在孵卵；④
> 等他沉落，那些朝生暮死的昆虫
> 便成群地沉入死亡，永不复活，

---

① 穆旦:《穆旦(查良铮)译文集》(第四卷)，北京，人民文学出版社，2005 年，第 259 页。
② 同上，第 260 页。
③ 同上，第 264—265 页。
④ 这一节指出虫豸和昆虫等(指恶批评家们)都是靠太阳或巨星(指天才诗人)而生活的，它们分享了它的光辉，而又遮暗了它。

>唯有不朽的星群重新苏醒;
>在人生的世界里也正是这样:
>一个神圣的心灵翱翔时,它的欢欣
>使大地灿烂,天空失色;而当它沉落,
>那分享或遮暗它的光辉的一群
>便死去,留下精神的暗夜再等巨星照明。①

>活下去吧,诽谤变不成你的名声!
>活下去!别怕我给你更重的谴责,
>你呵,在不朽的名字上无名的黑斑!
>但你须自知:是你在散播灾祸!
>每临到你的良机,由你任意地
>吐出毒汁吧,让那毒牙把人咬遍:
>悔恨和自卑将会紧紧追踪你,
>羞愧将燃烧在你隐秘的额前,
>你会像落水狗似的颤抖——如今天。②

我们也不能不提及下面这几行精彩绝伦的诗句:

>"一"永远存在,"多"变迁而流逝,③
>天庭的光永明,地上的阴影无常;
>像铺有彩色玻璃的屋顶,生命
>以其色泽玷污了永恒底白光。④

雪莱自己认为《阿童尼》是他创作出的最好作品。"我承认,"他说,"如果那首诗注定要被永远遗忘,我会感到吃惊的。"可以指出的是,他生前没有一首诗卖出过100本,许多诗连一本都没有出售。

现在我们必须仔细看看雪莱的诗歌和抒情诗。我们将只选出可以全部引用的作品,因为要引用《致云雀》、《云》、《西风颂》等等的一部分的话,就会破坏诗人心中的效果。首先要说的是雪莱有两种风格,绚丽的和简朴的。就第一种风格,我们以《咏夜》为例,这是最具雪莱风格的例子:

---

① 穆旦:《穆旦(查良铮)译文集》(第四卷),北京,人民文学出版社,2005 年,第 276 页。
② 同上,第 280 页。
③ 柏拉图唯心主义哲学,以"一"代表理念,本体,永恒,"多"代表现象,幻影和无常。在后两节中所说的"光阴"、"美"、"爱情"和"福泽"也指的是"一"。
④ 穆旦:《穆旦(查良铮)译文集》(第四卷),北京,人民文学出版社,2005 年,第 286 页。

快快踩过西方的海波,
　　　　黑夜之精灵!
一整天你都在梦中藏躲,
编织着欢愉和恐惧的梦,
这时你可怕而又可喜;
从你漫雾的东方的洞里,
　　　　呵,快快地飞行!

请披上一件灰色的斗篷,
　　　　星辰镶在里面!
用头发遮住白日底眼睛;
不断吻她吧,直到她困倦;
请越过城市、海洋和陆地,
让一切在你的魔杖下昏迷——
　　　　来吧,我的所恋!

每当我起身,看见晨光,
　　　　我对你兴叹;
每当太阳升高,露水消亡,
日午浓密地聚在花丛间,
疲倦的白日需要休息,
却像讨厌的客人还不离去——
　　　　呵,我对你兴叹!

你的弟兄"死亡"来了,叫道:
　　　　你要不要我?
你的孩子"睡眠",眼涂着胶,
像日午的蜜蜂,嗡嗡地说:
我能否在你的身边歇下?
你要不要我?——但我回答:
　　　　不,不要下落。

等你去了:呵,只嫌过早——
　　　　死亡就降临,
睡眠等你飞逝也就来到;
它们没有什么使我倾心,

> 我只要求你，亲爱的黑夜——
> 请你飞翔得快速一些，
> 　　哦，快些来临！①

将这一风格同极为简朴的《奥西曼德斯》对比一下：

> 我遇见一个来自古国的旅客，
> 他说：有两只断落的巨大石腿
> 站在沙漠中……附近还半埋着
> 一块破碎的石雕的脸；他那皱眉，
> 那瘪唇，那威严中的轻蔑和冷漠，
> 表明雕刻家很懂得那迄今
> 还留在这岩石上的情欲和愿望，
> 虽然早死了刻绘的手，原型的心；
> 在那石座上，还有这样的铭记：
> "我是奥曼西德斯，众王之王。
> 强悍者呵，谁能和我的业绩相比！"
> 这就是一切了，再也没有其他。
> 在这巨大的荒墟四周，无边无际，
> 只见一片荒凉而寂寥的平沙。②

当然，雪莱也是世上最好的抒情诗人之一。下面是两个堪与伊丽莎白时代最伟大的作品相媲美的例子：

### (1)

> 泉水总是向河水汇流，
> 　　河水又汇入海中，
> 天宇的轻风永远融有
> 　　一种甜蜜的感情：
> 世上哪有什么孤零零？
> 万物由于自然律
> 都必融会于一种精神。
> 何以你我却独异？

---

① 穆旦：《穆旦(查良铮)译文集》(第四卷)，北京，人民文学出版社，2005年，第149—150页。
② 同上，第54页。

你看高山在吻着碧空,
　　波浪也相互拥抱;
谁曾见花儿彼此不容:
　　姊妹把弟兄轻蔑?
阳光紧紧地拥抱大地,
　　月光在吻着海波:
但这些接吻又有何益,
　　要是你不肯吻我?①

(2)

音乐,虽然消失了柔声,
却仍旧在记忆里颤动——
芬芳,虽然早谢了紫罗兰,
却留存在它所刺激的感官。

玫瑰叶子,虽然花儿死去,
还能在爱人的床头堆积;
同样的,等你去了,你的思想
和爱情,会依然睡在世上。②

# 第七节

## 散文作品

我们必须提一提雪莱的散文作品。马修·阿诺德认为他的散文作品"比起他的诗歌来,更能经受住时间的消磨,最终会有更高的地位"。这些话就像哈姆雷特的话一样,相当盲目、混乱。没有任何散文可以那样。不过,雪莱的散文即便不像他的诗歌那般精彩卓越,也有自己独特的美。也许最好的散文是他的信,里面有旅行游记,这是一位诗人的笔触。

有时雪莱会用散文和诗歌描绘同一景色,这样我们就可以将这两幅图画放在一起。他对庞贝的描绘就是一个绝佳的例子:

---

① 穆旦:《穆旦(查良铮)译文集》(第四卷),北京,人民文学出版社,2005年,第95页。
② 同上,第152页。

在闪耀着灿烂阳光的难以计数的圆柱之上、之间,都可以看得见大海,这大海倒映着高悬在上的中午的紫色天空,也仿佛托举着海平线上阴暗的索伦托高山——深得难以形容的深蓝色高山,接近峰顶处已渲染上新落白雪的白色线条。远近适中的海面上,有一座绿色小岛。……背后是单独一座维苏威山峰,滚滚的白色浓烟不断涌出,那泡沫般的烟柱有时冲上晴朗的深色天空,然后分散成丝丝缕缕随风飘落。在维苏威和较近的高山之间,好像是穿过一条峡谷,可以看见东边亚平宁最高峰轮廓的主线。这里的阳光明媚而温暖。我们时不时听见维苏威从地下发出的轰隆声,那遥远的持久而响亮的轰隆声似乎在以震耳的阴沉巨响震撼着渗透我们躯体的空气和阳光。①

这些坟墓给我留下的印象之深胜过了一切。荒凉的野生大森林从两边环抱着这些坟墓;走在把它们分开的大块石头砌成的道路上,你能听见深秋的落叶在变化不定的秋风中瑟缩颤抖,发出仿佛是鬼魂经过时的脚步声。②

下面是进行同样描绘的诗句:

> 我站在从地下掘出的城里③
> 　听到秋天落叶仿佛是
> 精灵走过街道的轻盈步履,
> 高山困倦的声息时时
> 响彻没有屋顶的殿宇;
>
> 预言的雷霆震撼着穿透我
> 　停搏血液中倾听的灵魂;
> 我觉得大地从内心在说——
> 　是觉不是听——那说话声从海洋映照的圆柱穿过,
> 那海洋是两片蓝天间光的平面。④

这篇散文的描写非常优美,可谓上乘之作。但它能与诗歌媲美吗?散文中哪里有那种具有穿透力的音乐,就像高山的声息一样震撼灵魂?

除了词语的音乐之外,显然他对声音之乐的感觉也非常敏锐。只有真正热爱音乐的人才能写出下面这些令人陶醉的诗句:

> 我的心渴求神圣的音乐,

---

① [英]雪莱著,江枫主编:《雪莱全集》(第七卷),石家庄,河北教育出版社,2000年,第188页。
② 同上,第189页。
③ 指庞贝。
④ [英]雪莱著,江枫主编:《雪莱全集》(第一卷),石家庄,河北教育出版社,2000年,第295页。

>     它已干渴得像枯萎的花；
>     快让旋律如美酒般倾泻，
>     　让音调似银色的雨洒下。①

人们经常指责雪莱的诗歌虽然具有很强的音乐性，但是在意象方面，在图画效果方面却较弱。确实，雪莱的风格具有绚丽色彩，但通常不是明显的图画式的。事实上，雪莱有时不仅像大师那样着色，他还会像大师那样描画；如《普罗米修斯的解放》中描绘时序女神的非凡画面——怒目而视的驾车人，鲜亮的头发飘扬着，在他们的马车中向前探身鞭打以彩虹为翼的飞奔的骏马。有时，他还会写出一小段像下面的诗句这样无与伦比的充满意象的文字。

>     姐妹羚羊，洁白如雪，
>     敏捷如风，就哺在小溪流之滨，
>     百合花丛中。②

一幅小图，一半绘出，一半暗示，具有难以形容的魔幻魅力。但是，通常，雪莱更关心的是光与色的效果，远远超过了对具体意象的关注；各种各样不同的效果，从"被傍晚的朦胧所笼罩的"暗淡的原野——从狂浪可怕地发着亮光：

>     就像白昼那最后的痛苦的红色目光，
>     透过火烧云霞的破洞，远照在
>     被暴雨狂风刮皱了的汪洋大海——③

到将光亮驱散的星雨般的柔和碎浪，或者是傍晚时分流萤从水仙花的花冠中闪动着绿色和金黄色的幽光。

但是，将雪莱与其他诗人描绘的画面区分开来的，主要是他对柔和色彩具有的令人惊讶的敏锐感。在这方面，没有哪部作品堪与他的作品比肩；没有哪部作品像他的作品那样绚丽夺目，却又如此柔和。他创造的一些效果完全与众不同——它们美妙绝伦，独一无二。以下面的诗句为例，它描写的是普罗丢斯送给阿细亚的神秘海螺壳：

>     看那淡青色逐渐变成为
>     银灰，给它衬上了耀眼的衬里：
>     像不像被催眠的音乐睡在其中？④

---

① [英]雪莱著，江枫主编：《雪莱全集》(第一卷)，石家庄，河北教育出版社，2000年，第165页。
② [英]雪莱著，江枫主编：《雪莱全集》(第四卷)，石家庄，河北教育出版社，2000年，第189页。
③ 同上，第181页。
④ 同上，第188页。

这种着色的诀窍,如此鲜艳,却又如此轻柔,在世的诗人中只有雪莱一个人掌握了。

至于雪莱的音乐,就没有必要谈了。它从我们读的每一行诗中流出来,令人陶醉,有如天使的天籁之音。对于那些心灵已经适应了听这种音乐的人来说,评论未免肤浅,而对于另外那些人来说,评论就没有什么意义了。谁能向一个没有鉴赏力的人"解释"肖邦的一曲旋律呢?

## 来航

唉!唤醒了那种音乐的竖琴早就不再弹响了。1822年7月初,雪莱坐一艘小船从来航出发。几天后,他的尸体被冲到岸上,随即便以古老的方式火化了。只有心保留下来,送到了罗马,葬在济慈安息之地附近。石头上刻着这样的碑文"众心之心",接下来是下面这几行诗句:

> 他什么也没有消逝,
> 只是经过海的变异,
> 已变得丰富而神奇。①

人们精心选择了埃里厄尔所唱的歌词刻在雪莱的坟墓上。但是也许将其他词句刻在那块石头上也不错——那就是《阿童尼》最后那几行熟悉的诗句:

> 我用诗歌所呼唤的宇宙之灵气②
> 降临到我了;我的精神之舟在飘摇,
> 远远离开海岸,离开胆小的人群——
> 试问:他们的船怎敢去迎受风暴?
> 我看见庞大的陆地和天空分裂了!
> 我在黯黑中,恐惧地,远远漂流;
> 而这时,阿童尼的灵魂,灿烂地
> 穿射过那天庭的内幕,明如星斗,
> 正从那不朽之灵的居处向我招手。③

---

① [英]雪莱著,江枫主编:《雪莱全集》(第七卷),石家庄,河北教育出版社,2000年,第188页。
② 穆旦:《穆旦(查良铮)译文集》(第四卷),北京,人民文学出版社,2000年,第287—288页。
③ 雪莱在本诗写成后不久(1822年),果然去世。有的评论家认为这里恰好表现了诗人对死的预感。

《焚烧雪莱的尸体》(路易斯·爱德华·福尼埃)

雪莱在斯佩齐亚海湾溺水而亡之后,人们根据离意大利隔离法焚烧了他的尸体。参加最后仪式的有拜伦、特里劳尼和李·亨特。

照片:里彻基斯收藏馆

承蒙利物浦公司惠允使用

## 第八节　约翰·济慈

拜伦说："提坦巨人似乎真的给了济慈灵感让他创作出了《许佩里翁》，并且像埃斯库罗斯的作品一样卓越。"这就等于说——也是最恰当地说——济慈是所有时代最伟大的诗人之一。

### 早年岁月

天才是盛开在奇异裂缝中的野花。济慈的父亲是马房中的马夫。他1797年生于伦敦的摩尔菲德斯。济慈进入恩菲尔德学校，学了一点拉丁语，却一点希腊语都没学。后来他开始给一个外科医生当学徒，按时巡视各家医院，不过他很快就扔下了不喜欢的手术刀。父亲娶了主人的女儿，给他留下了一小笔钱，因此他能把自己的未来完全投入诗歌中。

他的第一本诗集1817年出版，里面有一些优美的诗歌，虽然只有一首十四行诗是成熟之作。这首十四行诗就是《初读查普曼译的荷马》——灵感之精华。

> 于是，我的情感
> 　　有如观象家发现了新的星座，
> 或者像考蒂兹①，以鹰隼的眼
> 　　凝视着太平洋，而他的同伙
> 在惊讶的揣测中彼此观看，
> 尽站在达利安②高峰上，沉默。③

他的下一部作品是《恩底弥翁》——讲述的是山上的一个牧羊人和月神的故事。其诗句仍有不足之处，但正因如此它们才显得可爱、优美，还有一些越来越激烈、越来越精彩的诗句散见其间，比如对酒神和纵饮者们的描绘：

> 我坐着时，从浅蓝的群山那边，
> 传来了一阵纵饮者的喧闹：
> 紫色的小溪流入广阔的河流——
> 　　是酒神和他的伙伴！
> 恳切的喇叭在说话，银质的尖声

---

① 考蒂兹（H. Cortez, 1485—1547）：探险家及墨西哥的征服者。实际上他并不是第一个发现太平洋的人。
② 达利安（Darien），中美洲的海峡。
③ 穆旦：《穆旦（查良铮）译文集》（第四卷），北京，人民文学出版社，2005年，第380页。穆旦原译的题目是《初读贾浦曼译荷马有感》。

**《济慈》（W. 希尔顿）**

济慈是英国文学中最善于运用色彩的诗人之一。他热情、敏感，最后的岁月被病体折磨，因经济拮据而烦恼，他创作出的诗歌曲调优美，是传世之作。

照片：里施基斯收藏馆

照片：里施基斯收藏馆

**济慈的住宅：汉普斯特德劳恩岸（Lawn Bank）**
以前的文特沃思村

1817—1820年，济慈住在这里。就是在这栋房子里，他创作了《夜莺颂》。

> 从相碰撞的铙钹中发出欢乐的闹音——
> 　　　　是酒神和他的姻亲！
> 像一股流动的酒泉他们往下奔，
> 头戴绿叶冠，面孔都火一般红；①
>
> 年轻的酒神昂然站在他的车内，
> 作着舞蹈的模样，弄着常春藤枪，
> 　　　　侧着脸向两旁欢笑；
> 一股股小川般的殷红色的佳酿，
> 浸染了他的肥白的手臂和肩膀，
> 　　　　大可以让维纳斯的贝齿咬嚼；
> 塞利那斯②骑在驴背上离他不远，
> 他一边喝得酩酊大醉向前快赶，
> 　　　　一边身上给人投掷花朵。③
>
> 无数的人向前涌去——载歌载舞，
> 还有斑马，和光滑的阿拉伯骏马，
> 有蹼的鳄鱼，和巨大的鳄鱼，
> 它们生鳞的背上一排排载着
> 肥胖的欢笑的婴孩，模仿着
> 水手的喧闹，和打桨者的劳动：
> 他们拿着小桨和锦帆滑驶而去，
> 　　　　也不管风势和浪潮。④

注意到这些诗句就像是用词语精确地描绘国家美术馆中提香所画的《酒神巴克斯和阿里阿德涅》一样，这很有意思。

这首诗的第一句已经成为英语的一部分：

> 　　　　一件美好事物永远是一种欢乐。⑤

第四卷中的《烦恼之歌》是非常优美的：

> 　　　　烦恼啊！

---

① ［英］济慈著，朱维基译：《济慈诗选》，上海译文出版社，1983年，第139页。
② 希腊神话中酒神之养父，森林神祇的首领。
③ ［英］济慈著，朱维基译：《济慈诗选》，上海译文出版社，1983年，第139—140页。
④ 同上，第141页。
⑤ 同上，第1页。

> 为什么
> 要借神鹰眼睛那光辉的热情？——
> 把光给与流萤？
> 或在无月之夜，
> 在海妖出没的岸上，给浪花镀银？①

就在《恩底弥翁》发表后不久，济慈恋爱了。范妮·勃朗小姐非常迷人，年轻、快乐、活泼，说话有点喋喋不休，非常喜欢卖弄风情，让她那爱嫉妒的情人遭受着极大的折磨。他所有的恳求都是徒劳的：

> 啊，如果你珍重上面我那被压制的灵魂
> 可怜的，消逝的，短暂傲慢的一个时辰，
> 且不要亵渎我神圣的爱的海洋，
> 也别用粗鲁的手
> 折断圣餐饼——
> 更不要触碰刚刚含苞的花蕾。
> 否则我愿闭上双眼，
> 爱！让它们最后休眠。

实际上，相比之下，与愚蠢的范妮在一起度过一生，倒不如在25岁去世。

他的最后一卷诗集《拉弥亚和其他诗歌》1820年出版。收录了《许佩里翁》、《拉弥亚》、《伊莎贝拉》和《圣亚尼节的前夕》，还有五首杰出的颂歌。说这是世界上最好的诗集之一并不为过。

让我们先仔细看看无韵诗《许佩里翁》，我们已经引用了拜伦致的颂词。下面是他提到的那一段，生动描绘了在战争中被年轻神祇打败的提坦巨人在兽窟中避难的情景：

> 这是一个没有侮辱的光
> 能照射在他们泪水上的兽窟；
> 他们在那里感到，却听不到他们
> 自己的呻吟，因为雷鸣的瀑布
> 和嘶哑的山洪凝固了的吼声，
> 说不出在哪里，倒下不绝的巨石。
> 层层突出的岩崖，和始终好像
> 刚醒来的岩石，把巨大的尖角
> 靠得额碰到额；这样以无数

---

① [英]济慈著，朱维基译：《济慈诗选》，上海译文出版社，第137页。

照片：W.A.曼塞尔公司　　　　　　　　　　　　　　　　　　承蒙利物浦公司惠允翻拍

**《罗伦佐与伊莎贝拉》（密莱司）**

　　这幅画的题材用的是济慈的诗歌《伊莎贝拉》（又名《紫苏花盆》）。罗伦佐是伊莎贝拉的情人，被她的两个哥哥谋杀了，尸体埋在森林里。伊莎贝拉和她的老乳妈把尸体挖了出来，藏在一个紫苏花盆里，她对着花盆哭泣，憔悴而死。

　　所有这些人物都是根据这位艺术家的朋友和亲戚画出来的。霍奇金森夫人（密莱司同父异母兄弟的妻子）是伊莎贝拉的模特儿；密莱司的父亲被剪掉了胡子，是那个用餐巾擦嘴的人的模特儿；威廉·罗塞蒂是罗伦佐的模特儿；休·芬先生正在削苹果；可以看见 D. G. 罗塞蒂正在桌子的一端用长玻璃杯喝酒；而在画面前景中那个恶狠狠地踢狗的哥哥是赖特先生，一位建筑师。那个正在仔细观察的哥哥和他的玻璃酒杯中间有一个人头，F. C. 斯蒂芬应该是那个人头的模特儿；一个名叫普拉斯的学生是那个仆人的模特儿。沃尔特·德弗雷尔也在那里。

庞大无比的怪状给这悲痛之巢，
盖成一个相宜的屋顶。他们坐在
权充宝座的坚硬的燧石上，不平的石榻，
因含铁而顽固的板石山脊上。
并非全部聚在一起：有的锁上链
在受折磨，有的则在四处漂流。
刻斯，该基斯，布赖流斯，泰封，
多罗尔，波尔非利翁，还有许多，
攻击时最有力量的，都被关起在
呼吸艰难的地域；被囚禁在
暗黑的元行里使他们咬紧的牙关
仍然咬紧，他们所有的四肢被锁起，
像五金的矿脉，抽搐而扭紧；
一动不动，除了他们痛苦地起伏着的
巨大的心，因鲜红，发热，沸腾的
脉跳之漩涡而可怖地起着痉挛。
记忆女神正在人间漂泊无定；
月神已远远离开了她的月亮；
另外的许多神自由在外徘徊，
但主要，他们在这里找到寂寞居所。
零落的生命形象，这里一个，那里一个，
庞大而斜侧地横躺着；好像在
荒凉的原野上，一圈形状可怖的
大独石像，在阴沉的十一月，
寒雨在夕暮时分开始，他们的
圣坛所的拱顶，即天穹本身，
整夜被遮盖着。每一个蒙着尸衣，
也不向他的邻人说句话，或看一下，
或作出绝望的举动。克留斯①是一个；
他的笨重的铁锤矛横在他身旁，
一块粉碎的岩石道出了他的愤怒，
在他这样沉没和受苦之前。爱培塔斯②

---

① 希腊神话中的巨人之一。
② 希腊神话中的巨人之一，据传系普罗米修斯之父。

> 是另一个;在他手中,是一条蛇的
> 溅起泥水的头颈;它的分叉的舌
> 从喉中被挤出,它伸直的身体已死:
> 因为这动物不能把毒液吐入
> 战胜的育夫的眼中。然后是科脱斯①
> 他俯卧着,下颌翘起,仿佛不胜痛苦;
> 因为他还在把他的脑壳在燧石上
> 狠狠摩擦,因这可怕的动作而瞪眼张嘴。②

《失乐园》的前两卷,或《炼狱篇》中的某些部分才堪与这一生动描绘相媲美。

《拉弥亚》的故事发生在一个被施了魔法的森林里,这是半人半羊的农牧神和森林女神居住的地方,赫尔墨斯展开彩色的双翼在幽谷上空盘旋,在寻找一个躲避他的害羞的山林水泽女神。他在密林中偶然见到了一条蛇——也被施了魔法的蛇。这就是拉弥亚,一条母蛇,一个美丽的、同时也令人害怕的生物。

> 她是个色泽鲜艳的难解的结的形体
> 有着朱红,金黄,青和蓝的圆点;
> 条纹像斑马,斑点像豹,眼睛像孔雀,
> 全都是深红的线条;浑身是银月,
> 她呼吸时,这些银月或消溶,
> 或更亮的发光,或把它们的光辉
> 跟较黯淡的花纹交织在一起——
> 身体那么像彩虹,又染上一层惨淡,
> 又像恶魔的情妇,或恶魔本身。
> 她的头顶上戴着一团苍白的火,
> 洒着星点,像亚立亚德尼的冠冕:
> 她的头是蛇,但是辛辣的甜蜜啊!
> 她有女人的嘴,一口珍贝似的皓齿;
> 至于她的眼睛——在那里能做什么呢,
> 除了为生得如此美丽流泪而又流泪,
> 好像普罗瑟品为她西西里的天空
> 还在流泪?③

---

① 希腊神话中个有五十个头一百只手臂的三巨人之一。
② [英]济慈著,朱维基译:《济慈诗选》,上海译文出版社,1983年,第261—263页。
③ 同上,第179页。

赫尔墨斯用他那变形魔杖一点,就又把她变回了女人的样子,然后把她放在了她来的地方科林斯。她在那里遇到了她的爱人,年轻的希腊人里修斯。她念动咒语一夜之间就建起了一座富丽堂皇的宫殿,里面有一个宴会桌,因为摆上了婚宴而灯火通明。但是当宾客们,也就是里修斯的朋友们聚在一起的时候,他们发现在他们中间有一个干瘪的老头,个子矮小、秃顶。他就是新郎的老师哲学家阿波罗尼。他低声向他的学生提出了致命的警告:

"蠢才!蠢才!"他一再说,眼睛还是没有变得温和,
也一动不动;"我保护你免于遭到人生的噩运
直到今天,难道要我眼看你受到
一条蛇的作弄?"①

"一条蛇!"他应声答道。话刚出口,她惨叫一声后便烟消云散。

## 《圣亚尼节的前夕》

总体而言,《圣亚尼节的前夕》必被看作济慈创作的最优秀诗作。它讲述了一个在圣亚尼节前夜被关在城堡里的小姐的故事,而那时少女们都在跟她们的情人幽会。波菲罗,她自己的情人,冒着生命危险偷偷溜进了城堡——"因为强暴的人就在四周歇息"——藏在小姐的闺房里,这样当她醒来时,她看到的并不是虚幻的情人,而是一个活生生令她爱慕的人。下面描写的就是美丽可爱的梅德琳,她正要睡觉,做起了奇妙的美梦:

她匆匆进来,烛火被风吹熄,
一缕青烟散入了银灰的月光;
她闭起房门,心跳得多么急,
呵,她已如此临近仙灵和幻象:
别吐一个字,不然就大祸临头!②
可是呵,她的心却充满了言语,
一腔心事好似有骨鲠在喉;
有如一只哑夜莺唱不出歌曲,
只好窒闷于胸,郁郁死在谷里。

三层弧形的窗棂十分高大,

---

① [英]济慈著,朱维基译:《济慈诗选》,上海译文出版社,1983年,第207页。
② 仪式的条件之一是,必须绝对缄默,才能在梦中看到情人。

有精巧的花纹镂刻在窗顶,
果实、枝叶和芦苇缠结垂挂;
窗心嵌着各种样的玻璃水晶:
缤纷的五彩交织,奇光灿烂,
好像虎蛾的翅膀映辉似锦;
在这幽暗如层云的花纹中间,
在天使的隐蔽下,立着一面盾,
像被帝王和后妃的血所浸润。

寒冷的月色正投在这窗上,
也在梅德琳的玉洁的前胸

照片:里施基斯收藏馆

**《圣亚尼节的前夕》(麦克列斯)**

……晚祷完毕,
她就除去发间的珠簪和玉针,
又将温馨的宝石一一摘取。*

——《圣亚尼节的前夕》

---

\* 穆旦:《穆旦(查良铮)译文集》(第三卷),北京,人民文学出版社,2005年,第499页。

>　　照出温暖的绛纹；她正在合掌
>　　向天默祷，像有玫瑰复落手中；
>　　她那银十字变成了紫水晶，
>　　她的发上闪着光轮，有如圣徒：
>　　又好似光辉的天使正待飞升，
>　　呵，波菲罗已看得神思恍惚：
>　　她跪着，这么纯净，似已超然无物。
>
>　　但他又心跳起来：晚祷完毕，
>　　她就除去发间的珠簪和玉针，
>　　又将温馨的宝石一一摘取；
>　　接着解开芳馥的胸兜，让衣裙
>　　窸窣地轻轻滑落在她膝前，
>　　这使她半裸，像拥海藻的人鱼；
>　　沉思了一会儿。她睁开梦幻的眼，
>　　仿佛她的床上就睡着圣尼亚，
>　　但又不敢回身看，生怕幻象飞去。
>
>　　只片刻，她已朦胧不甚清醒，
>　　微微抖颤在她寒冷的软巢里；
>　　接着来了睡眠，以罂粟的温馨
>　　抚慰了她的四肢，让神魂脱体
>　　好似一缕柔思飞往夜空，
>　　幸福的脱离了苦乐，紧紧闭住
>　　像一本"圣经"在异教徒的手中；
>　　不但忘却阳光，也不沾雨露，
>　　仿佛玫瑰花瓣开了、又能收束。①

　　一般认为，由于济慈经常从希腊神话中借取故事，那么他就是以希腊精神进行创作的。这绝非事实。济慈首先是一个浪漫诗人。

　　总体来说，济慈要被列为诗人画家之榜首。他具有作为一位伟大的艺术家应该具备的两种基本天赋——对美的感觉和对色彩的感觉，这是无人可及的。他是文学中最善于运用色彩的诗人。此前，没有人纯粹因为色彩而酷爱色彩——甚至在乔叟和斯宾塞最好的作品中也没有什么可与对那条巫蛇拉弥亚的描绘相媲美的，哪怕是片刻。

---

① 穆旦：《穆旦(查良铮)译文集》(第四卷)，北京，人民文学出版社，2005年，第498—500页。

如所有伟大的善于运用色彩的人一样,济慈从心底里喜欢深红色。他是不可能像乔叟和华兹华斯那样将满腔激情倾注在雏菊上,而非"锦团簇簇的牡丹花"上的。他酷爱红酒泛起的有光泽的气泡——虎蛾映辉似锦的发红的翅膀——还有那装点窗格玻璃的血红色盾牌。鲜艳多彩的颜色是济慈送给诗歌的礼物。

一位天生的画家最可靠的标志就是避开抽象,用意象来思考;也许没有哪一位诗人真的像济慈那样有如此强烈的用意象思考的倾向。对这种倾向非常强烈的人来说,只告诉我们夜晚"多么冷峭"是不够的——寒冷是一个抽象概念;它必须有形态和内容;诗人必须接着让我们看到一系列非常生动的严寒的景象:

> 夜枭的羽毛虽厚,也深感严寒;
> 兔儿颤抖着瘸过冰地的草,
> 羊栏里的绵羊都噤若寒蝉。①

司各特是一位具有很强绘画能力的诗人。让我们试着将他的一段描写与济慈诗歌中与司各特的描写极为类似的一段加以比较。首先是司各特的:

> 翅托被刻得怪异而狰狞。

下面是济慈的:

> 许多天使雕刻在飞檐下面,都睁大眼睛
> 永远向着上空热烈地注视,
> 头发往后飘扬,胸前交叠着双翅。②

"怪异而狰狞"传达的是笼统的印象,而不是意象;读者要自己想象出托臂上雕刻的图案。济慈却将意象摆在我们眼前,我们只要仔细观察就行了。

但是济慈的作品远不止如此。他那最优美的"浸润在醉人的露水里"的诗句有种独特的吸引力,有种神秘浪漫的、具有传奇色彩的魅力——就像《夜莺颂》中的诗句一样,它们是世界艺术中最令人叹为观止的:

> 永生的鸟呵,你不会死去!
> 　饥饿的世代将无法将你踩躏;
> 　今夜,我偶然听到的歌曲
> 　曾使古代的帝王和村夫喜悦
> 或许这同样的歌声也曾激荡

---

① 穆旦:《穆旦(查良铮)译文集》(第三卷),北京,人民文学出版社,2005 年,第 489 页。
② 同上,第 490 页。

**济慈的坟墓,在罗马的老新教公墓中**

济慈墓碑上的墓志铭"安息在这里的是一个姓名写在水上的人"是济慈自己想出来的。该墓志铭因其谦逊而优美,但有一点是肯定的,那就是在墓碑化为灰尘很久之后,济慈的名字仍将受到世人的爱戴。

照片:里施基斯收藏馆

路得① 忧郁的心,使她不禁落泪,

站在异邦的谷田里想着家;

就是这声音常常

在失掉了的仙域里引动窗扉:

一个美女望着大海险恶的浪花。②

有谁没有感觉到这些不朽诗句具有的独特魅力呢?这样的诗句与纯粹的生动语言描绘不同,不管描绘得多么丰富、多么生动,就像是麝香玫瑰与长有玫瑰般花朵的红山茶之不同一样。诗歌之香是诗意的,也是色彩的和形态的。

济慈25岁时在罗马去世,长眠在卡伊乌斯·凯斯提乌斯的金字塔下,这个地方是如此美丽,以至于雪莱赞叹道:"想到可以安葬在这么美好的一个地方,人都要爱上死亡了。"雪莱很快就将长眠在他身边。坟上的墓志铭是他自己想出来的:"这里安息着

---

① 据《旧约》,路得是大卫王的祖先,原籍莫艾伯,以后在伯利恒为富人波阿斯种田,并且嫁给了他。注释略有改动。
② 中世纪的传奇故事往往描写一个奇异的古堡,孤立在大海中;勇敢的骑士如果能冒险来到这里,定会获得财宝和古堡中的公主为妻。这里讲到,夜莺的歌声会引动美人打开窗户,遥望并期待她的骑士来援救她脱离险境。
穆旦:《穆旦(查良铮)译文集》(第四卷),北京,人民文学出版社,2005年,第434—435页。

一个姓名写在水上的人。"这些可爱、动人的文字没有什么意义。那个名字写在了那块永恒的时间之石上，而不是水上。

## 参考书目

**拜伦：**

*Poems of Lord Byron*, Oxford Poets.

*Complete Poetical and Dramatic Works*, 3 vols., Everyman's Library.

拜伦的 *Letters* 是他对文学的重大贡献之一，在 Prothero-Coleridge 版本以及最近的 *Lord Byron's Correspondence* 中。

*Byron*, by John Nichol.

*Essay on Byron*, Macaulay.

**雪莱：**

*Complete Poetical Works of Percy Bysshe Shelley*, edited by Thomas Hutchinson.

*Shelley's Poetical Works*, 2 vols., Everyman's Library.

*Shelley*, by J. A. Symonds.

或许 Medwin, Hogg, Peacock 和 Trelawney 对他的部分叙述，还有他自己的 *Letters* (ed. by Roger Ingpen) 以及 *More Letters of Byron and Shelley* 中对雪莱的生平进行了最好的描述。还可参见 *Shelley in England*, Roger Ingpen.

*Complete Prose Works*, edited by Richard Herne Shepherd.

**济慈：**

*The Complete Poetical Works of John Keats*, edited by H. Buxton Forman, C. B..

*Keats's Poems*, 1 vol., Everyman's Library.

*Keats's Poems*, edited by Lord Houghton, 1 vol..

*Keats*, by Sir Sidney Colvin.

*John Keats, His Life and Poetry, His Friends, Critics, and After-Fame*, Sir Sidney Colvin.

# 第二十七章 司各特、大仲马和雨果

## 第一节 司各特

司各特1814年发表了《威弗利》，这标志着小说开始超越其他一切文学形式而成为大众文学。理查逊和菲尔丁已经风靡一时，至少当时如此。拉德克利夫夫人笔下紧张刺激的情节已经失去了新奇的魅力。埃奇沃思的读者本就不多，司各特之前那些小说家们拥有的读者不过百人，而"威弗利小说"则拥有成千上万的读者。

沃尔特·司各特1771年8月15日生于爱丁堡。父亲是位律师，在苏格兰相当于英格兰的事务律师。母亲是爱丁堡大学一位教授的女儿。不管是从父方还是母方，司各特都出身于古老的边境自耕农家庭。司各特小时身体瘦弱，终生跛足，导致他无法当兵，原因是他在襁褓中时右腿就短了一截。

### 传奇故事的收集者

儿时的司各特在祖父的农场里如饥似渴地倾听那些边境民谣和边境故事，在被送往爱丁堡高中上学时，他就已经非常熟悉自己家乡的民间传说和传统习俗。在学校时，他开始学习法语，这样他就能够完全理解并欣赏法语传奇故事。他未满15岁就通晓了拉丁语，这是为了阅读但丁和阿里奥斯托的原著而学的。父亲家中的苏格兰长老派氛围不可能适合这位年轻、热情的传奇故事收集者。每逢假期，年轻的司各特就到乡间四处搜寻民谣和当地传说，算是对他那平淡无奇的家的一种补偿。

1792年，司各特被接纳进入辩护委员会。他从未上过法庭辩护，也没有打算出庭辩护。他的目标是获得一个不需太耗费精力的政府职位，以保证生存，让他有闲暇进行文学创作。他实现了这一目标。1799年他被任命为塞尔扣克郡的司法副长官，职责并不多，年薪300英镑。七年后，他又接手刑事法院执事的职位。六年来，他履行自己的职责，却分文未取；其后的十四年里，他的年薪涨到1600英镑，根据为他写传记的女婿洛克哈特所说，他每年工作六个月，每天工作三四个小时。

司各特19岁时爱上了约翰·斯图尔特爵士的女儿威拉米娜。这段爱情故事持续

# 第二十七章 司各特、大仲马和雨果

《沃尔特·司各特》(E. 兰西尔爵士)

了六年,后来这位年轻小姐嫁给了威廉·福布斯,后者后来成为司各特最忠实的朋友之一。司各特坦然地承受了这次打击,但在《日记》中提及此事时,他坦言虽然那颗破碎的心已经拼了起来,"但直到死的那一天都会有裂缝"。威拉米娜在《末代行吟诗人之歌》、《红酋罗伯》和《罗克比》中已名垂千古。

1797年10月,司各特在卡莱尔圣玛丽教堂娶了夏洛特·玛格丽特·夏庞蒂埃。妻子非常漂亮,是里昂一位保皇党人的女儿,在英格兰长大。她在性格、魅力、美貌方面都相当出类拔萃,虽然她未曾真正了解过自己的丈夫,但他们的婚姻还算成功。妻子去世后,司各特提到她时这样说道:"不论我命运是好是坏,她都是我忠诚可靠的伴侣。"

司各特的文学生涯始终如一,毫无间断。从《末代行吟诗人之歌》到他创作的最后一部小说,他都一心一意地讲故事,而那是特地讲给读者让他们逃离平凡生活的。法国的17世纪和英国的18世纪都是古典主义的世纪,是文学家主要关注准确性表达的时代。法国古典作家中最伟大的是拉辛,他所具有的无可辩驳的声誉阻碍了法国文学的发展,这一直持续到19世纪浪漫主义抵制古典主义的时候。在英国,古典主义的热心追随者有约翰逊博士,虽然他写出了《诗人传》,但可以把他看作能用"散文和常识时代"来形容的18世纪的一个最典型的人物。英国的浪漫主义运动是对散文和常识的反叛,是对菲尔丁的现实主义和理查逊平淡无奇的多愁善感的抗议,是从大街向高山的逃离。司各特便是该运动的一位主将。

这次反叛以沃尔浦尔、拉德克利夫夫人和蒙克·刘易斯的"哥特式"情节剧为先声,在华兹华斯、拜伦、柯勒律治和雪莱的诗歌以及司各特的历史传奇故事中达到巅峰。我们看到,从童年时代开始,司各特就非常热爱古老的故事和口传民谣,因此,他非常适合在奇特迷人的过去寻找美和趣味的文学运动中担当领军人物。在《末代行吟诗人之歌》、《玛米恩》和《湖上夫人》中,司各特(用赫兹利特的话说)用"属于荒凉的乡野和遥远时代的奇趣异事"打动了读者。

## 诗歌作品

他的诗歌算不上最好的诗歌,但我们还是会回过头来欣赏它们,热爱它们。莱斯利·斯蒂芬爵士曾经这样准确地描述说:"他的诗歌并不是第一流的,不是经过深思冥想的或激情澎湃的诗歌……但它却有一种魅力,我们越熟悉它,就越可以感受到这种魅力,这是对自然不加矫饰的、自然而然的热爱所具有的魅力;它不仅与司各特如此热爱的自然完美一致,而且还是对荒野景色所怀有的深深热爱之情的最好阐释者。毫无疑问,华兹华斯更深奥;拜伦更奔放;雪莱更超凡。但是能够呼吸到从切维厄特直接吹到伦敦街头的一丝微风,就只有司各特自己才能做到,这也不失为、而且仍将会

《末代行吟诗人之歌》(R. 比维斯)

从亚罗河谷到印德豪山顶，
从伍道斯利到契斯特山谷，
持弓者、握矛人骑马赶路。*

——《末代行吟诗人之歌》

---

\* [英]沃尔特·司各特著，黄杲炘译：《末代行吟诗人之歌》，上海译文出版社，1987年，第105页。

是一件美事。"

《末代行吟诗人之歌》的销量比以前任何英语诗歌的销量都大，因为它讲了一个故事，而且大获成功。它给司各特带来了将近800英镑的收入，它的成功让司各特认真地下定决心把文学当作一种职业。司各特的第二首长诗《玛米恩》1808年出版，其版权让司各特从康斯特布尔（爱丁堡的出版商）那里得到了1000英镑。

《玛米恩》中有些段落达到了很高的水平。被玛米恩出卖了的康斯坦斯将要在刽子手的刀下香销玉殒；丧钟已鸣：

> 甚至晚祷的天堂之音，
> 似乎聆听一声临终的呻吟，
> 为离去灵魂的安康
> 敲响即将逝去的丧钟。
> 它慢慢卷起午夜的浪花，

《玛米恩》手稿

《玛米恩》是司各特的第二首长诗,虽然没能达到《末代行吟诗人之歌》总体上的高水准,但与之前的作品比起来,其中许多段落都有明显提高。冷酷无情的批评家杰弗里承认,如果《玛米恩》有更多的缺点,那么它也有更多的优点。

> 诺森布里亚岩石的回答，
> 回音回荡在沃克沃斯的地下，
> 醒着的隐士在喃喃祈祷，
> 班布罗夫的农夫抬起了头，
> 他说祷告未到一半他就进入了梦乡，
> 所听到的不过是丧钟的嘹亮，
> 骏马冲上了切维厄特的山冈，
> 宽阔的鼻孔迎风扩张，
> 它向前、向旁、向后望了望，
> 便塘伏地躺在了母马旁，
> 在遍山的植物中震颤摇晃，
> 只听得那单调严厉的声响。

安德鲁·朗格指出了《玛米恩》和《艾凡赫》情节的相似之处。这首诗讲述了一个精彩动人的故事，其间点缀着许多优美的"华丽篇章"，结尾是一段长长的叙述，讲的是佛洛顿战役中最后的坚决抵抗，现代诗歌中没有堪与之媲美的诗作。当玛米恩听到英国人取胜的消息时，他自己已经气息奄奄：

> 于是，两名骑兵浑身是血
>   径直跑上山冈，
> 怀里抱着无助的负担，
>   受伤的骑兵已经气息奄奄。
> 他的手还紧紧握着破碎的标牌；
> 他的双臂涂满了鲜血和土块：
> 战马的铁蹄把他拖曳，
> 盾牌凹进，头盔压扁，
> 鹰冠和羽饰全然不见，
> 那还是不是傲慢的玛米恩？……
> 年轻的布伦特解开了他的盔甲，
> 紧紧盯着他那张鬼一样的脸，
>   说——"天哪，他死了！
> 那长矛射中了我们的主人，
> 看，他头上那道深深的伤痕！
>   晚安，玛米恩，"——
> "没教养的布伦特！你别嚷嚷；

　　　　他睁开眼睛,"尤斯塔斯说:"安息!"

　　　　脱掉了头盔,他吸进自由的空气,
　　　　玛米恩凶狠的目光盯着周围:——
　　　　"哈利·布伦特在哪?菲兹·尤斯塔斯在哪?
　　　　你们在这里徘徊,心怀兔子胆!
　　　　去救我的同胞——再次进攻!
　　　　喊哪——'玛米恩来救你们啦'——冲!
　　　　……

　　　　斯坦利快用火攻——
　　　　切斯特冲啊,兰卡郡,
　　　　冲向苏格兰的心脏,
　　　　胜利,让英格兰投降。——
　　　　我还要再次下令吗?——冲啊,士兵!
　　　　把玛米恩留下——去死。"
　　　　他们离开了,只剩他独自;
　　　　……

　　　　战争,争夺地盘没有成功,
　　　　现在颤抖地怒吼着狂风,
　　　　　可——斯坦利!那声呼喊:
　　　　玛米恩脸上闪出一道光亮,
　　　　　燃烧的眼睛喷出火团:
　　　　那只将死的手挥过头顶,
　　　　用力摇动破碎的刀身,
　　　　　他喊道:"胜利!
　　　　进攻,切斯特,进攻!冲啊,斯坦利,冲!"
　　　　这是玛米恩最后的喊声。

　　安德鲁·朗格称之为"无与伦比、充满活力的"《湖上夫人》发表于1810年。在这首诗中,司各特重讲了旧故事,将浪漫主义文学、蒙克·刘易斯的陈词滥调,以及其杰作特有的超自然因素引进来。《湖上夫人》中最优美的段落之一是第一章中描述追赶"头戴鹿角王冠的荒原之王"的情景。

　　　　头戴鹿角王冠的荒原之王
　　　　从卧榻翻身而起,站稳脚步。
　　　　在放开四蹄飞奔之前,

> 它轻轻抖掉身上的露珠；
> 像一位尊贵傲慢的部族首领
> 高高地昂起有顶饰的头颅；
> 嗅一嗅迎面扑来的晨风，
> 望一望薄雾弥漫的溪谷，
> 停一停人喊马嘶的喧嚣，
> 喧嚣声预示着追猎者侵入；
> 当敌人的尖兵隐隐出现，
> 它勇敢地跳过低藤矮树，
> 舒展开它矫健的身躯，
> 奔上乌蒙瓦高地的石南小路。
>
> 追猎者的叫喊惊天动地，
> 振荡着幽谷、巉岩、山洞、峭壁，
> 喧嚣声惊醒了沉睡的大山，
> 大山的回声更显出雄浑的气势。
> 一百只猎狗咆哮吠咬，
> 一百匹骏马纵横奔驰，
> 一百支号角此起彼落，
> 一百名猎手声震寰宇；
> 呐喊呼叫连绵不断，
> 贝维利大山的回音没有停息，
> 母鹿远远地避开这喧嚣，
> 在树丛中畏缩着颤抖的身躯；
> 苍鹰从石堆扶摇直上，
> 惊疑地俯瞰着骚乱的大地。
> 直到这飓风横扫了溪谷，
> 衰退的噪声渐渐远去，
> 静寂又返回树林、山岗，
> 重新笼罩了悬崖绝壁。①

司各特的一首长诗《罗克比》1812 年发表，翌年，也就是 1813 年发表了《群岛之主》。

---

① [英]司各特著，曹明伦译：《湖上夫人》，长沙，湖南人民出版社，1986 年，第 4—5 页。

## 第二节

### "威弗利小说"

1805 年司各特开始创作《威弗利》。他把手稿搁置一旁，显然把它忘了，直到 1810 年，经过几个星期坚持不懈的勤奋创作，才完成了这个故事，作品几乎是无与伦比的。坚持不懈的勤奋和几近无与伦比的作品是司各特的典型特点。据说司各特所有作品的艺术目的惊人的一致，虽然这是真的，但在他的诗歌和小说之间存在着明显的不同。在诗中，他只关心传奇式的名人和骄傲的情感。在小说中，如 R. H. 赫顿所说："生活事务甚至比情感表现得更好。"这话颇有道理。司各特在当代生活的平凡小事中找不到什么灵感，客观情况令他厌烦，但在像简·奥斯丁那样的现实主义天才那里，这些客观情况就变得趣味横生，极富戏剧性。司各特需要一张巨大的画布和鲜艳打眼的颜色，他始终都在关注人性，他创造出来的最逼真的人物都是社会底层的人。在这方面，他的小说与大仲马的小说截然不同。事实上，当司各特坐下来创作历史小说时，他还渴望能够准确地描绘出苏格兰人民的特征，为苏格兰人做点事情，就像埃奇沃思在她的《拉克伦特堡》和其他小说中为爱尔兰人所做的一样。

司各特想为自己的同胞们绘出一幅真实画卷的强烈愿望使他成为一位现实主义作家和浪漫传奇作家。他把读者相信确有其人的男男女女置于很久之前的情景中，读者能理解他们的奋斗和遭遇的困难，他们的血肉是真实的，他们与今天的人们经历类似的爱恨情仇。

在司各特的 32 部小说中，有 21 部小说完全或部分以苏格兰为背景，另外 11 部小说，包括《尼格尔的家产》、《城堡风云》和《护符》，主人公都是苏格兰人。《威弗利》讲述了 1745 年詹姆斯二世党人起义的故事，故事就发生在司各特上一代人身上，这在苏格兰人的生活中留下了一道疤痕，但在司各特的时代并没有消失。《盖伊·曼纳令》、《古董家》、《红酋罗伯》、《密得洛西恩监狱》和《红毛大侠》，这些都是司各特最好的作品，都属于 18 世纪。《修墓老人》、《蒙特罗斯传奇》、《海盗》、《皇家猎宫》、《尼格尔的家产》、《拉默摩尔的新娘》和《贝弗利尔·皮克》，都发生在 17 世纪；《修道院》、《修道院长》和《肯纳尔沃思堡》，都发生在 16 世纪；《珀思丽人》、《城堡风云》和《盖厄斯坦的安妮》，都发生在 15 世纪；《危险的城堡》的故事发生在 14 世纪；《艾凡赫》、《护符》和《婚约夫妇》的故事发生在 12 世纪；《巴黎的罗伯特伯爵》的故事发生在 11 世纪。司各特只有一个故事《圣·罗南之泉》涉及自己所处时代的生活，但却是明显的败笔。从这个列表中可以看到司各特的作品涵盖了八个世纪，如果让非常熟悉这些小说的读者来评价这些作品的话，他们肯定都会同意赫德森教授的观点，即这些小说中"对人物、活力和自发力把握得最好的是属于 17、18 世纪的苏格兰的小说"。

司各特的小说中充满了历史错误。人们一定不要到小说家那里寻找事实。时代错误是众所周知的。比如在《肯纳尔沃思堡》中，他让小说中的人物说出莎士比亚的名句，那时莎士比亚还不满10岁。他让爱梅·罗勃莎到了她从没到过的肯纳尔沃思堡，在库洛登战役之后将"小僭君"带回了苏格兰[①]。但是，这类细节无足轻重，那些只知道事实的人根本不懂历史。说司各特在对中世纪生活的再现中并非不欣赏赋予中世纪庄严、或许给予其欢乐的那些特征，尤其是对美的热爱，这仍然珍藏在大哥特式教堂中，在现存的每一件展现中世纪手艺的样品中更朴素地表现了出来，对司各特的这种批评更中肯。小说家的想象力赋予历史枯骨以生命。在历史记录中，法国的路易十一是最饶有趣味的。严肃的历史学家用数页数章的文字来分析这位开始统一法国——这一任务将由黎塞留和亨利四世来完成——的国王的性格。在《城堡风云》的第一章中，司各特成功地用两段文字栩栩如生地描绘了路易十一。这位徒步前往法国国王宫廷的年轻的苏格兰冒险家，自己就是一个典型的传奇人物。

在《威弗利》之后，司各特于1815年发表了《盖伊·曼纳令》，这部作品在六个星期内完成，圣茨伯利教授认为它"由于结构上的优点和有趣的细节，也许是那些小说中最好的"。这部小说中最令人难忘的司各特式人物是多米尼·萨普森、梅吉·梅里勒斯、丹迪·丁蒙特。《古董家》1816年5月发表，《修墓老人》和《黑侏儒》在同年年底发表。《修墓老人》因对克拉夫豪斯的生动描写而闻名。这是一个关于神圣盟约派成员时代的激动人心的故事，司各特将他始终非常感兴趣的超自然事物引入其中。现在司各特的有些小说甚少有人问津，《黑侏儒》便是其中之一。安德鲁·朗格认为这部小说"没什么价值"，而另一方面，圣茨伯利教授认为《黑侏儒》的前部分跟司各特所有的作品——最好的除外——一样巧妙"。

## 杰作

《红酋罗伯》1817年12月发表。司各特在创作这部小说时，已经开始不断地忍受胃痉挛的折磨，胃痉挛让他在晚年苦不堪言。《红酋罗伯》在苏格兰就像罗宾汉在英格兰一样有名，因此就特威德的北部公地而言，这一题材颇受欢迎。《红酋罗伯》的女主人公狄安娜·沃尔侬无疑是司各特笔下所有女主人公中最成功、最可爱的一个，而另一个著名人物就是活泼的贝丽·尼克尔·贾伟。大家公认的杰作《密得洛西恩监狱》发表于1818年6月。其中众多光彩照人的人物中，有珍妮·迪恩斯，在我们看来，她几乎已经像萨姆·韦勒一样栩栩如生。《拉默摩尔的新娘》于1819年发表，是一个悲伤的故事，其情节曾改编成一出流行歌剧。雷文斯伍德少爷是感伤的，露茜·艾什顿则是那些可怜的、令人同情的、却很难令人相信的女主人公之一。

---

[①] "小僭君"（"Young Pretender"），指1745年觊觎英国王位的查理爱德华。——译注

照片：里施基斯收藏馆　　　　　　　　　　　　　　　　经谢菲尔德公司惠充翻拍

《不论是福是祸——罗布·罗伊与高级市政官》（沃森·尼科尔）

《红酋罗伯》是最优秀的威弗利小说之一。这个题目是司各特的出版商康斯特布尔提出的。罗布·罗伊·麦格雷戈·坎贝尔是唐纳德·麦格雷戈·格伦吉尔最小的儿子。他早年是牲畜贩子，破产之后就开始过着非法生活，这使他的名字在苏格兰具有一种魅力，堪与另一位具有传奇色彩的叛逆者——英国的罗宾汉——媲美。

照片：里施基斯收藏馆

《审判爱菲·迪恩斯》，(E.兰德)

司各特的小说《密得洛西恩监狱》中的大审判，爱菲·迪恩斯试图挣脱守卫，伸手要抓住她的父亲，但没有抓到。她父亲意识到自己偷偷抱着的希望已经破灭了，一头栽倒在地上，不省人事。

**《拉默摩尔的新娘》(密莱司)**

这个故事讲的是露西·艾什顿和她对年轻的雷文斯伍德少爷的爱,这是司各特讲述的最悲惨的故事之一。

**《爱梅·罗勃莎》(W. F. 叶姆兹)**

"哼,你这傻瓜,"瓦尼说,"你往地窟里看一看——你看见什么?"

"我只看见一堆白衣服,好像是一个雪堆似的。"福斯特说。*

——沃尔特·司各特,《肯纳尔沃思堡》

---

\* [英]司各特著,王培德译,张友松校:《肯纳尔沃思堡》,北京,人民文学出版社,1982年,第618页。

《蒙特罗斯传奇》发表于同一年。萨克雷认为粗鲁的杜格尔德·达尔盖第上尉——故事情节中的一个次要人物，却是统摄小说的一个人物——是司各特创造出来的最好的人物之一，我们很难对此提出异议。圣茨伯利先生提出甚至连大仲马都无法创造出这样一个人物，他可以被恰当地形容为"一个令人钦佩的人，一个更古怪的、绝妙的民族典型，大智大悟的化身"。

《艾凡赫》1819年发表，这是司各特第一部以英国为主题的小说。学究式的历史学家忙着指出这部伟大的浪漫传奇中存在的历史错误。但是有谁在乎呢？我们承认其中的两位女主人公蕊贝卡（通译为丽贝卡——译注）和罗文娜（通译为罗威娜——译注）是非常枯燥乏味的年轻小姐（就像典型的狄更斯小说中的女主人公一样枯燥乏味），但是，谁没有为读到描写武器、舍伍德森林中的情景、狮心王理查出现的精彩篇章，读到异彩纷呈地展现戏剧性场面和生动多彩的细节的精彩篇章而感到高兴呢？安德鲁·朗格顺便指出，司各特对盎格鲁-撒克逊人及其征服者进行的生动对比引起了法国历史学家蒂埃里的研究兴趣，而且他取得了有趣的、颇有价值的成果。

《修道院》相对来说是一个枯燥乏味的故事，而《修道院长》则以对苏格兰玛丽女王的生动描绘而闻名。《肯纳尔沃思堡》是他的下一部小说，其中有伊丽莎白女王，小说讲述的是莱斯特伯爵和不幸的爱梅·罗勃莎的故事。其中的伊丽莎白女王可能不是历史上的伊丽莎白女王，但却是一位非常高贵的、感人的君主。

《海盗》、《尼格尔的家产》、《贝弗利尔·皮克》、《城堡风云》、《圣·罗南之泉》和《红毛大侠》一部接一部地迅速问世。《贝弗利尔·皮克》是公认的败笔。《圣·罗南之泉》也是一样，这部小说可以说是对简·奥斯丁的模仿，司各特对其进行删改以安抚那个过分谨慎的邪恶天才詹姆斯·巴兰坦，却徒劳无功。《红毛大侠》发表于1824年。

# 第三节

虽然司各特身体欠佳，但他比文学史上任何其他文学大家都更努力地写作，作品也给他带来了名和利。1818年他接受了准男爵头衔。他有很多朋友，没有什么敌人。他在欧洲的声誉堪与伏尔泰和歌德媲美。他在阿伯茨福德购置的乡间住宅经过精美装修，价值5000英镑。他花了3500英镑为自己的继承人——四个儿子中的长子——在国王的轻骑兵队里买了一个上尉头衔。1825年1月，为庆贺儿子订婚，他在阿伯茨福德举办了一场盛大舞会。几个月后，他差不多已一贫如洗。

照片：W.A.曼塞尔公司

**阿伯茨福德：从特威德河看其外观**

照片：W.A.曼塞尔公司

**阿伯茨福德图书馆**

阿伯茨福德是司各特爵士修建的，位于距梅尔罗斯约三英里的特威德河右岸。现在，这个漂亮住宅的一部分变成了博物馆，里面存放着这位小说家的遗物。

## 极大的决心

要想对司各特与巴兰坦一家及其出版商康斯特布尔之间复杂的财政安排进行任何说明是不可能的。他资助他们,他们预付钱给他,他们之间进行的一系列交易只有专家才清楚。詹姆斯·巴兰坦显然非常愚蠢,账目记得都不准确,司各特则总是"生活在金钱的迷雾中"。不管怎样,结果就是司各特在55岁时,在身体衰竭、因工作而耗尽精力的情况下坐下来进行创作,以偿清高达13万英镑左右的债务。还有比这更大的决心吗?"我不会牵累任何朋友,不管他们是富是贫,"他说,"我要靠自己的双手来还债。"他首先完成了《皇家猎宫》,总共写了三个月,卖了8228英镑。然后他写出了《拿破仑传》,这是"为了钱而匆促写成的劣质文学作品",前两版他收入18000英镑。这之后就是一系列的故事和散文。他两年内赚了将近4万英镑(据说长年以来,他凭小说所得的收入每年在1.5万—2万英镑之间),那些心怀感激的债主聚在一起,通过了下面的决议:

> 请求沃尔特·司各特爵士接受各类家具、金银餐具、日用织品、绘画、藏书和珍品,这是债主们表达他们甚为理解爵士极为可敬的行为的最好方式,并且非常感谢爵士为他们付出的以及将要付出的无与伦比的、极为成功的努力。

《珀思丽人》1828年发表,《盖厄斯坦的安妮》1829年发表,《巴黎的罗伯特伯爵》1831年发表,还有最后一部小说《危险的城堡》也在这一年发表。这些都是一个病体缠身的人创作的作品,若将它们与早年的浪漫传奇相比,未免有些荒谬。他的妻子1826年去世,而他在辛勤创作以偿还债主们的债务期间,曾经两次中风瘫痪。最后,人们终于说服他不再创作,开始休息,至少休息一段时间。政府拨给他一艘轻帆船供他使用,1831年10月,他从朴次茅斯驶往意大利。就在他离开阿伯茨福德之前,华兹华斯夫妇来看望了他。旅行期间,司各特身体状况恶化。他在罗马时听到了歌德的死讯,当时,他的一个愿望就是迅速回家。1832年7月11日,他回到阿伯茨福德,9月21日谢世。他说的最后一句话就是告诫洛克哈特"做一个好人,亲爱的,要有德行,要虔诚,做一个好人"。

## 讲故事的大师

司各特在文学史上的位置是无可辩驳的。他仍然是讲故事的大师,正如他自己所说,如果他那些"轻易、松散地拼凑起来的事件足够有趣,可以在一个角落不再感到身体之痛;在另一个角落减轻心思的焦虑;在第三个地方舒展因每日操劳而布满皱纹的眉头;在另一个角落填写充满悲思的或更有建设性的建议;而在另一个角落促使一个无所事事的人研究其国家的历史;总之……可以提供无害的娱乐消遣",那就得到了足够的回报。

司各特爵士热爱户外,热爱注重行动的人,热爱英勇事迹,热爱纯朴的人。他不会被不幸吓倒,一向都宽厚善良、谦恭有礼。他交友无数,仆人都崇拜他。比他更好的人决不是伟大的作家,而后世欠他的情几乎同欠但丁、莎士比亚和狄更斯的一样大。

## 第四节　亚历山大·大仲马

### 一位文学冒险家

史蒂文森形容大仲马是"大腹便便的黑白混血儿,贪吃者,非常能干,能挣钱也能挥霍,经常诙谐说笑,心地极好,哎呀!但是令人怀疑其诚实"。大仲马是一位活跃的文学冒险家。他的父亲是拿破仑麾下的一位将军,由于不善言辞而失宠,在贫困和别人的忽视中死去。仲马将军生于圣多明戈,是一位法国侯爵和一个名叫玛丽·卡塞特·仲马的黑人女孩的私生子。大仲马21岁时来到巴黎,身无分文,默默无闻。两年后,他与鲁汶合写的第一部戏剧在昂比古喜剧院上演。在一两年里,他只写一些闹剧,可能是因为闹剧最好卖。查尔斯·基恩在巴黎用英语上演了一系列莎士比亚戏剧,这刺激了大仲马要创作传奇故事的愿望。在18世纪20年代之前,莎士比亚一直受到法国人的忽视。伏尔泰嘲笑他野蛮粗鲁,而在拉辛的冷静古典传统中长大的作家们不是根本就不知道莎士比亚是何许人,就是认为他的戏剧毫无价值。然而,当时的法国处在拿破仑冒险活动结束后的无聊岁月中,在哀叹经历了紧张刺激的战争和灿烂辉煌的岁月过后,莎士比亚的生动就像是为启示和拯救这个乏味的时代而到来。浪漫主义运动在法国的开端是与大仲马、雨果和伟大的批评家圣伯夫的名字联系在一起的,这在别处将有详细讨论。这里只要注意到这些法国作家开始时是如何受到莎士比亚、之后受到司各特的影响的就可以了。"现代世界的诗人,"雨果说,"不是拉辛,

照片:里施基斯收藏馆

**亚历山大·大仲马(1802—1870)**

《三个火枪手》和《基督山伯爵》的著名作者,克里奥尔人,他是一位不知疲倦、笔耕不辍的作家,拥有惊人的想象力。

而是莎士比亚或莫里哀,因为现代艺术的对象不是美而是生活。"

雨果和大仲马激情洋溢地决心要用"血性"来取代古典的形式主义,雨果写出了《克伦威尔》和《艾那尼》,大仲马写出了全系列的传奇戏剧,现在所有这些剧作都已被遗忘。其中一部戏剧《理查德·达灵顿》是根据司各特的《加农门年鉴》写成的,而大仲马在40岁左右开始创作那部伟大的历史小说系列时,肯定读过许多"威弗利小说"。大仲马自己总是迫不及待地承认他的感激之情。"每次遇到英国人,"他曾说,"我都觉得应该对他和颜悦色,这是我欠莎士比亚和司各特的。"

大仲马宣称他创作了1200卷作品。大多数故事都是合写的,最著名的合作者就是奥古斯特·马奎。甚至在大仲马生前,人们就在不断讨论哪些小说是合作者写的,哪些是大仲马写的,而大仲马似乎对此漠不关心。毕竟,就算《哈姆雷特》真的是培根写的,而《三个火枪手》真的是马奎写的,与我们也没有太大关系。然而,事实是,每一个与大仲马有关的雇佣文人都成了一时的天才。

有人指责大仲马抄袭,而他自己从未费心去否认这一点。他的小说没有非常明确的情节,但是他能创造出吸引读者、引起读者兴趣,甚至令读者喜爱的人物,这种才能几乎可以跟狄更斯相媲美。他的杜撰编造从来没有让人失望过。他是精通机智幽默对话的大师,是创造戏剧性情景的无可匹敌的作家。

## 达尔大尼央

据说大仲马"只想在旅店里要一个房间——人们穿着骑马的斗篷在那里见面——感动那些最不害怕、最没有同情心的人",这种说法是正确的。史蒂文森非常喜爱达尔大尼央,最喜爱《布拉日洛纳子爵》中的达尔大尼央,那时候他已经"成熟了,变得非常诙谐、粗鲁、善良、正直,一下子就能俘获别人的心"。但是,也许是年轻的达尔大尼央、那个贫困的加斯科涅冒险家,才最令世人喜爱。他是多么栩栩如生地被创造出来的啊!

> 请各位想象堂吉诃德[①]十八九岁时候的样子吧,不过这个堂吉诃德并没有防护自己的胸部,没有披上铠甲,只穿了一件羊毛的击剑短衣,[②]衣服的颜色本来是蓝色的,可是褪了色,变成既像葡萄酒的渣子又像晴空的蔚蓝那么一种难于描摹的色调。长长的黑黄脸儿;向外鼓起的面颊,正是足智多谋的标记;颚骨上的肌肉非常发达,要辨别加斯科涅[③]那地方的人,这是最可靠的指示,即令他们不戴那种没有帽沿的平顶软帽,而我们这个青年人,他又戴了一顶软帽,

---

[①] 堂吉诃德是16世纪西班牙作家塞万提斯的名作《堂吉诃德》的主角。
[②] 击剑短衣在欧洲中古时代原是击剑时穿的短上衣,久之遂成为一般爱好武术者的常用服装。
[③] 加斯科涅原是法国西南端的独立小国,1607年与法国合并,列为一省,至近代又分为数省。

**《达尔大尼央》(古斯塔夫·多雷)**
摄自古斯塔夫·多雷的大仲马雕像

古斯塔夫·多雷雕成的这个达尔大尼央雕像令人印象深刻，构成了献给大仲马纪念像的一部分。多雷生于1883年1月23日，去世时正忙着完成这座纪念像。达尔大尼央，这个足智多谋、殷勤勇敢的加斯科涅人，是浪漫传奇中最优秀的人物之一。

承蒙J.W.登特公司惠允复印

帽子上还插着一根羽毛；他有一双聪明的大眼睛，一条小巧的钩形鼻梁；说他是个未成熟的青年个子却太高一点，说他是个成年的汉子又嫌太矮一点。他身边的斜带①下端挂着一柄长剑，这剑在他步行的时候撞着他的腿肚子，在他骑马的时候擦着马的凌乱的毛，倘若他没有挂着这柄剑，那么经验不足的人也许会把他看做是一个赶长路的庄稼人家的子弟②。

史蒂文森的赞美又是多么有道理啊：

> 在这里，从头到尾，要是让我为自己或朋友选择所要具备的美德的话，我就选择达尔大尼央身上的美德。我并不是说莎士比亚的作品中没有刻画得如此生动的人物，也不是说没有一个人物是我如此全身心地热爱的。有许多灵魂之眼在暗中监视我们的行动——那些逝去的和不在的人的眼睛，我们幻想他们在我们最私密的时刻注视着我们，我们不敢冒犯他们：他们是我们的见证人和审判者。就算你觉得我幼稚，我也必须把我的达尔大尼央算在这些人中——不是

---

① 斜带是一种从右肩斜挂到左胁下的带子，通常是用皮做的，专为挂剑用。
② 当时只有军人或世家子弟才可以佩剑；[法]大仲马著，李青崖译：《三个火枪手》(上)，上海译文出版社，1978年，第4—5页。译文和注释均有改动。

承蒙G.G.哈拉普有限公司惠允复印

《达尔大尼央趴在地板上侧耳倾听》(罗兰·惠尔赖特)

达尔大尼央偷听到黎塞留红衣主教的人袭击波那瑟夫人。

萨克雷假装比较喜欢的回忆录中的达尔大尼央——我可以坦率地说,只有他才更喜欢这个达尔大尼央——不是有血有肉的达尔大尼央,而是用笔墨纸张创作出来的达尔大尼央;不是大自然的、而是大仲马的达尔大尼央。这是艺术家的巅峰之作——不仅要真实,而且要可爱;不仅要令人相信,而且要令人着迷。

大仲马的《三个火枪手》在英国一直都是最受欢迎的传奇故事。我们熟悉达尔大尼央就像熟悉哈姆雷特一样。三个火枪手阿多斯、波尔多斯、阿拉密斯就像萨姆·韦勒和汤姆·琼斯一样为我们所熟悉。达尔大尼央的冒险经历是以三部曲的形式——《三个火枪手》、《二十年后》和《布拉日洛纳子爵》——讲述的。这三部作品和瓦卢瓦故事系列——《玛戈王后》、《蒙梭罗夫人》和《四十五卫士》——还有那部精彩的传奇故事《基督山伯爵》,都是大仲马的名作。第一个三部曲非常生动地描述了路易十三和路易十四统治时期的法国,枯燥乏味的事实也许并不准确,但是其有趣的细节和气氛是真实的。第二个故事系列同样生动地描述了圣巴塞洛缪日大屠杀时代的法国。[①]《基督山伯爵》是一部无可匹敌的著作,它太长了。第二卷太过夸张,但是第一卷精妙绝伦。邓蒂斯逃离伊夫堡是所有文学中最激动人心的事件之一。

埃德蒙·德·龚古尔非常生动地描述了年老的大仲马:

## 大仲马其人

他身材有些高大,长着黑人的头发,现在已经花白了。眼睛小小的,像河马的眼睛,明亮而犀利,甚至似乎是合着的时候,也在进行观察。他的脸很大,五官像漫画家引入到他们画的月亮中的半球状的模糊轮廓。他有点爱出风头,或者有点像《天方夜谭》中的旅行者的样子,我说不出为什么。他说的很多,但没有什么高明之见,不能发人深省,也不生动有趣;他只是告诉我们一些事实,奇怪的、荒谬的、令人惊讶的事实,这是他从记忆的巨大宝库中掏出来的,他的声音沙哑刺耳。他总是在谈他自己,他自己,他自己,但是语气中带有一种孩子似的自高自大,但这一点儿也不会让人恼火。比方说,他告诉我们他写的一篇关于卡梅尔山的文章让那里的僧侣收入了 70 万法郎(2.8 万英镑)。他不喝酒也不喝咖啡;他不抽烟;他是认真写文章和新闻稿件的健将。

大仲马甚至比司各特还要努力,多年来,他的收入相当可观。正如德·龚古尔指出的,他的个人习惯比较简单。他不抽烟,不喝酒,也不赌博,虽然他喜欢烹饪,艾伯特·范达姆却告诉我们他最喜欢的菜是"烤前一天汤中的牛肉"。他总是一贫如洗。他曾说自己是个带洞的"破篮子"。许多卑鄙的男男女女仗着他坐享清福。他的住宅

---

[①] "圣巴塞洛缪日"(St. Bartholomew's Day):即 8 月 24 日,圣巴塞洛缪是耶稣的十二门徒之一。1572 年 8 月 24 日,凯瑟琳王太后策划了针对胡格诺派教徒的大屠杀,上千人被杀害。——译注

承蒙 A. 和 C. 布莱克有限公司惠允复印

"亲爱的爷爷,"她叫道,"发生什么事了?"
出自《基督山伯爵》

年老的波拿巴主义者诺瓦蒂埃不能说话了,他和孙女瓦朗蒂娜的故事是大仲马整个纷繁复杂的小说中最感人的情节。瓦朗蒂娜与基督山伯爵的恩人马西米兰相爱。由于爷爷的干预,她才没有进入一桩由野心勃勃的父亲安排的没有爱情的婚姻。

是开放的,他经常都不知道跟他一起吃饭的人是谁。他曾让自己的专职秘书希尔谢勒处理他经常收到的令状。有一次一个司法官来到大仲马的寓所,就像老朋友一样跟他的秘书打招呼。事实上,他跟巴黎诉讼程序中的每一个公务员都很熟。在闲谈了几分钟后,司法官告诉这位秘书说他是来扣押财物的。

"是吗?"希尔谢勒说,"我不知道事情已经到了这种地步了。我必须调查一下这件事。"

大仲马习惯把所有的法律文件都丢到厨房的一个抽屉里。希尔谢勒翻阅了所有的文件，找到了所提到的那个账单，建议那个司法官先拿三分之一。这个执法人同意了，并且享受了一顿丰盛美味的午餐，而希尔谢勒则派送信人到大仲马的各个出版商那里去筹钱。

这种事情司空见惯，并且，据说这位小说家的许多债务都反复还过五六次。

大仲马卒于1870年11月。他的一个儿子亚历山大·小仲马，是他与巴黎的一个女裁缝玛丽·拉贝所生的私生子，七岁时大仲马认他为己出。小仲马反对挥霍无度的父亲的怪异行为。

## 第五节　维克多·雨果

### "神童"

雨果1802年2月26日生于贝桑松。他的父亲是军队的一位将军，祖父是个木匠，再往前追溯，他的祖先是耕地的农民。孩提时，他有三位老师——他是这么告诉我们的——花园、老牧师和母亲。但他身上有任何一位老师都无法给他的东西，那就是早早绽放出诗歌之花的种子。15岁时他向法兰西学院递交了一首诗，此诗为他赢得了"神童"的称号。另外一首获奖诗长达120行，是一挥而就的。雨果在这么小的时候创作就如此游刃有余，这将使他成为有史以来世界上最伟大的即兴诗人！雨果不是作为人、而是作为作家离开人世的。

1822年，这些诗加上其他一些诗歌再版成集，诗集卖了一点钱。更为重要的是，它们得到了国王的厚爱，他赐予这位年轻诗人每年40英镑的年金。他用这笔钱结了婚，新娘是邻人的女儿阿黛尔·富谢。阿黛尔长得较黑，是个活泼的小美人，以前经常跟雨果在他父亲的花园中玩耍。

他现在开始安顿下来靠写作谋生。传奇故事、剧作和诗歌就像瀑布一样从雨果的笔下倾泻而出。1829年《东方集》问世，这是世界上最令人叹为观止的诗集之一。他作为伟大的新诗人的声誉不再有人质疑。对于那些成长中的天才们——戈蒂耶、巴尔扎克、德拉克洛瓦、圣伯夫、德·缪塞、梅里美、大仲马——而言，他成了一个让人们顶礼膜拜的偶像。戈蒂耶讲述他怎样在得到引见之后，骑着马战战兢兢地来到诗人的寓所，如同德·昆西站在华兹华斯的门前一样，他退缩了三次，最后鼓起勇气敲了门，受到了那个年轻人的欢迎，他脸色苍白、平静，长着一双鹰眼，"额头好像戴着恺撒或神的桂冠一样"。

那么，那些令人如此尊敬的诗歌里都写了些什么呢？让我们回忆一下西奥多·德·邦维尔——他自己就是一位优秀的、才华横溢的诗人——是怎么说的吧：

照片:里施基斯收藏馆

**《维克多·雨果》(L. 博纳)**

雨果是19世纪法国浪漫主义作家中最伟大的一位。

维克多·雨果的诗作发表时,一切都顿时生辉,一切都发出回响,都在喁喁低语,都在歌唱。那些熠熠生辉、嘹亮迷人的诗歌的音调、色彩、和声给人带来无数惊喜,就像一场华丽的音乐会一样喷薄而出。他每时每刻都会给音节那轻盈的节奏、给悦耳的韵律增添一些新的东西,而悦耳的韵律是法国诗歌的魅力,令其引以为豪。

他的话是有道理的。一切都是新的——活力和色彩、绚丽的意象,最重要的是让史文朋产生灵感而写出下面这几行诗的萦绕心头的音乐,都是新的:

> 但是,我们,我们的大师,我们
> 我们的心向你升起
> 合着记忆中诗歌的节拍而向往着。

然后是缪斯——那位"眼中尽是图画的、歌唱的少女"——的诗歌。当读者读完《东方集》的时候,他的脑海中充满了一幅幅画面,好像徜徉在画廊中一样。他看到了宫殿里的苏丹,美丽的妃嫔围坐在他身边,他不让她们为他的宠物虎的死来安慰他。他看到了浴后的少女莎拉,一丝不挂地在秋千上想入非非,一只苍蝇落在了她那红润的肌肤上,好比落在了一朵鲜花上。他看到被上帝的声音驱赶着的火云,飘过大海和陆地,飘过埃及,飘过金字塔,飘过粉红色花岗石狮身人面像,飘过黄色的尼罗河和荒沙,飘过巴别塔,一群蜜蜂一样的鹰环绕在四周,直到天上传来的声音在尼尼微喊着"就在这里"时,火云才落下来——而那个芳香四溢的欢歌之城,里面浮现着欢乐罪恶的情景,则变成了燃烧着毁灭之火的大火炉。他看到了——更确切地说是听到了——精灵,那些邪恶的精灵在深更半夜从远方来到另一个正在酣眠的城市:

> 围墙、古城
> 　与海港
> 成了庇护
> 　死神的地方,
> 半醉的海洋
> 只见微风
> 不再荡漾;
> 一切都进入梦乡。①

接下来的每一节诗句都变得越来越长,直到鹰群暴风雨般突然涌过头顶——然后慢慢消失在夜空和寂静之中,就连越来越弱的诗歌也似乎消失其中。

就是这样的鬼斧神工之作让某人说维克多·雨果是诗歌中的帕格尼尼。如同瓦格纳是独一无二的精通声音管弦乐的大师,雨果是独一无二的精通诗歌管弦乐的大师,这样说更恰当一些。

从描绘东方的这些绚丽图画,他越来越接近家乡。之后的诗集——《秋叶集》、《暮歌集》、《心声集》、《光与影》和《沉思集》——都是以每个孩子生活中的简单事情为主题的。有些最简单的事情也是最甜美的:母亲在孩子的摇篮边幻想,情人在心上人的窗下歌唱,孩子跟玩具娃娃说话。但《惩罚集》是一部讽刺集——是对"小拿破仑"以及对他所痛恨和轻蔑的其他人的猛烈抨击——诗中激情洋溢,义愤填膺,但在我们今天看来,有些诗作不过是过火的辱骂。其中许多诗技巧高超,表达精妙,如蒲柏嘲弄阿提库斯、德莱顿抨击讽刺梓姆理一样。

除了接连不断的作品——诗歌、戏剧、传奇故事——之外,雨果的一生中有三件大事。1841年,他被选入法兰西学院。1845年他成为法国贵族。在1851年的政变中,他被逐出法国;他的头被重金悬赏,因此他逃往了泽西岛。他先在泽西、后来又在根

---

① [法]雨果著,张秋红译:《东方集》,上海译文出版社,1998年,第134页。

西岛安了家,并发表了最伟大的作品《历代传说集》,还有最优美的作品之一《做祖父的艺术》。

## 《历代传说集》

《历代传说集》的第一集、也是最好的一集让读者徜徉在一系列栩栩如生的情景中,浏览世界的各个时代。《历代传说集》的开头描写夏娃坐在伊甸园中的湖边,幻想着有一天,随着那个奇异的新事物——孩子的到来,乐园会更加美好。结尾是执行最后审判的天使将毁灭的喇叭放在唇间这一可怕的幻象。在开头和结尾之间,我们看到这样一些场景:丹尼尔身裹白色的寿衣说"愿你们安息,勇士们!";路得坐在波阿斯的脚边,注视着月亮,那是一位强壮有力的收割者扔下的,是天空星田里的一把金色镰刀;侠士爱威拉德努斯在一片充满传奇色彩的奇幻森林中救起了一位美丽的小姐;在一场豪华盛宴结束后,伟大的苏丹齐姆-齐齐米自己坐在王座上,而白色大理石雕成的戴着玫瑰花冠的斯芬克司们刚要开始说话。他们一个接一个地向他讲述他之前伟大的世界统治者们的命运——名字刻在巴别塔上的宁录;其巨大雕像由坚硬的黄金雕成的切姆;身披甲胄追赶四位国王的居鲁士;迷惑了全世界的克娄巴特拉。苏丹在惊骇和绝望中扔掉了神灯。"接着夜幕降临,牵着他的手邀请他'来!'"

与这些壮阔辉煌的画卷截然不同的是《做祖父的艺术》——这本书是对儿童生活进行的最温柔、最真情的研究。小乔治斯和小珍妮五六岁的样子,在一首诗中,他把他们带到了巴黎植物园。他注意到他们那红扑扑的、表情严肃的小脸在盯着老虎的黑面具,老虎的两只眼睛就像两个窥视地狱的黑洞一样。他草草记下了他们那机灵的评论——大蟒蛇没穿衣服——大象的角长在嘴里——你最好要小心,不然它会用鼻子打你。在另一首诗中,他讲述了珍妮怎样被关在食橱里的干面包上,他怎样在给囚犯偷拿一罐果酱时被妈妈发现了,妈妈怎样对他说他应该被关在食橱里面,而珍妮是怎样仰着头看他,目光温柔,眼里闪闪发光,小声对他说:"那么,爷爷,我要拿一罐果酱。"

世上还有比这更庄严的诗歌,但我们最好不要读它们了。

我们详细讨论了我们认为的雨果的作品中那最有可能经久不衰的一面,但我们还必须提及他的作品中的另一面。随着时间的推移,他开始认为自己不仅是一位伟大的诗人(他确实是),而且还是一位伟大的哲学家——实际上他并不是,这令人感到痛惜。他的大部分作品越来越"由于思想苍白而显得无力"。他为我们留下了大量的华丽词藻、情节剧和内容狂妄的作品,今天根本无人能读,这么说也不为过。但是,他为我们留下了其他诗人——济慈除外——无法媲美的生动描写,留下了像雪莱的抒情诗一样音调优美的抒情诗,而且有时,还有他自己所独有的"海浪般起伏的节奏"。

《维克多·雨果》(本杰明)

# 第六节

虽然雨果主要是位诗人,是法国文学史上最伟大的诗人,但他的散文作品为他在国外赢得了更广泛的声誉。散文要比诗歌更容易翻译,而不管诗歌写得有多好,阅读散文传奇故事的读者总会远远超过读诗的人。

可以说,雨果开始时是作为剧作家受到基恩在巴黎表演的一系列莎士比亚戏剧的激发,才在法国开始了浪漫主义运动的。但大约在1858年的时候,他就不再创作剧本了。虽然这些剧作词藻精妙,但主要是情节剧,现在已很少重新上演,尽管《艾那尼》、《国王取乐》和《吕克蕾丝·波基亚》在戏剧文学中仍然占有重要地位。雨果的散文作品包括《巴黎圣母院》、《悲惨世界》、《笑面人》、《海上劳工》、《九三年》，以及对拿破仑三世进行猛烈抨击的《小拿破仑》。《凶年集》讲述的是1870年的事，还有一卷批评文集，他命名为《威廉·莎士比亚》。在这些著作中，早期作品《巴黎圣母院》发表于1832年，伟大的浪漫作品《悲惨世界》发表于1862年，其时雨果正在根西岛流放。《海上劳工》是最令人关注、最重要的作品。

## 《巴黎圣母院》

雨果非常热爱法国，同样非常热爱巴黎。在《巴黎圣母院》中，他生动地描绘了一座中世纪城市的生活，其活动场所和重心在珍藏着城市梦想的大教堂里，它是城市的灵魂，从某种程度上说今天仍然如此。在雨果还不满30岁时就写出的这个传奇故事中，他表明了自己是司各特的追随者。故事中的主要人物有驼背的伽西莫多，他虽然身体扭曲但内心忠诚；爱斯梅拉达是意志坚定的女主角；克洛德·孚罗洛可以说是情节剧中的浮士德。

伽西莫多对大教堂怀有的无法抑制的热爱在《巴黎圣母院》的下面这几段文字中有精彩描写：

**伽西莫多**

雨果著名小说中畸形的钟楼怪人。

根据雨果的描写，伽西莫多长得极其丑陋，"他整个的人就是一副怪相"，而且"简直是把打碎了的巨人重新胡乱拼凑而成"*。

承蒙沃尔特·司各特出版社惠允使用，复印自他们出版的《巴黎圣母院》

---

\* ［法］雨果著，管震湖译：《巴黎圣母院》，上海译文出版社，2002年，第44页。

归根到底,他即便把脸转向人类,也总是十分勉强。他的主教堂对他就足够了,那里面满是大理石人像:国王、圣徒、助教多的是,他们至少不会对着他的脸哈哈大笑,对他投射的目光总是那样安详慈爱。其他的塑像虽然是些妖魔鬼怪,对他伽西莫多却并不仇恨。他自己太像他们了,他们是不会仇恨他的。他们当然宁愿嘲笑其他人。圣徒是他的朋友,他们保佑他;鬼怪也是他的朋友,他们庇护他。因此,他时常向他们久久倾诉衷肠。因此,他有时一连几个小时蹲在这样的一座石像面前,独自一人跟它说话,一有人来,就赶紧逃走,就像是情人唱小夜曲时被人撞破了私情。……

这座慈母般的建筑中他最热爱的,唤醒他的灵魂,促使他的灵魂展开躲藏在黑暗之中可怜巴巴地收缩起来的双翼的,使他有时感到开心的,就是那几座钟。他热爱它们,爱抚它们,对它们说话,懂得它们的言语。从两翼交会之处那尖塔①里的那一组钟直到门廊上的那座大钟,他无一不满怀柔情地爱恋。后殿交会处的钟塔以及两座主钟楼,在他看来,好似三个大鸟笼,其中的鸟儿是他亲手调教的,只为他一人歌唱。尽管正是这些钟声把他的耳朵震聋了,但做母亲的总是疼爱最使她痛苦的孩子的。……

在钟声大作的日子,他是多么兴高采烈,真是无法想象。助祭长只要放他走,对他说:"走吧!"他就急忙爬上钟楼的螺旋转梯,速度比别人爬下来还快。他上气不接下气,跑进大钟所在的那间四面通风的房子,静默着,满怀柔情地端详它半晌,对它轻言曼语,用手抚摩它,仿佛它是一匹即将奔驰长行的骏马。它即将辛苦服役,他感到心疼。爱抚之后,他呼唤钟楼下一层的另外几座钟,叫它们开始。它们悬吊在缆绳上,绞盘轧轧响,巨大的金属大圆盘②就缓缓晃动起来。伽西莫多的心剧烈跳动,眼睛盯着它摇摆。钟舌刚撞上青铜钟壁,他爬上去站着的那个木架就颤动起来。伽西莫多同大钟一起颤抖。他疯狂地大笑,喊道:"过来了!过去了!"于是,这座钟声音沉浊,加速摇摆,以更大的角度来回摆动,伽西莫多的眼睛越瞪越大,闪闪发光,像火焰燃烧。终于,钟声大作,整个钟楼都战栗了:从根茎的木桩直至屋顶上的梅花装饰,木架啦,铅皮啦,砌石啦,一齐呻吟起来。于是伽西莫多大为激动,满嘴白沫直喷;他跑过来,跑过去;从头到脚,跟着钟楼一起颤动。大钟这时大发癫狂,左右摇摆青铜大口一会儿对着钟楼这边的侧壁,一会儿对着那边侧壁,喷吐出暴风雨般的咆哮,四法里③之外都可以听见。伽西莫多蹲在大张着的钟口面前,随着大钟的来回摆动,一会儿蹲下,一会儿又站起来,呼吸着这令人惊恐的大钟气息,时而看看脚下二百英尺深处人群蜂攒蚁集的深渊广场,时而看看一秒又一秒捶击他耳鼓的巨

---

① 圣母院背面(东面)的尖塔,也就是"后殿交会处的钟塔"。
② 据译者实地观察,由大钟下面的大圆盘(圆盅)驱动大钟摇摆晃动,钟舌撞击钟壁,便发出巨响。
③ 旧制1法里约合4公里。

承蒙沃尔特·司各特出版社惠允使用,复印自他们出版的《巴黎圣母院》

**把年轻姑娘举过他的头顶,叫道:"圣地!"**

雨果《巴黎圣母院》中的一个重要情节,伽西莫多把爱斯梅拉达从刽子手手中救出,把她带到巴黎圣母院大教堂围地内,在那里,一切世俗司法权都是无效的。这是对司法界的蔑视。

大钟舌。这是他唯一听得见的言语,唯一为他打破万籁俱寂的沉闷的声音。他狂喜不已,有如鸟雀沐浴着阳光。突然,大钟的疯狂感染了他,他目光狂乱了,就像蜘蛛等着苍蝇那样等着大钟摆过来,忽然纵身猛扑上去。他悬空吊在深渊上面,抓着青铜巨怪的耳朵,双腿紧夹着,用脚踵驱策它,随着大钟的猛烈晃荡,以整个身子的冲击力,以全身的重量,加剧钟声的轰然鸣响。这时,钟楼震撼了;他叫嚣着,牙齿咬得直响,棕红色头发倒竖,胸膛里发出风箱般的声音,两眼喷火,巨钟在他身下喘息嘶叫着;于是圣母院洪钟不复存在,伽西莫多也不复存在,只有梦幻,只有旋风,只有狂风暴雨;这是骑乘着音响的晕眩,这是紧搂着飞马的灵魂,这是半人半钟的怪物,这是驾驭着活生生的非凡的青铜鹰翼马身怪物飞奔的可怕的阿斯托夫[①]。

这个故事本身肯定是虚构的,但是它准确生动地描绘了中世纪的城市生活,这使其具有重大价值。

## 《悲惨世界》

《悲惨世界》三十年后问世。雨果在自己国家动荡的政治活动中发挥了重要作用,他经常改变自己的想法,坚定不移地靠向左派;他激烈反对拿破仑三世,这意味着要被逐出他热爱的这座城市,在这里他已经成了类似文学偶像的人物。这段岁月是雨果那漫长的、总体而言算是成功的一生中最不开心的岁月,而就在这段时间中,他创作了充满怜悯和同情的伟大浪漫作品,这是奇怪而有趣的。在小说中,没有比心地善良、品格高尚的冉阿让更有人情味、更吸引人的人物了,他几乎可以无限地自我牺牲,他迫于客观环境的压力,开始了罪犯的生涯,在经过改造之后,那无法摆脱的过去总驱使他回头品味过去的羞耻和痛苦。让冉阿让发生转变的善良单纯的主教是另一个熠熠生辉的精彩人物。实际上,在整部小说中,雨果关注的都是个体的善和有组织的社会的残酷。

雨果创作出的第三部伟大浪漫作品是《海上劳工》,这也是他在海峡群岛流放时写就的,泽西岛是这篇散文诗的故事背景。《海上劳工》讲的是大自然的力量与人类精神之间展开的无休止的斗争。

雨果活到很大年纪,在19世纪晚期的巴黎享有崇高的荣誉,与托马斯·哈代在英国、阿纳托尔·法朗士在法国享有的地位差不多。史文朋极热衷他的作品,至少部分是因为这位英国诗人的狂热,雨果的天才在英国才被完全认可了。

---

① 阿斯托夫:英国传说中的王子,他的号角能发出吓人的声音。[法]雨果著,管震湖译:《巴黎圣母院》,上海译文出版社,2002年,第131—133页。译文有改动。

# 参考书目

《沃尔特·司各特爵士诗集》的优秀版本刊印在 Oxford Standard Authors 和 Oxford Poets 中。当然,沃尔特·司各特爵士的小说有许多版本。洛克哈特写的 Life 也有各种不同版本。

**亚历山大·大仲马:**

亚历山大·大仲马的主要小说在英国和美国都有版本。

**维克多·雨果:**

有几种英国和美国版本。

戏剧: *Hernani*, *Ray Blas*, and *The king's Diversions*.

A. C. Swinburne's *A Study of Victor Hugo*.

W. H. Hudson's *Victor Hugo and his Poetry*.

Madame Duclaux's *Victor Hugo*.

# 第二十八章　19世纪初期的散文作家

## 第一节　查尔斯·兰姆

在谈论艾迪生和斯梯尔的章节中，我们曾经提到过在18世纪和19世纪的前几十年，散文作为一种新的形式在我们的文学中出现了。现在，我们要简单地谈一下这第二个时期：查尔斯·兰姆、威廉·赫兹利特、托马斯·德·昆西和李·亨特的时代。

在这四个人中，兰姆始终是最受喜爱的，正如圣茨伯利教授所说，不仅在他的同代人中，就是在我们所有的散文文学中，他都"几乎算是独一无二的"。

兰姆是让那些热爱他的人而非别人来读的；他的风格也是让欣赏它的人而非别人来欣赏。正如卡农·艾因格谈起他时所说："要彻底了解并欣赏查尔斯·兰姆，必须对他怀有一种近乎个人情感的感情。……研究他的作品要对他深信不疑，而且要摒弃一些偏见。"关于他的风格，他说："他的风格不容分析。你最好还是尝试解释薰衣草的芳香，或椴梓果的味道吧。"在这些评价中，还要加上著名批评家奥古斯丁·比勒尔先生对他的评价："我肯定在所有的英国作家中，查尔斯·兰姆最为他的读者充满感情地热爱着，我这样说不是很冒昧。"

1775年2月10日，伊利亚，这是他在文学中的选名，生于位于内殿的皇家法庭路的一幢楼房里，这栋房子现在仍在，房前有一个牌匾。那时候，未受污染的泰晤士河拍打着内殿庭园的南界。"一个人能够出生在这样的地方，就是付出一点代价也值得了。"兰姆在他的文章《记往年内殿法学院的主管律师们》中这样写道。

### 在内殿

他是约翰和伊丽莎白·兰姆的儿子。他的父亲曾是内殿一位主管律师的秘书和管家。在刚刚提到的那篇随笔中，兰姆假借洛弗尔的名字为父亲描绘了一幅人物素描，优美动人，令人信服。

> 我认识这个洛弗尔。他是个再吃亏也改不了老实脾气的人。而且还是个耿直人。为了维护被欺压的人，他敢"打出手"，既不考虑自己跟人家地位悬殊，

《查尔斯·兰姆》(J. F. 约瑟夫,1819)

在所有伟大的英国作家中,他也许是最可爱的一位。

照片:里施基斯收藏馆

也不管对手有多少人。一天,有一位上流人向他拔剑出鞘,他空手夺剑,拿剑柄把他揍了一顿。因为这位佩剑者侮辱了一位妇女——凡遇到这种事,处境再不利,洛弗尔也非出头干预不可。到了第二天,他也许会脱下帽子,谦卑地站在这个人面前,求他原谅自己,因为,只要不牵涉到更大的问题,洛弗尔对于身份是谨记在心的。……洛弗尔是个非常麻利的小伙子……说句双关话,出个花点子,数他最俏皮——总而言之,他一肚子装的都是调皮、新奇的想头,要多少有多少。此外,他还是一位钓鱼之友,正是艾萨克·沃尔顿先生所高兴选来跟自己一同垂钓的那种性格豁达、精力充沛而又忠实可靠的伙伴。[①]

遗憾的是,需要删减兰姆对他父亲的生动描绘,并且正如艾因格所说的,兰姆从他父亲那里继承了他的多才多艺、骑士品质和温柔亲切的性格。

## 随笔作家兰姆

虽然不可能通过兰姆的传记作者及其朋友了解更多关于他的事情,但所有那些最值得了解的东西都将在他那些无可比拟的随笔中找到,这些随笔主要是为《伦敦杂志》撰写的。这些文章都是自我本位的,当然这是在最好的意义上来理解的。它们包含了

---

[①] 艾萨克·沃尔顿(Izaac Walton, 1593—1683),英国著名的写钓鱼的散文名著《钓客清谈》的作者。注释略有改动。

兰姆重要的喜怒哀乐，虽然通常这些都是遮遮掩掩或者是经过掩饰的，甚至是故意歪曲的（因为他酷爱迷惑人），但仍然是兰姆对生活所知所感的精华所在。你可以在《巫术，及深夜里的其他恐惧》、《梦幻中的孩子们》、《汉郡的布莱克斯穆尔》和《赫特福德郡的麦克里街》中读到他那孩子般的恐惧、迷信和挥之不去的印象。他在基督慈幼学校度过的学生时代在另一篇随笔中有所描写，在那里，他和柯勒律治、李·亨特是朋友。他在《南海公司回忆》中饶有趣味地回忆了自己在公司做的第一份工作——因为在他的一生中，他首先是个生意人。通过他写的幽默风趣的回忆随笔《三十五年前的报界生涯》可以了解他早年做业余新闻记者时的经历。所有这些生动描写几乎都可以找到原型。他笔下的"表兄弟姊妹"詹姆斯和布里希特尔·伊利亚在现实生活中就是他的哥哥约翰和姐姐玛丽。"对打牌有看法"的拜特尔太太是一位确有其人的老夫人——可能是他的祖母菲尔德夫人，但也许更有可能是（就像 E. V. 卢卡斯先生所认为的）兰姆的一位朋友、海军少将詹姆斯·伯尼的妻子萨拉·伯尼，她也是打牌高手。《两种人》中老爱借钱的拉尔夫·比哥德认为"有钱放三天，就发铜臭味"，他在找朋友借钱的时候，"根本不考虑对方会不会表示推辞，也确实没有遇到什么人推辞"。他的原型是一个叫约翰·芬威克的人，是兰姆回忆以前在报界工作的日子时想起来的。他那篇优美的故事《巴巴拉·斯——》是对儿时的一个朋友、女演员凯利小姐的真实经历添枝加叶而写成的。在那篇无比幽默的幻想随笔《复活的阿美库斯》(Amicus

**兰姆在埃德蒙顿的小别墅**

这位散文家住在这里的时候，脸上受了点小伤，一直没好。不幸的是，兰姆感染上了丹毒，1834 年 12 月 29 日去世。

照片：里施基斯收藏馆

照片：里施基斯收藏馆

**温文尔雅的伊利亚**

兰姆，1823 年他的朋友布鲁克·普汉依照真人在铜上画的素描。

*Redivivus*）中，他要笑了朋友乔治·戴尔的古怪行为和心不在焉的性格，这给他带来了无穷乐趣。实际上，兰姆围绕着他深爱的男男女女，围绕着他读得最深入的书以及他最熟悉的地点和情景编织他自己的幻想，装饰他的记忆。他自己也没有置身于他的人物肖像画廊之外。在《伊利亚随笔续集》中，他先对自己进行了一番说明，他声称这是对"故伊利亚君"写的颂词，实际上这当然是对他自己的性格和生活方式进行的幽默、深刻的研究。在兰姆的文章中有一些东西，一般听起来显得不太真实；因为他有令自己尴尬的方面，有时会过分夸大自己的偏爱和嫌恶。他以自己特有的、充满幽默感的自知之明描写了自己的缺点。

对于别人他莫测高深；我相信，就是他自己对于自己也未必始终完全了解。他太爱使用那种危险的冷嘲口吻说话，他播下了暧昧不明的言词，收获的却是明明白白、毫不含糊的憎恨。他爱拿一句轻松的笑话去打断人家严肃正经的谈话；然而，倘能遇到知音，也未必就认为他是瞎说一气。但那些说起话来喋喋不休的人都恨他插嘴。他那无拘无束的思想习惯，加上他那期期艾艾的口吃毛病，使他绝对成不了演说家；因此，他似乎就横下了一条心，只要有他在场，谁也休想在这方面出风头。他个子矮小，相貌平常。我有时候看见他处于所谓上流人士中间——在他们当中，他是一个陌生人，只好一声不响地呆坐，被人们当作怪物——；然后，不定什么倒霉原因惹恼了他，他结结巴巴说出一句莫名其妙的双关俏皮话——如果听懂了，也不能说它毫无道理，——好，在那一整个晚上，别人对他的性格就形成了一种偏见。不管谈言微中，或是话不投机，对他自己当然都无所谓。可是这么一来，就十有八九弄得全场的人都变成他的敌人。……他生怕自己看起来像一个地方上的要人——这种忌讳久而久之变成一种乖僻。但他又觉得自己一天天愈来愈接近这种人物。被人当作肃然可敬的人物，他既然如此反感，对于造成此种身份的老年的来临，他自然要小心翼翼地加以防范。他总是尽可能和比自己年轻的人在一起厮混。……幼年时期的印象在他心底留下深深的烙印；他对于成人时代无端插入他的生活感到愤慨。这些,自然都是他的弱点。然而,弱点归弱点,它们却为理解他的某些作品提供了一把钥匙。①

但是这里有夸张和压抑的成分。兰姆从来不曾像赫兹利特那样树敌,相反,他用钢环把朋友套在自己身边。他们有时可能会恨他,但决不会抛弃他。而在他自己绘制的这幅肖像中,最重要的一个方面仍有些不足。它根本没有告诉我们关于那时常会回来的雷雨乌云的事情,兰姆一直都在这片乌云下工作、写作和谈话。他的家族有可怕的精神病遗传基因,他自己就曾发作过一次,而他全身心地、忠贞不渝地挑起的重担使他免于再次发疯,因为他姐姐玛丽在一次发疯时杀了他们的母亲。在她第一次被治愈后,就交由兰姆照顾,而在这么多年中,她经常要回精神病院。他的父亲也在痴呆状态中死去。

## 东印度公司

惨剧发生时,兰姆正在位于伦敦肉类市场大街的东印度公司任职。他根本不喜欢这份工作,但却认真忠诚地工作了三十三年,退休后得到了丰厚的养老金。这样说来,兰姆根本不是一位职业作家。事实上,可以说他不曾"专职"干过任何事情。他有自己的想法,在辛劳痛苦的一生中找到了自己的道路。一种应和他内心之光的友好之光在引导着他。他不曾结婚,他曾爱过他写的那篇优美的《梦幻中的孩子们》中的"艾丽斯·温顿",这毫无疑问。他曾仰慕过年轻的贵格会教派女信徒本顿维尔,但这也只是远远的仰慕。他曾为本顿维尔写下了优美的诗歌《海斯特》,下面就是这首诗的最后几句:

> 我的活跃的邻人!你竟先去
> 到那茫茫沉寂的疆域,
> 我们能否像从前一样相遇
> 　　在一夏日之晨——
>
> 你的欢乐的眼睛给白天
> 射出一缕幸福的光线,
> 那幸福永久的不会散,
> 　　象征来世的欢欣?②

然而,早在1796年兰姆21岁时,他就接受独身生活了。关于婚姻,他在给柯勒律治

---

① [英]查尔斯·兰姆著,刘炳善译:《伊利亚随笔选》,北京,生活·读书·新知三联书店,1987年,第245—246页。
② 梁实秋译注:《英国文学选》(第3卷),台北,协志工业出版社,1985年,第2007—2009页。

的信中这样写道:"我已经没有这样的激情了。……感谢上帝,我永远不会做这样的蠢事。就连重温我写的爱情诗都不会让我重新产生这种任性的愿望。"说来奇怪——这是最近发现的——二十多年后,兰姆44岁,年薪600英镑,那时他确实曾向女演员范妮·凯利求婚。他情有所钟;而她温柔感激地拒绝了他写的求婚信,后来,如卢卡斯先生所说:"他那短暂的情事结束了,整出剧只一天就演完了。"

兰姆的私人乐趣全都在旧书、精彩的谈话和真挚但绝不苛求的友谊中。他讨厌表白、谎话以及各种各样的装腔作势。他更喜欢贬低而不是表白自己的信仰。在下面选自《除夕随想》的这一段文字中,我们看到了兰姆的性格及其表达力所具有的特征。他写的是那个关于濒临死亡的主题——这就像生活一样取之不尽。

年岁愈是减少、缩短,与之成为正比,我就愈加看重那一小段一小段的岁月片段,恨不得伸出我那无济于事的手去挡住时间的巨轮。我不甘心"像织工的梭子一样"飞逝。——这样的比方对我不起任何安慰的作用,也无法使得死亡这杯苦酒变得可口。我不愿让时间的大潮把自己的生命席卷以去,不声不响地送入那永恒的沉寂;我不甘屈服于命运那不可避免的进程。我爱这绿色的大地,爱这城市和乡村的面貌,爱这说不尽的幽寂的乡居生涯,爱这安静可爱的街道。我愿意就在此处扎下自己的篷帐。我愿意就在自己现在的年龄上停住不动。……我不想……像人们说的,像熟透了的果实,忽地一下掉进坟墓。——在我的世界里,……哪怕有一点点改变都会使我迷惑、使我心烦。……新的生活状况只能使我不安。

太阳,天空,微风,独自漫步,夏天的几日,绿色的田野,可口的鱼汤肉汁,社交往来,欢乐的杯盏,烛光,炉边清谈,无害的名利心,玩笑,以至于俏皮的反话——这一切,难道都要随着生命一同消逝吗?①

1834年12月27日,兰姆卒于最后定居的埃德蒙顿的家中,然后被送往他的长眠之地埃德蒙顿墓地,他自己所知道的这些生活中的美好事情也随着他一起消逝了。

## 第二节 威廉·赫兹利特

威廉·赫兹利特也许是最尖锐、最多才多艺的英国散文作家。1830年9月18日,赫兹利特55岁时卒于索霍区弗里茨街的寓所中,他说:"哦,我一生幸福快乐。"这让守候在床边的那些人——其中有兰姆——非常惊讶。因为他一生中并没有很多在我们看来与幸福快乐沾边的成分。他不止一次错误地判断了真正适合自己的职业,因此

---

① 梁实秋译注:《英国文学选》(第3卷),台北,协志工业出版社,1985年,第76页。

《威廉·赫兹利特》(W. 比尤伊克)

赫兹利特的评价明确，通常是无情的。他狂热地崇拜拿破仑，是一位正直得不容置疑的批评家。

照片：里施基斯收藏馆

深受其苦。他结过两次婚：第一任妻子跟他离婚了；第二任妻子把他抛弃了。他经常同人争吵，疏远了很多朋友。但他一直都是一个斗士，紧张地生活，深刻地思考：他的幸福快乐就在这里。奥古斯丁·比勒尔先生曾说："威廉·赫兹利特要被生活痛打一顿。他挨打时像个男子汉似的站着，而不是像个胆小鬼似的躺着；但他必须要挨打。……他种瓜得瓜，结果收成欠佳。"这是实话。

赫兹利特的父亲是位颇有名望的一神教牧师，在儿子赫兹利特出生时，他负责梅德斯通德的一个礼拜堂。后来，赫兹利特一家搬到伦敦的瓦尔华斯，靠近蒙彼利埃古茶园。当时，赫兹利特9岁，他最早、最清晰的记忆可以在他写的关于这个地方的文字中找到。在随笔《谈远景愉人》中，有一段可以作为表现他文章风格的典范来引用——其风格特点是兴味十足，引用贴切：

当我还是个孩子的时候，我父亲曾带我到瓦尔华斯的蒙特皮尔茶园。我现在还上那儿吗？不，现在那地方已经荒芜了，栅栏倒了，花床也掀了。那么是不是没有什么可以

"再度恢复过去的欢乐时光，
草儿青青，花朵儿鲜妍？"

哦！当然可以。我打开记忆的宝库，叫回思想之囚的狱吏，在那里，我那些天

**弥尔顿在威斯敏斯特"小法国"的住宅**

1812年,赫兹利特租下了这所房子,在这儿一直住到1819年。

照片:里施基斯收藏馆

真无邪的畅想一点也没有消褪,还带着新鲜的色彩。一种新的感觉涌上我的心头,就如在梦中;那是浓郁的香味,明丽的颜色,我的眼睛开始眩晕,我的心被抛掷空中,我感到了一种从未感受到的无尽的快乐。我又成了一个孩子。我的感觉是光明、纯洁、鲜活而美妙的。它们穿着一件糖衣,镶的是假日的编码。……那以后我所看到的所有的花呀、树呀、草地呀,还有那些郊外的快乐时光,似乎都来自于"我孩提时代第一次见到的茶园"——它们只是从我记忆的花床上窃来的枝枝桠桠。由此看来,儿时的欢乐时光就是在数年之后也会令我们心醉神迷,我们从第一声满心欢喜的叹息声中感到了最甜美的芳香,

> 就像微风吹拂一丛紫罗兰,
> 发出轻柔的声音,
> 一面把花香偷走,一面把花香分送![1]

---

[1] [英]威廉·赫兹利特著,严辉、胡琳译:《燕谈录》,上海社会科学院出版社,2001年,第215—216页。译文略有改动。

## 男孩和书

老赫兹利特最终在什罗普郡的韦姆安顿下来,他在这里负责一神教派的一个小团体,长达二十五年,而儿子也在这里度过了他的青年时代,直到22岁。他成了父亲的学生,而且日渐成为他知识上的伴侣。这个孩子在父亲那藏有神学和哲学书籍的书屋中随意浏览,在乡间孤独地长时间漫步,这让他强烈地爱上了哲学和形而上学的探索,而这在一定程度上证明是他的生活中一条具有欺骗性的道路。但现在他那些不着边际的阅读把小说也包括进来了,正如我们从他的随笔《论读旧书》中所了解到的。像下面这样的一段文字充满了狂喜,津津有味,我们从中看到赫兹利特开始崭露批评才能:

啊!只怕我今后再也不会有那种炽热的情致,来注视书中的人物,并预测他们以后的遭遇了,就像我当初看待巴斯少校①,特鲁宁舰长②,特林与托比叔叔③,堂吉诃德、桑丘和达帕尔④,吉尔·布拉斯与洛伦莎·赛福拉夫人,劳拉以及那位纤唇开合犹如玫瑰般漂亮的柳克丽霞⑤那样。当初阅读时,他(她)们曾引起了我多少遐想,给我带来了多少欢乐!让我再唤回他们吧,也许他们会替我注入新鲜的生命,让我重享当日那种情绪和快乐!要说是什么理想,这就是实实在在的理想,是在人生清泉飞溅的泡沫上映射出来的美丽之极的幻想。

啊,记忆!把我从世俗的争斗中解救出来,
给往日那些情景以永恒的生命吧!⑥

赫兹利特写的这些文字激起了多少年轻人对文学的热爱啊!而像这样吸引人、鼓舞人心的文字在赫兹利特的随笔中俯拾皆是。开始读他随笔的读者应该尽快读《诗人初晤记》,该文讲述了年轻的赫兹利特第一次与到韦姆拜访他父亲的柯勒律治见面的情景。他描写了与这位诗人哲学家从韦姆步行到什鲁斯伯里的情景,永远令人难忘。回忆起当时的情景,他说:

我宁肯回到当日的情景中去。人们可以故地重游,为什么不能旧时重度呢?要是菲列普·锡德尼爵士⑦的缪斯神肯帮助我,我一定要写一首十四行诗,题目就叫《从韦姆到什鲁斯伯里途中》,用奇异诡丽的辞句,使这段路的每一步都变得不朽。我敢赌咒,道路上的每块界石,哈默林山上的每株松树,在诗人经过时,都在倾听他的声音!……归程中我耳旁总响着一个声音,那是幻想之声;我眼

---

① 巴斯少校:菲尔丁小说《阿米莉亚》中的人物。
② 特鲁宁舰长:斯摩莱特小说《皮里格林·皮克尔》中的人物。注释有改动。
③ 特林与托比叔叔:斯特恩小说《商第传》中的人物。注释略有改动。
④ 堂吉诃德、桑丘和达帕尔:都是塞万提斯小说《堂吉诃德》中的人物。
⑤ 吉尔·布拉斯与洛伦莎·赛福拉夫人、劳拉、柳克丽霞:都是法国小说家勒萨日《吉尔·布拉斯》中的人物。
⑥ [英]威廉·赫兹利特,潘文国译:《赫兹列散文选精选》,北京,人民日报出版社,1999年,第153页。
⑦ 菲列普·锡德尼爵士(Philip Sidney,1554—1586):英国诗人,著名评论家,《为诗歌辩护》一文作者。

前总闪着一道亮光，那是诗歌之光。①

但是当赫兹利特不得不走出来进入现实世界、决定事业的时候，他却向艺术而不是向文学寻找乐趣和回报。他的哥哥是一位颇有才华的艺术家，在乔舒亚·雷诺兹爵士的指导下学习，赫兹利特也想成为一位艺术家。他在巴黎学习，他最初想跻身著名艺术家之列的梦想也只能在这里提一下。他不得不承认自己不适合当牧师，也不适合当画家。艺术将成为他无法企及的梦想，成为愉快的回忆。与他最终绝望地放下画笔时所放弃的快乐相比，随笔带给他的快乐还不及前者的一半。但是当他不再是艺术家的时候，他就成了我们最早的令人激动的艺术批评家。那些想体会艺术家及其作品的乐趣及从艺术中感受到乐趣的人，应该读读他的随笔《作画之乐》、《尼古拉·普桑的一幅风景画》、《论风景与理想》、《艺术家的暮年》、《范戴克所绘的英国夫人画像》，还有那篇精彩的《英国皇家艺术院会员詹姆斯·诺斯科特谈话录》。

## 散文家

1808年，赫兹利特30岁时娶了斯托达特博士（《时代周刊》主编）的妹妹斯托达特小姐。他们定居在索尔兹伯里附近的文斯特洛，并在那里接待了查尔斯和玛丽·兰姆的短期拜访。四年后，他们搬到伦敦，住进了约克街19号，那曾是弥尔顿在伦敦的一处住宅。现在，赫兹利特需要从事文学，而且是市场上文笔最快的作家。他还对演讲产生了兴趣，在罗素学院作了一系列关于《现代哲学的兴起与发展》的讲座，总共十讲。后来他又作了一系列演讲：《有关英国诗人的演讲》、《英国喜剧作家讲演集》和《伊丽莎白时代戏剧文学讲演集》。很快，他就为《记事晨报》（有许多戏剧评论）、《战斗者》、《时代周刊》和《观察家》等期刊大量撰稿，他的《圆桌集》就是在《观察家》上发表的。正是在这些主题庞杂的散文中，赫兹利特找到了自我。后来，他开始在《伦敦杂志》上发表《燕谈录》系列散文，后来还有《时代的精神》和《闲话者》。所有这些散文都表达了丰富的观点、反思和回忆，深刻的批评，显示了他那难以形容的散文文才。比勒尔先生曾说光是赫兹利特的题目就"让你垂涎三尺"。《谈奇谈怪论和老生常谈》、《谈只有一个想法的人》、《论独居》、《印度戏法家》、《谈思想与行动》、《谈出游》、《论平实之体》、《谈对性格的了解》、《谈怕死》、《文人之谈吐》、《谈嫉妒》、《谈绅士的外表》、《论读旧书》、《谈勤奋学习》、《谈责任的精神》、《仇恨之乐》、《可敬之人》、《谈深奥与肤浅》、《人生众相录》——这只是其中一部分。要在可用的篇幅内描述这些随笔多种多样的文风、基调和特征，在这里是不可能的，圣茨伯利极好地表达了赫兹利

---

① ［英］威廉·赫兹利特，潘文国译：《赫兹列散文选精选》，北京，人民日报出版社，1999年，第112—113页。译文略有改动。

特碎集杂篇中的每一页都值得阅读的观点：

> 对每一个在批评方面小有成就的人来说，对每一个或自己阅读或能自己阅读、能够为有益的东西影响而忽视无益的东西的人来说，任何语言中都没有比赫兹利特更加伟大的批评家，……他是批评家中的批评家，就像斯宾塞是诗人中的诗人一样。

在简短的评价中，没有必要详述赫兹利特的家务事。他娶了第二任妻子没多久，她就宣布不再回到他身边了。在那之后，他就过着相当孤独的生活，为拿破仑的倒台而痛苦不堪。他曾崇拜拿破仑，还为他写了一部《拿破仑传》，这现在已经很少有人问津：历史并不是他的专长。他曾一度疏远过最好的朋友兰姆，而兰姆在他们分手的时候则这样提到了他："我认为威廉·赫兹利特在正常、健康的时候，是世上最明智、最优秀的人之一，如果我口不应心，那我就太没良心了。"

## 第三节　托马斯·德·昆西

在我们的文学史上，托马斯·德·昆西是具有创造性的，同时也是最不合常规的，可以说是最无从标绘的作家之一。

> 他（圣茨伯利教授说）将严谨的学术与广泛杂乱的阅读独特地结合起来；具有一种创造性十足的叙述才能；不管是在总结事实方面，还是在集中论据方面，都具有杰出的说明能力；他的幽默虽然是一阵一阵的，没有什么规律，但极具个性；他还掌握了华丽的修辞风格，这一点几乎无人能及——肯定没有人可以超越他。

德·昆西生于 1785 年，他的父亲是曼彻斯特的商人，他将自己的家族追溯到一个叫昆西的诺曼底村庄。他被送到曼彻斯特语法学校学习，希望能获得去牛津的奖学金。但他的健康出了问题，他感到痛苦不堪，最后逃学了。后来他的亲戚追寻他，或多或少原谅了他，随便他到威尔士流浪；后来，出于新的逃学冲动，他来到了伦敦，在索霍区找到了住所，做了几年青年流浪者，在此期间，他结交了一些稀奇古怪的朋友，对牛津街人行道上的"安妮"产生了令人同情的爱慕之情。你可以在《一个鸦片吸食者的忏悔录》——这是他卷帙浩繁的著作中最精彩的一部——中读到关于她的事情。

结婚后不久，鸦片和爱情在德·昆西的生活中竞相争胜。可怕的一章开始了。他生动地描述了妻子躺在他身边，痛苦地听着他的梦中呓语，直到他说的越来越不像人话时，她就会转过身来大叫："噢，你看到了什么，亲爱的？你看到的是什么？"

照片:里施基斯收藏馆

《德·昆西》(沃森·戈登爵士)

《一个鸦片吸食者的忏悔录》的著名作者。

照片:安伯塞德的沃尔姆斯利兄弟公司

格拉斯米尔的鸽舍,德·昆西在这里住了近二十年,华兹华斯在此居住了七年

德·昆西告诉我们他看到的是什么。"每天夜里,我似乎都在往下沉落,不是比喻意义上的,而是真的下沉,沉到裂谷中与没有阳光的深渊里。"他确信空间在可怕地扩大,膨胀到无穷大。时间也在扩张,难以言传。"有时一夜就似生活了几百年。"巨大的建筑在他面前拔地而起,欲与星星试比高,神秘的湖泊渐渐消失在海洋中。而本可能会带来和平的海洋,竟然变成了由人类面孔组成的宇宙:

> 迄今,在我梦中出现过的那些人类面孔,都不凶恶,也没有令人感到痛苦的任何力量。而现在我称为暴虐面孔的那种感情却开始显露出来,也许我的伦敦生活的某些部分能够解释这一现象,可能就是如此,在海洋的波涛中开始出现人类面孔;大海似乎铺满了数不清的人类面孔,仰面朝天,有哀求的,发怒的,绝望的;成千上万,一代一代地向上翻腾:我激动万分,心潮澎湃,宛如那波涛汹涌的大海。①

他描绘了许多极为可怕的画面,这只是其中之一。作为一位散文家,德·昆西凭《谋杀被看作是一种精致的艺术》、《英国邮车》、《西班牙修女》、《纪念格拉斯米尔》和《深渊之叹息》等作品,在英国文学史上占有一席永恒之地。

## 第四节 李·亨特

亨利·詹姆斯·李·亨特比兰姆更加虚幻,更缺乏现实内容;如果可能的话,比赫兹利特更不着边际,更具判断力,却不如赫兹利特来得深刻、持久。他是那个花园中的蝴蝶。他热爱现实生活中洋溢着欢乐的一切,却缺乏常性。1859年他在帕特尼的高街41号去世,与德·昆西同年。晚年,按纳撒尼尔·霍桑的看法,他是一位"英俊可敬的老人"。如果他算得上英俊的话,那么毫无疑问,很大程度上那是因为他整个一生都热爱善和美的事物。他坚定、甚至是奇妙地热爱着他的同胞。正如兰姆所说,"只有在古老的人性的怀抱中,他才自由自在"。

在散文和诗歌方面,李·亨特都算不上真正的伟大,但在这两方面他几乎常胜不败、鸿运高照。他是那个时代最好的文学欣赏家。他最著名的诗歌无疑是《阿布·本·阿德汗》,其中人们记得最清楚的就是描写阿布在梦中与记录天使交谈的诗句:

> 你写的什么?——视线抬起了头,
> 一种目光留下了全部甜蜜的记录,
> 答曰:"热爱上帝之人的名。"

---

① [英]托马斯·德·昆西著,黄绍鑫、黄丹译:《一个鸦片吸食者的忏悔录》,天津,百花文艺出版社,2002年,第332页。

《李·亨特》(H.迈耶)

李·亨特,诗人兼散文家,据说让狄更斯想到了《荒凉山庄》中的哈罗德·斯金波。

照片:里施基斯收藏馆

"有我吗?"阿布说,"不,没有。"
天使答道。阿布声音更低沉,
但依然清楚;说:"那我请求你,
把我写成一个热爱同胞的人。"
天使记下了,消失了。第二天夜里,
天使再来,带着一束醒目的巨光,
把上帝之爱垂青之人的名照亮,
噢,本·阿德汗竟然是第一名。

李·亨特的散文大部分发表于《反射镜》、《指针》、《新闲谈者》和《伦敦期刊》。在这些文章中,他是一位写出欢快散文的诗人。他阅历广泛,记忆力惊人,表达熟练,随时都可以接受斯威夫特的挑战,写一篇关于扫帚柄的美文。事实上,没有什么是太过微不足道的,不值得他动笔的。他会写关于天气、橱窗、手杖、伦敦大雾、那些最不切实际的好恶、世界上的任何东西——但都是为了使那些平凡之物重新光彩照人,让人们爱上生活。热爱他的兰姆,用两句诗生动地描绘了亨特这个人和这位作家:

智者,诗人,散文家,党人,译者,
亨特,你最好的头衔依然是指示者。

## 参考书目

**查尔斯·兰姆：**

*The Works of Charles and Mary Lamb*, edited by E. V. Lucas (6 vols., including 2 vols. of Letters).

*The Best of Lamb*, complied, with a preface, by E. V. Lucas.

*The Essays of Elia.*

Canon Ainger's *Charles Lamb.*

E. V. Lucas's *Life of Charles Lamb.*

*Charles Lamb*, G. E. Woodberry.

**赫兹利特：**

*Lectures on the English Comic Writers*, 1 vol..

*Table Talk*, 1 vol..

*Spirit of the Age and Lectures on the English Poets*, 1 vol..

*Shakespeare's Characters.*

*Essays of Hazlitt*, edited by Arthur Beatty, 1 vol..

*Winterslow.*

Augustine Birrell's *Hazlitt.*

*Life*, by P. P. Howe.

**德·昆西：**

*Confessions of an English Opium-Eater.*

*The English Mail Coach and other Writings.*

*Literary Criticism.*

Masson's *De Quincey.*

**李·亨特：**

*Essays and Sketches*, edited by R. B. Johnson.

*Essays and Poems of Leigh Hunt*, edited by R. B. Johnson.

*The Town*, edited by Austin Dobson.

*Leigh Hunt*, by Cosmos Monkhouse.

# 第二十九章　维多利亚诗人

## 第一节　阿尔弗雷德·丁尼生

关于丁尼生的真实故事是什么呢？他是怎样经受时间的考验的？在生前就位居世界不朽作家的榜首，我们是否可以说他保持了自己的至尊地位？他那辉煌的盛名是否开始失去了光彩？我们有些新的批评家似乎是这样认为的。他们说的对吗？

就像任何诗人一样，丁尼生也有他的缺点。"我不确定，"拉斯金写信给他说，"我感到这些诗中的艺术和完美并不比我想要感受的多多少。"那正好——非常温柔地——触碰到他的痛处。丁尼生很聪明，正如他自己清楚地意识到的：

> 多次的增加和改写
> 直到全部成熟和腐烂。

他的抱负是一有可能就去掉字母 S，从而"将嘶音从英语中去掉"，让诗句中充满流音 l 和 m，这样使音节听起来非常悦耳——过分地成熟。不可否认的是，这样做的效果，在极端的情况下，会让人有一种华而不实之感，就像结婚蛋糕的模型一样。

### 《玛丽安娜》

但丁尼生很少会走极端。就连最明显体现这个习惯的早期诗集中，都有一些诗表明了难以超越的生动美感。其中的一首就是《玛丽安娜》：

> 黑漆漆苔藓厚厚的一层
> 　将一整片花床全都盖没，
> 把梨树拉向山墙的粗绳、
> 　系绳的铁钉已锈烂掉落。
> 残破的棚屋凄凉又古怪：
> 　围有水沟的农舍多冷寂——
> 　野草长满破旧的茅草顶，

**《丁尼生勋爵》(约瑟夫·辛普森)**

维多利亚诗人中最受欢迎的诗人,即便不是最有灵感的诗人。

丁当作响的门闩没拉开。
 她只说,"我的生活多凄惨,
  这人不来了,"她说道;
她说道,"我感到厌倦、厌倦,
 我巴不得死了倒好!"

离墙仅只投石之遥的地方,
 水闸里拦着发黑的死水;
多少的泽地苔藓漂水上,
 又小又圆,一簇簇一堆堆。
边上是棵银青色白杨树,
 节节瘤瘤的它抖个没完;
在这片灰沉沉平坦荒原,
方圆几十里树只此一株。
 她只说,"我的生活多凄惨,
  这人不来了,"她说道;
她说道,"我感到厌倦、厌倦,
 我巴不得死了倒好!"①

---

① [英]阿尔弗雷德·丁尼生著,黄杲炘译:《丁尼生诗选》,上海译文出版社,1995年,第6—8页。

承蒙优异服务勋章获得者、最低级巴思爵士欧内斯特·梅金斯准将惠允复印

### 《玛丽安娜》(密莱司)

这幅描绘玛丽安娜——丁尼生最优美的一首诗中的主人公——的图画色彩精美,传神地表现了那几扇玻璃窗,玛丽安娜经常透过这几扇窗子看——

"时光,
是满含微尘的斜晖照进
她的居室里,是夕阳一轮
渐渐地落入其西天卧房。"*
——丁尼生,《玛丽安娜》

---

\* [英]阿尔弗雷德·丁尼生著,黄杲炘译:《丁尼生诗选》,上海译文出版社,1995年,第9页。

拉斐尔前派的画家们在绘画中所做的,丁尼生已经在他的诗中做到了。

在早期的诗中,还有诗歌那晶莹剔透的露珠,非常敏感,让人深深地体会到:

> 一个精灵经常出现在年底。
> 在发黄的闺房之间栖息:
> 　　他自言自语;
> 黄昏时分,他洗耳恭听,
> 劳作时你听到他抽泣和叹息
> 　　在小路上;
> 　　成型的花朵
> 向大地伸出沉重的杆茎:
> 在如此冰冷的坟墓上方
> 　　沉重地悬挂着宽大的向日葵;
> 沉重地悬挂着卷丹,
> 　　沉重地悬挂着蜀葵。
>
> 空气潮湿,万籁俱寂,封闭,
> 在病人的房间里,
> 　　他度过生命中最后一次憩息;
> 我的脉搏微弱了,我的整个灵魂悲泣
> 正在腐烂的叶子发出浑浊的潮气,
> 　　那呼吸
> 　　身下盒子的棱角已磨去,
> 还有年内的最后一朵玫瑰。
> 　　在如此冰冷的坟墓上方
> 　　　沉重地悬挂着宽大的向日葵;
> 　沉重地悬挂着卷丹,
> 　　　沉重地悬挂着蜀葵。

## 《女郎夏洛特》

不久之后,丁尼生在写《女郎夏洛特》时,他的才能已经达到了巅峰——到年近八旬时,他仍然处于巅峰:

> 离她的闺房一箭之遥处,
> 有位骑手在麦捆间驰过;

《通向卡默洛特之路》(G. H. 鲍顿)

这幅动人的画再现的是丁尼生的诗歌《女郎夏洛特》。这里我们看到一条道路,沿着它

"有时候快活的姑娘一群,
骑马缓行的寺院主持人,
有时候鬈发小羊倌一名
或留长发的红衣小侍从,
去那城堡卡默洛特。"*

——丁尼生,《女郎夏洛特》

---

\* [英]阿尔弗雷德·丁尼生著,黄杲炘译:《丁尼生诗选》,上海译文出版社,1995年,第27页。译文略有改动。

叶间筛下的阳光在闪烁,
叫勇士的金甲亮得像火——
　　这是骑士兰斯洛特。①
他的盾牌上有一个图案:
红十字骑士跪在女士前;
这盾在金黄色田间忽闪,
　　远处是小岛夏洛特。

瞧那无云的晴空万里碧,
满是珠宝的马鞍在闪熠,
那头盔顶上的一蓬鸟羽

---

① 兰斯洛特是亚瑟王传奇中最重要的一位骑士。

《女郎夏洛特》(约翰·威廉·沃特豪斯)
伦敦泰特美术馆

这幅1888年在皇家艺术院展出的画极好地表现了丁尼生的著名诗歌,描写着色彩绝妙地表现了女郎夏洛特的神秘气氛。写的女郎夏洛特的神秘气氛:

天光将要的茫茫暮色里,
她解开船索,躺下在船底,
让宽阔的河的河载着她远去,
载着这位女郎夏洛特。*

* [英]阿尔弗雷德·丁尼生著,黄杲炘译:《丁尼生诗选》,上海译文出版社,1995年,第31页。

> 像火焰一样的鲜艳明丽——
> > 他在驰往卡默洛特。
> 
> 如同时时在紫莹莹夜间,
> 在簇簇明亮的星星下面,
> 一颗拖光尾的流星出现,
> > 掠过平静的夏洛特。
> 
> 他开朗的脸上闪着阳光,
> 战马锃亮的蹄踏在地上,
> 骑马的他一路朝前只闯,
> 盔下的漆黑鬈发在飘扬,
> > 他呀驰向卡默洛特。①

再没有比这更生动的诗歌了。该诗有点像维吉尔的风格。实际上,维吉尔和丁尼生有许多共同之处。两位诗人都是精于文辞艺术的大师,都是创作

> 五字长的连珠妙语
> 在永恒时间的食指上伸展
> 永远亮光闪闪。

事实上,丁尼生献给维吉尔的华美诗句也几乎同样恰当地适用于他自己:

> 你热爱美景又精于文辞,
> > 《工作与时日》的作者比不上你;②
> 
> 多少词句是精铸的想象——
> > 烁烁地闪耀出金灿灿的光芒;
> 
> 你赞颂麦浪、林地、农田,
> > 赞颂葡萄园、蜂房、牛群和马;
> 
> 一位位缪斯的所有魅力
> > 常凭你的一个字而开出鲜花;③

当我们阅读《俄诺涅》——他创作的第一首杰出的无韵诗——的时候,维吉尔所掌握的那种精雕细刻的技巧更明显地表现出来。下面是当阿芙洛狄特的绝世美貌从帕里斯手中赢得金苹果时,丁尼生对她的生动描绘:

---

① [英]阿尔弗雷德·丁尼生著,黄杲炘译:《丁尼生诗选》,上海译文出版社,1995年,第28—29页。注释和译文略有改动。
② 公元前8世纪的赫西奥德是希腊最早的史诗诗人之一,《工作与时日》是他的一部重要作品。
③ [英]阿尔弗雷德·丁尼生著,黄杲炘译:《丁尼生诗选》,上海译文出版社,1995年,第239—240页。

> 美丽的颐达莲阿芙洛狄特,
> 帕福斯井中出浴,新鲜如浪花,
> 粉红纤细的手指向后梳理
> 温和的眉毛和那垂胸的秀发
> 金黄的芬芳环绕她透明的喉
> 和肩,从紫罗兰丛中她轻快的脚步
> 射出粉白,在她圆润的身体之上
> 在条条藤蔓的影子之间
> 灼热的阳光随着她漂浮。

在英语中,有三位精通叙事无韵诗体的大师:弥尔顿、济慈和丁尼生。《亚瑟王之死》的开篇就是一阵非常庄严的隆隆之声:

> 战场的喧嚣整天价地滚动
> 在冬日海边的群山之巅;
> 直到亚瑟王的圆桌骑士们,一个接一个
> 在主子周围的莱昂尼斯陷落,
> 亚瑟王,由于身受重伤,
> 勇敢的贝德维尔把他扶起,
> 贝德维尔,跟随他的最后一名骑士,
> 背他到离野地最近的一座庙宇,
> 一个破碎的十字架立于破碎的讲坛,
> 矗立在不毛之地的漆黑小巷。
> 它一面是大河,另一面是海洋,
> 天上有一轮圆圆的月亮。

## 《国王叙事诗》

在后来的《国王叙事诗》中,拉斯金所写的"艺术和完美"再次凸显出来;《公主》尤为如此。然而《一会儿是深红的花瓣睡着了,一会儿是白色的》这首诗优美无比;而"那首优美的田园小诗"在丁尼生看来,是他写过的最好的一首:

> 下来吧,少女,从那高山上下来。
> 在高处有什么乐趣(牧童唱道),
> 又高又冷,是为了壮美的山峦?
> 可别再凑近苍天,别再让一道

**《伊尼德和杰兰特》(罗兰·惠尔赖特)**

丁尼生的《国王叙事诗》中关于伊尼德和杰兰特的故事的一个情节。

杰兰特害怕比起对自己的爱情来,伊尼德会更喜欢亚瑟王金碧辉煌的宫廷,因此他在路上强迫她独自骑在前面,默不作声,并且只穿一件破旧的、已经褪色的丝裙。

他觉得如果她的爱情能够经受这种异仪的对待,那么,他也就心安了:

"退潮留下的岩石
固定了她的忠信。"

# 第二十九章 维多利亚诗人

照片:W.A.曼塞尔公司　　　　　　　　　　　　　　　　承蒙利兹公司惠允翻拍

《诱惑帕西瓦尔爵士》(亚瑟·哈克)

帕西瓦尔此时清醒纯洁；
……撒旦的一个牧羊女被他吸引
想在他身上留下主人的印记；
他竟然犯了罪，真是难以置信。

——丁尼生，《国王叙事诗》

> 阳光在那株枯松旁悠悠射过，
> 或让一颗星落在闪闪冰峰上。
> 下来吧，因为爱神属于这山谷；
> 下来吧，因为爱神属于这山谷；
> 来这儿找他。他在幸福的门前，
> 挽着丰收之神徜徉在玉米田，
> 或被一桶桶紫莹莹果浆染红，
> 或像小狐狸穿行在葡萄藤间；①
> 他不肯同死神、晨曦漫步银巅，
> 你不会诱他陷入雪上的裂沟，
> 不会看见他跌倒在冰川之上——
> 这前挤后拥、裂罅密布的冰瀑
> 汹涌地斜冲出那黑黝黝的门。②
> 但请跟上吧，让这洪流带着你
> 蹁跹而下，来这山谷里寻找他；
> 让瘦头瘦脑的野鹰独自去啼，
> 让那些巨大岩脊留在山坡上，
> 你溅出万千飘荡的水汽花环——
> 像是浪掷在空中的破灭希望。
> 你别那样把浪掷掉；来吧，整个的
> 山谷等着你；炊烟的蔚蓝烟柱
> 为你升起；孩子们在叫唤，我这
> 牧童在吹笛，百音千声都是美。
> 你的声音虽更美，但每种声音
> 也都美：无数小溪急流过草地；
> 古老的榆树中，鸽子咕咕低叫；
> 还有数不尽的蜜蜂嗡嗡营营。③

无可否认这是我们英语诗歌中最精美的作品。然而许多读者更喜欢《食莲人》的开头几句：

---

① 这一意象来自《圣经·雅歌》第2章第15节。
② 冰川流动中碰到乱石和杂物，会将这些东西推到其底部的前面或两侧，而山中的洪流就在这中间硬冲出来，流向下面的山谷。
③ [英]阿尔弗雷德·丁尼生著，黄杲炘译：《丁尼生诗选》，上海译文出版社，1995年，第166—167页。

> 这里有甜美的音乐轻轻飘降，
> 轻过那玫瑰花瓣飘落在草地，
> 轻过那峭壁间的静静水面上、
> 在隐隐闪烁的岩上降下露滴；
> 这种音乐轻轻地抚慰着心灵，
> 比困倦的眼睑掩住倦眼还轻；
> 它从极乐的天堂送来甜美的睡梦。①

在考虑丁尼生多样的风格时，我们一定不要忽略他那些更轻松的诗作，《说话的橡树》、《白日梦》和《小溪之歌》，还有其他这类诗作。在最后这首诗中，他使用文辞的精湛技巧就像是魔术师施展的魔法一样：

> 我在萋萋的草地边溜过，
> 　滑过郁郁的榛树林；
> 为有情人而生的毋忘我，②
> 　我经过时把它摇动。
>
> 滑行在掠水飞的燕子间，
> 　我忽明忽暗在流淌；
> 我叫筛落的日光舞蹁跹——
> 　在我清浅的河床上。
>
> 我咕哝在月亮和星星下，
> 　荆棘丛生的野地间；
> 在挡路的大石前歇一霎，
> 　在水芹的周围流连。
>
> 但我拐个弯又往前流淌，
> 　去汇入滔滔的江河；
> 因为人们既能来又能往，
> 　而我却永远朝前流。③

随着时间的推移，丁尼生的风格趋向于摒弃华丽感，变得更加简单朴素，却没有丧失力量。如果我们对比一下《洛克斯利田庄》和《六十年后的洛克斯利田庄》；我们

---

① [英]阿尔弗雷德·丁尼生著，黄杲炘译：《丁尼生诗选》，上海译文出版社，1995年，第62页。
② 这里指的当是一种沼泽毋忘草，它的花有白色的，有粉红色的，有蓝色的。
③ [英]阿尔弗雷德·丁尼生著，黄杲炘译：《丁尼生诗选》，上海译文出版社，1995年，第157页。

立刻就会认识到这种差别。将第一首诗中的这些诗句：

> 这里从不见商船的踪影，从未有欧洲旗帜的飘扬，
> 只见鸟儿掠过葱郁的树林，只有野藤在崖边晃荡；
>
> 密密的花压弯了枝干，累累的果实压弯了高树——
> 伊甸园一般的热带岛屿，在深紫色的海域上展铺。①

与后面这首诗中的这些诗句对比一下：

> 大厅里一幅画悬挂，艾米的胳膊搂着我的脖颈
> 孩子们坐在破船上，幸福地在阳光下沐浴。

或者再与下面的诗句进行对比：

> 当我在这拱廊里把一天的阵雨躲避——
> 窥见伊迪丝的脸像万花之王讨人欢喜。

最后，与下面这句或许是他写过的最美的诗句对比：

> 一抹晚霞睡在冰冷的死火山上。

他最后创作的诗是所有颂歌中最著名的《驶过沙洲》，还有出自《林人》的精美谣曲《睡吧》都同样地简洁朴素：

> 睡吧！睡吧！漫长的白昼已经过去
> 黑夜已从落日中升起。
> 睡吧！睡吧！
> 不管什么快乐，都与白昼一起消失，
> 不管什么悲伤，都将消失在梦乡。
> 睡吧！睡吧！
> 睡吧，悲伤的心，过去的就让它过去，
> 睡吧，快乐的灵！所有生命终将入睡。
> 睡吧！睡吧！

## 丁尼生的大众魅力

提到这些诗歌，我们就要谈到我们尚未考虑到的丁尼生的另一面——直接吸引大

---

① [英]阿尔弗雷德·丁尼生著,黄杲炘译：《丁尼生诗选》,上海译文出版社,1995年,第114页。

众、让他大受欢迎、给他带来财富的一面。下面这些著名的诗句就是如此:

> 碎了,碎了,碎了,
> 　　拍碎在你灰冷的礁石上,啊大海!
> 我多想从我嘴里吐出
> 　　那涌上我心头的思绪满怀。
>
> 啊,那渔夫的孩子有多美,
> 　　他叫呀,喊呀,和他妹妹在玩!
> 啊,那年青的水手有多美,
> 　　他驾一叶小舟唱遍了海湾!
>
> 向着山下的避风港,
> 　　庄严的船只在纷纷前进;①
> 可我多想碰一碰那消失了的手,
> 　　噢,听一听那静寂了的嗓音!
>
> 碎了,碎了,碎了,
> 　　拍碎在你悬崖峭壁的脚下,啊大海!
> 可是那逝去的温柔而光彩的日子
> 　　将永远再不会回来。②

凭借其美感和简洁易懂的特点,这首诗直接深入到千百万人的心。

《利斯巴》也是一首这样的诗。诗中描述了一位穷婆婆深夜偷偷来到绞刑架下,摸一摸被链条锁住的儿子的尸骨是不是又掉下来一根,这深深触动人们的心弦。属于具有大众吸引力的诗作有《五月皇后》、《两个声音》、《轻骑兵旅的冲锋》、《克莱尔夫人》和《磨坊主的女儿》。据说维多利亚非常喜欢《磨坊主的女儿》,这让她丈夫感到快乐,因此她就任命丁尼生为下一任"桂冠诗人"。

《悼念集》是一首挽歌杰作,为悼念亚瑟·哈勒姆的逝世而作。这首诗属于另外一类。诗中有最优美的诗句,还有很多东西有助于这本诗集在广大读者中大获成功——其中不仅有不爱好诗歌的读者,还有非常不喜欢诗歌的读者:关于生活和爱情,关于欢乐、希望、痛苦这些诉诸每一个人的灵魂和精神的现实主题的思考。当一位有魄力的出版商出版了《悼念集》的散文版时,人们一想起来只能微微一笑;对于诗歌爱好者来说,

---

① 西诗中常用船行大海来譬喻人生。这两行是说(死者已矣),生者还在继续他们人生的航程,并驶向同一个归宿。"避风港"借喻死者回到上帝身边,得到上帝的荫庇,从而结束人生旅途的千难万险。
② [英]阿尔弗雷德·丁尼生作,飞白译:《碎了,碎了,碎了》,王佐良编著:《英国诗选》,上海译文出版社,1988年,第436—437页。

**《悼念集》**
"人死了，灰尘中也就没有希望"
——丁尼生
依据加思·琼斯的一幅画作

这就好像矿工把淘金盘中的橡胶储藏了起来，却把金子丢掉了一样。是诗歌，并且只有诗歌才会使、并将使《悼念集》始终居于世界伟大艺术作品之列——诗歌使它充满了无穷的生命力，我们无法认为它将会消亡。

丁尼生还有鲜为人知的另一面。谁曾想过他是一位讽刺诗人呢？而他就布尔沃写的诗句就像一丛荆棘。布尔沃写过《新泰门》一诗抨击丁尼生，这是一首乏味的讽刺诗，里面充满了愤愤之词，却并不伤人。丁尼生是这样回应的：

> 从莎士比亚的艺术中我们了解了他
> 　还有他说的那些华丽的骂人话；
> 老泰门有一颗高尚的心，
> 　强烈的反感，崇高的破碎。
>
> 于是旧的死去，新的诞生；
> 　尊敬他；一张熟悉的面孔；
> 我以为我们了解他。噢，那竟是你，
> 　款步而来，穿着紧身马甲！
>
> 现在要明白有何益处
> 　一件洁白衬衣的优点，

>一只小手，衣冠楚楚，
>　　倘若灵魂的一半是蝈蜒？
>
>你是一个泰门？不，不，一种侮辱！
>　　像是一个过分傲慢的玩笑——
>凶狠的老头——以他的名义！
>　　你，衣冠禽兽！滚，让他安息！

## 丁尼生和济慈

对于这位伟大的诗人，我们最后要说些什么呢？我们认为一定要说的话，就说在济慈的所有追随者中，丁尼生地位最高。在生动描写这方面，他的才能堪与老师相媲美；在使用色彩这方面，他虽不能与之比肩，但也相去不远。当然，他有济慈所没有的，就是我们前面提到的人气。比如像《利斯巴》这样一首诗，就根本不是济慈所能写的，或者说也许根本不是任何其他诗人所能写得出来的。但是，作为一位纯粹朴素的艺术家，他的生动描写不仅无法标榜堪与《许佩里翁》恢宏磅礴的气势相媲美，而且还不具有神秘的诗意魅力——济慈最好的作品就"浸润在醉人的"诗意魅力之中。比如，丁尼生描写的《睡美人》就像济慈笔下睡着的阿童尼一样生动而逼真；但公主是睡在"满绣着星星的丝绸床罩"下，阿童尼则睡在这样的被衾下：

>　　像桃花或十月里的
>谢了的金盏草花般金黄的被衾①

对两个床罩的不同描绘表明了丁尼生和济慈的不同天赋；不是描写不同，也不是卓越才华的不同，而是魅力的不同——诗歌魅力的不同。

另外，丁尼生的技巧即便是在最精湛的时候，也很少能完全抹掉人工的痕迹。他靠极为仔细、下苦功夫才取得的成就，二三流诗人凭天分立刻就能取得。描写的生动逼真，题材的多种多样——我们认为，这些是丁尼生难以超越的两个方面。就题材范围而言，他无可匹敌。他是唯一一位可以同样轻松自如地描写大千世界——从最高级到最低级的事物——的诗人。他可以把维纳斯展现在我们眼前：她站在艾达峰上，纤足在紫罗兰丛中发出玫瑰白的光泽，她那丰满的身形立于葡萄藤之间，炽热的阳光在她身上游移：

>　　粉红纤细的手指向后梳理
>　　温和的眉毛和那垂胸的秀发

---

① [英]济慈著,朱维基译:《济慈诗选》,上海译文出版社,1983年,第61页。

《伊莱恩》(古斯塔夫·多雷)

"然后那麻木年迈的士兵,
带着死者溯河而上——
她右手握着一颗百合花
左手拿着那封信——一头靓发向下飘洒
……看上去不像死亡,
而是熟睡,仿佛微笑着熟睡。"

或者他还可以进行这样的详细描写：

> 一块馅饼，造价昂贵
> 鹌鹑和鸽子，云雀和野兔，在那里卧躺，
> 像风化的岩石，金色的卵黄
> 内嵌而呈糊状。

并不是每一位诗人都可以坐下来描画爱神和野味，而且描画得同样恰到好处，看起来同样兴味十足，华兹华斯、济慈或雪莱肯定不是如此。

这样的诗让我们对其技巧叹为观止，但这并不是我们想要详细讨论的。实际上，丁尼生最精彩的生动描写不应该跟任何其他诗人的描写加以对比。他们的卓越不属于同一类。然而，他的诗歌多像个画廊啊！——其景致有多么多，有多美啊！一座孤独的花园，玛丽安娜坐在围有水沟的农舍里，从窗子向外望去，花床由于长满了苔藓变黑了，桃子从生锈的钉子上掉下来，孤独的白杨抖动着忧郁的叶子。顶上覆盖着葡萄藤的艾达山谷里，番红花铺满了凉亭，就在这里，帕里斯把苹果给了维纳斯，而俄诺涅正从飒飒作响的松树后的洞穴中往外偷看。《艺术之宫》里的挂毯上，织着逼真的景象；塞西莉亚睡在管风琴旁，伽倪墨得斯在雄鹰的绒羽中飞上天庭；欧罗巴披着飘荡的斗篷被驯牛带走了；亚瑟王躺在阿瓦隆山谷里，身负重伤，周围是那些哭泣的妃嫔；有贝德维尔爵士，他将闪闪发光的剑扔到了魔湖之中；坐在梅林脚边的薇薇安；白百合一般的伊莱恩躺在那黑色的、缓缓漂动的驳船上；还有许多这样的描绘，比如，让人想起骑士们出发时的那座富裕、阴暗的城市卡默洛特；盛装的游行队伍走过大街，颤巍巍的屋顶上站满了观看的人群，男人和男孩子们骑在雕刻的天鹅和狮身鹰首兽上，在每一个角落里大喊成功，奇形怪状的龙攀着墙，龙背上的装饰花样繁多、鲜艳华丽，一排排美丽的小姐眼看着、哭泣着，撒下无数的鲜花，仿佛下雨一般。

所有这些都是美好的。当然，它们将永远给人带来乐趣。

1809年，丁尼生生于林肯郡萨默斯比的教区长的住宅中，后来他被送到剑桥，在那里凭一首获奖诗歌被授予校长奖章，那首诗写的是毫无诗意的题材《廷巴克图》。①

他的第一本诗集名为《壎篪集》，是同他哥哥查尔斯合写的。1830年他发表了《抒情诗集》，1833年发表了另一本《诗集》。这些诗经过修改，于1842年收入两卷诗集中，并且增添了一些新诗。《公主》1847年发表，接着就是1850年发表的《悼念集》，同年，华兹华斯去世后，他成为"桂冠诗人"。他后来的诗集包括《摩德及其他》(1855)，《国王叙事诗》(1858)，《伊诺克·阿登》(1864)，接着发表了《哈罗德》、《贝克特》和其他剧作。丁尼生1884年被授予爵位，1892年10月6日去世。

---

① 廷巴克图(Timbuctoo)：一座历史名城，位于撒哈拉沙漠南缘。——译注

《戈黛娃夫人》(E. 布莱尔·莱顿)

有关戈黛娃夫人——11世纪麦西亚利奥夫里克的妻子——的传说众所周知。丁尼生在《戈黛娃夫人》这首诗中使其永恒不朽。

戈黛娃夫人请求她的丈夫去掉加诸在考文垂人民身上的重税之后,听到了那个卑鄙的条件,她惊惶失措。\* 如果完成这个条件,利奥夫里克就答应她的请求。

戈黛娃夫人虽然目瞪口呆,但意志坚决,屋里就剩下她自己了,而

"她胸中的激情,
像四面的风变换着吹来,
曾有一个时辰相互厮打
直到怜悯降临。"

---

\* "那个卑鄙的条件"是让她赤身裸体骑马通过考文垂闹市。——译注

## 第二节　罗伯特·勃朗宁

### 失意的早年

　　罗伯特·勃朗宁出生于1812年，当时家境比丁尼生家宽裕一些，或者说，他生在一个比较富裕的家庭，而他则为了出人头地更加辛苦地奋斗，这不仅因为他没有一群为他的出现而喝彩欢呼的朋友，还因为在某种程度上他所受的教育让他接触不到同龄人，迫使他转向自己内心的个人标准和自我认可——这是对自立不利的一面。他的祖父叫罗伯特·勃朗宁，是英格兰银行的职员；父亲也叫罗伯特·勃朗宁，也是英格兰银行的职员。祖父罗伯特热爱他的职业，干得很好；父亲罗伯特干得也不错，但却不喜欢这份工作。他厌恶雇佣奴隶做劳工，因而辞去了在西印度群岛的职位——还放弃了年轻时的艺术抱负，后来由于父亲的禁锢，被迫到英格兰银行工作。儿子罗伯特和那位伟大的同代人拉斯金所受的教育没有太大不同。他的父母一致认为在银行当职员对孩子来说不够好，因此想让他当律师。他受到的正式教育似乎仅限于一所由老妇人主办的家庭小学，佩卡姆的一所私立中学，此外就是在伦敦的大学学院学习了短时间的希腊语。当他决定要当一位诗人而不是律师时，父母并没有固执地反对他的这一决定。父亲资助他出版最初创作的诗歌，金钱上没有回报；而这个好小伙子（我们听说）通读了整部约翰逊词典，以此为他的文学生活做准备。《波琳》（1830年10月22日）是一篇分析戏剧的文章——他始终对这种形式感兴趣——现在人们认为这是一篇了不起的、出自初出茅庐的小伙子之手的作品；然而，正如我们说过的，英语批评已经到了最糟的地步，那时的批评家根本就不会对此感到丝毫惊奇——几年之后，D.G.罗塞蒂在大英博物馆的阅览室里偶然发现它的时候，并不知道作者是谁，他纯粹是出于狂热才抄录了下来。《帕拉切尔苏斯》——一部更好的杰作，在某些人看来，作品中有些东西最后发展成了勃朗宁作品中最佳的东西（还有一些东西发展成他可能所是的更好的东西），但它没有给他带来名利，虽然让他结识了许多著名文人——兰多、华兹华斯、卡莱尔、狄更斯和麦克里迪。在麦克里迪的邀请下，他写出了悲剧《斯特拉福德》，1837年5月1日在科芬园上演，不过只连演了几个晚上。接下来发表的《索迪洛》似乎注定使他不受欢迎，没有几个人会否认要想从《索迪洛》中得到乐趣，或知道它在讲些什么，连圣人都会失去耐心。"我不怪任何人，"勃朗宁谈到《索迪洛》遭受的失败时说，"尤其不会怪我自己，因为在当时和之后我都尽了最大努力。"如果需要，我们可以将这一说法与本·琼生的这句诗对比一下：

　　　　看在上帝的分上，它很好；如果你喜欢，那就喜欢吧。

照片：里施基斯收藏馆

**《罗伯特·勃朗宁》(鲁道夫·莱曼)**

但是，这样说的诗人都感到恼火，脾气都很坏；通常，他们既恼火又发脾气，这是因为他们自高自大，而不是因为他们是创新者；他们要求读者给予他们过多的关注，自己却不尽力去吸引读者——总之，他们忘记了读者，因此就忽视了礼节这一首要义务。华兹华斯、柯勒律治、雪莱都是创新者，但至少对他们的读者大众都具有吸引力，而且令人信服。勃朗宁看不到他有这样的义务，而一个人如果有足够的力量——就像他那样——毫无疑问，从长远来看可以不理会这种义务。但同时他又感到恼火，忿忿不平（因为在私人生活中，他比丁尼生要豪爽，感情更易激动），时不时地，甚至在他成名之后，他会想起：

> 英国的公民们，你们不喜欢我
> （上帝爱你们！）——而为你们我却一直流汗
> 如此劳作的人或许比以前更加认真
> 似乎懂得以前曾经劳作的人。

而在这时（1837—1841），勃朗宁虽心灰意冷，却仍认为自己在戏剧方面总会有出头之日（《罗伯特·勃朗宁——你这位剧作家》）。他案头上堆满了剧本——《维克托王和查尔斯王》、《德鲁兹人的归来》和纯属诗歌的短剧《碧芭走过》。他将自己的戏剧才能转变为抒情，或者说用抒情方式来发挥他的戏剧才能——这在《碧芭走过》中已有预示——他最终是以此大受欢迎的。凑巧的是，出版商马克森要以便宜的价格重印一些以前剧作家的作品；他想到勃朗宁的诗歌也可以同样汇编成集投入市场。勃朗宁高兴地答应了；真正划时代的小说系列丛书《铃铛与石榴》就这样开始了，首先付梓的是《碧芭走过》。几年之后，在拉斐尔前派已经耕耘好的这片土壤里，这部优美新颖的诗剧肯定会大受欢迎，就像史文朋的《阿塔兰特在卡莱敦》大受读者欢迎一样。然而，1841年，批评家和大众仍不为之所动。《索迪洛》在前面投下了阴影，最具毁灭性的冷漠——读者的冷漠期待——会妨碍任何一位作家的发展。然而，10月3日的《戏剧抒情诗》和10月7日的《戏剧传奇与抒情诗》标志着真正的勃朗宁崭露头角了。他并没有立刻放弃写剧本的雄心壮志，1846年，系列丛书以两部戏剧《卢里亚》和《一个心灵的悲剧》告终。这些剧作和以前的一样，都情节呆滞。但就抒情感和戏剧感以及此二者在《戏剧抒情诗》中的融合而言，却没有什么问题：这种融合使它们不同于以前任何英语诗作。这些作品同后来的《剧中人物》（1864）、《戏剧田园诗》（1879—1880）一起都属于他发现的这个新体裁，他不仅像魔术师一样利用了从最简单到最离奇的戏剧"场景"，技巧高明，足智多谋；还使之与抒情手段相结合，初看起来吓人一跳，有时还令人讨厌，但是我们慢慢就会认识到这是自然的、合情合理的——每一个韵律都是适合其独有的离奇主题的唯一选择。比如，除了勃朗宁，谁会发现《语法学家的葬礼》是个题材呢？或者，在发现这个题材之后，谁还能找到那一奇怪的韵律（和奇怪的韵脚）呢？

> 合着拍子，宽阔的胸膛，每一颗头抬起，
> 　　把旁观者警惕！
> 这是我们的主人，英明，沉静，已死，
> 　　我们肩扛着他离去。……
> 嗯，这里是平台，这就是安葬之地。
> 　　欢迎你来到林中空地。
> 你所有那些在高空飞翔的鸟，
> 　　燕子和白鹇！
> 这里是巅峰！下面是民众
> 　　他们能够生活在那里。
> 这个人决定不再生存而只知道——
> 　　把这人葬在那里？
> 这里——这里是他的墓地。……

除了勃朗宁，谁还能找到这样的主题，并配以如此萦绕人们心头的韵律呢？如

《实验室》、《失去的恋人》、《前往别墅》、《最后一次同乘》、《格鲁比的一首托卡塔》和《废墟中的爱》。——

> 在夜晚的微笑静静结束的地方
> 　　多么遥远
> 在孤独的草原上我们的羊
> 　　半醒半眠
> 黄昏中响着丁零声，迷路或停步
> 　　他们收割——
>
> 这里曾是一个辽阔快乐的城市
> 　　（他们如是说）
> 是我们国家的首都，其王子
> 　　从此年迈，
> 控制朝廷，召集议会，掌控远方的
> 　　和平或战争。

最重要的是，除了勃朗宁，谁能像他那样在那首简短的杰作《扫罗》中将想象与韵律配合起来呢？读者就像大卫一样看到、像大卫一样恐惧地感到：

> 帐篷摇晃，因为大力士扫罗打了个寒战
> 从他头巾里醒来的珠宝即刻喷射出火星——
> 全部高贵的男性蓝宝石，和内心里勇敢的红宝石。

该诗就像大卫所唱的一样自行歌唱起来，历尽艰辛和狂喜，直到终结。"这种"诗歌在19世纪为数不多，也许有一首，而且是唯一的一首能与之媲美——那就是雨果的《沉睡的波阿斯》：

> 统统沉睡在乌尔和杰利玛德斯

在有些人看来，就大卫在湿漉漉的清晨穿越丛林和野外的岩蕨、经过潺潺的流水赶回家的情景而言，雨果这篇精美诗作中路得守夜的情景甚至都不足以与之媲美。

## 伊丽莎白·巴雷特

　　1844年底，伊丽莎白·巴雷特小姐把她的一本诗集寄给了勃朗宁，她是他的朋友约翰·凯尼恩的表妹，身患残疾。他非常欣赏这本诗集，尤其是题为《吉拉婷郡主的求爱》的一首诗，并在一封信中表达了他的赞赏。因为进行诗歌创作实验的巴雷特小

照片：里施基斯收藏馆

**《伊丽莎白·勃朗宁》(F. 塔尔福德)**

在文学史上，一位男诗人与一位女诗人结合是很少见的。就勃朗宁夫妇而言，两位天才的婚姻是一段幸福的婚姻。

姐被《铃铛与石榴》中的想象力所慑服，他们见了面，这次会面让他们产生了强烈的、持续一生的爱情。接下来的故事非常浪漫，却也非常简单。严厉的父亲不让他们结合；这对恋人略施小计偷偷私奔了，并在1846年9月12日秘密成婚，一周后他们就前往巴黎。他们从巴黎到了意大利，在比萨和佛罗伦萨一直住到1851年；勃朗宁夫人1861年去世之前他们一直住在意大利，偶尔短期回英国和巴黎。他们进行大量创作；每人完成了一首无韵长诗。勃朗宁夫人的《奥罗拉·李》1856年问世，共九卷；1868年到1869年，丈夫的鸿篇巨制《指环与书》分四部出版。他们都对押韵形式进行了创新，但必须承认他们都误入了歧途。勃朗宁用什么都可以押韵，这一胸有成竹的技巧常常有损他的诗歌；而勃朗宁夫人则常常学究式地对声音和谐匹配不屑一顾，这也有损她的诗歌。在《葡萄牙十四行诗》和《奎迪公寓的窗子》中，她处于巅峰状态。在这两部诗集中，她表达了一种强烈的情感——炽烈的爱情和对意大利自由的无限热爱。我们怀疑《奥罗拉·李》现在没几个忠实的读者。而《指环与书》百转千回，明显的冗长啰嗦（回过头来看，勃朗宁决意要表达出精选悲剧的最后一点精髓，这是这份决心

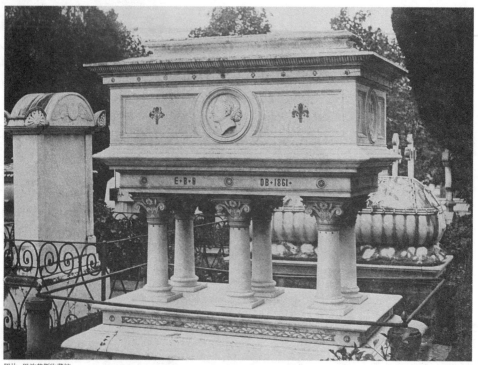

照片:里施基斯收藏馆

伊丽莎白·勃朗宁在佛罗伦萨墓地的坟墓,莱顿爵士设计

在很小的时候,伊丽莎白·巴雷特的脊柱受伤,未能完全康复。她1846年嫁给罗伯特·勃朗宁后在佛罗伦萨定居,健康状况有明显好转。十四年后,她开始体力衰竭,1861年去世,结束了她那短暂而幸福的婚姻生活。

的一部分),仍将作为世界文学史上的一部惊世之作来研究。勃朗宁的后期作品——《布劳斯琴历险记》(D. G. 罗塞蒂无情地称之为《江郎才尽后的欺骗》)、《霍恩－施万高王子》(1871)、《菲芬在集市》(1872)、《红棉睡帽乡》(1873)、《客栈的相册》(1875)、《帕基亚罗托》(1876),翻译的《阿伽门农》(1877)、《太阳别墅》和《克鲁瓦锡克的两个诗人》(1878)——都表明他已江郎才尽,或者可以说,他的价值经过这么长时间的不公正的非难之后,最后终于找到了一批因他的缺点而称他为"大师"的人,他经不住诱惑,用诗体创作出了一卷又一卷"进行思考的乌云"。奇怪的是,在晚年,大众偶像丁尼生变成了傲慢、神秘的隐士,而不愿妥协的勃朗宁却变得亲切友好、爱交际、多应酬。还要补充一句,他的伟大并非装腔作势;他继续孜孜不倦地创作;当在最后岁月里蜚声全国时,他不时地重现他那质朴的才能——尤其是在《戏剧田园诗》(1879—1880)和1889年他去世那天出版的《阿索朗多》中。其间的作品有《打趣集》(1883)、《费里希塔的幻想》(1884)、《与几位一代要人的谈话》(1887)。人们为他举办了公开葬礼,他长眠在修道院里最伟大的对手旁边。

## 一位有男子气概的诗人

在勃朗宁的最后几句诗(《阿索朗多》序曲堪与丁尼生著名的《驶过沙洲》媲美,是在漫长、高尚的一生行将结束之时进行的卓越表达)中,有一段不太合理的辩护:

> 从没有回头的人,只能勇往直前,
> 　从没有怀疑乌云必将拨开,
> 从不梦想,错误赢得胜利,尽管正确将被歪曲,
> 我们摔倒了爬起来,障碍有利于更好地战斗,
> 　睡只是为了醒来。

他首先是一位有男子气概的诗人;满怀希望,乐于助人,不会无病呻吟、无精打采;正如他的妻子谈到《铃铛与石榴》时所说,虽然皮是硬的,但果子却彻底熟了、红了,这是真的。

下面就是勃朗宁一些最有名的诗歌:

### 这是一年的春季

> 这是一年的春季,
> 这是一天的早上;
> 这是早晨七点钟;
> 山坡上缀满露珠;
> 云雀在振翅扑翼;
> 蜗牛爬到荆棘上;
> 上帝在他的天庭——
> 多好哇世上万物![1]

### 海外相思

> 啊,但愿此刻身在英格兰,趁这四月天,
> 一个早晨醒来,谁都会突然发现:
> 榆树四周低矮的枝条和灌木丛中,
> 小小的嫩叶已显出一片葱茏,
> 听那苍头燕雀正在果园里唱歌,
> 在英格兰啊,在此刻![2]

---

[1] [英]梅斯菲尔德等著,黄杲炘译,黄杲昶注:《英国抒情诗100首》,上海译文出版社,1986年,第107—109页。
[2] [英]罗伯特·勃朗宁作,飞白译:《海外相思》,王佐良编著:《英国诗选》,上海译文出版社,1988年,第460页。

承蒙美第奇协会有限公司惠允复印

"啊,但愿此刻身在英格兰,
趁这四月天。"
——罗伯特·勃朗宁,《海外相思》
依据埃莉诺·福特斯库·布里克岱的画作

### 伊夫林·霍普

美丽的伊夫林·霍普死了!
  在她身边守望一个小时,
那是她的床,那是她的书架;
  她摘下的那朵天竺葵花。
在花瓶里,也开始死去;
  我想几乎没有什么变化:
百叶窗关了,光被隔阻,
  只从铰链的缝隙透过长长的两束。

刚刚十六岁就已死去!
  也许还没听说我的名字;
这不是她爱的时代,此外,
  她生命中还有许多希望和关怀,
足够的职责,微不足道的忧虑,
  时而沉寂,时而奋起,
直到上帝毫无戒备的召唤
  只剩下她那甜蜜洁白的眉宇。
……
我爱你,伊夫林,我始终爱你,
  我的心似乎充满了冰冷!
那里有地方宽容你坦白青春的微笑,
  还有青春的红唇,青春的金发。
嘘,——我还要给你这片叶子:
  看,我就把它攥在这甜蜜冰冷的手里!
在这儿,这是我们的秘密:安息吧!
  你将醒来,铭记,理解。

### 哈默林的花衣吹笛人

吹笛人向大街迈开步伐,
  先在脸上微微地一笑,
仿佛他知道有什么魔法
  正在沉默的笛子里睡觉;
然后,像一个音乐行家,

照片：T.和R.安南

《哈默林的花衣吹笛人》（克里斯蒂）

这幅迷人的图画说明了罗伯特·勃朗宁那首众所周知的诗歌，表明哈默林镇被迷住的孩子们跟随着魔笛的声音。他们欢天喜地地走着、跳着，被音乐以及吹笛人所承诺的这样一片土地所吸引，在那里——

"蜜蜂失去了螫针，
马生来就有鹰翼。"

他撮起嘴唇，吹起长笛，
锐眼里蓝绿的光彩熠熠，
像是向烛焰撒上了盐粒；
尖锐的笛声没响到三声，
就听到像一支军队在低鸣；
咕哝变成了大声嘟囔，
嘟囔又变成雷鸣轰响，
耗子们打着滚奔出了民房。
大耗子，小耗子，精瘦的，强壮的，
黑耗子，灰耗子，棕色的，褐黄的，
严肃的老龙钟，欢快的年轻娃，
　父亲，母亲，叔叔，表兄，
竖起了胡子，翘起了尾巴，

# 第二十九章 维多利亚诗人

承蒙查托和温达斯出版社惠允复印

"谁能拥有她那颗小小的头
把它绘制在白金的背景中。"

——罗伯特·勃朗宁,《脸》

依据埃莉诺·福特斯库·布里克岱的画作

成百上千个耗子家庭，
兄弟，姊妹，妻子，丈夫——
没命地跟着吹笛人奔去。
吹着笛，他走过一条条街道，
耗子们步步紧跟，跳跃舞蹈，
他们走到了威悉河边，
　都跳进河里，统统死光！
——只有一只，像恺撒般强健，
游到对岸，活着带上
他的记录，给鼠国家乡
　（像恺撒，他把手稿珍藏）。①

### 他们如何把好消息从根特带到艾克斯

我跳上马镫，还有乔里斯，和他；
我飞奔，德科飞奔，我们三个都飞奔；
"好速度！"守卫喊着，随手打开了门；
"速度！"墙向飞奔的我们发出回音；
后门关闭之后，灯光渐渐熄灭，
我们策马驰骋，直到午夜。
……

开始月光皎洁；可当我们走近
洛克林，公鸡已叫，天近黎明；
在布姆，东方已经升起一颗巨大的黄星；
在杜菲尔德，晨光照得大地清澈透明；
从米车尔尼的教堂尖顶我们听到一半的钟声，
于是乔里斯打破沉默，说"还有时间！"
……

在哈塞尔特，德科呻吟；乔里斯喊道："勒马！
你的鲁斯勇敢地飞奔，错不在她，
我们将在艾克斯回忆"——因为有人听到她胸中
急促的喘气声，看到她伸长的脖子和颤抖的膝，
还有低垂的尾，可怕的抽搐的四围，

---

① [英]罗伯特·勃朗宁著，屠岸译：《哈默林的花衣吹笛人》；[英]克里斯蒂娜·罗塞蒂著，屠岸译：《小妖精集市》；[英]罗伯特·路易斯·斯蒂文森著，屠岸、方谷绣译：《一个孩子的诗园》，北京，中国少年儿童出版社，2001年，第15—17页。

她躺下了，抖动着腰腿。

于是就剩下乔里斯和我还在驰骋，
路过鲁兹，路过童格里斯，万里晴空；
头顶大红的太阳无情地嘲弄，
脚下脆硬的根茬被碾得尘土飞腾；
直到达勒姆上空竖起一个白色的穹隆，
乔里斯喘着气说"跑啊，艾克斯已经不远！"

"他们将迎接我们哪！"——他的马
突然脖子扭动，臀部翻滚，躺在那里一动不动；
只剩下我的罗兰驮着全部辎重
还有那唯一能拯救艾克斯命运的消息，
他的鼻孔仿佛血坑，鲜血四溢，
眼窝里两根血柱垂直下移。

然后我脱下皮革外套，两个裤套，
脱掉我的两只靴子，腰带等一切都抛掉，
从马镫上站起，身体前倾，拍着他的耳朵，
用宠名呼唤举世无双的罗兰，对它又唱又笑；
我拍着双手，发出声响，无论好坏，
最终罗兰冲进艾克斯，站在那里。

我所记住的一切——朋友们团团围上
我把它的头放在我跪地的两腿中央；
大家齐声把我的罗兰夸赞，
我把剩下的最后一口酒倒入它口中，
那是（行政长官们投票一致赞同的）
从根特带来好消息的马应得的报酬。

## 第三节　阿尔杰农·查尔斯·史文朋

"史文朋，"丁尼生说，"是一根芦笛，可以将一切都吹成音乐。""他轻而易举地把我席卷到他的面前，"拉斯金说，就像"急流冲走鹅卵石一样"。这些话完全表明了史文朋的双重才华——他的韵律新颖别致，他的诗歌就像流水一样湍急。

其诗与众不同，其人也与众不同。史文朋生于1837年，父亲是海军上将，母亲是阿什伯纳姆公爵的女儿——他们两个既不特别，也不奇特，而他们的孩子却怪得惊人。想象一下他那利立浦特人的身材，肩膀倾斜得厉害，脖颈像百合花茎一样纤细，大脑袋上顶着一头火红的橙色头发，活像"天堂里的一只怪鸟"，眼睛总在转动，嘴唇总在颤抖，好像痉挛一般。他身材弱小，稍一兴奋，就像暴风雨中的树叶一样颤抖起来；他的声音尖利，如同短笛。在伊顿和牛津上学时，他似乎是凭直觉学会了希腊语；他还开始写诗。正如他自己后来所说的：

> 我上课时有人在梦中向我歌唱，
> 逃学之便仿佛口中歌唱，
> 因为最小的生于男孩的消遣，
> 最老的却又是青年。

## 《罗莎蒙德》

到1861年，史文朋才发表第一部作品，是两出小剧《王太后》和《罗莎蒙德》。说起来这还有一段逸事，可以让我们了解他那奇特古怪的性格。他当时正跟后来成为牛津主教的威廉·斯塔布斯一起，应男女主人的邀请，他大声朗读了一部戏剧，很可能就是《罗莎蒙德》。

> 埃德蒙·戈斯先生告诉我们，斯塔布斯"对这部剧作的精彩之处印象深刻，但……他觉得有必要说出他的想法：描写爱情的调子有点令人讨厌"。结果，"史文朋长时间目瞪口呆，一言不发，之后他的一声大叫穿透了斯塔布斯的住宅，这位狂怒的诗人把手稿紧紧搂在胸口，突然跑上楼。温柔的斯塔布斯夫人偷偷溜上楼，敲敲史文朋的门，请他下来吃晚饭。房内无人应答，却传出了很大的动静，像在撕扯东西，从锁眼里透出了一阵奇怪的强光。整个晚上，诗人的房中不时地传出些动静，让斯塔布斯夫妇心烦意乱。早上，史文朋很晚才露面，面色死一般苍白。这时已经非常痛苦的斯塔布斯赶紧说他为自己草率地批评这部剧作感到非常抱歉，他多么希望史文朋不会因为他的批评而灰心失望。这位诗人回答说：'我在空壁炉里点了火，把手稿全烧了。'斯塔布斯非常惊骇。'但没关系；我整夜没睡，凭记忆又重新写了一遍。'"

这个稀奇古怪、感情奔放的人就是这样，他将写出稀奇古怪、感情奔放、充满最强烈美感的诗歌。

1865年，他发表了模仿希腊戏剧创作的《阿塔兰特在卡莱敦》，一部完美、卓绝的诗歌杰作。它讲的是猎杀野猪的故事，野猪是狄安娜派到卡莱敦捕食牧群的。少女

照片：里施基斯收藏馆

《阿尔杰农·查尔斯·史文朋》(G. F. 沃茨)

最后一位维多利亚诗人，承蒙托马斯·J. 怀斯先生惠允使用，复印自"A.C. 史文朋的作品书目"

阿尔杰农·查尔斯·史文朋

孩提时代的诗人。

复印自"A.C. 史文朋的作品书目"，承蒙托马斯·J. 怀斯先生惠允使用

史文朋的诗作《德洛丽丝》的部分手稿

猎人阿塔兰特第一个打伤了野猪,最后它被年轻的英雄梅利埃格杀死。梅利埃格把猪皮和猪牙给了他爱的阿塔兰特,这让其他所有猎人妒火中烧。他们奋力要从她那里把猪皮和猪牙抢过来,但梅利埃格跟他们搏斗并打赢了他们,虽然最后他也因此丧了命。

只第一曲合唱就足以表明一颗诗歌新星正在冉冉升起:

> 当春日的猎犬追踪冬天的踪迹,
> 　月份的母亲便君临平原和牧场,
> 让树叶的沙沙声响和雨的涟漪
> 　充满了那些阴影和多风的地方;
> 还有伶俐而多情的棕色夜莺啊,①
> 她的痛苦已由于伊提勒斯被杀、
> 色雷斯船队、异国脸而半告平息——
> 　啊,这没舌头的守夜者的悲伤。
> ……
> 涨满的溪流漫上灯心草的花朵,
> 　茂盛的草使走动的脚难迈步子,
> 岁首时分,那种幽幽的青春之火
> 　从叶燎红了花,从花燎红了果实;
> 而果实和叶儿既像火又像黄金,
> 而那燕麦杆的哨子响过了诗琴,
> 而风流的森林之神的后蹄在踩,②
> 　踩碎了栗树树根处的硬壳栗子。③

1866 年,《诗歌与谣曲》问世,即使他不写任何别的诗歌,单凭这本诗集,也就足以让他享有并保持他的绝世盛名了。由于这部诗集的不道德,人们歇斯底里地强烈抗议它。正如史文朋自己所说:"英国茶壶里的水开始沸腾翻滚。"原来的出版商不再发行这本诗集,另一位出版商则重新发行。就算在那个时代,这种骚动也是荒谬的,而在我们今天,老妇人惯于写色情教科书来启蒙年轻女孩的今天,也根本无法理解。

人们挑出了其中一首诗《德洛丽丝》大加斥责。德洛丽丝并不是哪个特定的女人,

---

① 希腊传说中,有这样一个关于夜莺的故事:普洛克妮和菲洛美拉(一译菲罗美)是雅典王潘底翁的两位美丽的女儿。普洛克妮嫁给了色雷斯王特雷乌斯(一译特鲁阿斯),养了个小王子伊提勒斯。特雷乌斯对普洛克妮厌倦之后,设法奸污了菲洛美拉,并割去了她的舌头,以防事情败露。但菲洛美拉却把这一情况在袍子上织成图像给普洛克妮看。怒火中烧的普洛克妮杀掉儿子伊提勒斯,把他的肉做成菜肴给丈夫吃。特雷乌斯发现后,拿了斧子追赶姐妹两人。这时,天神将特雷乌斯变成了一只毛羽鲜艳、喙尖长的戴胜鸟,将菲洛美拉变成了夜莺,将普洛克妮变成了燕子。
② 在希腊、罗马的神话中,山林之神具有半人半兽的形体。
③ [英] 史文朋作,黄杲炘译:《阿塔兰忒在卡吕登》,又译为《阿塔兰特在卡莱敦》,王佐良编著:《英国诗选》,上海译文出版社,1988 年,第 521—523 页。

而是世界上所有那些利用美色引诱情人走向毁灭的女人的化身——吸血女鬼、美艳妖妇，她们将男人的白骨啃得干干净净。因此，该诗的寓意——如果非要从艺术品中得出点寓意的话——似乎是：所有的美艳妖妇以及被她们利用的人同样都没有好下场。

> 冰冷的眼睑像珠宝一样藏匿
> 　　凶狠的目光有一个时辰变得温柔；
> 沉重的洁白肢体，残酷的
> 　　像毒花一样的红唇；
> 当所有这些随同它们的荣光逝去，
> 　　你还剩下什么，剩下什么，
> 神秘冷静的德洛丽丝，
> 　　我们的痛苦女神？

## 《时间的胜利》

《时间的胜利》是根据他自己的真实经历写成的，可以说是现存最伟大的爱情悲歌。从来都没有哀诉如此甜美，如此深刻，如此充满了对一个徒然爱着的女人的渴望。人们的耳中从来没有听到过如此庄严的绝望：

> 我再也不会与玫瑰为友；
> 　　我将讨厌甜蜜的曲调，愈加强烈的音符
> 变得温和，退缩，爬升，关闭，
> 　　仿佛一波海浪伴着歌声回复。
> 有些声音燃起灵魂的快乐之火
> 敢于面对自身的欲火；
> 叛逆的快乐，歇息的欲火；
> 　　我整个一生都将痛恨甜蜜的音乐。
>
> 战争的脉动和奇迹的激情，
> 　　嘟哝的天庭，发光的声音，
> 唱歌的星群和雷鸣的爱情，
> 　　音乐像酒一样在胸中燃烧，
> 武装的大天使举起了双手
> 各种感觉在灵之杯中混合
> 当肉与灵分别融化——
> 　　事情已经过去，不再属于我。

有意思的是,他写出了这些具有美妙的天籁之音的诗节,自己却根本听不到悦耳的音调。

我们已经说过,史文朋太热衷于玩响亮的强音了。但没有一个人可以奏出比这更优美、更安静的悦耳旋律来。比如,下面选自《普洛塞庇娜的花园》中的几节诗就是如此:

> 这里,一片寂静;
> 　这里,一切苦难
> 像是风消浪平,
> 　成为梦幻中的梦幻;
> 我看绿野如茵,
> 等着播种收成的人,
> 等着收获的日子来临,
> 　像川流纵横的睡乡一般。
> ……
> 没有池沼,也没有植物,
> 　也没有野生蔓草,
> 只有不开花的罂粟花蕾,
> 　也没有普洛塞庇娜的绿葡萄,
> 没有灯心草白茫茫一片,
> 没有任何红花开绽,
> 除了她为死人所备办
> 　而挤出来的毒饮料。
> ……
> 由于过分贪生,
> 　由于任情的希望与恐惧,
> 我们只能以短暂的谢声
> 　报答任何的天帝,
> 因为没有生命永远不死;
> 死人永远不能再起;
> 甚至最缓慢的河溪
> 　也会安然盘旋到海里。
> ……
> 于是星与日永远不醒,
> 　光线也没有任何改变;

没有水的声音波动，
　　没有任何声响与光线；
没有冬叶春叶的点缀，
没有白昼和白昼的一切，
只有永久的睡
　　在永久的夜间。①

## 《诗歌与谣曲》

《诗歌与谣曲》是献给画家伯恩-琼斯的——他的献辞或许比诗集中的其他诗歌都要优美。在下面的诗句中，他谈到了自己的诗歌：

当生命仍在他们当中徘徊，还有住所吗？
　　还有人听那远去的歌
男人的手指触碰竖琴
　　或男孩口吹芦苇发出的音调吗？
在你劳动的土地上还有空地吗？
　　在你快乐的世界上还有空间吗？
那里的变化没有使邻居悲伤
　　白昼没有夜晚？

在充满清晰的色彩和故事的土地，
　　在一个时日无蔽的地区，
大地披上盛装
　　花的音乐荡漾；
森林里揭开半目春色
　　红晕覆盖着爱的脸庞，
在凝神谛听情人们的溪水旁
　　是否有容纳这一切的空地？

虽然你创造的世界更美好
　　上帝的造物更多娇
甜美的艺术环绕
　　她内在之翼宽敞温暖的天庭，

---

① 梁实秋译注：《英国文学选》(第3卷)，台北，协志工业出版社，1985年，第2476—2482页。译文有改动。

> 进来吧,羽翼未丰,几近昏厥,
> 　　为对旧爱和逝去时光的爱;
> 在你绘画的宫殿
> 　　接受这韵律的欢宴。

史文朋还创作了一种爱情抒情诗,在世界艺术史上是前所未有的——如《婚配》。这可能是埃里厄尔①唱的歌:

> 如果爱是玫瑰,
> 　　而我好比玫瑰叶,
> 我们的生命交织在一起
> 在悲哀或欢歌的天气,
> 风吹的田野或花开的季节,
> 　　绿色的快乐或灰色的悲凄,
> 如果爱是玫瑰,
> 　　那我好比玫瑰叶。
>
> 如果我是词语,
> 　　爱好比歌曲,
> 有双音和单音,
> 我们的双唇交吻
> 像鸟儿一样高兴欢欣
> 　　正午得到甜蜜的雨淋;
> 如果我是词语,
> 　　爱好比歌曲。
>
> ……
>
> 如果你是四月的女士,
> 　　我就是五月的主人,
> 我们将时刻以树叶为伍
> 我们将日夜与鲜花共眠,
> 直到夜晚像白天一样光明
> 　　白昼像夜晚一样黯淡;
> 如果你是四月的女士,

---

① 埃里厄尔(Ariel)是莎士比亚剧作《暴风雨》中的精灵。——译注

> 我就是五月的主人。
>
> 如果你是快乐女王,
> 　我是痛苦国王,
> 我们将共同追求爱情
> 摘下他飞翔的羽翼,
> 教他用步丈量,
> 　给他戴上绳缰;
> 如果你是快乐女王,
> 　我就是痛苦国王。

《海上爱情》是同类诗作的一个范例,但由于其高超的技巧而深得戴奥菲尔·戈蒂耶一首诗的精髓,并赋予其大量新英语诗歌所具有的美感,因此非常重要:

> 我们今天在爱的乐园;
> 　明日将走向何方?
> 爱,开始还是驻足,
> 　划船还是扬帆?
> 有许多航道和风向,
> 只有五月才能起航;
> 我们今天在爱的手中;
> 　明日将走向何方?
>
> 陆风就是呼吸
> 悲伤至死吻别
> 　而那就是快乐;
> 压舱物是玫瑰;
> 上帝指引航向
> 　而爱知道在哪里。
> 　我们今天在爱的手中——
> ……
> 你在哪里登陆,甜心?
> 在陌生男人的天地,
> 　还是靠近家园的野地?
> 是在火花吹拂的地方,
> 还是雪花缭绕的地方

> 或浪花飞溅的地方？
> 我们今天在爱的怀抱里——
>
> 她说，把我放在有爱的地方
> 那里有一束光，一只鸽，
> 　一颗心，一个人。
> ——就在这样一个海岸，亲爱的
> 在没有人掌舵的地方，
> 　没有处女地。

他的下一部伟大诗集是《日出前之歌》(1871)。这些诗几乎都是强音音乐——但却如此美妙！让我们且从《序曲》中选取两节：

> 那就玩耍和歌唱吧；我们也做了游戏，
> 我们同样，在那个隐秘的影子里。
> 　我们也把头发拧成一股
> 　仿佛野生动物披戴的卷须，
> 听见酒神女祭祀的朗声大笑，
> 　直到风把我们的花环吹跑
> 留下纷乱无序的玫瑰，
> 　给夏天增添了奇怪的味道，
> 解开环绕四肢的葡萄
> 摘掉头上戴着的花帽。
>
> 我们也在看不见星星的树丛中奔跑
> 梯伊阿德们发起的风暴
> 　吓跑了山上夜晚的欢闹
> 　那隐藏着巴萨里德的嗜血喧嚣，
> 听见他们歌声节奏的沉重
> 　把揶揄儿童的野狼吓跑，
> 比大海的狮吼还要响亮，
> 　比北风的责骂还要严厉，
> 用雷鸣般的手鼓
> 平息了沟壑里的激流滔滔。

这里还有从精彩的《行军之歌》中选取的几节——是歌唱那些带领人类稳步前进

发展的领导者的：

> 我们来自许多国度。
> 　　我们向远方进发；
> 我们的心灵、双唇和双手
> 　　就是我们的士兵和武器；
> 伴随我们行进的光明，赛过了日月和星辰。
> ……
> 岁月流逝，日月更替
> 　　它既不燃烧也不退潮；
> 暴风雨不能污染也不能动摇
> 　　构成它整体的力量，
> 给予主权之魂以形状和动力的是火的燃烧。
> ……
> 我们努力与时间赛跑
> 　　直到时间站在我们一边
> 　　而希望，我们那没有羽毛的窝巢，
> 　　羽毛丰满的小鹰
> 用它那顺风的羽翼劈开暴风雨的喧嚣。
> ……
> 噢，人民，噢，完美的民族，
> 　　噢，未来的英格兰，
> 　　你用多久才能驻足？
> 你用多久才能摆脱奴役？
> 你用多久才能把你的灵魂与大海归一？
> ……
> 风，喷泉，闪电
> 　　与我们一起和谐地生存；
> 清晨多彩的山峦
> 　　燃烧到正午，
> 月亮把山谷覆盖一层温柔的薄雾：
> ……
> 霹雳震撼的高原
> 　　果味香浓的低地，
> 海湾，鱼群，岛屿，

经艺术家惠允复印

复印自阿尔弗雷德·沃德的画作

### 歌

恐惧,轻蔑和悲伤
无望的双眼不停地凝望
直到耗尽了夜的力量
整个世界充满了凄凉。

——A.C.史文朋

  人无法立足的峭壁，
全部粗枝生命之花和全部的根：
……
海鹰铿锵的叫声
  给清晨带来欢乐
天堂猎犬的号叫
  在尘世寻找猎物
声震海峡，河道，海湾，海岬和海口。
……
我们身边的田野和河流，
  夏日里令人惊诧的芳草，
清晨微微颤抖的薄雾，
  群山之中的一片净土，
燃起自然火花的感觉，还有充实的灵魂。
……
起来吧，因为黎明已经到来；
  来吧，所有人都丰衣足食；
从田野、街道和监牢
  来吧，盛宴已经备好；
活下去，因为真理是生；醒来吧，因为夜晚是死。
……

但这当中也有弱音——如《锡耶纳》，这是他或任何其他诗人写出的最优美的诗歌之一。限于篇幅，我们只能选开篇为例，但整首诗都要读——全神贯注地读。其内容似乎要在人们头脑的画廊里挂上一幅绚丽多姿的图画，或让人们满怀一首美妙交响曲的回忆：

  在夏季北方的山谷里，
  田野裸露满目的黄金，
  天庭垂下它对大地的爱抚；
  鸽子在绿色覆盖的天空飞舞；
  阳光从柔软的叶子中穿过
  洒在温暖潮湿的草叶上
  降下简短甜蜜断续的吻，
  仿佛拍打的海浪
  再次冲击在太阳的脚上。

1878年,《诗歌和谣曲》续集问世,其中的优秀诗歌没有上一卷中多,而且,除了悼念波德莱尔的卓越挽歌《被遗弃的花园》和《梦境谣曲》外,也没有哪一首能达到相同的水平。《梦境谣曲》异常精妙优美,我们不妨在此全诗引用:

> 我在一簇玫瑰中藏起了我的心,
> 　　避开阳光的照射,躲在别处藏身;
> 在柔软的床上,胜过绵绵的白雪,
> 　　在玫瑰之下我藏起了我的心。
> 　　它为什么不睡去?而径自启程,
> 玫瑰树的叶子从未被搅动?
> 　　是什么让睡眠鼓翼离去?
> 只有那神秘之鸟的歌声。
>
> 我说,静静地躺着,因为风之翼已经收拢,
> 　　温和的树叶已把犀利的光线遮蔽;
> 静静地躺着,因为温暖大海上的风在瞌睡,
> 　　而风还是不像你那样静谧。
> 　　你的一个思想是否仍然像荆棘一样刺痛?
> 那毒牙是否仍然让你为迟来的希望心碎?
> 　　是什么让你睡眠的眼睑分开?
> 只有那神秘之鸟的歌曲。
>
> 绿色大地的名称就是魅力,
> 　　旅行者的地图上没有它的名字,
> 长着果实的树与果实一样甜蜜,
> 　　市场上的商人从不出售。
> 　　梦中的燕子飞过昏暗的田野,
> 梦中的曲调就是树上听到的音调;
> 　　没有猎狗来干扰林中野鹿,
> 只有那神秘之鸟的歌曲。
>
> 在梦的世界上我选择了角色,
> 　　睡一个季节而不听人说
> 真爱的真理或光明之爱的艺术,
> 　　只有那神秘之鸟的歌。

## 魅力衰退

此后,他发表了很多诗作,其中有一些像《春潮之歌》(1880)和《莱昂尼斯的特里斯特拉姆》(1882),还有几部长篇剧作,会突然闪现许多精彩的诗来。但我们这里不会详述。渐渐地,读者悄悄地感觉到似乎缺少了什么。语句仍旧滔滔不绝、喷薄而出;衰退的是他以前的魅力。就像丁尼生的《莫德》所具有的美一样,诗歌的美越来越"空洞得灿烂"。最热爱其音乐的读者将他与弥尔顿、济慈和雪莱一同列为英国诗歌的超级大师,但他们很少读或根本不读他后期的作品。这些都不是让我们的心"合着记忆中诗歌的节拍而向往着"的作品。他就像一位失去了演奏技巧的钢琴师一样影响着我们。他像早年一样颇有气势地敲击着琴键,但其魅力已经不复存在。这种音乐没有魅力,不会令人陶醉。

史文朋在巅峰和最伟大的时候创作出的两种诗歌彼此截然不同,但都难以超越。在第一类诗中,节奏的狂放,用拉斯金的话说,将心灵席卷到它的面前,如《胜利的母亲》和《人之礼赞》。在第二类诗中,音乐像魔法师施了魔法一样令人陶醉,把人带到

出自阿尔杰农·查尔斯·史文朋的《春潮之歌》。阿瑟·拉克姆绘的插图。伦敦:威廉·海涅曼有限公司

**孩子的未来**

从今以后什么才能令你高兴,我的爱人?
你是寻找地上的盛名,还是海上的光荣?
你的生活将充满自由,永远辉煌。

——A.C. 史文朋

出自阿尔杰农·查尔斯·史文朋的《春潮之歌》。阿瑟·拉克姆绘的插图。伦敦：威廉·海涅曼有限公司

没有儿童就没有天堂，儿童若不再来天堂永不存在；
但孩子的面孔和声音，将保证天堂及永久的期望。

——A.C. 史文明

一个魔幻之地,一个长满了奇花异草的地方,一个幻想出来的美女——美梦的女儿——的仙境。在《镜前》中,那些幻想出来的东西是白衣女孩在魔镜中看到的:

> 那里闪光的花魂
> 　下来了,走近了;
> 迅速的时间之翼
> 　逃逸了,飞跑了;
> 她看见无形的光束,
> 她听见冰冷的溪水,
> 　许多梦已死的唇在唱歌和叹息。
>
> 面孔朝下,白色的喉抬起,
> 　毫无睡意的眼睛
> 她看见了漂流的旧爱,
> 　她不懂得其中的道理,
> 旧爱和失去的恐惧
> 顺溪水漂下,听见了
> 　天下男人泪水的湍流。

下面是史文朋的主要诗集(但读者可以在埃德蒙·戈斯和托马斯·詹姆斯·怀斯主编的《A.S.史文朋精选集》中找到他的大多数最优秀的诗作):《王太后》和《罗莎蒙德》(1861),《阿塔兰特在卡莱敦》(1865),《诗歌和谣曲》(1866),《日出之前》(1871),《鲍斯威尔》(1874),《两个国家之歌》(1876),《厄瑞克透斯》(1876),《诗歌与谣曲》(续集,1878),《春天之歌》(1880),《莱昂尼斯的特里斯特拉姆》(1882)和《洛克林》(1887)。

在生命的最后三十年里,史文朋和朋友西奥多·瓦茨-邓顿一起住在帕特尼的"松林地",1909年他就在那里逝世,安葬在怀特岛的邦丘奇。

## 第四节　但丁·加布里埃尔·罗塞蒂

D.G.罗塞蒂1828年生于伦敦的夏洛特大街,他的父亲本人就是一位诗人,也是国王学院的意大利语教授。这位未来的诗人兼画家有四分之一的英国血统,其余四分之三是意大利血统——在外表和性格特征中,很容易就能看出他的英意混血来——他那灰蓝色的大眼睛,柔和黝黑的脸庞,那极为坚定的表情和那变幻莫测的脾气——

一会儿像孩子一样高兴地笑着，一会儿又暴跳如雷，我们看到这是一个有着像火一样流淌着的南方血液的孩子。

## 西德尔小姐

孩提时，他就是位诗人和画家。15岁时，他成为皇家艺术院的学生。但学院派艺术令他反感。事实上，他从未掌握绘画或透视法的严格规则。他酷爱色彩，有使用色彩的天赋。他非常早熟，因此在不满21岁时就创立了自己的画室，而且画出了在同类画中无可匹敌的作品，如《圣母的少女时代》，而且创作了像《天上的女郎》和《妹妹睡去了》等诗——它们将成为他最优秀的诗歌。也是在年轻时，他创立了"拉斐尔前派兄弟会"，目的是要极为仔细、准确地作画，贴近自然，兄弟会中有密莱司、霍曼·亨特、伍尔纳和德弗雷尔。德弗雷尔跟他母亲去牛津大街一个帽店的时候，碰巧在一群女工里看见一个长着一头微红、浓密秀发的姑娘——微红是兄弟会最喜爱的颜色。德弗雷尔通过母亲问这个姑娘是否愿意给他当模特，姑娘答应了，后来又当了罗塞蒂的模特。她叫伊丽莎白·西德尔，后来成了罗塞蒂的妻子。每一位读者都能在她丈夫的画中看到那副面向他的漂亮脸庞——水沟环绕的农舍里的玛丽安娜；管风琴旁的塞西莉亚；那些哭泣的妃嫔，还有当驳船驶过魔湖时被夺走而将死的国王；最重要的是《命运》，他自己是这样描绘这幅画的——"当小鸟——死亡使者——把罂粟丢在她手中时，她透过合着的眼睑感觉到了一个新世界"。

结婚两年后，妻子去世。但丁站在她的棺木旁，手里拿着第一本诗集的手稿，宣称这是为她写的，应该随她一起埋葬。因此它们就随她一起进了坟墓。

此时，罗塞蒂在切尔西买了一处房子，除了有时短期离开外，他在那里度过了余生。那处房子就像它的主人一样，奇怪、浪漫、古怪——摆满了旧的镜子、诗琴、曼陀林、西特琴、青铜和象牙画像、绘有花鸟的漆画屏风、带有孔雀羽毛的蓝色陶罐、硬币、匕首、龙、水晶和扇子。即使是在盛夏之时，阳光也被厚厚的天鹅绒窗帘挡在外边。花园中有稀奇古怪的动物——一对犰狳；一只袋鼠，有一天这只袋鼠居然杀了自己的妈妈；一头鹿，它为了不觉得无聊就整天踩孔雀尾巴上的羽毛；一只嗥叫时像"魔鬼"的浣熊，有一次它逃进屋里，将一堆手稿嚼成了碎片。

就在妻子去世几年后，人们劝罗塞蒂说随他妻子埋葬的诗歌不应该就这样消失了。实际上，他很容易就被说服了，因为他一直后悔他同意了这件事。人们掘出棺木，取出了诗稿；1870年这些诗歌得以面世。

这本诗集备受赞赏。拉斯金和史文朋都极为喜爱。这些诗中最令人欣赏的就是《天上女郎》、《妹妹睡去了》、《尼尼微叠歌》、《爱的夜祷》和《修女海伦》。

**《D. G. 罗塞蒂自画像》(1855)**

但丁·加布里埃尔·罗塞蒂是画家兼诗人,维多利亚时代杰出的拉斐尔前派团体中的一员。

照片:里施基斯收藏馆

**《克里斯蒂娜·罗塞蒂》(D.G.罗塞蒂)**

但丁·加布里埃尔·罗塞蒂才华横溢的妹妹,维多利亚时代最著名的两位女诗人之一。

照片:W.A.曼塞尔公司

照片:W.A.曼塞尔公司

《命运》(D. G. 罗塞蒂)

罗塞蒂将他脑海中最好的画画入了《命运》中。在所有令妻子不朽的画像中,这个女孩仰起的脸是最纯洁的。

这里也许可以部分引用罗塞蒂自己对这幅画的描述:

"这幅画表现的是'新生',象征地体现了《新生》中表现的贝雅特丽齐的死亡。因此它实质上不是表现死亡的,而是使之像精神恍惚一样,贝雅特丽齐愣着神,坐在阳台上眺望这个城市,突然被人从地上抢到了天上。"

## 《天上女郎》

《天上女郎》也许是他作品中最有名的,从他的诗和依据诗而作的画中,我们得知

    天上的女郎倚着
     天上的金栏杆向外看;
    她的眼睛好深,
     深过夜晚静止的深渊;
    她手里拿着三朵白百合,
     她的发间有七颗星在闪烁。①
    ……
    这天上的堡垒,横跨
     太空的洪流,像一座桥梁。
    下面是日与夜的潮汐,
     以火焰与黑暗相激荡,
    一望无垠,地球转动
     像一只翻腾的蚊蚋一样。
    ……
    从天上固定的地点,她看到
     时间像是脉搏一般
    在所有的星辰之中猛跳。她的目光
     仍想刺穿那深渊,
    刺出一条途径;她开口说话
     像群星奏乐在轨迹中间。②

她在等待仍然活在世上的情人,苦苦期待着两人团聚的时刻。

    他也许怕,也许木然;
     我要把脸偎着他,
    讲我们的爱情,
     一点也不羞,一点也不怕;
    圣母会赞许

---

① 三与七都是神秘的数目。
② 从前人相信星辰在轨迹中运行时发出美妙的乐声。

照片:J. 卡斯沃尔－史密斯,罗素大街90号,W.C.I.

**《天上女郎》(D. G. 罗塞蒂)**

　　这幅画试图通过画布表现对罗塞蒂早年的诗歌《天上女郎》的崇高圣洁的想象。

　　这幅画是后来受人委托而作的,表现的是仍在尘世中的情人仰着头,透过茫茫太空凝视着繁星密布的地方,他那已经离去了很久的情人就住在那里。

　　　　我的得意，容我说情话。

　　她会亲自携我们的手，
　　　　去见上帝，所有的灵魂
　　围着他下跪，一排排无数的头
　　　　顶着光环低首鞠躬；
　　迎接我们的天使一齐歌唱，
　　　　伴奏的有琵琶和古筝。
　　……
　　她凝视，静听，然后说，
　　　　声调温和而非悲情——
　　"这一切等他来后再说。"她住了口。
　　　　光明一齐朝着她照射，
　　其中有整队的天使飞翔。
　　　　她的眼睛在祈祷，她微笑。

　　（我看见她微笑。）但是不久，
　　　　遥远星间的途径模糊不清；
　　随后她伸展胳膊，
　　　　沿着金栏杆的上层，
　　她双手掩面地
　　　　哭了。（我听见她的坠泪声。）[①]

## 《尼尼微叠歌》

《尼尼微叠歌》或许是他创作出的最优美的诗歌。这首诗最初于1856年在《牛津和剑桥杂志》上匿名发表，拉斯金曾兴高采烈地读过它，并写信问罗塞蒂——世界上这么多人中偏偏给他写信——知不知道作者是谁。诗歌开头就表明了自己的意思：

　　在我们博物馆的画廊里
　　今天我在那珍品面前徘徊
　　死去的希腊许诺给活着的人——
　　永远从其艺术中获得新的智慧
　　　　这使我无时不为之兴奋。
　　我最终发出了叹息

---

[①] 梁实秋译注：《英国文学选》（第3卷），台北，协志工业出版社，1985年，第2455—2465页。

再一次看到肮脏喧嚣的伦敦；
当我拉开旋转的门
走出来，他们就升起
　　来自尼尼微的带翅膀的畜生。

它长一副人的面孔，
有前蹄，有后腿，
侧面印有漆黑的印记，
那是公牛，长着牛头人身的怪物，
　　被开膛破肚的已死的秘密：
被埋葬的信仰的木乃伊
未受任何损害逃离了藏尸所，
它的双翼要把光明沐浴，——
这种风化的寿衣可能包裹着
　　尼尼微的尸体。

　　他的思绪回到了被烧成一片黄沙之前的古城萨丹纳帕路斯(Sardanapalus)——那时西拿基立①可能跪在神像的阴影里——而女王塞米勒米斯②可能给它带来了金腰带和珍贵的辛香料等礼物；最后，他突发奇想，

　　可能会有人问起哪个先出现
　　伦敦还是尼尼微。

就那牛神曾经站立的地方
望着弥漫的风沙漫卷，
直到最终没有一个人
站在他眼前，另一片土地，
　　命运刺瞎了他的双眼：——
所以他能再度站立；到如今，
在未知的船首和船帆，
澳大利亚某一部落的犁铧
带他到远方，——如今已是
　　伦敦和尼尼微的一块遗骨！

---

①　西拿基立(Sennacherib)；又译赛纳克里布,《圣经》中对他有记载。他两次入侵犹太王国,击败巴比伦,重建尼尼微城,最后在宫廷政变中被杀。——译注
②　塞米勒米斯(Semiramis)；古代传说中的亚述女王,相传为巴比伦的创立者,以美丽、聪明、淫荡闻名。——译注

> 或许确实是一次冒险
> 人的历史已经年代久远，——
> 转眼就过了七十个百年，——
> 那时他最早的童年似乎
> 　　比后来任何时候都更加清晰：
> 我们在这片荒漠之地发现
> 这具尸体，将把我们当作
> 不按基督的卑微方式行事的种族
> 但把它的骄傲和赞美
> 　　都给了尼尼微的上帝。
>
> 先是陪着笑脸，——不久就来到眼前
> 思想：……沉重的翅膀将其播撒，
> 如此确信那不能飞翔的逃逸；
> 那永不凝望天空的注视；
> 　　它看不见写着经文的侧翼；
> 它的皇冠，重得让它紧皱眉头；
> 那生根的双脚信任这片土地：……
> （于是，那形象随着我的脚步清晰）：
> 噢，尼尼微，难道这就是
> 　　你的上帝，你的无比的尼尼微？

1880年他出版了第二部诗集《谣曲及十四行诗》，其中最重要的是《生命之宫》，即第101首描写爱情的十四行诗。其中有许多都是英语中最优美的诗歌，这一点无可置疑，但是它们常常过于雕琢、过于晦涩，因此罗塞蒂自己提议要写一篇说明——他根本没有写——他的弟弟威廉就将其译成散文发表。毫无疑问，这是败笔。谁会要求把济慈和华兹华斯的十四行诗改写成散文呢？但是许多十四行诗都像露珠一样清澈透明，"美得无与伦比"。下面是第四首十四行诗《情望》中的一部分：

> 噢，爱人，我的爱人！如果我再也见不到你
> 地球上也不见你的影子，
> 每个春天都看不到你的眼睛；——
> 那么声音该如何响彻生命漆黑的山坡
> 已死的希望之叶的地上漩涡，
> 死神的不死翅膀之风？

《爱的玩偶》(拜厄姆·肖)

这一活泼的图画图示了罗塞蒂那首出自《生命之宫》的十四行爱情诗《爱的玩偶》。

> 我站在充溢的爱的臂膀旁边
> 花朵的稍微任性和水果玩具的愚顽：
> 周围蜂拥的女士们热烈地把他追赶。
>
> ——D. G. 罗塞蒂

## 《莉莉丝夫人》

下面是《肉体之美》的全诗，是用语言重新描述的他自己的画作《莉莉丝夫人》(见彩板)：

> 据说莉莉丝是亚当的第一个夫人
> 　(在送给他夏娃之前他爱的女巫)
> 　在蛇之前她用甜言蜜语欺骗
> 她那头魔发乃是第一块金。
> 她仍然坐在那里，大地已老她依然年轻，
> 　她细细地自我思量，
> 　吸引男人来看她编织的蛛网，
> 直到她全部掌握了他们的心灵、身体和生命。
>
> 玫瑰和罂粟是她的花朵；噢，莉莉丝

经美第奇协会有限公司惠允复印

**《莉莉丝夫人》（D. G. 罗塞蒂）**

这幅画虽然标注的日期是1864年，但直到1866或1867年才完成。罗塞蒂很少被华丽诱人的女性美所吸引，这是其中的一个例子。不幸的是，1873年，罗塞蒂在一次病后，根据另一位模特完全重画了画中人的脸，结果并不十分令人满意。

这幅画在罗塞蒂的诗《莉莉丝夫人》中有所描述。

> 难道他没有发现发出芬芳
> 给他温柔的吻和温柔睡梦的你将引他入毂?
> 唉,当那青年人的眼睛因你而激情洋溢
> 你的魔法流经他的全身,让他弯下笔直的脖颈
> 一缕金黄的秀发勒住了他的心。

与他的所有画像一样,《莉莉丝夫人》也是用一大片红色做底色。在诗歌方面,他是济慈——文学中善用色彩的大师——的追随者。然而,令人奇怪的是,他的诗中几乎没有任何颜色!

罗塞蒂写了一些美妙的歌,经常被谱上曲。其中最甜美的一首是《新年叠歌》:

> 甜蜜的风吹过草地
> 　我们已经来到春天里。
> 在我们所会的歌曲中
> 　我们现在来唱哪一支?
> 　　　不是那支,我的爱人,噢,不!——
> 　　　不是这支,我的爱人?为什么不!——
> 这两支都是我们的,而时间将飞逝。
>
> 我们仰望上面缠结的枝头,
> 　天空撒下了一只网:
> 那天底下究竟是什么
> 　我们俩竟然都已忘却?
> 　　　不是生,我的爱人,不,不是,——
> 　　　不是死,我的爱人,不,不是,——
> 曾经是我们的爱,但我们的爱已经过去许久。

不简单提一下罗塞蒂的谣曲,我们就不能结束对他作品的探讨。他的谣曲中有一些是他最美的作品,但却不能简单地引用。《国王的悲剧》讲的是凯瑟琳·道格拉斯把胳膊插进门上的 U 形钉里,把刺杀国王詹姆斯的人挡在了外面。《修女海伦》讲的是一个被抛弃的女孩怎样熔化了她那负心恋人的蜡像,日渐消瘦,终于死去的故事。最长的一首《罗斯·玛丽》,就总体而言是最优秀的,它描述了另一个女孩怎样在魔幻水晶球中看到伏兵正在伏击她的骑士。她通知他不要走那条路,但她不知道只有纯洁无瑕的处女才能正确读懂水晶球,而她自己已经在爱情上失了足。那位年轻的骑士选了另一条路,径直骑向埋有伏兵的地方,被杀死了。

《谣曲与十四行诗》发表后的第二年,罗塞蒂的身体完全垮了。他的健康状况早

照片：亨利·迪克逊－儿子公司

**《罗斯·玛丽与绿宝石》(A. C. 库克)**

> 被重重地握在法律的手中
> 紧盯着眼前之所见，
> 不曾有片刻转睛。
> ——D. G. 罗塞蒂

就开始恶化，部分原因是他不加节制地使用麻醉剂。1882年4月9日，他在伯青顿去世，葬在海边的一个小墓地里。

  罗塞蒂是作为画家伟大，还是像他自己所认为的，作为诗人更伟大呢？有些人认为这很难说。但是那本像是被施了魔法一样的诗集，那本充满了种种幻想的诗集，仿佛用魔术师的音乐，让人们想起"充满古老传奇故事的国度"——那个壮丽辉煌的画廊里有梦幻般的、美艳绝伦的女人，她们从开满鲜花的香闺中往外看，在魔幻水晶球中看一些奇怪的传说，用诗琴奏出不知名的美妙乐曲，或者用银色的长梳梳理满头金红色的长发，即便如此，我们应该慢慢改变它。

照片：里施基斯收藏馆

**《菲娅梅塔》(D. G. 罗塞蒂)**

  罗塞蒂在画布上构想的薄伽丘深爱的女郎——菲娅梅塔的模特是 W. J. 斯蒂尔曼夫人，以前的玛丽·斯帕塔利小姐。

  这幅画运用了大量色彩。画中人从头到脚裹着一件暗红色的长裙，她长着一头红棕色的头发，但最动人的是那张美丽的脸，向外望去的明亮的蓝眼睛与画面四周的粉白色花朵形成了色彩对比。

## 第五节 克里斯蒂娜·罗塞蒂

克里斯蒂娜·罗塞蒂是画家—诗人罗塞蒂的妹妹,她1830年出生,比罗塞蒂晚两年。她过着平静、幽居的生活——许多年来,她深爱着母亲——她一生未嫁,虽然有两位追求者向她求过婚,其中一位是罗马天主教教徒,另一位是自由思想家,由于她自己具有强烈的宗教观点,她拒绝了他们。诗歌对她而言,就像是母语一样。可以毫不夸张地说,她出口即成诗。雨果说:"写诗要么轻而易举,要么根本就不可能。"济慈说:"如果诗歌不是像树上长出叶子那样自然地写出来,那么最好就不要写。"这一箴言决不是普遍真理——比如,她哥哥的诗,就像贺拉斯和华兹华斯的诗一样,是伴随着痛苦和血泪创作出来的——但就克里斯蒂娜的诗而言,这却是朴素的真理。她可能写出了下面的诗句,比丁尼生要真实得多:

> 我只能唱因为我必须唱,
> 我只能像雀儿一样唱。

她的诗差不多比她所处时代所有诗人的诗都要简单、悦耳、清晰。

### 《小妖精集市》

1862年她的第一部作品集《小妖精集市及其他》问世,三年后《王子的历程及其他》问世,两部作品集中都有罗塞蒂画的插图。《小妖精集市》讲了两个女孩在森林的小溪边遇到了一群妖精,她们用一束金色的头发买了一堆魔果;其中一个女孩吃了果子——另一个不敢吃——就日渐消瘦下去;她的妹妹虽然害怕,但仍冒险再去见那些妖精,从他们那里得到了解药,救活了将死的姐姐。《王子的历程》讲的是一位王子怎样独自前去见他的新娘,而新娘早就孤独地在她那冷清的宫殿里思念着他——他的行程怎样被耽搁了:首先是一位扮成挤奶女工的女巫;接下来是一个在山洞中煮长生不老药的老头儿,他强迫王子给他拉风箱,老头儿最后倒在大锅旁死了;最后是差点淹死他的山洪——就这样,当最后赶到新娘的宫殿时,他遇到了从城门走出来的送葬队伍。她等待得筋疲力尽,已经憔悴而死。有些人把这首诗看成是一种描写生活的寓言。这首诗极具诗意之美,对我们而言,这已足够了。

这些诗歌都是她最长的作品,不太适合引用——它们必须要从头至尾阅读。但差不多她的任何诗歌都可以表明她那完美的才华。下面就是一首——如许多诗歌一样可以让我们引用:

> 当我死去的时候,亲爱的,

你别为我唱悲伤的歌,
　我坟上不必安插蔷薇,
　也无需浓荫的柏树;
让盖着我的青青草,
　淋着雨也沾着露珠,
假如你愿意,请记着我,
　要是你甘心,就忘了我。

我再见不到地面的青荫,
　觉不到雨露的甜蜜,
我再听不到夜莺的歌喉,

承蒙麦克米伦出版有限公司惠允,复印自其出版的《小妖精集市》
**《用一束金发来向我们购买》**
这幅木刻画是D.G.罗塞蒂设计的,作为妹妹克里斯蒂娜的诗集《小妖精集市》的扉页。

在黑夜里倾诉悲啼。

在悠久的昏暮中迷惘，

　　阳光不升起也不消翳；

也许，我还记得你，

　　也许，我把你忘记。

（徐志摩译）

## 第六节　爱德华·菲茨杰拉德

### 莪默·伽亚谟（一译欧玛尔·海亚姆）

爱德华·菲茨杰拉德生于 1809 年，是一位乡绅的儿子。他的父亲留给儿子足够的财产，让他可以随心所欲地生活。他决定在乡间独居，远离尘嚣，像个爱空想的隐士，像个素食者，用他朋友丁尼生的话说，"靠喝牛奶、吃粗碾的谷物和青草为生"。他写了很多书，但几乎都被遗忘了，只有那首令他声明不朽的诗是个例外。他开始将莪默·伽亚谟的《鲁拜集》翻译成英文时已经 41 岁了。莪默是位波斯诗人兼天文学家，和爱德华一样是个闲散之人，过着绚烂多姿的生活。几年来，爱德华一直在翻译《鲁拜集》，最后他把译稿交给了《双周论坛》的主编，主编将稿子保留了一年，后来又还给了他。他自己出钱印刷，但因为一本都没有卖出，就把这些诗集当作礼物送给书商伯纳德·夸里奇。夸里奇把诗集放

《爱德华·菲茨杰拉德》（约瑟夫·辛普森）
菲茨杰拉德因翻译《鲁拜集》而永存于文学中。

在书店外的盒子里，先把诗集的价格从 5 先令降到 2.5 先令，后来降到一先令，最后降到一便士。机缘巧合，罗塞蒂买了一本，然后就满怀激情地让所有的朋友都去买。史文朋买了四本。就这样，《鲁拜集》开始热卖。要不是罗塞蒂凑巧翻阅了这本诗集，英语诗歌中的一块瑰宝可能就永远成为了沧海遗珠。今天，一便士的盒子里还有这样的诗集吗？

除了诗句极为优美之外，还有其他一些让这本小书变得如此有名的特点：首先就

是大众永远接受的人生哲学,也就是赫里克的歌"有花堪折直须折"的人生哲学;其次是东方景色的绚烂瑰丽,从一束黎明的阳光照在苏丹的宫殿上,到美丽的黄昏具有的壮美魅力,那时一轮低低的大月亮悬挂在芳香四溢的花园之上,客人们端着酒杯,戴着玫瑰花环,坐在草地上,头顶上"繁星点缀"。

丁尼生认为这是最好的翻译,在音乐上、形式上和色彩上均是如此。下面就是其中的一些诗节,如所有诗歌爱好者一样,他尤为喜欢这些诗节:

> 来呀,请来浮此一觞,
> 在春阳之中脱去忏悔的冬裳:
>   "时鸟"是飞不多时的——
> 鸟已在振羽翱翔。
>
> 树荫下放着一卷诗章,
> 一瓶葡萄美酒,一点干粮,
>   有你在这荒原中傍我欢歌——
> 荒原呀,啊,便是天堂!
>
> 蒋年西宴饮之宫殿
> 如今已成野狮蜥蜴之场;
>   好猎王巴朗年之墓头,
> 野驴已践不破他的深梦。
>
> 但是,啊,奈何春要和蔷薇消亡!
> 甘芳的青年时代的简篇要掩闭!
>   花枝里唱着歌的黄莺儿,啊,
> 谁知他飞自何来,又将飞向何去!
>
> 但只愿有翼的天使及早飞来
> 停止这尚未完篇的"命运书稿",
>   使那严肃的"记书人"另写一回,
> 不然啊,就请他全盘涂掉。
>
> 啊,爱哟!我与你如能串通"他"时,
> 把这不幸的"物汇规模"和盘攫取,
>   怕你我不会把它捣成粉碎——
> 我们重新又照着心愿捏拟!
>
> 方升的皓月又来窥人了——

月哟,你此后仍将时盈时耗;
你此后又来这花园寻人时,
在我们之中怕有人你难寻到!

啊,"醲客"哟!当你像那月儿,
在星罗草上的群客之中来往,
你醲到了我坐过的这个坐场,
——你请为我呀,祭奠一觞! ①

## 第七节 马修·阿诺德

### 清晰易懂的散文作家

马修·阿诺德(1822—1888)长眠在他的出生地拉勒汉姆,靠近他最爱的泰晤士河。他是一位从未获得大众欢迎、其实也未曾试图大受欢迎的诗人,而且很可能他永远都不会大受欢迎。在那个时代的许多人看来,在许多他认为最重要的人看来,他的思考产生了一种魔力,这种魔力传到了下一代,现在已经无法打破。与丁尼生和勃朗宁相比,他写的很少。中年时他转而成为一位散文作家,而他的散文就简洁、思想和魅力而言,堪与纽曼的散文媲美——对于他没有比这更好的赞美了。在他身上,诗歌之泉从来没有泉涌般流淌过,而到了晚年(正如他自己坦率承认的一样),诗的水道干涸了。但是那泉水,在持久流淌时,是清澈的,即便不像

《马修·阿诺德》(约瑟夫·辛普森)
诗人和批评家。

波光粼粼的泰晤士河那样欢快

偶尔也会冒出罕见的水泡,一会儿是青春的水泡,一会儿又是益趣的水泡。

在温切斯特经受了短暂的考验之后,阿诺德在拉格比接受父亲——著名的托马

---

① [波斯]莪默·伽亚谟著,郭沫若译:《鲁拜集》,北京,人民文学出版社,1978年,第9、14、20、98、100、102、103页。

斯·阿诺德博士——的教育，1841年，他继续到牛津大学的贝利奥尔学院深造。他在拉格比写了一首获奖诗歌《阿拉里克在罗马》，另一首关于《克伦威尔》的诗歌再度获得成功，获纽迪吉特奖；他没有拿到一等奖学金，这有点令人费解，但作为对此的补偿他获得了奥里尔奖学金——那时，这是牛津最令人羡慕的荣誉。他留在了牛津，但只待了很短时间；当了一段时间教师后，他成了教育委员会主席兰斯多恩勋爵的私人秘书。1851年，他被兰斯多恩勋爵任命为学校督学，三十五年来，他在这个职位上兢兢业业地工作，当时，他的才智几乎没有得到认可，但却成了后来许多改革的起源，并且将被看作更多改革的先驱。65岁时，他突然死于心脏衰竭：（如谚语所说）他比实际年龄年轻，举止优雅，雍容高贵；在人前兴高采烈；有点倔强，但决不固执；最重要的是，他是个好朋友。

在略为平淡的一生中，阿诺德受到两种不得不接受的影响，对此他都报以虔敬之心；（除了公务外）他在自己的时代留下了两条无法抹去的痕迹。第一种影响——在高中和牛津时，年轻的马修通常都在格拉斯米尔附近的福克斯豪度过大部分假期，这是父亲买下的一处房子，当在拉格比周围单调的乡村住腻了之后，他就来这里恢复精力；在这里，在湖区的瀑布和河流间，他在华兹华斯的思想魔力下长大，并将成为华兹华斯最好的阐释者；用华兹华斯的眼睛看大自然，用华兹华斯的耳朵倾听大自然的声音。

至于第二个影响，如前面所提到的，马修·阿诺德生来就是个忠实的朋友；在牛津时，他找到一位忠诚的朋友亚瑟·休·克拉夫，他是阿诺德在拉格比市市立学校的校友，比他大两三岁，阿诺德崇拜他，后来使其扬名千古。

阿诺德创作的两首著名挽歌《学者吉卜赛》和比较正式的《色希斯》，都是献给他与克拉夫的友谊的。在第一首诗中，他呼喊着反对

> 当时，现代生活的奇症怪病——
> 反常的匆骤、分裂的目标，①

在第二首挽歌中，他的朋友和牧羊人达佛涅斯一起升起来，站在永生之门的门槛上俯视这个纷扰的世界。

总体上看，《色希斯》是他描写成就的巅峰。致布谷鸟的诗是很好的范例，丁尼生的诗歌，实际上还有任何其他诗人——济慈除外——的诗歌都比不上这首诗的美感：

> 于是，六月初暴风雨的早晨
> 当今年最初的花季已经过去，
> 在玫瑰和最长的日子到来之前——

---

① [英]马修·阿诺德作，吕千飞译：《学者吉卜赛》，王佐良编著：《英国诗选》，上海译文出版社，1988年，第480页。

>当花园的温床,所有草地,
>　　在下落的五月里开满红花和白花,
>　　　　还有栗树花——
>我听到了布谷鸟告别的呼喊,
>　　从湿地,穿过喧闹的园林,
>　　　　带来了喷涌的大雨和颠簸的微风:
>花儿没了,我也与花一起走了!

>太快的绝望者,你要到哪里?
>　　仲夏很快将怦然而至,
>　　　　麝香康乃馨将开苞绽放,
>我们很快就会看到涂金的金龟子草
>　　美国石竹将散发朴素的农舍味道,
>　　　　而吹来缕缕缱绻的芬芳;
>小径两旁将闪出长长的玫瑰之光,
>　　打开吧,由茉莉覆盖的窗子,
>　　　　在梦幻般的园林中各自组合,
>还有那轮满月,那颗银白的昏星。

阿诺德在作品的出版、撤销和修改方面反复无常,也许有些做作。1849年,他发表了一本薄薄的诗集《A的迷途狂欢者及其他》;之后在1852年发表了《A的恩培多克勒在埃特纳及其他》。1853年,他将这两本诗集合起来,将自己的全名写在扉页上,(不明智地)去掉了《恩培多克勒》和几首不太重要的诗,增添了另一些精彩的诗——《索拉布与拉斯塔姆》、《布夫教堂》、《安魂曲》和《学者吉卜赛》。1855年,《马修·阿诺德新诗集》发表,1858年《梅洛普》发表。

在此期间,他被选为牛津大学的诗歌教授。1862年,在任期结束时,他重新当选,连任五年;1865年,《评论一集》问世,对于任何算不上真正诗人的人,对于真正的诗歌高手而言,这部作品都足以作为基石。在今后的一百年里阿诺德将有权身居高位,有些人对此有所怀疑,这个问题可能要留给后人去评说了——因为我们中没有人会到一百年后检验我们的预言。但同时,用已故赫伯特·保罗的话说(《马修·阿诺德》,"英国文人"系列):"阿诺德不仅自己评论书,他还教别人怎样评论。他制定了准则,如果说他自己并不总是遵守这些准则的话。在读过《评论一集》后,没有人有什么借口不是批评家。"这是事实。但最重要的是一种充满渴望的智慧,介于怀疑与信仰之间的智慧,当时许多困惑但并不绝望的人能够完全理解,今天仍是如此。他的确是一位由其时代更加深刻的疑虑和最深处的忧虑造就的诗人。看看那首《多佛滩》中严肃但优

美的沉思,其中海浪的哀歌令他深思:

>   信仰的海洋,
> 也曾一度涨潮,围绕着大地的海岸,
> 像折起的闪光的腰带。①
> 但是现在我只听到
> 大海抑郁、拖长的落潮吼鸣,
> 沿着世界上巨大、阴郁的边岸
> 和赤裸的卵石沙滩,
> 退入吹拂的夜风。
>
> 啊,亲爱的,让我们
> 相互忠诚,因为看彻人间,
> 犹如幻乡梦境
> 五光十色、美丽新颖,
> 实在没有欢乐、没有恋爱和光明,
> 没有肯定、没有和平、也无从解除苦痛。
> 人生世上犹如置身于黑暗旷野,
> 到处是争斗、奔逃,混乱惊恐,
> 如同愚昧的军队黑夜交兵。②

或者,在《自力更生》中,我们再次听他将人类不平静的心声和不连贯的目标与群星和大海平静、坚定地履行职责进行了对比,大海是根据宇宙秩序定时潮涨潮落的:

> 不被周围的静穆所吓倒,
> 不为看到的景象而分神,
> 并不要求让别样的事物
> 对它们产生爱情、兴味和同情。
>
> 星星欢欣地履行发光的职责,
> 大海欢欣地在皎洁的月光下波澜起伏;
> 他们因为镇定自若而生存,而非为看到
> 与众不同之人的炽烈热情而憔悴。

---

① 这两行难懂,大意为涨潮之际海水紧紧包围着陆地。大海的力量"聚集"起来像摺起的衣服褶皱,退潮则像把皱褶展开。
② 此诗一般认为作于1851年,但没有定论。此处战争可能指1848年的革命,也可能指1849年法军包围罗马城。
[英]马修·阿诺德作,吕千飞译:《多佛滩》,王佐良编著:《英国诗选》,上海译文出版社,1988年,第484页。

> 受自身的羁绊,而不理会
> 上帝的其他工作如何,
> 所有的力量都倾注于自身的任务,
> 才获得你所看到的非凡生命。
>
> 噢,那空降的声音!长期以来格外清晰,
> 我在自己心中听到了和你一样的呼喊:
> "决心做你自己;懂得
> 一旦发现了自己,就会失去痛苦。"

马可·奥勒留在不同时代、以不同的风格表达了同样的意思:"内视。"实际上,阿诺德对这位悲惨的、努力奋斗的皇帝—哲学家的评论可以原封不动地用来描述他自己:"就这样,他一直是那些头脑清醒、小心谨慎,但真诚正直、努力向上拼搏的人的特殊朋友和安慰者,尤其是在那些凭眼见、而不是凭信仰行事,眼界又不开阔的时代里。也许,他不能给那些人他们渴望的一切,但他给了他们很多;而他可以给他们的,也是他们可以接受的。"

## 第八节 威廉·莫里斯

当罗塞蒂在拉斯金(他是对年轻爱好者帮助最大的朋友)的影响下作画,并在教伯恩-琼斯作画时,有一个刚从牛津毕业的年轻人来到这里,他立刻就被罗塞蒂迷住了。这个年轻人就是威廉·莫里斯(1834—1896),他刚刚签约成为乔治·埃德蒙·斯特里特的学徒。他是伦敦法院的设计者,也是"哥特复兴"——在这场运动中,拉斯金带领许多人为复兴而殉身——的受难者之一。莫里斯就是因为喜欢建筑才搞建筑的,他自命为"艺术生",而不是当一个"艺术生",这就是他的性格。但这股孩子气的狂热包含着两个信念:第一个是只有回到中世纪的彻底性,学习怎样使用和处理材料的手艺,才能拯

照片:里施基斯收藏馆

《威廉·莫里斯》(G. F. 沃茨)

诗人、社会主义者和艺术家。

救艺术；第二个是在追求美的时候，所有艺术的目标都是一致的。随着时间的推移，这两个信仰之上又出现了一种强烈的信仰，那就是本质的艺术，甚至是所有政治和所有诗歌、绘画、雕塑、编织、设计纺织品、薄织物、陶瓷、玻璃器具等主要艺术，是只有一个正当目标的工艺——让人类生活更快乐，让"广大平民百姓"都快乐。没有几个人比他更谦虚地漠视自己的天才。他受到罗塞蒂的影响，酷爱作画和学习。罗塞蒂圈子中的朋友叫他"托普西"——可能是因为他像《汤姆叔叔的小屋》中的黑人孩子，他不说大自然在他出生时感到了阵痛，而只是"指望他成长起来"。当他和"老师"罗塞蒂高高兴兴地去牛津为牛津联合会画一系列壁画时，莫里斯就像孩子一样写诗。在一天的工作结束后，倚在沙发上休息的罗塞蒂就会说"托普西，给我们读一首你经过苦思写出来的诗吧"，慌张的莫里斯就会脱口念出这样的诗句：

> 她头上是金，她脚上是金，
> 裙摆相遇的地方也是金，
> 一条金色的腰带缠着我的甜心；——
> 啊！她是美丽的玛格丽特。

或者《地上乐园》序曲中的这些诗句：

> 我无法歌唱天堂或地狱，
> 我无法减轻压在你心头的恐惧，
> 无法驱除那迅将来临的死神，
> 无法招回那过去岁月的欢乐，
> 我的诗无法使你忘却伤心的往事。
> 无法使你对未来重新生起希望，
> 我只是个空虚时代的无用诗人。
> 生错了时代，做着好梦的梦想家，
>
> 我又何必劳神去弄清事实的是非曲直？[1]
> 只要这样就够了：让我喃喃的诗语
> 用它的翅膀去轻拍梦神的象牙之门，[2]
> 把一个不太令人讨厌的故事
> 告诉那些仍在梦乡的人们，

---

[1] 1856年当莫里斯还是个大学生时，他在一封信里写道："我对政治—社会科目怎么也产生不了兴趣，在我看来，这些科目大都显得杂乱无章，我怎么也没有能力或职业的爱好去理出它们的条理来。我的作品又是这样或那样的梦的体现。"

[2] 在梦神莫菲斯的山洞上有两个大门：从兽角做的门里出来的是先知梦，从象牙做的门里出来的是虚构的梦。

照片：弗雷德里克·霍里耶

《乐曲》(D. G. 罗塞蒂)

这一离奇有趣的情景表明了罗塞蒂特有的丰富新颖的创造性。威廉·莫里斯极爱这幅画，并以这一浪漫题目为主题，在此基础上创作了一首诗。

    被空虚时代无用诗人催入梦乡的人们。

    如果你能正确辨别，地上乐园
    情况亦复如此，请原谅，
    我在严酷无情的大海怒涛之中
    竭力修建了一座朦朦胧胧的极乐小岛，
    浪涛里必定翻滚着无数的生灵，
    海妖一定会贪婪地吞食他们强壮的身体，
    能免一死的唯有那空虚时代的无用诗人。①

---

① [英]威廉·莫里斯作，朱次榴译：《地上乐园》，王佐良编著：《英国诗选》，上海译文出版社，1988年，第511—512页。

像这样的诗句，以及《爱已足够》中的诗都证明他能够"并将会"在一个盛产抒情诗人的时代里，成为一位杰出的抒情诗人。但是，莫里斯（始终是一个有实力的伟人）在发现了自己诗歌方面的才华之后，也敢于尝试伟大主题和中世纪的鸿篇巨制，甚至还有中世纪的单调乏味——采用饰挂绣帷的饰品和精美饰品的风格，按照一幅早期的意大利绘画中女神脚上设计的镀金连香报春花的风格对其进行通篇修饰。《伊阿宋的生与死》、诗歌杰作《地上乐园》（1868—1870）、故事《沃尔松的席格德》（1877）、译作《埃涅阿斯纪》（1876）和《奥德赛》（1887），都是憋了"长长的一口气"坚持不懈创作而成的，这些作品让人想到晚期的乔叟，在叙述中回到原点，再迅速快进，然后令人信服地重复。在他所做的一切中，莫里斯就像一个高贵的、上帝般的孩子：在拉斐尔前派成员中，他鹤立鸡群，正直，宽厚，不古怪，不自我宣扬；具有真正的、彻底的献身精神，且单纯而伟大。

## 亚瑟·休·克拉夫

亚瑟·休·克拉夫（1819—1861）我们已经提到了，他是阿诺德在拉格比和牛津最亲密的朋友。像阿诺德一样，他在正统观念中长大，后来慢慢放弃了它。最近为他写传记的詹姆斯·英斯利·奥斯本先生形容他是学术真诚的典范，这是非常恰当的。他努力了解自己，努力控制自我，努力让自己深谋远虑，养成有责任感的习惯。在早年写的一首诗中，他呼吁：

> 回来吧，我那颗古老的心！
> 　我说，如果不给我力量，
> 给自己规定正确的规章，
> 　我就等于死亡。

他的《不要说斗争没什么用处》，使他流芳千古：

> 不要说斗争没什么用处，
> 　只是白白地辛苦和受伤；
> 别说敌人没打昏没打输，
> 　事情同以前仍是一个样。
>
> 希望倘受骗，骗子是在惊慌；
> 　若不是你，在那处硝烟里
> 你战友也许已控制战场，
> 　眼下甚至在追杀着逃敌。

>     别看这里的余波空拍岸，
>         似乎一寸地也难以漫到；
>     要知道，内陆的河汊河湾
>         悄悄中已满是大海来潮。
>
>     再说，当白天到来的时候，
>         光线不只是从东窗照进；
>     正面看，太阳升得慢悠悠，
>         但朝西看：大地一片光明。[①]

## 考文垂·帕特莫尔

也许可以把考文垂·帕特莫尔（1823—1896）说成是一位拥有完全属于自己的读者的诗人。只有一次，在很早时，他凭《家里的天使》吸引了大量读者。《家里的天使》是关于婚姻之爱和平静生活的田园诗，虽然一些幼稚的和柔情蜜意的成分破坏了它的完美，但其中还是有许多优美的诗句和片断，比如：

>     独处，与天空和大海独处
>     而她，是第三个素朴。

还有：

>     他唯一的爱，她已经结婚！
>         他的痴情转向心灵
>     就仿佛婴儿已死而奶水来临。

还有：

>     树叶全都在颤抖，完美的模仿
>         临近汹涌的河水冰凉，
>     当太阳下山，影子落地，
>         这些变绿，那些金黄；
>     在阴暗的凹地风信子领首，
>         片片的报春花把天空照亮，
>     在迂迴的树林中徘徊，
>         汇集了各处的芬芳；

---

[①] [英]亚瑟·休·克拉夫作，黄杲炘译：《不要说斗争没什么用处》，《英国抒情诗选》，上海译文出版社，1997年，第157—158页。

> 松鼠在枝丫上来回跳荡
> 六七只无忧无虑的歌鸟
> 在树叶中唱着崇高的歌
> 只为它们唯一的听者，天堂。

在他的全部作品中，帕特莫尔认为那本沉思和格言的小册子《鱼钩，根和花》(1895) 最有价值。在这部作品中，他试图将人生经验的精粹，用一位罗马天主教学生所信奉的人与时间和永恒的关系的信条汇集起来。他的想法是："科学是一条线，艺术是一个面，而生活，或是对上帝的认识，则是一个立方体。"

维多利亚晚期的无政府状态看起来很有意思，似乎是可以容忍的，但人们一想到它可怕凄凉的情景，即寂寞孤独，让人抑郁消沉得想自杀，或为了摆脱这种感觉而自杀——如詹姆斯·汤姆森一样，他是《暗夜之城》的作者，写出了许多迷人的诗歌，还有那首极其可怕的短诗《在房间里》——就不会这么认为了。当我们想到汤姆森的实际命运，假设同辈诗人给他一点小小的鼓励可能会出现的情况，就有一种难以名状的孤独感涌上心头。但是

> 神祇们高兴。
> 他们转向四方
> 他们那些闪光的眼睛，
> 看到下界的
> 大地和人。

## 参考书目

**丁尼生：**

Tennyson's *Works* with Notes by the author, edited with a Memoir, by Hallam, Lord Tennyson.

*The Complete Works of Alfred Lord Tennyson*. With a preface by Elisabeth Lither Cary. Together with critical introductions, and literary estimates by Stopford A. Brooke, M. Filon, M. Forgues, etc., 8 vols..

Sir Alfred Lyall's *Tennyson*.

*Tennyson*, Harold Nicolson.

*Tennyson: His Art and Relation to Modern Life*. Stopford A. Brooke.

*Tennyson: His Homes, His Friends and His Work*. By Elisabeth L. Cary.

**勃朗宁夫妇：**

*The Works of Robert Browning*, edited and annotated by the Right Hon. Augustine Birrell and Sir Frederic G. Kenyon.

*Selections from the Poetical Works of Robert Browning*.

*Lyrics.*

*Shorter Poems.*

*Browning's Poems*, 1833–1844 (1 vol.).

*Browning's Poems*, 1844–1864 (1 vol.).

*The Ring and the Book* (1 vol.).

*The Poetical Works of Mrs. E. B. Browning*, complete in 1 vol..

*Poems of E. B. Browning: A Selection.*

*The Letters of Robert Browning and Elizabeth Barrett Browning*, 2 vols..

*Elizabeth Barrett Browning in her Letters*, by Percy Lubbock.

G. K. Chesterton's *Browning.*

*Browning, Poet and Man*, by Elisabeth L. Cary.

Ernest Rhys' *Browning and his Poetry.*

*Robert Browning*, in *Pre-Raphaelite and other Poets*, Lafcadio Hearn.

Kathleen E. Royds's *Mrs. Browning and her Poetry.*

史文朋：

*The Poems of Algernon Charles Swinburne*, 6 vols..

*The Tragedies of Algernon Charles Swinburne*, 5 vols..

Also The Golden Pine Edition, 包括下列这些：

1. *Poems and Ballads* (First Series).

2. *Poems and Ballads* (Second and Third Series).

3. *Tristram of Lyonesse.*

4. *Atlanta in calydon.*

5. *Songs Before Sunrise.*

6. *A Study of Shakespeare.*

Edmund Gosse's *Life of Swinburne.*

*The Letters of A. C. Swinburne*, edited and with an introduction by Edmund Gosse and T. J. Wise, 2 vols..

*Swinburne*, by G. E. Woodberry.

*Swinburne*, in *Pre-Raphaelite and other Poets*, Lafcadio Hearn.

但丁·加布里埃尔·罗塞蒂：

*Poems and Translations.*

*Poems*, edited by Elisabeth Luther Cary,

不同版本的 *Poems.*

*The Early Italian Poets*, in the Original Metres, together with a Prose Translation of Dante's *Vita Nuova.*

*The Blessed Damozel.*

*Rossetti*, in *Pre-Raphaelite and other Poets*, Lafcadio Hearn.

A. C. Benson's *Rossetti.*

*Recollections of D. G. Rossetti*, Hall Caine.

*The Rossettis, Dante Gabriel and Christina*, by Elisabeth L. Carey.

克里斯蒂娜·乔安娜·罗塞蒂：

*Complete Poetical Works.*

几个版本的 *Poems*, 1840–1869.

马修·阿诺德：

*Complete Poetical Works.*

*Essays in Criticism*, First and Second Series.

*Study of Celtic Literature*, etc..

Herbert Paul's *Matthew Arnold.*

*Literature and Dogma.*

*Culture and Anarchy.*

*Friendship's Garland.*

*Letters*, ed. By G. E. W. Russell.

*Unpublished Letters of Matthew Arnold*, ed. by Arnold Whitridge.

威廉·莫里斯：

*Collected Works* in 24 vols., edited by Miss May Morris.

*The Earthly Paradise.*

*Poems of William Morris: The Defence of Guenevere*, 1858, *Life and Death of Jason*, 1867 and Other Poems, 1856–1870.

*Early Romances.*

Alfred Noyes's *William Morris.*

*William Morris, Poet, Craftsman, Socialist*, Elisabeth L. Cary.

*William Morris*, in *Pre-Raphaelite and other Poets*, Lafcadio Hearn.

亚瑟·休·克拉夫：

*Poems*, with Introduction by Charles Whibley.

他妻子主编的 *Prose Remains.*

*Poems* in the Canterbury Poets.

*Poetical Works*, edited by F. T. Palgrave.

考文垂·帕特莫尔：

*Poems*, new and complete edition, with an introduction by Basil Champneys.

*The Angel in the House.*

*Principle in Art, and other Essays.*

*Religio Poetæ, and other Essays.*

Edmund Gosse's *Coventry Patmore.*

# 第三十章 狄更斯和萨克雷

## 第一节 维多利亚时代的小说

维多利亚时代的小说是历史事实,是非常实在的,因此完全有理由对其进行单独研究。当然,每种研究都要进行介绍,而介绍又需要进一步介绍,这样就要追溯到世界本身的创造。至少要回顾罗马帝国统治下的英国,才能说清维多利亚时期的英国是怎样的。最起要从希腊和中世纪传奇故事,或者,当然也是同样重要的,要从英语小说享有的美誉及其人性的真正起源——杰弗里·乔叟的天才讲起,才能说清楚小说的本质。当然,也没有人会完全从字面意义上去理解"维多利亚时代"这个词,或者认为这段漫长的统治时期只是一种巧合,是一种方便的叫法。没有人会因为一个老詹姆斯二世党人在维多利亚刚刚即位之后去世了就说他是维多利亚人,也没有人会因为一位年轻的布尔什维克主义者在维多利亚即将去世之前出生,就说他是维多利亚人。然而,19世纪后期的确与一种规范或核心相对应。维多利亚风格可以与其历史环境分离开来,这是因为它本身几乎就是独立的;它是一座非常具有英国特色的花园,一个很大的花园,但它却有很高的树篱。

我们可以这样确定这种风格,也是最贴近的了。维多利亚时代的思想在一定范围内获得了一定的自由和权利,但其关键的一点在于它认为那些界限和自由是永恒的。事实上,维多利亚风格的一个特征就在于它甚至连意外事件也看成是永恒的。有许多至今尚存的习俗;但因它们是维多利亚时代的,我们就隐隐约约地觉得它们必须永远存在。或许它们将不会永存,因为它们只不过是个别的实验,就像任何商店和私立学校一样。但重要的是它们的名字听起来仍像更实在的东西。如果《时代周刊》果真突然停刊,那么我们都会觉得好像是宇宙时钟停了下来一样。如果我们果真听到《笨拙周报》[①]不存在了,那就好像整个一个阶层不存在了一样,就像异教徒为潘神的去世而悲恸一样。很难想象《全英火车时刻表》不属于布拉德肖[②]而属于其他人;也很难相信

---

[①] 《笨拙周报》(*Punch*):伦敦的一种幽默刊物,适合中产阶级的趣味。该刊2002年停刊。——译注
[②] 布拉德肖(Bradshaw):印刷商乔治·布拉德肖1839年在曼彻斯特发行火车时刻表,1961年废止。"Bradshaw"也是"火车时刻表"("Bradshaw's Railway Guide")的缩略。——译注

布拉德肖不是一个抽象概念，就像大不列颠一样。就连穆迪先生身上都给人一种神秘不朽的感觉。

令人担心的是，我们将发现所有这一切都是假象。但我们发现不了制造那种假象的手段。我们巨大的现代垄断部门和百万富翁们的实验没有一丝永恒不朽的迹象。现在，那些维多利亚人试图赋予他们的那些习俗以一种永恒不朽的印象，而这些习俗实际上是随意的，甚至是荒谬可笑的。他们将折中处理对这些习俗的限制和他们享有的自由，而这种折中并不仅仅是权宜之计。其理由就是这些自由有很多，足以让生活舒适的阶层至少感到舒适。而控制仍然存在；但这个时代的特点就是把控制伪装成习俗，甚至当成无意识的习俗而接受。如同其典型产物——公立学校里的男孩子一样，每个人都要成为精于世故的人，但几乎不是精于真实世界的人，当然也不是精于整个世界的人。我谈到生活舒适的阶层和公立学校里的男孩子，是因为这标明了维多利亚时代英国的缺陷，这缺陷是真的，即便是无意识的。它并非真为所有人考虑，就像它在欧洲大陆的主要劲敌一样，尽管法国倚仗的是自由，德国倚仗的是奴隶制度。但维多利亚时代典型的贵族是真正快乐的；就是说，他们感到有足够的自由，可以舒服地生活，感到社会井然有序，安全而有保障。比如，整整一代人都满足于把自由贸易当成是自由。19世纪初，工业主义还处于实验阶段；到了19世纪末，它就成了问题。但在那期间，工业主义实际上是一种氛围，即便是一种烟雾弥漫的氛围；公共汽车和路灯柱构成了一种风景，仿佛田野一样永恒。在一切中它都具有把这种折中当成常识，把任何更为合理的事当成非法的事的能力。它讨厌欧洲大陆上的教权主义和非教权主义。俄国的审查之严，还有俄国现实主义作家的过度自由都让它感到震惊；直到最后，它都厌恶亵渎行为，讨厌神学。

这种精神的一种具体表现就是创造了一种特定类型的小说。在维多利亚时代，这种小说被便捷地称为"三卷本"小说；在后维多利亚时代，则被嘲笑地称作令人愉快的小说，无害小说，非常娱人的小说，有美好结局的小说。但是如此否定地指责这种小说的人都没有意识到维多利亚时期这种折中的核心问题，除非他认识到这种小说是为所有人写的，对许多人来说它是一种解放，也是一种限制。其特点在礼节这个复杂问题上表现得最为明显。在维多利亚时代，英国在时间和空间上都是孤立的；一直以来，它都是孤立的。它屈从于一种删改行为，这不仅在英国是新鲜的，在欧洲大陆也是新鲜的。但要抓住的一点是，虽然它具有幕间特征，但它并没有过渡时期的不平静。在这个时代之前和之后，可能有更多的行为言论自由，但这个时代却认为自己就是个自由的时代。人们认为乔治·穆尔是超前的，因为他像菲尔丁一样坦率，而菲尔丁则仍被认为是过时的，因为他像乔治·穆尔一样现实。但在这段时间里，人们不仅觉得舒适，而且觉得自由。从某种意义上说，英国是个比较自由的地方。法国人可以读的东西，英国人读不到，但禁止法国女孩读的东西，英国人都可以读。小说不像在欧洲大陆上那样卷入宗教和改革的纷争中。我们通过某种过滤器或遮盖物间接地接触到欧洲大陆的小说；法国人可能会说，最炙热的太阳也只能让我们的浓雾微微泛红。在19世纪初，处于正午时分的、光辉灿烂的太阳是伟大的巴尔扎克。他影响的似乎是英国小说家而不是英国的小说读者，这是整个时代最典型的特征。在人物的繁复多样方面，狄更斯与巴尔扎克有些相似；萨克雷绘声绘色地讲述死要面子的故事，精心描绘各色鬼头鬼脑的人物，这有点像巴尔扎克。巴尔扎克可能对萨克雷产生了影响，体会萨克雷的《巴黎游记》字里行间的言外之意是奇怪的；看到来到巴黎光顾并留下来颂扬巴黎的维多利亚人是奇怪的。狄更斯与巴尔扎克的相似只不过是一种巧合，狄更斯具有的活力和多样性完全是他自己的；至于他继承的传统，那是斯摩莱特或斯特恩的，是以前庸俗、怪诞的传统，本质上是英国的。但到了狄更斯的时代，这些伟大作家已经不写以前那种庸俗的喜剧小说了；它不仅地位降低了，而且完全失去了效应。由于几个原因，狄更斯自然而然地成了领军人物。

## 第二节　查尔斯·狄更斯

查尔斯·狄更斯1812年生于朴次茅斯。他出生时，父亲是造船厂的职员，经常负债，生活窘迫，好运从来没有"降临"在他身上。他是米考伯先生的原型。狄更斯的母亲是尼克尔贝夫人的原型。天才有时会有如此不同寻常的出身。狄更斯很小的时候，他们就举家搬到了伦敦。开始时还算富裕，后来则穷困潦倒。狄更斯在《大卫·科波菲尔》的第一部分中描述了这段早年岁月。他年轻时学会了速记，成了国会记者。他的第一部作品《博兹札记》于1836年出版。同年他开始创作《匹克威克外传》，这部作品在当时非常成功，令24岁的狄更斯蜚声文坛。他一生中坚持不懈地创作，成就惊人。《匹克威克外传》之后是《奥利弗·退斯特》（又译《雾都孤儿》）、《尼古拉斯·尼克贝》、《老古玩店》、《巴纳比·鲁吉》、《马丁·瞿述伟》和《圣诞欢歌》。1846年，他成为《每日新闻》的第一任主编。两年后，他完成了《董贝父子》，之后发表了《大卫·科波菲尔》、《小杜丽》、《双城记》、《不图钱财的旅行者》、《远大前程》、《我们共同的朋友》和《德鲁德疑案》。最后一部小说在1870年他去世时尚未完稿。

狄更斯曾两次访问美国，频繁到欧洲大陆旅行，而朗读自己的小说耗尽了他的力气。没有哪一位小说家像他那样在自己的国家和自己所处的那个时代如此广受欢迎。

### 一位有创造力的天才

狄更斯不是维多利亚人；他是一位伟人，与传说中的城市之父或城市缔造者有关。在维多利亚女王登基时，他已经开始创作他最优秀的小说；更为重要的是，那部小说是

查尔斯·狄更斯

照片：伦敦立体照片公司

一个比较古老的、在某些方面比较宏大的、当然更自由的传统遗留下来的。他继续创作的喜剧小说甚至在19世纪发现自己的问题——不消说解决问题的办法了——之前就出现了。它属于一个比较古老、比较朴素的纯创作的世界。比较起来，它更像那个史前世界，迄今为止，这个世界的确已经证明了关于那个黄金时代的传说是合情合理的，证明了人们虽不了解它，却也可以编出童话故事来。从某种意义上说，狄更斯巨大的创造才华不属于维多利亚时代，甚至不属于19世纪。他的确非常关注19世纪的问题和弊病，并引起了争议，结果他自己成了一套道德规范，会勃然大怒地反对20世纪那些自负的禁令。他确实采取了一种人道主义的生活观，既富有人情味儿又具有人道主义精神。但他的创造力让他更加强有力；而他运用创造力的动力来自18世纪的庸俗喜剧文学。在他那里，这种文学仍具有喜剧性，却不再庸俗，这表明了维多利亚时代的陈规旧俗给他施加的压力。

## 《匹克威克外传》

实际上，那时的庸俗喜剧文学甚至并不很好笑。事实上，狄更斯从陈旧庸俗的类型开始，运用自己诗意的想象力化腐朽为神奇，化庸俗为艺术。我们谈到模仿伟大的典范之作；但优秀文学有时是在糟糕文学的基础上发展起来的，伟大作家有时会模仿那些二流作家。过去的糟糕文学被遗忘了，这在所有的文学史上都是巨大的空白。而我们只要在那一堆废纸堆里随意翻翻，可能就会发现许多没有匹克威克的《匹克威克外传》。那时候有大量的杰克·布拉格（Jack Bragg）或沃丹特·格林（Verdant Green）写的那类庸俗闹剧；重要的是，狄更斯可以创作同样的庸俗闹剧，结果却仍然是精彩的喜剧。从《匹克威克外传》那一百幅插图中任选出一幅来，就可以说明问题。狄更斯只是为了启发自己的插图画家。但就在那些落入俗套的人物刚刚确定下来时，他就开始打乱他们。他们开始变得比那些纯粹闹剧中的人物更虚幻；而人们惊奇地发现所谓滑稽的东西也深刻有趣。狄更斯加入的成分是难以形容的；而描述它就是描述狄更斯。要说明这一点，只能用例子而不能描述。《匹克威克外传》中的道拉先生原本是个非常传统的喜剧人物。数不胜数的小说和戏剧都描写过这个身材臃肿的恶棍，他大摇大摆地穿过舞台，最后却因胆怯而瘫倒在地。我们非常熟悉一出三幕闹剧中的那个咄咄逼人的少校，他总是像机关枪似的诅咒发誓。道拉先生也同样聒噪，但我们并不是在他的聒噪中听到狄更斯特有的特点。那就像突然的、意想不到的缓和，一种突然镇静和理智的神态，是爆发之前的安静。这种爆发将完全可怕的荒谬可笑提升到类似于滑稽幽默的极乐之地。看看下面这段文字具有的艺术特色，道拉先生在第一次提到妻子时说：

"你会有的，"道拉回答道。"她会认识你。她会尊重你。我追求她的时候很特别。我发了一个轻率的誓言就得到了她。像这样的：我看见了她；我爱上了她；我求婚了；她拒绝了——'你爱别人？'——'不要叫我难为情。'——'我知道他。'——'是的。'——'很好；如果他待在这里，我就剥了他的皮。'"

"哎呀！"匹克威克先生不由自主地喊道。"你剥了那位绅士的皮没有，先生？"文克尔先生问道，他的脸色非常苍白。

"我写了个条子给他。我说这是一件痛苦的事。那的的确确的嘛。"

"当然呵，"文克尔先生插嘴说。

"我说，我是一个绅士，说了话就算数。我的人格是孤注一掷了。我没有其他选择。作为国王陛下的军队里的一个军官，我不得不剥他的皮。我抱歉不得不这样做，但是必须要做到。他是个没有主张的人，看到军队里的规矩是说一不二的，就逃走了。我娶了她。马车来了。那是她的头。"①

若将道拉先生与众多低级喜剧中的人物归为一类，那就没有人会知道这一段文字的灵感在哪里了。完全凭借一丝新的天才气息，舞台上那个自命不凡的恶棍才开始行动；更难预料的是，他开始站立不动；出于礼仪和善举的需要停了下来，思忖着，自问剥掉另外一位绅士的皮有多严重，是否合适。就是这种突然的清醒标志着狄更斯颇具想象力的灵感或陶醉。道拉先生是个杜撰出来的人物，与他要剥掉竞争者巴思的皮的计划一样

---

① ［英］狄更斯著，蒋天佐译：《匹克威克外传》（下），上海译文出版社，1979年，第586—587页。译文略有改动。

经霍德-斯托顿先生有限公司惠允

《匹克威克先生》(弗兰克·雷诺兹)

不朽的匹克威克先生,他"手里提着皮箱,大衣口袋里放着望远镜,背心口袋里放着准备记下任何值得记的东西的笔记簿"。

荒唐和不可能；但他并不是机械地杜撰出来的。他不会像那个时不时地就爆豆般破口大骂的少校那样。他是想象出来的人物，有自己的生命，即使这生命是狮身鹰首兽的，是精灵的；他的生命有自身的变化，会犹豫，改变语气，因犹豫或分心而停下来。

在道拉先生身上，即便构思比较乏味，但细节却匠心独运，这在狄更斯的每一个典型人物身上都一样。小说中不知有多少卑鄙的骗子；但只有一个骗子在借不到七个半先令之后会说，"那咱就把数目再减一减，请您别见笑，就借区区一个半先令吧。"[①] 在文学和报刊杂志中，不知道有多少对枯萎了的爱情的滑稽模仿，但只有一个人会说："我从来不曾爱抚过一只可爱的小羚羊，它那温柔的黑眼睛令我陶醉，但是一等到它了解了我，爱上了我，它一定就会嫁给一个市场菜贩。"[②] 在传统的喜剧作品中，不知有多少怕老婆的丈夫被人看不起，但只有一个人愿意听他妻子给他描述早先仰慕她的一个高个子，而她父亲最后声音低沉地说："最后这也会是个小男人。"普通喜剧中有许多醉汉，但只有一个醉汉会异想天开地问托节斯太太理想中的木头腿是什么样子的；有许多嫉妒的丈夫，但只有一个声音会在早餐时说"蛇！"来打招呼，这是卜特先生低沉而空洞的声音；有许多愚蠢、奢侈的花花公子，但只有一个花花公子买了一匹马，它的头、腿、尾巴，一切都尽善尽美。就是在运用和表现这些传统的笑话时，狄更斯表现出了他的独创性；就是在这些小小的笔触中，他的才华才显得是真正伟大的。我们有时会以为他们是旧的类型，但总会发现他们新奇的地方。恰恰就是这些细微差别一般会被那些吹毛求疵的人所忽略，而他们却自称讨厌狄更斯，喜欢细微差别。实际上，狄更斯在思想上要比这类批评家敏锐得多；因为他从非常粗略的简洁表达中表现出了细微之处。任何人都可以取笑悲惨的人物或悲惨的情景；但一般来说，人们不能取笑别的什么。在他所处时代的传统艺术中，狄更斯取得了非同寻常的胜利。他让喜剧人物滑稽可笑。

## 狄更斯笔下的不朽人物

当然，与狄更斯的晚期作品相比，他的早期作品从传统幽默到别具一格的幽默的转变比较明显，因为晚期作品明显都是别具一格的。完成《匹克威克外传》时，作为具有如此创造力的艺术家，他已经不可能再填充不属于他自己的构思。事实上，他的下一部小说《奥利弗·退斯特》的构思在任何可能的方面，都与《匹克威克外传》相反。而这就是他小说中的恐怖特色，与他的幽默特色并行不悖；这也许是他所特有的略逊一筹的才华。然而，即便在这里，班布尔也不只是任何人都能在教堂门外看到的教区干事，而"逮不着的机灵鬼"也不只是大家在贫民窟看到的街头流浪儿。《老古玩店》因斯威夫勒先生的存在而熠熠生辉，他引用的诗歌典故恰当与否都是灵感的产物；他

---

① [英]狄更斯著,叶维之译:《马丁·瞿述伟》(上),上海译文出版社,1983年,第76页。
② [英]狄更斯著,许君远译:《老古玩店》(下),上海译文出版社,1980年,第510页。译文略有改动。

照片:W.A.曼塞尔公司

**《多利·瓦登》(W. P. 弗里斯)**

对我们来说,如此熟悉狄更斯小说中的人物,他们的名字家喻户晓,因此按类型来形容他们,几乎就是屈就读者。

多利·瓦登是狄更斯的第一部小说《巴纳比·拉奇》中的女主人公,她爱着约瑟夫·威利特,逼得西蒙·塔珀提特陷于绝望中,这个丰满、迷人的多利将永远留在人们的记忆中。

照片:里施基斯收藏馆

**罗彻斯特附近的加兹山庄**

1856年被狄更斯买下,1860年成为他的永久住所。狄更斯在加兹山庄度过了生命中的最后十年,1870年6月8日在那里去世。

查尔斯·狄更斯在加兹山庄使用过的桌椅,现在属于他儿子、皇家学院的 H. F. 狄更斯。

照片:里施基斯收藏馆

是一个非常荣耀的阿波罗神。尽管查克斯特先生在整本书里只露过一两次面，每次也只有两三分钟，但他同斯威夫勒一样精彩，这让我们看到了狄更斯创造力的丰富多样性，这在《匹克威克外传》中已经初露端倪了，而且比起那些后期的作品来，这一特征，如果可以这样说的话，在所有早期作品中更加明显。狄更斯的非凡之处在于，作为故事情节机制的所有人都是人而不是机器。我们也许不相信他们，但我们不得不想象他们；最重要的是，我们不能忘记他们。我们知道萨姆·韦勒，同样也知道那个只出现一会儿的粗暴男仆，(为了两个半先令) 要敲掉萨姆·韦勒的脑袋；我们知道斯金波，同样也知道有个叫柯文塞斯的固执的家伙曾叫人逮捕斯金波；潘卡先生是可信的，潘卡先生的职员同样是可信的。也许恰当的词不是可信，而是真实得令人难以置信。

检验狄更斯这种才华的一个方法就是读他任何一部优秀小说，看看其中有多少地方不可避免地苍白乏味，而狄更斯恰恰可以在那里加上生动有趣的人物性格，即便只是漫画般的生动有趣。我们觉得像潘登尼斯①那样的上流社会年轻人会付钱给马车夫，然后去忙自己的事，这是非常自然的；在狄更斯这里，我们很可能只匆匆地看一眼出租马车夫和他的事。我们觉得像威洛比·帕特恩爵士②这样的贵族有贴身男仆或是猎场看守人合情合理；狄更斯很可能会创作出一个活生生的贴身男仆和一个永恒的猎场看守人。我们也许认识、甚或与给副主教格兰特利③擦黑鞋子的人、或为丹尼尔·德龙拉④剪头的人交朋友。我并不是说其他几部伟大作品不具有自己独一无二、无可匹敌的优点，我只是说狄更斯的这一优点是独一无二、无可匹敌的。但是还有另一种检验这一事实的方法，用来说明这一差别比较合适。一个怀有敌意的批评家可能会说狄更斯小说中的每个人都没有个性，而只有一种姿态。但通常情况下，一个人是用他的全部个性来保持这种姿态的。狄更斯至少是一位多才多艺的演员，他自己可以轻易地投入到千姿百态的人物性格中来。在现代，很多才华横溢的人因将一种幽默风格贯彻到底而获得了知识财富，因为幽默是有个性的。但狄更斯身上这种幽默风格多种多样、错综复杂，同时他又能把所有这些风格贯彻到底。也许在一段时间里，整个社会都像曼塔里尼先生⑤那样说话，流行从那种词藻华丽的矫饰中产生出最丰富的效果，正如P.G.沃德豪斯从阿奇那软绵绵的话中产生出最丰富的效果一样。但狄更斯可以像曼塔里尼先生那样说话，也可以像文森特·克拉姆尔斯⑥那样说话。要找到恰当的引语，比如斯威夫勒和米考伯的引语，也许是一种文学游戏或一个文学笑话，但狄更斯可以同时玩那种游戏和二十种其他游戏。这么说未必仅仅是假设，至少在一种情况下这已成

---

① 萨克雷小说《潘登尼斯》中的人物。——译注
② 梅瑞狄斯小说《利己主义者》中的人物。——译注
③ 特罗洛普小说《院长》中的人物。——译注
④ 乔治·艾略特小说《丹尼尔·德龙拉》中的人物。——译注
⑤ 《尼古拉斯·尼克贝》中的人物。——译注
⑥ 同上。——译注

为真实的历史。为了便于讨论,我们且以斯金波这个人物为例。艺术家不负责任、傲慢无礼的幼稚——只为美而活——具有的幽默,漠视道德具有的滑稽,无知地蔑视庸俗之人具有的讽刺意味;90年代的王尔德和颓废派作家竭尽全力创造出了那全部笑料。他们诙谐机智地创造出这笑料,但这是他们仅有的。以他们最好的笑料为例:《绿色康乃馨》或《真诚的重要性》中描写的艺术超然性具有的最不切实际的不协调;你会发现,斯金波先生接到面包师的账单时,以那种温和的抱怨提到阳光和鲜花之美的描写是再准确不过的了。"我求你看在我们都是同胞手足这一点上,千万别让我看到那么宏伟的景象,而只是看到一个怒气冲冲的面包店老板的怪相"①。如果王尔德想到这一点的话,他会为这样写而自豪。但王尔德并不满足于仅仅写它,还要那样生活;并为了那样一种笑料荒废了自己的一生。这位颓废派作家一直固守这种幽默的姿态;一生厌恶狄更斯,殊不知他自己只不过是狄更斯笔下的一个人物。他就像一个可怕的、邪恶的殉道者一样,献身于这个笑料;追随着它进入死亡和地狱的阴影中,毅然决然地认真对待那个笑料。而狄更斯让一个笑料成为千百个其他笑料中的一个,忘了它,继续新的创造。就在接下来的几页中,他已经在写恰德班德先生或贝汉姆·巴杰尔太太那截然不同的滑稽幽默了。在恰德班德先生的能言善辩中,他抓住了某种极为可笑的东西——即反诘——的实质。恰德班德先生已经提出他不愿让别人回答、或坚持要自己回答的问题。他已经在写"譬如这房子的主人进城去,看见了一条黄鳝,回家来把主妇叫到面前说'莎拉,我刚才看见一头大象,这多么值得咱们高兴啊!'如果他这么说,能算真理吗?"②那一段是纯粹的想象,是幻想。

这些正面的优点才是重要的。狄更斯有许多缺点,但这太明显了,因此就不重要了。虽然在后期作品中,他更多地关注现代心理学和艺术的宏大结构,但他从未丢掉年轻时运用的情节剧和闹剧的传统手法。只有在与自己比较时他才是一个现实主义者。

版权属于凡迪克印刷有限公司

狄更斯的小说《马丁·瞿述伟》中的坎普太太是他刻画的最杰出、最著名的人物之一。通过她,狄更斯给了那个时代酗酒的看护以致命一击。

---

① [英]狄更斯著,黄邦杰、陈少衡、张自谋译:《荒凉山庄》(下),上海译文出版社,1979年,第770页。
② [英]狄更斯著,黄邦杰、陈少衡、张自谋译:《荒凉山庄》(上),上海译文出版社,1979年,第466页。译文略有改动。

照片：里施基斯收藏馆

《"小耐尔"的坟墓》(乔治·卡特莫尔)

上面描写的这一情景出自《老古玩店》，所有喜爱狄更斯的人对此都非常熟悉。小耐尔的死让外祖父非常难过。他每天都在小村子教堂里她的坟墓旁守候着，不愿承认自己已经永远失去了她。直到春天里温暖的一天，人们发现这位老人死在了坟墓旁，他不用再疲惫不堪地守护她了。

《荒凉山庄》的结构比《雾都孤儿》好，但不比《阿玛代尔》①好。《大卫·科波菲尔》比《尼古拉斯·尼克贝》平淡真实，却比不上《弗莱姆利教区》②。这些后期作品包含了他小说生涯中重要的转变，因为在《马丁·瞿述伟》中，他对以前的喜剧小说不再那么满意，似乎有些感到不满，因此特意插入了对美国的绝妙讽刺来弥补。实际上，这部小说是在《老古玩店》之后发表的，我认为《巴纳比·鲁吉》确实与后来的《双城记》一样与众不同；这是两次非凡之旅，里面有在国外旅行的人物，寻找的是别具一格，而不是认同人们的日常趣事。接下来的《董贝父子》算是一种过渡，从《大卫·科波菲尔》开始，他开始创作更严肃、更现代的小说；《大卫·科波菲尔》、《艰难时世》、《荒凉山庄》、《远大前程》、《小杜丽》和《我们共同的朋友》；最后是未完成的《德鲁德疑案》。

---

① 威尔基·科林斯(Wilkie Collins)的代表作之一。——译注
② 安东尼·特罗洛普的一部作品。——译注

《雾都孤儿——赛克斯试图弄死他的狗》(乔治·克鲁克香克)

这是乔治·克鲁克香克为狄更斯的人物所画的一幅典型的插图。

克鲁克香克和哈布洛特·奈特·布朗("Phiz")、西摩·麦克利斯,还有其他人一起为狄更斯的作品画了新颖的插图。

近年来为狄更斯作品配的插图也许更符合现在的品味,但是对于许多喜爱狄更斯的读者来说,那些匠心独具的艺术家们的插图仍是对那些不朽人物的唯一恰当的展现。

版权为凡迪克印刷有限公司所有。

《米考伯先生》(F. G. 卢因)

狄更斯在《大卫·科波菲尔》中这样形容米考伯先生:"看见一个胖乎乎的中年人,他穿着一件棕色大衣,黑色马裤,黑色鞋子,他的头很大,闪闪发光,头发不比鸡蛋的头发多。"\*

---

\* [英]狄更斯著,庄绎传译:《大卫科波菲尔》(上),北京,人民文学出版社,2000年,第159页。

但在现代的严肃性中还存在着许多古老的闹剧成分；朴兹奈先生①的几次逃跑就像佩克斯涅夫②的逃跑一样荒唐、不顾及后果，撒泼西太太③的碑文就像克拉姆尔斯的海报一样矫揉造作。如果说这种夸张是错，那么就是狄更斯的错，完全是后期的狄更斯的错。但有些错误是比较敏锐的批评文章可能会识别出来或承认的。他从来都不明白，虽然有一种极为卓绝的、超级幽默的东西，但不应该有极度的哀婉。一个人也许会纵情大笑，但他总要忍住不流泪。哀怜只能是短暂的、坚忍的；而狄更斯那里真正令人同情的，就是老韦勒谈起他那死去的泼妇老婆时所说的话；而恰恰因为作者太沉迷于韦勒式的幽默滑稽，因此不能沉湎于感伤中。还有人强调说狄更斯有办法把一个人身上的某个成分或一连串的想法拿出来，将它无限拉长，就像魔术师从帽子中拉出绳卷一样，剩下的整个人都留在那里，这话说得不无道理。这里只说一句就够了，这样有帽子或有头脑的魔术师并不多见。对仅仅因为夸张就指责狄更斯的人，我们只消说他们应该去看看遇到的下一个人，开始夸大他。他们很快就会发现，他们非但不了解一切，其实什么都不了解，甚至根本不能夸大他。

## 第三节　威廉·梅克皮斯·萨克雷

　　威廉·梅克皮斯·萨克雷1811年生于加尔各答，曾在查特豪斯公学和剑桥三一学院学习。他1836年结婚，第一部作品《巴黎游记》1840年出版。1841年，他出版了合集《喜剧故事和杂记》，这些最初都是在杂志上发表的。同年，萨克雷发表了《霍加蒂大钻石》、《死要面子的故事》、《巴利·林登的遭遇》和《妻室》。1842年，他成为《笨拙周报》的作家和插图画家，五年后，《名利场》每月在这个杂志上连载发表。之后就是《潘登尼斯》、《亨利·艾斯芒德的历史》、《钮可谟一家》，还有那个优美动人的儿童故事《玫瑰与戒指》。1860年1月，《考恩希尔》杂志第一次由萨克雷任主编，而他的《拐弯抹角集》就在这份杂志上发表。他的最后一部作品是《丹尼斯·杜瓦尔》。萨克雷1863年去世。

　　作为一位小说家，萨克雷从未真正开心过。他曾将小说创作形容为"可怕的职业"。如果财政收益相等的话，他更愿意写历史——《四位乔治国王》就是展现他历史写作才华的范例。"我喜欢历史，"他曾说，"历史竟是如此高雅。"

　　这里比较详细地讨论了狄更斯，因为他的确赋予维多利亚时代以活力。没有狄更斯，维多利亚时代就真的只是维多利亚式的了，其中的含义就是把传统和平常的一切

---

① 《我们共同的朋友》中的一个人物。——译注
② 《马丁·瞿述伟》中的一个人物。——译注
③ 《德鲁德疑案》中的一个人物。——译注

称作维多利亚式的那些人所说的意思。当时也有另一些有影响的作家，但没有哪一位似乎超脱了那个时代。只有狄更斯，开始时创造了一篇史诗，结束时留下了一个传奇。但在他自己所处的那个时代及很久以后，人们习惯认为狄更斯和萨克雷之间存在着竞争，因此他们也就平等了，这很奇怪。也不能否认这种做法是一种权宜之计；因为在狄更斯之后不久出现的萨克雷，的确表明了维多利亚小说是怎样远离以前的喜剧小说的，也说明了这种小说的全部得失。从某种意义上说，萨克雷也是开始于粗俗幽默的；但即便是粗俗幽默，那也是非常严肃的幽默。他从取笑男仆开始，只消将他的男仆——我不会说与萨姆·韦勒，而是与萨姆·韦勒的任何一个朋友——宴会上的那些男仆——比较一下，就会知道在萨克雷的作品中，仆人在自己的住处一点都不开心，不像狄更斯作品中的男仆在快乐的生活中那么开心。萨克

承蒙麦克米伦出版有限公司各位先生惠允复印

**《亨利·艾斯芒德的历史》中的一个情节**
依据休·汤姆森的画作

卡斯尔乌德子爵老是跟女儿比阿特丽斯开玩笑，说将来要把她嫁给摩宏大人，这招来了那孩子无辜但却不当的反驳："我想我们大人宁可娶妈妈而不是我，他正等着您死了，好向她求婚呢。"

雷的男仆伺候的是德西斯（Deuceace）先生而不是匹克威克；他是个侦探，也是个"仆人"，多年来、在多部小说中他一直跟踪德西斯先生。在《势利鬼文集》最后一章的结尾处，有一段体现了真正庄重的风格，表现了萨克雷真正的天分或意图。这一段描写的是破产的卡拉巴斯勋爵的大房子，里面是带有四根帐杆的床架，巨大得可怕，床架大到即使在一头有人行凶，在另一头的人可能都不会知道。还有关于商人和仆人的小故事，结尾时说："如果说我们的生活道路更为平坦，我们摆脱了那种奇怪的妄自尊大与那可怜的老殉难者不得不表演的惊人的卑劣，我们应不应该感到快乐呢？"①

从一开始，华贵的龌龊就是萨克雷想象力的动机所在。要对此有所研究，你会发现他有时是卑鄙的；与此加以对比，又会发现他有时是伤感的。但我引用的这一段一

---

① [英]威廉·萨克雷著，周永启译：《势利鬼文集》，天津，百花文艺出版社，2000年，第154页。

《威廉·梅克皮斯·萨克雷》(约瑟夫·辛普森)

直是他主要感情的表达；而且值得一提的是，就连那几句话中都有维多利亚时代文化的许多基本要素。将中产阶级当作标准的人，正是维多利亚时代的观点。而华贵的龌龊常常会被引申，用来指比傲慢的罪恶或道德沦丧的耻辱更值得怀疑的东西。人们觉得穿着制服的传令官、戴着发冠的主教、戴着王冠的国王，甚至穿着制服的士兵，都是荒谬可笑的，因为他穿着华贵。真正的维多利亚人从没想过一个戴着大礼帽、长着络腮胡的商人因为穿得不够华贵而荒谬可笑。在这一方面，维多利亚风格有些脱离了历史，因此也脱离了人类。它相信中产阶级的东西，因此就或多或少脱离了大众化的东西；剑和权杖，主教发冠和纹章都是非常大众化的东西。

## 《名利场》

凭借《名利场》，萨克雷真正进入了维多利亚时代的文学。他写过许多不太重要的作品，大多都是德西斯这一类的，都是为《名利场》做的准备；而就是因为他的这部伟大作品，世人才注意到萨克雷其人的——他开始讽刺这个世界，或至少是讽刺这个世界的世俗性。因为他试图在故事中达到的效果，甚至是在题目中暗示的效果，无疑是要将整个社会置于亮光和冷空气中，这会使它因现实而毁灭。为了这一目的，他把小说设计为两个女孩的故事，就在第一章中，她们一起离开学校。其中的一个开始征服世界，差不多算是成功了，但在某种意义上却是被征服了；另一个任凭世界压垮她，但并没有被完全压垮。有些人不能容忍这种有意为之的简单对比结构，因此没有公正对待萨克雷的艺术技巧。有些人满足于说他们"不能容忍爱米丽亚"，或者说萨克雷作品中的好女人都是笨蛋。他们没有看到故事的核心问题。萨克雷并不认为所有的好女人都像爱米丽亚一样软弱；在劳拉拒绝潘登尼斯的那个场景中，或在埃塞尔·钮可谟的许多令人难以忘怀的时刻，他再现了一类更加激烈的女性。为了提出终极问题，他有意让爱米丽亚尽量愚蠢，让蓓基尽量聪明。他的问题是，一个人即使如蓓基般聪明，从这个世界得到的能否比像爱米丽亚这般愚蠢的人更多？蓓基从成功中遭受的不

# 第三十章
## 狄更斯和萨克雷

坦普尔布里克院 2 号,萨克雷曾住在这里,哥尔德斯密斯在这里去世。

照片:里施基斯收藏馆

幸,和爱米丽亚从失败中遭受的不幸一样多;事实上,蓓基不仅在获得成功时失败了,而且是因为她获得了成功才失败的。这样提出的这个问题并不是愤世嫉俗的,尽管可以说是怀疑主义的;而说它甚至怀疑愤世嫉俗,则更加确切。但即使在这种怀疑态度中,也有萨克雷打算或确实想要引出的更人道的寓意。你无法从爱米丽亚那样的人身上压榨出感情来;在某种意义上说,她太软了,无法压榨;同样可以质疑的是,遭受挫败的感情是否不比遭受挫败的野心更甘心?为了表现这种差别,在艺术上就难免要夸大受害者的温顺;在结尾时,就像所蕴含的对基督教的讽刺一样,他提出了这个问题:受害者的境况是否真的没有胜利者的好?但对萨克雷的评论根本没有从构思的角度来考虑这一问题。我想,原因在于萨克雷的叙述方法。表面上看,似乎没有任何构思,那样的话,他的每一章就都是由意外事件构成的了。他似乎在闲聊一个故事,跟小说中的人物聊天;故事的四分之三是读者通过道听途说了解到的;是听俱乐部里的闲谈、或路人的闲言碎语。然而,正是凭借这种方法,萨克雷才营造出一种真实的宏大效果。只有狄更斯才能讲狄更斯的故事,一切都有赖于他的天才和想象力所许下的誓言。这个故事是一位如此杰出的作家讲述的,我们无法完全忘记他可能在说谎。但在《名利场》中,我们似乎听到了混乱的声音,似乎知道二三十个人谈到对斯丹恩勋爵或克劳莱小姐的

承蒙霍德和斯托顿公司各位先生惠允使用

**萨克雷《名利场》中的一个场景**
依据刘易斯·鲍默的彩色插图作

蓓基和乔斯之战中的另一个情节,蓓基让乔斯"坐下,跟一个年轻姑娘面对面地谈起心来。他一脸勾魂摄魄的表情瞧着她"*。

---

\* [英]萨克雷著,杨必译:《名利场》(上),北京,人民文学出版社,1957年,第41页。

承蒙霍德和斯托顿公司各位先生惠允使用

**萨克雷《名利场》中的一个场景**
依据刘易斯·鲍默的彩色插图作

蓓基和爱米丽亚在假期的第一个晚上下去吃饭。因为想着就要见到尚未谋面的乔斯,爱米丽亚的哥哥,蓓基激动不已,"到了客厅门前,她激动得不敢进去"*。

---

\* [英]萨克雷著,杨必译:《名利场》(上),北京,人民文学出版社,1957年,第20页。

看法。这确实让人感到那些事是立体的，可以从各个侧面来看，就像雕像一样，而狄更斯那绚烂但却平面的人物描写就从未给人这种感觉。但这一效果是通过大量微不足道的细节创造出来的；其中许多都是间接的，所有细节都是偶然的。这种方法仿佛是世界上最不讲方法的；它看上去那么随便，以至于几乎没什么条理。因此，当我们回头看整个故事的原始形式，并把它当作两个女性人物的对比时，这种辩护似乎就太过于简单化了。这位艺术家就成了那种并不罕见的循环论证的受害者；就像人们极力说天主教徒不是哲学家，那么哲学家肯定都是秘密的异教徒一样。批评家首先指责艺术家缺乏艺术性，然后又不让他以自己艺术作品的成功为借口。

在大多数情况下，萨克雷的伟大作品完全代表了他的所有其他作品。在《潘登尼斯》中，他改动了寓言故事，但寓意基本没变；寓意还是一个问题。他让一个实际的、有代表性的年轻人经历了天真与经验两个阶段，开始是早年初恋的受害者，后来是世俗世界做媒的受害者。始终萦绕在我们脑际的那个问题，是他第一次做的比较勇敢的蠢事；他是不是起初时不太好，结尾时甚至不能再好了。在《钮可谟一家》中，他又讲了那个关于狐狸和羊羔的完整的寓言故事；只不过代表天真的不是一个年轻女孩，而是一个老战士。在萨克雷的所有这些特点中，还要再加上一个，那就是对18世纪的热爱；其人道的怀疑态度和处世之道让他很像18世纪的人物。这一喜好让他创作出了杰作《亨利·艾斯芒德的历史》；在这部小说中，他成功地用安妮女王时代的用词创作了一个完整的、现实的传奇故事。在某些方面，这是他作品中最优美、当然也是最讲究的、最庄严的作品；因为其庄严性实际上已上升为悲剧。其续集《弗吉尼亚人》有点狗尾续貂的感觉；其中，那种闲谈的方法发展成了纯粹的絮叨。在叙述中，始终贯穿着微妙的、使人消除疑虑的自我主义成分，不提一下那种情感——在接近尾声时，它越来越自由地涌出，直到最后不仅淡化了而且几乎淹没了所讲的故事——就无法理解这种成分。

## 萨克雷其人

萨克雷的哲学家姿态极为独特；他会重复沉思，就像古希腊喜剧中的重复合唱一样。但在一种更深刻的意义上，我们可以说这个哲学家的问题就在于他没有任何哲学体系。实际上，这一点并不是他独有的；但这使他成为他所处时代的许多人的典型代表；他们有些人在说自己是不可知论者时，说的就是这个意思。他对事物的终极想象是模糊的，而不是清晰的。他喜欢对他最喜欢的格言"四大皆空"进行那种抒情的沉思，这是事实；抒情沉思在文学意义上非常动人。虽然他经常沉思这句格言，但它决不完全是萨克雷想用它来表示的意思。当人们说他们觉得整个世界都是虚空时，他们通常是指两种可选择的东西。一种是他们非常痴迷地相信，他们眼见的这个世界之外的某些东西具有价值,因此这个世界就相当没有价值;另一种是他们不相信他们看到的这个世界之外的任何东西,觉得这个世界本质上毫无价值。二者截然相反,就仿佛许多人讲同一件事情一样。对于第一类人来说,天堂的颜色如此明艳生动,对比之下,绿色的草地看起来是灰色的,红玫瑰看起来是棕色的;对另一类人而言,所有可能的颜色都是无色的。前者排斥今生是因为它太短暂;也就是说,今生所给甚少;但从他的灵魂学说来看,他显然想要获取更多。后者则根本厌倦了生活,那么也就理所当然地厌倦了永生。显然,萨克雷不属于任何一类;他没有走虔信派教徒或悲观主义者的极端。他肯定不认为要为某种超自然的必然之事牺牲今生——今生有丰盛的宴席和好友;但他也不认为丰盛的宴席不值得去吃,好朋友不值得去交;其中哪种想法他都不会有。就像大多数维多利亚人一样,即使不信教,他也是虔诚的;即便不开心,他也是兴高采烈的。如果说他只具有维多利亚时代含糊不清的信仰,那么他却拥有维多利亚时代全部含糊不清的希望;而且最重要的是,他极为真诚地相信维多利亚时代那更相当含糊不清的仁爱。19世纪的这种心态远远算不上更崇高的疯狂,或是更低俗的疯狂,也就是殉道或自杀的心态。因为除了知道生活值得为之奋斗之外,我们对生活一无所知,这差不多就是对他的生活观的界定。这一信条与四大皆空这个口号之间的关系,一点儿都不清楚。我认为,人们将会发现萨克雷的哲学几乎与哲学完全相反。它可以说是一种观点,随着上百种观点在他的头脑中——没有受过任何哲学洗礼的头脑——浮动,不断发生变化。作为观点,即使是在非常感性的时候,它们也完全是理性的。在萨克雷的头脑中,最普通的情感或心态是非常健康、非常仁慈的,轻柔而悲伤的音乐和对我们青年时代的回忆都可以唤起它。这不是超然思想或无私思想意义上的哲学。但这证明了无私的感情确实存在。尤其是在晚年生活中,有些感情无关于任何事或任何人,它们不仅是感情,而且是爱;如果说它们几乎算是不牵涉个人感情的爱的话。

的确,萨克雷确实使这种合乎道德的爱,用梅特林克的话说,成为卑贱之人拥有的一种财富。就四大皆空而言,即与萨克雷真正的意思或感受最为接近的文字,在文学中或许可以在《我们民族和国家的光荣》开头那几句崇高的诗句中找到。雪利的诗结尾寓意平淡,他心里可能一直想着萨克雷小说中多宾和汤姆·钮可谟的简单纯朴:

> 只有正义的行动
> 在灰尘中也沁人心脾。

有时有人认为狄更斯那种讽刺画家惯于塑造类型,而萨克雷这种现实主义者惯于塑造有独特个性的个体。但实际上,关于这一点可能有两种说法;这个问题还有另一面,或者至少有另一个角度。在一口气读完萨克雷的几部小说之后,实际上更能感觉到人类划分的不同类型,即使这些类型的确是真实的。在一口气读完狄更斯的几部小说之后,实际上更能感觉到突然变化的可能性是无限的,下一分钟就可能出现新的、意想不到的人物。萨克雷比狄更斯更倾向于重复自己。但这样说必须要假定他有权重复自己,就像历史会重演一样。但想象从来不会重现。这样,狄更斯创造的人物就更独特,因此更有个性。也许现实生活中从未有过一个叫奎尔普①的人;但就连在狄更斯的作品中,也找不到第二个奎尔普了。在那个小说世界里,他是个可怕的怪人,同样,在现实世界里,他也可能是那样的怪人。狄更斯想再创造一个坏人时,他就创造出一个完全不同的坏人,至少就外表而言是这样的;像对卡克②或对尤来亚·希普③的简单描写。但就在结束对萨克雷的研究时,我们注意到一类坏人,即便这类坏人是真实的;当把布莱克鲍尔船长(Captain Blackball)④的名字换成德西斯先生时,我们就又见到了他;在胡克·沃克(Hooker Walker)⑤先生更卑劣的伪装之下,我们看到了布兰德·弗明(Brand Firmin)⑥先生。用一种能够予人以丰富联想的方式,萨克雷确实让人想到了一个到处都是布莱克鲍尔和胡克·沃克的世界。

  作为一个现实主义作家,毫无疑问他是对的。但没有人可以说狄更斯的世界里到处都是奎尔普和希普这种人。在中世纪的石匠看来,他修建的塔角上的怪兽状滴水嘴各不相同;他从未雕刻过两次一样的虚构怪物。我并非强调这两位伟大小说家之间哪一位具有更胜一筹的优点;实际上,它意味着两个人都具有最佳的优点。萨克雷的整个主题其实就是一种重复——世界是圆的,一切最终都会回到原点。狄更斯的全部灵感大致是这样的:自然是新的、无穷无尽的,而想象力甚至更加充满了未来的惊奇。但实际上这种差别是可以谈论、可以重复的——萨克雷生活观的最终效果比狄更斯的更趋向于类型的分类;如果我们要这样说:一个只有诗意,而另一个只有关于人性的科学,这也是事实。萨克雷笔下具有个性的个体,即便是真实的个体,也确实变成了典型;因为这样的个体有许多。狄更斯的典型变成了个体,因为没有别人能想象出这样的典型。狄更斯自己也没有试图再想象出其中的任何一个。

  稍后就会发现没有真正的哲学——这一点已经提到了——是非常重要的。没有哲学的传统就变成了偏见。在某些方面,萨克雷是太具英国特色的英国人,甚至比狄更斯更甚。如果有一件事让他觉得比作为一个智者批评这个世界还要自豪的话,那就是作为一个旅行者去了解这个世界。但虽然他在某种程度上确实了解了这个世界,只是就作为一个旅行者(有时,人们不得不说作为游客)而言,他了解得太多了。但萨克雷确实是个褊狭的英国人,当坐在欧洲大陆中心的咖啡馆里时,他最褊狭不过了。他古怪、强烈地恼恨爱尔兰人,这不仅褊狭而且迂腐。他有个基本前提,那就是英国

---

① 狄更斯小说《老古玩店》中的一个人物,他穷追耐尔祖孙,是个极具喜剧色彩的迫害狂。——译注
② 狄更斯小说《董贝父子》中的一个人物。——译注
③ 狄更斯小说《大卫·科波菲尔》中的一个人物。——译注
④ 萨克雷《拐弯抹角集》中的一个人物。——译注
⑤ 萨克雷小说《妻室》中的一个人物。——译注
⑥ 《死要面子的故事》中的一个人物。——译注

绅士是衡量一切的标准;他可能看见了人和城市,但从没看见过公民。

继萨克雷之后发生了一系列事件,虽然实际上并不是按年代顺序排列的,但仍然是有史可查的。就《名利场》的作者萨克雷去世后所留下的时代倾向而言,我们发现有两件事情发生了。也许这样说更准确:在一种情况下是有事情发生,在另一种情况下则什么都没发生。一方面,维多利亚时代的英国继续消极地要求成为那个传说的乐园、没有历史的快乐国家。我们可以说它虽没有一部公众史,却有上千部民间史。但这些都是家族史而不是城市或国家史;对它们的感触都表现在小说中,而不是如实的记载。在维多利亚时代的世界上,我们可以说文学退隐到私生活中了。

## 参考书目

**查尔斯·狄更斯:**

许多版本,其中也许可以提到由安德鲁·朗格主编、撰写导言和注释的版本。

*The Works of Charles Dickens*, with Introduction by Charles Dickens, the Younger.

当然,狄更斯的作品有许多廉价版本。

John Forster's *Life of Charles Dickens*, special illustrated edition in 2 vols., edited by B. W. Matz.

G. K. Chesterton's *Charles Dickens*.

Sir A. W. Ward's *Dickens*.

**W. K. 萨克雷:**

The Centenary Biographical Edition, 26 vols., edited by Lady Ritchie.

The Oxford edition of Thackeray, edited by George Saintsbury.

当然,萨克雷的作品有许多廉价版本。

Lewis Melville's *W. M. Thackeray, a Biography*, 2 vols..

Anthony Trollope's *Thackeray*.

Charles Whibley's *Thackeray*.

# 第三十一章  维多利亚时代的小说家

## 第一节  安东尼·特罗洛普

狄更斯精彩的人性故事、萨克雷的文雅小说明显表现出的家庭特征,也是特罗洛普的作品的特征。像萨克雷一样,特罗洛普对"上流家庭"感兴趣。他念的是哈罗公学和温切斯特公学。许多年中是邮政总局一个负责任的职员。他属于统治阶级,也是个高超的猎狐人。他了解伦敦上流社会,也了解英国大教堂城市的生活——那种奢华生活——的内幕。此外,他继承了母亲的文学才能,其母也是一位成功的小说家。今天鲜有人问津特罗洛普,他的大部分小说现代读者都不熟悉,但它们具有历史和文学趣味,因为他强调的是维多利亚人的观点,这些个人不是只关心他们自己的灵魂和特有的问题,而属于有教养的小圈子,他们的义务就是履行社会责任,尊重习俗和传统。如同萨克雷的小说《钮可谟一家》所描写的一样,家庭在特罗洛普的小说中发挥了同样重要的作用。显然,人是一个社会存在,否则对自己或对任何别人就都不重要,因此,比起现代小说中的男女主人公来,对同胞负有责任感的维多利亚人更有人情味。维多利亚人念念不忘的是这样一个荒谬的想法,即任何一个活着的人都可以"过自己的生活"。同时,还必须承认,在我们看来,维多利亚时代的责任都是人为的,常常是荒谬可笑的。

特罗洛普是一位多产作家。对于一位将文学视为职业的人来说,连载小说的发展是

照片:里施基斯收藏馆

**安东尼·特罗洛普**
英国小说家中最多产、最有条不紊的一位。

个绝好的机会,这需要每日孜孜不倦地创作,需要像机器一样定期生产出"手稿"。毫无疑问,特罗洛普写得太多了,而且,虽然他关心的是真实展现英国中产阶级的生活,但他的小说根本就不像简·奥斯丁的小说那样具有极高的真实性。

他生于1815年,第一部名作《养老院院长》是他40岁时发表的。特罗洛普最优秀的作品是系列小说《巴塞特郡纪事》,小说中他考察了一个教堂小镇及其周围地区的生活。《养老院院长》是系列小说的第一部,此后成了描写下面这一主题的许多小说的典范:宁静隐蔽的小镇受到现代力量的侵扰,并被毁灭。紧接着发表的续集《巴切斯特塔院》通常被认为是特罗洛普最好的作品,每个读过这部小说的读者都知道普鲁迪主教和他那位可怕的妻子;但优秀的鉴赏家对系列小说的最后一部《巴塞特的最后纪事》也颇为赞赏。在英语中几乎没有比这描写得更好的爱情故事了。

游览英国的人仍然可以认出特罗洛普描绘的那个世界,但他不可能看到能让他想起简·奥斯丁的景象。原因在于奥斯丁展现给我们的是生活中的私人场景,而特罗洛普则擅长描写社会的公众方面。几乎跟他的教堂故事一样优秀的是他的议会小说,因其对官方生活的描写及其讲述的故事而仍受重视。除创作了许多小说外,特罗洛普还为萨克雷写了一部优秀的传记。他1882年去世,自传于1883年出版。

## 第二节 爱德华·布尔沃·利顿

如果人确实可以分为沉闷乏味和自命不凡这两种的话,那么特罗洛普肯定就是单调乏味的,而布尔沃·利顿就是自命不凡的。利顿是位小说家、戏剧家和政治家。他24岁时发表了首部小说《福克兰》,32岁时被封为准男爵。他鼓吹虚伪的、装腔作势的拜伦主义,即便他很有才干,也难免显得荒谬可笑。利顿的第二部小说《佩勒姆》透露出纨绔主义的意味,这让卡莱尔勃然大怒,因此在《拼凑的裁缝》中受到卡莱尔的讽刺挖苦。

作为一位政治家,利顿改变了自己的观点——他开始政治生涯时是辉格党人,结束时是托利党人——作为一位作家,他情绪多变,创作了像《里恩基》、《最后的男爵》、《庞贝城的末日》这样的历史小说。这些作品不具司各特的诗意,也不具大仲马在创作巅峰时精心构思的戏剧性,但都技巧精湛,可读性强。他写出了家庭小说《卡克斯顿一家》;创作了像《尤金·阿拉姆》这样的恐怖小说,还有《一个奇怪的故事》和《闹鬼的地方和闹鬼者》这样的神怪故事,后者无疑是他所有小说中最成功的,实际上也是英语中最优秀的神秘故事之一。在《一个即临种族》中,他预示着H. G. 威尔斯先生,描绘了一幅关于未来的奇异画卷。此外,他还写剧本——《莱翁丝女士》、《黎塞留》和《金钱》——这些作品大大渲染了多愁善感,在莱森戏院结束欧文体制之前,一直都在上演。

布尔沃·利顿1858年任辅政司,1866年被封为奈伯沃斯的利顿男爵,1876年去世。

## 第三节 本杰明·迪斯累里

如果说利顿自命不凡,那么迪斯累里就是超级自命不凡。首先,迪斯累里是犹太人,坦率地说,他年轻时是个犹太冒险家,热爱花哨的、过于浓艳的东西,能敏锐地看到他所生活的这个世界上的愚行、罪恶和弱点,但直到去世那天,他都与这个世界格格不入。迪斯累里非常聪明,也许是维多利亚时代的英国人中最聪明的。他的小说做作、虚幻、夸张,但总是诙谐幽默的,里面有许多警句,堪与王尔德和惠斯勒最好的警句媲美。读者会厌倦那些公爵、富豪,厌倦故事中香气浓溢的奢华气氛,但他的文字总是引人入胜、颇有情趣。

迪斯累里22岁时,写出了第一部小说《维维安·格雷》。在开始政治生涯之前,他又创作出了六部小说,其中《亨利埃塔·坦普尔》和《弗尼夏》最为重要,前者讲了一个狂热的爱情故事,后者根据拜伦的生活写成。19世纪40年代,他写了《科宁斯比》、《西比尔》和《坦克雷德》。晚年,他又写了两部小说,1870年写了《洛泰尔》,1880

《比肯斯菲尔德伯爵》*(密莱司)

在成为政治家之前,他是一位小说家。

---

* 即本杰明·迪斯累里。——译注

照片:里施基斯收藏馆

年写了《恩底弥翁》。

在他的所有小说中,《西比尔》最有趣、最重要。书中,迪斯累里描述了英国人民在工业革命第一阶段结束时的悲惨处境,这样的状况激发了"年轻英格兰"党的理想——优秀分子梦想把穷人从中产阶级压迫者那里拯救出来——后来激励虔诚的托利党员沙夫茨伯里勋爵终生投身于为通过《工厂法》而进行的漫长斗争中。《西比尔》是真实的历史文献,尽管风格华丽,却展现了19世纪初工人们的生活,就像《耕者皮尔斯》展现了14世纪耕者的生活一样。

## 第四节　威尔基·科林斯

威尔基·科林斯是情节剧大师。英语中没有比他的《白衣女人》更好的情节剧小说了。从某种意义上说,科林斯是狄更斯的追随者。他具有创造人物的杰出才能,与狄更斯颇为相似,但他不关心社会弊病,而这些社会弊病则激起了狄更斯正义的、涤荡心灵的嘲讽,让他创造出了邦布尔和格拉德格林德[①]先生。威尔基是一位作家,一个认真、勤奋的讲故事的人。在历代众多创作犯罪故事的作家中,他可以说是佼佼者,虽然有数不胜数的人追随他,但没有几个人的作品堪与他的《白衣女人》和《月亮宝石》相媲美。

算一下伟大的英语作家给普通的英语读者创造了多少熟悉的人物,是非常有趣的——莎士比亚和狄更斯创造了很多,司各特和萨克雷可能创造了六个,菲尔丁、简·奥斯丁、夏洛特·勃朗特、乔治·艾略特、乔治·梅瑞狄斯、托马斯·哈代创造了两三个。威尔基·科林斯至少给我们创造了一个——福斯克伯爵,那个身材高大、胖胖的、冷酷的、十足的恶棍(在近代小说中,他被模仿了许多次),给世人一个让人铭记的人物,这决不是微不足道的成就。

威尔基·科林斯1824年出生;1889年去世。

## 第五节　查尔斯·里德

查尔斯·里德比威尔基·科林斯小十岁。他是维多利亚时代热情勤奋、对残忍和不公极度愤慨的另一个代表。狄更斯的伟大发现是,毁灭邪恶的最好办法、也许是唯一的办法,就是使之荒谬可笑。查尔斯·里德没有这种幽默雅致的救助之法。邪恶,对初犯者的迫害,残忍地对待无助的傻子,都让他极为愤怒。而且,就像亨利·亚瑟·琼

---
① 狄更斯小说《艰难时世》中的一个人物。——译注

斯剧中的一个人物一样，他会"让女孩儿含羞而走"。他那坦率、正义的愤怒在《亡羊补牢未为晚》中得到了最好的表现，这个目的明确的故事讲得很好。里德的大多数小说都有一个目的，但与威尔基·科林斯一样，他天生就是一位作家。

他最好的作品《患难与忠诚》是在他有一次——只有这一次——忘记了自己所处时代的邪恶时创作出来的。故事发生在文艺复兴之初，主题是伊拉斯谟的父亲的一生。若将这个典型的固执的维多利亚人怀有的偏见考虑在内的话，那么《患难与忠诚》可算是历史小说的上乘，在小说中，一个逝去时代的氛围得以成功再现。

里德是牛津大学莫德林学院的研究员，还是名律师，虽然从未执业。他创作了许多戏剧和小说，40岁时发表了《佩格·沃芬顿》，使他首次在文坛上获得成功。他1884年去世。

# 第六节　查尔斯·金斯利

《向西去啊！》的作者查尔斯·金斯利将永远留在人们的记忆中。《向西去啊！》讲述了伊丽莎白女王治下的英格兰的故事，具有戏剧性，怀有偏见，完全没有历史根据，它对英国男孩的性格形成产生了巨大影响，因为虽然金斯利笔下的历史并不真实，但主人公埃米亚斯·利非常具有男子汉气概。《向西去啊！》固然有许多缺点，但却是伟大的英语冒险小说之一，其对战败西班牙无敌舰队情景的生动描写始终都激发着英国人的爱国热情。

金斯利还写了另外两部历史小说《希帕蒂亚》和《觉醒者赫里沃德》，前者是关于罗马帝国末期亚历山大城的故事，后者讲的是东盎格鲁—撒克逊人抵抗日耳曼入侵者的无望战争。

金斯利是基督教社会主义者，受拉斯金社会教义的影响，他的《酵母》和《艾克顿·洛克》都有力展示了维多利亚时代极盛时期穷人们的不幸处境。他也是一位多才多艺的作家；他是位诗人，其《英雄们》是让男孩子们高兴的一本书，对幼儿园图书馆来说，他的《水孩子》也是最好的书籍之一。

多年来，金斯利一直担任汉普郡埃弗斯利市的教区长。后来，他成为剑桥大学现代历史教授和西敏寺大教堂的教士会成员。也许他一生中犯的最大错误就是与红衣主教纽曼的著名论战，在这场论战中，他显然占了下风。他生于1819年，卒于1875年。他的哥哥亨利·金斯利也是一位著名的小说家，著有《拉文休》。

金斯利最好的诗作可以在谣曲中找到，它们具有《向西去啊！》的刚毅，而在这首著名的《狄的沙滩》中，可以看到他的魅力和同情心。

照片：里施基斯收藏馆

《圣者的悲剧》

伊丽莎白：我现在不爱任何人，只爱上帝——
噢，我抛弃一切凡尘的帮助，
赤脚裸身走遍这世界
追随我的上帝。
　　　　——查尔斯·金斯利,《圣者的悲剧》，第一幕第一场

"噢，玛丽，去把牛群叫回家，
　　把牛群叫回家，
　　把牛群叫回家
　　跨过狄的沙滩"；
西风怒吼海面泛起白花，
　　她独自一人离开了家。

西风把浪潮推向海滩，
　　　一遍一遍，
　　　一圈一圈，
　　远至目之能见。
翻滚的薄雾遮住了大地；
　　她再未回转家园。

"噢，是芦苇，鱼儿，还是漂浮的秀发——
　　一缕金发，
　　　溺水少女的秀发
　　　挂在海面的渔网上？
　　在狄的标桩中
　　　鲑鱼从未如此闪亮。"

他们拖着她漂过翻滚的白浪，
　　　残忍的漫卷的白浪，
　　　残忍的饥饿的白浪，
　　走向海边的坟场：
　船夫还是听到她叫牛回家的喊声
　　响彻狄的沙滩。

## 第七节　勃朗特姐妹

　　1846年，一本诗集以柯勒·贝尔、埃利斯·贝尔和埃克顿·贝尔的名字发表了，这是夏洛特·勃朗特（又译夏洛蒂·勃朗特）、埃米莉·勃朗特（又译艾米莉·勃朗特）和安妮·勃朗特的笔名，三姐妹是约克郡一位牧师的女儿。大姐夏洛特生于1816年。勃朗特姐妹有爱尔兰血统。她们的财产有限，家里阴冷、乏味，因此都病怏怏的，就是今天所说的"神经质"。实际上，夏洛特·勃朗特是个根本不快乐的年轻姑娘。她的生活平淡无奇，在学校的日子也是痛苦的；她当过一段时间的家庭教师，而且痛恨那段经历。她从约克郡逃走了一段时间，住在布鲁塞尔，38岁时嫁给了父亲的一个助理牧师，于1855年去世。

　　夏洛特·勃朗特的性格具有非比寻常的文学重要性，因此她的小说在很大程度上都带有自传性质，记录了她自己的经历和对生活的不满。大多数小说在某种程度上都是自传式的，而且，大多数多产小说家至少都写过一部以自己生活中的事件为题材的小说。《大卫·科波菲尔》可以说是经过了加工处理的自传，当然也是根据事实而写的小说。以一个现代作家为例，威尔斯先生在自己的几部小说中都作为一个人物出现。但天才小说家都有能力理解与自己截然不同的人物的动机和性格，对人们的努力、奋斗和挫败有着广泛的兴趣。夏洛特·勃朗特没有远见。她的目光如同她的生活一样狭窄。

　　这本诗集没有获得成功，而这三姐妹都迫切地想要表达自己，想逃离令人沮丧的消沉的环境，因此都转向了小说创作。夏洛特的第一部小说《教师》被一个接一个的

照片：里施基斯收藏馆

**《夏洛特·勃朗特》(乔治·里士满)**

维多利亚时代最伟大的女小说家之一。

出版商退了稿，而第二部小说《简·爱》也是经史密斯、埃尔德出版社的诸先生们再三考虑之后，才于1847年出版的。《简·爱》马上大获成功，萨克雷赞扬它，那个抑郁的、约克郡牧师的女儿立刻成了著名作家。此后她只发表了两部小说：1849年的《雪莉》和1852年的《维莱特》。这两部小说都是对自己不同时期的经历的记录。妹妹埃米莉是《雪莉》中的主要人物，其中还有对父亲的助理牧师的苛刻描写。《维莱特》讲的是她在布鲁塞尔的生活。

夏洛特·勃朗特的少量作品与同时代那些伟大作家的卷帙浩繁之作形成了鲜明对比。狄更斯具有惊人的创造力是因为他有无限的同情心，对生活有无限的兴趣。夏洛特·勃朗特没有这样的创作动力，而圣茨伯利教授说即使她活得再久一些，她可能也不会再写出什么了，这个说法是有道理的。

她的声誉来自一部小说《简·爱》。前面的章节记录的是她在上学时、当家庭教师时遭受的折磨。小说的结尾部分，简和专横的罗切斯特先生的爱情故事，是写实的浪漫爱情。简毫不起眼，非常乏味，但罗切斯特却爱上了这个平凡的、像男人一样能干的小女人，因为如果男人明智的话，一般都更喜欢这种乏味的女人，而不是浮华的女人。小说始终强调这个事实，虽然总是遭到浪漫主义者的驳斥，但却赋予了《简·爱》以价值。奇怪的是，《简·爱》发表时，古板的维多利亚人认为这部小说过于大胆，不合传统。在我们看来，这恰恰是恰当得体的典范。

切斯特顿先生说：

> 夏洛特·勃朗特体现了一个至少在文学上罕见的对比。甚至在娴静端庄的女家庭教师——她经历了狂风暴雨般的场面，来到了一个疯子的藏身之所——的形象中，这个对比也外在地表现了出来。但对比是心理的、内在的。她的意识在很多方面是清教徒式的，甚至是古板的，而潜意识却是激情的海洋，或者可以把她比作建在火山上的浸礼会小教堂。但这种对比却是一种维多利亚时代环境的特点说明；只有了解了这些环境，才能了解它。维多利亚风格的悖论就在于它不扩大自由，但真正拥有自由。那是一种地方性的自由，而在她身上，有时差不多可以叫做地方性的无政府。

安妮·勃朗特的文学作品没有什么突出之处。人们之所以感兴趣于她的小说《阿格尼丝·格雷》，只不过因为这是一位著名女性的妹妹写的，而埃米莉·勃朗特无疑是位天才作家。她的小说《呼啸山庄》是一部阴郁的杰作。

切斯特顿先生在谈到《呼啸山庄》时说：

> 这是完全凭想象创造出的精彩效果，没有谦卑、幽默或任何其他可以使如此残暴的景象富有人情味的东西。但就故事而言，情况仍然跟她姐姐的故事一样；它是地方性的、几乎是秘密的解放。就好像要用它来表明这个小岛上仍然有非常广大的、可以随意让大风消失于其中的沼泽地。但埃米莉·勃朗特还有表现在她的诗歌中的另一面，这一面表明她已经以某种艰难、独特的方式找到了一种生活信念，比相当惊慌失措的新教教义——被姐姐在《维莱特》那些令人困惑的比利时经历、如此警觉地捍卫的——更适合如此强烈的感情。埃米莉·勃朗特有一种坚忍的泛神信仰或自然崇拜，欧洲历史上像她这样骄傲而不幸的人常常有这样的信仰；而正是这一事实，即便是无意的，把她与比较自觉的欧洲文化进一步联系到了一起。

埃米莉·勃朗特的诗甚至反映了自己更多的内心生活，马修·阿诺德说

> 她的灵魂
> 自拜伦死后
> 就不知晓力量
> 激情，热情，悲伤
> 和胆量。

时间并没有改变这一定论。这里只有用她那痛苦、勇敢的《最后的几行诗》才能代表她的诗歌，史文朋认为这首诗就像"诗人、或英雄、或智者、或圣徒"的临终之言

一样值得"虔诚的回忆"。

  胆小如鼠不是我的灵魂，
在暴风雨般的世界上从不胆战心惊；
  我看到天堂的荣光闪耀，
信仰之光的武装使我摆脱恐惧。

  噢，上帝，你在我心里，
全能的无处不在的上帝！
  生命在我的身体里栖息，
我这不死的生命的力在于你！

  数千条教义徒劳无益
全然不能感动人们的心扉；
  就像干枯的野草毫无价值，
仿佛无边大海泡沫漫无目的。

  在人的内心唤起怀疑
对你的无限坚信不疑；
  固着于不朽的磐石
至死坚定不移。

  张开宽阔的爱的臂膀
你的精神将万古传扬，
  在天堂弥漫和孕育，
变化，持续，消解，创造和酝酿。

  大地和人将不永存，
太阳和宇宙也将失去生命，
  而仅仅剩下你，
每一个存在都在你体内生存。

## 第八节  盖斯凯尔夫人

  盖斯凯尔夫人是夏洛特·勃朗特的朋友和传记专栏作家，生于1810年，1832年结婚。她凭《玛丽·巴顿》获得成功。在这部小说中，她逼真、生动地描绘了一个北方制造业小镇里的生活,其中表现的恐怖类似于迪斯累里描写的维多利亚时代工业主义的黑暗面。五年后发表的《克兰福德》是盖斯凯尔夫人最重要的成就。其令人愉快的记录,对19世纪家庭生活的描写,几乎有可能出自简·奥斯丁之手,如果人们可以想象出不爱讽刺、更有同情心的简的话。盖斯凯尔夫人于1865年去世,一生非常幸福。

## 第九节 乔治·艾略特

"在那个叫乔治·艾略特的小说家那里,"切斯特顿先生写道,"当代的文化和解放变得十分自觉。"乍一看,她不同于我们已经评论过的那些伟大小说家,因为在她那里,自由思想已经浮出表面,即使有些人认为它在浮出表面时就已变得更加停留于表面。当然,她有自己的生活信念;最终我们可以说这种生活信念使她不得自拔。但她的发展本身说明了这里的暗示:欧洲大陆上的自由争论通过一种维多利亚式的薄纱或薄网慢慢渗透进英格兰;许多事情在变得自觉、合乎道德之前都是无意识的、基本的。

乔治·艾略特(玛丽·安·埃文斯)生于1819年,前三十年是在英格兰中部地区度过的。她的第一部文学作品是翻译施特劳斯的《耶稣传》,这部作品具有典型的德国特征,表明了她所信仰的不可知论。她曾在自由开明的《威斯敏斯特评论》工作过一段时间,撰写的稿子包括对德国其他怀疑论者的文章的评论和翻译。玛丽·安·埃文斯相貌平平、学识渊博,赫伯特·斯宾塞在自传中天真地写道,虽然他曾想过要娶她,但没敢求婚,因为他虽然是个哲学家,但对他而言,女人必须要有一定的美貌。批评家乔治·亨利·刘易斯不太看重美貌。他和埃文斯小姐成了亲密的朋友,在他1878年去世前,他们一直同居。后来,她嫁给了一位克罗斯先生,于1880年去世。

乔治·艾略特是她的笔名,是1857年在《布莱克伍德杂志》上连载发表《教区生活场景》时使用的。她的下一部作品、也许是她最好的作品

照片:里施基斯收藏馆

《乔治·艾略特》(F. W. 伯顿爵士)
创作出《亚当·比德》的才女作家。

《亚当·比德》1858年发表。在这部小说中，乔治·艾略特凭借对沃里克郡的细致了解，以近乎狄更斯的同情和幽默描写了那里的人们。勃艾色太太无疑是她创造出来的一个近乎永恒不朽的人物。英格兰中部地区是她后面两部小说——1860年发表的《弗洛斯河上的磨房》和1861年发表的《织工马南》——的故事背景。

乔治·艾略特在其文学生涯的第二阶段——从1863年到1871年——发表了《罗慕拉》、《费立克斯·霍尔特》和《米德尔马契》。《罗慕拉》讲的是意大利文艺复兴的故事，敏锐、有趣地展示了性格弱点造成的巨大灾难。《费立克斯·霍尔特》讲的是维多利亚时代激进主义的故事；显然，《米德尔马契》在很大程度上具有自传性质，虽然这不是在事件方面而是在精神方面的自传。它是对19世纪"进步"女权主义的研究。这三部小说在发表时大受欢迎，但就真挚的人情味而言，它们无法与第一阶段的小说相比。乔治·艾略特生活于其中的哲学和科学氛围——这对艺术家来说是令人绝望的——让她写出了《丹尼尔·德龙达》，于1876年发表。这无疑是乔治·艾略特所有小说中最乏味的一部，在今天不值一读。在去世前一年，艾略特发表了《泰奥弗拉斯托斯印象》。

在总结乔治·艾略特的小说时，切斯特顿先生说：

《弗洛斯河上的磨房》对兄妹关系进行了算是直接、可信的研究，《罗慕拉》是一部可信的历史小说，这个故事的主干是一个性格软弱、靠不住的人物；但在这些作品中，关于形形色色的与意志有关的形而上学观点，我们似乎都能看到可怕的蛛丝马迹，塔利弗先生①意志坚强，提托②意志薄弱。《费立克斯·霍尔特》太过严肃，不太真实，虽然在这里也残留有真正的幽默，就是依恋自己的母亲。无可否认，最后一部小说《丹尼尔·德龙达》表明分析变成了分解。狄更斯和萨克雷都留下了一部未完之作，但乔治·艾略特留下的小说太多了。此外，那部小说完成之时，她也走到终点了；她那特别的理性主义心理历程无法再向前发展了。但在走到终点之前，她写了一部作品，倒数第二部小说，也许还是她最伟大的小说；哪怕只是因为它无意识地反映了她自己头脑中的历史。《米德尔马契》描写了一个嫁给学者的认真女孩的失望感，她希望这有助于她创作出一部伟大作品，但却发现她仍要偷偷摸摸地写作；因为他的学问生疏了，脾气也不大了。我们几乎可以说这部作品有一个令人沮丧的寓意，那就是责任和快乐都能蒙蔽人。

乔治·艾略特写了许多诗歌，就情感而言是绝妙的，但没什么诗学价值。或许她最令人难忘的诗句是：

---

① 《弗洛斯河上的磨房》中的一个人物。——译注
② 《罗慕拉》中的一个人物。——译注

W.A.曼塞尔公司　　　　　　　　　　　　　　　　承蒙布莱克本公司惠允使用

**《赫蒂·沙吕尔》(霍·J.科利尔)**

乔治·艾略特《亚当·比德》中不幸的赫蒂·沙吕尔是一种生活悲剧的牺牲品。这个心慌意乱的女孩把自己不想要的孩子扔在了树林里,后来又回去找,结果发现孩子已经死了。她惊恐万分,逃离了现场,结果却被人抓住,判了死刑。最后她被减刑,改为流放。

> 我们的行为仍然遵从远古
> 我们的过去把现在的我们浇筑。

维多利亚时代不太重要的小说家包括夏洛特·容琪（Charlotte Yonge, 1823—1901），她的作品有《雷德克里夫的继承人》（*The Heir of Redcliffe*）和《雏菊链》（*The Daisy Chain*），还有一百多个其他故事。她深受基布尔[①]和牛津运动的影响，并且奇怪地接受了威廉·莫里斯、伯恩－琼斯和拉斐尔前派的影响。奥利芬特夫人（1828—1897）著作颇丰，人称女特罗洛普，她最令人难忘的两部小说是《萨勒姆教堂》（*Salem Chapel*）和《大地之子》（*A Son of the Soil*）。马克·拉瑟福德（1831—1913）是小说家，应该比实际上更受欢迎；他的小说实际上描写了维多利亚时代打破墨守成规的旧俗，小说《坦纳胡同里的革命》（*The Revolution in Tanner's Lane*）是一部杰作。

## 参考书目

要对这段时期进行总体研究，可以参考 Hugh Walker's *The Literature of the Victorian Era*。

**安东尼·特罗洛普：**

特罗洛普的下列小说有各种不同的版本：*Barchester Towers*, *Framley Parsonage*, *The Warden*, *Dr. Thorne*, *Last Chronicles of Barset* (2 vols.)。

Anthony Trollope's Autobiography.

T. H. S. Escott's *Anthony Trollope, His Work, Associates, and Literary Originals*.

**布尔沃·利顿：**

下列作品有各种不同版本：*Last Days of Poempeii*, *Last of the Barons*, *Harold*, *Rienzi*。

**本杰明·迪斯累里爵士：**

迪斯累里的小说包括：*Contarini Fleming*, *Vivian Grey*, *Tancred*, *Sybil*, *Henrietta Temple*, *Venetia*, *Lothair*, *Endymion*，出版了英国和美国版本。

W. F. Monypenny and G. E. Buckle's *Life of Disraeli*, in 6 vols..

**威尔基·科林斯：**

威尔基·科林斯的小说出版了几种标准版本。

**查尔斯·里德：**

查尔斯·里德的作品有英国和美国版本。

**查尔斯·金斯利：**

查尔斯·金斯利的作品有英国和美国版本。

**勃朗特姐妹：**

勃朗特姐妹作品的 Haworth Edition 包括下面几卷：夏洛特·勃朗特的 *Jane Eyre, Shirley,*

---

[①] 基布尔（Keble）：英国教士、神学家和诗人，发起牛津运动的人物之一。——译注

*Villette*。夏洛特·勃朗特的 *The Professor* 和夏洛特、埃米莉、安妮、帕特里克·勃朗特的 *Poems*（1 vol.）。埃米莉·勃朗特的 *Wuthering Heights*，安妮·勃朗特的 *Agnes Grey*（1 vol.）。安妮·勃朗特的 *The Tenant of Wildfell Hall*。盖斯凯尔夫人的 *The Life of Charlotte Brontë*。

勃朗特姐妹的大部分小说都有各种廉价版本。

Mrs. Gaskell's *The Life of Charlotte Brontë*.

Clement K. Shorter's *The Brontës and their Circle*.

Augustine Birrell's *Charlotte Brontë*.

A. C. Swinburne's *A Note on Charlotte Brontë*.

*The Complete Poems of Anne Brontë*, edited by Clement Shorter.

*Poems, Selections from the Poetry of Charlotte, Emily, Anne, and Branwell Brontë*, edited by A. C. Benson.

参看 Maeterlinck's *Wisdom and Destiny* 中关于埃米莉·勃朗特的那章。

**盖斯凯尔夫人：**

Knutsford 版本中的盖斯凯尔夫人的小说中有 Sir A. C. Ward 撰写的导言。全部作品共十卷，由 Clement Shorter 撰写导言。

Mrs. E. H. Chadwick's *Mrs. Gaskell, Haunts, Homes, and Stories*.

**乔治·艾略特：**

乔治·艾略特的作品有各种不同版本。

J. W. Cross' *Life of George Eliot*.

Sir Leslie Stephen's *George Eliot*.

C. S. Olcott's *George Eliot, Scenes and People in her Novels*.

Oscar Browning's *George Eliot*.

**夏洛特·容琪：**

英国和美国版本。

*Book of Golden Deeds* and *Book of Worthies* in London editions.

**Mrs. J. H. Ewing：**

Mrs. J. H. Ewing 的作品有 Uniform Library Edition，里面各卷单独出售，包括 *Jackanapes*，*The Story of a Short Life*，和 *Lob Lie-by-the-Fire*.

**Mrs. Oliphant：**

奥莉芬特夫人的小说出版了几个版本，各卷单独出售。

# 第三十二章  新英格兰作家

在班扬去世后的一个半世纪里,清教精神在英国文学中没有得到很多表达。在英格兰,17世纪是信仰宗教的世纪,18世纪是没有宗教信仰的世纪。除了约翰·卫斯理——他虽不是加尔文教徒,却只有在清教主义可以被定义为"灵性个人主义"时,才算得上是个清教徒——的作品之外,18世纪的英格兰创造出的作品中没有可以称得上清教文学的,直到19世纪美国清教徒作家出现时,才可以说清教精神再次赋予了文学以灵感。

## 清教精神

被从英格兰逐出的清教徒移民在新英格兰聚居,他们虽然可能已经丢弃了加尔文神学的字面意义,但清教精神的影响不仅在一百多年前继续,而且在今天仍然继续存在,并从新英格兰向西传到了太平洋海岸。在两位非常伟大的19世纪美国作家——埃德加·爱伦·坡和瓦尔特·惠特曼——身上,清教主义没有留下一丝痕迹。但纳撒尼尔·霍桑、拉尔夫·瓦尔多·爱默生和其他超验主义者,朗费罗、惠蒂埃和哈丽特·比彻·斯托,都可以准确地称作清教徒作家。

## 第一节  拉尔夫·瓦尔多·爱默生

拉尔夫·瓦尔多·爱默生1803年生于波士顿,1817年进入哈佛学习。还在学生时,他就当侍者或干其他类似的卑贱工作谋生。1828年他被任命为马萨诸塞州参议院的牧师。三年后,由于丧失了正统信仰,他辞去了牧师职位,并第一次游历英格兰,在那里见到了柯勒律治、华兹华斯和卡莱尔。他1836年发表了第一部作品《论自然》。第二年他发表了著名的演说《美国学者》。1841年发表了一卷散文集,1844年发表第二卷。1847年、1848年他重访伦敦,后一次访问给他提供了创作《英国特色》——1856年发表——的素材,当时《代表性人物》已经发表六年。《生活的准则》1869年发表。爱默生于1882年去世。

# 第三十二章 新英格兰作家

照片：里施基斯收藏馆

《拉尔夫·瓦尔多·爱默生》(塞缪尔·W. 罗斯)
新英格兰哲学家。

爱默生被说成是"大陆上最耀眼、最令人引以为豪的知识分子，最有影响力的举足轻重的知识分子"。"超验主义者"是波士顿知识分子的一个小圈子，于1836年成立，爱默生和梭罗是其中最著名的成员。超验主义者反对加尔文神学，鼓励博爱，最终引发了全国性的废奴运动。超验主义者们纵情地享受很多奢侈品，而爱默生并没有这样。他总是极为明智，非常有节制。实际上，他很久之后才成为一位废奴主义者，直到1856年他才宣布："我认为我们必须要废除奴隶制，否则我们就将失去自由。"内战开始时，他狂热地支持林肯和他的政策。他有许多不足；据说他热爱人类，但他不喜欢他们。他是一位重要的诗人和散文家，热爱莎士比亚、但丁、乔治·赫伯特和柯勒律治的诗歌，但他不欣赏雪莱。他很少读小说，厌烦塞万提斯、司各特、简·奥斯丁和狄更斯。

尽管与许多英国作家思维相似，尽管与卡莱尔和其他同时代的英国人联系密切，但爱默生本质上是个美国人；尽管持有非正统观点，但他本质上是一位美国清教徒，所怀的信仰是另一位美国人乔纳森·爱德华兹的信仰，即"上帝就是真实的存在。上帝就是存在，没别的"。

现在的一代人容易把爱默生看成是不切实际的老师，一个远离地球的超验主义者。但他那些紧凑句子中蕴藏着无限的智慧，表达往往异常优美——总是引起人的联想，总是富于启迪性。

我们可以从《论自助》中引用下面几段，作为表现爱默生的哲学和出色的写作风格的范例。

> 信赖你自己吧：每一颗心都随着那条铁弦颤动，接受神圣的天意给你安排的位置。接受你的同时代人构成的社会，接受种种事件的关联。伟大的人物向来都是这么做的，而且像孩子似的把自己托付给他们时代的天才，表明自己的心迹：绝对可信的东西就藏在他们心里，通过他们的手在活动，在他们的存在中起着主导作用。我们现在都是成人，必须在最高尚的心灵里接受那相同的超验命运；我们不是躲在受保护的角落里的幼儿和病夫，也不是在革命前临阵脱逃的懦夫，我们是领导，是拯救者，是恩人，服从全能者的努力，向着混沌和黑暗挺进。[①]……
>
> 所以谁要做人，决不能做一个顺民。谁要获取不朽的荣耀，决不可被善的空名所累，而必须弄清它是否就是善。归根结底，除了你自己心灵的诚实正直外，没有什么神圣之物。来一番自我解放，回到原原本本的你那儿去，你一定会赢得全世界的赞同。[②]
>
> 愚蠢的一贯性是渺小的心灵上的恶鬼，受到二流政客、哲学家和牧师的顶礼膜拜。如果强求一成不变，伟大的灵魂就一事无成，他还是去关心墙上自己的影子算了。现在你有什么想法，就斩钉截铁地说出来，明天再将明天的想法斩钉截铁地说出来，尽管它可能跟你今天说的每一句话都相矛盾——"啊，那你一定会遭人误解。"——难道遭人误解就那么糟糕吗？毕达格拉斯曾被人误解过，苏格拉底、耶稣、路德、哥白尼、伽利略、牛顿，凡是有过血肉之躯的纯洁、智慧之人莫不如此。要伟大就要遭人误解。[③]
>
> 我希望现在我们已经是最后一次听到顺从和一致了。从此就宣布这两个词作废，此后便荒诞无稽。让我们听到的不是开饭的锣声，而是一声斯巴达横笛的吹奏。[④] 让我们再也不要点头哈腰、赔礼道歉了。一位伟大的人物要来我家就餐。我无意讨好他，倒是希望他应当想讨好我。我要站在这里维护人性，尽管我想让它温柔可亲，但我更要使它诚心诚意。让我们冒天下之大不韪谴责当代那种圆滑平庸、沾沾自喜的作风，并把已成为一切历史结论的事实抛到习俗、贸易和办公室的面前：哪里有人做事，哪里就有一个伟大负责的思想家和活动家在工作；一个真正的人不属于别的时间与空间，而是万事万物的中心。哪里

---

① [美]爱默生：《论自助》，[美]吉欧·波尔泰编，赵一凡等译：《爱默生集：论文与讲演录》，北京，三联书店，1993 年，第 284 页。
② 同上，第 286 页。译文略有改动。
③ 同上，第 290—291 页。译文略有改动。
④ 爱默生用敲锣开饭表示松懈，吹斯巴达横笛象征警觉。

有人，哪里就有大自然。它衡量你，衡量一切人和一切事。①

爱默生是一个快乐并令人愉快的人，赢得了人们对他的无限热爱和拥戴。卡莱尔曾说："现在看到一个像爱默生这样自信、快乐的人，是非常惊人、非常奇怪的。"但马修·阿诺德却将爱默生比作马可·奥勒留，而对于一个像这位伟大的皇帝——哲学家的人来说，道德之路似乎从来都是坎坷的，通向生活的道路肯定总是艰难的、狭窄的。爱默生曾经说过："除非给好人创造一个天堂，给其他人创造都是徒劳"，这是重复卡莱尔的话。他还在他的一首诗中写道：

> 虽然爱苦恼，理性易怒，
> 　却传来一个没有回答的声音：——
> 当人为真理而死的时候，
> 　安全的就是万劫不复。

他平静、愉快地死去了，就像他平静、愉快地生活一样，对比亨利那激烈的——尽管很重要——半信半疑的说法：

> 重要的不是门有多直，
> 　书卷受到怎样的惩罚，
> 我都是命运的主宰：
> 　我都在掌握我的灵魂之船。

和爱默生的说法：

> 我应着时代的风暴训练，
> 我来掌舵，我来扬帆，
> 黄昏也要听从早晨听到的呼唤：
> 低调忠诚，驱逐恐惧，
> 不受伤害地勇往直前：
> 每一道波浪都充满了魅力，
> 值得航行的港口就在眼前。

## 《英国特色》

对英语读者来说，爱默生的《英国特色》是他所写的最有趣的作品。它诙谐幽默，

---

① [美]爱默生：《论自助》，[美]吉欧·波尔泰编，赵一凡等译：《爱默生集：论文与讲演录》，北京，三联书店，1993年，第292—293页。译文略有改动。

比如他说："法国人发明了褶饰，而英国人又加上了衬衫。"书中充满了观察，比如他坚持认为"英国人是由幽默家组成的民族"，而欧洲其他国家在最近十年中才发现这一事实。对其他国家而言，他最好的作品是《论自然》——即他的第一部作品，和《随笔第一集》、《随笔第二集》，还有《生活的准则》。如果爱默生是清教徒的话，那么这个词的定义就很宽泛，这样我们可以说明他对瓦尔特·惠特曼、马修·阿诺德、尼采、梅特林克的影响，这四个人并没有明显的相似之处。事实上，爱默生的灵魂异常高贵，对人性了如指掌，各地的杰出人物都没有仔细考虑他们是否赞同他所有的观点，就非常珍视与这位天才的交往。

《第十二夜》中的马伏里奥说："我认为灵魂是高贵的。"几乎可以说这句话总结了爱默生对生活奥秘的看法。他认为灵魂是高贵的；但他与舆论、与问题的答案、与辩论学会的主题和结论毫无干系。他曾说："我不想要信徒。"在某种意义上，他没有信徒，因为他没有宣布适合大众的大量学说；他唤醒的是个体。就像理查德·加尼特在他那部令人赞赏的小《传记》中写的："比起那个时代的任何一位其他伟大作家来，他更像是一个声音。他几乎不受个人感情的影响。他不受教派、小集团和党派的影响。他不争论，而是宣告。"并且，因为他自己不知道，他没有告诉我们灵魂是什么。他说：

> 我们一般称为人的东西，就像我们所知道的吃吃喝喝、灌输、计算的人，并不代表他自己，而是在错误地代表他自己。我们尊敬的并不是他，而是灵魂，他只不过是灵魂的器官。如果他让灵魂通过他的行动显露出来，灵魂就会让我们下跪。当灵魂只能通过他呼吸时，那就是天才；当灵魂通过他的意志呼吸时，那就是美德；当灵魂通过他的感情流动时，那就是爱。……一切改革的目标，尤其是某种特定的改革，就是让灵魂穿过我们，换句话说，就是保证我们服从。[①]

这些文字从他的笔下喷涌而出，那是因为他彻底相信这些；但他宣告，而不争论。他认为生活的学者是不动感情的记录者，不能有所偏袒，如果在他自己看来，他的记录是真实的，那么他就只能接受它。"对他没有争议，他是无懈可击的。平民百姓认为他会创立一个教派，然后就职并被人崇拜。他自己明白，所以没有这样做，而是更喜欢他的瓜果和森林。"

爱默生认为心灵是我们最好的讲坛——尤其是我们与上帝的真正纽带。"在灵魂的每一个行为中都有人和上帝的统一，这是不可言喻的。最单纯的人在真心诚意崇拜上帝时变成了上帝；……上帝的观念出现了，寓于偏僻之地，抚平了我们的错误和失望的伤疤，对人而言，这是多么珍贵、多么大的安慰啊！……由于敬重灵魂，明白了古人说的'它的美是无限的'，人……不愿再编结一种像百结衣一样污迹斑斑的生

---

① ［美］爱默生：《论超灵》，［美］吉欧·波尔泰编，赵一凡等译：《爱默生集：论文与讲演录》，北京，三联书店，1993年，第426页。译文略有改动。

活①,却愿意跟一种神圣的统一生活在一起。"②爱默生就这样从教条、纲领、刻板的信条转移到了内在生活,这是独自一人在大自然面前过的生活,他相信心灵在那里找到了"最古老的宗教中的音乐和画卷"。

## 第二节 纳撒尼尔·霍桑

很容易把霍桑看成是清教徒,而我们今天草率的读者都说他记载了清教徒在新英格兰的过去。实际上他批评清教主义,就像某种意义上的爱默生一样。他也批评爱默生代表的观点,而实际上,如果由于他的祖先他应该被叫做清教徒的话,那么他就是在告诉我们,清教传统中的伟大人物,至少就美国而言,性情都不温顺,而是精力旺盛,爱追根究底,独立自主,甚至是反叛的。他于1804年7月4日生于马萨诸塞州的萨勒姆镇,在鲍登学院上学时与朗费罗和后来成为美国总统的富兰克林·皮尔斯同窗,毕业后,1839—1841年在波士顿海关工作,1846—1850年在萨勒姆海关工作;1853—1857年,皮尔斯总统任命他为利物浦的领事;1857—1859年他住在意大利,然后在马萨诸塞州的伯克郡生活,一直到1864年5月18日去世时为止。虽然就总体而言,他的生活平淡无奇,但最重要的、在某种意义上甚至是最令人兴奋的一段生活,是1825—1837年这几年,那时他独自一人住在萨勒姆的家中创作短篇故事和短文,除了书和思想之外,无人相伴。他在两篇短文——《手稿中的魔鬼》和《孤独人日记》中讲述了自己生命中这段最重要的时光。他的一些短篇小说时常在古德里奇的年刊《象征》和《新英格兰杂志》上发表;1837年它们被收入《重讲一遍的故事》(1842年,增为两卷)。其他的散文集和故事集有1846年的《古屋青苔》和1852年的《雪影》。在这部分作品中,他的天赋清晰可见,而评论他后期浪漫故事的评论家们则倾向于从早期作品中选取较短的合适段落来说明他所有成熟的特点。下面的四部伟大浪漫作品——1850年的《红字》、1851年的《七个尖角阁的房子》、1852年的《福谷传奇》和1860年的《玉石雕像》——属于他的后期之作。

霍桑写的是过去,并对道德问题极感兴趣;由于这个原因他经常被人草草地说成是"一位清教徒式的传奇小说家"。但他更是一位美国作家,因为他表现的总是处于崩溃时期的过去;如果他研究罪孽这个老问题,那就要问被认为是有罪的行为是否就不可能是无罪的或高尚的,而普遍的美德是否不可能是——至少在某些情况下——极大的错误。在《红字》中,他将犯罪的后果表现在三个人物身上,两个主要的罪人成了圣人,或者几乎算得上是圣人了,而受伤害的丈夫成了魔鬼。我们被迫感到比起

---
① 引自普罗提诺:《论美》。
② [美]爱默生:《论超灵》,[美]吉欧·波尔泰编,赵一凡等译:《爱默生集:论文与讲演录》,北京,三联书店,1993年,第439—442页。译文略有改动。

**纳撒尼尔·霍桑**

《坦格林的故事》的作者。

照片：里施基斯收藏馆

承蒙霍德和斯托顿公司各位先生惠允使用

**《欧罗巴与公牛》(埃德蒙·杜拉克)**

《龙牙》——霍桑《坦格林的故事》中的一个故事——生动地讲述了欧罗巴和她的三个哥哥卡德摩斯、菲尼克斯和基利克斯的故事。

听了公牛的话、骑上了牛背的小公主欧罗巴被公牛带走了。公牛冲进了海里，远离海岸向前游着，欧罗巴的那几个伤心的哥哥们很快就看不见公主和那头公牛了。

承蒙梅休因有限公司各位先生惠允使用

**《红字》(休·汤姆森)**

  在他那部著名小说《红字》的前几章,霍桑强调了性格的古板严苛,以及对做错事的人持有的无情、严酷的态度,这是新英格兰那些严酷的、畏惧上帝的开拓者们特有的特点。

  上面这幅图描写的事件出自《红字》,表现的是根据对她的判决,不幸的海丝特·白兰在前襟上钉上了用鲜红色绣成的字母A。

  白兰抱着孩子,看着正等着她被带去刑台示众的那些女人,她们极为愤怒,脸色阴沉。如果她们想看到她被打垮了,想看到她羞愧不已,那么她们就失望了;相反,她们:"却惊得都发呆了,因为她们所看到的,是她焕发的美丽,竟把笼罩着她的不幸和耻辱凝成一轮光环。"*

---

* [美]霍桑著,姚乃强译:《红字》,北京,中国书籍出版社,2005年,第34页。

女孩爱那位年轻牧师所犯的罪来,那个老丈夫娶一个不爱他的年轻女孩所犯的罪要更大,虽然我们可能没有把我们的感觉变成想法。《玉石雕像》讲的是一个男人没有灵魂,直到他犯了谋杀罪才有了灵魂;然后通过悔过他才有了精神生活。那么,罪可以是通向美德的路口吗?如果这些观点是清教的,那么我们肯定大大误解了清教。

事实上,就像爱默生一样,霍桑比表面看起来要激进得多;他那优美、传统的举止首先模糊了他思想中存在的冒险、怀疑因素。他怀疑清教主义;他也怀疑超验主义,甚至怀疑爱默生所说的那么自由的自然。超验主义者们认为行为本身有对我们行为的补偿——善良行为本身就带有回报,而邪恶行为则带有惩罚,霍桑更喜欢讲《七个尖角阁的房子》这个故事,其中一个无辜的人进了监狱,而他那忠诚的妹妹在等他出来的时候变老了,脾气乖戾了,变得敏感了。就像梭罗一样,他比超验主义圈子中的大多数人都更坚定,而且与梭罗一样,他就是一个偶尔拜访他们的人。他那优美的艺术是在代表喜欢沉思和思考的美国人说话——因此,也是在代表读者说话,在我们的工业主义带来的娱乐渐渐消失之后,读者会越来越多。

## 第三节　亨利·沃兹渥斯·朗费罗

美国清教徒诗人中最著名的是亨利·沃兹渥斯·朗费罗。他诗歌中的道德热情——其形式本质上是清教式的——让他在普通人中大受欢迎,比如《乡下铁匠》、《朝着更高的目标》和《生之礼赞》。朗费罗下面的诗句也许是大家最为熟悉的:

> 伟人的事迹令人冥想
> 　我们都能使一生壮丽,
> 并且在时间的流沙上,
> 　在离去时,留下来踪迹——
>
> 这踪迹,也许另一个人
> 　看到了,会重又振作,
> 当他在生活的海上浮沉,
> 　悲惨的,他的船已经沉没。
>
> 因此,无论有什么命运,
> 　不要灰心吧,积极起来;
> 不断地进取,不断前进,
> 　要学会劳作,学会等待。①

---

① 穆旦:《穆旦(查良铮)译文集》(第8卷),北京,人民文学出版社,2005年,第174页。

# 第三十二章 新英格兰作家

照片：里施基斯收藏馆

**亨利·W.朗费罗**

新英格兰著名诗人。

朗费罗1807年2月生于缅因州的波特兰。上大学时，他与霍桑同窗，毕业后到欧洲待了三年，学习德语、法语、西班牙语和意大利语。1835年再次到欧洲游历之后——在此期间，他的第一任妻子在荷兰去世——他被任命为哈佛的教授，一任就是十八年。朗费罗1883年去世。他纯朴、热心，深受德国感伤主义的影响。他的生活富足、平淡，唯一一件大事就是第二任妻子被活活烧死。朗费罗不会认为"为艺术而艺术"这一词语有什么意思（它也许根本就没有什么意思）。就像威尔斯先生一样，他完全相信文学就是达到目的的手段，在他看来，其目的就是反复灌输清教的道德观。他几乎一直在说教，几乎总是感伤的，有时有点傻气。然而，虽然他的诗可能不是最伟大的，但他信念坚定，毫不怀疑。

> 或许就没有死亡！有的只是一种过渡。
> 我们这一可止可朽的生命
> 只是福地中生命的毗邻之域，
> 我们听说的死亡就是进入那一福地的大门。[①]

---

[①] [美]朗费罗著，王晋华译：《朗费罗诗歌精选》，太原，北岳文艺出版社，2000年，第72—73页。

## 《金色的传说》

《伊凡吉琳》1847年发表,给朗费罗带来了在美国作家中无可辩驳的地位。1851年发表的《金色的传说》取材于一首德国诗,这也许是他最伟大的成就;《海华沙》具有戏剧性,幽默诙谐,诗律新颖,至少算是流畅、有趣的民间传说。朗费罗晚年翻译了但丁的《神曲》,这是最好的英译本之一。作为诗人,朗费罗因经验不足,在某种程度上又因资质所限而处于不利地位。他写得太容易了,但有时写得非常好,就像下面著名的两句:

> 我听见夜的垂曳的轻裳
> 拂过她的大理石厅堂![1]

朗费罗一直是"激发"年轻人热爱诗歌的伟大诗人。他一直是教堂中那位和蔼可亲的、给人以启迪的看门人。他那轻松自如、令人满意的韵律,他所写的那些令人肃然起敬、奇特有趣的事物引发出丰富而简单的联想,还有他所有作品中夸张的热忱,这些使他的作品成为年轻读者的诗歌食杂店。我们之中有谁不满怀感激地记得第一次读到这些诗句时感到的快乐,并重温了那种快乐?

> 在古老的布鲁吉斯城,
> 在古老陌生的佛兰芒城,
> 当黄昏的影子逝去,
> 各种声音甜蜜地相混,
> 时而高,时而低,
> 变化就像诗人的韵律,
> 传来了布鲁吉斯古城
> 贝尔福利市场壮美的钟声。

这些诗句给予年轻梦想家的正是他自己的那种想法,他自己的那种心情,还有他需要或可以接受的那么多的迷人感情。它们轻轻地浇灌着我们的想象,温柔地强化了我们日益加深的对世界的幻想。但朗费罗还为年轻人写出了其他诗歌,表达了许多其他的情绪。下面的诗句是多么搅动心弦啊:

> 国王奥拉夫听见了呼喊,
> 看到天空中红光闪闪,
> 他把手放在剑上,

---

[1] [美]朗费罗著,杨德豫译:《朗费罗诗选》,北京,人民文学出版社,1985年,第1页。

承蒙霍德和斯托顿公司各位先生惠允使用

**《金色的传说》**
沃格尔韦德的伊尔民加德和瓦尔特。

伊尔民加德:"我聆听那声音
直到我的心房
昼夜都被它充塞。"

——朗费罗

　　　　身子倚在栏杆上，
　　　　高高地扬起船帆，
　　　　　　向北驶进德隆泰姆海湾。

　　　　他像梦中人一样屹立；
　　　　那红光把它瞥见
　　　　　　身穿的铠甲闪光熠熠；
　　　　他大喊着，他头上
　　　　碎裂的大旗翻飞震颤，
　　　　　　"托尔，我接受你的挑衅！"
　　　　……
　　　　挪威从未曾见过
　　　　如此美丽的风采，
　　　　　　如此雍容华贵的衣衫，
　　　　当穿上全副
　　　　内部镶金的铠甲，
　　　　　　斗篷燃烧像火焰。

　　　　奥拉夫清醒过来，
　　　　驾着海岸吹来的夜风，
　　　　　　那声呼喊沿着海岸飘过；
　　　　他大喊着，他头上
　　　　碎裂的大旗翻飞震颤，
　　　　　　"托尔，我接受你的挑衅！"

成年时，谁没有反复念叨过另一首诗中的那些语调比以前更悲哀的简单词句：

　　　　中宵我伫立桥头，
　　　　　　听到钟声敲动，
　　　　明月从尖塔后面
　　　　　　上升到城邑上空。
　　　　……
　　　　多少遍，哦！多少遍，
　　　　　　在悄然逝去的岁月间，
　　　　我中宵伫立桥头，
　　　　　　凝视着碧浪青天！

> 多少遍,哦!多少遍,
> 　我盼望退落的海潮
> 载负我远行,漂过
> 　浩渺而狂暴的波涛!①

## 第四节

坡在文学史中的地位非常奇怪、非常独特。他是侦探小说的创始人,使完完全全的恐怖事件成为艺术主题。他写了一些诗歌,虽然并非十全十美,但会流传下去。他是美国人,混迹于美国各个城市的社会和文学生活中,但除了自己阴郁的、受限的想象创造出来的那个国家,他似乎不属于任何国家。

### 埃德加·爱伦·坡

1809年1月18日,埃德加·爱伦·坡生于马萨诸塞州的波士顿。父母都是演员。母亲是伊丽莎白·阿诺德,曾是一位令人称赞的女演员,总的说来,比她丈夫更有才华,但丈夫把她抛弃在弗吉尼亚的里士满。她的其他三个孩子被一个富有同情心的人收养,而埃德加住进了约翰·爱伦的家。约翰·爱伦是苏格兰人,是一位富裕的烟草商。

1815—1820年,坡与爱伦一家住在英格兰,并被送到斯托克纽因顿的庄园大厦(Manor House)学校读书,在《威廉·威尔逊》中,他描绘过这所学校(经过了大肆渲染,同时又有些模糊)。17岁时,他进入弗吉尼亚大学,在那里掌握了大量古典文学知识,并迷上了赌博。爱伦非常痛心,对他的挥霍浪费忍无可忍,拒绝为他还赌债,于是这个犯了错的孩子就不见了;他去了波士顿。后来,在跟监护人和解之后,他上了西点军校。没有人比坡更不适合军队的职责和纪律了。他不断地玩忽职守,因此就被"开除"了,此时他爱上了白兰地和数学。他写的一些诗歌在经过多次修改之后,发表在那本薄薄的诗集中,其中有一些就是他在西点军校时创作的。当那个极其慷慨、愚不可及的爱伦在第一任妻子去世不久后再婚时,坡就与他彻底断绝了关系。新的女主人看不中坡,很讨厌他,不要他——也许坡天生就是一个让人讨厌的人。

约翰·爱伦曾经继承了一笔遗产,并很快奢华地布置他的家。他买了书、画、昂贵的帷帘和半身像;有人说坡周围环境的突然改变或许可以说明坡笔下的许多华丽诗歌的背景。《乌鸦》的氛围就凸显了室内的奢华:

> 但那只乌鸦仍然把我悲伤的幻觉哄骗成微笑,

---

① [美]朗费罗著,杨德豫译:《朗费罗诗选》,北京,人民文学出版社,1985年,第49—50页。

**埃德加·爱伦·坡**
《神秘及幻想故事集》的作者。

照片：里施基斯收藏馆

> 我即刻拖了张软椅到门旁雕像下那只鸟跟前；
> 　然后坐在天鹅绒椅垫上，我开始冥思苦想，
> 浮想连着浮想，猜度这不祥的古鸟何出此言——
> 这只狰狞可怕不吉不祥的古鸟何出此言，
> 　为何聒噪"永不复还"。
>
> 我坐着猜想那意思，但没对那只鸟说片语只言，
> 此时，它炯炯发光的眼睛已燃烧进我的心坎；
> 我依然坐在那儿猜度，把我的头靠得很舒服，
> 舒舒服服地靠在那被灯光凝视的天鹅绒衬垫，
> 但被灯光爱慕地凝视着的紫色的天鹅绒衬垫，
> 　她将显出，啊，永不复还！①

坡的个人历史中最突出的一点是他与表妹弗吉尼亚——他姑妈玛丽·克莱姆的女儿——的婚姻。"那时我同她还都是孩子。"就像他在《安娜贝尔·李》中所说的。

有一个关于坡的传说，是他那个时代卑鄙的报刊杂志杜撰出来的，虽然正直的传

---

① [美]爱伦·坡著，[美]帕蒂克·F.奎恩编，曹明伦译：《爱伦·坡集，诗歌与故事》（上），北京，三联书店，1995年，第110页。

承蒙霍德和斯托顿公司各位先生惠允使用

**《乌鸦》(埃德蒙·杜拉克)**

上面这幅为埃德加·爱伦·坡的伟大诗歌《乌鸦》所绘的插图动人地描绘了屋子里的情景,

"……突然传来一阵轻擂,

仿佛有人在轻轻叩击,轻轻叩击我的房门。"*

——《乌鸦》

---

\* [美]爱伦·坡著,[美]帕蒂克·F.奎恩编,曹明伦译:《爱伦·坡集,诗歌与故事》(上),北京,三联书店,1995年,第107页。

记作者们努力辟谣，但这个传说仍然广为流传。根据这个传说，他是个嗜酒狂、嗜毒鬼。其实，他既不是嗜酒狂也不是嗜毒鬼。有段时期他纵情畅饮，那是在弗吉尼亚去世后，他在饮酒方面有点失控。但证明他嗜毒成性的证据很少，或几乎没有。

　　作为作家，坡有两种风格，彼此截然不同。在第一种风格中，他的目的是创造一种令人不安的幻觉氛围，人在其中要吃力地呼吸，就像在充满毒气的大雾中一样——凄凉、死亡、即将发生的灾难、无形的恐怖及其带来的恐惧，而它们必须为自己创造出一种形式。《厄舍府的崩塌》是这类故事中最好的，是关于恐惧的狂歌，能像噩梦一样攫住读者。采用这种技巧一点一点地创造出恐怖的氛围，直到读者的每根神经都要颤抖——而那时，你会听到那位被活埋了、后来又从坟墓中爬了出来的小姐的脚步声就在门外！没有什么可以超越这种技巧。这就是恐怖的情景，无可超越。

## 《一桶蒙特亚白葡萄酒》

　　坡的第二种风格就是严格意义上的现实主义风格，其运用方式很多，但最成功的，也许就是在侦探小说中的运用。在众多伟大的小说人物中，杜邦——福尔摩斯承认他是自己的老师——是最与众不同的人物之一。而这些故事的情节也是构思出来的最巧妙的情节——比如《莫格街谋杀案》的情节，其中杀人犯是一只猴子；《失窃的信》的情节中那封被窃的信就明目张胆地放在信架上，却就这样被"藏"了起来。堆积起来的微小细节使最荒谬的故事看起来就像是真实的生活，如在《陷坑与钟摆》中，读者几乎可以感觉到那巨大的、摇摆的刀刃就在自己被绑住的身体上空下降；在《卷入大漩涡》中，他坐在一叶小舟里，被巨大的漩涡掀了下去；尤其是在《皮姆历险记》中，这是他唯一一部完整的长篇传奇小说，讲述的是"戈兰姆普斯"号漂泊到南极的冒险故事，其中有叛乱、海难和大屠杀——所有这些描写都像《格列佛游记》和《鲁滨逊漂流记》中的情景一样逼真。《一桶蒙特亚白葡萄酒》是他写的最短的故事之一，也是最好的，讲的是一个人将敌人引诱到地窖里品尝蒙特亚白葡萄酒。后来，他把敌人铐在那里，接着把他砌在了墙里。下面是故事的结尾。

　　　　我连第一层石块都还没砌好就发现福尔图纳托酒已经醒了一大半。我最初知道这一点是因为凹洞深处传来一声低低的悲号。那不是一个醉汉发出的声音。接下来便是一阵长长的、令人难耐的寂静。我一连砌好了第二层、第三层和第四层；这时我听见了那根铁链猛烈的震动声。声音延续了好几分钟，为了听得更称心如意，这几分钟里我停止干活，坐在了骨堆上。等那阵当啷声终于平静下来，我才又重新拿起泥刀，一口气砌完了第五层、第六层和第七层。这时墙已差不多齐我胸高。我又歇了下来，将火把举过新砌的墙头，把一点微弱的光线照射到里边那个身影上。

第三十二章　新英格兰作家

出自埃德加·爱伦·坡的《神秘故事选集》，承蒙西奇威克和杰克逊有限公司惠允使用

《陷坑与钟摆》(柏亚姆·肖)

坡最强有力的故事之一，写得异常生动，我们可以毫不费力地想象出宗教法庭使用的邪恶装置。"向右——向左——伴着坠入地狱的灵魂的尖叫"，那个弯刀形的钟摆就这样摆动着下降。

突然,一串凄厉的尖叫声从那被锁住的人的嗓子里冒出,仿佛是猛地将我朝后推了一把。我一时间趑趄不前——我浑身发抖。随后我拔出佩剑,伸进凹洞里四下探戳;但转念一想我又安下心来,伸手摸摸那墓洞坚固的结构,我完全消除了内心的恐惧。我重新回到墙前,一声声地回应那个人的尖叫:我应着他叫——我帮着他叫——我的声音和力度都压过了他的叫声。我这么一叫,那尖叫者反倒渐渐哑了。

此时已深更半夜,我的活儿也接近尾声。我已经砌完了第八层、第九层和第十层。现在最后的第十一层也快完工了,只剩下最后一块石头没砌上并抹灰。我使劲搬起这块沉甸甸的石头,将其一角搁上它预定的位置。可就在这时,凹洞里突然传出一阵令我毛发倒立的惨笑,紧接着又传出一个悲哀的声音,我好不容易才听出那是高贵的福尔图纳托在说话。那声音说——

"哈!哈!哈!——嘿!嘿!——真是个有趣的玩笑——一个绝妙的玩笑。待会儿回到屋里,我们准会笑个痛快——嘿!嘿!嘿!——边喝酒边笑——嘿!嘿!嘿!"

"蒙特亚酒!"我说。

"嘿!嘿!嘿!——嘿!嘿!嘿!——对,蒙特亚酒。可天是不是太晚了?难道他们不正在屋里等咱们吗,福尔图纳托夫人和其他人?咱们去吧。"

"对,"我说,"咱们去吧。"

"看在上帝分上,蒙特雷索!"

"对,"我说,"看在上帝分上。"

可说完这句话之后我怎么也听不到回声。我渐渐沉不住气了,便大声喊道——

"福尔图纳托!"

没有回答。我再喊——

"福尔图纳托!"

还是没有回答。于是我将一支火把伸进那个尚未砌上的墙口,并任其掉了下去。传出来的回声只是那些戏铃的一阵叮当,我开始感到恶心——由于地窖里潮湿的缘故。我赶紧干完我那份活儿,把最后一块石头塞进它的位置并抹好泥灰。靠着新砌的那堵石墙我重新竖起了原来那道尸骨组成的护壁。半个世纪以来没人再动过那些尸骨。愿亡灵安息!①

作为一位诗人,他的成就更杰出。在诗中,他梦中的荒野和荒漠变成了一片朦胧

---

① [美]爱伦·坡著,[美]帕蒂克·F. 奎恩编,曹明伦译:《爱伦·坡集,诗歌与故事》(下),北京,三联书店,1995年,第946—948页。译文略有改动。

的美景——一种有形的不确定性,被偶尔的、可理解的华彩照亮的含混晦涩。《乌鸦》使用的是悦耳的、萦绕心头的韵律,体现了他主要的心境——阴郁、悲伤。《钟》是杰出的韵律实验。然而,他最好的作品却不在那两首最为读者熟悉的诗中,而散落在许多诗中,就像闪耀着内在灵光的宝石。最完美的一首诗歌也许是《致海伦》[①]。

> 海伦,你的美在我的眼里,
> 　犹如往时尼西亚三桅船[②]
> 航行在飘香之海,悠悠地
> 　把倦于漂泊的困乏船员
> 　送回他故乡的海岸。
>
> 早已习惯在怒海上飘荡,
> 　你典雅的脸庞,你的鬈发,
> 你水神般的风姿带我返航,
> 　返回往时的希腊和罗马,
> 　返回往时的壮丽和辉煌。
>
> 看!壁龛似的明亮窗户里,
> 　我看见你站着,多像尊雕像,
> 一盏玛瑙灯你拿在手上!
> 　赛姬女神啊,神圣的土地[③]
> 　才是你家乡!

《闹鬼的宫殿》和《征服者爬虫》表现了荒诞得近乎疯狂的感觉。在《梦境》中,坡实现了几乎不可能实现的技艺:

> 在一条阴暗孤寂的路旁,
> 只有坏天使常去常往,
> 那儿有个名叫夜晚的幽灵,
> 在黑色的王位上发号施令,

---

[①] 本诗是坡最负盛名的抒情诗之一。海伦是希腊神话中主神宙斯之女,有倾国倾城之貌。因随特洛伊王子逃走,遂引起了荷马史诗《伊利亚特》中叙述的特洛伊战争。使坡感发而作此诗者,是坡在里士满上学时一位同学之母简·斯蒂士·斯丹纳夫人。坡曾说过:"这是在热情洋溢的青少年时代,我写给自己心灵中第一次纯理想式爱情的诗行。"注释有改动。
黄杲炘译《美国抒情诗选》:上海译文出版社,2002年,第83—84页。
[②] 尼西亚为地中海地区的一处古地名,还有"胜利"的含义等,但诗人选用该词未必确指该地,可能是因为此词音调和美,又能使人发思古之幽情。
[③] 赛姬:即普赛克,为希腊、罗马神话中之美女,是人类灵魂的化身。她的美曾引起爱神维纳斯的嫉妒,并为小爱神丘比特(希腊神话中为厄洛斯)所爱。"神圣的土地"指理想的彼岸。注释略有改动。

承蒙霍德和斯托顿公司各位先生惠允使用

**《钟》(埃德蒙·杜拉克)**

而那些——哦,那些人
那些住在尖塔上的人
……
　　　　他们是幽灵:——
　　正是他们的君王把丧钟鸣奏:——*
　　　　　　——埃德加·爱伦·坡,《钟》

---

\* [美]爱伦·坡著,[美]帕蒂克·F.奎恩编,曹明伦译:《爱伦·坡集,诗歌与故事》(下),北京,三联书店,1995年,第124—125页。

我已经到家，但我刚刚
去过一个最最混沌的地方——
那里荒凉萧瑟，充满惊人的怪诞，
超越了空间——超越了时间。

无底的山谷，无边的洪波，
巨大的森林，岩洞和沟壑，
它们的形状无人能发现，
因为到处有雾珠弥漫；
群山始终是摇摇欲坠，
坠进没有海岸的海水；
海水永远在上升涌动，
涌向火焰一般的天空；
大湖浩渺，无边无际，
湖水凄清——凄清而死寂，——
平静的水——平静而冰凉，
百合花懒洋洋地依在湖旁。

在那些湖畔，湖无边无际，
湖水凄清，凄清而死寂，——
忧伤的水，忧伤而冰凉，
百合花懒洋洋地依在湖旁，——
在群山脚下——那条河附近，
河水汩汩淙淙，潺潺有声，——
在森林之旁——在沼泽之滨，
那儿有蟾蜍和蝾螈扎营，——
在阴惨的池塘和山中小湖，
那儿常有食尸鬼居住，——
在每一个最不圣洁的场所
在每一个最最阴郁的角落，——
旅行者们会吃惊地不期而遇
裹着尸衣的过去的记忆——
裹尸衣的身影惊诧而喟叹
当他们走过流浪者身边——
白袍朋友的身影早已被托付，

在痛苦中,给了天堂——给了黄土。①

关于诗歌从来就没有一个令人满意的定义,而且将来也不会有,因为诗歌是拥有许多房间的房子。根据坡在那篇发人深思的《诗歌原理》中对诗歌的定义,诗歌是"对美进行的格律创造"。

他经常会在词句中表现出一种纯粹的美感:

> 现在我的白天全是梦境,
> 而我夜间所有的梦,
> 都是你闪耀的灰色眼睛,
> 都是你纤足的移动——
> 在多美的永恒的河滨,
> 在多缥缈的舞步之中。②

坡1849年10月7日在巴尔的摩去世。在他一生中的最后四天里究竟发生了什么事情,仍然不得而知。一般公认的说法是,由于偶然被耽搁在巴尔的摩,他毫无节制地饮酒。就在市政选举的前夜,一个政治俱乐部里令人讨厌的政府代表们发现他在大街上游荡。他们当晚拘留了他,第二天早上他被拉了出来,被迫在十一个不同的选区投票。然后就把他丢在一边;他躺在一条长凳上,一个熟人认出了他;他被送到了华盛顿大学医院。在那里照顾他的医生说——在坡去世二十五年后——他根本没有喝酒或吸毒的迹象。坡一直是个神秘人物,因此注定要神秘地死去。

## 第五节 瓦尔特·惠特曼

爱默生1855年写信给瓦尔特·惠特曼,形容他的《草叶集》为"美国迄今为止所贡献的一部最非凡的幽默与智慧之作"。在今天看来,这话就像约七十年前一样正确。

瓦尔特·惠特曼1819年生于纽约长岛,他家中有九个孩子,他是次子。父亲务农兼做木工。祖先有部分英国血统,部分荷兰血统,他所有的先辈们不是农民就是军人。他继承的唯一遗产就是对大海和户外的热爱。惠特曼年幼时,他们一家搬到了布鲁克林,他开始靠做役童谋生,后来成了印刷工、教师和记者。他曾一度受雇于《布鲁克林之鹰报》,后到南方为新奥尔良的《新月》撰稿。1851年他又回到布鲁克林,买卖小房子,写一些杂志文章和没有什么价值的小说。1855年夏天,他的诗歌《草叶集》

---

① [美]爱伦·坡著,[美]帕蒂克·F.奎恩编,曹明伦译:《爱伦·坡集,诗歌与故事》(上),北京,三联书店,1995年,第103—105页。
② 同上,第91页。

照片：里施基斯收藏馆

《瓦尔特·惠特曼》（G. J. W. 亚历山大）

美国的优秀白发诗人。

第一版出版。内战爆发时，惠特曼没有主动服现役，但也没有被征召服役；他当时已41岁，这足以解释其中的原因。但他自愿在华盛顿的军队医院当护士，这段经历让他写出了一系列题为《桴鼓集》的战争诗歌，被永远收入《草叶集》中。战争结束后，他在政府部门谋到一个职位，在华盛顿住了几年。1873年，他的麻痹症突然发作，就搬到了新泽西的卡姆登，此后一直住在那里，1892年去世。他发表了两卷散文——1871年的《民主远景》和1882年的《在美国典型的日子》。惠特曼终生未婚。约翰·巴勒斯说他的一生"自始至终都是诗人的生活——自由、超脱、从容不迫、慷慨大方，活得满足、快乐"。

## 自我展示

在一切文学中，没有哪一位诗人能比他更执著地歌唱自我。在惠特曼写的每一句诗中，几乎都有明显的自我展示。他强迫人认识自己的个性。"我是瓦尔特·惠特曼，如自然一般自由、充满活力。"他这样说他的诗歌：

> 卡墨拉多，这不是书；
> 谁触摸到它，就触摸到人。

生于内战前清教式的、过分讲究的美国，惠特曼可以说是一个非常勇敢、有男子气概的人，一个向世界大声呼吁的大男人。一个同代人描述了他中年时的样子："他身高六英尺，身材像角斗士，飘动的灰胡子和头发在他那宽厚、略微赤裸的胸前混杂在一起。穿着洗熨平整的带袖格子衬衫，裤子经常塞进靴帮子里，那颗好看的脑袋上戴着一顶耷拉的大黑帽子或浅色毡帽，四处走动时步态高贵，是从容独立的杰出典范。"

　　惠特曼是一位民主诗人。他热爱自己，但热爱自己是因为他热爱生活——不是雅致的生活，而是充满汗水和活力的生活。"永远属于我的膂力与勇气啊！"是他的一个口号。热爱自己和热爱生活，他还无限地热爱同胞，这方面没有哪一位诗人能比得上他。与圣弗兰西斯一样，他的爱包括爱世上的一切生灵；他通过呼吁传播基督教的福音，那就是世界只有靠爱才能得到拯救。

> 来，我要创造不可分离的大陆，
> 我要创造太阳所照耀过的最光辉的种族，
> 我要创造神圣的磁性的国土，
> 　　以伙伴之爱，
> 　　以伙伴之间终生不渝的爱。
> 我要沿着美利坚所有的河川，沿着各个大湖的
> 　　岸边，并在所有的大草原上，栽种像森林
> 　　般稠密的伙伴关系，
> 我要创造不能分散的城市，让它们彼此用手臂紧搂着脖子，
> 　　以伙伴的友爱，
> 　　以伙伴之间的男性的爱。
> 我为你付出这些，啊，民主，为你服务，我的女人呀，
> 　　为你，为你，我在震颤着唱这些歌。①

　　在惠特曼看来，友谊是"一切形而上学的基础"。

> 可是在苏格拉底下面，我清楚地看见了，在神圣
> 　　的基督下面我看见了，
> 男人对他的伙伴的亲切的爱，朋友对朋友的吸引。②

　　最关心其教区内善政的人总是国家最好的公民。只有理智的爱国者才是有用的世界公民。我们必须从头开始。所以惠特曼提出社会主义者必须同时是个人主义者——对群众的尊重有赖于对个体的尊重。

---

① [美]惠特曼著，李野光主编，李野光译：《惠特曼名作欣赏》，北京，中国和平出版社，1995年，第120页。
② [美]惠特曼著，楚图南、李野光译：《草叶集》(上)，北京，人民文学出版社，1987年，第228页。

> 每个男人要自尊,每个女人要自尊,古往今来莫不如此,真正的不朽之辞;
> 没有人能为别人获得自尊——没有;
> 没有人能为别人成长——没有。①

他那无边的自我主义,加上对友爱的赞赏,或者说他认为人具有的神性——这样说更好一些——让他与最好的、最优秀的人——甚至被钉在十字架上的人结为亲缘关系。

> 我并不宣扬你的名字,我却理解你,
> 我以极大的欢欣提出你的名字,哦,伙伴哟,
>   我向你致敬,向那些和你一起的人致敬,
> 以前的,以后的,和未来的,
>   我们大家一起劳动,交相传递同一的责任和传统。②

惠特曼在人类生活中得到的乐趣并不限于智力和精神。在题为《亚当的子孙》的组诗中,他衷心称赞肉体的欢愉,丝毫不加掩饰,这让他那个时代心思细腻的新英格兰人大为震惊,因此,奥立弗·温德尔·霍姆斯宣称:"诗人与大自然调情,为她编织玫瑰花环;而惠特曼就像一个毛发蓬乱的大男人扑向她——不,这可不行。"尽管惠特曼大胆表达了肉体的快乐,但与为淫秽下流而得意洋洋的堕落之人不同。在他看来,每一种正常的人类经历都是美好的、高贵的,而在他写的一切文字中,都有新鲜纯净的空气——真挚的纯朴,不愿认识到罪恶。惠特曼从不枯燥无味,从不"引发联想"。

> 如果有什么东西是神圣的,人的肉体就是神圣的,
> 一个男人的光荣和甜美就是那未被玷污的男性的标志,
> 而在男人或女人身上,一个洁净、强壮、筋肌结实的肉体比最美的面貌还要美。③

而美对他来说并不是由年轻和激情决定的。

> 妇女们坐着或是来回走着,有的年老,有的年轻,
> 年轻的很美丽——但年老的比年轻的更美丽。④

当美国开始进行财富竞争——这是在内战之后开始的——的时候,惠特曼变成了杰出的抗议者,反贪婪的倡导者。他极具美国性,但不是狭隘的民族主义。"我向

---

① [美]惠特曼著,楚图南、李野光译:《草叶集》(上),北京,人民文学出版社,1987年,第21页。
② [美]惠特曼著,楚图南、李野光译:《草叶集》(下),北京,人民文学出版社,1987年,第717页。
③ [美]惠特曼著,李野光主编,李野光译:《惠特曼名作欣赏》,北京,和平出版社,1995年,第82页。
④ [美]惠特曼著,楚图南、李野光译:《草叶集》(上),北京,人民文学出版社,1987年,第505页。

承蒙玛格丽特·C.库克和J.M.邓特父子有限公司的各位先生惠允复印

"我要高唱伙伴之歌。"*

瓦尔特·惠特曼《草叶集》中的《从巴门诺克开始》

---

\* [美]惠特曼著,楚图南、李野光译:《草叶集》(下),北京人民文学出版社,1987年,第45页。

承蒙玛格丽特·C.库克和J.M.邓特父子有限公司的各位先生惠允复印

"啊,我的灵魂哟,我们在黎明的安静和凉爽中找到了我们自己。"

——出自《草叶集》中的《瓦尔特·惠特曼》

地球上的所有居民致敬",他在一首诗中说,在写到美国民主的胜利航行时,他补充说:

> 历史悠久的祭司般的亚细亚今天与你在一起,
> 封建王室的欧罗巴也同你一起航行。①

惠特曼显然是位无与伦比的诗人。他为狂放不羁付出了代价。他讨厌限制,毫不在乎诗歌写作的规则。有时单调,有时浮夸,有时可笑。他列出的长长的名单令人厌倦,与诗歌差之千里,就像瓦茨博士的诗歌一样。没有哪一位诗人比他更容易被人滑稽模仿了。

但是,在创作巅峰之时,他准确地找到了恰当的方式来表达他想表达的东西。在为林肯总统所写的著名挽歌《当紫丁香最近在前院开放》中,如 W. M. 罗塞蒂所说,有"一种强烈、庄严的韵律感":

> 来呀,可爱的、给人以慰藉的死,
> 你环绕着世界荡漾起伏,安详地来临,来临,
> 在白天,在黑夜,向全体,向个人,
> 或迟或早,微妙的死神。
>
> 给深不可测的宇宙以赞美吧,
> 为了生命和欢乐,为了好奇的物体和认识,
> 而且为了爱情,甜蜜的爱情——更要赞美!赞美!赞美!
> 为了那冷森森地合抱起来的死亡的可靠的胳臂。
>
> 总是悄悄地滑到身边来的黑暗的母亲啊,
> 难道没有人给你唱过一支热烈欢迎的歌吗?
> 那么我来给你唱,我赞颂你超过一切,
> 我带给你一支歌,只要你真的一定毫不迟疑地来到这里。
> ……
> 静静的繁星下面的黑夜,
> 海岸和我能听懂的喃喃絮语的涛声,
> 还有灵魂在转身向着你,啊!庞大而遮蔽得很好的死亡,
> 以及肉体,它愉快而悄悄地向你挨近。
>
> 我唱给你一支歌,它飘过树顶,
> 飘过起伏的波涛,飘过无数田野和广阔的草地,

---

① [美]惠特曼著,楚图南、李野光译:《草叶集》(下),北京人民文学出版社,1987年,第848页。

飘过一切人烟稠密的城市和拥挤的码头和道路,
我唱出这支歌曲,满怀欢喜,啊,死亡,对你的欢喜。①

而他的告别又是多么充满柔情:
我的船长不回答我的话,他的嘴唇惨白而僵硬,
我的父亲,感觉不到我的手臂,他已没有脉搏,也没有了生命,
我们的船已经安全地下锚了,它的航程已经终了。
从可怕的旅程归来,这胜利的船,目的已经达到。
啊,欢呼吧,海岸,鸣响吧,钟声!
只是我以悲痛的步履,漫步在甲板上,那里,我的船长躺着,
他已浑身冰凉,停止了呼吸。②

## 第六节　约翰·格林里夫·惠蒂埃

照片:里施基斯收藏馆

**约翰·格林里夫·惠蒂埃**
新英格兰诗人。

约翰·格林里夫·惠蒂埃 1807 年生于马萨诸塞州,与朗费罗同年。然而,这两位诗人的早年境况大不相同。朗费罗家境殷实,惠蒂埃的父亲则是个微不足道的农民,也是贵格会教徒。他太穷了,无力让孩子们念很多书,但幸运的是,他能赋予他们勇气、虔诚和简朴。惠蒂埃是读着彭斯和《圣经》长大的。孩提时他就开始写诗,其中一些在著名的废奴运动领导人威廉·劳埃德·加里森主编的报纸上发表了。为了凑足学费,惠蒂埃学习制鞋,就像许多其他美国男孩一样,他靠自己的能力和刻苦工作读完了大学。1835 年,他被选入马萨诸塞州立法机构,一年后成为反奴隶制协会的秘书。朗费罗温和地谴责奴隶制,但他的性情并不适合搞政治或钩心斗角。

比起其他任何作家来(哈丽特·比彻·斯

---

① [美]惠特曼著,李野光主编,李野光译:《惠特曼名作欣赏》,北京,和平出版社,1995 年,第 382—384 页。
② [美]惠特曼著,楚图南、李野光译:《草叶集》(下),北京,人民文学出版社,1987 年,第 633 页。

托夫人除外），惠蒂埃靠他的诗歌和散文，更致力于唤起北方反对美国境内存在奴隶制度的正义之心。在内战爆发并获胜之后，惠蒂埃致力于缓和激情、在南北方之间建立一种新的友好关系，这就是他的性格。他1892年去世。

  他的诗歌，就像朗费罗的作品一样，对在教室和客厅里朗诵诗歌的那些人有着永久的魅力。我们中有谁不曾熟记《巴巴拉·弗里彻》？惠蒂埃是一位多产的作家，创作时总有一个道德目的，他知识和经验有限，智力、想象力和艺术判断力不足。但他极真挚诚恳。评论界认为他的一首真正伟大的诗歌是《以迦博》①，这是在著名的美国演说家丹尼尔·韦伯斯特背叛了废奴派的希望时惠蒂埃发表的，其中的抨击极为精彩，值得全诗引用：

> 就这样倒下后完了！原来的
>  光辉已经完全消褪！
> 他灰白头发为他所赢来的
>  荣誉也一去不回！②
>
> 别骂他，撒旦不管是对谁③
>  全都准备着陷阱；
> 得怜悯他堕落，为他洒泪，
>  不要轻蔑和愤恨。
>
> 原能把这个时代照亮、引导，
>  但他落进了黑暗；
> 心中的怒火啊，即便像风暴，
>  但愿能默默无言！
>
> 天使们如果笑，那是在奚落：
>  由于恶魔的驱赶，
> 这光明的灵魂从希望的天国
>  跌入无尽的黑暗。

---

① 以迦博在希伯来语中意为"不光彩的,可耻的",这是《圣经》中一初生儿的名字,意为"荣耀离开以色列了"(见《旧约全书·撒母耳记上》4章21节)。这里,诗人用此明喻丹尼尔·韦伯斯特(1782—1852)。韦当时是美国政坛要人,历任国会议员、国务卿等职,在美国北部有着相当高的威望。但由于他支持"逃亡奴隶法案"(该法案规定,北方各州必须把捕获的南方逃亡奴隶送回南方),成了废奴主义者的众矢之的。诗人即以《圣经》中的典故怒斥韦伯斯特,说他因为此举已落到声誉扫地的下场。注释略有改动。
② 本诗原作中,单行多为八音节构成的四音步(也即有四个重音),双行则均为四音节构成的二音步(也即有两个重音)。现译文中单行做到四顿,双行则难以做到两顿,这里均为三顿行。
③ 在基督教中,撒旦指专门引诱人犯罪的魔鬼。

  曾为他感到自豪的国人们！
   现在别把他羞辱，
  也别在他出丑的黯淡脑门
   烙上更深的耻辱。

  让为他而感到屈辱的百姓，
   从外海直到内湖，
  就像是为死者而感到伤心，
   为他久久地哀哭！

  我们曾热爱、尊敬的一切中，
   只剩下他的力量：
  沦落的天使即使在锁链中，
   仍有自傲的思想。

  其他全完了；他的大眼睛里
   那种神采已消失：
  只要人丧失了信念和道义，
   这人就虽生犹死！

  那就向他已经死去的声名
   致以往日的敬意；
  就倒退着走去并侧过眼睛，
   让这件丑事隐匿！①

  惠蒂埃为人民、尤其是黑人的自由发出了许多热情的呼吁，这些不像是诗歌，而是一种更好的新闻报道。他那些自由之歌都是匆忙写就的，并且同样匆忙地印在海报和卡片上，或在反奴隶制会议上朗读，或投给报纸。它们写出来是为了趁热打铁，是为了在普通人的头脑中逐渐产生对理想的幻想中加深这一理想。它们是召唤采取行动的号角。不管它们有怎样的艺术缺陷，心仍能随着诗句的进展和意义而加倍跳动，就像下面这些诗句一样：

---

① 据《旧约全书·创世记》第 9 章，挪亚曾喝醉了酒，赤身露体地躺在他住的地方。他的儿子闪和雅弗听说后，就"拿件衣服搭在肩上，倒退着进去，给他父亲盖上，他们背着脸就看不见父亲的赤身"。诗人出身于基督教贵格会教徒家庭，熟知《圣经》典故，这里把韦伯斯特的丢人现眼与挪亚的出丑露乖相提并论。注释有改动。
黄杲炘译，《美国抒情诗选》；上海译文出版社，2002 年，第 71—73 页。

> 马萨诸塞的声音！她的自由儿女的声音
> 海湾港没有枷锁！她的土地上没有奴隶！
> ……
> 我们不会发动战争，不会举起武器，不会向
> 你们罪恶的土地的矿井沼气里扔火把的；
> 我们听凭你们依照人的向上精神和神圣灵魂的指导，
> 解决你们的奴隶问题。①

但惠蒂埃不仅是一位致力于自由事业的诗人，也是一位真正的诗人，最近的批评倾向于忽视他的反奴隶制诗歌，而详细讨论他杰出的艺术作品，如《所罗门王与蚂蚁》、《告蜜蜂》和《艾尔逊船长的航行》。小泉八云(Lafcad To Hearn)是非常敏锐的现代诗歌鉴赏家，他总是不厌其烦地称赞惠蒂埃诗歌中的这一方面。

## 第七节 哈丽特·比彻·斯托夫人

哈丽特·比彻·斯托夫人生于1811年。她是莱曼·比彻的第六个孩子。莱曼是康涅狄格州一位著名的公理教会牧师，也是一位比较著名的牧师亨利·沃德·比彻的父亲。哈丽特是个早熟的孩子。11岁时，她写了一篇文章来回答这样一个问题："灵魂的不朽是否可以自然而然地证明？"写了这篇文章后，她又写了一部诗剧。她14岁时"皈依"宗教，并因此而自然地饱受了宗教忧郁之苦。

1832年，比彻博士举家搬到辛辛那提，这是一座位于美国南北交界处的城市。哈丽特在辛辛那提亲眼看到了奴隶们的境况，而在离辛辛那提最近的、实行奴隶制的肯塔基州，她看到的却是一种温和的、家长式的奴隶制，就像《汤姆大伯的小屋》（又译《汤姆叔叔的小屋》）的读者将会记住的那样。1836年，哈丽特嫁给了加尔文·E.托牧师，十五年后开始创作她那部著名的故事。有趣的是，她首先写的是结尾，即汤姆之死，而在写其他章节之前，她把这一章读给了孩子们听，看到他们悲伤地哭泣，她受到鼓励继续创作下去。虽然她的连载版权只卖了70镑，但作为连载小说，《汤姆大伯的小屋》相当成功。当小说以书的形式出版时，她立刻蜚声文坛，成为最著名的作家之一。这里没有必要仔细讨论一本这样的小说，因为几乎每一个讲英语的男人、女人和孩子都读过它，而且差不多已经翻译成人们使用的所有语言。很多作家，包括乔治·桑，在《汤姆大伯的小屋》最初问世时都发表评论，盛赞其感情真挚，有力量。像哈丽特·马蒂

---

① 常耀信著:《美国文学史》(上),天津,南开大学出版社,1998年,第105页。

《汤姆大伯之死》(乔治·克鲁克香克)
出自英国1852年出版的第一版带插图的《汤姆大伯的小屋》

乔治一走进那间破屋子,就感到脑袋发晕,心里作呕。

"这怎么可能呢,这怎么可能呢?"他叫道,一面在汤姆身旁跪了下来。"汤姆大伯,我可怜的、苦命的老朋友啊!"\*

---

\* [美]斯托夫人著,黄继忠译:《汤姆大伯的小屋或贱民生涯》,上海译文出版社,1982年,第556页。

诺和维多利亚女王这样截然不同的女性都崇拜斯托夫人。她1896年去世。与惠蒂埃一样,内战后,她帮助做和解工作。她写了其他几部小说,但都被遗忘了。

关于斯托夫人,世人记得的只是她创作的《汤姆大伯的小屋》,正如特伦特先生所说:"一本惊动了世人的书,帮助引发了一场内战、解放了被奴役的民族的书,完全有理由得到更精于世故的一代人的赞赏。"凭她的道德热情,凭她的福音信仰,凭她的勇气,斯托夫人当然有理由位居伟大的清教徒作家之列。

另外两位美国作家奥立弗·温德尔·霍姆斯和詹姆斯·拉塞尔·洛威尔属于惠蒂埃和朗费罗的新英格兰派,但在他们的作品中,清教精神就没有那么明显了。洛威尔在文化方面是世界公民,他是一位诗人,是第一位、在某些方面也是最著名的美国文学批评家。但他对文学的不朽贡献是《比格罗诗稿》。同样,霍姆斯是一位著名诗人,一位有才华的小说家,主要凭《早餐桌上的霸主》在文学史上占有一席之地。

## 第八节　亨利·大卫·梭罗

亨利·大卫·梭罗1817年生于马萨诸塞州的康科德镇。他是一位乡村作家,但他一方面不同于吉尔伯特·怀特,另一方面又不同于艾萨克·沃尔顿。虽然他的很多作品涉及动(植)物的行为活动,涉及一般乡村的风景和声音,但让他获得声望的却是他作为哲学家和人类事务的机智评论家的品格。他是真诚、素朴和美的准则。他具有法国和苏格兰血统,具有强烈的清教徒本能。虽然说出了一些愤世嫉俗之词,信奉清教教义,生活习惯是反传统的,但他是祖先的真正子孙。

他对乡村生活、对大自然的所有观察是敏锐的、新颖的;他尊重甚至尊敬所有生物,这在博物学家中也不常见。他认为它们是同类生物——不,是同类灵魂——在他面前它们不知道害怕。当一只麻雀落在他的肩上时,他说他觉得"佩戴任何肩章,都比不上我这一次光荣"。森林松鼠会偎依在他的腿上,在他走近时,野兔也不会跑开。

虽然他是所谓的博物学家,但他主要关心的始终都是人的思想和灵魂,尤其是亨利·大卫·梭罗的思想和灵魂。

甚至还是个17岁的小伙子时,他就在日记中说他感觉到了自学和自省的重要性。大多数人,他说,不是观察自己的思想,而是试图观察别人思想的运行方式,别人"应只被看作是同一部伟大作品的不同版本"。他说,"去借某人拥有的、但还没有仔细读过的作品"是愚蠢之举。

然而,他对户外和自然生活的热爱并不是装模作样。称他为"自然的单身汉"的爱默生说,梭罗就像"狐狸或小鸟一样熟悉乡村,踏着自己的小路自由地走过这里。他与动物的亲昵表明,就像托马斯·富勒记载的蜜蜂学家巴特勒一样:'不是他告诉了蜜蜂什么,就是蜜蜂告诉了他什么'"。

因他在瓦尔登森林——位于家乡一英里处的地方——住了两年时间,或者因他那部记录了在那里小住时所做所想的杰作,梭罗的名字最为大家所熟悉。人们对他的"回归原始生活"说了许多没用的废话,而且就表面来看,许多感伤主义者都仿效这种生活。但梭罗自己却对其未存任何幻想。他说:

> 我到林中去,因为我希望谨慎地生活,只面对生活的基本事实,看看我是否学得到生活要教育我的东西,免得到了临死的时候,才发现我根本没有生活过。①

在《瓦尔登湖》的最后一章,他写道:

---

① [美]亨利·梭罗著,徐迟译:《瓦尔登湖》,长春,吉林人民出版社,1997年,第9页。

照片:里施基斯收藏馆

**亨利·大卫·梭罗**

美国伟大的自然作家。

我离开森林,就跟我进入森林一样,有同样好的理由。我觉得也许还可以过好几种生活,我不必把更多的时间交给这一种生活了。①

他最不想要的就是追随者和模仿者。他甚至希望避免模仿自己。

惊人的是我们很容易糊里糊涂习惯于一种生活,踏出自己的一定轨迹。在那儿住不到一星期,我的脚就踏出了一条小径,从门口一直通到湖滨。②

《瓦尔登湖》是世界上最伟大的作品之一。它不同于任何其他作品,不是由于其观点,而是由于其精巧的布局,文雅的机智和经常的出人意料。梭罗强调高尚、严肃的理想,有时这也许意味着他自以为道德高尚;他自己态度超然,但轻蔑脾气随和之人,也许人们就是由于这些而对他产生了怀疑。但他不是骗子,他的行为至少符合他自己的准则。他具有无穷的勇气,当废奴主义者约翰·布朗在一片赞同声中被判处死刑时,他采取的公开行动是为真正高尚的人格提供的最佳范例。

他在《瓦尔登湖》中写道:

凡我的邻居说是好的,有一大部分在我灵魂中却认为是坏的,至于我,如

---

① [美] 亨利·梭罗著,徐迟译:《瓦尔登湖》,长春,吉林人民出版社,1997年,第302页。译文略有改动。
② 同上。

果要有所忏悔，我悔恨的反而是我的善良品行。是什么魔鬼攫住了我，使我品行这么善良的呢？老年人啊，你说了那些最聪明的话，你已经活了七十年了，而且活得很光荣，我却听到一个不可抗拒的声音，要求我不听你的话。[①]

他做到了他所思想的。

"一本真正的好书，"他在别处说，"教我的东西比读的多。我必须马上放下书，即刻按它的提示生活。读的时候，它从我的手指缝中悄悄溜走。……所以我不能坐下来听精彩的布道，结论时拍手喝彩，而是还未结论就已在去舍茅普利的途中了。"

"你每年一次扔进投票箱的是哪种选票并不重要，就像每天早上你以什么身份从卧室到大街上一样不重要。"这也许是梭罗的生活和作品的主要基调。我们在他的诗《知识》中再次发现了这一点：

> 人们说他们知道许多东西，
> 可是啊，他们都长了翅膀——
> 艺术与科学
> 和一千种用品；
> 吹拂的风就是每个人的知识。

除了1854年发表的《瓦尔登湖》外，他最好的作品都收入题为《康科德河和梅里麦克河上的一个星期》的著作；里面附带有也许是任何文学中关于友谊的最好表达。

## 第九节　华盛顿·欧文

幽默成为美国文学的突出特征之一，但发展很晚。如果我们回忆一下美国文学出现的环境，这就不会让人惊讶了。讲英语的殖民地人都辛苦地生活，忙着建设种植园，发展海上贸易。除了每日工作外，他们有时间过的就是宗教生活，严格地信奉宗教，深刻地体验宗教。美国幽默的历史是从华盛顿·欧文的出现开始的。

欧文的《纽约外史》1809年发表，是一部讽刺杰作。在这部作品中，他友善但绝妙地滑稽模仿了曼哈顿岛上古老的荷兰殖民者。他生动描绘了无处不在、穿着及膝短裤、戴着三角帽的小男人，令人忍俊不禁。继欧文式幽默之后出现的许多幽默都只拥有部分读者，而他的吸引力却非常广泛，据说司各特读这本书时，"肚皮都要笑破了"。

---

[①] [美] 亨利·梭罗著，徐迟译：《瓦尔登湖》，长春，吉林人民出版社，1997年，第9页。

获得这次成功时,欧文年仅26岁,接下来的十年是在让人分心的商业活动中度过的,最后他破产了。1819—1820年发表的《见闻札记》是他决心将全部精力投入文学的产物。很快,该书的流行从美国扩展到欧洲。欧文措辞巧妙的幽默成熟了。比如,当瑞普·凡·温克尔在山里睡了二十年后回到村里的时候,酒店招牌上英王乔治那红润的面孔——他在那下面宁静地抽了那么多斗烟——也奇怪地变了。"原来红色的上衣变成了蓝黄色相间的衣服,手中的王笏变成了宝剑,头戴一顶两头尖的三角帽,下面是'华盛顿将军'的字样。"瑞普的故事是一篇小小的杰作。瑞普是个快乐、懒惰的家伙,他在卡兹吉尔群山遇到了几个模样蹊跷的人在那儿玩九柱戏,喝了他们的酒之后就长睡不起了。叙述中潜在的怪念头从没有减损主题的怪诞。欧文如此胸有成竹地保持着平衡,因此在结尾时冒险说上一句俏皮话:"而街坊邻里那些怕老婆的人们又有一个共同的心愿,那就是当他们在家的日子不好过时,最好能从瑞普·凡·温克尔的大酒罐里喝上一口定一定神。"[1]

一篇著名的姊妹故事是书中的《睡谷的传说》。两年后,欧文发表了《庄园奇闻》,保持了他之前作为亲切的、人类缩图画家的高水准,为同时代的詹姆斯·费尼莫尔·库柏所写的勇敢、壮阔、奥德修斯式的传奇故事提供了很好的陪衬。欧文于1859年去世。

此时,美国文学已经泛滥,虽然在欧文的主要成功作品之后紧接着出现的幽默作品中欧文的影响并不明显,这一事实有些奇怪。它们的形式通常都是一样的,即短篇札记或文章,记录风俗习惯的现状,但它们引入了一般与美国幽默相关的特色,倾向于一种非常怪诞的滑稽模仿,而一种真实的地方特色则首先是由托马斯·钱德勒·哈利伯顿有效地使用。他是个加拿大人,创造了萨姆·斯利克这个人物——美国小贩和钟表商。实际上,美国的所有幽默作家使用的诀窍差不多都是创造一个中心人物,就像《匹克威克外传》中的萨姆·韦勒一样,或多或少赋予他个性,然后让他说话。

美国文化虽然几乎到处都是欧洲式的,就像波士顿一样,但大部分地区仍然处于纯朴阶段,就连詹姆斯·拉塞尔·洛威尔也不鄙视使用方言和当时正流行的稀奇古怪的言语。《比格罗诗稿》是一系列讽刺墨西哥战争的诗作,这是他最好的作品,也是英语中最早的现代讽刺作品。其中很多诗歌已经丧失了吸引力,但仍有一些具有怪诞的幽默、奇异的风格、机智的活跃,将永远具有迷人的魅力。比如,《求爱》就是一个简单的故事,讲一个年轻人泽克尔一天夜里"偷偷地爬起来,透过窗子往里偷看,看见哈尔蒂独自一人在那里"。哈尔蒂认为泽克尔还不错:他"身高六英尺,足足吸引了二十个女孩子,但却不能爱她们中的任何一个":

> 她想合唱队里的任何声音
> 都没有他那样强劲;

---

[1] [美]华盛顿·欧文著,段至诚译:《欧文作品选读》,北京,中国对外翻译出版公司,2001年,第57页。译文略有改动。

照片：里施基斯收藏馆

**詹姆斯·拉塞尔·洛威尔**

一位幽默诗人，曾任美国驻伦敦大使。

**《小英格兰咆哮的少年》（埃德蒙·沙利文）**

欧文在它的《见闻札记》中生动地描写了一个名叫"小英格兰咆哮的少年"的俱乐部。

欧文把"小英格兰"描写为"狭窄的街道和公寓大楼群集之处"，位于圣巴塞洛缪医院附近，如果欧文的描写是准确的，那么以前这里肯定是交友玩乐的中心。

> 啊！当他做了一百多个戒指，
> 
> 　她相信上帝已经向她靠近。

这时泽克尔终于鼓足勇气走进了哈尔蒂的厨房：

> 他一只脚站立了一会儿，
> 
> 　然后又换了一只，
> 
> 这时他的感觉最糟
> 
> 　可他也不能对你说。

泽克尔说："我最好再来拜访。"她说："我想也是，先生。"那最后一个词"就像针扎到了他一样。"……就这样，一切立刻就正常了，"先生"（Mister）当然也与"吻她"（kissed her）押了韵。

一个简单、平常的故事，但讲述时极具魅力，在洛威尔结束创作之前，他还要创作许多类似的作品。《比格罗诗稿》第二集以奴隶制问题和联邦政府为题材，语气上温和了一些，但仍然富有喜剧性，这是在第一集取得成功十五年后问世的，而且如上一集一样受欢迎。但现在它们要跟亨利·惠勒·萧和查尔斯·法勒·布朗的彻头彻尾的恶作剧分享读者。前者以"乔希·比林斯"的笔名而隐约留在世人的记忆中，后者则以"阿蒂默斯·沃德"的名字留给后世。

当时流行的幽默的误拼习惯在比林斯和沃德那里达到了极致，创造出了无知与世故精明混合的惊人效果，此外还要加上真正全新而有效的说教所具有的嘲讽风格，尤其是在比林斯那里。比林斯更喜欢使用警句。"靠运气就是'任其懒惰'的另一种说法。"还有，"人的幸福就在于拥有你想要的，想要你拥有的。"他有两句最好的谚语指的是人的相同品质：

> 生动的想象就好比一些镜子一样，在一定的距离使物体看起来比原来大一倍，或者比原来小一倍……想象，如果太过拘泥的话，很快就会沦为现实：偷马贼就是这么产生的，一个人整天卡在栅栏上，幻想街区里的那匹马属于他，当然，到了晚上，那匹马就是他的了。

1858年，当查尔斯·法勒·布朗24岁时，他描绘了一个想象的巡回动物园，用的是笔名"表演者阿蒂默斯·沃德"。这个故事轰动了美国，作者随即开始表明，重复那可笑的意义与无意义的混杂，他在演讲台上与为报纸撰写幽默文章一样轻松自如，所到之处无不获得成功。《阿蒂默斯·沃德及其作品》和《阿蒂默斯·沃德在英格兰》也许是他在大西洋此岸最著名的作品（他因肺病在英格兰英年早逝）。但《摩门教徒中的阿蒂默斯·沃德》（他们信仰的宗教是唯一的，但可以有多位妻子）和《阿蒂默斯·沃德及其全景图》同样是典范之作。

## 第十节　奥立弗·温德尔·霍姆斯

到内战爆发时，那种更加庸俗的幽默，尤其是靠话语的滑稽模仿产生吸引力的幽默暂时找不到新的方式了，部分原因是比林斯和沃德已经将其发挥到了极致，部分原因是另一类幽默作家奥立弗·温德尔·霍姆斯转移了读者的注意力。霍姆斯是华盛顿·欧文的后继者，是第一位可与之比肩的作家。他是解剖学和生理学教授，在大约50岁时发表了《早餐桌上的霸主》（1857—1858），很快就得到了普遍赞赏。在这本自由随意的书中，哲学家幽默明智的格言、思想和习惯话语，处处都因有诗人的幽默短文的调剂而毫不乏味，而这两者属于同一个人。他在公寓里跟同住的房客夸夸其谈。这就是霸主对一种习惯的批评，那时他的同胞们纵情于这种习惯，正如我们所看到的：

一次重击（pun）通常并不证明回敬是合理的。但是，如果恰恰是由于这个原因而出手，并导致了死亡的话，陪审团就会由注重事实和注重这次打击（pun）的两种人组成，而如果后者加重的话，那就可能做出正当杀人的判决。比如，在最近的一桩案子中，多向罗呈交了一份捐赠书，强调受苦人的权利。① 罗回答时提了个问题：什么时候慈善事业变成最重要的了？多显然颇为尊严地保持沉默。罗接着说，"开始骗人的时候。"多没等话音落地就打了罗，罗的头碰巧撞在了一大捆《破布包——失窃杂物月刊》上，接着就是严格的验尸，结果是这一击要了罗的命。法官让陪审团做出裁决，陪审团异口同声地说："是个玩笑。"法官反驳说没有人能开这样的玩笑而不受惩罚，于是判处无罪获释的多监禁，命令警察局长烧掉了那捆杂志（pun）。……但王者也必须有其皇家自己的双关语。"你真粗鲁（burly），我的伯利（Burleigh）伯爵，"伊丽莎白女王说，"但你不会像我的莱斯特伯爵那样具有煽动性。"

常常是在笑声还未远去你就听见一声呜咽。一个精彩动人的故事贯穿《早餐桌上的霸主》的始终——这附带赋予这本书被归类为小说的权利。这位霸主每天早上都跟那位女教师一起散步。然而他虽然是早餐桌上的主人，但也不敢提到爱的字眼儿。一天早上，当他们走近那条人称"漫漫长路"的路时，他鼓起勇气要谈这件事了：

那天早上，我们来到这条路尽头的对面时，我确实感到虚弱（尽管由于可容忍的强体力习惯）。我连张两次嘴都没有听到自己在说什么。最后我终于问："你愿意和我走这条漫漫长路吗？""当然，"女教师说，"非常愿意。"我说，"要三思而后答啊；如果你现在就和我走这条长路，我的解释就是我们再不分开

---

① 多（Doe）和罗（Roe）：是文中的两个人名。——译注

照片:里施基斯收藏馆

《奥立弗·温德尔·霍姆斯》(鲁道夫·莱曼,1886年6月6日)

《早餐桌上的霸主》的作者。

照片:里施基斯收藏馆

奥立弗·温德尔·霍姆斯在马萨诸塞州剑桥的家

了！"女教师突然后退了几步，仿佛被箭射中一样。旁边就是用作板凳的长长的花岗岩石板，你仍然能看到它就在那棵银杏树下。"请坐下，"我说。"不，不，"她说，"我还是和你走这条长路吧！"

《早餐桌上的霸主》获得的成功，就像欧文的《见闻札记》和洛威尔的《比格罗诗稿》一样，超过了比较粗俗的、小丑式的作家获得的成功。霍姆斯继第一次成功之后再接再厉，又发表了《早餐桌上的教授》和《早餐桌上的诗人》，作者这样形容这三部作品，它们是在果汁最初从水果中自然流出之后被挤进榨汁机中的酒。它们充满吸引人的个性，这与前部作品类似，但虽然《早餐桌上的教授》是在《早餐桌上的霸主》之后发表的，《早餐桌上的诗人》却经过了十四年才发表，其风格比较严肃，显然是受内战影响。在这一方面，其他作家与霍姆斯不同，因为在内战后，他们又回到了以前的喧嚣；但有一点变化，因为虽然这种风格通过布莱特·哈特、查尔斯·戈弗雷·利兰、约翰·海依、乔尔·钱德勒·哈里斯和马克·吐温取得了迄今为止最具艺术性的成就，但它从来都不缺乏一种温情，梦想破灭的现实主义者具有的那种温情，使许多作品凭其共有的特征与欧文和霍姆斯的作品相比肩。

## 第十一节  马克·吐温

当然，提到的所有这些作家都比不上马克·吐温；既然他身上最大限度地综合了很多特点，这些特点可以分别说明为什么其他作家受欢迎，那么借助他们的作品来研究马克·吐温的作品就更加方便了，但不要忘记，他是这股新鲜和健康血液的漩涡、心脏和汲取器。因为他在1857年发表了《卡拉弗拉斯县著名的跳蛙及其他见闻》，而"只这一跳"他就跳上了名望的巅峰。

马克·吐温是所有内战后幽默作家的老师。此外，虽然他生于1835年，但他几乎比他们都长命；甚至就在他去世之前（1910年去世），有一点已经很清楚，那就是他的作品也将比他们的更持久。他们擅长的特点也都是他的特点，因为他那"冷面滑稽的、尖锐深刻的幽默是一个老于世故的人所具有的，他心明眼亮地度过了一生，不仅嘲笑同胞们的愚蠢行为，而且含蓄地嘲笑自己，从中取乐"。塞缪尔·朗赫恩·克莱门斯是他的洗礼名，尽管在伦敦的一次晚宴上，他幽默地说他的出生地是英格兰科克郡的阿伯丁，但实际上他的出生地是密苏里州门罗县的佛罗里达村。12岁左右他就开始独立谋生了。

17岁时，他成了密西西比河上一艘汽船的领航员。那时人们习惯把探测深度叫做"标测一英寻"、"标测两英寻"和"标测三英寻"，表明水深，他就是从这里借来了他

照片:里施基斯收藏馆

**马克·吐温**

所有美国幽默作家中最伟大的一位。

**《标测两英寻》**

密西西比河上的领航员

探测河水深度的人的喊声"标测一英寻、标测两英寻",让马克·吐温想到了他后来采用的这个古怪的名字,后来这个名字变得非常著名。

的笔名。他早年的经历都在作品中有所交代。通常他这样做是有目的的,就像在《亚瑟王朝廷上的美国佬》中,一个美国人发现自己身处亚瑟王时代的英格兰,开始剥去"骑士精神"具有的魅力和光彩,揭示出那个时代实际存在的罪恶和不幸。但他的伟大声誉最初建立在两部作品上,即《跳蛙》和《傻子出国记》,这代表了他早年的成就。这两部作品都是事实与想象的拼凑,当然事实被夸大到了荒谬可笑的地步。荒谬感是马克·吐温最大的财富,即使是在不利于自己的时候。比如,在德里有两只猴子进了他的屋子。他写道:"我醒来时,一只正在镜子前刷它的毛,另一只则拿着我的笔记本,哭着读幽默笔记中的一页。我并不介意拿刷子的那只猴子,但另一只猴子的行为伤害了我;它至今还在伤害着我。"

《傻子出国记》叙述的是在地中海及其周围国家的旅行。一群"傻子"扮演了不受影响的非利士人的角色,他们不尊重古代的作品或人物、历史、神圣的纪念物,而那个感情用事的旅行者手里拿着旅游指南,常常会就这些胡说八道一番。

比如,下面就是他对一些古代威尼斯大师的印象:

> 在艺术这方面,我们虽然态度谦虚,不充内行,可是对修道士和殉教徒画像的研究,也没有完全一场空。我们拼命钻研了一番,有了些成绩。我们掌握了些学问,在博学多才的人眼里,这也许算不上什么,可我们倒是自得其乐了,有了这点学问,就像人家掌握了不知高明几倍的学问那样得意,而且还爱大大卖弄一下呢。一看到有个修道士牵了头狮子走着,悠然自得地仰首望天,我们就知道这是圣马可。一看到有个修道士拿着书和笔,悠然自得地仰首望天,拼命推敲字句,我们就知道这是圣马太。一看到有个修道士坐在岩石上,悠然自得地仰首望天,身边放着个骷髅头,别无长物,我们就知道这是圣哲罗姆。① 因为我们知道他身无长物,才行走如飞。一看到有个家伙,悠然自得地仰首望天,乱箭穿身,毫不知晓,我们就知道他是圣赛巴斯提安。② 一看到其他修道士悠然自得地仰首望天,可是没什么商标,我们总是要请教人家这是什么家伙。③

在《汤姆·索亚》和《哈克贝利·费恩》(又译《哈克贝利·芬》)中,他创造了两个人物,他们都是小说中永恒不朽的男孩形象。哈克贝利是从现实生活中取材的,而汤姆则是三个男孩的综合。他们的大多数冒险经历都是真实发生的事情,或是马克经历的,或是他的同学经历的——因此这些精巧、随意的故事非常生动逼真。《哈克贝

---

① 圣哲罗姆(340—420年):基督教初期的长老,最伟大的基督徒学者之一,曾校对《圣经》的拉丁文译文。其节日为9月30日。
② 圣赛巴斯提安:三世纪时一圣徒,殉教徒。据传说赛巴斯提安乃一美少年,为罗马皇帝戴克里先所宠。后因赛巴斯提安皈依基督教,戴克里先遂下令用乱箭将他射死。其节日为1月20日。
③ [美]马克·吐温著,陈良廷、徐汝椿译:《傻子出国记》,北京,人民文学出版社,1985年,第196—197页。注释和译文均略有改动。

利·费恩》被称为一个男孩儿的密西西比河史诗——大自然对一个男孩儿的想象力的召唤——假扮强盗,滑稽地模仿《天方夜谭》中所有放纵的言行。

布莱特·哈特描述了他们第一次见面时马克·吐温的样子:

> 他的头给人印象深刻。他的头发卷曲,长着鹰钩鼻,甚至还有一双鹰一样的眼睛——他的眼睛那么像鹰,就算再长一个眼睑,我也不会惊讶——非同寻常,极为突出。他的眉毛极浓,穿着随便,总的来说,他对周围环境和客观情况的态度极为淡然。他拉长调子说话,慢慢吞吞,带有讽刺意味,令人难以抗拒。

在华盛顿·欧文、詹姆斯·拉塞尔·洛威尔、奥立弗·温德尔·霍姆斯和马克·吐温身上完美地表现了那种"熔炉"精神,将极端的、喧闹的青年和感情丰富、不觉痛苦的老年融合在了一起。在一个国家中,有四位这样的大师载入其文学史册是非常罕见的,单凭他们,美国文学对世界文学所做的贡献就很大了。

弗朗西斯·布莱特·哈特单凭一首诗就大获成功。他写了一出韵文讽刺剧,讲的是一个中国人阿辛[①]("关于这个相同的名字,我不否认它可能具有的含义")的故事。阿辛的笑容"严肃、天真",看起来非常无邪,因此两个卑鄙的赌徒让他一起玩纸牌。其中一个人的袖子"装满了幺点纸牌,想使诈骗人"。但这个中国人跟他们玩了,还赢了,脸上始终挂着"天真和蔼的笑容"。最后这两个同伙大怒,就打他,结果发现:

> 在他长长的袖子里,
> 　藏了二十四副牌,
> 所以他总能占上风,
> 　而我说的都是真情;
> 我们发现他尖尖的指甲,
> 　经常都是打的蜡。
>
> 这就是我为什么说,
> 　我用的语言也直白,
> 所用的手法邪恶,
> 　玩弄的伎俩枉然,
> 那个中国蛮夷特别,——
> 　这是我自由的见解。

哈特嫌这些诗句太拙劣、没什么价值,因此就搁置一边。一段时间之后,当旧金山主编的杂志要付印时,他发现"稿子"缺了一页。由于手边没有其他稿子,哈特就用了

---

[①] 布莱特·哈特曾在叙事诗《诚实的詹姆斯的大白话》中塑造了阿辛这个中国人物。——译注

承蒙查托和温达斯出版社的各位先生惠允使用

**哈克贝利·费恩**

  哈克贝利·费恩这个无父无母的孤儿是马克·吐温笔下最吸引人的主人公之一。在许多方面,哈克反映了作者自己在密西西比河流域度过的早年岁月。在离奇有趣的《哈克贝利·费恩历险记》中,马克·吐温向我们提供了一幅关于偏远蛮荒林区生活的最为精彩的画卷。

《异教徒中国佬》。这首诗并没有被忽视，相反却到处被人引用、朗诵；"它席卷了西方，迷住了东方"。接下来他发表了那个著名的故事《咆哮营的幸运儿》，这次新英格兰对他大加赞扬。的确，他是一个次要的、移植过来的狄更斯。他那些故事的题目表明了它们的主题：《柏克公寓的弃儿》、《圣诞老人如何来到辛普森的酒吧》、《异教徒万历》、《红峡谷的田园诗》。《大西洋月报》每年付给他一万美元让他写同样风格的故事。

## 第十二节　约翰·海依

哈特的《咆哮营的幸运儿》发表的那一年，约翰·海依上校发表了他的《派克郡的民谣》，其中包括《小马裤》和《吉姆·布拉索》。它们将幽默和感伤高超地混合起来。第二首诗讲的是一个粗鲁、"无趣的"火车司机为了乘客牺牲自己的故事。

> 他不是圣人，但在接受审判
> 　　我要和吉姆碰碰运气，
> 旁边一些虔诚的绅士
> 　　甚至不与他握手施礼。
>
> 他明白自己的职责，毫不含糊，
> 　　当时当地便去履行；
> 对于为别人献身的人，
> 　　基督也会施以同情。

《派克郡的民谣》是一次幸运的意外事件，而不是特意为之或典型的创作成果。海依从西班牙回来，发现大家都在读布莱特·哈特的小说和诗歌。他思忖着自己是不是可以写同样的东西，结果就是六首生动活泼的民谣，与他以前写的东西完全不同。非常奇怪的是，他本人认为这些比不上他那些比较合乎传统的作品。他不愿谈起它们，甚至希望人们能忘掉它们。当然，后世做出了相反的决定。他的其他作品已经鲜有人记起，除了已经成为传说的《施了魔法的衬衫》。

查尔斯·戈弗雷·利兰几乎是在同时获得成功的。1871年，他凭著名的《汉斯·布赖特曼歌谣》（"宽肩膀或高个头的人"，暗示狂妄自大的大个子或强壮的自夸者）声名鹊起。利兰靠的是德语和美国英语的怪诞混合，叫宾州德语。

> 汉斯·布赖特曼开了个宴会，
> 　　他们在一起弹钢琴，
> 我好像爱上了一个美国姑娘，

> 她的名字叫玛蒂尔德·银……
> 她是家里最漂亮的姑娘，
> 体重约有二百磅，
> 她每次唱歌的时候，
> 都把她的窗子弄响。

## 第十三节　乔尔·钱德勒·哈里斯

乔尔·钱德勒·哈里斯甚至比依靠德裔宾州人的利兰走得更远。实际上，他的《雷摩大叔》及其续篇《与雷摩大叔在一起的夜晚》和《雷摩大叔和他的朋友们》都提倡一种全新的幽默。这些作品中完好地珍藏着哈里斯对黑人民间传说的研究。老雷摩的神话故事吸引了几代学生和孩子，让他们感到了快乐。老雷摩机敏、幽默，是种植园制度造就的黑人，可以说是乔治亚州粗俗的伊索。他胸中蕴藏着无穷的故事，作者就是要让读者想象夜复一夜地把这些故事讲给一个小男孩的情景。兔子大哥、狐狸大哥、狼、熊等等的言行都令人无法抗拒，而每个动物都有自己的生动个性，具有一定的特征。哈里斯表现了零星的黑人哲学，这同样令人印象深刻——比如，"我很高兴人是最后一个被创造出来的。如果人根本就没有被创造出来，那么你就不会听我说人的任何缺点了"。他的黑人诗歌甚至在具有悲伤魅力的时候也潜藏着俏皮逗趣的快乐：

> 喂，我的干酪鸡，甜蜜的黑人姑娘，
> 与白人吃的同样味道鲜美。

詹姆斯·惠特康姆·赖利和尤金·菲尔德，前者的诗歌具有朴实的乡村气息：

> 霜降南瓜草成垛，
> 火鸡阔步叫咯咯，
> 珠鸡母鸡声声唤，
> 雄鸡篱上唱赞歌；

后者写出了精彩的讽刺之作：

> 我不怕蛇和蟾蜍，也不怕臭虫、蠕虫和老鼠，
> 女孩害怕的东西，我认为是再好不过的伴侣。

还有他那同样典型的、更加著名的童年诗歌，比如《小男孩布鲁》。他们凭此在美国幽默文学中占有一席之地。

# 参考书目

要对美国作家进行总体研究,可以参看 Trent & Erskine's *Great Writers of America*。

**R. W. 爱默生:**

Complete Works.

The Journals of R. W. Emerson.

*Collected Works*, with Introduction by Viscount Morley, 6 vols..

*Essays; Representative Men; Nature, Conduct of Life, etc.; Society and Solitude, etc.; Poems*.

Garnett's *Emerson*.

Oliver Wendell Holmes's *Life of R. W. Emerson*.

**纳撒尼尔·霍桑:**

各种不同版本的全集。

G. E. Woodberry's *Hawthorne*.

Henry James's *Hawthorne*.

M. D. Conway's *Hawthorne*.

**朗费罗:**

各种不同版本的全集。

*Life*, by S. Longfellow.

E. S. Robertson's *Longfellow*.

**埃德加·爱伦·坡:**

大量各种不同版本的全集。

Complete Works, ed. by J. A. Harrison.

G. E. Woodberry, *Edgar Allan Poe*.

Arthur Ransome's *Edgar Allan Poe, a Critical Study*.

L. N. Chase's *Poe and his Poetry*.

**瓦尔特·惠特曼:**

*Leaves of Grass*, Centenary Edition, complete.

瓦尔特·惠特曼的诗集有大量的廉价版本。

*Democratic Vistas, and Other Pieces*.

*Poems*, William Michael Rossetti 编选、撰写导言。

*Drum-Taps*.

*Specimen Days and Collect*(散文)

J. Addington Symonds's *Walt Whitman: a Study*.

B. de Sélincourt's *Walt Whitman, a Critical Study*.

H. B. Binns's *Walt Whitman and his Poetry*.

*Leaves of Grass*, edited by Ernest de Sélincourt.

**惠蒂埃:**

*Complete Poetical Works*.

W. H. Hudson's *Whittier and his Poetry*.

*Life and Letters*, by S. T. Pickard.

G. K. Lewis's *John G. Whittier, a Study of the American Quaker Poet*.

哈丽特·比彻·斯托夫人：

一版作品集，每卷单独出售。

梭罗：

梭罗作品集的 Riverside Edition，共 11 卷。

*Anti-Slavery and Reform Papers*, selected and edited by H. A. Salt.

Salt's *Life of Thoreau*.

华盛顿·欧文：

各种不同版本的作品集。

詹姆斯·拉塞尔·洛威尔：

*Collected Writings*, including his Letters.

*Complete Poetical Works*.

*Among My Books*.

*My Study Windows*.

*The Biglow Papers*.

奥立弗·温德尔·霍姆斯：

*Complete Works*.

*The Autocrat at the Breakfast Table, The Professor at the Breakfast Table*, and *The Poet at the Breakfast Table* 有几种版本。

马克·吐温：

马克·吐温的作品包括 *Adventures of Huckleberry Finn, Adventures of Tom Sawyer*, etc., 出版了几种版本。

*Letters of Mark Twain*, edited by A. B. Paine.

A. B. Paine's *Mark Twain*, a Biography, 2 vols..

W. D. Howells's *My Mark Twain*, Reminiscences and Criticisms.

Van Wyk Brooks, *The Ordeal of Mark Twain*.

约翰·海依上校：

*Poems*.

*Castilian Days*.

*Pike County Ballads*.

乔尔·钱德勒·哈里斯：

*Uncle Remus*.

*Nights with Uncle Remus*.

*Life and Letters of Joel Chandler Harris*, by Julia Collier Harris.

# 第三十三章 19世纪的法国作家

## 第一节

### 夏尔·奥古斯特·圣伯夫

19世纪初法国文学的再度觉醒随着浪漫主义运动的开始而到来,与这次运动密切相关的是雨果和仲马这两个伟大的名字。著名的评论家圣伯夫是与雨果交往的最著名的散文作家,他生于1804年,卒于1869年。圣伯夫以诗人和小说家的身份开始了文学生涯,但很早就发现批评才是他真正的职业。他是首位将批评立足于渊博的知识、立足于带着同情心来研究的批评家,而不顾传统的批评规则。莫利勋爵曾说,就算是只为了读圣伯夫的作品,也值得学学法语。他的一些最有趣的作品可以在《星期一谈话》中看到,这些是原来发表在报纸上的文章。许久以来,这些星期一评论文章都是欧洲最有趣的文学事件。圣伯夫最常评论的是法国作家,但也经常涉及英国和古典文学。他曾说:"我的理想是要将一种新的魅力引入批评中,同时要使其比以前具有更多的现实性。总之,还要有更多的诗歌和生理学。……"

圣伯夫曾有一位非常专横的编辑,跟他多次争吵之后,圣伯夫决定与他决斗。决斗时,他一手拿着手枪一手拿着雨伞。"我想被杀死,"他说,"但我不想被淋湿。"

因为爱慕雨果的夫人,圣伯夫还跟这位诗人有过争吵。晚年时,他为让他失去一段伟大友谊的那种强烈爱情感到极为后悔,他在雨果夫人的名字下面写道:"我恨她。"

夏尔·奥古斯特·圣伯夫
19世纪法国最著名的批评家。

《乔治·桑》(布瓦利)

诗人阿尔弗雷德·德·缪塞和作曲家肖邦的亲密朋友。

照片:W. A. 曼塞尔公司

## 乔治·桑

  阿曼蒂娜-欧萝尔-露茜·杜班的笔名是乔治·桑,她生于1804年,卒于1876年。现在人们记得她,可能主要是因为她与德·缪塞和肖邦的风流韵事,而不是因为她创作的大约一百部作品。她使德·缪塞和肖邦两人极为悲惨。乔治·桑创造了一种"不被赏识的女人",这是后来的次要作家经常使用的一个人物。她与古斯塔夫·福楼拜长期通信;她的信魅力四射,充满了同情。

  她是一位从容流畅的作家,像安东尼·特罗洛普那样勤奋写作,但只有她那些明显具有自传性质的作品才让后人感兴趣。在非常年轻的时候,她就嫁给了年长她很多岁的杜德望上校,他对她冷淡、漠视。乔治·桑与他一起度过了不幸的八年。在发现了丈夫的遗嘱后,她离开了他,他在遗嘱里留给她的唯一遗产就是诅咒。她的第一部重要作品是《弗洛利亚尼》,书中她描写了自己与肖邦的风流韵事,但绝对没有吹捧这位温文尔雅的音乐家。几年后,德·缪塞去世,她以自己与缪塞的秘密恋情为题材创作了《她和他》。这两部作品和她的信件,如我们前面所说的,最有趣的是写给古斯塔夫·福楼拜的信件,都是乔治·桑仍然最有价值和趣味的文学作品。

## 普罗斯佩·梅里美

  普罗斯佩·梅里美,《卡门》的作者,生于1803年,卒于1870年。今天,《卡门》主要是作为比才的歌剧题材而为人们所知。虽然他肯定属于浪漫派作家,但他完全不

承蒙哈金森公司各位先生惠允使用

**《龙骑兵痛哭流涕》(雷内·布尔)**

普罗斯佩·梅里美的浪漫小说《卡门》世界闻名。梅拉克和阿莱维根据这部小说为乔治·比才的同名歌剧撰写了歌词。这里给出的插图中，龙骑兵唐·何塞试图在教堂中找到一处僻静之所，为卡门最近的反复善变痛哭流涕——这个卡门在你叫她来时她不来，不叫她时她倒自己来了。按照普罗斯佩·梅里美的看法，"女人和猫儿"都这样。

赞同浪漫派的古怪和夸张。梅里美在西班牙的时候，遇到了欧仁妮皇后的母亲德·蒙蒂霍夫人，在欧仁妮与拿破仑三世成婚之后，他就成了国王和皇后亲密的朋友。

一些与浪漫主义运动有关的二流作家还有：《流浪的犹太人》的作者欧仁·苏；艾克曼－夏特良，他们的作品有《朋友弗里茨》和《一个新兵的故事》，和其他阿尔萨斯人的故事，在这些故事中，拿破仑的辉煌没有完全掩盖军国主义的恐怖；以及侦探小说之父埃米尔·加博里奥。

# 第二节

浪漫主义作家的兴趣几乎完全在过去，他们试图用自己优美的文字和各种修辞技巧赋予过去以崭新的生命。斯汤达使法国文学再次变得真实起来，就像莫里哀一样，把它从过去带回到现在。斯汤达的伟大小说《红与黑》可以看作是法国现实主义的开端。斯汤达的真名是亨利·贝尔，生于1783年，卒于1842年。他曾在拿破仑的军队里服役，参加了马伦戈战役、耶拿战役，莫斯科惨败时他也在场。他非常赞同浪漫主义者，因此更喜欢莎士比亚而不喜欢拉辛，但在他最重要的小说《红与黑》中，他不仅关注真实地展现当时的生活，而且反对对穷人和受压迫者施以感伤同情，如同雨果的《悲惨世界》这样的小说表现出来的那样。《红与黑》中的主要人物是个十足的无赖，企图凭借自己那完全不道德的品格过上极为惬意的生活。在故事的整体构思中，斯汤达在某种程度上预示着尼采的征服一切的"金发野兽"。故事中的每一个人物都具有自己不同于别人的个性；故事"不屈不挠地忠于现实"，这是现代法国小说最突出的特点之一。

虽然斯汤达非常重要，但他的光彩完全被奥诺雷·德·巴尔扎克所掩盖，巴尔扎克被圣伯夫形容为法国有史以来最伟大的法国人。巴尔扎克生于1799年，卒于1850年，他在开始文学生涯时就受到当时流行的浪漫主义的影响，这是不可避免的。

## 巴尔扎克和《人间喜剧》

1842年，巴尔扎克构思了伟大的作品《人间喜剧》，这是一系列小说，按他自己的说法，这部小说是"一点一点地描述人心的历史，以及在其各个方面形成的社会史"——一幅关于他所处时代的生活的广阔画卷。据说这个想法是从但丁那里来的，《人间喜剧》和《神曲》之间的差别就是佛罗伦萨的宗教诗人与法国小说家——他具有利顿·斯特雷奇先生所说的"粗犷、豁达和创新的精神"——之间的差别。对巴尔扎克而言，生活是讽刺意义上的喜剧：

照片：里施基斯收藏馆

**《奥诺雷·德·巴尔扎克》(L. 布朗热)**

半为浪漫主义者、半为现实主义者的巴尔扎克或许是 19 世纪法国最伟大的小说家。

> 甚至这些演员，还有这部喜剧；
> 尽管人的虚伪披上的外衣光彩夺目，
> 一切所掩盖的是一个真理——一具骸骨。

《人间喜剧》分为几个部分——私人生活场景、外省生活场景、巴黎生活场景、政治生活场景、军旅生活场景和乡村生活场景，还分为风俗研究、哲理研究和分析研究。根据巴尔扎克最初的构思，《人间喜剧》将要包括 133 卷不同的作品，但许多都没有写出来。没有哪一位小说家曾构思过如此庞大的计划，没有哪一位小说家进行过如此大规模的创作。凭借其描绘的大批精彩绝伦的人物肖像——其中的女性要更有活力——巴尔扎克在法国文学中永存，如狄更斯在英国文学中永存一样。"女人，"亨利·詹姆斯说，"是《人间喜剧》的基调。如果去掉了男人，可能会有巨大的缺口和缝隙；而如果去掉了女人，那整个结构就将坍塌。"

巴尔扎克创造了现实主义。他最关心的就是真实。他被雨果的诗所感动，但他宣称反对"监狱和棺材幼稚愚蠢的华而不实和许多荒谬可笑的事情",称雨果是"在泥墙上画壁画的提香"。还有一次他形容浪漫主义小说家是"骑马在真空中驰骋"。但巴尔扎克自己根本不能摆脱浪漫主义,他经常陷入中篇小说那感情夸张的感伤中。也许他写得太多了,所以写得不好。法国评论家埃米尔·法盖甚至说:"巴尔扎克是一位非常糟糕的作家。"

他成功地展现了日常生活的戏剧性,展现了普通大众的激情。他的人物是受现代世界的动机驱使而行动的现代男女;跟大多数现实主义者一样,他有一个奇怪的特点,那就是对令人讨厌的可憎之人的塑造要比对善良的迷人之人的塑造成功。《人间喜剧》中的杰作也许可以包括:《驴皮记》、《图尔的本堂神甫》、《欧也妮·葛朗台》、《不为人知的杰作》、《高老头》、《乡村医生》、《贝姨》、《邦斯舅舅》。除了《人间喜剧》,巴尔扎克还用中世纪法语创作了《都兰趣话》,是对

《胡根·德·森内泰尔老爷》(古斯塔夫·多雷)

这幅怪异的图画表现的是《都兰趣话》中的一个故事。在巴尔扎克作品的一个早年版本中有多雷画的一些有趣的素描,这幅画便具有代表性。

拉伯雷的精彩模仿。像司各特一样,巴尔扎克总是缺钱,这刺激他进行惊人的文学创作,但与司各特不同,他的窘境都是他自己造成的。父亲本想让他当一名律师,但21岁时巴尔扎克就宣布要以文学为职业,因此他父亲立刻不管他了,任他在巴黎的阁楼上饿得半死,希望他能认识到自己的错误。

在很年轻的时候,他开始给许多女性接连写信,信中讲述了自己的抱负和性格。1825—1828年,巴尔扎克当过出版商、印刷工和字体设计者,企图发财。结果他破产了,欠债10万法郎,他整整花了十年时间还债。他一般是半夜12点开始工作,通常一口气工作16个小时。正如弗雷德里克·韦德莫尔所说:"巴尔扎克几乎没有时间享受生活:他总是在工作,总是负债,总是挥金如土。"这话是有道理的。在德·龚古尔的日记中,有一段关于巴尔扎克和赫特福德勋爵的精彩故事。赫特福德勋爵在巴黎度过了一生,由于他的爱好和胆量,英国才有了华莱士收藏馆。他想见巴尔扎克,于是就安排了一次会面;但就在最后一刻,这位小说家的一位朋友告诉赫特福德说巴尔扎克不能按时赴约,他因负债而有被捕之虞,而且可能会被关在克里奇,所以只敢晚上出门。

接着赫特福德喊道:

"克里奇……克里奇……他欠了多少钱?"

"一大笔,"拉克鲁瓦回答说,"也许是四千法郎,也许是五千法郎,可能更多。"

"哦,让他来吧,我替他还债。"

尽管赫特福德给了这个承诺,他也没能让巴尔扎克来见他。

巴尔扎克的钱都疯狂、轻率地花掉了。三年的经商经历让他一直对赚钱感兴趣。这一兴趣不断地表现在他的小说中,而且在实际生活中,他尽力模仿他的人物,这造成了可怕的后果。《巴黎的英国人》的作者曾问过梅利,巴尔扎克的钱是怎么花掉的,他回答说:

> 花在了安慰其想象力的东西上,花在了飞向梦幻世界的气球上,这些气球都是用他辛辛苦苦挣来的钱做成的,用他幻想的精华充满了气,而它飞起来时离地不超过三英尺。……巴尔扎克坚信现实中有过、或仍有与他笔下的每个人物相似的人,尤其是那些开始时卑贱、后来成为巨富的人;而且认为在理论上找到他们成功的秘诀,他就可以将其付诸实践。他开始进行最为草率的投机买卖,却一点实际知识也不知道;比如说,在为维拉达福瑞小镇的乡村别墅绘制平面图时,他坚持要求建筑工人在他离开时每一方面都要按计划施工。等到房子建好后,一个楼梯也没有。当然,他们不得不把楼梯修在外面,他坚持说这是他原计划的一部分;而他从没想过怎样上楼。

他为自己乡村别墅里的花园制定了野心勃勃的庞大计划。花园的一部分要成为牛奶场,另一部分他打算种菠萝和马拉加葡萄。他计算每年至少可从中获利三万法郎。他还有一个赚钱计划,就是在撒丁尼亚罗马人煤矿的矿渣堆中找银子。

巴尔扎克不是民主主义者。他曾说:"在我看来,无产者是国家的未成年人,应该一直受监护。"

然而,虽然巴尔扎克比较喜欢贵族统治,实际上,他从未令人信服地吸引过一位绅士,而自己身上又很少具有有教养者的特征。在巴尔扎克的众多女性朋友中,德·柏尔尼夫人也许是最聪明的一个,她1832年给他写信说:"据说,由于你站得高,所有人可以从各个方向注意到你,但不要朝他们喊叫让他们崇拜你。"第一个跟他通信的女性是他的妹妹;最后一位是一个有钱的波兰女人韩斯卡伯爵夫人。他们之间的友谊持续了很多年,巴尔扎克经常中断他的工作,跨越半个欧洲去看她。他们1850年8月20日结婚,此后不久,巴尔扎克就去世了。

在悼文中,雨果称巴尔扎克的作品"充满了观察与想象"。如狄更斯一样,想象有时会模糊现实。用圣茨伯利教授的话说:"虽然真实的景象极为精确地、以最生动的色彩表现了出来，但一切都是透过类似变形镜的东西看到的。……他可以气势磅礴地分析罪恶和卑劣行径。他有一种才能，可以赋予读者感觉是想象的或是虚幻的东西以明显的真实性，在这方面他是无与伦比的。因此几乎可以断定当他的题材具有很强的荒诞性时，他最开心不过了。"从这一观点来看，《驴皮记》这个关于一张有魔力的驴皮的故事，也许是巴尔扎克的杰作。

# 第三节

## 古斯塔夫·福楼拜

古斯塔夫·福楼拜是诺曼人，1821年生于法国鲁昂。1850—1856年，他花了六年时间创作那部伟大的小说《包法利夫人》，与巴尔扎克的感伤现实主义相比，这是法国纯粹现实主义小说的第一部典范，当然也是最好的一部。

《包法利夫人》生动地描写了19世纪中期法国外省的生活。这是福楼拜所过的和所熟知的生活。如大多数出身于资产阶级的艺术家一样，他对自己出身的阶级极为厌恶。在《包法利夫人》中他表示资产阶级总是荒谬可笑的，但最可笑的是在一个人没有任何个性特征、却试图逃离他所属的那个世界的时候。《包法利夫人》最突出的特点就是对驱使普通男女行动的动机的敏锐观察和理解，其优美的风格，以及使一个普通个体区别于另一个普通个体的才能。

由于《包法利夫人》，福楼拜被指控写出了一部不道德的小说；但实际上，这是一部无情的道德小说，因为它强调人必须在自己的命运圈子之内生活。只有傻瓜才会逃离现实躲进自称为浪漫故事的板条加抹灰的戏剧世界中。

1857—1861年，福楼拜同时创作《圣安东的诱惑》和《萨朗波》，这两部作品1862年发表。《情感教育》1869年发表，八年后他写出了一卷由三个短篇故事组成的作品。在生命的最后几个月里，他在创作《布瓦尔和佩居谢》，这部作品发表于1880年5月8日，那时他已经去世了。

与莫里哀和巴尔扎克一样，福楼拜

照片：里施基斯收藏馆

**古斯塔夫·福楼拜**
《包法利夫人》的作者，法国自然主义之父。

承蒙达克沃斯公司各位先生惠允使用

《对圣安东的第一次诱惑》(凯瑟琳·洛)

"大蛇嘴里叼着苹果……摇晃着发出嘶嘶声的头……在夏娃的面前。"
　　　　　　　　　　　——福楼拜

《对圣安东的第一次诱惑》(凯瑟琳·洛)

"一只蒙着金纱的白象，摇摆着拴在额头的一捧鸵鸟羽，奔驰下来。在它的背上，坐在蓝毛垫子中间，有一个女人翘起腿，眼睑半掩，摇晃着头；衣着华丽极了，真是光彩四溢。在她身后，有一个黑人单腿站在象臀上，脚上穿着红色长靴，手上戴着珊瑚手镯；他的手里拿着一片大圆叶子给她扇风，同时还在咧着嘴笑。"*
　　　　　　　　　　　——福楼拜

---

\* [法]古斯塔夫·福楼拜著，李健吾译：《圣安东的诱惑》，上海生活书店，中华民国二十六年，第23页。译文有改动。

承蒙达克沃斯公司各位先生惠允使用

从未进入法兰西学院。虽然《包法利夫人》的作者必定作为现实主义大师永存于文学史上,但他天生就是一个浪漫主义者。他热爱色和光,迷恋神秘事迹。他热爱修辞,与雨果一样,在完成《包法利夫人》这个关于法国日常生活的故事后,他创作了《萨朗波》,书中再现了古迦太基的生活,这就是他。在开始创作这部作品时,他对一位朋友说:"我厌倦了丑恶的事情和庸俗的环境。我打算在一个绝佳的题材中住上几年,远离我厌倦了的现代世界。"这是真正具有浪漫色彩的、逃离现实的渴望和声音。

福楼拜与乔治·桑之间非同寻常的通信在他去世后发表,这些信有助于人们了解他作为一位文学艺术家的特殊兴趣。

他对风格的过分关注表明他坦然承认自己的相对渺小。找到"准确的词语"和准确恰当的句子简直就是一种折磨。他在一封信中对乔治·桑说:"你不知道一整天坐在那里,双手抱着头,绞尽脑汁地要找到一个词是什么样的感觉。"他对表达的兴趣如此浓厚,以至于最后他只关注风格,毫不关心内容。他曾写道:"我想要写的是一部毫无内容的书,它能凭风格的内在力量支撑自己,就像地球没有什么支撑就悬在空中一样。"但没有内容的风格就是混乱,在福楼拜评论中,最引人深思的是威尔弗里德·惠顿所说的,福楼拜"从不缺少内容,但他煮的时间太长了,看锅的时间太长了"。

福楼拜对法国小说的发展产生了巨大影响。龚古尔兄弟、左拉和都德都是他的追随者,几乎每一位重要的法国作家都视他为老师。

# 第四节

## 龚古尔兄弟

法国自然主义小说家包括龚古尔兄弟、埃米尔·左拉、居伊·德·莫泊桑,在某种程度上还包括阿尔封斯·都德和乔里斯·卡尔·于斯曼。他们自称是斯汤达、巴尔扎克和福楼拜的彻底追随者,以照相般的精确记录事实,竭力避免尝试艺术性的背景。龚古尔兄弟创造出了自然主义,就像他们创造出或宣称创造出象征主义一样。

埃德蒙·德·龚古尔生于1822年,卒于1896年。弟弟儒尔·德·龚古尔生于1830年,卒于1870年。他们都极为勤奋,有许多不同的艺术兴趣。他们将日本艺术引入法国,埃德蒙的最后一部作品就是关于日本著名艺术家葛饰北斋的。他们写专著,写关于19世纪法国社会的文章,写小说,写剧本。现在文学批评中常用的"人类文献",就是龚古尔兄弟首先使用的。他们的人物通常都是从现实生活中描摹的——再现他们所认识的真人真事,并竭尽全力保持一种类似照相般的精确性,不允许他们的想象添加任何东西。龚古尔兄弟这样致力于绝对的现实主义,发展了一种奇特的风格。他们创造词语,使用如此与众不同的修饰词,结果在他们去世后,一位勤勉的法国学者编纂了一本词典来解释它们的意思。

勒南说："恐怕我们的现实主义作家——他们说他们唯一的目的就是提供文献，以便未来的时代可以借助它们来了解我们——做出的那种自我牺牲得不到什么回报。"就龚古尔兄弟而言，事实确实如此，因为他们的小说现在几乎无人问津。然而，他们却在文学史上占有重要的地位，这不仅因为他们是自然主义的创始人，而且由于他们的《杂志》——从1851年到1895年——虽然让读者读到了许多无趣的内容，许多令人反感的、品味极差的内容，但它将法国19世纪中期的详尽文学史展现给了读者。在《杂志》刊登的文章中，读者看到了戈蒂耶、福楼拜、雨果、屠格涅夫、圣伯夫、勒南、都德以及莎拉·伯恩哈特、热珍妮（Rejane）、克列孟梭、罗丹、皮埃尔·洛蒂、法朗士、仲马（大小仲马）、波德莱尔、王尔德和许多其他著名人士。他们的观察是准确的，也许在现存的书中没有哪一本能展现这么多逼真的人物描写，而这些人的个性和成就永远都令人兴致盎然。

极为有趣的是，自然主义开始时宣称致力于真实，但不久就只关注那些令人反感的、不愉快的东西，吸引了那些身体羸弱、病怏怏的作家。儒尔·德·龚古尔在40岁时去世，很可能是因为吸了含鸦片的雪茄；埃德蒙被法国著名的戏剧评论家沙塞（Sarcey）形容为"一个我们必须同情的神经病"；左拉是"病态的神经病"；莫泊桑在刚满40岁的时候就失去了理智。

埃德蒙·德·龚古尔憎恨批评，因为他和弟弟不被人赏识而总是郁郁寡欢。同时，他对自己的同代人极为蔑视。两兄弟在1859年的日记中写道：

> 如果我真有钱的话，那么我就要收集那些毫无才华的名流们创作出来的所有垃圾，以此为乐。我会买这个人那个人画得最糟的画、雕得最差的雕像，根据重量用金币付款。我会让中产阶级来欣赏这些收集来的东西，他们会愚蠢地、惊讶地看着这些物品的标签和高价，在心满意足地观赏了这一情景之后，我就会开始大加评论，充满怨毒，运用技巧和鉴赏力，直到口吐白沫。

事实上，龚古尔兄弟总是口吐白沫。

## 埃米尔·左拉

埃米尔·左拉的父亲有一半意大利血统，一半希腊血统。埃米尔1840年生于巴黎。孩提时，父亲就去世了，在度过了几年可怕的贫困生活之后，他在阿歇特出版社当上了职员，薪水是每周一镑。这是1862年的事情；但三年前，《艾克斯莱班报》发表了他的一个短篇故事，按埃德蒙·戈斯先生的说法是"一个关于香墨角兰的魔幻花蕾的童话故事，它开放后爱情仙子从中显现，守护罗以王子和美丽的奥戴特的恋人"——就《土地》的作者来说，这是个奇怪的开始！这之后，他写了许多类似的故事，还有情歌、颂歌，并模仿但丁的作品。1864年他发表了一本故事集，这些故事都是感伤的，理想主义的。几年后，左拉提到年轻时代的奋斗挣扎时极为愤恨，因为他尽管才华横溢，却生来就没有幽默感。

　　1868年他首次见到德·龚古尔兄弟，他们说他"不平静，焦虑不安，深奥，复杂矜持，不太好懂"。他已经构思了他的《卢贡—马卡尔家族》系列小说，花了近三十年时间创作这部作品。他想的是精确、详细地描写一个普通家庭中各个成员的生活，不掩饰什么，也不心怀恶意地写什么。系列小说中的每一部分别探讨日常生活中的一个方面：《巴黎之腹》探讨的是市场；《小酒店》探讨的是酒店；《人面兽心》探讨的是铁路；《萌芽》探讨的是煤矿；《金钱》探讨的是金融界；《崩溃》探讨的是1870年的惨案；《鲁尔德》探讨的是在他看来好像是宗教迷信的东西。他自己这样总结他的抱负：

　　　　我将要选取一个家族，一个个地研究其成员——他们从哪里来，他们将到哪里去，他们是怎样互相影响的。撇开一点人性不谈，看看人是怎样行动、怎样表现的。另一方面，我将把人物置于一个特定的历史时期，这将为我提供自然环境和社会状况——一点历史。

他的目的就是要完整地描绘他所生活的那个时代。但他失败了。如M.让·卡雷尔所说，他只描绘了那个时代的罪恶与缺点：

　　　　精神失常的人，恶棍，小偷，妓女，醉鬼，愚蠢的梦想家，病态的农民，堕落的工人，道德败坏的中产阶级，怯懦的士兵，贪婪的牧师，孱弱的艺术家，歇斯底里的神父——所有这些都展现给我们，像是人性的镜子。没有一个伟大的人，没有一个被精选出的人，没有一个高尚、坚强的人，没有一个英雄——这就是他对我们时代的衡量。没有欢乐，没有一次成功的努力，没有任何健康的发展——这就是对我们生活的生动描绘。他承诺给我们一个世界，而我们得到的却是一所医院。无疑，这不是令人难以置信的无知，就是令人难以置信的反常。

　　左拉是一位惊人的工作者。因为失意，他勤奋工作；最重要的也是非常奇怪的是，他没有被选入法兰西学院。他一生阴郁寡欢。他的文学风格没有太大的优点，但在一些小说中，尤其是在《梦》和《磨坊之役》中，也表现出了一丝同情和感伤，这似乎表明左拉本质上是一位理想主义者和浪漫主义者，而埃德蒙·戈斯先生断言在他那些很少有人知道的短篇故事中，"才能找到他创作出的最真实、最典型的作品"，这话是有道理的。

　　同情和热爱正义肯定是左拉个人生活的特征。在19世纪末，他为不幸的德雷福斯上尉领导了一场骚动，在那封著名的《我控诉》的信中，他极为强烈地、义愤填膺地谴责那个追捕德雷福斯的人。

左拉 1902 年去世，法朗士在他的葬礼上念了一篇热情洋溢的颂词。对作为作家的左拉进行的最准确的描述，也许是乔治·穆尔的断言，他说左拉是"尝试精神失常的显著例子"。

## 居伊·德·莫泊桑

居伊·德·莫泊桑生于 1850 年。与福楼拜一样，他也是诺曼人，而在开始文学生涯时，那位伟大的同胞帮了他很大的忙。莫泊桑也许是文学史上最伟大的短篇小说大师，他发表的第一篇短篇小说《羊脂球》，后来自己或任何其他作家都没能超越，这是非同寻常的。莫泊桑的文学生涯只持续了十年，其间他创作了很多短篇小说和六部长篇小说。据说他毁了自然主义，因为他将之推向了极点。他自称没有虚构，只是再现他所见到的人和生活。不幸的是，他看到的世界是令人讨厌的，里面的男男女女通常都面目可憎。

莫泊桑是一位文体家，几乎和福楼拜一样伟大。他总是在寻找准确的词语，从不用不必要的词，由于具有一种讽刺性的幽默，他那种自然主义表现出来的阴郁变得可以容忍，而龚古尔兄弟和左拉都没有这种幽默。莫泊桑吸毒。40 岁生日后不久，他就开始忧郁沮丧起来。他全身瘫痪，后来精神失常，于 1893 年去世。

## 阿尔封斯·都德

阿尔封斯·都德生于 1840 年，他的父亲是一位不成功的商人。16 岁时，都德被迫成为一所学校里的助理教员，他很不开心。一年后，他设法前往巴黎，之后，很快就成了《费加罗报》的小职员。

在巴黎待了一两年后，都德成为莫尼公爵的秘书，1865 年之前他一直担任此职。莫尼公爵是拿破仑三世同母异父的兄弟。此时，他已经凭借《流亡王族》建立了相当的文学声望。之后他发表了《达拉斯贡城的达达兰》、《萨福》和《死者》。都德有时被称为法国的狄更斯，在作品《小东西》中，确实有一丝这位英国大师的迹象。他的自然主义，就其价值而言，可以在这样一个事实中看到，即他许多书中的主要人物都是经过稍微掩饰的真人：这样，纳波布就是伪装的莫尼公爵，甘必大是《纽玛·卢梅斯汤》中的英雄；《死者》则是对法兰西学院院士的抨击。他的许多人物和事件都取自生活。如果预言说都德的达达兰将会像匹克威克先生一样留在人们的记忆中，这没有风险。他自己称达达兰是"对法国南部的真诚表现——一个更加粗俗的堂吉诃德式的人物"。都德属于南方，在达达兰这个人物中，他滑稽地向世人展现了他的同胞，如萨姆·韦勒一样令人难忘。顺便说一下，都德的小说中有很多类似狄更斯的地方。

与左拉一样，都德也是一位惊人的工作者。他经常早上四点起床，一直写到八点，然后从九点一直写到十二点，从两点写到六点，再从八点写到半夜十二点。都德是个非常开心的人。他的婚姻生活是幸福的；家庭生活让他高兴；他有很多朋友——就连脾气乖戾的龚古尔兄弟也说不出他什么坏话来。都德1897年12月7日在巴黎去世。

乔里斯·卡尔·于斯曼生于1848年。家族具有荷兰血统，他一生中大部分时间都在法国行政机构中度过。他的第一部小说1876年发表。在1884年之前，他的所有作品都是左拉式的，是仔细而准确的、毫不妥协的、无情的现实主义。1884年，他发表了令人瞩目的《歧途》，这是对一位堕落的贵族进行的详细的、病态的研究。这之后就是对恶魔主义的研究，接着就是于斯曼的杰作《上路》，小说描写了一个皈依天主教

**《达拉斯贡城的达达兰》(凯瑟琳·沙克尔顿)**

"达达兰就藏在古坟前面一百步远的地方，一条腿跪倒，手里握好枪。"*

——都德

---

\* ［法］都德著，成钰亭译：《达拉斯贡城的达达兰》，上海，新文艺出版社，1956年，第108页。译文略有改动。

和极端神秘主义的英雄,其原型就是小说家自己。在《大教堂》中,自然主义者成了神秘主义者这一点表现得更为明显。

于斯曼1907年去世。他一生都受神经痛和消化不良的折磨,这与他的小说表现的病态奇怪地达到了一致。

# 第五节

## 伊波利特·泰纳

在圣伯夫和戈蒂耶的时代之后,19世纪最著名的法国文学评论家是伊波利特·泰纳。他生于1828年,卒于1893年。他撰写了一部英国文学史,一部法国19世纪哲学家传记,和一部他命名为《当代法国的起源》的伟大作品。在方法和风格上,泰纳都堪与麦考利媲美,显然他从麦考利那里获益良多。

奥古斯特·孔德生于1796年,卒于1857年,他创立了实证主义。他仍然是19世纪最著名的哲学家,因其对弗雷德里克·哈里逊产生的影响而令英国读者兴趣盎然。

这一时期法国最著名的三位历史学家有路易·阿道夫·梯也尔,生于1797年,卒于1877年,他是法兰西第三共和国的第一任总统——也许应该算是一位政治家而不是历史学家;另一位政治家—历史学家是弗朗斯瓦·基佐;还有迄今为止最伟大的儒尔·米什莱(1798—1874),在全面、清晰性和趣味性方面,他的法国革命史无出其右者。米什莱讨厌英国、法国的贵族阶层和所有的天主教徒。他让过去存在于现在之中,这方面的能力堪与卡莱尔比肩。

## 欧内斯特·勒南

除了诗人和小说家,迄今为止法国19世纪文学中最令人感兴趣的人物就是欧内斯特·勒南。勒南1823年出生在一个很小的、偏僻的布列塔尼海港。老勒南在儿子5岁时淹死了,二十年来,他们一家都由老勒南的姐姐亨利特供养,勒南在今后生活中的机遇要归功于她而不是别的什么人。他被送到牧师学校,照他所说,学校里牧师教他"热爱真理,尊敬理性,以及严肃地生活"。15岁半时,他被送到了巴黎的一所神学院,在那里学习了七年,想成为神职人员。然而,在接受副助祭职位的任命之前,他犹豫了,因为这将迫使他过独身生活,必须要为教会效力,不可更改。他受德国哲学的影响,对新教教义很感兴趣。1845年写给姐姐的一封信表明了他的思想状态:"人必须是基督徒,但人必须是正统的基督徒。"那时他姐姐在波兰当家庭教师。他的真诚,他对自己认为的真理的热爱,迫使他离开了神学院,接受了一所私立学校助理教员的职

《勒南》(勃纳，Bonnat)

法国19世纪伟大的哲学家和批评家。

位。他姐姐从自己的积蓄中拿出50镑送给他，使他的这次转变成为可能。

虽然勒南放弃了宗教，但他从来不像伏尔泰那样嘲笑基督教的宗旨或基督教的牧师。实际上，他在追忆早年的老师时满怀崇敬和热爱之情，宣称神学院里"有足够的美德来统治世界"。他的第一本散文集于1857年出版。1862年，他被任命为法国大学的希伯来语、古叙利亚语和迦勒底语教授，三十年后他去世前，一直担任这个职务。但1864年有一段时间他被拿破仑三世解职，因为这个国王极力反对勒南著名的《耶稣传》中的邪说。

勒南最令人难忘的作品就是《耶稣传》、《基督教起源》和《以色列民族史》。他精通一种优雅、精美的风格，是后来大多数著名法国作家模仿的对象，尤其是法朗士和皮埃尔·洛蒂。

《耶稣传》是一位虔诚的怀疑论者创作的作品，他怀疑奇迹，但心中充满了对生命的崇敬，对基督教创始人的教导的崇敬。这是一部极为优雅的书，与德国怀疑论者施特劳斯的《耶稣传》——乔治·桑将其译成了英文——形成了鲜明对比。

## 第六节　阿尔弗雷德·德·缪塞

　　雨果的圈子中最年轻的成员,据一位见证人所说,是"一个英俊的男孩,身材修长,长着亚麻色的头发,鼻子宽大,嘴唇鲜红。脸呈深色,形状像鹅蛋,本来该长眉毛的地方有两个看起来是血红色的半圆形的东西,这让他的脸极为引人注目。吃完饭后,他会模仿醉汉娱乐大家,模仿得极像"。这位奇怪的本杰明就是阿尔弗雷德·德·缪塞,那时他才13岁。

　　这个男孩1810年生于巴黎。他的父亲出身高贵,是一位有些名气的作家。首先给予这位年轻诗人以鼓励的是雨果,但他却按着拜伦的方式成长起来,拜伦的诗歌他烂熟于胸。拜伦在《唐·璜》中的从容儒雅,轻微的幽默,突然飞进诗歌的极致,飞进浪漫之域,所有这些在《玛多什》和《纳穆娜》中都可以找到类似的表现。但奇怪的是,令评论家们感兴趣的却是一些微不足道的诗句——如《月亮谣》中的几句诗:

> 那是朦胧的夜晚,
> 在映黄的钟楼上,
> 那轮月亮就像 i 上的一点。①

说悬在钟楼顶上的月亮就像 i 上的一点,这由于过分写实触怒了浪漫主义者,又由于过分虚幻而触怒了现实主义者。这一滴小水珠引起了轩然大波。

　　这些早期诗歌没有深厚的感情。但1833年,他与乔治·桑私奔——或者说乔治·桑跟他私奔——到威尼斯之后,在经历了令人兴奋的生活和痛苦的分离之后,他的整个性情发生了变化,变得深沉了。爱、怒、嫉妒等强烈的感情与思想融合在一起,突然燃烧、爆发出来,像魔鬼一样撕裂了他的心。他开始时还是像拜伦一样,用"那多姿多彩的流血的心"来感动世界。最痛的恋爱之苦是无法唱出口的,"如果我尝试用竖琴唱出来,"他告诉我们,"它们就会像芦苇一样破裂。"他宁愿听从缪斯更加温柔的引诱。

　　《五月之夜》的那些诗句中,每一个意象都充满了动人的力量和浪漫的神秘,单凭这些诗句就足以展现德·缪塞登峰造极的全部才华。这是纯粹令人心醉的才华。他的一些次要诗歌也是最纯粹的美的珍品。下面就是一首,它的一些微光可能会透过翻译的轻纱闪现出来:

> 请你记住,当惶惑的黎明
> 　迎着阳光打开了它迷人的宫殿;
> 请你记住,当沉思的黑夜
> 　在它银色的纱幕下悄然流逝;

---

① [法]缪塞作,李玉民译:《月亮谣》,《缪塞精选集》,济南,山东文艺出版社,2000年,第13页。

当你跳着回答欢乐的召唤,
当阴影请你沉入黄昏的梦幻,
　　　你听,在森林深处
　　　有一个声音在悄声低语:
　　　　　请你记住。

　　　请你记住,当在冰冷的地下
　　　我碎了的心永久睡去;
　　　请你记住,当那孤寂的花
　　　　在我的坟墓上缓缓开放。
我再也不能看见你;但我不朽的灵魂
却像一个忠诚的姐妹来到你身边。
　　　　你听,在深夜里,
　　　　有一个声音在呻吟:
　　　　　请你记住。①

## 第七节　戴奥菲尔·戈蒂耶

　　戴奥菲尔·戈蒂耶 1811 年生于塔布,他很早就来到了巴黎,并在巴黎的一间阁楼里开始了生活。白天他在画廊里度过,会在一幅画前或一个雕像前坐上几个小时,一脸陶醉的样子,一动不动,用色和形的美来滋润他的心田。崇拜美是他唯一的强烈爱好,这实际上是一种狂热。德·缪塞,害相思病的天使,唱着极为甜蜜、极为痛苦的热恋之歌,会爱上相貌普通的乔治·桑。现在,非常确定的是,把女人看成是会呼吸的雕像的戈蒂耶决不会爱上一个连膝盖的轮廓都不清楚的女人。

　　由于对体态美的狂热,开始时他决定成为一名画家。但他梦想中的美丽无法具体表现在画布上。他扔掉画笔,转向语言艺术,在这种艺术中,他注定要成为世界上成就最大的大师之一。虽然他靠灵感到来时写新闻为生,但也创作诗歌和浪漫故事,其中每一行都像画中的笔触,或雕像上的凿刻。可以说,最别具一格的诗人也是最别具一格的人。他高大魁梧,头像朱庇特一样威严,但很和善。他的爱发垂在后背上飘动。他穿着黄拖鞋和黑色天鹅绒背心在大道上闲逛,秃头上顶着一把伞遮阳,他是人们眼中的一道奇观。

　　他在艺术中的理想,不管是诗歌还是绘画,都完全是希腊的。正如他自己在一篇

---

① [法]缪塞作,陈徵莱、冯钟璞译:《请你记住》,《缪塞诗选》,陈徵莱等译,北京,人民文学出版社,1960 年,第 194—195 页。

照片:里施基斯收藏馆

**戴奥菲尔·戈蒂耶**

诗人,小说家,批评家。

承蒙达克沃斯公司各位先生惠允使用

**《德·西格纳克和瓦隆布勒兹》(维克多·A. 瑟尔斯)**

关于希腊艺术的精彩文章——这还可以作为展现其风格的极好范例——中所说：

> 他的理想喜欢雕像而非幻影，圆月而非黄昏之光。摆脱了薄雾和蒸气，不要任何幻觉的或不确定的东西，最小的细节也凸显出来，其形状和色彩夺人眼目。他所梦想的是长长的一队乳白色战马，骑在上面的是可爱的裸体青年，在一片蔚蓝色的草地上驰骋，仿佛在帕台农神殿上的雕饰上——或一队队年轻的姑娘，头戴花环，身穿束腰外衣，手里拿着象牙手鼓，仿佛围绕一个巨大的瓮移动。大地上群山拔地而起，耸入云天，太阳端坐在巅峰之上，大张镶金的双眼，活像一头卧狮。云彩像大理石碎片一样构成不同的形状。溪流从雕刻的瓮嘴顺流直下，水浪也是雕刻的。影子在树下汇集成漆黑的一团。在高高的芦苇——像欧罗塔斯的一样嫩绿鸣响——之间，凝视着一位绿发女神浑圆银色的侧身。或在昏暗的橡树中，狄安娜挎着剑鞘飞过，头巾在脑后飘扬，还有跟随她的仙女和嗥叫的猎犬。

史文朋说起戈蒂耶"完全用黄金和象牙写成的诗歌"——指的是伟大的希腊雕刻家用来雕刻诸神的黄金和象牙，他用词非常恰当。史文朋还翻译了戈蒂耶的一首诗，译文保持了原诗的风格和精神，这只有与作者同样伟大的诗人才能做到：

> 我们今天在爱的乐园；
> 　明日将走向何方？
> 爱，开始还是驻足，
> 　划船还是扬帆？
> 有许多航道和风向，
> 只有五月才能起航；
> 我们今天在爱的怀抱；
> 　明日将走向何方？
>
> 陆风就是呼吸
> 悲伤至死吻别
> 　而那就是快乐；
> 压舱物是玫瑰；
> 上帝指引航向
> 　而爱知道在哪里。
> 我们今天在爱的怀抱里——
> 　……

> 你在哪里登陆，甜心？
> 在陌生男人的天地，
> 　还是靠近家园的野地？
> 是在火花吹拂的地方，
> 还是雪花缭绕的地方
> 　或浪花飞溅的地方？
> 我们今天在爱的怀抱里——
>
> 她说，把我放在有爱的地方
> 那里有一束光，一只鸽，
> 　一颗心，一个人。
> ——就在这样一个海岸，亲爱的
> 在没有人掌舵的地方，
> 　没有处女地。

这些诗句出自《珐琅与雕玉》，其中有戈蒂耶所有诗歌中最优美的句子。这些诗歌有许多成为法国诗歌的瑰宝——比如《白色大调交响曲》和《艺术》。在第一首诗中，他开始创作一首一切皆白的诗，如济慈就蓝色写了一首十四行诗一样。它描绘了一位小姐，穿着白色的衣服，胸部比白山茶还要白，正如童话故事中天鹅少女的裸体比她们拿下来清洗的羽毛还要洁白——比月光下的冰川还要白，比百合花瓣、窗格上的霜花、洞窟中闪亮的冰柱、冬天从阿尔卑斯山上的雪中雕刻出的斯芬克斯还要白。然后她坐在钢琴前，纤手比象牙琴键还白。冰冷的心在白色中无动于衷，什么时候恋人才会让她的脸红如玫瑰？

《艺术》是戈蒂耶的信条。具有最严格的形式和完美的诗歌才是永恒的，比起用泥土雕刻出来的阿波罗的半身像来，用玛瑙雕刻出来的要美得更精致、更永恒。雕刻出来的半身像比城市存在得长久，一个劳动者找到的硬币展现了一个已经被时光遗忘了的帝王，而诗歌珍品比诸神更永恒不朽。

> 雕刻，石头，凿具；
> 那漂浮的梦想
> 　　封存在
> 坚固耐久的石料上。

戈蒂耶在被雕刻出来的诗句的坚固耐久的石料上封存了他的梦想。

他卒于1872年。

## 第八节　勒孔特·德·李尔

　　夏尔-玛丽-勒内·勒孔特·德·李尔1818年生于留尼汪岛的圣保罗城，29岁时来到巴黎之前曾经出海航行过几次。他是一位优秀的学者，是古典文学的杰出研究者和翻译家，他的诗集《古代篇》以类似戈蒂耶的风格描述了古希腊的人物和景色。但他是热带地区的孩子，他自己独特的领域不是古典文学，而是荒蛮之地；《荒蛮篇》实际上是下一部诗集的题目。世界上荒凉僻静的地方是他自己专长的。他热爱富饶多彩的东方，其各种美景，从贝都因人将母马拴在孤独的海枣树下的绿洲，到带银格子架和鲜红坐垫的走廊，波斯美女在斑岩喷泉下陶醉于美妙的声音，在弥漫着茉莉香味的空气中，看着她的水烟筒冒出缕缕蓝色的轻烟。他了解荒漠，那里一群群大象在月光下如鬼魅般走过，在丛林中的空地上，美洲虎中午在那里休息。他看到在极地永久的皑皑白雪之中，路诺亚（Runoia）黑塔巍然屹立在那里的石头上。他记下了婆罗门司祭，琥珀色的腰间系着白色平纹细布腰带，双臂交叉着坐在无花果树下入定。他看见秃鹫在钦博拉索山上翱翔。他走进了洞窟，里面蜷缩的小黑豹在闪闪亮亮的白骨中喵喵叫着。

　　勒孔特·德·李尔因其对野生动物的写照而闻名。下面是他对一只老虎的生动描绘——他的崇拜者们对此非常熟悉：

> 在高高的枯草下，粉红的花朵像金色的螺旋伸向天空。那可怕的野兽，丛林的居住者，四爪张开仰面朝天地大睡。从条纹状的下颌喷出股股热浪，粗糙红润的舌头伸在外面。周围万籁俱寂；母豹弓着腰蜷伏着，为他警戒；浑身长着玛瑙鳞的粗壮的蟒蛇从多刺的仙人掌下伸出头来；在逃跑时留下的光环中，群群斑蚕在条纹王的身前身后飞来飞去。

　　诗歌从这幅正午丛林的画面转到了傍晚的丛林，慢慢变成了模糊不清的景象。空气寒冷起来，拂动着草尖；老虎醒了，抬起头，仔细倾听瞪羚的脚步声，它可能要寻找隐藏着的小溪，溪边的竹子垂挂在莲花上。但没有一点声响；它张大嘴巴从草丛中一跃而起，向着黑夜痛苦地吼了一声。

　　我们可能会认为这是独特的恐怖景象的写照，很少有像长诗《苏纳瑟巴》中描写的婆罗门隐士这样令人印象深刻的了。《苏纳瑟巴》是叙事诗的杰出典范。读这首诗就像是亲眼看到了一个献身于神的人，默默地坐着，像是粗制的神像——那熠熠生辉而凹陷的眼睛，铁棒一样的四肢，弯弯曲曲地长进肉里的指甲，以及一堆垂入膝中的又脏又乱的头发。讲这个故事的方式丰富生动，难以形容。

　　勒孔特·德·李尔并不经常追求韵律的多样性。庄严壮观的亚历山大诗行似乎是他自然的韵律。但有时他创作较短的诗句，效果极佳。题为《月亮的清新》的三篇习作中的最后一篇就是个精美的范例。这首诗描写大海的景色；表现薄暮时分的海洋，灰色、平静、辽阔，上面是没有星光的夜空。渐渐地，在靠近东方之处，有一道白光冲破迷雾出现在海岸线之上：

> 一缕苍白和迟到的光，
> 突然覆盖在大海上，
> 在紫色的夜空里，
> 月亮慢慢地升起。

虽然这句诗音调柔和，但要配合缓缓升起的月亮来慢慢朗读。

勒孔特·德·李尔于1894年去世。

# 第九节　夏尔·波德莱尔

夏尔·波德莱尔1821年生于巴黎，卒于1867年。他家境富裕，能够终生投身于诗歌。但是，差不多他所有的诗歌都包含在一卷诗集中，题目非常贴切，叫《恶之花》。他既不是一位画家——诗人，也不追求美好的事物。比起白色维纳斯来，他更喜欢黑色。一个身体有病、长满雀斑的贫民窟女孩透过她那破破烂烂的衣服往外看，自"有她的可爱甜美"之处。他是德·昆西的高徒，实际上，这些恶之花的香味类似于鸦片的味道。他的诗中充满了丑恶、恐怖的意象，充满了失眠造成的形容枯槁的幽灵，充满了夜晚出没的恐怖，充满了时常出现在心灵最黑暗的洞穴里的幻影。他试图描绘景色，结果却与自然没有任何相似之处。这样，在《巴黎的梦》中，我们看到了一个用金属和大理石建造的城市，坚硬、优美，有巨大的豪宅和柱廊，巴别塔和台阶，闪耀着自己独特的光芒，像水晶幕布一样飞流直下的瀑布，而大片蓝色的水域就像钢镜一般，映照出庞大的水之少女，在由珠宝建造的桥下，或是在透明的斑岩建造的码头旁边泛出微光。用戈蒂耶的话说，"整首诗的风格就像黑色大理石一样泛出微光"。

与其他诗人相比，他不是描写景色而是描写香味。在很年轻的时候，他就曾航行到印度洋的各个岛屿，热带地区的芳香和气味，琥珀、甘松香、熏香，似乎浸透了他的身体。"我的灵魂在芳香上漂浮，"他自己这样说，"就像别人在音乐上漂浮一样。"他将自己的作品比作一个古老的酒壶，放在一所弃房中的柜子里，上面覆盖着蛛网。柜子一打开，就散发出一种淡淡的麝香和薰衣草的香味来，古代恋人和古时的衣服和缎带、化妆盒和纪念品的淡淡的香气——但从这个古老的酒壶中散发出的是刺鼻、奇特的香气，这个世界以前从来没闻到过。

## 第十节　保尔·魏尔伦

　　魏尔伦可以说是赢得诗人名声的最独特之人。他长得极丑，女人看到他都会吓得大叫起来，仿佛站在面前的就是狒狒。他非常凄苦，一次因射伤一位朋友而入狱，另一次因袭击母亲而进监，最后死在一间阁楼里，身体、精神都不成人样。这个放荡不羁的人却创作出许多诗歌，非常简洁优美，似乎是为了让天使对着竖琴低吟而作的。

　　他1844年生于梅斯，但住在巴黎，1896年在巴黎去世。他继承了一小笔钱，这是他的幸运，因为多年来，他一直自费出版自己的诗集。它们以一系列薄薄诗集的形式发表；第一部是《土星集》——在土星这颗忧郁之星下诞生的诗歌。但那忧郁是甜蜜动人的。比如，非常典型的是《三年后》。这首诗讲他怎样推开一扇破门，走进一个小花园。一切都没有变。同样宁静的阳光让每朵花闪耀着露水般的光芒。在用粗糙木料制成的椅子上，野葡萄藤架仍然被浓荫的绿色遮盖着。喷泉仍然发出清越的潺潺低语，古老的白杨无休止地低声叹息。似乎还是那只云雀在歌唱。就连那个古式的雕像，虽然上面片片灰泥已经脱落，但仍站在散发着淡淡香气的木犀草地上，丝毫未变。

　　在下一卷诗集《游乐图》中，他暂时进入了另一个世界——仿佛华托画中的世界，里面，贵族和贵妇们戴着面具，手里的曼陀琳，黑色的书，驯顺的猴子，月光照耀的喷泉旁边那些修剪过的紫杉和大理石雕像，还有与他们厮混在一起的小丑和耧斗菜。但这根本不是他自己的那个真实世界。然而，不管他表达的是什么——颂歌、情歌、酒歌——他在医院和监狱里的思想——他的罪恶、愚蠢行为或梦想——一切都是在音乐般的诗歌中表达出来，好比莫扎特的咏叹调一样优美、简单。但翻译者一经染指，全部的魅力就破坏掉了，"像一串美妙的银铃失去了谐和的音调"。

　　　　啊忧伤呀，忧伤蒙上了我的灵魂
　　　　因为，为了一个女人。①

　　"我的灵魂为了一个女人而忧伤"——这是这两句诗的全部主题。但是让它们不被遗忘的音乐和魔力哪里去了呢？

　　让我们看看另一首抒情诗。"屋顶上的天空宁静、蔚蓝——一棵树在摇曳——倚天的铜钟轻轻地响——一只悲哀的小鸟在歌唱——从城里传来一声悄悄的低语——这里的生活简单而恬静。哭泣着的你，怎样虚度了你的青春？"

　　这就是翻译成散文的主题。现在就是那首变形的诗：

　　　　蔚蓝，宁静！
　　　　屋顶上的那棵大树，

---

① ［法］保罗·魏尔伦著，丁天缺译：《魏尔伦诗选》，北京，中国青年出版社，1998年，第61页。

**魏尔伦,沉迷苦艾酒的诗人**

这位法国最伟大的现代诗人过着一种悲惨潦倒的生活。史文朋在《维永之歌》中的诗句完全可以用在他的身上——"耻辱玷污了你的诗歌,诗歌弥补了你的耻辱!"

    摇晃轻轻。

    钟声在眼前的天上,
    悠悠响起。
    鸟儿在眼前的树上。
    哭哭啼啼。

    主啊主,生活是这样,
    简单悠闲。
    城里这安宁的声响,
    传来耳边。

    你又如何虚扔,你呀,
    哭泣阵阵,
    你说,如何虚扔,你呀,
    你的青春?[①]

---

[①] [法]魏尔伦作,程曾厚译:《屋顶的那角天幕……》,《法国诗选》,上海,复旦大学出版社,2001年,第496—497页。

## 参考书目

**圣伯夫：**
*Causeries du Lundi*, 8 series, translated by E. J. Trechmann.
*Essays.*

**乔治·桑：**
*Consuelo and The Countess of Rudolstadt.*
*The Devil's Pool and François the Waif*, 1 vol.

**奥诺雷·德·巴尔扎克：**
巴尔扎克的小说有各种英文版本。
*Comédie Humaine* 有了新的译本，共 40 卷，G. Sainsbury 主编。
*The Tragedy of a Genius.*
Emile Faguet's *Balzac.*

**古斯塔夫·福楼拜：**
*Madame Bovary* and *Salammbô*.
Émile Faguet's *Flaubert*, Mrs. R. L. Devonshire 翻译为英文。

**埃德蒙和儒尔·德·龚古尔：**
*Madame du Barry.*

**左拉：**
左拉的许多作品都有译本，包括 *Germinal, The Downfall, The Dram-Shop*（*L'Assommoir*），*Work, Thérèse Raquin, Rome, Paris, and Lourdes.*

**居伊·德·莫泊桑：**
*Yvette* and Other Stories.
*A Woman's Soul.*

**阿尔封斯·都德：**
各种英文版本。
*A Passion of the South, The Popinjay, Sapho, The Nabob*, and *Sidonie's Revenge.*
*Tartarin of Tarascon.*

**乔里斯·卡尔·于斯曼：**
*En Route*, translated by C. Kegan Paul, *The Cathedral*, translated by Clara Bell.

**欧内斯特·勒南：**
*Life of Jesus, Anti-Christ*, and *Essays.*
William Barry's *Renan.*
*Life*, by Lewis Mott.

**阿尔弗雷德和保尔·德·缪塞：**
*A Modern Man's Confession.*

保尔·德·缪塞：

*Mister Wind and Mistress Rain*, translated by E. Cloke.

戴奥菲尔·戈蒂耶：

*Mademoiselle de Maupin* and *The Mummy's Romance*.

波德莱尔：

*Poems in Prose* and *Flowers of Evil*.

*Poems*.

Arthur Symons's *Baudelaire*, a study.

魏尔伦：

*Poems*.

E. Lepelletier's *P. Verlaine, his Life and his Work*.

# 第三十四章　伟大的维多利亚人：卡莱尔、麦考利、拉斯金

## 第一节　托马斯·卡莱尔

　　卡莱尔是位清教徒，如果不是清教徒的话，那他就什么也不是。他是跟克伦威尔和班扬相同的清教徒，远甚于弥尔顿。他抛弃了哺育他成长的信仰的字面意义，但宣扬的是弗劳德所说的"没有神学的加尔文主义"。对他而言，英国的清教主义是"我们最后英雄主义"。在写《作为牧师的英雄》时，他以路德和约翰·诺克斯为对象，天主教的惯例被他嘲笑为"裹尸布里的皮由兹运动①和其他类似的幽灵和幻影"。

　　托马斯·卡莱尔 1795 年 12 月 4 日生于邓弗里斯郡附近的埃克尔费亨。父亲詹姆斯·卡莱尔是一个职业石匠，托马斯家中有九个孩子，他是长子。他父母的性格都非常坚强。他先被送到村里的学校上学，后来被送到一所语法学校，由于他明显具有非凡的才能，父亲决定他应该上爱丁堡大学，为他进入长老教会做准备。卡莱尔步行一百英里到了爱丁堡大学，在 15 岁生日之前抵达学校。如贫困的苏格兰学生一样，他在学习神学课程时靠教书为生。1817 年，他做出了不当牧师的决定。在之后的几年里，他靠撰写一些零星文章维持生计，顺便学了德语，这也许是他早年做的最重要的一件事。歌德和让·保罗·里希特尔为他打开了新世界的大门，他从他们那里学到了过多的日耳曼精神，塑造了他作为作家的风格，也从根本上影响了作为思想家的卡莱尔。

　　1822 年卡莱尔来到伦敦，给一位英印混血富人的儿子们当家庭教师。1825 年他遇到了简·贝利·威尔士，次年与之结婚。婚后，卡莱尔在爱丁堡住了一段时间，撰写批评文章，其中最令人难忘的是关于彭斯的文章。卡莱尔夫妇生活非常贫困，1834 年，他们决定到伦敦碰碰运气。他们在切尔西的欣尼街 5 号住了下来，并在那里度过了余生。他的《法国革命》1837 年发表；在离开苏格兰之前，《拼凑的裁缝》在《弗雷泽杂志》上发表，1838 年印刷成书；《英雄和英雄崇拜》1841 年发表，《过去与现在》

---

① 皮由兹运动（puseyism）即牛津运动，反对该运动的人视该词为贬义用词。——译注

承蒙梅第奇协会有限公司复印

《托马斯·卡莱尔》(J. A. 麦克尼尔·惠斯勒)

# 第三十四章
## 伟大的维多利亚人：卡莱尔、麦考利、拉斯金

埃克尔费亨

石匠詹姆斯·卡莱尔的家。1795 年，他的儿子就在这里出生。

照片：里施基斯收藏馆

卡莱尔 1832 年写的书信的一部分，
信中他提到自己未能找到出版商出版的作品《拼凑的裁缝》

1843 年发表,《克伦威尔书信演说集》1845 年发表,《近代小册子》1850 年发表,《腓特烈大帝史》1858—1865 年出版。卡莱尔 1881 年 2 月 5 日在欣尼街去世,与埃克尔费亨的同胞们葬在一起。

也许卡莱尔一生中最大的不幸就是与 J. A. 弗劳德的友谊,并让弗劳德做了自己的遗稿管理人。弗劳德在卡莱尔去世后发表了他的《回忆录》,书写得很好,具有可读性,但其中充满了对同时代人的严厉评价,比起对他所论之人的声誉造成的破坏来,对卡莱尔的声誉造成的破坏尤甚。几年后,弗劳德发表了卡莱尔夫人的书信,这样做是否恰当令人怀疑。没有理由让世人进入遮掩家庭生活的亲密行为的屏障背后。卡莱尔是个严厉的人,令人难以忍受,妻子却温文尔雅。他仍是个农民,患有慢性胃病,习惯抱怨唠叨。卡莱尔结婚许多年后,他们夫妻关系疏远了。虽然卡莱尔性急易怒,说话刻薄,但卡莱尔夫人以他为傲,并且有耐心、节俭、忠诚,而他差不多是可怜地依赖着她,凡事跟她商量,发牢骚的同时接受她的意见。卡莱尔是个文学天才。也许最不会受人嫉妒的就是文学天才的妻子们。还是就此打住吧。

在文学史上,可以说卡莱尔与希伯来先知最为相似。他是现代的耶利米,他的许多作品都可以说是 19 世纪的《圣经》。已故的 W. S. 莱利这样概括他的哲学:

> 他把人分为两类——聪明的少数和不聪明的多数,后者有人的感情、欲望和能力,但没有人具有的洞察力和更高尚的美德。他宣扬,不是不聪明的多数,而是聪明的少数才是正当的统治者,是神任命来指引人类的。这基本上就是他的伟大学说。他将多数人的宗教膜拜与优秀之人的宗教膜拜加以对照;将忠诚与服从的需要与对大众的统治加以对照。卡莱尔认为英雄是接受了神圣使命的人,并且他成功地完成了使命,经历了各种危险;不管是被囚禁,如摩西;还是在修道院中,如萨姆森院长;还是在战场上,如克伦威尔。

写到约翰·诺克斯和他的英雄及英雄崇拜,卡莱尔足够勇敢地为不宽容辩护。他说:

> 宽容应是非本质的东西,并明确看出非本质的东西是什么。宽容应是高尚的、有分寸的,在非常愤怒时不能再宽容就是正义的。但总的说来,我们在这里完全不应宽容!我们在这里应去坚持、控制并征服。当虚假、偷窃、不义行为强加于我们时,我们"不宽容"它们;我们对它们说,你们是虚假的,你们是不可宽容的!我们在这里要消灭虚假,以某种智慧的方式使它们灭绝![①]

卡莱尔的英雄崇拜预示着戈宾诺与尼采鼓吹的超人学说。这是民主政治的对立面。卡莱尔讨厌残忍和不公,如同他讨厌虚假和伪善一样。他同情弱者和不幸的人。但他

---

① [英]卡莱尔著,张峰、吕霞译:《英雄和英雄崇拜:卡莱尔讲演集》,上海三联书店,1996 年,第 247 页。

的同情总是高人一等的，因为在他看来他的同胞"大多都是傻子"。他有许多朋友，虽然可以说对他而言那些友谊都不深，但可以说他的朋友们都看在他天才的分上才容忍他的无礼。爱默生、丁尼生、约翰·斯图亚特·穆勒都或多或少跟他关系密切。他欣赏狄更斯，但既不喜欢司各特，也不喜欢济慈，更不喜欢兰姆。和蔼的伊利亚让这个心怀不满、性情阴郁的苏格兰人多么害怕呀！在他看来，海涅就是个流氓，而且他带着嘲讽提到柯勒律治，说他是"骄傲自大、焦躁不安、看起来心不在焉、略为肥胖的老男人"。世界得不到英雄和超人拯救的悲剧就在于这两种人都很难找，而且在寻找英雄时我们容易错过平凡中的英勇。

他对一切虚假和伪善之言都极为憎恶，而令人遗憾的是他喜欢寻找"虚假"，这是他性格中的缺点。在那段著名的描写米拉波的文字中，他写道：

照片：里施基斯收藏馆

《25岁的简·威尔士·卡莱尔》（肯尼斯·麦克利）

"切尔西区的圣人"（托马斯·卡莱尔的别号）的妻子，弗劳德将她的婚姻问题公诸于世。

> 在那些年代里，荣誉归于坚强的人，他摆脱了虚假，成为重要人物。因为要具有价值，第一个条件必然是你是有价值的。冒一切危险、不惜一切代价阻止伪善：伪善一停止，别的就不再开始了。道德学家写道，在人类罪犯中，在那些世纪里，我发现只有一个是不容原谅的：江湖骗子。"仇恨上帝，"神圣的但丁唱道，"也仇恨上帝的敌人。"
>
> 但是，凡富有同情心的人，同情心是获得洞见的首要条件，一看到这个有问题的米拉波，都会发现在他内心深处，有一种真诚，伟大的自由的真诚，这是一切的基础；就称它为诚实吧，因为这个人所最先看到的，用他那清晰而闪光的目光所了解的，就是过去，就是已经存在的事实；并以他那颗狂野的心追随过去，而没有别的。不管以什么方式旅行和斗争，而且常常摔倒，他都仍然是兄弟。不要恨他，你不能恨他！透过这黯淡的土壤闪光，时而取得辉煌的胜利，而斗争也经常被遮掩，但天才之光就在这个人身上闪耀；那永远不是卑贱的和令人仇恨的；充其量是令人哀叹的，可爱得令人惋惜。他们说他野心勃勃，说

照片:里施基斯收藏馆

**卡莱尔在彻西区的住宅(欣尼街5号,现在的24号)**

从1834年开始,卡莱尔一直住在这栋房子里,直到去世,现在这处旧房子成了这位圣人的所有仰慕者的朝圣地。

**托马斯·卡莱尔在埃克尔费亨的墓地**

**克雷干帕托克**

简·威尔士在邓弗里斯高沼地中的小房产。与其业主简结婚之后,卡莱尔在这里居住了六年。

他想当首相。这大多是对的。难道他不是与首相一样出色的法国人吗?不单是虚荣,不单是傲慢,绝不是!在这颗伟大的心灵里是热烈喷发的感情;是刺眼的闪电,和温柔怜悯的露珠。

卡莱尔宣扬工作学说。"谁找到了自己的工作,谁就有福气;他不用再期待其他福气了。"他预言有一天人们将无工作可做,那时人们"就会觉得出现在太阳系的这个角落里已经没有什么意思了"。足够的工作意味着锻炼,而本质上一直属于普鲁士人的卡莱尔赞成强迫兵役,这不仅是保护,而且是国民训练。如果不记得卡莱尔在文化和成见上明显具有德国特性的话,你就没有理解他。显然他是德国的精神之子,博学、不知疲倦、思想深邃。

维多利亚时代的英格兰确实是亲德的。当然，这主要是由于维多利亚女王和女王丈夫的影响。但卡莱尔也是主要的原因。他对同时代人的影响比维多利亚时代任何作家的影响都要大。拉斯金是他的学生，而且，每一个理性的年轻人都受到他的影响。伟大的作家对历史的发展趋势都产生了巨大影响，而卡莱尔无疑是19世纪的重要人物之一。正如切斯特顿先生所说："他告诉英国人他们是日耳曼人，他们是北欧海盗，他们是讲究实际的政治家——这些都是他们愿意听别人说他们是的，但他们却不是。"卡莱尔的缺点是把事情看得过于认真，怨恨和凶恶只不过表明了他强烈的怜悯之情。

卡莱尔的风格完全是他自己独有的。有思想要表达的伟大艺术家总是创造出最好的方式来表达它。卡莱尔使用的英语没有任何其他人使用过，这是一种日耳曼化了的英语，一种他从德国人那里学到的英语。但他不能用任何其他语言来表达自己的思想。

圣茨伯利教授这样形容他的风格：

> 它的特色，如几乎所有伟大风格的特色一样，部分明显，部分晦涩，或者完全难以捉摸，即使进行了最敏锐、最锲而不舍的观察。最低级的是机械方法，大写的字母——当然是一种古老习惯的再度流行——斜体、破折号和其他有助于印刷的手段。接下来可能就是与语法有关的一些速记技巧——省略连词、代词，一般说来所有词类，都可以严格地根据读者是否能理解的状况加以省略，省略它们会让整体具有效力、别具一格，把重点放在剩下的那些词语上。接下来更高级的就是外国的，尤其是德国的句法结构，长长的复合形容词、不寻常的比较级和最高级，比如"beautifuller"①，大量使用独特的英语用法，正如人们略带夸张地评论的，根据那种用法每个动词都可以用作名词，每个名词都可以用作动词，还有一些由真正的新词和生造词混合而成的词，如"凡夫俗子"②，但这样的词不是很多。算不上用机械的技巧来安排词语的顺序、从句的并列、短语的节奏和韵律，所有这些都可以构成肯定的风格。而除此之外，还有那难以描述的部分，总是存在着一个难以分析的部分。

在考虑到他是作家时，比勒尔先生说：

> 他就像家乡的一股溪流，有时被困在巨石之中，折腾成泡沫，然后顺着某个悬崖逃了出来，在下面扩展成冰凉的大片水面；但不管它的命运怎么样——不管它的改变多么惊人——它总是在流动，总是与周围的景色和谐一致。它是忧郁的吗？它具有雷云的忧郁。它是明亮的吗？它具有太阳的光辉。

---

① 英语中"beautiful"的比较级为"more beautiful"，而不是在形容词后加"er"的形式。——译注
② 凡夫俗子：卡莱尔使用的英文是"Gigmanity"。——译注

# 第二节

## 《法国大革命》

《法国大革命》是卡莱尔的杰作。故事逼真鲜活，具有戏剧性，讲述得极为精彩、生动。卡莱尔把历史变成了活生生的现实。他具有描写人物的天赋。罗伯斯庇尔"坚强无私地献身于某一理想"；丹东"英勇无比"；巴拉斯"火急火燎"；马拉（顺便说一下，他对他的评判完全错了）"不幸的是，道德败坏"。卡莱尔在其中一章里描写了夏洛特·科尔黛刺死马拉以及她在革命广场被处决的情景，这一章的结尾也许是《法国大革命》中最精彩的一段。

这部历史包括了许多精彩片段——比如袭击巴士底狱，描绘凡尔赛举行的不幸宴会——但却被指责有时稍欠公允。圣茨伯利教授说，卡莱尔"几乎可以说是第一位按照小说家的方式将历史人物'实际'展现出来，但事实具有局限性。换句话说，他就像很久之前的莎士比亚、像他所处时代的司各特创作戏剧和浪漫作品一样撰写历史，虽然他派给想象的任务不是创造，而是重新安排那些细节，使其栩栩如生"。

《法国大革命》是卡莱尔刚住在伦敦时写成的，如他自己所说的，是"孤注一掷"。他把第一卷手稿拿给穆勒读，穆勒没有得到卡莱尔的允许，就把手稿拿给了泰勒夫人，卡莱尔形容她"脸色苍白，充满热情，看起来有些忧伤，是一个活生生的浪漫故事中的女主角，她具有保皇党人的意志，命运令人怀疑"。而手稿意外地被泰勒夫人的仆人烧掉了！卡莱尔没有保留笔记，因此不得不重新开始创作。他一直认为第一个版本是最好的，但卡莱尔夫人更喜欢第二个版本。"它稍欠活泼，"她说，"但构思和组织都比较好。"

正如弗劳德所说，卡莱尔具有这样的特殊才能："让失去生命的东西和人复生；让过去再次成为现在，向我们展现与真人一样有血有肉的男男女女在人类舞台上扮演自己的角色，他赋予他们的每个特征都证明是真实的，就连最琐碎的小事也不是虚构出来的，结果这些人物就像莎士比亚笔下的人物一样栩栩如生。"

这是一种新的历史，一种栩栩如生的、具有戏剧性的、幽灵般的东西，极具说服力，包括了卡莱尔的全部学说。

"这一风格，"弗劳德说，"让别人感到苦恼，而他自己在构思时，也感到苦恼，而要表达常常像火山一样喷发的思想，这也许是最好的方式；但它不和谐，粗糙，粗暴。"

对于从这样一个角度写的书，没有为它准备"读众"。它问世时两派的党羽都被触怒了。对于那些只想消遣而不费神思考的读众而言，这本书没什么吸引力，直到他们从别人那里了解到它的优点。但对于那些少数精英读者来说，

第三十四章 伟大的维多利亚人：卡莱尔、麦考利、拉斯金

照片：里施基斯收藏馆

《攻占巴士底狱》（H. 辛格尔顿）

1789 年 7 月 12 日晚，巴黎人民包围了阴森恐怖的巴士底狱，正如卡莱尔在他那部著名的《法国大革命》中写道的："要想描述这次围攻，也许是人力所不能及的。经过四个小时的大骚乱之后，它投降了。巴士底狱倒了。"

对于那些自己有眼睛看、足够果断地判断一个活生生的人什么时候在向他们说话的人来说，对于那些有真才实学、因此能够赏识并愉快地接受才学的人来说，不管他们赞不赞同作者的观点，他们一眼就看到了《法国大革命》的高质量，因此，一些受世人景仰的人立刻对卡莱尔产生了敬慕之情，认为他具有非凡的才华；也许是他们所有人中最杰出的。不管走到哪里，狄更斯都随身携带这本书。骚塞读了六遍以上。萨克雷充满热情地评论它。就连杰弗里也大方地承认，在他自己预言必然会失败的那些句子中卡莱尔取得了成功。正统的政治哲学家麦考利、哈勒姆、布鲁厄姆，虽然他们意识到卡莱尔是在谴责他们自己的观点，虽然他们本能地感觉到他是他们最危险的敌人，但却不能再轻视他。他们以及其他人不得不承认一颗新星已经冉冉升起，它也许有害，有不祥的一面，但却是英国文学中最璀璨的一颗星。

当然，人们从各个角度对卡莱尔的《法国大革命》进行辩论和批评。G. K. 切斯特顿说卡莱尔是世界上最优秀的作家之一，然后这样总结了《法国大革命》的观点：

他从没有很清楚地想到为什么要问雪莱在雪莱的宇宙中占有怎样的地位，或罗伯斯庇尔在罗伯斯庇尔的宇宙中占有怎样的地位。他觉得没这个必要，因此他从没研究过，没有真正听过雪莱的哲学或罗伯斯庇尔的哲学。这里，差不多绕了一个大圈子后，我们看到了卡莱尔的历史领域里存在一个严重的不足，即他没有认识到理论以及其他理论在人类事务中具有的重要性。……

就其本身而言，法国大革命就是这个样子；但只是就其本身而言。法国大革命突然从可怕的人类灵魂——沉睡了那么多个世纪——的沉睡中惊醒；卡莱尔非常欣赏这一点，比起任何一位人类历史学家来，他对其进行的描述都要更有力、更可怕，因为下面的这一观点是卡莱尔自己的哲学理论的一部分——即人类的灵魂冲破信条，重新建立在基本原则之上——因此他明白这一点。但正如我所说，他从未费神去理解别人的哲学理论。他没有认识到关于法国大革命的另一个事实——那就是它不仅是一次疯狂的爆发，还是一场重大的学说运动。卡莱尔的《法国大革命》尽力要成为优美、精确的历史，实际上确乎如此，但从头至尾几乎没有迹象表明他把握了作为法国革命者指明的道德和政治理论，这是非常令人惊讶的。他不一定要赞同这些理论，但他有必要对它们感兴趣；不，为了能写出关于它们发展的完美历史，他必须要欣赏它们。真正公正的历史学家并不是对历史斗争的两方都不热心的人。

## 《拼凑的裁缝》

在某些方面，《拼凑的裁缝》是卡莱尔的作品中最具日耳曼特性的。卡莱尔以一位博学、古怪的德国教授托尔夫斯德吕克就衣服而写的论文为形式，苦心想出一套关于工作、坚持和蔑视人们所谓的幸福（happiness）的信条。幸福与"有福（blessedness）"不同，它是探索真理、履行责任后获得的回报。其风格是一种方言，只有卡莱尔自己才能创造出来，没有哪一位作家能够有把握地模仿它；这种风格完全是他自己特有的，不可能用任何其他风格来表达他的意思，这是事实。书中有些片段阴郁、精彩，现代散文无法与之媲美。第三章中对夜晚的精彩描写就是如此：

"我亲爱的朋友！"有一次他子夜从咖啡馆回来，相当诚挚地说："住在这里真庄严高尚！灯火的流苏，在千万人吐出的烟雾中摇曳，有人揣摩从古以来夜的统治，牧羊座领着猎犬（套着恒星之皮带）走过天顶时想什么呢？路上行人车辆已经散去，午夜的嘈杂声沉寂下来；虚荣的四轮游览马车依然穿梭于远处的街道，把虚荣载向庇护所，到恰当的表演场所停下。只有罪恶和不幸，暗中到处觅食，像夜出活动的鸟那样呻吟。我说，那种嘈杂，就像生活不安的人睡眠打鼾一样，在天堂里都可听到！在那可怕的蒸气下面，在那弥漫着腐烂味道、难以想象的气体下面,有一口躁动的即将沸腾的巨桶!有人得意洋洋,有人心事重重,有人奄奄一息,有人初降人世;有人在祈祷,一墙之隔的另一面有人在诅咒;空虚之夜就在他们的周围。骄傲的大人物仍逗留在香气四溢的客厅里,或小憩在淡红色的幔帐后。可怜的人蜷缩在低矮的床上,饥饿的人在茅草棚中战栗;昏暗的地下室里倦怠的赌博向落魄饥饿的坏蛋发布命运之声;而此时,国家大臣正在密谋计划,激烈地下着象棋,其中的卒子是人。情妇悄悄告诉情人马车已经备好;她满怀希望与恐惧,偷偷溜下来,和情夫私奔到另一个国家。窃贼更蹑手蹑脚,拿起撬锁工具和撬棍,或者潜伏进来,等岗亭内响起守夜人初次鼾声就下手。豪宅有夜宵室,有舞厅,灯火通明,歌舞升平,欲望急剧膨胀;但在死囚牢里,生命的脉搏在无力地颤动,布满血丝的双眼望穿周围和牢内的黑暗,等待最后一个严峻的晨光。明天有六个人要被绞死,断头台那儿怎么没有了敲击声?——绞刑架现在必定已经备好。我们周围平卧着五十多万没有羽毛的两条腿动物。他们都戴着睡帽,头脑中装满最荒诞不经的美梦。骚动高声叫喊,在无耻而恶臭的窝里,摇摇晃晃,虚张声势。头发飘动着的母亲,跪在她奄奄一息、面无血色的婴儿旁,现在只用泪水润润婴儿干裂的双唇。所有这一切堆积蜷缩在一起,中间只隔一点点木工、瓦工——他们挤在一起,就像木桶中的咸鱼。我要说,这些就像一窝被驯顺的埃及毒蛇在翻滚,拼命把自己的头抬高在别的头之上。——这样的活动,都是在那烟雾的笼罩下进行的。而我,我的价值,超越所有这一切,我孤独地与星星在一起。"①

在《过去与现在》中,卡莱尔描写了17世纪,向我们展现了一幅精彩的关于17世纪的想象画卷,很像威廉·莫里斯描写的中世纪。对他而言,那是黄金时代。"在我们的世界上,英国的清教主义是其最后显现,在所有那些从我们现在的时代看待它的人看来,它非常伟大,非常辉煌,也足够悲惨。"他崇拜清教精神,相信只有回到严格守纪的清教主义才能得到拯救,这些在他的《克伦威尔书信》中有很好的表达:

> 奥利佛走了,随他而去的还有清教主义,这是这个人一手辛勤地建造起来的,使神奇地照亮了自己的世纪、并为所有世纪所铭记的一件事很快就消失了。清教主义无头,无王,没有政府;陷入流动、自我冲突之中;匕首深深地刺进无政府;国王,清教信仰的守护者,现已无处寻找;剩下的只有去回忆那被罢黜的老守护者,他留下的四件白色法衣,二百多年的虚伪,而我们要尽量忍耐这一切。英国的天才不再凌空吼叫了,不再蔑视世界了,如同暴风雨中的雄鹰,"喵喵地叫着她强壮的青春",这是约翰·弥尔顿亲眼所见:英国的天才,像贪

---

① [英]托马斯·卡莱尔著,马秋武、冯卉等译:《拼凑的裁缝》,桂林,广西师范大学出版社,2004年,第21—22页。译文略有改动。

婪的鸵鸟觊觎饲料和整张皮,把另一端翘向天空,而头则深深扎进最现成的树丛,教堂里的黑色圣带,国王的斗篷,或可能有的其他"遮掩性的假象",于是等待着结局。结局是缓慢的,但现在看来是不可避免的了。执意获得尘世饲料、把头扎进假象之中的鸵鸟终有一天会醒来——以可怕的归纳方式,如果不是相反的话!——在事情发展到那一地步之前醒来:神和人都要求我们醒来!父辈的声音,以数千种严厉的忠告,要求我们醒来。

《腓特烈大帝》是一部极为卓越的作品。他创作这本书时极为风趣。在腓特烈大帝这个人物身上,尤其是在他父亲这个人物身上,卡莱尔刻画了理想中的强者、理想中的统治者——专制而仁慈,但这现在已经不流行了。这部作品太精彩了,以至于现在的读者无法完全体会到它的精彩。

弗劳德告诉我们,卡莱尔觉得科学不怎么样——"各种各样的事实对他而言都是神圣的";他酷爱的是真理和正义。但是因为他受的是福音派新教的训练,而且深信维多利亚时代信仰的基本原则是真实的,因此他几乎惊慌地关注着围绕达尔文物种变化理论展开的争论。"他与之斗争,"弗劳德说,"虽然我看得出来他害怕那可能会是真的。"

卡莱尔没有耐心。他丧失了正统的信仰,但他并不赞同异端或是自由神学家。弗劳德告诉我们,有一天他在公园里经过斯坦利教长身边时说:"斯坦利往那儿走了,在英国国教底部穿了个洞。"

卡莱尔的信条,还有他表达信条的方式,总会对不同的人产生不同的影响。他的训诫决不是西奈山①上的训诫,也不是八福山②上的宝训,这样说是恰当的。"在他的《圣经》中没有《新约》。"他曾被比作"丧失了自己信条的加尔文教徒"。金斯利将他比作古代的希伯来先知,到君主和乞丐那里说:"如果你这样做或那样做你将来就会下地狱,不是那些神父们所说的地狱,而是这个世界上的地狱。"拉斯金深受卡莱尔的影响,并且承认他那有力的思想深深影响了自己的思想,而如果要概括一下他的先知人物,他只能说"他住在云中,被闪电击中了"。在卡莱尔的风格中,已经故去的莫利勋爵看到了变得更加阳刚的拜伦风格:"这是有着肌腱、低沉的声音和毛茸茸的胸膛的拜伦风格。"

## 第三节 托马斯·巴宾顿·麦考利

麦考利是所有英国历史学家中最受欢迎的一位,这是因为他的风格清晰,以及他的评论家可能会提到的,他靠歪曲事实来证明他观点的正确性和可信性。

麦考利生于 1800 年。他在非常严格的信仰福音派新教的家庭里长大,父亲是扎

---

① 西奈半岛中南部一座山峰,被认为是《旧约全书》中摩西接受上帝十诫的地方。——译注
② 耶稣曾在此颁登山宝训,讲述八福——八种真正有福的人,而将此山取名为八福山。——译注

# 第三十四章
## 伟大的维多利亚人：卡莱尔、麦考利、拉斯金

照片：里施基斯收藏馆

**麦考利爵士**

*著名的历史学家和散文家。*

卡里·麦考利，为解放奴隶做出了努力，因此被人们铭记。在各种私立学校学习了一段时间后，年轻的麦考利进入了剑桥大学的三一学院。他不是数学家，但在古典文学方面最优秀，后来成为三一学院的研究员。他还获得了律师资格，但从未认真地想过要执业，而更喜欢投身于文学和政治。他的一生是一连串的成功。25岁时，他在《爱丁堡评论》上发表了关于弥尔顿的文章，开始了批评生涯。1830年他进入国会，凭他支持《改革法案》的几次演说很快声名鹊起。作为对政治服务的回报，他被任命为印度最高理事会的司法成员，从1834年到1838年住在印度。回到英国后他再次进入国会，连续担任了两届内阁职务。1857年他被提升为贵族，1859年去世。

任何人都不可能公正地撰写历史。对实际情况的展现必然会受到作者观点的影响。麦考利从不自称自己没有党派性，这是他的优点。他是辉格党党员。在他看来，让詹姆斯二世丢掉王位、让荷兰的威廉成为英国国王的革命是我们历史上最有益的一件事。他的《英国史》是从詹姆斯二世即位开始写的，从未完成，是一部长篇巨著，对历史学家具有的政治原则进行了高度赞扬。麦考利显然是诚实的，他不需要点染、曲解或是推测。在他看来，好就非常非常好，邪恶就非常非常邪恶。他具有如此强烈的党性，因此是个不可靠的向导，却是个富有启迪性的伙伴，而且，毫无疑问，他的《英国史》具

有极强的可读性,有时令人兴奋。那些偶发的思考常常是睿智的、发人深思的。下面这一段很典型。在读这段文字时,读者要记得麦考利在印度有过作为统治种族的体验。

> 一个统治种族的成员与被统治种族的交往实际上很少是欺骗性的,因为欺骗是弱势民族的手段,而统治种族则专横、傲慢、残忍。另一方面,对待同胞,他的行为一般是正当的、仁慈的,甚至是高尚的。他的自尊导致他尊重所有属于自己阶层的人。他的兴趣迫使他去很好地理解他们,他们即兴的、有力的、勇敢的帮助可能随时会有助于保护他的财产和生命。他心中永远不忘的一个事实是,他自己的利益依赖于他所属的那个阶级的上升。因此,他的自私自利升华为公共精神;而这个公共精神是受同情心、渴望得到称赞的欲望和对污名的恐惧激发而成为炽烈的热情。他唯一珍重的意见就是同胞的意见;而在他们看来,献身于公共事业才是最神圣的职责。如此形成的性格具有两个方面。从一方面看,每一个心理构造坚实的人都必然不以为然。而从另一方面看,它不可抗拒地强求人们的赞扬。斯巴达人肆意攻击和践踏苦难的希洛人,令我们反感。但同一个斯巴达人,在温泉关明知是他的末日,还镇定地梳理自己的头发,说着简洁的笑话,却不能不令人钦佩。对一个肤浅的观察者来说,同一个人身上既体现了善,又体现了恶,这似乎很奇怪。而实际上,善恶乍看起来似乎水火不相容,但实际上是密切相关的,而且是同源的。这是因为斯巴达人从小就接受自尊的教育,自视为一个主人的种族,把所有非斯巴达人视为低级种族,对跪在面前的苦难农奴没有同情心;哪怕在最极端的时刻,他也从来没有想过屈服于外来的主人,或在敌人面前畏惧怯懦。

## 《随笔》

作为一位散文家,麦考利极为优秀。在英国,他的《随笔》是拥有读者最多的六部英语作品之一。随笔的范围非常广泛,涉及的话题包括文学、传记和历史。作为文学评论家,他远远不如柯勒律治、德·昆西和马修·阿诺德这些人。他可以绝对无误地区别开好的与坏的诗歌或散文;他的评价总是像神谕一般,而且都是合理的。而当要给出那些评价的理由时,他就令人悲叹地力不从心了。就自己的散文风格而言,可以肯定地断言没有比之更卓越的了。就讲故事的技巧而言,没有人能超越他——当然所有的历史作品都要根据这一标准来进行评价!他就像水晶一样透明,短句构成了结构严谨的段落,它们的力量慢慢积累,向前推进,直到最后有了必然的结尾。他是精通修辞的超级大师,极热衷于绚丽浮华,对戏剧性效果眼光独到。他的风格含有大量的打趣和讽刺;但反语很少,也许没有可被称为崇高的东西。没有哪一位作家曾如此尽情地使用大量的例证和典故。为了提供这些例证和典故,全部文学和全部历史,从伯里克利和柏拉图一直到基佐和司各特,都被彻底搜索了一遍;它们是从最崇高的论文到最不可信的戏剧中选取的。

25岁时,他那篇关于弥尔顿的著名文章发表在《爱丁堡评论》上——他的所有其他文章也都发表在那份杂志上。《弥尔顿》一文就像年轻人的初作,博学、有力、做作,如文章临近结尾时他写道:

> 我们可以想象那种屏住呼吸的沉默,我们应该倾听他那声音最微弱的词,以万分的敬仰跪下来吻他的手,拉着它哭泣,十分真诚地安慰他,如果这样一个人需要安慰的话,因为这个时代忽视了他的才华和美德,我们应该同样热切地与他的女儿们、或与他的贵格会教徒朋友埃尔伍德竞争,为他读荷马的作品,或记录从口中喷涌而出的不朽声音。

这当然是演讲,而且还是不太真诚的演讲。

这些随笔可分为关于英国历史和外国历史的随笔,政治随笔和文学随笔。所有这些文章中都有一个特点,如果是在一个二三流人物那里,可能就会被说成是为了有力而酷爱有力,再加上过分自信。因此,在一篇关于华伦·黑斯廷斯的随笔中,他把一个叫约翰·威廉的人说成是"卑鄙恶毒的乡下佬",在把自己的批评才华浪费在那位可怜的诗人罗伯特·蒙哥马利身上时他写道:

> 我们对罗伯特·蒙哥马利先生没有敌意。除了从他的书中,从其中一本书前面附带的画像中所看到的之外,我们对他一无所知。在画像中,他似乎竭力想让自己看起来像是一个有天才、有鉴赏力的人,虽然他的努力并没有产生应有的效果。我们选择了他,是因为就我们所知,比起最近三四年内出现的任何作品来,他的作品得到了更多的热情赞赏,而实际上应该得到更多的纯粹蔑视。他的作品与诗歌的关系就仿佛土耳其地毯与绘画的关系。

在文学随笔中,麦考利对《天路历程》的精彩赞美写得最好。如下面这段著名的文字:

> 那本绝妙的书,在赢得了最吹毛求疵的批评家的赞赏的同时,也受到了头脑太简单以至于没有能力欣赏的人的喜爱。只做一些零散研究的约翰逊博士自称不愿意把整本书读完,在读《天路历程》时也破了例。他希望再长一点的两三部作品当中就有那本书。文盲秘书[①]从最考究的批评家和最顽固的托利党人口中撷取这番赞美,这绝不是共同价值的问题。在苏格兰最野蛮的地方,《天路历程》深受农民的欢迎。在每一个幼儿园,《天路历程》都比《巨人杀手杰克》更为孩子们所喜爱。每一个读者都熟悉那条又直又窄的路,也熟悉他往返上百

---

[①] 指班扬。——译注

次的一条路。把现实并不存在的东西写成了仿佛已经存在过的东西，一个人的想象竟然变成了另一个人的个人记忆，这才是最伟大的天才创造的奇迹。而这个奇迹是一个白铁匠创造的。

在一篇论穆尔的《拜伦传》的随笔中，他把伟大文学与生活之间的密切关系呈现出来，他说：

> 自第一批[诗歌]杰作问世以来，这个世界上可变的一切都发生了变化。文明失而复得，循环往复。宗教和语言，政府的形式，私人生活的惯例，以及思维方式，都已经历了一系列革命。一切都已过去，但自然的伟大特征，人的心灵，艺术的奇迹，仍然没有改变，艺术仍然反映人的心灵和自然的奇景。这两首非比寻常的旧诗，九十代人的奇观，仍然葆有其全部的鲜活性。它们仍然赢得许多民族和时代的具有丰厚文学底蕴之人的爱戴。即便是糟糕的译文也仍然能给学生带来愉悦。由于经历了数万种多变的方式幸存下来，由于目睹了一连串批评方式的逐一陈旧和废弃，它们仍然与我们同在，仍然与不朽的真理永存，仍然为英国学者所细读，如同最初在爱奥尼亚王子的宴会上演唱一样。

在马修·阿诺德眼中，麦考利及其坚持的常识成了庸俗的化身，他嘲笑他的诗歌，但圣茨伯利教授公正地说麦考利的诗歌是"为大众而写的。……但仍是诗歌；有些人没有看出它具有诗歌的特征，这表明他们的诗歌温度计在精度和范围上存在着不足"。《古罗马方位》的读者可能比其他任何英语诗集的读者都要多。"甚至托斯卡纳人的行业也不能使祖先高兴"这句话已经成为新闻工作者的陈词滥调，而且在两代人的时间里，公众集会都会由于下面的诗句而群情激忿：

> 而没有人支持政党；
> 　所有人都支持国家；
> 大人物帮助穷人；
> 穷人热爱大人物：
> 土地得以公平分配；
> 战利品公平出售：
> 在那些勇敢的日子里
> 罗马人情同手足。

这无疑是明显的，但麦考利从未假装深奥。他是为大众创作民谣，而现在的流行民谣几乎没有比《贺雷修斯》[①]的最后两节更有力、更优美的了：

---

[①] 贺雷修斯(Horatius)：古罗马的一位英雄，他曾把守台伯河上的一座桥让伊特鲁里亚的军队通过。——译注

# 第三十四章
## 伟大的维多利亚人：卡莱尔、麦考利、拉斯金

承蒙威廉姆斯和诺加特出版社各位先生惠允，复印自其出版的《古罗马方位》

**《贺雷修斯与亚斯图》**（诺曼·奥尔特）

> 月亮大神
> 随那致命的一击坠落，
> 坠落在阿尔佛努斯山
> 一棵雷击的橡树。
>
> ——麦考利爵士，《贺雷修斯》

当最陈的酒桶打开，
　　　　最大的油灯捻亮；
　　当栗子在炉火中闪光
　　　　孩子们打开烤肉箱；
　　当老人和青年围坐一团
　　　　在篝火边亲密无间；
　　当姑娘们编织筐篮，
　　　　男孩子制作弓箭；

　　当好男人修补盔甲
　　　　把头盔上羽毛修剪；
　　当好女人快活地织梭
　　　　在织布机中飞快闪烁；
　　伴随着笑声，伴随着哭泣
　　　　那故事仍然在讲述，
　　在那古老勇敢的日子里
　　　　贺雷修斯如何坚守桥头。

## 第四节　詹姆斯·安东尼·弗劳德

　　詹姆斯·安东尼·弗劳德生于1818年，卒于1894年。如吉本一样，他在威斯敏斯特受教育，从那里进入牛津大学的奥列尔学院。那时，纽曼正处于优势地位，弗劳德被这位伟大导师的魅力所慑服。实际上，他首次尝试创作的文学作品就是为纽曼主编的《英国圣徒传》系列所写的《圣·尼奥特传》。然而，他很快就与牛津运动分道扬镳；在后来的生活中，在反对正统信仰——尤其是英国天主教——的活动中，他起到了重要积极的作用。他的宗教观点在1849年发表的自传《信仰的报应》中有所交代。他把中年岁月投入到了研究和写作中，首先在北威尔士的南特·格温南特，后来到了比德福德。他去过许多殖民地；编辑《弗雷泽杂志》；在生命的最后岁月里，他担任了牛津大学现代史钦定讲座教授。弗劳德一生中最重要的事件就是与卡莱尔结下的友谊，他非常崇敬卡莱尔，就好比信徒崇敬受神灵启示的先知一样。他成为卡莱尔唯一的遗稿管理人和最好的传记作家，但他公开了老师的私生活，因此也帮了倒忙。

　　弗劳德的作品卷帙浩繁，多种多样。最野心勃勃的就是《从沃尔西失势到西班牙无敌舰队战败的英国史》，由十二卷组成。虽然它开始于一段统治时期的中期，结束

《詹姆斯·安东尼·弗劳德》(J. 爱德华·古多尔)
历史学家,卡莱尔的朋友兼传记作者。

照片:里施基斯收藏馆

于另一段统治时期的中期,但具有真正的统一性;因其目的是讲述本世纪国王与罗马教皇之间的斗争史,最终国王取得了胜利。

弗劳德是个热情的党派分子,具有无与伦比的雄辩才能,并充分利用这份才能为亨利八世和新教领导者进行辩护,诋毁天主教徒。弗劳德具有令人叹为观止的文学才能,对此没有质疑。作为一位讲故事的人他堪与麦考利媲美。他完全了解舞台效果,所描绘的画面极其生动。他的散文自然、纯粹,同时又有大量的生动细节。在作品中,无疑有一些片段能为他在英语散文的杰出大师中赢得一席之地,超过了吉本,或麦考利,甚或卡莱尔。

短篇的引用很难对弗劳德做出任何公正的评价,因为他的优点在于连续叙述。然而下面一段文字将会让读者对他的散文之美和戏剧性特征有所了解,正是这些特征使他的所有作品极具魅力。

> 许多世纪以来,在这个星球上已经看不到令人瞩目的景观了——也许自路德站在罗马检察官面前的时候起就再没有更令人瞩目的景观了。在那个高台上坐着统治半个世界的君主。他的两边站着大主教,朝中重臣,帝国的王子,他们聚集在这里是为了听证和审判一个穷苦矿工的儿子,他现在已经声闻遐迩了。整个大厅挤满了骑士和贵族——面孔严峻身穿黯淡盔甲的人们。路德身穿褐色礼服,由两队士兵挟持前行。人们看他的目光不都是友好的。德国信条的第一

条就是相信勇气。德国与罗马教皇世代为敌，因此，当一个乡下人被满嘴络腮胡子的意大利牧师逮住之后，他们感到不无骄傲。他们内部决定，不管结果如何，审判都应该是公正的。他们半欣赏半蔑视地看着。当路德走过大厅的时候，一支钢矛触在了他那带着铁套的肩膀上。"振作起来，小僧人，"那人说，"我们这里有些人已经看到我们时代的温暖的工作，但是，我保证，我和这里的任何一个骑士都不像你那样需要一颗健壮的心。如果你坚信你的这些教义，小僧人，那就继续以上帝的名义相信吧。""是的，以上帝的名义，"路德把头向后甩了甩说，"以上帝的名义，前进！"

维多利亚时代其他著名历史学家中，有亨利·哈勒姆，著有《英国宪法史》，他是一个不太可靠的辉格党人；爱德华·弗里曼，著有巨作《诺曼征服史》，他是一位谨慎的、缺乏想象力的学者；塞缪尔·罗森·伽德纳，其不偏不倚已危险地近乎无趣；约翰·理查德·格林，著有《英国人简史》，系统总结了英国民族的历史；亚历山大·金雷克著有《克里米亚战争史》，他是一位才华横溢的作者。

## 第五节　约翰·亨利·纽曼

显然，本书对大量维多利亚时代创作出的哲学、宗教和科学作品的关注是次要的。然而，就像拉斯金和卡莱尔两人都是天才哲学家和作家一样，约翰·亨利·纽曼也既是宗教教师和辩论家，又是杰出的文学艺术家。他从高中进入牛津大学三一学院，1828年到圣玛丽教堂任职，在任职的十五年中，牛津运动拉开了序幕，纽曼、皮由兹和赫里尔·弗劳德为《纽约时报》撰写的著名小册子发表。纽曼自己就是XC小册子的作者，宣称英国国教是天主教而不是新教。小册子发表两年后，纽曼加入了罗马天主教，引用迪斯累里的话说，英国国教"被吓得晕头转向"。纽曼1890年去世。他晚年的大部分时间都是在伯明翰讲道场度过的，他的时间都用在了写作、激烈的宗教论战上。他天性腼腆、敏感，肯定非常讨厌这样的论战。1879年他被任命为枢机主教。

纽曼的作品包括诗歌、布道文、历史和神学文章，还有辩论文。他最出名的散文作品是1852年的《关于大学的设想》，1870年的《顺从的要义》，还有更重要的《为我的一生辩护》，这是1864年为回应查尔斯·金斯利对他的猛烈攻击而作的。他的散文极为明晰、有力，对那些根本不赞同作者观点的读者具有吸引力。下面的一段文字选自《为我的一生辩护》，是展现纽曼游刃有余地驾驭词语的范例：

考虑到世界的长度和广度，其不同的历史，诸多的种族，各种族的起源、命运、相互疏远及其冲突；然后考虑到他们的生活方式、其政府、其崇拜形式；

**约翰·H. 纽曼**

牛津运动的领导者,罗马教堂的红衣主教,杰出的诗人和散文大师。

照片:里施基斯收藏馆

**《杰隆提亚斯之梦》(斯特拉·朗达尔)**

天使:"……那景象或灵魂看见的景象,仿佛借一道电光,将来到你身旁……"
——红衣主教约翰·亨利·纽曼

承蒙约翰·连恩,包德利·海德出版有限公司的各位先生惠允使用,复印自其出版的《杰隆提亚斯之梦》

然后再考虑他们的事业、其漫无目的的旅行、其任意获得的成就，关于悠久的事实是指挥一切的规划的微弱零碎的标志这一无力结论，结果证明是伟大力量或真理的盲目演变，事物仿佛由于非理性因素而非趋于终极原因的进步，人的伟大和渺小，其远大目标，其短暂延续，其未来上面覆盖的帘幕，生活的失意，善的失败，恶的成功，身体痛苦，精神极度痛苦，罪孽的流行和强度，弥漫的偶像崇拜，堕落，可怕无望的无信仰，使徒的话，"由于没有希望，世界上没有上帝"如此可怕而准确地描绘了整个种族的状况——所有这些是一个令人头晕目眩的、震惊的幻景；给心灵一种深切的神秘感，而这绝对是人类所无法解决的。

作为一位诗人，纽曼因《里德，仁慈的骑士》而知名和受读者爱戴。《里德，仁慈的骑士》是1833年他在从西西里回家途中创作的颂歌。他发表了四部诗集。R.H.赫顿称他早期的诗歌"轮廓壮观，品味纯粹，整体效果光芒四射，因此无与伦比"；但在60岁时创作的《杰隆提亚斯之梦》中，他的诗歌天才得到了完美的表现。《杰隆提亚斯之梦》讲的是纽曼自己梦到心灵从这个世界到了炼狱。他自己不重视这首诗，把它放在了文件格里，然后就完全忘记了，它首先发表在罗马天主教的杂志《月刊》上，这是偶然的。《杰隆提亚斯之梦》曾被比作但丁的《神曲》，虽然它较短一些，也不如后者重要。亚历山大·怀特博士曾说："《杰隆提亚斯之梦》是由纽曼凿出来、放在他一生的文学和宗教作品之上的真正的盖顶石。如果但丁自己创作了《杰隆提亚斯之梦》，以此作为悼念某位深爱的朋友去世的挽歌，人们会认为这完全是其杰出天才创作出的典型作品，会普遍接受它，它会是一颗完全适合他那无价桂冠的宝石。就庄严、崇高、神圣的力量而言，除了《炼狱篇》和《天堂篇》之外，根本没有堪与《杰隆提亚斯之梦》媲美的类似作品。每一个生前读到这首诗的人都应该将其熟记在心。"

《杰隆提亚斯之梦》包括那首著名的《赞天堂的至圣者》，其中最精彩的也许是天使向死去的杰隆提亚斯说明情况的诗句：

> 一个离开身体的灵魂，你有权
> 除了自己之外不和别人交谈；
> 可是啊，惟恐如此严酷的孤独
> 压碎你的身体，仁慈地赐予你
> 一些低级的感知手段，
> 在你看来仿佛通过各种渠道
> 通过耳朵、神经或腭所获得的，已经逝去。
> 你在梦中被包裹、捆绑，
> 真实的梦，然而是难解的谜；
> 因为你除了通过这些象征，

不会理解与你所处状态相关的事物。

"你在梦中被包裹、捆绑",具有精彩绝伦的沉思之美。

这首诗的结尾是天使对心灵做的承诺,它被留在炼狱里待一小会儿:

> 天使们,那意愿的任务已经给予,
> 　将照顾你,哺育你,哄你入睡;
> 大地上的弥撒,天堂里的祈祷,
> 　将帮助你登上最高天的宝座。
>
> 再见了,但不是永别!亲爱的兄弟,
> 　在你悲伤的床上,要勇敢和忍耐;
> 你将很快度过这里的考验之夜,
> 　明天我将来把你唤醒。

## 第六节

### 乔治·博罗

维多利亚时代最有个性的作家之一乔治·博罗生于1803年。29岁时,乔治·博罗已经表现出两种主要特征——酷爱流浪及外语才能。父亲是西诺福克民兵组织中的军士长,他在童年时曾随父亲的兵团到英国各处征集新兵,同拿破仑作战。

战后西诺福克民兵组织解散,父亲摇身变成博罗上尉,得到一笔不多的退休金,在诺里奇安顿下来。乔治在这里上了三年语法学校,然后到当地一家律师公司当订约书记员。然而,与语言的魅力相比,法律对他根本没有吸引力。他虽然不是严格意义上的语言学学者,但他有了不起的语言才能,可以掌握任何外语。

在诺里奇,他设法星期天向一个威尔士男仆学习威尔士语,用吉卜赛语跟友好的吉卜赛人交谈,在市政图书馆学习丹麦语,向一个犹太人学习希伯来语,向一个法国移民学习西班牙语和意大利语,还和威廉·泰勒一起读德语作品。泰勒是这个大教堂城市里的一个文人,聪明然而放荡不羁。

父亲于1824年去世之后,博罗去了伦敦,试图通过当雇佣文人谋生。我们可以看到他跟吉卜赛人一起闲逛,或跟白铁匠的大车到伦敦各地游历,或在法国和西班牙的大街上流浪。但1832年,一位牧师得知他有掌握语言的罕见天赋,将他这位精通数国语言的人介绍给英国及海外圣经公会的官员,他便跟孀居的母亲回到了诺里奇。

此时的难题是印制满语版本的《新约》。圣经公会委员会立即让博罗开始学习这

承蒙T.N.弗里斯出版社惠允,复印自其出版的《拉文格罗》

《阅读纽盖特监狱中的生活和审判》(埃德承蒙·J.沙利文)

"在阅读这些盗贼和扒手们的生活之时,我开始怀疑起道德和犯罪来。"

——乔治·博罗,《拉文格罗》

门鞑靼语。他的才能给他们留下了非常深刻的印象,因此,六个月后他们就派他到圣彼得堡,那里的一套印刷《马太福音》的铅字坏了。他携介绍信前往,凭此得到了俄国当局的支持。他修好并清洗了那套铅字。他与印刷工克服重重困难,而自己负责指挥印刷作业。他学会了足够的满语,可以抄写和纠正翻译、阅读校样。靠他的精力、辛劳和经营技巧,1835年8月一千册《新约》装订运送。

他一回到伦敦,工会就决定把这个成功的年轻代理人派往半岛,1835年11月他抵达里斯本。他发现经过多年内战,葡萄牙"气喘吁吁,茫然不知所措"。1836年的第一个星期,他越过边界来到西班牙,那里一场激烈的内战硝烟未停。接下来的四五年中,他都骑着马在那个充满传奇色彩的国家到处游走,分发西班牙语《圣经》和《新约》。他偶尔会享受一连串的奇遇,但这绝不是没有人身危险的。

他交了各种各样的、各种身份的朋友——拥护卡洛斯争取西班牙王位的人、走私犯、农民、犹太人、大使和流浪汉,这就是他的风格。他与西班牙首相和托莱多的大主教真诚交谈。他进了不止一所西班牙监狱。在马德里,他开了一家《圣经》商店,设法印制西班牙语版本的《新约》,巴斯克语的《福音》,还有自己为西班牙吉卜赛人翻译成吉卜赛语的《路加福音》。他给圣经公会的官员写过长长的报告,用自己生动、清晰的风格汇报这些经历。可以肯定的是,没有哪一个公会拥有这样一个更令人惊叹的报道者。

## 文学作品

1840年4月,博罗终于离开了西班牙回到伦敦。在抵达伦敦一周后,他辞别了圣经公会,娶了一位寡妇。这位寡妇有一个成年的女儿,一处小小的庄园,还有一处住宅,在洛斯托夫特附近的奥顿。他在那里安顿下来,后半生中的大部分时间都是在那里度过的。1841 年他发表了《辛卡利－西班牙吉卜赛人记实》,自称是"我的这部奇特的流浪作品"。在奥顿,他产生了一个幸运的想法,那就是用信件、报告和私人日记创作一部作品,"包括我在那个奇异的国家分发《福音》时经历的所有奇遇"。他的朋友理查德·福特,作为《圣经在西班牙》的支持者,形容这是"一部奇特的,非常奇特的混合体",将其比作《吉尔·布拉斯》与约翰·班扬的混合体。

1842 年底,这部作品由默里先生以三卷本出版,立刻大获成功。这是一个无比英勇、兴致勃勃的旅行者,他能骑马,打拳,说一些奇怪的方言——一位热爱同胞的精力充沛的作家,带着戏剧性眼光看待他们,用清晰、强有力的英语生动地描绘他们——一位传教士,他试图让人觉得与他自己的冒险经历和旅程相比,圣保罗的就相对单调乏味了。

《圣经在西班牙》之后是 1851 年发表的著名的《拉文格罗》,和 1857 年发表的《罗曼·罗依》。《拉文格罗》也许是英语中最吸引人的户外小说。读这本书的人谁不会对伊泽贝尔·伯纳斯产生敬意呢?而那个弗雷明·廷曼的搏斗是小说中最著名的、扣人心弦的互殴。

有人说博罗是"已经消失的路边的平凡的莫兰"。但他写自己的生活时——一般都在某种神秘的掩盖下——最令我们感兴趣了。当然,那生活也有自己的阴影。他经常受忧郁症和精神沮丧的折磨。他经常与朋友吵架,树敌不少。晚年,他变得失望、忧郁、沮丧,最后他孤独地离开人世。乔治·博罗从不像那个快乐战士,骑着黑色的安达卢西亚牡马、在半岛崎岖的道路上飞奔,头戴的帽子(他自己说的)上有圣经公会的徽记。

## 第七节  科学家和哲学家

要详细考查科学家和哲学家的作品,这超出了本书的范围。达尔文在维多利亚时代的科学家中独树一帜。实际上,19 世纪被称为"达尔文的世纪"。他生于 1809 年,在剑桥毕业后随"小猎犬号"航行,到南美海岸做实地调查。这次旅行的成果就是 1839 年发表的《环球航行记》。达尔文是个有钱人,从南美回来后他就在肯特郡安顿下来,一生致力于科学研究。他有关人类进化的理论是在著名的《物种起源》中开始的。

达尔文最有名的信徒就是托马斯·亨利·赫胥黎,他生于 1825 年,公认为是三或四位最有成就的英国科学家之一。赫胥黎的《生物学手册》是用一种让没有什么科学知识的读者都可以读的方式写成的。他是一位精通科学之士,也是一位文人,对生活抱有全面的兴趣。他最好的作品是《平信徒讲道集》,下面这段文字便是一段摘录。这段文字是从 1860 年写的论《物种起源》的文章中选取的。当然,它带有维多利亚时代科学家过于自信的特征。但即使对不赞同赫胥黎观点的人来说,文字具有的力量和

**赫胥黎(霍·约翰·科利尔)**
维多利亚时代最伟大的科学家和哲学家之一。

照片:里施基斯收藏馆

幽默也是非常明显的。

在这个19世纪,在现代物理学的黎明,半野蛮的希伯来人的宇宙起源论是哲学家的梦魇和正统宗教的耻辱。从伽利略到现在,谁能够计算有多少人耐心真诚地追求真理,但由于《圣经》崇拜者错误的热情而使他们遭受苦难、他们的好名惨遭打击?谁会计算有多少软弱的人,他们的真实感由于要把诸多不可能性加以协调而遭到破坏——他们的生活都为了满足同一个强势政党的要求而浪费在将慷慨的科学的新酒装进犹太教的酒瓶中?

当然,如果哲学家的确遭受了苦难,那么他们的事业便遭到了极大的报复。已灭绝的神学家作为赫拉克勒斯身旁被勒死的蛇而躺在科学的摇篮里;而历史记载道,每当科学和正统宗教直面对立的时候,后者就要被从名单上删掉,鲜血淋淋,意志消沉,即便不是被灭绝;遍体鳞伤,即便不是被杀死。但正统宗教是思想界的波旁酒。它不学习,也不忘记;尽管眼下有点彷徨,不敢迈步,但它和以往一样愿意坚持《创世记》第一章所包含的健康科学的开端和结尾;并让似乎是从半瘫痪的手中抛出的这种小小的霹雳击打那些拒绝把自然贬降到原始犹太教水平的人。

另一方面,哲学家没有这种激进的倾向。由于把目光集中在他们所树立的崇高目标之上,他们时而也会为无知者或心怀不轨之人设置的不必要的障碍而感到暂时的愤怒,这些人即便不能阻止哲学但也要为其设置重重障碍;可哲学家何以要如此深切地烦恼?因为庄严的事实站在他们一边,自然力都为他们工作。不仅一颗星在计算好的时间来到子午线证实了其方法的正确——他们的信仰与"塌倒的废墟和成长的玉米"是一致的。他们通过怀疑确立了自身的地位,公开探讨是他们的知心朋友。这样的人不惧怕传统，不管那传统多么悠久，当传统成为绊脚石的时候，他们绝不尊重。但他们手头的工作不纯粹是古物收藏，如果应该僵化而实际并未僵化的教条没有引起他们的注意，他们就非常高兴地视其为不存在。

赫伯特·斯宾塞是维多利亚时代最著名的哲学家，他曾试图将心理学和伦理学与达尔文及其同代人的发现调和起来。他是一位著述颇丰的作家。但在这里只说他继承了英语哲学写作的伟大传统就足够了。这一传统从培根开始，由霍布斯、洛克和伯克利传承下来。

这里也只能稍微提一下约翰·斯图亚特·穆勒，一个 8 岁时就可以读希腊语和拉丁语的天才，他沿着亚当·斯密的传统成了他所处时代最重要的经济学家。

# 第八节　约翰·拉斯金

拉斯金是位诗人。

这就是我们关于他要了解的基本事实。不管他自己认为自己是什么，是思想家、教师，还是生来就是要凭着憎恶来纠正世界的先知——他对自己这方面的认识完全是错觉。他对世上各种问题的看法，关于生活和艺术的想法，都是在他写作时碰巧在他的脑海中游荡的奇思怪想，大多数以后都必将会被他自己用充满怒火的话语谴责。然而，他相当真诚地把自己看成是一个超然卓立的人，不会犯人常犯的错误。"我知道，"他在一封信中说，"我与古往今来最明智的人没什么区别。"至于普通人和普通事，他说：

《约翰·拉斯金》(约瑟夫·辛普森)

维多利亚时代伟大的艺术批评家和散文诗人。

> 英国宪法是买卖圣职、行贿受贿、偷偷摸摸的暴政、寡廉鲜耻的懦弱和高明的说谎的最卑鄙的混合体，早就被魔鬼嚼碎了吐到上帝的天堂里了。

他同样非常自信地自命为音乐权威，还发表过一些奇特的宝贵评论。"贝多芬，"他说，"听起来是一袋袋搅扰人心的钉子，不时还有锤子落下的声音。"

## 作为艺术批评家的拉斯金

作为一位艺术批评家——他主要是艺术批评家——他认为绘画是一种用来传达思想的语言,传达思想最多的画是最伟大的。当然,世上大多数伟大的艺术家并不这么认为,除了主题之外,他们重视技巧,认为画家不是思想的传播者,而是美的创造者。如果拉斯金不喜欢一幅画的主题,他的"评论"就只能是讽刺;至于他的讽刺,没有人能像他那样使自己不喜欢的东西看起来那么滑稽可笑。

前面提到的摘录比较重要,不仅因为它们让人了解了拉斯金的思维方式,而且因为它们都是展现拉斯金多种风格的绝佳范例。只根据拉斯金的观点来评价他的读者容易厌恶地把他的书扔掉。但这选错了角度。拉斯金是位诗人。当不在制定法则,而作为单纯的诗人写作时,他就是世界上最令人愉快的诗人之一。朱庇特就变成了阿波罗。

从拉斯金的作品中选取一卷——令人陶醉的一卷——充满诗歌的魔力、神秘性和魅力、从未照耀在海上或陆地上的光芒的选文——真正的诗歌,是极为容易的,虽然形式上不是诗歌和韵文,但却具有"另一种散文的和谐"。以下面这段为例:

> 牧师独自一人坐在海滩上,太阳缓缓落下。他向下落的太阳祈祷;片片被包裹的阳光被忧郁的海浪推到他身旁,伴随着叹息声被抛在沙滩上。

这是一首散文诗。在音调和韵律方面都算是一首诗。它的文字具有某种力量,类似于通常只会在最优美的诗中才能感觉到的力量。就这样,它悄悄地随着音乐潜入人的灵魂,渐渐消失,让心灵满足。

他又是怎么描写威尼斯的呢?

> 挨着沙滩的城市的影子,是如此的孱弱,如此的沉静,如此的孤寂,但又是如此的可爱。当看到城市的倒影在环湖礁水中奇迹般的愈来愈弱时,我们不禁疑惑不已,到底哪一个是威尼斯?到底哪一个是她的身影?[①]

下面是拉斯金对亚瑟·休斯的一幅题为《四月的爱》的画的描绘。它不需要评论,它的魔力任何话语都难以形容。

> 每一方面都很精湛;色彩鲜艳,嘴唇颤动的表情最为深奥,温柔甜美的脸庞,像风拂动了露珠的叶子一样微微颤动,然后缓缓地恢复了平静。

拉斯金具有特别的才能,这无疑是由于他对颜色具有令人惊讶的敏锐感。就他对颜色的观察而言,他是散文中的济慈。在他之前,在散文描写中草是绿的,天空是蓝的——但也仅此而已。读遍他之前所有散文家的作品,也找不到一丁点东西类似于点

---

① [英]拉斯金著,匡咏梅等译:《拉斯金读书随笔》,上海三联书店,2000年,第189—190页。译文略有改动。

《威尼斯大运河上游的景色》(约翰·拉斯金)

这位伟大批评家作品的精美例子。

缀在他文字中的片断；简短的颜色素描"片片鲜红的云像营火一样在地平线上碧蓝的天空中燃烧——紫色小山的后面隐藏着一片暮色——或拂晓鲜红的拱形悬跨在黑暗而翻腾海浪的大海之滨"。

## 描写性散文的杰作

他并非仅仅在直接描写大自然时才展露如此无与伦比的才华。下面的一段来自一幅画——透纳的《奴隶船》。注意色彩自始至终是怎样散发出——"强烈、耀眼的光"的：

漫长的暴风雨过后大西洋上的落日。但暴风雨只部分平息，那被割裂的溪流般的雨云还在运动着，其鲜红的线条消失在夜的空洞之中。画面上整个海面分成两股巨大的浪脊，不高，不窄，而是整个大海低低的、广远的喘息，仿佛经过暴风雨的折磨之后，深呼吸隆起的胸脯。这两股浪脊之间，日落的闪光滚入大海的沟槽，用骇人而耀眼的光把海面装点，那刺眼的火红之光好比金子闪光，好比鲜血流淌。沿着这条火一样的小路和山谷，汹涌的海面被咆哮的巨浪不停地分裂开来，呈现漆黑的、多变的、奇异的形状，每一个都沿着闪光的浪花在自己身后抛下一道微弱苍白的影子。它们并非随处升起，而是在推动它们的力量下突然地、疯狂地、三五成群地出现；在它们中间留下了充满危险的、平静的和旋转的海浪之域，时而被绿色和油灯一样的闪光照亮，时而闪现落日的金

承蒙阳光港利弗夫人馆的受信托人惠允复印

《伊苏姆布拉斯伯爵》
(J.E.密莱司)

比起大多数人在一生中所做的来说,拉斯金在一生中做了更多的不凡之事,说了更多令人瞩目的话。最具代表性的是他对拉斐尔前派作品的评论,上面这幅画便是一个突出的例子。

拉斐尔前派画家们非常感激拉斯金,后人更是感激不尽,因为他热心地帮助了那一小群爱好者们;当他了解了他们在向着什么方向努力时,他就真诚地帮助他们。

拉斯金标榜密莱司是拉斐尔前派画家中的佼佼者,但有时他却非常忠实地评论他的画作。他对《伊苏姆布拉斯伯爵》的评论就证明了这一点。他这样写道:"这不是助未失败,而是一场灾难。"

# 第三十四章
## 伟大的维多利亚人：卡莱尔、麦考利、拉斯金

讽刺"伊苏姆布拉斯(伯爵"和拉斐尔前派兄弟会的画
（弗雷德·桑兹）

人们认为这幅颇为有趣的讽刺画是弗雷德·桑兹的作品。桑兹是泛杰出的艺术家，密莱司的朋友。原画中威风凛凛的黑色骏马变成了一头正在嘶鸣的驴子，驴身上搭着 J.R. Oxon 的字样，骑在驴背上的灵是拉斐尔前派的兄弟们。霍尔曼·亨特被描抱成一个样子怪异的俄僮，紧紧地抱着密莱司，但丁·G.罗塞蒂则骑在马鞍前面。在河的另一岸有三个人，代表着拉斐尔基罗、提香和拉斐尔。

这幅画无远都会让人想起对该画的大量评论，还会让人想起拉斯金全对拉斐尔前派画家的支持。

辉,时而令人恐惧地被天空中火云投下的难以辨认的形象点染,它们像片片紫红猩红的雪花飘洒在它们上面,给永不平静的海浪增添了自身火一样飞翔的运动感。紫色和蓝色,空洞的碎浪那火红的影子投在夜晚的薄雾上,使天越来越冷,像死神的影子一样逼近在大海的闪电中艰苦前行的罪恶之船,其细细的桅杆在天空中画出血一样的线条,在那可怕的色彩中被定罪,那色彩让天空显得恐怖,将其燃烧的洪水与日光混合,被远远地沿着阴森森的海浪那阴郁的翻腾投射下来,把浩瀚的大海染成血红色。

  如果就我们自己而言,要确定他写的最精彩的片段,我们会在五六段文字之间犹豫不决;但是最后,我们认为,我们不得不选定《苔藓与地衣》:

    温顺的生物!大地的第一次仁慈,用死寂的柔软覆盖其无痕的岩石。我不知道有什么语言可以形容这些苔藓。没有足够雅致的,没有足够完美的,没有足够浓郁的。人们怎么才能描述毛茸茸的、散发耀眼绿色的圆形突出物——把深红色的铁块分割成星状,覆盖一层薄薄的薄膜,仿佛岩石精灵能像我们吹制玻璃一样将斑岩铸模成形——那盘根错节的银色窗格,那发光的、树状的琥珀色毛缘,其每一根纤维都剖磨成恰当的光亮和轻柔变化的闪光的曲线,然而,一切又是那么柔和,发人幽思,为最素朴的、最甜蜜的典雅而构思。它们不会像花朵那样被采集起来作花冠或爱情纪念品;而是被野鸟制造成窝巢,被疲倦的孩子当作枕头。

    作为大地的第一次仁慈,它们也是赐予我们最后的礼物。当从花草到树木等一切服务都徒劳无益之时,柔软的苔藓和灰色的地衣将接着在墓碑旁守候。树林,花朵,作为礼物的草,它们都已经完成了使命,而唯独这些苔藓和地衣却永久服务。树木用于建造者的庭院,花朵用来装点新娘的香闺,玉米进了谷仓,而苔藓则覆盖着墓穴。

    在某种意义上它们是最卑贱的,而在另一种意义上,又是大地最受敬重的孩子。它们静止而不褪色,蠕虫奈何不了,秋天无法使之荒芜。它们低矮而健壮,热浪不能使之苍白,寒霜无法使之憔悴。它们动作缓慢,一心一意,所以被赋予了编织山峦永恒的黑色挂毯的任务;它们勾画缓慢,被染上虹彩,被赋予了温柔地构想其无尽意象的任务。由于与冷若冰霜的岩石共享寂静,因此也具备了岩石的耐力。而当离去的春天刮起的风吹散白色的山楂花,像片片雪花飘浮,夏日则在烤焦的草地上使低垂的金色樱草黯然失色——远处的高山上,银色的点点地衣像星星一样点缀在岩石上,更远处西峰顶边缘上逐渐积累起来的橘红色表明了数千年的日落。

这是拉斯金的登峰造极之作，最伟大的作品——人们最终要根据最好和最伟大的作品，而且只能根据这些作品，才能评价一个人。这是永远不朽的作品。观念、体系、批评方式，此消彼长；因为死亡的种子就在它们身上。但真正诗人的词句将永存。美的精神使它们充满了生命的气息，使之永恒不朽，就像它自身一样。拉斯金的这些文字便是如此。

拉斯金出生于1819年，是丹麦山一位家境富裕的酒商的独子。他在家中接受教育，"除了挡住视线的砖墙，看不到其他风景"；因此在他开始游历时，大自然的美景在他脑海中留下了更加强烈的印象，"带有一种难以形容的激动，就像有时我们幻想要说明鬼魂的存在一样"。他对风景的热爱，对作为风景画家的透纳的热爱，让他写出了伟大的论自然、艺术和道德的《现代画家》(1843)的第一卷，后来扩展为五卷本。《威尼斯之石》(1849)总体而言是他最优秀的作品，是对威尼斯的建筑和艺术进行的研究，极为别具一格，格外仔细认真。几年来，他不停地创作一系列不太重要的作品，《尘土的伦理学》(The Ethics of the Dust)、《野橄榄花冠》、《芝麻与百合》、《空中王后》、《终于至此》，还有很多其他作品。这些书涉及的主题多种多样——所有主题都是根据本文中指出的那些特殊方法来处理的，通常在思想上狂放不羁、缺乏说服力，在感情和表达方面常常也是如此，只有诗人的心才能构思这样的东西。

拉斯金于1900年去世。

受拉斯金崇拜美和写作理想——"为眼睛营造画面"的思想——影响最大的两位维多利亚时代的作家是约翰·阿丁顿·西蒙兹和沃尔特·佩特。西蒙兹生于1840年，卒于1893年。在他的众多作品中，《文艺复兴史》是最重要的。这部作品很长，文字华丽，但却是了解一个非常有趣的时代的指南，颇有价值。

佩特的散文优美、细腻、充满乐感，在英国文学中独树一帜。他最被广泛阅读的作品是《伊壁鸠鲁派的马可》(Marcus the Epicurean)，书中，他描述了马可·奥勒留时代一个罗马人的理性和精神之旅，他经过各种哲学的熏陶，最后皈依了基督教。

## 第九节　理查德·杰弗里斯

理查德·杰弗里斯是威尔特郡一个小农场主的儿子，他在乡村文学中奏出了一曲新调。他生于1848年，典型的自耕农的儿子，几百年来，家族几代人都在基本上没有什么变化的自然环境中生活、劳作，他的作品表现了这些人共享的精神、思想和梦想，虽然通常没有人将之付诸言表，甚至未予以思考。他的很多作品，包括对乡村事务的仔细观察和记录，差不多都是怀特的《自然史》的风格；但他的独特之处在于一种热情奔放的精神和感受，这与塞尔彭的老牧师格格不入。

杰弗里斯要克服三个困难，虽然在总体效果上很难说这三个困难对他的写作是有所帮助还是障碍。这就是贫困、缺少教育和身体欠佳。他不仅享有乡村的外部环境，还有其文化环境。他一生短暂，生于1848年，39岁就英年早逝；但在生前，他创作了大量作品，许多都具有永恒的价值。他的写作生涯是从一个普通的乡下记者开始的；在此期间，他写的小说都毫无价值，因为他这个时候人生经验很少，书本知识则更少。

1878年，杰弗里斯的第一部重要作品《家中猎场看守人》发表。在某种程度上这是实际发生的真实事件，由于观察准确详细，这本书广泛流行。很快他又发表了四部类似的作品——《南方郡的野外生活》、《霍奇和他的主人们》、《大庄园周围》和《业余偷猎者》。这些都是现实主义作品，通过展现大量准确、相关的细节产生了效果。1881年，杰弗里斯掌握了足够的技巧，可以尝试创作一种新的作品了。书名为《森林魔法》，他采用寓言故事的形式，用小男孩的神人同形同性论的方式处理动物们的行为和奇遇。结果成为一个我们文学中最动人的幻想故事。第二年他发表了《贝维斯：一个男孩的故事》。这两本书构成了杰弗里斯少年时代的基本传记。对任何要了解他思想和精神的人来说，这些都是必不可少的文献。他渴望的理想之地——虽然性情使之不可能——在他谈论那些动物角色时有所展现。听听芦苇在《森林魔法》中说的话：

根本就没有为什么。我们一直在倾听这小溪的声音，我和我的家族，千百年来总是如此；虽然这条小溪一直都在说话、歌唱，但我从没听到过它就任何事问过为什么。你曾经去那里睡觉的那颗大橡树，一直就在那里，天知道有多久了，没有人知道有多久了，它的每一片叶子都在说话，但没有一片问过为什么；太阳也没问过，星星也没有，每天晚上我都看见它们在那边清澈的水中闪闪发光；因此我非常确信根本就没有为什么这回事。

那就是杰弗里斯渴望的平静，但他永远不可能得到。其原因在《我心的故事》中每一页都有表现，这是他最杰出的、几乎算是他的最后一部作品。这本杰作是杰弗里斯真实的自传；是奇特的混合体，一个感性的神秘主义者的心灵故事。

## 参考书目

**卡莱尔：**
Centenary Edition of Works.
*A History of the First Forty Years of His Life*, by J. A. Froude, 2 vols..
*A History of His Life in London*, by J. A. Froude, 2 vols..

**麦考利：**
Works.
Sir G. O. Trevelyan's *Life and Letters of Lord Macaulay*.

**詹姆斯·安东尼·弗劳德：**
*Short Studies on Great Subjects*.
*History of England from the Fall of Wolsey to the Death of Elizabeth*, 12 vols..

**赫伯特·斯宾塞：**
Works.

**枢机主教纽曼：**
Works, 包括：*The Dream of Gerontius, The Ideal of a University, An Essay in Aid of a Grammar of Assent, Apologia pro Vita Sua*。
*The Life of John Henry Cardinal Newman*, by Wilfrid Ward, 2 vols..

**达尔文：**
Works.
*Voyage of the Beagle*.
*Charles Darwin; His Life Told in an Autobiographical Chapter, and in a Selected Series of His Published Letters*, 由他的儿子 Sir Francis Darwin 主编。

**托马斯·亨利·赫胥黎：**
*The Life and Works of Thomas Huxley*, 12 vols..
P. Chalmers Mitchell's *Thomas Henry Huxley; A Sketch of His Life and Works*.

**约翰·斯图亚特·穆勒：**
*Political Economy*, with an Introduction by Sir W. J. Ashley.
*System of Logic*.
*The Subjection of Women*.
W. L. Courtney's *J. S. Mill*.

**拉斯金：**
Works.
Frederic Harrison's *Ruskin*.

# 第三十五章　美国和欧洲的现代作家

## 第一节　亨利·詹姆斯

几年前，也就不过五六年前，当人们说起美国当代作家时，最先说起的两个名字必是亨利·詹姆斯和威廉·迪恩·豪威尔斯。两人都是优秀的艺术家，都著述颇丰，都浸润在小说的某些伟大传统和一般文学的伟大传统中。詹姆斯1916年去世，豪威尔斯1920年去世——就仿佛在昨天。然而，两位伟大的文学家去世之后，立刻就被一种新的精神、一种新的创造力、一种完全不同的生活观和文学观所湮没，这是非常罕见的。

透过美国文学中突然而迅猛的革命烟雾，至少可以隐约了解到造成这一现象的原因。

亨利·詹姆斯是位世界公民而不是美国人，这既是天生的，也是他自己的选择。他的父亲有财产，酷爱旅行，很早就帮助这个男孩欧化了。他后来写道："在我自己看来，我在精神上一直具有全部纯粹的巴黎人精神——在我刚满12岁时就如此了。"

他回到美国时已是个年轻人，而且几乎就是个外国人。他已经成了福楼拜、屠格涅夫、巴尔扎克和莫泊桑的追随者。22岁时，他为《大西洋月刊》撰稿，之后不久就将自己的住处搬到了他心之所在——欧洲，主要是英格兰。

然后，他针对欧洲作家，欧洲风景，主要以他熟悉的欧洲为背景的小说、故事和短篇小说，以及意大利、瑞士、法国、英格兰的膳宿公寓和旅馆，进行了一系列研究。他笔下的美国人几乎都是在欧洲旅行或居住过的美国人，而他的现实主义也是描写他们的超然生活的现实主义。他笔下的人是人们说"城镇里没有人"时想到的人——不包括人民大众。

F. L. 帕蒂教授在《1870年后的美国文学》(*American Literature Since 1870*) 中评论说："他是在修道院似的氛围中长大的，他在那里梦想的是'生活'，而不是过活。……童年时，他与书籍玩耍，而不是跟小朋友玩耍……他以做生意或职业的方式跟人打交道；他一生未婚；他远离生活，但观察生活，却不成为生活的一部分。他主要从在欧洲看到的美国人那里了解美国人……对于欧洲社会他是作为外来人了解的。他并不完全赞同什么……"就连一种想法，一位英国评论家说，他都从没有"用喜爱的感性指尖去爱抚过"。

因此,他的小说在某种意义上是单薄的、模糊的,缺少生活的冲突和骚动。就连他那部极具美国性的小说《美国人》也是如此,他在克里斯托弗·纽曼这个白手起家的百万富翁身上表现了这样一个美国人,他可能根本不会发家,甚至不会生产那些澡盆——人们认为他是靠生产澡盆发家的。然而,毫无疑问,詹姆斯是一位伟大的艺术家,他对英语这门语言的热爱也许是他一生中最强烈的情感所系。

英格兰是他天然的居住地。就连诗人克拉夫也没有像詹姆斯那样热爱这片绿色的土地,但他热爱的主要是那些传统,大大的园林和宫殿,美好的生活,远离冲突与庸俗的悠闲

照片:E.O.霍普

**亨利·詹姆斯**

美国小说家,在他的小说中,风格和方式就是一切。

的人们,他们不了解大众的痛苦或大众的苦难——高雅的天性,就像他自己一样。在好多人看来这是势利,但范·威克先生更宽容,将其理解为一种形式的浪漫精神,对生活中浪漫之处的热爱。

关于《贵妇画像》,他在给史蒂文森的信中谦卑地写道:"这肯定是一部优美、构思精巧、复杂精美的作品,篇幅过长了,但(我认为)是个有趣的题材,很有生活,很有风格。"很少有哪位作家比他更清楚他自己的优点,除了"生活"这个词之外,这段引语几乎可以很好地适用于詹姆斯的大部分、几乎是全部的作品。"优美、构思精巧、复杂精美"——他可能还会加上"微妙的、卓绝的",比他之前的美国作家已经实现的风格更有格调。

他只崇拜一个神——艺术,就像《悲惨的缪斯》中的一个人物一样,他很早就认识到"完全镇定自若,不因感情困惑,从容不迫,这是任何艺术表演都需要的,是所有的艺术表演,不管使用什么乐器,都同样需要的"。然而,对大众而言,詹姆斯的艺术过于深奥了。

"不过艺术可以伟大但不流行。"卡尔·范·多伦在他的《美国小说》中辩解说,而亨利·詹姆斯在拉伊狭窄街道上的兰姆公寓安顿下来时,显然已经接受了这个观点。他一直住在这里,直到逝世。他继续写小说和论文,为越来越少的读者创作。他主要关注的是礼仪、风俗、行为方式、细腻微妙的感情,而现代社会正在迅速地远离这些。我不会逐一列举他那洋洋三十卷书的众多作品,也不会试图将他与任何人加以比较,可能他的文学传人马塞尔·普鲁斯特除外。

"他创造了，"范·多伦在结束时说，"一个本身就美妙无比的世界：一个和世界一样大小的世界，里面住着一些令人喜爱的人，他们在无法形容的环境里过着优雅的生活……一个极为高雅的世界，一个非常文明的世界……在文学中，危险就在于这样的世界将会像梦一样逐渐消失，就像以前的封建制度的浪漫传奇已经消失了一样。"

事实上，那个世界显然早已在消失了。

# 第二节

如同现实主义或自然主义目前是美国创作的基调一样，19世纪60年代它开始在整个美洲大陆传播——内战期间及其后。爱德华·埃格尔斯顿的《胡齐尔人乡村教师》是一部关于印第安纳州丛林生活的现实主义小说，目的是要表明具有农村特点的印第安纳州人与比较安定的新英格兰人没什么两样。但威廉·迪恩·豪威尔斯是第一个坦言倡导现实主义的作家。他的信条是"一个人要真心实意地观察人，他不会想看他英勇的时候或偶然的时候，而是会在他处于空虚无聊的惯常情绪中时观察他"。

## 威廉·迪恩·豪威尔斯

如文雅的洛金伐尔①一样，豪威尔斯出生于西部，来自故乡俄亥俄州，凭那极为雕琢的、令人喜爱的风格，他的和蔼可亲和优雅迷住了品位高尚的新英格兰读者。"他无法粗俗，"《北美评论》在通告他早期的一部作品时说。从一开始，他那温文尔雅的18世纪现实主义就因其精美、优雅和脱俗而令读者喜爱。他的小说理论是："令人感动的意外事件肯定是小说所要表现的；它要避免各种各样的、可怕的灾难。"他形容詹姆斯是一位人物画家，而不是讲故事的人。他宣称，毕竟，"我们现在所关心的是一位作家通过故事所要说的话，而不是故事。"

他说这句话是在1882年，他44岁的时候。

从俄亥俄州的马丁斯费里，经过威尼斯、波士顿的游历，最后通过《大西洋月刊》的编辑职位而成为他所处时代美国文学中最举足轻重的人物。

H. L. 门肯现在可以轻易地说：

生活的极度恐惧和极大痛苦，激情和渴望的汹涌澎湃，事件的重大冲突和闪光，永远在表面之下涌动的悲剧——所有这些都是未来的批评家们在豪威尔斯博士创作的那些高雅而肤浅的作品中所找不到的。

---

① 洛金伐尔(Lochinvar)：司各特的长诗《玛米恩》中的男主人公。——译注

**赫蒂·沙吕尔**

左边的插图出自 W. D. 豪威尔斯的《小说中的女主人公》。与这本书另一页上的霍·J. 科利尔的画中情景相比,这幅画展现的是处于完全不同境遇里的赫蒂·沙吕尔。在霍·J. 科利尔的画中,乔治·艾略特笔下的女主人公已经遭遇了巨大的不幸。而在这里,她为自己的貌美如花洋洋自得,幻想着亚塔尔·邓尼桑对她的爱情。引用豪威尔斯的话:"她打算放下头发,让自己看起来像莉迪亚·邓尼桑小姐客厅里的那幅贵妇画像。很快,她就把头发放了下来,黑紫青色的卷发披在了脖颈上。"

不管未来的批评家将做什么,现在的批评家都不会费神去找这些东西,因为豪威尔斯公开表示他根本没想把它们写进作品。冲突和闪光远远算不上"空虚无聊"的状态。那是狄更斯和萨克雷的主题。"现在我们无法容忍后者表示信任的态度,也无法忍受前者过分独特的风格。"他不知道如果我们有足够兴趣的话,我们可以学会忍受什么。他去世太早了,没有读过《大街》。

在1881年辞去《大西洋月刊》主编后的那段时期,即在他已经发表了15部作品之后,他开始创作那些比较成熟的系列小说,其中杰出的有《塞拉斯·拉帕姆的发迹》、《现代婚姻》和在英格兰以《贪污》为题发表的《慈悲的性质》。

他虽然是一位受过专门训练的编辑,但他的故事通常都有一个"美好的结局",尽管他阐明了自己的艺术原则。他说:"我承认我喜欢有结局的故事。"虽然在一次公开演讲时,笔者听到他的辩解,说他受束缚的原因是年轻时选错了榜样。从那以后,小说、故事、散文、游记、闹剧便从饱和状态中喷涌而出,正如詹姆斯可能会说的,那肯定是浩瀚无边的。但它不是小说中出现的"令人感动的"意外事件,也不是任何"可怕的"灾难,而是那个时代的美国风俗。

豪威尔斯后来受到托尔斯泰的影响,在《来自奥尔特里亚的旅客》这样的作品中,可以感觉到一种纯粹的利他主义和对被压迫人民的同情。但总体而言,这对他的小说影响很小。帕蒂先生评论说,如詹姆斯一样,他"训练自己不相信感情,完全凭理智写作。一个看看突然闪现的机智微笑,一个几乎从不大笑。没有人曾为豪威尔斯或詹姆斯小说中的哪一页流过一滴眼泪"。

这两位都是技艺精湛的艺术家,都将美国小说推向了一个新的高度,但两人都没有任何独特的内容要表达。因此,现在这一代人对这两位艺术家只报以模糊的尊敬——别无其他。

# 第三节

欧·亨利和杰克·伦敦的作品对人的关注要大得多。

## 欧·亨利和杰克·伦敦

欧·亨利(1867—1910)是威廉·锡德尼·波特的笔名,他最初以做银行出纳员谋生,被人控告挪用公款,因此逃到了南美,但他最后还是向法官自首了,被判在俄亥俄州监狱服刑五年。在狱中,他是监狱医院的守夜人,开始在寂静漫长的夜里创作故事,发表在各种杂志上。出狱时,他已经拥有一大批读者,在他短暂的一生结束时,他已经写出了约两百篇故事。

世界上有很多天生的作家,欧·亨利便是其中之一。他精通悲剧、传奇故事和内容狂妄的作品,精通神秘故事或普通生活,尤其擅长写超自然的故事,比如《布置好的房间》。没有比《修剪的灯》再真实的故事了。故事讲的是两个在城里工作的女孩,一个完全追求"过得快乐",另一个则追求精神上的满足。没有比《黑鹰逝去》更好笑的故事了,故事中一个能瞎扯的流浪汉成了一群强盗的首领,在抢劫一列火车时他突然失踪了;没有比《最后一片藤叶》更悲惨的故事了,故事讲的是一个贫困的女画家生病时的幻想,她认为窗外树上的最后一片叶子掉下来时,她就会死去,而失败的老画家贝尔门不顾自己的病体,在凄风苦雨的夜晚,在墙上画上了最后一片藤叶,挽救了她的生命,自己却得肺炎去世了。没有哪一个人能创作出、或用这样动人和有魅力的风格来讲述那些故事,这只是其中的一些例子。

杰克·伦敦(1876—1916)生于旧金山。孩提时,他就去过克朗代克金矿。后来他当海员跑了半个世界,差不多在美国各州都流浪过。他是一位不太稳定的作家,极其热爱生活,欣赏一切有男子汉气概的、强有力的东西,慈爱地对待动物和人。他最优秀的作品无疑是《野性的呼唤》,讲的是寒冷北方的一只狗的故事。

贺卡

1895年,欧·亨利为他的小女儿玛格丽特所画,她要送给她的玩伴;当时他任《滚石》杂志编辑。他家在东四街,住在附近的孩子们都很喜欢他。

# 第四节

有人指责美国作家、尤其是美国小说家进行模仿,指责他们模仿欧洲小说,如我们所看到的,就连亨利·詹姆斯和威廉·迪恩·豪威尔斯那样的天才也不能完全反驳这种指责。

詹姆斯模仿了屠格涅夫、福楼拜、乔治·艾略特,而豪威尔斯虽然列举了他年轻时代模仿的许多对象,从海涅到托尔斯泰,但他似乎是美国的简·奥斯丁。所有文学都是相互联系的,就连但丁也坦率承认受到了维吉尔和布鲁内托·拉蒂尼[①]的启发。但当代美国文学受到的指责是最没有道理的。

大概从20世纪30年代开始,美国文学迸发出了活力、独创性和力量,因此欧洲人再次认真关注美国作品,这也许是自惠特曼出现之后,他们第一次对美国文学发生兴趣。

## 辛克莱·刘易斯

随着辛克莱·刘易斯的《大街》的发表,美国文学中出现了一种令人惊讶的现象。迄今为止,大批读者主要对低劣的定制小说如痴如醉,而现在,他们开始对一种不同

---

① 布鲁内托·拉蒂尼(Brunetto Latini):但丁的老师,一位大哲学家,精通修辞学,擅诗文,有辩才。——译注

照片:E.O.霍普

**辛克莱·刘易斯**

《大街》和《巴比特》的作者,当代美国作家中最强有力的小说家。

的小说发生兴趣。他们在《大街》中看到了一幅真实、真挚的现实画面,尽管这当然不是他们自己的画面,还有些片面,但显然是关于他们邻居的。这反映的不是他们自己的本性,但却是与他们自己本性非常接近的本性。他们马上就辨认出这是他们周围的环境。填满美国地图的无数平常小镇上的居民现在不再去读那些廉价的杂志和再版书了,而是去购买并阅读一部描写他们自己的小说,它像照片一样栩栩如生,掺杂了愤怒和讽刺,但却非常合情合理。如同俄国现实主义作家笔下生活在黑暗中的人们,他们突然从黑暗中走出来,看到了伟大的俄国作家给自己描绘的肖像。

虽然《大街》有些片面,但在美国小说中却轰动一时。它标志着一个时代,一个新的开端。以前,一种原始的拓荒文明由于迫切的需要,必须要固执盲目地将为数很少的居民看成是精英,只要他不违犯法规。那时遗留下来的多愁善感和信仰都悬在那里,像磨破的碎屑和破布一样,现在突然被展露出来,极为醒目,令人惊讶。拓荒时代已成古老的历史。一种新的文明正在撞击他们,新的思想、文化和发展的理想开始掀动他们的耳膜,在小小的格弗草原上,在一种臭气熏天的愚蠢中煨炖着。总之,格弗草原和索克中心(Sauk Centers)一下子进入了人们的意识。它们隐隐约约地开始让人们意识到,不管地上的盐多么适量,作为唯一可食的东西,它毫无用处——另外,盐也会造成极度贫瘠,如著名的有关所多玛与蛾摩拉平原的故事中讲述的一样。①

《大街》之后发表的《巴比特》是另一部揭露真相的小说,与前一部类似,但不同的一点是它幽默、欢快、讽刺地分析了所谓平庸美国人的心理和精神,包括普通商人、"善于交际的人"和"热诚而令人感到亲切的人"。美国任何一个信仰"出人头地"的商人可能都会读这部小说,并想知道自己是不是巴比特……人们想不出来可以把刘易斯的这两部作品与英国的哪部小说加以比较,虽然威尔斯和本涅特的作品部分地表现了相似之处。辛克莱·刘易斯还是个年轻人——不到40岁——事业刚刚起步。他住在自己亲笔描绘的那种环境中,而且就出生在明尼苏达州的一个小镇。在《大街》和《巴比特》之前他还发表了其他作品。但这两部才真正具有价值——不是因为它们的艺术

---

① 所多玛(Sodom)和蛾摩拉(Gomorrah):根据《圣经·创世记》的记载,这两个城市由于罪孽深重,受到耶和华的惩罚被焚毁。见《圣经·创世记》第19章。

性，而因为它们具有的划时代的倾向性和重要性。

不过，当然并非只有刘易斯一人表现出了美国文学的活力。就在他发表自己的两部作品前后，已经可以明显看到其他杰出的文学作品面世了。

## 伊迪丝·华顿夫人

伊迪丝·华顿夫人开始时追随亨利·詹姆斯和他的法国文学前辈。她现在创作的小说在价值上虽然比不上《伊坦·弗洛美》或《欢乐之家》，但依然是杰作。独创性从不是华顿夫人的明显特征，谨小慎微和小心翼翼始终伴随着她。她从来都不散漫或肤浅。一束冰凉冷漠的光照亮她的大多数作品，就像冬日里的月光一样；她从来都不过分热情或华而不实。除几部作品之外，她的其他作品都只描写美国"悠闲富人"的生活，他们是我们特有的富豪阶级开出的精美花朵，而奇怪的是，它们的孢子长出来却是杂草。她令人赞赏地描写它们，它们的历史、形态和杂交，她的小说是对这一题材的卓越贡献。

但最近，尤其是在一战之后，有迹象表明社会上那部分人的兴趣减少了。华顿夫人发表了许多作品——小说、短篇小说和纯文学。理所当然地，她的作品曾经有过辉煌。在英国她大致可与梅·辛克莱小姐相提并论，虽然她伟大的原型是亨利·詹姆斯。她属于较老一代的美国小说家，但在某种意义上，她是第一个以美国历史上的镀金时代为靶子的讽刺作家。镀金时代从内战之后开始，现在刚刚结束。在这个时代里，洛克菲勒先生和已故的安德鲁·卡内基是最杰出的英雄人物，因为他们拥有巨额财产；这个时代有一个隐含不变的定理，那就是从事艺术就等于走上毁灭之路；在这个时代，救赎就在获取之路的沿途，实际上所有标准都是由那些贪得无厌之人制定的。伊迪丝·华顿夫人第一个将冷淡、客观、一致的讽刺之光照射在一个贪得无厌的社会的顶层。现在，叛逆之声已经甚嚣尘上。但就风格来看——绝不是今天喧嚷的风格——她是一位先驱者。

## 西奥多·德莱塞

西奥多·德莱塞是位比华顿夫人更粗犷、更驳杂的现实主义者。他们可以说是同时代人和同仁。为了自己的人物和作品，德莱塞要更进一步地深入到生活的绝境之中。在华顿夫人仿效亨利·詹姆斯高雅的法国现实主义——擅长闪烁其词，高雅优美——的地方，德莱塞自然地转向了哈姆林·加兰、弗兰克·诺里斯和斯蒂芬·克兰的自然主义，这标志着他反对詹姆斯的高雅，反对豪威尔斯对"可怕灾难"的规避。

"就个人而言，"范·多伦先生宣称，"在美国小说家中几乎只有德莱塞先生表现了那种农民——由于没有更好的本土说法，我们只好称之为农民——的特征，这就是高尔基所属于的、托尔斯泰想成为的那类人。"

美国农民，尤其是文学上的农民非常少见，这足以引起人们的注意。另外，德莱塞先生有充分的机会使自己世故老成，他曾在纽约当过记者和编辑——奇怪的是，他编辑的是一份女性时尚杂志。不过德莱塞及其风格和观点仍然有些粗野，这是事实。根据范·多伦的说法，他"不管去哪里，都带着真正农民的质朴，说话像真正的农民一样大胆坦率，在面临复杂情况时，像农民一样烦恼迷惑"。

这种质朴的、不自省的、善于赚钱的美国人，《金融家》和《巨人》中的库柏伍德，像某种有力量的动物一样不停地冒险，强健有力，目标单一，一心一意要实现发财致富的目标，这是德莱塞想要创作的理想人物。在对金融家的描写中，德莱塞先生填满了大量未加工的、几乎未加选择的细节，如同描写堕落的女人"嘉莉妹妹"和"珍妮姑娘"一样。

他似乎在说，这些就是美国生活中忙忙碌碌的大众的生活，与豪威尔斯和波士顿人所赞成的"空虚无聊"同样都是生活的一部分。这种粗犷的真实赋予德莱塞的作品一种博大和尊严，一种看起来更像是俄国的而不是美国的严肃性，一种只有天才才能表达的权威特征。德莱塞先生仍然在世，仍在创作，没有人能说他最终会取得怎样的成就。

## 布斯·塔金顿

上面那番话也适用于布斯·塔金顿先生。他是德莱塞先生的同时代人，也是他的印第安纳同乡。

塔金顿先生非常受美国大众的尊敬。在某些方面，他的声望令人想起了马克·吐温。他多才多艺，机敏灵巧，风格多变，颇具魅力。他具有幽默的才华，美国读者看重的是这种才华，而不是别的。他还是一位剧作家，也算得上是个政论家。

批评家指责他的小说太过一贯地迎合多愁善感，指责他认为在印第安纳流行的、实际上在美国流行的"推动论"精神完全是真的。范·多伦先生说他是"永远的大学二年级生"。

如果这一指责是真的，那么我们一定要记住塔金顿是在美国历史上一个非常不确定的时期——上个世纪末——开始文学学徒生涯的。对一位那时大学毕业并宣称自己想当作家的年轻人而言，他必然打算成为一位成功的作家。镀金时代正值盛期，很少有人能抛弃成功的想法。浪漫时期也正处于巅峰，《印第安纳绅士》和《博凯尔先生》是很好的例子，讲的是一个聪明的年轻人在发现自己的实际才能之前所进行的一系列尝试。接下来就是他在欧洲近乎流浪的生活，他也创作了其他小说，如幽默的《彭洛德》(Penrod) 故事和《十七岁》(Seventeen)，他并没打算把这些作品作为对少年和青年时代的严肃研究，只不过是原汁原味地呈现了这个时代的本来面目——纯粹出于乐趣。

在小说《骚乱》中，一个工业家族里的丑小鸭比博斯·谢里丹，一个优秀的人，一位诗人，最后屈从于家族的工业主义。在这部作品中，塔金顿先生已经表现出反抗的迹象。然而，在《艾丽丝·亚当斯》中塔金顿先生表明，如果可以嘲笑青年时代的话，他也可以看到隐藏在这个时代背后的痛苦。这部小说不长，因为没有重要的理由东拉西扯，但读者立刻就可以感觉到对我们的工业主义、特权、势利的反叛以及这次新反叛所反对的一切，作者的讽刺批判态度极为明显。事实上，塔金顿如此多才多艺，不管写什么都会成功。他以自己的方式做到了约翰·高尔斯华绥所做的一切，虽然他不太关心世界改良或宣传，也不假装具有高尔斯华绥的社会良知。塔金顿先生的主要目的是娱乐。

# 第五节

美国文学、尤其是美国小说的新时代，可以以《大街》的问世为标志，这是合适的。但没有哪一个时代，不论是文学时代还是别的什么时代，恰好是在一个确定的日子或一个确定的时刻、在时钟敲响的正点时候开始的。它是从之前的许多因素，从之前的一切因素中发展起来的。文学尤其是一个结构不规则的网，布满了金丝线或被许多黯点所玷污，但仍然是一个正在展开的连续结构。

正如华顿夫人、德莱塞和塔金顿在刘易斯和舍伍德·安德森之前进行创作一样，其他人也在写作，很多其他人也为文学的编织贡献了自己的丝线，而早在詹姆斯和豪威尔斯搁笔之前，细微差别就已幡然可见。

## 哈姆林·加兰

很多人开始反对对美国镀金时代进行的阳光的、微笑的描绘，反对小说家就边境、草原和西部边疆的严酷现实渲染虚假的浪漫精神，哈姆林·加兰便是其中之一。现在，第一次世界大战的退伍军人经常表现出来的那种不安，在内战老兵身上也同样普遍。哈姆林·加兰的父亲就是这样一个不安的人，归家后远方仍然在吸引着他。正如加兰先生在《中部边地农家子》中详细讲述的，父亲开始带着一家人从威斯康星州搬到衣阿华州，然后又搬到荒凉的北达科他州和南达科他州，他们总会在一个贫瘠的地区重新开始生活，那里只有丰富肥沃的土壤，而对男人来说不可缺少的东西却不多。

不管那片乡土给人带来了什么样的希望和抱负，对于一个志在学问或艺术、对文化或文雅社会心怀希望的人来说，它肯定什么都没有。困苦、令人麻木的劳作和几乎令人发狂的孤独，构成了加兰早期严酷现实主义作品的主题，如《大路》、《荷兰人山谷中的露丝》和《草原人》。他的书打碎了未来拓荒者以之为精神食粮的许多幻想，而且，在这些幻想流行的时候，也就是一代人之前，它们几乎是轰动一时的。拓荒生活的神圣、自由和美好，这是在一个需要越来越多移民的新国家中创造出来的一个神话。

加兰的抨击在本质上是对既得利益集团的抨击,这在美国永远是件胆大妄为的事。他因此引起了相当的注意。

范·多伦先生说道:"尽管辛克莱·刘易斯在一个理智、讽刺的时代指责村民愚钝,但加兰先生则是在一个有道德的、悲惨的时代指责对农民们的压迫。他笔下的男人受抵押契据的驱策,恐惧地与草地、泥土、干旱和大风雪作斗争,这些契据也许会随时抢走他们靠辛劳和节俭贮存的一切。"

他笔下的女人因为过度操劳和贫困而枯槁憔悴。总体上,生活是令人难以忍受的。加兰先生如此强烈地感受到了这种不幸,因此他在早年就曾经说过"对于西部大草原而言,莎士比亚是什么?"他极为热诚,相应地,他给人留下的印象也是相当深刻的。

正如名人通常面对的情况,编辑和出版商的要求让加兰先生盲目地创作出一些越来越不重要的小说,几乎让他成为千篇一律的西部传奇小说作家中的一员,而这正是他自己最早的作品想要摧毁的。但《中部边地农家子》恢复了他以前的一些优点,因时间而变得成熟了。这部作品自传式地记述了让他创作出《重要之旅》的那些早年岁月。《中部边地农家子》热情洋溢、宏大,类似于中部边地的《诗与真》——非常优美。加兰先生仍然在世,希望他能创作出更多的意义重大的小说来。

## 第六节 其他小说家

如所有文学一样,美国文学也有一批具有不同创造力、多种品味和才能的小说家,他们并非才华横溢,但严肃认真,这使他们在同代人眼里显得不同凡响。后世人也许会重新洗牌,然后以截然不同的方式重新排列。

芝加哥大学的英语教授罗伯特·赫里克就是这样一位小说家。他态度认真,才华横溢,技巧精湛;他许多小说的主要主题是奢侈、坚强,以及可说是富裕中产阶级家庭里娇生惯养的美国妇女普遍表现出的那种无动于衷。在他所处的这段时期里,一般的批评矛头刚刚指向当今美国相当杂乱无形的生活,美国发展得如此之快,结果几乎没有时间来表达思想和沉淀性格。如革命前的俄国一样,现在、而且在一段时间内,小说家一直在抨击一代代心不在焉的人们,并就此发表对未来的看法。

《医师》、《普通的命运》、《克拉克的领域》和《在一起》是赫里克先生一些小说的题目。在沉寂了一段时间之后,大概在一战开始时,赫里克先生又拿起了笔。

同样,虽然温斯顿·丘吉尔的作品赚了很多钱,但他从未被列入一流美国作家之列。在历史小说流行时,凭《理查德·卡维尔》和《危机,交叉路口》,丘吉尔进入了畅销书作者的行列。历史小说不再流行后,他准备好了承担其他任务。他热诚、认真地应付政治、教堂和女人，但不知为什么评论家给予最优秀作家的奖赏总是没有他的份儿。

厄普顿·辛克莱是一位激进分子，社会主义者，改革家，凭一部小说《丛林》而广为人知。然而辛克莱是美国最多产的作家之一。如果他的幽默、想象力和他的热诚、真挚一样多的话，那他就可能很容易地成为美国的 H.G. 威尔斯。即使照现在的样子，他的小说和其他作品，包括经济学、社会学和论辩，都似乎具有一种有时看起来像是天赋的热情。

但是，目前正进行创作的一位热诚的美国社会主义者抨击辛克莱先生始终抨击某个利益集团，他肯定是能够获得成功的伟大天才，但辛克莱先生绝非如此。不管最后一部小说《他们叫我木匠》出自怎样的善意，都不会有人说这是一部天才之作。

同样，像埃伦·格拉斯哥、恩尼斯特·普尔、威廉·艾伦·怀特、亨利·B.富勒、格特鲁德·阿瑟顿、布兰德·惠特洛克和玛丽·奥斯丁这样的作家，也都被批评家看好，在不同程度上也受到了读者的重视。他们每个人至少创作了一部为同代人瞩目的作品。有些人还广为人知——威廉·艾伦·怀特和布兰德·惠特洛克是政论家，阿瑟顿夫人是《征服者》的作者，无论在欧洲还是在自己的国家都俨然是一位文学人物了。

因为篇幅有限，这里就不再详细分析了。还有一批人称年轻一代的小说家，如本·赫特、凯瑟琳·福勒顿·杰罗尔德、韦尔伯·D.斯梯尔、托马斯·比尔、哈里·利昂·威尔逊、埃德娜·费伯、范妮·赫斯特、多萝西·坎菲尔德、伊迪斯·怀亚特、卡沙莫·汉密尔顿、鲁珀特·休斯、哈维·沃伊金斯，这里不可能对他们进行归类或分析。他们中有很多是短篇小说家。

# 第七节

佐纳·盖尔

不久前，佐纳·盖尔小姐还有可能与这些人归为一类。许多年来，她都"在比较温和的一群作家中占有舒服的一席之地"——这是范·多伦先生对她的形容。她主要关注的是"友谊村庄"里村民的亲切友好，"友谊村庄"位于中西部某个地方，就像是奥本区、克兰福德和美国混合而成的令人愉快的国度。

然而，1920 年，她突然给美国读者拿出一部《卢卢·贝特小姐》。请注意，她是"较年轻的现实主义者"。她似乎被迫在甜蜜的生活中流连忘返，而一旦时代精神释放了她，她就急着讲出关于乡村的自满和乡村的伪善的真实故事。当然，在之前的一部小说《出生》中我们就可以看到她的转变，如盖尔小姐自己所说，这部作品"没有人看到过"。然而，《卢卢·贝特小姐》表明了她是一位研究型的现实主义者，用敏锐和穿透性的反讽和幽默描绘某一"重要公民"的伪善和自私，比起她习惯上撇去人类善良天性的浮渣的做法要好得多。《卢卢·贝特小姐》立刻备受赞誉，被改编为剧本，得到广泛讨论，尽管从未像辛克莱·刘易斯先生最近出版的作品那样流行，但也为了鞭笞自满而将其驱逐出美国殿堂而多加了一鞭子。后来的一部小说《淡淡的香水》非常精美，充满了尖锐深刻的观察，使盖尔小姐在一流作家中站稳了脚跟。

人类的许多善良天性似乎突然之间需要进行严格的化学分析。提供这种分析的作品在今天广受欢迎，这被认为是美国民主政治生活特别健康的一个标志。民主政治中纠正错误的东西并不总是很快就会到来的，但它们最终肯定会出现，这是民主理想的本质所在。盖尔小姐在新阶段表现出的文学特征，与梅·辛克莱小姐和罗斯·麦考利小姐相同，尽管不可能一模一样。就描绘的精妙而言，她在美国无出其右者。

## 舍伍德·安德森

舍伍德·安德森是美国另外一位较年轻的现实主义者，人们关于他的讨论大大多于对他的阅读，但他具有一定的声望和地位。他有自己的方法，可以将其描述为不加掩饰的率直，但与西奥多·德莱塞又有明显的不同。他更简洁扼要，更有选择性。他的客观性因观察者的个性而受到了影响。他内心呼喊着反抗现代美国生活的无秩序、混乱和无意义。他惊奇地看到"来自欧洲的那些人，得到了几百万平方英里的黑色沃土、矿藏和森林，却如何在命运的挑战面前失败了，如何只从庄严的自然秩序中得到了人的肮脏的无秩序"。人性中的那一令人遗憾的缺点现在已经令许多美国作家焦虑不安。他没有给出解决办法。他展现了无秩序、混乱，以及对更好状况的无声渴望。他只不过是普遍反叛中的一分子。他似乎在说拓荒的尊严已经与拓荒精神一起被磨灭了，而又没有更好的东西取代它们。哀诉就是这次普遍反叛的实质和表象。

"舍伍德·安德森艺术的特点，"一位批评家说，"就在于他不想逃避生活、忘记生活，反而与之斗争，尽力把受折磨的灵魂从物质的奴役下解放出来。……他不会向生活妥协，也不会为自己虚假地断言什么。他不再存有幻想。他将传统的小说盔甲丢在身后。他毫无遮盖、赤手空拳地展开了斗争。"

这场斗争的结果仍然有些粗俗，有些杂乱，虽然无疑是真实的、诚挚的。
"我无能为力——我的手在颤抖。"他在一首诗中坦言道。

"在很长一段时间里，"他在类似于辩解书的文中承认，"我认为在今天真正的美国文学作品中，粗俗是一个必然的特征。人们怎样才能逃避这一事实，即现在我们中间还没有本土的精妙思想或生活？如果我们是粗鲁、幼稚的人，那我们的文学怎能奢望不受这一事实的影响呢？我们为什么要逃避呢？……

他的小说《饶舌的麦克斐逊的儿子》、《前进中的人们》、《穷白人》、故事集《俄亥俄州的温斯堡》和《鸡蛋的胜利》，在某种意义上，所有这些都证实和体现了这一信条。虽然他的最后一部小说《多种婚姻》表明了他对性的过分关注，甚至有点像 D. H. 劳伦斯。

美国的另一些小说家也信奉这种新的严格的现实主义信条，比如弗洛伊德·德尔、查尔斯·G. 诺里斯、约翰·多斯·帕索斯、伊夫林·司各特、沃尔多·弗兰克等，在此不作赘述。但所有这些较年轻的现实主义者绝不都是纯粹的现实主义者。威拉·凯瑟是一个精力充沛、颇有才华的现实主义作家，但她的主人公仍然具有拓荒者身上的英勇无畏的品质。约瑟夫·赫格希默肯定不是现实主义者，至于詹姆斯·布兰奇·卡贝尔，他被迫为自己带有反讽意味的幻想传奇故事虚构出一个想象的安乐乡，即波伊兹麦地区。

## 詹姆斯·布兰奇·卡贝尔

卡贝尔具有出色的独创性，因此无法对他进行归类。他坚持幻想的哲学传奇，这在美国是独一无二的。他身上具有某种类似伏尔泰和类似莫里斯·休利特的东西，但更多的还是他自己的。他的那些作品——《地球上的人》（*Figures of Earth*）、《祖父脖子里的铆钉》和《多姆内》（*Domnei*）——在某种程度上表明了他一直念念不忘的东西。

"他是散文中的意象主义者。" H. L. 门肯先生说，"你可能喜欢、也可能不喜欢他的故事，但如果你不喜欢他讲故事的方式的话，那么你的耳朵准有问题。就我而言，他的词语实验轻抚着我，好像我被老约翰内斯·勃拉姆斯的曲调轻抚一样。驾驭它们看起来是多么简单啊——而实际上又是多么难啊，难得可恨！"

然而，直到1919年《朱根》发表，卡贝尔才引起更广泛的注意。在许多方面，这是一部传奇作品，一首歌颂勇气的散文诗，一种幻想，人的灵魂为了寻求浪漫和美而进行的一次探索。但由于某种原因，它招来了一位萨姆纳先生——目前他是康斯托克主义的化身——的不满，而被"禁"了。收藏家们立刻开始寻找这部作品，用天价购买它。此后法院解除了对它的禁令，就可以用正常价格购买了。这部小说的被禁为其作者带来了迟到了很久的声望。尽管他采用了那种方式，但仍属于目前的不满现状的运动。虽然他的内容是关于一个虚构之地的富有诗意的传奇故事，有丰富的书本知识和很多典故，但它表达的却是对现代生活和状况的不满。他试图"逃离"生活，但用的却是拉伯雷和塞万提斯的艺术风格，而不是那些不太重要的同时代人的艺术风格。对他而言，这种生活缺乏味道，不美好。他的主人公们必须逃到波伊兹麦和别的世纪去考验他们的爱情，迎接他们的命运。他公开宣称的理想是"完美地描写美妙的事情"，这不会在今天的美国土地上实现，可能也不会在我们所知的任何其他土地上实现。

塞雷德妈妈，"一个不再年轻的女人，一身蓝衣，头上系着一块白毛巾"。詹姆斯·布兰奇·卡贝尔的这个故事讲的是很久以前一个男人徒劳地进行寻找理性和正义的旅行。虽然本书一度遭禁，但鉴于朱根神话细腻优美，思想纯洁，因此人人皆可赏读。

承蒙约翰·连恩、包德利·海德出版有限公司的各位先生惠允使用，复印自其出版的《朱根》

"只有靠在人们的梦想中保持信仰，也许我们最终才会在某一天实现它们……"休·沃尔浦尔在评论卡贝尔的作品时说，"在朱根的故事结束时，我们可以用肯定的声音欢呼一位天才的出现，这位天才就像我们的时代所看到的任何东西一样有创见，一样令人满意。"

现在的欧洲作家没有哪一位堪与他相提并论。

## 约瑟夫·赫格希默

约瑟夫·赫格希默作为小说家仍然很年轻，40刚出头就已经是一位颇有声望的作家了，并以高度的艺术性和敏锐的观察力著称。"就这样站在介于艺术和技巧之间的中间立场上，"范·多伦先生评论说，"赫格希默也站在老一辈未曾改变的道德准则的中间立场上。"他的风格极为复杂精美，事实上有些过于雕饰，在有些有鉴赏力的人看来很沉重。但他那真正的短篇小说展现出了细腻的技巧，尤其见于《三代黑彭尼》、《爪哇岬》和《琳达·卡登》等小说。对他来说，他散文中的雕饰、短语和节奏比任何动荡不安或道德关注都更重要。他总是抱怨渴望多愁善感的女性读者对当代美国文学造成的毁灭性影响。然而，这种貌似对欢乐的渴望并没有对这些新现实主义者的成功产生不利影响。

另一方面，威拉·凯瑟小姐并不抱怨。她已经形成了自己的方法，用这种方法描写她所了解的西部，内布拉斯加州金灿灿的辽阔麦田，一片片无边的草原，冬天毫无遮蔽的雪地，还有在那片土地上辛苦谋生的坚强的人民。她用一种简朴坦率的现实主义描绘了那些勇敢、朴素的品质，这仍然是长期斗争所需要的。在小说《啊！拓荒者！》、《百灵鸟之歌》和《我的安东尼娅》中，主人公常常是女人而不是男人，通常都是外来女人，出身于更加坚强的移民家庭，依靠土地生存而不是挤在城市的贫民窟中。拓荒者和艺术家是她的主人公。在这两种人身上，吸引她的是他们一心一意的投入，坚定不移地坚持一个主要目标。现在的美国小说家中，似乎只有她一人是瓦尔特·惠特曼的直接传人——这绝非微不足道的荣耀。虽然她最近发表的小说《我们中的一个》因具有较高的艺术价值而获普利策奖，但就如此巨作而言，未免令人感觉有些不足。主人公克劳德在内布拉斯加州草原上极为出色，因为凯瑟小姐清楚内布拉斯加州的草原。而在法国战场上的克劳德，不管他怎样被浪漫化，形象却没有那么高大，因为她没有去过那里观察他。但凯瑟小姐拥有足够的天赋，能够经受一次失败——或更确切地说，是部分的成功。不管怎样，她的下一部作品《一个迷途的女人》就如《伊坦·弗洛美》一样完美，几乎堪与托尔斯泰的《哥萨克人》相媲美。

不管怎样，她都不需要反叛乡村，因为她从来就不属于乡村。她最关心的是广阔的田野和在田野里耕作的人们。乡村或小镇对她来说就像零食店或糖果店对男学生一样，是提供物品的基地。

# 第八节

## "反叛乡村"

根据卡尔·范·多伦先生非常巧妙的推测，"反叛乡村"是近来美国各种现实主义、"温柔的新体"的发源地。"温柔的新体"，也就是根本不甜蜜、对村民尤为刻薄的一种文体。根据他的论文，这次反叛是从1915年开始的。1915年，世界各地发生了很多事件，尤其是在欧洲。激烈的斗争开始了堑壕战。欧洲正勒紧腰带准备一场注定要持续很久的战争；欧洲各国的文学慢慢地被这场巨大的灾难完全掩盖，而美国则在焦虑不安地观望。几乎没有人注意文学。然而，1915年还是有一部《匙河集》问世，作者是埃德加·李·马斯特斯，一位迄今为止藉藉无名的诗人。如果不是因为战争，这部诗集肯定会产生更大的轰动效果。

"将近半个世纪，"范·多伦先生说，"本土文学一直忠实于乡村崇拜，心怀喜爱之情歌颂其细腻的品质，怀着孜孜不倦的兴趣在乡村的偏僻角落挖掘那些表明在不激动人心的表象之下隐藏着的天性善良和英勇精神——教义是这么说的——的人和事。"

## 埃德加·李·马斯特斯

马斯特斯先生作为一位传统叛逆者出现了，而他使用的方法很简单。他选取了任何一个村庄都会有的墓地做背景，写一些真诚朴实的碑铭，而这些不是习惯上的碑铭——简而言之，是从未刻在任何墓地里的碑铭。在美国，以前的诗集从来没有引起过这么广泛的注意力，或如此突然地引起人们的注意。如果他做得过头了，而完全可能真的过了头，但这令人反感的事立足于众所周知的事，太明显以至于无法被人忽视。人们一直以为乡巴佬体现了最可爱的善良本性，现在这种看法遭到了无法补救的破坏。贪婪、虚伪、卑劣、冷漠——马斯特斯宣告，这些在乡村也都存在，至少像在任何其他地方一样经常出现。噢，是的，这里有圣人、诗人和英雄——如林肯——但他们太少了。现代的现实主义者最应该感激的是马斯特斯和他的《匙河集》，这也许是事实。

桎梏一旦被突然打开，年轻的美国作家就解放了，获得了极大解脱，说："谢天谢地！乡村独裁、乡村崇拜，都结束了。"

辛克莱·刘易斯、佐纳·盖尔、弗洛伊德·德尔、弗·司各特·菲茨杰拉德和其他作家，突然开始为长期压抑的欲望狂欢，一种类似于沃尔珀吉斯之夜①的合法狂欢。这酿成的一个后果就是，现在连批评家也几乎只在反叛中才能看到美。然而，美国的批评家很少。人们已经在寻找反革命了。然而，情况几乎不可能再像《匙河集》出现之前的样子。

自那之后，埃德加·李·马斯特斯发表了很多作品，包括小说和诗歌，但没有一部像《匙河集》那样新颖、重要。

## 其他诗人

考查其他美国诗人的任务是艰巨的。霍华德·威拉德·库克先生的优秀诗选《我们今天的诗人》(Our Poets Today) 列出大约一百二十多位当代诗人。单是一一列出他们的名字就已经是不可能的。事实上，这个领域也正在经历一场相当于创作复兴的运动。

可以肯定的是，有些人已经成名多年，比如埃德温·阿林顿·罗宾逊，他的《暗夜之子》1897 年发表。1921 年，《诗选》表明他的诗歌创作经过四分之一世纪的锤炼大

---

① 沃尔珀吉斯之夜(Walpungis Night)：出自德国神话，即 4 月 30 日夜晚。在这一晚圣沃尔珀吉斯在哈尔茨布罗肯峰招待魔鬼与巫婆狂欢作乐。一般也指狂欢庆祝。——译注

有长进，令其崇拜者坚信他是一位一流美国诗人。与他一起位居较知名的诗人之列的有华契尔·林赛，也许是自赖利以来最独特的美国诗人；乔治·爱德华·伍德伯里、埃德温·马卡姆、珀西·麦凯、威特·宾纳、路易斯·安特迈耶、卡尔·桑德堡、埃兹拉·庞德、亚瑟·吉特曼、里奇利·托伦斯、莎拉·迪斯德尔，还有已故的约瑟芬·普雷斯顿·皮博迪。毫无疑问，还有很多其他名字应该添加到这里，但正如所暗示的，这几乎是随便的罗列。

新的名字，代表诗歌革新、或大体上代表近期爆发的名字，更是不胜枚举。

比如艾米·洛威尔小姐，她于1910年和1912年开始发表第一部诗集《多彩玻璃顶》，虽然人们通常认为她属于更新、更年轻的诗派。她支持下面这个想法，即反抗比较陈旧的、更具束缚性的形式，支持自由体诗、意象派或复调散文。（如果有人希望看到关于这些新形式的讨论，那最好读读约翰·厄斯金教授写的那部具有启迪性的《诗歌的种类》。）自那以后，洛威尔小姐就不断地发表作品，不管是评论还是诗歌，她的作品为她在美国诗人中带来了她应得的尊崇。

其他较年轻的、近期出现的诗人中有罗伯特·弗罗斯特，他的《波士顿以北》表明他接受了马斯特斯的影响；安娜·亨普斯特德·布兰奇、阿米莉亚·约瑟芬·伯尔、威廉·罗斯·贝尼特、斯蒂芬·文森特·贝尼特、埃莉诺·怀利、亚瑟·菲克、玛格丽特·威德默、托·斯·艾略特、希尔达·杜利特尔，后两位诗人住在英国，马克斯韦尔·博登海姆和埃德娜·圣文森特·米莱。最后一位诗人，虽然在罗宾逊先生的《暗夜之子》发表时只有5岁，终将会高居这里记录的所有名字之上。读她的作品就必须承认她的创造力，每过一年，她的创造力就有所增长。她已经发表了六卷诗集，每卷都有一些不寻常的、出自一位杰出抒情诗人之手笔的瑰宝。

## 剧作家

毫无疑问，美国杰出的剧作家是尤金·奥尼尔。这个年轻人在30出头时（他1888年出生）似乎就把一生的经历全部塞进了短短的几年中，他凭剧作《天边外》突然出现在读者面前，而且几乎已经成熟。这部剧作是真挚的现实主义作品，显然是叛逆性的——远离机器制造和感伤，走向现实。自那以后的剧作确立了奥尼尔先生无可争辩的卓越地位，比如《毛猿》，这是现实主义象征主义的剧作，还有《琼斯皇》和精彩绝伦的《安娜·克里斯蒂》。他那尖刻犀利的现实主义似乎为美国戏剧开创了一个新时代。比如，像欧文·戴维斯这样的剧作家也转向了真正的戏剧，创作出了严肃的、或多或少具有现实性的戏剧艺术典范，如《迂回》（*The Detour*）和《冰封》（*Icebound*）。而戴维斯此前长期专注于创作没有什么价值的娱乐戏剧。

俗语说得好，既然大家都在美国，那迟早都要写出一出戏来，所以，这里显然不能列出所有的剧作家。以前那些知名的、创作出重要作品的剧作家中，有几位可以提一提：奥古斯特·托马斯、大卫·贝拉斯科、詹姆斯·福布斯、路易斯·安斯波彻、菲利普·莫勒、爱德华·谢尔登和雷切尔·克罗瑟斯。非常重要的小说家布斯·塔金顿也是一位多产的剧作家，如他的印第安纳同乡乔治·艾迪一样，他几乎总爱创作舞台轻喜剧。诗人珀西·麦凯至少为美国舞台贡献了一出令人难忘的戏剧《稻草人》；查尔斯·兰恩·肯尼迪虽然是英国人，现在由于长期住在美国，已经自认为是美国人了。他的剧作《房中的仆人》(The Servant in the House)是对美国戏剧令人难忘的贡献。

## 散文家和批评家

当代美国散文家很少。除了塞缪尔·麦科德·克罗瑟斯、约翰·杰·查普曼、罗伯特·科尔特斯·霍利迪、理查·勒·加里恩和约翰·厄斯金以外，美国的散文家主要是文学批评家。而在这几位散文家中，最后两位分别作为诗人和批评家更为知名。

如其他国家一样，美国的伟大批评家也很少。她至今没有培养出一位圣伯夫，也不可能培养出来——这要到美国有了更伟大、更丰富的文学可以让他全身心投入其中的时候。当然，它有乔治·勃兰兑斯，他并不局限于本国的丹麦文学。他是个世界公民，是国际人物。而考虑到美国的混合人口，这种世界主义特征就常常自然而然地成了美国批评的基调。如保罗·埃尔默·穆尔、乔治·爱德华·伍德伯里教授、W.C.勃朗耐尔、阿格尼丝·瑞普利或乔治·桑塔亚纳这样的批评家都涉足文学。当研究美国作家时，他们很少涉及新英格兰派之外的作家，或比瓦尔特·惠特曼、亨利·詹姆斯年轻的作家。

然而，如在文学之外的其他领域中一样，最近出现了一批较年轻的批评家，他们更关注美国文学中当前正发生的事情。在较老的和较年轻的批评家之间，也许在中间地带，是斯图亚特·谢尔曼。而主要关注当代文学的批评家中有范怀克·布鲁克斯、约翰·梅西、已故伦道夫·伯恩、威尔逊·福利特、H.L.门肯、路德维希·刘易松、威廉·利昂·费尔浦斯、H.塞德尔·坎比、约翰·厄斯金和卡尔·范·多伦。从某种意义上说，当代新诗和散文作品都是在伯恩、布鲁克斯和马克斯·伊斯特曼的激励下创作出来的。就连什么都不赞赏的H.L.门肯也对不同作家大加赞扬，如卡贝尔和司各特·菲茨杰拉德。但最后四个名字，费尔浦斯、坎比、厄斯金和范·多伦非常引人注目，因为他们是大学教授。在一代人乃至半代人之前，美国的大学教授很少费神研究当代作家，除非是某位受到普遍赞誉的作家，如罗伯特·刘易斯·史蒂文森或拉迪亚德·吉卜林（这两位都不是美国人）。但最近，费尔浦斯、坎比、厄斯金和范·多伦为激起国人对当代美国文学的兴趣做了很多事。通过书籍、演讲和文章，他们展现了当代作家们的优缺点，予以分类、讨论、分析。那份卓越的季刊《耶鲁评论》帮了他们的大忙。它本身就标志着这场新文学运动及其表达是健康的、有活力的。没有明智的评论，任何文学都不能继续发展。新的美国评论如其他创造领域一样，已经指日可待。

这些又得到了比较广泛、尖锐、深刻的报纸书评的支持，而且，这是相互的支持。大多数较大的美国报纸现在每周都辟出书评版面，如《纽约时报》、《先驱报》和《论坛报》都有书评专栏，这是在有能力的批评家指导下开办的。《读书人》（*Bookman*）的约翰·法拉，《国际书评》的克利福德·史密斯，《先驱报》的亚瑟·巴特利特·莫里斯和《论坛报》的伯顿·拉斯科，《时报》的 J. 布鲁克斯·阿特金森，还有《世界报》的 E. W. 奥斯本和海伍德·布龙，在某种意义上都是书籍世界上的机警的物色人员。《纽约邮政晚报》的《文学评论》是所有国家中最出色的书评版面，由坎比先生任主编。在纽约、布鲁克林、波士顿、芝加哥以及美国各地还有很多这样的报刊书评。如波士顿的《抄报》（*Transcript*）腾出大量版面做书评，几乎与伦敦《时报》的篇幅相同。

这样一种叙述必然是简短的，但不管怎么简短，它要尽力指出在今天的美国文学中发挥作用的力量，新的成分和较旧的成分，不管表面上看起来相距多远，新的肯定是而且明显是从旧的那里发展而来的。比如，这里既没有提到二十五年前的现实主义者，已故弗兰克·诺里斯和斯蒂芬·克兰，他们都是今天的现实主义的先驱；也没有提及已故的杰克·伦敦，在巅峰时期，他是美国通俗小说中举足轻重的人物。还有小泉八云这样的作家，凭他的异国情调和天才也将在文学史上占有一席之地，而不仅仅是当代作家的一章。这里也不能详述约翰·杜威教授、詹姆斯·哈维·鲁滨逊或托尔斯坦·凡勃伦这样的哲学家和社会学家。他们的著作极为重要，但不属于文学领域。同样，像艾达·塔贝尔小姐的作品和《标准石油公司史》（*A History of the Standard Oil Company*）这样的作品，都不属于我们现在讨论的领域。塔贝尔小姐是《亚伯拉罕·林肯传》和其他传记作品的作者；《标准石油公司史》在其流行时非常重要。同样，美国也发表了大量出版文学。如乔治·黑文·普特南在五十年中发表了许多关于出版业的作品，包括《一位出版商的回忆录》（1865—1915），《罗马教会的审查制度》、《中世纪的书籍及其出版商》、《古代作家及其读者》。

我们把很大的篇幅给了那些小说家。因为美国的散文小说，如在今天的大多数文明国家里一样，使所有其他形式显得相形见绌。它表现出一种活力、一种自由，以及在历史上前所未有的生机。所涉及的作家数不胜数，但这里只能提到最重要的。还有比较商业化的作家，超级感伤主义者，显然，在如此简短的大纲中不可能给他们一席之地。他们中有些人的小说达到的销量是比较朴素的哲学所想象不到的。

与读报刊杂志的人相比，读书的人在最多的时候数量也很少。但在一个周刊和月刊的发行量通常都能达到两百万以上、人口有一亿一千万的国家里，它需要一种充满活力的文学，不管结果如何，但任何一种未来都是可能的。

## 参考书目

*American Literature since 1870*, by Prof. Frank L. Pattee.
*The American Novel,* by Carl Van Doren.
*Contemporary American Novelists*, by Carl Van Doren.
*The Kinds of Poetry and Other Essays*, by John Erskine.
*Our Poets of Today*, by Howard Willard Cook.
*Prejudices*, by H. L. Mencken.
*A Short History of American Literature*, (based on the Cambridge History of American Literature). Edited by W. P. Trent, John Erskine, Stuart P. Sherman, and Carl Van Doren.

# 第九节  现代法国作家

## 埃德蒙·罗斯丹

　　法国现代诗人中最受欢迎的是埃德蒙·罗斯丹,这有相当一部分原因是莎拉·伯恩哈特演出了他的诗剧《远方的公主》和《雏鹰》。罗斯丹1868年生于马赛。他8岁时就在写诗,21岁时发表了第一本诗集。他的第一部戏剧《罗马风格》1894年问世,已经被翻译成英语并上演。接下来就是《远方的公主》、《西哈诺·德·贝热拉克》、《雏鹰》——在这部剧中,他对伟人拿破仑的不幸的儿子深表同情——和《吟唱者》(*Chanteclere*),其中,他极其热情地描写了作为法国精神化身的法兰西雄鸡。在《吟唱者》中,有篇太阳颂可能是罗斯丹的巅峰之作。

## 阿纳托尔·法朗士

　　在19世纪,法国文学天才在小说中得到了最完美的表现,20世纪亦如此。在较老的现代作家中,也许外国读者对阿纳托尔·法朗士、罗曼·罗兰和皮埃尔·洛蒂最感兴趣。阿纳托尔·法朗士的天才堪与他之前的那些最伟大的作家媲美。甚至在晚年,他也继续以惊人的、丰富的想象力进行创作。他和托马斯·哈代是欧洲文坛上的两位泰斗。阿纳托尔·法朗士的父亲是法国一位贫穷的书商。他生于1844年,真名是蒂波,他曾说:"我是在书中被谦卑、纯朴的人养大的,我只记得他们。"

　　阿纳托尔·法朗士继承的是蒙田、伏尔泰和勒南的反讽传统,他是个彻底的巴黎人,一位和蔼的愤世哲学家,既不相信上帝也不相信人;他也是一位社会主义者,现在是列宁和布尔什维克主义的辩护者,但他并不坚信社会主义或共产主义会改变人类的时乖命蹇。

毫无疑问，在法朗士的整个一生中，他多多少少赞同修道院院长高聂德——他的《鹅掌女王烤肉店》中的一个人物——的观点，他说他不会在《人权宣言》上签字，"因为它在人和大猩猩之间作了极为明确的、不公正的区分"。

阿纳托尔·法朗士凭《波纳尔之罪》的发表成名时已经 37 岁。之后他发表了很多小说，其中最为著名的也许是东方色情故事《黛依丝》、寓言故事《企鹅岛》、《红百合》和法国革命故事《诸神渴了》。也许在他那篇动人的短篇小说《堪客宾》和那部讽刺杰作《喜剧史》中，法朗士的天才表现得最为明显。堪客宾是个年老的小贩，当一个警察命令他继续往前走时，他拒绝了，所以就被抓了起来，在监狱里关了两个星期。一个人买了他的韭菜，他在等着要钱，但法官不听他解释。出狱时，他发现原来的顾客都到另一个小

照片：亨利·曼纽尔

**阿纳托尔·法朗士**
伟大的法国讽刺作家。

贩那里去买了，他就越来越穷。在绝望中，监狱似乎成了唯一可能的避难所，因此他就公然侮辱警察，结果那个警察只对他笑笑就走了，留下他在雨中瑟瑟发抖。

在《企鹅岛》中，法朗士的深刻讽刺表现得更加绝妙。圣徒玛埃尔在经历了一场暴风雨后到了一个岛上，这是一个只有企鹅居住的岛屿。这位称职的圣徒遵从天职，开始给这些企鹅洗礼。既然接受了洗礼，它们就成了有灵魂的人，因此也就变成了男人和女人们。圣徒玛埃尔接着把整个企鹅岛拉到了布列塔尼海岸。既然成了人，企鹅们就要穿衣服，它们就穿上了衣服。后来，圣徒玛埃尔"精神上感到苦恼，心灵感到悲哀。他迈着缓慢的步子朝他隐居修道的住所走去，一路上他看见许多小母企鹅，用各种海藻围在腰上，在沙滩上走来走去，看看是不是有公企鹅跟在她们后面"①。玛埃尔那颗善良的心越来越感到悲哀，因为当企鹅开始有了财产这个观念——这又带来了其他有趣的观念——时，它们非常迅速地按照人的样子发展起来。

《喜剧史》涉及的是巴黎的剧院生活，那里的琐碎事务、虚伪的感情和卑鄙的勾当。在描写喜剧演员切维里尔的葬礼时，法朗士写出的也许算是现代文学中持续反讽的最佳范例。牧师在唱安魂曲，那些哀悼者，这位死者的朋友们，都在小声闲谈。

"我必须要去吃午饭了。"

---

① [法]法朗士著，郝运译：《企鹅岛》，上海译文出版社，1981 年，第 60 页。译文略有改动。

承蒙约翰·连恩、包德利·海德出版有限公司的各位先生惠允使用,复印自"莱茵河的迹象"

法朗士的描写如此栩栩如生,描写的事件都仿佛从书页中活生生地跳了出来。在这幅画中,不幸的安格兄弟正被三个高大健壮的侍从紧追不舍,他们奉主人严令追赶他,而主人还在不断地喊着,鼓励他们、示意他们:"打他!打他!往要命的地方打!他很壮。"

"你认识熟悉这位牧师的人吗？"

"布尔威尔已经是过去的事了。他像虎鲸一样喷气。"

"在描写玛丽·法轮滨的段落里提提我。我可以告诉你在《三只猴子》中她简直太有趣了。"

在演员们跟着灵车走向墓地时，这些琐碎的谈话一直继续着。在墓地，经理按惯例念了一段颂词。

演员们根据喜好三三两两地聚集在讲演者周围，心领神会地聆听着。他们听得很认真，耳朵、嘴唇、眼睛、胳膊和腿都在听。而各自听的方式也不同，有高尚的，有素朴的，有悲伤的，也有叛逆的，这是根据他们所扮演的角色来定的。

颂词结束时

手绢都动了起来，擦去了哀悼者的泪水。演员们真的哭了起来；他们是为自己哭泣。

法朗士曾说："让我们把反讽和同情展现给人们，让他们去见证和评判。"虽然他的小说里始终有反讽，有时是非常尖刻的，但同情也是常在因素。他最非凡的成就之一就是对贞德进行的冗长详尽的描写，虽然他是个怀疑论者，但在这部作品中，他对这位在法国深受爱戴的圣徒颇为赞赏。法朗士总是明白晓畅，总是高深莫测。他讨厌左拉的过分强调，他小说中的多愁善感是一种智性的快感。

## 皮埃尔·洛蒂

皮埃尔·洛蒂是路易·玛丽·于里安·维欧的笔名，他生于 1850 年。他是在一户清苦的新教家庭中长大的，继承了对大海的热爱，因此在 14 岁时就去海军服役。在洛蒂的艺术生活中，大海和东方影响了他的性格形成。他热爱大海，如同约瑟夫·康拉德也热爱大海一样，这种热爱见于他的全部作品，而他对东方及其矫揉造作的、异国情调的理想主义的迷恋，则在最著名的《菊子夫人》中表现得淋漓尽致。洛蒂自称他的作品立足于"竭尽全力达到真诚、绝对真实"。至于他的风格，保罗·布尔热写道："除了洛蒂之外，没有人能像洛蒂一样写作。"N.亨利·戴弗瑞说："大自然、远处的神秘不断地吸引着他，也吸引着所有那些充满了爱和忧郁的人。在他的全部作品中，总能听到一个主题的声音；生命的转瞬即逝以及死亡的不可避免和无所不在。"

## 其他法国作家

罗曼·罗兰 1866 年生于勃艮第。在创作那部伟大的小说《约翰·克利斯朵夫》之前，他已经写了很多关于大作曲家的有趣文章，还有一部评论托尔斯泰的著作，他显然是托尔斯泰的追随者。《约翰·克利斯朵夫》共有十卷，绝对是世界文学中最长的小说。约翰·克利斯朵夫是个忧郁的理想主义者，德国音乐师，他发现自己与位于莱茵河畔的家乡格格不入，厌倦了日耳曼人的敏感，就决定逃到法国，结果发现自己周围是另一种虚伪，他奋斗了几年没有获得成功，而当最后终于成名时，又没有得到幸福快乐。《约翰·克利斯朵夫》曾被称为"当代最非凡的小说"，这是有道理的。它的主人公打算过上美好的生活，不做不义之事，不想做坏事，虽然对于一定会发生在有志向之人身上的事情，罗兰并不心存幻想，但他强调了托尔斯泰的信念，即有志向的生活是唯一值得过的生活。这位小说家本人是一位坚定的国际主义者。在一战期间，他住在瑞士；在法国名人中，他以倡导和平主义著称。

# 第十节

战前，法国生活、因而还有法国文学都逐渐目睹了一种新精神的形成，与19世纪法国精神截然不同，与勒南和法朗士的怀疑论截然不同的一种精神。如杜克劳斯夫人所说，崇尚真理、正义和自由的一代人之后，是崇尚勇敢、活跃、自控和忠诚的一代人。在勒南的孙子欧内斯特·普西夏里的小说中，这种态度的转变就极为明显，他用黩武主义、天主教和神秘主义代替了祖父的和平主义、怀疑论和唯理论。法朗士在1914年坦率地写道："怀疑论已经过时了。"这种新精神在莫里斯·巴雷斯、夏尔·莫拉斯和亨利·柏格森的作品中得到了最突出的表现。巴雷斯从未忘记1870年他看到德军侵犯法国的神圣国土的情景，那时他年仅8岁。许多年后，在小说《在德军服役》(*Au Service de L'Allemagne*) 和《克莱特·鲍多什》(*Collette Baudoche*) 以及其他充满爱国热情的作品中，已经燃起的仇恨火花熊熊燃烧起来，毫无疑问，这些作品起了相当大的作用，激发了法国的民族主义精神，使其经受了一战的洗礼，最后在打败德军的战斗中发挥了巨大作用。

间接导致这一结果的影响源还有柏格森的哲学。

## 天主教的反动

早在1889年，亨利·柏格森就发表了那部划时代的《时间与自由意志》，这引发了对赫伯特·斯宾塞哲学的反抗。

柏格森直觉的推理方法、对精神与物质的区分以及生机论对较年轻的法国作家们产生了如此大的影响，以至于他们把柏格森誉为先知，他的理论也被誉为新的福音，在这位哲学家的哲学中,年轻作家们还加进了比柏格森本人所表达的多得多的内容,因为其中一人惊呼:"我在每一页里都感觉到了上帝。"

在战前就已经建立了声望的其他法国作家中,至少要提一提小说家雷米·德·古尔蒙;雷内·布瓦莱夫(Rene Boylesve),许多描写都兰地区的精彩故事的作者;萨伏伊的小说家亨利·波尔多,其《炉边小说》足以证明法国有一种完全不是给人以感观之乐的通俗文学;被杜克劳斯夫人形容为"满怀信仰、希望和爱心"的雷内·巴赞,其最新作品《夏尔·德·富科神父》是对神秘主义文学的重大贡献;此外还有诗人弗朗西斯·雅姆和保尔·克洛岱尔。

小说家夏尔·贝玑在《夏娃》中写道:"死于激烈鏖战中的人们是幸福的。"在写出这些词句的时候,他根本就没有想到这样的幸福很快就降临在他身上。一战爆发时,他40岁,是一位努力养家糊口的父亲,但他立即从国防义勇军转到了现役军团,牺牲在马恩河战役中。一战中,差不多有900名已经有些名望的法国作家丧生。"没有一场战争,"保罗·布尔热曾说,"能像1914年的一战那样激发出描写那些勇士们的作品。"也许在这种文学中,永恒价值并不多,但亨利·巴比塞和乔治·杜哈梅尔的战争小说却是对法国文学的重要贡献。

## 亨利·巴比塞

巴比塞创作的《火线》(1916)也许是世界上最伟大的一部战争作品。作者是少数几位处于暴风雨中心的作家之一,他们的任务是用必定永存的热烈词语准确忠实地记录他们看到的恐怖情景。

战前,巴比塞几乎是个默默无闻的作家。他写了两本诗集《泣妇》(1895)和《哀求者》(1900),一部短篇小说集《我们另一些人》(Nous Autres),还有没有多少人阅读的一部小说《地狱》。

战争爆发时,他是个和平主义者,已经过了参军年龄,而且健康状况不佳,但他仍报名成为一名志愿者,要求服现役,因为他相信他是要参加一场消灭战争的战争。《火线》和后来的小说《光明》的读者将会看到,他很快就痛苦地失望了。《火线》是对战争的最强有力的控诉。巴比塞用极

照片:E.N.A.

**亨利·巴比塞**
反战小说《火线》和《光明》的作者,法国最受欢迎的小说家之一。

端的现实主义描绘了战争的恐怖。只有拉丁美洲人或俄国人才能使用这样的现实主义，讲述的是残忍的赤裸裸的事实。

他使用的隐喻总是有力、可信，如把爆炸的炮弹比作可怕的火山爆发，在地球的内脏收集唾液。

这部战争文学杰作产生了深远的影响，激励他再版了他以前的小说《地狱》。一个住在巴黎膳食宿舍的年轻人看到了地狱。他发现自己房间的墙上有个裂缝，透过这个缝可以窥视隔壁的房间。这本书是本世纪最大胆、最可怕的一部作品。它严肃，不带偏见，赢得了法朗士和梅特林克的高度赞扬。法朗士写道"终于有了一部描写人的作品"，而梅特林克则在那些书页中看到了一部天才之作。《地狱》中确实有许多具有深刻洞察力和深远意义的有力段落。但就总体而言，这部小说太恐怖，太过于强调生活中性的方面。

《光明》几乎是在停战时问世的。在这部小说中，巴比塞用情节的细线将那些和平主义理论的发展编织在一起，战争更加坚定了他对这些理论的信念。书的题目指的是一个信奉和平主义的社会，而作者就是其领军人物。

## 乔治·杜哈梅尔

虽然乔治·杜哈梅尔原来是一位精通科学之士，还是位职业医生，但在战前他就已经是位知名作家了。他发表了两部诗集《挽歌》和《同伴》，三部戏剧：在巴黎奥德翁剧院公演的《明亮》、《雕像的阴影》和在艺术剧院公演的戏剧《战斗》。

但他的两部最伟大的战争作品《殉道者传》（1914—1916）和《文明》（1914—1917），为他赢得了声望。与巴比塞一样，杜哈梅尔具有描写他所见所闻的艺术才能；但他是从不同的角度来描写的。他具有比较大的平衡感和比例感。他的描写虽然同样真实，但没有巴比塞那么明白晓畅。倡导者和社会改革家巴比塞确信人类将凭藉皈依一种信条——也就是和平主义信条——而获得重生。诗人、梦想家、哲学家、精通科学之士、怀疑论者根本不相信人的重生，至少在这一"万古"之中。

# 第十一节

## 马赛尔·普鲁斯特

法国当代小说发生了许多最重要的事件，其中之一就是马赛尔·普鲁斯特的非凡系列小说《追忆似水年华》的问世。第一部《在斯万家那边》1914年问世，当时普鲁斯特42岁。读众立刻分为两个敌对阵营：赞成普鲁斯特的和反对他的。前者在国外、本国和荷兰为数极众。但即便在这里,也不是每个人都欣赏他那冗长、微妙的句子和没完没了的描写——用六页纸来分析一个女人的笑容。我们曾听到一位颇有才华的英国小说家大声对一位朋友说:"什么,你在读普鲁斯特!你多像道学家啊!"但是,在这种情况下,也许像道学家比怀有偏见要好些;因为只要你有耐心,普鲁斯特就值得读。他小说中有许多页根本不需要耐心;因为如果他决定那样做的话,他完全可以三言两语就描写出人的一种感情的实质;可以用有力、清晰、难忘的笔触描绘法国外省小镇狭隘的资产阶级生活。普鲁斯特生前目睹了《追忆似水年华》另三部的出版:《在少女们身旁》、《盖尔芒特家那边》,还有《索多姆和戈摩尔》的第一部分。这些作品写出了人在中年时重温童年时代和青年时代的感觉,随即勾起了对度过早年岁月的地方和人的回忆。普鲁斯特于1922年11月去世时,留下了四部作品准备发表,包括《索多姆和戈摩尔》的最后两部,以及《女逃亡者》和《阿尔贝蒂娜不知去向》,从而完成了《追忆似水年华》的整个系列,还有新的题为《重现的时光》的系列小说。

不管后世人对这部卷帙浩繁、比梅瑞狄斯还要晦涩但同样精美杰出的作品作出怎样的评价,它都同样是未来的一个文学之谜。

## 梅特林克

埃米尔·凡尔哈伦虽然是比利时爱国者,战前他在德国比在自己的国家里享有更大的声望,因此,比利时现代文学的代表就非莫里斯·梅特林克莫属了。梅特林克享有世界声誉,甚至比任何一位在世的作家声望都大。但他用法语写作,而且在文化上也差不多完全是法国的,因此,他的作品可以与现代法国作家的作品放在一起来考虑。梅特林克生于1862年。他的第一部作品抒情诗集《温室》于1889年发表。这些诗歌表明了魏尔伦和坡的影响,伯纳德·迈阿尔将其译成了英文。下面的一首《祈祷》具有典型性:

> 一个女人的恐惧占据了我的心:
> 　我如何对付这些恐惧,我的身体
> 我的双手,我灵魂的百合花,
> 　我的眼睛,以及我心灵的众天神?
>
> 噢,上帝啊,怜悯我的悲伤:
> 　我已经失去了指环和手掌!
> 施悯于我的祈祷,我可怜的舒缓,
> 　花瓶里脆弱的剪折的花朵。
>
> 施悯于我口头的冒犯,

未竟之事,未言之说;
用百合花覆盖我炽烈的饥渴,
用玫瑰遮遍沼泽。

噢,上帝啊!鸽子金色的翅膀
飞向记忆中的天堂!
也施悯于我腰间展开的衣裳,
暗蓝的色彩在周围沙沙作响!

梅特林克创作了一些戏剧,其中《佩利亚斯与梅丽桑德》、《青鸟》和非常优美的《玛丽·玛德琳娜》是最有名的。他还写出了令人愉快的《蜜蜂的生活》(他自己就是一位狂热的养蜂人)和几卷题为《卑微者的财宝》、《明智和命运》和《死亡》的散文集。作为剧作家,梅特林克是象征主义者。他的哲学——在戏剧和散文中得到了详尽阐明,

承蒙梅休因有限公司各位先生惠允复印

**《青鸟:孩子们在讲述他们的冒险经历》**(F. 凯利·鲁滨逊)

在几年之内,詹姆斯·巴里爵士给孩子们创作出了《彼得·潘》,梅特林克为他们创作出了《青鸟》,孩子们很少会看到两部如此优秀的戏剧上演。上面这幅画描绘的情景出自《青鸟》,表现的是悌儿提尔和密提尔寻找青鸟归来。

至少部分得自于斯维登堡的神秘主义。比如，青鸟代表的是真理，没有它就不可能幸福快乐，联想到斯维登堡说过天上的鸟儿表示真理，意思就清楚了。对于无法在自己心中找到幸福快乐的人来说，追求幸福快乐总是徒劳的。悌儿提尔和密提尔经过了漫长的寻找，回来后发现他们的宠物鸟是青色的，他们这才发现了这个秘密。"我们走了那么远，原来它一直都在这里。"梅特林克的神秘主义总是关于道德的。用尤纳·泰勒小姐的话说，他关注的是"通过谦卑和爱的道路在自然中寻找上帝；在人——在他的破衣烂衫之下梅特林克描写了闪闪发光的神衣——身上寻找上帝"。

## 第十二节　现代德国作家

### 亨里希·海涅

随着歌德的去世，德国文学的一个伟大时代结束了。卡莱尔认为浪漫主义作家是歌德的后继者，其中小说家、戏剧家和散文家约翰·路德维希·蒂克，诺瓦利斯（诗人弗里德里希·冯·哈登贝格的笔名），曾与斯特恩齐名的让·保罗·里希特尔则是最著名的。但如马修·阿诺德所说，"歌德的大部分使命"要由亨里希·海涅——19世纪最重要的一位德国诗人——来完成。海涅是犹太人，1797年生于杜塞尔多夫。他的童年时代是拿破仑最辉煌的岁月，与他同时代的许多德国人一样，在整个一生中，他最崇拜的就是这位皇帝。就他而言，这是因为拿破仑让犹太人在政治方面摆脱了许多不利条件。在试图经商未果之后，海涅成为波昂大学的一名学生。年轻时，他深受哲学家黑格尔学说的影响。他最早的诗歌发表于1821年。在这些早年岁月里，由于叔叔的慷慨，海涅生活相对宽裕。在叔叔资助下，他度过了很多长假，其间发现了他对大海的热爱。比起任何其他德国诗人来，他对大海的热爱更为强烈，表达得更加彻底。

1827年海涅游览了英格兰，他非常讨厌这个国家。"我会住在那里，"他曾说，"如果我没有在那里发现这两样东西，煤烟和英国人——我哪样都不能忍受。"他讨厌"英国人的狭隘"。他见到了科贝特，说他是"一只被拴住的恶狗，同样愤怒地扑到每一个不认识的人身上，经常咬到家里最好的朋友的小腿，不停地咆哮，而正是因为它不停地咆哮才听不到它的吠声，即使在向着一个真正的贼咆哮的时候也如此"。

海涅与年轻德国党关系甚密，这个党派渴望在德国确立自由主义。拿破仑倒台后，整个欧洲都在闹着恢复旧观，而德国闹得最为厉害；年轻德国党的目的就是要恢复1789年大革命的原则。海涅为了这一目的创作了著名的《旅行札记》。但1830年海涅坦言说他对德国或德国人不抱什么希望。"是什么样的魔鬼驱使我，"他说，"写了《旅行札记》，编辑了一份报纸，为我们的时代及其利益感到烦恼，试图把可怜的德国人霍奇从他小窝里的千年睡梦中摇醒？我从中得到了什么好处？霍奇睁开了双眼，却紧接着又闭上了；他打了个哈欠，却在下一分钟又开始打鼾，比以前更响；他伸展了一下自己僵硬、笨拙的四肢，却马上又倒下，像个死人一样躺在他一贯躺着的旧床上。我必须休息；但到哪里去找一处憩息之所呢？我不能再待在德国了。"

1831年，海涅在巴黎安家。"法国人"，他说，"是新宗教的选民，其最初的信条和教义都是用他们自己的语言拟定的；巴黎是新的耶路撒冷，而莱茵河就是将神圣的自由之地与非利士人的土地分开的约旦河。"1834年，海涅认识了鞋店女售货员欧仁妮·米拉，几年之后他们就结婚了。欧仁妮根本没有受过教育，而且相当愚蠢，海涅与她的关系看起来很像卢梭与厨房女佣人的关系。但欧仁妮性情温和，诗人与她在一起似乎相当幸福。与法国女人的这种关系削弱了他与自己祖国的联系，定居巴黎后，他只回国两次。要顺便提及的是几年前海涅就宣布皈依基督教了。在巴黎，他当上了德国报纸的通讯员，写出了著名的《阿塔·特罗尔》，诗人称其为"浪漫主义者的绝唱"，在这部作品中，他讽刺了他所处时代的诗歌。

1848年，革命爆发的那一年，海涅因为突发瘫痪而卧床不起，长达八年，躺在床上需要人照顾。但他愉快勇敢地忍受了这种活受罪的生活，仔细阅读了所有他能找到的涉及这种病的医书。"这种阅读给我带来了什么好处，我不知道，"他说，"但有一点，它让我有资格在天堂做一些讲座，内容是世上的医生对脊髓病一窍不通。"在饱尝痛苦的这些年中，海涅的才华变得更加清晰，更完善，更具精神性。他的《罗曼采罗》（1851），《新诗集》（1853），还有最后一部作品——即他对卡米尔·塞尔登的超凡之爱使他获得灵感而创作出的诗歌，都比他早期的作品更加真挚。海涅1856年去世，葬在蒙马特尔。

《罗曼采罗》中有许多诗歌表达了诗人庄严的幻想破灭。比如下面这首由玛格丽特·阿穆尔翻译过来的诗歌：

> 在自由战争的最前哨，
> 　我忠心坚持了三十载年华。
> 我战斗，没有胜利，
> 　我知道，我决不会平安回家。
>
> 我日夜守卫——我不能
> 　像营帐里那些战友一样去睡觉——
> （要是我有一点瞌睡，这些
> 　勇士们的鼾声也会使我保持警觉。）
>
> 在这种长夜里我常感到无聊，

也有点害怕——（只有傻瓜什么都不畏惧）——
我就吹起口哨，吹出一种
讽刺诗的大胆的调子来驱除恐怖。

确实，我是拿着武器守卫，
要是走近任何一个嫌疑分子，
我就给他一颗沸热的滚烫的子弹，
准确地打进他那邪恶的肚皮里。

当然，这些万恶的家伙，
其中也有射击的能手，
——唉，这是不能否认的事实——
我的伤口破裂——我的血液逆流。

一个岗位空了！——伤口破裂——
一个倒下了，另一个补充上来——
我倒下了，却没有失败，打坏的
只是我的心，我的武器并没有毁坏。①

## 第十三节　弗里德里希·尼采

　　19世纪后半叶，德国文学中的一个杰出人物是弗里德里希·尼采。他生于1844年，1869年被任命为巴塞尔大学的教授，但由于身体状况一直不佳，1879年被迫辞职。十年后，他开始神志不清，1900年在魏玛去世。正如罗伯逊教授所说，他是"使用格言警句的思想家，是用词语造型的艺术家"。我们这里关注的是艺术家尼采，但首先必须要简要总结一下他的哲学。他开始时是叔本华的追随者，瓦格纳的朋友，但他抛弃了叔本华的哲学，与瓦格纳意见不合，不再悲观地顺从事物本来的样子，并阐述了尖刻的信条以从根本上改变社会。他坚持说人必须在服从无知短视的大众与服从强人、超人——明智、足智多谋、无情，为了自己的利益而统治同胞之人——之间做出选择。在他看来，力量就是最大的美德，软弱就是最大的缺点。

　　尼采最有名的作品是《苏鲁支语录》，以东方为掩饰来总结和详细阐述了超人学说。毫无疑问，《苏鲁支语录》是德国半个世纪内产生的最伟大的作品，即使只被看作一部文学作品的话。下面就是一些典型的警句：

---

① ［德］海涅著，钱春绮译：《罗曼采罗》，上海译文出版社，1982年，第245—247页。

人便是一根绳索,联系于禽兽与超人间。

那大天龙,精神所不再称为主子与上帝者,是什么呢?这天龙名叫"你当"。但狮子的精神说"我要"。

你们当爱和平,以之为新战争的工具。爱短期的和平过于长期的。

你们说,甚至以战争为神圣,是好事么?我告诉你:使凡事神圣化的,是好的战斗。

男子应该教成战士,女子则应教成战士的慰劳者:其他一切,皆属无谓。

你去接近女子吗?不要忘记带鞭子!

凡弱者之役于强者,那是其意志引诱他,还可以在更弱者以上作主:单是这兴趣他不愿抛弃。

地球有一层皮肤,而这皮肤有皮肤病。其病之一,便是例如叫"人类"者。

凡不能命令自己的,应该服从。

一切过去,一切还来;永远转着存在的轮子。一切凋谢,一切重现,永远留着存在的年光。①

## 第十四节　俄国作家

### 尼·瓦·果戈理

在俄国具有想象力的伟大作家中,最早的一位是尼·瓦·果戈理(1809—1852)。他生于波尔塔瓦,在涅仁高级中学接受教育,并在那里创办了一份手抄期刊《星辰》(*The Star*)。1829 年他从那里前往圣彼得堡,尝试当演员,结果失败了。后来,他在政府部门当个小职员。1829 年他发表了一首叙事诗《汉斯·古谢加顿》,结果受到大肆奚落,因此他自己就把所有能买到的全买光了,并专门租了旅馆的一个房间将其全部烧掉。但受到——一位较早的作家,后来给托尔斯泰以影响的——普希金的鼓励,他接着创作出《狄康卡近乡夜话》。这是一个养蜂老人讲的故事,充满了民间故事、传说、习俗和对小罗宋国精彩生活的描绘。果戈理那尖刻、怪诞的幽默是他的一大优点。这些作品之后问世的有《密尔格罗德》和《塔拉斯·布尔巴》。后者是一部散文史诗:讲述了一位老哥萨克酋长和两个儿子,以及哥萨克人和波兰人之间的战争故事。后来,果戈理成为一位现实主义者,是俄国现实主义文学的先驱。《外套》讲的是一个穷职员的悲惨故事,他历尽艰辛得到了一件冬天的外套,结果马上就被人偷走了,这让他陷入了沮丧之中,并因此而死。这种现实主义成为俄国小说的一个源头。对被蔑视的

---

① 以上均引自 [德] 尼采著,徐梵澄译:《苏鲁支语录》,北京,商务印书馆,1992 年。译文略有改动。

人和被慢待的人满怀同情的描绘，对滑稽的、可怜的和怪异的人怀有善良的同情，自那以后这一直是俄国小说的一个重要主题。

果戈理最伟大的小说是《死魂灵》。小说的主人公是一个十足的恶棍，他利用农奴制的一些古怪法律想出了一个巧妙的方法，就是用假抵押物来借钱。在为实施这个计划进行的旅行中，他遇到了各种各样典型而怪异的农奴主，这些人为果戈理强有力的幽默提供了素材。

## 伊凡·屠格涅夫

伊凡·屠格涅夫（1818—1883）是第一位成熟的、扬名欧洲的俄国作家。没有哪一位俄国作家比他更具有艺术性，或像他这样注重文学的形式。他的第一部重要作品，即1852年问世的《猎人笔记》，不仅文笔优美，包括一些对景色的精彩描绘，而且凭其对俄国农奴的逼真再现而促进了农奴解放运动。这为作者赢得了俄国进步团体的热情赞誉。之后他发表了《罗亭》、《贵族之家》、《前夜》、《父与子》、《处女地》和《克莱拉·密里奇》。这些为研究屠格涅夫三十年文学创作期间的俄国各种思想和情感活动提供了素材。《父与子》使"虚无主义者"这个词普及开来。下面就是"虚无主义者"一词出现的段落：

照片：里施基斯收藏馆

**伊凡·屠格涅夫**
三位最伟大的俄国作家之一。

帕维尔·彼得罗维奇摸了摸他的小胡子，接着不慌不忙地问道："那么，现在这位巴扎罗夫先生究竟是一个怎样的人呢？"

"您问巴扎罗夫是一个怎样的人？"阿尔卡季微笑道，"大伯，您要我告诉您他究竟是一个怎样的人吗？"

"好侄儿，请讲吧。"

"他是一个虚无主义者。"

"什么？"尼古拉·彼得罗维奇问道，这时帕维尔·彼得罗维奇正拿起一把刀，尖上还挑着一块牛油的刀子，也停住不动了。

"他是一个虚无主义者。"阿尔卡季再说一遍。

"一个虚无主义者,"尼古拉·彼得罗维奇说。"依我看,那是从拉丁文 nihil(无) 来的了;那么这个字眼一定是说一个……一个什么都不承认的人吧?"

"不如说是:一个什么都不尊敬的人。"帕维尔·彼得罗维奇插嘴说,他又在涂牛油了。

"是一个用批评的眼光去看一切的人。"阿尔卡季说。

"这不还是一样的意思吗?"帕维尔·彼得罗维奇说。

"不,这不是一样的意思。虚无主义者是一个不服从任何权威的人,他不跟着旁人信仰任何原则,不管这个原则是怎样受人尊敬的。"

"那么你觉得这是好的吗?"帕维尔·彼得罗维奇插嘴问道。

"大伯,那就看人说话了。它对一些人是好的,可是对另一些人却很不好。"

……

"不错。以前是黑格尔主义者,① 现在是虚无主义者。我们以后再来看你们怎样在真空中,在没有空气的空间中生存。"②

屠格涅夫对优美的俄国语言驾轻就熟,这在最后一部作品《散文诗》中体现得尤其明显。他的一些短篇小说是他最好的作品,如《春潮》,也是世界小说艺术中的杰作之一。屠格涅夫在巴黎生活了很多年,并与左拉、福楼拜和都德结为朋友。

## 费·米·陀思妥耶夫斯基

费·米·陀思妥耶夫斯基(1828—1881)是一位非凡的天才,他的一生遭遇了那么多的不幸,而他的才华得到了如此发展,简直是个奇迹。他对被压迫的和被蔑视的人给予的同情是惊人的,而他具有不可思议的才能,可以深入人心的最隐秘处——尤其是病态和精神失常之人的头脑,因此,虽然他的许多作品都是在为了应付每日生计的极大压力之下创作出来的,而且,在有些作品中还不能指望他安全地抵达了目的地,但他的部分作品确实堪与任何其他作品相媲美,声望颇高的评论家甚至把他列在俄国小说家的榜首。

他总是极为贫困,患有癫痫病,曾由于参加了一些小规模的社会主义者集会而被判死刑,实际上,他曾在西伯利亚服了四年苦役。回国后,他为躲债而逃到国外,而且由于不相信社会主义者集会的领导人、拥护被压迫者的事业而遭到激进分子的猛烈抨击。他的主要作品有《穷人》、《地下室手记》(是西伯利亚经历的产物)、《被侮辱与

---

① 黑格尔(1770—1831):18 世纪末至 19 世纪初德国唯心主义哲学的最大的代表人物。黑格尔主义者就是信仰他的学说的人,有一个时期一般俄国青年都喜欢谈黑格尔的学说。注释有改动。

② [俄]屠格涅夫著,巴金译:《父与子》,北京,人民文学出版社,1991 年,第 24—26 页。译文略有改动。

被损害的》、《罪与罚》（一部非凡之作，据说对尼采产生了巨大影响）、《群魔》，以及未完成的《卡拉马佐夫兄弟》。

《罪与罚》也许是所有文学中最伟大的现实主义小说。

# 第十五节

## 列夫·托尔斯泰伯爵

俄国文学中最伟大的人物列夫·托尔斯泰伯爵（1828—1910），出生在亚斯纳亚波利亚纳的家族庄园，在喀山国立工艺大学接受教育。他参加过克里米亚战争，参与了对塞瓦斯托波尔的袭击。退役后，他游历了德国和意大利，之后结婚，在庄园里定居下来。他接连创作了许多作品，蜚声世界。但在1880年左右的时候，他决定把财产转给妻子和家人，自己像个务农的农民一样生活。除了小说外，他还写出了具有哲学、宗教和社会意义的一流散文和其他作品，产生了世界性影响。他还创作了一系列戏剧，算得上是俄国最好的剧作；因此，一旦考虑到他的全部成就，他是无人能与之相媲美的。

他最伟大的小说也许是《战争与和平》，这是一部极长的作品，描写了两个家族十二年多的生活，其中包括拿破仑的入侵。这是一部了不起的作品——一座里程碑，想要了解俄国或俄国文学的人绝不能错过它。正如莫里斯·巴林所说："在历史小说中，我们第一次不是说：'这很可能是真的'或'这是多么了不起的历史重现啊！'，而是感觉到我们自己就身临其境，我们熟悉那些人；他们是我们自己过去的一部分。"

《安娜·卡列妮娜》的成就同样伟大，讲的是1876年的俄国，对比了圣彼得堡与乡村的生活。其结尾的章节第一次表明托尔斯泰即将投身于宗教和改革活动。他70岁以后完成的最后一部伟大作品是《复活》——他坦言说这是一部宣传作品，

承蒙查普曼与霍尔公司各位先生惠允使用

**托尔斯泰——一个典型姿势**

伟大的俄国哲学家和小说家。

是用来表达他对生活中存在的问题的感受的。

他的另一部主要艺术杰作是短篇小说《克莱采奏鸣曲》，我们一会儿再来谈它比较合适。其他短篇小说有《少年》、《童年》和《青年》,《两个轻骑兵》、《家庭幸福》、《哥萨克》（是他住在高加索山当军校学员时的产物）、《波利库斯卡》、《伊凡·伊里奇之死》、《霍尔斯托默：一匹马的故事》、《主与奴》，以及死后发表的《哈吉穆拉特》（也是讲他在高加索山上的生活的）。还必须提一提精彩的《塞瓦斯托波尔故事集》，这是根据1855—1856年围攻期间他任炮兵军官的经历写成的，一战中在法国参战的战士们引起极大共鸣，因为这与他们自己的经历极为相似。他那些精彩的小故事收录在《二十三个故事》中[①]，其独特的方式无与伦比。如果艺术的真正标准像托尔斯泰在《什么是艺术？》中所宣称的那样，"简短、简洁、真实"，那么在现代文学中这些短篇小说就非常接近于完美了。它们让刚接触文学的孩子们感到愉快，同时也赢得了伟大作家和批评家的赞赏。

在托尔斯泰1889年创作的非凡作品《克莱采奏鸣曲》中，他重提独身和贞洁的观点，这是基督教在某些地区、修道院提出的规则，也是一些东方宗教所提倡的。他在一部坦率的现代小说中大力宣扬这些观点，让读者们愕然，正因如此，在俄国和其他国家，人们普遍长期讨论和谴责这部作品，还由于这本书引人入胜，具有极高的艺术价值，因此讨论和谴责也就非常热烈。

## 安·巴·契诃夫

安·巴·契诃夫（1860—1904）的父亲是农奴。他生于塔甘罗格市，在莫斯科学医。他没有写过长篇小说。作为探讨知识分子的短篇小说家，他在俄国文学中无人能及。他还创作了六部一幕剧和五部正剧。他的戏剧在一流的莫斯科艺术剧院公演时大获成功。他作品的独创性在于他发现了为了确保观众的兴趣，情节并不是必需的。人们曾认为这些戏剧缺乏情节，会妨碍它们在舞台上获得成功，但结果发现它们非常有趣，是更具戏剧性情节的剧。他主要的剧作有《海鸥》、《樱桃园》、《伊凡诺夫》、《三姐妹》和《万尼亚舅舅》。他当然是俄国第一流的剧作家，在俄国之外也取得了很大成功，比那些极具俄国性的主题所预期的成功还要大。

## 马克西姆·高尔基

马克西姆·高尔基生于1868年，在过去二十年的俄国文学中，他是最著名的人物。他的父亲是工匠或是小商人，母亲是一位农妇。12岁时，高尔基离家出走，到伏尔加

---

[①] 《二十三个故事》不是托尔斯泰的一部作品的名字，而是牛津大学出版社编辑的世界经典系列中的托尔斯泰最好的短篇故事集。——译注

河的江轮上工作。他干过面包师、街头搬运工、苹果商贩等工作，后来他在一个律师事务所当书记员。1891年他和流浪汉们一起在俄国南部流浪，1892年开始为一家省级报纸撰写短篇故事。这些故事质量极高，令人惊讶地使他从底层崛起，很快为他在俄国和西方世界赢得了极高的声望。

《玛尔伐》、《二十六个和一个》和其他短篇故事大受欢迎。他对"反叛者"——他认识的流浪汉中最引人入胜的那类人——的吹捧，在许多读者的头脑中引起反响。他们厌倦了体面社会的乏味平庸，厌倦了在法令的单调统治下没有强烈感情的生活。高尔基笔下的一个女主人公瓦莲卡·奥列索娃说："俄国英雄总是又蠢又笨。他总是什么都讨厌；总在思考一些无法理解的东西，而且，他自己竟是那么痛苦，那么痛苦！他会思考，思考，然后开口讲话；然后他会发表一篇爱的宣言，再三思考之后，他就结婚了；他跟妻子说些各种各样的废话，然后就把她抛弃。"

高尔基在尝试写长篇小说时，并非同样成功。《福玛·高尔杰耶夫》、《三人》，还有《奥罗夫夫妇》都不如他的短篇故事优秀。

一个文学时代随高尔基结束了。他是从旧俄国崛起的最后一位伟大作家。革命后的俄国正在创造自己的文学——暴力的，也许只是过渡时期的文学。

## 第十六节　现代意大利作家

### 焦苏埃·卡尔杜齐和加布里埃尔·邓南遮

加布里埃尔·邓南遮是现代意大利文学中最广为人知的名字。他最早的诗歌写于1880年，那时他才17岁，诗中他表明自己是卡尔杜齐的追随者。虽然卡尔杜齐在国外几乎无人知晓，但却被称为现代意大利文学之父。卡尔杜齐最典型的作品是1865年发表的《撒旦颂》，赞美了对基督教的反叛，在诗人看来，基督教威胁到他祖国的伟大。然而，这首诗是反专制的，而不是反对任何真正的信仰，具有拜伦的风格。1877年发表的《蛮歌集》在意大利引起了极大反响，可以看作是卡尔杜齐在艺术中所代表的东西的典范——用古典的甚至古籍的形式非凡地表现了现代民族主义的理想。他是比邓南遮更伟大的艺术家，更伟大的诗人，但他那强烈的民族主义多多少少使他不被意大利之外的国家所理解。他回归古典形式，单这一点就是民族主义的一种表现，但如果是其他国家的作家回归古典就不能说是民族主义的——因为那些形式都是古罗马传统和古希腊艺术所特有的，而古罗马传统和希腊艺术是罗马帮助传播到全世界的。

邓南遮是一位剧作家、诗人和小说家。他的诗歌有大量的比喻和古语，如此博大

照片：亨利·曼纽尔

**加布里埃尔·邓南遮**
意大利诗人和政治家。

精深，以至于凭作者惊人的气势才免于被人指责卖弄学问，而且外国人很难读懂。希腊语、拉丁语、古意大利语、中世纪法语的和英语的影响交替支配着他，但他的基本特点没有改变。憎恨中产阶级习俗，渴望残忍的和美丽的自然，一种尼采式的统治意志和帝国主义意志，最重要的是，渴望任何形式的异国情调，这就是这位相信自己就是行动的艺术家所具有的特征；他求助于艺术，是为了实现被他生活于其中的那个社会否定了的梦想。

英国读者熟悉他的许多小说——《火》、《死的胜利》和《乔万尼·埃皮斯格坡》。他的几部戏剧被阿瑟·西蒙斯翻译成了英语，译文极好。这些戏剧表明他创造了一种新的散文，有时优美，有时乏味，不胜负荷。邓南遮在空军服役时的丰功伟绩以及在阜姆事件中的英勇行为使他的名字家喻户晓。

## 乔凡尼·巴比尼

批评家和小说家乔凡尼·巴比尼在经历了许多精神体验之后，现在主张他的信仰。战前，在《上帝回忆录》中，他尝试从宇宙创造者的角度来看宇宙，战后则以《基督传》谦卑地表现一种新发现的基督教，以便有益于战后的社会，因为"自有记载以来从没有任何卑鄙像现在这样无耻，从没有任何干旱如此炙热——我们的地球是被太阳的恩赐照亮的地狱"。

《基督传》重新讲述了《圣经》故事，加上了许多评论。在一段优美的文字中，巴比尼强调了基督在穷人中出生和生活这一事实：

> 那双给愚蠢之人带来祝福、医好了麻风病人、给盲人带来光明、起死回生的手，那双在十字架上被钉子穿透的手，是浸润在艰苦紧张的劳作洒下的汗水中的手，是苦役在上面留下其刺伤标志的手。那是拿着工具、钉钉子的手——一个劳动者的手。耶稣从事灵魂的劳动之前，从事的是物质的劳动。

这部伟大戏剧的结尾是以崇敬之情和强烈的戏剧感讲述的，这种戏剧感是整部小说的特点。偶尔对基督进行的描绘都很精彩，让人浮想联翩。

在散文集《二十四颗心灵》中，巴比尼表示他根本不在乎传统看法和偶像崇拜。对他而言，哈姆雷特只是"一个胖乎乎的神经衰弱的人，一半邪恶，一半愚蠢"，哲学家赫伯特·斯宾塞就是"迂腐的哈姆雷特，来自一半聪明、一半妥协的资产阶级"。巴比尼对尼采极为钦佩。"我跟你说，我不知道还有哪一种现代生活比弗里德里希·尼采的生活更崇高、更纯粹、更悲惨、更孤独、更绝望的了。"

在不试图深入探讨哲学或批评的前提下，我们必须要提一提贝内德托·克罗齐。克罗齐先生涉猎极为广泛，他也属于欧洲。他的《美学理论》从根本上改变了当代欧洲的批评思想，仅说这一点就足够了。

## 第十七节　斯堪的纳维亚作家

欧洲要感谢斯堪的纳维亚，仅仅为了汉斯·安徒生而不是任何其他天才。

### 汉斯·安徒生

汉斯·安徒生1805年生于丹麦群岛，他是一位穷鞋匠的独子。然而他的父亲似乎曾经渴望受教育，并为了儿子竭尽所能；他曾给儿子读《天方夜谭》。安徒生在自己的生活中经历了所有寓言家都深爱的故事。他地位低下，多病，受到奚落嘲笑，后来赢得了极高的名望，因此在七十诞辰之际他收到了一本书，里面有他的一篇故事，用十五种语言印制而成。他是一个爱空想的、迷信的孩子，但出人意料的是他善于观察。在他那兴奋的想象中，整个世界没有无生命的东西；一切都在说话，都有自己的性格。因此在故事中，花儿有人的生命，一个影子、一个织针、一个先令、一轮月亮、一棵杉树、一只丑小鸭和一个旧街灯都有人的生命。

汉斯的父亲在拿破仑战争中去世，母亲很快就改嫁了。由于这个孩子酷爱玩那个小小的模型剧场，爱给演戏用的玩具娃娃穿衣打扮，他们就让他当徒工学裁缝，后来把他送进了一家布厂。他14岁时从那里逃走了。虽然他对自己的未来有过宏图大志，但他几乎不会书写。他恳求母亲让他到哥本哈根试试运气；因为听了一个预言者的话，母亲就同意了。"你的儿子将成为一位伟人，"那个老妇人说，"为了纪念他，欧登塞有一天将声名显赫。"

汉斯到了首都之后，就积极尝试登台演出，但不论在哪里他都被当成疯子。但是，不久音乐学院的院长西伯尼、然后是诗人古尔德博格（Guldburg）都来帮助他，给他提供住宿，让他接受教育。这个腼腆、感情丰富、笨拙的男孩开始作为一位诗人而得到承认；然而，他受到的挫折根本没有结束，只是少了一些而已。总体而言，批评家们持不赞成的态度；但1833年国王赐予的旅游津贴让他获得了稍许平静。他发表了许多

《皇帝的新装》(埃德蒙·杜拉克)

这是安徒生的故事《皇帝的新装》的最后一幕。这个故事讲的是一位喜欢华丽服饰的蠢皇帝被两个织工骗了。他们说能织出最美丽的布来,而且不称职的人都看不见这种布。实际上,他们什么也没有织,等到皇上要穿着新衣参加游行大典那天,他和宫里的任何内臣都不承认看不到闪闪发光的衣服,怕这样的话会被别人认为他们不称职。

皇帝在街上游行时,人人装作在欣赏的样子,直到有一个小孩子说了下面的这句话,戳穿了真相:

"可是他什么衣服都没有穿啊。"一个小孩子叫出声来。

承蒙霍德和斯托顿公司各位先生惠允使用

诗歌、旅行札记、两三部小说和浪漫戏剧,1840年,他发表了《没有画的画册》。他游览了英格兰、意大利和东方。1844年他拜访了丹麦王宫,得到了一笔年金。《讲给孩子们听的故事集》1861年发表,《野天鹅和冰姑娘》1863年发表。他受到同胞们的赞扬,被授予二级高级骑士国旗勋章——为了与那位丹麦拇指仙童卑微、不幸的童年进行对比,这些事情讲起来很令人开心。

安徒生的童话故事丰富非常,表现了他那异想天开的个性。其中很少故事是从以前的资料中搜集来的,尽管"丑小鸭变成白天鹅"这个寓言故事是由农家院里的动物演绎出来的灰姑娘主题;《飞箱》和《旅伴》就像佩罗的《蓝胡子》一样来自东方;小克劳斯也许是无意识地取自狡猾的列那狐和穿长靴的猫的故事,在与那个愚蠢的压迫者大克劳斯进行的斗争中,使用了最应受指责的诡计。

很难挑出安徒生的哪一个故事来特殊提一下,因为在一部故事集中我们看到他的情绪和虚构才能极为多样。他可以是绝望的、古怪的、异想天开的、恐惧的、快乐的、可怕的,或是难以言表的温柔。他表现的是普通事物,但绝不是以普通方式表达的。在精灵似的手中,锡兵、套鞋、打火匣、一双红鞋,或一个守夜人都变得如此迷人,像阿拉伯半岛和中国寓言中的奇闻异事一样。

丹麦现代文学中最引人注意的人物是乔治·勃兰兑斯,一位伟大的批评家,他写出了关于莎士比亚的精彩评论作品,或许是过去的半个世纪中最著名的欧洲批评家。

承蒙霍德和斯托顿公司各位先生惠允使用

**《天国花园》(埃德蒙·杜拉克)**

只要孩子们仍然相信有仙女存在,那么安徒生肯定仍是孩子们喜爱的最伟大的童话故事作者之一。
埃德蒙·杜拉克所画的上面这幅彩色插图描写的是安徒生的《天堂花园》中的一个情节,讲的是非常想去天国花园的国王的儿子,骑在东风的背上到了那里。东风穿成中国人的样子,飞过大地和海洋,直到他们快到"开出一片花朵的天国花园"、"空中立刻有一阵花朵和香料的气味飘来"。

属于斯堪的纳维亚的还有两位享有世界声誉的剧作家,挪威的易卜生和瑞典的奥古斯特·斯特林堡,他们的作品要在别处予以讨论。在挪威的小说家中,易卜生的同代人比昂松是最有名的。在小说《上帝之道》中,他有力、深刻地探讨了遗传和教育这两个问题。此后,克努特·汉姆生像比昂松一样受欢迎,其作品有得到广泛阅读和讨论的《饥饿》、《潘神》和《大地的成长》。

## 第十八节　西班牙作家

因为不像英国那么"中心化",西班牙产生了一批"乡土"小说家,他们的灵感虽然来自地方的而非欧洲的生活和习俗,但仍非常重要。

在英国也有这一倾向的代表,其中最伟大的是托马斯·哈代,但在英国他们是个别的,而在西班牙他们则几乎占统治地位,差不多从1870年到1900年的所有著名小说家都是从"乡土"写作开始其文学生涯的。

西班牙也有浪漫主义。如查理二世一样,浪漫主义"垂死的时间太长了,令人沮丧";事实上,它永远存留下来,留在埃切加莱的戏剧中,在加尔多斯那里得到了改进,并隐约留在许多与之抗争但根本没有完全克服其影响的同时代人的意识中。

### 维森特·布拉斯科·伊巴涅斯

毫无疑问,维森特·布拉斯科·伊巴涅斯是在世的西班牙作家中拥有读者最多的作家。他生于1867年,一度曾是极端激进的记者。由于写政治作品,他受到军事法庭的审讯,遭监禁,后来凭誓获释。他在阿根廷住了一段时间,并在那里开始了严肃文学的创作。在众多小说中,只有《裸女》描写的是个人心理的戏剧性事件。在其他小说中,伊巴涅斯在巨大的画布上粗笔挥毫,描绘了控制着西班牙人民生活的工业状况。其中的一部小说《春尽梦残》是对马德里贫民窟的严肃描绘,那里的吉卜赛人,那里的走私者,还有那里的失业者。《大教堂》的故事发生在中世纪城市托莱多,其主题是布尔什维克主义与教权主义之间的斗争。

战争小说《我们的海》和《启示录的四骑士》被广为阅读和翻译。它们都具有相同的特点:活泼生动,色彩明艳,具有精彩的戏剧性效果。这些也是《碧血黄沙》的特点,这是一部精彩杰作,讲的是一位西班牙斗牛士的生活。伊巴涅斯并没有试图减弱斗牛场中令人作呕的恐怖情景。斗牛士加拉尔陀的死是表现这位小说家描写才能的例子。

加拉尔陀站到牲畜面前,那牲畜站定不动,似乎在等待他,愿意尽快地结束它那长久拖延的折磨。加拉尔陀认为不必再用红布诱惑了。他侧过身子,把红布挂到地面，把剑平举到眼睛一般高，向前直刺过去……现在他要把胳膊伸进去了！

群众由于突然的冲动都站了起来。一连几秒钟，人和牲畜并成一团，这样移动了几步。最内行的人已经在挥动双手急急乎想鼓掌了。他扑上去杀，正像他最有名的时期一样。真是"货真价实"的一剑！

但是突然，雄牛把头用劲一冲，人仿佛一粒子弹似的从两角之间弹出来，在沙上打滚了。接着那雄牛低下头来，用角挑起他那动弹不得的身子，从地上举了起来，一会儿又让他落下来，然后脖子上带着那一直刺到剑根的剑柄，用疯狂的速度继续奔跑。

加拉尔陀迟钝地站起身来，全体观众震耳欲聋地鼓起掌来，想补偿以前对待他的不公道。男子汉呼啦！这个塞维利亚的勇士真好！他玩得真精彩……

但是斗牛士没有答谢这阵热情的叫喊。他抬起两手按着痛得弯紧了的肚子，低下头，跟跟跄跄地往前走。他两次抬起头来找出口，仿佛害怕他这样弯弯曲曲的、发抖的、喝醉了酒似的走法，会找不到门。

突然，他倒在沙上了，……①

## 参考书目

**亨利·詹姆斯：**
 *A History of American Literature*, edited by W. P. Trent, vol. iii.
 亨利·詹姆斯作品的各种版本。

**威廉·迪恩·豪威尔斯：**
 Works.

**欧·亨利：**
 Works.

**杜克劳斯夫人：**
 *Twentieth Century French Writers.*

**埃德蒙·罗斯丹：**
 英文版的 *Cyrano de Bergerac.*

**阿纳托尔·法朗士：**
 Works.

**皮埃尔·洛蒂：**
 Works.
 *The Romance of a Spahi.*

---

① [西]伊巴涅斯著，吕漠野译：《碧血黄沙》，上海译文出版社，2003年，第282—282页。译文略有改动。

罗曼·罗兰：
  *John Christopher* (*Jean Christophe*).

梅特林克：
  *Woks*.

亨里希·海涅：
  *Poems*.

弗里德里希·尼采：
  *Complete Works*.

尼·瓦·果戈理：
  *Dead Souls* and *Taras Bulba and Other Tales*.

屠格涅夫：
  The Works of Ivan Turgenev, translated by Constance Garnett in, 15 vols..

费·米·陀思妥耶夫斯基：
  The Novels of Dostoevski, translated by Constance Garnett, 12 vols..
  *Crime and Punishment, The Idiot*.

托尔斯泰：
  *Anna Karenina,* 2 vols..
  *Anna Karenina* and *War and Peace*, translated by Constance Garnett.
  Aylmer Maud's *Leo Tolstoy*.
  *Life*, by Count L. N. Tolstoi, translated by Isabel Hapgood.

安·巴·契诃夫：
  契诃夫的几卷故事集, translated by Constance Garnett, 还有 2 卷戏剧。

焦苏埃·卡尔杜齐：
  *Poems,* translated by G. L. Bickersteth.

加布里埃尔·邓南遮：
  邓南遮的几部戏剧和小说已经翻译成了英文。

乔凡尼·巴比尼：
  Papini's *Life of Christ*, translated by Dorothy Canfield.

# 第三十六章　维多利亚晚期的一些作家

## 第一节

### 乔治·梅瑞狄斯

乔治·梅瑞狄斯 1828 年 2 月 12 日生于朴次茅斯的高街。他的父亲有威尔士血统，是个裁缝。虽然在政治上梅瑞狄斯是个极端的激进分子，但作为文学艺术家，他描写的却是温文尔雅、有教养的人。毫无疑问，他为自己的裁缝父亲感到羞耻。他的父亲是《埃文·哈林顿》中"大梅尔"的原型，如同狄更斯的父亲是米考伯的原型一样。他的母亲是普通的爱尔兰妇女，梅瑞狄斯 5 岁时她就去世了。梅瑞狄斯在莱茵河畔新维德的一所摩拉维亚学校读书，直到 16 岁。回到英国后，他为当律师而学习，但并不专心。21 岁时，他娶了小说家托马斯·洛夫·皮科克的一个女儿。

关于梅瑞狄斯此后五年内的生活人们知之甚少。结婚那年，他首次在《钱伯斯爱丁堡杂志》上发表了一首诗歌。1851 年第一部《诗集》问世。显然他写的很少，靠写作不可能养活自己和家人。1856 年他发表了《沙格帕的修面》，同年他开始定期为《伊普斯威奇杂志》(Ipswich Journal) 和《晨邮报》撰稿。乔治·艾略特为《沙格帕的修面》写了评论，形容它是"一部天才之作，像世界之林中的苹果树一样珍贵"。作者自己则形容这部作品是"一部天方夜谭式的娱乐之作"。

### 《理查·弗维莱尔的苦难》

《谷粉》1857 年发表，被恰当地形容为"天才胡言乱语的绝佳例子"，是禁欲主义与实现人生快乐之间的对比。两年后，他发表了伟大的小说《理查·弗维莱尔的苦难》，讲的是一对父子的故事：父亲自己受"一种体制"的影响很深，由于盲目地忠于理论，而让自己的儿子痛苦不堪，这是一个令人心酸的讽刺悲剧，因许多段落异常优美而博得美名。梅瑞狄斯敏锐地评论了人的兴奋和悲伤与为上演人生戏剧提供场景的世界之间的关系。

罗伯特·史蒂文森说理查与露茜分别的场景是自莎士比亚以来写得最好的。理查

《乔治·梅瑞狄斯》(赛勒斯·库尼奥)

他创作出了一系列优雅的女性,其中许多都展现在这幅插图中。

画中的人物从左至右为(上)《英格兰的伊米莉亚》中的伊米莉亚,(下)罗达·弗莱明和她的父亲;埃文·哈林顿;(上)《奥承蒙勋爵与阿明塔》中的阿明塔;(下)《理查·弗维莱尔的苦难中》的露茜·戴伯雷,《彷徨中的黛安娜》中的黛安娜;最右边的是《利己主义者》中的克莱拉·弥得尔顿和"瓷器上的小疵点"。

照片:A.A.坦普尔

博克斯希尔的小木屋,乔治·梅瑞狄斯的许多作品都是在这里创作的

离开妻子和儿子去决斗,而她恳求他留下:

> 他几乎就被她那女性的可爱征服了。她把他的手放在她的心窝上,使劲儿地把它按在乳房下面:"来吧,躺在我的心窝上。"她小声说,脸上带着神圣而甜蜜的微笑。
>
> 他更犹豫了,弯下腰来,但鼓足浑身的劲儿,突然亲吻了她,喊声再见,就跑向门边。这一切都是在瞬间发生的。她喊着他的名字,疯狂地抓住他,他让她勇敢点,因为他要是不走的话就会名誉扫地。然后她被挣脱了。

故事以悲剧告终。露茜死了,理查的心碎了。"你可曾注意到瞎子眼中的表情?默不作声地躺在床上的理查就是这个样子——他努力在头脑中想着她的样子。"

《埃文·哈林顿》1860年连载发表。在某种意义上说这是自传式小说,讲的是一个裁缝的儿子,被当作绅士抚养长大,因为父亲欠债,所以要从事他讨厌的职业。故事开始时,那个裁缝"大梅尔"已经死了,但他的个性却支配着整部作品。"他是个裁缝,他养马;他是个裁缝,经历了种种勇敢的冒险活动;他是个裁缝,跟他的顾客握手。最后,他是个商人,从来没有开送过账单。"

梅瑞狄斯的第二部诗集《现代爱情》1862年发表。《观察者报》严厉地批评了这本诗集,而史文朋却写来了一封非同寻常的抗议信,信中他说:"梅瑞狄斯先生是在世的三四位这样的诗人之一,不管其作品是否完美,但总是构思精妙,结果常常无可指摘。"

第一任梅瑞狄斯夫人1860年去世。他们的婚姻并不成功;他第二次与一位有法国血统的女士结了婚,这给他带来了二十年平静幸福的生活。他再婚后不久,就住到了博克斯希尔的弗林特宅,直到去世。

《桑德拉·贝罗尼》1864年发表,这只不过是《维托利亚》的序曲。《维托利亚》三年后问世,是第二部以意大利为背景的小说,但小说中有许多表现梅瑞狄斯智慧的例子,比如把真正强烈的爱情说成是"充满热情的高尚力量"。1866年梅瑞狄斯担任《晨邮报》的特派员,在意奥战争期间与意大利军队一起并肩作战,最终意大利人从哈布斯堡人手中夺回了威尼斯。这次经历让他详细了解了他在《维托利亚》中描绘的意大利场景。《维托利亚》这个故事讲的是1848年革命,这位小说家还在作品中顺便为马志尼[①]描绘了一幅著名的语言图像。

在《维托利亚》中,梅瑞狄斯强调了纪律的必要性。灵魂不能"从曲折的命运中飞出":

> 我们的生命不过是一次小住,
> 去进行一次繁重的劳动:我们与

---

[①] 马志尼(Mazzini):意大利复兴运动中民主共和派的领袖,政治思想家。——译注

上天和星星合二为一，当生命逝去
为实现上帝的目的；否则就与太阳一起死去。

## 《利己主义者》

　　限于篇幅，我们不能详细讨论梅瑞狄斯的所有小说，但还能记得《罗达·弗莱明》1865年发表，这个故事在很大程度上描写的是生活卑贱之人；《哈里·里奇曼历险记》1870年发表，主人公是个非常悲惨的喜剧演员；《包尚的事业》1874年发表，主人公是根据梅瑞狄斯的朋友海军上将马克西塑造的。《利己主义者》1879年发表。写到这部极为优秀的小说时，罗伯特·路易斯·史蒂文森说：

　　　　这是现代大卫的拿单①；这本书要让人怒火冲天。讽刺，愤怒地描绘人类的缺点，这些不是伟大的艺术；我们都能对邻居发发怒气；我们想要看到的是他们的优点——这是我们太过视而不见的，而不是他们的缺点，而缺点又是我们再清楚不过的。《利己主义者》就是一部讽刺作品；很多都是可写的；但它只讽刺一种品质，它根本没有告诉你那粒看得见的尘埃怎么样，从头到尾都在讲那束看不见的光线。被穷追到底的是你自己；这些都是你自己的缺点，被兴味十足地扯了出来，一一列举出来，巧妙、精确得让人难受。梅瑞狄斯先生的一个年轻朋友（我知道这件事）痛苦地去找他。"你太坏了，"他大喊道，"威洛比就是我！""不，我亲爱的朋友，"这位作者说，"我们都是他那样的人。"我自己读了五六遍《利己主义者》，而且打算再读一次；因为我就像这则趣闻中的年轻朋友一样——我认为威洛比揭露的就是我自己，这种揭露不光彩却颇为有益。

　　在创作《利己主义者》之前不久，梅瑞狄斯的《论喜剧》发表在《新季刊杂志》(The New Quarterly Magazine) 上。文中，他敏锐地分析了讽刺、反语和幽默，并且提出如果喜剧的概念盛行起来，那么世界上的很多罪孽和大部分的沉闷无聊都将结束。梅瑞狄斯就是想用喜剧概念创作《利己主义者》的。在他看来，利己主义几乎是不可原谅的罪过，而威洛比·帕特恩爵士是个十足的利己主义者。喜剧女神瞥到他时必然会"紧闭她的嘴巴"。

　　在1880年发表的《悲惨的喜剧演员》中，梅瑞狄斯讲了德国贵族社会主义者斐迪南·拉萨尔和海琳娜·冯·唐尼戈斯之间的爱情故事。另一本诗集《欢乐大地抒情诗集》1883年发表。1884年，《彷徨中的黛安娜》开始在《双周评论》上连载。这个故事是根据谢里丹的一个貌美如花的孙女卡罗琳·诺顿的故事写成的，她的丈夫起诉

---

① 大卫(Daivid)和拿单(Nathan)：《圣经》中的人物，拿单是谴责大卫因看中部下乌利亚美貌的妻子，便设计使之战死并娶其美妻的先知。——译注

她与墨尔本爵士——维多利亚女王时代的英国首相——有染,但没有成功。她还被人蓄意诬告向《时报》透露了罗伯特·皮尔打算废除《谷物法》这件事。《彷徨中的黛安娜》是梅瑞狄斯最受欢迎的小说,主要是由于女主人公的魅力。"就像罗莎琳德一样,"W.E.亨利说,"她是纯粹的女人;如罗莎琳德(和她的姐妹一样),她宣告了自己拥有的权利,承认了那段著名的亲密关系,这说明她非常像她精神上的祖先。"

《我们的一位征服者》1890年发表,《奥蒙勋爵与阿明塔》1894年发表。梅瑞狄斯的最后一部小说《奇特的婚姻》1895年连载发表。1905年梅瑞狄斯被爱德华国王授予功绩勋章。1909年5月18日,他因心脏衰竭而死,享年81岁。

梅瑞狄斯去世时,维多利亚时代已经结束了,他与这个时代也没有什么精神上的联系,人们常常忘记了他与维多利亚时代的大小说家居然是同时代人。他的第一本诗集与《大卫·科波菲尔》和《潘登尼斯》同年发表。《理查·弗维莱尔的苦难》与《双城记》、《亚当·比德》和丁尼生的《国王叙事诗》同年问世。很多年来,他很少被人问津,他的天才几乎没有得到欣赏,而对他的忽视无疑在很大程度上是由于他那"艰深"的风格造成的。亨利说他是"伟大作家中最糟糕的、最不吸引人的一位,也是最好的、最有魅力的一位"。安德鲁·朗格承认"他故意晦涩,过于热切地寻找观点和警句,过于灵活的才智突然转换跳跃",这种做法不对。再次引用亨利的话说:"他使用了大量典故,大量的旁敲侧击和虚惊,妙语连珠,尽情地表达理性的观点和哲学幻想。"虽然阅读梅瑞狄斯仍然需要勇气和毅力,但结果是快乐和启迪。卡莱尔夫人大声朗读《理查·弗维莱尔的苦难》给她丈夫听,最后卡莱尔先生说:"这个人不蠢。"这是一种普通的经历——确实不蠢,而是一个有灵感的领路人。

作为诗人,梅瑞狄斯在歌唱自然时最有魅力,正如理查·勒·加里恩先生所说,他的自然诗非常优美,"因为他热爱并崇拜自然,如一个男人热爱和崇拜妻子一样"。下面这些选自《云雀高飞!》的诗句多么优美啊:

> 他飞起来了,开始盘旋,
> 他丢下来银环一般的声音
> 环环紧扣,没有一环脱落
> 唧唧声,唿哨声,联唱和震颤
> 全部交织起来,传播开去,
> 仿佛潮水的涟漪
> 在一波一波重叠的地方
> 一个涡流又一个涡流旋转。

## 第二节 托马斯·哈代

最伟大的现代小说家仍然在世,而一位活着的作家是不能由那些活着的读者来决定是否应在文学的殿堂里拨给他一席之地的。然而,我们很难抗拒做出或预测这样的决定的冲动。在预测我们自己这个时代的作家将会不朽或将会怎样不朽时,我们自己也有所得。"我们分享胜利,分担风暴。"可以肯定的是,托马斯·哈代的小说、诗歌的读者们和研究者们已经准备承担向哈代致敬的风险。作为一位小说家和诗人,他带给人们一些新的、原创的又令人觉得陌生的旧的东西。他把小说领域从世上可见的悲欢——我们所知的悲欢——更深地推进了一层:推到了人类在星空下的基本生活经历。哈代先生是威塞克斯小说家,也是我们自己的第一位世界小说家,这虽然奇怪但并非难以解释。

在他的伟大小说《远离尘嚣》中有一段文字,我们冒昧地说完全是哈代独有的,不可能出现在以前哪位作家所写的小说中。加布里埃尔·奥克,一个典型的文雅的多塞特牧羊人,坚忍克己,生于这片土地,长于这片土地,古老的道德观念和理想世代流淌在他的血液中。他深夜出来照管羊群。整部小说讲的是关于威塞克斯农场的经营、好运和灾难、当地发生的事件和个人的感情故事,但最重要的是——关于人性的故事,哈代是以多塞特为焦点来理解人性的。于是,农场主奥克带着笛子、满怀希望地出来走到他那孤独的牧羊人小屋,哈代先生精彩地扩展了实际景象,将其置于横跨在人类之上的全部东西之下:

> 天空还是晴朗的——格外的晴朗——全体星星的一眨一眨,似乎是来自同一个躯体的阵阵搏动,是由一根共同的脉搏准确控制好的。北极星正好处在风眼中,从傍晚时分起,大熊星座就绕着它向东边一点一点转过去,现在与子午线恰好成了个直角。在这里,的确可以看出星星之间还有光色的差别,而在英格兰其他地方,你只能从书本上读到,看是看不到的。威严明亮的天狼星闪烁着铁器般刺眼的银光,那颗叫五车二的略呈黄色,而金牛座(又叫毕宿五)和猎户座(又叫参宿四)却是火一般通红。
>
> 在这样一个晴朗的夜间独自站在山坡上的人,几乎可以感触到世界滚滚向东的运动。产生这样的感觉,也许是因为看见整个天球的星辰越过地上所有的物体浩浩荡荡地移动着,这,你只要一动不动地站上几分钟就能觉察到,也许是因为站在山坡上,目力所及的宇宙空间更为广阔;也许是因为这风;也许是因为这怆然的孤独。不管是什么原因,那奔涌向前的感受始终是那么生动、那么恒久。运动的诗意,这是人们经常用到的词组,可是要领略这一史诗般的赞美之词,还

# 第三十六章
## 维多利亚晚期的一些作家

照片：E.O.霍普

**托马斯·哈代，英国功绩勋章获得者**

最后一位伟大的维多利亚人。

是得在子夜十分站在山坡之上，首先要开阔胸襟，把自己同那些芸芸之众的文明人区别开来。那些人此刻睡梦正酣，哪里想得到这样的景象，而你，久久地静静地注视着自己穿越无数星辰的壮阔运动。经过这样一番夜间观测，很难再把思绪收回到红尘中，很难相信，人类那小小的方寸躯体之中，竟能意识到如此的宏伟飞动。①

这就是哈代先生引入英国小说中的特色，他将来可能会因此被认为是最伟大的英国小说家。他是唯一把大片的英国乡村当成故事的合唱队的小说家。这是他最伟大的小说《还乡》取得的巨大成就，但也是他所有小说的倾向。当然，我们指的是那不可思议的、令人难忘的爱敦荒原。《还乡》最开始的几句话也许是英语小说中最精彩的开篇：

十一月里一个星期六的后半天，越来越接近暮色昏黄的时候了；那一片没有垣篱界断②的辽阔旷野，提起来都管它叫爱敦荒原的，也一阵比一阵地凄迷苍

---

① [英]托马斯·哈代著，张冲译：《远离尘嚣》，南京，译林出版社，1997年，第10—11页。译文略有改动。
② 垣篱界断(enclosed)：英国习惯，田园草场，都有树篱、垣墙，界断分隔。英国插图画家兼乡土地志家哈珀(C.G.Harper)在《哈代的故乡》(*The Hardy Country*)一书里说："别的地方，到处都是修整的树篱和铁丝蒺藜的栅栏，把田园圈围，把游人限制。但是在爱敦荒原上面，却没有分布如网的篱垣；这里的游人，可以随意到处游荡，一直游荡到不知身在何处。"注释有改动。

茫。抬头看来，弥漫长空的灰白浮云，遮断了青天，好像一座帐篷，把整个荒原当成了它的地席。①

还有什么能比这更能预示这个古老的、转动着的星球上上演的人类戏剧呢？菲尔丁、司各特、狄更斯、萨克雷、乔治·艾略特，从没有奏出这样的风琴调子。而这个开篇不仅是一个开篇；更准确地说它是个音乐主题，听到过一次，经常重复，就永远不会忘记。在这个由人和物构成的世界里，可以冒昧地说，有一部英语小说最精彩的结尾堪与此媲美，虽然这是由同一只手创造出来的：

钟声打过之后又待了几分钟，高杆上慢慢地升起来一样东西，在风里展开。原来是一面黑旗。

"典刑"明正了，埃斯库罗斯所说的那个众神的主宰②对于苔丝的戏弄也完结了。③

## 早年岁月

托马斯·哈代1840年6月2日生于上博克汉普顿，这是一片林地和一座偏僻的小村庄，距离多切斯特郡大约一英里，在《卡斯特桥市长》中，他把精确与想象独特地交织起来描写了这个地方。他的父亲是位建筑工人，他自己打算成为一位建筑师，实际上他几乎就是一名建筑师。17岁时，他签约成为多切斯特郡一位建筑师希克斯先生的学徒。三年后，他到了伦敦，在亚瑟·布洛姆菲尔德爵士门下学习。1863年，他凭一篇关于《彩砖和赤陶建筑》的文章荣获英国建筑师协会奖章，这个奖是由威廉·泰特为建筑设计提供的。但随着情况的发展和自己精神的变化，他为了文学上的更大冒险而放弃了建筑。哈代先生的小说和诗歌都是根据老威塞克斯写成的，包括威尔特郡、汉普郡、萨默赛特郡和牛津郡。乍一想，似乎一位伟大的小说家必须要以整个世界作为他的小说范围，而不是一个国家的某个地区。但哈代的领域并不是地理上的世界，而是人性。爱默生说，世界在一滴露水中呈现为球状，而就人性所有重要的方面而言，它肯定在哪里都一样，可以在狭窄的范围内进行研究。对简·奥斯丁而言，几个村庄就够了；湖区限制了华兹华斯，但并没有囚禁他；约克郡的高沼地把勃朗特姐妹包围起来，但并没有束缚她们；彭斯没有四处游历。托马斯·哈代从爱敦荒原中看到了世界上各个王国，以及它们的辉煌和无意义。

---

① [英]哈代著，张谷若译：《还乡》，北京，人民文学出版社，1980年，第3页。译文略有改动。
② 埃斯库罗斯(Aeschylus，前525—前456)，古希腊悲剧家。众神的主宰一语，见他的悲剧《被缚的普罗米修斯》第一六九行。众神的主宰指宙斯而言，他压迫众神，强奸了爱娥等。普罗米修斯在那一行的前后文里，大呼反对宙斯的残暴。注释有改动。
③ [英]哈代著，张谷若译：《德伯家的苔丝：一个纯洁的女人》，北京，人民文学出版社，1984年，第577页。

**托马斯·哈代的出生地**

1840年6月2日,托马斯·哈代生于多切斯特附近的上博克汉普顿。

# 第三节

## 小说

  哈代先生的第一部小说是《穷人与贵妇》,但从未发表。1871年《孤注一掷》问世时,哈代开始成为一名作家。这部作品引起了批评家而不是读者的更多关注。翌年,他发表了《绿荫下》,这是他所有小说中最恬静欢快的作品。可以建议读者首先阅读这部小说。接着,《一双蓝蓝的眼睛》问世,这虽然并不是哈代最优秀的作品,但却是一部关于三个人的迷人戏剧,发生在英国各地任意修复教堂的时候。故事差不多只发生在波特莱尔城堡。故事的结局是现代小说中构思最奇特的悲剧事件之一——只有哈代先生才能构想出那种结局。下一部小说,我们已经提到并引用过了,是《远离尘嚣》。小说中,哈代先生达到了在五部小说——《还乡》、《卡斯特桥市长》、《林地居民》、《德伯家的苔丝》和《无名的裘德》——中充分展现的才能。由于有些人对最后一部小说进行了严厉的批判,我们才失去了小说家哈代。

  在利用背景方面,《还乡》可能比任何其他英国小说都要好。实际上,爱敦荒原不止是背景;它就像是精神一样沉思着整个故事,荒原成为徐徐展开的戏剧性事件的有机组成部分。在对这片辽阔荒原——起伏的小丘,漫山的荆豆——的多处描绘中,下

**《德伯家的苔丝》**

自皇家艺术院院士休伯特·赫尔考默教授为《德伯家的苔丝》所作的一组原创插图复制

安玑·克莱在睡梦中走向睡在床上的苔丝,嘴里痛苦地嘟哝着:"我的妻子——死了,死了!"他轻轻地把她抱起来,在夜色中把她抱到了"修道院的院子里,那里都是僧侣的坟墓",他"小心谨慎地把苔丝放在"其中一个坟墓上。

面这段文字是典型的:

> 现在爱敦这种不受锄犁,见弃人世①的光景,也就是它从太古以来老没改变的情形。文明就是它的对头;从有草木那天起,它的土壤就穿上了这件老旧的棕色衣服了;这本是那种特别地层上自然生成、老不更换的服饰②。它永远只穿着这样一件令人起敬的衣裳,好像对于人类在服装方面那样争妍斗俏含有讥笑的意味。一个人,穿着颜色和样式都时髦的衣服,跑到荒原上去,总显得有些不伦不类。大地的服装既是这样原始,我们仿佛也得穿顶古老、顶质朴的衣服才对。
>
> 在从下午到黑夜那段时间里,就像现在说的这样,跑到爱敦荒原的中心山

---

① 见弃人世:意译。原文 Ishmaelitish,是像以实玛利的意思。以实玛利是亚伯拉罕之子,下生的时候,耶和华说:"他的手要攻打人,人的手也要攻打他。"因此以实玛利一字,遂成"社会摈弃之人"的意思。
② 特别地层上……的服饰:英国地志家塞门(A. G. Salmon)在《多塞特郡简志》里说:"荒原的质地是沙子。长着野草石南属灌木(heather)、凤尾草(bracken)和常青棘(furze),间乎有沮洳、低泽、池塘,点缀其间。"按荒原不易生长植物,因地质含酸性过多,反之,在中国则有的地方因含碱性太多而不易生长植物。

谷，倚在一棵棘树的残株上面，举目看来，外面的景物，一样也看不见，只有荒丘芜阜四面环列，同时知道，地上地下，周围一切，都像天上的星辰一样，从有史以前一直到现在，就丝毫没生变化，那时候，我们那种随着人世的变幻无常而漂泊不定的感觉、那种由于现代还无法制止的日新月异而受到骚扰的心情，就觉得安定沉稳，有所寄托。①

哈代先生赋予了景色独立存在的特征和一种确实非常罕见的精神生命。这种最为详尽——因为是习惯——的观察力，可以在他对威塞克斯农民生活的把握中见出。他了解小说人物的内心。用已故莱昂内尔·约翰逊的话：

> 那个可怜的人儿，"伦敦上区那个舞文弄墨的家伙"，可以使尽浑身解数描写乡巴佬儿：不下大力气，他不可能表现他们。但哈代先生具有描写和表现自己同乡所需要的全部才能：在他的作品中，那些乡下人完全相同。他知道在精明人的沉默、蠢人的愠怒背后隐藏着什么；塑造性格的命运的祝福和打击；劳动中数不胜数的细节，它们标志着工人们的脑和手；他的威塞克斯农村里的一切。那里的生活观、社会观、宗教观、多种多样的古怪的观点，他都了如指掌；但他所知道的这些并不只给了他才能；也产生了美。

哈代先生非常精彩地重现了村民的谈话，一个很好的例子是《远离尘嚣》中约瑟夫·普尔格拉斯、科根和马克·克拉克在鹿头客店的交谈，普尔格拉斯要停在那里恢复一下精神，他把棺材留在马车里和雨中，里面装着不幸的受害者特洛伊中士和范妮·罗宾的尸体。

> "约瑟夫，我看你准是在非国教派的。没错。"
> "噢，不，不，我还没到那个地步。"
> "拿我来说吧，"科根说道，"我可是个坚定的国教派。"
> "哎，真的，我也是，"马克·克拉克附和道。
> "我不想把自己说得怎样，我不愿这么做，"科根继续往下说，一喝了酒，他说起话来就老扯到信仰上去。"不过我从来没有改变过一条信仰。我出生时信仰什么，到现在我都像膏药一样紧紧贴在上面呢。不错，国教就有这点好处，你可以一边信它，一边高高兴兴地坐在陈年小店里，那些信仰什么的统统不去想它。可是要成了非国教会的成员，不论刮风下雨都得上教堂去，把自己弄得疯疯癫癫的，让人笑话。不过非国教会的人自有他们聪明的地方。一谈到报纸上登的家庭和船只遇难一类的事，他们的头脑里居然能想出这么美丽的祈祷词。"
> "是这样，是这样，"马克·克拉克想进一步证实这样的说法，他说道，"可

---

① [英]哈代著，张谷若译：《还乡》，北京，人民文学出版社，1980年，第7—8页。译文略有改动。

是咱们国教派的人,事先都得把要说的全印好,不然的话,对上帝这样的大人物,就像还没出娘胎,都不知道该说些什么了。"

"比起咱们来,非国教派里的那些人同天上的人们关系可就熟多了,"约瑟夫若有所思地说道。

"是的,"科根说道。"咱们都很明白,要真是有人能上天堂,那准是他们。……不过,我很讨厌有人为了上天堂,就把自己从前一贯坚持的信仰也改了。还不如为了几个英镑去干告发人的勾当呢。"①

哈代先生的所有这些特征都可以在其他小说中找到:在《号兵长》(描写拿破仑入侵时的恐怖情景对威塞克斯的生活造成的影响)、《老底嘉人》、《贝妲的婚姻》、《威塞克斯故事集》和《生活的小小讽刺》中都可以看到。同样将会发现,在哈代的所有小说中,他的风格都是相同的。那是一种井然有序、沉稳从容的风格,仿佛通过镶嵌小方格达到其效果一样。它可以辞藻华丽,但从不会通篇华而不实,仿佛从不、或者说很少随便地抛出一个警句一样。他的风格似乎是那庄严的主题所特有的,是发生在缓慢运动的古老世界上的生活戏剧所特有的。

## 《统治者》

哈代先生最长、最伟大的作品是《统治者》,分三部分,分别于1904年、1906年和1908年发表。要解释和说明这部伟大的关于拿破仑时代的威塞克斯的严肃戏剧——既现实又具有寓言特征——是如何展开的,整个这一章的篇幅恐怕都不够用。威塞克斯的农民和来世的人,无所不在的意愿和那些岁月的精神、虚幻的智能和怜悯精灵的化身交织在一起。乡村新出现的迷信与旧的迷信混合在一起。

《统治者》是对我们历史上一个最伟大时代的庞大构思:它介绍了国王和政治家;其舞台在欧洲;其氛围是战争;整个戏剧被战争和历史的火山爆发所震撼。

## 第四节 诗 歌

托马斯·哈代在成为小说家之前就已经是诗人了,现在,不当小说家(他的最后一部小说《无名的裘德》,大概是三十年前发表的)之后,他仍然是一位伟大而多产的诗人,在英国诗歌史上占有一席之地,就像在英国小说史上一样。哈代从不墨守成规。另一方面,他也从不对评论无动于衷。在《无名的裘德》被人误解、被人低级地嘲弄时,他就放弃了小说。

---

① [英]托马斯·哈代著,张冲译:《远离尘嚣》,南京,译林出版社,1997年,第304—305页。译文略有改动。

接着，他重新开始了诗歌创作——他的初恋——但这时他已经是个深思熟虑的人了，对他来说，诗歌现在是一个即将被人生经历填满的杯子。他的诗歌《七十出头》（*In the Seventies*）就是对那些最初的内心灵感的美好回忆：

    七十出头我胸中携带着
      紧紧围着，
    投下魔幻之光的空想
    在工作的时间和憩息的无声时刻
    七十出头；我把它们携带在胸
      紧紧围住。
    ……
    七十出头无以将其黯淡或毁灭
      它在我心中紧锁
    尽管像灯芯那样透彻；
    薄雾和昏暗都无法将其削弱
    七十出头！——无法将其黯淡或毁灭
      它在我心中紧锁。

  开始了解哈代先生的诗歌时，读者最好选一本较小的诗集，如《早期与晚期抒情诗》，这本诗集于1922年发表。从其中许多诗中，我们都可以看到哈代习惯性地喜欢追忆，为错过的机会感到懊悔，或者对那些第一次会面的结果或没有结果而感到惊讶，为记起轮船于夜间经过时有所感触而诧异。在《西威塞克斯少女》中就是如此，这位少女"多么欢乐，无忧无虑"，并通过求婚而成为他的：

    可我从未陪我的西威塞克斯少女
     趁着年轻的心跳荡有力，
      游历她的霍山故里，
    也没伴她走在大理石街面——
     那儿人们常去赶集，
    而在她欢蹦乱跳的童年少年
     她的双足曾与之多么亲昵。①

  在一首小的故事诗《火车上的怯懦者》中也是如此，这首诗如此之短，所以我们才冒昧全诗引用：

---

① ［英］哈代著，刘新民译：《哈代文集》（第8卷）北京，人民文学出版社，2004年，第366页。

> 上午九点过一座教堂，
> 上午十点路过海岸，
> 十二点是座城镇，烟尘污浊肮脏，
> 下午两点，橡、桦树林芬芳苍苍，
> 　然后，她在月台上出现：
>
> 一位美丽的陌生女郎，没朝我注视。
> 我想："敢不敢下车去追？"
> 但我坐着没动，心中找着托辞。
> 于是铁轮滚动向前驶去。啊，要是
> 　我在这儿下了车，那该多美！①

这种懊悔与个人的"悲观主义"没什么关系，因为这些构成了生活，我们每个男男女女都会有这样令人懊悔的经历。

但是，过去漫长岁月的流逝并不总是成为悲伤的主题。在《在出生地生死的人》中，我们听到了另一种音调。婴儿被第一次抱下楼来；八十年后，他最后一次走上这个楼梯。这幅画可以抚慰像我们这个时代中的灵魂：

> 在十一月那些夜晚——
> 　那是在八十年前——
> 婴儿和驼背人
> 　走在那些台阶上
> 　从早年的第一次
> 　到最后一次虚弱的爬行——
> 那新的和那旧的
> 　甚至完全相同；
> 是的，谁在十一月经过
> 这些台阶
> 　是婴儿和驼背人。

在哈代的许多诗歌中，在达到令人伤心的、冷酷无情的效果中存在着一种变幻无常的要素，在哈代的小说中，这有时会让读者犹豫不决。如在《远离尘嚣》中，一个可怜的女孩因为把一个教堂错当成另一个教堂——她要去那里安全地结婚，结果她的整个命运就改变了，从前途光明变成了毁灭。在那首几乎可以算是怪诞无情的小叙事诗《副猎手》中，我们看到了同样的效果。一个年轻人以前跟父亲大吵了一架，之后就离

---
① ［英］哈代著，刘新民译：《哈代文集》(第 8 卷) 北京，人民文学出版社，2004 年，第 361 页。

家出海了，现在他心怀悔意地回到家里，想帮那个老人。他看到一件红外套，以为父亲要去狗棚。他遇到一个老朋友，就停下来跟他聊天，才明白了是怎么回事：

"我诅咒父亲，大吵了一架——唉
　　就扬帆驶向他乡；
感到悔恨，便回转家园；
　　上帝呀，我要做他的帮手，
　　那的确是我父亲
　　就在那些狗窝边。"

"的确，他曾是副猎手
　　已经二十多年；
而你的确离家出海，
　　就像以前的青年。
　　是的，这事真是奇怪
　　那红的正是他穿过的外衣。"

"可是他——他死了；好像被扔在这里
　　他的后背已经扭曲；
虽然那是他的外衣，可现在
　　已经成了禾堆上的稻草人；
　　走近一些你就会看清
　　它在一根棍上扬起。"

"你看，当一切都已落定
　　你母亲变卖了她的东西
她已经回到自己的家乡
　　那外衣，本来就已腐烂发臭
　　现在已经陈旧
　　被农夫用作稻草人。"

这里激起人们哀婉之情的因素太具创造性，这样说也许是有道理的，但这样的批评，如果公正的话，却不适于《两个妻子》的结局，这首诗是《吸烟者俱乐部》的变体。两个妻子出去乘船游玩时，她们的丈夫聚在了一起，后来发生了这样一个传闻：

　　消息传来说船已翻
　　　　一位妇人溺水

　　　　究竟是哪位
　　　　　　仍不得而知：
　　　　我惊呆了——朋友之妻？
　　　　　　还是我的妻
　　　　她这样离去
　　　　　　到那片黑白不分的土地？
　　　　　　——我们得知离去的是朋友之妻。

　　　　然后我不安地喊道："他自由了！
　　　　　　但解放于他无益
　　　　于我亦无益！"
　　　　　　——"但有益，"说话的是我的妻
　　　　　　悄声地。
　　　　"怎么？"我问她。——"因为
　　　　　　他长期以来始终爱我
　　　　　　不停地，
　　　　这是一回事，难道你不懂这理？"

　　这些扣人心弦的短小叙事诗，描写紧张的经历和未说出口的忠告，只有哈代先生才想得出来。我们还可以举出《一个女人的幻想》、《逆时》、《妻子归来》、《肩并肩》、《餐桌上》、《走出地下室》和《在伦敦公寓里》等。

　　关于哈代先生的"悲观主义"已经说得很多了。但是"悲观主义者"这个名称就像"无神论者"一样，并不如实反映人的本能和经验。没有一个神智健全的人能够、或者确实否认上帝的存在。他可能怀疑上帝的存在，或对他对待人的方式感到困惑，但对一个认为人类心智有缺陷的人来说，否认上帝是不可能的。一个被宣布为悲观主义者的人同样处于人类经历的范围之外：他已经对同胞毫无用处了。在写的每一个词中，哈代先生保持并表明了他对人性的信任。他可能认为我们都是客观环境的造物，而不是成功地向宇宙的个体主宰诉求的人。但是他所有的文字都表明他相信，不管人类怎样心怀疑虑地在上帝的引领下走过了暴风骤雨的生活之谷，人的心中都有行动和忍耐的力量，他可以在个人身上和民族当中培养这些力量。"认为灵魂是高贵的"，这就是一切。

# 第五节

## 罗伯特·刘易斯·史蒂文森

  罗伯特·刘易斯·史蒂文森1850年11月生于爱丁堡，他的祖父和父亲都是有名的灯塔建筑师。上学时，他从书本中获益甚少，却从自己所谓的"克鲁索式的探险"中受益良多，"这包括所有这些活动：户外即兴野餐；在海边长草的沙丘边——也许是——挖房子，点燃航海索具，在海滩煮苹果"。这种流淌在血液中的吉卜赛精神一直伴随他终生。而且，从少年时起他就是一位作家了；随着年龄渐长，如他自己所说，他变得：

> 坚持不懈地模仿赫兹利特、兰姆、华兹华斯、托马斯·布朗爵士、笛福、霍桑、波德莱尔和奥伯曼。史诗《该隐》（上帝恕我这样说！）模仿的是用韵文写成的故事《索迪洛：罗宾汉》，选了济慈、乔叟和莫里斯领域的中间道路；在《蒙默思》（Monmouth）中，我依靠史文朋先生的胸怀；在数不胜数的长音步抒情诗中，我模仿了许多大师……这就是学习写作的方法，不管你喜不喜欢。

  这是一种方法，但并不是唯一的方法。像赫兹利特、兰姆和华兹华斯这样的作家，是从他们自己内心里结成自己的风格之网。但也许这是他唯一的方法。不管怎样，他的确形成了一种风格，明白晓畅、有力、非常生动清晰，虽然其艺术技巧，尤其是在对话中，常常半隐半现——这种风格虽然没有更深沉的音乐，却有其独特的魅力。他还具备一位伟大作家应有的所有才能；而作家，就像诗人一样，是天生的，而不是后天形成的。

  他这样实验了几年。同时，他也在学习工程学，但却一无所成。后来他学习法律颇有成效，成了一名律师，在门柱上挂上了黄铜名牌，等着接案子。接了三四个案子后，他意识到"老朽的法律"原来是最令人讨厌的。因此，他不再与命运谈判，25岁时，他当上了职业作家。

  就连我们这些从未见过史蒂文森的人，也熟悉他那个时候的样子——思想上和身体上的样子，如熟悉我们自己的一个朋友一样。在他留下的很多语言肖像中，最好的一幅是亨利的十四行诗：

> 细长的腿，薄薄的胸，有些说不出口，
> 小巧的脚，柔弱的手指：那副面孔——
> 清癯，高骨，弯曲如喙，气质独特，
> 厚唇，色重，像大海一样运动，

罗伯特·刘易斯·史蒂文森
《金银岛》的作者。

褐色的双眼闪动活力的光芒——
那里闪耀着罗曼蒂克的熠熠辉光,
罕见的坚毅的精神,带有
激情、无礼和精力的条条踪迹。

外柔内强,坎坷命运中也有光明,
最虚荣,最慷慨,善于苛刻的批评,
小丑和诗人,情人和肉欲主义者:
更多的埃里厄尔[1],还有一点扑克[2],

更多的安东尼,几乎全部的哈姆雷特,
还有点像小教理问答者。[3]

这描绘了他的各个方面,全部的优缺点。就连"最虚荣"也是有道理的。在穿着方面,就像他的风格一样,总有一些矫揉造作——有些装腔作势。一天,在邦德街上,安德鲁·朗格不愿让人看见他在和这位诗人说话——这并非没有道理;他穿一件黑色衬衫,系一条红色领带,披一件强盗穿的黑斗篷,戴一顶天鹅绒帽。还有一次人们看见他披

---

[1] 埃里厄尔(Ariel):莎士比亚的《暴风雨》中的精灵。——译注
[2] 扑克(Puck):莎士比亚的《仲夏夜之梦》中的促狭鬼。——译注
[3] 小教理问答者:shorter-catechist。——译注

**罗伯特·刘易斯·史蒂文森在萨摩亚的住宅**

1889年年底,史蒂文森结束了第二次在太平洋群岛的航行,抵达萨摩亚。他在阿皮亚买下了一处庄园,命名为维利马,在生命的最后几年里,他将住在这里。他在维利马创作了一些作品,包括《赫密斯顿村的魏尔》,还有书信集中最优美的一些书信。

着一件女士的毛皮披肩,用大胸针别住,而且在胸针里还插了一束水仙花。他曾经半开心半怨恨地引用一位美国记者对他的描述:"高高的、修长的身形,上面顶着一个典雅的脑袋,从那里发出一声干咳来。"

## 史蒂文森的作品

那声干咳是他特有的——是一直折磨他的肺病,最后要了他的命。为了健康,他到处旅行。他在巴比松遇到后来成了他妻子的奥斯本夫人。1876年,他乘独木舟从安特卫普到了蓬图瓦兹,这次旅行在他的第一部作品《内河航行》中有所记载,1879年《骑驴走在塞万纳》问世——这两本书读来令人愉快,不仅因为其中生动描绘了旅行的情景,还因为里面有对人和事进行的哈姆雷特式的说教。但这两本书都没有获得成功。1881年的《金银岛》受到年轻人的欢迎,当以书的形式出版时,立即被誉为自《鲁滨逊漂流记》以来最好的同类作品。作为写给男孩们的传奇故事,《金银岛》是完美的,有大海和岛上风景,有海盗和藏起来的宝藏,而稍微成熟一些的孩子们可以在对亡命徒的描绘中得到乐趣,像毕尔、西尔弗和黑狗,他们决不是情节剧中的人物,而是神气活现的人。《诱拐》及其续集《卡特林娜》里面有许多描写勇敢事迹的场景——奇迹般的逃脱、你死我活的搏斗，都发生在格兰扁山脉中的悬崖峭壁和原始森林里，这两部作品都是纯粹的传奇故事。

一天早晨，史蒂文森从一个奇怪的梦中醒来。梦中的情景和人物仍然历历在目。一个故事已经完全成熟了。他极度紧张地写了出来，这就是《化身博士》，是当时最畅销的书。这个关于人之善恶的寓言故事吸引了那些一向不看小说的人。圣保罗大教堂就这部小说做了一次布道。这部小说流传到世界的各个角落，令他的财富和声望稳如磐石。

1889年《巴伦特雷的少爷》问世，这也许是他最优秀的作品。这个故事是由一位古老贵族家庭的管家麦凯勒讲述的，主要讲述家中两兄弟的故事，哥哥，那位少爷，英俊但冷酷，而弟弟亨利单纯、坦率、相貌平平。两兄弟最后进行决斗，这次决斗的场面生动，激动人心，是这种文体的杰作，表明了史蒂文森具有讲故事的非凡才华。

史蒂文森的一些最佳作品是短篇小说。其中最优秀的收录在欢快有趣的《新天方夜谭》中——如《自杀俱乐部》和《国王的钻石》；那提炼出来的传奇作品精粹《串联的凉亭》；最吸引人的问题小说《马克海姆》；以及《夜宿》，其中描写了那只奇异的、不吉利的黑暗之鸟维永，他是流氓和诗人，学者和刺客。

他不时地在期刊杂志上发表文章和散文，这些都收入了三部作品集中：《弗吉尼亚·巴斯·普鲁斯克》、《人与书散论》和《回忆与肖像》。那些美妙明智的人生哲学，就每个人之子必然经历的悲欢进行的亲切说教，已经深入千万人的心中。仅举一例，像《拿灯笼的人》这样的散文在任何语言中都会被列入最优美的散文之列。

史蒂文森没有称自己是一位伟大的诗人。然而他的诗集《儿童诗园》和《林间》却极为动人，是一位能工巧匠的作品，有时不止如此。

在作家的生活中，没有什么比史蒂文森的晚年更众所周知的了——他如何于1891年在维利马定居——如何成为一群土著人的酋长，他们称他为讲故事的人——如何在创作了几部不太重要的作品后，于1894年开始根据惯于判处绞刑的法官布拉克斯菲尔德勋爵的故事创作了最后一部小说《赫密斯顿村的魏尔》——一天晚上，他在创作之后与妻子在阳台上愉快地聊天，突然倒地身亡。那些土著人不胜悲痛，抬着棺材走到了埋葬他的地方，即小岛的山顶上。今天，来这里朝拜的人可以在上面读到他自己写下的勇敢诗句：

> 在宽广高朗的星空下，
> 挖一个墓坑让我躺下。
> 我生也欢乐死也欢洽，
> 　躺下的时候有个遗愿。
> 几行诗句请替我刻上：

> 他躺在他想望的地方——
> 出海的水手已返故乡，
> 上山的猎人已回家园。①

## 第六节　拉迪亚德·吉卜林

在活着的作家中，拉迪亚德·吉卜林先生是最独树一帜、最具独创性的一位。他 1865 年 12 月 30 日生于孟买。父亲约翰·洛克伍德·吉卜林是印度政府统治下的一位杰出的艺术教授和博物馆馆长。按出身来说，拉迪亚德·吉卜林具有英国、苏格兰和爱尔兰血统；他最早接受的教育让他掌握了印度斯坦语；他在这片辽阔的土地和海洋上流浪，成了一位卓越的世界公民，尤其是大英帝国的公民。

英国第一次听说吉卜林先生的名字是 1889 年，虽然在印度，但他已经凭为安拉阿巴德的《先锋报》撰写的故事和诗歌闻名有三年之久了。《先锋报》是一份日报，吉卜林任其助理编辑。我们现在已经熟悉这些作品了，但当时在伦敦首先是以《日常用书》的形式、以《平凡的故事》和《歌曲类纂》面世的。据说主编对这些作品的态度是容忍而不是欢迎，因为他更愿意看到吉卜林先生专心写主要文章和其他普通的新闻内容。《日常用书》《克利须那·穆尔维的化身》以及《区长》这样的故事在《麦克米伦杂志》上发表，使吉卜林深入到了英国读者的内心。然后他声名鹊起，成为要人。在这么短的一章中不可能试图讲述他的整个发展过程，但完全可以用表格的形式给出吉卜林先生的主要作品的发表日期。

| 1886 年 | 《歌曲类纂》 |
| --- | --- |
| 1887 年 | 《山中的平凡故事》 |
| 1888—1889 年 | 《三个战士》、《加兹比一家的故事》、《在喜马拉雅的杉树下》、《人力车幻影》和《威莉·温基》 |
| 1890 年 | 《生活的障碍》 |
| 1891 年 | 《消失的光芒》 |
| 1892 年 | 《军营歌谣》 |
| 1893 年 | 《许多发明》 |
| 1894 年 | 《丛林故事》 |
| 1895 年 | 《丛林故事续篇》 |

---

① [英] 梅斯菲尔德等著，黄杲炘译，黄杲昶注：《英国抒情诗 100 首》，上海译文出版社，1986 年，第 51 页。

| | |
|---|---|
| 1896年 | 《七海》 |
| 1897年 | 《勇敢的船长》 |
| 1898年 | 《白天的工作》 |
| 1899年 | 《斯托凯公司》和《从大海到大海》 |
| 1901年 | 《基姆》 |
| 1902年 | 《原来如此的故事》 |
| 1903年 | 《五国》 |
| 1904年 | 《交通与发明》 |
| 1906年 | 《普克山的帕克》 |
| 1909年 | 《作用与反作用》 |
| 1910年 | 《报偿和仙女》 |
| 1913—1918年 | 《海港监督》(戏剧)、《训练中的新军队》、《舰队的边缘》、《战争中的法兰西》、《海战》、《各种各样的人》和《岁月之间》 |

当我们想起——如果我们确实能够想起的话——这些作品中体现出来的独创性、孜孜不倦的观察、对事实和生活方式的贪爱，以及对讲英语国家中的千百万人具有的强大吸引力，那么这里列出的这个单子就太惊人了。吉卜林以自己那个时代的精神和词语向那个时代的人们展现了印度、加拿大、埃及、新西兰、澳大利亚、南非、七大洋、英国陆军和海军。必须补充一点的是，在某种程度上是他自己创造了那种精神，发明了那些词语。

任何一个像他那样涉猎广泛、干劲十足的作家是不可能被普遍接受的，由此可以断定，虽然吉卜林吸引的崇拜者比任何一位在世的英国作家都要多、更加形形色色，但他也有很多反对者和不肯妥协的批评家。他被冠以"奏班卓琴的末流诗人"、"极度的妄想自大狂"、"劣质的骚耳者、"廉价铜管乐队的指挥"等骂名。

我们主要的、短暂的任务就是找出吉卜林先生的成就的真正本质；这里，必须根据他的成就来理解人在头脑平静时依据理性的评价标准给他评定的纯粹的文学地位。我们不能根据伦敦某一晚间的"狂欢庆祝"来评价一场胜利具有的历史价值和相对价值，同样，我们只有忘记吉卜林那纷繁忙碌的奇妙经历，才能评价吉卜林先生具有的真正文学特色和价值。

## 阶级性的描绘者

指出他的一些错误是有好处的。作为小说家，他不太想描写个性，或者甚至是严格意义上的人性。从本质上说，他是一位描绘集体性或阶级性的作家。为了帝国、为

照片:L.E.A.

**《拉迪亚德·吉卜林》(赛勒斯·库尼奥)**

  上面这幅吉卜林的画像把我们带到了他经常为我们刻画得极其美妙的东方,画像四周是他思想的结晶。最前面的是毛吉利,我们学生时代读过的毛吉利,还有他的朋友们——豹子白基拿、棕熊白劳。吉卜林笔下的三位英雄战士马上就能辨认出来。我们可以想象他们穿着阅兵礼服,荣耀无比,出发去让某种新的不轨之举成为永恒。但在画的左边我们被带到了老穆尔米因宝塔那里,与苏皮-姚-拉特的战士恋人一起回忆,对他和对我们都一样,"从河岸到曼德勒没有公共汽车"。

了陆军军队、为了行政机关、为了部落，他刻画了许多人，这样，他就经常以我们的集体性——作为帝国的缔造者、军人、统治者、管理异国民族和家庭的人——深深地触动我们。他的做法如此有气势，就像用响铃和嘹亮的召唤震撼了整个军营一样。但是，就个人而言，我们相对来说没有被征服；就个人而言，在吉卜林的作品中，人们没有找到符合他们的心意和精神需要的个人启示。他不具有那种亲密深刻的感染力。拜伦对自己一代人的影响力与吉卜林对自己一代人的影响力有什么不同呢？当然是文学特色的不同，是基本特性的不同，是文学融合方面的不同。

这种融合是广泛的，并不容易解释。融合是作品能被认为是一部永恒之作之前必须达到的"三次幂"。融合是要把低级的东西提升为高级的；是处处指向最重要的事实和构想；是心在许多不同时期的预设；是不过分的努力，是柔情的力量，是预见那永恒的疑问"我们的心岂不是火热的吗？"显然这种融合的能力是吉卜林先生所不具备的。他有的是激情和喧嚣，而不是平静微弱的声音，除非在罕见的时候，如《退场赞美诗》。这是一首伟大的赞美诗；但就其感染力的深刻和持久而言，还不能跟《千古保障歌》相提并论。

吉卜林先生的洞察力丰富敏锐，通常被认为是他最优秀的才能，这不能与影响所见事物的真正文学能力混为一谈。吉卜林先生确实有能力让我们看到他所看到的，但却有一种身体极度紧张、体力转瞬即逝的感觉。我们读他的作品时确实被牢牢地吸引住了，通常感到愉快，甚至感动地流下了眼泪，这是事实。但如果这就够了，如果这种控制标志着真正文学的话，那么在对吉卜林先生的崇拜中，我们的时代就表现出了这样一种文学判断，即可以认为批评家的职业已经不复存在了。可以如此迅速地挑选并赞赏真实东西的一代不需要批评的指引。

然而，如果真正的文学不仅是精湛纯熟的措辞和丰富的洞察力，如果其才能并不是以象牙、猿猴和孔雀结束，而是以这些东西开始、以精神和精神之间那种难以言传的交流结束，如果其最终目的不是提供有关世界的消息，而是用那些不存在的东西使存在的东西化为乌有，那么就可以毫不犹豫地、不会令人见怪地说，吉卜林先生的作品与我们这个时代的所有其他作品都不同，因为它们给读者的很多，给人的却很少。

随便怎么看吉卜林的作品，不管看哪里，它都会吸引住你，然后放开你；它存在，然后又消失了。他的韵律可能会萦绕耳边，而眼前可能会再现安国堡尘土飞扬的阅兵场；或是铁路枕木燃起的高高的大火，烧着了连基姆·霍金斯也救不了的那些死人；或是坐在带有 C 型弹簧的四轮马车里的杜尔加·达斯，得意洋洋地决定摧毁放着阿米拉尸体的房子；或是从拉伦的窗子看到的景象，河那边一排排埋着死去帝王的坟墓，很远的地方透过蓝色的火光可以看见喜马拉雅山上的雪闪着白光，或是那幅难忘的画面：

> 在老穆尔米因宝塔旁边，向东望着海面，
> 坐着一位缅甸姑娘，而我知道她在思念着我；

# 第三十六章 维多利亚晚期的一些作家

> 风从棕榈树中吹来,庙里的钟声在说:
> "回来吧,你这英国的军人;回到曼德勒!"
>   回到曼德勒,
>     那支旧舰队在那里停泊。
>   你听不到他们从仰光到曼德勒的脚步吗?
>     在去往曼德勒的中途,
>     那是飞鱼玩耍之地,
>     而黎明如雷声霹雳而至
>     海湾那边就是支那!——

所有这些,还有很多其他情景,都会在喧嚣的记忆中偶尔再现,但它们是由思想或感情的强制命令所使然吗?

## "丛林故事"

吉卜林有一部作品没有这种巨大的缺陷。现在普遍认为他最好的作品是《丛林故事》,如果本章没有说明为什么这一评价如此普遍、如此公允的话,那么本章就毫无意义了。因为吉卜林不想刻画个体性而只刻画集体性,因此只有在部落性或集体性需要描绘时,当唤起的感情可以用题材本质中固有的个人的公正客观来分析时,吉卜林先

《毛吉利与白基拿》(莫里斯与爱德华·德特莫尔德)

吉卜林的《丛林故事》肯定仍是所有时代中最令人开怀的作品之一。在《丛林故事》中,吉卜林讲的是一个小男孩在狼群里长大、他的养父母教给他丛林中的习俗的故事。

这幅画表现的是毛吉利在跟豹子白基拿说话,不论祸福,白基拿和棕熊白劳、孤狼阿克拉都支持他。

承蒙麦克米伦公司各位先生惠允使用,复印自其出版的《丛林故事》

生便取得了惊人的成功。在真正的个性不存在或不能进行文学描写的地方，我们就认为某科或某类动物的特征是最重要的，当老虎施亚汗、黑豹白基拿、贪睡的棕熊白劳、可鄙的猴子们宾迪洛身上体现了这些特征时，最重要的还有狼孩毛吉利——他体现了人与动物之间的绝妙联系——时，如吉卜林先生的作品所示，那就不用对其加以品头论足了。这里，吉卜林先生将他那得到肯定的才能运用到了这种素材中，并产生了一种独特的效果。如果篇幅允许，也为了乐趣，我们可能会引用毛吉利与猴子们玩了一个小时后向老师白劳与白基拿辩解的情景。

还有许多其他方面——传闻和事实——这里就不予考虑了。有一点乔治·穆尔先生已经指了出来，大家肯定都清楚；那就是他惊人的词汇量。不幸的是，就连这词汇里也有大量的俚语，通常也都是为了俚语而俚语，而不是作为语言和思想的必要工具而采用的。穆尔先生补充道："在创作时，他的眼睛欣赏着可以看到的一切，但对于实质他一点都不了解，因为实质是观察不到的；因此他的人物都是表面的，都是静止不变的。"也许这一评价有点言过其辞；但这表明某些基本特征让人们怀疑，一个世纪后，人们是否还会像我们现在这样去理解吉卜林先生的才能呢？

# 第七节

在19世纪后期和20世纪初的头二十年中有一大批用英语写作的重要作家，显然，即便是在本书中提一提他们的名字都是不可能的。小说成为最普通的文学表现形式，主要是因为狄更斯和萨克雷的作品大受欢迎，并在过去七十年中有越来越多的小说大量出版使然。这里只需提及维多利亚后期的两位小说家就足够了。

## 乔治·吉辛

乔治·吉辛1857年生于韦克菲尔德，1903年去世。他的第一部小说《黎明时的工人》是他22岁时发表的。吉辛是一位苛刻、谨慎的文学艺术家，但其作品给他带来的金钱回报却少得可怜。他曾在利物浦当过一段时间文书，在美国饿得半死，一度在伦敦当过填鸭式教师，报酬也很低。他曾住在地窖和阁楼里，甚至不愿一周为住处花四先令六便士，担心一顿饭会超过六便士。他过着隐居生活，没有什么朋友，如此艰难的生活令他害怕，但他始终是位真正的艺术家，不愿意发表自认为不是最好的作品。他特别欣赏狄更斯，但不具备那位大师的幽默。H.G.威尔斯先生这样评价吉辛："对自己的同胞好像一无所知，因此，虽然他对自己研究的对象极为明智，却在一些普通事情上，在工作、买卖和正常交往方面会产生误解，犯错误，紧张，缺乏自信，任性固执，容易激动。"在小说《单身女人》中，吉辛说下面这番话时其实是在为自己说话："对我来说，生活中到处都是令人烦恼的问题。我不能简单地处理事情，而这对别人来说轻而易举。"他的经历和性情都反映在作品中。《新格拉布街》是他最好的小说之一，表明了作者命运的艰辛；《下界》表现了贫穷的腐化丑恶；《流亡中诞生》讲的是一位穷学者的故事，他渴望美好，却不得不生活在肮脏卑鄙中。临近世纪末，一部获得非凡成功的小说使吉辛踏上了梦想已久的意大利之旅，结果写出了一部非常优美的作品《在爱奥尼亚海边》。那部庄严的半自传作品《亨利·赖克劳夫特的私人文件》在他去世那年发表。吉辛还写出了最优秀的狄更斯评论著作。

# 第八节

### 亨利·奥斯丁·多布森

　　亨利·奥斯丁·多布森也许是维多利亚后期散文家中最有魅力的一位。他生于1840年，卒于1921年。多年来他一直在商品交易所当职员，虽然周围的环境非常现代，但他仍生活在18世纪，经常写一些关于切斯特菲尔德和沃尔浦尔、哥尔德斯密斯和约翰逊、佩格·沃芬顿和理查德·斯蒂尔的精彩文章。多布森是一位诗人，其雕饰讨人喜欢、耐人寻味。下面这首小回旋诗[①]可以说明他的冥思：

> 　　爱回到了他空旷的住地——
> 　　　　我们所知的那古老古老的爱！
> 　　　　我们看到他站在那里把门敞开，
> 　　睁开悲伤的大眼，澎湃的胸怀。
>
> 　　他仿佛拒绝我们拥抱的双臂，
> 　　　　他假装躺在那里如同往昔！
> 　　爱回到了他空旷的住地——
> 　　　　我们所知的那古老古老的爱！
>
> 　　啊！谁能帮助我们远离爱的充溢，
> 　　　　那被忘却的、被禁止的甜蜜！
> 　　　　即便我们心中再次怀疑，
> 　　紧闭的眼睑溢出一股热泪，
> 　　爱回到了他空旷的住地。

---

[①] 小回旋诗（rondel）：在英语文学中通常指十三行的三节两韵诗体。——译注

雷金纳德·海恩斯

**莫利勋爵**

作为政治家和文人,莫利勋爵将凭其关于 18 世纪法国哲学家的著作永存于文学史中。

## 约翰·莫利

在评论方面,这些年中最伟大的名字是约翰·莫利。他生于 1838 年,卒于 1923 年。他后半生全部投身于政治,但在前半生主编了《双周评论》、《蓓尔美街报》和《麦克米伦杂志》,写出了关于伏尔泰、卢梭和狄德罗的著名评论著作。莫利继承了约翰·斯图亚特·穆勒和维多利亚时代中期的怀疑传统,他非常赞同那些为法国大革命铺平了道路的伟大的法国哲学家们。他是一位才华横溢的作家,主要靠三部著作而闻名。他写的关于卢梭、伏尔泰、克伦威尔的著作以及科布登和格莱斯顿的传记将会拥有长期读众,因为它们具有完全属于他自己的特色,无以取代。其特色之一就是在他的思考中传达出来的坚定、有益的人生智慧,这些思考同时阐明了主题和一般生活和性格。如在《卢梭》中,你会看到这样令人难忘的说教:

人的精神以神秘的方式运动,就像田野里的植物以奇怪和沉默的波动扩张。能够相信这种扩张是现实、而且是所有现实中最重要的现实,这是检验我们灵魂的价值、使之摆脱庸俗的主要方法之一。如果我们从不忘记苏格拉底曾经是一个悍妇的丈夫,那就不会正确地理解苏格拉底这个人,如果我们只把大卫看作是杀害哥利亚的凶手,我们就不会正确地理解大卫王这个人,而如果我们只记得彼得曾经拒绝过上帝,那也不会正确地理解彼得这个人。如果我们看不到一个人邪恶的生活外表背后深藏的各种可能的神秘向往,那么我们的视野就是盲目的。

对莫利的生活和性格产生最大影响的也许莫过于华兹华斯,我们最好从他的一篇文章中引用几句话来说明这一点。这是他写给1888年版华兹华斯全集的:

> 华兹华斯所做的是缓和、化解和支持。他没有莎士比亚的丰富和广阔视野,没有弥尔顿庄严的、不屈不挠的力量,没有但丁朴素、活跃、热情的洞察力。……但是不管怎样,华兹华斯将无限引入到普通生活之中,就像从普通生活中唤起了无限一样,利用这个秘诀,只要我们接受他的影响,他就能让我们的心绪永远平静,让我们触及"灵魂的最深处,而不是纷乱的心绪",给予我们平静、力量、坚毅和目标,无论是要行动还是要忍耐。

在阐明华兹华斯的内心生活和观点时,莫利勋爵展现了许多自己的内心生活和观点。

## 第九节　拉夫卡迪奥·赫恩

拉夫卡迪奥·赫恩(小泉八云)是晚近英国文学史上最引人注目的人物之一。他的父亲是一位爱尔兰军医,与一位希腊女孩私奔。1850年赫恩生于希腊的拉夫卡迪奥岛,并以此岛的名字命名。6岁时,他随家人回到爱尔兰,不久母亲就离开了父亲。父亲再婚,而拉夫卡迪奥则被虔信天主教的伯祖母养大,老人把这个男孩送到了达勒姆的伍绍学院。他似乎与亲戚发生了争执,便于19岁时到了纽约,身无分文。后来在辛辛那提、新奥尔良和西印度群岛当了几年记者,以此谋生。

1890年他去了日本,终于在那里找到了一片他能够热爱的土地。他当上了东京大学的英语老师,娶了一位日本妻子,加入了日本国籍,改宗信仰佛教。他1904年去世。赫恩身材矮小、皮肤黝黑、沉默寡言,非常害羞和敏感,他的品质可以使他很容易地理解东方的心智。实际上,他的作品第一次向西方读者展现了日本人,而且是一次重要的展现。作为文学艺术家,他受戴奥菲尔·戈蒂耶的影响,关注的是表达的完美,而不是别的。他常常矫揉造作,但更经常的却是热情。然而,他始终是一位敏锐的观察者,尤其是对那些他非常赞同的事物,在他选择的这个国家里,从不厌倦"观察这种独特的生活——研究这里的服饰,上面因有蝴蝶的色彩而鲜艳夺目——和成百上千雕像般的、半赤裸的劳动者——还有姿态的自然优雅——以及风俗的纯朴。"日本人自己认为赫恩准确地展现了他们的生活。一位日本作家称赫恩的作品与"古老日本的诱人魅力完全一致"。他最著名的著作有《陌生日本的一瞥》、《来自东方》、《佛田的落穗》、《灵的日本》和尝试表现日本的《日本》。

在维多利亚后期的批评家中,最令人难忘的是《十八世纪英国思想史》的作者莱斯利·斯蒂芬。他生于1832年,卒于1904年。还有安德鲁·朗格,他生于1844年,卒于1912年。朗格是对天主教兴趣浓厚的作家,取得了多方面的成就,他将荷马的作品翻译成音乐散文,写传记,还是一位诗人,是民俗研究方面的权威。他还写了一部英国文学史,写了一部令人赞赏的贞德传。安德鲁·朗格的性格极有魅力,被罗伯特·刘易斯·史蒂文森亲切地形容为"长着带深色斑纹的灰头发的安德鲁"。

## 参考书目

**乔治·梅瑞狄斯:**

乔治·梅瑞狄斯作品的各种版本。

*Beauchamp's Career.*

*The Ordeal of Richard Feverel.*

*The Egoist.*

*Diana of the Crossways.*

*Complete Poems*, in 1 vol., with notes by G. M. Trevelyan.

Volume of *Selected Poems*.

**托马斯·哈代:**

*Tess of the D'Urbervilles.*

*Jude the Obscure.*

*The Return of the Native.*

*Life's Little Ironies.*

*Wessex Poems and Other Verses.*

*The Dynasts.*

*Poems.*

*Thomas Hardy, a Critical Study*, by Lascelles Abercrombie.

**罗伯特·刘易斯·史蒂文森:**

*Familiar Studies of Men and Books.*

*An Inland Voyage.*

*Memories and Portraits.*

*The New Arabian Nights.*

*Collected Poems.*

*The Strange Case of Dr. Jekyll and Mr. Hyde with other Fables.*

*More New Arabian Nights—The Dynamiter.*

*The Wrong Box.*

*A Child's Garden of Verses.*

Graham Balfour's *Life of Robert Louis Stevenson.*

**拉迪亚德·吉卜林：**

*Many Inventions.*

*Soldiers Three.*

*Kim.*

*Actions and Reactions.*

*Just-So Stories.*

*Poems from History.*

*The Jungle Book.*

*Barrack Room Ballads and other Verses.*

*The Seven Seas.*

*The Years Between.*

*Rudyard Kipling, A Critical Study*, by Cyril Falls.

Thurston Hopkins' *Rudyard Kipling, a Character Study.*

**乔治·吉辛：**

*The Private Papers of Henry Ryecroft.*

**莫利勋爵：**

*Rousseau.*

*Diderot and the Encyclopoedists.*

*Voltaire.*

*Burke.*

*The Life of Richard Cobden.*

*Life of Gladstone.*

**拉夫卡迪奥·赫恩：**

*Glimpses of Unfamiliar Japan*, 2 vols..

*In Ghostly Japan.*

*Gleaning in Buddha Fields.*

*Appreciations of Poetry.*

*Lectures.*

Elizabeth Bisland's *Life and Letters of Lafcadio Hearn*, 2 vols..

# 第三十七章　戏剧文学

## 第一节

### 里查得·布林斯里·巴特勒·谢里丹

威廉·阿契尔在他的《新旧戏剧》(*The Old Drama and the New*)中说:"不管是什么原因,就戏剧作者而言,从1720年到1820年的整整一百年都是一片可怕的荒漠,其间只有一块绿洲——哥尔德斯密斯和谢里丹的喜剧,事实就是如此。"谢里丹和哥尔德斯密斯一样都是爱尔兰人。里查得·布林斯里·巴特勒·谢里丹1751年10月30日生于都柏林,也和哥尔德斯密斯一样,他具有盎格鲁—撒克逊血统。比起他那位年长的同胞来,生活对谢里丹要好一些。哥尔德斯密斯很难让他的戏剧上演,而谢里丹就容易多了。这个年轻人轻而易举地做到名利双收。他娶了一位著名的美女,23岁时创作出一部成功的伟大喜剧。差不多在哥尔德斯密斯慢慢爬进坟墓的时候,他则声名日隆。他在戏剧方面赢得的声誉因同时在协会和议会中获得的声誉而大增;在同代人眼里,很难说是创作出《造谣学校》的他更有名,还是弹劾沃伦·黑斯廷斯的他更出众。他创作了七部戏剧,有《情敌》、《圣·派特立克节》、《陪嫁》(一出喜歌剧)、《造谣学校》、《批评家》、《斯卡巴勒之行》和一出极其无聊的五幕悲剧《皮扎罗》。他卒于1816年7月17日,葬在西敏寺。

他的作品与哥尔德斯密斯的作品有很大的不同。哥尔德斯密斯的作品充满了滑稽幽默,而他的则充满了机智风趣。前者是精神的,后者则是心智的。卓越的机智可以完全没有幽默感。哥尔德斯密斯的心智中没有一丝一毫那种几乎让谢里丹的全部作品熠熠生辉的纯粹才智,也没有使乡村放射出城市的光彩。我们忘记了、原谅了谢里丹所有的缺陷,因为我们从那些精彩的对话和活生生的人物中得到了乐趣。那个在23岁时就写出《情敌》、创造出马拉普洛普夫人的年轻人拥有什么样的天才啊!"当然!"她说,"假如世界上有什么东西是我所直言不讳的,那就是如何运用我莫测高深的语言和搞乱墓志铭。"

### 《造谣学校》

《造谣学校》是谢里丹所有戏剧中最优秀的,实际上,它比大多数戏剧都优秀,但却不能与他的其他作品分离开来。《情敌》和《批评家》都是高水准的剧作,单凭这些就足以为作者带来极高的声望。谢里丹的一出悲剧《皮扎罗》其实乏味得惊人,之所以还有人对它感兴趣只因为它表明了即便一个非常幽默风趣的人有时也会令人非常厌烦。在四年中,三部无可争议的伟大喜剧《屈身求爱》、《情敌》和《造谣学校》突然搅乱了那些单调乏味的作品——这种作品五十年来在英国戏剧中不断涌现、而且还将继续涌现一个世纪之久——这简直就是个奇迹。哥尔德斯密斯和谢里丹是明亮的火焰,照亮了周围的黑暗,在他们去世之后,似乎更加黑暗了。英国戏剧堕入了最低谷,这要等到一百年后才重新站立起来。

## 第二节

### 亨利克·易卜生

欧洲戏剧文学是靠易卜生复兴的。易卜生1828年3月20日生于挪威南部的希恩镇,他先是药剂师,后来当了记者,然后出任卑尔根的欧勒·布尔剧院的导演。1857年他被任命为克里斯蒂安尼亚(今奥斯陆)民族剧院的导演,该剧院于1862年破产。此时,易卜生已经写出了一些英雄剧和第一部社会讽刺剧《爱情的喜剧》,这部剧让他很不受欢迎。由于这个原因,加上民族剧院的破产,还有他错误地认为自己的国家会为丹麦人而与德国作战,这些让他对自己的同胞非常反感,因此他1864年离开挪威到各地居住,主要是在罗马、德累斯顿和慕尼黑,他在慕尼黑一直住到1892年,同年回到了克里斯蒂安尼亚。1866年他勉强接受了挪威议会发给他的补助金。1866年和1867年他发表了《布兰德》和《彼尔·金特》,两部极具说服力、水准相当高的戏剧诗,也许是他最好的作品。《布兰德》和《彼尔·金特》是姊妹篇,前者描绘了一个好人因为不知道爱的真正目的而遭遇了巨大的不幸,后者则描写了一个固执任性的人因为自私和异想天开、任意妄为而功亏一篑,没有得到爱。

照片:L.E.A.

**亨利克·易卜生**
欧洲现代戏剧之父。

舞台剧照公司

《彼尔·金特》的最后一幕

易卜生的《彼尔·金特》1867年首次发表。彼尔·金特本身就是挪威农民生活中一个半神秘、半虚幻的人物。一个典型的犹豫不决的人,总是害怕会做出无可挽回的事情来。

作为一位诗人,虽然易卜生是伟大的,但几乎没有什么影响力;而作为社会改革家,作为制度评论员,他却影响非凡。事实上,有时他产生的影响力都在意料之外。比如《玩偶之家》让人们认为他坚决支持妇女享有选举权,实际上,他并没有特别赞成妇女或任何人享有选举权。他热烈提倡个人自由,但个人自由并不一定跟选举权有关。易卜生有时被认为是悲观主义者,但他对人类的未来坚信不移。正是对人类未来的这种坚定信念为他赢得了悲观主义者的称号,因为最乐观的人总会对人的现状极为悲观并喋喋不休。在当下制度中,不管是社会的还是政治的,他认为很少有什么是有价值的,因为他认为这些制度或多或少都会阻碍人们享有完全的自由。他的戏剧都是佳构剧,在一个从事戏剧写作多年之人的作品中,这是不可避免的;但这跟法国剧作家斯克里布和萨尔都创造的佳构剧不同。斯克利布和萨尔都更关心戏剧的技巧,而不是戏剧的悬疑和动机。

但易卜生对机器不感兴趣,除非这能让他达到效果。制造机器是萨尔都的工作,但对易卜生而言,机器只是一个工具,他经常把它用于不太合适的目的。他还添加了太多的神秘主义或象征主义,用心理学把它包裹得严严实实的。有时,如在《彼尔·金特》中那样,他如此广泛地、长时间地漫游闲逛,结果就真正的戏剧表演来看,机器出了故障。但除了这些保留意见外,可以公允地说他的戏剧都是技巧娴熟的。

### 奥古斯特·斯特林堡

与易卜生同时代的是奥古斯特·斯特林堡，一位精神紧张的瑞典剧作家。他 1849 年生于斯德哥尔摩。作为思想家和艺术家，斯特林堡与易卜生相差甚远，但经常有人将其与易卜生比较，部分原因在于一个是挪威人，而另一个是瑞典人，但主要是因为表面的臆断，即易卜生是政治意义上的女权主义者，而斯特林堡却非常讨厌女人，虽然他跟三个女人结婚又离了婚。斯特林堡从跟他一样也患精神错乱症的德国哲学家尼采那里获得灵感。性别痴呆让斯特林堡无法把女人当作有权获得自由的个体，因为他无法忍受《玩偶之家》中娜拉反抗丈夫的权威，他才成了——看起来像是——易卜生的对手。易卜生 1906 年去世，享年 78 岁；斯特林堡六年后去世，享年 63 岁。

## 第三节

### 阿瑟·皮内罗爵士和亨利·阿瑟·琼斯

哥尔德斯密斯和谢里丹之后，英国戏剧江河日下，一直到 1880 年或大约那个时候，到阿瑟·皮内罗先生（现在是爵士）开始写剧本的时候。皮内罗是一位年轻的演员，1855 年生于伦敦，他的剧作主要是传统风格的。他写了一些闹剧，如《地方法官》，还有一些感伤剧，如《甜甜的薰衣草》和《特里劳尼的源泉》。后来，由于感觉到从挪威吹来的一股强风，他改变了自己的风格，创作了《谭格瑞续弦夫人》，使得帕特里克·坎贝尔夫人在剧中一举成名。这部剧作之后，他又创作出了多种不同凡响的作品，从《臭名昭著的艾布史密斯太太》和《他整齐的房子》到《海峡中间》、《雷电》、《莱蒂》、《艾利斯》和《情迷豪宅》。比起大多数剧作家的剧作来，阿瑟爵士的剧作比较多种多样，当然，他在英国剧作家中占有很高的席位。

亨利·阿瑟·琼斯先生 1851 年生于白金汉郡，靠创作一些传统的情节剧开始了剧作生涯，其中一部是与亨利·赫尔曼合著的，题目是《银王》，现在仍然很受欢迎。这部剧作使情节剧从多年来所处的状态中更上一层楼，赢得了如马修·阿诺德这样挑剔的批评家的赞赏。创作出一百多部剧作的琼斯先生像阿瑟·皮内罗爵士一样，作品多种多样，但他没有皮内罗那么优秀的才智，虽然他的对话比较自然，但他对喜剧的感觉要更出色一些。

### 乔治·伯纳德·肖（萧伯纳）

阿瑟·皮内罗爵士和琼斯先生把英国戏剧从泥沼中拯救了出来，并且把它放在了

照片：C.凡迪克有限公司

**萧伯纳**

谢里丹以来英国最伟大的戏剧家。谢里丹、哥尔德斯密斯和萧伯纳都是爱尔兰人。

令人肃然起敬的位置上。这使得追随者们的道路更平坦了，而且，如果在萧伯纳先生前面没有这两个人的话，他是否能走上戏剧舞台还说不定，尽管他是很艰难地走上这条路的。萧伯纳先生1856年生于都柏林。王尔德1900年去世，享年44岁，他恢复了自谢里丹去世以后就不再使用的机智幽默和风俗喜剧，由于四周的萧条荒芜，他的剧作显得比事实上更加出色。只有一部剧作《认真的重要性》达到了谢里丹和康格里夫的水平，其他都是些没什么价值的情节剧，充斥着无关紧要的隽语警句。直到1892年，萧伯纳先生的第一部剧作《鳏夫的房产》才上演，但并不成功；事实上，从1904年到1906年他的作品在宫廷剧院上演大获成功后，萧伯纳先生才成为一位著名的剧作家。那时他已经写出了三十九部剧作中的大部分作品，其中大多数都是以书的形式而不是在舞台上为大家所熟悉的。还有一些，如《华伦夫人的职业》，由于被审查遭禁，从未在英国上演。这部剧作和《人与超人》、《英国佬的另一个岛》、《巴巴拉少校》、《医生的窘境》是他最好的作品，但他所有的作品，就连最不重要的，都意趣十足，充满了思想和机智。《伤心之家》是一部很长的剧作，但读起来极其有趣、感人。这些戏剧从未在英国完全上演。

另一部剧作或另一组构成题为《长生》五部曲的五部戏剧，讲述的是从亚当夏娃时代一直到"思想可能延至的"时代的人类历史。萧先生的全部作品充斥着自己的宗教理论，即上帝并不完美，他正努力使自己完美起来，而且会为这个目的不择手段。如果手段不起作用，或可以用更好的取代之，那就把它丢掉！这个信条在一幕剧《布兰可·波士奈现身记》中表现得尤为明显。波士奈是个浪子酒徒，刚刚逃脱绞刑——因为他偷了一匹马，精神上受到极大震动，如同圣保罗在去往大马士革的路上经历的精神震动一样。按萧先生的理解，上帝的意图突然在波士奈眼前展现出来。他对邻居说：

> 当然上帝不是毫无理由地制造我们的；如果他不用我们就能完成他的工作，他是不会制造我们的。他就是为了这个缘故制造我们的！他绝不会制造像我这样的败家子，不会制造像费米这样一事无成之人。他制造我是因为我可以为他做事。在工作准备好之前他会让我逍遥自在，然后我就得来做那件工作，无论专心还是不专心。……

后来，波士奈断言他自己是有道德的：

> 没有路。没有什么路可走了。没有什么宽阔的路或狭窄的路了。不再有什么善恶了。本来就没有善恶；可是凭吉米起誓，有腐朽的游戏，也有伟大的游戏。我在玩腐朽的游戏；但伟大的游戏影响了我；我现在每次都适合伟大的游戏。

除了细节和术语不同——因为"善"与"恶"和"腐朽的游戏"与"伟大的游戏"之间的差异似乎根本不值得探讨——在这个教义与加尔文教义之间是否存在真正的不同，这很难说；但有一点是清楚的，那就是随着萧先生在戏剧舞台上的出现，我们又回到了宗教统治之下，而伟大戏剧都是从这里开始的。从"宗教"一词的严格意义上说，萧先生是创作宗教戏剧的剧作家。他的机智、热情和道德感使他能够将有关教义的大量争论和观点提供给读者，这是其他人几乎没有提供的。他剧中有很多冗长的说教，有时甚至没什么动作。比如《结婚》就是一场长期的论战，另一部论战剧《错姻缘》实际上萧先生自己就将其形容为一出探讨剧。剧中的许多人物不过是作者用来阐明观点的代言人。他后期的作品冗长罗嗦，很难搬上舞台。但不管怎样，他现在已经创作的三十九部戏剧构成了一个整体，似乎比任何其他剧作家的全部剧作加起来都要统一。

英国此时值得赞誉的剧作家的剧作几乎都具有批判性，甚至可以说都是社会戏剧。人类社会在萧先生、高尔斯华绥、格兰维尔－巴克和已故圣约翰·汉金（其风俗喜剧与谢里丹的批判风格接近）以及许多其他作家的笔下得到了全面审视和剖析。法国的欧仁·白里欧先生（萧先生过分地将其说成是易卜生之后"欧洲遇到的俄国以西的最重要的剧作家"）和德国的许多剧作家都用戏剧来批判社会制度。在俄国，一位非凡的

承蒙霍德和斯托顿公司各位先生惠允使用

**彼得看守屋子**

  比较而言,也许只有很少人敢说没有看过 J. M. 巴里爵士的《彼得·潘》。圣诞时以戏剧的形式公演彼得和温迪的故事几乎已经成了一种国家制度,成千上万的大人每年都要找到没看过这部剧的儿女、侄儿、侄女,通过给他们讲彼得·潘如何在戏剧上演期间阻止了时间的流逝的故事。

  这里,彼得,非常孩子气的彼得,在看守为温迪专门盖的屋子时睡着了。这个小屋子是——

> "见过的最小的,
> 小红墙滑稽有趣
> 屋顶上的青苔翠绿。"

天才安东·契诃夫写出了《樱桃园》这样的剧作,精确地描绘了当时社会的堕落,具有非同寻常的观察力。

## 詹姆斯·巴里爵士

在所有这些社会剧作家中,与众不同的是詹姆斯·巴里爵士,他最好的作品是戏剧,满足于讲述一些荒诞的、有时伤感的故事,虽然他自己不能完全摆脱那个时代的特征,因为他最好的剧作《孤岛历险记》绝对是对社会的批判,而他的另一部剧作《小玛丽》,是詹姆斯爵士创作的与白里欧先生和萧先生的风格最相近的作品。在第一次世界大战的激励下,他产生了一种神秘感觉,由此而创作出了怪异的《玛丽·罗斯》。但总体而言,他总是写那些荒诞、伤感和有关人类事务的幽默智慧。詹姆斯·巴里爵士的最大发现是:世界上真正重要的是作母亲的女性,他的人生哲学在他那部戏谑杰作《彼得·潘》中得到了完整的总结。生活就是一次冒险,对于懂得生活的人来说,死亡肯定也是一次极为精彩的冒险。

詹姆斯·巴里爵士更多的作品放在后面一章中讨论似乎比较合适。

## 参考书目

William Archer's *The Old Drama and the New*.

Sheridan's Plays.

Collected Woks of Henrik Ibsen in 11 vols., edited by William Archer.

Sir Arthur W. Pinero's Plays.

Henry Arthur Jones's Plays.

G. Bernard Shaw's Plays.

John Galsworthy's Plays.

Sir James Barrie's Plays.

# 第三十八章　史文朋之后的诗歌

1909 年，最后一位伟大的维多利亚人史文朋在帕特尼去世。如其他不太重要的维多利亚人一样，他曾经持续不断地写作，进入新世纪后方止。但 1889 年当《诗歌与谣曲》第三集出版时，他的影响力达到了巅峰。1892 年，丁尼生"过世"，因此可以说大概在 1890 年，维多利亚时代的伟大诗卷结束了，"现代"诗歌的时代同时开启。威廉·沃森保持了丁尼生的传统，展现给我们一首首充满雕琢之美的诗歌，他的《华兹华斯之墓》也许理当是其中最好的和最著名的。

下面引自该诗的几节，不管作为评论还是诗歌都适合这一主题，这也许是所能给予他的最高赞誉：

> 乘着彷徨的海浪休眠的诗人啊！
> 　当你出生的时候，你获得了怎样的才能？
> 那些不朽之人都给了你哪些财富？
> 　你又把什么样的财富带给了尘世之人？
>
> 你没有弥尔顿犀利的穿透黑暗的音乐；
> 　你没有莎士比亚清晰的无垠的人类视野；
> 你没有雪莱那神圣之巅蓬勃的玫瑰红，
> 　也没有柯勒律治熟悉的奇怪的黎明。
>
> 你有什么能够弥补
> 　你的同侪们拥有而你没有的一切，
> 运动和火焰，达到光辉终点的迅捷手段？
> 　而你具有让疲倦的双脚憩息的才干。

在 90 年代比较狭隘和比较自觉的"文学"圈子中可以看到对丁尼生的标准最明显的反叛形式。这里指的是一些诗人组成的一个文学圈子，奥布里·比尔兹利称他们为"颓废派"。他们的很多诗作都发表在《黄皮书》上。他们或多或少都受到王尔德的影响，而对于受影响最深的诗人来说，诗歌不再是表达最崇高的激情和人类渴望的工具，而是成为一面放在空气污浊、透不过气来的起居室里的镜子，在它面前，这些诗人摆出各种各样的"审美"和色欲姿态，或孤芳自赏，或在朋友面前炫耀。

# 第一节

## 弗朗西斯·汤普森

几乎在相当长的一段时间里，90年代创造出来的一位最伟大的诗人始终默默无闻。几位有洞察力的批评家热情赞誉弗朗西斯·汤普森1893年发表的第一部《诗集》；但在1907年他去世前，他的诗作一直销路不佳。汤普森的灵感来自丰富的内心体验，外部生活的悲惨境遇只会使他的体验更加深刻。如果真有哪位诗人"在苦难中学到了在诗歌中给人的教益"，这位诗人就一定是汤普森。他1859年生于普雷斯顿，父亲是位医生。和雪莱一样——他还写了一篇关于雪莱的重要文章——他是个腼腆、爱幻想的孩子，在学校时很不开心。1878年他到曼彻斯特学医。但在应该开始学解剖学的时候，他却去公立图书馆读诗歌。他的学业一年年荒废，屡次考试不及格，而那位宽容但没有任何察觉的父亲——儿子从未向父亲透露过自己的文学抱负——再也没有了耐心，就让他自己去谋生。他本来虚弱的体质，因服用鸦片酊——得了一场重病后染上的恶习——越来越虚弱。后来，他逐渐克服了这个习惯，但未彻底。他身无分文地来到伦敦，随身的行囊里只有布莱克和埃斯库罗斯的诗集。他衣衫褴褛，白天在街上游荡，晚上睡在河堤上。他靠给人擦鞋、在路边卖火柴和报纸挣些零钱维生。1887年，就在似乎彻底没有什么希望的时候，他把几份诗稿给了正在主编《欢乐的英国》(*Merrie England*)的威尔弗雷德·梅内尔。梅内尔先生读了这些诗，其高超的水准给他留下了深刻印象，就派人去请诗的作者，汤普森终于出现在编辑室里，"比普通的乞丐穿得还要脏乱不堪，外套里面没有衬衣，没穿袜子的脚上套着一双破鞋"。那次拜访之后发生的事情成了现代文学史上的一段奇闻。经大力劝说之后，汤普森接受了威尔弗雷德·梅内尔与妻子爱丽丝的盛情。虽然爱丽丝自己写的诗歌很少，也没有引起人们的注意，但因其风格不加修饰，也称得上是现代的伟大诗歌。汤姆森就住在梅内尔家中，直到逝世。当他终于闻名遐迩时，他的父亲看到儿子的名字与雪莱或丁尼生的名字相提并论，才恍然大悟地叫起来："如果这孩子告诉我那该多好啊！"

汤普森是英语中最伟大的神秘主义诗人之一。他精神上确实天真纯朴；他喜欢孩子，自己就怀有一颗淳朴的童心。但他也热爱那些长长的、怪异的、有时是虚构出来的词语，这让他的诗作越来越不具有简朴的形式，后期的一些诗歌简直就不知所云。他最好的诗歌只能填满一本小小的"选"集，但像《天猎》、《落日赞歌》和《罂粟》等都是永恒不朽的。神之爱对人的追求，即使是在人试图逃避神的时候，都从来没有像在《天猎》中那样有力或丰富地用意象想象出来，其开头几行非常庄严：

照片：埃利奥特和弗赖伊有限公司

**弗朗西斯·汤普森**

史文朋之后最伟大的英国诗人之一，文中讲到了他的悲惨生活。

  我逃避他，历经白昼，到夜间；
   我逃避他，历经年复一年；
  我逃避他，历经我自己四年中
   错综的迷径；在凄迷的眼泪里
  我躲藏他，在连续的嘻笑后面。
    我急速的攀登希望的远景，
     又呐喊，流汗，
  在下边巨大可怕的深渊，
  那强壮的脚步，在身后跟着，跟在后边。
    但不是匆忙的追赶，
     脚步并不慌乱，
  从容的速度，紧促而不失庄严，
    脚步节奏中——声音响起
     比那脚步更近迩——
  "你这背离我的，万有都背离你。"

        （于中译）

他的一些诗句,每一位读者一看到就会萦绕在记忆中,比如:

> 清白的月亮,你只闪耀着光芒,
> 推动世界上的所有海浪。

但是,也许最能展现其精神的——在伦敦大街上孤独地流浪的精神——是一首题为《神之国》的诗,这是在他死后的手稿中发现的。

汤普森的大部分诗歌都写于本世纪结束之前,尽管他成名较晚。

## W. E. 亨利

另一方面,有几位诗人在 90 年代就享有盛名,但在那之后声誉便开始不同程度地下降了。W.E.亨利是一位批评家和优秀的主编,根据自己在爱丁堡医院住院时的经历创作出一些生动的医院诗歌。他用几行诗就能描绘出一个人的性格,他诗中的外科医生和护士都栩栩如生。他用这种才能为一些名人朋友描绘肖像,身体的和精神的肖像,如为史蒂文森写了一首十四行诗,这是表现他这种绝技的最佳例子。他勇敢地度过了苦难的一生。可以公正地说:

> 从一端到另一端漆黑如坟墓,
> 　我从遮盖着我的夜幕中逃出
> 为了我这不可战胜的灵魂
> 　我感谢曾给予我帮助的各路神明。
>
> 在举步维艰的环境中
> 　我没有畏缩也没有呼救:
> 在命运之棒的重击下
> 　我鲜血淋淋但从未低头。
>
> 门路多么狭窄并不重要,
> 　也不在乎充斥着惩罚的卷轴,
> 我是我命运的主人,
> 　我是我灵魂的舵手。

亨利的诗歌最近得以再版,他的声望也有再度显赫的趋势,这是应该的。史蒂芬·菲利浦斯的情况就与此不同了。二十五年前他曾是位颇有名望的诗人,但在 1915 年去世(享年 51 岁)之前,他已几乎默默无闻。另外一位不应被忽视的诗人是约翰·戴维森,其《舰队街田园诗》和《谣曲》90 年代发表时非常流行。戴维森的作品虽然水平参差不齐,但有气势,生动别致。如许多比较优秀的诗人一样,从本质上说他是一位说教者——说他是"一位苦行修炼的基督徒"倒是蛮有道理的。他特别相信人的个性,总是与限制人的传统和扭曲个人心灵发展的罪恶社会作斗争。他在彭赞斯孤独地度过晚年,生活被忧郁笼罩,1909 年他在彭赞斯附近溺水而死。

## 第二节  W. B. 叶芝

W. B. 叶芝是爱尔兰最伟大的诗人,多年来他一直确信自己会名垂青史。他荣获诺贝尔文学奖(1923 年)。他所做的一切都不是偶然的,而是靠具有灵感的想象和极为精巧的技艺。这位诗人清楚自己的使命,并写下了关于这一使命的声明:"我必须留下我的神话和象征,"他说,"让它们随着时间的流逝来自述,用一首诗照亮另一首。……如果可能的话,我在诗人那些庄严的纹章中,在那伟大而复杂的意象遗产——即用来代替更伟大、更复杂的口头文学的书面文学——中,添上从普通大众那里搜集来的新的纹章意象。基督教和古老的自然信仰已经长眠于村舍之中,而我要在诗歌的王国里尽可能大声地宣告那种和平,在那里没有不快乐的和平,没有带来死亡而非生命的战争。"

那些不了解叶芝的读者都熟悉他那首《因尼斯弗里湖岛》,这是英语中最精美的诗歌之一。

> 现在我要起身离去,前去因尼斯弗里,
> 　用树枝和泥土,在那里筑起小屋:
> 我要种九垄菜豆,养一箱蜜蜂在那里,
> 　在蜂吟嗡嗡的林间空地幽居独处。
>
> 现在我要起身离去,因为在每夜每日
> 　我总是听见湖水轻舐湖岸的响声;
> 伫立在马路上,或灰色的人行道上时,
> 　我都在内心深处听见那悠悠水声。①

短剧《心愿之乡》极具魅力,其中有一首歌,爱尔兰的仙境尽在其中,连同那里的悲伤和快乐:

> 风吹出了白昼之门,
> 风吹拂了孤独的心灵,
> 孤独的心灵已经凋谢,

---

① 因尼斯弗里:盖尔语,意为"石楠岛";是斯来沟县吉尔湖中一小岛。
　[英]叶芝著,傅浩译:《叶芝抒情诗全集》,北京,中国工人出版社,1994 年,第 56 页。

在另一个地方仙女们舞蹈欢庆，
围成一圈抖动着乳白色的秀足，
把乳白色的双臂抛向空中；
因为她们听到了风的大笑和低语
歌唱甚至老翁也美丽的一片土地，
甚至智者也欢歌笑语；
我听到库勒尼的芦苇对我说：
"当风大笑、低语和歌唱时，
心的孤独也将逝去。"

## 第三节  约翰·梅斯菲尔德

如果没有吉卜林先生的影响，我们就不会有当代最伟大的诗人之一约翰·梅斯菲尔德了。我们可以不喜欢吉卜林的过分，但我们不得不承认正是他那积极向上的精神才第一次把缪斯从帕尔纳索斯山那羞怯的避难所请到普通生活的市场上来。在最近几年中，诗歌一直处于相对隔绝的状态。生活的某些方面或题材被认为是"有诗意的"；但普通男女混乱的日常生活却不属于这些方面。吉卜林先生彻底改变了这个局面。他竟然到市场上去，其他人也将追随他，在那些庸俗言行的背后和内部寻找隐藏的人类性格中最好的东西和友谊。约翰·梅斯菲尔德就是受吉卜林的影响而成为这样一位诗人的。他生于1874年，小时候离家出海，当了海员。他最早的作品是一本薄薄的诗集《咸水歌谣》，诗中确实充满了真正的盐水：

我必须再次出海，到孤独的大海和天边，
我所要求的一切是一只高船和给它掌舵的星官；
涡轮旋转，风儿歌唱，白帆抖动，
海面上一片灰色的薄雾和破晓的灰色黎明。

有些读者更喜欢这种早期的风格，但对大多数人而言，梅斯菲尔德最重要的作品可能是他后期留下的长篇叙事诗，其中第一首就是《永存的仁慈》，1911年当这首诗在《英语评论》(English Review)上发表时，曾引起了激烈的争论。因为它在诗歌领域奏响了一首新曲，比较保守的批评家说这根本就不是诗歌。但批评家们都被埋葬在报纸堆里，被人遗忘了，而《永存的仁慈》却仍在——成为上个世纪最伟大的诗歌之一。诗中讲述的故事非常简单，描述一个乡下流氓的"皈依"。然而，这首诗不仅从外部描写

照片：弗尔沙姆 & 班费尔德有限公司

**约翰·梅斯菲尔德**

英国著名诗人之一。

了这个"皈依"过程，而且在精神上怀着极大的同情心从内部进行了描写，于是，我们自己能体验一颗黑暗的心找到光明的感情。起初，在无情的现实主义诗句中，我们看到了原本的索尔·凯恩——一个粗俗、好色、酗酒的职业拳击手，他甚至不能堂堂正正地偷猎，却偏偏侵入公认为属于一位朋友的"行猎保留区"中。

> 当他看见我设下那个陷阱——
> 就对我说"你从那儿下地狱吧。
> 这里是我的土地。"他说，"是权利；
> 如果你非法入侵，那就有一场厮杀。
> 现在滚出去。"他说，"离开栅栏——
> 这是我的领地。"……"这不是。"……
> "你这土佬儿。"……"你这骗子。"
> "你厚颜无耻。"……"你个该死的大骗子。"

但甚至连索尔·凯恩身上也隐藏着善的火花，一天晚上，这火花被一位来到"狮子地"的贵格派女传教士点燃了，当时他正在那里喝酒。下面描写的就是他的转变：

> 三个小时漫长的吸烟喝酒，
> 两个女孩子的气息和十五杯酒，
> 温暖的夜晚，禁闭的窗口，
> 房间里散发着狐狸的骚臭……
> 简就在我身边的椅子里熟睡，
> 而我站起身来——我需要呼吸。
>
> 我打开窗子，弓身
> 走出猪圈般的恶魔之地，
> 一阵凉爽的清风掠过
> 周围的市场仍在沉睡。
> 时钟敲响三下，缓慢而甜蜜，
> 诉说着神圣、神圣、神圣……
> 然后一声鸡鸣，扑腾着翅膀，
> 一切令我陷入对万物的思考。

就这样，凯恩获得了新生。他沿着空旷的大道前行；太阳从迷雾中升起，带着新的一天具有的无限希望。一大早山坡上有人耕田，第一只云雀飞上寂静的天空，唱起歌来，就连铁路火车头的噪音也都混合成一曲辉煌的重生交响曲：

> 噢，打开大门的基督，
> 噢，笔直犁地的基督，
> 噢，基督，犁；噢，基督，
> 后面传来的雪白神鸟的欢歌，
> 响彻我这鲜红或撕裂的心房，
> 你带来了绿黍的秧苗，
> 绿黍的秧苗茁壮成长，
> 绿黍的秧苗永远歌唱；
> 当田野美丽而新鲜
> 有福的双脚跳跃欢快，
> 我们将在野地里散步，
> 点算金色田里的收成，
> 做成圣餐面包的谷物
> 那是人的灵魂的食粮，
> 圣餐的面包，无价的食物，
> 永存的仁慈，基督。

梅斯菲尔德先生用斯宾塞体写出了其他几首叙事长诗，《小街的寡妇》、《道博尔》和《水仙花盛开的田野》，它们将可能之物具有的美感投到现实之物的黑屏之上。后期诗歌中最精彩的是《狐狸雷纳德》。这首节奏敏捷的诗描述了一天的猎狐活动，里面有大量英国乡村的风光、声音和气味。第一部分展现的是一系列简短的素描，描绘了形形色色的参加打猎的人们，自乔叟描绘了迎着朝阳走向坎特伯雷的朝圣者之后，到这首诗出现，我们的英语诗歌中才有了得到如此多样、如此栩栩如生地描画的彻头彻尾的英国人。该诗的第二部分充满了悲伤之情，关注的是打猎本身的起伏变化，其别具一格的优点在于，从大体上说，捕猎不是从捕猎者的角度而是从狐狸的角度来看的。

# 第四节　其他诗人

梅斯菲尔德的第一部诗集发表于 1902 年，同年，阿尔弗雷德·诺伊斯也出版了第一部诗集。《朦胧岁月》出版时他年仅 22 岁；32 岁时，两部前后出版的《诗集》稳定了他的声望。他的诗集在英国的销量达到了令流行小说家刮目相看的数字。而在美国则销售更多，他曾八次到美国进行巡回朗读。诺伊斯的音乐完全是他自己的，但在精神方面，他属于维多利亚时代。

沃尔特·德拉·梅尔也于 1902 年发表了早期诗集。梅尔生于 1873 年，虽然其范围有限，但比起柯勒律治以后的任何诗人来，他的诗歌则具有更加难以捉摸的魅力。许多批评家认为，与现在正进行创作的任何其他诗人相比，他更有希望获得不朽的声誉。对他而言，美总是伴随着一丝充满渴望的伤感。

> 我们男人已逾古稀；
> 　我们的梦想已成传奇
> 在昏暗的伊甸园
> 　夏娃的夜莺将鸣嘀。
>
> 我们醒来悄声耳语，
> 　可是白昼已经逝去，
> 如田野一样沉默和熟睡，
> 　阿玛兰斯就躺在那里。

1914 年第一次世界大战爆发，诗歌随即"繁荣"起来。战争共分两个时期。首先是相信参加正义之战、具有高尚理想的时期，然后就是厌倦和幻灭的时期。战争诗歌就反映了这两个方面。相貌和外表俊美的鲁伯特·布鲁克是第一个阶段的灿烂化身。

他 1887 年生于拉格比，父亲是那里的一名教师。在剑桥大学拿到学位之后，他在格兰切斯特住了一段时间，写了一首歌颂当地的诗歌，是他战前创作的最令人愉快的诗歌之一。他游历广泛，1914 年被任命为皇家海军分部的军官，随军一起在安特卫普效命。1915 年他被派到达达尼尔海峡，患病，4 月 23 日死于斯库罗斯岛（Scyros）。他的一些早期诗歌，像《鱼》和《餐茶》，不管怎样都给他赢得了诗人的声誉；但他的名字将永远令人难忘地与五首十四行诗联系起来，那是他在一战刚开始后的几个月里创作的，诗中珍藏着 1914 年和 1915 年志愿兵们进入战壕时的精神状态：

> 让我们感谢上帝让我们适应他的时刻，
> 　抓住青春，把我们从沉睡中唤醒，
> 用稳健的双手，清晰的眼睛，和增进的力量，
> 　乐于离开陈旧、冷酷、疲倦的世界，
> 仿佛泳者跳入纯净的水中，
> 　离开荣誉无法感动的病态心灵，
> 离开半人类那肮脏和厌倦的歌曲，
> 　以及爱情的一切渺小空洞！

战后花园里开放的最美丽的花朵，除了已经提到的这些名字外，还必须加上 J.C. 史奎尔和约翰·德林瓦特。德林瓦特先生写出了许多关于家乡科茨沃尔德郡的优美诗歌，现在正在创作一系列长叙事诗和抒情诗，涉及人类之爱的方方面面。

W. H. 戴维斯先生、拉塞尔斯·阿培克朗比先生、威尔弗里德·威尔逊·吉布森先生、戈登·巴汤姆雷先生和哈罗德·芒罗先生都是真正有灵感的诗人，他们的作品都有望永垂不朽。

在对现代英语诗歌进行的简短综述中，我们必然只走大路。如果篇幅允许的话，也可以走上许多崎岖小路，在那里的探索也许收获颇丰。A. E. 豪斯曼和拉尔夫·霍奇森这两位诗人享有的声望与其少量诗作完全不成比例，但却是应得的。豪斯曼是剑桥大学的拉丁语教授，1895 年发表了题为《施洛普郡的小伙子》的诗集，诗中美和遗憾不同程度地混杂在一起，其非同凡响的魅力是很多人徒劳地进行分析和模仿的。在沉默了二十七年后，他于 1922 年发表了第二部、显然也是最后一部诗集《最后的诗》。拉尔夫·霍奇森创作出的诗歌同样很少，但那首《荣誉之歌》单凭表现出来的狂喜热情就足以在现代诗歌中无可匹敌。

1915 年，詹姆斯·埃尔罗伊·弗莱克在瑞士死于肺结核。他生于 1884 年，在剑桥大学学习东方语言，1910 年到君士坦丁堡的领事部门工作。东方给他留下了深刻印象，东方的色彩、壮丽和意象都进入他的作品中。他的戏剧《哈桑》强烈地表现了这种印象，其结尾的《朝圣者的合唱》也许是其巅峰：

> 黄昏时分离开波涛汹涌的大海,
> 巨大的影子落在了欢乐的沙滩,
> 当铃声温柔地打破了海滩的寂静
> 金色的大路通往萨马尔坎。

可以写出这种诗句的诗人一定具有抒情音乐的才华,算得上是天才了。

桂冠诗人罗伯特·布里奇斯,是博士也是医生,即牛津大学的文学博士,同时也是一位内科医生——曾于不同时期属于圣巴塞洛缪医院、儿童医院和大北医院。他的诗歌深奥,属于学者型,通篇都是对英语诗歌的古典韵律进行的有意义的实验。事实上,他的诗体学如此新颖,以至于毫无头绪的普通读者常常分不出音步来。另一方面,他的很多诗歌,尤其是《短诗集》中的作品,也像任何诗作一样简单、优美,令人满意。

## 参考书目

**弗朗西斯·汤普森:**

Complete Works of Francis Thompson in 3 vols.. 还有下面单独的几首诗:*The Hound of Heaven, St. Ignatius Loyola, Shelly: an Essay.* Selected Poems. *The Life of Francis Thompson* by Everard Meynell。

**W. B. 叶芝:**

*Poems and Plays*, 2 vols..

**约翰·梅斯菲尔德:**

Collected Poems.

**沃尔特·德拉·梅尔:**

Poems.

**鲁伯特·布鲁克:**

Poems.

**约翰·德林瓦特:**

Poems.

**A. E. 豪斯曼:**

*A shropshire Lad* and *Last Poems*.

# 第三十九章　后期作家

## 第一节　吉尔伯特·凯斯·切斯特顿

G.K.切斯特顿于1874年生于肯辛顿。他第一部令人瞩目的作品是于1904年发表的论述勃朗宁的著作。此后，他写出了几卷诗歌、散文和奇幻传奇故事——其中《诺丁山上的拿破仑》和《飞翔的酒馆》最为不凡。他还发表了论美国和巴勒斯坦的文集，文学批评——其中《狄更斯》最为重要，一部杰出的《英国简史》，以及一部论述圣弗兰西斯的著作。切斯特顿先生英国气十足，对英国的热爱在《白马歌》中得到了充分表达。

切斯特顿先生被誉为颠倒的哲学家。他肯定醉心于夸张和悖论；肯定只看到了自己想看的东西。他去巴勒斯坦旅行，而对那里的描述则是一部十字军远征史。他相信独立自主的农民阶级非常重要，而在爱尔兰，他看到的几乎都是独立的农民阶级。事实上，他自己也曾说过："我从未丧失一贯的信仰，那就是旅行会使头脑狭隘。"在《何谓正统》一书中，切斯特顿先生说："在所有的一切中，只有琐碎的诡辩是我最鄙视的，而通常人们会指责我诡辩，这也许是完全的事实。"这表明切斯特顿先生明白许多读者和批评家对他的作品有些怨言，但他没有误解这些怨言吗？

最好仔细看几个例子吧。这些例子能表明切斯特顿先生典型的推理方法，也能表明他那高明的抨击究竟能令人相信多少。在《何谓正统》的第二章中，他阐明了那个典型的悖论，即自信的理智导致了疯狂。他说：

> 想象不会导致疯狂。导致疯狂的恰恰是理智。诗人不会发疯；下象棋的人会。数学家会发疯，出纳员也会；但有创造力的艺术家很少会。我绝不是在抨击逻辑，正如很快就可以看到的；我只是说危险的确就存在于逻辑中，而不在想象中。艺术的根源与肉体的根源一样有益身心健康。

像这样的重要论点需要正式提出，也需要提供确凿的证据予以支持。切斯特顿先生没有提供这两者，只是用修辞手段扩展了这个悖论。宣称诗人不会发疯之后，他立刻举

照片:F.A.斯温

**G. K. 切斯特顿**

悖论大师，提倡快乐人生。

出两种会发疯的人。但似乎诗人发疯的时候，并不是因为他们有诗意，而是因为他们身上有"理性的弱点！"在切斯特顿先生看来，坡发疯是因为他特别爱分析，因为更加喜欢国际跳棋而不是国际象棋中"传奇式的英雄和城堡"。他告诉我们，柯珀"肯定是被逻辑、宿命论的丑恶、陌生的逻辑逼疯的。"但果真如此吗？柯珀的疯狂最后表现为宗教忧郁症，但这在皈依福音派新教之前，在他住在坦普尔套房、身处世俗环境中时就开始了。如戈尔德温·史密斯谨慎指出的，柯柏疯狂的根源是身体上的，只有其恶化才是宗教上的。然后，切斯特顿先生有力地指出，柯珀是丧失理智的"唯一一位伟大的英国诗人"。这个观点的论证价值是什么？有多少诗人可以用"英国的"和"伟大的"来形容，十二个、二十个，还是更多？总数并不多，这完全要看怎么去理解"伟大"一词了。在切斯特顿的观点具有统计意义之前，我们必须就这一点达成一致见解。

切斯特顿先生酷爱仙境以及仙境里发生的美好幸运的事情，这令人愉快。但当他说这些事情是哲学的，而自然法则是非哲学的时，我们就知道他本应去写奇幻诗歌。他说：

> 科学书籍中使用的所有词语，"法则"、"必要性"、"规则"、"趋势"等等，其实都是非理性的，因为它们都假设我们可以在内心里进行综合，而我们却并不具备这一能力。

但我们确实具备这种综合能力,这只不过是把可用的数据不断地汇集起来。我们就是从汇集起来的事实和观察中推断出法则、规则和发展趋势的。这一过程是高度理性的,摒弃它而赞同仙境的可爱和魅力就是要弄读者。切斯特顿先生说:

> 一个绝望的恋人也许无法将月亮与失去的爱情分离开来;因此,唯物主义者也就无法把月亮与潮汐分离开来。这两者之间本没有什么联系,只不过人们把它们联系起来了。

多么令人惊异的类比啊!绝望的爱情哪里都看得到,甚至在布卢姆斯伯里的灯柱下面都能看得到;但潮汐遵守与月亮之间的确定联系。当然,切斯特顿先生知道这一点。他想暗示的是那种抽象的可能性——即明天的涨潮将会违背所有观察到的潮汐的行为方式——比任何程度的科学确定性更富有启迪性。他接着使用大量的明喻来说明:

> 因此唯物主义的教授(虽然藏起了自己的泪水)更是个感伤主义者,因为通过自己的神秘联想,苹果花让他想到了苹果。然而,来自仙境的冷静的理性主义者却不明白为什么……苹果树不应该开出深红色的郁金香来。

这有什么价值呢?或许切斯特顿先生太爱仙境了,以至于不理解为什么有仙境。它们是虚构出来帮助孩子们认识生活的,而不是帮助人们理解它的,虽然有时它们能同时做到这两件事。

可以说,切斯特顿先生给出的例证并不是论据。不幸的是,它们常常很像是论据,在那奔涌的、波光粼粼的思想之流中,它们在不可靠的时候容易被当成是可靠的。

可以说,切斯特顿先生的写作是一道道闪电,但是,我们需要时间和思考来确定有多少闪电是"叉状的",多少是"片状的"。

也许,在我们这个现代科学的世界里,"G. K. 切斯特顿"的声音是一个在荒野中呼喊的人的声音,但仍然充满了男子气概,反复不停,音调悦耳。

在那首优美的小诗中,我们能看到这一切:

驴

> 当鱼空中飞,森林地上走,
> 　荆棘长出无花果,[①]
> 当月亮是血的某个时候——
> 　准在那时辰生下我;
>
> 畸形的头、惹人嫌的叫声,

---

[①] 典出《新约全书·马太福音》第 7 章第 16 节。

> 耳朵像离奇的翅膀,
> 四条腿走路的动物里面,
> 我同魔鬼有三分像。
>
> 我是世上破烂的可怜虫,
> 是坏心的远古产物;
> 我默默挨饿、挨打、挨嘲笑,
> 但我的秘密不吐露。
>
> 傻瓜,因为我也曾得意过!①
> 那遥远的时刻热烈
> 又甜蜜:我的耳边是欢呼,
> 脚前是棕榈树枝叶。②

## 第二节　希拉瑞·贝洛克

希拉瑞·贝洛克先生的父亲是法国人。他生于 1870 年,在艾吉巴斯顿的欧拉托里学校和牛津大学的贝利奥尔学院接受教育。贝洛克先生天生就是个罗马天主教徒。他曾一度任自由党国会议员。但自由党主张的清教主义令他不满。他忧虑地看到现代社会的法律不断地侵犯个人自由,坚持认为这实际上是富人欺负穷人。在《奴役国》中,贝洛克先生坚称资本主义——这是他不喜欢的——之后必定是半奴隶制,这是他更不喜欢的。如切斯特顿先生一样,他拒绝解决社会弊病的所有现代手段。他谴责卡尔·马克思的学说和赫尔·斯廷内斯的实践。他相信世界的唯一希望就是回归旧的信仰,相信天主教,因为它是唯一可以建立真正的国际主义、使人类免于不断战争的力量。而且,他认为欧洲普通人在 13、14 世纪比在那之后更加幸福快乐,就此而言,他像切斯特顿先生一样是位中古史学家。但二人都不是沃尔特·佩特或拉斯金那样的中古史学家,用切斯特顿先生的话说,他们"会对教会庆典予以各种赞美,但不举行宴会"。

贝洛克先生于 1895 年发表了第一部诗集《韵诗与十四行诗》。

下面这些诗句清楚地表明了他诗歌的优美:

---

① 本节是上行中说的"秘密":骑驴的耶稣曾受到拿棕榈枝的民众的热烈欢迎。见《新约全书·约翰福音》第 12 章第 12—15 节。
② 黄杲炘译:《英国抒情诗选》,上海译文出版社,1997 年,第 245—246 页。

赛莉走了竟是如此慈祥，
　　赛莉走了离开了哈那可山。
此后牧师越来越盲目
　　此后拍手者寂静无声，
　　此后哈那可山大片脱落。

哈那可山已是一片荒原：
　　山顶是废墟，下面是未耕的野地。
精灵造访堕落的国度，
　　精灵喜欢她高声的叫喊：
　　精灵乘着风云远离家园。

精灵呼喊而无回应；
　　哈那可人败阵，英伦陷落。
风和薪制造了管乐和舞者
　　天下不见农人的身影。
　　没有农人。永无他们的身影。

贝洛克先生著有小说、荒谬故事、精彩的游记以及很多尖刻的军事评论。

这个书单表明他非常多才多艺，才华横溢。在严肃的历史著作中，丹东和罗伯斯庇尔的传记诗是最好的，对人物的研究堪称栩栩如生。他最好的小说无疑是充满幽默机智的《伊曼纽尔·伯登》。机智、幽默也是他各种各样的散文集的非凡特征，其中，《卡利班书信手册》也许是最有趣的，里面有给作者们的讽刺建议。但他最好的作品是游记，其中讲述徒步旅行的《罗马之路》就像史蒂文森的《骑驴走在塞万纳》一样宜人；他们二者之间确实有许多共同之处——景与人都是用相同技巧描绘的，恰当而幽默，其快乐的人生哲学与让读者身临其境的非凡融合起来。

## 第三节　约翰·高尔斯华绥

约翰·高尔斯华绥生于 1867 年，在哈罗公学和牛津大学接受教育，1890 年获得律师资格。他游历广泛，1894 年在一艘从阿德莱德驶向南非的帆船上，结交了一位叫约瑟夫·康拉德的水手，康拉德把自己第一部小说的手稿《阿尔麦耶的愚蠢》拿给他看，高尔斯华绥就劝他把稿子寄给一位出版商。在表面上和思想上，高尔斯华绥是位律师。他谨慎、律己、严肃。虽然极为同情受苦受难的人，为社会不平等感到不安，但他总是公正的、镇静的，对现状进行研究而不是谴责，非常想要了解他极为反感的环境和人。

照片:C.凡迪克有限公司

**约翰·高尔斯华绥**

伟大史诗《福尔赛世家》的作者。

高尔斯华绥写了许多小说;其中三部,加上两部较长的短篇故事合成了一部完整的家族传奇,即《福尔赛世家》(又译《凡尔赛世家》),这是当代小说中熠熠生辉的瑰宝。高尔斯华绥使用纯正优美的英语,将19世纪后半期中上层社会的一个大家族的三代人收进他的魔网之中。当时,普通人都相信财产是不可侵犯的,财产进而控制美本身。《福尔赛世家》以这些怪异的、烦恼的、怀疑的时期结束,此时,财产既是所有人的,又不是任何人的。年轻人不肯接受旧的狭隘的体面的行为准则,但却没有形成新的、也许是更好的准则来代替它们。其实,他们还不确知是否有必要确立法则和准则。福尔赛一家,不论老幼,他们的工作、爱情,就连家具以及彼此产生的微妙影响,都是从第二代人索米斯·福尔赛的角度来构想的。没有哪位作家能像高尔斯华绥那样激起我们的怜悯之情;最能证明这一点的是《福尔赛世家》的结尾,我们不得不同情索米斯。在过时的情节剧中,肯定有一束耀眼的绿色光柱照耀着他,标明他是坏人。但除了让他不知所措地、孤独地站在一个破碎传统的废墟之上,这个懦夫,这个有产者并没有受到严惩。如果世界史真的可以小规模地包含在一个家族的真实记载之中,那么《福尔赛世家》就是这样的世界史——它和生活本身一样不完整,因为在书外,福尔赛一家仍在继续生活,结婚生子,教育孩子,调整偏见。

《福尔赛世家》是高尔斯华绥取得的伟大文学成就。小说表明他本质上是悲观主义者。他心怀怜悯和同情,但也几乎不抱有任何希望。作为一位作家,他从未让自己失去控制,而总能克制。但恰恰是这种克制让他有时生动地表现了使笔下人物深受感动的激情。在《福尔赛世家》的第一部《有产业的人》中,有一幕戏说明了这种能力。伊琳在见到情人波辛尼之后回到了丈夫身边:

> 他简直不认识她了。她就像烧起来一样,两颊、眼睛、嘴唇,以及那件不常穿的上褂,望上去颜色都是那样的浓郁。
>
> 她抬起手来,把那一绺头发掠上去。她呼吸很急促,就仿佛跑了路一样,每呼吸一下,从她的发间和身上都发出一种香味,就像一朵盛开的花发出来的香味一样。
>
> "我不喜欢这件上褂,"他缓缓地说,"这东西太软,一点样式都没有!"
>
> 他抬起一根手指指向她胸口,可是被她挥开了。
>
> "不要碰我!"她叫道。
>
> 他抓着她的手腕;她挣开了。
>
> "你上哪儿去了?"他问。
>
> "上天堂去了——在这个屋子外面!"说了这话,她就一溜烟上了楼。
>
> ……
>
> 索米斯僵立在那里。他为什么没有跟她上楼呢?
>
> 是不是因为在他的虔诚的眼睛里,被他瞧见了波辛尼从史龙街的高窗子里望下来,竭力想再能瞧一眼伊琳快要望不见的身形,他一面使自己烧红的脸凉下来,一面冥想方才伊琳投入他怀抱中的情景——她身上的香味和那一声仿佛呜咽似的狂笑仍旧萦绕在周围的空气里。①

作者无疑是同情伊琳的,但他知道在她的世界里,财产是至高无上的,它践踏着爱情,击败了激情。伊琳被迫回到丈夫身边,回到她徒劳反抗、毁灭灵魂的束缚中:

> 她裹着灰皮大衣靠着沙发的软垫,很像一只被捕获的猫头鹰,裹紧自己柔软的羽毛抵着笼子的铜丝;原来刚健婀娜的身条已经看不见了,就像经过残酷的劳动之后人垮了似的;就像自己再不需要美丽,再不需要刚健婀娜了。②

《福尔赛世家》之后,《友爱》是高尔斯华绥小说中最优秀的作品,其中有些类似俄国小说中的绝望的东西。人是命运的玩偶,是无助的。用高尔斯华绥的话说:

> 像苍蝇触上那难以捉摸的、熏黑了的丝线似的蛛网一般,人们也在自己的本性所织成的网中挣扎,这里冲一下,那里轻轻地可怜地撞一下,这样搞了好

---

① [英]约翰·高尔斯华绥著,周煦良译:《福尔赛世家》,第一部《有产业的人》,上海译文出版社,1978年,第269—270页。译文略有改动。
② 同上,第368页。译文略有改动。

久后,终于无声无息地失败了。他们在罗网中生,在罗网中死,根据力量大小奋斗到底;怀着自由的希望,为争取自己的快乐而奋斗;不知道自己被击败,死了便是报应。①

除小说外,高尔斯华绥先生还创作了许多短篇小说和几部戏剧。戏剧都构思精巧,非常适合舞台表演,关注的都是一些社会和道德问题。在《斗争》中,高尔斯华绥先生关注的是雇主和雇员之间的斗争;在《正义》中,他谴责法律处理那些更可怜的罪犯的方式;《银盒》与《长子》的主题表明对富人有一套法律,对穷人有另一套法律;等等。高尔斯华绥先生总是感觉到生活的残酷,他做出诊断,但没有给出补救的办法。他稳重、镇静、公正、有教养,是一位伟大的文学艺术家,但对自己所属的阶级——英国的中上层社会非常忠诚,这是由律师、医生和教授们构成的一个阶级。

## 第四节　H.G.威尔斯

高尔斯华绥先生与H.G.威尔斯先生之间的对比是再鲜明不过的了。在我们时代的大多数争论中,他们始终都是站在一边的,但高尔斯华绥先生总是尽力去了解对方的观点,总要坚持受到公正有礼的对待,而H.G.威尔斯"不想别的,只想一棍子打到敌人的头上",这话很恰当。H.G.威尔斯天生就是一个狂暴的斗士。

他生于1806年,他是这样讲述自己的早年岁月的:

> 我出生于那个怪异的无法确定的阶级,在英格兰我们称之为中产阶级。我没有一点贵族气;对于祖父母和外祖父母辈以上的祖先,我一点也不了解,而对于祖父母我也知之甚少,因为我是父母最小的儿子,在我出生之前,祖父母已经去世了。
>
> 我的母亲是米德赫斯特一个旅店老板的女儿,在铁路出现之前,外祖父负责提供拉四轮大马车的驿马;我的祖父

照片:L.卡斯沃尔·史密斯

**H.G.威尔斯**

---

① [英]约翰·高尔斯华绥著,曹庸译:《友爱》,上海译文出版社,1985年,第174页。

是肯特郡彭斯赫斯特堡李勒爵士家的园丁总管。他们命运多舛，做过各种各样的工作；父亲一生中的大部分时间都在伦敦郊区照料一个小店，靠玩板球游戏勉强维持家业。板球不仅是一种娱乐活动，而且是一种表演，大家都会付钱观看，因此成了职业选手的谋生之道。他开的小店并不成功，我12岁时，我那曾当过贵妇女仆的母亲去给一处乡村富豪当管家。

我也是注定要当管家的，为此我13岁时就离开了学校。一开始，我给一位药剂师当学徒，结果并不如意，后来我又给一个布商当学徒。不过大约过了一年时间，我认识到在英国提供较高教育的设施一直在增多，比起店铺和相对无知来说，它们能给我更好的生活机会；因此我就努力争取并获得了各种各样的助学金和奖学金，我在伦敦大学学习自然科学，攻读普通荣誉学位课程并获得了学位，现在这所新的名牌大学正在发展壮大。

我毕业后教了两三年的生物，后来当上了记者，部分是由于在英国当记者比教书挣钱多，而还有部分原因是我始终对英语写作颇感兴趣。我的头脑中有某种奇想，总能让我觉得散文写作很有意思。

我首先开始写文学评论等，不久就开始写短篇幻想故事，其中使用了很多现代科学知识。英国和美国对这种小说的需求很大，而我的第一部作品、1895年发表的《时间机器》受到了极大关注；后来的两部作品《星际战争》和《隐身人》给我带来了足够大的声望，让我可以全身心地、怀有一定的安全感去投入到纯粹的文学创作中。

H.G.威尔斯先生的作品可以明确地归为几类。开始时，他写了一系列具有极高想象力的传奇故事，其中使用了"很多现代科学知识"。《时间机器》、《奇异的探访》、《莫洛博士岛》、《机遇之轮》、《隐身人》、《星际战争》、《昏睡百年》、《月球上的第一批人》和《诸神的食粮》，都是他在文学生涯的前十年中写出来的，后来有《空中战争》和《结束战争的战争》。在这些早期科幻故事之后，他写了浪漫小说《爱情和路维宪先生》，于1900年发表。《吉普斯》1905年发表。《托诺－邦盖》1909年发表，《波里先生的历史》1910年发表。他的小说家声望主要靠这四部作品确立的，接着是《安·维罗尼卡》、《新马基雅维利》和《婚姻》。有趣的是，这七部小说中有五部是在1908年到1912年之间发表的，就作为文学艺术家的威尔斯先生来说，这是他一生中最成功的时期。他战前创作的另外两部传奇故事《深情的朋友》和《艾萨克·哈蒙爵士的妻子》则相对不太重要。

亨利·詹姆斯说《吉普斯》是"第一部睿智的、前后一致的反讽或讽刺小说"。无独有偶，这部小说和《爱情和路维宪先生》批判的都是导致人们错失良机和令人们丧失幸福的社会习惯和习俗。路维宪先生是位收入不高的教师，吉普斯是布商的助手。两部小说中发生的许多事情都带有自传性质，都是过失悲剧的不朽篇章。"我在想，"

吉普斯说，"一切都多么艰难啊。"显然，威尔斯先生想让我们相信一切不必也不应该是艰难的事。

《托诺－邦盖》是描写现代庸医之医术的杰出史诗。威尔斯先生说他想要"展现一幅关于整个怪异的广告文明——伦敦是其中心——的图景"。小说的前三分之二比最后的三分之一要好得多，但就其对乡村家庭悠闲而庸碌的生活、苦苦奋斗的商人可耻的虔诚、广告庸医辉煌的冒险经历进行的分析而言，其成就之伟大自不待言，肯定是自本世纪开始以来面世的最重要的六部小说之一。对这个可以靠行骗来发大财的社会，威尔斯先生只抱以蔑视，但这个世界并不只是在商业和财政问题中误入了歧途。"爱情是漫无目的，是脱离了联系的无用的东西，就像社会紊乱这个巨大过程中的其他一切，我们就生活在社会紊乱中。"

《安·维尼罗卡》讲的是女儿叛逆的故事，许多场景都表现了强烈的情感。《新马基雅维利》主要是讨论政治的，也是对性爱的巨大力量进行的勇敢探究。

许多优秀批评家一致认为，虽然《波里先生的历史》不太重要，但却是威尔斯先生的杰作。波里先生天生就有艺术家的心灵，但命运却让他成了一个海滨小镇里失败的袜商，娶了一个愚蠢没用的妻子，她饭做得太差，使他长期受到消化不良的折磨。虽然开了袜店，虽然娶了这样一个妻子，虽然他消化不良，但波里先生坚信"在某个地方——也许魔法般地不能到达，但仍然有某个地方——他身心都会纯洁、舒适、快乐"，最后波里先生奋力反抗，在经历了许多冒险之后，最后终于为自己找到了平静和健康，而妻子的境况就像跟他在一起时一样，没有变坏，也没有悲伤。在《波里先生的历史》中，幽默连篇，这在威尔斯的其他小说中是找不到的。其人物是狄更斯式的，而人生哲学则是威尔斯自己的。

威尔斯先生是位精力极为充沛、极为勤奋的作家，在当记者的那段岁月里，他非常多产，写出了一系列作品来阐释自己的社会哲学，1901年发表的《预知》是第一部。在第一次世界大战前，他就已经开始梦想一个让战争不可能发生的世界政府，保证能让最没有天赋的公民都能享有一定的幸福。

## 作为先知和教师的 H. G. 威尔斯

1916年威尔斯发表了《勃列特林先生看穿了它》，作品中他记录了思想自由开放的英国中产阶级在一战期间经受的恐惧和感受。从本质上说，勃列特林先生就是威尔斯先生，作者借勃列特林先生之口郑重地说，战争中死去的各国年轻人表现出来的值得赞扬的英勇精神"让我们看到了上帝"，其实他是在描绘自己精神历程中的一个阶段。《勃列特林先生看穿了它》之后，他发表了《主教的灵魂》和《琼和彼得》，在某种意义上说，这是《勃列特林先生看穿了它》的理性和精神续篇，在这些小说中明显可以看到新的信仰，这在《上帝，隐形王》中已有详尽阐述。

在一战之后的岁月里，威尔斯先生取得的最重要成就是《世界史纲》，其最重要的一个特点就是不断强调世界各民族之间始终存在着的联系。威尔斯先生写《世界史纲》是为了帮助建立未来的世界政府，这是他念念不忘的。他的梦想并不是没有任何信仰。"通过悲伤，"他宣称，"为共同的苦难、为无法弥补的彼此伤害而感到悲伤，和睦友好正在传播到整个世界。"

威尔斯先生可能会成为、并且确实已经成为了一位文学大师；但有时他会在小说中牺牲文风、清晰，他对完美艺术的理想，以及这种努力必然带来的落日晚星的后果，而跌跌撞撞地追随更严酷、更客观的召唤，虽然他写的历史并非如此。他不在乎"做真实的自己"的建议，而制定出这样一个信条："不要理会做真实的自己。不管你是不是个伟大的艺术家，这有什么关系呢？某个地方的某个人没有受到公正对待。务必注意。"

## 第五节 阿诺德·本涅特

阿诺德·本涅特先生生于1867年。他在一家律师事务所工作了不长时间，后来为了新闻工作而辞职。他在巴黎住了一段时间，法国的影响在他的艺术技巧中清晰可见。他的第一部小说于1898年发表。阿诺德·本涅特先生生于波特里斯，并屡次用那个地方作为小说的背景，我们甚至都知道汉桥和伯斯利之间火车运营的确切时间。《克莱亨厄》、《希尔达·莱斯韦斯》、《这一对儿》、《五镇上的安娜》以及充满讽刺幽默的有趣传记《纸牌》都属于五镇系列，而那部公认的杰作《老妇谭》也属于这个系列，讲的是两个女人的一生。她们生活在维多利亚时代的后半期，是布商的女儿。妹妹索菲娅是个大胆的冒险家，跟别人私奔到了巴黎，在巴黎陷落期间一直住在那里。另一个是康斯坦斯，她一直住在五镇，沉浸在单调乏味的生活中，这种生活的每个细节都被小说家用自己的天才描写得出神入化。

在后来的岁月里，本涅特先生不断表现出新鲜的惊奇感，就像一个孩子第一次面对奢华文明中的奇迹时表现出来的震惊。他沉迷于描写成功人士，一直以大酒店和时髦饭店为乐。他是个优秀的文学艺术家，对作家职业的态度非常精心认真，这让他自豪。他总是幽默风趣，给人带来快乐，那天真的惊奇感使他从杰基尔变成了海德——他的另一个精于世故的自我。在这个可以被称为热爱成功的阶段，他发表了最著名的小说《普罗哈克先生》，这是一出兼具充沛活力和完美技巧的喜剧。在最近发表的《里希曼台阶》中，本涅特先生又重新对那个失败的和世俗的世界产生了兴趣。这部小说是本涅特先生的优秀作品，描写了一个住在克拉肯韦尔的吝啬贪婪的二手书商。这部作品证明他观察敏锐，对人物和动机的理解也同样敏锐。他的描写刻画入微，尽管琐碎但总是生动有趣。

照片：E.O.霍普

阿诺德·本涅特

"五镇"系列故事的作者。

照片：T.和R.安南父子公司

约瑟夫·康拉德

波兰人，现在是他那个时代最优秀的英语文体家。

## 第六节 约瑟夫·康拉德

约瑟夫·康拉德的全名是约瑟夫·康拉德·克尔泽尼奥夫斯基，1856年生于波兰。他的父亲是位著名的波兰爱国志士和学者，曾将莎士比亚、雨果和阿尔弗雷德·维尼的作品翻译成波兰文。刚成年时，康拉德先生就来到君士坦丁堡，想与俄国人一起抗击土耳其人。他虽然生在一个没有海岸的国家，却感受到大海的召唤，因此加入了法国商船队。在法国海船上航行了一段时间后，他来到了洛斯托夫特，学会了英语，获得了商会颁发的大副执照。在1902年发表的《青春及其他故事中》，他描述了自己在一艘英国海船上作管事时的处女航。他在马赛登上了一艘飘扬着英国商船旗的船，第一次听到别人用英语跟他说话。他跟一位法国领航员来到"一艘巨大的高级货船"上。

只划了几下我们就到了那船的旁边，就在那时，我生平第一次听到别人用英语跟我说话——这是我内心里秘密选定的语言，是我的未来，长期的友谊，深沉的感情，我辛劳的时刻和舒适的时刻，以及孤独的时刻，我读的书，进行的思考和留在记忆中的感情——我的那些梦想的语言！如果（我身上不会朽烂的那部分经过这样的塑造之后）我不敢大声宣称那是我自己的语言，那么，不管怎样，它都将是我的孩子们的语言。就这样，随着时间的流逝，小事情越来越令人难忘。至于他们说话的内容,我不能说很动人。太短以至于谈不上雄辩,语调也不优美,确切说只有三个字"嘿,小心,"那嘶哑的声音在我头顶上粗鲁地咆哮着。

康拉德先生的艺术特征在于他反映亲历的事件。他否认了他懂得三四门外语并特意选择用英语进行创作的说法。他说:"对我来说,英语既不是选择的,也不是承继的。我根本就没有想到过选择英语这回事。至于承继——呃,是有承继;不过是我被那种语言的特征选为承继者的,开始我说得结结巴巴,但很快我就完全进入其中,结果,我真的以为那些习语对我的性情产生了直接影响,塑造了我那仍然具有可塑性的性格。"一个20岁时几乎不能讲一个英语字的波兰人,学会了灵活熟练地使用英语并进行创作,根本看不出这不是他的母语,即便是他特别喜欢英语,也使人不能不为这样的事实而惊叹。康拉德先生取得的伟大成就使他与众不同。他是我们当中的一员,但不属于我们。在二十年的航海经历中,他不曾见过一个波兰水手,然而,虽然他掌握了航海技能,掌握了英语,但仍是一个波兰人。就性情而言,他绝对是斯拉夫人;作为小说家,他追随伟大的俄国作家。康拉德先生本身就是与众不同的,其孤立的、孤独的因素给人留下了深刻的印象。在一本书中,他写道:"人的灵魂从出生到死亡,或许还有死后,都围绕着、笼罩着、覆盖着它的深不可测的孤独。"

他的第一部小说《阿尔麦耶的愚蠢》于1895年发表,是他当水手时创作的。之后他发表了《海隅逐客》、《"水仙号"上的黑家伙》和《吉姆爷》。康拉德先生的天才马上得到了出类拔萃的批评家W. E. 亨利的认可。但还要等几年他才能广为流行,吸引有判断力、有鉴赏力的读者。《诺斯托罗莫》于1904年发表,是他最优秀的小说之一;《密探》,一个构思极为巧妙的侦探故事,1907年发表;《机遇》1914年发表;《在潮汐之间》1915年发表;《阴暗线》1917年发表;《金箭》1919年发表;《拯救》1920年发表。康拉德先生还发表了一部不完整的自传,自题为《私人记录》,以及一部题为《文学与人生札记》的散文集。

如前所述,康拉德所有小说中的主要人物几乎都是与众隔离的:在《阿尔麦耶的愚蠢》中,一个白人生活在一群棕色人中间;在《海隅逐客》中,一个白人因为迷恋上一个有色女人而与自己的同胞断绝来往;在《密探》中,一个人因自己的职业而与世人隔绝;等等。

当水手时,康拉德先生多次到东方航行,大海和东方在他笔下扮演了重要角色。没有哪一位小说家能像他这样,用如此巨大但克制的力量描绘了热带的暴风雨、炙热的海洋和散发着各种香气的既残酷又美丽的植被。几乎可以说,大海和太阳是他的故事中经常出现的主人公。

在风格上,约瑟夫·康拉德先生至少与亨利·詹姆斯有相似之处。他古怪地偏爱一种叙事形式——其中有个人讲述关于某个人的故事，这个人把故事讲给另一个人，而另一个讲述前两个人关于主人公的谈话——这有时让人觉得厌烦和困惑。

## 第七节　乔治·穆尔

乔治·穆尔1852年生于爱尔兰的梅奥郡。他曾在伦敦和巴黎学习艺术，经过多月的努力学习之后，他发现绘画不适合作为他的职业，因此转向了文学。在巴黎时，他与伟大的印象派画家莫奈、马奈、德加关系密切，在文学上，还深受左拉的影响。乔治·穆尔先生的早期小说，1883年的《现代情人》，1884年的《演员之妻》和1886年的《穆斯林的故事》，在性质上绝对是左拉式的。这些小说问世之前，他已经发表了两本诗集——1877年的《情欲之花》和1881年的诗集，其题目本身就表明了它们的特点。

在早期小说中，《演员之妻》是最好的，讲述了许多二流演员肮脏的、不道德的生活，虽然该小说在出版时被图书馆查禁，但肯定不能说小说本身是不道德的，其"大胆"与现在的许多小说相比还相差甚远。随着1894年《伊丝特·沃特斯》的发表，乔治·穆尔先生确立了作为小说家的声誉，这是一个动人的、充满同情的、极有人情味的故事。这时他已经摆脱了左拉的许多影响。在《伊丝特·沃特斯》中，他并没有不必要地强调令人不愉快的那些方面。这是很少几部以女仆为女主人公的英语小说之一，故事的讲述直接、真实，没有忽略必要的内容，也没有讲述不必要的内容。穆尔先生展现的埃丝特·沃特斯是位了不起的女人。她没有被不幸吓倒，没有被环境征服，始终掌握着自己的命运。

穆尔先生在评价自己的作品时从不谦虚，关于《伊丝特·沃特斯》，他说："我坐在那里，想知道我怎么会想到写这本书呢，在所有的作品中，这是我本应最想写的一本书，而且写得比我想象的要好得多。"

《伊夫林·英尼斯》1898年发表，约翰·弗里曼先生恰当地将其形容为具有智性快感的小说。

爱尔兰文学运动的开始和对布尔人的同情让乔治·穆尔先生回到了爱尔兰。他在那里住了十年，在这段时间里，他写出了非同凡响的小说《湖》，讲述一位爱尔兰牧师和村里一位女教师的故事。在这部小说中，穆尔先生从现实主义者转变为象征主义者。"每个人的心里都有一个湖，他年复一年听它那单调的潺潺细语，越来越专心，最后得到解脱。"

穆尔先生晚年最重要的成就是《凯里斯河》。作品中，他用自己特有的大胆精神和杰出的文学技巧重新讲述了世上最伟大的故事。穆尔先生总是喜欢写自己和自己的冒险经历。《一个青年的自白》1888年发表,《逝去生活的回忆》1906年发表。关于这两部作品,苏珊·米切尔写道:"有些男人会吐露个人的风流韵事,有些男人有过但永远不会吐露,而乔治·穆尔先生吐露但从未有过。"《欢迎与告别》复杂而精美,1911年、1912年和1914年连续发表三卷,是我们的时代中一部知性十足的传记,在某些方面堪与卢梭的《忏悔录》媲美。乔治·穆尔先生还创作了几部戏剧,和1893年发表的一卷艺术评论著作。

## 第八节 詹姆斯·马修·巴里

三位伟大的苏格兰文人彭斯、卡莱尔和巴里都出身农民之家,这非同寻常。1866年,詹姆斯·马修·巴里出生在小村基里缪尔的一户村舍中,后来在作品中他将其命名为特鲁姆斯(Thrums),使之永垂青史。他先是在邓弗里斯学校学习,后来到爱丁堡大学继续深造,获得了文学硕士学位。约翰逊博士曾说在苏格兰人眼中,他家乡最美的风景就是通向英格兰的大路。不管怎样,巴里走上了那条路,在诺丁汉一家报社谋到一个职位,开始了作家生涯,这是他的全部天性召唤他去做的,他无法抗拒。他是报社的政治社论作者,一周挣三个畿尼,据说还以"现在我来鞭挞伪善"为座右铭来写一些至理名言。他把那时的自己说成是一个羞涩、笨拙、忧郁的青年,很喜欢读书和孤独,晚上,人们可能会看见他在城堡的墙下闲逛,但思绪已经飞到了"正北三百英里的地方"。他一心想去伦敦;他的一些文章被《圣詹姆斯公报》接受了,他给编辑詹姆斯·格林伍德写信,征求意见,问他是否应该去英格兰,回答是"看在上帝的分上,别来!"而巴里的回应则是直接搬到伦敦安顿下来,在那里当了三年自由作家。然后就开始了为了生计艰苦奋斗。他自己记下了晚餐吃一个一便士的小圆面包的好处,喝一杯咖啡它就在肚子里胀大了。然而他的文章,尤其是以加文·奥格尔维为笔名写的那些文章,开始引起人们的注意。这些文章重新发表在《我的尼古丁夫人》、《独身时代》、《旧光派牧歌》和《特鲁姆斯的窗口》中,表明一颗新星已经冉冉升起,而且具有完全与众不同的才华。之后发表的《小牧师》实际上是一首篇幅较大的田园诗。《小白鸟》是写给孩子们的故事,但也给那些喜欢孩子的各年龄段的人带来了快乐——如后来的《彼得·潘》——随着这部作品的发表,进入人们视野范围内的这颗新星变圆、变完整了。

那么,这种新的天才是什么呢?它包括三个方面。首先,这是一种描绘真实生活中的人物的才能,尤其是描绘苏格兰乡村的人:农民、店主、老人,描写得如此生动逼真,读者仿佛置身其中。其次是对孩子们的热爱,对他们的了解,只有"在一群成年人中保持着童心"的人才能做到这一点。第三是不同的、实际上是与前一种才能截然相反的才能,即创造像巴比、罗布和玛丽·罗斯这样的似乎来自仙境的生灵。他笔下的所

摄于英国功绩勋章获得者詹姆斯·M.巴里爵士就任圣安德鲁斯大学校长之时。
Topical Press Agency

**J. M. 巴里爵士**

我们这个时代最异想天开的小说家和戏剧家。

有人物,不管真实的还是想象出来的,都带有一种几乎难以形容的可爱的幽默,这不同于任何其他作家,实际上已经成为大家熟知的"巴里风格"了。这不是从一个讲笑话的幽默者口中讲出的,而是出自一个孩子或一个不经意地说出令人意想不到的幽默话的严肃之人之口。玛吉·尚德对约翰说,她害怕两人结婚之后他可能会厌倦她,会看上其他女人,这是她读到过的可能发生的事情,而约翰极为严肃地回答说:"在苏格兰不这样,玛吉,在苏格兰不这样"——那就是巴里风格。《灰姑娘的一吻》中的小男孩在自己的小房子里吃完饭,有人告诉他吃太多的果酱第二天会生病,他听罢跳了起来,欣喜若狂地说:"我今天晚上就会病倒的!"——那也是巴里风格。

巴里的特色在于把幽默和伤感紧密结合起来——简单直接的幽默,但常常微妙而发人深思——这种幽默和伤感都是别具一格的巧妙才智与异想天开的想象力结合的产物。

最充分地展现巴里才能的作品也许是以特鲁姆斯为背景的《伤感的汤米》和续集《汤米和格里泽尔》,描写的是儿童生活,不仅优美动人,令人叹为观止,而且只有他的头脑才能构想出这些故事来。长大后的汤米活灵活现地表现了装腔作势、轻薄的样子,他是喜欢幻想的年轻人,直到强烈的感情也不能让他热血沸腾。格里泽尔歪着嘴微笑,心地正直,他知道汤米永远都是个孩子,"男孩子不能爱人。让一个男孩子爱人难道不是很残忍吗?"格里泽尔也许是巴里创造出来的最佳人物。

我们已经在另一章中提到了作为剧作家的巴里,这里,我们可以说他凭多部剧

照片：舞台剧照公司

《女人知道什么》(J. M. 巴里爵士)

穷学生约翰·尚德同意了在读书期间接受怀利家族的鼓励和帮助，条件是他要娶没什么魅力的玛丽·怀利为妻，他准备从窗子里跳出去，离开这个苏格兰小房间。

作——从《散步者》、《伦敦》到《玛丽·罗斯》——而进入了戏剧界。他对舞台技巧一无所知，显然，他也不知道还有舞台这样的东西。他系统地打破了批评家们奉为神圣的每一条规则。然而，观众们或者笑得东倒西歪，或者感动得泪流满面。这位巫师一挥动魔棍，观众们就被迷住了。

# 第九节

W. W. 雅各布斯先生的作品描写了河边的人物和出海航行的船长们。他继承了狄更斯的传统，表现出这位大师对单纯的人和简单生活的幽默的欣赏。雅各布斯先生创造了一些令人难以忘记的人物类型，而他表现出来的幽默总是简单自然而令人愉快的。雅各布斯先生不断地在早年于伊里斯的生活经历和印象中取材，这非同寻常，却可以理解。他的作品是这些早年经历与其他因素的结合。

伊斯雷尔·赞格威尔先生之所以著名，主要是因为其早期小说细腻地展现了犹太人的生活。已故莫里斯·休利特是一位多才多艺的作家，心情复杂，《森林情侣》也许会使他流芳百世。

## 亨佛利·沃德夫人

已故亨佛利·沃德夫人是众多女性小说家中最重要的一位，也是最有趣的一位。她是拉格比著名的校长阿诺德的孙女，马修·阿诺德的表亲。她继承了"文雅的道德苦行"，在我们谈论的这个时期开始创作小说，她的小说也表现了这个时期的生活。沃德夫人住在牛津时，正值宗教自由主义取代牛津运动拥护者狂热的天主教信仰之时。她为"诚实的怀疑"辩护，而小说《罗伯特·埃尔斯梅尔》之所以取得成功，在很大程度上要归功于威廉·尤尔特·格莱斯顿的欣赏，这是一部意图性极强的小说，为怀疑者进行辩护，提出道德有神论比正统信仰更为可取。在后来的小说中，沃德夫人在某种程度上改变了立场，她之所以在文学史上占有重要地位，是因为她用小说探讨宗教问题，如最近威尔斯先生所做的一样。

刘易斯·卡罗尔（1832—1898）是维多利亚时代为儿童写作的最有才华的作家，由于创作出无与伦比的《爱丽丝漫游奇境记》和《爱丽丝漫游镜中世界》，一代代的男女孩子们都会尊敬他。这两部作品异想天开，风趣幽默，无与伦比。刘易斯·卡罗尔是查尔斯·道奇森的笔名，他是牛津大学的数学导师，也写出了一些讨论几何和三角学的著作，据说这些作品比爱丽丝的故事更令他感到骄傲。幸好道奇森先生热爱孩子们，而爱丽丝就是这种爱的产物。

现代小说的流行让大多数职业作家都采取了小说这种文学表现形式，在现代英国文学中，散文家并不耀眼。在活着的英国散文家中，或许E.V.卢卡斯先生的声望最稳固。我们听到过有人说他是"一位令人愉快的、文雅的、不务正业的人"。这并不全是真的。卢卡斯先生从来都不深奥，而且从未想要深奥。但比起人们一般所想的，他可以触动人们更多的感情。他的文学评论是欣赏和品味；他的生活观虽不算全面，却总是新颖真诚。作为散文家，他描写自然发生的事和飘然而过的人。他观察、欣赏，这些都是在天生的批评才能和杰出技巧的控制下进行的。据说一位好的批评家对任何事都进行评论，这话很对。E.V.卢卡斯先生是位和蔼的评论家，对自己在生活中遇到的任何事或任何追求都予以评论。他写出了关于兰姆的最好传记，而作为散文家，他在很多方面都带有兰姆风格的印记。下面的一小段文字选自一篇描写动物园的文章，很有典型性：

我就这样离开了，看到了动物园中的一切，只有宣传得最厉害的动物——扒手除外。当一个动物接一个动物在接受检阅时，看到这么多参观者带着一副保护人的神气站在笼子前，听他们讲出傲慢或厌恶的意见，在你面前不断出现

"谨防扒手"的告示,其中总是带一点尖刻的意味——警告人要防什么呢?——人!无论如何,你觉得狮子(尽管也许非常想捕猎它们剥下皮来做炉前的地毯)总是不会扒口袋的。①

## 三十年

在过去的三十年中,很多有才华的英国小说家对讲故事发生了兴趣,对哲学、形式或阐释生活不感兴趣。他们中比较有名的是阿瑟·柯南·道尔爵士、霍尔·凯恩爵士、H. 瑞德·哈葛德爵士、斯坦利·威曼先生、安东尼·霍普先生、E. F. 本森先生、伊登·菲尔坡慈先生、已故的玛丽昂·克劳福德和亨利·西顿·梅里曼。毫无疑问,在已经享有声望的在世女作家中,梅·辛克莱是最有才华的一位。在风格上,她堪与约瑟夫·康拉德先生媲美。本书暂不考虑正在成名路上奋斗的比较年轻的作家。

## 参考书目

**G. K. 切斯特顿:**
*A Short History of England.*
*Poems.*
*All Things Considered.*
*Tremendous Trifles.*
*The Man Who was Thursday.*

**希拉瑞·贝洛克:**
*Marie Antoinette.*
*The Path of Rome.*
*On Everything.*
*On Something.*
*Emmanuel Burden.*
*A Change in the Cabinet.*

**约翰·高尔斯华绥:**
*The Forsyte Saga,* 和大量作品。
Sheila Kaye-Smith's *John Galsworthy.*

**H. G. 威尔斯:**
*The Outline of History.*
*A Modern Utopia.*
*Anticipations.*
*Mankind in the Making.*

---

① [英]E. V. 卢卡斯著,倪庆饩译:《卢卡斯散文选》,天津,百花文艺出版社,2002 年,第 131 页。

*God, the Invisible King.*

*Tono-Bungay.*

*Joan and Peter.*

Sidney Dark's *The Outline of H.G.Wells.*

Ivor Brown's *H.G.Wells.*

**阿诺德·本涅特：**

*The Old Wives' Tale.*

*Clayhanger.*

*Hilda Lessways.*

*The Great Adventure,* 以及大量小说。

**约瑟夫·康拉德：**

大量小说。

Hugh Walpole's *Joseph Conrad.*

**乔治·穆尔：**

*The Mummer's Wife.*

*Esther Waters.*

*The Brook Kerith: A Syrian Story,* 以及很多其他作品。

*Hail and Farewell, An Autobiography,* in 3 vols..

**J.M.巴里：**

*The Little Minister.*

*Auld Licht Idylls.*

*When a Man's Single.*

*A Window in Thrums,* 以及大量其他作品。

# 译后记

早在 20 世纪 20 年代,中国著名文学史家郑振铎先生就顺应"一部全人类的真正的世界文学史"的需要,编写了长达四卷、洋洋 80 万字的《文学大纲》,而这部先后被国内不同出版社反复再版的重要的外国文学史纲,却缘起于英国著名诗人和剧作家约翰·德林瓦特的同名著作。郑振铎先生的初衷是要翻译此书,以满足"我们的迫切的需要",并以为"它的编辑的方法很好",而"中国现在正缺乏一种讲世界文学,自最初至现代的书"。后来因为该书面对的是"英国及美国的读者……所有叙述都以英美二国为中心",因此打消了此书的翻译计划,而"决定由自己动手,参考此书,脱胎换骨,尤其是加入中国与东方文学的内容,重新撰写一部同名著作"。(见郑振铎,《文学大纲》,重印版序)

事隔近一个世纪,郑振铎先生的著作已为中国读者烂熟于胸,而德林瓦特著作的译事却迟迟没有发生。本书的出版,正是为弥补这一缺憾。与德林瓦特之书相比,郑振铎先生之《文学大纲》的确"脱胎换骨",加入了大量"中国及东方的内容";但谓德氏"都以英美二国为中心",未免略微言过,如果将"都"换成"主要",为其实也。至于所面对读者来自何处,实难推定,因为一部经典之作实际上是没有国籍的。

将德林瓦特之《文学大纲》"易"为《世界文学史》,部分原因在于以别郑振铎先生的《文学大纲》,免去重名造成的不必要的麻烦;部分原因在于其叙述的"世界性"。从阅读的角度看,文学具有双重性:为当代人所阅读,亦为后世所乐读;从史的角度看,文学自身讲述人本身的故事,而文学史则讲述文学自身的故事,这两种故事在性质上都是跨时空的。进而再从经典形成的过程看,无论是文学自身还是文学史,都必须经过时间和空间的考验:是否跨越国际空间为不同时代不同国籍的后世读者所乐读?《世界文学史》给予这个问题的回答显然是肯定的。

本书洋洋百万言,吟味几千年文学之隽永;插图数百幅,透出数百家原作之机锋。所述文学起于文字的形成,终于作者有生期间所能及的20世纪初;涉及东西方主要民族的主要文类,历数世界文学之奇葩瑞蕾。规模壮大,内容笃实。而其叙述语言,朴素中不乏奢华,平实中凸显高贵,史略中饱含诗意,言语中尽携哲理。神来之"佳酿",饮之味重,而用以取代枯燥之空论的引文,则更是给人一种"史即文"的亲切感。

谈及引文,以诗居多。而多引之诗,均为杰作。为何诗居多?皆因作者约翰·德林瓦特自己就是位著名诗人,风格属"乔治派",1908年就有《抒情诗集》问世。德林瓦特1882年出生于英国教师之家;一生著述颇丰,发表戏剧19部,韵文24卷,文学研究及自传两部。我国著名文学家朱自清曾在论读诗方法时两次提及德林瓦特(《三家书店》和《诗韵》),可谓其影响在他刚刚逝世后就波及中国了。

出于方便,书中引文多取自国内名译之笔,凡此皆有脚注;而少数未注者,或因目前尚无译文,或因兴趣浓厚,为笔者拙译。值此书出版之际,对所引前辈译者之劲笔,深表钦佩和诚谢;对北京大学出版社高秀芹和于海冰两位博士的胆识和责任感,略表折服和敬意。

陈永国<br>
2010年秋于荷清苑